力行而不惑

朝戈金　主编

纪念中国社会科学院民族文学研究所

建所 40 周年论文集

中国社会科学出版社

图书在版编目（CIP）数据

力行而不惑：纪念中国社会科学院民族文学研究所建所 40 周年论文集/
朝戈金主编 . —北京：中国社会科学出版社，2020. 10
ISBN 978 - 7 - 5203 - 7261 - 9

Ⅰ.①力⋯　Ⅱ.①朝⋯　Ⅲ.①少数民族文学—文学研究—中国—文集
Ⅳ.①I207. 9 - 53

中国版本图书馆 CIP 数据核字（2020）第 180549 号

出 版 人	赵剑英	
责任编辑	慈明亮　杨　康　王小溪	
责任校对	师敏革	
责任印制	戴　宽	

出　　　版	中国社会科学出版社	
社　　　址	北京鼓楼西大街甲 158 号	
邮　　　编	100720	
网　　　址	http://www.csspw.cn	
发 行 部	010 - 84083685	
门 市 部	010 - 84029450	
经　　　销	新华书店及其他书店	

印刷装订	北京君升印刷有限公司
版　　次	2020 年 10 月第 1 版
印　　次	2020 年 10 月第 1 次印刷

开　　本	710 × 1000　1/16
印　　张	46. 75
字　　数	719 千字
定　　价	268. 00 元

凡购买中国社会科学出版社图书，如有质量问题请与本社营销中心联系调换
电话：010 - 84083683

目　录

力行而不惑

——写在"中国社会科学院民族文学研究所建所 40 周年纪念论文集"出版之际

朝戈金

中国社会科学院民族文学研究所（成立时名为"少数民族文学研究所"，2002 年改用现名。以下简称"民文所"）走到今天，经历了 40 年的风风雨雨。关于最初是由哪些有识之士，又是怎样鼎力推动了民文所的成立，以及建所初期经历了哪些波折，民文所老领导王平凡先生在《文学所往事》一书有较为详细的记述，弥足珍贵。在迎来建所 40 周年之际，回望这所国家级中国少数民族文学专业研究机构的发展历程，感慨良多。自忖当以粗简笔画勾描大概，以示前事不忘之心。

学者钟敬文、马学良、傅懋勣、毛星、贾芝、王平凡、杨亮才等先生，在动议成立专门研究少数民族文学研究机构这件事情上，先后以不同方式发挥了作用。胡乔木、周扬、杨静仁、梅益、武光、邓力群等中国社会科学院（以下简称"社科院"）和国家民委领导，也都十分关心和支持成立事宜，并就诸多具体工作环节，如首任所长的遴选、人员招募、办公条件、业务范围、成立地方分支机构等，分别做出过具体指导。申请报告呈送中央后，得到时任中共中央秘书长的胡耀邦同志批示，再经国务院批准，这家以少数民族文学为研究对象的专门学术机构，就正式列入中国社会科学院的体系中了。现在查询中央机构编制名录，可见少数民族文学研究所批准成立于 1979 年的信息。此时社科院已指定人员组成了少数民族文学研究所筹备组，开始租房办公，调入干部，招募业务人员等工作。1980 年初，社科院办公厅下达了启用研究所公章的通知。这一年的 10 月

10 日，民文所召开了首次全所大会，宣布贾芝为首任所长。假如用生孩子来比喻，1979 年是拿到了"准生证"，1980 年孩子出生。这样看来，这个研究所成立于 1979 年或者 1980 年的说法，都不能说不对。

　　刚成立民文所的那几年，各种困难可想而知。光是租用办公地点就大费周章，数度搬迁。草创初期，难免事情繁杂，问题丛生，加之人事变动，院方就决定把这个尚未成规模的小单位并入历史悠久阵容强大的文学研究所。幸亏民文所的有关领导向院方陈情，强调民文所独立存在的理由，认为断不能裁撤，建议经过整顿使其发展壮大。院方采纳了这个意见，民文所才得以作为一个独立机构保留下来。谁承想数年后波折又起——院里的六个研究所被两两结成一组，以"联合党委"和"合署办公"的安排，为最终并所做铺垫。在体制上，民文所与文学研究所的财务、人事和外事等工作还是各自独立运作，但领导班子和行政办公室是合二为一的。当时，文学研究所的前后两任所长张炯和杨义都同时兼任两个研究所的所长，民文所这边先后有几位副所长勉力支撑。所里的同仁出于学科特殊性考虑多不愿被收编，胼手胝足，为学科的建设和发展做出了卓越的贡献。这些工作成绩逐渐赢得了院方首肯，随着产生自民文所的新一任正所长的任命，"合署办公"算是正式结束。

　　民文所自成立以来，一直致力于研究中国从古代到当代的少数民族口头文学和书面文学。规划、实施和承担过一系列国家社会科学基金重大项目和院级重点课题，尤其是在少数民族文学史/文学概况丛书编写，三大史诗和中国史诗学，各民族文学关系，口头传统与口头诗学，少数民族神话，中国少数民族文学资料学建设，以及非物质文化遗产保护等领域做出了突出成绩。

　　民文所目前设有蒙古族文学研究室、藏族文学研究室、北方民族文学研究室、南方民族文学研究室、民族文学理论研究室、作家文学研究室、民族文学数据与网络研究室、《民族文学研究》编辑部。中国社会科学院大学（原中国社会科学院研究生院）少数民族文学系创建于 1984 年。按照本院"集中办院，按所设系，分片教学"的原则，该系设在民文所，现有中国少数民族语言文学和民俗学两个专业的硕士学位和博士学位授予权。建系三十多年来，为中国少数民族文学研究和国家文化建设事业培养了一批批专业人才。由民族文学研究所主管的机构和研究中心主要有：全国《格萨（斯）尔》工作领导小组办公室、中国少数民族文学学会、口头传统研究中心、中国少数民族文化与语言文字研究中心等。2000年以来，所里围绕"中国少数民族文学研究资料库/口头传统田野研究基地/中国民族文学网"推进信息化建设、理论创新和方法论演进，这一协同发展的工作机制已取得预期成效。

这些年来，在社科院党组的领导下，民文所在繁荣发展少数民族文学研究事业的大方向上，步伐是坚定的，成就也是突出的。在第一代学者所开辟的学术格局和研究进路上，后继者们在相关领域既有继承，也有创新。过往的成果，在建所20周年和30周年出版的纪念文集中有所反映。在刚刚过去的10年间，民文所在若干学术探索上有深化，有开拓，有调整。例如，把众多少数民族的口头语言艺术视为非物质文化遗产加以保护和研究，进而延伸到口头传统研究领域，则是晚近合于时代大潮的拓展，这也多少反映在这部文集当中。当前，少数民族文学学科的发展面临难得的历史机遇。习近平总书记代表党和国家，多次在重要报告和讲话中述及作为中华民族优秀文化传统之代表的"三大史诗"，并将"三大史诗"与唐诗宋词、都江堰、布达拉宫等相提并论，从体现中国人民伟大创造精神上予以高度评价和肯定，这是以往从来没有过的。从事少数民族文学研究的同仁们，自信心和自豪感空前高涨，纷纷发愿要竭尽全力做好学术工作，不辜负这个伟大的时代。

一个学术机构的分量和声望，主要不是看其规模大小和隶属关系，而是取决于骨干成员的专业作为和学术传统的代际传承。民文所能有今天的地位和影响，我们不能忘记老一代学者的功绩，特别是他们中的杰出代表——中国社会科学院学部委员杨义，以及荣誉学部委员贾芝、刘魁立、张炯、仁钦道尔吉、郎樱诸先生。当年在中央民族学院执教的马学良教授以兼职副所长的身份参与了民文所的管理工作，并主持研究生学位教育工作；王平凡所长起初代表社科院政治部为推动民文所的成立付出心血，又在面临困难之际受命主持大局，完成整顿。

前辈们的筚路蓝缕和奉献精神至今依然激励着后来者的成长。今天，民文所的科研队伍，与建所之初相比，已是旧貌换新颜。在职业务人员中

32 人拥有博士学位,在全所科研人员中占比为 84%,其中少数民族学者来自 13 个民族,多半研究室主任由少数民族学者担任。研究所业务骨干绝大多数至少通晓一门少数民族语言,有长期在域外学府研修的经历,能够熟练利用外文资料,还有若干人经常在国际学术刊物上发表论文,在境外出版专著的情况也不少见。总之,专业训练扎实、语言能力出色,立足本土传统、放眼国际学术,是这些学者的共同特质。

我于 1986 年入职民文所。在 34 年的科研工作中,我既目睹了蹒跚和徘徊,也见证了跨越和疾走。在近 20 年的管理工作岗位上,会有不得不面对的种种:不舍地目送那些到年龄的学者离开办公室,悲恸地告别故去的同侪,也常常欣喜地迎接青年才俊前来加盟。

力行而不惑。民文所这一学术共同体经四十载风吹雨打,锤炼了肌体和魂魄。前面的路还很长,今后的任务也格外艰巨。在文集即将付梓之际,我衷心祝愿这支多民族的文学研究团队,更加团结,更有斗志,更上一层楼。

2020 年 8 月 10 日于北京

从本土走向世界的中国史诗学

巴莫曲布嫫

自 20 世纪 50 年代少数民族文学学科成立以来，民间文学研究便关涉其中，至今已近 70 年，各方面的学术成果丰厚。而晚近 25 年间的科研活动、学术思潮、话语关系的复杂变动已经极大地改变了前 45 年的总体面貌，尤其是 20 世纪西方民俗学"三大理论"（口头程式理论、演述理论及民族志诗学)① 的渐次引入和本土化实践，为中国民间文学研究带来了知识生产的创造性活力，出现了若干新的气象。伴随着新一代学者的成长和渐趋成熟，学术的格局、理路、方法、追求都发生了一些变化。民族文学研究的族别视角和区域视野，以及基于民间文学文类划界的研究，例如神话、传说、民间故事、史诗、叙事诗、歌谣等文类的专门探讨都获得了长足的发展，其中当属史诗研究成就最大，影响也最广。从一定意义上说，正是以史诗研究的观念突破为发端、以口头诗学为基本理念的跨学科

---

① 口头程式理论（Oral Formulaic Theory），肇始于 20 世纪 30—40 年代，因其是由哈佛大学两位古典学者米尔曼·帕里（Milman Parry）和阿尔伯特·洛德（Albert Bates Lord）共同创立，故也称作"帕里—洛德学说"，或"哈佛学派"。在后来的发展中，该学说一方面与演述理论（Theory of Performance，也译作展演理论、表演理论）和民族志诗学（Ethnopoetics）共同构成 20 世纪西方民俗学"三大理论"，另一方面又被广泛运用到了超过 150 种语言传统的跨学科领域，深刻地影响了国际人文科学的发展。需要说明的是，关于"演述理论"这一学派的名称翻译问题，国内民俗学界有过很多讨论，即便在民文所学者中也有过从"表演"到"演述"的用法更变；鉴于 performance 一词来源于语言学，具体是指"语言运用"，我们认为"演述"更接近该术语的本义。相关的"名实"之辨，可一并参考杨利慧、彭牧、朱刚等人的关联文章，这里恕不一一讲述。

综合研究，引领了少数民族民间文学的研究范式转换。因此，我们不妨以"机构—学科"为视角，就史诗研究领域的知识生产和学术治理进行考察，结合世纪之交的学术反思、学术观念的革新、理论方法论的拓展以及研究范式的转换，来勾勒少数民族民间文学研究的大致轨辙和学科建设的若干面相。

但说到史诗研究在国内的有序展开，还不得不简短地交代一下学科化之肇端。中国国内对少数民族史诗的发掘、搜集、记录、整理和出版起步于 20 世纪 50 年代，其间几经沉浮，大致厘清了各民族史诗的主要文本及其流布状况①。但成规模、有阵势的史诗研究是从 20 世纪 80 年代中期才开始的。这种"延宕"的终结多少与中国社会科学院少数民族文学研究所（2002 年更名为民族文学研究所，以下简称"民文所"）于 1979 年成立伊始就将长期缺乏系统观照的史诗这一"超级文类"设定为重点研究方向有密切关联。

党和国家历来就非常重视少数民族史诗的搜集、整理、翻译和研究，先后将相关科研工作列入国家社会科学"六五""七五""八五"重点规划项目。1996 年以来，中国社会科学院又将中国少数民族史诗研究列为"九五""十五""十一五""十二五""十三五"规划的重点管理项目，"中国史诗学"也先后成为所、院两级规制的重点学科建设目标。因此，自民文所创建以来，少数民族史诗的搜集、整理及研究就一直是学科创设、治理和发展的重要方向之一。②

在 21 世纪的学科建设进程中，民文所致力于推进以"资料库/媒资库/档案库"为学术资源依托，以口头传统田野研究基地为信息增长点，以中国民族文学网为传播交流平台的整体发展计划。这一实施于 2000 年的"资料库/基地/网络"三位一体方略，为中国史诗研究的学科化实践和制度化建设提供了前瞻性视野和持续性治理的长线发展路线图。今天看

---

① 参见毛巧晖《国家话语与少数民族民间文学资料搜集整理——以 1949 年至 1966 年为例》，《广西民族师范学院学报》2012 年第 2 期；冯文开《20 世纪中国少数民族史诗的搜集整理与出版》，《中国出版》2015 年第 22 期。

② 巴莫曲布嫫：《中国史诗研究的学科化及其实践路径》，《西北民族研究》2018 年第 4 期。

来，这一项层设计的提出和坚持取得了预期效果，相关举措对少数民族民间的文学研究事业和口头传统研究在地化实践也起到了主导性的学科规制作用。

以上简略的描述，或许能为我们理解史诗研究何以在并不算长的几十年间发展成一门具有中国特色的专门学提供了大致的学科制度化背景。

一　从"中国少数民族史诗研究"到"中国史诗研究"

在百年中国民俗学历程中，相较于其他民间文学文类，史诗研究起步较晚，学科基础也相对薄弱。这大抵上反映了中国史诗研究从萌蘖、兴起到发展也是20世纪后半叶才逐步形成的一种学术格局。而这种"行道迟迟"的局面，一则与整个东西方学界关于"史诗"的概念和界定有直接的关联，二则这种迟滞也潜在地驱动了20世纪50年代和80年代两度发生的大规模的史诗"生产运动"①。目前我们见到的许多少数民族史诗"作品"（文学出版物），大多是这两个时期自上而下的民间文学搜集浪潮中"发现"或"命名"的产物。大量"作品"的面世，既为研究工作积累了丰厚的学术资源，提供了更多的理论生长点，同时也为后来的文本阐释、学理规范、田野实践建立了代际对话的自反性视野。②

1983年8月，第一届全国少数民族史诗学术讨论会在青海西宁召开，堪称少数民族文学领域的史诗研究总动员，与会人数过百，会前民文所也做了大量准备工作。但相关文献显示，会议收到的论文中涉及理论研究的仅占3.5%，主要理论视角是马克思主义史诗观。③ 后有学者在述评文章中总结说："当然，这次全国少数民族史诗学术讨论会也反映出了我国史

---

① 因当时条件尚不成熟，前文述及的"民间文学三套集成"（故事卷、歌谣卷、谚语卷）编纂工作（1984年启动，2009年完成出版），在整体规划上并没有考虑收纳史诗和长篇叙事诗。但有的省卷本在歌谣集成中还是收入了部分史诗的节选。

② 巴莫曲布嫫：《民间叙事传统"格式化"之批评》（上、中、下），《民族艺术》2003年第4期、2004年第1期及第2期连载。

③ 王克勤：《第一届全国少数民族史诗学术讨论会在西宁召开》，《民族文学研究》1984年第1期。

诗学研究中的一些弱点，例如，从面上看，理论水平还比较偏低，研究队伍还比较单薄，尚难以胜任对我国丰富的史诗蕴藏的全面发掘和研究的任务，材料的搜集整理和翻译工作也还不能完全适应进行综合研究的需要，等等。"① 值得注意的是，这次会议虽然没能在理论上形成深入研讨，但其中也有若干文章涉及史诗类型这类重要问题的讨论。②

在这样的背景下，民文所专门组建了史诗课题组，以仁钦道尔吉、降边嘉措、杨恩洪、郎樱为代表的第一代史诗学者勇挑重任，开启了比较系统的学术探索之路。他们基于近二十年的田野调查和文本研究，形成了一批梳理资料全面、论述有一定深度的论文及研究报告和著述。与此同时，在史诗富集区内蒙古、新疆、青海、甘肃、云南等地也出现了一批孜孜矻矻的各民族学者。他们在那个时段发表或出版的若干学术成果丰富了史诗理论研究的内涵，尤其是在史诗类型问题上形成了持续性讨论，至今依然具有张力③。但从总体上看，由民文所史诗课题组倚靠中国社会科学院的资源和国家社会科学重点课题的制度化支持，有组织、有计划、有分工地开展集体科研活动，学术机构的决策导向和团队力量也由此得以显现。史诗课题组相继推出了"中国少数民族史诗研究丛书"（1990—1994）④ 和

---

① 扎拉嘎:《一九八三年全国少数民族史诗学术讨论会述评》,《民族文学研究》1987 年第 S1 期。

② 例如，李子贤将"原始性史诗"划分为以下四大类型:"创世神话型;创世—文化发展史型;创世—文化发展史型加'古代的战争描写';迁徙型。"参见李子贤《略论南方少数民族原始性史诗发达的历史根源》,《民族文学研究》1984 年第 1 期。

③ 据目前所见资料而言，创世史诗、原始性史诗、神话史诗、迁徙史诗等类型是李子贤、潜明兹、史军超等学者较早提出来的。虽然观点不尽相同，但他们在 20 世纪 80 年代发表的若干文章客观上形成了持续性讨论，随后也有更多的学者参与进来，深化了史诗研究乃至民间文学研究的本体论思考。限于篇幅，这里列举几篇论文为证，不作孰先孰后的判断。李子贤:《创世史诗产生时代刍议》,《思想战线》1981 年第 1 期;潜明兹:《创世史诗的美学意义初探》,《思想战线》1981 年第 2 期;史军超:《读哈尼族迁徙史诗断想》,《思想战线》1985 年第 6 期。

④ "中国少数民族史诗研究丛书"由内蒙古大学出版社于 1990—1994 年推出，包括《阿尔泰语系民族叙事文学与萨满文化》（仁钦道尔吉、郎樱主编，1990 年）、《〈玛纳斯〉论析》（郎樱，1991 年）、《原始叙事艺术的结晶——原始性史诗研究》（刘亚湖，1991 年）、《蒙古人民的英雄史诗》（［苏］谢·尤·涅克留多夫，徐诚翰、高文风、张积智译，1991 年）、《〈江格尔〉论》（仁钦道尔吉，1994 年）、《〈格萨尔〉与藏族文化》（降边嘉措，1994 年），一共 6 种著述。

"中国史诗研究丛书"（1999）① 两批成果，其间杨恩洪有关格萨尔史诗说唱艺人的专著（1995）也适逢其时地面世了②。这些研究成果集中地体现出了这一时期的学术面貌和整体水平，也呈现出改革开放背景下的哲学社会科学研究课题设置的时代特征。例如，"中国史诗研究丛书"立足于三大英雄史诗和南北方数百部中小型史诗的丰富资料，较为全面和系统地论述了中国史诗的总体面貌、重点史诗文本、代表性演唱艺人，以及史诗研究中的一些理论问题，并提出了建立中国史诗研究体系的工作目标③。

仁钦道尔吉的《江格尔》和蒙古族英雄史诗研究、降边嘉措和杨恩洪的《格萨尔》研究、郎樱的《玛纳斯》研究，以及刘亚虎的南方史诗研究构成这一时段最为彰显的学术格局：在工作路径上，研究者大都熟悉本地语言文字和民俗文化传统，注重田野调查与文献研究的互证；在史诗观念上，从口头史诗文本、演唱史诗的艺人、热爱史诗的听众三个方面提出"活态史诗"的概念，改变了过去偏重于参照书面史诗的囿限；在传承人问题上，从特定的社会文化语境中考察艺人的习艺过程及其传承方式，提出了艺人类型说和传承圈说；在文类界定上，不再"取例"西方，从英雄史诗拓展出若干史诗类型和分类方法④，兼及同一语系或语族内部或文化区域之间的史诗比较研究。而两套丛书的先后推出，从"中国少数民族史诗研究丛书"到"中国史诗研究丛书"，也从"题名"上折射出这一时期史诗

---

① "中国史诗研究丛书"是在前一套丛书的基础上重新规划并继续由内蒙古大学出版社分两批出版的。在 1999 年推出的 5 种专著系国家社科"七五"重点研究课题成果，包括《〈江格尔〉论》（仁钦道尔吉）、《〈玛纳斯〉论》（郎樱）、《〈格萨尔〉论》（降边嘉措）、《南方史诗论》（刘亚虎）及《〈江格尔〉与蒙古族宗教文化》（斯钦巴图）；2011 年又增加了 2 种，即《蒙古英雄史诗源流》（仁钦道尔吉）和《〈玛纳斯〉演唱大师——居素普·玛玛依评传》（阿地力·朱玛吐尔地、托汗·依莎克合著）。因此，这套丛书共有 7 部，著者中还有 3 位青年学者。这也是前后两套丛书之间的区别，需要予以厘清。

② 杨恩洪：《民间诗神——格萨尔艺人研究》，中国藏学出版社 1995 年版。该著的增订本于 2017 年由中国社会科学出版社出版。

③ 仁钦道尔吉、郎樱：《〈中国史诗研究〉前言》，内蒙古大学出版社 1999 年版，第 1—5 页。

④ 仁钦道尔吉和郎樱两位学者就史诗分类有如下说明："在我国史诗中，存在着早期史诗与晚期史诗共同流传，小型史诗、中型史诗与长篇史诗并存的特殊现象。在早期史诗中，有原始性创世史诗、迁徙史诗、神话史诗、民族复仇史诗等等，它们的内容十分古老。"（《〈中国史诗研究〉前言》）。而这种划分显然与前文述及的类型不尽相同。

学者"孜孜策励，良在于斯"的学科创设蓝图。

2000 年 6 月，民文所与内蒙古大学出版社联合举办了中国史诗研究丛书首发式暨学术座谈会。各方专家对"五部专著"的出版意义和中国史诗研究格局的初步形成有一致的评价。钟敬文在发言中特地用了一个比喻来表达他的欢欣:

> 大家都知道有很多民族在庄稼收割开始的时候，把最初的收获叫"初岁"，要献给神灵，表示庆祝。那么这五部书就是中国将来要建成的雄伟的学术里面的一个"初岁"，预兆着未来的更伟大的收获。①

当然，这个"初岁"的来临与史诗观念的转变密切相关。正如尹虎彬所言:"中国学术界把史诗认定为民间文艺样式，这还是 1949 年以后的事情。这主要是受到马克思主义美学和文艺学观念的影响的结果。20 世纪 80 年代后，学术界开始把史诗作为民俗学的一种样式来研究，其中受人类学派的影响最大。进入 20 世纪 90 年代中期以后，学者们开始树立'活形态'的史诗观，认为中国少数民族史诗属于口头传统的范畴。"② 的确，这段话中提到的"口头传统"（oraltradition）作为一个外来术语，那时已经"登陆"中国了。

二　从史诗传统走向口头传统

2000 年，新世纪伊始就有了新气象。1 月，美国史诗学者弗里（John Miles Foley）一向负有盛名的"口头传统简明教程"——《口头诗学:帕里—洛德理论》的中文版面世（朝戈金译，社会科学文献出版社）;11 月，朝戈金的博士学位论文《口传史诗诗学:冉皮勒〈江格尔〉程式句法研究》（广西人民出版社）以专著形式出版;12 月，《民族文学研究》增刊《北美口头传统研究专辑》集 7 篇论文、两则弗里所撰的"附录"、

---

① 参见史克《中国史诗研究正走向世界——"中国史诗研究丛书首发式暨学术座谈会"综述》，《民族文学研究》2000 年第 4 期。

② 尹虎彬:《史诗观念与史诗研究范式转移》，《中央民族大学学报》（哲学社会科学版）2008 年第 1 期。

3 个关键词及 1 份有关"跨学科意义"的简明阐要接踵而至。此后的数年间，一系列有关口头传统研究的译著或译文也得以陆续推出，20 世纪西方三大民俗学理论——口头程式理论、民族志诗学和演述理论——的代表性人物及其若干关键著述陆续进入中国学界①。在译介活动兴起的同时，民文所学者走向田野的步伐也在加快，队伍也愈加壮大起来，域外理论与本土实践的抱合、学术话语与地方知识的碰撞生发，就这样一步步延展开来。

　　但如果稍稍回顾一下世纪之交的学术研究历程就不难发现：20 世纪 90 年代，在老一辈学者推进史诗研究的同时，民文所的青年学者也开始陆续译介西方民俗学理论②，恰巧也是在 1990—1999 年间，口头程式理论的引介和评述经朝戈金和尹虎彬的手笔，逐步进入学者们的视野，成为口头传统研究这一"新"领域在中国的滥觞；2000 年以后，随着译介范围的扩大，进一步带动了口头传统研究在中国的发展，影响从史诗研究波及民俗学和民间文艺学，进而扩展到多个学科。从平行方向上看，有关演述理论这一学派的系统引介，当推杨利慧和安德明与鲍曼的学术访谈为信号③，

---

　　①　民文所史诗团队的译著有：［美］约翰·迈尔斯·弗里（John Miles Foley）：《口头诗学：帕里—洛德理论》，朝戈金译，社会科学文献出版社 2000 年版；［美］阿尔伯特·贝茨·洛德（Albert B. Lord）：《故事的歌手》，尹虎彬译，中华书局 2004 年版；［匈］格雷戈里·纳吉（Gregory Nagy）：《荷马诸问题》，巴莫曲布嫫译，广西师范大学出版社 2008 年版；［德］卡尔·赖歇尔：《突厥语民族口头史诗：传统、形式和诗歌结构》，阿地里·居玛吐尔地译，中国社会科学出版社 2011 年版。国内同行的关联性译著主要有：［美］理查德·鲍曼（Richard Bauman）：《作为表演的艺术》，杨利慧、安德明译，广西师范大学出版社 2008 年版；［美］沃尔特·翁（Walter J. Ong）：《口语文化与书面文化：语词的技术化》，何道宽译，北京大学出版社 2008 年版。

　　②　民俗学领域对西方理论的译介由来已久。钟敬文写过多篇文章予以专门讨论，其中也述及 20 世纪 80—90 年代的译介工作及其意义，同时也给出了警示性的建议。钟敬文：《谈谈民俗学的理论引进工作》，《清华大学学报》（哲学社会科学版）2003 年第 1 期。

　　③　杨利慧、安德明：《理查德·鲍曼及其表演理论——美国民俗学者系列访谈之一》，《民俗研究》2003 年第 1 期。此外，杨利慧的《语境、过程、表演者与朝向当下的民俗学——表演理论与中国民俗学的当代转型》（《民俗研究》2011 年第 1 期）一文，对演述理论在中国民俗学领域近 30 年间的传播和实践状况进行了比较全面的清理和总结。另参见彭牧《实践、文化政治学与美国民俗学的表演理论》，《民间文化论坛》2005 年第 5 期；刘晓春《从"民俗"到"语境中的民俗"——中国民俗学研究的范式转换》，《民俗研究》2009 年第 2 期；朱刚《从"语言转向"到"以演述为中心"的方法——当代民俗学理论范式的学术史钩沉》，《民族文学研究》2014 年第 6 期；毛晓帅《中国民俗学转型发展与表演理论的对话关系》，《民俗研究》2018 年第 4 期。

此后在他们的积极推动下，该学派也引起了学界的广泛关注，拥趸众多；加之此前已初见端倪的演述理论和民族志诗学到了这时也有了进一步译介和评述，便一并被学者们纳入借鉴的范围，原本彼此之间就有亲缘关系的"三大理论"在口头传统的研究视野下构合成一个更为完整的参照系。民文所学者也从理论的"视野融合"和方法论整合中受益匪浅，并逐步走出了一条在认识论上有立场转换、在方论上有拓展创新、在技术路线上有改弦更张的学术探索，进而以史诗理论话语的更新、研究观念的转变带动民间文学朝向口头传统的学术转型。

实际上，三大理论在一个时段内相对集中地出现在中国绝非偶然。从20 世纪 90 年代中后期开始，一批有着民俗学背景的著译者都先后负笈西行，前往欧美民俗学重镇或高等学府作中长期访学和研修①，对西方民间文学、民俗学、人类学等互涉学科有了切近的了解，回国后又有机会深入民间进行田野调查。这种知识背景和跨语际经历，就令这一代学者从一开始就走上了与老一代学者颇为不同的道路，尽管各自的路径和关注点都有所侧重。

就学术转型而言，钟敬文在其为朝戈金专著②所写的序文中已经作了要义阐发："所谓转型，我认为最重要的，是对已经搜集到的各种史诗文本，由基础的资料汇集而转向文学事实的科学清理，也就是由主观框架下的整体普查、占有资料而向客观历史中的史诗传统的还原与探究。"③ 正是以问题意识为导向，以矫正史诗"误读"④ 为出发点，以回归文本背后的传统为内在理路，并在积极的学术史批评意义上开展自我反思和代际对

---

① 详见朱刚《哈佛大学燕京学社与中国口头传统研究的滥觞——以中国社会科学院民族文学研究所为例》，《民族文学研究》2018 年第 6 期。该文对民文所学者与口头诗学"结缘"于哈佛大学的来龙去脉作出了较为全面的清理，许多细节一经爬梳也成为一段段学术历程的呈现，其中有关"师生"之谊和代际差序的"故事讲述"也是研究主体间性的线索。

② 朝戈金：《口传史诗诗学：冉皮勒〈江格尔〉程式句法研究》，广西人民出版社 2000 年版。

③ 钟敬文：《序》，朝戈金《口传史诗诗学：冉皮勒〈江格尔〉程式句法研究》，广西人民出版社 2000 年版，第 5 页。另外，钟敬文对中国南北史诗的研究及其布局提出过前瞻性的意见，参见钟敬文、巴莫曲布嫫《南方史诗传统与中国史诗学建设——钟敬文访谈录》，《民族艺术》2002 年第 4 期。

④ 有关讨论参见廖明君、朝戈金《口传史诗的"误读"——朝戈金访谈录》，《民族艺术》1999 年第 1 期。

话，促成史诗研究的方法论自觉，由此形成的研究理念和具体实践引导了学术转型的发生和发展。朝戈金的专著，基于江格尔史诗传统和传承人冉皮勒演述录记本建立起田野再认证程序、文本解析模型及诗学分析路径，特别是对"文本性"与"口头性"的剖析鞭辟入里，改变了既往基于一般文艺学的文本观念，为后续的田野实践和文本研究建立了典范，其专著的出版在学术转型过程中就恰如先行者投出的一枚"引路石"，敲开了通往口头传统研究的关键之门。吕微在其《著作出版推荐意见》中对朝著作出了以下评价：

> 这些理论思考的成果，已超出狭义的史诗学、民间文学的范围，甚至对经典的文学范畴本身，都提出了有利的质疑和冲击。作者对史诗"创—编"方法的细致辨析已然破除人们对民间文学传承方式的简单化理解；作者关于史诗编创使用"非日常口语"的判断，已迫使经典民间文学理论重新检讨民间文学口头性质、口头形式的传统结论。总之，本书大大丰富了人们关于史诗、民间文学，乃至文学的认识，将有助于推动学界文学观念的更变。"（2000 年 8 月 8 日，电子版文件）

今天看来，这段文字对我们理解"文学观念"的改变正中要害，加上以"口头性"为问题导向的讨论，对于民间文学研究本体的认识和定位依然有着醍醐灌顶般的点通意义。

2003 年 10 月，联合国教科文组织在巴黎通过《保护非物质文化遗产公约》之际，民文所在其驻华办事处的支持下成立国内首家口头传统研究中心还不到一个月，可谓适逢其时。作为统摄非遗五大领域的口头传统，原本只是学术话语，在继起的保护热潮中也得到政府部门和公众的了解、认知和重视。在中心成立仪式上，所外同行和专家们指出，民文所立足于本土口头传统的学术实践不仅引领了国内口承文化研究，而且标志着"中国学术正在发生深刻变化"（刘铁梁语）①。与中心成立同步，民文所

---

① 巴莫曲布嫫、刘宗迪、高荷红：《口头传统研究中心在京成立》（会议综述），《口头传统研究通讯》第 1 期，中国社会科学院民族文学研究所口头传统研究中心编印，2003 年 9 月。

在西部地区建立口头传统田野研究基地的计划也付诸行动。诚然，以"变化"为趋向的学术转型远非一蹴而就，其实现经过了学者们多年的持续性探索，直到 2008 年，朝戈金才就研究范式的突破作过这样的几点概括：

> 以何谓"口头性"和"文本性"的问题意识为导向，突破了以书面文本为参照框架的文学研究模式；以"史诗传统"而非"一部史诗作品"为口头叙事研究的基本立场，突破了苏联民间文艺学影响下的历史研究模式；以口头诗学和程式句法分析为阐释框架，突破了西方史诗学者在中国史诗文本解析中一直偏爱的故事学结构或功能研究……①

述及文本观念的转变，还需将 20 世纪 90 年代中期民间文学研究存在的"本体缺失"② 与世纪之交民俗学界的学术史反思联系到一起来加以回观。2003 年 7 月，"萨斯"（SARS，即传染性非典型肺炎）余流未尽，北京大学民间文化青年论坛计划召开的第一届学术会议只能通过在线方式进行。但这场以"中国民间文化的学术史观照"为主题的学术研讨会，遂即演变为持续半年之久的"网络学术大论战"③。网络会议期间发生激辩的论域正好是"田野与文本"及其二者之间的"孰轻孰重"，民文所的多位学者也"卷入其中"。最后，在"告别田野"④ 与"走向田野"⑤ 这两种观点的张力之间，田野与文本的关系、文本与语境的关系、演述事件与

---

① 朝戈金：《朝向 21 世纪的中国史诗学》，《国际博物馆》（中文版）2010 年第 1 期。
② 毛巧晖：《20 世纪下半叶中国民间文艺学思想史论》（修订版），学苑出版社 2018 年版，第 203—208 页。
③ 这次网络学术会议论文收入陈泳超主编《中国民间文化的学术史观照》，黑龙江人民出版社 2004 年版；后续论争及余波见施爱东整理《作为实验的田野研究：中国现代民俗学的"科玄论战"》，中国社会科学出版社 2016 年版。
④ 施爱东：《告别田野》，《民俗研究》2003 年第 1 期。
⑤ 陈建宪：《略论民间文学研究中的几个关系——"走向田野，回归文本"再思考》，《民族文学研究》2004 年第 3 期。

社区交流的关系、传承人与受众的关系、研究对象与研究主体的关系等问题，其实都得到了全面强调。尽管个人观点和立场都有所不同，甚至相左，但由此建立的反身性思考、学术对话和学术批评精神，一直是当代民俗学发展的动力所在。在次年8月召开的第二届"民间文化青年论坛学术会议"期间，"与会者则不再是简单地高声疾呼告别田野、回归文本，而是通过自己切实的学术实践强调我们究竟需要什么样的田野研究和文本研究。而那些原本就坚持田野研究、语境研究的学者也不再把田野、语境看作是纯粹属于被研究对象的客体性范畴，而是突出地把研究者本人的因素加入到田野、语境当中，用民族文学研究所巴莫的话说就是研究者在研究事件中的'在场'。"①

这两次辩论及其余波，也深深嵌入史诗学术转型的背景之中。换言之，民文所学者正是在学术共同体的集体反思中汲取前行的动力，从而走得更远、更坚定。正如刘宗迪所说："唯有在走向田野的同时，以对民间口头文本的理解为中心，实现从书面范式、田野范式向口头范式的转换，才能真正确立民间文艺学和民俗学的学科独立地位。"② 中青年史诗学者成长起来，老一辈学者开创的中国史诗研究在口头传统的学术新格局中有所继承，也有所发展，学科化的内在理路日渐清晰起来。主要表现为：以民俗学田野实践为导向，"以演述为中心"的一批史诗研究成果相继面世，大都能以厚重的文化深描和细腻的民族志写作来阐释和透视处于社会急遽转型时期的少数民族史诗传统及其历时性传承和共时性传播，同时在当下的文化生境中把握民俗交流事件、民众生活世界，以及传承人群体的生存状态，用口头诗学的基本理念及其过程性观照统摄传统研究方法，将参与式观察、民族志访谈、个人生活史书写、在语境框架中解析文本、定向跟踪史诗演述人及其与所在群体和社区的互动等多种田野作业法并置为多向度、多层面的整体考察，从个案研究走向理论方法论建设，从学术话语的抽绎走向工作模型的提炼，进而开启了中国史诗研究的新范

---

① 吕微：《反思民俗学、民间文学的学术伦理》，《民间文化论坛》2004年第5期。

② 刘宗迪：《从书面范式到口头范式：论民间文艺学的范式转换与学科独立》，《民族文学研究》2004年第2期。

式，也引领了民间文学研究范式的转换：从文本走向田野，从传统走向传承，从集体性走向个人才艺，从传承人走向受众，从他观走向自观，从目治转向耳治之学①。

本土化的学术实践在很大程度上更新和丰富了史诗研究的学术话语，为少数民族民间文学整体纳入学科建设奠定了坚实的基础。朝戈金借鉴民俗学三大学派共享的概念框架，结合蒙古族史诗传统表述归纳出史诗术语、概念和文本类型②；尹虎彬立足于古代经典与口头传统之间的互动关联，将西方史诗学术的深度省视转接为中国史诗研究的多向度思考③；巴莫曲布嫫提炼的"格式化问题"、演述人和演述场域、文本性属与文本界限、叙事型构和叙事界域，以及以"五个在场"同构的田野研究工作模型等④，大都来自本土知识体系与学术表述在语义学和语用学意义上的接轨。这些实践在史诗学理论建构上融通中外的视域，为少数民族文学学科的可持续发展提供了重要的学术支撑。随后，斯钦巴图、阿地里·居玛吐尔地、诺布旺丹、塔亚、乌·纳钦、博特乐图（杨玉成）、陈岗龙、吴晓东等，沿此方向发表了多种研究成果，与其他民俗学者的实证研究一道，从整体上形成了中国民间文学研究的新格局。

三　从口头传统走向口头诗学

21 世纪的中国史诗研究在口头传统研究的学术格局中形成了全新的定位，并在田野实践中从偏重一般文艺学的文本研究走向口头诗学（oral-poetics）的理论建设。中国史诗学的制度化经营，学科专业化的主导原则

---

① 朝戈金：《朝向 21 世纪的中国史诗学》，《国际博物馆》（中文版）2010 年第 1 期。有关"目治"与"耳治"的讨论，最早见于沈兼士《今后研究方言之新趋势》，《歌谣周刊纪念增刊》（单行本），1923 年 12 月。另参见钟敬文《"五四"时期民俗文化学的兴起——呈献于顾颉刚、董作宾诸故人之灵》，《北京师范大学学报》1989 年第 3 期。

② 朝戈金：《口传史诗诗学：冉皮勒〈江格尔〉程式句法研究》，广西人民出版社 2000 年版，第 11—19 页。

③ 尹虎彬：《古代经典与口头传统》，中国社会科学出版社 2002 年版。

④ 巴莫曲布嫫：《叙事语境与演述场域——以诺苏彝族的口头论辩和史诗传统为例》，《文学评论》2004 年第 1 期；《叙事型构·文本界限·叙事界域：传统指涉性的发现》，《民俗研究》2004 年第 3 期。

和实践路径也在推动学科发展的过程中超越既有边界，使人文学术的知识生产呈现出跨界重组的动态图景。正是在口头传统通向口头诗学的道路上，学术共同体得以塑造，也得以发展，并将学术思想的种子播撒到更多的学科①。

民族文学研究所建所四十年来，逐步形成了一个老中青相结合、语言门类布局合理、研究重点突出、人员优化组合的史诗研究队伍。成员来自若干研究室，这种跨室的力量整合与社科院众多重点学科很不相同。近十年来，中国史诗学团队的人员队伍规模有所增加，平均年龄有所年轻化，语言传统和史诗传统的布局有所扩展，显示了良好的发展态势。尤其是青年学者的加盟和学科互涉领域（民族音乐学、古典语文学、史学）人才的相继引入，为史诗研究的学科化格局调整和完善，注入了新的活力。

就学术传统和代际传承而言，仁钦道尔吉、降边嘉措、郎樱、杨恩洪等老一辈学者，倾注一生心血，开创了中国史诗学的基本格局，至今依然不辍笔耕。朝戈金、尹虎彬、巴莫曲布嫫、斯钦孟和、旦布尔加甫、阿地里·居玛吐尔地、黄中祥、斯钦巴图、诺布旺丹、李连荣、乌·纳钦、吴晓东、杨霞等"50 后"和"60 后"学者，很好地接续了田野路线与文本路线并重的学术传统，在理论方法论、学术史、史诗演述传统、传承人及其群体、科学资料本和史诗学史料等方面都取得了相应的突破，以团队协作和集体实践促进了学术转型和范式转换。一批"70 后"和"80 后"学者正在积极成长，各有专攻。满族说部传承研究（高荷红）、达斡尔族乌钦叙事研究（吴刚）、传统歌会与交流诗学研究（朱刚）、藏蒙史诗音乐研究（姚慧）、纳西族东巴史诗研究（杨杰宏）、壮族史诗布洛陀研究（李斯颖）、傣族史诗和阿銮故事诗研究（屈永仙）、柯尔克孜族史诗传承

---

① 有关中国史诗学术史的发展，可参考以下文献。朝戈金主编：《中国史诗学读本》，中国社会科学出版社 2016 年版；冯文开：《中国史诗学史论（1840—2010）》，中国社会科学出版社 2016 年版；尹虎彬：《中国少数民族史诗研究三十年》，《中国社会科学院研究生院学报》2009 年第 3 期；高荷红：《口头传统·口头范式·口头诗学》，《贵州民族大学学报》（哲学社会科学版）2015 年第 5 期；意娜：《论口头诗学对传统文学理论的超越》，《民族文学研究》2016 年第 5 期。

研究（巴合多来提·木那孜力）、维吾尔族达斯坦叙事传统研究（吐孙阿依吐拉克）、格斯尔史诗诗部的异文比较研究（玉兰）、蒙古族图兀里叙事传统研究（包秀兰）、格萨尔史诗抄本和缮写传统研究（央吉卓玛），以及口头传统数字化建档和元数据标准研究（郭翠潇），从多个向度弥补了过去研究中的短板或缺项，也让我们看到了中国史诗学的代际对话、专业细化和发展空间①。总之，老中青三代学者构成的史诗学术梯队，从工作语言布局到专业知识结构，基本覆盖了三大史诗和南北方典型的史诗传统和史诗类型。这个团队既有长期的田野研究实践，也有广泛的国际学术联系，尤其是有历史使命感和代际传承的学术担当，成为中国史诗学从新时期走向新时代的一支重要力量。

　　从学术转型到范式转换，从人才培养到梯队建设，这一进程也给史诗研究带来了新的格局。2010 年以来，随着研究范畴的进一步界定和拓展，学科建设的顶层设计、整体布局和具体工作路径也有了相应的调整。民文所史诗团队着力开展的工作主要包括"格萨（斯）尔""玛纳斯""江格尔"三大史诗诗系研究；北方史诗带研究和南方史诗群研究②；专题研究则涉及中西方史诗研究的理论方法论和学术史，史诗的演述、创编和流布，传承人及其受众，史诗的文本与语境、史诗的文化意义与社会功能，史诗文本的采录、整理、翻译和比勘，史诗演述传统的数字化建档，口承与书写的互动关联，研究对象与研究主体的田野关系与学术伦理，当下史诗传统的存续力与非物质文化遗产保护，以及中国史诗学学科体系建设等诸多环节。与此同时，超越对史诗本身的研究，进而总结"以口头传统为方法"的学科化规律，以口头诗学的理论建构为突破，从本体论、认识论及方法论层面，深拓少数民族文学传统的学术发展空间，也逐步成为史诗团队的共识。

---

　　①　这里，我们还当述及所外的诸多青年学者。求学或访学经历让他们与民文所这个集体有了不解之缘：从中国社会科学院研究生院少数民族文学系毕业的硕士和博士研究生，在民文所博士后流动工作站进行过独立研究的青年学子，还有在民文所驻足半年到一年的访问学者。他们中有许多人同样在自己的科研教学中继续口头诗学的实践，并在各自的治学道路上有所建树。

　　②　参见朝戈金、尹虎彬、巴莫曲布嫫《中国史诗传统：文化多样性与民族精神的"博物馆"》,《国际博物馆》（中文版）2010 年第 1 期。

研究范式的转换，带来了更多的本体论思考和进一步的理论自觉，而"以口头传统为方法"的学术实践也在走向深入。口头诗学在中国专门提出和倡立始于 2002 年，以朝戈金从文艺学角度讨论口头诗学的一篇文章为表征，① 继而以民文所史诗学者的学术实践和学理研究形成了持续性的接力和对话。在此过程中，朝戈金和弗里合作完成的长篇专论，曾就口头诗学的"五个基本问题"（何谓一首诗、大词、诗行、程式、语域）在四大传统之间开展的比较研究，当属在东西方口头诗学与比较诗学之间形成"视野融合"的一次尝试。② 其后他接着发表了一系列研究文章，专门探讨口头诗学的要义和规则，而其主张"'回到声音'的口头诗学"③，从文学创作、传播、接受等维度，大略讨论了从书面文学与口头文学之间的规则性差异来阐释口头艺术的必经之路，显示出建设口头诗学的理论自觉和深耕其间的一贯努力。

公允地说，口头传统理论和方法论的引入及其本土化实践在很大程度上深化了中国史诗研究，而口头诗学的倡立和讨论不仅为学科化的制度建设和理论创新奠定了本体论基础，也为学科整体的可持续发展提供了重要的学术支撑，进而对文艺美学、民间文艺学、民俗学、古典文学、比较文学等许多学科产生了不同程度的影响。截至目前，口头诗学在中国已经走过十多年的历程，也有不少实际运用的研究案例见诸期刊论文、硕博学位论文和研究专著，其中以"口头诗学"为论题者也成增长态势。这里不妨列出相关评论以窥一斑：

　　作为人文科学和社会科学研究的一种独特的理论与方法，口头诗学尤其在"口头传统"（oral tradition）研究领域（包括诗歌及其他口头表演样式），取得了极为丰硕的成果，产生了相当广泛的影响。

① 朝戈金：《关于口头传唱诗歌的研究：口头诗学问题》，《文艺研究》2002 年第 4 期。

② 朝戈金、[美] 约翰·弗里：《口头诗学五题：四大传统的比较研究》，《东方文学研究集刊》（1），湖南文艺出版社 2003 年版，第 33—97 页。

③ 朝戈金：《"回到声音"的口头诗学：以口传史诗的文本研究为起点》，《西北民族研究》2014 年第 2 期。

借鉴现代西方口头诗学的视角、理论和方法，有助于我们深入审视中国古代白话小说的生成、传播的历史过程，也有助于我们重新评判中国古代白话小说的文化价值。①

从研究对象来看，口头诗学提供了全新的视角和范式来观察中国文学。以程式为核心的帕里—洛德理论的引入，更新了传统的研究方式，用全新的视野来观察文学，有利于打破因循的旧观点，使我们的认识由遮蔽走向澄明。在中国古代文学研究领域，学者引入口头诗学对《诗经》、敦煌变文等进行研究，皆有新见，使我们的研究更加全面。在这一点上，最重要体现在中国民间文学的研究方面。②

郭翠潇通过可视化统计法对口头程式理论在中国的应用和发展进行了研究，计量分析结果表明，2000—2015 年间文献发表数量为 668 篇文章，年均 41.75 篇；2014 年出现峰值，共 80 篇。在这一时段内，该理论被来自文学、民俗学、语言学、音乐学、戏曲、古代文学等领域的学者应用到国内上百种传统或文本的研究中。③ 此后，她还以 2000—2017 年的 133 篇硕士、博士学位论文作为研究样本，用量化和可视化方法呈现了口头程式理论在中国研究生学位教育领域的应用情况及研究发展走势，样本文献的研究对象近百种，至少涉及中国境内 28 个当代民族，覆盖口头传统、古典文学、民间戏剧和戏曲、古代典籍、宗教典籍、学术史、外国文学、语言教学等多个领域；其中运用于史诗、叙事诗、民歌、民间说唱等口头文类研究的论文占大多数，史诗类最多，共 39 篇④。诚然，以上统计仅以可获取的文献为样本，作为观察影响走向及其表征的证据

---

① 郭英德：《"说—听"与"写—读"——中国古代白话小说的两种生成方式及其互动关系》，《学术研究》2014 年第 12 期。

② 胡继成：《口头诗学的中国"旅行"——一个比较诗学的个案考察》，《理论界》2016 年第 3 期。

③ 郭翠潇：《口头程式理论在中国的译介与应用——基于中国知网（CNKI）期刊数据库文献的实证研究》，《民族文学研究》2016 年第 6 期。

④ 郭翠潇：《口头程式理论在中国研究生学位教育领域的应用（2000—2017）——基于 133 篇硕士、博士学位论文的计量分析》，《民族文学研究》2018 年第 6 期。

提供也有必要，至少我们从中看到口头诗学可以在不同学科展开对话的可能性已经出现。比如说，如何看待历史上留存下来的"口传古籍"（如前一章所述），怎样理解像荷马史诗这样被束之高阁的"古代经典"，或者说，怎样继续回应中国汉语文学史上是否出现过"史诗"这样的老问题？

> 　　以中国社会科学院民族文学研究所为代表的我国一批中青年学者，从理论和方法上对中国史诗进行了深入研究，取得了突破性进展，实现了中国史诗研究由西方史诗理论的"消费者"到中国本土史诗理论的"生产者"的重大转变。……本文正是在以上认识的基础上，认为从五帝中晚期到夏商西周两千年历史长河中，汉民族也有着丰富发达的早期口传史诗与到商周以后出现的"雅"、"颂"类文本史诗，从而形成了"史诗传统"。[①]

当然答案未必只有一种。又比如，民文所史诗学者立足中国实际对史诗文本作出了更细致的自主性划分，在民间文学界形成了进一步的讨论和生发。由此，陈泳超不仅提出了"第四种"文本，即"新编地方文本"，还倡导建立民间文学的"文本学"：

> 　　史诗学界对于文本的这一分类尽管主要是针对史诗的实存状态所进行的概括相当程度上可以扩展到民间文学的诸多领域事实上，许多其他类别的民间文学研究，也已关注、借鉴了史诗的这一分类法，比如林继富就曾消化这一分类法将其研究的民间故事分为：演述文本、采录文本、整理文本和重构文本四类。
>
> 　　史诗学界对文本分类有许多较为成熟的见地，这些分类原则引申到整个民间文学界，在相当程度上也是有效的，但还存在较多问题需要深入探讨。针对民间文学界文本情况相对比较紊乱甚至时常错位的

---

　　① 江林昌：《诗的源起及其早期发展变化——兼论中国古代巫术与宗教有关问题》，《中国社会科学》2010 年第 4 期。

现状，应该倡立科学的"文本学"，尽可能地按照统一标准为各类文本设定一个较为明晰的语系，以使各类文本有所归属，并在各自特定的条件下产生认识和美学的效用。①

归根到底，口头程式理论的译介和口头诗学理念的影响，主要在于较为彻底地改变甚或颠覆了我们既有的文本观，让我们学会"以口头传统作为方法"去理解民众的口头交流实践和口头艺术，在"以演述为中心"的交流过程中去捕捉的意义的生成和传达，从而在文本阐释中形成自反性或反身性思考；而倡立口头诗学，也是为了"探索人类表达文化之根"（弗里语）这一学术责任作出中国学界应有的贡献。或许我们可以这样认为，引导大家重新审视研究对象，从不同角度去形成探索中国民间文学本体研究的"文本学""叙事学""形态学"等学术取向，这可能远比口头程式理论的具体应用案例有多少要重要。而观念的改变大抵也是无从计量的，这是问题的一个方面；另一方面，我们依然要重视的是，文本观的改变给学术研究带来的深层影响是否会接着改变我们认知生活世界、认知口头艺术、认知人类表达文化的实践方式和意义空间，从而更加接近我们早已确立却又在各种"声浪"中不断游离的研究本体。

就如何理解和建设口头诗学，朝戈金近期给出了如下概括："口头诗学的学术方向和学科建设，离不开对几个基本问题的厘清。第一，口头诗学的早期开创者们，分别具有文艺学、古典学、语文学、人类学、信息技术、文化哲学等背景，于是，该学术方向从一开始，就有别于一般文艺学的理论和方法。第二，口头诗学的发展，离不开两个基本的维度：一个是对口头性的认识，这是在与书面性相比照的维度上发展的；另一个是对占据支配地位的书面文学传统的大幅度超越。第三，口头诗学在理论和方法论上，在认识论上，都追求在社会关系网络中理解文学活动的取向，于是，其理论体系就更具有开放的特点。第四，只有在更为广阔的人文背景上理解口头诗学，才能够理解其文化的和学术的意义。第五，因为将人和人的言语行为、全官感知、认知心理及身体实践纳入考量，口头诗学由此

---

① 陈泳超：《倡立民间文学的"文本学"》，《民族文学研究》2013 年第 5 期。

便更具有人文的色彩和人性的温度。"① 在此基础上,他进一步提出"全观诗学"的研究方向,意在打通涉及民间文学艺术多个学科之间的藩篱,进入民众审美交流的各个通道来建立阐释口头艺术、听觉艺术、视觉艺术、身体艺术乃至味觉艺术的全观诗学。

习近平总书记曾多次强调,"加强话语体系建设,着力打造融通中外的新概念新范畴新表述"。发展新时代中国口头诗学绝不是简单照搬照抄西方理论,而是要在汲取和借鉴东西方思想、模式的基础上,建立以"通古今之变"和"观中西之别"为核心的中国民间文学研究观,放下身段从口头传统中采撷地方知识和民间智慧,重塑学术的概念、范畴、术语及表述系统,将本地经验运用到国际语境中以沟通中外。正如康丽所言:"关于经典研究范式的当代适用性的讨论,最终要归结到的是复合了学术立场的选择、研究视角的转换与术语体系的兴建等多元要素的方法论认知变革的梳理。"② 因此,总结过去,我们还应进一步向各民族口头文论和历代诗学理论学习,向各民族传承人取经,认真体认地方知识、民间经验和口头艺术,以丰富学术研究和学术表述的话语体系。

四　立足本土面向世界的中国史诗学

"十二五"以来,随着中国社会科学院创新工程的实施,中国史诗学重点学科既定的总体目标得到进一步落实,即通过长期的制度化建设,推动中国史诗学术研究,构筑可持续性发展的"中国史诗学"体系,建立口头传统研究的"中国学派";与此同时,结合田野研究基地建设、国家文化主管部门委托任务,以及院、所两级国情调研,进一步推动田野实践与理论研究,参与国际学术对话,使学科化治理融入国家文化建设和国际人文学术的大格局中。

从中国少数民族史诗研究到中国史诗研究,从口头传统研究到口头诗

---

① 朝戈金:《口头诗学》,《民间文化论坛》2018 年第 6 期;另参见其近期论文《作为认识论和方法论的口头传统》,《内蒙古社会科学》(汉文版)2019 年第 2 期。

② 康丽:《民间文艺学经典研究范式的当代适用性思考——以形态结构与文本观念研究为例》,《清华大学学报》(哲学社会科学版)2016 年第 1 期。

学，民文所的学科建设也在逐步成长和发展。今天，这个聚集了 18 个少数民族和汉族学者的科研机构已成为少数民族文学研究的学术中心和口头传统研究的旗舰，影响也及国外。从 2001 年美国《口头传统》学刊推出"中国口头传统"专辑，到 2010 年教科文组织《国际博物馆》（中文版）出版"中国口头史诗传统"专号，再到 2017 年《美国民俗学学刊》（JAF）刊布"中国和内亚的活形态史诗"专号，也说明中国史诗研究已进入国际学术对话。此外，民文所学者的研究著述以多种文字刊发于美国、俄罗斯、英国、德国、日本、蒙古国、吉尔吉斯斯坦、哈萨克斯坦、越南、马来西亚等国家的学术刊物；代表性学术成果在国内本领域已形成普遍影响，同时也为十多个国家的学者所引证、参考或介绍，在专业领域有国际知名度。这些关于口头传统，特别是上升到口头诗学的讨论，已引起学界关注。美国学者本德尔（Mark Bender）将以朝戈金为首的"中国口传团队"概括为口头传统研究的"语用学学派"（the pragmatic school）——立足中国学术传统（钟敬文、马学良等），吸收欧美理论（航柯、帕里、洛德、弗里等），形成了综合性的口头诗学解析框架①。这些评价当是对中国史诗学建设的肯定，也说明只有在立足于本土的同时又能保持开放性的理论自觉，才能融入国际学术的对话。

其一，立足于长期田野调研的资料学建设取得丰硕成果。民文所相继在西部地区建立了 13 个口头传统田野研究基地和 3 个国情调研基地，大多依托当地史诗传统和其他代表性口头文类而设立，特别是在史诗学以及与史诗具有共生关系的地方文类调查、搜集、整理工作方面取得突破性进展，相继出版了系列化资料学成果，尤其是在科学版本的校勘、出版和研究方面，成绩斐然，多种史诗资料本赢得了国际国内同行的普遍赞誉和尊重。除科研人员自身的田野资料建档和部分资料学成果陆续出版外，以课题组方式或跨部门协作完成的大型资料集有《格萨尔艺人桑珠说唱本》（40 卷、48 册，郎樱、次旺俊美、杨恩洪主持，2001—2014）、《藏文〈格

---

① Mark Bender, "Oral Narrative Studies in China", *Oral Tradition*, Vol. 18, No. 2, 2003, pp. 236 – 238. Also see Mark Bender, "Book Review of *Oral Poetics: Formulaic Diction of Arimpil's Jangar Singing* by Chao Gejin", *Asian Folklore Studies*, Vol. 60, No. 2, 2001, pp. 360 – 362.

萨尔〉精选本》（40 卷、50 册，降边嘉措主持，2002—2013）、《蒙文〈格斯尔〉全书》（12 卷，斯钦孟和主持，2002—2014）、《蒙古英雄史诗大系》（4 卷，仁钦道尔吉、朝戈金、旦布尔加甫、斯钦巴图主持，2007—2010）、《蒙古口传经典大系》（上百万字，朝戈金主持，2007—2010，待出版），以及"中国少数民族神话母题系列工具书"（6 种、8 册，王宪昭主持，2007—2019）等。与此同时，《蒙古英雄史诗大系》和《中国神话母题 W 编目》两个专题数据集已完成，可通过纸质出版物和电子在线方式交互使用。此外，由民文所主办的中国民族文学网和中国少数民族文学学会网作为学科门户网站专门辟出口头传统、中国史诗、中国神话等专题栏目或集中推出系列论文传播信息、集纳成果并推动交流。在国家社会科学基金的支持下，两个重大委托项目"中国少数民族语言与文化研究"（朝戈金主持）和"格萨（斯）尔抢救、保护与研究"（朝戈金主持）和3 个重大项目"柯尔克孜百科全书《玛纳斯》综合研究"（阿地里·居玛吐尔地和曼拜特·吐尔地共同主持）、"中国少数民族口头传统专题数据库建设：口头传统元数据标准建设"（巴莫曲布嫫主持）及"中国少数民族神话数据库建设"（王宪昭主持）进一步走在了资料学建设的前列，尤其是专业元数据标准建设的远期意义不能低估①。

　　其二，积极参与国家重大项目的执行和实施，为弘扬和传承中华优秀传统文化提供学术支持。值得述及的是，国家社科基金重大委托项目"中国史诗百部工程"于 2012 年正式启动，课题由文化和旅游部民族民间文艺发展中心规划执行，民文所史诗团队参与执行，提供智力支持，"以演述为中心"的文本制作理念和过程性建档原则得到强调，"五个在场"田野研究工作模型也在项目培训中成为示范案例。该工程按形式分"中国史诗影像志""中国史诗资料集""中国史诗数据库"三部分，侧重于濒危的第一手史诗资源的抢救与挖掘，以仍在民间活态传承的史诗为主要对象，以高质量影音摄制作为主要记录手段，全面记录史诗传承的仪式、民俗、文化生态，以保留直观的、真实的、有价值的文化资源为最终

---

① 巴莫曲布嫫、郭翠潇、高瑜蔚、宋贞子、张建军：《口头传统专业元数据标准定制：边界作业与数字共同体》，《民间文化论坛》2018 年第 6 期。

目标。截至目前，共有 79 个子课题获得立项，其中有多个项目为民文所青年学者主持。自《中国民间文学大系》出版工程史诗专家组于 2018 年 7 月成立以来，民文所学者负责牵头制定《史诗卷编纂体例》并参与了多个省卷本的审稿工作，力图将共识性的学理思考落实为编纂工作的基本路径。由此，史诗团队与全国各民族史诗学者再次携手走向新时代国家文化建设的具体实践。

其三，巩固学科化专业培训品牌项目，培养了一批有发展前景的代际人才。2009 年，民文所继举办两届"国际史诗工作坊"之后，创办了长线发展的口头传统研究跨学科专业集训项目"IEL 国际史诗学与口头传统研究系列讲习班"（简称 IEL 讲习班）。截至 2017 年秋天，在北京相继举办了七届培训活动，课程主题涵盖"理论、方法论和学术史""文化多样性及研究范式的转换""口头文类与跨文类""创编、记忆和传播""文本与语境""传承人与社区""田野研究和数字化建档""口头传统与 IT 技术和互联网""史诗传承的多样性与跨学科研究""图像、叙事及演述"等多学科研究领域，教学案例涉及中外古今数十种语言传统，汇集了超过 70 所国内外高等院校和科研机构的 800 名专家、青年学者和研究生，在国际交流、学位教育、学术对话及人才培养方面取得了预期效果。①

其四，面向东西方国家的双边和多边合作已取得积极成效。民文所先后与美国密苏里大学口头传统研究中心、哈佛大学希腊研究中心、俄亥俄州立大学东亚语言与文明系、芬兰文学学会民俗档案库、日本神奈川大学非文字资料研究中心、越南科学院、韩国学研究院等机构建立了合作关系，还先后与蒙古国科学院语言文学研究所、匈牙利科学院民族学研究所、俄罗斯科学院西伯利亚分院蒙古学和佛学研究所、日本千叶大学文学部欧亚文化科、俄罗斯科学院卡尔梅克历史文化研究所分别就定期开展人员交流、资料复制、合作研究等事宜正式签署了合作协议。组织实施中国社会科学院与荷兰皇家科学院合作研究项目"中国少数民族文化中的史诗与英雄"、中欧社会科学合作研究项目"口头传统的记录与归档：跨学

---

① 2019 年 9 月 18—22 日，第八期 IEL 讲习班将以"口头诗学的多学科视域"为主题继续展开学科间研讨，也是向中华人民共和国成立 70 周年献礼的一种表达。

科研讨"等。通过保持次区域、区域和国际层面的学术对话和开展合作项目，提升学术影响，也为青年学者创造了更多"走出去"的机会，由此也奠定了中国史诗学在国际史诗学和口头传统研究领域的学术地位。

中国史诗学在多方面取得的实质性进展，为一些周边国家史诗研究和非遗保护提供了重要的参考，为促进国际史诗学领域的多边合作和学术交流创造了空间。为此，民文所策划了不定期国际史诗研究系列论坛，以召集全球范围内不同学科及研究领域的学者共同研讨当前史诗研究中的前沿问题。这一计划通过"中国社会科学论坛（文学）"实现，并已连续举办4届，依次为"世界濒危语言与口头传统跨学科研究"（2011年）、"史诗研究国际峰会：朝向多样性、创造性及可持续性"（2012年）、"现代社会中的史诗传统"（2014年）和"口头传统数字化"（2015年），先后邀请了三十多个国家和地区的上百名学者与会，讨论范围涉及亚太、西欧、中东欧、中亚、非洲和拉丁美洲以及中国多民族的数十种从古至今的史诗传统。作为国际史诗学术交流的一个标志性事件，在2012年召开的史诗研究国际峰会上，来自近30个国家和地区的76名学者共同倡议成立国际史诗研究学会，朝戈金当选首任会长。该学会在中国的成立，不仅体现了国际同行对中国史诗学术的期许，也促使我们为更好地开展国际合作和学术对话采取进一步的后续行动。

其五，通过学术研究和科研活动深度融入"一带一路"倡议的实施。近年来，在"一带一路"倡议的框架下，民文所非遗团队与核心期刊《西北民族研究》联合开设"一带一路"专栏；截至目前，团队成员在多家核心期刊共发表12篇专题学术论文。姚慧"以丝绸之路的东西方学术交流为鉴，认为由西方到中国的理论传播在单向输出的话语关系中已基本完成架构，而在中国'一带一路'倡议的背景下，当下乃至未来更需要推进的工作乃是将东西方史诗传统研究纳入多向交流的学术对话之中，在国际合作的视野中重建沿丝绸之路的口头传统研究及其理论和方法论的话语意义"。① 2017年以来，北方民族文学研究室在创新工程项目中持续开

① 姚慧：《重建丝绸之路在东西方学术交流中的话语意义——〈美国民俗学刊〉"中国和内亚活形态史诗"专号述评》，《西北民族研究》2018年第1期。

展"'一带一路'跨境民族文学与文化比较研究"，对跨境共享的史诗传统和民间文学类非遗项目的保护进行了追踪调研。2018—2019 年，蒙古族文学研究室与中国社会科学院"一带一路"国际智库、中国社会科学院亚太与全球战略研究院合作，组织举办了两届丝绸之路传统文化国际学术年会，分别围绕以"丝绸之路文化研究""《江格尔》及史诗学研究""巴·布林贝赫史诗学与诗学思想研究""丝绸之路沿线各民族神话与仪式"等主题展开研讨，同时还推进了英文辑刊《丝绸之路文化研究》的创刊工作。2019 年 5 月 15 日，亚洲文明对话大会在北京开幕。习近平主席在主旨演讲中提出要加强世界上不同国家、不同民族、不同文化的交流互鉴，夯实共建亚洲命运共同体、人类命运共同体的人文基础；5 月 16日，由中国社会科学院国际合作局主办、民文所负责执行的"中国史诗传统巡回展"第一站便走进了哈萨克斯坦阿里 – 法拉比哈萨克国立民族大学，成为深化中哈两国人民之间的人文交流互鉴，促进民心相知相通的一种新型学术对话形式。

其六，深度参与地方、国家和国际层面的非遗保护工作。2003 年 9月，民文所受联合国教科文组织驻华办事处的委托在新疆实施"沿丝绸之路少数民族口头传统紧急调研项目"；2012 年 2 月，民文所成为联合国教科文组织亚太地区非物质文化遗产国际培训中心合作机构。2004 年以来，朝戈金、巴莫曲布嫫、朱刚等多位学者深度参与了地方、国家和国际层面的非物质文化遗产保护工作，为解决该领域的学术史、关键概念、政策制定、保护理念、话语系统、国内外工作路径等重大问题提供了基础性、前瞻性、战略性的科学理论依据、国际经验和实践方略。在他们的努力下，中国民俗学会于 2012 年成功跻身联合国教科文组织保护非物质文化遗产政府间委员会咨询机构，获得向该委员会提供咨询意见的地位（目前经缔约国大会批准的中国学术团体仅有 2 家）；2014 年经竞选，中国民俗学会进入委员会审查机构，在 3 年任期内完成了 145 个国际项目的评审工作（2015—2017）；该团队由朝戈金和巴莫曲布嫫负责，朱刚则为辩论代表。2018 年，朱刚经教科文组织认证，成为全球《非遗公约》培训师网络中的一员。这三个事件堪称中国民俗学学科和专业学术组织迈上国际舞台的重要标志。此外，以民文所口头传统研究中心主持和参与过

"格萨（斯）尔史诗传统""玛纳斯""赫哲族伊玛堪""中国珠算""二十四节气""藏医药浴法"等十多个遗产项目列入教科文组织非物质文化遗产相关名录的申遗工作。

回顾中国史诗学走过的道路，我们认为，今天学科的发展态势至少有几方面的因素。第一，立足本土文化多样性去探索"人类表达文化之根"（弗里语）。中国少数民族史诗的存续力及其活态性和动态性，对于揭示史诗形成和演化规律，对于把握史诗传承和变异规律，对于理解史诗传播和接受过程，对于阐释史诗在特定社会中的形态和功能，都提供了独一无二的类比关联，历来受海内外学界的高度重视。第二，民文所史诗团队大多为本民族学者，民族传统文化的给养、国际学术视野和跨语际工作能力，让他们善于从多角度阐发口头诗学的法则和地方知识的认识论意义，并以口头传统为方法，力倡和践行民族志诗学的基本观照，基于本土化实践的系列成果得到中外学者普遍肯定。第三，对理论方法论的自觉借鉴和学理性转换有明确的目标，旨在解决中国史诗学术自身的问题，从而让学科建设步伐走得更脚踏实地。有学者说过这么一段话："或许他们的引介已经超越了学术思想和研究方法的范畴，而是一种学科发展的经验，其中集合了对于学术共同体、通识教育、人文传统、学科建设等制约现代学术发展之重要因素的深度反思。"① 这一看法部分地回应了前文所述的学术史激辩由来，也与中国民俗学界长期未能化解的"学科自危"问题相关。当然，这是另外的一个话题。

结语　"不忘本来，吸收外来，面向未来"

习近平总书记在党的十九大报告中指出："文化是一个国家、一个民族的灵魂。文化兴则国运兴，文化强则民族强。没有高度的文化自信，没有文化的繁荣兴盛，就没有中华民族的伟大复兴。"这就要求哲学社会科学工作者将"不忘本来，吸收外来，面向未来"作为重要方针落实到学术体系、学科体系、话语体系的各个方面，更好构筑中国精神、中国价

① 朱刚：《哈佛大学燕京学社与中国口头传统研究的滥觞——以中国社会科学院民族文学研究所为例》，《民族文学研究》2018 年第 6 期。

值、中国力量，为人民做好学问。总书记还多次在重要会议上述及"三大史诗"，并将这些史诗作为中国优秀传统文化的代表性成果给予高度评价，称之为"震撼人心的伟大史诗"，是"中国人民伟大创造精神"的生动体现。这些话字字珠玑，凝聚着国家领导人对弘扬中华民族优秀传统文化的价值表述和意义传达，也给史诗研究、民间文学研究、少数民族文学研究乃至中国文学研究提出了更高的要求。

2016 年 6 月，中国社会科学院启动"登峰战略"，民文所的"中国史诗学"作为"优势学科建设"获得立项资助，研究力量从几年前的院级重点学科 12 人扩展为 18 人；平均年龄 43.6 岁，其中高级职称人员 12 人。"中国史诗学"作为优势学科的再次出发，令学统得以承继，令学科发展得以获得更多制度性保障。中国史诗学建设是一个长期的系统工程，依然面临着诸多的挑战：当前史诗研究较以往增添了若干新的关联域，如音乐、戏剧、曲艺、绘画、建筑、传统体育、文化翻译、现代传媒、语料库建设及词频分析等，需要集纳更多的跨学科人才；南方史诗和满—通古斯语族诸民族史诗的知识体系建构还需进一步拓展；中外和域外史诗理论的比较观照尚显薄弱，经典性著述的译介工作滞缓；各民族史诗的汉译工作远远落后于民族文字的出版，在很大程度上也限制了文本研究的广度和深度。这些问题既然存在，就不能弃之不顾，需要大家共同应对。

2017 年，朝戈金在比利时召开的世界人文大会开幕式上讲过这样一句话："机器人可以写诗，但永远不能取代荷马和普希金。"在信息传播技术高速发展和普及的今天，尽管史诗、神话、传说、民间故事等传统文化表现形式通过新的技术手段得以传播、记录、保存、建档，或进入数据库和互联网，或在电影、歌剧、音乐剧、网络文学、微信、快手等各种当代艺术创作和新媒体形式中找到跻身的机会，但不能取代各民族的史诗演述人、故事讲述家和歌手，更不能替代民间生活世界中气韵生动的口头交流艺术。我们更要警醒的是，口头传统历经代代相承，其文化生态却在不到一个世纪的技术进步中连续遭遇各种冲击和积压，史诗或其他民间文学形式的存续力已然面临诸多的威胁和风险。在今后学科发展规划中，我们拟重点实施一系列研究计划，包括田野基地建设与资料学建设并重，传承人的跟踪调查与田野研究，特定史诗传统的长线研究，重点史诗文本的搜集、整理、翻译等；跟踪中外史诗研究的前沿成果，编译经典性史诗学理论读本，民俗学和口头诗学的理论方法论研究，积极探讨非物质文化遗产保护与史诗传统存续力的对策性研究，同时结合国家"一带一路"倡议，加强三大史诗、南北方诸民族跨境史诗传统的调查研究，等等。我们将继续秉持民文所优良的学术传统，坚持在调整中发展，突出优长，整顿队伍，明确方向，保持开放，形成合力，砥砺前行，从而让中国史诗学今后的步履更为稳健。

在即将迎来中华人民共和国成立 70 周年的华诞之际，回看光辉岁月，我们唯有谨记过去的曲折，面对今天的使命，不忘初心，牢记使命，守护好中华民族和人类的共同遗产，并传递给下一代。

本文原载于朝戈金、刘跃进、陈众议主编《新中国文学研究 70 年》，中国社会科学出版社 2020 年版，第 397—426 页。文章删节版《以口头传统作为方法：中国史诗学七十年及其实践进路》刊于《民族艺术》2019 年第 6 期。

巴莫曲布嫫，女，彝族，1964 年 4 月出生，四川省凉山州越西县人，北京师范大学文学院法学博士（民俗学专业）。1988 年 7 月入职中国社会科学院民族文学研究所，历任南方民族文学研究室副主任、民族文学理论研究室主任，现为口头传统研究中心主任，《民族文学研究》副主编，二

级研究员；中国社会科学院大学教授，博士生导师。主要研究方向为彝族古代诗学、口头传统、非物质文化遗产保护。国家社科基金重大项目"中国少数民族口头传统专题数据库建设：口头传统元数据标准建设"首席专家。已出版《鹰灵与诗魂——彝族古代经籍诗学研究》（专著）、《神图与鬼板：凉山彝族祝咒文学与宗教绘画考察》（田野研究报告）、《荷马诸问题》（译著）；代表性论文有《非物质文化遗产：从概念到实践》《叙事语境与演述场域》《"民间叙事传统格式化"之批评》等。中国民俗学会副会长，中国少数民族文学学会副会长，国际史诗研究学会秘书长，中国联合国教科文组织全国委员会咨询专家，联合国教科文组织非物质文化遗产领域专家。相关成果多次获院级优秀科研成果奖；2017 年入选中宣部"文化名家暨四个一批"人才工程；2018 年入选国家哲学社会科学领军人才，同年当选"2017 中国非遗年度人物"。

"回到声音"的口头诗学:以口传史诗的文本研究为起点

朝戈金

　　在西方学术传统中,诗学肇始于古希腊的亚里士多德,并且在一开始就与叙事艺术(荷马史诗)和表演艺术(戏剧)相结合,只是在此后的发展中,诗学偏重总结书面文学的规则。幸好还有莱辛的《拉奥孔》等著作,让我们看到关于书面文学创作和欣赏规律的讨论没有独占鳌头。

　　就"口头诗学"的学术史进行精细的爬梳,不是本文的目的,不过在这里简要地交代口头诗学理念的来龙去脉,仍属必要。"口头程式理论"的开创者之一洛德(Albert Bates Lord,1912—1991)在 1959 年发表了《口头创作的诗学》① 一文,系统地探究了口头史诗创作中的语音范型及其功能、作用。他进而在 1968 年明确提出了"口头诗学"这一概念:

　　　　当然,现在荷马研究所面临的最核心的问题之一,是怎样去理解口头诗学,怎样去阅读口头传统诗歌。口头诗学与书面文学的诗学不同,这是因为它的创作技巧不同的缘故。不应当将它视为一个平面。传统诗歌的所有因素都具有其纵深度,而我们的任务就是去探测它们

---

① Albert B. Lord, "The Poetics of Oral Creation", in *Comparative Literature*:*Proceedingsof the Second Congress of the International Comparative Literature Association*, ed. Werner P. Friederich, Chapel Hill:University of North Carolina Press, 1959, pp. 1–6.

那有时是隐含着的深奥之处，因为在那里可以找到意义。我们必须自觉地运用新的手段去探索主题和范型的多重形式，而且我们必须自觉地从其他口头诗歌传统中汲取经验。否则，"口头"只是一个空洞的标签，而"传统"的精义也就枯竭了。不仅如此，它们还会构造出一个炫惑的外壳，在其内里假借学问之道便可以继续去搬用书面文学的诗学。①

不过，迄今为止，在若干重要的工具书中，简明的如《牛津简明文学术语词典》（Oxford University Press，2004），专业的如《普林斯顿诗歌与诗学百科全书》（Princeton University Press，4th edition，2012），或者中国学者编纂的《世界诗学大辞典》（春风文艺出版社 1993 年版），都没有 oral poetics 或"口头诗学"词条。在中国文学史的书写中，也未见对于口头传统的专门讨论和总结，众多以诗话面目出现的文论成果，都与口头诗歌法则的总结无关。另外，"口头诗学"这个术语已经被学者创造、使用，而且近年随着口头传统研究的拓展，需要对口头诗学作出学理性总结和界定。本文就是这项复杂工作的一个初步的尝试。

一　引论：口头程式理论与口头诗学

按照我的理解，口头诗学的体系建构始于 20 世纪 60 年代。虽然按照美国学者朱姆沃尔特（Rosemary L. Zumwalt）的说法，在 18 和 19 世纪"大理论"时期已经有学者如赫德尔等一批人对口头传统的存在方式和意义作出了重要的总结，② 但那些讨论只能算是关于口头诗学理论的前史。20 世纪中叶，是口头诗学理念形成的关键时期，其标志是几个重要事件：口头程式理论的集大成之作《故事的歌手》（1960 年）面世，标志口头程式理论的出场。几乎同时，在西欧和北美爆发了关于书写文化与口头文化对人类文明进步推动作用的史称"大分野"的激烈争论，若干来自不

---

① Albert B. Lord，"Homer as Oral Poet"，*Harvard Studies in Classical Philology*，Vol. 72，1968，p. 46.

② ［美］朱姆沃尔特:《口头传承研究方法术语纵谈》,《民族文学研究》2000 年增刊。

同领域的巨擘,如传播学家麦克鲁汉(Marshall McLuhan),结构主义人类学家列维-斯特劳斯(Levi-Strauss),社会人类学家杰克·古迪(Jack Goody),以及古典学者埃瑞克·哈夫洛克(Eric Havelock)等,都参与这一波激辩。① 从20世纪60年代前期开始延续了差不多十年之久的"伦敦史诗讲习班"及其若干年后集结为两大卷的成果《英雄史诗传统》② 则在一定程度上反映了史诗研究范式从文学学向口头诗学转化的历史过程。③ 1970年,"民族志诗学"学派在北美应声而起,其阵地《黄金时代:民族志诗学》(Alcheringa:Ethnopoetics)创刊并发生影响。④ 例如,其代表性人物、美国人类学家丹尼斯·泰德洛克(Dennis Tedlock)就提出:"口头诗歌始于声音,口头诗学则回到声音。"⑤ 此外,一些并未跻身这些学派的学者的贡献,像英国开放大学教授露丝·芬尼根(Ruth Finnegan)关于非洲口头文学的著作,美国圣路易斯大学教授瓦尔特·翁(Walter Ong)对于"口头性"的文化哲学层面的讨论,都对人文学术界发生了深刻的影响。在20世纪80年代,学刊《口头传统》(Oral Tradition)创刊,其创办人兼口头传统研究的新主帅约翰·弗里(John Miles Foley)开始整合战线,聚集队伍,而且身体力行,开创口头诗学的崭新局面。⑥

　　通过以上简要回顾,我们有如下两点归纳:一,口头诗学所要解决的问题,是口头诗歌(其实是整个口头传统)的创编、流布、接受的法则问题,这些法则的总结需要有别于书面文学理论和工具的理念、体系与方法;二,口头诗学是整个诗学中的重要一翼,并不独立于诗学范畴之外,只不过在既往的诗学建设中长期忽略了这一翼,就如文学研究长期忽略了

---

① 巴莫曲布嫫:《口头传统·书写文化·电子传媒体》,《广西民族研究》2004年第2期。

② *Traditions of Heroic and Epic Poetry*,London:The Modern Humanities Research Association,1980,1989。

③ 朝戈金:《国际史诗学术史谫论》,《世界文学》2008年第5期。

④ 戴尔·海默斯(Dell Hymes)等人所创立的"讲述民族志"(The Ethnography of Speaking)的理论方法,与"民族志诗学"(Ethnopeotics)有很密切的关联,我大体上把它们列入这个思潮中。

⑤ Dennis Tedlock,"Towards an Oral Poetics",*New Literary History*,Spring,1977,p. 157.

⑥ 朝戈金:《约翰·弗里与晚近国际口头传统研究的走势》,《西北民族研究》2013年第2期。

民间口头文学一样。

　　需要说明的是，本文的重点不在全面观照口头诗学的概念、体系和理念，而是拟从口传史诗的研究出发，形成某些关联性思考，重点讨论"文本"（text）与"声音"（voice）两个要素。其实任何口头文类（oral genre）都可以成为口头诗学研究的材料，这里选取口传史诗作为出发点，不过是因为口传史诗的研究相较于其他文类的研究而言，历史更久，成果更丰富，理论思考上也更有深度，特别是作为口头诗学核心理念的口头程式理论就主要从史诗文类中创用工具、抽绎规则并验证理论预设，更为我们从史诗出发讨论问题提供了很大的便利。①

二　口头诗学与书面诗学：文本的维度

　　口头诗学在中国也有推介和讨论，② 近年更成为一批学位论文和研究课题的主要方向，只是其中用口头诗学的某个环节的理论解析特定文本或传统的居多，侧重理论的体系性建设的不多。我们先从文本的角度入手，看看一般诗学与口头诗学在理解和解析一宗叙事文本方面，有什么样的差异。书面文学研究范畴的"文本"被理解为语言的编织物，并且时刻处于编织之中。③ 有学者认为，书面文学的文本解析应当在四个层次上展开：第一个层次是辨析语言，对作品进行语言结构分析与描述；第二个层次是体察结构，从结构地位、结构层次和结构本质几个方面进行体察；第三个层次是剖析文本间的联系，即揭示互文性——依征引方式和互文效果划分，有引用、粘贴、用典和戏仿四种形式；第四个层次是揭示其文化价值——历史和意识形态因素也是理解文本必定涉及的方面。④ 那么就让我们大体循着文本的这几个层次，逐一对照一下口头诗学的文本和书面诗学的文本差异何在。

---

　　①　参见朝戈金《从荷马到冉皮勒：反思国际史诗学术的范式转换》，《中国社会科学院文学研究所学刊》（2008），中国社会科学出版社 2008 年版，第 1—39 页。

　　②　如朝戈金《关于口头传唱诗歌的研究——口头诗学问题》，《文艺研究》2002 年第 4 期。

　　③　董希文：《文学文本理论研究》，社会科学文献出版社 2006 年版，"摘要"第 1 页。

　　④　同上书，第 2—3 页。

　　版本问题。在书面文学的批评实践中，一般只需要指出所用的是哪个版本，若是有多种版本，则往往以科学的"精校本"为主，一般不需要再为行家里手反复解释版本问题。尤其是"版本发生学"所感兴趣的诸多问题——"前文本""手稿""修改誊清稿""清样""辨读"和抄写，乃至写本的技术分析等等，基本不是文本解析的主要内容，因为文本一旦批量制作并进入流通领域，文学接受就开始在受众间随时发生。创作者和传播者（往往是出版商）都不能再以各种方式直接介入文学接受过程，影响文学接受的效应。口头文学传统中的文本，则与此有很大差异。口头程式理论的一代宗师洛德就曾指出，在口头诗歌中，并没有"权威本"或"标准本"。就同一个故事而言，演述者每次演述的，是"这一个"文本，它与此前演述过的和今后可能多次演述的同一个故事，是既有联系，又有区别的。大量田野实践证明，尤其对于那些篇幅较长的叙事而言，歌手每一次演述的，必定是一个新的故事，因为演述者不是用逐句背诵的方式，而是用诸多口头诗学的单元组合方式记住并创编故事的。所以，歌手的成熟程度，往往是以其曲目库的丰富程度和他所掌握的各种"结构性单元"（程式、典型场景和主题等）的丰富程度来衡量的。故事的每次演述，都是一次现场"创编"。① 所以，口头诗学开始研究文本时，先要就文本的形成作出说明和界定：是谁演述的？在什么环境中（时间、地点、听众等信息）？文本是如何制作出来的（现场文字记录，录音录像）？谁参与了文本制作（采访者、协力者等）？如果不是第一手资料，而是某个历史上形成的文本，那么，是抄本、刻本、提词本、转述本、速记本、缩略本、录记本、图文提示本中的哪一种，都需要仔细认定并作出说明。

　　语言问题。书面文学的文本，在读者面前，是一系列符号串，一般是固定的，不因阅读环境和受众的不同而改变。而口头诗学中的文本，是一系列声音符号串，它们在空气中线性传播，随着演述结束，这些声音的文本便消失在空气中。所以，一次故事讲述，就是一个不可重复的单向过

————————

　　① ［美］阿尔伯特·贝茨·洛德（Albert Bates Lord）：《故事的歌手》，尹虎彬译，中华书局 2004 年版，第五章。

程。从这个意义上说，书面文本是有形的，作家借助书写符号传递信息；而口头文本是无形的，口头演述人借助声波传递信息。今天，人们可以用技术手段记录下演述活动，形成视频和音频文档，或用书写符号记录下文本的语言，但就本质而言，口头文本仍然是线性的、单向的、不可逆的声音过程。在作家文学中，作家形成个人语言风格，乃是其艺术造诣的标志，是许多作家梦寐以求的境界。而在口头文学的传承和演述中，歌手的个人语言风格，是与特定传统和师承、特定地区和方言、特定流派和风格相联系的，很难说哪个民间叙事者具有鲜明的"个人语言风格"。

　　结构问题。书面文学的结构，往往体现作者的巧思，体现某个或某些文学传统中形成的审美理念和接受心理，例如戏剧文学的"三一律"、长篇小说中的"复调结构"、古典史诗情节的"从中间开始"，或如丹麦民俗学家奥里克（Alex Olrik）所总结的"口头叙事研究的原则"，都是努力在结构层面上归纳出的规律性。① 不过一般而言，作家的创作思维活动更难以预测，因为他们要力避公式化结构。而口头诗学中的结构，则显现出很不同的特质：口头诗人高度依赖程式化的结构，这也是为什么许多民族的史诗具有极为简单的几个"类型"，如统御蒙古史诗的故事范型，按照仁钦道尔吉的总结，不外是"征战型""婚姻型""结盟型""传记型"等几种，且各有其结构特征。在人物结构方面，史诗则充分地体现出了在口头传统中常见的"对抗的格调"。② 其实，一个世纪之前，奥里克就在其《民间叙事的史诗法则》中特别论及"对照律"（the Law of Contrast），认为这种正反鲜明对比的设置是史诗的重要法则之一。③ 至于中国的本土经验，巴·布林贝赫在《蒙古英雄史诗诗学》中总结说，这种英雄一方与恶魔一方强烈对比的设置可称作"黑—白形象体系"，在蒙古史诗中极

---

　　① Axel Olrik, *Principlesfor Oral NarrativeResearch*, trans. by Kirsten Wolf and JodyJensen, Bloomington and Indianpolis：Indiana University Press，1992，Chapter 3：The Structure of the Narrative：The Epic Laws.

　　② ［美］瓦尔特·翁：《基于口传的思维和表述特点》，《民族文学研究》2000 年增刊。

　　③ Axel Olrik, "Epic Laws of Folk Narrative", in *International Folkloristics：Classic Con-tributions by the Founders of Folklore*, ed. Alan Dundes, Lanham MD：Rowman & Littlefield Publishers, Inc. , 1999, pp. 83 - 98.

为常见。① 就讲故事的技巧而言，在故事整体结构设置方面，鲜有小说家在一开始就把整个故事的走向和结尾一股脑端给读者，而在史诗演述中，这却是极为常见的。以蒙古史诗为例，一个故事的"开始母题"，往往预示整个故事的走向，弗里称这种现象为"路线图"。一个信使出现，或者主人公的一则噩梦，往往都预示着故事将以战争为重点展开。总之，拥有特定的故事发展"图式"，歌手依照特定的类型或亚类型的法则演述故事，这是十分常见的现象。

如果说，讲故事的技巧还能够穿越书面文学和口头文学的藩篱，彼此影响和借鉴的话（回想一下中国古典文学名著《三国演义》和《水浒传》等具有多么鲜明的口头讲述特点，便可以理解这一点），那么在创编、传播和接受的主要方面，书面文学和口头文学两者的差异要大得多。按照洛德所撰口头程式理论的圣经（指《故事的歌手》）中的说法，不是用口头吟诵的诗歌就叫作口头诗歌，而是口头诗歌是在口头演述中创编的。换句话说，口头文学的创作、传播和接受是在同一时空中开展和完成的。这是口头文学与书面文学最本质的差别。书面文学的创作、流通和接受，是彼此分离的，这种分离有时候可以跨越巨大的时空距离。一个读者的案头可以同时放着两千多年前诗人屈原的《离骚》，一百多年前美洲诗人惠特曼的《草叶集》汉译本，或不久前刚面世的彝族诗人吉狄马加的《圣殿般的雪山》。作家创作活动和读者阅读活动是在不同的时空维度中各自进行的，读者的反应不会直接影响到已经完成的作品。而口头创作与此不同，受众的喧哗、呼喊、语词回应和互动，乃至受众的构成成分，都会影响到口头创编的进程和内容。这方面我们有无数的事例。

就文学文本的整一性而言，作家的写作一旦完成定稿，其意义制造就完成了。读者因时代社会的不同，各自修养、知识积累和人生体悟的多寡深浅，对作品的理解自然会各有不同，但读者不会参与制造和改变意义。对于民间歌手而言，情况则十分不同：意义的制造和传递的过程，是演述者和受众共同参与的过程，其意义的完成过程，也是受众参与的过程。再者，民间演述人的每一次讲述活动，都是一次新的"创编"。从这个意义

---

① 巴·布林贝赫：《蒙古英雄史诗的诗学》（蒙古文），内蒙古教育出版社 1997 年版。

上说，作家的创作有个完结，民间歌手的创编没有完结。由于场域的不同，受众的不同，环境和背景的不同，演述人艺术积累程度的不同、情绪心境的不同等等的制约，同样故事的不同时间和场合的讲述，彼此间往往会很有差异，形成不同的文本。每个演述场域中"在场"要素的作用，都会引起特定故事文本"在限度之内的变异"。近年来关于"五个在场"的总结，就比较充分地解析了这个过程。①

文学接受问题。书面文学诉诸目，口头文学诉诸耳，以"声音"为承载物。诚然，作家作品也会被朗诵，口头文学也会被文字记录，但就实质而言，口头文学是给受众聆听的，书面文学是给读者阅读的。也就是说，到了书面文化发达的社会中，一些原本有着口头创作来源的叙事，最终被以文字记录下来，乃至经过文人的整编、改写和打磨，成为主要供阅读的"书面文学"了。从纯粹的无文字社会的文学传播形态，到文字在世界各地被发明和使用之后，不同的文明传统先后以各种方式进入口头传承与书面写作并行的阶段，在这个阶段里，我们能看到大量彼此互相渗透的现象。在阅读占据支配地位的社会中，"声音"的文学渐次隐退或削弱，语言所特有的声音的感染力、声音的效果乃至声音的美学法则，变得不大为人们所关注。若再深究一步，阅读本身虽然是用眼睛，但默诵之际，难免不会引起大脑关于特定语词的声音的联想和感应。另外，与阅读可以一目十行，可以前后随意翻看，可以反复品咂某些段落相比，聆听则要被动得多，亦步亦趋地跟着演述者的声音信号走，不能"快进"乃至"跳过"某些不感兴趣的段落或者感到啰唆冗长的表述，一般也不能"回放"重温某些深感精彩的段落，等等。于是可以这样说，受众参与了口头传承的意义制造和意义完成，但就进程而言一般居于受支配的地位。

文学创造者问题。从一般印象出发，人们往往会在作家和民间艺人之间划出一条清晰的分界线，线的一边是作家，他们是"人类灵魂的工程师"，是社会中的精英阶层，长期以来广受赞誉和仰慕。优秀的作家往往卓尔不群，有鲜明的文学个性，且以独创能力和艺术才能得到肯定。民间

①　廖明君、巴莫曲布嫫：《田野研究的"五个在场"》，《民族艺术》2004 年第 3 期。

语词艺术的演述者则不同，他们是草根，植根于民众当中，往往就是民众当中的一员，并不因为擅长演述艺术就得到特别的尊重。他们往往是鲜活生动的民间语言的巨匠，但几乎没有人会赞赏他们的"独创能力"，若是他们背离了传统和规矩，反而颇遭非议。对于文人作家来说，独创性是命根子；对于民间演述人来说，合于规矩才是命根子。成为作家有千万条道路，成为艺人也需要长期的锤炼。作家按写作文类分，如小说家、散文家、诗人、戏剧家等等，民间艺人也大抵如此，分为祝赞词歌手、史诗歌手、故事家等等。一些作家会跨文类写作，一些民间歌手也会跨文类演述，如著名史诗歌手同时是祝赞词好手和故事讲述达人的情况比较常见。作家写作时，胸中有大量素材的积累；民间歌手创编故事时，除了要在"武库"中存有大量故事之外，还要有急智，能够在"现场创编的压力下流畅地讲述"故事。这是他们的拿手好戏，未经过千锤百炼的歌手，不可能从容流畅，滔滔不绝。

三　口头文本与口头诗学的理论模型

口传文本的再一个特点，是文本间的互涉关联。洛德强调："在富于种种变化的方式中，一首置于传统中的歌是独立的，然而又不能与其他的歌分离开来。"[1] 在史诗研究中，在肯定某一个文本本身的相对性之后，文本性（textuality）的确体现了"史诗集群"一个极重要的特性——文本与先在的文学传统之间的关系。实际上，也没有任何文本是真正独创的，所有文本（text）都必然是口头传统中的"互文"（inter-text）。互文性（Intertextuality）最终要说明的是：口传史诗文本的意义总是超出给定文本的范围，不断在创编—演述——流布的文本运作过程中变动游移。文本间的关系形成一个多元的延续与差异组成的系列，没有这个系列，口头文本便无法生存。就系列性叙事而言（如《玛纳斯》），一个诗章可以看作是一个相对独立的文本，但同时又是更大文本的一个组成部分，它们之间通常是共时、共生的关系，互相印证和说明，也会产生某些细节上的抵牾，这与书面文学的章节关系和顺序设置有明显不同。有经验的受众也是

---

[1]　Albert B. Lord, *The Singer of Tales*, Cambridge：Harvard University Press, 1960, p. 123.

在众多诗章构成的意义网络中理解具体叙事的。意义网络的生成,则往往是在故事的反复演述中,经由多种方式的叠加完成的。就此而言,口传文本的存在方式和流传方式不是独立自足的,而是依靠一种特殊的文本间关系得以展示的。

口头文本的一个重要属性是其程式化表达。根据"帕里—洛德理论"的文本分析模型,通过统计《贝奥武甫》手稿本里呈现的"程式频密度"来证明该诗曾经是口头作品的做法,具有典范意义。克莱伊司·沙尔(Claes Schaar)与肯普·马隆(Kemp Malone)否定马古恩所提出的《贝奥武甫》是吟游诗人即兴创作的歌的推论。马古恩的学生罗伯特·克里德(Robert P. Creed)在分析了《贝奥武甫》手稿本全文的程式后,指出这一手稿本与口头传统存在着必然的而且毫无例外的关联。① 通过对《贝奥武甫》主题的比较分析,洛德认为《贝奥武甫》手稿本属于口述记录文本的类型,并非"过渡性"的文本。②

民间文艺学和民俗学对文本有基于自己学科范式的理解。伊丽莎白·法因(Elizabeth C. Fine)在其《民俗学文本——从演述到印刷》一书中用了很长的篇幅回溯了美国民俗学史上关于文本问题的探讨及民俗学文本理论的渊源和发展,概括起来其共有四个层阶的演进:第一,民族语言学的文本模式;第二,文学的文本模型;第三,演述理论前驱的各种文本界说,包括布拉格学派、帕里—洛德的比较文学方法、社会思想的重塑学派及讲述民族志等;第四,以演述为中心的文本实验。③ 这四个层级各自的重心和承续关系,需要另外撰文讨论,我们只想再次强调洛德这句话:"一部歌在传统中是单独存在的,同时,它又不可能与其他许许多多的歌割裂开来。"④ 对口头文本的解读和阐释,也就不可能脱离开该文本植根的传统。

---

① 详细论述参〔美〕约翰·迈尔斯·弗里(John Miles Foley)《口头诗学:帕里—洛德理论》,朝戈金译,社会科学文献出版社 2000 年版,第 162—167 页。

② 〔美〕洛德:《故事的歌手》,尹虎彬译,中华书局 2004 年版,第 289 页。

③ Elizabeth C. Fine, *The Folklore Text*: *From Performance to Print*, Bloomington and In-dianpolis: Indiana University Press, 1984, Chapter 2.

④ 〔美〕洛德:《故事的歌手》,尹虎彬译,中华书局 2004 年版,第 178 页。

迄今为止，在中国发现的史诗文本形态也是多种多样的。以载体介质论，有手抄本、木刻本、石印本、现代印刷本；以记录手段论，有记忆写本、口述记录本、汉字记音本、录音誊写本、音频视频实录本等；以学术参与论，有翻译本、科学资料本、整理本、校注本、精选本、双语对照本乃至四行对译本；以传播—接受形态论，则有口头文本或口传文本，源于口头的文本或与口传有关的文本，以及以传统为取向的文本；以解读方式论，有口头演述本、声音文本、往昔的声音文本以及书面口头文本①。

美国史诗学者约翰·弗里和芬兰民俗学家劳里·杭柯（Lauri Honko）等学者，相继对口头史诗文本类型的划分与界定作出了理论上的探索，他们依据创作与传播过程中文本的特质和语境，从创编、演述、接受三方面重新界定了史诗的文本类型，并细分为三类，见下表②：

文本类型 ＼ 从创编到接受	创编 Composition	演述 Performance	接受 Reception	史诗范型 Example
1. 口头文本或口传文本 Oraltext	口头 Oral	口头 Oral	听觉 Aural	史诗《格萨尔王》 EpicKingGesar
2. 源于口头的文本 Oral-derivedText	口头/书定 O/W	口头/书定 O/W	听觉/视觉 A/V	荷马史诗 Homer'spoetry
3. 以传统为取向的文本 Tradition-orientedtext	书写 Written	书写 Written	视觉 Visual	《卡勒瓦拉》 Kalevala

把握口头诗歌的多样性及其重要意义，在一定程度上还需要穿越传统、文类，尤其是穿越诗歌的载体形式——介质。③ 根据这一主张，弗里进而在其《怎样解读一首口头诗歌》一书中依据传播介质的分类范畴，

① 参见朝戈金、尹虎彬、巴莫曲布嫫《中国史诗传统：文化多样性与民族精神的"博物馆"国际博物馆》（联合国教科文组织全球中文版）2010 年第 1 期。

② 详见朝戈金、尹虎彬、巴莫曲布嫫《中国史诗传统：文化多样性与民族精神的"博物馆"》，《国际博物馆》（联合国教科文组织全球中文版）2010 年第 1 期。此中英文对照表据巴莫曲布嫫《史诗传统的田野研究》，博士学位论文，北京师范大学，2003 年。

③ John Miles Foley, *How to Read an Oral Poem*, Urbana and Chicago: University of Illi-nois Press, 2002, p. 50.

提出了解读口头诗歌的四种范型，见下表：①

Media Categories 介质分类	Composition 创编方式	Performance 演述方式	Reception 接受方式	Example 示例
Oral Performance 口头演述	Oral 口头	Oral 口头	Aural 听觉	Tibetan paper-singer 西藏纸页歌手
Voiced Texts 声音文本	Written 书写	Oral 口头	Aural 听觉	Slam poetry 斯拉牧诗歌
Voices from the Past 往昔的声音	O/W 口头/书写	O/W 口头/书写	A/W 听觉/书面	Homer's *Odyssey* 荷马史诗《奥德赛》
Written Oral Poems 书面的口头诗歌	Written 书写	Written 书写	Written 书面	Bishop Njegoš 涅戈什主教

　　然而值得注意的是，近年来随着数字化技术的不断进步，本土社区的许多歌手开始自发录制自己的史诗演述，其中也包括听众。录制从早期的盒带到当下的微型摄像机，录制者有的为了自我欣赏，有的为了留作纪念，有的为了替代通宵达旦的口头演述，有的甚至为了挣钱。如何看待这类社区生产的音视频电子文本，也同样成了学界需要考量的一个维度，尤其是这种自我摄录的行动多少受到了媒体、记者尤其是学者纷纷采用数字化技术手段进行纪录的影响，从而在民众中成为一种时尚。还有，近年来，在青海省果洛州德尔文部落悄然兴起的"写史诗"，则是用书写方式记录记忆中的文本（歌手自己写），或是记录正式或非正式的口头演述（歌手请人代写自己的口头演述），这样的自发行动同样值得关注。此外，我们在田野中还发现以其他传统方式承载的史诗叙事或叙事片段，如东巴的象形经卷、彝族的神图（有手绘经卷和木版两种）、藏族的格萨尔石刻和唐卡、苗族服装上的绣饰（史诗母题：蝴蝶歌、枫树歌）、畲族的祖图等等，这些都可谓有诗画合璧的传承方式，同样应该纳入学术研究考察的范围中来。

---

　　① 本表摘译自 John Miles Foley，*How to Read an Oral Poem*，Urbana and Chicago：University of Illinois Press，2002，p. 52。

四　大脑文本与口头诗学的实证方法

在讨论口头文本的生成理论机制上，劳里·杭柯 1998 年出版的《斯里史诗的文本化》（Textualising the Siri Epic）是阐述口头诗学视野下文本观念方面的一部扛鼎之作，它从新的视角观照口头文本生成的机理。杭柯提出"大脑文本"（mental text）概念，试图解答口头的"文本"在歌手脑海里是如何习得和存储的。在杭柯看来，大脑文本属于"前文本"（pre-text）范畴，是歌手演述一部史诗之前的存在。大脑文本主要由四种要素组成：一，故事情节；二，构成篇章的结构单元，如程式、典型场景或主题等；三，歌手将大脑文本转换成具体的史诗演述事件时遵循的诗学法则；四，语境框架，例如在演述史诗之前对以往演述经历的记忆。① 这些要素在大脑文本里并非彼此独立，而是相互关联，且按照一定法则组合在一起，以适应歌手每一次演述的需求而被反复调用。

大脑文本是歌手个人的，这一点毫无疑问。歌手通过聆听、学习、记忆、模仿、储存和反复创造性使用等过程，逐步建构起他的大脑文本。这个大脑文本，一般而言，是任何具体演述的源泉，远大于那些具体的叙事。歌手的毕生演述，可能都无法穷尽大脑文本。由于大脑文本是传统的投射和聚集，所以，不同歌手的大脑文本既是特定的、与众不同的，又是可以相互借鉴和学习的、共享的、传承的，如特定的程式、典型场景、故事范型等要素。

大脑文本的现象，能够在一定程度上解释歌手演述故事时出现异文的现象——同一则故事在不同的讲述场合有差别。根据大量田野调查所获得的信息，我们大略可以说，在歌手的大脑中，故事的材料不像中药铺的抽屉那样精确地分门别类存储，而是以更为多样链接的方式存储。我甚至推测，可能"声音范型"在调用材料即兴创编时，发挥索引和引导作用。而且，大脑文本具有很强的组构特性。在南斯拉夫的田野调查表明，一个有经验的歌手，哪怕刚听到一则新故事，也能立即讲述出来，而且学来再

---

① Lauri Honko, *Textualising the Siri Epic* (*Folklore Fellows' Communications 264*), Helsinki: Academia Scientiarum Fennica, 1998, p. 94.

讲的故事，比原来的故事还要长，细节还要充盈。① 另外，在不同的叙事传统中，都能够见到歌手在演述大型韵文体裁时，往往调用祝词、赞词、歌谣、谚语、神话等等其他民间文类整编到故事中。这也说明，大脑文本往往是超文类的，也是超链接的。

杭柯使用大脑文本的概念阐释了伦洛特（Elias Lönnrot）的《卡勒瓦拉》编纂过程。伦洛特搜集了大量芬兰口头诗歌，逐步在脑海里形成了《卡勒瓦拉》的大脑文本。文字版的《卡勒瓦拉》是伦洛特大脑文本的具体化，是他基于传统的创编。他是介乎文人诗人和民间歌手之间的创编者。他所掌握的口头诗歌材料比任何史诗歌手都要多，所以他反而比那些歌手都更有条件整理和编纂大型诗歌作品，当然是依照民间叙事的法则。他所编纂的不同版本的《卡勒瓦拉》，丰约互见，恰似民间歌手的不同讲述，长短皆有。通过对土鲁（Tulu）歌手古帕拉·奈卡（Gopala Naika）演述活动的实证观察，杭柯推演了大脑文本的工作模型。奈卡给杭柯演唱《库梯切纳耶史诗》（Kooti Cennaya）用去 15 个小时，史诗计 7000 行，而同一个故事在印度无线广播上用 20 分钟就讲述完了。杭柯要求奈卡以电台方式再讲一次，结果奈卡又用了 27 分钟。奈卡自己认为，他三次都"完整地"讲述了这首史诗，因为骨架和脉络皆在。② 显然，在歌手的大脑中，故事的基本脉络是大体固定的，其余的是"可变项"。这令我想起马学良早年述及的苗族古歌演述中的"歌花"和"歌骨"现象。"歌骨"是稳定的基干，"歌花"则是即兴的、发挥的、非稳定的成分③。总之，歌手的故事是有限的，而大脑文本则是无限的。

当然，有的史诗传统更强调文本的神圣来源和不可预知。西藏史诗传统中的"神授""掘藏"和"圆光"等类艺人，其学艺过程和文本形成的认知，就与杭柯的大脑文本概念相抵牾。根据"神授"的说法，

---

① ［美］洛德：《故事的歌手》，尹虎彬译，中华书局 2004 年版，第 111 页。

② Lauri Honko, *Textualising the Siri Epic* (*Folklore Fellows' Communications 264*), Helsinki: Academia Scientiarum Fennica, 1998, p. 30.

③ 马学良：《素园集》，中国民间文艺出版社 1989 年版，第 191 页。

史诗文本是一次性灌注到歌手脑海中的,是有神圣来源的,是被客体化了的文本。而"圆光"艺人需要特定的道具作为载体传输故事信息,等等。对这些现象的科学解释,要留待进行了更为全面细致的田野调查后才能展开。

五　余论

中国学者已经开始参与到关于口头文本的学理性思考中,并依据中国极为丰富的文本和田野实证资料,提供某些维度的新说法。例如,巴莫曲布嫫博士关于彝族勒俄叙事传统中"公本"和"母本"、"黑本"和"白本"的特殊分类和界定问题,就为口述文本在社会语境中的多维解读提供了范例。[①] 高荷红博士关于满族说部传承人可以界定为"书写型传承人"的分析,[②] 吴刚博士关于达斡尔族"乌钦"的研究[③],都是解析和总结介乎口头传统与书写传统之间的特殊文本类型的有益尝试,其中不乏新见。笔者也曾讨论过口头文本"客体化/对象化"(objectification of oral text) 现象的成因和规律。[④] 从杭柯"大脑文本"的无形到"客体化"的有形,或者说"赋形",正是口头诗学向纵深迈进的一种标志。

诚然,口头文本是活的,其核心形态是声音,对声音进行"文本化"后的文字文档,不过是通过这样那样的方式对声音文本的固化。然而,恰恰是这种对口传形态的禁锢和定型,又在另外一个层面上扩大了声音文本的传播范围,使其超越时空,并得以永久保存。世界上迄今所知最早的史诗——巴比伦的《吉尔伽美什》就是一个极好的例子,荷马史诗、印欧诸多其他史诗也都类似。法国学者曾托尔和恩格尔哈特曾提出:"我们缺少有普遍参照意义的术语,或可称作'声音的诗学'(poetics of

---

① 巴莫曲布嫫:《叙事型构·文本界限·叙事界域:传统指涉性的发现》,《民俗研究》2004年第3期。

② 高荷红:《满族说部传承研究》,中国社会科学出版社2011年版。

③ 吴刚:《从色热乌钦看达斡尔族口头与书面文学关系》,《文学与文化》2011年第3期。

④ Chao Gejin, Oral Epic Traditions in China, www. oraltradition. org/articles/webcast。

the voice）。"① 随着书写文明的飞速扩张，口头诗学得以植根并发展的以口头传统作为信息传播主要方式的社会，如今看上去正逐渐萎缩。不过，按照弗里的见解，口头传统是古老而常新的信息传播方式，在新技术时代也获得了新的生命力，表现在网络空间中、日常生活中、思维链接中，所以是不朽的。

原载于《西北民族研究》2014 年第 2 期

　　朝戈金，蒙古族。1958 年生于内蒙古自治区呼和浩特市。法学（民俗学专业）博士。中国社会科学院学部委员、学部主席团成员、文哲学部主任。任中国社科院民族文学研究所所长、研究员，任学术委员会、职称委员会主任。兼任中国社科院大学教授、博士生导师、系主任。

　　研究领域为民俗学、民间文艺学、中国少数民族文学。有著作、论文、编著、译著、译文百余种在中国、美国、德国、日本、俄罗斯、蒙古、越南、马来西亚等国以多种文字发表。目前主持两个国家社科基金重

　　① Paul Zumthor and Marilyn C. Engelhardt, "The Text and the Voice", *New Literary History*, Vol. 16, No. 1（Autumn 1984）, p. 73. 另外曾托尔最晚近的成果《口头诗歌通览》的第一章便集中地考察了口头的再创作过程中 "声音的在场"（the presence of voice）问题。参见 Paul Zumthor, *Oral Poetry: An Introduction*, trans. by Kathy Murphy-Judy, Minneapolis, MN: U-niversity of Minnesota Press, 1990, Chapter 1。

大委托项目"中国少数民族语言与文化研究"和"格萨（斯）尔抢救、保护与研究"。

主要国内学术兼职：国务院第七届学科评议组成员（中国文学），国家社科基金评委，中国作家协会少数民族文学委员会副主任，文化和旅游部非物质文化遗产工作评审专家。中国民俗学会荣誉会长、中国蒙古文学学会荣誉会长。中国少数民族文学学会会长，中国江格尔研究学会会长，中国蒙古学会副会长，中国大众文化学会副会长、太湖国际文化论坛副主席。

主要国际学术兼职为：国际哲学与人文科学理事会（CIPSH，2014—）主席，国际史诗研究学会（ISES，2012—）会长，联合国教科文组织亚太地区非物质文化遗产国际培训中心（CRIHAP）管委会委员等。

编辑工作：任《民族文学研究》（双月刊）、Studies on Cultures Along the Silk Roads（《丝绸之路文化研究》）主编。任《中国社会科学》《第欧根尼》、Oral Tradition（《口头传统》，美国）、Cultural Analysis（《文化分析》，美国）、Aman Johiyal Sudulul（《口头文学研究》，蒙古国）、эпосоведение（《史诗研究》，俄罗斯）等刊物编委。

口头程式理论在中国的译介与应用

——基于中国知网(CNKI)期刊数据库文献的实证研究

郭翠潇

口头程式理论（Oral Formulaic Theory）是口头诗学（oral poetics）的核心理论，由哈佛大学古典学学者米尔曼·帕里（Milman Parry）和阿尔伯特·贝茨·洛德（Albert Bates Lord）师生共同创立。帕里和洛德吸收了语言学、人类学等学多学科的理念和方法，以古希腊文学和前南斯拉夫史诗为研究对象，力图阐释口头诗歌的创编规律和传播过程。该理论自20世纪二三十年代创立以来，不但在美国民俗学界产生了重要影响，而且在全世界众多传统的研究中得到了应用。这一理论"已经决定性地改变了理解所有这些传统的方式……为开启口头传统中长期隐藏的秘密，提供了至为关键的一把钥匙"。①

20世纪60—70年代，美国的汉学家和在美华人学者率先将口头程式理论应用于中国文学研究，如傅汉思（Hans H. Frankel）对《孔雀东南飞》的研究②；王靖献（C. H. Wang）对《诗经》的研究③，Alsace Yen

---

① ［美］约翰·迈尔斯·弗里：《附录二：晚近的学科走势》，朝戈金译，《民族文学研究》2000年第S1期。

② Hans H. Frankel, *The Formulaic Language of the Chinese Ballad "Southeast Fly the Peacocks"*, 《"中研院"历史语言研究所集刊》1969年，第39本。

③ C. H. Wang, *The Bell and the Drum: Shih Ching as Formulaic Poetry in an Oral Tradition*, University of California Press, 1974.

对明代话本小说的研究①。20 世纪 80 年代，这些论著首先引起了中国古典文学和比较文学领域学者的关注。从 1990 年开始，民族文学、民俗学等领域的学者大量译介了口头程式理论及应用的论著，并积极从事本土化实践。

关于口头程式理论在中国的译介和应用，前人多是从口头诗学、史诗学学术史和学科建设的立场出发进行研究和述评，宏观勾勒出该理论在中国本土化的过程，如概括性地描述该理论的译介过程、应用和研究现状②，评价该理论对民俗学、史诗学等相关学科研究范式转换所产生的重要影响③，以个案研究的方式对应用该理论的重要著述做出述评④，对该理论在中国的应用和本土化的反思⑤，以及对未来发展的展望⑥等。虽有学者在研究过程中列出了一些相关文献数据，但缺乏对这些文献数据的分析，更未形成具有说服力的结论。

一　数据来源与研究方法

本文采用量化研究为主的方法，以可视化的方式对口头程式理论在中国的译介、传播和应用情况做较为精确的分析和直观呈现。由于期刊文章基本能够囊括某一研究领域的重要研究成果，而中国知网（CNKI，以下行文用"CNKI"表述）期刊数据库相较于其他几个中文期刊数据库在期刊收录范围和文章数量上具有绝对优势，因此本文将文献搜索范围限定在 CNKI 期刊数据库。这样做的局限性在于未能把专著、论文集、会

---

①　Alsace Yen，The Parry-Lord Theory Applied to Vernacular Chinese Stories，*Journal of the American Oriental Society*，1975，95（3）：403－416.

②　高荷红：《口头传统·口头范式·口头诗学》，《贵州民族大学学报》（哲学社会科学版）2015 年第 5 期。

③　朝戈金：《从荷马到冉皮勒：反思国际史诗学术的范式转换》，《中国社会科学院文学研究所学刊》（2008），中国社会科学出版社 2008 年版。

④　胡继成：《口头诗学的中国"旅行"——一个比较诗学的个案考察》，《理论界》2016 年第 3 期。

⑤　朝戈金：《创立口头传统研究的"中国学派"》，《人民政协报》2011 年 1 月 24 日第 C03 版。

⑥　冯文开：《论国外史诗及其理论译介与中国史诗学的建构》，《江西社会科学》2011 年第 12 期。

议论文、学位论文和用民族文字发表的期刊文章包含在内,而 CNKI 数据不全或不准确也会导致搜索时一些文献遗漏,这些都会对研究结果产生一定影响。

由于口头程式理论是舶来品,本身就有"帕里—洛德理论"(the Parry-Lord Theory)、"帕里—洛德学说"(the Parry-Lord Theories)、"口头理论"(the oral theory)等别名,学者们对这些名称的使用存在争议。如约翰·迈尔斯·弗里使用"口头理论"[①],而哈佛大学格雷戈里·纳吉认为:称帕里或洛德的创见为"口头理论"是一个主要的误解,更合理的提法应该是帕里和洛德有过多种不同的学说(various theories)。[②] 尹虎彬认为用"口头诗学"来概括或指称帕里洛德学说更为恰当[③]。在译介过程中,这些名称,尤其是"the Oral Formulaic Theory"和"Parry-Lord Theory"更是有多种译名。为保证搜集到尽量多的文献,本研究设定了多个检索词,有"帕里—洛德理论""Parry-Lord Theory""口头程式理论""Oral Formulaic Theory""套语理论""Milman Parry""Albert Lord""口头程式学说""帕利—劳德理论""帕里—劳德理论""帕里—洛德学说""口头诗学理论","口头理论"并"文学"、"口头理论"并"文本"、"口头理论"并"诗学",检索字段为"全文",文章发表时间截至 2015 年 12 月 31 日。去重、去除期刊目录、书讯、学者简介、会议动态等资讯类文章及无关文章,保留了书评、会议综述、学者访谈类文章后,共获得 710 篇文献作为研究样本。

二　文献类型、时间分布及代表性文献

文献数量是衡量某一领域发展的重要指标之一,从文献数量的年度变化可以大致分析出中国学术界对"口头程式理论"的认知、应用和发展趋势。经过统计分析,710 篇文献中,有译文 22 篇,理论引介

---

① [美]约翰·迈尔斯·弗里:《口头诗学:帕里—洛德理论》,朝戈金译,社会科学文献出版社 2000 年版。

② [匈]格雷戈里·纳吉:《荷马诸问题》,巴莫曲布嫫译,广西师范大学出版社 2008 年版。

③ 尹虎彬:《口头诗学与民族志》,《民俗研究》2002 年第 2 期。

12 篇，应用该理论解析特定文本 163 篇，理论研究建设及学术史 25 篇，其余 488 篇文章包含理论述评和应用述评，观点和概念引用以及将该理论作为背景简单介绍。最早的文献发表于 1966 年，1966 年至 2015 年 50 年间，5 种类型 710 篇样本文献的数量年度分布情况如图 1 所示。

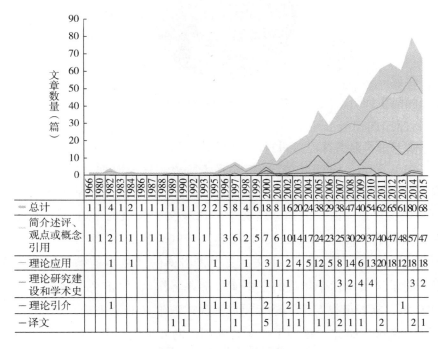

	1966	1980	1982	1983	1984	1986	1987	1988	1989	1990	1992	1993	1995	1996	1997	1998	1999	2000	2001	2002	2003	2004	2005	2006	2007	2008	2009	2010	2011	2012	2013	2014	2015
总计	1	1	4	1	2	1	1	1	1	1	1	2	2	5	8	4	6	18	8	16	20	24	38	29	38	47	40	54	62	65	61	80	68
简介述评、观点或概念引用	1	1	2	1	1	1	1	1			1	1		3	6	2	5	7	6	10	14	17	24	23	25	30	29	37	40	47	48	57	47
理论应用			1		1							1					1	3	1	2	4	5	12	5	8	14	6	13	20	18	12	18	18
理论研究建设和学术史														1	1	1	1	1					1		3	2	4	4				3	2
理论引介			1									1	1	1	1		2		2	1	1											1	
译文									1	1			1					5		1	1		1	1	2	1	1		2			2	1

图 1　文献的年度分布和分类数量统计

从图 1 可以看出，1966 至 2015 年间，文献数量整体上呈逐步上升趋势，在 2014 年达到峰值 80 篇。从文献类型上看，"简介述评、观点或概念引用"类占比例最大，达到了 69%，年度文献数量变化趋势与总体趋势一致；"理论应用"类文献占 23%，也呈上升趋势，但与文献总体趋势相比较缓，峰值出现在 2011 年（20 篇）；"理论引介"类文章所占比例最小，为 2%，集中出现在 1993 至 2004 年间；"译文"占 3%，曲线平缓，峰值出现在 2000 年；"理论研究建设和学术史"占 3%，较为平均地出现在 1996—2015 年期间。总体上看，样本文献明显呈现出重理论应用，轻理论建设的状况，见图2。

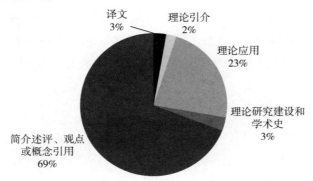

图2   各类型文献所占比例

考察所有样本文献，可将这一领域的学术发展分成三个阶段：

（1）1966—1995年的30年为起步阶段。这一时期共发表19篇文章，年均0.63篇，峰值出现在1982年，4篇。在中国大陆，最先关注到"口头程式理论"的是外国文学和比较文学领域的学者。1966年周煦良翻译了原载《泰晤士报文学增刊》（1965年11月25日）上的《六十年代的美国文学批评》一文，文中将洛德的《故事的歌手》列入文章的附录《美国六十年代的主要文学批评著作》，但正文中并未提及。①1980年，赵毅衡提及王靖献运用口头程式理论（套语理论）研究诗经，并评论说这一研究"证明了口头诗歌创作的套语化是世界性现象，不仅适用于欧洲的叙事诗传统，也适用于中国的抒情诗传统。"② 1982年，周发祥发表《帕利—劳德理论及其在〈诗经〉研究中的应用》一文，简要介绍了该理论的研究方法和王靖献的研究成果。③ 这一阶段大部分文献的关注点是将"口头程式理论"作为方法引介到中国学术界，基本围绕着王靖献的《诗经》研究，但有两篇文章是用该理论做了较为深入

---

① 周煦良：《六十年代的美国文学批评》，《现代外国哲学社会科学文摘》1966年第4期。

② 赵毅衡：《是该设立比较文学学科的时候了》，《读书》1980年第12期。

③ 周发祥：《帕利—劳德理论及其在〈诗经〉研究中的应用》，《学习与思考》1982年第1期。

的分析，一篇以元杂剧为研究对象①，一篇以易卦爻辞为研究对象②。1990 年朝戈金翻译了卡尔·赖歇尔的《南斯拉夫和突厥英雄史诗中的平行式：程式化句法的诗学探索》③，首次将"口头程式理论"在史诗研究中的应用范例引介给中国学者。同年，王靖献所著《钟与鼓——〈诗经〉的套语及其创作方式》一书汉译本出版。④ 1995 年朝戈金在《第三届国际民俗学会暑期研修班简介——兼谈国外史诗理论》一文中，⑤用较多笔墨介绍了口头程式理论。

（2）1996—1999 年为稳步上升阶段。这期间共发表文章 23 篇，年均 5.75 篇，1997 年出现峰值 8 篇。这一阶段，尹虎彬、朝戈金从"程式""文本"等概念入手，发表多篇文章译介口头程式理论。在理论应用方面，1998 年，刘凯运用"套语理论"（即口头程式理论）对"花儿"进行了研究⑥，首次将该理论应用在中国民歌研究中。

（3）2000—2015 年为快速发展阶段。这一阶段的文献数量急速增长，共发表 668 篇文章，年均 41.75 篇，2014 年出现峰值 80 篇。2000 年《民族文学研究》增刊上发表的有关口头传统的系列译介文章，以及《口头诗学：帕里—洛德理论》⑦《故事的歌手》⑧《荷马诸问题》⑨ 等译著的出版，对"口头程式理论"在中国的应用和发展起到重要的推动作用。在

---

① 许金榜：《元杂剧的语言风格》，《山东师大学报》（哲学社会科学版）1982 年第 4 期。

② 韩伟表：《易卦爻辞套语套式发微——易卦爻辞与中国古典诗艺之滥觞（之五）》，《舟山师专学报》1995 年第 2 期。

③ ［德］卡尔·J. 赖歇尔：《南斯拉夫和突厥英雄史诗中的平行式：程式化句法的诗学探索》，朝戈金译，《民族文学研究》1990 年第 2 期。

④ 王靖献：《钟与鼓——〈诗经〉的套语及其创作方式》，谢谦译，四川人民出版社 1990 年版。

⑤ 朝戈金：《第三届国际民俗学会暑期研修班简介——兼谈国外史诗理论》，《民族文学研究》1995 年第 4 期。

⑥ 刘凯：《西方"套语"理论与西部"花儿"的口头创作方式》，《民族文学研究》1998 年第 2 期。

⑦ ［美］约翰·迈尔斯·弗里：《口头诗学：帕里—洛德理论》，朝戈金译，社会科学文献出版社 2000 年版。

⑧ ［美］阿尔伯特·贝茨·洛德：《故事的歌手》，尹虎彬译，中华书局 2004 年版。

⑨ ［匈］格雷戈里·纳吉：《荷马诸问题》，巴莫曲布嫫译，广西师范大学出版社 2008 年版。

这一阶段，该理论被来自文学、民俗学、语言学、音乐学等领域的学者应用到中国100多种传统或文本的研究中，取得了丰硕的研究成果。

三　文献空间分布与作者群

（一）期刊分布

经统计，样本文献刊载于全国31个省、自治区、直辖市出版的352种期刊（含辑刊）。

所有刊物中刊载文章在5篇以上的期刊有17种（见表1）。

表1　　　　　　　　　　　　高刊载量期刊排名

序号	刊名	文章数量	序号	刊名	文章数量
1	《民族文学研究》	54	10	《文艺研究》	7
2	《民俗研究》	34	11	《中南民族大学学报》（人文社会科学版）	6
3	《民间文化论坛》	31	12	《励耘学刊》（文学卷）	6
4	《民族艺术》	27	13	《文学遗产》	6
5	《西北民族研究》	12	14	《中央音乐学院学报》	5
6	《文化遗产》	9	15	《广西民族研究》	5
7	《内蒙古大学艺术学院学报》	8	16	《百色学院学报》	5
8	《内蒙古民族大学学报》（社会科学版）	8	17	《西北民族大学学报》（哲学社会科学版）	5
9	《青海社会科学》	8			

由表1可见，《民族文学研究》《民俗研究》《民间文化论坛》《民族艺术》及《西北民族研究》刊载了最多的"口头程式理论"相关文章，是这一领域的核心刊物。

图3是352种期刊地理分布和刊文量统计图。北京的期刊刊载量为176篇，占24.79%，具有绝对优势。北京、广西、山东、甘肃、广东五地的刊物刊载量最多，刊载量合计占总刊载量的50.28%。

（二）作者及其所在机构分布

发表文章数量在一定程度上能够体现出研究者和研究机构在某一学术

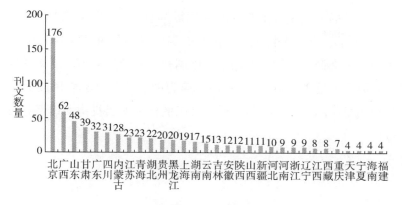

图 3　期刊地理分布和刊文量

领域的实力。本研究样本文献的作者（含译者）共 568 人，来自国内外 243 家机构和单位①。发表文章最多的作者和研究机构如表 2 所示。

表 2　　　　　　　　　　高产作者和学术机构分布

序号	作者	文章数量	序号	学术机构	文章数量
1	朝戈金	27（4）②	1	中国社会科学院	122
2	尹虎彬	20（1）	2	西北民族大学	46
3	冯文开	17	3	北京师范大学	40
4	巴莫曲布嫫	10（1）	4	中央民族大学	23
5	杨利慧	8（3）	5	内蒙古大学	21
6	阿地里·居玛吐尔地	7	6	复旦大学	17
7	王杰文	7	7	四川大学	16
8	高荷红	6	8	中山大学	15
9	施爱东	6	9	北京大学	11
10	吴结评	6	10	南京大学	11

从表 2 可以看出，样本文献的作者呈现出较高的中心性，形成了以朝戈金、尹虎彬、冯文开、巴莫曲布嫫为主的核心作者群。发文最多的是中

---

① 作者所属机构或单位按一级单位名称统计，如中国社会科学院民族文学研究所与中国社会科学院文学研究所都按照"中国社会科学院"统计。

② 括号内为译文数量，下同。

国社会科学院的朝戈金，他是该研究领域的领军人物，共 27 篇。发文最多的 10 个人中，有 7 人就职于中国社会科学院或毕业于中国社会科学院研究生院。发文最多的学术机构中，中国社会科学院以 122 篇文章的绝对优势排名第一，这 122 篇文章中有 88 篇为中国社会科学院民族文学研究所的学者撰写。图 4 显示了所有样本文献的作者所属机构的地理分布及发文数量。

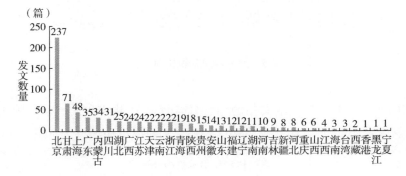

图 4　作者所属机构的地理分布图及发文数量

从以上样本文献的空间分布和作者群的统计信息及分析可以得出：在"口头程式理论"译介和应用领域，形成了以中国社会科学院民族文学研究所为中心，以朝戈金、尹虎彬、巴莫曲布嫫等学者为核心的作者群。在文献空间分布上，不论是从作者所属机构所在地还是从期刊出版地看，北京都是这一学术领域的地理中心。

四　"口头程式理论"的译介和应用特点

（一）理论译介与传播接受特点

笔者在研读样本文献后发现，口头程式理论的应用对象主要有两大类，一是以《诗经》为代表的中国古典文学，研究者是中国古典文学或比较文学领域的学者；二是以三大史诗为代表的口头传统，研究者主要是中国少数民族文学、民俗学、民间文学领域的学者。在译介术语时，不同的学者往往会采用不同的译名。笔者将样本文献中出现的主要译名依照出现时间的先后顺序整理如下（见表 3）：

表3 "口头程式理论"原名、译名对照

原名	译名	译介人及最早译介时间
Oral-Formulaic Theory	套语理论	赵毅衡，1980① 谢谦，1990②
	口头程式理论	朝戈金，1995③ 尹虎彬，1996④
	"口头—套语"理论	郭淑云，2003⑤
	口头程序理论	刘惠萍，2005⑥
Parry-Lord Theory（ies）	帕利—劳德理论	周发祥，1982⑦
	帕里—劳德理论	周发祥，1993⑧
	派瑞—洛德理论	朝戈金，1995
	帕里—洛德理论	尹虎彬，1996
	帕里—洛德学说	尹虎彬，2002⑨
Milman Parry Albert B. Lord	巴理 劳德	赵毅衡，1980
	帕瑞 洛德	那·哈斯巴特尔，1989⑩
	帕里 洛尔德	谢谦，1990
	派里 洛特	郭淑云，2003

---

① 赵毅衡：《是该设立比较文学学科的时候了》，《读书》1980年第12期。

② 王靖献：《钟与鼓——〈诗经〉的套语及其创作方式》，谢谦译，四川人民出版社1990年版。

③ 朝戈金：《第三届国际民俗学会暑期研修班简介——兼谈国外史诗理论》，《民族文学研究》1995年第4期。

④ 尹虎彬：《史诗的诗学：口头程式理论研究》，《民族文学研究》1996年第3期。

⑤ 郭淑云：《从敦煌变文的套语运用看中国口传文学的创作艺术》，《南京师范大学文学院学报》2003年第2期。

⑥ 刘惠萍：《在书面与口头传统之间——以敦煌本〈舜子变〉的口承故事性为探讨对象》，《民俗研究》2005年第3期。

⑦ 周发祥：《帕利—劳德理论及其在〈诗经〉研究中的应用》，《学习与思考》1982年第1期。

⑧ 周发祥：《西方的唐宋词研究》，《文学遗产》1993年第1期。

⑨ 尹虎彬：《口头诗学与民族志》，《民俗研究》2002年第2期。

⑩ ［德］瓦尔特·海西希：《〈蒙古英雄史诗叙事材料〉序》，那·哈斯巴特尔译，《民族文学研究》1989年第6期。

　　基于样本文献,可以看到:在理论译介初期,存在一个术语或人名有多种译名的现象,但随着时间推移,同一领域的学者的译名具有趋同性;后来学者在引用前人成果时往往会"继承"前人的译名,因此通过这些带有"标记"的译名,再加上引用和参考文献,便可以较为准确地追溯译名的源头,并由此勾勒出该理论和术语的传播接受路径。

　　依据上述内容,笔者发现口头程式理论在中国的译介和传播清晰地呈现出两类源头和路径:一是以朝戈金、尹虎彬等为代表的民俗学者,通过译介"口头程式理论"的经典论著而将其引介到中国,民俗学领域的学者多采用他们的译名,引用他们的译著译作。为行文方便,笔者将这一源流命名为A;二是以周发祥、谢谦、赵毅衡为代表的中国古典文学和比较文学领域的学者,经由译介王靖献的《诗经》研究而将"口头程式理论"引介到中国,他们将这一理论翻译为"套语理论",古典文学和比较文学领域的学者多采用他们的译名,笔者将此源流命名为B。图5为样本文献不同译介源流文章数量图。

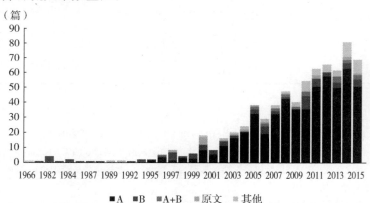

图5　不同译介源流文章发表时间分布及数量

　　从图5可以看到,A类文献随着相关论著被译介到中国,不断被后人引用,数量最多,占所有文章的75%,文章增量趋势与总趋势一致。B类文献出现较早,但数量较少较稳定,占所有文章的12%。同时体现源流A和源流B的文献很少,共20篇,仅占3%。两类源流文献的研究对象有明显差异,表4列出了两类文献的热点研究对象。

表 4　　　　　　　　　**源流 A、B 文献热点研究对象**①　　　　　　单位：篇

源流 A		源流 B	
研究对象	文献数量	研究对象	文献数量
《格萨尔》	8	《诗经》	4
花儿	6	《周易》	2
《阿诗玛》	5	花儿	1
《玛纳斯》	4	元杂剧	1
萨满神歌	4	《古诗十九首》	1
影戏	4	魏晋四言诗	1

　　源流 A 的文献多以口头传统为研究对象，而源流 B 的文献多以中国古典文学为研究对象。结合图 5 可见，虽然研究口头传统的学者和研究中国古典文学的学者都使用"口头程式理论"，但彼此却少有交流，很少引用对方的文献。

（二）"口头程式理论"的研究热点

　　某一时间段内出现的高频关键词往往是该领域的热点。本研究全部样本文献共有 1461 个关键词，最高出现频次是 36 次，最低出现频次为 1 次，值得注意的是仅出现 1 次的关键词有 1242 个，占所有关键词的 85%，或许是因为这一领域本身就是跨学科的领域，研究对象广泛，视角多样。出现频次在 7 次（含）以上的关键词有 23 个（见表 5）。

表 5　　　　　　　　　　　**热点关键词**

序次	关键词	出现频次	峰值年份（峰值）	序次	关键词	出现频次	峰值年份（峰值）
1	程式	36	2008（8）	5	民间文学	18	2014（5）
2	口头传统	28	2013（6）	7	套语	16	2014（3）
3	口头诗学	25	2013（5）	8	文本	15	2014（4）
4	史诗	23	2015（5）	8	表演	15	2014（4）
5	民俗学	18	2011（3）	8	非物质文化遗产	15	2015（4）

---

　　①　统计对象为 163 篇理论应用类文献。

续表

序次	关键词	出现频次	峰值年份（峰值）	序次	关键词	出现频次	峰值年份（峰值）
11	口头程式	14	2011（4）	17	传承	8	2005（2）
12	口头程式理论	14	2012（5）	17	语境	8	2014（2）
13	口头文学	12	2015（2）	19	主题	7	2014（2）
14	《诗经》	10	2015（2）	19	叙事	7	2010（4）
15	《格萨尔》	9	2010（2）2013（2）	19	口传	7	2010（2）
15	文学人类学	9	2008（2）2015（2）	19	学术史	7	2010（2）2015（2）

"程式"作为"口头程式理论"的核心概念，成为出现频次最高的关键词。紧随其后的"口头传统""口头诗学"都是口头程式理论自 20 世纪 90 年代引介进中国后，学界关注度较高的研究领域。

（三）"口头程式理论"在中国的应用特点

本研究的 710 篇样本文献中，有 163 篇是应用口头程式理论解析特定文本的。本文对这些理论应用类文献进行统计分析后发现，"口头程式理论"在中国的应用具有如下特点：

（1）研究对象丰富，以口头传统为主，涉及史诗、叙事诗、民间故事、民歌、民间小戏等多种文类的百余种文本。其中有 13 种文本被 3 篇及以上的文章作为研究对象，分别是：《格萨（斯）尔》12 篇，《诗经》10 篇，花儿 9 篇，《阿诗玛》8 篇，《玛纳斯》、皮影戏、萨满神歌各 4 篇，敦煌变文、元杂剧、佛教文献①、白曲、《勒俄特依》《嘎达梅林》《梅葛》均为 3 篇。

（2）研究对象涉及多个民族，共计 32 个当代民族。② 其中有 13

_____

① 包括汉译佛经、偈颂 2 篇，佛教十律 1 篇。

② 白族、保安族、布依族、达斡尔族、傣族、东乡族、侗族、鄂伦春族、鄂温克族、哈尼族、汉族、赫哲族、回族、柯尔克孜族、拉祜族、珞巴族、满族、蒙古族、苗族、纳西族、撒拉族、畲族、土家族、土族、维吾尔族、锡伯族、瑶族、彝族、仡佬族、裕固族、藏族、壮族（按族称汉语拼音顺序排序）。

个民族被4篇及4篇以上的文章涉及，分别为：汉族21篇，藏族15篇，蒙古族14篇，彝族13篇，土族9篇，回族7篇，裕固族6篇，东乡族5篇，保安族、达斡尔族、柯尔克孜族、苗族、撒拉族均为4篇。

（3）研究对象分布地域广，分布在中国境内22个省、市、自治区（见图6），主要位于甘肃、青海、云南等西部地区，这些地区正是"花儿""格萨尔"等活态口头传统流传的地区，也是藏族、蒙古族、彝族等少数民族聚居的地区。

（4）多学科多研究视角。从理论应用类文章可以看出，"口头程式理论"得到了来自中国少数民族文学、民俗学、中国古典文学、比较文学、文艺学、人类学、语言学、音乐学、戏曲戏剧学、历史文献学、宗教学共11个学科的学者的应用。"演述理论""民族志诗学""故事形态学"及"母题学"是最常与"口头程式理论"共同使用的研究视角。

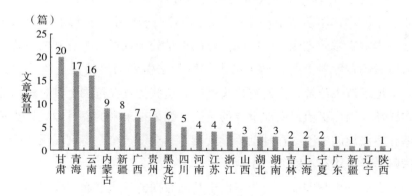

图6　理论应用类文章研究对象所在地区统计

结　语

本文以中国知网（CNKI）期刊数据库收录的1966—2015年有关"口头程式理论"译介与应用的710篇文献为研究样本，通过对文献类型、时间和空间分布、作者及研究机构、所载期刊、关键词、译介源流、研究

对象所涉及的民族、分布地域等方面的统计分析,得出如下结论:

"口头程式理论"于 20 世纪 80 年代被引入中国学界,首先得到了中国古典文学和比较文学领域学者的关注,自 1990 年开始被民族文学、民俗学等领域的学者大量译介和应用,并相应地呈现出两大译介和传播源流。该理论在中国的学术发展经过了"起步"和"稳步上升"阶段,目前正处于"快速发展"阶段,目前已形成以中国社会科学院民族文学研究所为核心研究机构,以朝戈金、尹虎彬、巴莫曲布嫫等民族文学和民俗学学者为核心作者,以《民族文学研究》《民俗研究》《民间文化论坛》《民族艺术》及《西北民族研究》为核心刊物的学术共同体。这一理论对中国的文学研究、民俗学研究产生了持续而巨大的影响力,为学界带来了新的学理性思考,并在学界广泛应用。迄今,这一理论已经被来自中国少数民族文学、民俗学、中国古典文学、比较文学、人类学、戏曲戏剧学、语言学等 11 个学科的学者应用到分布于中国 22 个省市自治区,32 个当代民族的多种文类百余种文本的研究中。

1998 年,美国密苏里大学的弗里教授在其著作《口头诗学:帕里—洛德理论》中译本前言中写道:"在东方这一国度中,活形态的口头传统是极为丰富宏赡的宝藏……中国同行们正是处于这样一个有利的位置,他们可以做到在世界上其他地方的人们所无法做到的事情:去体验口头传统,去记录口头传统,去研究口头传统。这些传统在范围上具有难以比量的多样性,因而更值得引起学界的关注。如果在未来的岁月中,口头理论能够在多民族的中国,在她已为世人所知的众多传统中得到广泛检验,那么国际学界也将获益匪浅。"[①]

本文的分析与实证研究尚停留于基础数据的量化层面,深层的理论论述笔者今后另撰专文。从上文来看,中国学者牢牢把握住了这一珍贵机会,取得了斐然成绩。虽然整体上看存在重理论应用、轻理论建设的情况,但以中国社会科学院民族文学研究所为代表的一批学者积极投身理论的本土化实践和理论建设与学术反思,努力实现由西方理论的"消费者"

---

① 〔美〕约翰·迈尔斯·弗里:《口头诗学:帕里—洛德理论》,朝戈金译,社会科学文献出版社 2000 年版,第 11 页。

到中国本土理论的"生产者"的转变，为这一理论的发展和口头传统研究做出了贡献。

　　原载于《民族文学研究》2016 年第 6 期，收入本书时修订了图 3、图 4、图 6

　　郭翠潇，女，汉族，1978 年 2 月出生，籍贯黑龙江省，中国共产党党员，中央民族大学民俗学专业硕士研究生毕业，2008 年 7 月至今在中国社会科学院民族文学研究所民族文学数据与网络研究室（原中国少数民族文学资料中心）工作，助理研究员。研究方向：口头传统建档研究，非物质文化遗产，数字人文。代表作：《口头程式理论在中国的译介与应用——基于中国知网（CNKI）期刊数据库文献的实证研究》《"一带一路"国家〈非遗公约〉名录项目数据统计与可视化分析》《计算民俗学》。

"边地"作为方法与问题

刘大先

  进入 21 世纪以来，可以观察到的一个文学现象是，原先处于文学话语"中心"和"集散地"之外的"边地"涌现出不容忽视的文学力量。西藏、新疆、青海、内蒙古、宁夏、广西、云、贵、川等边疆和边区出现了新兴作家群体和文学形象上的"边缘的崛起"现象，这是自 20 世纪 80 年代以来文学生态的一个结构性变化。边地虽然并没有构成替代性的中心，但是地理空间意义上的边地，显然已经不再是文学意义上的边缘，文学体制的空间等级和差异被日益便捷的交通和信息传播方式打破，如果说北京、上海此类现代文学中心依然具有文学生产传播、标准确立和解释与经典化的强大影响力，但已经不再是垄断性或覆盖性的了，整个中国文学的地图日益成为一张由各个不同的平行节点所构成的复杂网络。究其原因，一方面是马克思所谓的"艺术生产"与"物质生产"之间的不平衡发展关系导致："它的一定繁盛时期决不是同社会的一般发展成比例的，因而也决不是同仿佛是社会组织的骨骼的物质基础的一般发展成比例的"① ——技术与经济落后的偏远地区与族群未必不会产生文学的繁荣；另一方面则与区域性地方政府有意鼓励、扶持文化创意与文学生产的发展策略有关，呼应着文化多元主义的全球性意识形态话语。如果从思想史的脉络考察，现代文学以来的边地，是由普遍性时间（现代性）中的主流

---

① 马克思：《政治经济学批判导言》，《马克思恩格斯文集》，人民出版社 2009 年版，第 591 页。

价值在差异性空间（地方）中不平衡播散的结果。得益于全球化经济方式的扩张和媒介技术的更新，边地的差异性空间在新时代语境的文学中获得敞开的机会，并行的是关于文学观念和文学意识的自觉改变，进而显示出其变革性的意义。

一

1938 年 2 月，闻一多从长沙跟随湘黔滇旅行团徒步前往昆明，从益阳、常德西行经过沅陵、芷江、晃县，再到贵州的玉屏、三穗、镇宁等地入云南①，路经河山壮丽，眼见边地侗、苗、布依同胞雄强旺盛的生命力，不禁感慨主流文明过于熟烂，应该汲取边地民众的野性力量。他在次年为刘兆吉的《西南采风集》作序的时候，写到那些乡野歌谣："你说这是野蛮，是野蛮。对了，如今我们需要的正是它。我们文明得太久了，如今人家逼得我们没有路走，我们该拿出人性中最后最神圣的一张牌来，让我们那在人性的幽暗角落里蛰伏了数千年的兽性跳出来反噬他一口。"② 1946 年 5 月，在昆明看了彝族音乐歌舞《阿细跳月》等演出后，闻一多又写道："从这些艺术形象中，我们认识了这民族的无限丰富的生命力。……为什么不让它给我们的文化增加更多样的光辉？"③ 在民族面临帝国主义入侵的时候，闻一多对"文明"极其不满的看法是忧国忧民的知识分子在外部刺激中寻找内部曾经一度被遮蔽的精神资源的共通见解。老舍在 1944—1945 年连载的《四世同堂》中也尖锐抨击"老大中国"的主流文化"过熟"，以至于陷入琐碎、僵化与陈腐："当一个文化熟到了稀烂的时候，人们会麻木不仁的把惊魂夺魄的事情与刺激放在一旁，而专注意到吃喝拉撒中的小节目上去"，从而认识到"'雅'是中国艺术的生命源泉，也是中国文化上最贱劣的油漆"。老舍也看到底层的力量："知

---

① 闻黎明、侯菊坤编：《闻一多年谱长编》，湖北人民出版社 1994 年版，第 522—540 页。

② 闻一多：《〈西南采风录〉序》，《闻一多全集》（第 2 卷），湖北人民出版社 1993 年版，第 195—196 页。

③ 闻一多：《为彝族乐舞团演出题词》，《闻一多全集》（第 2 卷），湖北人民出版社 1993 年版，第 246 页。

识不多的人反倒容易有深厚的情感，而这情感的源泉是我们古远的文化。一个人可以很容易获得一些知识，而性情的深厚却不是一会儿工夫培养得出的"，作为时代新人物的瑞宣远走西北，看到秦岭和黄土高坡，"他想，新的中国大概是由这些坚实纯朴的力量里产生出来，而那腐烂了的城市，象北平，反倒也许负不起这个责任的"。① 这种体验与感受，既是地理的新视野，也是文化的再发现。

　　如果说闻一多与老舍是城市精英的眼光向外，从边城到都市的沈从文从湘西边地寻找到"希腊小庙"般的人性之美，则是"乡下人"进城后反观故乡的眼光向下。在他看来，这种人性美的本质在于生命力，因而在小说散文中刻意推崇勇敢，肯定野蛮下面的雄强，书写湘西民众生命中的野性力量和原始活力。他在《看虹摘星录》后记中写道："吾人的生命力，是在一个无形无质的'社会'压抑下，常常变成为各种方式，浸润泛滥于一切社会制度，政治思想，和文学艺术组织上，形成历史过去而又决定人生未来。这种生命力到某种情形下，无可归纳捐注时，直接游离成为可哀的欲念，转入梦境，找寻排泄，因之天堂地狱，无不在望，从挫折消耗过程中，一个人或发狂而自杀，或因之重新得到调整，见出稳定。这虽不是多数人所必要的路程，也正是某些人生命发展的一种形式，且及生命最庄严一部分。"② 苏雪林在评论时指出："沈从文虽然也是这老大民族中间的一分子，但他属于生活力较强的湖南民族，又生长湘西地方，比我们多带一分蛮野气质。他很想将这分蛮野气质当作火炬，引燃整个民族青春之焰，所以他把'雄强'、'犷悍'，整天挂在嘴边。他爱写湘西民族的下等阶级，从他们龌龊，卑鄙，粗暴，淫乱的性格中；酗酒，赌博，打架，争吵，偷窃，劫掠的行为中，发现他们也有一颗同我们一样的鲜红热烈的心，也有一种同我们一样的人性。"③ 类似的观点是 20 世纪三四十年代知识分子的共识，他们在民族危亡的关头，基本思路是认识到"边缘的活力"，将处于边地的民间和族群文化作为替代性的文化的换喻与象

---

① 老舍:《四世同堂》，人民文学出版社 2001 年版，第 295、713、443、1026 页。
② 刘洪涛、杨瑞仁编:《沈从文研究资料》（上），天津人民出版社 2006 年版，第 64 页。
③ 苏雪林:《沈从文论》，《苏雪林文集》（第 3 卷），安徽文艺出版社 1996 年版，第 353 页。

征，以此作为一种观察视角和另类叙事，进而试图用"边地"的多元价值去疗救和置换衰朽的主流价值，这种对于"边地"的发现，某种意义上将边缘文化因子纳入想象的共同体之中，也是在重新发明和塑造一种新的"中华民族"文化。

通过在"地方"和"民族"之间建立联系，"边地"进入到想象中国的文学叙事之中。"地方"是从 20 世纪 20 年代末的革命文学就已经开始讨论的一个话题，延续至 40 年代时，经历了因应不同语境的变迁，显然有着现实情势所带来的文学反省。"地方"牵涉到"民族形式"与大众化和通俗化，如果从启蒙主义批判"国民性"的视角来看，过于突出地方性可能会对新文学的普遍性产生背离；而随着外部形势的变化，从民族主义的角度来看，强调地方性则会对中国整体性的民族性建构有一定的疏离。① 但这些争议和犹疑在反对殖民和帝国主义的同仇敌忾中，达成了一种差异性的共识。如同胡风所说，对于彼时的中国而言，一方面社会经济发展不均衡带来各地文化发展不均衡，另一方面大众的、统一的国语尚未诞生，方言语系的分布有历史基础，因而抗日民族革命战争期中的文化运动的一面不能不是发展"地方文化"的形式②。从延安的大众文艺运动到大后方的"民族形式"，从解放区的文艺试验到国统区的文化反省，精英文人在深受外部影响的城市文明中看到的更多是"传统"的窳败和西化的颓废，而"乡土中国"尤其是多样性的边地作为中国文化的博大根基，则可能隐藏着广阔深厚而充满活力的因素，是彰显地方、振兴本土文化的价值所在和精神资源。

这些思考的方法来自官方"大传统"和民间"小传统"之间的互动，从而形成了边地亚文化对主流文化补苴罅漏、救偏补弊的认知，一度成为后来在 20 世纪 80 年代盛极一时的"文化热"的源头活水。80 年代起初几年，汪曾祺陆续发表了《异秉》《受戒》《大淖记事》等作品，重新将

①　这方面的晚近研究，参见李松睿《书写"我乡我土"：地方性与 20 世纪 40 年代中国小说》，上海人民出版社 2016 年版。

②　胡风：《论持久战中的文化运动》，《胡风评论集》（中），人民文学出版社 1984 年版，第 40 页。

散文化笔法与传统文人般的抒情传统引入到小说的写作之中，在这种语言文体的变革中将原先集中于精英阶层吟风弄月、闲情偶寄的形式改造下放为一种日常生活实践的现代抒情，"纯真的爱欲、唯美的诗境完善化了一个乌托邦空间"①，从而使得表面上极其地方性的书写上包孕了普遍性的宏大主题。熟悉文学史的都知道，1939 年夏，19 岁的汪曾祺从上海经香港、越南到昆明，考入西南联大中国文学系学习。② 他在 20 世纪 40 年代的早期作品中充满意识流动和文体实验，颇具现代主义色彩，而 40 年后回归的作品则风格迥异，实际上是一种文学书写上的静悄悄的革命——早在朦胧诗和先锋小说之前，就以乡土中国的美学复兴和自由人性的书写与刚刚过去的压抑与异化人性的时代进行对话。汪曾祺承接的是传统文脉，而直接受沈从文亲炙，云南边地的经历与影响隐伏在起承转合的个人与时代命运之中，成为表现苏北高邮地方风情人物的内在指针。他在 1993 年为《沈从文谈人生》写的序中，提炼出一个核心命题："黑格尔提出'美是生命'的命题，我们也许可以发过来变成这样的逆命题：'生命是美'。"③ 沈从文的"美"的观念和崇尚自然人性，成为汪曾祺晚年恢复现实主义、联结传统文化的内在理路。

　　沈从文、汪曾祺的地方书写，内在理路上成为"寻根文化"思想路径的先导。作为对意识形态一体性文学的反拨和对新兴的西方现代主义潮流的反省，"寻根文学"在西学蜂拥而至的新启蒙时代发掘与彰显地方的民族文化与民间文学。"边地"在此种潮流中与彰显中国传统文化的海外"新儒学"一道，被赋予了文化主体性的意义。虽然经历了各种文学潮流此起彼伏的冲刷，寻根文学所表征的边地资源一直绵延不绝，并且有机融入魔幻现实主义、先锋小说和少数民族文学话语之中。可以说，地方性文化在 20 世纪末到 21 世纪以来，获得了一种几乎"政治正确"的文化多

---

　　① 黄锦树:《抒情传统与现代性——传统之发明，或创造性的转化》，陈国球、王德威编《抒情之现代性:"抒情传统"论述与中国文学研究》，生活·读书·新知三联书店 2014 年版，第 686 页。

　　② 陆建华:《汪曾祺年谱》，《文教资料》1997 年第 4 期。

　　③ 汪曾祺:《美——生命》，《汪曾祺论沈从文》，刘涛评，广陵书社 2016 年版，第 114 页。

元主义加持。尤其在保护"非物质文化遗产"和弘扬文化多样性的文化政策设计中,"边缘的活力"具有了作为中华民族文化复兴的活力因素的内涵。其实中国内部对于边地、边疆、边缘的重新发现,可以追溯到由于东南沿海的两次鸦片战争、1874 年日本入侵台湾、1864 年西北新疆的阿古柏叛乱和 1871 年俄军入侵伊犁等一系列边疆问题所引发的"海防"与"塞防"之争①,关心时势的文人对边疆史地、器物风俗乃至地缘战略这些关系富国强兵的实学的关注,超过了对道德心性之学的关注。进而在学术上是晚清经世致用的西北地理等边地学的兴起,与之并行的则是东方学家、间谍、商人和冒险家对于西北、西南边疆的探险与考察。

这种"边地"的发生学历史,始终伴随着不同文化交流碰撞尤其是现实地缘政治斗争中的文化与情感焦虑,进而促成了对于"中国"的空间与人文的再认知——当整体性的中国文化面临外来冲击的生死存亡关头,边地成为中国文化与文学想象民族共同体,是凝聚团结民众、塑造认同、建构身份不可或缺的力量。五四新文学对于"旧文学"的批判也是从民族、民间之中汲取营养,底层和"边地"不仅仅是知识分子理念上"到民间去"的主要处所,而且也是国族观念中"边政"的实施之地,更是新旧民主主义革命乃至社会主义建设中的实践空间。

二

新文学作家冰心的先生、著名的人类学家吴文藻在 1942 年讨论"边政学"的时候称:"中华民族之形成史,是即一向边疆,一向海外,两路自然发展的史实,其中尤须追溯此族迁徙混合的迹象,移植屯垦的功绩。其次,则为御边理藩的积业,开拓疆域的成果,乃至中原农业文化与边疆畜牧文化冲突混合的历程。"② 也即"中华民族"的形成历程,历史地包含着中国内部多样性文化的碰撞、交流与融合。但是主流文化与文学书写

---

① 李元鹏:《晚清关于战略重点的"海防"与"塞防"之争》,《中国军事科学》2002 年第 2 期。

② 吴文藻:《边政学发凡》,《吴文藻人类学社会学研究文集》,民族出版社 1990 年版,第 274 页。

中对于边地和边民的误解和傲慢，往往来自对于这种内部的他者的无知。如同民族学家马长寿所说："文化的不同，或由于环境与历史的不同，或由于文化演进的迟滞（culture lag）。因而文化不齐是非常自然的现象。一个民族对于自己的文化大致都有'家有敝帚，享之千金'的心理，实在由于敝帚自有其敝帚的功能。（人类学）演进论派所谓'遗脱（survivals）'的概念，似多为异民族对本民族的看法。遗脱未始没有功能的。所以，估量文化的价值时，当以本民族的生活为其首要的尺度。"① 他提到的"以本民族的生活为其首要的尺度"实际上与后来的人类学家马林诺夫斯基或吉尔兹（另译格尔茨，C. Geertz）所谓的"文化持有者的内部眼光"异曲同工②。因为"边民心理并非'前逻辑'或'不逻辑的'，所不同者由于他们的逻辑范畴与我们的不相同而已。逻辑范畴不同，因而信仰不同，制度各异。"③ 这种"不齐"、"不同"和"差异"形成参差多样、差异互补的文化结构，如果要创造一种新型的文化与文学，容纳内部的"他者"——边地与边民——的比较的视野、理解的共情与多样的包容就必不可少。

边地、边民及其文化生活的历史实践，在比较的视野、理解的共情和多样的包容中，形成了一种理论上的方法论转型：置换观察的角度，拆解固有的文化等级制，颠倒或消解中心与边缘的二元文化模式，从而形成一种彼此互动促生的文化间性。这种方法伴随着文化民主化和多元化思想观念的兴起而来，但并不局限在本质化的多元之中，而是要在流动与变异中应对变动不息的现实文化生态。在经过后结构主义、后现代主义和后殖民主义等一系列认知范型转变之后，对于西方现代以来的启蒙现代性所主导和形塑的单一认知模式的反思日趋深入，此前处于现代性暗昧之处或者被"祛魅"化的工具理性所压抑的各类"小传统"纷纷谋求自己的话语权和

---

① 马长寿：《人类学在我国边政上的应用》（1947 年），周伟洲编《马长寿民族学论集》，人民出版社 2003 年版，第 11、12 页。

② 吉尔兹："力图按事物本原结果所呈来操作，而不是按人类学家在心灵上所认其为应是如此或需要如此的结果而操作"。［美］吉尔兹：《地方性知识：阐释人类学论文集》，王海龙、张家瑄译，中央编译出版社 2000 年版，第 74 页。

③ 马长寿：《人类学在我国边政上的应用》（1947 年），周伟洲编《马长寿民族学论集》，人民出版社 2003 年版，第 11、12 页。

主体性。基于"边地"生发的认识论，不仅在中国文化和文学的内部具有千灯互照、万象共生的意义，在资本和消费主义日益跨越边界、填平鸿沟的全球语境中同样具有保护文化多样性的启示功能。

回到中国文学的现场来看，走出某个文学观念"中心"而以边地作为方法，会发现现代以来文学制度、文学教育、文学批评和研究体系中所形成的"文学性"、文类体裁、文学观念的缺失之处。但我并不是要做"边地"与"中心"的移形换位，我想说的是地理上的边地与文化上的边地之间的差异。地理空间的边地涉及政治疆域的划分，比如 1935 年划定"瑷珲——腾冲线"的胡焕庸所讨论的国防地理中的边地①。在口语与文字表述中，人们通常也会将不同区域的边地称为"塞外""绝域""口外"，而称内地为"中原""腹地""关内"，其背后隐藏着或明或暗的分界线。有意思的是，在另外一种含混的表述中，虽然东南沿海诸地，以海为界，本来是边疆，却并不被视为边地；相反甘青川黔位居地理腹心，反倒被视为边地，这显然是文化上的边地。文化上的边地是因为语言、风俗、信仰、生活方式、人口构成等因素造成的有别于文化权力核心区的差异性区域。这个差异性区域的文学一旦被重新发掘与发明，就会焕发出巨大的文化能量。比如在少数民族抒情诗和叙事传统之中，作为"活的传统"的口头文学所包含的文学与生活之间的密切联系，就会倒逼对以审美为中心的现代文学观念的重新思考。新疆柯尔克孜族的《玛纳斯》、藏族的《格萨尔》、蒙古族的《江格尔》等史诗中的颂歌传统和英雄叙事，则在总体性和"类"的意义上展现了集体生活的文化传承和文化创造。它们构成的美学风格和潜在影响隐约出现在有着边地经验的闻捷、郭小川的诗歌之中。而随着新世纪边地文学书写，那些源于边地的原型母题在重述中，也得以呈现出其光洁如新的面孔，像彝族的典籍《指路经》就催生出吉狄马加《让我们回去吧》、阿库乌雾《招魂》、阿兹乌火《彝王传》等一系列诗作。

云南诗人雷平阳两首耳熟能详的短诗可以作为解读边地文学的范例。一首是《亲人》："我只爱我寄宿的云南，因为其他省/我都不爱；我只爱

---

①　胡焕庸：《中国人口之分布——附统计表与密度图》，《地理学报》1935 年第 2 期。

云南的昭通市/因为其他市我都不爱；我只爱昭通市的土城乡/因为其他乡我都不爱……/我的爱狭隘、偏执，像针尖上的蜂蜜/假如有一天我再不能继续下去/我会只爱我的亲人——/这逐渐缩小的过程/耗尽了我的青春和悲悯"。① 与那种向外扩展到"博爱""泛爱众"的理念不同，诗中所要表达的是一种向内的、聚缩的爱，这种情感真切与有力；前者因为不及物而易于流向伪饰和空乏，后者则因为具体而落在实处。这其实隐喻了一种关于身份与认同的形成模式，所有对于宏大主体比如国家、民族的认同必须要经过一系列可以感知的立足点与中介，因而表面上背向而行的对于边地与个体的执拗的情感归属，倒是更广阔的认同的根基，就如同费孝通说到的"差序格局"——"以'己'为中心，像石子一般投入水中，和别人所联系成的社会关系，不像团体中的分子一般大家立在一个平面上，而是像水的波纹一般，一圈圈推出去，愈推愈远，也愈推愈薄。在这里我们遇到了中国社会结构的基本特性了"② ——情感与忠诚的模式像石头在水中击起的涟漪，一圈一圈往外扩散。如果没有对于边地的偏执，就不可能有整体的真诚信仰。另一首是《小学校》："去年的时候它已是废墟。我从那儿经过/闻到了一股呛人的气味。那是夏天/断墙上长满了紫云英；破损的一个个/窗户上，有鸟粪，也有轻风在吹着/雨痕斑斑的描红纸。有几根断梁/倾靠着，朝天的端口长出了黑木耳/仿佛孩子们欢笑声的结晶……也算是奇迹吧/我画的一个板报还在，三十年了/抄录的文字中，还弥漫着火药的气息/而非童心！也许，我真是我小小的敌人/一直潜伏下来，直到今日。不过/我并不想责怪那些引领过我的思想/都是废墟了，用不着落井下石……"③ 这首诗很容易被解读为与过去历史的和解和宽恕，而我想提到的一点是，在一个极小的边地意象中蕴藏着的丰富与阔大。就像汪曾祺在高邮故里的明子与小英子（《受戒》）、巧云（《大淖记事》）、薛大娘（《薛大娘》）那里发现的自然人性，"性格没有被扭曲、被压抑。舒舒展展，

---

① 雷平阳：《亲人》，《雷平阳诗选》，长江文艺出版社 2006 年版，第 1 页。

② 费孝通：《差序格局》，《费孝通学术精华录》，北京师范学院出版社 1988 年版，第 361 页。

③ 雷平阳：《小学校》，《雷平阳诗选》，长江文艺出版社 2006 年版，第 17 页。

无拘无束"①，从而以美学的方式应对着刻板的意识形态教条，雷平阳在创伤记忆中发掘出了一种历史的悲剧性和对于这种悲剧性出于自然的理解和消化。边地的文学在这里消弭了文学地理中的等级制，让边地与中心一样具有普遍性。显然，在雷平阳这样的边地文学中，边地获得了其独立的主体性和自信。

但边地文学的主体性往往会以一种符号化的面目呈现。就传播与宣介而言，地方文学往往特别愿意树立某种群体性形象或代表人物，并且予以命名。这个历程从市场化初期就已经开始，1993 年上半年，陈忠实《白鹿原》、贾平凹《废都》、高建群《最后一个匈奴》、京夫《八里情仇》和程海《热爱命运》五部长篇小说不约而同被北京五家出版社推出，形成"陕军东征"热潮。其后河北作家何申、谈歌、关仁山推出一系列以贴近老百姓、关注新时代、揭示新矛盾、展现新生活的新写实主义作品，被称为河北文坛"三驾马车"。宁夏则有陈继明、石舒清、金瓯并称的"三棵树"，到 21 世纪初栋梁、漠月、张学东等又被称为"新三棵树"。21 世纪以来伴随文化多样性和（非）物质文化遗产话语，文化多元主义逐渐成为一种不证自明的话语。作为多元文化的组成分子，中国境内的各个民族与地区都进入到一种建构地方性的热潮当中，地方性文学则成为浪潮中激越的浪花。但这些命名更多出于地方文学名片的营销和推广，虽然被拼凑在一起的作家群、作品乃至流派可能有某些题材和风格的共通性，但并没有形成明确的文学主张。倒是在 21 世纪初"地域诗歌"的提法和实践中可以窥见边地文学主体性自觉意识。2001 年 8 月的《独立》专门推出"地域诗歌专号"，其主要推动者即彝族诗人发星和布依族诗人梦亦非，他们将杨勇、叶舟、安琪、桑子、古马、阿信、马惹拉哈、李寂荡、湄子等诗人的诗歌以地域的名义集结在一起。这些人来自黑龙江、甘肃、福建、四川、贵州，从地理上来说，这些地方都是"边地"，而正是这些边地人的边地书写却走在了前沿探索与先锋试验的位置。在倡导者的表述中，"地域诗歌""是以本地文化为背景，处理本地经验、本地体验与本地事物的诗歌，它以创造主体的素养为基础，写作的结果指向创造主体的

---

① 汪曾祺：《薛大娘》，《汪曾祺精选集》，北京燕山出版社 2014 年版，第 280 页。

建设、完善。地域诗歌的重心是创造主体"①。这种"本地"立场更多是一种边地文化自觉，与后来建构的诸如"甘肃八骏""康巴作家群""里下河文学流派"等地方文学策划不同的是，这种边地意识里不再局限于某个地方的"民族诗歌"或"群体诗歌"，而是以"本地"作为基础，有着超越"本地"的形而上、个人化和普遍性的追求。它并没有权力对抗意味，而突出写作与具体文化之根的联系，可以说是延续了寻根文学的思路，致力于边地文学的自觉方法论建构。

　　"边地"的主体性被提倡，从内在观念来说，源自对 20 世纪 80 年代以来"世界文学"所形成的文学等级制的不满。在那种等级制当中，西欧、北美文学因为晚近一百多年伴随军事、经济、政治的强权而获得了霸权性地位，从而使其原本属于地方性的文学风格和美学特点泛化为一种普遍性标准。宇文所安（Stephen Owen）在分析"世界诗歌"的时候，提到了欧美之外地方的作家诗人们主动或被动、自觉或不自觉地遵循被译介的文学语法进行写作的现象："在'世界诗歌'的范畴中，诗人必须找到一种可以被接受的方式代表自己的国家。和真正的国家诗歌不同，世界诗歌讲究民族风味。诗人常常诉诸那些可以增强地方荣誉感、也可以满足国际读者对'地方色彩'的渴求的名字、意象和传统。与此同时，写作和阅读传统诗歌所必备的精深知识不可能出现在世界诗歌里。一首诗里的地方色彩成为文字的国旗；正像一次旅行社精心安排的旅行，地方色彩让国际读者快速、安全地体验到另一种文化。除了这种精挑细选过的'地方色彩'，世界诗歌也青睐具有普遍性的意象。诗中常镶满具体的事物，尤其是频繁进出口、因而十分可译的事物。地方色彩太浓的词语和具有太多本土文化意义的事物被有意避免。即使它们被用在诗中，也只是因为它们具有诗意；它们在原文化里的含义不会在诗里出现。"② 像那些注重"东方风情"的第三世界电影一样，这样的写作是可疑的，它的价值需要在排除了作为卖点的使用价值之后才能衡定，而这又是很难剥离出来的。因

---

　　①　梦亦非：《苍凉归途》，花城出版社 2010 年版，第 156 页。

　　②　[美] 宇文所安：《什么是世界诗歌？》，洪越译，田晓菲校，《新诗评论》总第 3 辑，北京大学出版社 2006 年版。

而，这样的文学无论从美学风格还是思想观念实际上都是被通行的"国际标准"先行规定了。对于这种格局而言，边地文学要解决的是建立自己的标准。

按照比较学者卡萨诺瓦的分析，文学的世界是"一个有中心的世界，它将会构建它的首都、外省、边疆"①，而文学中心在不同时代由不同的地方所主宰，比如19世纪是巴黎，到了20世纪成了纽约。"全世界的文学规则都由这个中心来制定，是所谓世界文学资本的所有者，所有文学边缘地带的作家都必须运用这个中心的文学资本进行文学生产，才能得到文学世界的承认。"② 这种等级结构当然不仅是文学内部自身运行的结果，必然有着外部强势政治与经济力量的助推乃至暴力施加，边缘文学在这个意义上有着以多元主义反抗既定霸权格局的意味。中国的边地文学无疑也有在内部抵抗来自处于文学权力中心的北京、上海的意味，但是作为中国内部文化多样性的体现，显然不能仅仅从后殖民式的反抗视角进行解释。

三

观察者很容易发现20世纪90年代以来，一些已经在主流文学界获得声名的少数民族作家停止了先前习惯的虚构式写作，由抒情转向写实，走向"一种新的跨文化、跨文体写作的主动探索，是对于族群情感、民族使命的另类写作。这种写作，从边缘位置出发，以主流文化话语霸权为靶的，以边缘声音的自我发声为追求，以对本族群及所有边缘族群生存危机感为焦虑，以后殖民文化人类学或文化地理学为明显标志，以激情的批评诗性为融化剂，构成了中国式后殖民文化人类学性质的跨文化写作"③。比如海拉尔的鄂温克作家，还有拉萨的一些藏族作家，他们"通过对少

---

① ［法］卡萨诺瓦：《文学世界共和国》，罗国祥、陈新丽、赵妮译，北京大学出版社2015年版，第26页。

② 罗国祥：《文学世界的"格林尼治"》，［法］卡萨诺瓦《文学世界共和国》，罗国祥、陈新丽、赵妮译，北京大学出版社2015年版，"译者序"第5页。

③ 姚新勇：《文化民族主义视野下的转型期中国少数民族文学》，花木兰文化出版社2016年版，第246—247、250页。

数族裔文化地理的解构性、后殖民性的重新书写，来达到某种类似于'逆写帝国'的效果"①。但是"逆写帝国"②这种具有浓郁后殖民色彩的话语能否用于论述本土边地少数民族文学，则需要打个问号。毕竟，有着悠久"大一统"的历史与多元共存共生传统的中国，与现代以来世界体系中的殖民帝国的权力运作简单类比，不仅年代错位，各自的社会结构与操作实践也截然不同。只是在文学批评之中，这种边缘的反抗式话语在流行中，往往被无所用心地挪用，而忽视了其政治内涵。

在将"边地"作为一种方法的时候，地理空间与族群文化交织在一起，显然无法割裂开来孤立的观照。这必然会涉及权力与差异性的问题。所以，边地文学需要警惕的两种写作倾向：一种是需要反思将后发的"边地"与先发地区对立的思维，在这样的思维模式之中，先发地区的文学因为想象中较易"与世界接轨"似乎携带着普遍价值，而"边地"则成了一种"化外之地"，是一种被普遍性"纡尊降贵"包容的特殊性；另一种是将"边地"等同于"边缘"，是区别于"主流"和"中心"的"支流"，两者似乎无法沟通，甚至人为地建立起一种对立，进而利用"边地"作为异质性话语来争夺话语权，企图以"边缘"取代"中心"。我在许多少数民族作家的作品中都看到一种对于边地孤芳自赏式的单向度描写，无视多民族的交流交融，而营造出一种膨胀的族群中心主义傲慢；而一些来自表征了现代化的都市小资式风情化书写，则固化了边地的刻板印象，使之成为一种消费性文学产品。二者其实都是在利用"边地"符号的象征价值，而没有摆脱二元分立的文化想象，前者复制了

---

① 姚新勇：《文化民族主义视野下的转型期中国少数民族文学》，花木兰文化出版社 2016 年版，第 246—247、250 页。

② "当作家和批评家开始认识到后殖民文本的独特性时，他们也明白需要发展一种适当的模式来解释这些文本。迄今为止出现的模式主要有四种：第一，民族或地区性模式，它强调特定民族或地区文化所独有的特色；第二，基于种族的模式，它认同跨越不同民族文学之间的某些共性……第三，各种复杂的比较模式，为跨越两种或多种后殖民文学的语言、历史和文化特性寻求解释；第四，更为广泛的比较模式，主张杂糅性和交融性是所有后殖民文学的构成元素。"[澳]阿希克洛夫特（Ashcroft）、格里菲斯（Griffiths）、蒂芬（Tiffin）：《逆写帝国：后殖民的理论与实践》，任一鸣译，北京大学出版社 2014 年版，第 12 页。

"中心"的权力惯性不自知，后者其实是一种被消费主义规训的浅薄和诞妄。

就当代边地文学而言，最为显豁的一个现象是重述地方或族群历史时的单维度叙事。其基本模式内在于"新历史主义小说"的语法之中，即趋向于以家族史、民间史、私人史、欲望史、生活史、心灵史取代此前的斗争史、官方史、革命史和社会史。这中间涌现出有别于意识形态一体化时代的别出心裁之作，颠覆了一度成为圭臬的革命英雄传奇与社会主义现实主义式的史观，在崇高与悲壮的美学之外，开启了情感、身体、欲望等被压抑的个人化美学。其中颇为值得注意的是边地族群话语对于国家性话语的补充，提供了从特定的族群、地域和文化视角观察中国历史尤其是现当代历史的新颖角度，能够揭橥曾经被主流叙述所遮蔽的部分角落，但往往也存在着陷入孤立与封闭之中的问题。"边地"在叙事中成为自足的存在，而缺乏他者的参照和互动，仅仅是讲述了某种地方性的往事，而看不到在地方之外的宏阔政治、经济、文化变迁与之形成的互动关系，这就使得重述边地历史成了一种脱离了现实的神话叙事。

就此而言，我们需要认识到"边地"作为空间生产的自觉：它并不是某种游离于现代性进程之外的存在，而是作为整体的有机组成部分而内在于其中。"边地"的意义在于，它是一个核心稳定而边界流动的存在，并没有某种清晰可辨而不可逾越的边界，而空间位置则具有相对性、替换性和转化性，任何将其固化为某种静态文化形象的尝试，都有可能陷入本质化的思维之中，进而会延续普遍性中的异质他者想象，促生的只是地方性的疏离与孤立倾向。但是，现今的边地文学中常见的情形是将某个地方性文化事象（无论是风景与地貌，还是民俗与信仰）的差异性强化，甚至有意生产某种改良了的地方文化"特色"。这种差异性作为自然和历史的存在本来具有其合理性，但刻意建构的特殊性则将原本充满暧昧、含混和多层次的现实存在化约为某些便于流通的符号，使得它所身处的复杂性关系隐匿起来，剥离了其产生与发展的环境，从而丧失了其意蕴丰富的内涵。在这种褊狭的想象中，边地成了异域和飞地，它"奇特而另类，充满原生和古典味，它特殊的地缘、血缘和族缘结构，它的粗犷、妖媚、宁静与苍凉，足以把现代生活中的人的生命感觉重新激发"①。显然这是一种无所用心的中产阶级美学趣味的歪曲和简化，"边地"在这个叙述中成为构筑与消费异域风情的所在。因为事实上对于"奇特"和"原生"的固态想象，割裂了历史的动态发展，这种本质主义构造从来就未曾现实存在过，不过是刻意区别于城市文明的猎奇。边地文学中常见这样的化约式写作，比如涉及藏区的诗歌，很大程度上会被牦牛、经幡、白塔之类的意象和抒情所淹没；蒙古族的小说和诗歌都乐于不断书写成吉思汗、骏马、草原、长调，以至于它们都已经成了凝聚态的符号。这是一种写作的惰性，而刻意为之就是自我差异化的贩卖，最终导致了边地文学的皮相化和空心化。

　　"边地文学"要摆脱的正是"中心"与"边缘"二元对立的权力争夺想象以及风情化的差异性，因为那是复制了资本主义全球体系的"依附"逻辑：边缘失去自己的能动性，遵循着中心的法则并使自己成为中心的模仿者，而权力中心地则不断结构性地生产和消费着自己的边地。一旦进入这种合谋，那"边地文学"非但没有树立自身的主体性，反倒成为权力和资本的附庸和操作物。边地之于全体各部分的辩证关系，可以用约翰·堂恩（John Donne）的话来表述："谁都不是一座岛屿，自成一体；每个人都是那广袤大陆的一部分。如果海浪冲刷掉一个土块，欧洲就少了一点；如果一个海角，如果你朋友或你自己的庄园被冲掉，也是如此。任何人的死亡都使我受到损失，因为我包孕在人类之中。所以别去打听丧钟为谁而鸣，它为你敲响。"② "人类"在这个意义上形成了一个命运共同体，任何一处地方空间只有建立起与无穷的远方、无数的人们的关系，才能形成这种共同体，它需要"我们共同构建"，就像阿来在一次演讲中所说："使我们这个文化逐渐减去这种浮夸的、脱离现实的、喧嚣一时而不

---

　　① 《光明日报》书评周刊编：《边地中国：边地是不是桃花源》，中国社会科学出版社 2004 年版，第 3 页；转引自京一《"边地小说"：一块值得期待的文学飞地》，《中国现代文学研究丛刊》2011 年第 2 期，而本文对这段话的解读可以说与京一几乎全然不同。

　　② ［美］欧内斯特·海明威：《丧钟为谁而鸣》（题词），程中瑞、程彼德译，王永年校，上海译文出版社 1982 年版。

知道为什么喧嚣的现状，而变成一个沉静的、愿意内省的、思索自我、思索自我跟他人的关系，更要思索自我这个文化跟别的文化的关系，跟自然环境的关系的文化……只有这样，我们今天对于文化的书写，对于边疆的书写，才可能回到正规的轨道。"①

　　概而言之，边地作为方法，以视角的转换调动了文学的创造性活力，显示了中国文化的复杂构成与流变形态，进而为文化文学生产机制的更新提供了范式转型的契机。中国文学的多维度与多层面的语言、审美与观念在这种视野里可以得到更加充分而全面的彰显。而 21 世纪以来边地文学中浮现的单维度与孤立化叙事问题，则出离了边地认知的关系性、能动性初衷，重新在与消费主义的共谋中滋生出本质化的偏狭想象，进而导向边地自身的自我风情化。这需要我们既尊重差异又追求共识，在普遍性与特殊性的辩证之中，激活边地所蕴含的文化因素，进而重铸整体性的文化自觉和自信，创造出一种新的共同体文学。

原载于《文学评论》2018 年第 2 期

　　刘大先，汉族，1978 年 9 月生，安徽六安人，中国共产党党员，北京师范大学文学院博士研究生毕业，2003 年 8 月至今在中国社会科学院

---

　　①　阿来：《消费社会的边疆与边疆文学——在湖北省图书馆的演讲》，《阿来研究》2015 年第 2 期。

民族文学研究所《民族文学研究》编辑部工作，任编辑部主任、研究员。研究方向为少数民族文学、现当代文学、文学理论。承担国家社科基金项目"晚清民国旗人书面文学演变研究""中国当代少数民族文学制度研究""中国少数民族文学理论批评文库"等。代表作有《现代中国与少数民族文学》《文学的共和》《千灯互照：新世纪少数民族文学创作生态与批评话语》等专著。兼中国社会科学院大学研究生导师、中国现代文学馆客座研究员、中国少数民族文学学会副秘书长等。入选国家"万人计划"青年拔尖人才，曾获鲁迅文学奖、唐弢文学研究奖、全国民族研究优秀成果奖等。

当代学术史中的少数民族古代文学研究检视

汤晓青

　　20 世纪是中国现代学术研究体系建立、发展、成熟的时期。20 世纪上半叶在西学东渐的风气影响下，西方文学的研究理念、方法、学派，随着现代大学教育体系的逐渐形成，全方位的进入到中国文学的研究领域。20 世纪 50 年代以后，中国的高等教育体系逐渐形成了自己的学科建设布局，中国语言文学作为最能体现中华民族传统文化的基础学科之一，一直备受重视，学科设置不断完善。20 世纪 80 年代国家建立了学位制度，学位学科分类中，中国语言文学为一级学科，少数民族文学与语言学、文艺学、古典文献学、古代文学、现当代文学等学科并列为二级学科。现代学术格局的形成对少数民族文学研究的发展给予了基本的保证，也起到了重要的引领作用。

　　回顾 1949 年以来的少数民族古代文学研究的学术发展史，无论是从学术成果的数量、学术梯队的建设，还是从学术理念的转换、学术水准的提升等方面，都是我们建构当代学术史要重点关注的时段。尤其是新时期以来的四十年，发展更为迅速。

　　开展少数民族古代文学的研究，有必要深入理解中华文化的多元一体的格局的形成。中国自古以来就是一个统一的多民族国家，历史上虽然有过长短时间不一的割据局面或南北分治的局部分裂，但历史发展的主流趋势始终是统一。长期的大统一进程，通过经济文化等层面的交往，将中国各民族联系在一起，形成了一种相互促进、相互依存、共同发展的关系。各民族共同创造和发展了中华文明。中国各民族彼此间的相互依存，无法割断的政治、经济和文化关联，形成了中华民族的命运共同体。基于对统一的多民族的国家政体的基本认识，自觉在中华文化的多元一体的文化格局中客观描述各少数民族文学的成就，在此基础上完成一部多民族共同书写的古代文学发展史，是专家学者的共同追求。对此，学界同仁几十年的努力值得总结。

一　文献辑录：在汉语文献中披沙拣金、拾遗补阙

20 世纪 80 年代，少数民族文学研究学科建设起步之初，一些民族院校中文系的古代文学史课程设置中，历代文学中的少数民族书面文学，被纳入教学计划中。少数民族地区（自治区或少数民族人口较多的省区）的院校，有书写传统的民族的古典文学教学已经有了多年的积累，民族语和汉语的族别文学史教材讲授了蒙古族、藏族、维吾尔族、彝族、朝鲜族等民族的古代文学知识。有关的情况需要做细致的梳理和研究。

而在传统优势学科的中国古代文学史的教学中，对少数民族的古代书面文学少有提及。湖北中南民族大学祝注先教授率先开设了少数民族诗歌史课程，尝试将少数民族的汉语诗歌创作的发展脉络纳入中国古代诗歌传统中，在推出一系列论文之后，《中国古代民族诗论》①（下文简称《诗论》）、《中国少数民族诗歌史》② 先后出版，勾勒出一条少数民族诗歌的发展线索。这条线索与中国古典诗歌发展史同等长度，却很纤细，时隐时现，若明若暗。祝氏研究的资料为民族文字创作的作品，如吐蕃时期的古藏文，维吾尔先民的古突厥文、回鹘文等；汉文诗歌；汉语翻译记录的少数民族诗歌；汉字记音的少数民族诗歌；汉语创作古典诗词等。

祝氏研究的出发点很明确，在已有的文学史知识体系中，寻找有少数民族族属身份的作家、作品。秦汉时期的民歌《越人歌》《匈奴歌》等，作品族属虽有争议，非汉民族的文学作品特质却无异议。祝氏《诗论》按照古代少数民族政权的时序，分别论述了十六国时代、北朝鲜卑、辽代的契丹、金代的女真以及拓跋鲜卑后裔元好问、元代的色目诗人、明代西

---

①　祝注先:《中国古代民族诗论》，广西人民出版社 1989 年版。

②　祝注先主编:《中国少数民族诗歌史》，中央民族大学出版社 1994 年版。

南民族、清代满洲等少数民族的诗歌成就。祝注先的研究被称为"拓荒者的耕耘"①，是当之无愧的。研究者在《诗论》"后记"中总结道："通过对文献的爬梳抉剔，开掘和阐扬少数民族的创作成果，其作用，我想，至少有这么两点：1. 了解我国少数民族在各个历史时期内对汉文学发展所作出的贡献，在这个基础上，能使我们认识到，我国光辉灿烂的文化，乃是各个民族共同创造的结果，从而可以提高少数民族的自尊心和自信心。2. 了解少数民族汉文作家作品反映的文学现象，能帮助我们从一个侧面认识古代各民族以汉族为主体的文化交往历史，由此可以增进民族之间的感情，促进民族之间的凝聚。"②

同时期还出版了陈书龙的《中国古代少数民族诗词曲评注》③，精选了从先秦到近代的少数民族 157 位作家的 349 首作品，其中包括诗、词、散曲、童谣、民谣等不同的体裁。该著与祝氏的研究思路基本相同。

20 世纪 80 年代我国的学位制度的推出，对于中国古代文学研究的深入，有直接的影响。以往不被重视的少数民族古代文学研究，在研究生的专业课程中有了一席之地，随着文献资料的整理和发掘工作的推进，学术空间被迅速拓展，北方民族政权时期的文学在民族文学研究领域成为热点。

中国古代文学中，历代都有少数民族文人的汉语文学作品留存。受传统的文学观念局限，同时代及后代的诗学批评家对这些创作少有顾及，文献极为匮乏。特别是对于在历史舞台上曾经相当活跃的北方少数民族政权统治时期，如十六国、北朝、辽代、金代，多被指为文化蛮荒，文学成就不高。即使实现了大统一的元朝的文学，除了散曲、杂剧之外，诗词文赋等也缺少系统的文献资料整理。

新时期古代文学研究的复苏，首先在古籍整理领域取得突破。近四十年对北朝、辽、金、元的诗文全集的整理出版，对于辽、金、元乃至中国

---

① 李元洛：《拓荒者的耕耘》，祝注先《中国古代民族诗论》，广西人民出版社 1989 年版，"序"第 2 页。

② 祝注先：《中国古代民族诗论》，广西人民出版社 1989 年版，第 370 页。

③ 陈书龙主编：《中国古代少数民族诗词曲评注》，武汉出版社 1989 年版。

古代文学整体研究,具有重要的意义。如 80 年代后,学术复苏,辽代文献的辑录取得了比较大的进展。陈述先生辑录之《全辽文》由中华书局出版。自《辽文汇》出版后,各地辽代碑刻之类出土颇多,陈述先生编《辽文汇续编》稿本。后于 1982 年合《辽文汇》与《辽文汇续编》为《全辽文》,此书诗文兼收,实为有辽一代文献之辑录本。1993 年,岳麓书社出版了蒋祖怡、张涤云二位整理的《全辽诗话》,此书不仅对清代周春的原书进行校点和笺注,还进行了增订补辑,题为《新补辽诗话两卷》附于书后,篇幅增加一倍有余,搜罗相当齐备。在辽诗文献方面,黄震云《〈全辽诗词〉辑录与编年考述》①收诗约 130 首,较《全辽文》多出近 60 首。1999 年山西古籍出版社出版了《全辽金诗》,在辽诗方面共收诗 140 余首,搜罗最为完备。

这些文献资料著作,虽然并不是关于少数民族古代文学的专集,但是其中收录了许多少数民族作家的汉语创作的资料,而这在过去往往是被忽略不计的。在中国历史舞台上活跃了相当长的时间的北方民族政权,对于中国古代文学发展的影响是全方位的。此后,在《全元文》《全元诗》的大型文献资料丛书编撰出版时,整理了非常丰富的资料,在此基础上,杨镰、查洪德等人在元代文学文献学的建设中所做的深入细致的工作,直接推进了元代多民族文学研究的全面开展。

二　价值重估,编撰中华文学通史

1980 年,中国社会科学院少数民族文学研究所(2003 年更名为民族文学研究所)成立,研究所成立之初确立了两个主要的学术方向:一是以三大史诗搜集整理为龙头的少数民族民间文学资料的搜集整理工作,二是编写 55 个少数民族的族别文学史。这两项工作的深入进行,体现了少数民族文学研究的资料搜集与研究工作同步开展的特点,将以往高校教师和地方研究机构的分散研究,整合于国家学术的整体格局中,对少数民族古代文学的研究有积极的促进作用。

---

① 详见黄震云《〈全辽诗词〉辑录与编年考述》(上、下),《文教资料》1993 年第 5、6 期,后收入其论文集《辽代文史新探》,中国社会科学出版社 1999 年版,第 75—124 页。

　　早在 1958 年，与高校编写文学史工作几乎是同步，编写中国少数民族文学、各少数民族族别文学史或文学概况的工作开始启动，在世纪之交重写文学史的热潮中被大家反复提及的一个现象"直到现在为止，所有的文学史实际不过是汉族文学再加上一部分少数民族作家用汉语写出来的文学的历史。这就是说，都是名实不完全相符的，都是不能比较全面地反映我国多民族的文学成就和文学发展的情况的"①，在当时就已经被点明。

　　20 世纪 80 年代中期以来，越来越多的研究者注意到以往的中国文学史的编写只是汉族或汉语文学史，有明显的局限性。人们开始尝试将多民族文学现象纳入中华文学发展史的整体框架中，编写包括历史上的民族以及当今 55 个少数民族的文学史，在文学史界已经成为一个有相当热度的话题。少数民族古代文学研究取得的成果，特别是少数民族文学史编撰中对少数民族古代文学史料的发掘、历史脉络的梳理、作家作品评析，在一定程度上也推动了主流中国文学史观念的转变。

　　20 世纪末，同时担任中国社会科学院文学研究所所长、少数民族文学研究所所长的张炯研究员，主持了《中华文学通史》的编纂工作，这项世纪工程于 1998 年完成，出版了十卷本的《中华文学通史》②（以下简称"通史"）。张炯在 2012 年《中华文学通史》修订版中回顾这部著作的编写初衷："诸多先贤都曾编写有中国文学史著作。从 20 世纪初迄今，已出版的有关中国文学史著作已超过 1500 部。但绝大部分著作只能称为汉文学史，且多为断代史、文体史，许多只写到清代。当年鲁迅先生题自己的著作为《汉文学史纲要》，可能他已经意识到中国是多民族的国家，汉族文学史不足以称为中国文学史。而且中国地域辽阔，中国文学史的编写还应顾及各地区的文学。以故，20 世纪 50 年代末，中国科学院文学研究所所长何其芳就提出应该编写一部包括各民族各地区的中国文学史。可是，当时条件不足，许多方面缺乏有研究的专家。直到 20 世纪末，我担任中国社会科学院文学研究所和少数民族文学研究所所长时才聚集两所的

①　何其芳：《少数民族文学史编写中的问题——一九六一年四月十七日在中国科学院文学研究所召开的少数民族文学史讨论会上的发言》，《文学评论》1961 年第 5 期。

②　张炯、邓绍基、樊骏主编：《中华文学通史》（全十卷），华夏出版社 1998 年版。

研究力量并借助其他单位的专家共同努力，完成了《中华文学通史》10卷本。"①

　　"通史"的编委会由文学研究所、少数民族文学研究所的研究人员组成，少数民族文学研究所的各民族学者参加了各分卷本的撰写，编写工作实际上是少数民族文学研究与汉文学研究的一次学界对话，深化了对于中国文学史是中华各民族共同创造的文学史观的认识。这里包括如下几个层面的认识："首先不仅中国的古代文学就包含各民族的创造，而且多民族的作家都为汉语文学的发展作出不同程度的贡献。其次，各少数民族独自创造的优秀文学作品，大大丰富了中国文学，作为历史瑰宝熠熠生辉。再次，在历史的发展过程中，中华各民族还相互影响、相互借鉴和吸取，从而也提高了各民族文化和文学的水平。"②

　　当然这种开创性的工作存在着许多问题：不同的朝代的少数民族书面文学的发展情况不同，文献资料的考订校勘工作不细致，各卷加入的民族文学的内容偏重于一般介绍，对作家作品的评述标准不统一，有些作家占篇幅过多，有些作家又论述不足，对各民族文学在历史发展中的关系梳理也不够清楚。必须承认，少数民族古代文学研究特别是民族文学文献学的基础薄弱，造成了这部"通史"的学术水准的不平衡。

三　重绘地图：寻找多民族文学的时空坐标

　　21 世纪之初，在重写文学史的学术大潮中，杨义提出了"重绘中国文学地图"以及"民族文学的边缘活力"说，并撰《中国古典文学图志》（宋、辽、西夏、金、回鹘、吐蕃、大理国、元代卷）③，为中华多民族文学史的编写提供了生动的个案。

　　杨义在《中国文学的文化地图及其动力原理》一文提出：中华民族的文化是一种复合文化，存在着漫长曲折的逐渐融合的过程。文章从四个

---

　　①　张炯：《重新认识中国文学史——写在〈中国文学通史〉12 卷本出版之际》，中国作家网，http：//www.chinawriter.com.cn。

　　②　同上。

　　③　杨义：《中国古典文学图志》，生活・读书・新知三联书店 2006 年版。

层面探讨这种文化的复合性：第一，中华文明的起源具有多元区域的特征，在聚散分合的结构性张力中形成一个整体的景观；第二，中原文化与少数民族文化互相认识、互相驱动、互相补充，共同构成了中华文化的综合资源；第三，少数民族文化作为边缘文化，没有模式化和僵化，处于不稳定的流动状态，为中原文化提供了丰富多彩的异样思维与开放的活力；第四，中华文明在长期的民族融合中，以原创推进兼容，以兼容壮大原创，形成一种造福人类的原创与兼容互为表里的历史文化哲学。①

2006 年，杨义研究员时任中国社科院文学研究所、民族文学研究所所长，他提出了以绘制文化地图的方式，全面"展示中华民族文化的整体性、多样性和博大精深的形态，展示中华民族文学的性格、要素、源流和它的生命过程"。他认为以往文学史的编撰大多注重纵向的历时性描述，忽视了横向的共时性探讨，他希望能在中华民族的文化版图内，描述多民族文学共生共荣的"大文学史"，他编撰的《中国古典文学图志》（以下简称"图志"）是其实现自己的学术理想的一次有益尝试。作者考察 10—13 世纪，多民族的多元文化对于文学发展的积极影响，在彰显少数民族文学的独特价值的同时，建构了一种多元文化共存的多民族文学的发展模式。

"图志"撰写的文献资源，依托的是少数民族族别文学史的编写工作进程中，逐渐披露的少数民族文学资源。主要体现在以下几个方面。

其一，历史上我国各少数民族创制和使用的文字，有 30 多种，形成了存量丰富的民族文字的古籍，其中有许多珍贵的民族文学的史料和文学文本。

其二，在汉文的文献记载和金石铭文、碑刻等出土文物中，在各民族的民间流传的口头叙事文学作品中，也有大量的口碑资料遗存。

其三，在中国历史上若干次大规模的民族融合进程中，随着不同民族间文化交的日渐频繁、深入，一些出身少数民族的作家的汉语创作成就突出；一些汉族文人在仕途升迁，文化交游中，与文化边缘区的少数

---

① 参见杨义《中国文学的文化地图及其动力原理》，《清华大学学报》（哲学社会科学版）2001 年第 6 期。

民族密切接触，创作风格有了明显的变化。在以往的汉语文献中，有大量相关资料。

"图志"的作者在"大文学观"的统领下，将少数民族文学的多种形态的资料作为建构文学史的基础资料，增加了引用资料的范围与种类，如少数民族的三大史诗——藏族《格萨尔》、蒙古族《江格尔》、柯尔克孜族《玛纳斯》，维吾尔喀拉汗王朝时期的《突厥语大辞典》《福乐智慧》，元代的《蒙古秘史》等各民族的经典作品，都成为"图志"的有机组成部分。

综观近年来的辽金元文学研究的发展，研究者对于这个时期的多民族的文学现象的认识与把握，已经有了实质性的突破。学者们在宏观上关注北方民族文化对于中华文学发展的积极影响的同时，也对辽与北宋、金与南宋、西夏与辽金、金与元等时期的文学关系做了深入的比较研究。"图志"不同于以往的文学史分期，把两宋与元代涵盖起来的 10—13 世纪作为一个时段，重点是要将多语种、多民族的文学纳入中华民族文化版图。

作者不仅对少数民族文学的"资源"贡献做了充分的肯定，更在对处于"边缘"状态少数民族文学、文化给予主流文化的冲击，所具有的文化转换的"动力"，给予了深入阐释。作者尊重民族文学的发展规律，摆脱了单纯以汉语书面文学的发展水平和文学观念为参照背景传统的观念，重新认识和评价了少数民族文学的学术价值。

四　疏通文脉，展示互动交融状态中的多民族文学发展的多样形态

在民族文学研究界内部，中央民族大学壮族学者梁庭望与杨义"重绘中国文学地图"的主张相呼应，从文化史的研究视角关照中华文化中的少数民族文学，提出了"中华文化板块说与中国文学关系"的论纲。

梁庭望认为："中华文化是以汉文化为主体，由众多民族文化有机地组合而成的。从地理环境、经济生活、民族分布、文化特征四个方面来考察，中华文化的结构应当划分为四大板块比较符合实际。这四大板块分别是：中原旱地农业文化圈，由黄河中游和下游两个文化区组成，这是中华文化的主体；北方森林草原狩猎游牧文化圈，由东北文化区、蒙古高原文化区、西北文化区组成；西南高原农牧文化圈，由青藏文化区、四川盆地

文化区、云贵高原文化区组成；江南稻作文化圈，由长江中游和下游两个
文化区以及华南文化区组成。"①

　　梁庭望的文化板块结构关注的是中华文化发展史中汉族与少数民族文
化的多元互补、水乳交融的关系，民族融合对民族文学关系的影响。

　　进入 21 世纪的中国古代文学研究，在"多元一体、打通古今"的学术
诉求中，古代少数民族的文学的成就越来越得到学界的关注。由首都师范
大学赵敏俐教授主持、国内十余位著名学者参加的国家社会科学基金重点
项目《中国诗歌通史》②，在分体文学史的编写中，将少数民族诗歌传统
与汉族悠久的诗歌发展史并置。其中的少数民族卷由梁庭望教授执笔。

　　该书把少数民族诗歌划分为五个阶段：奠基期——从秦汉到隋，发展
期——从唐到元，繁荣期——从明到清（1840 年以前），近代转换期——
从 1840 年到清末，现当代诗歌形成期——从 1919 年至今。与汉民族诗歌
的发展进程不同，少数民族诗歌在明清时期繁荣，是追随着汉族诗歌的发
展不断发展起来的。

　　梁庭望在整体研究少数民族诗歌规律的基础上，从十个方面总结了少
数民族诗歌艺术的特色：整体结构的多元、内部结构的多姿、民族生活风
情的浓郁、诗歌语言的复杂生动、表现方式的多样、艺术风格多姿多彩、
多方位的吸纳与充实、宗教信仰的多层浸润，诗歌功能的多层面扩展、多
样的传承方式。

　　《中国诗歌通史·少数民族卷》充分展示了丰富多样的各民族诗歌的
全貌。如长诗类包括了创世、英雄、宗教经诗、信体长诗、历史长诗、文
论长诗和套歌等十个类别。有的一个民族就有几百部、上千部长诗。再如
各民族诗歌的独有诗体，藏族有鲁体、年阿体，维吾尔族有阿鲁孜、格则
勒，壮侗语族的各族有"勒脚体"等。特别是少数民族诗歌繁多的韵律
形式，有头韵、脚韵、腰脚韵，也有头尾连环韵、回环韵、复合韵等。这
些艺术形式极大地丰富了中华民族的诗歌宝库。

　　《中国诗歌通史》的编撰出版，将少数民族古代文学研究置位于中国

---

　　① 梁庭望：《中华文化板块结构与中国文学关系研究》，民族出版社 2011 年版。
　　② 赵敏俐、吴思敬主编：《中国诗歌通史》（全 11 册），人民文学出版社 2012 年版。

古代文学的总体学术格局中,通过积极有效的学术对话,实实在在地推动了多民族文学研究的深入发展。几年后,梁庭望《中国少数民族文学史·诗歌卷》① 出版,重点论述古代少数民族作家诗歌的创作成就,兼论民间长诗,延续了《中国诗歌通史》的多民族诗学观与贯通古今的学术格局。

从祝注先的《中国少数民族诗歌史》到《中国诗歌通史·少数民族卷》和《中国少数民族文学史·诗歌卷》,文献集成、作家作品勘考、文学观念、学术理念和范式,都有较大的不同,梁庭望的成果拓展了中国古代文学研究的空间,愈加清晰地呈现了中国多民族文学空间版图,学术史的发展脉络相当清晰。

五　求同存异,在中华文化的大格局中彰显少数民族文学的价值

随着少数民族文学研究的逐渐深入,民族文学研究的学术影响力逐渐辐射到文学研究的其他领域。由民族文学研究界率先倡导的"中华多民族文学史观"已经成为学界的共识。目前古代文学研究界面临的问题主要是如何将各民族历史悠久的口传文学与中原书写文学传统对接与定位,对于使用汉语创作的民族的书面文学传统的民族特性如何辨析。前一个问题,梁庭望的少数民族诗歌史的研究给出了较为妥当的解决方案,后一个问题的讨论,关纪新的专著《满族小说与中华文化》代表了该领域标志性成果。这部著作是国家社科基金项目"满族小说与中华文化"的最终成果,被列入"国家哲学社会科学成果文库",由社科文献出版社于 2014年 4 月出版。

作者对满族文学、满族文化的研究,有丰厚的积累和深刻的思考。关纪新的研究始终是以中华文化的发展为整体背景,从满族文化学者的立场出发,在民族心理的层面,深入剖析满族小说家的文学人生,细致解读其作品。他对满族文言小说、《红楼梦》、近代旗人小说、老舍等作品,做了独到的阐发,见解新颖,引领少数民族叙事文学传统的研究。他的研究,直接面对部分学者对于使用汉语创作的少数民族文学是否可以被视为

① 梁庭望:《中国少数民族文学史·诗歌卷》,人民文学出版社 2016 年版。

民族文学的质疑，从满族的文化演变的历史进程入手，通过对代表性作家、作品的深入分析、总结规律，较好地解决了民族融合进程中少数民族文学的贡献与自身发展的关系。

关纪新对满族小说与中华文化的关系的研究，有前沿的学术理念的支撑，也有循序渐进的系统性研究，从《多重选择的世界》到《老舍评传》《老舍与满族文化》，再到《满族小说与中华文化》《满族书面文学流变》，研究者徜徉在多元一体的文化网络中，探寻不同的民族文学坐标的子系统。

1995 年出版的《多重选择的世界——当代少数民族作家文学的理论描述》①（关纪新与朝戈金合作撰写），研究者通过作家与本民族传统文化相互关系的考察，将少数民族作家区别为"本源派生—文化自律""借腹怀胎—认祖归宗"和"游离本源—文化他附"等三种类型，阐述参照多重文化系统对少数民族作家进行研究的必要性与重要性，确定了少数民族作家文学在民族文学研究中的合法性。

《老舍与满族文化》建构了一个"文化—文学—文化"的论述模式，这种研究方法也贯穿在《满族小说与中华文化》一书中，该著从文化背景入手，是因为："这个于百年前一度息影于社会关注平台的民族，对其历史、文化、文学，人们普遍缺乏了解，连学界也不例外。因此，我不能不首先离开话题中心，围绕该民族的历史际遇、文化变迁等，展开外围的探寻和描绘。"② 关纪新界定了"满族小说"的概念，他认为满族小说是满族作家在中原文化的影响下进行的书写。这些满族作家用汉语进行创作，但他们对自己民族的文化身份有清楚的认定。他将民族民间文化视为培植满族小说的土壤，认为满人喜爱长篇叙事文学的嗜好，是由历史深处带过来的文化基因。他强调研究满族书面文学传统，尤其是小说创作的时候，要特别关注其民族民间文学传统。研究者对满族作家作品的文本研究，仍采用传统文学研究的知人论世、分析人物形象、把握语言风格、勾

---

① 关纪新、朝戈金：《多重选择的世界——当代少数民族作家文学的理论描述》，中央民族大学出版社 1995 年版。

② 明江：《从满族视角到中华文化眼光——对话〈满族小说与中华文化〉作者关纪新》，中国作家网，http://www.chinawriter.com.cn。

画满族文学传统等基本方法，保证了这部著作的学术品位：充分肯定
"离开了中华文化的基本环境，满族和它的一切既往文学绩效，便都成了
'皮之不存，毛将焉附'"；明确指出"满族小说并不是'汉化'的产物，
不是汉族文学的附丽物，其多方面独到的个性化的艺术书写，是对中华文
化丰富与展开不可或缺的积极奉献。"①

　　2015 年，关纪新推出《满族书面文学流变》，将其在中华文化大格局
下满族小说研究，拓展到整体的满族书面文学研究。关纪新对满族书面文
学的研究历时近二十年，从在其业师张菊玲教授的指点下对满族书面文献
的搜集、校勘开始。2006 年整理、点校了清代恩华纂辑的《八旗艺文编
目》，对其中 1034 位作者及 1775 部作品进行了重新梳理和点校，可见其
在史料文献方面所下的功夫和积累的功力。这种积累的功力不仅反映在
《满族小说与中华文化》的绵密思维与抽茧剥笋的材料分析与史观阐释
上，也体现在《满族书面文学流变》中两条线索的交织缠结、辉映交错
的精确把握上，这两条线索一条是满族书面文学内在的流变，一条是以汉
族文学为主体的中华文学的历史流向。满族书面文学在本民族文学发展的
内驱力作用下，在葆有本民族文学传统和特质的同时，浸淫了其他民族文
学（特别是汉语文学）的养分，缓缓流向今天；以汉族文学为主体的中华
文学的历史潮流呈现出各民族文学不断汇入、共同创造、共同享有的趋向。
满族书面文学是满族的，也是中华的；中华文学既是中华各民族的，也有
满族的。因此，《满族书面文学流变》的学术史价值，除了史料的重要性
外，仍是在什么样的视野下研究少数民族古代文学的理论视野和文学史观
的问题。如前所述，这已经是少数民族古代文学学术理念、研究范式转型
层面的问题。这一点，也是其他民族古代文学研究普遍存在而有待解决的
问题。

六　不同而和，平行本质的比较文学研究

　　中国各民族文学关系研究是在少数民族文学研究逐渐成熟的过程中发

---

① 明江：《从满族视角到中华文化眼光——对话〈满族小说与中华文化〉作者关纪新》，
中国作家网，http://www.chinawriter.com.cn。

展而成的新兴学科，具有跨文化研究的学科特性，在比较文学研究领域的地位不可或缺。民族文学关系研究是有关双方文学与文化系统的研究，影响研究和平行研究是中国民族文学研究的两个重要方面。

1997 年，马学良、梁庭望、李云忠《中国少数民族文学比较研究》①出版。该书计五章，前四章分别以少数民族神话、民歌、故事和传说、叙事诗为对象展开比较研究，第五章以现代少数民族作家为对象进行了比较研究。该书虽未涉及少数民族古代作家文学，但明确的比较文学的方法论意识，对少数民族古代文学研究不无启发。

我们现在将中华民族中各民族彼此之间的关系表述为你中有我、我中有你的相互依存的关系，体现的是不同而和的多元一体文化格局。少数民族古代文学的研究也沿着这个方向推进。

中国社科院民族文学研究所的蒙古族学者扎拉嘎研究员，从清代蒙古族文学家尹湛纳希的《泣红亭》与曹雪芹的《红楼梦》的比较研究起步，对蒙古族翻译的汉族文学古典小说、戏曲等经典作品在蒙地的流传、变异，在蒙古族作家文学发展中的影响，在蒙古族本子故事及民间说唱传统发展中的影响等方面，进行了深入的考辨与研究。基于这种全方位的蒙汉文学关系的比较研究，扎拉嘎对民族文学关系研究的本质提出了自己的见解。

2002 年，扎拉嘎在《比较文学：文学平行本质的比较研究——清代蒙汉文学关系论稿》中，提出"比较文学是研究文学平行本质相互关系及其发展规律的一门学科。在比较文学所关注的几种文学关系之中，不同民族文学关系研究是比较文学概念的基石。"② 扎拉嘎认为，"在平行本质概念中，'平行'既取意于几何学意义，又不完全囿于几何学意义，是一种象喻性质的平行是一种关系表述。平行本质概念中的平行，则是借用几何学平行中的二重关系，表示一般事物之间在本质上的二重关系。例如，

---

① 马学良、梁庭望、李云忠主编：《中国少数民族文学比较研究》，中央民族大学出版社 1997 年版。

② 扎拉嘎：《比较文学：文学平行本质的比较研究——清代蒙汉文学关系论稿》，内蒙古教育出版社 2002 年版。

一组事物各成员之间，同而有别，异而有同，又依存又对峙，既不合一，也不分离，你中有我，我中有你，各自独立而又属于某个共同范畴，等等。事物之间的这类二重关系，这里取意几何学术语，称为'平行本质'关系。在比较文学涉及的文学内部比较组合中，不同民族文学的关系是一个基本组合。确认不同民族文学之间是平行本质关系之后，就会发现不同语种文学之间、不同文化文学之间、不同国家文学之间，也各自组成文学平行本质关系。这使关于它们各个组合内的比较研究，也可以归入比较文学范畴。"①

　　扎拉嘎将自己的理论探讨定义为哲学视域中的比较文学研究，他对不同民族文学之间的关系关注的是不同而和的文化现实。这一理论概念对于我们重新理解比较文学具有很大的启发作用。他强调比较文学的任务，首先在于发掘不同民族文学的特性，寻找各民族审美系统的独特价值，这是扎拉嘎从事族别文学间的比较研究的基本出发点，他关于清代蒙汉文学关系的比较研究，是运用这一理论研究各民族文学关系的成功范例，影响了许多少数民族学者，如云峰的《元代蒙汉文学关系研究》② 就遵循了这一理路。

　　21 世纪初，中国社科院民族文学研究所"中国各民族文学关系研究"重点学科正式建立，标志着这支少数民族文学研究的"国家队"完成了从专题性课题向分支学科领域的转换；少数民族比较文学实现了从比较方法的简单运用，到学科意识的自觉的根本性转变。先后推出刘亚虎、邓敏文、罗汉田的《中国南方民族文学关系研究》③ 和郎樱、扎拉嘎《中国各民族文学关系研究》④。这两部成果，以"关系"为焦点，打破书面文学和口头文学的界限，寻绎各民族文学关系的基本谱系和内在肌理，广泛触及了少数民族书面文学之间的复杂关系，对中华多民族文学的研究做出了

---

① 　扎拉嘎：《比较文学：文学平行本质的比较研究——清代蒙汉文学关系论稿》，内蒙古教育出版社 2002 年版。

② 　云峰：《元代蒙汉文学关系研究》，民族出版社 2005 年版。

③ 　刘亚虎、邓敏文、罗汉田：《中国南方民族文学关系研究》（全 3 册），民族出版社 2001 年版。

④ 　郎樱、扎拉嘎主编：《中国各民族文学关系研究》（全 2 册），贵州人民出版社 2005 年版。

重要贡献。

少数民族古代文学是丰富多样的文学宝库，是中华文学宝贵的资源。以多民族文学史观统领，由族别文学、经典作家作品、文学关系比较研究渐次展开的研究，在研究理念、研究方法、知识体系的建构等方面都取得了突破。上文选取的几个研究者的成果简介，只是在大量的研究文献的梳理中，截取的几个"切片"，笔者的观察与评价也未必准确，提供一些线索，供学界同人参考。

少数民族古代文学研究起步于中国文学研究，滥觞于中国少数民族文学史编撰的国家工程，其学术话语范式从一开始就呈现出与主流文学话语范式基本一致的学科取向，同时也具有鲜明的民族文学研究的个性特征，如对作家民族属性的重视、对作家文化身份、作品民族特色和文化成分的重视等中观和微观层面的话语特征和研究范式。近年来，一些中青年学者将西方当代人类学、后现代社会学、政治学理论如多元文化主义、身份理论等运用于少数民族研究文学——这也是中国当代学术话语的整体趋向，但显然，在少数民族古代文学研究中（诸如古代少数民族汉语文学创作研究），这些理论的有效性十分显见。另观中国少数民族古代文学研究中各民族文学关系研究，以及如上所述的从比较的方法到比较文学的"平行研究"的理论范型的广泛运用，在主流比较文学理论捍卫经典和"向内比较"的争讨中，已经结出累累成果。少数民族比较文学挑战了经典的比较文学理论，并初步形成了中国比较文学的"本土"话语体系"，而且，这一领域和学科方面方兴未艾、生机勃勃，这是一个可以预期的学科方向。

少数民族古代文学研究发展的时间不到七十年，与中国古代文学研究源远流长的历史和雄厚实力相比，在文献整理、经典释读、文脉疏通、诗学阐释、知识入史等方面都还有太多的工作要做。任重道远，研究水准的提高寄希望于各民族中青年学者的迅速成长。

原载于《民族文学研究》2018 年第 6 期

汤晓青，女，1954年12月出生，籍贯江苏，中国共产党党员。1985年北京师范大学中文系文艺学专业硕士研究生毕业，获文学硕士学位。1985—2015年任职于中国社会科学院民族文学研究所，编审；曾任民族文学研究所副所长，《民族文学研究》主编，中国社会科学院少数民族文学系硕士研究生导师。2015年底退休。

长期担任学术刊物《民族文学研究》的编辑并主持刊物的出版工作，熟悉中国多民族文学研究的发展趋势和前沿话题，了解学界的研究者的学术水准学科建设的整体情况；个人的研究重点为中国古代各民族文学之间的关系，注重古代民族融合对中华文学发展的影响；主持社科院国情调研项目，了解少数民族非物质文化遗产的保护和传承的理论和实践的发展情况；任中国少数民族文学学会副理事长，中国辽金文学学会副会长，国家社科基金评审组成员。享受国务院政府特殊津贴。

主持中国社会科学院重大项目"中国少数民族文学资料库（二期）"，中国社会科学院国情调研项目"西部少数民族口头传统当代传承情况调查（2009—2012年）"。发表学术论文有《回族文学批评家李贽的多元文化背景》《比较文学视阈下的中国各民族文学关系研究》等。

周扬与中国少数民族文学片断
——对我国少数民族文学四十年的回顾与展望

王平凡　口述　王素蓉　整理

周扬同志是 20 世纪中国文艺卓越的领导人之一，是著名的马克思主义文艺理论家。他对我国社会主义文化和文艺事业做出了重要贡献。

周扬同志为我国少数民族文学事业做出了特殊成就，体现在以下几件大事中：（一）编写《中国少数民族文学史》；（二）组建少数民族文学研究所；（三）抢救少数民族英雄史诗《格萨尔王传》（藏族）、《江格尔》（蒙古族）、《玛纳斯》（柯尔克孜族）；（四）培养高素质科研队伍。

周扬同志于 1989 年 7 月 31 日逝世，至今已有 31 年了。他生前曾认真总结文艺战线正反两方面的经验和教训，给我们留下了极宝贵的精神财富。回忆历史，表示我们深切的怀念！

一　编写《中国少数民族文学史》

1958 年 7 月 17 日，中宣部召开编写《中国少数民族文学史》座谈会议，周扬同志提出，编写少数民族文学史工作由文学研究所负责。文学所领导指定由贾芝、毛星同志承担这项任务。

1961 年 3 月，《中国少数民族文学史》（初稿）讨论会在北京和平宾馆召开。会议收到编写的文学史初稿共 10 部，文学概况 14 部。此外，还编选了有关资料 100 多种。会议由何其芳、贾芝同志主持。中宣部副部长周扬和文化部副部长徐平羽同志均作了重要讲话。

周扬同志在编写少数民族文学史讨论会上，首先对参加编写同志的工作充分肯定。他说，少数民族文学史是一个新题目，两年多来同志们做了很多工作，写了 20 多部文学史，这是一个很大的成绩。这种书过去没有过，至少他没有看到过，这是一个新开辟的领域。我国少数民族过去处于被压迫的地位，被排斥的地位，我国少数民族的文学过去被埋没、被忽略，即使没有很多分析，就是把材料向全国人民、向世界人民作一个介绍也是好的。只要材料是准确的或者比较准确的，介绍出来就是好的，就是功劳。不能一下子要求很高，只要材料基本可靠，观点基本正确，就可以出版，出版后继续讨论修改。周扬同志指出，所有我国少数民族，都是祖国大家庭中的成员，对祖国的发展繁荣都是有贡献的，写文学史不写少数民族是不公平的！大学里讲历史、文学史，要讲少数民族的历史、文学史，否则就是不完整的。因为这个工作很有意义，所以就得考虑怎么把这些书修改得更好，这就有一个方法问题。

1958 年"大跃进"以来，我们在各条战线都取得一定成绩。我们找到了一条达到这个目标的总路线，并初步探讨了它的经验。比方说教育是与生产劳动相结合，文艺方面是为工农兵服务，以及在这个方针下的百花齐放、百家争鸣。

我们有了自己的道路、自己的总路线，有了建设社会主义的一套方针、政策，但是执行路线、实现方针政策的时候，还有一个方法问题。方针对、路线对还不等于方法对。所以，第一是路线问题，第二是方法问题。我们的根本方法就是调查研究，实事求是。几年来，我们取得了很大的成绩，但有些同志在一些具体问题上违反了这个方法。所谓"浮夸风"，就是实事求是的对立面，完全违反我们历来所坚持的调查研究、实事求是的工作作风。调查研究，实事求是，这是毛主席一贯坚持，经常教导我们的。有些追求惊人的数字，在我们文教方面也有这个问题。无"盲"乡、无"盲"县，人人唱歌，人人写诗，这里面就有"浮夸风"。浮夸的人，他忘记了"鼓足干劲，力争上游，多快好省地建设社会主义"是主观能动性和客观能动性相结合。反对条件论是错误的。片面强调客观所以不对，是在只讲客观，而没有考虑到主观条件。自吹无条件，那只是自我陶醉罢了。我们革命者是强调主观努力的，强调最大的努力；不贪图享受，不安于现状的。革命家是不安静的人，他要改变现状。我们做工作，就要调查研究。调查研究就是要有分析，正面、反面比较，不这样就做不好工作。方法问题，大家都要注意一下。科学研究要讲正确的方法。搞研究也有一种不从实际出发的情况。在历史研究方面有一个口号叫作"以论带史"。这个口号是有毛病的。以"论"带"史"，似乎只要有了"论"就能带出"史"来。其结果会引导人专门讲原则，不讲史料。恩格斯说："原则不是研究的出发点，而是研究的终了的结果。"

写史的时候大家是否都注意一下。不能使历史适应原则。有些原则是今天的，例如反对人性论就是今天的原则，但又把它应用到古代去了。原则只有适合于客观实际才是正确的，这是唯一的唯物主义的观点，"以论带史"，就是要求青年拿历史往理论的公式里套，从原则出发，而不是从实际出发。正确的提法应该是观点与史料的结合。马克思主义观点是一个指南，指导我们如何去研究现状和历史，但得出具体结论和规律要在研究以后，这种具体观点只能从材料研究中得出。观点是重要的，没有观点的历史是没有价值的。

周扬同志要求我们总结几年来的经验，要巩固我们的成果，要把干劲引导到认真调查研究方面去，做学术研究工作的，要有雄心壮志写出有高度水平的东西来。调查不容易，真正功夫就在这里。我们要提倡这种方法，培养这种作风。

周扬同志结合编写实际，用马克思主义观点论述了文学史古今比例问题、文学史分期问题、民间文学中有没有两种文化斗争的问题、作家作品评价等问题。他从方针、政策以及具体如何编史，都作了科学阐述，使我们工作得以顺利进行。

何其芳于 1961 年 4 月 17 日，在中国科学院文学研究所召开的少数民族文学史讨论会上作了总结，题目是《少数民族文学史编写中的问题》。

何其芳同志说，我们的讨论会从 3 月 26 日开到 4 月 17 日，历时 24 天。我们的会议开得是好的，是很有内容、很有收获的。

我们讨论了编写少数民族文学史工作中的一些原则性问题。我们对《蒙古族文学简史》、《白族文学史》和《苗族文学史》提了许多修改意见。我们还在会议中交流了工作经验，并且制订了今后工作的计划草案。可以说，圆满地完成了这次会议给我们提出的任务。

经过这样的讨论,并在会议期间得到一些领导同志的关怀和指示,我们对编写少数民族文学史或文学概况的意义和重要性认识得更清楚了,我们对这项工作的方向、方法和一些原则性的问题了解得更明确了。我们相信,在这次会议后,编写少数民族文学史或文学概况的工作,搜集、整理、翻译、编选和研究少数民族文学作品的工作,都将有很大的进展,工作的质量也将进一步地提高。

编写少数民族文学史或文学概况的任务,是1958年7月17日中宣部召开的一个座谈会上确定的。在这以后,在省(区)党委的领导和支持下,编写少数民族文学史或文学概况的工作,以及围绕这项工作进行的各少数民族文学的调查研究工作,编选作品和资料的工作,都有很大的进展,两年多来已经出版了少数民族文学史10种,文学概况14种,有关资料100种以上。时间很短,成绩很大。

我们应当充分肯定我们进行的工作的重要意义和已经取得的成绩。有计划地在全国搜集少数民族的文学作品,加以整理,译为汉文,并且编写少数民族文学史或文学概况,这是我国过去从来不会进行的工作。这些工作的直接意义,首先是丰富了我们祖国的文学宝库,很有利于我国社会主义文学的发展。对创作来说,可以继承、学习、借鉴的本国文学遗产大为增加,而且许多少数民族文学的民间故事还可以作为再创作的素材。对文学研究来说,只有进行了这些工作以后,我们才可能编出一部真正的中国文学史来。直到现在为止,所有的中国文学史实际都不过是中国汉语文学史,不过是汉语文学再加上一部分少数民族作家用汉语写出的历史。这就是说,都是名实不完全相符的,都是不能比较完整地反映我国少数民族的文学成就和发展情况的。发掘和研究各少数民族作品,编写出各少数民族文学史或文学概况,在这样的基础上再来编写中国文学史,中国文学史的面貌将为之一新。

我认为这次讨论的三部文学史都有这样一些优点:它们都是在占有了丰富材料的基础上写出来的;它们都是努力用马克思列宁主义的观点、毛泽东思想的观点来观察和说明文学现象的;它们都是注意到有利于民族之间的团结和友谊的;而且它们都写得易读。我相信,这是我们两年多来写出的许多少数民族文学史或文学概况的共同的优点。这就是说，我们的工作的基础是好的，方向是正确的，这也就是说，我们已经取得了很大的成绩。

何其芳同志强调编史的科学性。他说，编写少数民族文学史或文学概况的中心工作是什么？我认为今后工作的中心问题是进一步提高我们著作的科学性。我们在会上讨论的很多问题都可以用来贯穿起来。从少数民族文学作品的搜集、整理和翻译，编写文学史或文学概况的基本要求，文学史的分期断代，一直到对作家作品的评价，都可以用这个问题来贯穿、来概括。

何其芳同志用提高科学性这个题目，对三部文学史作了系统地阐述，客观地叙述了我国各民族文学发展过程，对发展过程中有历史地位的作家、作品和其他文学现象做出正确的论断和说明。

何其芳同志的总结报告，使参加编史的全体同志受到鼓舞和教育。

编写《中国少数民族文学史》工作，因众所周知的原因，中断了十几年。

毛星同志主编《中国少数民族文学简史》（1960—1982）

1960年初，毛星同志组织文学所民间组同志开始编写工作，到1982年编写完成。书名为《中国少数民族文学》（出版前，毛星删掉"简史"二字），共三卷本150万字。实现了昆明会议确定先编一部简史的要求。

1979年2月，中国社会科学院和教育部，委托陈荒煤同志领导的文学所在昆明召开全国文学规划会议。同时，文学所的贾芝、毛星同志召开全国少数民族文学史编写座谈会。出席会议的有15个省、自治区代表，国家民委、中国民间文艺研究会（以下简称"民研会"）、中央民族学院、人民文学出版社、上海文艺出版社、中国青年出版社等单位的代表。少数民族文学研究所筹备组贾芝、毛星、马寅、马学良、王平凡等参加了会议。

座谈会由贾芝、毛星同志主持，会议主要内容是关于恢复少数民族文学史和文学概况编写工作的规划。会上交流了自1961年3月少数民族文学史讨论以来各地组织编写少数民族文学史和文学概况的情况、经验和问题，修订和落实今后工作计划。会议决定由毛星主编一部中国少数民族文学简史。

刘魁立主编《少数民族文学史丛书》（1983—1996）

刘魁立主编的《少数民族文学史丛书》，被列入"七五""八五"期间国家科研重点项目。这是党和国家一项具有历史意义的宏伟文化工程。

1984 年 11 月，民族文学所在北京召开"第四次全国少数民族文学史编写座谈会"时，确定《丛书》总计 40 册左右，约 120 万字，各民族单独编写，各自成卷；编写和审稿工作统一由中国社会科学院民族文学所主持。

1985 年 6 月，中宣部、社科院、国家民委、文化部联合发出《关于转发〈一九八四年全国少数民族文学史编写工作座谈会纪要〉的通知》，再次强调："编写少数民族文学史无论在政治上还是在学术上都有重要的意义。"要求各部门"对编写少数民族文学史工作给予积极领导和支持，认真解决编写中遇到的问题，保证这项工作按时完成。"这个"通知"，就成为编写少数民族文学史的指导性文件。

1986 年 11 月 11—18 日，中国社会科学院民族文学研究所在北京召开少数民族文学史学术讨论会。参加会议的有来自全国各地汉族、蒙古族、满族、维吾尔族、朝鲜族、壮族、侗族、白族、苗族、土家族等近 20 个民族的 60 余人，民族文学史编写人员都参加了会议。

会议由民族文学所所长刘魁立主持。会议认真讨论了中国少数民族史稿编写过程中遇到的共同性的问题。经过讨论，明确了编写原则，即以马克思主义作为指导思想，坚持国家统一和民族团结的基本方针，正确反映本民族各个时期所产生的各种主要文学现象，突出介绍本民族具有代表性的作家和作品，努力提出本民族文学发展的基本线索和基本特点，认真探索各民族文学之间的相互关系和相互影响；在学术上，应达到本民族的基本认识和当代的学术高度。另外，会议还就文学史的史论关系、古今关系、文学与其他意识形态关系、作品族属识别、作家文学与民间文学关系、文学与其他艺术门类的关系等一系列理论问题，进行了广泛的交流。

会议期间，与会代表还讨论并进一步落实了《少数民族文学史丛书》各民族卷的编写任务和规划，制定了从编写、评审直到出版等方面的工作环节和措施。

11 月 17 日上午，刘魁立同志对几天会议作了总结。他对落实"七五"规划，从理论和实践都作了论述，并制定了一系列具体措施。

11 月 18 日，党和国家有关部门领导接见了全国少数民族文学史学术会议的全体代表。参加接见的领导有：中共中央宣传部副部长贺敬之、文化部副部长刘得有、国家民委副主任洛布桑、中国社会科学院秘书长吴介民、中国作家协会《民族文学》主编玛拉沁夫、民研会副主席贾芝、民研会副主席刘锡诚、国家民委学术委员会副主任黄颖等。文化部文化工作委员会办公室主任牟耕、国家民委文化司副司长符盛松、中国作协创作联络部副主任特·达木林等在会上发表了重要讲话。

贺敬之同志在讲话中强调指出：要重视少数民族文学史编写工作，要重视少数民族文学研究工作，要重视整个少数民族文学艺术工作，这是我国文学艺术战线的一个重要方面。我国是一个统一的多民族国家，55 个少数民族对我国的历史、文化都做出了重要贡献，这是一个事实，这个观念应当加强。我们党的文化政策就是一个多民族的文艺政策，社会主义的文艺也是一个多民族的文艺政策。凡是从事少数民族文艺工作的同志，我对他们都充满着敬意。

贺敬之同志要求我们编写史，要以马克思主义为指导，坚持"百家争鸣"政策。要重视解放思想，同时还要提倡正确的学风。研究文学史要有一定的史料，要言之有据。要讲科学，实事求是、从史出发。在这个基础上，有不同意见多争论、多讨论，对提高史的科学性是有好处的。

贺敬之同志对我们编史工作提出很高的要求。他说，要写出有学术水平、有理有据的文学史，要搞得好一些。在中国社会科学院、少数民族文学所以及各方面的帮助下，通过大家的共同努力，少数民族文学史的巨大工程一定会取得巨大的成就、辉煌的成就。

中国社会科学院秘书长吴介民同志说，这次会开得非常及时，全国哲学社会科学"七五"会议刚刚结束，我们很及时地召开全国少数民族文学史学术讨论会，落实"七五"规划。会议传达了中央一系列指示。中央精神，就是我们编史工作很重要的指导思想。"七五"规划会议对少数民族文学史这个项目是支持的。院领导是很重视的、很支持的。希望在中央指导思想方针的指引下取得更大的成绩。

国家民委副主任洛布桑说：国家民委对少数民族史编写工作是关心的。今后为大家多做些有关的工作。祝会议圆满成功。

《中国少数民族文学史丛书》，这部宏伟系统的文化工程，在中宣部、社科院、国家民委、文化部联合发出的《通知》精神指引下，在各省、自治区、直辖市党政领导及编写组的努力下，于 1996 年按原计划完成了任务。共出版 46 部文学史、文学概况 82 种，1900 多万字。在此基础上，与中国文学所共同编写的包括少数民族文学在内的《中国文学史》，比较全面地反映了我国多民族的文学成就和文学发展的进程，是我国第一部名副其实的中国文学史，为我国民族文化做出重要贡献。

二　组建少数民族文学研究所

1978 年 6 月 2 日，中国文联召开全国委员扩大会议。期间，中国民间文艺研究会召开座谈会，讨论民研会恢复与民间文学事业发展问题。周扬同志参加了会议。马学良（中央民族学院教授）与钟敬文（民研会副主席）在发言中提出，成立中国少数民族文学研究所。周扬同志表示百分之百赞成。他向在座的民族研究所副所长付懋勣说，由民族所、民院、民委商议，可先成立一个筹备组。民研会参加 1 人。9 月 20 日，贾芝和付懋勣谈成立少数民族文学所问题，付懋勣主张设在社科院，由文学所主办。贾芝把付懋勣的意见向主持文学所工作的陈荒煤汇报，荒煤表示同意，并及时向周扬同志作了汇报。

1979 年初，周扬同志告诉贾芝、毛星和王平凡，院领导同意建立少数民族文学研究所。由民委、社科院共同筹办，以社科院为主，先成立一个筹备组。筹备组由五人组成：贾芝、毛星、马寅（民委文化司司长）、马学良、王平凡。负责起草给党中央、国务院《关于成立少数民族文学研究所的请示报告》。2 月 3 日起草的报告提出的研究所的方针任务是："以马克思主义、毛泽东思想为指导，认真贯彻党的民族政策，和'双百方针'，解放思想，实事求是地研究我国各民族文学现状及其发展历史，包括口头文学和历史上著名诗人、作家的作品，以促进各少数民族社会主义的发展和繁荣。"报告中关于科研组织机构、科研队伍、领导班子等都作了设想。特别是对研究所的编制、基建提出了具体计划，如编制计划为 150 人，拟修建 8000 平方米的办公楼和 3000 平方米的宿舍楼等。

乔木同志对建所作了更具体的指示，例如"要抢救濒于失传的口头文学资料，要出版作品选和资料，要编写中国少数民族文学史，要研究各民族之间关系、少数民族与邻国文学的交流和相互影响"等内容。乔木同志还提出在多民族地区建立分所问题。后来他决定只在云南建立分所，即中国社会科学院少数民族文学研究所云南分所。

少数民族文学研究所于 1980 年 10 月成立，院党委根据乔木同志意见，任贾芝为所长，马学良、冷拙为行政副所长。办公室由赵宗儒、王健任正副主任。

1980 年 4 月 30 日—5 月 16 日，中国民间文艺研究会与少数民族文学研究所筹备组在四川峨眉山召开藏族史诗《格萨尔》工作会议。有西藏、内蒙古、青海、甘肃、四川、云南六省（自治区）代表参加。会议由贾芝主持，国家民委副主任江平参加会议，并作了重要讲话。

这次会议，是贾芝根据周扬指示，1979 年 8 月以社科院民族文学研究所筹备组和中国民研会名义，向社科院、国家民委，并向中宣部呈送了《关于抢救藏族英雄史诗〈格萨尔〉的报告》。这个由邓力群、武光、宋一平、于光远、周扬、梅益、杨静仁，及中宣部文艺局局长李英敏等领导批阅的文件，就成为我国开展《格萨尔》工作的指导性文献。

1982 年 5 月，贾芝又主持召开第二次《格萨尔》工作会议。1983 年又召开了第三次《格萨尔》工作会议。这三次会议，为后来开展《格萨尔》工作打好了坚实基础。三次"《格萨尔》工作会议纪要"，是《格萨尔》发展史上极为重要的文献，具有很高学术价值和深远的历史意义。

1982 年 5 月，社科院工作会议，对一些研究所的组织机构作了调整。6 月 2 日，院党组书记梅益在全院大会上宣布了院务会议《关于科研组织调整的决定》。决定从 6 月 3 日起，少数民族文学研究所归并到中国文学研究所。

文学所副所长许觉民告诉我：院领导决定，少数民族文学所归并文学所。贾芝、马学良、冷拙都要退职。这个所是你参加筹建的，现在还是由你兼管起来。

我向周扬同志汇报了社科院撤销少数民族文学所的决定。这时,周扬同志已调中宣部任副部长。他说,他已知道了。"我和杨静仁同志认为,这是一门新学科,即是目前存在一些问题,也只能派人帮助整顿,加强领导,逐步改进工作,应保持所的建制。请你务必告诉梅益同志,说我和杨静仁同志都不同意撤销少数民族文学研究所组织机构。"梅益同志与院党组讨论决定,同意周扬意见。

1983 年 1 月 13 日,院党组第一书记梅益、院党组成员吴介民参加少数民族文学所全体人员大会。吴介民同志代表院党组宣布:院党组批准少数民族文学所恢复建制,并成立分党组。分党组由王平凡、马学良、冷拙、仁钦道尔吉、哈焕章五人组成。分党组书记王平凡兼所长,马学良教授兼副所长。梅益同志作了重要讲话。他说,院党组决定恢复这个所的建制,并成立新的分党组,是经过两个多月工作,与中宣部副部长周扬同志、民委副主任江平同志研究多次,近期院党组讨论三次才决定的。梅益对我们提出一个具有战略性的奋斗目标:前十年"六五""七五"期间打好基础,后十年有一个较大的发展。梅益同志的讲话,使全体同志受到很大鼓舞。我们根据院领导指示,准备按即将召开的全国哲学规划会议精神具体制定计划。

三　抢救《格萨尔》等史诗

1983 年,召开全国哲学社会科学规划会议,周扬同志指示我们,要把《格萨尔》报规划领导小组,列为规划内容。我们填表报哲学社会科学规划领导小组,经专家评审,被列入"六五"国家重点项目。第六个五年哲学社会科学重点项目一共 94 项,包括 261 个课题,《格萨尔》就是文学方面一个项目。民族史诗被列入国家五年计划的科研项目,这还是第一次,它表明了我们党和国家对民族史诗《格萨尔》搜集、整理和研究工作极为重视。

《格萨尔》是一项宏伟的文化工程。全国哲学社会科学规划领导小组确定并经中宣部批准,由少数民族文学所牵头,会同西藏、青海、四川、甘肃、云南、内蒙古、新疆七个省(自治区)共同完成。

1984 年 4 月，我们在广西南宁召开中国少数民族文学年会，总结工作，改选领导。开创少数民族文学研究所工作新局面。

周扬同志、梅益同志向大会发来贺信，对会议提出了具体要求和殷切期望，这是我们开好会的指导思想。

我在会上作了《关于开展民族文学研究工作新局面的几个问题》的发言。

会议改选领导，成立新一届学会。周扬同志仍任名誉理事长、王平凡任理事长、贾芝任顾问、杨亮才任秘书长。

会议期间，我与专家学者就编写《中国少数民族文学史》、抢救藏族英雄史诗《格萨尔》，以及如何办所等问题，充分交换了意见，我受到很大启发。会后，我与降边嘉措、邓敏文同志到云南、四川、贵州、甘肃等省有关部门，采取各种方式召开座谈会，征求意见。从领导到专家学者，向我们提了不少困难和问题，要求中央有关部门发"红头"文件。

我们回京后，向院领导和中宣部反映了各地领导和专家学者的意见，并向中宣部副部长贺敬之同志作了汇报。贺敬之同志要求我们写报告，中宣部批发。

2 月 22 日，社科院向中宣传部呈送《关于加强国家重点科研项目〈格萨尔〉工作的报告》，并附全国《格萨尔》领导小组名单。中宣部批准了这个报告。这个批文为我们搜集、整理和研究民族文学指明了方向，使我们工作得以加强领导，顺利进行。

1984 年 1 月 11 日—16 日第四次全国《格萨尔》工作会议在北京举行。这次会议，是汇报近年来《格萨尔》工作进展情况，总结经验，并制定"六五"计划。会议中心议题，是讨论如何落实"六五"计划，并对"七五"规划交换意见。首先，由藏族研究室主任降边嘉措同志汇报近年来《格萨尔》工作情况和问题，并代表《格萨尔》工作领导小组提出"六五"期间出 10 部书的计划及具体措施。会议强调，在"抢救"普查中弄清《格萨尔》部数全貌，再制定较完整的奋斗目标。

中央有关领导对会议极为重视。参加会议领导有：中宣部顾问、中国文联主席周扬同志，中国文联副主席陈荒煤同志，国家民委副主任江平同志，民研会主席钟敬文同志，民研会副主席贾芝同志，及民研会常务书记刘锡诚同志，中国作家协会玛拉沁夫同志，哲学社会科学规划领导小组负责人孙尚清同志等。所有到会领导均作了重要讲话。我这里特别提一下孙尚清同志对我们工作的指示，他说：《格萨尔》搜集整理工作涉及七个省、自治区，如何落实，应由这七个省（自治区）党委来考虑决定。从现在来看，我们的《格萨尔》工作，事实上是一个联合攻关项目，联合攻关就要求多方面的配合和合作。社科院少数民族文学研究所牵头，就要多向协作的参与单位学习，多请教他们，并希望他们多帮助解决一些困难。

这次会议，受邀参加的有：西藏、青海、甘肃、四川、云南、内蒙古、新疆七省（自治区），以及中宣部文艺局，中国社科院科研办公室、文学所、少数民族文学所，民研会等单位代表 30 余人。

周扬同志带病参加会议，并作了重要讲话。他还与《格萨尔》领导小组成员王平凡、降边嘉措等合影留念。

1983 年 8 月 15 日—21 日，社科院民族文学所在青海省西宁市召开《格萨尔》工作会。会前（7 月 28 日）中宣部副部长贺敬之同志听取了我们筹备会议工作的情况，并作了重要指示。参加会议成员大都是研究民族史诗的学者。会议以《格萨（斯）尔》《江格尔》《玛纳斯》三大史诗为重点，兼顾其他民族史诗和重要问题展开热烈讨论，取得了圆满成果。

1985 年 9 月 10 日—16 日，《格萨（斯）尔》学术会议在内蒙古自治区赤峰举行。参加会议的有西藏、青海、甘肃、四川、云南、内蒙古、新疆、北京的说唱艺人，共 60 余人。会议讨论了《格萨尔》研究中的重大问题；蒙、藏《格萨尔》渊源关系；《格萨（斯）尔》产生年代，史诗特色，史诗内涵的真实性，史诗版本问题等。这次学术讨论会，具有重要的现实意义和深远的历史意义。

在会议期间，召开全国《格萨尔》工作扩大会议，决定由社科院、国家民委、文化部、中国文联民研会四单位发起，于 1986 年 5 月在北京召开全国《格萨尔》工作总结、表彰及落实任务大会，对那些在史诗抢救工作中做出贡献的民间艺人，搜集、整理、翻译、出版工作者，以及抢救工作的组织领导予以表彰，并计划在会议期间举办"《格萨（斯）尔》

抢救工作展览"，以推动抢救工作顺利进行。

在学术讨论期间，两位藏族艺人和三名蒙古族艺人进行了史诗演唱。会议还组织代表到巴林右旗、巴林左旗参观了《格萨（斯）尔》人物传说中的遗址、遗迹。

1986 年 5 月 2 日—26 日，由社科院、国家民委、文化部、中国文联民研会四个单位联合召开《格萨尔》工作总结、表彰及落实任务大会在京举行。来自西藏、内蒙古、四川、青海、甘肃、云南、新疆七省（区）和北京的代表共 90 多人出席了会议，他们中除领导小组成员，从事《格萨尔》的搜集、整理、出版、翻译、研究等工作的代表外，还特别邀请扎巴、玉梅、桑珠、散布拉敖尔布等著名艺人。

5 月 22 日，《格萨尔》工作领导小组总结了"六五"规划中提出的科研项目。代表们交流了经验，充分肯定"六五"期间《格萨尔》工作成绩。特别是 1983 年以来，《格萨尔》被列入国家重点科研项目后，《格萨尔》在搜集、整理、翻译、出版，以及学术研究等方面都取得了新的进展。到目前为止，共搜集各种藏文手抄本、木刻本 300 多部；录音、整理了民间唱词 40 多部，共计 2600 多盒磁带；出版藏文本《格萨尔》32 部，总印数达 210 多万册。出版蒙文《格斯尔》10 部，藏译汉 13 部，蒙译汉 4 部。在此期间，广泛开展了《格萨尔》学术研究活动。召开国际性的《格萨尔》研讨会和七省（区）《格萨尔》艺人演唱，编辑出版了《格萨尔研究》《〈格萨尔〉工作通讯》等刊物。据不完全统计，在全国各地报刊上，几年来共发表了《格萨尔》的学术论文 100 多篇。

这次会议，不但认真总结了"六五"期间《格萨尔》工作，还简略地回顾了中华人民共和国成立后，《格萨尔》工作在党的领导下的历程。

这次会议，在《格萨尔》发展史上是一次史无前例的盛会。党和国家领导人乌兰夫、习仲勋、阿沛阿旺晋美、班禅额尔德尼·确吉坚赞，以及有关部门领导同志江平、贺敬之、吴介民、刘德有、任英、洛布桑、平措旺杰、扎喜旺徐等接见了会议代表和工作人员，并向《格萨尔》工作中做出优异成绩的 14 个先进集体、53 位先进个人颁发了奖状、证书和奖杯，表扬了做出成绩的 12 个单位和 23 位同志，并向已故的、在这项工作做出一定贡献的 19 位艺人和实际工作者表示敬意。会议期间，江平、吴介民、刘德有、任英等领导讲了话。周扬同志给大会发了贺信。党和国家领导人还和大家合影留念。

乌兰夫同志在闭幕式上发表了重要讲话。他指出:"《格萨尔》是蒙藏民族的伟大的史诗,它是蒙古族、藏族人民的,同时也记载了中华民族的许多宝贵材料。这部作品翻译出来、印刷出来,对我们全国各民族的团结和文化发展具有很大意义,对我们全国各民族的团结和文化发展具有很大意义。你们做了一件伟大的事情,所以我对你们,对一切从事继承和发扬人民优秀文化传统而积极工作人表示慰问祝贺。""做好这件事情,需要正确的思想指导,同时也需要今后几代人花很大力气来完成。'七五'做不完,'八五'继续做好,总而言之,一定要完成好。这是藏、蒙人民的期望,也是全国人民的期望。"乌兰夫同志的讲话,给我们今后工作进一步指明了方向,使全体受到教育和鼓舞。

1989—1999 年,十年来主要是出版《格萨尔》丛书。首先是整理、出版藏文《格萨尔》精选编纂本(40 卷)、《格萨尔文库》(汉、藏、蒙古文对照,共 5 卷)、《格萨尔王传》优秀艺人口头说唱科学版本。蒙古文工作,从 1984 年以来,已出版了《南瞻部洲雄狮大王传》(又称《格斯尔》),这是《丛书》第一部。这套丛书包括《格萨尔王传》和研究专著;时间上有古旧版本、手抄本和新近整理的资料;范围包括国内外,是研究《格萨(斯)尔》学的宝贵资料。

已出版的《中国民族史诗丛书》共 5 卷:《〈格萨尔〉论》(降边嘉措著)、《〈江格尔〉论》(仁钦道尔吉著)、《〈玛纳斯〉论》(郎樱著)、《〈江格尔〉与蒙古族宗教文化》(斯琴巴图著)、《南方史诗论》(刘亚虎著)等学术著作。这套丛书,是在马列主义指导下,掌握极丰富资料的基础上,运用科学方法,对藏、蒙古、柯尔克孜及各民族史诗进行了比较全面的总结,对他们的发生、发展、流变过程、特点,及与国外异同等,都作了细致而深刻的阐述,有较高的学术价值。文学所所长、《格萨尔》领导小组组长杨义在丛书研讨会上讲:这套史诗丛书是我国史诗研究走向成熟时期和收获时期的标志。

这里我要特别提到的是杨恩洪同志,她是调查研究《格萨尔》说唱艺人的典范。杨恩洪同志从 1986 年起,长期坚持到藏区以及蒙古族、土族等地区寻访民间艺人 40 多位，掌握了第一手材料，运用历史唯物主义的观点，对民间艺人作了科学分析，对史诗说唱艺术产生、发展论的规律做了较深入探讨，写出《民间诗神——格萨尔艺人研究》，是我国第一部《格萨尔》艺人研究的学术著作。它对进一步深入研究《格萨尔》具有重要学术价值。

杨恩洪同志多年来，全心全意为藏族、蒙古族、土族等地区艺人树碑立传的精神，应发扬光大。

青海省《格萨尔》研究所编辑出版的《格萨尔集成》（八卷本），从中可以看到我国在"格萨尔"学方面已经逐渐形成。

《格萨尔》的整理和研究，不仅在文学艺术方面有很高价值，而且在政治上具有特别重要的意义。这项工作，已载入中华人民共和国国务院新闻办公室发布的《西藏的主权归属与人权状况》文献中。1999 年国务院新闻办公室发布的《中国的少数民族政治及其实践》白皮书中，对我国搜集整理和研究史诗工作做了全面概括："中国设立了'三大史诗'《格萨尔》（藏族民间说唱长篇英雄史诗）、《江格尔》（蒙古族英雄史诗）、《玛纳斯》（柯尔克孜长篇英雄史诗）专门工作机构，有计划、有组织地进行搜集、整理、翻译、研究工作。出版了包括少数民族文字、汉文和各种外国文字版本的三大史诗以及一些研究著作，仅就《格萨尔》而言，就出版 300 多万字的大型资料汇编《格萨尔集成》，并涌现出一批颇有成就的'格学'研究专家。"

四　培养少数民族科研队伍

少数民族文学研究所在建所初期，最迫切要解决的问题是如何培养科研队伍问题。在"六五"期间恢复所的建制时，全所仅 25 人，其中只有两人是副研究员，这显然与一个研究所的要求是不相称的。1984 年，在中国社会科学院研究生院设立了少数民族文学系，培养高级研究队伍。所务会议决定，由副所长马学良教授任系主任，招收攻读少数民族文学硕士研究生。招收藏族文学、蒙古族文学、维吾尔族文学、苗族文学、彝族文学研究生各 1 名。钟敬文教授、马学良教授为我所培养高级研究员、博士生 20 多名，做出了特殊贡献。贾芝同志从筹建各民族民间文学（室）到民族文学研究所,组织科研人员到民族地区进行民族文学(包括著名诗人作品、文学理论)的搜集、整理工作,在调查研究中培养队伍,他在培养一代年轻的民族文学研究学者中,成绩卓著,我们永远不会忘记。

多年来,我们科研人员,通过工作实践,成为民族文学研究的骨干,许多人都有在国外留学或进修、讲学的经历。他们是我国民族文化研究的稀有人才,是民族文学研究建设及民族文学事业发展的重要力量。

1985 年,中国博士后制度正式建立。少数民族文学研究所建立起从硕士到博士、博士后培养基地。它不仅为本所,而且为本学科源源不断地输送了许许多多高级人才。这样集中、大量地为少数民族文学培养高级人才的教育基地在全国是绝无仅有的。

民族文学所在培养科研人员取得了突出成就,十多年来在各民族中培养出许多优秀人才。所长朝戈金(蒙古族)是我院学部委员。现当选国际哲学与人文科学理事主席,成为第一位在该国际学术组织中当选首席领导职务的中国学者。这是中国民族文化工作者的骄傲。

中国少数民族文学学科,从无到有,从小到大,在马列主义思想指导下,经过全体同志艰辛努力,取得了辉煌可喜的成绩!

周扬同志于 1989 年 7 月 31 日仙逝。他生前对中国少数民族文学事业倾注了特殊的热情和关切。他曾说:"别的学会、协会的理事长我都不当!我只当少数民族文学学会名誉会长。"

今年是民族文学研究所建所 40 周年,在此怀念故人,回忆曾经的过往经历。

习主席说过,各民族要相互了解、相互尊重、相互包容、相互欣赏、相互学习、相互帮助,像石榴籽那样紧紧抱在一起。我们从事的少数民族文学研究能够从历史和文化层面对此产生积极的推动作用。我希望民族文学所越办越好!祝民族文化学科研究成果再创辉煌!

2020 年 6 月 15 日　修改于椿萱茂老年公寓

　　王平凡，1921 年出生，陕西省扶风县人。1938 年 10 月加入中国共产党，1940 年后在延安陕北公学院学习，1951—1955 年在马列学院学习、工作；1955—1964 年，任中国科学院哲学社会科学部文学研究所党总支书记、办公室主任。1964 年后，任外国文学研究所党总支书记、副所长。1977 年曾担任中国社会科学院政治部副主任；1980 年后任中国社科院文学研究所党委书记、副所长。1983 年任中国社科院少数民族文学研究所党组书记、所长。兼中国民间文艺家协会秘书长、中国少数民族文学学会理事长等职。代表成果有《文学所往事》（专著）、《贾芝对民间文学研究的拓展》（论文）、《新时期民族文学研究的现状及其展望》（论文）等。

史诗范畴与南方史诗的非典型性

吴晓东

  史诗，作为文学中的一种文类，它是由诸多具体的文本构成的，一说到史诗，人们的头脑中可能会浮想起《伊利亚特》《奥德赛》《格萨尔》等一些具体的文本。这些具体的文本共同构成了"史诗"这个概念。可是，一旦要给史诗下个定义，情况马上就复杂起来了，各人给出的定义会有所差异。另外，当我们拿出一个从民间新搜集来的文本，要判断它是否属于史诗，有时会感到难以判断。这与人类借助语言为中介来对客观事物进行认知有关。

  客观世界的事物是杂乱的，但大脑对事物的认知不能是杂乱的，换言之，客观世界的事物本身没有分类，而人类在认知客观世界的时候，是采取分类的方式来进行的，认知语言学称之为范畴化（categorization），范畴化得到的结果需借助语言词汇来表达，成为一个概念。比如树、动物、鸟、椅子等等。史诗作为一个概念，与动物、鸟等概念一样，具有词汇的一般特性。

  一个概念就是一个范畴，范畴包括诸多的成员，就像"鸟"这个概念是由麻雀、老鹰、鸽子等成员组成的范畴形成的。这些成员的地位不一样，具有典型（中心）与非典型（边缘）之分。典型成员是这一范畴最早获得意义的来源，是人们首先认知到的，典型成员在认知语言学中也被称为原型。人们判断某一事物是否属于这一范畴，都是以原型（典型成员）为参照标准。在一般人看来，概念是明确的，范畴的界限是明确的，其实不然。依然以鸟为例，燕子、鸽子、乌鸦、喜鹊、麻雀等，都没问题，但蝙蝠算不算鸟？蜻蜓算不算鸟？蝴蝶呢？对于这些问题，不同区域不同族群的人们，答案并不是一致的。关于蝙蝠，有一个大家熟悉的故事，即禽类与兽类打仗，蝙蝠看到兽类快要赢了的时候，就跑到兽类一边去，说它是兽类。过一会儿，禽类看似要赢了，它又跑到禽类这边来，说自己是禽类。结果，两边都不认它了。撇开这个故事的教化意义，这个故事其实也反映了人类对蝙蝠归属的不确定性。也就是说，范畴的边缘不是明确的而是模糊的。概念（范畴）边缘的模糊性有两种，以上这种在英文中用 fuzziness 表示；另一种模糊性是事物本身界限的模糊，比如热、冷、高、矮、脚等。人们很难找到热与冷的边界在哪里，或者说，热与冷的边界是相对的，变动的。认知语言学中用 vagueness 来表示这种模糊。"史诗"之范畴其实集中了两种模糊性于一身，不仅有的个体文本我们难以判断其是否可以归为史诗，"史"这个词本身也具有边缘模糊性，什么情况下可以开始称为史，这是难以拿捏的，这也是神话与历史纠缠不清的原因之一。

那么，史诗作为一个概念，它的典型成员是什么，边缘模糊性如何，经历了怎样的变化呢？

鸦片战争之后，西方传教士取得了在中国传教的特权，他们在自己创办的刊物上介绍了古希腊史诗。一位叫艾约瑟的传教士，在《六合丛谈》相继发表了《希腊为西国文学之祖》《希腊诗人略说》《和马传》等文章。他在《希腊为西国文学之祖》一文中写道："希腊人作诗歌以叙史事，和马、海修达二人创为之，余子所作，今失传。时当中国姬周中叶，传写无多，均由口授，每临胜会，歌以动人。和马所做诗史，传者二种，一以利亚，凡二十四卷，记希腊列邦攻破特罗呀事，一阿陀塞亚，亦二十四卷，记阿陀苏自海洋归国事，此二书，皆每句十字，无均。"① 可见，最早介绍史诗的时候，艾约瑟把史诗称为诗史。这是受到中国文学传统术语的影响之故。"诗史"一词，原是对杜甫的诗之专称。唐代孟启的《本事诗》说："杜逢禄山之难。流离陇、蜀，毕陈于诗，推见至隐，殆无遗

---

① ［英］艾约瑟：《希腊为西国文学之祖》，《六合丛谈》1857 年第 1 期。其中的"胜会"即"盛会"，"无均"即"无韵"。

事，故当时号'诗史'。"① 这是说，杜甫用诗歌写出了自己在安史之乱中的见闻和感受，深刻地反映了这一历史，故被称为诗史。后来，另一些以诗写史的诗人所写的诗歌也被称为诗史，如南宋末年文天祥的《正气歌》《过零丁洋》等，陆游的《关山月》《书愤》《示儿》等。艾约瑟应该是借用了这个术语。艾约瑟（Joseph Edkins，1823—1905）是英国传教士，著名的汉学家。他 1843 年即在上海传教，1861 年到天津传教，1863 年到北京传教。1905 年在上海逝世。艾约瑟涉猎极广，与王韬等人合译了《重学浅说》《光学图说》《西国天文天源流》《谈天》《代数学》《植物学》等书。在研究方面的作品，主要是语言学与文学，有《汉语在语言学中之定位》《汉语的进化》《中国语言学》等，文学有《诗人李太白》。可见，他对中国的古代文学比较了解，可能他一时找不到合适的词来翻译他所介绍的荷马史诗，便顺手拿来中国文学传统上的"诗史"术语。

　　"诗史"用来指代荷马史诗的做法基本上没有被继承，虽然它出现得最早。究其原因，可能有三点：首先，当时中国受到列强的欺辱，目光大多只关注西方的科技，对西方的文学兴趣不大，艾约瑟的介绍未必产生了影响；其次，中国传统术语"诗史"原来所指代的诗歌都比较简短，不像荷马史诗那样宏大；再次，"诗史"这一术语不符合现代汉语语法习惯，容易使人产生这是关于"诗歌的历史"的错觉。遍查清末的期刊，除了艾约瑟本人的这几次使用之外，之后的二十多年里，没人再使用"诗史"来指代荷马史诗了。

　　目前学界在介绍史诗的文章中，言必说史诗翻译自希腊语的 εποϛ 或英语的 epic。总的来说，这一说法没错，但这一表述间接地掩盖了"史诗"一词传入中国的真实渠道。在中国，第一次用"史诗"这一术语来指代希腊荷马史诗的，就目前能查到的资料，是 1900 年章炳麟出版的《訄书》："世言希腊文学……史诗功善而后有舞诗（蹨江保《希腊罗马文学史》）。韵文先史诗，次乐诗，后舞诗；笔语先历史、哲学，后演说。其所谓史诗者：一，大史诗，述复杂大事者也；二，裨诗，述小说者也；三，物语；四，歌曲，短篇简单者也；五，正史诗，即有韵历史也；六，

---

① 孟启：《本事诗》，文艺小丛书社 1933 年版，第 43 页。作者"孟启"也写为"孟棨"。

半乐诗，乐诗、史诗掍合者也；七，牧歌；八，散行作话，毗于街谈巷语者也。"① 章炳麟（1869—1936），浙江余杭人，在戊戌变法失败之后遭通缉，逃亡日本，1899 年回国，第二年初，他将自己几年来的文章编辑出版，名为《訄书》，意为受国运所迫而不得不说的话。他是在本书的"订文第二十五"之"附：正名杂议"里论及史诗的。原文里有章炳麟引用"史诗"时的出处，即澀江保的《希腊罗马文学史》，这是一本日本著作。由此看来，如果我们没有找到"史诗"一词更早的出处，那么，可以初步认为，这个词最初并非外国传教士或国人直接翻译自希腊文或英文，而是转借自日文。正如"神话"一词来自日本，而非直接由国人翻译自英文的 myth。此术语一经引入之后，后人多有沿袭，如王国维 1906 年的《文学小言》中有："至叙事的文学（谓叙事传、史诗、戏曲等，非谓语散文也），则我国尚在幼稚之时代。"② 1923 年鲁迅在《中国小说史略》中也使用"史诗"这一术语："自古以来，终不闻有荟萃熔铸为巨制，如希腊史诗者。"③

"史诗"一词被引入之后，也有一些学者对这个术语不甚满意，对"史诗"原意进行解释，如西谛（郑振铎）在《史诗》一文中说："史诗在希腊文的原义是'故事'（story）之意，他们无论在古代在近代，都是一种有韵的可背诵的故事。"④ 1928 年，胡适没有沿袭前人的术语，在《白话文学史》中直接将 epic 翻译为"故事诗"："故事诗（epic）在中国起来的很迟，这是世界文学史上一个很少的现象。"⑤ 应该说，"故事诗"⑥ 的提法较"史诗"更为准确，但"史诗"一词已经先入为主二十多年，鲁迅等学界大腕也已经认可，虽然胡适当时的名望与影响力也很

---

① 章炳麟：《訄书》，辽宁人民出版社 1994 年版，第 143、144 页。
② 《王国维遗书》（第 5 册）《静庵文集续编》，上海古籍书店 1983 年版，第 30 页。
③ 《鲁迅全集》（第 9 卷），人民文学出版社 1981 年版，第 21 页。
④ 西谛：《史诗》，《文学旬刊》1923 年第 87 期。
⑤ 胡适：《白话文学史》，岳麓书社 1986 年版，第 75 页。
⑥ 乌丙安在其 1980 年编著的《民间文学概论》里没有像钟敬文同年主编的同名教科书那样将"史诗"作为一种主要分类，而是将其归入"故事歌"中："故事歌又通称之为民间叙事诗……其中比较大型的古老作品，在有的民族中又分别被称为'史诗'、'勇士歌'（或'英雄歌谣'）。"

大，故事诗的提法还是几乎无人响应，而且有学者提出了批评。吕甫曾撰文说:"在过去有许多人都把它认作'史诗'，自然是一种错误。他们是从片面观察的结果。没有根本了解'史诗'与'故事诗'的内质……所谓'史诗'者，盖来（C. M. Coyly）在诗学原理导言上说:'史诗为一种非热情，而用高尚韵文描写叙述出，在绝对之定论下的一种大活动或大事件的;即英雄人物，超自然的事实。'而故事诗却迥然相异……哈氏说:'"故事诗"和"史诗"的区别，是从他们的来源事物和方法上的差异。'"① 这篇文章写于 1937 年，在胡适写《故事诗的起来》（1927）之后十年。"故事诗"最终没有被接受，除了"史诗"先入为主这一最重要的原因之外，估计还有另外两个原因。首先，在中国，"故事诗"已经有所指代，它所对应的诗歌都比较简单，如《梁山伯与祝英台故事诗》，《故事诗十六首》等，每首都由几句构成。其次，这一词不符合汉语双音节词的法则，在汉语中有这样一条规律，双音节词往往会战胜并淘汰与之竞争的多音节词，就像"电脑"迟早会战胜"计算机"一样。

中国古代，有一种诗称为咏史诗。《晋书》云:"宏有逸才，文章绝美，曾为咏史诗，是其风情所寄。"这类诗发端于秦汉时期，盛于唐宋，其内容大多是针对具体的历史事件和历史人物有所感而做的，一般不是很长。这类诗后来也称为史诗，如刘春和 1935 年发表于《人间世》第 40期的《太平天国史诗补》，其所说的史诗其实就是咏史诗。目前我们难以知道，这种把咏史诗称为史诗的习惯转换，是否对"史诗"一词的推广起到了作用。

术语的选择、运用，其导致的影响是深远的。假设学界采用了胡适的"故事诗"，其结果是显而易见的，其范畴要比"史诗"宽很多，但估计其崇高性也要逊色很多。"史诗"一词抵挡住了"故事诗"的短暂冲击，对中国学界产生了深远的影响。这种影响表现在学术界对史诗的理解基本上集中在三点:一、史诗的字面意义，即"史"字;二、规模宏大;三、产生时间的久远。以荷马史诗为参照，学者们看到的自然是史诗规模的宏大。正因为这一点，20 世纪的史诗研究中，学者们一直在讨论中国为什

---

① 吕甫:《中国故事诗不发达之原因》，《学生生活》1937 年第 6—7 期。

么没有出现像荷马史诗这样的鸿篇巨制。

　　史诗在中国的研究，一开始是在汉文学中，主要是讨论中国（其实是汉族）为什么没有像荷马史诗这样的作品，这是因为学者既看到了"史"的一面，又看到了荷马史诗这一"史诗"典型成员的宏大特征使然。陆侃如、冯沅君写于 1925—1930 年间的《中国诗史》中认为，《诗经》中的一些诗歌也可以看作史诗："尤其是《生民》、《公刘》、《緜》、《皇矣》以及《大明》五篇……把这几篇合起来，可成一部虽不很长而亦极堪注意的'周的史诗'。"① 其意思很明显，这些诗歌是讲史的，符合"史诗"之"史"的本义，但与荷马史诗相比，其规模差强人意，如果将其合并，勉强过得去。这两位学者的这段话，可以说是中国学者对"史诗"这一术语的理解的最好诠释。

　　因为"史诗"的典型成员是荷马史诗，所以判断一部诗作是否是史诗，也会参考其产生的时代。严格来说，一切发生过的事皆为历史，但是，"史"的概念同样有一个范畴，同时具有典型与非典型成员。从内容上说，有关帝王将相的重大事件才是正史，起义、朝代的更替才是"史"这一范畴的典型成员；一些野史、生活史，则是"史"范畴的非典型成员。从时间上说，久远的事件构成历史，而昨天前天才发生的事，则往往不被视为历史。换言之，久远的事件是"史"的典型成员，而刚发生的事件是非典型成员。钟敬文说："如果从广义上说汉族也有'史诗'，那就是比较后发现的民间叙事长诗，如《钟九闹漕》。主要有两个主题，一个是反抗官府压迫的，一个是爱情悲剧，产生时期比较晚近了。可以理解为比较后期的'史诗'，不是早期的那种'史诗'。"② 之所以广义上算而狭义上不算，正是出于时间上的认知。

　　诚然，"故事"就隐含了"史"的因素，发生过的事就是故事，自然也就是历史。但是，故事作为一种文学类型，它所含的"史"的因素比"历史"一词要淡化了很多，因为它还包含了虚构的、非真实发生过的事

---

① 陆侃如、冯沅君：《中国诗史》（上册），人民大学出版社 1956 年版，第 48 页。

② 钟敬文、巴莫曲布嫫：《南方史诗传统与中国史诗建设——钟敬文先生访谈录（节选）》，《民族艺术》2002 年第 4 期。

情。正因为如此，西方学者在定义 epic 的时候，对其"史"含义的强调，各人有所差异。黑格尔对史诗的定义是这样的："用韵文形式记叙对一个民族命运有着决定性影响的重大历史事件以及歌颂具有光荣业绩的民族英雄的、规模宏大、风格庄严的古老文学体裁。"① 朝戈金在《国际史诗学术史谫论》中如是说："西方文学批评家在使用'史诗'这一术语时，是指一部大体符合下列'尺度'的诗作：以崇高风格描写伟大、严肃题材的叙事长诗；主人公是英雄或半神式的人物，他的行为决定一个部落、一个国家乃至全人类的命运；史诗故事多具有神奇幻想的色彩，也有一些直接取材或描述真实历史事件的。"② 可见，西方学者们对 epic 的"史"的强调程度是不一样的。但是，在中国，一旦以"史诗"来对应 epic 或epic poetry 之后，"史"的因素即使没有成为判断一部民间长诗是否属于史诗的唯一标准，也可以说是必备的标准之一。

在中国，将史诗这一概念用在少数民族民间文学中的，是从北方开始的，比如，1956 年在北京召开的中国作协第二次理事会上，老舍做了关于少数民族文学创作和发展的报告，第一次将《格萨尔》定性为史诗。③ 一个术语的引入，也就是一种研究视角的引入。在添上史诗标签之前，《格萨尔》等北方叙事长诗早已被学者研究，只不过没有以史诗的视角来看待而已。之所以将这些叙事长诗定性为史诗，最重要的原因便是这些长诗的内容与荷马史诗最具可比性，都是关于英雄的故事。

在中国的南方，史诗的出现与研究都是很晚近的事情，时而伴随着"是否属于史诗"和"属于什么类型的史诗"这样的问题。换言之，因为"史诗"的典型成员是英雄史诗，南方的史诗一开始是以非典型成员来出现的。

中国南方史诗在认定上的困惑，原因有多方面。在形式上，南方史诗有一些与北方英雄史诗不同的特点，比如苗族的《亚鲁王》这一史诗具有"树状"结构的特点。在演唱上，很多民族都采用盘歌的对唱方式，

---

① 黄涛：《中国民间文学概论》，中国人民大学出版社 2004 年版，第 320 页。
② 朝戈金：《国际史诗学术史谫论》，《世界文学》2005 年第 5 期。
③ 李连荣：《格萨尔刍论》，中国藏学出版社 2008 年版，第 1—5 页。

即你问我答，我问你答。在语言的使用上，很多史诗还采用了对偶的方式。不过，主要原因不在于这种形式上的特点，而在于它的叙事内容。换言之，南方叙事长诗的内容与史诗概念的典型成员之荷马史诗相比，具有很大的不同。南方史诗描叙英雄的不多，大多是关于创世、万物起源、民族迁徙、祭祀，等等。要将中国南方诸多长篇叙事诗纳入史诗范畴，唯有给出不同于"英雄史诗"的名称，这便是"创世史诗"、"神话史诗"、"原始性史诗"与"迁徙史诗"。在"史诗"之前加上修饰语，其目的是明确史诗文本的特点、属性，将某种史诗文本与其他文本区分开来。将荷马史诗称为英雄史诗，实际上是在扩大"史诗"的范畴，意味着还有非英雄史诗的存在，在创世等类型的史诗出现之前，英雄史诗便是史诗的全部，不必要加上"英雄"一词来修饰，就像钢笔出现之前，毛笔便是"笔"的全部，不必要加上"毛"字，只要你说笔，指的就是毛笔。

虽然中国南方各族也有英雄史诗，但南方史诗隆重登场的，却是创世史诗。也是这一原因，很多史诗研究者都认为"创世史诗"这一术语是在研究中国南方史诗时发明的。有学者认为，钟敬文主编的《民间文学概论》中的史诗部分是由武汉大学的李惠芳执笔的，"创世史诗"是他的创新，①其实不然。这一术语在 1923 年既已出现，是由黄石翻译自英文的。1927 年，黄石的《神话研究》由开明书店印行。此书分上、下编，他在下编的第二章"巴比伦神话"之第二节"创世纪"里介绍说："巴比伦的创世神，以史诗的形式，歌唱传诵，称为创世史诗（The epic of creation）。"②他的这部著作于 1988 年由上海文艺出版社再版。早在此著作出版之前，此文已于 1923 年在《晓风周报》连载。

我们不知道黄石翻译的这个术语引自什么著作，但有一点是明确的，至少在 20 世纪初期，西方学者在关于史诗的类型方面，已经提出了不同于英雄史诗的其他类型。黄石介绍的"创世史诗"这一术语是针对巴比

---

① 段宝林在《神话史诗〈布洛陀〉的世界意义》一文中说："李惠芳先生却同样用'创世史诗'来进行概括，这也是一个创新。"

② 黄石：《神话研究》，上海文艺出版社 1988 年版，第 110 页。

伦史诗的类型而言①，可惜的是，国外的创世史诗在中国虽有介绍，但影响很小，以致大多数史诗研究者认为"创世史诗"这一术语是在研究中国南方史诗的时候提出来的。创世的故事讲述的都是天地的开辟，广义上还包括万物的起源，这些故事如果真的发生过，归为"史"的范畴自然没有问题，但恰恰是现代人已经否认了其真实性，所以，"创世史诗"虽然已经被很多学者接受，但它至今还没有摆脱其非典型性的角色，国内外依然有学者不认为那是史诗。2011 年，在中国社会科学院民族文学研究所举办的一次史诗国际会议上，就有外国学者持这样的观点。

在中国，1980 年之后"创世史诗"这一术语开始被大量运用，这自然要归功于钟敬文主编的《民间文学概论》将史诗分为英雄史诗与创世史诗两大类型。在这一术语被广泛接受的同时，其实也伴随着一些遗留问题，即有的学者用"神话史诗""原始性史诗""开辟史诗"②"创世纪史诗"③ 来代替"创世史诗"这一术语。鉴于"开辟史诗"与"创世纪史诗"只是个别学者的使用，这里只简略梳理一下"神话史诗"与"原始性史诗"的情况。创世史诗是作为非英雄史诗的角色出现的，创世史诗的别称"神话史诗"与"原始性史诗"也正是这样，是针对"英雄史诗"而出现的，它们的背后，伴随着"英雄史诗"的影子，换言之，这两个术语的出现，源于学者认为英雄史诗是非神话的（或者神话内容相对较少的），是非原始性的。

神话史诗一般被认为是创世史诗的另一种称呼，比如钟敬文主编的《民间文学概论》说："创世史诗，也有人称作是'原始性'史诗或神话史诗。"④ 刘守华的《民间文学概论十讲》也沿用这一说法。⑤ 这一术语是段宝林与其他北大中文系的学生在编写讲义时提出的，他在一篇文章中写道："早在 60 年代初期，我同北大中文系 1956 级二班瞿秋白文学会的

① 古巴比伦有创世史诗《埃努马·埃利斯》。

② 饶宗颐编译：《近东开辟史诗》，辽宁教育出版社 1998 年版。

③ 贾芝：《史诗在中国》，《拓荒半壁江山——贾芝民族文学论集》，文化艺术出版社 2012 年版。

④ 钟敬文主编：《民间文学概论》，上海文艺出版社 1980 年版，第 286 页。

⑤ 刘守华：《民间文学概论十讲》，湖北教育出版社 1985 年版，第 183 页。

王其健、唐天然、秦川、周宏兴等同学共同编写《民间文学概论》讲义时，就发现过去的西方'史诗'概念不能概括中国的史诗实际。西方只有英雄史诗，从荷马的两大史诗《伊里亚特》、《奥德赛》到《卡列瓦拉》、《尼伯龙根之歌》、《罗兰之歌》、《裴奥武甫》、《熙得之歌》等，都是英雄史诗，而我们中国南方少数民族中还有许多描写开天辟地、创造万物、洪水之后人类再生以及民族迁徙等内容的史诗，它们比英雄史诗更加古老，并且主要以神话的幻想故事为主，因此，我们在民间史诗中，除英雄史诗外又新加了一类'神话史诗'。"① 秦家华比较早地使用这一术语，1978 年发表在《思想战线》上的文章说："差不多每一个民族，都有自己的《创世纪》一类的神话史诗。""对于每一个民族在远古时期所创造的神话史诗，必须给予充分的肯定。"② "神话史诗"虽然目前也经常被某些学者使用，但其频率远不及"创世史诗"，这可能是因为"神话"与"史"内含的不兼容。在大多数人们的观念中，历史是真实发生过的，而神话是虚构的，非真实的，不是历史。那么，用"神话"来修饰"史诗"，具有矛盾性。不过，这只是大多数人的一种观念，对于一些学人来说，神话在一定程度上是当地人的历史，至少在心灵上是，所以神话在某种意义上说也是一种历史。从这一角度来说，"神话史诗"是可以接受的。可见，在"神话"是否是历史这一问题上，具有模糊性，它不是典型的历史，不是"史"这一词的典型成员。那么，"神话史诗"也就很难成为"史诗"的典型成员。

与"创世史诗""神话史诗"相当的术语，还有"原始性史诗"。这一术语在晚清、民国期刊数据库中都没有查到。遍查大量的数据库，发现刘亚湖（刘亚虎）是使用这一术语最多的一位学者，他曾写过名为《原始性史诗的史诗性与原始性》的文章，以及《原始叙事性艺术的结晶：原始性史诗研究》的专著，具有较大的影响。这一术语基本上是用来称呼南方少数民族史诗的，加上刘亚湖在文章中没有涉及这一术语的学术史梳理，以致很多史诗研究者都以为这一术语是刘亚湖在长期从事南方少数

---

① 段宝林：《神话史诗〈布洛陀〉的世界意义》，《广西民族研究》2006 年第 1 期。

② 秦家华：《试谈云南民族民间文学与宗教的关系》，《思想战线》1978 年第 5 期。

民族史诗的研究中提出的，其实不然。笔者特意向刘亚湖咨询过这一术语的来源，他否认了是他首次提出的。这一术语在 1980 年钟敬文主编出版的《民间文学概论》里已经出现，而他 1982 年才大学本科毕业。他已记不清这一术语的出处，但印象中是从一本苏联的译著中看到的，估计是苏联学者提出的术语。李子贤在《创世史诗产生时代刍议》中说："这一发展状况，与外国有的学者所作的'原始性史诗之末尾，即英雄史诗之始'的论断，是完全吻合的。"①可见，原始性史诗这一术语是外国学者针对"英雄史诗"提出的术语。也就是说，英雄史诗是非原始的，之前的史诗是原始的。

这些术语出于各种原因而不被人们广泛接受，杨知勇在 1980 年就曾撰文说："对于史诗和神话之间的不恰当的提法，也应该澄清，取消'创世史诗'、'原始性史诗'和'神话史诗'之类的提法，把那些用韵文吟唱的神话称为韵文体神话或诗体神话。"②

中国南方少数民族史诗中，有一些内容是关于民族迁徙的。迁徙，往往构成一个民族波澜壮阔的历史事件。南方迁徙史诗比较突出的，有哈尼族的《哈尼阿培聪坡坡》、苗族的《沿河西迁》等。"迁徙史诗"很可能是中国学者自己创造的一个术语，这一术语的大量使用始于哈尼族迁徙史诗的研究者们，包括笔者在内的一些学人，原以为这一术语可能是出自长期研究哈尼族史诗的学者们，但经过询问哈尼族文学研究的领军人物史军超先生，他说这一术语很早就有了，不是他们创造的。目前查到对这个术语的最早运用，是贵州省民间文学工作组整理的、1960 年发表在《民间文学》上的《跋山涉水》（贵州苗族迁徙史诗），但这是否是这一术语的最早出处，尚不清楚。在"晚清、国民期刊报纸数据库"均未出现这一术语。

这一术语虽然在一些文章中经常被使用，但这只可以说是在某种程度上被接受。一些目前出版的大多数《民间文学概论》一类的教科书基本上没有将这一术语纳入其中，而教科书往往被视为较为权威的认可。以

---

① 李子贤：《创世史诗产生时代刍议》，《思想战线》1981 年第 1 期。
② 杨知勇：《对民族民间文学几个问题的看法》，《山茶》1980 年第 2 期。

"民间文学概论"命名的教科书目前已有多本。1957 年匡扶所著作的《民间文学概论》尚未出现史诗这一术语，只将韵文分为歌谣、谜语、大众诗歌三类。1980 年，乌丙安所著的《民间文学概论》将史诗放在"故事歌"里，未出现"迁徙史诗"一词；钟敬文主编的《民间文学概论》开始将史诗分为英雄史诗与创世史诗两大类，有关民族迁徙内容的史诗归为英雄史诗，没有单独提出"迁徙史诗"的概念。1985 年刘守华所著的《民间文学概论十讲》，2005 年汪玢玲、孙世文、刘晔原所著的《民间文学概论》，2009 年田兆元、敖其主编的《民间文学概论》，以及 2011 年万建中主编的《新编民间文学概论》与钟进文主编的《中国少数民族文学基础教程》，都没有将"迁徙史诗"作为史诗的一个分类。只有在 2004 年毕桪主编的《民间文学概论》提及了此术语，但未正式列入："西方文学批评理论术语的史诗定义基本上指的就是英雄史诗，根据的是许多古典史诗基本上都是英雄史诗这一种现实。而中国本土的情况与西方不尽相同，对史诗的定义和范畴的界定有所不同。根据中国各民族史诗的内容，学界习惯把史诗分成英雄史诗和创世史诗两大类，也有学者提出迁徙史诗的概念和范畴。"钟进文主编的《中国少数民族文学基础教程》将有关迁徙的史诗纳入创世史诗之中："我国广大地区特别是南方民族地区发现了大量以创世为主要内容的长篇叙事作品，表明除了英雄史诗之外，还存在着相当部分讲述世界形成和部落迁徙的创世史诗。"① 由此可见，"迁徙史诗"作为"史诗"的成员，其非典型性十分明显。

其实，中国南方各少数民族的"史诗"几乎都是在祭祀、丧葬、节日等仪式中演唱的，是整个仪式诵词的一部分，只不过是在民间歌谣搜集整理的浪潮中，将一些被认为是迷信的内容删除掉，留下一些与创世、迁徙、战争等内容，有的被称为古歌，有的被称为古老话。在"史诗"一词被广泛使用的背景下，这些文本便成为目前我们看到的史诗。这些文本的内容往往不是单一的，就算去掉了纯祭祀的部分，往往也会同时包含有创世、万物起源、战争、民族迁徙等诸多内容，无论是用"创世史诗"、"神话史诗"还是"迁徙史诗"来概括中国南方史诗，都有欠妥之处。因

---

① 钟进文主编：《中国少数民族文学基础教程》，中央民族大学出版社 2011 年版，第286 页。

此,近年来有学者称之为复合型史诗,例如朝戈金的《〈亚鲁王〉:"复合型史诗"的鲜活案例》[①],这比较准确地给了南方史诗一个定位。"复合型史诗"这一术语一开始是用来区分不同的英雄史诗的,仁钦道尔吉在《关于中国蒙古族英雄史诗》中如是说:"史诗的内容反映勇士的两个或两个以上的重大斗争,基本情节由两个或两个以上的史诗母题系列所构成的史诗被称为复合型史诗。我根据复合型史诗几个部分的组合形式的不同,把它们分类为串连复合型史诗和并列复合型史诗两大类型。"[②] 把"复合型史诗"这一术语运用到南方史诗,能比较确切地概况其混融性。就词汇层面上来说,是义项的转换。

一个词的早期典型成员是人们最早认知到的,人们先入为主地以其为中心进行归类,将一些与其相似的事物纳入它的范畴,成为它的非典型成员。词的典型成员与非典型成员不是永恒不变的,其变化和影响力有关。在钢笔出现之前,毛笔是"笔"的典型成员,之后被钢笔代替,现在钢笔也基本退出了典型成员的角色。"史诗"作为一个词,它摆脱不了这一规律,其成员的典型性与非典型性,同样与影响力有关,是人为使然的。

原载于《民间文化论坛》2014 年第 6 期

吴晓东,苗族,1966 年 9 月生,籍贯湖南凤凰,毕业于中央民族大

---

① 朝戈金:《〈亚鲁王〉:"复合型史诗"的鲜活案例》,《中国社会科学报》2012 年 3 月 23 日。

② 仁钦道尔吉:《关于中国蒙古族英雄史诗》,《民族文学研究》1992 年第 1 期。

学，获文学硕士学位，1992 年 7 月至今在中国社会科学院民族文学研究所南方民族文学研究室工作，研究员，任南方室主任。研究方向为南方少数民族口头文学，在神话学方面着力较多。主持中国社会科学院登峰战略民族文学研究所重点学科"中国神话学"。代表作有专著《盘瓠神话源流研究》《〈山海经〉语境重建与神话解读》及论文《史诗范畴与南方史诗的非典型性》等。兼任中国少数民族文学学会秘书长。曾获第九届（2016 年）中国社会科学院优秀科研成果论文二等奖。

哈佛燕京学社与中国口头传统研究的滥觞

——以中国社会科学院民族文学研究所为例

朱 刚

作为一家独立的学术机构，哈佛大学燕京学社（以下简称"哈佛燕京学社"）对中国文化研究以及东西方文化交流曾起过非常重要的推动作用。关于这一段学术史，学界已有张寄谦、陶飞亚、梁元生、张凤、陈滔娜、魏泉、樊书华、刘玲等进行过讨论。他们的研究，一方面丰富了国内学人对哈佛燕京学社基本情况的认知，另一方面也有助于理解中国现代学术的确立。其中，以学者为中心考察哈佛燕京学社对中国现代学术转型的推动作用，是上述研究所采取的共同立场。但是，这种以学者为主线的学术史梳理，可能还需要结合学术思想、学术潮流的转换和嬗变来进行分析。

正如罗志田所言，我们应该将学术史与思想史结合起来，采取"见之于行事"的取向，分析思想产生的具体过程，同时把学术思想放在历史进程中加以考察。[①] 有鉴于此，本文将采用相似的研究思路，回顾中国社会科学院民族文学研究所的相关学者，如何具体而微地利用哈佛燕京学社提供的访学契机，将口头程式理论（Oral-Formulaic Theory）以及口头传统学科（oral tradition）引入中国的过程。

一

哈佛燕京学社的成立得益于美国著名铝业大王及发明家查尔斯·霍尔

[①] 罗志田、张洪彬：《学术史、思想史和人物研究——罗志田教授访谈》，《学术月刊》2016年第 12 期。

（Charles M. Hall）的遗产基金。① 该遗嘱规定，遗产的三分之一必须用于资助"日本、亚洲大陆、土耳其和欧洲巴尔干半岛地区"的教育事业，其中并未提及资助中国乃至中国研究。但是，遗嘱却提及，资金应主要用于上述地区"美国或英国教会机构的世俗教育事业"。② 从这一点来看，中国的教会大学应在遗产资助的范围内。因此，遗嘱公布后，中国当时的六所教会大学都获得了资助。③ 在得悉霍尔遗产基金的消息后，哈佛商学院院长董纳姆（W. B. Donham）也提出申请，但因其超出遗产资助范围，该申请未获受理。不过，当时霍尔遗嘱规定的遗产委托人美国铝业公司总裁戴维斯（Arthur V. Davis）和克利夫兰律师詹逊（Homer H. Johnson）对遗产拥有最终决定权。而董纳姆与詹逊又有私交，因此哈佛的申请并未被真正拒绝。后经戴维斯和詹逊指点，哈佛大学与燕京大学进行合作，拟定建立一个联合两个大学名字的新机构。1925 年 9 月，双方达成协议，决定成立"哈佛—北京中国研究学社"（Harvard-Peking Institute for Chinese Studies）。机构名中的"Peking"取自当时燕京大学的英文名"Peking University"，后来燕京大学的英文名改为"Yenching University"，学社也随之改为现在广为人知的"哈佛燕京学社"（Harvard-Yenching Institute）。④

当时两校签订的协议规定，哈佛与燕京大学及其他机构展开合作，为中国文化的研究、出版、教育等提供支持，优先考虑中国文学、艺术、历史、语言、哲学及宗教的研究，其共同目的是激发美国人对于中国文化的兴趣，鼓励以"近代批评手段"研究中国问题。⑤ 1928 年 1 月，哈佛燕京学社正式在美国马萨诸塞州注册成立，总部设在哈佛大学，同时在燕京大学设立北平办事处，作为其在东方的活动中心和联络处。当时哈佛燕京学社学术资助的模式，是采取哈佛燕京学社接受研究生申请，依照位于北京的燕京研究院制定标准加以审核的做法。录取后由学社提供奖学金，包

---

① 陶飞亚、梁元生：《〈哈佛燕京学社〉补正》，《世界历史》1999 年第 6 期。

② 樊书华：《美国铝业大王查尔斯·马丁·霍尔与哈佛——燕京学社的缘起》，《世界历史》1999 年第 2 期。

③ 陶飞亚、梁元生：《〈哈佛燕京学社〉补正》，《世界历史》1999 年第 6 期。

④ 张寄谦：《哈佛燕京学社》，《近代史研究》1990 年第 5 期。

⑤ 同上。

括学费、食宿、杂费等各项支出。若研究生成绩特别优异,则可赴哈佛大学攻读博士学位。这也是哈佛燕京学社奖学金资助体系的最初蓝本。

哈佛大学和燕京大学之间的合作,实为霍尔基金委托人的变通之举,意在使哈佛大学从基金的资助中获益。而选择以中国文化研究为合作主题,亦与基金委托人当时所受的传教士影响,以及美国全球视野的提升等个人与时代因素相关。此外,当时中美大学之间的学科设置差异极大,哈佛大学与燕京大学只有在中国文化这一话题上才有进一步展开合作与对话的可能性。① 从哈佛大学的角度来说,当时其汉学研究远远落后于法国,非常希望通过与燕京大学的合作提高其研究水平。因此,哈佛燕京学社首任社长原拟请法国汉学家伯希和(Paul Pelliot)出任,他婉拒后推荐自己的得意门生叶理绥(Serge Elisséeff)担任该职。

1934—1956年,哈佛燕京学社在叶理绥的领导下,迎来其机构发展的创始阶段。叶理绥汉学修养深厚,能阅读汉语古籍文献,又融通法语、日语、德语、英语,任期长达22年,为迄今在任时间最长的社长。其任内倡导并建立了哈佛大学远东语言系,出任首任系主任。1950年代末期哈佛大学接管之前,该系经费一直由哈佛燕京学社供给。此外,叶理绥还于1935年创办了哈佛燕京学社专论系列丛书,出版与东亚人文、历史、文学、宗教有关的专著。1950年之后,学社开始印发哈佛燕京学社研究系列丛书,以论文集的方式发表有关亚洲研究的专业论文。② 1972年,远东语言系正式更名为东亚语言与文明系,费正清(John K. Fairbank)为首任系主任。加上1928年学社创立之初建立的哈佛汉和图书馆(1965年更名为燕京图书馆,并于1976年归入哈佛大学图书馆),哈佛燕京学社管理、资助、出版、教学、资料等多位一体的发展模式已具基本形态。

叶理绥之后,哈佛燕京学社历经赖世和(Edwin O. Reischauer)、裴泽(John Pelzel)、克雷格(AlbertCraig)、韩南(Patrick Hanan)、杜维明(Tu Weiming)及裴宜理(Elizabeth Perry)的领导,逐步奠定其在东西文化与学术交往中举足轻重的地位。迄今为止,哈佛燕京学社已支持一千多

---

① 陶飞亚、梁元生:《〈哈佛燕京学社〉补正》,《世界历史》1999年第6期。

② 张凤:《哈佛燕京学社75年的汉学贡献》,《文史哲》2004年第3期。

名亚洲地区从事人文及社会科学研究的学者，并有超过三百名博士研究生接受过资助。① 目前，该学社在亚洲范围内的合作机构有五十多家，中国地区共有二十六家机构名列其中。

二

　　哈佛燕京学社在 20 世纪二三十年代对于中国现代学术的确立有着重要的推动作用。② 以接受哈佛燕京学社资助的燕京大学、齐鲁大学来看，其近代国学教育和研究明显受到了来自西方的影响和推动，一批既有传统文化修养又受过西方教育的学者完成了在新教育体制下中国学术的现代转型。例如，洪业（William Hung）在燕京大学任职期间主张以现代学术规范培养学生、尝试设立学位制度的举措，正是从传统走向现代"科学方法"的一例强证。③ 学者方面，后来在哲学、历史学、考古学、佛学、语言学等学科具有重要影响的一批关键人物，如陈荣捷、林耀华、齐思和、翁独健、王伊同、蒙思明、杨联陞、邓嗣禹、郑德坤、陈观胜等，也在哈佛燕京学社的资助下赴美求学。这一批学贯中西的著名学者所引入的新方法和新视角，为现代中国的学术研究奠定了重要的基础；他们的研究成果也成为后世学人难以企及的学术高峰。

　　在美国方面，成长于欧洲汉学传统的哈佛燕京学社首任社长叶理绥，在任期间按照欧洲汉学的模板创立了的哈佛远东系：一方面不断邀请中国和法国的汉学家前来哈佛讲学、访问，将其打造成为在美的中国研究重镇；另一方面，选派美国学生赴中国交流深造，并由此培养出美国汉学研究的第一代中坚力量。④ 到了第二代社长赖世和上任时，哈佛的远东系已有长足发展并颇具规模，在东亚研究这一领域内部也有了多元化的发展方向。赖

---

① 《哈佛燕京学社》，http：//www. harvard-yenching. org/sites/harvard-yenching. org/files/up-loaded-documents/HYI_ 2017_ brochure_ low%20resolution. pdf，2017 – 08 – 02/2018 – 03 – 01。

② 魏泉：《洪业与二三十年代中国现代学术的转型——以燕京大学、哈佛燕京学社为中心的考察》，《浙江社会科学》2010 年第 9 期。

③ 刘玲：《哈佛燕京学社的旨趣与中国史学人才之培养》，杨共乐编《史学理论与史学史学刊（2015 年卷）》，社会科学文献出版社 2015 年版，第 243—261 页。

④ 李若虹：《"心理东西本自同"：柯立夫与杨联陞》（下），《文汇报》2017 年 12 月 1 日。

世和是美国培养的第一代东方学家,他也标志着美国依赖外籍学者研究东方学的历史已经过去。① 此后,随着 1950 年代后期美国内部对于中国古代研究兴趣的减退以及对于中华人民共和国社会及问题日渐高涨的关注,在费正清等关键学者的推动下,1960 年中期之后美国本土的中国学研究已基本成形。有学者认为,在这一时期欧洲的汉学传统已为美国的学术新兴潮流所取代。②

因为历史原因,中美之间的学术交流在 20 世纪 50—70 年代基本中断,哈佛燕京学社和中国学术机构之间的合作项目也随之停滞。80 年代以后,哈佛燕京学社重新开始在中国招收学生,并在其合作机构之中选拔访问学者。当时,中美学术交流主要是一种单向的流动过程,即中国学者赴美学习新的理论和研究方法。③ 到了 90 年代,随着中国社会经济的发展以及学术研究和机构建设的推进,中美学术交流已经逐渐从原来的单向流动转为双向互动。中国学者不仅向美国同行学习先进的教学和科研经验,并从美国学术界获取最新的理论动向,同时也将国内最新的研究成果和发展趋势逆向输向美国。

哈佛燕京学社的遴选制度是确保中美学术交流水平和质量的重要基础和保障。哈佛燕京学社的资助项目采用单位推荐的方式进行遴选,不接受个人提出的申请。哈佛燕京学社的合作机构,主要是在教学、科研及出版等方面居于领先水平的高校和科研院所。这其实沿袭了燕京大学时期国学研究所设立标准、学社负责选拔的先例,但是在遴选的标准和可操作性上有了根本性的变化,改为由研究和教学资质较高机构负责举荐。这种做法首先确保了申请者的研究水平和基本层次,接着还有竞争性更强的统一选拔。申请者在学科上没有限制,凡从事人文和社会科学的研究者均可,不过申请课题的内容必须具有原创性。申请者在年龄上一般没有硬性规定,但出于学科建设和发展前景的考虑,在同等条件下往往年轻人更有优势。④

哈佛燕京学社对于中美学术交流的支持,原来主要以访问学者和访问

① 张寄谦:《哈佛燕京学社》,《近代史研究》1990 年第 5 期。

② 李若虹:《"心理东西本自同":柯立夫与杨联陞》(下),《文汇报》2017 年 12 月 1 日。

③ 冯黛眉:《哈佛燕京学社:东西学术交流的桥梁》,《中国社会科学报》2015 年 11 月 2 日。

④ 同上。

博士研究生这两个核心项目为主，分别创立于 20 世纪 50 年代及 80 年代。现在，随着学社支持的范围从中国研究扩展为亚洲研究，其资助体系也有了较大的发展，增加了"地区发展高级培训项目"（Advanced Training Programs for Field Development）、"中国—印度研究项目"（China-India Studies Program）、"协作研究项目"（Coordinate Research Program）、"哈佛燕京及地区研究—东亚研究硕士生培养项目"（HYI & Regional Studies-East Asia A. M. Fellowship Program）、"联合项目"（Associate Program）、"哈佛燕京图书馆研究资助"（Harvard-Yenching Library Research Grant）等新计划。

三

　　截至 2018 年 3 月，中国社会科学院（以下简称中国社科院）共有 78 人（含访问学者、访问博士生及其他）获得过哈佛燕京学社的资助。① 在学科分布上，这些学者（含访问博士生及其他）以历史、文学、考古学、哲学、宗教、国际关系、民俗学等领域为主，分别来自于中国社科院下属的 31 个研究所。民族文学研究所（以下简称"民文所"）规模较小，与其他动辄一二百人的大所相比，其固定人员岗位配置长期维持在五十人以下。但是，民文所在中国少数民族史诗、中国各民族文学关系史、当代少数民族文学批评等领域，在国内处于领先地位，在国际学术界也有较大影响。② 此外，近年来该所的口头传统和民俗学研究取得了长足发展。

　　截至 2017 年，民文所共有 7 名学者接受过哈佛燕京学社的资助：孟慧英（1991—1992），尹虎彬（1994—1995），朝戈金（1995—1996），谢继胜（1998—1999），巴莫曲布嫫（2000—2001），吴晓东（2003—2004），朱刚（2016—2017）。③ 仅就入选比例而言，民文所与社科院其他研究所

---

① 《哈佛燕京学社》，https：//harvard-yenching. org/alumni。

② 《民族文学研究所简介》，中国民族文学网，http：//cel. cssn. cn/bsjj/mzwxyjs/。

③ 从学科发展的角度，孟慧英（后调入并供职于中国社会科学院民族学与人类学研究所）和谢继胜（先后调入中国社会科学院民族学与人类学研究所、首都师范大学，现供职于浙江大学）因研究方向的差异，故并不在本文讨论的范围。尹虎彬现供职于中国社会科学院民族学与人类学研究所，他是推动中国口头传统研究的核心学者，因此纳入本文讨论范围。

相比并不低，或者还略高。① 这个现象可能有一定深意。首先，民文所学者在哈佛燕京学社的选拔中更受青睐，可能与这些学者的少数民族身份或者以民族文化为题的研究计划有一定关系。但是，哈佛燕京学社对于中国少数民族文化的重视，并不仅仅源于西方人对于异文化的热忱。这一点，或可从哈佛燕京学社早期对华中大学的资助上看出端倪。华中大学西迁时期，本来向哈佛燕京学社申请了长江中下游历史文化研究的计划，因为不可抗原因被迫改为西南少数民族文化研究。学社获悉此消息后，立即追加拨款支持新计划。1939 年，华中大学辗转至云南大理的喜洲镇，中文系便展开了当地的少数民族研究。其中，傅懋勣以西南地区的方言为研究对象，向学社提交了中国方言研究报告并受到好评。此外，中文系游国恩、包鹭宾等教授对滇西历史、文化、语言的研究，包括他们向学社提交的各种论文，也得到美国汉学家的重视，并且在某些话题上还有进一步交流。② 正是因为华中大学中文系教授的科研成果，哈佛燕京学社对中国西南地区的少数民族的历史、语言、文化等方面都有了了解，反过来也推动了哈佛大学汉学研究的发展。从上述历史可以看出，中国少数民族文化早在叶理绥时期便进入了哈佛燕京学社的视野。随着时间的推移，哈佛燕京学社对中国少数民族文化的兴趣，也不会简单停留在"猎奇"的层面。

　　第二方面的考察需要借助肖凤霞（Helen F. Siu）所说的"历史在民族志现实中的呈现"的思路，在现实的考察中反观历史③。这要从 2017 年 3 月 22 日哈佛燕京学社在哈佛大学举办主题为"亚洲研究在亚洲"（Asian Studies in Asia）年度圆桌会议说起。当时汪晖提及一个现在看起来饶有兴味的话题。在 21 世纪初期，他曾担任一项美国资助亚洲研究的

---

　　①　根据哈佛燕京学社官方网站公布的消息，中国社会科学院民族文学研究所的意娜入选 2018—2019 哈佛燕京学社访问学者项目。

　　②　马敏、吴和林：《哈佛燕京学社与华中大学人文学科历史关系述略》，《华中师范大学学报》（人文社会科学版）2017 年第 4 期。

　　③　作者原话为 "bring 'the past' back into the ethnographic present as core to analysis rather than treat past happenings as historical background"，大致是将历史放置于民族志的现实考察中，而非简单将过去视为历史背景。参见 Helen F. Siu, *Tracing China：A Forty-Year Ethnographic Journey*, Hong Kong：Hong Kong University Press，2016，p. ix。

课题评审，审核国内的申请项目。当时的申请人来自北京、上海、广西、云南、四川等地，但评审团队似乎更倾向于以少数民族文化为内容的申请。原因之一在于，当时国内并未就亚洲研究这一相对宽泛的话题达成共识，但是在日本研究、中东研究、南亚研究等以地理区域为划分依据的方向上已有所发展。因此，广西、云南、四川等地学者所提出的以当地少数民族为研究内容的课题申请，因这些省份分布的少数民族与境外族群有所重合或联系，自然就被视作更多地与课题招标的亚洲研究主旨所相契合。此外，还有一个重要的原因，在于以少数民族文化为研究内容的课题申请，相较北京、上海等内地省份申请者所提交的以中国历史或中国研究为题的研究计划，在内容上更加具体，更有利于展示一种以本土的视角呈现亚洲风貌的学术取向。上述细节或许表明一个现象，即在亚洲国家内部多元性已被学界广泛认可并被充分肯定的前提下，中外学者对于中国内部多元性的认识也达到了前所未有的高度，并进一步成为一种思维范式。因此，从历史与现实互动的视野来看，中国的少数民族研究在哈佛燕京学社的考量中，不仅与其汉学研究的历史一脉相承。尤为重要的是，这些研究项目能具体而微地实现其推动亚洲人文研究的基本主旨。同时，以本土视角呈现亚洲文化的民族志方法，也从根本上契合了当代重视文化多样性的时代主题。

　　此外，从机构和学科的角度看，民文所学者在哈佛燕京学社选拔中屡获青睐还与该所自建所以来的学术发展和学科建设有很大关系。自1980年成立以来，中国少数民族史诗的搜集、整理、研究一直是民文所最具代表性的学术方向。少数民族史诗的抢救和保护，先后被列入国家社会科学"六五""七五""八五"重点规划项目，以及中国社会科学院的"九五""十五""十一五"的重点项目，而"中国史诗学"也先后成为所、院两级规划的重点学科建设目标。[①] 虽然学科意义上中国少数民族史诗的科研活动，可以追溯至18世纪，但只是到了19—20世纪，在大卫·尼尔（David Neel）、石泰安（R. A. Stein）等学者的推动下，作为东方学分支的中国史诗才被更多国外学者所注意。中国内部大规模史诗搜集和整理工

---

　　① 巴莫曲布嫫：《中国史诗研究的学科化及其实践路径》，《西北民族研究》2017年第4期。

作于 20 世纪 50 年代兴起，到了 80 年代初具规模，并且形成了一批在资料和研究两方面均有建树的著作。这一时期，民文所的若干学者代表了该学科发展的整体水平，例如仁钦道尔吉的《江格尔》研究、郎樱的《玛纳斯》研究、降边嘉措和杨恩洪的《格萨尔》研究，以及刘亚虎的南方创世史诗研究等。① 老一代的史诗研究专家为民文所在海内外收获了广泛的学术声誉，同时也为后续的学术转型奠定了扎实的基础。正是在早期中国少数民族史诗研究及学科建设的基础上，民文所的第二代学者利用哈佛燕京学社提供的访学机会，在 20 世纪 90 年代中期开始发力，逐步推动了史诗研究向口头诗学研究的范式转换。②

中国近代学术史上的范式转换，多与西学东渐、外来学说的引入密切相关，例如历史学领域现代科学方法的转型。③ 20 世纪 90 年代以来，北美民俗学三大理论（口头程式理论、民族志诗学及演述理论）的译介活动，也成为推动国内主流研究范式转换的重要外因。④ 其中，正是肇始于哈佛大学的"口头程式理论"的引入，推动了中国少数民族史诗研究从书面研究走向口头研究的范式转移。⑤ 1990—1998 年《民族文学研究》刊载了数篇引介口头程式理论及其应用案例的文章或译文，成为国内口头程式理论之滥觞。上述成果引发的燎原之势，在 2000 年之后更以专刊和译著的形式，全面走向体系化的引介活动。⑥ 以上述理论动向为先导，民文所代

---

① 朝戈金：《朝向 21 世纪的中国史诗学》，《国际博物馆》（中文版）2010 年第 1 期。

② 冯文开：《论国外史诗及其理论译介与中国史诗学的建构》，《江西社会科学》2011 年第 12 期。

③ 刘玲：《哈佛燕京学社的旨趣与中国史学人才之培养》，杨共乐编《史学理论与史学史学刊（2015 年卷）》，社科文献出版社 2015 年版，第 243—261 页。

④ 高荷红：《口头传统·口头范式·口头诗学》，《贵州民族大学学报》（哲学社会科学版）2015 年第 5 期。

⑤ 冯文开：《论国外史诗及其理论译介与中国史诗学的建构》，《江西社会科学》2011 年第 12 期。

⑥ 代表性成果如：［美］约翰·弗里：《口头诗学：帕里—洛德理论》，朝戈金译，社会科学文献出版社 2000 年版；［美］阿尔伯特·洛德：《故事的歌手》，尹虎彬译，中华书局 2004 年版；［匈］格雷戈里·纳吉：《荷马诸问题》，巴莫曲布嫫译，广西师范大学出版社 2008 年版，等等。

表性学者朝戈金、尹虎彬、巴莫曲布嫫等人引领的学术团队，在中外学术交流的实践中，逐渐摸索出了中国口头传统研究的发展道路和理论体系。

四

口头程式理论进入中国促成了史诗研究的转型。如果我们寻找这场学术转型中"具有某种风向标"意义的事件或标志，那么以蒙古史诗歌手冉皮勒为核心的个案研究，在桥接两代学者之间学术转型的关键阶段发挥了重要作用。这也标志着中国民俗学和民间文艺学在学术史意义上从书面走向口头的范式转换。① 具言之，冉皮勒的口头诗学句法研究在方法论上具有指导性的意义，而围绕着该个案所展开的学术批评、反思和学者之间的代际对话，也在事实上推动了我国史诗研究方法论的转向。② 其中，启迪学者们针对冉皮勒的口头演述进行民族志研究和程式句法分析的理论源头，与民文所学者从哈佛大学带回来的解析模型——口头程式理论——有着密切的联系。③

从相关文献看，民文所学者对口头程式理论的了解，最初源于朝戈金早年与德国史诗学者卡尔·赖希尔的交往。20 世纪 80 年代末 90 年代初，两位目前在国际史诗学界赫赫有名的学者，曾一同在新疆从事田野作业，调查柯尔克孜族的口头史诗。朝戈金在口头史诗研究方法上受到赖希尔的影响，④ 并从他那里了解到国际史诗学研究的若干新动向，其中就包括口头程式理论（又称"帕里—洛德"学说，Parry-Lord theory）。从学术史往上追溯，口头程式理论产生的重要内因是西方古典学传统中古老的"荷

---

① 朝戈金：《朝向 21 世纪的中国史诗学》，《国际博物馆》（中文版）2010 年第 1 期。

② 廖明君、朝戈金：《口传史诗的"误读"——朝戈金访谈录》，《民族艺术》1999 年第 1 期。

③ 1990 年出版的王靖献《钟与鼓：诗经的套语及其创作方式》（谢谦译，四川人民出版社 1990 年版）一书，应该是国内已知最早对口头程式理论加以译介的成果。但是，该书的问世似未在当时的学界引发太大反响。

④ ［美］马克·本德尔：《中国学派的国际影响：朝戈金对口头传统研究的贡献》，陈婷婷译，高荷红、罗丹阳编《哲勒之思：口头诗学的本土化实践》，中央民族大学出版社 2017 年版，第 13 页。

马问题"，即上溯至亚历山大时期便众说纷纭的关于荷马史诗作者的身份问题。18—20 世纪的荷马史诗研究，主要也是接续并延伸了以"荷马问题"为中心的学术讨论，其中又以"分辩派"（Analysts，即"荷马多人说"）与"统一派"（Unitarians，即"荷马一人说"）之间的分野，以及后来超越两派争辩的"帕里—洛德"学说（口头理论）为其学术史上的高光时刻。① 另外，从帕里的口头理论往下，又引申出 20 世纪下半叶另一场重要的学术讨论，这就是"口头性"（orality）和"书面性"（literacy）之间的关系问题。② 该问题引发了西方知识界超过半个世纪的深入论战，几乎所有人文学科都被波及。其中，在 1962—1963 年间，四种不同的学术话语，即麦克鲁汉（M. McLuhan）的《古腾堡星系》、列维 - 斯特劳斯（Levi-Strauss）的《野性的思维》、杰克·古迪（Jack Goody）和伊恩·瓦特（Ian Watt）的《书写的成果》、埃里克·哈夫洛克（Eric Havelock）的《柏拉图导言》，共同将口头文化推至当时的学术前沿。③

瓦尔特·翁（Walter Ong）曾指出，意识到口头性与书面性之间差异的最伟大的觉醒，并未发生于语言学界，而是文学研究的圈子。④ 口头程式理论的创始人之一米尔曼·帕里（Milman Parry）于 1928 年提交的博士论文《荷马中的传统特性修饰语》（*L'Epithete traditionelle dans Homere*），便是 20 世纪 60 年代之后、讨论口头性与书面性问题的思想奠基之作。需要指出的是，帕里关于荷马语言的见解起初并未在美国获得过多关注。后来，帕里赴法国随著名历史语言学家梅耶（Antoine Meillet）学习，其他法国学者关于口头性与书面性问题的深入见解对他产生了重要影响。在1946—1947 年间，帕里的学术观点逐渐被其他学者了解，他的论文也得到了其他许多文章的支持。在哈佛大学的古典研究系列出版了他的研究成

---

① 朝戈金：《从荷马到冉皮勒：反思国际史诗学术的范式转换》，中国社会科学院文学研究所编《中国社会科学院文学研究所学刊》（2008），中国社会科学出版社 2008 年版，第 4 页。

② ［美］埃里克·哈夫洛克：《口承·书写等式：一个现代心智的程式》，巴莫曲布嫫译，《民俗研究》2003 年第 4 期。

③ 同上。

④ ［美］瓦尔特·翁：《口语文化与书面文化》，何道宽译，北京大学出版社 2008 年版，第 2 页。

果之后，帕里其人、其说才在哈佛大学得到重视和认可。① 在此基础上，帕里的学生阿尔伯特·洛德（Albert Lord）进一步通过巴尔干半岛的田野作业，延伸和发展了帕里的荷马史诗的口头创作理论。洛德于 1960 年出版了口头传统研究的"圣经"——《故事的歌手》一书，这被学界视为口头程式理论的"出生证"。

作为口头程式理论诞生地的哈佛大学，既是美国大学的开山鼻祖，也在某种程度上被誉为美国民俗学的摇篮。② 如果以帕里为核心加以考察，哈佛大学的民俗学或口头诗学传统由弗朗西斯·柴尔德（Francis Child）③为领衔的第一代学者；乔治·基特里奇（Georgy Kittredge）④ 当为第二代学者；帕里之后（第三代学者），弟子洛德即为第四代学者；再往后，洛德的学生格雷戈里·纳吉（Gregory Nagy）和斯蒂芬·米切尔（Stephen Mitchell）为五代学者；目前，第六代学者以大卫·埃尔默（DavidElmer）为中青年学者之代表。⑤ 从中可以看出，哈佛的口头传统研究既有来龙又有去脉，是一个积淀深厚、传承明确的"活形态"学术传统。其中，洛德无疑是一个承上启下的关键人物，他不仅在方法论上继承并拓展了帕里关于口头诗学、比较研究的理念，同时也在学生培养、学科建设上做出了不

---

① 参见［美］埃里克·哈夫洛克《口承·书写等式：一个现代心智的程式》，巴莫曲布嫫译，《民俗研究》2003 年第 4 期。

② 尹虎彬：《〈故事歌手〉跨学科的意义》，《民族文学研究》2000 年增刊；朝戈金：《国际史诗学谫论》，《世界文学》2008 年第 5 期。

③ 哈佛大学的口头文学研究可追溯至 1856 年，当时柴尔德决定在《英国诗人》（*The British Poets*）系列丛书中增加民歌的内容。自此以后，民歌就一直成为柴尔德学术生涯的研究主题。柴尔德见证了美国学术研究从传统走向现代的转换，该过程又以演讲术教学传统的衰落和语文学所推动的口头文学研究兴趣的提升为主要标志。

④ 基特里奇于 1888 年来到哈佛大学，开始教授德国神话学一类的课程。在 1897 年之后，他开始隔年开设关于歌谣的课程。最初的两代学者见证了哈佛大学古典研究从经典文献到现代语言的兴趣转移，这也是帕里学术突破的学科和机构背景。

⑤ 埃尔默被其师纳吉视作未来执掌"哈佛口头诗学传统"之不二人选。纳吉本人亦在私下场合表示，相比他自己（历史语言学出身），埃尔默的学术背景（本科至博士均在哈佛完成，毕业后直接留校任教）及研究旨趣（荷马史诗、南斯拉夫史诗、口头传统比较研究）与师爷洛德存在更多相似性。目前埃尔默正在筹备《故事的歌手》第 3 版的修订工作，他也是哈佛口头传统研究的生力军和未来。

可估量的业绩。洛德之后,其学术思想的继承人纳吉和弗里(John Foley),成为中国口头传统研究接续哈佛口头诗学传统的重要中介。在某种意义上,借助哈佛燕京学社的资助,朝戈金、尹虎彬、巴莫曲布嫫与纳吉、弗里的学习和互动,可视为口头程式理论传播至中国之关键事件。

口头程式理论在中国的传播,可分为萌芽、引介、应用和发展四个主要阶段。限于主题,本文主要讨论前两个阶段。在萌芽阶段,朝戈金与赖歇尔的合作与互动是主要的动因。此后,还有一个重要的事件需要提及,即朝戈金参加 1995 年第三届"民俗学者组织暑期学校"(Folklore Fellows Summer School)。在民俗学领域,这是一个负有盛名的专门性研修项目,每两年在北欧民俗学重镇芬兰境内举办一次。① 1995 届暑校的讲师可谓众星云集,集结了当代国际民俗学研究领域深孚众望的学者如劳里·杭柯(Lauri Honko)、理查德·鲍曼(Richard Bauman)、约翰·弗里、安娜 – 丽娜·西卡拉(Anna-Leena Siikala)等。朝戈金参加了由弗里和哈维拉赫提(Lauri Harvilahti)主持的史诗工作坊,集中讨论国际史诗理论的理论动向,特别是口头程式理论和民族志诗学理论的学术史、概念演进、优长及局限等内容。② 这恐怕是中国学者参与口头程式理论的国际专业培训之先例。但是,朝戈金芬兰之行最大的收获,可能还不在对口头程式理论更加直观和体系化的认知,而是通过为期三周的深度讨论,与当时国际口头传统研究领军人物——弗里建立起的学术联系。后来的历史证明,这是一次具有重要意义的学术交往,自此以后中美两国同一研究领域的两个学术机构之间,逐步形成了对等合作的学术伙伴关系,并在很多话题上生长出了持久而有效的学术对话。③

此前,民文所的另一位学者尹虎彬于 1994 年入选哈佛燕京学社访问

---

① 朝戈金之后,巴莫曲布嫫、尹虎彬也于 1999 年、2007 年先后参加了民俗学者组织暑期学校。之后,基于民文所与芬兰文学学会之间的合作框架,阿地里·居玛吐尔地、李鹤、朱刚共同参加了 2010 年的民俗学者组织暑期学校。这应该视作中国口头传统研究学术史上的重要事件,因其不属于本文研究范围,不予单独讨论。

② 朝戈金:《第三届国际民俗学会暑期研修班简介——兼谈国外史诗理论》,《民族文学研究》1995 年第 4 期。

③ 参见朝戈金《约翰·弗里与晚近国际口头传统研究的走势》,《西北民族研究》2013 年第 2 期。

学者项目，赴哈佛大学访学，开启了口头程式理论的初步译介工作。尹虎彬向哈佛燕京学社提交的研究计划，以中国东北少数民族的萨满教及口头传统研究为研究内容，旨在解决萨满教与东北少数民族口头叙事起源、发展之间的关系，以及相关口头叙事在情节、母题、类型上的异同。尹虎彬的研究对象为满—通古斯民族的神话和故事，即满族、赫哲族、鄂伦春族、鄂温克族的活形态口头传统。① 这正好与哈佛大学的口头传统研究高度相关，而哈佛大学古典系、比较文学系教授纳吉开设的几门课程自然也引起了他的兴趣。通过旁听纳吉教授的课程，尹虎彬对于口头程式理论有了更加清晰的认知，也初步产生了翻译《故事的歌手》这部号称口头理论之"圣经"的作品的想法。尹虎彬之后，朝戈金也于次年即 1996 年成为哈佛燕京学社访问学者。两位学者虽然先后赶赴波士顿，但在哈佛访学的时光有短暂交叠；加之同为民文所研究人员且学术旨趣相近，自然会有更多学术上的交流和共鸣。当时国内的民族文学研究仍为经典的文学概念所统摄。同时，从方法论的角度来看，受旧的研究范式影响，文学一直被视为经济基础之上的上层建筑。两位学者有感于内容研究的不足之处，也就对口头程式理论的形式研究方法有了更多理论上的期许。就这样，在共同盘桓哈佛的岁月中，在波士顿"萨村"② 朝戈金的住所里，二人以当地产的威士忌举念，立志要将口头程式理论引入中国。

此后，尹虎彬开始筹备翻译《故事的歌手》一书。纳吉对于该想法十分赞同，在尹虎彬结束访学返回中国后，还特意将新出版的《故事的歌手》（第二版）邮寄至中国，供其使用。与此同时，朝戈金也开始着手翻译弗里的口头理论学术史作品《口头诗学：帕里—洛德理论》一书。当时朝戈金提交哈佛燕京学社的研究计划为蒙古史诗研究和一般史诗理论研究，他的访学目标比较明确：研读资料和翻译作品。因此，他一方面跟随哈佛大学东亚系的科斯莫（Nicola Di Cosmo）等人进行学习和交流，另一方面将大部分精力投入到精读和翻译经典著作的工作之中。朝戈金的计划是，选择口头程式理论一两本重要的作品，翻译并引入中国学界。《口

---

① 根据尹虎彬提供的哈佛燕京学社研究计划，笔者在此表示感谢。

② Somerville，波士顿萨默维尔市。相关细节由朝戈金提供，笔者在此表示感谢。

头诗学：帕里—洛德理论》正是该计划的成果之一。① 留美期间，朝戈金与弗里有过两个阶段深入的交流。其一是弗里在哈佛大学图书馆做资料研究期间，二人曾在哈佛大学的教员俱乐部（Faculty Club）有过数次长谈；其二是朝戈金应邀赴密苏里大学口头传统研究中心访问，二人深入讨论了《口头诗学：帕里—洛德理论》一书翻译中的重点和难点。此外，在互联网技术的助力下，二人经由频密的电子邮件往来，也展开了深入而广泛的讨论。在朝戈金结束哈佛访学之后，弗里于 1997 年来到中国进行学术交流。

　　朝戈金和尹虎彬回国之后，分别于 1997 年和 2000 年投入中国民俗学泰斗钟敬文先生门下。1998 年，巴莫曲布嫫成为钟先生的及门弟子，并于 2000—2002 年之间，被哈佛燕京学社选为访问博士生，赴哈佛大学文理学院进行博士论文研究。三人之中，巴莫曲布嫫在美国学习的时间最长，也是唯一具有哈佛大学学生身份的学者，其导师正是洛德的弟子纳吉。共处同一研究机构（民文所），又共列同一导师（钟先生）门下，巴莫曲布嫫自然十分了解前述两位学者所重视的新学说，她向哈佛燕京学社提交的研究计划也已明确指向了口头程式理论的学习。其研究计划名为"彝族史诗传统的民俗学视角：口头性与书面性之间的厚语料"，主要从自己沉浸多年的彝族经籍文学及口头史诗田野作业出发，结合国外相关民俗学、口头传统研究方法，讨论彝族口头史诗传统中的仪式化与文本化问题。② 相比前两位学者，巴莫曲布嫫的研究计划已经明确指出了其个案研究与哈佛大学口头诗学传统即口头程式理论的关联，并兼顾了哈佛大学"帕里口头文学特藏"（The Parry Collectionof Oral Literature）的比较研究价值，同时还将学术视野扩及当代美国民俗学其他两种具有世界影响力的学术范式：演述理论和民族志诗学理论。因此，其研究计划中，采用以演述为中心考察彝族口头史诗的类型和故事范型，以及使用民俗学方法阐释彝族口头叙事的理论探索，或许已经预示着口头程式理论引入中国后，应用于口头史诗传统研究的巨大潜力。此外，由于得到了纳吉教授的亲自指

---

　　①　朝戈金：《问业哈佛》，《民族艺术》2000 年第 1 期。

　　②　原题为"A Folkloristic Perspective on Epic Tradition of the Yi：Thick Corpus Between Textuality and Orality"，感谢巴莫曲布嫫提供的研究计划英文原本。

导，巴莫曲布嫫对其在口头程式理论上的发展领会尤为深切。① 纳吉在帕里和洛德提出的口头史诗创编中的"创编"（composition）、"演述"（performance）之外，创造性地提出了"流布"（diffusion）的维度。他指出，荷马史诗确是在演述中得以创作的，但荷马史诗的演述传统对其文本的形成过程具有重要意义，而且其文本形态的演进过程中也存在诸多可能性和形态。② 纳吉曾列著名语言学家罗曼·雅各布森（Roman Jacobson）门下，研习历史语言学和印欧比较语言学。而巴莫曲布嫫在硕士阶段在国内语言学泰斗马学良先生处所接受的语言学训练，自然也使得她在理解和翻译纳吉的学术思想上，能够融通英语和汉语之间的表述差异，较为精准地传达纳吉对口头程式理论的发展。

在上述民文所学者的推动下，口头程式理论这一具有世界影响力的学术思想，逐渐通过系统的翻译和介绍工作被引入中国学界。回顾学术史，民文所相关学者哈佛访学的经历，直接推动了《故事的歌手》《口头诗学：帕里—洛德理论》《荷马诸问题》三部译著，以及数量庞大的引介性文章和专业论文在中国的面世。根据郭翠潇的统计，朝戈金、尹虎彬、巴莫曲布嫫分别以 27 篇、24 篇、10 篇文章，成为口头程式理论译介和应用的核心学者。③ 如果从 1990 年朝戈金的译文算起，④ 截至 2015 年，知网上已知关于口头程式理论的相关文章已达 693 篇。⑤

---

① 巴莫曲布嫫特别提及与姐姐巴莫阿依共同参加纳吉教授"口头诗学与修辞学"的课程讨论，对其彝族口头史诗的田野研究及学位论文写作，乃至《荷马诸问题》一书的翻译具有重要影响。参见［匈］格雷戈里·纳吉《荷马诸问题》，巴莫曲布嫫译，广西师范大学出版社 2008 年版，"译者的话"第 8—9 页。此外，巴莫阿依、巴莫曲布嫫两位学者，既是少数民族又是血亲姐妹。她们于 2000 年同时入选哈佛燕京学社访学项目，这是该学社发展史上前无古人的一段佳话。

② 参见［匈］格雷戈里·纳吉《荷马诸问题》，巴莫曲布嫫译，广西师范大学出版社 2008 年版，第 41—82 页。

③ 郭翠潇：《口头程式理论在中国的译介与应用——基于中国知网（CNKI）期刊数据库文献的实证研究》，《民族文学研究》2016 年第 6 期。

④ ［德］卡尔·J. 赖歇尔：《南斯拉夫和突厥英雄史诗中的平行式：程式化句法的诗学近探索》，朝戈金译，《民族文学研究》1990 年第 2 期。

⑤ 郭翠潇：《口头程式理论在中国的译介与应用——基于中国知网（CNKI）期刊数据库文献的实证研究》，《民族文学研究》2016 年第 6 期。引用时数据稍有合并。

在上述学者开辟的良好局面下，民文所学者也继续在哈佛大学开展中国少数民族口头传统研究的传统。其中，吴晓东于 2003—2004 年成为哈佛燕京学社访问学者，以苗族活形态神话研究为题赴美访学。因为前面几位学者已在口头诗学领域做出了开拓性的探索，吴晓东转而从认知的角度另辟蹊径，阐释分析了中国传统神话和少数民族活态神话的生成机制。① 其实，从认知的角度研究口头传统，也可视作口头程式理论模型的一种延伸，进而成为口头诗学研究的基本面向之一。② 回国之后，吴晓东发表了《神话研究的认知视角》《盘古神话：开天辟地还是三皇起源》《蝴蝶与蚩尤——苗族神话的新构建及反思》等与上述主题相关的文章，其中《史诗范畴与南方史诗的非典型性》一文与其他民文所学者的学术思考发生了更直接的对话。2016—2017 年，朱刚成为现社长裴宜理上任后首位赴哈佛燕京学社访学的年轻学者。在硕士阶段，朱刚已尝试使用口头程式理论的核心概念"演述中的创编"对白族民歌即白曲的传承机制加以研究。裴宜理上任后对哈佛燕京学社的访学项目进行了改革，每位入选的学者和博士生都会指定一位哈佛的老师进行指导，建立正式的学术关系。③ 借助这样的新体制，朱刚也与纳吉教授建立了"学生—导师"的工作关系。纳吉曾经讨论并演证了荷马史诗文本的演进模型，对荷马史诗在泛雅典娜赛会中"接力"（rely）式的史诗演述传统、雅典节日传统与诗歌传统以及柏拉图的相关"证言"等问题及其相互关联做过深入讨论。朱刚从"交流的诗学"（the poetics of communication）的角度对白族石宝山歌会进行考察的研究计划，引起了纳吉的关注；他认为该个案具有与古希腊诗人

① 相关信息由吴晓东提供，笔者在此表示感谢。

② 芬兰民俗学家哈卡米斯（Pekka Hakamies）认为，劳里·杭柯提出的"大脑文本"（mental text）概念继承了口头程式理论之"演述中的创编"（composition-in-performance）学说，已实际指向了一种大脑的认知模型。从这一点来看，口头程式理论在某种程度上，也包括从认知视角对史诗诗歌的接受、记忆和演述进行研究的可能性。转述自佩卡·哈卡米斯《劳里·杭柯在史诗研究中的创新》（"Innovations in the study of epic by Lauri Honko"），第六期"IEL 国际史诗学与口头传统研究讲习班"，主旨发言，发表时间：2014 年 11 月 12 日。

③ 冯黛眉：《海外中国研究的"精彩"时刻——访哈佛燕京学社社长裴宜理》，《中国社会科学报》2015 年 12 月 31 日。

萨福（Sappho）及其背后的诗歌传统进一步比较的潜在空间。此外，民文所的李斯颖也在国家留学基金委的资助下，作为访问学者于2012—2013年赴哈佛大学古典学系随埃尔默学习，并将壮族史诗研究的相关成果介绍给了美国同行。至此，前辈学者所开拓的、哈佛大学口头诗学传统与中国口头传统研究之间的学术联系，也在逐步地经营和发展过程中，实现了中国学术团体内部学者之间的代际传承。

五　余论

从学术史的角度来看，口头程式理论的译介活动所引发的中国史诗研究的范式转换，与世界范围内、由哈佛学者开启的关于口头性与书面性的思想论战具有内在的联系，也可视作其在理论上的延伸及影响。另外，口头程式理论在发展过程中给其他学科带来了巨大的震动，促使古典学、文学、语言学、民俗学等相关领域的学者针对既有的文本乃至文学概念展开了世界性的反思，部分揭示了"人类在漫长文明演进过程中发展起来的口头艺术奥秘的谜底"[①]，为人类文化的基本问题给出了特定学科的解答。同样的，口头程式理论所引发的中国史诗研究的范式转换，也在某种程度上推动了中国民间文学、民间文艺学、民俗学等相关学科的范式转换。

虽然不属于本文的讨论范围，但有一点仍需明确，即上述学者对于口头诗学研究方法的译介和引进，不单是一种学术思想的传播和继承，更体现了受西方思潮影响下，我国学者在既有少数民族史诗研究和田野作业基础上，通过充分的学术反思所形成的本土学术自觉。例如，朝戈金对史诗句法分析模型的创用，以及对既有文本之田野"再认证"工作模型的建立；尹虎彬利用口头传统方法，重新审视古代经典并加以全新的解读和阐释，同时利用古典学的方法和成就反观活形态口头传统演述的内容和意义；巴莫曲布嫫反思民间文学文本制作中的"格式化"问题及弊端，进而提出田野研究中"五个在场"的学术预设和田野操作框架。[②] 在他们的

---

① 朝戈金：《国际史诗学若干热点问题评析》，《民族艺术》2013 年第 1 期。

② 朝戈金：《从荷马到冉皮勒：反思国际史诗学术的范式转换》，中国社会科学院文学研究所编《中国社会科学院文学研究所学刊》（2008），中国社会科学出版社 2008 年版，第 31 页。

推动下，我国相关学术领域以书面诗学规则观照口头创作或具有口头属性之文本的固有视角，在某种程度上得到了全新的矫正。或许，在最小的意义上，在民间文艺学和民俗学的领域，将活态口头史诗如"玛纳斯""格萨（斯）尔""江格尔"等同于一部文学作品的看法，已显得不合时宜。在上述学者的推动下，将口头传统当作一种动态的民俗事象，或者更进一步视作人类的言语行为、表达文化、叙事传统的学术理路，已逐渐在中国学界内部取得广泛共识。

此外，口头传统学术思想在中国引发的影响或后果，是从其核心阵地即哈佛大学，通过哈佛燕京学社的访学项目，以中外学者之间"手递手"式的传承，经过团队合作、精心策划、渐次深进等复杂的过程才逐渐形成。具体说，民文所学者朝戈金、尹虎彬、巴莫曲布嫫所得之口头程式理论的真传，基础是民文所少数民族史诗研究的实践，契机是哈佛燕京学社的访学项目，中介是洛德的亲传弟子纳吉、弗里等先行者。在上述意义上，或许他们的引介已经超越了学术思想和研究方法的范畴，而是一种学科发展的经验，其中集合了对于学术共同体、通识教育、人文传统、学科建设等制约现代学术发展之重要因素的深度反思。

口头传统学科及口头诗学研究在中国的发展，虽然以上述民文所的学者为先导，但其绝不是前后相继的单兵作战行为，而是具有良好互动与协作精神的学术团体的整体推进。原因之一，在于民文所的学术团队始终以学术共同体的姿态协同运作，共同筹划和处理与学术研究、学科发展相关的各个环节。原因之二，在于以钟敬文先生为精神领袖的中国民俗学传统的凝聚力，以及钟门弟子在目标统一、分工明确的学科布局中所表现出的学术能力。基于上述原因，该理论被引入中国并加以创造性地应用之后，其理论影响力业已超出民俗学的范畴，并旁及文学、语言学、人类学、哲学、历史学等学科，成为当下中国人文和社会科学研究中一个颇具理论张力的话题。

原载于《民族文学研究》2018 年第 6 期

　　朱刚，白族，1980 年 11 月出生于云南大理，中国共产党党员，中央民族大学文传学院博士研究生，2007 年 7 月至今在中国社会科学院民族文学研究所南方民族文学研究室工作，副研究员。研究方向：民族文学、民俗学、口头传统、非物质文化遗产。承担社科基金一般项目"西部民族地区传统歌会研究"、文化名家暨"四个一批"人才自主项目"交流诗学：口头传统研究的新趋势"。代表作《作为交流的口头艺术实践：剑川白族石宝山歌会研究》（专著）、《哈佛燕京学社与中国口头传统研究的滥觞——以中国社会科学院民族文学研究所为例》（论文）、《"一带一路"战略与非物质文化遗产保护的国际合作》（论文）。兼任中国民俗学会常务理事、副秘书长，联合国教科文组织亚太地区非物质文化遗产国际培训中心（CRIHAP）咨询委员会委员，联合国教科文组织非物质文化遗产国际培训师。中宣部"宣传思想文化青年英才"（2019），美国哈佛大学燕京学社"访问学者"（2016—2017），美国密苏里大学口头传统研究中心"洛德学者"（2012）等。

威·瓦·拉德洛夫在国际《玛纳斯》学及
口头诗学中的地位和影响

阿地里·居玛吐尔地

一 拉德洛夫其人和他的学术空间

德裔俄国民族志学家威·瓦·拉德洛夫①是 19 世纪俄罗斯最著名的突厥学②家，同时也是非常有名的民族学家、东方学家和考古学家。他著作等身，各种著述及编辑翻译的著作总计达 100 部以上，许多论著今天仍然是相关研究的重要参考书。拉德洛夫 1837 年 1 月 5 日出生于德国柏林一个传统的德国家庭。1854 年中学毕业之后考入柏林大学哲学系，并对神学产生兴趣，但很快又把自己兴趣转向历史比较语言学，1858 年 5 月在德国耶拿大学以《论宗教对中亚民族的影响》为题顺利通过答辩获得哲学博士学位。1918 年 5 月 12 日他在圣彼得堡离开人世。作为一名充满激情的语言学家，获得博士学位之后，他曾有一段时间在俄罗斯西伯利亚阿尔泰边区巴尔瑙尔的一所中学任教，在这期间同萨彦岭和阿尔泰山脉突

---

① 威·瓦·拉德洛夫，外文名字写作 Vasily Vasilievich Radlov，又作 Friedrich Wilhelm Radloff。

② 突厥学在国际学术界被称为"Turkology（Turkologie）"，是以研究阿尔泰语系突厥语族各民族语言、历史、文学、民俗、文化等的综合性人文学科，在世界上有一定影响，尤其在苏联、法国、德国等国家有较大发展，出现过诸如马洛夫、拉德洛夫、安娜玛丽·冯·加班（葛玛丽）、伯希和、路易·巴詹等名家。我国突厥学家在国际上最有名望的当属耿世民教授，其次还有胡振华、陈宗振等。

厥语民族密切接触，从此萌发了对突厥语诸民族的语言文化的学习和研究的浓厚兴趣，很快就掌握了当地突厥语民族的语言，并开始了对周边的阿尔泰、图瓦、吉尔吉斯、哈萨克、绍尔、哈卡斯、西伯利亚鞑靼等突厥语民族的语言、民俗、文化、历史、民间文学资料进行系统的卓有成效的调查、搜集、翻译和研究工作。[①] 在这同时，他还参加了米努辛斯克等地的考古挖掘工作，开阔了视野，掌握了大量的民族学资料。1871 年他来到喀山参加喀山大学的一系列学术活动并有很多论文发表。1884 年拉德洛夫回到圣彼得堡开始潜心整理和研究突厥语民族的语言与文化，发表了大量著作并当选沙俄帝国科学院院士，开始担任亚洲博物馆馆长至 1890 年。1891 年他组织领导了鄂尔浑河谷地区的考古调查，重新发现了鄂尔浑—叶尼塞古突厥文碑铭并开始进行解读与研究，于 1894—1899 年的五年间出版了《蒙古古代突厥碑文研究》和《古代突厥语研究》等著作，[②] 奠定了他在国际突厥学领域的崇高地位。1898 年还组织了以克来门茨（D. A. Klemench）为首的新疆吐鲁番考察队并为堪布和研究《金光明经》等重要回鹘文文献做出了贡献。从 1894 年开始直到退休，拉德洛夫一直担任俄国著名的人类学和民族学博物馆馆长，从 1903 年开始又倡导建立俄国的中亚和东亚研究会并亲自担任会长，为俄国的人类学和民族学博物馆的发展献出了毕生精力。

从 1866—1896 三年间拉德洛夫在圣彼得堡以《北方突厥语民族民间文学的典范》（*Specimens of Folk Literature from the North Turkic Tribes*）为题编选翻译出版自己亲自搜集、采录的突厥语民族口头文学资料的十卷本丛书的前七卷俄文版和德文版。其中，第 1 卷《阿尔泰诸民族的方言》1866 年出版；第 2 卷《阿巴坎（哈卡斯）方言》1868 年出版；第 3 卷《哈萨克方言》1870 年出版；第 4 卷《巴垃宾（Barabiner）、鞑靼（塔塔尔）、塔布勒和土满塔塔尔（Toboler and Tumen Tatar）方言》1872 年出版；第 5 卷《喀拉—柯尔克孜（吉尔吉斯）方言》1885 年出版；第 6 卷

---

① 参见张铁山《拉德洛夫及其突厥学研究》，《西域文史》第五辑，科学出版社 2012 年版，第 273—280 页。

② 参见耿世民《古代突厥文碑铭研究》，中央民族大学出版社 2005 年版，第 29 页。

《塔兰齐(维吾尔族)方言》1886 年出版;第 7 卷《克里米亚突厥民族的方言》1896 年出版。其中收录了柯尔克孜(吉尔吉斯)、哈萨克、阿尔泰、鞑靼、哈卡斯等南西伯利亚诸突厥语族民族以及我国塔兰奇维吾尔族的史诗、民间故事、歌谣资料①。上述十卷本丛书的后 3 卷则分别由其弟子们接续搜集并翻译成俄文,然后由拉德洛夫编辑审定,于 1899—1907 年间在圣彼得堡出版。具体是,第 8 卷(奥斯曼突厥语民族卷)由 I. 库诺斯(I. Kunos)搜集并翻译成德文,1899 年出版;第 9 卷(乌梁海、阿巴坎鞑靼等南西伯利亚民族卷)由 N. F. 卡塔诺夫(N. F. Katanov)搜集并翻译成俄文,1907 年出版;第 10 卷[噶高斯(Gagauz)卷]由 V. 莫什考夫(V. Moshkov)搜集并翻译成俄文,1904 年出版。拉德洛夫出版的这十卷本突厥语民族口头文学资料弥足珍贵,至今一直成为国际突厥学及史诗学界最珍贵的参考文献之一。

　　拉德洛夫在民族学、文献学、文学方面的成就令人叹为观止,涉猎面十分广泛。比如,《北部突厥语比较语法》(莱比锡,1882 年)、《西伯利亚和蒙古利亚突厥部落民族概述》(莱比锡,1883 年)、《关于库曼人的语言》(圣彼得堡,1884 年)、《南西伯利亚和准噶尔突厥部落民族学概述》(托木斯克,1887 年)、《关于维吾尔人的问题》(圣彼得堡,1893 年)、《回鹘文金光明经》(圣彼得堡,1913—1917 年)、《〈福乐智慧〉:维也纳帝国和皇宫图书馆藏回鹘文手稿影印》(圣彼得堡,1890 年)、《巴拉萨衮人玉素甫·哈斯·哈吉甫〈福乐智慧〉——原文转写》(圣彼得堡,1891 年)、《突厥语形态学入门》(圣彼得堡,1906 年)等。这些著作足以证明他在世界民族学、语言学及文献学方面的地位。由于篇幅所限,本文主要关注的是拉氏在突厥语民族口头传统及史诗方面的学术活动,因此上述民族学、文献学等方面功绩在此不再赘述。

二　拉德洛夫与世界《玛纳斯》学

　　拉德洛夫对国际《玛纳斯》学的最重要贡献,首先是第一次比较全

————————

①　由于当时的社会环境等客观因素,属于突厥语族的乌兹别克、土库曼和卡拉卡勒帕克等民族的民间文学没有收入拉德洛夫的十卷本中。

面系统地记录这部口头史诗的文本并以民族志学的视角深入考察和研究了柯尔克孜族史诗歌手。拉氏是第一位对柯尔克孜族的《玛纳斯》史诗进行系统而全面地搜集,用柯尔克孜语将其汇集出版,并将它翻译成欧洲主要语言文字发表,同时又对保存和发展这部史诗的演唱者的演述及口头创作特色进行深入研究的学者。他于19世纪记录的《玛纳斯》史诗文本是该史诗迄今为止最早的比较完整的书面记录文本①,在世界《玛纳斯》学界具有里程碑意义,开创了国际"玛纳斯学"的先河。这也奠定了他成为国际《玛纳斯》学的奠基者的地位。②

　　他曾于1862年和1869年分别在我国新疆伊犁特克斯地区和中亚吉尔吉斯伊塞克湖周边地区进行了卓有成效的民族志田野调查,并第一次比较系统地记录了《玛纳斯》史诗第一部比较完整的文本以及史诗第二部《赛麦台》和第三部《赛依铁克》的部分章节,是该部史诗迄今为止最早的系统全面的记录文本。这个文本所记录的《玛纳斯》史诗第一部、第二部、第三部的主要内容,与当今从著名史诗歌手口中记录的文本在情节内容等方面有一定差异,具有非常重要的学术研究价值。拉德洛夫将自己搜集记录的《玛纳斯》史诗文本用斯拉夫字母转写后编入上述10卷本的"北方突厥语民族民间文学典范"第5卷《喀拉—柯尔克孜(吉尔吉斯)③方言》[Der Dialect Der Kara-Kirgisen (The Dialect of the Kara-Kirghiz)]中,并同俄罗斯译文一起于1885年在圣彼得堡刊布④。同年,又由他本人翻译

---

　　①　在他之前,俄国军官乔坎·瓦利汉诺夫(1835—1865)于1856年、1857年曾在现吉尔吉斯斯坦依塞克湖周边及我国伊犁地区的柯尔克孜族中记录下《玛纳斯》史诗传统章节"阔阔托依的祭典"共计3319行。

　　②　See K. Chadwich Nora and Victor Zhirmunsky, *Oral Epic of Central Asia*, London: Cambridge University Press, 1969, p. 271.

　　③　19世纪及20世纪初"十月革命"之后,俄罗斯学者误将哈萨克族称为"吉尔吉斯(Kirghiz)"而把吉尔吉斯(柯尔克孜)称为"喀拉—柯尔克孜"(Kara-Kirghiz)。其实,哈萨克族当时已经是一个独立的民族,而柯尔克孜(吉尔吉斯)族则是一直沿用本民族名称的一个古老的民族。20世纪20年代之后,苏联才恢复吉尔吉斯、哈萨克等两民族的真名。"喀拉"在古代突厥语中具有"本源的""强大的"等含义。

　　④　Vasilii V. Radlov, *Proben der Volkslitteratur der Nördlichen Türkischen Stämme*, Vol. 5, Der Dialect der Kara-Kirgisen. St. Pertersburg: Commissionare der Kaiserlichen Akademie der Wissenschaften, 1885.

成德文很快在德国莱比锡出版。全书由五个部分构成，分为导言（第1—26页），《玛纳斯》史诗文本（第1—368页），《交牢依》史诗文本（第369—525页），《艾尔托西图克》史诗文本（第526—529页），《阔绍克（送葬歌）》文本（第590—599页）。书中收入的有关《玛纳斯》史诗的资料共计12454行，其中《玛纳斯》第一部内容共计9449行，包括"玛纳斯的诞生""阿勒曼拜特、阔克确、阿克艾尔凯奇"①"阿勒曼拜特离开阔克确投奔玛纳斯""玛纳斯与阔克确之战""玛纳斯与卡妮凯的婚礼""玛纳斯死而复生""包科木龙"②"阔兹卡曼"③ 等传统章节。其余的3005行为史诗第二部《赛麦台》和第三部《赛依铁克》的内容，内容不全面，但都保持了史诗的很多传统章节片段。除此之外，这个卷本还包括《交牢依汗》（5322行）、《艾尔托西图克》（2146行）等另两部柯尔克孜（吉尔吉斯）传统史诗的一些内容。但是，这两部史诗的主人公依然是《玛纳斯》史诗传统文本中出现的英雄人物。而收入卷本中若干篇的"阔绍克（丧葬歌）"共计274行，是拉氏现场采录的4个送葬歌。④

拉氏刊布的文本资料分别是用斯拉夫字母吉尔吉斯文转写，并附有俄文和德文译文的两个单独卷本。他不仅刊布了自己所搜集的资料，而且还根据自己对《玛纳斯》史诗的田野调查情况和史诗演唱艺人口头技艺观察，以及对这个口传文本特点的分析，为这个卷本特别撰写了一个导论⑤。他在这篇宏赡翔实的导言中对柯尔克孜族的口头创作传统给予高度评价，指出当时的柯尔克孜（吉尔吉斯）口头传统正处于"真正的史诗时代"，这种形态与特洛伊战争之前还没有被记录下来的古希腊史诗传统类似，正处于纯粹的原始的口头流传阶段，并说这是一个还没有学者涉猎的英雄史诗传统。他还把这种传统的发展和延续归结于柯尔克孜族极为重

---

① 均为《玛纳斯》史诗中的人物。

② 同上。

③ 同上。

④ 参见《〈玛纳斯〉百科全书》（第2卷），吉尔吉斯斯坦百科全书出版社1995年版，第137页。

⑤ 参见［苏联］拉德洛夫《〈北方诸突厥语民族民间文学典范〉第5卷前言》，阿地里·居玛吐尔地译，阿地里·居玛吐尔地《〈玛纳斯〉史诗歌手研究》，民族出版社2006年版。

视口头语言的艺术性，把诗歌演唱视为艺术的最高层次，根据历史发展的进程（即追求美好的生活，反抗外来入侵者，为人民的自由幸福而奋斗不止的精神）高度评价英雄主义精神，并将其加以传承永不丢弃，让其成为后代的楷模。① 此外，他还指出："《玛纳斯》史诗是一个趋向于现实主义的口头史诗作品。柯尔克孜族人并不认为那些由神奇的虚构因素所构成的幻想世界就是他们史诗中最有价值的成分，他们认为最有价值的是他们的先辈的生活，自己的亲身感受、愿望和理想在史诗中的反映。他们从那些现实事物和情形中得到无穷的乐趣并使他们牢记自己的现实生活。虽然史诗中的人物也都具有各种神奇而不可思议的危险经历，但他们却被塑造成了具有常人心态和七情六欲的形象。英雄们被描述为具有杰出品格的人物，虽然他们不能够完全摆脱常人所具有的弱点和缺点。"② 这些评价可以说是透视到了 18 世纪末柯尔克孜族口头史诗传统的本质特征，对后世学者具有重要的启迪意义。

从比较的视角出发，我们能够看到 19 世纪记录的《玛纳斯》文本与20 世纪吉尔吉斯斯坦的玛纳斯奇萨雅克拜·卡卡拉耶夫③和我国玛纳斯奇居素普·玛玛依④口中记录的文本之间存在着很强的一致性。也就是说传统的口头史诗具有一定的稳定性。这一点从很大程度上证明了《玛纳斯》史诗内容、结构顽强地依附于传统以及歌手的即兴创作与依赖传统、保持传统的自然属性。这种依赖不仅体现在故事的基本框架等宏观叙事结构方面，还体现在一些细小的情节、母题等方面。当然，从拉氏的讨论中我们也能够深刻地体会到《玛纳斯》口头史诗文本的变异性是通过歌手的演绎而得到呈现。毫无疑问，拉德洛夫所引导的民族志田野调查方法为口头

---

① 参见《〈玛纳斯〉百科全书》（第 1 卷），吉尔吉斯斯坦百科全书出版社 1995 年版，第160 页。

② 参见［苏联］拉德洛夫《〈北方诸突厥语民族民间文学典范〉第 5 卷前言》，阿地里·居玛吐尔地译，阿地里·居玛吐尔地《〈玛纳斯〉史诗歌手研究》，民族出版社 2006 年版，第 247 页。

③ 萨雅克拜·卡卡拉耶夫（1894—1971），吉尔吉斯斯坦 20 世纪后半叶的代表性玛纳斯奇，他所演唱的《玛纳斯》史诗前五部的内容共计 500553 行。

④ 居素普·玛玛依（1918—2014），我国 20 世纪最杰出的《玛纳斯》演唱大师，其演唱的内容共八部，为目前《玛纳斯》史诗最完整的文本，共计 23 万多行。

诗学提供了文本之外的可以直接观察到的诗的现实。①

拉德洛夫所刊布的这些资料以其全面性和系统性,从刊布之日起就成为西方学者了解和研究《玛纳斯》最重要的资料,在欧洲东方学家、古典学家中引起轰动,打开了欧洲学者了解《玛纳斯》史诗的第一扇窗口。拉氏所记录的《玛纳斯》文本以及他对于史诗歌手的研究不仅在西方影响深远,而且在吉尔吉斯斯坦、土耳其等国均有一定程度的传播和研究。我国也于 1997 年出版了这个文本的柯尔克孜文。②

拉德洛夫对于《玛纳斯》史诗的搜集和研究对西方中亚史诗研究所产生的影响,我们从以下几位学者的论述中可以充分地体会到。N. 查德维克,英国剑桥大学教授,是欧洲大陆第一个对拉德洛夫搜集的《玛纳斯》资料进行系统研究的西方学者。她根据拉德洛夫的资料撰写的有关中亚突厥语民族民间文学初步的研究成果收入她与 H. 查德维克(H. Munro Chadwick)合写的《文学的成长》(*Growth of Literature*)第 3卷,于 1940 年,在剑桥大学出版社出版。③ 后来,其中有关《玛纳斯》史诗和中亚突厥语民族史诗传统的部分,经过补充、修改后,于 1969 年又以《中亚突厥语民族的史诗》(The Epic Poetry of Turkic Peoples of Central Asia)为题与日尔蒙斯基(Victor Zhirmunsky)的《中亚史诗和史诗歌手》(Epic songs and singers in Central Asia)合编为一册,以《中亚口头史诗》(*Oral Epicsof Central Asia*)为书名由英国剑桥大学 1969 年出版。④ 作为英国著名高校中一位严谨的古典学家,N. 查德维克对拉德洛夫的 10 卷资料本中涉及的所有文本进行了细致的分析、研究和评价,对突厥语各民族的民间口头文学,尤其是史诗和叙事诗、传奇故事等进行了初步的分类。尽管作者的视野仅仅局限在拉德洛夫所搜集的资料上,但是

---

① 尹虎彬:《古代经典与口头传统》,中国社会科学出版社 2002 年版,第 13 页。

② 曼拜特编:《古老长诗》(《玛纳斯》史诗 19 世纪拉德洛夫搜集本),克孜勒苏柯尔克孜文出版社 1997 年版。

③ H. Munro Chadwick & N. Kershaw Chadwick:*Growth of Literature*,Vol. 3,Cambridge University press,1940.

④ Nora K. Chadwich & Victor Zhirmunsky,*Oral Epic of Central Asia*,London:Cambridge University Press,1969.

她对突厥语民族英雄史诗《玛纳斯》的宏观评价，尤其是对史诗内容、结构、人物、英雄骏马的作用、各种古老母题以及史诗与萨满文化的关系、歌手演唱史诗的叙述手法和特点、歌手演唱语境的分析和研究都是十分精到和有见地的。① 作者还受到拉氏的启发在自己的研究中还多次将《玛纳斯》史诗同希腊的荷马史诗、英国中世纪史诗《贝奥伍夫》（Beowulf）、俄罗斯的英雄歌、南斯拉夫英雄歌等进行比较，给后人开拓了很大的研究视野，也从一定程度上证明了《玛纳斯》史诗在世界史诗坐标系中的重要地位。N. 查德维克在高度评价和赞扬拉德洛夫的卓有成效的田野调查工作，无论在英雄体或非英雄体口头文学，还是在戏剧体口头文学方面都为后辈学者提供了突厥语民族最优秀的韵文体叙述文学的同时；也毫不忌讳地对拉德洛夫在口头文本搜集方面的不足进行了批评，指出了拉德洛夫文本的两个明显的失误：第一是没有记录和提供与口头史诗作品的演唱者或演唱情景相关的任何资料；第二是在搜集不同部族中最优秀的民间口头文学作品的同时，没有对该民族民间文学口头传统的全貌给出一个清晰的图像。② 此外，她对柯尔克孜族史诗以及史诗创作在整个突厥语民族史诗中的地位和影响给予了自己的评价。她指出："根据我的观察，突厥语民族英雄叙事诗或史诗之中最重要的部分是拉德洛夫 19 世纪从吉尔吉斯（柯尔克孜）人中搜集到的。无论在长度规模上，还是在发达的诗歌形式上；在主题的自然性，或者在现实主义和对人物的雕琢修饰文体方面，吉尔吉斯（柯尔克孜）史诗超过了其他任何突厥语民族的英雄诗歌。"③

英国伦敦大学《玛纳斯》史诗专家 A. T. 哈图（A. T. Hatto）根据拉德洛夫搜集的文本对《玛纳斯》史诗进行了长期的研究。他是继 N. 查德维克之后西方学者中研究《玛纳斯》史诗的佼佼者，还长期担任在西方学术界颇具影响的伦敦史诗研讨班主席，并主编了被列入"当代人类学

---

① 参见阿地里·居玛吐尔地《〈玛纳斯〉史诗在西方的流传和研究》，《伊犁师范学院学报》2010 年第 3 期。

② Nora K. Chadwich & Victor Zhirmunsky, *Oral Epic of Central Asia*, London：Cambridge University Press，1969，p. 20.

③ Ibid.，p. 28.

研究会"丛书的两卷本《英雄诗和史诗的传统》（*Tradition of Heroic and Epic Poetry*）。① 编入这部书中的论文均为 1964—1972 年之间在伦敦史诗研讨班上宣读交流的作品。在第一卷中收有 A. T. 哈图本人于 1968 年撰写在上述研讨班上宣读的长篇论文《19 世纪中叶的吉尔吉斯（柯尔克孜）史诗》（Kirghiz Epic Poem of the Mid-Nineteen Century）。作者在这篇论文中，从口头传统的历史文化背景出发，对《玛纳斯》史诗在 19 世纪的搜集研究情况，主要是乔坎·瓦利哈诺夫和拉德洛夫的搜集研究工作，进行了进一步梳理，对史诗的内容、对史诗的艺术特色进行了比较充分的分析、介绍和评价。第二卷中收入了哈图的另外一篇有分量的论文《1856—1869 年吉尔吉斯（柯尔克孜）史诗中的特性形容词》（Epithets in Kirghiz Epic Poetry 1856—1869）。这篇论文中，哈图将《玛纳斯》史诗中的特性形容词分为了十几个不同的类型，并对每一个类型做了深刻的分析。他从不同的角度对《玛纳斯》史诗中的修饰语进行了分类解析，每一类特性形容词就代表一个观察视角和思考维度，他的研究过程中不仅运用语言学、宗教学、民俗学的知识，还介入了民族学、人类学的视角。从他细致入微的解读剖析中，读者似乎也可以窥探到活态的史诗在口头传播中是如何发生变异的；优秀歌手和普通歌手相比，语言的丰富程度表现在哪些方面；歌手又是如何将民族的信仰、传统编织进诗行中……虽然没有关于《玛纳斯》史诗田野调查的直接经验，但他的大部分结论却可以在今天存活的史诗传统中得到验证。②

此外，A. T. 哈图还先后在世界各地不同的学术刊物上发表了很多关于《玛纳斯》史诗的系列学术论文，在此不再赘述。最引人注目的是，1990 年 A. T. 哈图又以《拉德洛夫搜集的〈玛纳斯〉》（*The Manas of Wilhelm Radloff*）为名翻译出版了拉德洛夫搜集的文本。③ 书中不仅附有详细

---

① A. T. Hatto, ed. , *Tradition of Heroic and Epic Poetry*, *I. The Traditions*, London：The Modern Humanities Research Association, 1980.

② 参见李粉华《亚瑟·哈图对特性形容修饰语的研究》，《民族文学研究》2013 年第 6 期。

③ A. T. Hatto, ed. and trans. , *The Manas of Wilhelm Radloff*, Asiatische Forschungen, Wiesbaden, 1990, p. 110.

科学的注释，而且还有原文的拉丁撰写。原文和引文对应，为西方读者和研究学者提供了极为重要的《玛纳斯》著作。这是《玛纳斯》史诗的文本第一次比较系统地翻译成西方主要文字出版，本书也因此成为 20 世纪末西方学者了解和研究《玛纳斯》史诗必不可少的一部著作。①

　　除了 N. 查德维克和 A. T. 哈图等英国学者之外，苏联文学理论家维·日尔蒙斯基（1891—1971）② 和现今非常活跃的德国波恩大学史诗专家卡尔·赖希尔③等都曾对拉德洛夫搜集出版的这个文本给予密切关注并对史诗的内容、结构、母题、人物以及史诗歌手、史诗的产生等问题进行过比较系统的研究。由于篇幅所限，本文对于后两位学者的相关研究成果将不进行详细介绍。

三　拉德洛夫与"荷马问题"以及口头诗学

　　拉德洛夫对于《玛纳斯》史诗口头性特点的分析以及对于口头史诗歌手如何学习、演唱、创编，歌手个人的经历和才能如何在文本中得到体现，相对于记忆而言的即兴创作问题，口头传统的创作单元（尤其是叙事单元），完整的故事及其组成部件的多重构型，口头史诗歌手对传统的继承和创新，演唱语境对于史诗文本的影响等口头诗学基本问题的探讨以及他对柯尔克孜族《玛纳斯》口头史诗同荷马史诗的比较极大地启迪了帕里、洛德等一批后世的西方古典学者和"荷马问题"专家，使他们在这一领域锐意进取，开拓创新，在活形态口头史诗的演唱实践中发现了口头传统区别于书面文学的本质，并且最终引发了民俗学中口头传统研究的一场"革命"。比如在当今民俗学界具有深远影响的"口头程式理论（帕里—洛德理论）"的创立者，美国学者米尔曼·帕里和阿尔伯特·贝茨·洛德就曾经深受拉德洛夫影响。前不久去世的美国口头诗学先锋人物约

---

　　①　参见阿地里·居玛吐尔地《〈玛纳斯〉史诗在西方的流传和研究》，《伊犁师范学院学报》2010 年第 3 期。

　　②　V. M. Zhirmunskij, *The Turkic Heroic Epic*, Leningrad, 1972.

　　③　Karl Reichl, *Turkic Oral Epic Poetry：Traditions, Forms, Poetic Structure*, Garland Publishing, Inc., New York & London, 1992. 汉译文参见卡尔·赖希尔《突厥语民族口头史诗：传统、形式和诗歌结构》，阿地里·居玛吐尔地译，中国社会科学出版社 2011 年版。

翰·迈尔斯·弗里在自己的著作中说："帕里常常参考瓦西里·拉德洛夫的著述，也就是那些在中亚的突厥人之中所进行的田野作业的第一手资料。它们对帕里学术思想的演进所产生的影响，似乎比学者们所曾意识到的要大得多。""当帕里读到了这些简洁而精当的介绍之后，他一定是由此寻绎到了令人振奋的线索，使他足以建立起这样的一种信念：他和其他学者从荷马诗歌中所概括出来的许多典型特征，已在拉德洛夫所报告的活形态的口头诗歌中得到了映现。"① 从拉德洛夫的描述中，帕里感受到他研究的荷马史诗的一些特点恰好反映在拉德洛夫所报告的柯尔克孜活形态的口头诗歌当中。于是，帕里根据自己受到的启发，在他创立口头程式理论的过程中，确立了一种类比研究的方法。这就是，文本之外的传统口述生活现实的调查与文本研究相结合的人类学论证方法。

但遗憾的是，由于各种客观原因，帕里最终没有能够延续拉德洛夫的田野调查实践，与当时流传正旺的典型的活形态《玛纳斯》史诗传统擦肩而过。后来，"据他（帕里）的学生洛德说，帕里曾希望在苏联开展他的研究项目［集成19世纪末的民族志研究，尤其是拉德洛夫的中亚卡拉·吉尔吉斯（柯尔克孜）史诗的搜集工作］。由于该地区的政治原因，帕里取得签证是困难的，于是，帕里终于被迫寻求其他地方"②。

拉德洛夫在口头学诗研究方面蜚声世界，但在我国却较少有人进行专门的研究。他在这个第5卷所写的宏赡翔实的导言中，对《玛纳斯》史诗的有关论述，触及了诸如歌手表演、即兴创作、口头传统的叙事单元及典型片段（commonplace）、听众的角色、口头诗作中新旧叙事因素的混杂、叙事中前后矛盾所具有的含义、现场语境对歌手创作的影响、表演中与叙事相伴随的韵律和节奏、文本的演述和记忆等口头诗学的一些本质问题，并对这些问题都提出了启示后人、富有真知灼见的看法。他对于玛纳

---

① 参见［美］约翰·迈尔斯·弗里《口头诗学：帕里—洛德理论》，朝戈金译，社会科学文献出版社2000年版，第21—27页。

② 参见［美］斯蒂芬·米切尔、格雷戈里·纳吉《再版序言》，阿尔伯特·贝茨·洛德《故事的歌手》，尹虎彬译，中华书局2004年版。

斯奇表演史诗现场的描述、评介，对于玛纳斯奇不是逐字逐句背诵史诗，而是在每一次演唱中都进行一种独特的再创作，在传统的限定下用现成的"公用段落"创编史诗的讨论不仅对"口头程式理论"的创立者帕里和洛德，而且对 20 世纪上半叶其他一些研究英雄史诗和口头传统的后世学者也产生了很大的影响。

20 世纪后半叶，在口头诗学和英雄史诗研究方面成就卓著、影响深远的英国学者 C. M. 鲍勒和鲁斯·芬尼根（Ruth Finnegan）的关于英雄史诗以及口头诗歌的两部有影响的著作《英雄史诗》（Heroic Poetry）① 和《口头诗歌》（Oral Poetry）② 中的索引中查找对应的内容便会发现，拉德洛夫可以说是 20 世纪关于英雄史诗以及口头诗歌研究中不能够回避的一个人物。从索引部分看，鲍勒在自己的著作中有 13 次引用了拉德洛夫的论述。其中，第 1 次是在讨论史诗源远流长的传统的神圣性以及史诗歌手将自己的创作与神秘的超自然神灵相关联的形式时引用了拉德洛夫在第 5 卷前言中引述的《玛纳斯》歌手的原话："我能唱所有的歌。因为神灵赐予这样的能力。神灵把这些词语放入我嘴里，所以我无须寻觅它们。我没有背诵任何一首歌。我只需开口，那些诗句就会从我口中流泻而出。"③ 第 2、第 3、第 4 次引用是在讨论关于史诗歌手口头创作的技巧，即创作策略和手段的问题时，并且直接摘录了拉德洛夫的如下论述：

　　　　每一位有天赋的歌手都往往要依当时的情形即兴创作自己的歌，所以他从来不会逐字逐句丝毫不差地将同一首歌演唱两次……即兴创作的歌手必须很自然地从内心深处毫不停顿踟蹰地即时演唱他的歌，犹如任何一位运用母语说话者毫不踟蹰停顿一样，因为瞬间即逝的思

---

① C. M. Bowra, *Heroic Poetry*, London：Macmillan & Co. Ltd. , New York：St. Martin's Press, 1961.

② Roth Fennegan, *Oral Poerty*：*Its Nature*, *Significance and Soial Context*, London：Cambridge University Press, 1977.

③ C. M. Bowra, *Heroic Poetry*, London：Macmillan & Co. Ltd. , New York：St. Martin's Press, 1961, p. 41.

想不允许他寻找和选择词语机械地营造词组……①

　　鲍勒第 5 次、第 6 次、第 7 次提及拉德洛夫及其搜集的《玛纳斯》文本是在讨论英雄史诗的篇幅时,②第 8 次是在讨论口头史诗程式时,③ 第 9、10、11 和第 12 次是在讨论口头史诗歌手的本质特征时有所涉及。④ 而鲁斯·芬尼根在其《口头诗歌》一书中则先后共 7 次引用了拉德洛夫的论述,前 3 次引述是在讨论口头歌手的创作问题,即口头诗人如何在演述时通过与听众的互动,吸引听众的注意力,并以此来激发自己即兴创作的激情,而不是通过死记硬背别人的文本进行演述;如何在演述中进行创作,以及根据演述语境的变化改变自己的演述策略和增减演唱本文,包括用前者关于柯尔克孜族玛纳斯奇论述作为自己的论据。⑤ 第 4 次引述是在讨论口头诗人如何随机应变地使用现成的“公用段落或范性”来构建自己作品的问题的讨论。⑥ 第 5、第 6 和第 7 次引述是在讨论口头歌手除了用高度艺术化的演述愉悦听众之外,还会考虑赞助者的情绪,以此来获得更多的奖赏和利益,以及为了纯娱乐或者其他,诸如宗教或者某种政治目的而演述等问题。⑦

　　拉德洛夫针对 19 世纪柯尔克孜口头传统（《玛纳斯》史诗传统）的富有创建性的田野调查报告,在口头诗学领域首先建立起了在史诗文本之外对其进行考察研究的民族志调查研究方法,并由此而启发并产生了的更为普遍、更为广阔的人类学验证方法。无论如何,在关涉口头史诗演述和

---

　　① C. M. Bowra, *Heroic Poetry*, London: Macmillan & Co. Ltd. , New York: St. Martin's Press, 1961, pp. 218, 220, 221.

　　② Ibid. , pp. 232, 330, 355.

　　③ Ibid. , p. 397.

　　④ Ibid. , pp. 405, 427, 439.

　　⑤ Roth, Fennegan, *Oral Poerty: Its Nature, Significance and Soial Context*, Cambridge University Press, 1977, pp. 54, 78, 85.

　　⑥ Roth Fennegan, *Oral Poerty: Its Nature, Significance and Soial Context*, London: Cambridge University Press, 1977, p. 155.

　　⑦ C. M. Bowra, *Heroic Poetry*, London: Macmillan & Co. Ltd. , New York: St. Martin's Press, 1961, p. 230.

创作的所有问题的讨论中，拉德洛夫关于柯尔克孜族口头史诗《玛纳斯》的论述具有很强的说服力和深厚的理论基础，对当下我国的"活形态"口头史诗传统研究，依然具有广泛的现实启迪意义。

原载于《民间文化论坛》2016 年第 5 期

阿地里·居玛吐尔地，柯尔克孜族，1964 年生，新疆阿合奇县人，中国共产党党员，中国社会科学院研究生院博士毕业。2005 年 4 月至今在中国社会科学院民族文学研究所北方民族文学研究室工作，任研究室主任，研究员，博士后合作导师，为中国社会科学院研究生院教授，博士生导师。曾任新疆文联副主席（1997—2006）、新疆民间文艺家协会副主席（1995—2005）、中国人民政治协商会议新疆维吾尔自治区第九届委员会常务委员等。主攻《玛纳斯》史诗，口头史诗传统，中亚文学等。在《光明日报》《中国社会科学报》《民族文学研究》《西北民族研究》《美国民俗学》等报刊发表论文 130 余篇。撰写编辑出版《〈玛纳斯〉演唱大师——居素普·玛玛依评传》《〈玛纳斯〉史诗歌手研究》《中亚民间文学》《中国〈玛纳斯〉学读本》《世界〈玛纳斯〉学读本》等近 20 部学术著作。主持完成国家社科基金重大项目"柯尔克孜族百科全书《玛纳斯》综合研究"，另主持和参与省部级科研项目 10 余项。现为中国作家协会会员，中国民间文艺家协会会员，中国少数民族文学学会常务理事，中国民俗学会理事，国际民俗学组织通讯会员（芬兰），《卡勒瓦拉》研

究会会员（芬兰），国际《玛纳斯》—艾特玛托夫研究院院士。曾获中国作家协会民族文学"骏马奖"翻译奖，首届天山文艺奖，中国文联民间文艺"山花奖"奖（2004 年、2007 年共计两次）等。曾获得中国民间文艺家协会"中青年德艺双馨"会员称号，新疆维吾尔自治区"德艺双馨，文艺百佳"称号，北京市民族团结进步先进个人等荣誉。

当代柯尔克孜族史诗歌手类型探析

巴合多来提·木那孜力

　　柯尔克孜族人民将自己的思想、愿望、风俗习惯和历史融入民间口头文学创作里并延续到今天。从这些珍贵的民间作品中可以了解到柯尔克孜族人民发展的历史长河和交织其中的民族命运，以及远古时期的民族文化和他们的喜怒哀乐。史诗作为柯尔克孜族民间文学作品的主要组成部分，其涉及的内容很广泛。现如今已成为了解柯尔克孜族历史文化的百科全书，也是与柯尔克孜人民的日常生活息息相关、不可缺少的一部分。《艾尔托什吐克》[①]《交达尔别西木》[②]《加尼什与巴依什》[③]《库尔曼别克》[④]等史诗中讲述了英雄们为了保护自己部落，与入侵者英勇作战的英勇事迹，即柯尔克孜人民原始生活状况，古老的信仰和远古的文化等内容。除了以上提到之外，勇敢好胜的柯尔克孜人民创造了篇幅宏伟、举世瞩目的伟大史诗《玛纳斯》。这部史诗不管在情境结构上还是主题内容上都比其

---

　　① 《艾尔托什吐克》是一部神话史诗，是柯尔克孜族众多史诗中产生较早、内容最古老的史诗之一。它以人民为和平安宁、与自然界的恶魔做斗争的英雄事迹为主题，其中包含了许多民间神话故事中的众多古老母题，神话色彩浓重。

　　② 《交达尔别西木》是柯尔克孜族英雄史诗之一。民间认为它是神话史诗《艾尔托什吐克》的续篇。这一史诗描述了英雄吐什吐克之子交达尔别西木抗击外来入侵、保卫家乡安宁的英雄事迹。

　　③ 《加尼什与巴依什》是柯尔克孜族英雄史诗之一，讲述亲兄弟加尼什与巴依什的英勇事件。

　　④ 《库尔曼别克》是柯尔克孜族一部深受人民喜爱而且以口头形式广为流传的英雄史诗。史诗以真实历史为背景，反映柯尔克孜族人民反抗准噶尔的正义战争。

余史诗更为丰富，更为宏伟，因此成为世界性的伟大著作之一。

柯尔克孜族英雄史诗是由史诗歌手们世世代代相传延续至今，史诗歌手不仅是史诗的创造者，也是史诗传统的继承人。在民间，史诗歌手通常被称为故事家（jomokqu）、歌手（irqi）、玛纳斯奇①（manasqi）等。柯语中 jomokqu 的字面词义是"讲述故事的人"，这里的 jomok 有故事、往事、曾经所发生的事件、以往实践等含义，在柯尔克孜孜族民间有（anin jomogu köp）"他有很多可讲"，（al bizge özunün jomogun aytip berdi）"他给我们讲述了他的经历"等说法。再回头看柯尔克孜人世世代代传唱的史诗《玛纳斯》，史诗一开始就有："祖先们所经历的事件（atabizdin jomogun）／怎能不继续讲下去（aytbay koysok bolobu）／祖先们传承下来的歌（atadan muras ir bolup）／所以我们唱了下去（aytip kaldik oxonu）"的诗行，不难看出这里的"故事"明确意义为经历的往事。不仅在此处，"故事"（jomok）一词在史诗中频繁出现，都意为祖先所经历的往事。故而史诗歌手被称为故事家、讲故事的人（jomokqu）是由史诗的内容决定的。史诗歌手也被称为歌手（irqi），柯尔克孜语中"irqi"一词，由词根"ir"而来，意义为"歌"。史诗歌手被称为"irqi"因为史诗本身为韵体作品，而且按固定的韵律，以演唱的方式表演。除此以外，柯尔克孜民间史诗歌手不仅演唱史诗，他们还擅长演唱民歌。他们通常拥有着演唱的天赋（这里的演唱包括诗歌即兴创作并演唱的技能和民歌演唱技能），他们凭借自己这份天赋在民间扮演着民歌歌手和民歌创作者的双重角色。由于他们都是伶牙俐齿的口头诗歌创作人，所以平时说话都是带有诗歌的味道。与诗歌有缘的少数天才之人在唱和创作民歌同时学习演唱叙事诗和史诗，给民众表演，通过学习和表演史诗的过程中更加巩固了诗歌创作的技能。通过这样重复的环节，民间艺人演唱水平得以提高，艺术素养得到进一步的发展。因而拥有多种技能的史诗演唱艺人被称为"歌手"。

1856 年在柯尔克孜族做民间文学作品搜集工作的哈萨克探险家乔坎·瓦里卡诺夫记录了当地流传的史诗《玛纳斯》，并以"歌手"的称呼代替了史诗演唱艺人。俄罗斯学者拉德洛夫探险过程中在他的回忆录里将

---

① 演唱史诗《玛纳斯》的歌手。

柯尔克孜族史诗演唱人称为"阿肯"（所有能够熟练运用和创造各类韵文文体口头作品的艺人们的统称）和"歌手"。关于史诗歌手的称呼问题，著名学者阿地里·居玛吐尔地在他的著作《〈玛纳斯〉史诗歌手研究》中提到，20世纪之前民间对史诗演唱艺人与民歌歌手并未给予特定的职业称呼，因此就将其统称为"歌手"①。史诗演唱艺人被称为"阿肯"，在拉德罗夫的回忆录中有明显的记载。"阿肯"是指诗歌创作者也就是"诗人"，在文学层面上包括口头形式进行即兴创作诗歌的诗人和书面形式进行创作诗人两种类型，但是柯尔克孜族民间未曾明确将两者区分开来，一同被称为"阿肯"。逐水草而居的游牧生活方式不便于柯尔克孜族人民将纸和笔随时带在身边，生活条件限制了用书面的形式进行诗歌创作的诗人出现，因此口头创作尤为发达。特别是口头形式创作的诗歌成了柯尔克孜族文化中最为显著的一种表现形式。人们将创作诗歌的人称为阿肯或者歌手。从古至今，史诗演唱艺人是来自演唱民歌的歌手和能即兴创作诗歌的人。也有少一部分史诗歌手在学演唱史诗过程中同时学会了运用史诗的诗体形式进行创作，创作出简短诗歌在民间演唱。就这样在史诗和民歌中间有了一定的联系，同样阿肯或史诗歌手两者之间也有了很模糊的界限分割。

"玛纳斯奇"一词是20世纪中期开始被采用，随着对史诗《玛纳斯》的关注，对柯尔克孜族各项口头文学作品研究工作也逐渐深化。人们才开始使用不同的职业称号来指不同类型的艺人，从此"玛纳斯奇"一词用来称呼演唱史诗《玛纳斯》的人。演唱史诗《玛纳斯》其余部分的歌手在相应史诗名称后加一个"奇"（表达职业称呼的后缀）字称呼，如：演唱史诗《赛麦台》②的赛麦台奇③，演唱史诗《赛依铁克》④的赛依铁克

---

① 参见阿地里·居玛吐尔地《〈玛纳斯〉史诗歌手研究》，民族出版社2006年版，第31页。
② 《赛麦台》是史诗《玛纳斯》的第二部，以主人公为英雄玛纳斯的儿子赛麦台的英勇事件为主要史诗内容。
③ 演唱史诗《赛麦台》的史诗歌手专称。
④ 《赛依铁克》是史诗《玛纳斯》的第三部，以主人公为英雄玛纳斯的孙子赛依铁克的英勇事件为主要史诗内容。

奇①等。民间有些史诗歌手演唱史诗《玛纳斯》及第二部《赛麦台》，可民间他们依然被称为玛纳斯奇。

　　笔者在做田野调查过程中，询问是否有史诗演唱艺人或者演唱叙事长诗艺人的问题，当地的人回复我"没有"，但是当我问起"有没有故事家或歌手"时，倒说出了一些人，最终他们说出的人就是我所想找的史诗歌手。民间以"故事家、歌手"等自定的称呼称史诗演唱艺人，这称呼泛指了不同史诗歌手群体，便成了民间史诗歌手最淳朴的代名词。此类型以非常含糊的、略指的一组词给史诗歌手群体界定了不同的分组。如在民间人民用"他很会唱，特别会唱叙事诗（讲故事）、能唱很多，他那样的歌手（故事家，说故事的人）少之又少，唱《玛纳斯》唱得最好的就是他，在他之后再也没出现过那样会唱的艺人"等一组词句来评价比较熟练的史诗歌手。用"他会唱一些东西（指史诗或叙事诗）、会唱一些、挺好的"等话来评价刚步入学习演唱史诗的歌手，也就是初学者（üyrönqük）。

　　史诗歌手在自己的生活区域为听众表演自己所知道的史诗或熟知的史诗的传统章节，当地的百姓（听众）也不曾要求他们演唱不会的史诗内容给他们听。由此可见一个地区流传的史诗内容的完整性是由当地史诗歌手会演唱的史诗或史诗篇章内容来决定，并且把一个小村庄也当一个文化区域看待，在这个文化区域中流传的史诗等民间文学作品不管篇幅长短，情节结构所包含的内容多少，都以一种完整形式存在，在所处的文化环境中传承史诗传统。

　　譬如吉尔吉斯斯坦的史诗歌手萨根拜·奥罗孜瓦克、萨雅克拜·卡卡拉耶夫一同被视为吉尔吉斯斯坦最著名的玛纳斯奇。他们演唱了史诗《玛纳斯》在内的四代英雄故事，即《玛纳斯》《赛麦台》等四部史诗，在整个国境内也就流传着四部《玛纳斯》的史诗内容。而在我国境内史诗《玛纳斯》可以被演唱到第八代，在我国柯尔克孜族聚居地区新疆阿合奇县的著名玛纳斯奇居素甫·玛玛依完整地演唱了八部史诗内容（八代英雄的故事），从这一位玛纳斯奇的演唱中所记录下的 23 万行史诗《玛纳斯》，已经被完整地出版发行。这位史诗演唱大师不仅演唱了史诗

---

　　①　演唱史诗《赛依铁克》的史诗歌手专称。

《玛纳斯》，还演唱了十余部叙事诗，震惊了全世界。在新疆乌恰县生活过的另一位的史诗歌手艾什玛特·买买提居素甫，在他生命的最后阶段给《玛纳斯》工作组的记录人员演唱了史诗《玛纳斯》和《赛麦台》，之后离世了，生前他给玛纳斯研究者说了自己会唱《玛纳斯》的第八部，可惜当年83岁的老人并未完整地唱完。如今延续着史诗传统的歌手奥罗孜·卡德尔以自己能演唱的《赛麦台》部分得到了哈拉峻乡人们的充分肯定。和田皮山县的康克尔柯尔克孜自治乡的史诗歌手吐尔逊·吾拉音的演唱内容中英雄玛纳斯的出生和成长部分结构上比较简短，有关英雄玛纳斯和塔拉斯的较量，英雄玛纳斯死而复生以及有关的情境构成了史诗主体内容。如今大部分地区的史诗歌手都是演唱史诗《玛纳斯》的前两部分（玛纳斯与赛麦台两代英雄的故事长短不一、结构上各自保持了史诗的完整性）。在有些村落，史诗《玛纳斯》或《赛麦台》的一个或者两个故事章节流传，那里的歌手以他演唱的几个故事章节备受尊重。当地的百姓从来没有将自己区域的史诗歌手和其他地区的史诗歌手作对比，并没有因其演唱的史诗不多而排斥他们。人们将玛纳斯奇和史诗歌手根据传承年限的长短分为大玛纳斯奇（史诗歌手）和学徒玛纳斯奇（初学者）两种类型。民间这两种类型的形成在某种程度上显示了人民对史诗歌手演唱水平的评价。

最初就史诗歌手类型开始研究的学者是斯洛文尼亚的穆尔科（Matija Murko，1862—1952），他将根据自己在塞尔维亚进行的田野调查中遇见的史诗歌手，分为职业史诗演唱艺人和业余的史诗演唱艺人两种，并且讲解说职业史诗演唱艺人是专门靠演唱史诗来维持生计的艺人群体，业余的史诗演唱人则是除了演唱史诗还有别的生计可做的人。[①] 艾伯特·洛德（Albert Lord，1912—1991）是口头程式理论的先驱，他将南斯拉夫的史诗演唱艺人称为业余的史诗演唱艺人。[②] 吉尔吉斯斯坦的研究者卡热木·热合玛多琳·阿合米多伟奇（Karim Rahmadolin Ahmadoviq）在19世纪末20世纪初研究吉尔吉斯斯坦的玛纳斯奇和他们演唱的唱本过程中，将玛纳斯奇分为能完整演唱史诗《玛纳斯》的玛纳斯奇和只会演唱史诗《玛

---

① 参见尹虎彬《古代经典与口头传统》，中国社会科学出版社2002年版，第17页。

② 参见阿地里·居玛吐尔地《〈玛纳斯〉史诗歌手研究》，民族出版社2006年版，第14页。

纳斯》部分传统章节的玛纳斯奇两大类型。中国境内关于柯尔克孜族史诗歌手类型的分析最初可见于著名的玛纳斯研究人员郎樱女士的著作《〈玛纳斯〉论》中,她将自己遇见的生活于 20 世纪 60 年代之后的玛纳斯奇们,根据其能力分为大玛纳斯奇和小玛纳斯奇等两种类型[①]。柯尔克孜族本土学者阿地力·朱玛吐尔地和托汗·依莎克在他们合著的《玛纳斯演唱大师——居素普·玛玛依评传》一书中将玛纳斯奇分为初学者(史诗《玛纳斯》的初学艺人)、真正的玛纳斯奇和著名玛纳斯奇等三种类型,并且对这三种类型的玛纳斯奇的标准做了详细的说明。[②] 这三位研究者的研究成果大部分是以调查研究 20 世纪中期至 21 世纪初期间的《玛纳斯》史诗歌手资料为基础,很显然只限于史诗《玛纳斯》的演唱的艺人,而忽略了民间其余史诗歌手类型,而且柯尔克孜族史诗歌手的类型话题在之前的研究成果中只是泛泛谈到或没有被当专题来讲解。以下除了被称作"当代荷马"的著名史诗演唱大师居素甫·玛玛依之外,笔者将自己在 2009—2015 年所采访过的当代柯尔克孜族史诗歌手,根据不同划分因素做分类说明,并列出属于各类型的艺人。

一 根据史诗演唱的内容

根据史诗歌手所演唱的史诗内容可以分为玛纳斯奇、赛麦台奇、库尔曼别克奇、叙事诗歌手(kenje eposqular)等类型。玛纳斯奇这一词是 20 世纪 50 年代开始使用的,是针对演唱柯尔克孜族民族史诗《玛纳斯》演唱者的总称,民间除了演唱史诗《玛纳斯》之外的其余七部的歌手一统称为玛纳斯奇。在个别地区演唱英雄玛纳斯的儿子《赛麦台》故事的演唱艺人被称为赛麦台奇,像艾什玛特·曼拜特居素普就属于此类型。演唱《赛依铁克》之后的史诗演唱艺人都是以史诗的名称加上"奇"来命名[③],这只是学者们通过推敲和反复斟酌得出的结论,并非有史可依,因

---

① 参见郎樱《〈玛纳斯〉论》,内蒙古大学出版社 1999 年版,第 23 页。

② 参见阿地力·朱玛吐尔地、托汗·依莎克《玛纳斯演唱大师——居素普·玛玛依评传》,内蒙古大学出版社 2002 年版,第 7 页。

③ 参见郎樱《〈玛纳斯〉论》,内蒙古大学出版社 1999 年版,第 23 页。

缺乏 20 世纪之前关于史诗等民间文学作品的历史资料，学者们只好根据 20 世纪初以后的称谓推断以上所说的结论。如今会演唱史诗《玛纳斯》的人非常多，其次就属演唱史诗《赛麦台》的艺人，像演唱史诗《赛麦台》之后的史诗《赛依泰克》和《赛依特》的演唱艺人已几乎无法找到，以上所说到的有关史诗传承及保存的大部分艺人都是玛纳斯奇或者赛麦台奇，这两类艺人群成了柯尔克孜族当今史诗歌手群体最大的组成部分。

　　库尔曼别克奇：史诗《库尔曼别克》是仅次于史诗《玛纳斯》和《赛麦台》在民间流传较广的史诗。史诗主要讲述了柯尔克孜族中大部落克普恰克部落的历史人物英雄库尔曼别克的一生：成长，与敌对部落卡勒玛克的战斗，大胜利，娶妻，其父铁依特别克的谋反，到由于没有战马铁勒托热在战争中被打败并最终死亡的悲剧。此叙事诗与史诗一样有多重唱本存在，有些歌手的唱本中英雄库尔曼别克并没死亡，他被朋友阿克汗或其妻子拯救或者变成小鸟飞走而结束史诗。这部史诗多在克普恰克部落人生活的区域流传，其他部落中也有流传，每一个唱本在语言、情节的发展和史诗中曾出现的母题等方面都有所差异。不管是民间还是在学术界上演唱《库尔曼别克》的艺人被称为"库尔曼别克奇①"，从古到今已有过众多库尔曼别克奇，如今民间形成了史诗歌手中独特的一个类型。属于此类的艺人使得这部叙事诗成了柯尔克孜族民间其余叙事诗中以最完整的内容、最原始形式流传到如今的一个。尚不明确这称呼是什么时候开始被采用的，各种调查资料表明这称呼在民间大约在一个世纪之前就有使用，民间有固定的称呼方式，也有固定的艺人群体，因此看待他们有别于其他叙事诗的演唱艺人。克普恰克部落人认为自己是英雄库尔曼别克的后代，所以他们很看重会演唱叙事诗《库尔曼别克》的歌手。叙事诗《库尔曼别克》篇幅不是很大，少则几百行至多则几千行，结构并不复杂，整个叙事诗沿着一个固定故事主线内容发展。以上提到的两点使得演唱叙事诗的艺人群体越来越庞大，也让《库尔曼别克》成了内容齐全、结构最完整、以诗歌原貌流传到如今的叙事诗。

---

　　① 演唱史诗《库尔曼别克》的史诗歌手专称。

　　叙事诗歌手（演唱叙事诗的歌手）：柯尔克孜族口头文学作品中史诗居于首要地位。在这里面史诗《玛纳斯》是最宏伟的篇章，史诗因演唱的内容丰富多彩、情节复杂，囊括的历史事件众多和人物刻画的栩栩如生等被视为口头文学作品中的精华。仅次于史诗的叙事诗在柯尔克孜族口头文化中占绝大部分。在史诗研究者曼拜特·吐尔地的著作《柯尔克孜族口头文学与民俗生活》中列出了除了史诗《玛纳斯》之外的包括《库尔曼别克》在内的 41 部叙事诗。① 这个详细的列表如今成了了解叙事诗六部情况的唯一资料源，此列表中作者把仅仅属于柯尔克孜族的叙事诗放到了主要的位置。除此以外将突厥民族共有的并且在柯尔克孜族民间广泛流传的叙事诗《少女吉别克》《克孜达丽卡》《坟墓之子》（固尔吾勒苏勒坦）、《阿勒帕米什》等叙事诗列入列表中。如今在柯尔克孜族民间除了《库尔曼别克》之外会演唱其他叙事诗的歌手越来越少。像《加拉依尔加勒格孜》②《艾尔托什吐克》《交达尔别西木》《库里木尔扎与阿克撒提肯》③《克孜达丽哈》④《萨任吉与博阔依》⑤ 可以找到会演唱的艺人，其中有一部分叙事诗成了以散文形式叙述的故事。

　　由上文可知，以前传唱的 40 部史诗（除了叙事诗《库尔曼别克》之外）中现在只有 6 部叙事诗在传唱，《克孜吉别克》的演唱版本只能从已离世演唱艺人生前录下来的磁带中找到。当今的柯尔克孜族史诗演唱艺人里面有萨特巴勒德·艾买提、居素甫·艾敏、曼拜特·库尔曼、阿布都热合曼、阿布都瓦克、买买提艾明、萨特瓦勒德·艾买提、伊玛尼卡孜、依里亚子·阿任尼属于叙事诗歌手。

---

　　① 　参见曼拜特·吐尔地《柯尔克孜族口头文学与民俗生活》，新疆教育技术出版社 2009 年版，第 17 页。

　　② 《加拉依尔加勒格孜》是柯尔克孜族一部以口头形式广为流传的英雄史诗。史诗以真实历史为背景，反映柯尔克孜族人民反抗准噶尔的正义战争。

　　③ 《库里木尔扎和阿克萨提肯》是柯尔克孜族爱情叙事诗之一。讲述的是库里木尔扎和阿克萨提肯为了追求纯洁的爱情与当时的封建势力做斗争的故事。

　　④ 《克孜达丽哈》是在柯尔克孜族民间流传的很少史诗，讲述女英雄克孜达丽哈身为一国国王的女儿，以比武形式征婚，最后嫁给一位民间的勇士的故事。

　　⑤ 《萨任吉与波阔依》是柯尔克孜族英雄史诗，讲述亲兄弟萨任吉与波阔依的英勇故事。

二　根据演唱艺人的技能

史诗歌手的演唱技能并不相同，根据歌手们所知道内容多少、表演能力、唱本由来、演唱内容的独特性（在传统范围内的独特性）、歌手在民间影响力等因素，可以将当今史诗歌手分为大史诗歌手和史诗演唱艺人两种类型。这里还是使用了民间的称谓习惯，柯尔克孜族语中"qong"意义为"大"或"伟大"，民间用"qong jomokqu, qong manasqi"等词评价演绎技能超强、比较有名的史诗歌手。因此在本文中按照民间用词习惯把有名的史诗歌手归纳为"大史诗歌手"类型。

大史诗歌手（qong jomokchular）：郎樱在其《〈玛纳斯〉论》一书中写到会演唱史诗《玛纳斯》三部（三代英雄的故事）以上的演唱艺人为大史诗歌手，指会演唱史诗里主人公的成长，其祖祖辈辈及史诗里的几桩重大事件的演唱艺人。[1] 为了获得大史诗歌手的称号，他们除了会演唱史诗《玛纳斯》三部之外还得会演唱其他几部叙事诗。这当然是 20 世纪中后期的标准，在这个鲜有新一代年轻人重视传统风俗的时代，如果还是以这个标准评判史诗歌手，那么像大史诗歌手这称呼就不会再被提及了。随着现代化步伐越来越快，人们的意识形态有了变化，当今史诗歌手们能将史诗演唱传统传承到今天，赋予他们大史诗歌手的称号是当之无愧的。因此根据他们演唱技能可以将阿卡尼别克·努尔阿洪、奥罗孜·卡德尔、曼拜特·巴勒塔、萨热塔阿洪·卡德尔、库普尔·阿依巴什、古丽逊·艾什玛特、吐尔尕尼·居尼斯、塔阿巴勒德·凯热木、吐尔逊·吾拉音、阿曼吐尔·卡比勒等史诗歌手称为当今的大史诗歌手，他们大部分都演唱史诗《玛纳斯》和《赛麦台》。他们会演唱史诗《玛纳斯》的篇章"故事的开始""神奇的诞生""少年时代的显赫战功""英雄的婚姻""伟大的远征"等史诗内容，史诗《赛麦台》中他们会完整的唱完"赛麦台的出生""赛麦台长大成人""赛麦台复仇"等史诗传统章节和中间最有趣的部分"阿依曲莱克寻找赛麦台""赛麦台和阿依曲莱克的婚礼"。除此之外他们以诗歌形式演唱史诗。演唱的史诗从数量来说占调研录音史诗资料的大部

---

① 参见郎樱《〈玛纳斯〉论》，内蒙古大学出版社 1999 年版，第 150 页。

分，演唱内容的文化含义深刻，除了史诗《玛纳斯》和《赛麦台》之外他们会演唱叙事诗，是民间享有很高声誉的史诗歌手。

史诗演唱艺人（jomokqu）：这一类型中除了前面提到的 10 个史诗演唱艺人之外，加恩努尔·吐尔干巴依、伊萨克·加克普、依力亚孜·阿热尼、居努斯·凯热木、阿巴克热·阿依特曼拜特、加帕尔·塔什、阿山阿勒·卡勒勒、对先拜·吐卡什等 43 位史诗演唱艺人列入其中。他们会演唱史诗《玛纳斯》和《赛麦台》的个别传统章节。除此之外还会演唱叙事诗几部，其中几位歌手纯粹演唱叙事诗，还有一些只传承了史诗《玛纳斯》或《赛麦台》的单独一个章节。以独特的唱本和演唱方式成了玛纳斯奇，他们演唱内容虽少，但其中的母题比较古老，具有历史分析价值。有些歌手以诗歌形式演唱，还有一些以散文形式叙述史诗内容，有的以韵散结合形式混合着演唱。不管是散文形式讲述者还是韵散结合形式演唱的史诗歌手，他们曾经以传统方式，也就是以诗歌形式演唱史诗，可随着歌手年龄的增长或许久没演唱史诗等原因，史诗的诗体慢慢被遗忘而形成了当今散文形式或韵散结合形式的史诗。

随着信息时代快速发展和普遍城市化，导致游牧生活变革，随着时代的进步，年轻人审美观点和兴趣都发生了翻天覆地的变化。今日不管是著名史诗歌手或是一般史诗歌手，他们都是将史诗传承到今天并且继续流传下一代，孜孜不倦耕耘民族文化的无私奉献者。他们的存在与否直接决定着史诗传统的命运。

三 根据史诗演唱方式

史诗本身是以诗歌形式代代相传的叙事作品，可也不能否认史诗另两种形式的存在，一个是以散文形式叙述的史诗故事，另一个以韵散结合形式表演的史诗。

散文形式史诗故事是艺人回忆史诗的重现，随着史诗演唱艺人年龄增大、生病、生活状况和家里发生的生离死别等变故成为史诗演唱艺人忘记史诗诗体的主要原因，有些艺人因多种原因没持续演唱，因此在他学习演唱史诗时的演唱风格慢慢被遗忘，脑海里只剩下史诗内容。蒙古族史诗研究者朝戈金先生在其研究成果《口传史诗诗学：冉皮勒〈江格尔〉程式句法研究》中提到这种现象在蒙古史诗演唱艺人中也存在的结论。① 柯尔克孜族当今史诗歌手当中阿依勒奇·艾米尔库勒、居素甫·艾买提、巴卡斯·卡戴依、买买提艾沙等歌手们因上面提到的原因将史诗以散文形式或韵散结合的形式继承着。史诗当中《交达尔别西木》《艾尔托什吐克》等多部史诗已失去了原始的演唱风格，民间只流传着史诗故事。

这类型艺人当中大多数使用韵散结合的形式进行演唱，这种现象出现主要原因与以上所说一样都为主观原因，有些歌手将史诗中对话部分或旁白部分以诗歌形式演唱，其余部分以散文形式讲述。另一部分史诗歌手自称只会用散文形式叙述史诗故事，可会出现诗歌形式演唱的情况。再有些史诗歌手一次的表演用韵体，同一部史诗另一次表演却用散文形式叙述。以上情况说明两点：一，属于这一类史诗歌手最初按传统方法学习演唱史诗，其中有些歌手并未继续演唱，因此史诗的诗体被遗忘。二，因歌手主观原因史诗内容暂时被遗忘，并非完全消亡，以另一种形式存在于艺人记忆里。

柯尔克孜族史诗歌手类型是个很大的概念，通过一篇论文列出整个歌手类型是不可能的，因此笔者只是根据三个因素分出了如今民间最普遍的八种歌手类型，并为其做了相应的阐述。本文只是笔者田野调查过程中搜集的第一手资料得出的观点而已，如今史诗演唱艺人数量变得越来越少，大史诗演唱艺人们多数都是老年人，有些史诗早已失传。虽然史诗演唱条件和环境都发生了变化，但是活形态史诗表演习俗还保留着。史诗在柯尔克孜族民间文学及文化中有极其重要的地位，史诗已成为了解柯尔克孜族的宝典。史诗歌手在史诗的传承和延续中起到了决定性的作用，史诗歌手不仅是史诗的创造者，也是史诗传统的继承人。

原载于《新疆社科论坛》2016 年第 3 期

---

① 参见朝戈金《口传史诗诗学：冉皮勒〈江格尔〉程式句法研究》，广西人民出版社 2002 年版，第 50 页。

　　巴合多来提·木那孜力，女，柯尔克孜族，1985 年 8 月生于新疆维
吾尔自治区，中国共产党党员，中央民族大学博士在读，2011 年 7 月至
今在中国社会科学院民族文学研究所北方民族文学研究室工作，助理研究
员。研究方向：柯尔克孜族民间文学研究。国家社科基金青年项目"新
疆乌恰县史诗歌手调查研究"主持人。代表作：《柯尔克孜族史诗歌手类
型研究》（论文）、《当代柯尔克孜族史诗歌手曼拜特·曼拜特阿勒》（论
文）、《〈玛纳斯〉的当代传承与史诗演述传统的发展走向》（论文）、《阿
合奇县非物质文化语境中产生的新增文化符号》（论文）、《沙尔塔洪·卡
德尔艺术人生》（论文）、《柯尔克孜族史诗演唱艺人的学艺进程》（论
文）、《阿合奇县非遗语境中产生的新增文化符号》（论文），等等。2013
年荣获"中国社会科学院优秀共青团员"荣誉称号，2014 年荣获"中央
国家机关优秀共青团员"荣誉称号。

民间文学作品中的根母题与派生母题

——以哈萨克族爱情叙事诗为例

黄中祥

母题的根源可以追溯到拉丁语"moveo",意为图案或花样,起初被引用到绘画和音乐中来表示特有的内容要素或最小的旋律单位,后来被文学研究者引用到文学作品的分析上,为其研究拓宽了视野。如格林兄弟、乌兰德和穆勒霍夫等日耳曼学者从不同民族、不同时期的神话、传说和故事等民间叙事作品中概括出了母题的相似性与共通性,认为母题是基于不同民族内在关系与精神联系之上的相同意识的不断重生。这个阶段的母题主要限制在无署名的民间文学作品上,强调母题在不同民间文学体裁中的表现形态以及不同母题所表达的不同民族的相同意识。[①] 19 世纪,母题研究超越民间文学作品本身的范畴,关注起作品的形成过程、传承方式以及作家文学等方面。进入 20 世纪,受弗洛伊德心理学分析理论的影响,母题的分析不再仅限于文本,也开始关注创作者本身,因而开始关注其心理分析以及对文学创作手法的认识。

一 母题类型研究概述

母题这个概念为文学艺术作品的归类提供了一种分析手段,尤其是在民间故事的分类研究上运用得比较多,其中比较有影响的是 20 世纪 20 年代

---

① 参见高永《母题理论探析——在比较文学主题学视域中》,硕士学位论文,天津师范大学,2007 年。

末形成的"AT 分类法"。1910 年，芬兰民俗学者安蒂·阿尔奈（Antti Aarne，1867—1925）在本国学者朱丽斯·科隆（Julius Krohn）和卡尔勒·科隆（Kaarle Krohn）"历史—地理法"（historic-geographic method）的基础上，将包括芬兰在内的北欧的和欧洲其他某些国家民间故事中同一情节的不同异文归为一个类型，进行分类编排，统一编号，出版了《故事类型索引》一书。1928 年，美国印第安纳州立大学的教授民俗学斯蒂斯·汤姆森（Stith Thompson）通过分析和概括更大范围的民间故事的情节，对阿尔奈的体系进行了补充和修订，出版了六卷本的《民间故事母题索引——民间故事、歌谣、神话、寓言、中世纪传奇、逸事、故事诗、笑话和地方传说中的叙事要素之分类》，这二位的分类体系被合称作"阿尔奈—汤普森体系"（Aarne-Thompson classification system），简称"AT 分类法"。[①]

"AT 分类法"是建立于民间故事文本之上，形成了一些固定的类型分析模式，瓦·海希西（W. Heissig）、谢·尤·涅克留多夫（С. Ю. Неклюдов）等学者用其将欧洲史诗母题粗略地分为求婚和失而复得两大类，并据此对阿尔泰语系的史诗也进行了分类。弗·日尔蒙斯基（В. М. Жирмунский）等专家也运用该分类法对突厥语史诗的母题进行了一个大致的分类。当然，这只是一个十分粗略的归纳。当我们对某一民族文学作品的母题进行具体归类时就不能这么抽象了，要做系统具体的分析。不仅要概况出其共性，还要归纳出其个性。尤其是，对哈萨克族爱情叙事诗的母题进行分类难度比较大，因为其形成历史过程和来源不尽相同，相比于其英雄史诗要复杂得多。

史诗只是汉文中的称呼，在哈萨克族的概念中是不区分史诗与叙事诗的，一般被称为吉尔（jïr）[②]、黑萨（xïyssa）、达斯坦（dastan）或者耶珀斯（epos），可是在叙事诗的内部差异较大。从故事情节、内容等方面，可以将哈萨克族叙事诗划分为：一、故事型叙事诗，如《勇士托斯图克》

---

① ［美］Stith Thompson, *Motif-Index of Folk-Literature：A Classification of Narrative Elements in Folktales，Ballads，Myths，Fables，Medieval，Romances，Exempla，Fabliaus，Jest-books，and Local Legends*，Vol. 1－6，Helsinki，1932。

② 为了便于电脑输入和各国专家学者的阅读，采用国际通用的突厥语拉丁字母转写文中出现的哈萨克语以及其他民族语，其中需要加以说明的几个辅音："q"是小舌清塞音，"š"是舌叶清擦音，"x"是小舌清擦音，"ğ"是小舌浊擦音，"č"是舌叶清塞擦音。

（Er Töstik）、《库拉神箭手》（Qula mergen）；二、突厥碑文叙事诗，如
《阙特勤》（Kültegin）等；三、部族叙事诗，如《霍尔赫特祖爷》（Qorqït
ata kitabï）、《乌古斯传》（Oǧïznama）、《阿勒帕米斯》（Alpamïs）、《库布
兰德》（Qobïlandï）等；四、爱情叙事诗，如《阔孜库尔佩什与芭艳苏
露》（Qozïkörpeš-Bayan sulïw）、《少女吉别克》（Qïz Jibek）等；五、诺盖
叙事诗，如《沃拉克与玛麦》（Oraq-mamay）、《喀拉赛与喀孜》（Qara-
say-Qazï）等；六、历史叙事诗，如《朵山勇士》（Dosan batïr）、《别克
提》（Beket）等；七、东方叙事诗，如《鲁斯塔木》（Rüstem）等；八、
有作者的叙事诗，如《于铁根勇士》（Ötegen batïr）、《叶斯别皮木别提》
（Espembet）等。①

　　将这些类型的哈萨克族叙事诗概括起来，无非是英雄、爱情、历史和
宗教四大类。这四类叙事诗在句段、音步、韵律等方面的差异较小，而在
故事情节上的区别较大，致使母题发生了相应的变化。爱情叙事诗与英雄
史诗（或称叙事诗）的母题差别就很大，特别是外来作品。虽然在借入
时艺人对其进行了再创作，但是其基本母题系列并没有发生根本性的变
化。相比之下，突厥语民族共同时期与哈萨克族特有时期出现的英雄史诗
之间差异较小。

　　母题的类型很多，从不同的观察角度，可以分析和归纳出不同的类
型。首先从哈萨克族爱情叙事诗的来源，可以分为突厥语民族共同时期
和哈萨克族特有时期形成的以及外来的三类。由于来源和形成时期不
同，这三类之间的母题就有很大的差异，如爱情叙事诗《阔孜库尔佩西
与芭艳苏露》（Qozïkörpeš-Bayan Sulïw）的母题可以概括为：时间、地
点、两位富人、外出狩猎、邂逅、指腹为婚、打死母鹿、妻子分娩、族
人前来报喜、男孩父亲返回途中摔死、女方父亲毁约举家迁徙、孩子长
大、得知未婚妻的消息、母亲说出实情、挑选坐骑、携带弓箭和宝剑、
寻找未婚妻、装扮成秃头羊倌、与未婚妻见面、被情敌发现、男子被
害、女子杀死情敌、男子复活、携带妻子返回故乡、惩罚家奴、大限已

①　Коңыратбаев Ә. Казак фольклорының тарихы. Күраст. алђы сөзін жазђан Т.
Коңыратбаев. -Алматы：ђылым，1993，133，б.

到、男女一起死去;而爱情叙事诗《莱丽和麦吉侬》(Läylä-Mäjnün)
的母题是:时间、地点、两位富人、老得贵子、两小孩啼哭不停、见面
后改哭为笑、老妪代养男孩、孩子长大、与女孩一起上学、彼此相爱、
女孩被迫休学、族人去提亲、女方拒绝、男孩神志恍惚、去麦加朝觐、
解救野兽、男女幽会、请求勇士相助、勇士强迫女方父亲答应、男孩出
面说情、勇士被迫离去、一男子提亲、女子被迫出嫁、神仙显身阻止、
从未同床、丈夫郁闷而死、男孩行乞被好人相救、男孩拥抱女孩的身
体、燃起火焰、女子给父母讲遗言、女孩殉情、男子诉苦、女孩坟墓裂
口、男孩入内殉情。这两部悲剧作品皆为群众喜闻乐见的爱情叙事诗,
广泛传承于哈萨克族民间,但是其母题相差甚大。《阔孜库尔佩西与芭
艳苏露》是在草原生活中形成的,有牲畜、毡房、牧场、骏马、狩猎、
骑马摔死、羊倌和游牧等散发着草香味的母题;而《莱丽和麦吉侬》
是在城镇生活中形成的,有宫殿、寺庙、商人、学堂、果园等呈现城镇
情景的母题。

从这两部较有代表性的叙事诗来看,对某一作品进行分类不难,难就
难在对整个哈萨克族爱情叙事诗的母题进行分类。因此,本文从母题的内
涵和外延、结构和功能等方面去分析,首先将哈萨克族爱情叙事诗的母题
分为根母题和派生母题这两类型。

二 关于根母题

根母题就是文学作品中最基本的叙事单位,其外延比较大,几乎能够
出现在所有的叙事诗之中。根母题与阿·邓迪思提出的母题素(mo-
tifeme)不是一个概念。母题素是构成母题(motif)的元素,是受语言学
中音素(phone)和音位(phoneme)的启发提出的,并不是一个能够独
立运用的叙事单位;而根母题具备叙事功能,是能够自由运用的叙事单
位。然而,根母题强调的不是最小的不能再分割的叙事单位,而是要求能
够体现叙事诗母题的共性。[1]

---

① Alan Dundes, "From Etic to Emic Units in the Structural Study of Folktales", *Analytic Essays in Folklore*, The Hague, Paris & New York: Mouton Publishers, 1975, p. 68.

按照这个原则可以把哈萨克族爱情叙事诗的根母题归纳为：诞生、长大、相爱、阻止、相会、被害、殉情，其中后两个母题在个别作品中没有；英雄叙事诗的根母题可以归纳为：诞生、长大、来犯、出征、排险、搏斗和凯旋。

根母题比较简单，但是其外延比较大，可以囊括大部分叙事诗的母题。这只是一个粗略的概括，十分单一，好似骨骼。不过，每一部作品都是围绕这个骨骼不断地丰满，逐渐成为一个有血有肉的健壮肌体。在外来作品中，借入的就是根母题，后来在艺人们的不断创编下，派生出一系列的新母题。

三　关于派生母题

派生母题就是在根母题的基础上派生出的新母题，具有个性特色。它的着眼点在每一个叙事单位上，突出母题的个性，使作品的故事情节更加丰富。派生母题的出现经历了一个漫长的过程，是一代又一代说唱艺人再创作的结果。派生母题可以出现在一部叙事诗的不同版本里，也可以出现在一部叙事诗的不同民族版本里。如以上所说的爱情叙事诗《莱丽和麦吉侬》最早是由波斯诗人尼扎米于 12 世纪根据民间传说创作，后来逐渐传入突厥语民族的民间之中。在原始根母题——诞生、相爱、提亲、拒绝、痴迷和殉情的基础上，派生出了时间、地点、诞生、长大、一起上学、彼此相爱、女孩被迫休学、族人去提亲、女方拒绝、男孩神志恍惚、去麦加朝觐、解救野兽、男女幽会、请求勇士相助、勇士强迫女方父亲答应、男孩出面说情、勇士被迫离去、一男子提亲、女子被迫出嫁、神仙显身阻止、从未同床、丈夫郁闷而死、男孩行乞被好人相救、男孩拥抱女孩的身体、燃起火焰、女子给父母讲遗言、女孩殉情、男子诉苦、女孩坟墓裂口和男孩入内殉情等一系列母题。

哈萨克族艺人在演唱这部作品时，给其增添了故事情节，使其派生出了许多新的母题。如这两个小孩出生后不停地啼哭，只好让家里的保姆抱到街上去，以便家里落个清静。万万没有想到两个小孩见面后改哭为笑了，从此他俩每天都在一起玩耍。这一情景被一孤寡老妇发现，她强烈要求代养男孩，并将其定为自己财产的继承人。这些情节在其他版本里是没有的,是艺人在演唱时增加的,更有意思的是当老妇把小孩接过来时,自己干瘪的乳房突然膨胀起来,充满了乳汁。这是哈萨克族英雄叙事诗里常见的母题之一。如哈萨克族英雄史诗《阿勒帕米斯》的主人公与其妹妹卡尔丽哈西出生时,年迈的老母亲阿娜勒克突然感觉到早已干瘪的乳房疼涨起来,当一对孪生孩子吮吸时立刻出了乳汁。[①]

四　结论

自然环境决定生产形式,生产形式决定生活方式,而一定的生活方式总会造就出别具特色的人文环境。当我们论述民间文学作品的母题时,不能不提及其演述者。在富有浓厚游牧色彩的人文环境中成长起来的艺人聆听的是传统的文学作品,脑海里想的是神奇的故事情节。不同的人文环境会造就出不同的艺人,而每一部作品也会折射出创作者的人生经历和价值取向。不同的自然环境滋养出不同类型的艺人,而人文环境迫使艺人不断地调整自己,使自己能够跟上社会发展的步伐。本来是以口耳相传的方式习得技能的民间艺人,后来逐渐变成以阅读的方式背诵书面作品的现代艺人。

哈萨克汗国时期,最活跃的艺人是吉绕[②],也是当时社会的必然产物。不仅在民间文学的传承上发挥过历史性的作用,而且在社会政治等方面也充当过重要角色。他们在通过自己的演述颂扬社会公德的同时,还参与重大决策的制定工作。他们代表的是一个部族、一个玉兹,唱出的是部族的心声,汗王的主张。这就使民间吉绕不得不披上一件神圣的外衣,要给其演唱的作品附加些神秘色彩。只有把自己装扮成非同一般的超人,人们才能感受到其赞颂社会良好风尚的神圣性和抨击社会不良风气的威慑力。神圣的赞词能给本部族带来福分,恶毒的诅咒能使族人遭遇不幸。知名吉绕演唱的作品被赋予了神秘的色彩,成为民众相互传唱的箴言,行为规范的准则。民众的这种心理认同感迫使吉绕要把自己当作神,而不是普

---

①　参见黄中祥《哈萨克英雄史诗与草原文化》,中央编译出版社 2007 年版,第 35—42 页。

②　吉绕是哈萨克语"Jïraw"的音译,是古老演唱艺人之一。他不仅在哈萨克族民间文学作品的传承上发挥过举足轻重的作用,而且在社会政治上也充当过一定的角色。

通的人。跨入 20 世纪，取而代之的具有一定阅读能力的阿肯、黑萨奇等民间演唱艺人。

　　20 世纪以后，尤其是中华人民共和国的成立，极大地促进了哈萨克族文化教育事业的发展。随着工业社会的迅猛发展和城市化程度的提高，哈萨克族的普通教育和出版事业得到了相应的发展，促使人文环境发生了质的变化。原来是地道的民间口头创作艺人，后来逐渐成长为书面创作的诗人。如居斯普别克禾贾·萨依克斯拉姆、艾赛提·乃蛮拜、阿合特·乌娄木吉、萨吾提别克·乌萨、斯马胡里·哈里、唐加勒克·卓勒德和阿斯卡尔·塔塔乃等艺人就是这一时期的典型代表。他们是介于口头与书面创作中间的艺人，在口头创作向书面创作的发展过程中发挥了历史性的作用。艺人所处人文环境的变化，必然会影响艺人和听众的思维方式和价值取向，而这些也必定迫使一些母题消失或诞生。然而，母题的这些变化影响到的是派生母题，而不是根母题。

原载于《伊犁师范学院学报》2017 年第 3 期

　　黄中祥，汉族，生于 1957 年 11 月，祖籍河南许昌，中国共产党党员，2000 年在中央民族大学获得文学博士学位，同年进入中国社会科学院民族文学研究所北方民族文学研究室工作至今，研究员。研究方向：哈萨克等少数民族语言文学和文化等领域。精通哈萨克语和维吾尔语，兼通

俄语及中亚、西亚、乌兹别克、吉尔吉斯、土库曼、土耳其和阿塞拜疆等阿尔泰语系突厥语中的多种语言。曾在俄罗斯、德国、匈牙利、波兰、土耳其、阿塞拜疆、哈萨克斯坦和乌兹别克斯坦等国家做过访问学者。主持完成了国际科研合作、国家社科基金项目等十多项科研课题；著有《哈萨克人生礼仪习俗歌》《哈萨克族爱情叙事诗》《哈萨克族叙事诗〈阔孜库尔佩西与芭艳苏露〉版本比较研究》《传承方式与演唱传统》《哈萨克英雄史诗与草原文化》（2 种文字版本）《哈萨克词汇与文化》（2 种文字版本）等近 20 部专著；在国内外发表了《英雄史诗的母题系列类型》《女书社会功能与传承方式》《试析词义的类型》等多种文字的论文 200 余篇。担任哈萨克斯坦国立欧亚大学、哈萨克斯坦国家艺术科学院等 10 余所国外院校的兼职（客座）教授和博士生导师，并任国际萨满文化研究会和哈萨克文化研究会等学会的副会长或理事。

比较诗学语境中的北宋理学与喀喇汗智学

热依汗·卡德尔

不同地域与不同民族之间的文化对话，是比较诗学的灵魂。这一新兴学科的创立得益于加速发展的人类文明。因其促进了不同地域与不同民族之间的文化交流与认知，人们能够更加理性地从不同学科的角度思考不同文化之间的共性与差异。因此在比较诗学语境中比对喀喇汗智学与北宋儒学，将会使我们更深切体会到不同民族的文化趋向。11 世纪兴起的北宋理学与同样是 11 世纪兴起的喀喇汗智学，在时间轴上惊人的吻合，在学术旨趣上也惊人的相似，但是在表达观念的象征形式上，却存在着巨大的差异。因此，用"比较"的眼光观察不同文化的演进轨迹，会令我们对异质文化保持尊敬心态，并使对话能够平和地展开。

主流话语的形成

杜维明和范曾在 2009 年在北京大学举办的一次文明对话中，谈到英国史学家汤因比对中国的一往情深。汤因比说过，如果就他个人愿望而言，他愿意变成一只印度的鸟。如果必须变成人的话，他愿意变成中国人。这可以看作是汤因比对东方文化所发的感慨，但这感慨之中却透射着汤因比对印度文化和中国文化的认识。印度文化中万物平等轮回的精神，让渴望自由的人幻想成为鸟；中国文化天地人和的旨趣，让渴望尊严的人立志成圣人。当然，就汤因比而言，他并不想活得太累而成圣人，他想做中国人，更愿意做一个宋代人。他说，如果让他选择，他愿意活在中国的宋朝。因为在他看来，中国的历史发展到宋代，才开始真正关注人的安逸，抒发人的闲情，才有了为舒适的生活而扩大商品经济的冲动，而这冲动激发了人的想象力与潜能，带动了科学技术的发展和社会的进步。

公元 960 年，赵匡胤建立宋朝，在政治上开始采取无为而治，表现为内紧外松，即加强集权内部管理，放松社会控制。他的这一思想几乎贯穿北宋，其直接结果就是造成城市工商的蓬勃发展，城市规模的不断膨胀，市民阶层的不断壮大，世俗生活的不断奢靡，市井文化的不断丰富，社会思潮的不断更新。进入 11 世纪，情况发生变化，无为而治的黄老学说因为少了皇帝的支撑，主流话语权的地位便受到了挑战。周敦颐、张载、程颢、程颐等就拿出"经世致用"的主张，认为社会和国家不能放任不管，仁义礼的儒家学说不能被冷落。而继之更有范仲淹、欧阳修的庆历新政和王安石的熙宁变法，直接开出革除弊政、振奋大宋王朝的药方。这些文学大家、儒学之士纷纷登场，拿出了各自的经国治世方案。他们的主张不论各自的不同点有多少，其基本的方向都是为了探究儒学的本质，构建"天人合一"的逻辑框架；都是为了表达自己对于儒学新生命的见解，以廓清所谓的佛老学说在中国文化思想上播撒的迷雾。

过去儒学是不需要对其正确性进行探究的，所以所谓的儒学不过是对儒家经典进行注释，对儒学的道理进行强化。可是这样的方法在碰到思辨性、实证性很强的佛学与黄老学的挑战时，很难取得胜算。如果不能像佛学与黄老学那样将自己的理论逻辑化、实证化，儒学的复兴就只能是纸上谈兵。正因如此，北宋的思想家开始从佛学与黄老学中吸收营养，并使用一种过去儒学很少采用的思辨方法，试图找出儒学与天道自然规律之间的逻辑关系，将儒学抬升到不仅符合人道，更符合天道的高度。这种将儒、释、道三家的学术融合为一体，从宇宙图式中寻找社会的理想模式，为描画的理想社会模式寻找客观依据的学术方向，终于形成了一个全新的主流话语模式——"理学"。

历史有时具有某种巧合。当公元 960 年赵匡胤在开封宣告建立大宋王朝的时候，远在西域的穆萨·阿尔斯兰汗在喀什噶尔宣布伊斯兰教为喀喇汗王朝的国教，从此开始了人类历史上第一个突厥语民族伊斯兰王朝历史，也揭开了维吾尔历史新的一页。

漠北时期，从信仰萨满到信仰摩尼教，维吾尔人虽经历了一次文化的变革，但并不彻底。伊斯兰教进入维吾尔社会后，经过一段时间的沉淀，文化上出现的许多障碍开始不断凸显。尽管伊斯兰教与早在漠北时期回鹘汗国信仰的摩尼教具有许多相通的内容，但是伊斯兰教相对宽松的信仰模式与摩尼教相对严酷的信仰律条之间，仍然具有较大的差别。况且，虽然喀喇汗王朝已经开始经营定居的城市文明，但古老的萨满文化遗存依然很顽强地支配着人们的生活与思想，在一种潜在的禁忌中，许多事情变得匪夷所思。于是，11世纪中下叶，喀喇汗王朝掀起了一股文化改良的风暴，出现了许多具有不同文化主张的学派。像以麻赫默德·喀什噶里为代表的旨在强化和推广突厥语言文化的"语言学派"，以阿勒马伊为代表的旨在彰显喀喇汗王朝政治功德的"历史学派"，以优素福·哈斯·哈吉甫为代表的旨在强调崇尚智慧和养德修身的"伦理学派"等，一个接一个地表达着不同的政治理念和思想主张，共同开创了喀喇汗王朝历史上一个极为闪亮的百花齐放的局面。这场文化革新，因主旨强调智慧在信仰与道德体系建设中的重要作用，而形成了一个全新的主流话语"智学"。

民族文化的差异性与趋同性

　　一个民族的主流话语虽不是亘古不变的，但是万变不离其宗。就汉民族而言，从黄帝、炎帝传说的时代开始，便一直坚持把教化人作为社会和谐的主要手段，认为只有人懂规矩了，社会才能和谐。后来儒家把这一民族文化认知系统归纳为"仁、义、礼"。所以，无论理学如何"标新"，其目的都不在"立异"，而在于更深刻地阐释儒家的本源。理学的治学方向很明确，就是希望通过对天道的阐释，证明人道"仁、义、礼"存在的合理性。因为儒学思想已经成为中国文化的主流话语。所以即便是在北宋，理学创始人之一的程颐仍然高呼着"饿死事小，失节事大"，到了南宋，朱熹更是跳出来大喊要"存天理，灭人欲"。汉族的这一文化本质，与其生存的方式密切相关。古代中国对于社会的构成，可以用"士农工商"四个字来概括。从这四个字的排序可以看出来，汉族始终把"农业"作为社会的基石。这种农业性特征，不仅使汉族区别于周边少数民族，而且成为后来区别西方世界的最为显著的特征。田畴阡陌，春种秋收，农业的地域和季节性，限定了人的自由流动性。人们每天的生活是日出而作，日落而息；炊烟袅袅，鸡犬相闻。人间的天伦之乐与自然的和谐交融，汇聚成汉族人的和合之美。所以"家"在汉族人的心目中，成为最值得依恋的港湾。家族的兴旺，就像田地里庄稼的茂盛，原野上百花的怒放，山冈上林木的葱郁，岩壁间流水的欢跳，天空中群鸟的竞翔一样，预示着一种永恒的生机。家族的老祖宗，因其是家族的血脉之源，像神一样供奉在祠堂之中。而其他的不管什么神祇，都无法取代祖宗的神圣地位。在这样一种生活气息之中，家族的维系、社会的维系、国家的维系，便需要建立一套稳固而保守的宗法制度，将上至君王皇帝，下至黎民百姓网罗在一个可控的体系之中。这个体系，就是后来儒家总结的"忠、孝、节、义"。

与汉族不同，维吾尔历史上游牧时间较长。游牧民族喜欢生活于蓝天之下，广袤无垠的大草原使他们神清气爽，性格奔放豪迈。强壮的体魄和无后顾之忧的经济结构，又使游牧民族以武力犯农耕之境。游牧民族对农耕地区稳定的政治结构和文化体系并不感兴趣，而是喜欢游动，喜欢漂泊，喜欢攻伐，喜欢在激动中寻找新的灵感。游牧文化总的特征是敬天、敬地、敬自然万物。在游牧文化中人是渺小的、无力的、被动的。各种不以人的意志为转移的自然力量，迫使游牧民族无奈地面对沧桑，总是被动地承受每一次自然力量强加于头上的重大打击。因此，敬畏自然、敬畏支配自然的神灵，成为维吾尔人牢不可破的精神理念。因为漂泊不定，境遇无常，总是不期而遇各种文化，或温或火，或柔或刚，谁能想象死守一种文化而可以随遇而安？尽管后来维吾尔进入农业社会，但维吾尔文化的构建，却一直坚持开放的情怀，保持对异族文化的兴趣。维吾尔人是第一个将摩尼教发展成带有国教性质的民族，也是第一个将伊斯兰教作为突厥语民族国家宗教的民族。他们对于这些与自己民族文化有着巨大差异的文化，有着一种特殊的融会贯通能力，而同时又可以非常轻灵地从这些文化中超脱出来。摩尼教很快被放弃了，景教也从维吾尔人的精神世界里消失了，佛教已被当作历史，而伊斯兰教也在维吾尔人那里失去了阿拉伯世界的绝对性，只是作为一种精神的敬畏和民族情感联系的纽带。所以，喀喇汗时期的"智学"，无论如何强调智慧的重要性，归根结底还是回到敬畏神灵之上。因为愚昧之人，不能理念真主的仁慈与宽宏，不能明察邪恶欲念将把人导向地狱之火的后果。只有用知识开启人们的心智，才能使他们明理法、知善恶。

人类历史的发展，在不同的地区和不同的民族间，就是存在这样的文化差异。正是这种差异，丰富了世界的文明。但是，人类面对世界、面对生存，往往具有不谋而合的趋同性，当基本欲求具有某种相似性的时候，得出的解决方案也大致相似。这种相似性，在文化类型学上被称为母题，在文化人类学上被称为演进模式，而在文化历史学上则被称为共生现象。

北宋理学的发轫与北宋的政治变革密切相关，也与北宋时期将儒家"经义"和"治事"相统一的治学思想密切相关。"经义"讲儒家经书，"治事"研究如何利用经书的道理治理国家。为了实现尊王攘夷，维护封建中央集权的绝对统治，北宋的理学摒弃了刻板训诂的僵硬保守学风，转而注重义理考辨与阐释，试图以一种新的思想将萎靡不振的大宋王朝唤醒。喀喇汗智学的创立也与喀喇汗王朝的政治变革密切相关，更与喀喇汗王朝时期将伊斯兰"经义"和"治世"相统一的治学思想密切相关。"经义"讲伊斯兰教义，"治世"研究如何利用伊斯兰教哲学的精神治理国家。为了实现尊王保国，维护喀喇汗王朝的政治威望，喀喇汗智学摒弃了阿拉伯伊斯兰神学刻板训诂的僵硬保守学风，转而注重伊斯兰思想经义的挖掘与阐释，试图以一种新的更加务实的思想，给争斗不息的喀喇汗王朝以警醒。理学与智学，它们的学术方向和欲求的目标存在着不容忽视的相似性。"五气顺布，四时行焉"这是汉族文化中固有的关于宇宙运行模式的认识，即"五行"说。有东、南、西、北、中"五方"，水、火、金、木、土"五材"，酸、苦、甘、辛、咸"五味"，青、赤、黄、白、黑"五色"，宫、商、角、徵、羽"五音"以及天、地、民、时、神"五则"。中国汉族文化以五为"和"，将种种人间所能接触到、观察到、体验到以及不能接触、观察、体验到的对象，统统纳入一个齐整的"五"位图式中。及至总结人们的道德行为的时候，也是以仁、礼、义、智、信"五德"与天地万物的种种"五行"特征相对应。理学通过对宇宙图式即"天道"的分析，最后也回归到社会即"人道"之上。理学认为，人非草木、禽兽而为万物之灵，是因为人得"五行"之"秀"。所谓得"五行"之"秀"，是指人具有感知"五行"运行和思考"五行"规律的能力。有了这样的能力，人就可以建立一套与宇宙"天道"并行不悖的"人道"

标准，使自己的行为与"天道"的运行保持和谐。

维吾尔人在表达对天地万物的认识方式上，也是将种种人间所能接触到、观察到、体验到以及不能接触、观察、体验到的对象，统统纳入一个整齐的图式中。只是维吾尔对宇宙万物存在模式的理解，与汉族有着区别。维吾尔人是将宇宙四时变化作为认知的起点，把春、夏、秋、冬往复更迭，作为万物生生不息的表征。春日融融则万物复苏，夏日炎炎则万物竞长，秋日爽爽则万物聚果，冬日寒寒则万物休眠。休眠不是死亡，而是生命历经春夏秋的运行，需要一个喘息的间息，为再一次的复苏做准备。在早期维吾尔人的意识之中，春、夏、秋、冬所以变化，是因为"日"的冷暖，因此"日"是主宰这一变化的原动力。不仅"日"主宰四时变化，更主宰白天与黑夜。日升日落，自然便有了白天与黑夜。而艳阳高照的时候，世界是明亮的、欢快的；日落西山的时候，世界是黑暗的、沉寂的。故"日"崇拜曾长期占据着维吾尔人对宇宙图式的认识。维吾尔也是从四时变化的自然规律中，寻求社会的变动规律和人间喜怒无常的性情特征，在春、夏、秋、冬"四时"的制约下，物有火、水、气、土"四素"，人有喜、怒、哀、乐"四情"，善有谦、诚、俭、济"四德"。进而推演出，四时、四素、四情、四德，合则天清地爽，物阜民丰；逆则天昏地暗，物敝民穷。甚至在智学的代表作《福乐智慧》中，还虚构了日出、月圆、贤明、觉醒四个人物以更加形象地揭示这种"应四时"对治理国家与社会的内在必然联系。这四个人物分别代表"公正""幸运""智慧"与"知足"。"公正"是理想社会的基石，如太阳一般普照大地而磊落无私；"幸运"是人生梦想的追求，如月亮一般阴晴圆缺而变幻不定；"智慧"是幸福人生的导向，如北斗之星恪尽职守而矢志不渝；"知足"是生活目标的渴望，如摩羯座孤寂独守而无怨无悔。他们四个人构成了社会政治的基本形态，也寓意着人生的基本价值。将社会的和谐、国家的昌盛、人生的追求和人性的优劣与自然的规律和变化联系在一起，为"智学"的阐释找到了一个很好的逻辑参照体系。

叙事风格的凝重与灵动

维吾尔诗歌的灵动美，与对生活的感悟有很大的关系。维吾尔族是一个追求生活安逸的民族，不论现实生活多么艰难，从未放弃对未来理想生活的渴望。同时，维吾尔族还是一个精神自在与洒脱的民族，不论现实生活存在多少磨难，从未放弃寻求快乐与激情的灵感。在今天的新疆，维吾尔人居住的环境由于缺乏水资源而并不令人满意，你却可以发现，环绕房前屋后的果木花园，弥漫旷野的鼓乐琴箫，总是透射出一种乐观的生活气息。维吾尔人喜欢置身于自然，并从自然中发现自己。自然的景物特征，在维吾尔人眼中，具有与心灵对应的特征。它们虽没有灵魂，却昭示着一种精神。欢乐与愁苦，依恋与感伤，圣洁与亵渎，崇高与渺小，都可以从自然中寻找到类比与对应。在维吾尔人眼中，自然万物的形象与心中情感的性状，是相共相生的；人生祸福的喜怒哀乐与自然万物的苏荣衰败，是相契如一的。这种以自然为导师的情结，甚至影响了维吾尔人对抽象概念的思维趋向，即把概念性的思维成果还原到自然中去，再用自然中相对应的物质特征来加以诠释。

喀喇汗智学体系的重要著作《突厥语大辞典》，编纂的目的是强调突厥语言在启迪人的心智上的重要价值与作用，其中记录了许多维吾尔人创造的古典诗歌，有一首《冬春论战》，很有意味，节录两句如下："冬天说：'在我的季节里瑞雪飘飞，麦黍就靠它把芽儿抽，害虫在冬天销声匿迹，等你一来，它们就抬起了头。'春天说：'金丝雀见了你远远逃走，燕子在我胸怀里嬉游，夜莺在我的身边歌声悠悠，看它们对对双双多自由！'"① 自然的冬天与春天，是时令的变化，原本没有利害冲突。但由于冬天与春天造成的景物变化与生命息息相关，在肃杀与繁茂的景物中便见出生命的窒息与涌动。事物的两面性使肃杀与繁茂走到自己的反面。冬天可以终结害虫的生命，却也使有益的生命受到伤害；春天可以繁茂有益的生命，却也使有害的生命得以复活。这是矛盾论，是辩证法，是很抽象的哲理。

优素福·哈斯·哈吉甫的《福乐智慧》，是喀喇汗智学的代表作，这部政治伦理学著作没有采用逻辑推理的方式，而是采用维吾尔人喜闻乐见的诗歌形式，通篇灵动而秀美。在表述智慧和知识重要价值的概念时，他

---

① 麻赫穆特·喀什噶里：《突厥语大辞典》，民族出版社 2002 年版。

这样写道："有知者好似碧草覆盖的水源，踏上一脚，活水奔涌不停。无知者的心田好似沙漠，河水浇不透，寸草不生。"① 就连"命运"这样更为抽象的概念，优素福·哈斯·哈吉甫也利用了维吾尔人最热衷赞美的月亮的性征："月亮刚出生，好似蛾眉，一天天丰满，悬挂高空。当它成了圆月，光照宇宙，世人因它而得到了光明。你瞧，当它团圆而升，又日见消损，失却美容。当它光芒黯淡，从天边消失，又重新出生，变虚为盈。"② 用以表述命运的变换与不可捉摸。幸运会给人带来许多生活的福寿和快乐，但幸运是不可靠的，幸运会捉弄人，幸运变幻无常，幸运会转瞬即逝。喀喇汗智学就是用这样一种维吾尔人十分熟悉、更十分喜爱的方式，在一种熟知和依恋的大自然的灵性中，透射出社会与人类的灵性。这种浑然天成的关系，滋生并养护了维吾尔人的社会伦理道德理念，并使这种理念牢固地植根在维吾尔人的民族文化血液之中。

相对喀喇汗智学的灵动，北宋理学体现的是一种凝重风格。汉族悠久的农业文化具有很厚的根基，意蕴很深。农业文化使人的性情被土地所禁锢，而独立自足的小农经济的社会形态更加深了封闭性与保守性。因为没有飘荡与迁徙，缺少离奇的惊险，日出而作，日落而息，仿佛生活周而复始，没有什么传奇可资炫耀。耳闻鸡鸣狗吠，眼见麦浪桑丛，在"八月剥枣，十月获稻"的悠然自得中，更加尊奉"鸡犬相闻，老死不相往来"的处世哲学。虽然在魏晋南北朝时期，五胡乱华给中原带来了游牧文化，兴起了一股追求华丽的骈体文风，期望构建一种新的叙事方式，但是并没有得到主流认可。北宋时期，新的儒学虽然张起变革的大旗，但是在文风上依然努力遵循儒家的文学之说，反对晚唐以来的骈俪之风，在欧阳修的推动下，范仲淹、苏轼、王安石等积极跟进，掀起了恢复古文的运动。欧阳修倡导先道而后文。他说过："圣人之文虽不可及，然大抵道胜者文不难而自至也。"③ 意思是说，只要有好的思想内容，往往就能写出好的文

---

① 优素福·哈斯·哈吉甫：《福乐智慧》，郝关中、张宏超、刘宾译，新疆科学技术出版社 2006 年版，第 131 页。

② 同上书，第 100 页。

③ （宋）欧阳修：《答吴充秀才书》，《欧阳修文集》卷四十七，辽海出版社 2010 年版。

章。反对浮华，注重庄严，诗言志，文载道，是古文运动的标识，也成为理学所求的文风。由于北宋儒学重实际、讲实效，是以社会实践来实现"内圣外王之道"，这种积极有为的人世精神，甚至成为北宋的社会风尚。在宋学诸派的坚持与努力下，儒家"经世致用"的精神得到了倡扬与复活，逐渐形成"以学治己""以学治人""以学治天下"的人格风范和内心精神世界。内向的汉族文化尚贤，以"太上立德"为人生的最高目标，所以总是"三省吾身"，"先天下之忧而忧，后天下之乐而乐"，体现了一种大气的胸襟和凝重的情怀，这正是北宋理学的实践者所推崇的"君子之德"。

结　语

寻求幸福，建立美好的社会，是人类生活与实践的最基本欲求，也是最终极的欲求。从人类脱离动物的那一刻起，人类一直坚定地追寻着幸福的足迹，渴望并且不遗余力地朝理想中的幸福目标奔跑。但是，人类对幸福的渴望与追寻，往往伴随着盲目与偏执，这种盲目与偏执甚至造成不等到达幸福的彼岸就或前功尽弃、或误入歧途、或遭致毁灭。原因在哪里呢？就在于人对真实人性缺乏认识和控制。因此，北宋的"理学"与喀喇汗的"智学"，都希望通过对"天道""天理"的阐释而强调对"人道""人性"进行规范的必要。用比较诗学的眼光来看，虽然人类所追求的理想世界具有很多的共同点，然而由于不同民族、不同地域的文化差异性，关于理想社会的理念形态，以及对理想社会的文学描述，总是存在或多或少的差异。这种差异的存在，与文化的高低没有关联，而是与民族的基本生存方式紧密相关。汉族文化与维吾尔族文化在很多领域具有相同的欲求和形态，也存在许多不同的欲求和形态，认识其中的相同与不同，能够让彼此更加深切地认识对方、理解对方、尊重对方，并相互借鉴以共谋发展。

原载于《民族文学研究》2015 年第 5 期

　　热依汗·卡德尔，女，维吾尔族，1959 年 12 月出生于新疆维吾尔
自治区乌鲁木齐市。中国民主同盟盟员。1982 年毕业于中央民族大学
汉语言文学系。1982 年 7 月至今在中国社会科学院民族文学研究所北方
民族文学研究室工作，研究员，硕士研究生导师，从事维吾尔族古典文学
和维吾尔族民间叙事文学研究，在《福乐智慧》研究上成果尤其显著，
确立了独特的学术地位。曾先后在瑞士苏黎世大学文化人类学博物馆、奥
地利维也纳大学东方学研究所、德国柏林勃兰登堡科学院吐鲁番研究所和
柏林洪堡大学中亚与非洲研究所等高校和研究机构访学。主持完成中国社
会科学院重点项目"《福乐智慧》与《四书》的比对"（2003—2008），
承担国家重点社科基金项目"儒学与我国少数民族哲学关系的历史发展
研究"中维吾尔族部分"儒学与维吾尔族哲学文化"（2013—2017）的撰
写。已出版的主要专著有《〈福乐智慧〉与维吾尔文化》《东方智慧的千
年探索——〈福乐智慧〉与北宋儒学经典的比对》《〈福乐智慧〉的文化
追求》等；已发表的重要论文有《哈默尔 - 普尔戈什塔里与〈福乐智
慧〉》《〈福乐智慧〉与古希腊文化》《兼济人生与逍遥世外——优素甫·
哈斯·哈吉甫的矛盾人生》《新疆和田墨玉县维吾尔口头传统艺人调查日
志》《元代入居内地维吾尔人后裔历史与现状调查报告》《比较诗学语境
中的北宋理学与喀拉汗智学》《拉班·扫马与丝路之行》等。

口头诗学视角下的维吾尔族达斯坦演唱传统

吐孙阿依吐拉克

"达斯坦"（Dastan）一词是由波斯语传入维吾尔语的，在现代维吾尔语中指叙事长诗。这一口头文类在维吾尔族社区广为传承。乌孜别克（乌兹别克）、土库曼、土耳其、阿塞拜疆、塔塔尔、哈萨克、卡拉卡尔帕克以及柯尔克孜（吉尔吉斯）等诸多突厥语民族的口头史诗传统中的长篇叙事作品也被称为"达斯坦"。[①] 作为国家级非物质文化遗产代表性项目之一的维吾尔族民间达斯坦，是涉及维吾尔族语言文学、生活习俗、社会结构、历史文化以及宗教信仰等各方面的活形态说唱艺术。达斯坦艺人通常被称为"达斯坦奇"（dastanchi，以下称"达斯坦艺人"，或简称"艺人"），他们借助于动听的曲调和富有感情的身体语言，在民族乐器的帮助下，发挥即兴创编能力，感染听众，使得达斯坦千百年来不断流传在维吾尔民间。

一 表演场景与情境

作为表演形式的达斯坦演唱，是一种歌者与听者在特定的语境下相互作用、相互影响的互动过程。表演语境对达斯坦艺人的表演有着至关重要的作用。"我们将表演行为看作是情境性的行为（situated behavior），它在相关的语境（contexts）中发生，并传达着与该语境相关的意义。这些语境可以从不同的层面来确认，比如场景（setting），它是由文化所界定的

---

① 关于这些民族口头史诗类型的异同，可参见阿地里·居玛吐尔地《突厥语民族口头史诗类型的本土命名和界定——语义学视角》，《内蒙古社会科学》（汉文版）2014 年第 3 期。

表演发生的场所。"① 就维吾尔族达斯坦而论,达斯坦表演一般在晚秋至初春的农闲时节最为活跃。在左邻右舍家里②轮流举行的麦西莱甫③活动是达斯坦表演赖以生存的主要空间。

大多数情况下麦西莱甫活动是在周末傍晚举行的,根据达斯坦表演情况,一直延续到天亮。应邀参加麦西莱甫的达斯坦艺人与围坐在他周围的听众,先要品尝承办活动的主人为来宾准备的丰盛宴席,为即将开始的表演"加油"。通过几场传统游戏,对输方进行象征性惩罚之后,精彩的达斯坦表演就会开始。正式开始表演达斯坦之前,艺人往往唱一两首木卡姆、不同达斯坦的选段或一个简短的幽默故事作为开场白,以营造一种歌者与听者之间的融洽气氛。有的艺人借助节奏较慢的其他达斯坦选段来逐渐进入演唱状态,还有些艺人以木卡姆片段开始。艺人这种开场白正好跟达斯坦开头的套语,例如"传说的传说者、故事的讲述者传说道,在某某城,有个某某人,叫某某名"等相对应。

在达斯坦演唱传统中,这种开头歌叫作"帖尔篾"(Tärmä)。④ "Tärmä"的词根是动词"tär-",⑤ 在现代维吾尔语中有名词"文摘",或形容词"采集的、捡出的,从四面八方聚集在一起的"之含义。⑥ "帖尔篾"在乌兹别克、哈萨克、柯尔克孜、卡拉卡尔帕克等突厥语民族中是一种即兴诗歌体裁的名称,跟维吾尔语一样,都源于动词"tär-"。⑦ 通过"帖尔篾"引入达斯坦的演唱方式在诸多民族口头传统中广为流传,尤其是乌孜别克族的达斯

---

① 〔美〕理查德·鲍曼:《作为表演的口头艺术》,杨利慧、安德明译,广西师范大学出版社2008年版,第31页。

② 冬天在屋内,夏天均在宽敞的院子里举行。

③ 麦西莱甫(Mäshräp)含义为"聚会"、"集会",意思是大家聚在一起娱乐,特指群体性的民间传统娱乐聚会。参见艾娣雅·买买提《一位人类学者视野中的麦西莱甫》,民族出版社2006年版。

④ 参见哈司依提·艾迪艾木《维吾尔族口头达斯坦演唱活动中的"帖尔篾"》,"首届中国维吾尔族民间达斯坦国际学术研讨会"(北京),2015年。

⑤ "tär-"在喀什等地的土语发音为"täy",因此"tärmä"也说成"täymä"。

⑥ 参见阿布利孜·亚库甫等编《维吾尔语详解词典》(二),民族出版社1991年版,第136页。

⑦ 参见〔德〕卡尔·赖希尔《突厥语民族口头史诗:传统、形式和诗歌结构》,阿地里·居玛吐尔地译,中国社会科学出版社2011年版,第82—83页。

坦演唱传统跟维吾尔族如出一辙："晚上的活动从吃一些简单的餐点开始。然后，歌手演唱一段所谓的'帖尔箧'作为自己主要演唱曲目的开场白。这些'帖尔箧'是他们自己创作的一些篇幅短小的抒情诗歌，或者是某一部'达斯坦'的片段，有时可能是来自古典文学中的诗歌段落。"①

　　帖尔箧演唱结束，接着进入达斯坦演唱。维吾尔族达斯坦篇幅一般不是很长，但要保证一次性演唱完，有时也往往会演唱到第二天作晨礼的时刻。中间根据听众的情况，也会有几次短暂的休息，不过艺人始终不换。演唱结束，除了主人，乡亲们也会送礼，表示各自对艺人表演的谢意。达斯坦艺人这种应邀表演，还会在婚礼、民族节日、游园等活动中进行。而在这些活动中，由于听众和艺人都受到较大的时间限制，艺人不会演唱整篇达斯坦。

　　以前达斯坦艺人主动去热闹的街道、集市、广场表演，借此谋生。不过现在几乎没有此类达斯坦艺人，我们只好从前人的回忆中得知过去的状况。喀什疏附县达斯坦艺人喀迪尔老人仍然记得他小时候疏附县热闹的达斯坦表演场景：

　　　　过去疏附县赫赫有名的热瓦甫琴手阿吾提·艾勒乃格曼常常在县城集市里表演。他开始演唱达斯坦之前，手持热瓦甫叮叮当叮叮当弹响。听到热瓦甫琴声，人们知道他要开始表演了，便赶来围在他四周。在听众集合的功夫，阿吾提跟他儿子达吾提（此人后成为国内外著名的热瓦甫歌手）说笑话。阿吾提开始演唱时，被他演唱所打动的听众，身边带着什么就扔给他，以表示对他说唱技艺的钦佩。②

　　那时，维吾尔族每周一次的巴扎日和格外热闹的古老的茶馆文化，给达斯坦表演创造了条件。许多达斯坦歌手把茶馆当作表演的场所，他们被称为维吾尔茶馆文化的一个不可分割的重要内容。正像洛德在他《故事的歌手》里所描述的："村舍聚会的情形也同样存在于聚落紧凑的乡村和

---

　　①　［德］卡尔·赖希尔：《突厥语民族口头史诗：传统、形式和诗歌结构》，阿地里·居玛吐尔地译，中国社会科学出版社 2011 年版，第 103 页。

　　②　根据笔者 2010 年 9 月 10 日访谈的录音记录整理。

小镇,在小镇里男人们经常聚在咖啡屋或小酒馆中,而不是村民家里。小酒馆是男人独享的天地,这种现象不仅限于穆斯林聚居地。在信仰伊斯兰教和基督教的人群中,妇女是不允许出入咖啡屋和小酒馆的。……附近的农民可能顺道来此逗留,坐下来交谈一阵,呷一口咖啡或拉基烧酒,听听歌。"① 过去维吾尔族的茶馆茶社里的说唱场景跟洛德在南斯拉夫咖啡屋和小酒馆所看到的口头史诗演唱场景十分相似。当时的维吾尔族茶馆是维吾尔男人的天地。按照维吾尔人的风俗习惯,男性聚集说笑娱乐的场所女性自然不会掺和的。因此,尽管妇女也可以出入茶馆,不过听众和演唱者几乎全部是男性。他们聚集在那里,沏一壶浓浓的茶水,边品尝香喷喷的热馕,边谈所见所闻。除了达斯坦演唱,还会有人给大家唱歌或讲幽默话,增添热闹气氛。可惜的是,茶馆里的这种口头演唱场景,从我们这一代人开始只能从前辈讲给我们的"童话"故事里去想象了。除了对小镇咖啡屋和小酒馆的演唱描写之外,洛德还描述了诸如南斯拉夫农民家庭、婚礼庆典晚宴等场所和每周一次的集市晚上、斋月期间穆斯林聚集时听艺人演唱消遣,以及听众对艺人演唱的酬谢方式等,这些都跟维吾尔族的达斯坦演唱传统有惊人的相似之处。

随着维吾尔族社会的发展和人们生活方式的变化,达斯坦演唱场所也日趋减少,过去民间自发组织举办的麦西莱甫等活动渐渐被官方组织的文艺活动所取代。达斯坦歌手大多作为县文工团或乡文化站的临时演员,按照组织,在规定的时间和地点演唱自己事先准备好的达斯坦片段,表演时间一般控制在5—20分钟,在这样的情况下艺人总会选唱达斯坦中自己认为最精彩的篇章。由于表演之前要进行数次排练,确定演唱内容,这种新型表演方式很大程度上降低了艺人即兴创编的能动性。

笔者前往疏附县塔什米力克乡文化站,一进文化站大院子,从办公楼里传来阵阵琴声和歌声。塔什米力克乡文化站的民间艺人有将近二十人,绝大部分是上了年纪的人,有善于跳舞的,有善于弹琴的,有善于扮演各种滑稽角色的,有善于编歌谣的,有善于说书的,个个身怀绝技。笔者访问几位艺人,他们当时正准备周末在乡文化广场举行的麦西莱甫活动。热

---

① [美] 阿尔伯特·贝茨·洛德:《故事的歌手》,尹虎彬译,中华书局2004年版,第19页。

情豪放的艺人们非常重视并表示赞同文化站组织的各项活动。因为，民间自发的麦西莱甫活动越来越少，在这里他们能重回舞台，继续展现才艺。跟同龄人一起排练，一起表演，能让他们过得很充实。文化站成了民间艺人们艺术生活的乐园（见图 1、图 2）。

图 1　阿克陶县皮拉勒乡文化广播站

图 2　疏附县萨依巴格乡文化站

二　达斯坦艺人演唱的基本特点

目前，新疆专职的达斯坦艺人少之又少，但是，为数不少的艺人或达斯坦爱好者从未停止过表演。通过几十年的演唱，他们在各自的表演地盘里形成了独具的演唱特点。基于对阿克陶县和疏附县民间艺人的跟踪调查，根据达斯坦艺人对程式的掌握以及表演中的记忆和创造，笔者将维吾尔族民间达斯坦艺人的演唱分为以下几类。

（一）纯凭记忆的创编性演唱

"哪里有维吾尔人，哪里就会有歌舞"，对音乐和诗歌的挚爱历来表现在维吾尔人生活的方方面面。维吾尔族悠久的口头传统与优美的旋律、严格的押韵息息相关，散韵体兼备的民间达斯坦传统尤为如此。民间达斯坦艺人在主题、重复出现的循环性片语等程式的基础上，发挥自己丰富的语言才能，流畅地演述一部达斯坦。按照帕里的观点，所谓的程式是指"在相同的格律条件下，为表达一种特定的基本观念而经常使用的一组词"。① 帕里的继承者洛德更进一步提出，程式不仅是重复出现的一组词，实际上程式还是到处弥漫的，在诗里没有什么东西不是程式化的。② 在维吾尔达斯坦演唱活动中，程式跟音乐一样，帮助艺人获得思考的时间。而主题是基本内容单元，讲述故事时，经常使用的意义群。并非是一套固定的词，而是一组意义③。达斯坦艺人在继承民间代代相传的程式的同时，主动创造自己独特的程式，丰富着维吾尔达斯坦传统。

扎根于民间的达斯坦歌手，仍然坚持口头学歌、口头创编、口头传播，通过这一过程，目不识丁的歌手形成了自己的表演特色。达斯坦艺人跟着师傅，口头掌握师傅演唱中重复出现的词、主题、故事范性等传统语言程式。就维吾尔族家喻户晓的民间达斯坦《玉素甫—艾赫麦德》而言，跟其他维吾尔族民间达斯坦一样，其结构主要由故事情节的散文体讲述和

---

① ［美］阿尔伯特·贝茨·洛德：《故事的歌手》，尹虎彬译，中华书局 2004 年版，第 40 页。
② 同上书，第 64 页。
③ 同上书，第 96—97 页。

曲调各异、韵律上口的诗歌演唱两部分组成。达斯坦故事的讲述模式主要遵循以下规律：达斯坦的开头曲，即帖尔簸、自幼失父、自少年文武双全、被亲人从故乡驱逐、建立王国、娶妻成家、驼队商人给他圆国王梦、被潜伏的汉奸所蛊惑、四十勇士与四万敌兵的生死战斗、坐牢七年、亲人双目失明、七只仙鹤给主人送信、对歌获胜得以释放、爱人被迫改嫁人、和家人团聚、重整旗鼓打败敌人等。达斯坦艺人在掌握了如何组织这些传统叙述因素的同时，还需要熟悉韵律、音调、旋律以及根据达斯坦故事情节的发展而相应展示的动作、表情、手势等非言语程式。然后，在传统结构允许的范围之内演述故事，对故事内容进行增删，发挥即兴创编能力。

另外，口耳相传的最大特点，便是故事演述过程中的变异性，而且每次表演，都会存在差异。这种差异有时可能是因为歌手遗忘，有时则可能是歌手有意而为。有意而为的变异，就是创作性演唱。但歌手的创作性演唱不能脱离原来的故事范式，不管如何变化，歌手都是在运用他熟悉的程式化语句、传统的主题和故事范型的基础上进行即兴创作的。

已故的达斯坦奇西布力汗·买买提明（1938—2012）虽目不识丁，在民间却最受欢迎。他出生在阿克陶县皮拉勒乡，对民间歌曲从小就耳濡目染。他父亲叫买买提明·依米尔巴克，会弹都塔尔，是位民间弹琴艺人，他哥哥也会弹热瓦甫。西布力汗小时候几次跟着父亲去听当地很有名气的达斯坦艺人哈吉①及其儿子的演唱。看到达斯坦艺人受到前来参加活动的群众百般尊重，便对这类娱乐大众的职业感兴趣。从18岁开始，他便向哈吉的儿子学唱达斯坦，后来给他的师兄敲鼓伴奏达20多年。老人告诉笔者，他跟着师傅口头学唱，三年学会《玉素甫—艾赫麦德》《乌尔丽哈与艾穆拉》《艾里甫与赛乃姆》《若仙老爷》和《斯伊特—安萨热》五部达斯坦。老人学唱始终未借助文字文本，演唱达斯坦用都塔尔琴伴奏。

表演和创编是同一过程的不同侧面，艺人演奏的瞬间，将故事主题和故事范型等与当时演唱场景融合在一起，使故事的意义更加具有现实性。

---

① 哈吉·艾勒乃格曼（Haji Älnäghmä），原名哈吉·赫孜买提（Haji Xizmät），识字，大约1885年出生于阿克陶县皮拉勒乡英阿尔帕村（Yengiwapa，即今十五村），1949年去世。20岁开始在民间演唱达斯坦，赢得"艾勒乃格曼"（älnäghmä，意为民间曲调）的美称。

西布力汗曾跟笔者说，为了加深听众的理解，他有时唱完一段优美的诗句后，会停止演奏乐器，在重复朗诵过程中，穿插解释歌词的话语，因为歌词里有好多古代语句。在一些情况下，他会依据故事情节的发展、转折或过渡，完全用富于变化的"音乐语言"来替代。

（二）背诵达斯坦文本的演唱

在诸多突厥语民族当中，维吾尔族较早进入文字时代，书面文学也比较发达，因此，书面与口头之间的相互渗透关系是不可避免的。就像柯尔克孜族口头传统中，随着玛纳斯奇识字人数的不断增加，单靠口头方式传承史诗的方法已经逐渐变为借助手抄本传承。手抄本或出版的文本，对于学习者来说，便于反复阅读，背诵，收藏，传阅和永久性保存一个比较规范、优秀、具有范本意义的唱本。①

维吾尔族民间达斯坦的传承者除了纯凭记忆、自由发挥、即兴创编的不识字艺人之外，还有通过背诵文字文本再面向听众演述达斯坦的民间艺人。比如阿克陶县艺人西布力汗老人的徒弟胡达拜尔迪。胡达拜尔迪当年听到有名的达斯坦歌手哈吉的儿子演唱的达斯坦，很受感染。哈吉临死前把他爱不释手的几部达斯坦书遗留给其鞋匠密友沙吾提。沙吾提经常把那些达斯坦念给他的顾客听，引起了不少人对他"故事书"的兴趣。胡达拜尔迪在鞋匠沙吾提那里再次听到当年的达斯坦故事，十分高兴，并花了三年时间把《玉素甫—艾赫麦德》《乌尔丽哈与艾穆拉江》《艾里甫与赛乃姆》三本书全部抄录完成。他白天劳动，晚上回家背诵。由于他背诵达斯坦文本的最终目的还是为了脱离文本在众人面前进行演唱，所以他还需要学会演唱并演奏达斯坦各不相同的旋律。等到背熟之后，他去找师父西布力汗，请他帮忙配曲。当时正向哈吉的儿子学达斯坦的西布力汗，把他学到的达斯坦曲调传授给了胡达拜尔迪。当然，胡达拜尔迪跟着西布力汗演唱，掌握的不仅是曲调，他还跟着师父演练表演时所需用的动作、表情、节奏、手势和眼神等来自传统的非语言符号。

沙吾提珍藏的那些文本来自西布力汗的师父，西布力汗是听他师父演唱的文本而口头学唱的。所以，胡达拜尔迪背完达斯坦文本之后，跟着不

---

① 参见阿地里·居玛吐尔地《〈玛纳斯〉史诗歌手研究》，民族出版社 2006 年版，第 150 页。

识字的西布力汗一起表演。虽然他们俩掌握的达斯坦文本来自同一个文本，但是，一起表演时往往会陷入讲述不一致所带来的困惑中。西布力汗演唱比较灵活，富有变异性，善于根据语境而即兴创编；而胡达拜尔迪则以书面的形式接受固定的文本之后，很大程度上依靠并努力去保持自己所掌握的文本，一直达到一字不漏的流利水平，其演唱始终追求稳定性。在他看来，原文似乎是最佳模范，忠实于原文是他的表演原则。但事实上，在持续几个小时的达斯坦讲唱过程中，艺人不可能一字不差地讲述和演唱。为了让听众喜欢，他的演唱或多或少地会偏离固定文本，传播的信息远远超出艺人要复述的书面文本，我们在他每一次演唱的文本之间都能找到差异，他的每一次演唱也可以算是一种新的变体。来自传统的程式、主题和故事范型的掌握以及表演中发挥和创造的不同，导致了这两个艺人演唱同一部书面文本时，总会出现不一致的演述。这说明在他们的演唱过程中，文本背后的传统发挥了能动作用。

（三）照本宣科式念诵

作为口耳相传的民间作品，在口头达斯坦的演述过程中，记忆始终起着关键性作用。就像上文我们谈及的，充满戏剧性的达斯坦要求歌手具备掌握程式、主题、故事情节、曲调节奏的能力以及丰富的语言能力。但是，现实中不一定每位热爱达斯坦演唱的艺人都具备这一条件。

阿克陶县和疏附县的一些民间艺人，曾受过正规的系统教育，有的还上过经文学校，他们不仅精通现代维吾尔文，还会读察合台维吾尔文[①]和阿拉伯文，具备解读流传于维吾尔民间的各类文字手抄本的能力。由于留存在民间的许多达斯坦文本都是察合台维吾尔文抄本，因此，他们拥有掌握更多达斯坦文本的优势。

达斯坦表演依赖的首先是语言，不过达斯坦演唱是语言艺术和音乐艺术的有机复合体，艺人的语言才能要跟其艺术创编和生动传达相结合，才能更好地体现艺人的演唱水平。当然，演唱中由于文字文本和语境的限定，手持乐器并照着文字文本演唱达斯坦的艺人难以做到语言与动作、创

---

① 察合台维吾尔文是维吾尔族从 14 世纪到 20 世纪初普遍使用的以阿拉伯字母为基础的拼音文字。

编与互动同时进行。固定的文字文本对歌手的现场表演水平和创编能力产生巨大的影响,并束缚文本的相应变异。识字艺人、疏附县塔什米力克乡的农民吾舒尔·麦麦提是当地备受欢迎的达斯坦奇。吾舒尔老人也是小时候听到哈吉的儿子演唱的达斯坦后,便产生了学习达斯坦演唱的欲望。他找到一些当地流传的达斯坦文本,根据达斯坦内容,自己选配相应的木卡姆曲调,手持达斯坦文本演唱。在这种表演中,由于艺人始终看着文本,很少使用肢体语言,达斯坦演唱的戏剧性受到很大程度的限制。

(四) 背诵与照念兼行的演唱

有些后来学习达斯坦演唱的艺人,尝试继承达斯坦演唱传统而脱离手抄本进行口头演唱。但是,"记忆需要一个强化而且专心致志的训练。这种训练常常要在早期进行"①。而缺乏这种训练的艺人,往往不能随心所欲,常常会在演唱过程中因遗忘而不得不借助文字文本。这方面,以疏附县萨依巴格乡达斯坦艺人喀迪尔·麦合苏提的演唱方式最为典型。

喀迪尔·麦合苏提的母亲来自乌兹别克斯坦,能说会道,曲不离口。麦合苏提小时候受母亲的影响,喜欢创作诗歌,并对民间达斯坦很感兴趣。他利用工作之余演唱达斯坦,因为平时没有机会演唱,上台表演时常常忘词。他说:"有一次去乌鲁木齐参加一个大型表演活动,我没带我的抄本。排练过程中,我怎么也想不起来其中的一段,而这段又很重要,不能跳过。后来领导给我找来一本书,其中有我需要的。没想到,那本书里的故事情节、诗句都跟我的抄本特别相似,几乎没太大的差别。我就把那段诗句抄在纸条上,贴到都塔尔的杆上,防止演唱过程中再遗忘。"

维吾尔达斯坦奇的传唱情况告诉我们,维吾尔口头传统与书面文本的关系,不仅仅是从口头传播到文字记录的单向关系。"当歌手把书面的歌看成为固定的东西,并试图一字一句地去学歌的话,那么固定文本的力量,以及记忆技巧的力量,将会阻碍其口头创作的能力。……这是口头传承可能死亡的最普遍的形式之一。"② 但是,随着文字的普及和生活条件

---

① 〔德〕卡尔·莱希尔:《口头史诗的记忆、演述和传播》,中国社会科学院民族文学研究所"国际史诗学与口头传统研究讲习班"(北京),2010 年。

② 〔美〕阿尔伯特·贝茨·洛德:《故事的歌手》,尹虎彬译,中华书局2004 年版,第19 页。

的改善，也有艺人将书面的达斯坦文本搬到维吾尔族口头传统中，重新传唱在民间。书面文本与口头文本之间的这种相辅相成的和谐关系是现代社会和生活方式不断冲击维吾尔族口头传统不可避免的结果。

三 在"创造型"与"复述型"之间的达斯坦艺人

德国学者卡尔·赖希尔根据歌手在表演中的再创作，对创造型和复述型歌手进行区分。创造型歌手有创造"新"歌的能力；复述型歌手则固守自己背会的歌，没有任何变化，却同时能够"创造"出另外一些篇幅短小的作品。复述型仅仅表明歌手具有强烈的文本稳定意识，但是由于演唱技艺的特殊需要，歌手每次演唱的文本之间都有差别。[①] 有鉴于此，上述第一类达斯坦艺人可以被称为创造型达斯坦奇，这类达斯坦奇是传统类型的歌手，而第二、第三、第四类艺人属于复述型达斯坦奇。从"口头程式理论"的角度来看，优秀的叙事诗演唱者应该不是仅靠记诵，也不是仅靠复诵，还应该是靠创编来完成表演的。[②] 复述型达斯坦奇也可以通过反复演练，掌握达斯坦传统的演唱技巧，逐渐解脱文字文本的禁锢，融入到传统之中，演唱中或多或少进行创编，成为传统的创造型达斯坦奇。如上述识字达斯坦艺人喀迪尔和胡达拜尔迪，他们均先背诵书面达斯坦文本，后配曲调，在民间口头演唱，可他们现在的演唱方式、动作、语言、曲调都跟刚开始演唱生涯的时候截然不同。喀迪尔老人注重达斯坦曲调和达斯坦故事发展的匹配，因此他每次演唱的同一部达斯坦中同一部分的曲调也不尽相同；而胡达拜尔迪的演唱曲调相对稳定，他更重视演唱中语言的组织和听众对他演唱的反馈。他每次演唱都灵活发挥语言能力，组织程式化主题，争取听众的赞叹和奖励。因此，他在不同场合给不同听众演唱的达斯坦也不相同。他们多年来在与听众的互动中不断成长，熟悉程式化因素的运用，并形成了各具特色的创造风格。

---

① 参见［德］卡尔·赖希尔《突厥语民族口头史诗：传统、形式和诗歌结构》，阿地里·居玛吐尔地译，中国社会科学出版社 2011 年版，第 96 页。

② 朝戈金：《口传史诗诗学：冉皮勒〈江格尔〉程式句法研究》，广西人民出版社 2000 年版，第 15 页。

　　从阿克陶县和疏附县的维吾尔达斯坦艺人的现状来看，达斯坦艺人年龄均在六旬以上，目前没有徒弟在民间独自传唱达斯坦。民间演唱活动也迅速减少，演唱的时间、地点也日益定型，民间自由组织的活动被文工团组织的定期演出活动取代。达斯坦歌者与听者二者之间的互动语境发生本质的变化。

　　在日益濒危的维吾尔族口头达斯坦传统中，上述几类达斯坦传唱艺人对口头传统的延续起到了积极作用。有些艺人目不识丁，口头学唱达斯坦，熟练掌握着程式化语句、主题、故事范型以及非言语程式。他们活跃于民间，保持着维吾尔族口头传统的原汁原味儿。此类达斯坦艺人可谓传统的创造型达斯坦奇。还有大部分达斯坦艺人借助民间的手抄文本或已刊布的文本，念诵或背诵文字抄本。他们当中有些艺人通过倾听和观看演唱的方式来掌握传统程式，久而久之脱离文字，也在民间口头传唱达斯坦，力图由复述型达斯坦奇升华为创造型达斯坦奇。当然，也有一些艺人无法摆脱文字文本的限定，他们可谓复述型达斯坦艺人。复述型艺人虽然不能做到表演中的即兴"创作"，却让歌者与听者的互动过程得以延续，使传统说唱行为与现代接轨，竭力感染大众，跟创造型艺人一同，为维吾尔达斯坦的传承作出了巨大的贡献。

原载于《西北民族研究》2016 年第 4 期

　　吐孙阿依吐拉克，女，维吾尔族，1983 年 8 月出生，新疆维吾尔自治区喀什人，中国共产党党员，中央民族大学语言学博士，2011 年 7 月

至今在中国社会科学院民族文学研究所北方民族文学研究室工作，助理研究员，研究方向：维吾尔族民间文学。国家社科基金青年项目"维吾尔族民间达斯坦的口头诗学研究"主持人。代表作有《口头诗学视角下的维吾尔族达斯坦演唱传统》（论文）、《维吾尔达斯坦文化的传承与保护现状研究》（论文）、《现代维吾尔语动词的语义分类》（维吾尔文版）等。

北京木刻版《格斯尔》新旧汉译本比较研究

包秀兰

1716 年在北京以木刻版刊行的《十方圣主格斯尔可汗传》（Arban Jüg-ün eǰen Geser qaγan-u tuγuǰi orusiba，以下简称"北京木刻版《格斯尔》"）先后被译成多种文字，1839 年蒙古学家施密特（Isaac Jacob Schmidt）在圣彼得堡用德文翻译出版的版本是北京木刻版《格斯尔》第一个外文译本，而汉译本出现较晚。1960 年出版、由桑杰扎布翻译的《格斯尔传》① 是真正意义上的第一个汉译本。此后，尽管也出现一些汉译本，但都不是严格意义上的完整译本，多为节选译本，或是木刻版与其他版本结合的译本。2016 年出版的陈岗龙、哈达奇刚等翻译的《十方圣主格斯尔可汗传》② 是北京木刻版《格斯尔》的第二个汉译本。

北京木刻版《格斯尔》新旧两种汉译本，无论是情节内容，还是篇章结构，皆为蒙古文原文的完整译本。但通过比较可发现，两种译本在体例、语言修辞等方面都有各自的特点。本文对北京木刻版《格斯尔》两种汉译本进行比较研究，以下简称 1960 年出版的译本为"旧译本"，2016 年出版的译本为"新译本"。

一　体例的比较

体例的选择是新旧两种汉译本最直观的结构特点。首先，在章节结构

---

① 桑杰扎布译：《格斯尔传》，人民文学出版社 1960 年版。
② 陈岗龙、哈达奇刚等译：《十方圣主格斯尔可汗传》，作家出版社 2016 年版。

方面，北京木刻版《格斯尔》蒙古文原文由七章构成，章前没有标题，只标明分章序号，每章最后有提炼该章主要内容的一句话作为结束语。新译本原封不动地保留了原文的体例，而旧译本作了改编。旧译本也分七章，但把每章结尾的结束语改为每章的标题，同时将原文较长的结束语进一步缩短，使其看上去更加符合标题规范。例如，根据新译本的翻译，原文第二章结束语为"十方圣主格斯尔可汗十五岁时带领三十勇士镇压北方巨大如山的黑纹虎的第二章"（第247页），旧译本第二章标题则为"格斯尔斩除北方魔虎"（页2）。第三章、第六章、第七章的标题与第二章风格类似。遇到情节内容较多、篇幅较长的篇章，旧译本又把每一章分为多个小节，即第一章分为二十二节，第四章分为五节，第五章分为二十二节，且每一节都提炼出一个独立的标题，甚至在每一小节内部也多次用分隔符分隔。如此一来，各章节篇幅的长短变得均衡，却割裂了每一章故事情节的连贯性和完整性。

此外，北京木刻版《格斯尔》蒙古文原文①最后有"maṅgalam！"一词，乃是佛经结尾必用的祈福语。新译本将此译成"愿吉祥！"（第247页）并作了注释。最后一页的出版时间，新译本也没有省略，如实翻译为"康熙五十五年，丙申孟春吉日"（第247页），而旧译本省略了这几行文字。事实上，这些被旧译本忽略的文字，恰恰包含非常重要的信息，没有这几行文字，我们无从得知北京木刻版《格斯尔》确切的成书时间，也无法感知史诗文本与宗教经卷文学的文化联系。

旧译本这种章节结构，并不是译者所为，而是编辑在校订过程中修改的。旧译本"编者后记"中提到："本书系译者据蒙文本译出，我们在审阅译稿时，因不谙蒙文，便据俄译本（苏联学者斯·阿·郭增②译，一九三六年出版）做了一些校订工作。……其次，原译稿只分章，不分节，而俄译本则将书中较长的三章（第一章、第四章和第五章）分为若干小节，又将较长的小节分为若干段，段与段之间空一行。我们认为俄译本这

---

① 本文参考的蒙古文原文为《格斯尔全书》第1卷中出版的木刻版影印版本。斯钦孟和主编：《格斯尔全书》（第1卷），民族出版社2002年版。

② 现约定俗成的译法为"科津"。

种分节、分段的办法对于读者阅读比较方便,便据俄译本将译稿作了类似的处理,各章、节的题目亦主要根据俄译本译出。"① 由于校稿者并不懂蒙古文,所以就不能依据原文校订,加之他们对《格斯尔》史诗的认识有限,注重是否符合现代读者的阅读习惯,因而旧译本的体例与原文之间产生了较大差异。而新译本是严格遵循原文的体例谋篇布局的,我们完全可以将新译本与蒙古文原文一一对照,以查阅和校勘。从学术研究的角度讲,新译本忠于原文体例的做法,更有学术价值和资料学价值。

二　语言修辞的比较

北京木刻版《格斯尔》新旧汉译本在语言修辞方面体现出鲜明的差异。在专有名词的翻译、句式结构的选择方面,新旧译本各有特点。旧译本还存在不少编译问题,新译本则依照蒙古文原文翻译,未作任何改动,并且参照旧译本错译之内容作了注解校勘。

(一)专有名词的翻译

首先,在人名翻译方面,旧译本和新译本都采用音译的方法。大多数人名基本一致,差别只在于选用的个别字的不同。例如,"阿敏萨希格奇"与"阿敏萨黑克齐"、"威勒布图格奇"与"威勒布图格齐"、"特古斯超克图"与"特古斯朝克图"、"茹格慕·高娃"与"茹格牡—高娃"、"阿珠·墨尔根"与"阿珠—莫日根"、"阿尔伦·高娃"与"阿尔鲁—高娃"等相互对应,前者为旧译本的,后者为新译本的。(以下举例,如无特别指出,皆依照此顺序。)

有些人名的翻译存在发音的差异,例如,"珠儒"与"觉如"、"哲萨·希格尔"与"嘉萨—席克尔"、"楚通诺颜"与"晁通诺彦"等。这其中也有翻译习惯问题。无论哪一种翻译,都不会产生歧义,并不影响理解。

然而,也有一些人名的翻译,存在明显的差别。例如:格斯尔的外公,旧译本为"侯巴彦",新译本为"苟巴彦";格斯尔的人间母亲的名字,旧译本为"格格莎·阿木尔吉勒",新译本为"苟萨—阿木尔吉拉";

---

① 桑杰扎布译:《格斯尔传》,人民文学出版社 1960 年版,第 270 页。

格斯尔的祖母，旧译本为"阿布莎·胡尔扎圣母"，新译本为"那布莎—古尔查祖母"；汉地贡玛汗的女儿，旧译本为"红娜·高娃"，新译本为"贡玛—高娃"，等等。如此差异形成的原因在于，旧译本是根据北京木刻版《格斯尔》蒙古文原文的字形翻译人名的，而新译本在蒙古文原文的基础上还参照了藏文《格萨尔》相应人名的汉译。在新译本的代译序中，译者就个别人名的翻译作了校勘及说明。①

其次，在对某些专有名词的翻译上，新旧译本表现出源自不同信仰体系和文化传统的差异。例如，《格斯尔》史诗中，三十三天之主最高的天神派遣自己的儿子降生凡间，为世间斩妖除魔。这位天神的名字，旧译本译为"玉皇大帝"（第1页），而新译本译为"霍尔穆斯塔滕格里"（第1页）。在蒙古人的信仰系统里，"腾格里"是主宰万物的神明，而"霍尔穆斯塔滕格里"（qurmusta tngri）就是众多腾格里中至高无上的主宰者。若要意译，可译成"帝释天"②，这更符合藏传佛教在蒙古地区的传播历史和文化传统。Qurmusta原本是蒙古人古代萨满信仰体系中最高的神，藏传佛教传入蒙古地区后，吸收使用这个称呼；玉皇大帝则是汉族神话中的天神，虽然也是天界级别最高的神，但完全属于另一个信仰体系。二者不能混为一谈。《格斯尔》史诗作为蒙古人的文化传统，其中不该出现"玉皇大帝"这样的神灵名称。所以，旧译本的翻译是错误的，新译本翻译为"霍尔穆斯塔滕格里"是正确的。类似的例子还有"善观自在菩萨"与"阿日亚拉姆女神"。旧译本将格斯尔的三位神姊之一的"Ariy_ a alamkari ökin čaɣan tngri"翻译为"善观自在菩萨"（第6页），而新译本音译为"阿日亚拉姆女神"（第6页）。旧译本的翻译显然沿用汉传佛教的习惯，新译本体现的是藏传佛教对神明的称呼。

又如，旧译本将格斯尔可汗的夫人都称之为"妃子"（例如阿尔伦·高娃妃子，第106页），"妃子"是汉族古代帝王的妾，而格斯尔可汗的

① 陈岗龙、哈达奇刚等译：《十方圣主格斯尔可汗传》，作家出版社2016年版，第13页。
② 帝释天，梵文"Śakro devānām indrah"的意译，意思是"能够为天界诸神的主宰者"，有时简称"因陀罗"。他本为印度教司职雷电与战斗的神明，后被佛教吸收为护法神。蒙古文化体系中往往将"因陀罗"译成"霍尔穆斯塔"。

夫人们被称作"qatun",她们之间并无地位高低之分,所以新译本译成"夫人"(例如阿尔鲁—高娃夫人,第 93 页)是较为准确的。"k'arudi"是出现在北京木刻版《格斯尔》中的神鸟,旧译本译为"彩凤"(第 73 页),新译本译为"大鹏金翅鸟"(第 67 页)。此神鸟为佛教八部众之一,来源于印度神话当中毗湿奴的坐骑"garuḍa"(梵文),而凤凰是汉族古代神话中象征祥瑞的百鸟之王。在翻译成蒙古语时,这两种鸟虽然都译作"karudi",但究其根源,二者原本属于两种文化体系,不能完全等同。在《格斯尔》史诗中,译成常用的佛教用语"大鹏金翅鸟"无疑更契合原文的风格。

再次,在翻译地名或其他一些名词时,旧译本采用意译,新译本则用音译。比如:"küseleng-ün obuγ_ a",旧译本译为"理想的敖包"(第 6 页),新译本译为"呼斯楞的敖包"(第 6 页);"otuγ",旧译本译为"部落"(第 81 页)或者"国"(第 1 页),新译本则译为"鄂托克"(第 8 页)。也有旧译本音译,新译本意译的例子。比如:"enggirikü-yin Ĵo",旧译本译为"恩和勒古岗"(第 78 页),新译本译为"太平梁"(第 71 页);"erdeni-yin qaγan",旧译本译为"额尔德尼可汗"(第 78 页),新译本译为"珍宝可汗"(第 71 页);"sudarasun balγasun",旧译本译为"索达拉逊城"(第 1 页),新译本译为"善见城"(第 1 页)。史诗中出现的地名或人名等专有名词的翻译使用音译更为恰当,这些名称在汉语中很少有对应的名字,而是《格斯尔》史诗特有的。音译可以直观地体现史诗原文的特点,同时便于和原文对照阅读,避免产生歧义。至于"bolĵumur-un qoγulai"这一名词,旧译本意译为"鸟道峡谷"(第 38 页,第 78 页),新译本译为"叫做'麻雀喉咙'的峡谷"(第 34 页,第 70 页),新译本的翻译是音译与意译的结合。哪一种译法更确切,这关系到如何理解原文的意思。若将"bolĵumur-un qoγulai"理解为一个专有地名,那么可音译为"宝勒珠木仁好古来",若理解为一处只有飞鸟才能飞越的险绝之地,那么可译为"鸟道峡谷"。

(二)旧译本的编译

旧译本的译者根据自己的理解,编译了原文中的一些内容。在此,我们分别从新旧译本中选取实例进行比较分析。

1. 对原文并没有逐字词精确翻译，而是作了编辑。例如：

　　当我十三岁的时候，我杀掉了<u>病魔巨头鬼</u>，根绝了疫病之源。
（旧译本，第 80 页）

　　十三岁的时候，我杀死了<u>炭疽之王、长着瘤胃头的恶魔</u>。（新译
本，第 72 页）

2. 原文中没有，旧译本增加的内容。例如：

　　古代某一个时候——在释迦牟尼佛涅槃之前，玉皇大帝驾临西天
参谒佛祖；当他到<u>灵山胜境雷音寺宝莲台</u>下礼拜叩头之后，<u>佛祖为了
普救众生，大发慈悲，开善口</u>，降下法旨："……待你驾回<u>凌霄宝
殿</u>……"（旧译本，第 1 页）

　　在古代的一个时候，释迦牟尼佛涅槃之前，霍尔穆斯塔腾格里去
拜见佛祖。顶礼膜拜之后，佛祖对霍尔穆斯塔滕格里下旨说道：
"……你回家后……"（新译本，第 1 页）①

　　善观自在菩萨用碗端着一个煮熟的婴孩——<u>人参果</u>送到她面前。
（旧译本，第 75 页）

　　阿日亚拉姆女神给茹格牡—高娃端来了煮熟的婴儿。（新译本，
第 68 页）②

3. 原文中本来有的内容，旧译本却删减了。例如：

　　当我二岁的时候，有个狗嘴羊齿的魔鬼，他变成一个道行高深的
喇嘛。（旧译本，第 77 页）

---

　　①　蒙古文原文中并没有灵山胜境、雷音寺、宝莲台、凌霄宝殿等名称，这些均为旧译本译
者增加的内容。原文此处句子的表达方式也十分简洁直接，并无过多的修饰语或扩展描述。
　　②　"人参果"为旧译本译者所加。人参果是汉族小说中才有的物品，北京木刻版《格斯
尔》蒙古文原文中并无"人参果"这一词。

在我两岁的时候，长着山羊牙和铁獠牙的狗嘴魔鬼变身为<u>工布老爹格隆喇嘛</u>。(新译本，第 69 页)

(楚通诺颜) 挎上他的箭袋 (旧译本，第 106 页)
(晃通诺彦) 挎上<u>蚂蚁形状</u>的箭袋 (新译本，第 93 页)①

翻译中的擅自增删和编辑，有可能造成重要信息的缺失。尤其对史诗文本的翻译而言，编译的后果就更加显而易见。正如以上例句所示，旧译本的编译使得原文中一些极为重要的内容或缺失，或失去准确性，令译文与原文之间产生较大差异。

(三) 旧译本的错译

通过对比新旧译本之后发现，旧译本在某些内容的翻译方面，存在比较明显的错译现象。以下实例中的画线部分，新译本的翻译与蒙古文原文一致，旧译本的翻译明显错误。

<u>在阿修罗界召开的那达慕大会上</u> (旧译本，第 4 页)
<u>在梵天和十七个腾格里天神相聚而召开的那达慕上</u> (新译本，第 4 页)

一匹<u>与生灵无害</u>的神驹 (旧译本，第 5 页)
一匹<u>不会被任何四条腿的生灵赶超在前</u>的良马 (新译本，第 5 页)

谁要是打死一只<u>鹿</u>，先割下它十三节尾巴骨 (旧译本，第 79 页)
能够杀死凶恶无比的<u>野牦牛</u>并割下十三节牛尾骨的人 (新译本，第 71 页)②

---

① 蒙古文原文中有"蚂蚁形状"这一修饰语，以此来更生动地表现晃通的猥琐形象，这对于塑造人物形象有衬托的作用。新译本保留了诸如此类的修饰语，旧译本则为未予以重视。

② 蒙古文原文为 buq_ a，翻译成"野牦牛"是正确的，buyu 才是鹿。

　　珠儒叫茹格慕·高娃面朝四方行了<u>九九八十一遍礼</u>，并对她讲述了<u>二十六条妇道箴言</u>；于是我让她拜了四方众神，并向她讲了<u>九九八十一条箴言</u>。（旧译本，第 77 页；第 81 页）

　　格斯尔让茹格牡—高娃面向四方，向诸神各顶礼<u>四九三十六次</u>；格斯尔让阿珠—莫日根面向四方，给诸神顶礼膜拜了<u>四九三十六次</u>。（新译本，第 69 页；第 74 页）①

　　<u>结果我成了万众的人杰</u>。（旧译本，第 78 页）
　　<u>我还叫所有人都皈依了陀音</u>（佛法）。（新译本，第 71 页）

　　此外，旧译本多次提到"契丹"，但原文中并没有这个名词。格斯尔可汗去治理的是汉地贡玛汗的朝政，与契丹没有任何瓜葛。显然，旧译本错误地将"Qitad"译作"契丹"。例如：

　　她又为了消除<u>契丹奴隶</u>的灾难，把头发披向身后。（旧译本，第 81 页）
　　说一句"不要祸及我的<u>奴仆</u>"，就使头发顺着后背垂下来。（新译本，第 73 页）
　　他去治理<u>契丹国</u>固穆王的朝廷，娶了红娜·高娃。（旧译本，第 103 页）
　　他治理<u>汉地</u>贡玛汗的朝政，娶了贡玛—高娃公主。（新译本，第 93 页）

　　在茹格慕·高娃所住的官帐里有一个<u>契丹仆人</u>——安春服侍她。（旧译本，第 103 页）
　　茹格牡家有一个名叫<u>安冲</u>的仆人。（新译本，第 91 页）

----

　　① 蒙古文原文为 dörben Jüg qanduɣulJu yisüged yisüged ɣučin Jirɣuɣan surɣal üge Jarliɣ bolba。此处提到的数字应为三十六，而非八十一。此句意为面向四方，每个方向九次。新译本的翻译正确，旧译本理解错误。

以上例句中，旧译本的翻译与原文的意思相差太多，导致了歧义，甚至传递错误的信息。尤其将"汉地"错译为"契丹"，使得北京木刻版《格斯尔》传递的文化信息产生偏差，令读者误解。

（四）句式的选择

北京木刻版《格斯尔》旧译本与新译本的句式结构各有特点。大致而言，新译本基本按照蒙古文原文的风格翻译，尽量保持原文的特点，而旧译本在原文核心内容的基础上作了一定的改动，多采用符合汉语表达习惯的句式结构。

北京木刻版《格斯尔》第一章有一段内容是格斯尔可汗跟茹格牡—高娃讲述自己的神奇历史，从出生开始，直到十五岁，每一年的神勇事迹。每件事讲述完，最后都有一个总结性的句子作为结束语。新旧汉译本在翻译这些句子时，采用了不同的句式。例如：

> 这难道不能证明我是威镇十方仁智圣主格斯尔可汗吗？（旧译本，第 78 页）
>
> 我就是铲除这些恶魔的十方圣主格斯尔可汗。（新译本，第 71 页）

> 难道你不知道我是人上人格斯尔可汗吗？（旧译本，第 78 页）
> 我是陀音格斯尔可汗。（新译本，第 71 页）

> 难道你不相信我是天下无敌神箭手格斯尔可汗吗？（旧译本，第 79 页）
>
> 我是超过一切神箭手的格斯尔可汗。（新译本，第 72 页）

新译本全部用陈述句来表达，而旧译本采用陈述句和反问句交替的句式。蒙古文原文这些句子末尾都有"bi bisi buyu"（意为"不是我吗/不就是我吗"）三个短语重复出现，用来加强语气，强调格斯尔所做之事的神奇性，衬托格斯尔的英勇盖世。旧译本的句式变化，表现出一种灵活性，避免千篇一律。新译本选择的句式一致，没有变化，用最简单的陈述句叙述。在语义的表达方面，陈述句或反问句，无论选择哪一种句式，都不会产生歧义，均可准确表达原文的含义。不过反问句相比陈述句，多一些语气的强调和情绪的渲染。

格斯尔十四岁时迎娶阿珠—莫日根的故事，旧译本用第一人称讲述，与此前几个段落的讲述一致，以"我在十四岁的时候"（旧译本，第80页）开始，以"这就是我在十四岁的时候智取龙女的故事"（旧译本，第81页）结束。而新译本采用的是第三人称叙述，开头是"格斯尔十四岁的时候"（新译本，第72页），结尾是"就这样，格斯尔十四岁的时候，娶了龙王的女儿阿珠—莫日根"（新译本，第74页）。蒙古文原文则是用第三人称开始讲述，以第一人称的句子结束。原文和两种汉译本叙述人称的差异来源于原文中一个特别的表达方式，即句尾有一个"bi"（蒙古语的第一人称代词"我"）。中古蒙古语的句型有一种SOVS（主语＋宾语＋谓语＋主语）句型，即作为主语的人称代词在句尾再次出现的句型，人称代词为第一、第二、第三人称皆可，有时会省略句首的主语。例如："bi ene aγui-yi toγuriγsan γoirinči lam_ a bile bi, ene aγui-in aliba qad-tu kürbe bi."① 这种句型常见于中古蒙古语文献，但在现代蒙古语大多数方言中已彻底消失，只在卫拉特、卡尔梅克、布里亚特等方言中留存下来，且并非以标准的SOVS句型存在，而是人称作为谓语动词的后置词存在。北京木刻版《格斯尔》中句尾的人称代词，有时是SOVS句型的后置主语，有时却是谓语动词的后置词。原文混合运用不同人称，这一点在新旧汉译本中均无体现。

格斯尔讲述十五岁的故事时，旧译本用的是表示将来时的句子："在我十五岁的时候，我将要以雷霆万钧之势和神龙吟吼一般的声威斩妖降魔，纵横天下！"（旧译本，第81页）新译本的句子则为现在时："今天，十五岁的我正像上天一样万雷震顶，像龙神一样呼啸威武。"（新译本，第74页）新译本的句子与原文一致，原文中的意思是格斯尔当下的状态，而不是将来要做的事。现在与将来的时态，表达的意思完全不同，旧译本的翻译，会引起对格斯尔年龄的困惑。

北京木刻版《格斯尔》第五章有一段对茹格牡—高娃夫人美貌的描述。

---

① 斯钦孟和主编：《格斯尔全书》（第1卷），民族出版社2002年版，第137页。

<u>体态轻盈窈窕</u>，当她站立起来，好比锦缎裹着嫩绿的松柏枝<u>迎风曳摇</u>。当她坐了下去，<u>那神态更是娴雅端庄</u>，真象那能容纳五百人众的洁白帐幕一样<u>雅致</u>而稳重。若问她的肌肤如何，如果她漫步在艳艳的夕阳里，娇嫩得将要融化。如果她伫立在东升的明月下，就会被寒光激得象凝脂那样酥润。她的脸庞<u>艳光四射</u>，午夜的黑暗掩罩不住她的光彩，仿佛能照亮万马的明烛那样<u>夺目灿烂</u>。她的右肩上飞舞一只金翅鸟，左肩上迴翔一只银翅鸟。（旧译本，第 151 页）

（她）站起来的时候，<u>如同用漂亮的锦缎裹着的松树</u>；（她）坐着的时候，<u>如同能容纳五百人的洁白宫帐</u>；（在她的）右肩上，<u>犹如金蛉子在翻飞</u>；左肩上，<u>犹如银蛉子在翻飞</u>。她娇嫩得简直让人担心，她若坐在下午的阳光下就要熔化；她娇嫩得简直让人担心，她若坐在东边刚刚升起的月光下就要凝结。她的<u>光彩照亮了黑夜，守夜人可以如数点清千军万马</u>。（新译本，第 134 页）

新译本基本根据蒙古文原文翻译，只是在括弧里增加主语、定语等句子成分，便于理解。旧译本中这一段为韵文格式，而且多了很多原文没有的词语，譬如"体态轻盈窈窕""迎风曳摇""雅致而稳重""艳光四射""夺目灿烂"等。这些词语都较为抽象，体现出汉语讲究抽象概括和隐性的特点。由于蒙古人的思维模式和语言特点，蒙古史诗中描述女子的美貌、英雄的神勇、骏马的神采、作战过程、作战之前的武装时，多用具象化的比喻和修饰语，极少使用抽象语词，抽象的概念往往借助"如""像""一样"等词语加实物来具象化，或使用比较级表现。这一段形容茹格牡—高娃夫人的片段，新旧汉译本在语词选择上有很大不同。"松树""洁白宫帐""金/银蛉子""守夜人""千军万马"等皆为蒙古人游牧生活中的事物，由此不难看出，蒙古史诗中的表述形式与蒙古人日常所处的自然环境和社会生活密不可分。旧译本增加的那些抽象形容词，弱化了史诗原文的蒙古文化特点。"松树"对应"体态窈窕"，"能容纳五百人的洁白宫帐"对应"娴雅端庄"，"光彩照亮了黑夜"对应"艳光四射"，"守夜人可以如数点清千军万马"对应"夺目灿烂"，具象与抽象的对应，折射出蒙古语和汉语两种截然不同语言的文化特性。

北京木刻版《格斯尔》中嘉萨—席克尔的坐骑和武器，旧译本译作"飞翅枣骝马""青钢刀"（旧译本，第38页），新译本为"长着翅膀的枣骝马""钻石般坚硬无比的青钢刀"（新译本，第34页）。用"长着翅膀"形容枣骝马的"快"，用"钻石"比喻青钢刀的"坚硬"，以具体事物使抽象的概念具象化，这是一种固定的修辞，在史诗文本中反复出现。每一位人物及其坐骑和武器装备的描写，都有独特的固定程式，但无一例外都使用具象化的描述。新译本的译文如实呈现了原文的表达方式。

不只是《格斯尔》史诗，其他蒙古史诗也是如此。例如，《江格尔》史诗中赞美江格尔的坐骑阿兰扎尔：

> 阿兰扎尔的脖颈八庹长，天鹅的脖颈一样秀丽。
> 阿兰扎尔的鬃毛，湖中的睡莲一样柔媚。
> 阿兰扎尔的两条前腿，山上的红松一样峭拔。
> 阿兰扎尔的双耳，精雕的石瓶一样名贵。
> 阿兰扎尔的牙齿，纯钢的铡刀一样锋利。
> 阿兰扎尔的四蹄，如钢似铁。
> 阿兰扎尔的眼睛，比苍鹰的眼睛还要敏锐。①

此处，用"睡莲""红松""石瓶""铡刀""钢铁"等具体事物比喻阿兰扎尔的"鬃毛""前腿""双耳""牙齿""四蹄"之"柔媚""峭拔""名贵""锋利""结实"，而通过与"天鹅"之间的对比体现其脖颈的"长而秀丽"。在描述阿兰扎尔眼睛时采用比较级的表现形式，即"比苍鹰的眼睛还要敏锐"②。史诗具象化的比喻和修饰语，不仅源自语言本

---

① 霍尔查译：《江格尔》，新疆人民出版社1988年版；转引自仁钦道尔吉《中国少数民族英雄史诗〈江格尔〉》，浙江教育出版社1995年版，第130—131页。

② 蒙古语比较级表现形式之一是：喻体 + aas/ees/oos/uus + 形容词。此例中"苍鹰的眼睛"是喻体，其后的附加成分译成汉语后通过"比"这一词体现，形容"阿兰扎尔眼睛"的"敏锐"程度。这种形式的比喻在蒙古史诗中处处可见，日月星辰、飞禽走兽、自然万物都可用来当喻体。

身的特点，也出于史诗艺人口头演述的需要。相比抽象的修辞，具象化的语词更容易记忆，也更有发挥的空间。

综上，北京木刻版《格斯尔》新旧汉译本句式结构的不同选择，使得两种译本展现出截然不同的风格：旧译本的译文简洁、优美，文学性较强；新译本的译文准确、可信，学术性较强。旧译本在原文的基础上有一定的发挥，新译本则恰到好处。旧译本的译文美则美矣，却未能展现原文的风格；新译本尽量保留原文独特的修辞手法，以期突显史诗原文所蕴含的文化内涵和美学特征。

三 新旧译本得失比较

作为北京木刻版《格斯尔》两种完整的汉译本，《格斯尔传》与《十方圣主格斯尔可汗传》都有其长处与不足。

（一）旧译本的得失

如上所述，旧译本存在诸多不足，与新译本相比，学术参考价值也稍显逊色。必须指出的是，旧译本的问题不完全是译者的责任，而是各种复杂的原因所致的。

从翻译背景来说，20 世纪五六十年代是政治运动如火如荼的年代，意识形态在文化研究领域占据非常重要的比重。这一点，从旧译本的译者前言中可见端倪——"他又斩除牛头马面，粉碎了统治阶级借以欺弄人民的十八层地狱。这一切都表明了当时的广大人民群众向往的是什么，反对的是什么。"① "这两段话充分反映出当时剥削制度的不合理。"② 当时我国的民间文学理论水平也不高，史诗研究还处于初级阶段，对《格斯尔》史诗的搜集、整理、出版工作刚刚起步，对史诗本身系统的学术研究甚少。当时的历史政治背景、民间文学理论和史诗研究学术水平的局限以及对《格斯尔》史诗认识的不足和相关背景文化知识的欠缺，都是造成旧译本诸多问题的因素。

就翻译工作本身而言，旧译本的翻译目的、面向的受众、翻译原则等

---

① 桑杰扎布译：《格斯尔传》，人民文学出版社 1960 年版，第 2 页。
② 同上书，第 3 页。

也是影响旧译本风格的重要原因。旧译本是为读者介绍《格斯尔》史诗的，把《格斯尔》视为一般书面文学作品，追求行文的可读性，力求为读者提供一个流畅的文学读本，为此，在保留史诗文本基本框架和核心内容的前提下，作了一定的编译。对于无法阅读蒙古文原文的读者来说，旧译本可能显得更为流畅，容易接受，但对于学术工作者而言，旧译本传递的文化信息与原文相比出现了不少偏差。加之译者本身并非学术工作者，其译稿又经多番校订编辑，从而降低了旧译本的学术价值。

旧译本当然也有值得肯定的优点，比如：用词简洁明了，语义的翻译基本准确，语句通顺流畅，断句合理，句式结构符合汉语的表达习惯。总体而言，旧译本仍然是《格斯尔》史诗文本众多译文当中较为出色的版本之一。

（二）新译本存在的问题

新译本是学术资料本，翻译的初衷是为学术界提供准确的版本，因此力求做到忠实于原文，采用逐字逐句翻译的原则，未对原文作任何整理和改编，并注重保留史诗原文包含的民族文化传统。北京木刻版《格斯尔》与佛教有密切关系，并且包含大量梵语、藏语的词语，因此准确无误地翻译这些晦涩难懂的词语是翻译的难点。新译本务求正确无误地翻译史诗中涉及的宗教文化信息，对名词术语和宗教用语作了校注。得益于《格斯尔》文化传播理念的变化、蒙藏《格斯（萨）尔》史诗研究的发展以及民间文学理论的愈发成熟，新译本可以参照的资料更多、更准确，因而，新译本的翻译更接近原文，学术价值更高。然而，我们也不能忽略新译本存在的问题及需要改进之处。

第一，目录缺失。虽说新译本的体例遵循了蒙古文原文的体例，但作为一个现代版本的译本，应当有目录及标题。若没有目录，将不利于检索和查找，也会影响与原文对照阅读。

第二，有漏译之处。原文第五章的最后一句为 "siraiɣol-in ɣurban qan i törü-yi abuɣsan tabdaɣar bölüg"，新译本漏译了这一句。新译本的章节结构与原文一致，保留了原文在每章最后用一句结束语作为标题的风格，其他篇章均未缺失，只有第五章漏译。

第三，有错译之处。例如，第六章开头的句子为 "如是我闻"（新译本，第 234 页)，蒙古文原文并无这样的句子，这是新译本译者增加的。"如是我闻"是佛教经典惯用的开头语，而《格斯尔》史诗并不是佛经，没有必要使用该句，这句译文在此处显得突兀且与全文的风格不符。既然是遵循原文的翻译，诸如此类的多余的句子就不该出现。

词语选择方面也有一些问题。例如：在第三章中，格斯尔上天去见祖母，祖母给他放梯子让他上去。"祖母啊！难道你想让唯一的孙子从天上摔下来结束生命，就给我放下用不结实的绳子做的梯子吗？给我放下铁梯吧。"(新译本，第 82 页) 这一段，新译本的译文太过啰唆绕口，并且增加了很多原文没有的词语。原文是"Eǰei minü ɣaɣča ači-iyen namai unaǰu ükütügei geǰü degesün šatu baɣulɣaǰu üggünemü či? Nada temür šatu baɣulɣaǰu ača gebe."语句简练且透着幽默，新译本的译文未能体现原文的风采。接着，"格斯尔汗顺着铁梯爬上来，见了祖母"(新译本，第 82 页)。史诗中对英雄动作的描写极为讲究，使用的语词都为表现英雄的形象服务。十方圣主格斯尔可汗，一位神勇无敌的英雄，对他的描绘断然不可能使用"爬"这个使其形象受损的动词，原文并没有这个动词，只是说"格斯尔上去见了祖母"。而"上来"这个词用得也不对，格斯尔可汗去天上见祖母，原文用的词是"上去"(ɣarču ečiǰi)。无论从格斯尔的角度，还是从叙述者的视角，此处都应使用"上去"，只有从格斯尔祖母的角度才能使用"上来"这一词语。"来"与"去"一对反义词，看似微不足道，实则关系重大，这关系到空间方位和叙述人称的问题，也能体现史诗世界中天界与人界的边界和维度。显然新译本在某些词语的选择上存在欠考虑的问题。

第四，部分注释不够详细精确，有延展深入的空间。例如，第五章出现一个叫"朱尔干—额尔黑图"的人，新译本对此作的注释是："意为有六个大拇指的人。蒙古人认为，男人的力量集中在大拇指中，因此大拇指是神箭手的标志。"(新译本，第 151 页) 这一注解值得商榷。蒙古人常常根据某个人的才能绝技赋予其独特的名号，"朱尔干—额尔黑图"这一人名的字面意思是"有六个大拇指的人"，而此人之所以有这样的名字，也可能是因为他可以用一张弓同时射出六支箭。在稍后的情节发展中，此人对他的敌人说："我是莫日根的儿子朱尔干—额尔黑图。我用一张弓能齐发六支箭。"（新译本，第152页）在蒙古人的原始信仰中，大拇指是神箭手的标志这一说法是有的，大拇指有时也是主人灵魂的栖息所在。此处注释内容可以更丰富一些。

　　有些名词缺注解，比如，第三章中出现的"嘎巴拉碗"（新译本，第82页）、"阿尔兹"（新译本，第82页）、"希尔兹"（新译本，第82页）、"包尔兹"（新译本，第82页）等词语缺注解，而与这些词语类似的"浩尔兹"（新译本，第82页）一词就有注解。上述词语都是蒙古语中特有的词，并且最能体现《格斯尔》史诗与蒙古人社会生活的紧密联系，是重要的文化符号，若不注解，读者无法从新译本中领会其文化内涵。

　　第五，因力求逐字逐句翻译，导致个别语句过于冗长、不流畅，未能展现出原文语言简练优美的风采。例如，第四章中，晁通诺彦对图门—吉日嘎朗夫人说了如下一段话：

　　　　可惜了你这副往左流盼能引万人动情、往右睇望能使万人疯狂的花容月貌啊！（旧译本，第106页）
　　　　像你这样转过脸去，让你背后的一万个人如见了太阳一样真心喜悦，像你这样转过脸来，让你面前像我这样的一万个人如见了太阳一样衷心微笑的国色天香的宝贝却被人冷落，独守空房，万万不该啊。（新译本，第93页）

　　旧译本高度概括了原文，只把主要意思翻译出来；而新译本遵循原文，逐字翻译。旧译本语句简洁明了，但是过于精简，未能展现原文的风格；新译本尽力保留原汁原味的描写，可惜过于追求逐字逐句翻译，因而语句略显冗长绕口，不够流畅。

四　结语

　　北京木刻版《格斯尔》新旧两种汉译本的翻译经验，对我们今后的史诗文本翻译实践具有重要的启示。旧译本固然有诸多问题，但其价值不可磨灭。从推介《格斯尔》史诗的意义上看，旧译本的面世，无疑具有不容忽视的贡献。旧译本在很长一段时间内是北京木刻版《格斯尔》唯一的严格意义上的完整汉译本，多年来，许多看不懂蒙古文的读者，都是从旧译本了解北京木刻版《格斯尔》的。而从学术研究的角度来说，忠实于原文的翻译，始终是学术研究最基本的要求和最值得推崇的方法，尤其是像北京木刻版《格斯尔》这样的史诗文本，如果对原文擅自修改，那么译文的学术价值会大打折扣。可以说，北京木刻版《格斯尔》新译本为学界今后的史诗文本翻译实践提供了值得借鉴的范例，期待未来会有一个修订版本，形成一个更为完美的汉译本，以供读者和学术工作者品读和研究。

　　北京木刻版《格斯尔》的研究向来是《格斯尔》研究领域的热门，但对北京木刻版《格斯尔》译文的研究尚显欠缺。结合蒙古文原文，具体比较新旧汉译本的体例、语言修辞特点，在不同语言文化的碰撞中，能够更加清晰地体现北京木刻版《格斯尔》所蕴含的史诗传统和文化魅力。

原载于《西北民族研究》2017 年第 4 期

　　包秀兰，女，蒙古族，1981 年生，内蒙古自治区库伦旗人，中国社会科学院研究生院博士，2010 年 7 月至今在中国社会科学院民族文学研究所蒙古族文学研究室工作，助理研究员。研究方向：蒙古文学研究、口头传统研究。代表作题目：《北京木刻版〈格斯尔〉新旧汉译本比较研究》（论文）、《〈江格尔〉史诗中诗性地理的翻译》（论文）、《蒙古训谕诗语言修辞的世俗化特征》（论文）。美国密苏里大学口头传统研究中心第四届洛德奖学金研究学者。

卫拉特－卡尔梅克《江格尔》在欧洲：
以俄罗斯的搜集整理为中心

旦布尔加甫

　　《江格尔》是蒙古文学之瑰宝，与《蒙古秘史》《格斯尔》一同被称为蒙古古代文学的三大巅峰。《江格尔》在中国、蒙古和俄罗斯广泛流传，其主要分布于中国的卫拉特蒙古各部，蒙古的卫拉特、喀尔喀、布里亚特等部族，俄罗斯联邦卡尔梅克共和国的杜尔伯特、土尔扈特、和硕特、布早夫①等部族以及布里亚特、图瓦、阿勒泰等加盟共和国的各民族当中。

　　卫拉特－卡尔梅克人自古以来就有极为丰富的史诗及其他民间文学传统。卫拉特－卡尔梅克《江格尔》史诗传统经由一代又一代江格尔奇的口耳相传，延续至今。包括《江格尔》在内的卫拉特－卡尔梅克民间口头文学很早就引起俄罗斯、德国、拉脱维亚、波兰、芬兰、捷克、匈牙利等国家学者的注意。搜集、翻译、整理、出版卫拉特－卡尔梅克口头文学的工作始于 18 世纪中期。1768—1769 年间，俄罗斯学者 И. И. 列佩辛（И. И. Лепехин）在卡尔梅克做田野调查时搜集到大量民间故事，并将其译成俄文出版。② 德国学者 P. S. 帕拉斯（Peter Simon Pallas）于 18 世纪中叶受聘为俄罗斯科学院院士期间曾前往卡尔梅克做田野调查，记录了几

---

① 布早夫（Бузов），17 世纪末至 20 世纪 40 年代生活在俄罗斯顿河流域的卡尔梅克部落，由杜尔伯特、土尔扈特、和硕特等部族组成。

② И. И. 列佩辛：《科学院见习研究员伊凡·列佩辛博士于 1768—1769 年在俄国各省的旅行日记》（第 1 册），圣彼得堡，1771 年。

首歌，并且详细记录了当地卡尔梅克人使用陶布舒尔①、楚尔②、伊克勒③、二胡、口琴等各种乐器伴奏唱歌、跳舞、演唱《江格尔》等史诗的信息④，报道了有关《格斯尔》的信息。

此后，B. 贝尔格曼（B. Bergmann）、H. И. 米哈依洛夫（H. И. Михайлов）、А. А. 博勃罗夫尼科夫（А. А. Бобровников）、F. 耶尔德曼（F. Erdmann）、К. Ф. 戈尔斯通斯基（К. Ф. Голстунский）、А. М. 波兹德涅耶夫（А. М. Позднеев）、И. И. 波波夫（И. И. Попов）、G. J. 兰司铁（G. J. Ramstedt）、Б. Я. 符拉基米尔佐夫（Б. Я. Владимирцов）、С. А. 科津（С. А. Козин）、В. Л. 科特维奇（В. Л. Котвич）、奥其尔·诺木图（Очра Номт）、巴桑·巴特尔（Басң га Баатр）、А. В. 布尔杜科夫（А. В. Бурдуков）、科奇盖·托来（Кичгə Төлə）、Э. Б. 奥瓦洛夫（Э. Б. Овалов）、Н. Ц. 比特凯耶夫（Н. Ц. Биткеев）、Б. Х. 托达耶娃（Б. Х. Тодаева）、Г. Ц. 皮尤尔别耶夫（Г. Ц. Пюрбеев）、Е. Э. 哈布诺娃（Е. Э. Хабунова）等许多学者在搜集、记录、整理、翻译、出版卫拉特－卡尔梅克《江格尔》方面做出过重要贡献。

一

记录卡尔梅克地区《江格尔》的工作始于 19 世纪初，至今已有二百一十多年。最早搜集出版卫拉特－卡尔梅克《江格尔》的是德裔拉脱维亚人 B. 贝尔格曼。他于 1802—1803 年在卡尔梅克学习卡尔梅克语，并很好地掌握了托忒文。在此期间，他还进行田野调查，搜集《江格尔》《格斯尔》和其他民间文学、民俗学资料，并把搜集到的资料翻

---

① 陶布舒尔（Товшур），卫拉特蒙古人中广泛使用的一种二弦弹拨乐器。

② 楚尔（Цуур），类似于笛子的一种吹奏乐器，有三个孔，可与呼麦一起搭配使用，奏出多声部混音；多见于卫拉特、阿勒泰、图瓦等在西伯利亚地区生活的部族当中。

③ 伊克勒（Икл），西部蒙古人中流行的一种古老的弦乐，外观类似于马头琴，但没有马头形状。

④ P. S. 帕拉斯：《俄罗斯帝国若干省份游历记》，1971 年；P. S. 帕拉斯：《内陆亚洲厄鲁特历史资料》，圣彼得堡：皇家科学院，1776 年、1881 年。此著中译本见［德］P. S. 帕拉斯《内陆亚洲厄鲁特历史资料》，邵建东、刘迎胜译，云南人民出版社 2002 年版。

译成德文，于1804—1805年在里加出版四卷本《1802年和1803年卡尔梅克人的游牧刑法条款》。① 此书内容包含卡尔梅克人的习俗、一部《江格尔》史诗、一个《江格尔》传说、两部名为《博格多诺彦格斯尔》的史诗以及《尸语故事》等多种民间文学资料。后来此书被译成欧洲多国语言出版，从而令卫拉特－卡尔梅克文化和《江格尔》史诗享誉世界。

19世纪前半叶，俄罗斯学者和旅行家纷纷前往卡尔梅克做田野调查，并发表相关著作。例如，1810年，Н. 斯特拉霍夫（Н. Страхов）撰写的《卡尔梅克民族的现状（附：卡尔梅克人的法律及诉讼程序、他们的十条训诫、民间故事、谚语和萨巴尔登歌曲）》② 出版；1834年Н. 聂费季耶夫（Н. Нефедьев）的《有关伏尔加河流域卡尔梅克人的田野考察资料》③ 出版；1852年 П. И. 聂波利辛（П. И. Небольсин）撰写的《和硕特兀鲁思卡尔梅克人生活习俗》④ 出版等。这些著作不仅记录了当时卡尔梅克地区的生活、习俗、历史，还记载了当地人演述《江格尔》的情形和《江格尔》的分布信息。

19世纪50年代，俄罗斯地理学会科研工作者 Н. И. 米哈依洛夫（Н. И. Михайлов）从卡尔梅克小朝胡尔搜集了《江格尔》史诗部分篇章、几首民歌、谚语以及卫拉特历史文献资料，圣彼得堡大学教授、著名的蒙古语言学家 А. А. 博勃罗夫尼科夫于1854年将其中的一部分从托忒文译成俄文，并以《有关博格多江格尔汗事迹的故事》⑤ 为名发表在《俄国地理学会丛刊》，这就是《洪古尔和萨布尔战斗之部》的一个异文，也是《江格尔》在俄罗斯的首个俄文译本。然而直到20世纪70年代，

---

① В. 贝尔格曼：《1802年和1803年卡尔梅克人的游牧刑法条款》4卷本，里加，1804—1805年版。

② Н. 斯特拉霍夫：《卡尔梅克民族的现状（附：卡尔梅克人的法律及诉讼程序、他们的十条训诫、民间故事、谚语和萨巴尔登歌曲）》，1810年。

③ Н. 聂费季耶夫：《有关伏尔加河流域卡尔梅克人的田野考察资料》，1834年。

④ П. И. 聂波利辛：《和硕特兀鲁思卡尔梅克人生活习俗》，1852年。

⑤ Н. И. 米哈依洛夫搜集：《有关博格多江格尔汗事迹的故事》，А. А. 博勃罗夫尼科夫译，《俄国地理学会丛刊》1854年第12集。А. А. 博勃罗夫尼科夫译自卡尔梅克文。

Н. И. 米哈依洛夫记录的这一《江格尔》篇章之托忒文原文始终没有找到。1979 年，在苏联科学院东方研究所就读副博士学位的瓦·切仁诺夫在 Н. И. 米哈依洛夫的帮助下，在列宁格勒俄罗斯地理学会档案馆找到了该文本的托忒文原文。1940 年，В. А. 扎克鲁特金（В. А. Закруткин）在译著《卡尔梅克史诗〈江格尔〉》① 中编入 А. А. 博勃罗夫尼科夫用俄文翻译出版的《江格尔》的这个章节。

1857 年 F. 耶尔德曼将《江格尔》的一部用德文翻译后，以《卡尔梅克〈江格尔〉——关于博克多江格尔的英雄们的故事》为名发表于德国东方研究的相关刊物。②

最早用托忒文正式出版卫拉特－卡尔梅克《江格尔》的是圣彼得堡大学教授、著名学者 К. Ф. 戈尔斯通斯基。1864 年，他出版了《乌巴什浑台吉的故事（附：卡尔梅克叙事诗〈江格尔〉和〈尸语故事〉》③，该书内容包括《乌巴什浑台吉的故事》全文，《江格尔》的《沙尔古尔格之部》和《哈尔黑纳斯之部》（《沙尔古尔格之部》有标题，《哈尔黑纳斯之部》则没有标题），以及《尸语故事》12 个系列故事。

А. М. 波兹德涅耶夫是搜集、出版、翻译、研究卫拉特－卡尔梅克民间故事、民歌、《江格尔》《格斯尔》、卡尔梅克－卫拉特历史和文献资料方面取得卓越成就的学者之一。他受圣彼得堡大学东方学系的委托，多次深入卡尔梅克民间做田野调查，并于 1880—1915 年期间将搜集到的资料整理出版。1892 年，他用石刻版托忒文出版的《卡尔梅克民族学校高年级卡尔梅克语文选》④ 中包括了《沙尔古尔格之部》和《残暴的哈尔黑纳斯之部》等《江格尔》史诗的两部篇章，其中《残暴的哈尔黑纳斯之部》没有标题。该版本又在 1907 年和 1915 年再版两

---

① В. А. 扎克鲁特金整理：《江格尔》，罗斯托夫，1940 年。

② F. 耶尔德曼：《卡尔梅克〈江格尔〉——关于博克多汗江格尔的英雄们的故事》，《德国东方协会杂志》1857 年第 10 卷。

③ К. Ф. 戈尔斯通斯基：《乌巴什浑台吉的故事（附：卡尔梅克叙事诗〈江格尔〉和〈尸语故事〉》（卡尔梅克文），圣彼得堡，1864 年，第 8—74 页。

④ А. М. 波兹德涅耶夫：《卡尔梅克民族学校高年级卡尔梅克文选》，圣彼得堡，1892 年。后来此书又于 1907 年出了第 2 版，1915 年出了第 3 版。

次。1911 年他在圣彼得堡又用石刻版托忒文出版了《〈江格尔〉—卡尔梅克英雄史诗》。① 此汇编包含《江格尔》的三个篇章，分别是《残暴的沙尔古尔格之部》《残暴的哈尔黑纳斯之部》《洪古尔活捉残暴的沙尔蟒古思之部》，其中《残暴的沙尔古尔格之部》有标题，其余两章没有标题。

在卫拉特－卡尔梅克民间文学及《江格尔》研究领域，И. И. 波波夫（И. И. Попов）做出的贡献并不亚于其他学者。他从小生活在顿河附近，与卡尔梅克人一同生活、工作、放牧的时候，学习了卡尔梅克语并熟练掌握了托忒文。他对流传于卡尔梅克人当中的口头文学尤其感兴趣，1890—1893 年间，他用托忒文记录了多种口头文学资料，并用俄语音标转写，同时附以俄文译文。他的手稿现收藏于国立罗斯托夫州档案馆。值得一提的是，他为手稿中的资料所做的详细注释，极具学术价值。他的众多手稿中，除了《江格尔》②（1 部）、《顿河卡尔梅克谜语》③（367 条谜语）、《顿河卡尔梅克谚语》④（186 条谚语）之外，还有记录民间故事、传说、神话的三卷手稿。⑤ 此外，他还翻译了不少书面文学作品。И. И. 波波夫 1892 年记录的、档案编号为 13808 的《残暴的沙尔古尔格之部》就包含在他手稿中。1901 年，И. И. 波波夫从顿河卡尔梅克说唱艺人渥巴西·巴德木（Увшин Бадм）那里用托忒文记录了《江格尔》之《英雄洪古尔与阿布浪嘎汗战斗之部》，并与В. А. 扎克鲁特金合作译成俄文，于 1940 年

---

① А. М. 波兹德涅耶夫：《〈江格尔〉——卡尔梅克英雄史诗》，圣彼得堡，1911 年。此书中附有新发现和第一次出版的《江格尔》第 3 章。

② И. И. 波波夫：《江格尔》，手稿，1892 年，该手稿包括卡尔梅克《江格尔》叙事诗文本、俄语翻译、注释，现藏于国立罗斯托夫州档案馆，全总 55，登录号 13808。

③ И. И. 波波夫搜集记录《顿河卡尔梅克谜语》，手稿，1892 年。该手稿附有俄文翻译，现藏于国立罗斯托夫州档案馆。全总 55，登录号 13807。

④ 同上书，目录 1，第 13807 件。

⑤ И. И. 波波夫翻译注释《顿河卡尔梅克民间故事》（俄文），1890—1891 年。该手稿现藏于国立罗斯托夫州档案馆，全总 55，登录号 13805。И. И. 波波夫搜集记录《顿河卡尔梅克民间故事》（俄文）第 2 卷第 1 册，1892 年。该手稿现藏于国立罗斯托夫州档案馆，全总 55，登录号 13810。И. И. 波波夫搜集记录《顿河卡尔梅克传说》第 1 卷第 1 册，1892 年。该文本含托忒文文本及俄文翻译，现藏于国立罗斯托夫州档案馆，全总 55，登录号 13809。

出版。①

18—19 世纪，搜集、记录、翻译、出版卫拉特－卡尔梅克民间文学和《江格尔》史诗的工作主要是由俄罗斯及欧洲学者完成的。自 20 世纪初起，卫拉特－卡尔梅克的学者们开始积极参与搜集、记录、翻译、出版《江格尔》及民间文学资料的工作，并卓有成效。

二

奥其尔·诺木图是 20 世纪初为搜集卡尔梅克《江格尔》及其他多种民间文学资料做出重要贡献的学者之一。他是著名学者 B. Л. 科特维奇的学生，受圣彼得堡大学东方学系和导师之委托，多次前往卡尔梅克进行田野调查，搜集、记录《江格尔》及口头文学资料和古老的手稿。1908 年，他到卡尔梅克地区，请著名江格尔奇鄂利扬·奥夫拉（Ээлэ н Овла）演唱了 10 部《江格尔》，并用俄语音标记录下来，他的导师 B. Л. 科特维奇将这一文本转写成托式文后以《孤儿江格尔之十部》② 为名于 1910 年在圣彼得堡出版。奥其尔·诺木图在卡尔梅克用俄语音标记录的《江格尔》及其他文本现藏于俄罗斯科学院圣彼得堡东方手抄本文献研究所。1910年出版的书中收录的十部《江格尔》分别为：《洪古尔娶亲之部》《洪古尔与残暴的芒乃汗之战》《与英雄哈尔吉拉干之战》《和顺乌兰、英雄吉拉干、阿利亚双胡尔之部》《哈尔萨纳拉之部》《赶回江格尔马群之部》《铁臂萨布尔之部》《美男子明彦赶回突厥汗的马群之部》《美男子明彦活捉强悍的库尔门汗之部》《阿拉坦策吉与江格尔战斗之部》 等。1958 年内蒙古人民出版社用蒙古文出版十三章本的《江格尔》③，1960 年，内蒙古

---

① B. A. 扎克鲁特金整理：《江格尔——卡尔梅克史诗》，顿河罗斯托夫，1940 年。B. A. 扎克鲁特金在此史诗文本前撰写了前言，并对文中相关资料进行了注释。

② Jangyar, Taki Zulā xāni üldel Tangsaq Bumba xāni ači Üzüng Aldar xāni köböün üyeyin önčin Jangyariyin arban bölöq. Сказитель Ээлян Овла；зап. Н. Очиров；Изд. В. Л. Котвич, 1910.

③ Jingyar, Köke Qota：Öbür Mongyul-un arad-un keblel-ün qoriy-a, Mügden qotan-u keblekü üiledbüri, 1958.

人民出版社再版此书。① 1997 年蒙古族古代文学丛书编委会重新编辑此书，并由内蒙古人民出版社出版。② 这一版本融合了 1910 年 B. Л. 科特维奇在圣彼得堡出版的托忒文《孤儿江格尔之十部》和 1911 年 A. M. 波兹德涅耶夫在圣彼得堡以石刻版托忒文出版的三部《〈江格尔〉——卡尔梅克英雄史诗》托忒文手稿。其中的十章由莫尔根巴特尔从托忒文转写，另外三章由铁木尔都什从托忒文转写。阿·太白将 1958 年和 1960 年在内蒙古出版的十三章本《江格尔》与《江格尔》托忒文手稿对比、校勘，修改了一些字句，于 1964 年交付新疆人民出版社用托忒文出版。③ 2012年，塔亚与奥·台文将 B. Л. 科特维奇在圣彼得堡用托忒文出版的《孤儿江格尔之十部》转写成蒙古文，加注释，以《鄂利扬·奥夫拉演唱的十章〈江格尔〉》④ 为名出版。1962 年，蒙古国国立大学教授 T. 都古尔苏荣（T. ДҮгэрсҮрэн）将十二章卡尔梅克《江格尔》从托忒文转写成西里尔蒙古文，并转换为喀尔喀方言，在乌兰巴托出版。此书包括了圣彼得堡大学教授 K. Ф. 戈尔斯通斯基 1862—1864 年间从佚名氏江格尔奇那里记录的《沙尔古尔格之部》《哈尔黑纳斯之部》以及奥其尔·诺木图 1908—1910 年从鄂利扬·奥夫拉那里用俄文音标记录、B. Л. 科特维奇 1910 年转写成托忒文后出版的《孤儿江格尔之十部》。2000 年，T. 都古尔苏荣将卡尔梅克语转写成喀尔喀方言在乌兰巴托出版了二十六章本《江格尔》，其中包括科奇盖·托来 1978 年出版的二十五章《江格尔》文本和 1979 年瓦·切仁诺夫出版的一章《江格尔》，即《洪古尔和萨布尔之部》。

　　将卡尔梅克《江格尔》转写为西里尔蒙古文，有助于蒙古国读者阅

---

① Ĵangɣar, Köke Qota：Öbür Mongɣul-un arad-un keblel-ün qoriy-a, BegeĴing-ün Sin Huwa keblekü üiledbüri, 1960.

② Ĵangɣar, Mongɣul ündüsüten-ü erten-ü uranǰoqiyal-unčuburalbičignaira ɣulqukomis-ačanayiraɣulba, Ĵangɣar, Köke Qota：Öbür Mongɣul-un arad-un keblel-ün qoriy-a, 1997.

③ Ĵangɣar. A. Tayibai, xūčin mongɣol üzüg-ēce būl-yaĴi xeblülbei, Ürümči：ŠinĴiyang-giyin aradiyin keblel-yin xorō, 1964.

④ Obulai-yin Ĵangɣar arban bölüg. D. Taya, O. Tayibung baɣulgan tayilburilaba, Köke Qota：Öbür Mongɣul-un arad-un keblel-ün qoriy-a, 2012.

读了解《江格尔》，有利于向蒙古国读者普及《江格尔》。对于国际蒙古
学者了解和研究《江格尔》，也有着重要意义。

著名蒙古学家 Б. Я. 符拉基米尔佐夫也是在搜集、记录、研究卫拉
特－卡尔梅克民间文学方面做出卓越贡献的学者之一。他曾出版《源自
〈五卷书〉的蒙古语故事汇编》① 《蒙古卫拉特英雄史诗》② 等书。1923
年，Б. Я. 符拉基米尔佐夫将《尸语故事》的 24 个故事从托忒文译成俄
文在莫斯科出版③，并于 1958 年再版。1962 年 Э. Г. 曼基耶夫（Э. Г.
Манжиев）将这本《尸语故事》的 24 个故事译成卡尔梅克西里尔文，并
以《尸语故事——蒙古卫拉特民间故事》④ 之名在埃利斯塔出版。Б. Я.
符拉基米尔佐夫 20 世纪初在蒙古国西部地区卫拉特人中做田野调查时，
从巴雅特、杜尔伯特、乌梁海、明安特等部落搜集了大量原始资料，在此
基础上于 1926 年在列宁格勒出版俄文音标版《蒙古民间故事范例（蒙古
西北部）》⑤。该书包含 117 首民歌、22 则民间故事、17 首祝词以及《额
尔格勒图尔格勒》《呼和特穆尔泽布》《提前出生的额日勒莫尔根》《汗
青格勒》等 4 部史诗和《江格尔》的一部篇章。此书于 1970 年在英国影
印再版。2005 年俄罗斯科学院东方文学出版社以《蒙古语言学论文集》
为名在莫斯科再版。

在捷克工作生活过的卡尔梅克学者于 1925—1927 年间用托忒文出版
了卡尔梅克历史文化巨作《〈钟〉——卡尔梅克经典》⑥ 等 5 卷书，其中
收录《江格尔》《格斯尔》《尸语故事》的十二个系列故事以及六十余篇

---

① Б. Я. 符拉基米尔佐夫：《源自〈五卷书〉的蒙古语故事汇编》，彼得格勒，1921 年。

② Б. Я. 符拉基米尔佐夫翻译：《蒙古卫拉特英雄史诗》，1923 年。Б. Я. 符拉基米尔佐夫为
此史诗文本撰写了导论，并做了注释。

③ Б. Я. 符拉基米尔佐夫翻译：《尸语故事——蒙古—卫拉特民间故事》，1923 年。Б. Я. 符
拉基米尔佐夫为此史诗文本撰写了导论，并做了注释。此著 1958 年在莫斯科再版。

④ Үксн цогцин хүвлhэ н（Монгольск-ойратск туульс）. Орчулач Э. Г. Манжиев. -Элст:
Хальмг Госиздат，1962.

⑤ Б. Я. 符拉基米尔佐夫：《蒙古民间故事范例（蒙古西北部）》，1926 年。他为此书撰写
了前言。

⑥ Хонхо. Калмыцкая хрестоматия. Вып. I. Revnice：Изд. Калмыцкой комиссия культ. работников в
ЧСР，1925. 233с；Вып. II. 1926. 314с.；Вып. III. 1927. 255 с.；Вып. IV. 1927. 193с.；Вып. V. 1927.

其他民间故事。此书成为当时学习卡尔梅克语或研究卡尔梅克民间故事的重要手册。1925 年出版的《〈钟〉——卡尔梅克经典》（一）中收录了《江格尔》的《残暴的沙尔古尔格之部》。1926 年出版的《〈钟〉——卡尔梅克经典》（二）中用 51 页的篇幅详细介绍了《江格尔五岁时被布克蒙根希克希日格活捉之部》。

　　1928 年，纳尔马·利吉（Нармин Лиж）将《江格尔》的两章从托忒文转写成卡尔梅克音标，发表在阿斯特拉罕的《乌兰卡尔梅克（红色的卡尔梅克)》杂志上。这部《江格尔》中包括《残暴的沙尔古尔格之部》《残暴的哈尔黑纳斯之部》①。1930 年和 1931 年，用卡尔梅克拉丁文将《残暴的沙尔古尔格之部》② 发表在《卡尔梅克草原》上。1935 年，他又将 10 章本《江格尔》用卡尔梅克拉丁文转写，在埃利斯塔出版。这 10 章就是 1910 年科特维奇、奥其尔·诺木图在圣彼得堡出版的托忒文《江格尔》10 章。③

　　1936 年卡尔梅克图书报纸出版社用卡尔梅克音标出版了《江格尔——残暴的沙尔古尔格之部和残暴的哈尔黑纳斯之部》④。纳穆尔·尼古拉（Намрин Никола）将此书从托忒文转写成卡尔梅克文后出版。

　　20 世纪二三十年代卡尔梅克使用过拉丁文，四十年代开始通用现在的卡尔梅克西里尔文。因此，20 世纪二三十年代出版的一些书籍是用拉丁文出版的。他们称之为新卡尔梅克文。

　　夏勒布尔·嘎来（Шалвурин Гә рә ）将文集《江格尔——洪古尔之歌》⑤ 从托忒文转写成卡尔梅克西里尔文，于 1940 年在埃利斯塔由卡尔梅克出版社出版。此文集收录的《江格尔序》《阿拉坦策吉和江格尔之战》

---

① Жанггр. ，Догшн Шарэ Гюргюгин бэлэг. Догшн Харэ Кинясин бэлг/Хальмг бичгяс орс бичигтэ буулгж Нармин Лиж бичвэ. Астрахань：Красный калмык，1928.

② Žanhr. Dogšin ŠarGyrgyhinbǝlg//Xalmginteg，1930（3—11），1931（2）.

③ Žanhr. 10 bǝlg. Elst：XalьmgGIZ，1935.

④ Dogşn Şar Gyrgyhin bǝlg boln Dogşn Xar Kinǝ sin bǝlg, Elst：Xalьmg degtr-gazetin Izdatelьstv，1936.

⑤ Джанъгър. Арг Улан Хонъгърин туск дуд. Отв. по выпуску Шалбуров Г. -Элст：Хальмг Госиздат，1940.

《洪古尔和芒乃汗之战》《洪古尔娶亲之部》《阿里亚芒古里驱赶江格尔马群之部》《与哈尔吉拉干汗战斗之部》等 6 章，并对一些词语做了注释。

卡尔梅克国家出版社记录了江格尔奇巴桑·穆克温（Басӊ га Мукөвүн）1939 年和 1940 年演唱的史诗《江格尔》，于 1940 年在埃利斯塔用卡尔梅克西里尔文出版，书名为《〈江格尔〉的新篇章》①，共 6 章。1940 年，在阿斯特拉罕出版的《乌兰图嘎（红旗）》杂志发表了巴桑·穆克温 1939 年演唱的《江格尔初掌大权之部》，Н. 比特凯（Н. БиткӘ н）将此篇章转写成卡尔梅克西里尔文，发表在《卡尔梅克草原》杂志第 1988、1989、1990 期号上。也是在 1940 年，在阿斯特拉罕出版的《乌兰卡尔梅克（红色卡尔梅克）》杂志发表了《江格尔》的一部篇章，叫作《萨纳拉之部》。

苏联科学院东方研究所卡尔梅克语言文学及历史研究所于 1940 年用卡尔梅克西里尔文在埃利斯塔出版包含 13 章的《〈江格尔〉——卡尔梅克英雄史诗》② 一书。本书由巴桑·巴特尔整理，收录了 В. Л. 科特维奇与奥其尔·诺木图于 1910 年在圣彼得堡用托忒文出版的《江格尔》10 部篇章、К. Ф. 戈尔斯通斯基于 1864 年出版的《江格尔》两部篇章（《残暴的沙尔古尔格之部》《残暴的哈尔黑纳斯之部》）以及不知出处的《江格尔序》等，共 13 章，均从托忒文转写成卡尔梅克西里尔文出版。此书在 1940、1960、1991、2007 年再版。1940 年，日本学者谷耕平（Tani Kohei）将俄文版的 13 章《江格尔》译成韵文体日文，于 1941—1943 年发表在日本的《蒙古》杂志上。③

需要指出的是，巴桑·巴特尔写的 13 章《江格尔》并未按照原文的散文体形式转写出版，而是用韵文体出版的。这一做法招致一些学者的质疑。其实，他并没有对《江格尔》原文做任何改动，只是根据原文的韵律进行诗行划分，将散文体改为韵文体形式而已。在古代蒙古文献中存在

---

① Басӊ га Мукөвүн. Жаӊ hр. Шин бөлгүд. ‐ Элст：Хальмг издательств, 1940.

② Жаӊ hр. Хальмг героическ эпос. ШУлглЖ буулhлhн Басӊ ha Б. HУр Угнь С. А. Козина болн Н. Н. Поппе. М. ‐Л. ：Изд-во АН СССР, 1940.

③ 《ジャンガル》（カルムィク民族叙事詩），谷耕平訳：《蒙古》，東京，1941—1943 年。

把诗行全部用散体形式记载的习惯，例如祝赞词、民歌以及《江格尔》《格斯尔》《汗哈冉贵》等英雄史诗都有过用散体记录的历史。这只是一种记录习惯，而非江格尔奇用散体演唱。如果这些都不算是用韵文体演唱的，那么新疆著名的江格尔奇冉皮勒、加·朱乃、沙·普尔布加甫等人演唱的《江格尔》毋庸置疑也是用散体演唱的，这就等于说蒙古人没有口头诗歌。这显然不符事实。学者们做研究的时候应从实际出发，实事求是。

　　多年来在卡尔梅克出版的民间文学论著中最著名的是1941年出版的《卡尔梅克民间文学》。此书汇集了学者们1928年、1933年、1936年到卡尔梅克地区做的田野调查资料和1935年在埃利斯塔市举办民间艺人演唱比赛时记录的口头文学资料。此书由利吉·才仁（Лежин Церн）、夏勒布尔·嘎来等负责编纂。这是包含民歌、祝词、赞词、谜语、民间故事、谚语以及其他民间文学文类的巨著。书中收录八章《江格尔》，其中六章是1939年从哈尔胡苏地方的土尔扈特部之江格尔奇巴桑·穆克温那里记录，其余两章是从大朝胡尔地方的土尔扈特江格尔奇夏瓦利·达瓦（Шавалин Дава）那里记录的。这八章分别是：《江格尔执掌大权之部》《萨纳拉赶回塔克比尔莫斯汗的军马群之部》《洪古尔夺取夏尔比尔莫斯汗的金盔和宝剑之部》《洪古尔赶回北方的夏尔克尔门汗的马群之部》《洪古尔力挫妖魔之部》《芒乃汗的使者乌兰那仁格日勒向江格尔提出五项要求之部》《挫败克尔门汗之子芒古里之部》《江格尔的阿兰扎尔骏马被盗之部》。此书最具价值之处在于，整理人没有随意改动从田野调查中搜集到的资料，并首次对卫拉特－卡尔梅克民间文学进行了非常细致的科学分类，还在结尾处详细记录了搜集的每篇作品的演唱者及其出生年月、记录日期、记录地点和记录者等信息。此举迄今为止仍不失为民间文学的搜集、分类、注解的范例，因而具有重要意义。

三

　　第二次世界大战期间，卡尔梅克人被流放到西伯利亚，致使搜集记录、整理、翻译、研究、出版卡尔梅克《江格尔》及其他民间文学资料与研究著作的工作中断。1957年，卡尔梅克人得到平反昭雪回到故乡后，民间文学的搜集与研究得以恢复，学者们又重新开始搜集记录江格尔奇和乌力格尔奇（即故事讲述家）演述的口头文学资料，出版了多部《江格尔》及其他民间文学资料，如《尸语故事》（1960）、《〈江格尔〉——卡尔梅克民间故事》（一）（1961）、《卡尔梅克诗歌作品集》（1962）、《〈江格尔〉——江格尔奇巴桑·穆克温演唱的篇章》（1967）、《〈江格尔〉——卡尔梅克故事》（二）（1968）、《卡尔梅克故事》（三）（1972）、《和顺乌兰、英雄吉拉干、阿里亚双胡尔——卡尔梅克英雄史诗》（1973）、《卡尔梅克故事》（四）（1974）、《卡尔梅克英雄史诗——〈江格尔〉》（25 章本、上下卷）（1978），等等。

《卡尔梅克韵文体作品集》是由卡尔梅克语言文学及历史研究所用卡尔梅克西里尔文于 1962 年在埃利斯塔出版的。这部文集由卡力亚·桑吉（С. К. Каляев）、И. М. 马查科夫（И. М. Мацаков）和 Л. С. 桑嘎耶夫（Л. С. Сангаев）整理出版，收录的资料分为口头文学和书面文学（作家文学）两部分。口头文学部分包括《江格尔》《格斯尔》、赞词、祝词、民歌等，《江格尔》包含《残暴的沙尔古尔格之部》《萨纳拉赶回塔克比尔莫斯汗的军马群之部》《圣主格斯尔汗的史诗》等几个篇章。

自 20 世纪初起，奥其尔·诺木图、巴桑·巴特尔等为搜集记录、整理、翻译卫拉特 – 卡尔梅克《江格尔》及民间文学做出了巨大贡献。20 世纪 70 年代以后，以科奇盖·托来、Э. Б. 奥瓦洛夫、Н. Ц. 比特凯耶夫、Б. Х. 托达耶娃、Г. Ц. 皮尤尔别耶夫以及 Е. Э. 哈布诺娃为首的学者为搜集、记录、整理、翻译、出版和研究卫拉特 – 卡尔梅克《江格尔》做了很多工作。他们出版的成果有：

1967 年，Е. 布加罗夫（Е. Бужалов）用卡尔梅克西里尔文在埃利斯塔出版了《〈江格尔〉——江格尔奇巴桑·穆克温演唱的篇章》，其中包括 1908 诗行的《江格尔执掌大权之部》、632 诗行的《洪古尔夺取夏尔比尔莫斯汗的金盔和宝剑之部》、519 诗行的《洪古尔赶回北方的夏尔克尔门汗的马群之部》、306 诗行的《洪古尔力挫妖魔之部》、1185 诗行的《萨纳拉赶回塔克比尔莫斯汗的军马群之部》、1073 诗行的《芒乃汗的使者乌兰那仁格日勒向江格尔提出五项要求之部》6 章，书前有《江格尔》研究方面的著名学者科奇盖·托来（Кичгә Төлə ）撰写的长篇导论。

1968 年，卡尔梅克语言文学及历史研究所的宾拜·秀拉（Бембə н

Шуура）在埃利斯塔用卡尔梅克西里尔文将 1964 年和 1965 年冬天从技艺超群的乌力格尔奇满吉·桑吉（Манжин санж）那里记录的故事以《卡尔梅克故事》（二）为名出版。该书收录 68 篇故事，包括《洪古尔婆亲》《江格尔的事迹》两篇的《江格尔》的故事和《圣主格斯尔婆亲》《圣主格斯尔和安德勒玛汗》两篇的《格斯尔》故事。[①] 此书中的《江格尔》《格斯尔》是乌力格尔奇以散文体形式演述的，因此整理者将它们归入民间故事的类别。

卡尔梅克出版社于 1973 年用卡尔梅克西里尔文在埃利斯塔出版《和顺乌兰、英雄吉拉干、阿里亚双胡尔之部》。此篇选自 1960 年苏联科学院卡尔梅克语言文学及历史研究所出版的 13 章本《江格尔》，最初由著名学者、作家巴桑·巴特尔整理出版。

1975 年，奥其尔·乌塔西（Очрин Уташ）、其米德·亚历山大（Чимдин Александра）针对中学生以卡尔梅克西里尔文在埃利斯塔出版了卡尔梅克民间文学汇编《母语文学》，内容分为谚语、谜语、故事、《江格尔》等。《江格尔》包括《江格尔序》《阿拉坦策吉与江格尔之战》两部。[②]

卡尔梅克大学教授、著名《江格尔》研究专家科奇盖·托来用卡尔梅克西里尔文整理注释的《〈江格尔〉——卡尔梅克英雄史诗》（25 章，上下卷）于 1978 年在埃利斯塔出版。这两卷本收录的《江格尔》25 个篇章中包括采自小杜尔伯特部的 3 章、小朝胡尔地方的土尔扈特部的 2 章、小杜尔伯特部的鄂利扬·奥夫拉演唱的 10 章、哈尔胡苏地方的土尔扈特部艺人巴桑·穆克温演唱的 6 章、大朝胡尔土尔扈特部的夏瓦利·达瓦演唱的 2 章、小杜尔伯特部的巴拉德尔·那生克（Балдрин Насцк）演唱的 1 章、鄂利扬·奥夫拉演唱的第 11 章《英雄洪古尔和阿布浪嘎汗战斗之部》（未演唱完）等篇章。整理者把 В. Л. 科特维奇于 1910 年用托忒文出版的 10 章《江格尔》与奥其尔·诺木图 1908 年从鄂利扬·奥夫拉那里用俄文音标记录的原稿对比校勘再收录。Н. И. 米哈依洛夫为该书撰写长篇序言，整理者也写了长篇导论和说明，还对史诗做了两百多条注释，

---

①　Хальмг туульс. II боть. Элст: Хальмг дегтр hарhач，1968.

②　ОчраУташ，Чимдə　Александра. Төрскн литратур. Элст: Хальмг дегтр hарhач，1975.

并在最后附有一百余词条的词典，这一工作非常有价值。这 25 章本在卡尔梅克出版的诸多《江格尔》版本中是最好的版本。笔者在该汇编的基础上于 2002 年用蒙古文出版了《卡尔梅克〈江格尔〉——文本比较与注释》① 一书。

著名《江格尔》研究专家 Э. Б. 奥瓦洛夫、Н. Ц. 比特凯耶夫用卡尔梅克西里尔文于 1985 年、1990 年在埃利斯塔出版了两卷 28 章本的《江格尔》。1985 年出版的第一卷包含巴桑·巴特尔 1940 年出版的 12 章《江格尔》，1990 年出版的第二卷包含 16 章《江格尔》。1528 诗行的《江格尔征服乌图查干蟒古思之部》和 935 诗行的《江格尔征服库尔勒额尔德尼蟒古思汗之部》这两章是 19 世纪 60 年代从杜尔伯特记录的，演唱者不明，托忒文原稿已散佚。1966 年科奇盖·托来从列宁格勒大学图书馆找到这两章并最早发表在《卡尔梅克真理报》。科奇盖·托来 1978 年出版的 25 章本《江格尔》中也包含这两章。1737 诗行的《洪古尔活捉狠毒的夏尔蟒古思汗之部》是 19 世纪中期从小朝胡尔地方不知名的江格尔奇那里记录的。此章最早由 А. М. 波兹德涅耶夫在其出版的三章本《江格尔》中发表。《洪古尔和萨布尔之部》是 1850 年 Н. И. 米哈依洛夫在小朝胡尔地方做地质勘探时所搜集。之后 А. А. 博勃洛夫尼科夫将其从托忒文译成俄文于 1854 年出版。1638 诗行的《英雄洪古尔和阿布浪嘎汗战斗之部》是 И. И. 波波夫于 1901 年从生活在顿河地区的乌力格尔奇渥巴西·巴德玛那里用托忒文记录的篇章。此著还包括 1940 年从巴桑·穆克温那里记录的 6 章，1939 年和 1940 年从夏瓦利·达瓦那里记录的 2 个篇章，1966 年从巴勒德尔·那生克那里记录的 758 诗行的《圣主江格尔与残暴的芒乃汗之战》等篇章。

Н. Ц. 比特凯耶夫和 Э. Б. 奥瓦洛夫 1990 年在莫斯科出版了 15 章本的《卡尔梅克英雄史诗〈江格尔〉》。两位学者用卡尔梅克西里尔文记录，Н. Ц. 比特凯耶夫、Э. Б. 奥瓦洛夫、Ц. К. 库尔孙科耶娃（Ц. К. Корсункиева）、А. В. 库地亚罗夫（А. В. Кудияров）、Н. Б. 桑嘎

---

① 旦布尔加甫：《卡尔梅克〈江格尔〉——文本比较与注释》（蒙古文），民族出版社 2002 年版。

吉耶夫（Н. Б. Сангаджиев）等将此书译成俄文。韩国学者将此书翻译成韩文于 2011 年出版。①

卡尔梅克文化历史研究所的 Б. Б. 奥卡诺夫（Б. Б. Оконов）用卡尔梅克西里尔文于 1990 年在埃利斯塔出版了《儿童民间文学作品选集》。此书除了谜语、谚语、三三句、祝词、孩子们做游戏时使用的各种诗、民间故事以外，还包括《江格尔》一章，即《和顺乌兰、英雄吉拉干、阿里亚双胡尔之部》。

Н. Ц. 比特凯耶夫和 Б. К. 岱勒岱诺娃（Б. К. Дельденова）合作，于 1990 年用卡尔梅克西里尔文出版《〈江格尔〉——卡尔梅克英雄史诗》（教师用书）②。此书主要针对卡尔梅克中小学教师，是他们在英雄史诗《江格尔》教学上使用的教学指导手册，内容包括《江格尔》的语言特点、《江格尔》中的人物形象、一些江格尔奇的介绍、教师如何向学生传授《江格尔》史诗、每一篇章需要教几节课、《江格尔》史诗作业、学者们从卡尔梅克搜集的《江格尔》26 章的内容简介等。书后附有 1943 年 Г. 拉德那色德（Г. Раднасэд）从蒙古国乌布苏省东苏木史诗艺人朱拉·奥斯尔（Зулын Осор）那里记录的《江格尔》的一章——《江格尔挫败那仁乌兰蟒古思》。此书的出版对卡尔梅克的师生们学习和了解史诗《江格尔》、学习掌握丰富的民族语言、激发对自己的民族文化的兴趣等方面发挥了积极的作用。

1994 年，卡力亚·亚历山大（Калян Александар）用卡尔梅克西里尔文在埃利斯塔出版了《语言进阶读本》。这本面向中学生的民间文学汇编几乎涵盖卫拉特 – 卡尔梅克民间文学全部文类，不仅包含谜语、谚语、祝赞词、民歌、三三句、四四句、民间故事，还包括《江格尔序》《阿拉坦策吉与江格尔战斗之部》《洪古尔和残暴的芒乃战斗之部》《和顺乌兰、英雄吉拉干、阿里亚双胡尔之部》等四章《江格尔》。此书还有词语注释，笔者认为这是一本优秀读本。

---

① 韩国学者徐寿道注解：于 2011 年在在京畿道坡州市出版。

② Н. Ц. Биткеев болн Б. К. Дельденова，Җаңһр．Хальмг улсин баатрлг эпос（Багшнрт өгчә х методическ дөң цл）．Элст：Хальмг дегтр һарһач，1990.

1997 年 H. Ц. 比特凯耶夫用卡尔梅克西里尔文在埃利斯塔出版了《〈江格尔〉——卡尔梅克英雄史诗》。此书包含《江格尔》26 章的内容提要。出版此书的目的是让人们简单了解《江格尔》的内容，并向更多的人普及《江格尔》。这也是一项非常有意义的工作。

《卡尔梅克史诗〈江格尔〉》（《〈江格尔〉——小杜尔伯特异文》）①一书由卡尔梅克国立大学卡尔梅克文学部于 1999 年用卡尔梅克西里尔文在埃利斯塔出版。此书由科奇盖·托来整理、翻译、做注释，附加相关词条，并撰写长篇导论。整理者在此书中收录 1013 诗行的《江格尔序》、726 诗行的《江格尔挫败查干蟒古思之部》、936 诗行的《江格尔挫败库日勒额尔德尼蟒古思之部》、1737 诗行的《乌兰舒布西古尔挫败残暴的沙尔古尔格蟒古思之部》四章《江格尔》，并将这些篇章译成俄文。

瓦·切仁诺夫（Цернə　Василий）将著名江格尔奇夏瓦利·达瓦演唱的四章《江格尔》整理后用卡尔梅克西里尔文于 2005 年以《〈江格尔〉——江格尔奇演唱的篇章》之名在埃利斯塔出版。此书是把 A. B. 布尔杜科夫（A. B. Бурдуков）1940 年到卡尔梅克地区记录的夏瓦利·达瓦演唱的四章《江格尔》与夏勒布尔·嘎来 1939 年记录的夏瓦利·达瓦演唱的二章《江格尔》合并后出版的。书中除 329 诗行的《江格尔赞》以外，还有《洪古尔娶亲》《挫败克尔门汗之子芒古里之部》《江格尔的阿兰扎尔骏马被盗之部》《洪古尔征服阿日勒满吉汗之部》《江格尔胜利之部》等篇章。整理者在书中把夏瓦利·达瓦演唱的《江格尔的阿兰扎尔骏马被盗之部》译成俄文，并用俄文和卡尔梅克文撰写长篇导论——《江格尔奇夏瓦利·达瓦的生活和作品》。这对研究夏瓦利·达瓦和他演唱的《江格尔》具有非常重要的意义。值得一提的是，A. B. 布尔杜科夫 1940 年到卡尔梅克地区从夏瓦利·达瓦那里记录的四章《江格尔》一直未被发表，后来他的女儿 T. A. 布尔杜科娃（T. A. Бурдукова）于 1980 年将父亲记录的资料交给瓦·切仁诺夫（Цернə　Василий）。于是瓦·切仁诺夫（Цернə　Василий）将这四章《江格尔》与夏勒布尔·嘎来从夏

---

① 　Джангар. Малодербетская　версия. Сводный　текст，　перевод，　вступительная　статья，комментарий，　словарь А. Ш. Кичикова. Элиста：КалмГУ，1999.

瓦利·达瓦那里记录的两章《江格尔》合并后出版。

由 Б. Х. 托达耶娃（Б. Х. Тодаева）从托忒文转写成卡尔梅克西里尔文，并由俄罗斯科学院卡尔梅克文化历史研究所出版的《〈江格尔〉——新疆卫拉特蒙古英雄史诗》（三卷）分别于 2005 年、2006 年、2008 年在埃利斯塔出版。这是新疆维吾尔自治区民间文艺家协会和新疆维吾尔自治区《江格尔》工作小组搜集整理、由新疆人民出版社于 1985 年、1987 年、2000 年出版的作品。这三卷本在卡尔梅克的出版具有非常重要的意义。首先，这是新疆卫拉特《江格尔》首次在俄罗斯和欧洲得以出版和推介。其次，为卡尔梅克和欧洲人阅读、了解、研究新疆卫拉特《江格尔》提供了便利条件。Б. Х. 托达耶娃是著名的蒙古语言学家、阿尔泰语研究学者，也是对搜集记录、整理、研究卫拉特－卡尔梅克《江格尔》及其他种类民间文学做出极大贡献的学者之一。

2015 年，十卷本的《蒙古语民族民间文学经典》之第一卷《英雄史诗〈江格尔〉》[①] 在莫斯科出版。此书由卡尔梅克著名《江格尔》研究者 Н. Ц. 比特凯耶夫主编。前八百多页收录了卡尔梅克《江格尔》的 22 章，后二百五十多页收录了蒙古《江格尔》的 11 章。卡尔梅克《江格尔》由 Н. Ц. 比特凯耶夫（Н. Ц. Биткеев）和 Б. К. 希夫利亚诺娃（Б. К. Шивлянова）编撰出版。该书包括 1 章序言和《江格尔》的 22 章文本。在《江格尔》文本之前有附录、乐谱，文本之后有注释、有关原文和江格尔奇的信息、词典、出版说明等，还有 Н. Ц. 比特凯耶夫写的《〈江格尔〉——卡尔梅克的智慧、文化遗产》和研究《江格尔》音乐的 Б. К. 希夫利亚诺娃写的《江格尔音乐习俗》两篇长文。蒙古学者 Т. 巴亚斯古楞（Т. Баясхалан）用西里尔文出版了蒙古《江格尔》，收录从蒙古国记录的 11 章《江格尔》，在文本后附有对原始资料的注释、词语注释、参考文献等内容，在文本之前撰有长篇导论。他把《江格尔》文本分为三个部分，即与哈布汗哈尔苏亚战斗的相关章节；与征战相关的其他章节；婚姻主题的章节。又将第一部分进一步分为单一情节异文与串联型情节异文。

---

① Н. Ц. 比特凯耶夫主编：《英雄史诗〈江格尔〉》2015 年版。该著作为十卷本《蒙古语民族民间文学经典》中的第 1 卷。

　　除了出版书籍、汇编之外，研究者们也在报刊上发表卫拉特－卡尔梅克《江格尔》资料。在卡尔梅克从 20 世纪初开始就出现了众多报刊，报纸主要有《卫拉特消息》《红色的草原》《红色卡尔梅克》《人民消息》《草原之光》《列宁的道路》《列宁的子孙们》《红色的渔民》《卡尔梅克真理报》《苏维埃的卡尔梅克人》等，相关刊物则有《卫拉特消息》《卡尔梅克共产党消息》《卡尔梅克省》《工作之余》《红旗》《卡尔梅克草原》《我们的语言》《草原之光》等。这些报刊都发表过大量卡尔梅克民间文学作品，尤其是《江格尔》。

　　值得关注的是，卡尔梅克专家学者和教师们为卡尔梅克中小学的学生编辑出版的文学读本之中，民间文学作品占据重要比例，特别是《江格尔》曾多次被收录。

结　语

　　总而言之，俄罗斯和欧洲自 19 世纪初就开始搜集记录、整理、翻译《江格尔》史诗，用卡尔梅克文（托忒文、卡尔梅克西里尔文、卡尔梅克拉丁文、各种国际音标和俄文音标）出版的书籍和汇编有四十多本，译成俄文、德文和其他国家的语言文字出版的《江格尔》书籍和汇编也有六十多本，译本的内容与用卡尔梅克文出版的《江格尔》大体一致。对此，笔者将撰文另行论述。

　　此外，从 19 世纪初到 20 世纪 10 年代，俄罗斯和欧洲不仅出版了多种《江格尔》资料本、翻译本，而且还出版发表了相关论著二十多部与千余篇论文。

　　学者们搜集、记录、整理、翻译、研究、出版卫拉特－卡尔梅克民间文学和《江格尔》史诗的工作相比对蒙古其他部落、地区的研究早很多，而且原始资料的记录也异常丰富。这些资料已成为我们语言研究、民间文学研究及《江格尔》研究的珍贵资料及研究对象，对我国《江格尔》和其他史诗研究具有重要补充及启迪意义。

原载于《民族文学研究》2018 年第 1 期

　　旦布尔加甫，蒙古族，1960 年出生于新疆维吾尔自治区乌苏市，蒙古国科学院语文学副博士（Ph. D）、东京外国语大学文学博士（Ph. D）。1984 年 8 月至 2020 年 3 月间在中国社会科学院民族文学研究所蒙古文学研究室工作，二级研究员。研究方向为蒙古民间文学、史诗学。独立承担《卡尔梅克韵文体民间文学资料集成与比较研究》《卡尔梅克民间故事及比较研究》《卫拉特英雄故事研究》等国家社科基金重点项目。代表作有《卡尔梅克〈江格尔〉校注》（学术资料）、《卫拉特英雄故事研究》（专著）、《卫拉特－卡尔梅克〈江格尔〉在欧洲：以俄罗斯的搜集整理为中心》（论文）等。国务院政府特殊津贴专家、中国《江格尔》研究会副会长。《萨丽与萨德格》（学术资料）2000 年获得中国社会科学院青年优秀科研成果二等奖、中国社会科学院优秀科研成果三等奖；《卡尔梅克〈江格尔〉校注》（学术资料）2003 年获得国家民委、出版总署一等奖，2004 年获得中国社会科学院优秀科研成果一等奖。

传说情节植入史诗母题现象

——以巴林《格斯尔》史诗文本为例

纳 钦

一 引言

母题是史诗文本中重复率很高的叙事单元。海希西根据 AT 分类法，把蒙古史诗情节结构分为 14 大类、300 多个母题。[①] 仁钦道尔吉在海希西分类的基础上，提出蒙古史诗的母题系列。它是比母题大的周期性情节单元，可分为婚姻型和征战型母题系列。二者各有结构模式，有一批固定的基本母题，又有着联系和排列的既定顺序。[②] 母题和母题系列都是共性叙事单元，对认识蒙古史诗的共性情节结构大有裨益。

但掌握了共性要素并不等于把握了蒙古史诗的全部情节面貌。因为，活态史诗处于动态的传播过程当中，一些要素在不断发生变异。仁钦道尔吉指出："原始英雄史诗不可能原封不动地口头流传到今天，它们在一千多年来的口传过程中不断地发展与变异。一方面主要的核心部分逐步向前发展，在这古老传统的基础上，新的因素和新的史诗不断产生。另一方面次要的或过时的因素自然退出历史舞台，一些古老史诗被人们遗忘。……

---

① 〔德〕W. 海希西：《关于蒙古史诗中母题结构类型的一些看法》，赵丽娟译，中国社会科学院少数民族文学研究所编《民族文学译丛》（内部资料），第一集，史诗专集（一），1983 年印刷，第 357—370 页。

② 仁钦道尔吉：《蒙古英雄史诗源流》，内蒙古大学出版社 2001 年版，第 109—110 页。

现有活态英雄史诗中的哪一部也没有完全保留着早期史诗或原始英雄史诗的原来面目。"① 既然发生了变异，那些共性要素中就难免要掺入一些新的个性要素，有时变化就发生在母题及母题系列上，使史诗文本变得既熟悉又有些陌生。

　　从内蒙古自治区赤峰市巴林右旗搜集到的一些《格斯尔》史诗文本就有这样的特征。这些文本保持着传统史诗的基本母题构架，但源于某种本土叙事动机，一些母题中植入了本土传说情节，从而保留母题共性面貌的同时，又增加了一定的个性色彩。那些植入史诗母题中的传说情节，承载着当地民众的历史记忆或特定时期的心理关切，包含着本土审美旨趣，使史诗更贴近了本土，在本土语境中顺利地扎根并生长。下面，将选取苏勒丰嘎与其木德斯楞这两位已故歌手的文本加以分析。先简要介绍一下歌手及其文本。

　　苏勒丰嘎（sölföngg-a），蒙古族，《格斯尔》史诗歌手，1923 年生于巴林右旗巴彦塔拉苏木昭胡都格嘎查。幼年聆听同村歌手普尔莱演唱的巴林传统的 18 章《格斯尔》史诗，默记并学会演唱。不久后又遭到长辈和喇嘛们的阻止，未能继续练习和演唱该史诗。1984 年以后，应内蒙古《格斯尔》工作领导小组办公室之邀，根据记忆恢复演唱了普尔莱《格斯尔》文本中的三章（部），即《十方圣主格斯尔镇压金角蟒古思之部》《圣主格斯尔可汗镇压女妖毛斯海之部》《格斯尔用如意宝石镇压邪恶蟒古思之部》。这些文本已被正式出版。②

　　其木德斯楞（qimedsereng），蒙古族，《格斯尔》史诗歌手，巴林右旗幸福之路苏木人，生卒年不详。他曾是一位喇嘛，也是个摔跤手，能够演唱好几章《格斯尔》史诗，但流传下来的仅有《力大无比的圣主格斯尔镇压十三颗头颅的阿尔扎嘎尔·哈日·蟒古思之部》。据该章的搜集整理者布和朝鲁讲，20 世纪 60 年代他亲耳听到其木德斯楞演唱这章史诗，并于 1976 年根据记忆记录成文字文本，于 1986 年整

---

　　① 仁钦道尔吉：《蒙古英雄史诗源流》，内蒙古大学出版社 2001 年版，第 110 页。
　　② 《格斯尔》丛书编审委员会编：《巴林格斯尔传》（蒙古文），索德那木拉布坦编纂审定，内蒙古科学技术出版社 2000 年版，第 1—3 页。

理出版。①

二　"英雄"类母题中的植入

　　"英雄"母题是蒙古史诗的灵魂式叙事单元。它在海希西的蒙古史诗母题分类中属于第四大类，编号为"4、英雄"。②《格斯尔》史诗文本中，与此相对应的是格斯尔。苏勒丰嘎与其木德斯楞文本中的格斯尔形象与北京木刻本《格斯尔传》中的格斯尔形象有所不同，没有过多地强调格斯尔的天神之子、十方圣主、护法神、战神等身份，也没有过多地表现格斯尔的魔法，更未展现他变成秃头小孩和百岁喇嘛进入蟒古思领地等经历，而是把他塑造成一个有着稳定性格和理性行为的地方部族首领，显得比较"接地气"。在苏勒丰嘎文本中，格斯尔祭祀长生天和敖包，举办那达慕，还邀请邻近部落诺颜参加他的宴会。格斯尔不是压在人民头上的统治者，而是可以随时解除磨难、解救民众于水火之中的英雄，是为家乡安宁而身先士卒、挺身而出的斗士，也是民众时刻惦念的当地保护神。无疑的是，这里的格斯尔不是统治意志的产物，而是民众自由意志的产物，在他身上寄托着巴林民众的心理期望。这一点上与当地传说中的格斯尔形象很相像。③

　　海希西分类中"英雄夫人"母题的编号为"4、13：夫人"。苏勒丰嘎文本中与此相对应的是阿珠·莫日根。她是一位会占卜、善于变化的神射手。《十方圣主格斯尔镇压金角蟒古思之部》中她以神箭占卜了蟒古思的到来。在蟒古思到来之时，阿珠·莫日根还以照妖镜照出金角蟒古思的原形。这里，她表现出女萨满的特征。《圣主格斯尔可汗镇压女妖毛斯海之部》中，她善于射箭，并变成女妖毛斯海，去惩罚了楚通和蟒古思的妻子，显出善于变化的能力。该情节与北京木刻本《格斯尔传》第六章

　　①　《格斯尔》丛书编审委员会编：《巴林格斯尔传》（蒙古文），索德那木拉布坦编纂审定，内蒙古科学技术出版社 2000 年版，第 469 页。

　　②　［德］W. 海希西：《关于蒙古史诗中母题结构类型的一些看法》（论文），赵丽娟译，中国社会科学院少数民族文学研究所编《民族文学译丛》（内部资料），第一集，史诗专集（一），1983年印刷，第 357—370 页。下文中的母题分类出处均在此论文中，不再逐一做脚注，特此说明。

　　③　乌·纳钦：《格斯尔本土形象与信仰》，《内蒙古社会科学》2016 年第 2 期。

《镇压变成喇嘛的劳布斯嘎蟒古思之部》即"格斯尔变驴故事"的有关情节较为相似。"格斯尔变驴故事"中，阿珠·莫日根变苍鹰，去蟒古思的妖姐那里探察情况，后又变成蟒古思的妖姐，来见蟒古思，顺带把毛驴骗到了手。接着，她骑着毛驴，假装返回蟒古思妖姐的住处，骗过了两个老鹰暗探。可以说，苏勒丰嘎文本保留了北京木刻本《格斯尔传》中阿珠·莫日根形象的部分特征，即女萨满和善变者的特征。另外，阿珠·莫日根的形象与故事情节在苏勒丰嘎文本与北京木刻本《格斯尔传》中所占比重不同，这是两个文本的重要区别。北京木刻本《格斯尔传》中只有几个故事与她有关，涅克留多夫指出："在这几个故事之外，她几乎不再出现。"① 苏勒丰嘎文本中阿珠·莫日根则基本上处于叙事的中心地位，在《圣主格斯尔可汗镇压女妖毛斯海之部》中甚至超过了格斯尔，俨然成为整章故事的主角，从而丰富了蒙古《格斯尔》史诗文本中阿珠·莫日根的形象。在这方面，也与当地传说中的阿珠·莫日根形象很相像。海希西分类中有一个英雄的"牲畜"母题，编号为"4、11：牲畜"，它也基本上等同于"英雄的财产"母题。在苏勒丰嘎文本中，与此相对应的是"金马驹"。这个金马驹并不是英雄的坐骑，而是英雄畜群的福分、财产的象征。在更广泛意义上，它是英雄家乡的福分和风水、家乡的象征。金马驹白天在马群里玩耍，晚上在岩洞中过夜，它是格斯尔的敌人争抢或偷盗的对象，也是格斯尔与阿珠·莫日根极力保护的对象。《十方圣主格斯尔镇压金角蟒古思之部》中，金角蟒古思进犯妥格勒诺颜家园的目的就是要捉走金马驹；《圣主格斯尔可汗镇压女妖毛斯海之部》中，女妖毛斯海和女妖布尔花儿也来抓金马驹。史诗中金马驹的象征内涵其实来源于地方传说。陈岗龙指出："内蒙古扎鲁特旗流传的传说中南蛮子用南瓜藤做的马笼头捉走了金马驹，从此该地区流行瘟疫，无法再游牧，当地民众只能迁移到他乡。这里风水主要指的是游牧环境的风水，因此当地群众与南蛮子之间的矛盾实际上体现了保持和破坏游牧生活环境的矛盾……作为当地风水的金马驹被南蛮子捉走或因为无法在当地生存而逃逸他乡表达了游牧文化象征

---

① ［苏］谢·尤·涅克留多夫：《蒙古人民的英雄史诗》，徐昌汉、高文风、张积智译，刘魁立、仁钦道尔吉校，内蒙古大学出版社 1991 年版，第 219 页。

的崩溃。从环境角度看,风水型识宝传说表达的是游牧文化与农耕文化最根本的矛盾与冲突。"① 可以说,传说中的金马驹是蒙古族财富的载体,也是游牧生活环境的象征,聚焦于金马驹身上的矛盾,其实反映了游牧文化与农耕文化(或者定居文化)之间的冲突。传说中,偷窃金马驹的一般都是外来人。清朝以降,蒙古部族逐渐定居,外地农民和旅蒙商人进入蒙古地区,进行耕种或经商,使当地蒙古族民众感觉到,外来人的频繁进入造成本土大量财富的外流。② 于是,蒙古族民众开始批评外来人对当地财富的掠夺,并在各类口传叙事作品中表达着对掠夺者的不满与谴责。在以金马驹为题材的传说中,抢夺金马驹的外来人起初都会伪装成好人或弱者。同样地,苏勒丰嘎文本中的金角蟒古思起初也是伪装成喇嘛来招摇撞骗的。由此,在抢劫金马驹的蟒古思身上也多了一个外来的财富掠夺者的影子,为"蟒古思"这个具有多重邪恶面孔的古老母题又贴了一层特定时期反面形象的脸谱。总之,苏勒丰嘎文本中的金马驹形象来源于地方传说,它进入史诗叙事之后,为传统蒙古史诗中的英雄"畜群"与"财富"母题注入了时代内涵,反映了特定时期民族交流过程中的文化碰撞。

三　"敌人"类母题中的植入

海希西分类中"敌人"母题属于第九大类,编号为"9、敌人"。苏勒丰嘎文本中,与此相对应的是蟒古思家族形象。其亲缘谱系如下:金角蟒古思是家族亲缘链条的枢纽,它是长耳蟒古思的徒弟,女妖毛斯海的弟弟,女妖布尔花儿的丈夫。

蟒古思家族成员还各有各的原型。其中,长耳蟒古思是金角蟒古思的师父,是蟒古思家族精神导师级恶魔。它长着一对足有百庹长的驴耳朵。它的原型就是当地民间故事中的"驴耳皇帝"。故事里讲,驴耳皇帝每次理发之后,怕理发师把他驴耳的秘密说出去,所以理一次发就杀死一个理发师。一次,一个男孩被派去给皇帝理发。男孩的母亲想了个办法,挤出自己的母乳和了一团面,做了一张饼,让儿子带进皇宫。男孩在理发时成

---

①　陈岗龙:《蒙古民间文学比较研究》,北京大学出版社 2001 年版,第 81 页。

②　同上书,第 77 页。

功地让驴耳皇帝吃到了这张饼。吃完饼，皇帝才知饼的来历，吃了它就如同与男孩同吃一个母亲的乳汁，有了兄弟关系。于是，皇帝没有杀男孩。① 苏勒丰嘎文本中讲，古时的残酷皇帝杀了很多人，死者们的冤魂后来变成蟒古思头上的长耳朵。可见，史诗中借驴耳皇帝的故事，对蟒古思的长耳做了合理化解释。在苏勒丰嘎文本中，长耳蟒古思还是一个在石房子里修炼邪术的喇嘛。在这一点上，它与北京木刻本《格斯尔传》第四章中出现的"念咒的喇嘛"和内蒙古东部地区蟒古思故事中的蟒古思喇嘛也有相似之处。可以说，它一身聚合了驴耳皇帝、念咒的喇嘛、蟒古思喇嘛等形象，有着多重原型。在故事的结尾，格斯尔取来如意宝石镇压了它，并造了金龟、跟踪石、探听石和转生洞。在这个情节上，它又与当地的如意宝石传说产生了联系。可以说，长耳蟒古思形象中暗含着史诗文本与本土民间叙事之间深层次网状互文关系。

金角蟒古思是蟒古思家族重要的亲缘纽带。除此之外，在它身上还有三个情节，分别为：它有女妖姐姐和女妖妻子；它变成喇嘛来招摇撞骗；它把妥格勒诺颜的夫人骗到了手。在这三个情节上，它与北京木刻本《格斯尔传》"格斯尔变驴故事"里的劳布斯嘎蟒古思很相像。劳布斯嘎也有两个女妖姐姐；劳布斯嘎也会变成喇嘛来招摇撞骗；劳布斯嘎把格斯尔变成毛驴之后，把他的夫人金仙女也抢走了。而劳布斯嘎蟒古思与金角蟒古思的区别在于，劳布斯嘎蟒古思变成喇嘛来招摇撞骗是为了把格斯尔变成毛驴；金角蟒古思变成喇嘛是因为它没有抓到金马驹，反过来要把妥格勒诺颜的夫人抢走。可见，金角蟒古思与劳布斯嘎蟒古思之间有形象上的互文关系，劳布斯嘎蟒古思应该就是金角蟒古思形象的原型。在故事的结尾，金角蟒古思被格斯尔镇压之后，变成巴林左旗境内的犄角岩石。由此，它与当地山水传说也有了互文交织。

金角蟒古思的姐姐——女妖毛斯海的原型应该就是劳布斯嘎蟒古思的女妖姐姐。涅克留多夫指出，劳布斯嘎的女妖姐姐之原型是蒙古族口头叙事作品中的"女妖变美女，企图谋害旅途行人——这种'途中害人精'

---

① 纳·宝音贺西格编：《巴林民间故事与传说》（蒙古文），内蒙古教育出版社2007年版，第314—316页。

的类型"①。而且，这个女妖之所以被保留在"格斯尔变驴故事"当中，主要是因为前来拯救格斯尔的阿珠·莫日根需要变成它的模样。② 在苏勒丰嘎文本中，阿珠·莫日根也会变成女妖模样，但她这么做是为了惩罚楚通，而不是为了拯救格斯尔。可以说，苏勒丰嘎文本中的两个女妖原型应该是劳布斯嘎蟒古思的两个女妖姐姐，只不过其中之一担任了蟒古思妻子的角色。在故事的结局，女妖布尔花儿变成巴林草原上的一种花朵。在这一点上，它的故事情节又与当地植物传说产生了互文关联。苏勒丰嘎文本中蟒古思家族原型的互文谱系如下：

蟒古思家族	原型及故事来源		相关巴林传说
长耳蟒古思	驴耳皇帝/民间故事	蟒古思喇嘛/蟒古思故事	如意宝石系列传说
金角蟒古思	劳布斯嘎蟒古思/北京木刻本《格斯尔传》		犄角岩石传说
女妖毛斯海	"途中害人精"故事中的女妖/民间故事	女妖姐姐/北京木刻本《格斯尔传》	
女妖布尔花儿			植物传说

　　其木德斯楞文本中的蟒古思也是一大家族。它们的辈分级别以头颅、手足的多寡来相互区分。蟒古思家族亲缘关系的纽带是十三颗头颅的蟒古思。以十三颗头颅的蟒古思为本体，上下对照如下：

蟒古思家族成员及特征	父亲	母亲	哥哥	姐姐	本体	弟弟
手的数目	10	9	12	8	13	7
腿的数目	10	9	12	8	13	7
头的数目	10	9	12	8	13	7
颜色	黑	红	黑	红	黑	黄

　　蟒古思家族成员之间的区别不仅体现在头颅、手足的多寡，还体现在不同颜色上。成年公蟒古思都是黑色的，成年母蟒古思是红色的，未成年公蟒古思是黄色的。这里，颜色是成年与未成年的区别，也是公与母的区

① ［苏］谢·尤·涅克留多夫：《蒙古人民的英雄史诗》，徐昌汉、高文风、张积智译，刘魁立、仁钦道尔吉校，内蒙古大学出版社 1991 年版，第 224 页。
② 同上书，第 226 页。

别，更是力量强与弱的区别。黑色为上，其次为红色，再次为黄色。其木德斯楞文本在蟒古思家族谱系方面，保留着早期蒙古史诗的关键特征，而且与巴林的山水传说产生了互文关系。在故事的结尾，十三颗头颅的蟒古思被格斯尔肢解，其肢体的各个部位变成巴林右旗境内现实中的山水。

　　海希西的分类中，还有蟒古思的"魔性"母题，编号为"9、2、9：魔性"。在苏勒丰嘎文本中，与此相对应的是"毒性"。在苏勒丰嘎文本中，蟒古思的魔性并不突出，而毒性却很强，大有以毒性取代魔性的态势。《圣主格斯尔可汗镇压女妖毛斯海之部》中的女妖毛斯海是一个放毒者。它身上挂满各种毒物，用以玷污河水与泉水。《格斯尔用如意宝石镇压邪恶蟒古思之部》中的长耳蟒古思毒性最大，它给楚通一包毒香，楚通带回来点燃之后，格斯尔的畜群里流行了瘟疫，人也未能幸免。《圣主格斯尔可汗镇压女妖毛斯海之部》中金角蟒古思的妻子布尔花儿的毒性是在它死后显现出来的。该女妖死后从它的血液中长出了青色的花，名为"布尔花儿"，即飞燕草。这个草还长着两只眼睛，保留着女妖的形貌。它的毒性可作用于畜群，马群和羊群都不能吃它。但反过来它又能入药。入了药，它就具备了解毒的功效。如果将其捣烂煮成药水，它就会产生以毒攻毒的疗效。这个合理化解释反映了当地民众对祛除灾病的美好愿望。

　　海希西分类中还有一个编号为"9、3、5：以臣仆为对手"的母题，在苏勒丰嘎文本中，与此相对应的是楚通的形象。涅克留多夫在分析北京木刻本《格斯尔传》中的楚通形象时说："楚通则是从格斯尔诞生起始终不曾少停的冲突因素的体现者。大量情节线索正是以同他的各种关系为基础建立起来的。"[①] 楚通在苏勒丰嘎文本中以小丑形象出现。在《圣主格斯尔可汗镇压女妖毛斯海之部》中，他想偷走格斯尔的金马驹不成，在半路上鬼使神差地与蟒古思的妻子淫乱；阿珠·莫日根发现了他的丑行，变成女妖去惩罚了他一通；他本想再来加害于格斯尔，可被阿珠·莫日根当众揭露丑行之后，又在关键时刻告知格斯尔以女妖们的致命部位；在格

────────────

　　① ［苏］谢·尤·涅克留多夫：《蒙古人民的英雄史诗》，徐昌汉、高文风、张积智译，刘魁立、仁钦道尔吉校，内蒙古大学出版社1991年版，第176页。

斯尔消灭蟒古思之后,他又无颜见人而找地方藏匿。在《格斯尔用如意宝石镇压邪恶蟒古思之部》中,他以蟒古思的毒香在格斯尔的畜群里传播了瘟疫,又把格斯尔的夫人送给长耳蟒古思,可最终因恶行而遭到报应,受到了惩罚。楚通身上卑鄙与虚荣并存,顺从与背叛同行,构成一个不折不扣的矛盾体,也成为蒙古史诗中罕见的戏剧性元素。在巴林《格斯尔》史诗具体演述语域中,楚通是个备受歌手们讽刺开涮的对象。歌手们充分利用楚通形象,放大其小丑的一面,突出其两面派性格。有的歌手称他为"gaihal",意为"家伙"。这个词有丰富的含义,指涉面较广,既有贬低、嘲笑、讽刺的意味,也有憎恶、讨厌的暗示。这是巴林《格斯尔》歌手们独特的演述语域,只要"家伙"一词出现,听众就报以会心一笑,表达一种心领神会的理解。有了楚通的形象,歌手们便调动起巴林方言中幽默、讽刺、犀利、辛辣的词语,施展语言天赋,尽情嘲弄和挖苦这个矛盾体,从而展示了巴林史诗语言的丰富性,同时在庄严肃穆的史诗演述中平添了几分轻松诙谐的乐趣,填充了一些寓教于乐的功能。蒙古史诗中很少会有这样的小丑形象,为幽默、犀利、辛辣的蒙古语汇提供展现语言魅力的平台。

四　"遇敌作战"类母题中的植入

海希西分类中"遇敌作战"母题属于第十大类。其中有个"敌营"母题,编号为"10、2:敌营"。在苏勒丰嘎文本中,与此相对应的是"石房子"。在《格斯尔用如意宝石镇压邪恶蟒古思之部》中,长耳蟒古思就住在石房子里修炼邪术。这个"石房子"有其现实的风物原型。那是辽代建造的石房遗址,位于今巴林左旗林东镇西北25公里处,离辽皇帝陵很近。有专家说,这石房可能是契丹人进行祭祖仪式的场地。据纳·宝音贺西格猜测,该石房可能是辽皇帝驾崩之后,在为其建造陵墓之前停放尸体的停尸房。[①] 石房子历经千年风雨而不倒,在民间传说中有了诸多

---

① 纳·宝音贺西格:《金色圣山》(蒙古文),内蒙古文化出版社2004年版,第16页。注明:此书版权页上的作者名为"纳·宝音贺希格",与本书多次引用其论点的巴林右旗学者纳·宝音贺西格为同一人。

不同的解释。它在苏勒丰嘎文本中变成长耳蟒古思修炼邪术的地方。这是当地传说情节被植入到史诗母题的又一个表征。

海希西的分类中有个编号为"10、6：作战及作战形式"的母题，在其木德斯楞文本中，与此相对应的是"格斯尔与蟒古思的战斗"情节。其木德斯楞文本中描述了一场惊心动魄的大战，同时突出了战斗中山水重新形成的情节。激战中，十三颗头颅的蟒古思不敌格斯尔的神勇，夺路而逃。格斯尔紧追不舍，举起长戟，刺向蟒古思。蟒古思一闪身，长戟没有刺到蟒古思身上，却刺入了阿斯罕山。格斯尔拔出插入山体的长戟时，随长戟脱落出的岩石变成了石房子，长戟戳破的窟窿变成岩洞。无路可逃的蟒古思拿出毒箭，射向格斯尔，正好射中格斯尔头盔上的盔缨。盔缨落地，变成晶斯图山顶（jingsetü oroi，意为"盔缨顶"）。毒箭继续飞行，落在远处，变成箭山（jebe-yin agula）。格斯尔听从坐骑智慧之骏的建议，拿出神奇的金瓶（altan bumba），口念咒语，砸向蟒古思。金瓶飞去，拔掉蟒古思头上寄存灵魂的三根头发。三根头发落地，变成三座山丘，格斯尔的金瓶也变成金瓶山。可见，其木德斯楞文本中征用了大量的山水名称及传说，使这场格斯尔与蟒古思的战斗变成了重构当地山水风物的事件。战斗的结果不仅仅在于格斯尔打败了敌人，而是还在于打败敌人的过程中重建了当地的山水风物，重建了一个安宁的家园。而这个家园，其实寄托着当地民众的美好向往。

海希西的分类中还有一个编号为"10、6、9：灭尸"的母题，在其木德斯楞文本中，与此相对应的是"砍下蟒古思头颅"的情节。该情节出现在格斯尔与蟒古思战斗的结尾处。激战到最后，格斯尔举起十三把大刀，砍掉蟒古思尸体上的十三颗头颅，那些头颅随即变成了十三座敖包。这个灭尸情节的原型其实就是尸体肢解神话。那么，因何会有处理蟒古思尸体的情节呢？斯钦巴图认为，这是在以萨满教镇鬼仪式处理恶魔尸首和灵魂，实质上就是在进行驱鬼仪式。[1]青海格斯尔传说中也不乏类似情节。《龙的肝肺残块》传说里讲，格斯尔镇压十三颗头颅的蟒古思之后，将它肢解，把它的肝脏抛于各处，于是蟒古思的肝脏变成山脉，呈一抹深

---

① 斯钦巴图：《〈江格尔〉与蒙古族宗教文化》，内蒙古大学出版社1999年版，第185页。

红或黑红颜色。[①] 鄂尔多斯流传着哈撒儿镇压巫婆并将其肢解的传说。其中讲,哈撒儿射死巫婆之后,将其躯体肢解并焚烧。焚烧乳房的地方变成呼胡 (höhü,意为 "乳房") 沙漠;焚烧心脏的地方变成吉如禾 (jirühe,意为 "心脏") 敖包;焚烧胯骨的地方变成苏基 (següji,意为 "胯骨") 山丘。[②] 这些传说中的肢解敌人尸体的方式,都是一种镇鬼祛邪的巫术。可以说,其木德斯楞文本在保留蒙古史诗 "灭尸" 母题神话巫术原型的同时,把它附着于当地山水,对其植入了地方风物传说情节,丰富了它的内涵。

结　语

通过以上三大类、九个母题的对比,我们看到蒙古史诗的一些共性母题同巴林右旗地方传说产生深度融合,大量传说情节被植入到了史诗母题。以表格显示其要点如下:

编号	海希西母题	巴林《格斯尔》母题	植入的传说情节要素
1	4、:英雄	格斯尔	由天神之子转变为随时解除磨难,解救民众于水火之中的英雄、斗士和当地保护神
2	4、13:夫人	阿珠·莫日根	保留女萨满和善变者形象特征,提升为故事的中心人物
3	4、11:牲畜	金马驹	英雄畜群的福分、财产的象征,家乡的福分和风水。反映了游牧文化与农耕文化(或者定居文化)之间的冲突
4	9、:敌人	蟒古思家族	长耳蟒古思的原型之一是驴耳皇帝;金角蟒古思被镇压后变成犄角岩石;女妖布尔花儿被镇压后变成巴林草原上的一种花朵;十三颗头颅的蟒古思被肢解成巴林境内现实中的山水
5	9、2、9:魔性	毒性	长耳蟒古思的毒香导致了瘟疫;女妖毛斯海是一个放毒者;女妖布尔花儿死后,血液中长出有毒的青色花,即飞燕草

---

①　海龙等搜集注释:《青海:德都蒙古地名传说》(蒙古文),内蒙古人民出版社 2001 年版,第 32 页。

②　瓦·赛音朝克图:《蒙古人的生命崇拜》(蒙古文,下卷),内蒙古人民出版社 1998 年版,第 881 页。

续表

编号	海希西母题	巴林《格斯尔》母题	植入的传说情节要素
6	9、3、5：以臣仆为对手	楚通	保留原初形象特点，放大小丑和两面派形象，使之成为歌手讽刺开涮的对象
7	10、2：敌营	石房子	以辽代石房为原型
8	10、6：作战及作战形式	格斯尔与蟒古思战斗	战斗中形成了当地的石房子、晶斯图山、箭山、金瓶山等山水风物
9	10、6、9：灭尸	砍下蟒古思头颅	格斯尔砍下蟒古思尸体上的十三颗头颅，那些头颅变成十三座敖包

可以说，海希西总结出的蒙古史诗母题，虽然触及了蒙古史诗的结构性细节，但实质上代表着蒙古英雄史诗结构的某些共性。真正变化中的细节其实活跃于本土史诗文本的一个个具体诗章当中，活跃于一些真实局部的母题之中，并在特定的区域经历着不尽相同的流变。巴林《格斯尔》史诗文本与整体蒙古英雄史诗文本共享着一些母题，但是共性母题在巴林《格斯尔》史诗文本中又有了一系列个性化表现。这是因为巴林《格斯尔》史诗文本与巴林格斯尔传说产生了深度的互文交织，大量的本土传说情节被植入史诗文本当中，重塑共性母题，形成与巴林山水紧密粘连的本土史诗叙事单元，承载着时代的和地域的新内涵，映射着当地民众的种种心理关切或愿望，由此构成了个性化的本土底色和不拘一格的生命活力。史诗传播在先，传说编创在后，传说情节被植入史诗母题的现象，其实也是一种传说情节反哺史诗母题的现象。这是巴林《格斯尔》史诗文本对整个蒙古语族《格斯尔》史诗传统文本进行地方化改造的产物，也是继承的产物。传说情节的植入，意味着史诗共性母题开始了本土化之旅，扎根于特定的地域，却也难免止住了迈向更广阔区域传播的脚步。这既是一种继承的过程，同时也是史诗逐步走向衰落的必由阶段。但不可否认的是，史诗粘连一个特定区域，与当地传说产生深度融合，史诗母题与传说情节互为表里，贴近本土，贴近民众，为民众所乐于欣赏，乐于传播，由此也延长了史诗在该区域传承的生命周期。

原载于《西北民族研究》2017 年第 4 期

　　纳钦（乌·纳钦），蒙古族，1970 年生于内蒙古自治区赤峰市巴林右旗，中国共产党党员，中央民族大学蒙古语言文学专业博士。2003 年 10月至今在中国社会科学院民族文学研究所蒙古族文学研究室工作，研究室副主任、研究员。研究方向为蒙古族文学、史诗学、民俗学。主持完成的省部级以上科研项目有国家社科基金青年项目《本子故事抄本与口头异文比较研究》（2007 年）、中国社会科学院基础研究学者资助项目《〈格斯尔〉及蒙古族文学研究》（2015—2019 年）等。代表作有《口头叙事与村落传统》（专著）、《纳·赛音朝克图研究》（专著）、《论口头史诗中的多级程式意象——以〈格斯尔〉文本为例》（论文）、《论巴·布林贝赫诗歌意境与意象——纪念巴·布林贝赫诞辰 90 周年》（论文）等。兼任全国《格萨（斯）尔》工作领导小组办公室副主任。学术专著《口头叙事与村落传统》获得第四届胡绳青年学术奖。

论埃和里特—布拉嘎特*英雄史诗

仁钦道尔吉

蒙古英雄史诗分为三大体系，即布里亚特体系史诗、卫拉特体系史诗和巴尔虎—喀尔喀体系史诗。埃和里特—布拉嘎特部落是俄罗斯境内布里亚特主要部落之一，其英雄史诗既古老又丰富，可以作为布里亚特英雄史诗的典范研究。

一　布里亚特社会文化背景

布里亚特人主要分布于俄罗斯境内南西伯利亚地区，西起伊尔库茨克州，中间经过布里亚特共和国，东至赤塔州。此外，在蒙古国北部和我国呼伦贝尔市也居住着一批布里亚特人。据统计，20 世纪 80 年代中期俄罗斯境内布里亚特人有 42.2 万人口。

12—13 世纪的蒙古部落分为两类：森林部落和草原部落。居住在贝加尔湖附近的是森林部落，以狩猎和捕鱼为生。当然，他们有骏马、猎狗和猎鹰，供狩猎使用。游牧于兴安岭到阿尔泰山之间的是草原部落，从事畜牧业，部分人兼狩猎业。草原部落住毡帐（蒙古包），森林部落住窝棚。他们有一定的手工业，也有以物换物的贸易。当时氏族社会瓦解，私有制出现，阶级分化。① 在婚姻制度方面，母系社会被父系社会替代，

---

* 有译为埃希里特—布拉加特，是根据俄文译的，与布里亚特语的发音不同。

① ［苏］符·阿·库德里亚夫采夫等：《布里亚特蒙古历史》，高文德译，中国社会科学院民族研究所社会历史室 1976 年版。

父系氏族实行外婚姻制度。当时蒙古人，包括布里亚特人的宗教信仰是萨满教。11—12 世纪，在安加拉河附近的八河流域居住着卫拉特部落，在巴尔古津托库木地区有豁里、巴尔忽惕、秃马惕、不剌合匠、克列木匠、愧因无良哈、兀尔速惕、帖良古惕、秃剌思等部落。当时蒙古部落不是统一的整体，彼此联系薄弱，讲不同方言，文化发展水平也不同。成吉思汗统一蒙古时，于 1207 年派长子拙赤去征服了林中百姓。对此，《蒙古秘史》有这样的记载："兔儿年（1207），拙赤率右翼军，去征伐林木中百姓，以不合为前导。斡亦剌惕（卫拉特）的忽都合别乞率万斡亦剌惕部投降。……到达失黑失惕地方。拙赤招降了斡亦剌惕部、不里牙惕部（布里亚特）、巴儿浑部……"成吉思汗把这些百姓赐给拙赤管理。蒙古帝国灭亡后，布里亚特又恢复了部落生活。17 世纪布里亚特有许多部落，其中最大的是埃和里特、布拉嘎特、霍里和洪高道尔。近代布里亚特的基本经济是畜牧业，西部是半游牧区，东部过着游牧生活，还有一定的狩猎业和渔业。17—19 世纪西部伊尔库茨克州和外贝加尔地区有了农业经济。过去布里亚特人信仰萨满教，萨满教对布里亚特思想文化的影响比其他蒙古地区更深。古老神话和英雄史诗是以萨满教世界观创作的。可是，17 世纪末 18 世纪初，喇嘛教传入布里亚特地区。布里亚特物质文化和精神文化与蒙古、卡尔梅克以及西伯利亚突厥语民族具有共同性。1937 年以前布里亚特与其他蒙古部落一样使用回鹘式蒙古文。因受俄罗斯和欧洲影响早，在蒙古部落中布里亚特文化最发达，在国外出现了不少知名学者：班扎洛夫·道尔吉（1822—1855）、官宝也夫·嘎拉桑（1818—1868）、策旺·扎木察莱诺（1880—1942）和宾巴·仁亲（1905—1977）等。

布里亚特口头文学既古老又丰富，从 18 世纪中叶起记录祝词、赞词、歌谣、谚语、民间故事等，采录的古老神话和传说尤为突出，诸如：创世神话、女人传说、埃和里特—布拉嘎特祖先传说、布哈诺彦传说、贝加尔湖及其女儿安加拉河传说和美女传说。当然，其中也记录有英雄史诗。最早记录布里亚特口头文学的是俄罗斯科学院考察队的帕拉斯、莫林等人。从 19 世纪末开始，波塔宁、杭嘎洛夫等人系统地搜集了布里亚特英雄史诗。20 世纪上半叶策·扎木察莱诺、阿·鲁德涅夫和希·巴拉达也夫等记录了大量的史诗。已记录的布里亚特英雄史诗约有 300 多部，其中希·巴拉达也夫（1889—1978）个人记录的就有 100 多部。最长的史诗有《阿拜格斯尔》（22074 诗行）和《叶仁赛》（9521 诗行）。同时，发现了著名的史诗演唱艺人安加拉河流域的波得洛夫（1866—1943）、温戈艺人土谢米洛夫（1877—1945）以及瓦西列夫和德米特里也夫等人。策·扎木察莱诺尔于 1903—1906 年间从库丁山谷的埃和里特—布拉嘎特人中记录了《阿拉木吉莫尔根》、《艾杜莱莫尔根》、《叶仁赛》、《阿拜格斯尔》、《奥希尔博克多和胡荣阿尔泰》、《哈奥希尔》（另一异文）、《布赫哈尔胡布恩》、《双豪岱莫尔根》和《阿拉坦沙盖胡布恩》等史诗。此外，1941年巴拉达也夫记录了埃和里特—布拉嘎特史诗《哈日亚切莫尔根胡布恩》。同年，黑勒土肯在努克特区记录了史诗《赛达尔和宝衣达尔》和《汗查格图阿巴海》。

策·扎木察莱诺于 1908 年记录了外贝加尔地区（现赤塔省）史诗，1911 年记录了哈木尼干史诗，1908 年还记录了豁里艺人巴扎尔演唱的史诗《门叶勒图莫尔根》《赫叶德尔莫尔根》《查珠海胡布恩》《道劳林卢嘎巴萨干》《那木乃胡布恩》《哲勃哲勒图莫尔根》和《铁木耳宝劳道尔》。

最早研究布里亚特史诗的是策·扎木察莱诺，接着是鲍·雅·符拉基米尔佐夫和嘎·桑杰也夫。1950—1970 年代出现了乌兰诺夫、沙尔格希诺娃和霍莫诺夫。嘎·桑杰也夫等人将布里亚特英雄史诗分为三大类，即埃和里特—布拉嘎特史诗、温戈史诗和豁里史诗，其中最古老、最有代表性的是埃和里特—布拉嘎特英雄史诗。

二　埃和里特—布拉嘎特巾帼英雄史诗

在布里亚特英雄史诗中，埃和里特—布拉嘎特史诗的记录、出版和研究最早，发现的史诗数量极多，篇幅很长，而且，其具有古老性，能够代表早期史诗的原始面貌。在埃和里特—布拉嘎特史诗中有其他蒙古史诗中罕见的女扮男装型巾帼英雄史诗和女佣替嫁型英雄史诗。布里亚特著名学者苏联科学院通讯院士策·扎木察莱诺（1880—1942）于 1903 年 8 月18—20 日记录了艺人沙勒比克夫（53 岁）演唱的史诗《阿拉木吉莫尔根》（5297 诗行），1904 年 8 月 15 日搜集了伊尔库茨克州艺人宝勒达也夫说唱的史诗《艾杜莱莫尔根》（1867 或 1767 诗行），还在 1906 年 10 月 29 日记录了艺人巴尔达哈诺夫（27 岁）演唱的史诗《双豪岱莫尔根》（1604 诗行），这三部都是巾帼英雄史诗。前两部史诗（蒙古语拼音）早在 20 世纪初在扎木察莱诺等人编辑的《蒙古民间文学范例》（1913 年，1918 年和 1931 年）中发表，扎木察莱诺俄译文（1912 年 2 月在蒙古库伦译完）于 1959 年在乌兰巴托出版。

史诗《艾杜莱莫尔根》的全称是《艾杜莱莫尔根和阿兀嘎诺干杜海》。学者 M. 霍莫诺夫、H. 沙尔克什诺娃等认为，这部史诗的性质和内容很古老。确实它与其他史诗不同，没有序诗，连出生地点、勇士的父母等都没有，只有艾杜莱莫尔根和妹妹阿兀嘎诺干二人出场，史诗开头就说：

> 从前古代时代
> 在那温暖时代
> 占据无人的大地
> 占有无主的民众
> 艾杜莱莫尔根出生
> 长到十五岁那年
> 他的社会地位
> 仅次于四十四尊天。①

由此不难看出，艾杜莱莫尔根的地位在萨满教四十四天神之下，是介于神与人之间的英雄。他就是"世界第一人"，又是第一位占有民众的首领和第一位猎人。上述埃和里特—布拉嘎特的三部巾帼英雄史诗都描绘了创世时代的人类始祖。当然，将始祖放在人类生活中，反映其英雄事迹，逻辑上看来是有矛盾的。E. M. 梅列金斯基较系统地比较了西伯利亚的阿尔泰、图瓦、哈卡斯、朔尔斯、雅库特（亚库梯）和布里亚特等突厥—蒙古各民族英雄史诗，发现史诗的许多主人公是孤独的人，是人类始祖。

---

① 蒙古萨满教认为天上有九十九尊天神，被分为右翼五十五天神，左翼四十四天神。

此外，他说："'孤独'的人类始祖往往还有个妹妹"，又说，"一对兄妹作为人类始祖成为西伯利亚地区突厥—蒙古诸民族史诗流传的题材，在保持着浓郁母系制古风的布里亚特人的民间创作中，这种题材更是屡见不鲜。"

史诗里说：在那和平幸福时代，为了尝尝野味，艾杜莱莫尔根骑着骏马带猎狗在阿尔泰山上寻找猎物，走了三个月，未看到猎物而走向了回家之路。可是在途中碰到了一个黄铜眼睛的老妖婆，妖婆骗他往后看时，用神奇的月牙刀打死了他。可是，他那会说人话的骏马咬住主人的衣服将他的遗体拖了回家。妹妹阿兀嘎诺干看到哥哥被害，痛哭流涕，可是她听到骏马的话，知道在遥远西北方额真孟和汗的女儿额尔赫楚邦是哥哥的未婚妻，她会使死人复苏。为了营救哥哥，她便剪掉长发，穿哥哥的衣服，以女扮男装去娶额尔赫楚邦。走之前将哥哥的遗体放入山缝中保存。她在远征途中射杀了害死哥哥的妖婆；战胜了种种自然灾害；还打败了各种有害动物，诸如在森林中打死了黑熊、从湖边赶走了爱吃蛤蟆的花鸟，得到了蚂蚁汗、蛤蟆汗和花鸟的感恩，他们说遇到困难时叫他们帮助。女勇士到达额真孟和汗家，受到了残酷折磨。她向可汗问候："岳父，您好！"。可汗生气说："谁是你岳父？"便派四名大将把她带到海岸上用铁索挂在树上。她暗中请求蛤蟆汗来帮助其脱险，接着又去向可汗问候："岳父，您好！"可汗让她分离铁盆中的三种粮食，她请求蚂蚁汗来帮助分离了粮食。此时可汗说她有福气做女婿，但又让她完成了三项危险的使命。这就是各种史诗中常见的三种征服凶禽猛兽的斗争，即活捉有三十庹长身躯的大黄狗和独角独牙独眼的黑公驼，带来凤凰的羽毛，她在未婚妻额尔赫楚邦的协助下完成了任务。

女勇士提出与额尔赫楚邦结婚时，一个伊都干（女巫）劝说可汗不能把女儿嫁给另一个女人，并给她喝酒试看此人是不是女儿身。在战马的帮助下，她保住了秘密，并趁机将女巫杀死。结婚后，可汗又让她与闻名于天下的特努克毛亚摔跤，在感恩的花鸟的暗中帮助下，她打败了对手。

阿兀嘎诺干携带哥哥的妻子返回家途中，先从山缝里取出哥哥的遗体，放在路边用衣服盖住，并在树上挂他的武器，留下一封书信后化为蚊子飞走了。妻子额尔赫楚邦赶来，突然发现勇士躺在路边，掀开衣服一看是具尸体，非常惊讶。她认为上当受骗了，转身便往回走。可是她听了坐骑的劝告，就返回来用红柳条鞭子在尸体上打了三下，让勇士恢复了原来面貌；她又向太阳神求勇士灵魂，一边挥舞三次手，一边呼唤三次为其招魂。突然勇士跳起来说，我怎么睡了这么久，并问她是什么姑娘。姑娘回答说是上当受骗来的。勇士看到妹妹留下的信，知道了事情的经过。于是，两个人和好，生活在一起。他们生了两个儿子之后，妹妹回来了。他们将妹妹嫁给远方的珠如肯布赫，大家都过上了幸福生活。

史诗通过阿兀嘎诺干营救哥哥的英勇事迹，反映了她智慧、勇气和力量，生动形象地说明女人并不比男人差，而且会挺身而出去营救遇害的男人。

这是一部很古老的、具有神话色彩的英雄史诗，其中包含有不少神话、传说因素，诸如，史诗中妖婆用月牙刀打死艾杜莱莫尔根；妹妹阿兀嘎诺干女扮男远征求婚途中打死神奇的黑熊和赶走吃蛤蟆的花鸟；到岳父家受到折磨时蚂蚁汗、蛤蟆汗的帮助等，不是通过个人的英雄行为战胜一切，而是在感恩动物的帮助下，脱离危险并保住了女扮男装的假象。学者嘎·桑杰也夫说得对，这是从神话史诗向英雄史诗过渡的史诗。它主要是反映了女英雄与自然界斗争的婚事型英雄史诗。

《阿拉木吉莫尔根》与《艾杜莱莫尔根》相似，也是女扮男装型英雄史诗，它继承了《艾杜莱莫尔根》的传统，主人公是阿拉木吉莫尔根和妹妹阿贵娃罕，他们的对手是两个叔叔。

史诗的重要情节如下：因财产问题，两个叔叔合谋以借刀杀人之计坑害阿拉木吉莫尔根，派他去与600个脑袋的蟒古德（恶魔）搏斗；在消灭蟒嘎德回家途中，两个叔叔竟用毒酒害死了勇士；妹妹阿贵娃罕以女扮男装去娶来哥哥的未婚妻；未婚妻宝劳德胡莱使勇士阿拉木吉莫尔根死而复苏；阿拉木吉莫尔根向两个叔叔报仇。

史诗演唱艺人讲述传统的史诗时，往往有增加自己时代的一些内容的习惯。所以，这部史诗中有蒙古英雄史诗传统的古老因素，也有近几百年来俄罗斯生活影响。在描述古老时代阿拉木吉莫尔根诞生，阿贵娃罕跟着出生之后，接着用近代俄罗斯生活方式描写了他们的生活环境，即砍伐树木修建木头房和城市（城市中有 4 条大街、33 个胡同、300 个商店）。史诗富有神话色彩，说阿拉木吉莫尔根成为无主大地的主人，无首领的属民的汗，当上了 13 位可汗之首，成为 73 种语言民众的头领。由此可知，阿拉木吉莫尔根是世间独一无二的人，又是创造房屋的文化英雄。俄罗斯著名史诗理论家 E. M. 梅列金斯基引用了史诗《阿拉木吉莫尔根》开头的一段，说："阿拉木吉莫尔根和他的妹妹应该是世界上最早的人。……阿拉木吉莫尔根这个世界第一人修建了世间第一处房屋，率先从事畜牧业，即显示出创造者和最初的文明人的特质。……阿拉木吉莫尔根也被描写为第一个王公。"又说，"雅库特史诗《艾尔索戈托赫》的主人公艾尔索戈托赫和阿拉木吉莫尔根一样，是自己新建立了自己的家业。艾尔索戈托赫建起了 80 平方俄丈的硕大帐篷，它的 40 个窗户是 7 排松树的木料制成。里边没有炉灶、石板床等，只有他使用的武器，而这些武器也不是他自己而是铁匠切姆切尔坎——克尔比坦制造的。"①

史诗往下说，他让秘书写信分别给南边看管马群的叔叔和北边看管马群的叔叔，让他们召集属民百姓赶来马群。两个叔叔看信很生气，都说："本来我以为这些马群是我的，可惜没有在他小时候宰杀，发生了如此危险的后果。"两个叔叔走到一处去合谋害死侄子的诡计。接着两个人一起到他家，但受到侄子的热情款待。阿拉木吉莫尔根答应了两个叔叔的要求，去征服 600 个脑袋的蟒嘎德。阿拉木吉莫尔根不听妹妹的劝告，决定要出征，走之前妹妹给他做了战袍，并送了自己的戒指，祝福尽快胜利归来。勇士与恶魔搏斗，与其他史诗一样在胜负难分时，听坐骑的话，先杀死了敌人的灵魂，后消灭了恶魔的肉体。从恶魔肚皮里涌现出被活吞的人群和畜群，人们祝福救命恩人。勇士又解救了吊在树上的三个年轻人，其中有后来出名的英雄双豪岱莫尔根。

战胜恶魔返回家途中，战马告诉主人，他的两个叔叔带毒酒前来，请主人千万不要上当。可是阿拉木吉莫尔根不听劝告，喝毒酒而死去。紧急时刻战马咬住主人的长袖拖着他回到了家中。阿贵娃罕看到哥哥死去，便昏倒在地，醒后抱着战马脖子痛哭一番，随即将哥哥遗体放入山缝里，女

① ［俄］E. M. 梅列金斯基：《英雄史诗的起源》，王亚民、张淑明、刘玉琴译，商务印书馆 2007 年版，第 272—275 页。

扮男装去替哥哥娶他未婚妻宝劳德胡莱，以便让哥哥起死回生。在求婚途中，她历尽了各种艰难困苦。这是西伯利亚森林部落史诗，当地有原始森林和高山大海。她化身为黑狐狸、灰狼和乌鸦越过了高山峻岭，躲开了企图砍死她的长胡须老人的屠刀和牛马般大蛤蟆的毒害，又砍死了毒蛇，救助了汗布尔古德鸟（其他史诗里是凤凰）的三个姑娘，得到这个鸟的感恩越过了高山大海。

阿贵娃罕到达哥哥岳父家前后的经历较为简单，与其他史诗的主人公不同，她没有化身为骑两岁劣马的秃头儿，也没有经过三三制的考验。她变作红光满面的小伙子，人们投去了羡慕的目光。她到了达赖巴彦汗家向岳父岳母问安，并说明了来意，可汗夫妇很喜欢，准备第二天举办婚礼。可是与史诗《艾杜莱莫尔根》一样，这时有一个伊都干（女巫）劝告可汗夫妇，不能将女儿嫁给另一个女人。为了探明究竟，他们采取了两种措施，其一是让她与大地上出名的摔跤手嘎海布赫摔跤，其二是让她与三位勇士一起在海里游泳，但都没有发现她是女人。她趁机将女巫推到水里淹死了。

可汗举办了盛大宴会，将女儿女婿送走，派 600 人陪同前往。随后出现与《艾杜莱莫尔根》相同的情节。上路之后阿贵娃罕先去从山缝中取出哥哥遗体放在大路上，并给他穿上衣服。当她把武器挂在树上，留下书信后便变作母鹿走进了山林。妻子宝劳德胡莱到来很吃惊，感到上当受骗，立即往回走。但听战马的劝告后，就回过头来让丈夫起死回生。阿拉木吉莫尔根苏醒后，看到战马、马鞍和妹妹留的信明白了事情的经过。夫妻二人回到家乡，将那被焚毁的家乡恢复了原貌，用战马的三根尾毛作成了布满草原的牛羊马群，并设宴款待陪同妻子来的 600 名客人。送走客人之后夫妻二人谈论过去的事件，成为温暖和睦家庭。妻子宝劳德胡莱提出找回亲爱的妹妹，阿拉木莫尔根经过长期寻找终于找到了化身为母鹿的妹妹，让她恢复了原貌。夫妻俩设宴欢迎妹妹回来，最后惩罚了害死人的两个叔叔，过上了比过去更幸福美满的生活。

史诗《阿拉木吉莫尔根》借用了《艾杜莱莫尔根》的巾帼英雄形象，它的形成时代晚于后者。《阿拉木吉莫尔根》反映了氏族内部斗争。原来阿拉木吉莫尔根与两个叔叔共同占有牲畜和财产，两个叔叔以为他们管辖的牲畜是个人财产，听到将他们的畜群合并到阿拉木吉莫尔根处，便出现了矛盾。也就是说,为了争夺财产,两个叔叔毒死了侄子。实际上这反映了由氏族公有制过渡到个体所有制时代的氏族内部斗争。

第三部巾帼英雄史诗《双豪岱莫尔根》,是上两部史诗的另一种异文。三部史诗的人名不同:艾杜莱莫尔根、妹妹阿兀嘎诺干、未婚妻额金孟和汗的女儿额尔赫楚邦;阿拉木吉莫尔根、妹妹阿贵娃罕、未婚妻达赖巴彦汗的女儿宝劳德胡莱;双豪岱莫尔根、妹妹额尔黑勃奇诺干、未婚妻乌孙罗布桑汗的女儿纳木希娃罕。此外,害死勇士的坏人名字也不同。在其他方面,三部史诗上半部分的内容大同小异,这部史诗内容单薄,但都有妹妹女扮男装替哥哥娶来未婚妻,未婚妻使勇士复活的情节。这部史诗的女英雄额尔黑勃奇诺干到达乌孙罗布桑汗家之后,经过了几项考验。和其他十三名求婚者一起数北部的数千匹马和南部的数千匹马的数量,她第一个数清马群数目,告诉了可汗。接着,可汗让她去带来凤凰的羽翎和黄色狂狗,以及到海里游泳,她顺利通过了这些考验。女婿带妻子返回家乡之前向可汗提出要带走珍藏的小黄狗和珍贵的黑山羊皮,可汗不得不答应,他们出发时属民百姓跟着迁徙,牛羊马群也跟着走了。

这部史诗反映了通过联姻关系建立部落联盟的实际生活。

三　女佣替嫁型英雄史诗

前三部史诗反映了女英雄的事迹,可是下列史诗中谴责了女佣耍花招代替公主出嫁的欺骗行动。埃和里特—布拉嘎特英雄史诗《阿拉坦沙盖》是女佣代替公主出嫁型的史诗,它有三种异文;第一种异文是著名学者策·扎木察莱诺于 1906 年 12 月 18—20 日记录的俄国布里亚特昆都伦地区哈尼铁润特也娃(绰号哈尔萨玛干)演唱的史诗《阿拉坦沙盖夫》(2951 诗行),见《布哈哈尔胡布恩》(伊玛达逊整理,布里亚特图书出版社,乌兰—乌德,1972 年)。这部史诗的人物有勇士阿拉坦沙盖、他的哥哥诺高台莫尔根和嫂子策辰希勃西古丽、坐骑银合马、他的未婚妻西北方纳嘎台巴彦汗的女儿塔尔巴吉,还有他们神奇生长的儿子,主要敌人是七十五头蟒嘎德家族。史诗的内容极其复杂,但基本情节还是勇士的婚礼和勇士与奴役者的征战,其中有不少派生情节和插曲。史诗开头交代了屹立在沙尔塔拉地方的高大银色汗宫及其周围的牛羊马群,阿拉坦沙盖在放牧回家路上想到哥哥和嫂子结婚多年没有儿子,自己应该结婚生儿育女。阿拉坦沙盖回家反复向嫂子打听未婚妻的信息,知道塔尔巴吉是他未婚妻之后,他不听劝告向西北方出发,嫂嫂给他送去路上吃的羊肉和喂马的草。接着史诗描绘了勇士远征求婚途中几个奇遇。史诗中不但有女佣替嫁公主的情节,还有未婚妻起死回生的情节。

阿拉坦沙盖被暗箭射中,临死前也发暗箭射死对手吉如嘎岱莫尔根。这时他的银合马以妙计骗来了塔尔巴吉姑娘,让她使阿拉坦沙盖死而复生。勇士复活后还没有看到她之前,她已往家走。阿拉坦沙盖醒过来之后去救活了对手吉如嘎岱莫尔根,二人结为忠实的朋友,并共同战斗。阿拉坦沙盖的婚礼是经过赛马和摔跤两项考验,可汗才同意嫁女的。可是在这里出现了一种在其他蒙古英雄史诗中非常少见的现象,即女佣代替公主出嫁的情节。塔尔巴吉姑娘派女佣去看新郎阿拉坦沙盖的容貌,女佣过了三天后才回去欺骗公主说,她闻到新郎的臭味感到恶心,躺了三天才回来。听后塔尔巴吉说,我不嫁给奇丑无比的男人,便穿鸟衣飞上了天空。女佣的阴谋得逞,因姑娘出走可汗害怕女婿生气,赶忙听从女佣的话,把她当作塔尔巴吉嫁给了勇士。不久阿拉坦沙盖发现了破绽,塔尔巴吉也了解真相,夫妻二人得以团聚。阿拉坦沙盖把女佣砍成两半时,她变成了两把扫帚。

史诗下半部分描述了阿拉坦沙盖与破坏家园并抓走哥嫂的蟒嘎德家族的战斗。阿拉坦沙盖带着妻子回家,发现东北方大黑蟒嘎德的儿子们乘机来破坏他的家乡,抓走了他的哥嫂。他立即跟踪追击敌人,即将到蟒嘎德住处时,看到敌人修建了一座桥。这时勇士变作一条大鱼啃坏了桥墩,然后恢复原貌。当勇士咒骂敌人的时候,蟒嘎德的 5 个儿子乘坐三驾马车去打仗,过桥时他们一起掉入河内淹死了。上述有关敌人修建桥、乘坐三驾马车去打仗等情节,是后期在俄罗斯影响下出现的。因为演唱艺人传诵传统的史诗时,往往还加入自己时代的事物。史诗接着描写了阿拉坦沙盖、吉如嘎岱莫尔根以及阿拉坦沙盖的大儿子巴托尔朝克图、二儿子巴格查尼杜尔嘎等两代四勇士经过艰苦奋斗先后消灭了 75 头、85 头、95 头和 105 头的蟒嘎德,救出被折磨成残疾人的阿拉坦沙盖哥嫂的事迹。

在这部《阿拉坦沙盖夫》里,既有蒙古英雄史诗传统的古老情节和内容,又有近代布里亚特社会生活的描写。这说明了英雄史诗是随着社会的发展而不断地处于流变形态之中。

第二种异文是 H. 沙尔克什诺娃于 20 世纪 50 年代记录伊尔库茨克州艺人狄米特利也夫演唱的史诗《阿拉坦沙盖》（4300 诗行）。这是反映一次婚事和二次征战的英雄史诗。它的人物与扎本察莱诺异文大同小异，不同的是阿拉坦沙盖嫂子的名字诺干德格丽（不是策辰希勃西古丽）、未婚妻父亲的名字巴彦孟和汗（不是纳嘎岱巴彦汗），其他人名相似。二者的情节结构也相近，阿拉坦沙盖打猎回家，打听未婚妻信息，嫂子告诉她是巴彦孟和汗的女儿塔尔巴吉，她会让死人复活，让穷人变富裕。阿拉坦沙盖远征，在途中与对手吉如嘎岱莫尔根搏斗，杀死此人后阿拉坦沙盖也中毒身亡。他的银合马听杜鹃的议论，知道巴彦孟和汗的女儿塔尔巴吉会起死回生，立刻跑过去运用妙计骗来塔尔巴吉，她从阿拉坦沙盖身上迈过三次，并且三次吐口水，就让他复活了。她没有看到阿拉坦沙盖的模样，便化为金鹰飞回家了。阿拉坦沙盖苏醒后，用自己的神奇石头使敌手吉如嘎岱莫尔根复活，并且做了结义弟兄。阿拉坦沙盖继续往前走，到达了巴彦孟和汗家。在这里可汗没有对他进行任何考验。他向巴彦孟和汗的女儿塔尔巴吉求婚，可汗立刻应允，还热情地款待了他。此时，塔尔巴吉公主派女佣去看新郎，女佣回来骗公主说：那人长得奇丑无比，"右眼生沙盖（羊拐）大眼眵，左眼有珠盖（黄蜂）大的眼眵"。听到女佣的话公主拍拍胸膛说，嫁给这种丑男人，不如化身为鸟飞上天空，便变成金鹰飞走了。女佣的阴谋得逞后，可汗让她代替公主嫁给阿拉坦沙盖。不久，阿拉坦沙盖发现她是个冒牌货，立即把她砍死。在此之前，公主塔尔巴吉来暗地探望勇士竟被抓住，因而得以相互了解。

下半部分描绘了两次征战。当勇士阿拉坦沙盖携带妻子到达家乡时，发现蟒嘎德的儿子们已践踏了他的家乡，抓走了哥哥和嫂子。阿拉坦沙盖前去营救哥嫂，进行了极其复杂的斗争。当他与蟒嘎德的儿子们搏斗，感到力不从心时，结义兄弟吉如嘎岱莫尔来协助，但仍然没能打败敌人。此时，塔尔巴吉神奇地生了两个儿子额尔赫策勃格巴托尔和额尔赫章格巴特尔。他俩赶去战胜了敌人，救活了被打死的父亲阿拉坦沙盖，大家一起找到了被俘的诺高台莫尔根和诺干德格丽，赶着一切战利品回到了家乡。

接着进行第二次征战。阿拉坦沙盖和两个儿子凯旋后，发现希尔古拉金汗抓走了塔尔巴吉。阿拉坦沙盖、两个儿子、大儿子的两个儿子等三代五位勇士，经过艰苦斗争打败了敌人，带着塔尔巴吉，赶着敌人的牲畜胜利归来，过上了幸福生活。

多数蒙古英雄史诗的婚事斗争，是以勇士征服三大猛兽或在三项比赛中获得全胜而结束的。可是史诗《阿拉坦沙盖》较为特殊，勇士阿拉坦沙盖经历了远征途中被人害死、未婚妻起死回生、女佣代替公主出嫁等复杂的过程，因而，《阿拉坦沙盖》发展和丰富了蒙古史诗婚事故事的内容和情节。

这是一部流传很广的史诗。由我国呼伦贝尔市布里亚特人策尔吉德·策德布讲述、道·乌兰夫记录的《阿拉坦沙盖夫》是一部散文体史诗。尽管它的演唱时间比扎木察莱诺异文晚七八十年，而且伊尔库茨克州离呼伦贝尔很远，但还在大体上保留着20世纪初采录本的内容。它由阿拉坦沙盖的婚事斗争，携带妻子返回家乡途中被女恶魔杀害，以及新婚妻子生下的奇异孩儿神速长大为父亲报仇和起死回生等部分所组成。从前，在沙尔达赉旁有一座高大银宫，在银宫前后布满牛羊马群，主人是阿拉坦沙盖，他的坐骑是天下无双的银合马。他与哥哥和嫂子一起生活，哥嫂结婚多年没有孩子。阿拉坦沙盖骑着银合马去放牧时，想起了娶媳妇生儿子继承牲畜和财富之事。阿拉坦沙盖回家向嫂子打听未婚妻信息，嫂子说他的未婚妻是西北方一位大可汗的女儿，名叫塔尔巴吉。同时，劝他不能去，因途中会遇到危险。勇士不听劝告，便骑着银合马带弓箭向西北方出发。他走到一座高山上，看到了金光闪闪的大汗宫，汗宫前的人像草木那样多，漫山遍野是牛羊马群。在扎木察莱诺记录本中有考验情节，可是在这一异文中有一定的抢婚性质。阿拉坦沙盖向汗宫射去一支箭，射中了汗宫门，发出了雷霆般的声音，震动了大汗宫。可汗让人拔出这支箭，谁都拔不动。这时阿拉坦沙盖用一只手拔出了箭，把它装进箭筒里。阿拉坦沙盖夫走进汗宫时，可汗害怕得颤抖，看到勇士向他问好才松了一口气。可汗听到勇士来向他女儿求婚，便满口应承下来，并为他俩举办了盛大婚宴。这部史诗的重要缺陷是没有女佣替嫁的情节。当女儿离开娘家跟着丈夫去婆家时，可汗和汗后把牲畜和财产的一半作了陪嫁。在其他蒙古史诗中姑娘出嫁要骑马或骑金黄母驼，可是在这里的出嫁姑娘像近几百年前的布里亚特人一样塔尔巴吉坐银轮马车走，阿拉坦沙盖骑着银合马在旁边走。

　　史诗往下描写了阿拉坦沙盖回家路上的遭遇。夫妻俩走了一半路程后，阿拉坦沙盖先走，让妻子按照他画的路标在后边俩跟着。当他一个人走的时候，七十五头的阿尔扎嘎尔哈尔蟒嘎德赶来，说他抢走了它将娶的姑娘，接着二人先用弓箭对射，后来赤手空拳肉搏。扭打了三年，阿拉坦沙盖终于杀死敌人，焚烧其骨肉。

　　史诗还描写了阿拉坦沙盖被蟒嘎德的老妖婆砍死，阿拉坦沙盖的儿子神奇生长，并战胜敌人救活父亲的英雄事迹。

　　此外，内蒙古乌拉特地区也记录了史诗《阿拉坦沙盖的故事》。它也描写了阿拉坦沙盖及其儿子阿拉坦巴托尔消灭多头恶魔的故事，其中有死而复生和失而复得的情节，与布里亚特史诗《阿拉坦沙盖夫》有一定的联系。当然，乌拉特史诗的民间故事化和现实化程度较大，很难看出它们的原来面目。

　　史诗《阿拉坦沙盖》的影响很大，它分布于呼伦贝尔地区和鄂尔多斯地区。这种现象说明了史诗《阿拉坦沙盖》的产生很早，可能在 13 世纪以前许多蒙古部落在一起生活时代形成，在数百年复杂的流传过程中，出现了不同的异文。

四　埃和里特—布拉嘎特史诗的特性

　　埃和里特—布拉嘎特史诗具有古老性，Г. 桑杰也夫、А. 乌兰诺夫、Н. 沙尔克什诺娃、М. 霍莫诺夫等学者都指出了它的古老性特征。依据布里亚特社会生活发展的各个历史阶段的不同特点，А. 乌兰诺夫将布里亚特史诗分为三大类，即埃和里特—布拉嘎特史诗、温戈史诗和豁里史诗。埃和里特—布拉嘎特史诗的形式时代在公元 10 世纪以前，这就是母系氏族社会解体时期。温戈史诗反映了向畜牧业转换时代。豁里史诗属于较晚阶段[①]。Г. 桑杰也夫认为埃和里特—布拉嘎特史诗反映了全部蒙古史诗发展的最古老的阶段，是由神话史诗到英雄史诗的过渡阶段[②]。

---

　　① 《豁里布里亚特史诗》，布里亚特书籍出版社 1988 年版，第 3 页。
　　② 转引自［苏］谢·尤·涅克留多夫《蒙古人民的英雄史诗》，徐昌汉等译，内蒙古大学出版社 1991 年版，第 29 页。

在笔者看来,三部巾帼英雄史诗的形成也有前后次序,最早产生的是《艾杜莱莫尔根》,受它的影响形成了《阿拉木吉莫尔根》,在它们的传承过程中又出现了《双豪岱莫尔根》。

关于史诗的古老性,M. 霍莫诺夫讲述了具体现象。他说《艾杜莱莫尔根》与其他布里亚特史诗不同,第一,它有古老性,第二,其中没有害人的叔叔和蟒嘎德(恶魔),也没有驱赶人家牲畜、侵占领土和百姓的情节。艾杜莱莫尔根生活在安宁、和平和幸福时代,没有描绘征战和战斗武器。

许多蒙古史诗都有长短不同的序诗,交代事情发生的时间、地点、双亲、勇士的诞生、汗宫、马群等,可是在《艾杜莱莫尔根》中缺少这一切,没有描写是什么人生了艾杜莱莫尔根和阿兀嘎诺干。我们知道,英雄故事没有序诗;英雄史诗是从英雄故事脱胎而来的,因此,最初的英雄史诗也没有序诗。这部史诗说,艾杜莱莫尔根出生后,长到十五岁那年,他的社会地位仅次于四十四尊天神。这句话说明,这部史诗是萨满教控制人们心灵时代的产物。萨满教有九十九尊天神,被分为右翼五十五天神和左翼四十四天神。艾杜莱莫尔根的地位比人类高,比神灵低,处于四十四尊天神之下。萨满教认为,巫师会知道人的过去、现在和将来。所以这三部史诗中都出现了伊都干(女巫),她看出来求婚新郎不是男人,而是女扮男装的女人。在古老时代"莫尔根"一词是萨满巫师的称号。

正如学者 Г. 桑杰也夫所述,这是由神话史诗向英雄史诗过渡时期的史诗。女勇士求婚途中不是以英雄行为战胜自然界和敌对势力,而往往是借助于神奇动物的感恩行动而脱险和战胜困难。诸如战胜手持月牙刀的红尖嘴妖婆、黑窝棚里出现的以毒茶害人的小老头、独眼独牙的黑公驼、上唇触天下唇触地的大黄狗等神话人物形象,都借助于神奇势力和感恩的蚂蚁汗、蛤蟆汗和花鸟的协助下完成的。还有那位未婚妻额尔赫楚邦是来自神话人物。关于布哈诺谚的传说中说,阎王的儿子娶了布哈诺谚的女儿额尔赫楚邦。

这类英雄史诗的主人公是女人,她起着解救男人的作用。埃和里特—布拉嘎特社会已经由母系制走上了父系制,但还保留着母系制的遗迹,女人救活死了的男人,是母系社会女人当家的义务。但救活男英雄后,妹妹让位于哥哥而出走,这正好是母系制让位于父系制的象征。

埃和里特—布拉嘎特史诗有声有色地塑造了一系列女扮男装型英雄的高大形象。诸如阿拉木吉莫尔根的妹妹阿贵娃罕、艾杜莱莫尔根的妹妹阿兀嘎诺干和双豪岱莫尔根的妹妹额尔黑勃奇诺干，无一不是富有神话浪漫主义和理想主义特色的女英雄形象。以阿贵娃罕为例，她是阿拉木吉莫尔根的唯一亲人、助手和保护人，史诗通过其语言和行动，深刻地反映了她的心灵美好、勇敢果断、力大无比的英雄本色。在平常生活中她为哥哥缝衣做饭，放牧牛羊马群，处处给以关心和帮助，并提醒哥哥提高警惕别上坏人的当。当两个叔叔运用借刀杀人之计，派阿拉木吉莫尔根去与恶魔搏斗时，她劝告说：

> 哥哥，哥哥！
> 这两个叔叔，
> 不是派你去，
> 享福的地方，
> 而是派你去
> 受罪的地方。

哥哥不听她劝告，一定要去征服危害人类的恶魔时，她痛哭流涕，给哥哥送白银戒指说："它给您带来福气，在战场上对您有帮助。"并祝福哥哥胜利归来。

看到战马拖着哥哥遗体回来，她昏倒在地，醒过来后立即将哥哥遗体放进山缝中保存。然后女扮男装去娶哥哥的未婚妻来，使哥哥起死回生。她是神话浪漫主义特色的半人半神式女英雄。在远征求婚途中她化身为花狐狸、灰狼、乌鸦和青蛙，越过高山跨过大海。她同情弱小的动物，射死了吃凤凰三个女儿的大毒蛇，得到了凤凰的感恩。

阿贵娃罕到达赖巴彦汗家求婚时，变成了红光满面的英俊小伙子。可汗夫妇为二人举办婚礼时，有一女巫怀疑她的性别，并进行了两次考验。在考验中她展示自己的智慧和力量。在和天下有名的摔跤手摔跤时，她用一匹绸缎缠住乳房，把对手高高举起来抛到三条沟远处，对手头朝下陷入泥坑里。当很多人去用铁锹和镐头都挖不出来时，她抓住两条腿把对手拔出来扔到地上,并乘机将女巫塞进大酸奶缸里淹死了。

　　她在携带哥哥的未婚妻返回家乡途中,先去把哥哥遗体从山缝中取出来,用衣服盖好,并写信留下来,自己化身为鹿跑进树林中,表现得非常机智、聪慧。

　　这是一位高大的女英雄形象,她让世人看到女人并不比男人差,只要有机会女人同样可以立大功。埃和里特—布拉嘎特史诗不仅成功地刻画了女扮男装型人物的可歌可泣的形象,同时,塑造了勇士们的未婚妻的生动的艺术形象。她们是美丽、贤惠,具有特殊功能。史诗形象地描绘道:

> 达赖巴彦汗女儿
> 宝劳德胡莱,
> 能让死人复苏,
> 能让穷人富裕,
> 左脸颊上的光芒,
> 照耀左边的围墙,
> 右脸颊上的光芒,
> 照亮右边的围墙,
> 像光溜溜的竹条,
> 摇摇摆摆地走在大地上,
> 像没有云彩的太阳,
> 闪闪放光走在大地上。

　　这位女英雄不断帮助勇士克服困难,当勇士遇害时使其死而复苏,在故乡遭到破坏时会重建家园。当勇士的妹妹带她来复活勇士,随即化身为母鹿跑进森林时,这位女英雄立即督促丈夫去找回来亲爱的妹妹。勇士经过曲折的过程找到妹妹来时,她热情欢迎,抓住妹妹的手说:

> 尚未走到幸福的地方,
> 却走到受罪的地方,
> 你幸运回到了家,

妹妹，你辛苦了！

说罢，设宴款待妹妹，大家一起过上了幸福生活。

女扮男装型英雄史诗的产生的时间很早，反映了母系社会的遗迹。在新疆卫拉特人中不仅有史诗《青赫尔查干汗》，而且还有英雄故事《孤独的努台》。《青赫尔查干汗》的内容较复杂，其中有老两口求子，灰白色岩石里诞生了儿子巴门乌兰，牛大黑石头里出生了女儿巴达姆乌兰其其格。巴门乌兰在求婚途中被恶魔害死，妹妹将遗体放入山缝里，女扮男装去替哥求婚，战胜了三大猛兽和通过三项比赛后，带来三仙女让其起死回生，妹妹随后变为大白兔跑进山里。在《孤独的努台》里，当敌人进攻时，兄妹俩逃到山里，哥哥饿死后妹妹将其遗体放在山缝中，自己女扮男装娶未婚妻回来，让哥哥死而复苏，妹妹变作兔子躲到山中。笔者认为，这两篇作品与埃和里特—布拉嘎特史诗是同源异流文本，12—13 世纪卫拉特部落也生活在于贝加尔湖以西安加拉河一带，当时女扮男装型人物的作品流传于卫拉特人和布里亚特人中间，因此，至今卫拉特人还保留着古老作品的核心内容。

当然，在埃和里特—布拉嘎特史诗中，除形象地描绘了女英雄形象外，还塑造了一个损人利己的女佣形象，说明了人们的思想复杂，必须引以为戒。

仁钦道尔吉，蒙古族，1936 年生，内蒙古自治区巴林右旗人，中国共产党党员，1960 年毕业于蒙古国立乔巴山大学。现任中国社会科学院

荣誉学部委员，曾任中国社会科学院民族文学研究所副所长、学术委员会主任、研究员，中国社会科学院研究生院民族文学系主任、博士生导师，兼任中国蒙古学学会副理事长、中国《江格尔》研究会副会长、中国作家协会少数民族文学委员会副主任委员等职，享受国务院颁发的政府特殊津贴。主要从事蒙古文学研究，尤其是蒙古口头文学和蒙古－突厥英雄史诗研究。出版的专著和资料集有三十多部，国内发表论文一百多篇，国外用英文、德文、俄文、蒙古文发表的论文三十多篇。代表成果有：《蒙古英雄史诗源流》（专著）、《阿尔泰语系民族叙事文学与萨满文化》（专著）、《蒙古英雄史诗大系》（专著）、《蒙古－突厥英雄史诗情节结构类型的形成与发展》（论文）、《蒙古英雄史诗情节结构的发展》（论文）等。

发现边垣

——纪念《洪古尔》出版七十周年

斯钦巴图

 1950 年上海商务印书馆出版了边垣编写的《洪古尔》，这是中国《江格尔》第一个版本，在《江格尔》学术史上有重要意义。但边垣的生平却鲜为人知，这制约了史诗《洪古尔》研究的进一步深入。由于缺乏更多的背景信息，研究者只能从给定的文本入手，描述其内容，探讨其文化内涵以及与新疆《江格尔》传统、蒙古—突厥语民族的英雄故事的关系①，无法进行深入的文本化过程研究。

 "根据这样贫乏的资料（指 1958 年版中边垣写的《后记》——引者），许多问题，比如像：满金的出生时间和地点，他究竟属哪个民族，叙事诗产生和流传的地区，边垣懂不懂蒙古语，抑或什么人翻译的，甚至演唱者本人是不是翻译等等，对这些问题都没有答案。"② 为了解答这些问题，笔者做出了努力，也取得了重大进展。

---

 ① 迄今仅有 4 篇专门研究之文章，即李福清《蒙古史诗〈洪古尔〉（新疆异文）》，载中国社会科学院少数民族文学研究所编《民族文学译丛》第二集，内部资料，1984 年，第 92—100 页；斯钦巴图《关于史诗〈洪古尔〉研究的几个问题——纪念〈洪古尔〉出版 60 周年》，《民族文学研究》2010 年第 4 期；陈岗龙《论边垣韵文体编写的〈洪古尔〉与蒙古—突厥英雄故事之间更加密切的关系》，载阿·阿丽玛、斯·云登巴特主编《中亚史诗》（蒙古文），第二集，2013 年，第 456—463 页；斯钦巴图《边垣编〈洪古尔〉与新疆蒙古〈江格尔〉传统的比较》，《语言与翻译》（蒙文版）2016 年第 2 期。

 ② 边垣的《洪古尔》是他根据自己 30 年代在新疆狱中听满金演述的记忆编写。参见李福清《蒙古史诗〈洪古尔〉（新疆异文）》，中国社会科学院少数民族文学研究所编《民族文学译丛》第二集，内部资料，1984 年，第 94 页。

一　寻找边垣：曲折的调研经历

寻找边垣，弄清他的生活经历与《洪古尔》的文本化过程之间的关系，确实不是一件易事。一来该书第一版出版已经70年，修订版出版也已超过一个甲子，从当初出版社编辑那里获得作者信息难度非常大，而且第一版和修订版均未注明责任编辑。二来，第一版和修订版加起来，反映编写者生活经历的信息非常贫乏，仅有修订版"后记"所透露的那些人尽皆知的信息。其可归结为：边垣，汉族人；1935年到新疆工作；不久被反动军阀盛世才逮捕入狱；经常听同囚室的蒙古族狱友说唱《洪古尔》，因而记住了其故事，1942年后根据记忆写成文字，后来出版。根据这些信息，2009年在写《洪古尔》出版60周年纪念论文的时候，笔者曾委托新疆师范大学巴·巴图巴依尔到新疆有关单位查询边垣的档案，无结果。之后，把这件事情便搁置起来。2020年该书将迎来出版70周年，笔者希冀能为此做些事情，于是，2018年8月重启了寻找边垣的工作。鉴于从新疆有关单位查档案失败的经验和《洪古尔》第一版和修订版编辑信息的缺失等情况，认定传统的寻找方式方法费时费力且收效甚微。于是改变思路，决定利用大数据优势：以"边垣"为关键词，在网上搜寻有关信息。搜出来的，无一例外都是国内外《江格尔》研究论著中出自《洪古尔》"后记"的我们已知的那些信息，或者一些商业网站上《洪古尔》的图书信息。

在反复搜索无果的情况下，笔者又改变了思路。这一次，假定"边垣"只是一个笔名，就以20世纪30年代到40年代在新疆工作过且被盛世才逮捕入狱的边姓人为条件搜索。结果，在一些文章中搜索到"边燮清"这个人。综合网上关于边燮清的各种信息，意识到他的生活经历与边垣的经历非常相似，且同为边姓。20世纪20年代，边燮清在北京燕京大学学习社会学，为了犯罪社会学研究，他和同学严景耀分别到京师第一监狱和第二监狱，与犯人们同住囚室。《洪古尔》一书不改变原故事情节的记录整理原则，以及优美的诗歌表达水准，符合边燮清的教育经历及其严谨细致的做事风格；边燮清是东北人，毕业后在东北工作，是一位地下党；20世纪30年代去新疆工作，与边垣的经历一致；他曾任独山子石油厂厂长。这一点也很重要。因为独山子离乌苏县城（今乌苏市）仅 15 公里，而乌苏县是蒙古族聚居区，他在这里有机会接触蒙古民族，了解他们的风俗习惯。这与《洪古尔——蒙古民族故事》及书中注释所体现出来的边垣对蒙古族民俗的了解相符合。后来被盛世才逮捕入狱，这一点也与边垣的经历完全吻合。所有重要条件均与边垣自述经历相符，这让笔者更坚定地相信边燮清就是边垣，边垣是边燮清的笔名。但这些只是网上搜到的信息，只能当作线索，不能据以研究。必须查到他的档案，找到他的子女、亲人，核实所有信息。于是，2018 年 9 月，笔者委托当时在乌苏一带做蒙古族口头传统田野调查的同事旦布尔加甫研究员到独山子石油厂查边燮清的档案，他只查到 1936 年 10 月至 1937 年 10 月任厂长的记录，其他没有任何信息。石油厂有关人员说民国时期的档案全部送到了南京中国第二历史档案馆了。2018 年 12 月，笔者又委托南京大学特木勒在中国第二历史档案馆查找边燮清档案，但没有查到。

　　留存边燮清档案的另一个单位应该是燕京大学。但早在 20 世纪 50 年代初，燕京大学就被拆分，按不同学科成立了几所高校。鉴于北京大学继承燕京大学校舍和文科、理科部分，2019 年 5 月 22 日，凭单位介绍信、本人身份证、工作证，笔者前往北京大学档案馆查询，但未查到他的档案。回来后，后悔当初没有以边垣的名字再查询。后委托同事玉兰以"边垣"的名字再次查询。5 月 29 日，玉兰从北京大学档案馆回复，没有查到边垣的档案。于是笔者请她再查边燮清的档案，这次却查到了边燮清的档案，但查阅需要凭单位介绍信预约，笔者请玉兰代为预约，5 月 30 日下午，终于看到了边燮清在燕京大学时的档案，掌握了他早期生活的基本信息。

　　边燮清出生于 1904 年农历六月二十四日，其父名叫边瑞亭，当时在交通部工作，在北京住址为宣外枣林街 27 号；永久住址为直隶省唐山县稻地镇边家庄，在北京汇文中学上初小、高小、初中、高中，1924—1928 年在燕京大学学习，主修社会学，1928—1929 年燕京大学社会学专业研究生。高中学习了中文写作、中国书法、国文、英语、古典文学、几何、通史、旧约、军训、物理、耶稣的教导、英语会话与写作、地理、我们自己的时代、现代史、先知的教导、卫生学、实验科学等课程。大学主修历史、社会学、英语、心理学、宗教学、中文、教育学等课程。研究生主修社会学。研究生是否毕业，是否取得文凭没有记录。只有研究生报名表，1928年9月19日填写的上学期注册表和1929年2月22日填写的下学期注册表。

这些信息表明，边燮清东西兼修、博学多闻、知识面很广。除此之外，档案中夹着一个边燮清写给赵承信的信件。写信日期是"元，十五"，信是在国民政府主席西北行辕政务处信笺上书写的，信的右方用蓝笔注明收信日期为"2/3/47"，说明边燮清1947年1月15日写信，赵承信于1947年2月3日收到。信中提到"我以前毕业时所领的文凭（一九二八年，号码忘了）因九一八事变时在沈阳失落了"，所以委托在北京的学兄承信给补办一个并寄至"西北行辕民事处"。信中还问"景耀是否已回京？"说明边燮清与严景耀的关系不一般。该信不仅证明边燮清与我国著名社会学家赵承信是学长、学弟关系，与中国犯罪社会学奠基人严景耀关系要好，并透露了边燮清燕京大学毕业后的两段重要经历：燕京大学毕业后至少到九一八事变爆发前，在沈阳工作过；1947年的时候在"国民政府主席西北行辕民事处"工作过。从北京大学档案馆边燮清的档案中我们能够得到的信息就是这些。要了解有关他的更多信息，就需要找到他的亲戚、子女。而档案中所注明的永久住址"唐山县稻地镇边家庄"是一个找到他亲戚的最重要线索。网上查询得知，唐山县稻地镇边家庄现为唐山市稻地镇边庄子村。2019年6月1日，笔者奔赴唐山边庄子村。当天是周末，村委会办公楼空无一人。在办公楼后面找到一位70多岁的老人，也姓边，但他不了解有关边燮清的情况，让笔者去找边玉平。在街上碰到的好心人带领下，很快找到了边玉平。边玉平通过手机打了几通电话，终于找到边燮清的近亲。于是，笔者在边玉平的带领下到边燮清的堂侄子边炳德家，进行了1个多小时的访谈。

在边炳德处了解到，边燮清兄弟姐妹4个，边燮清排第二，已去世多年。他有一个儿子两个女儿。儿子叫边乃机，已经过世。大女儿叫边乃菊，现居住在秦皇岛市。大概十几、二十年前，边乃菊的女儿来探访姥爷的老家，此后便再无来往。她走的时候留了一个电话号码，是一部座机号。现在社会，人手一部手机，大多数家庭都撤掉了座机，这个座机还能打得通吗？笔者用自己的手机试着拨打过去，然后把电话交给边炳德。电话居然通了，是边乃菊丈夫接的。但对方问边炳德"你是边燮清什么人"时，应该回答"他是我大爷"的边炳德激动之余说成了"我是他大爷"，惹得对方挂掉了电话。我再打过去几次，对方都不接了。当笔者结束对边炳德的访谈，从村里出来的时候，手机突然响了。接听知道是边燮清的外孙女。她了解原因后爽快地答应笔者前去秦皇岛做调查。因为笔者的最终目的是要知道边燮清是不是边垣，所以在电话里问她姥爷是否出版过一部有关蒙古族文学的书。但她当时说不知道这个情况，我的心一下凉了，连边燮清的外孙女都不知道他姥爷出版过什么书，我还能证明"边垣就是边燮清"吗？

二   发现《呻吟集》：证实"边垣就是边燮清"

2019 年 6 月 2 日上午，笔者到达秦皇岛入住酒店。前来接笔者的是边燮清的外孙女张边洁。她告诉笔者，她母亲得了海尔默兹综合症，从 2018 年 11 月摔成骨折后病情加重，很多事情都回忆不起来了，说着，便领笔者到她母亲家里。边乃菊提供了一些重要信息：记得自己是 1935 年出生，出生两三个月就被父母带到新疆。他父亲确实进过盛世才的监狱（她丈夫补充说被关押长达 8 年），在狱中认识了著名演员赵丹，还模糊地记得在兰州上过学，后来到上海，父亲在上海电影制片厂工作，她母亲叫萧香村，辽宁开原人，到上海不久病故，父亲续弦，又生了一个女儿。边燮清在辽宁开原中学教书时爱上了自己的学生萧香村，并不顾双方家庭的反对结婚。边燮清在中华人民共和国成立前是地下党，但他加入的是苏联共产党。1949 年以后他的地下工作经历没有得到承认，所以在上海电影局退休，而不是离休。边燮清会说俄语，会不会说英语和蒙古语，不清楚，他于 1992 年去世①。边乃菊有个哥哥叫边乃机，他参加过抗美援朝，

---

① 边乃菊在父亲赠送的笔记本（即《呻吟集》）后面写下一段追思短文，其中有"1992 年 3 月 22 日下午 5 时 30 分，您走了"的文字。因此，边燮清生于 1904 年农历六月二十四日，卒于 1992 年 3 月 22 日。

去世较早，且终身未娶。

边燮清的家庭及其生活经历越来越清晰了，但如果无法在边燮清与边垣之间画上等号，之前的工作就算是白做了。于是笔者再问边燮清是否出版过一本蒙古族文学书？她们仍然不太清楚。但这次，她们问远在上海、边乃菊的同父异母妹妹边力力，对方回答确实出版过一本书。我让她们再问她父亲是否有过笔名？那边的回答是有。问笔名叫什么？对方回答是"边恒"，还说很确定。我一听到"边恒"，就知道是把"垣"误看成"恒"了。这样，基本可以确定"边垣"就是边燮清。然而，这还只是口头上的证据。如何找到能够更直接证明"边垣 = 边燮清"的证据呢？在还没有找到档案资料之前只能寄望于边燮清的遗物。于是笔者提出想看看边燮清的遗物的请求，她们非常支持我的工作，把家里保存的有关边燮清的遗物全部拿出来给我看。她们先拿出了几张边燮清青年、中年和老年时的照片，后又拿出家里珍藏的、边燮清的一个笔记本。12cm × 16cm 规格的硬皮笔记本，打开后扉页上中间位置竖写着大大的"呻吟集"三个字，左下边小字竖写"一九四四年写于狱中"几个字，算是副标题，右下角则竖写作者姓名"边燮清"。再翻一页，还是一个扉页，右页是笔记本原有的一幅画，左页上印有"上海电影制片厂积极分子大会纪念，1956.9"字样，说明边燮清把当年狱中所写作品于 1956 年 9 月以后重新抄录。再翻一页，左页上同样是一幅画，而右页上开始是《目录》，就像正规出版物的目录一样，左边是作品序号和作品名称，右边则是起始页码。《目录》第一页上列有《寄怀》《鞋》《风铃》《七十二天梯》《簷溜》《知了》《风》《母亲送暖壶来了!》《也许我辜负了你!》《雁声》《春柔》《蜂房》《清晨的巡礼》《阿五嫂》《魔力》《画舫》《戈壁上的蓬蒿》《天安门狮子》《流萤、燐花与繁星（短诗剧）》《寄香村》《母亲传（传记诗）》等 21 部作品名称。第二页上列有第 22 至第 35 作品目录，分别是：《望山儿（民歌诗）》《渡口（1. 陡河渡口；2. 鸭绿江渡口；3. 长江渡口；4 黄河渡口)》《南口明陵》《南口》《居庸关》《詹天佑铜像》《万里长城》《卧佛寺》《苦恋（长诗)》《圆明园（怀古诗)》《颐和园（怀古诗)》《归去来兮诗集序诗》《青春的梦》《苏武（①出塞；②单于王庭；③相逢何必曾相识；④北海)》等。目录第三页续前页，写着：⑤归去；

⑥来兮，36. 洪古尔（长诗已另刊行）①。

看到这最后一行字，我顿时兴奋不已。因为这明白无误地告诉我们《洪古尔》的编写者是边燮清，证明了"边垣就是边燮清"的推测，完全弄清楚了中国《江格尔》第一个搜集整理、编写出版者的真实姓名，解决了中国乃至国际《江格尔》学界一直想解决的问题。

但需要了解的问题尚有很多。不过，现在与以往不同的是，笔者有足够的理由继续找边燮清的其他亲人了解其生平事迹，搜集其与《洪古尔》有关的遗物。更为重要的是，现在还知道了边燮清生前的工作单位，可前往查看他的档案资料。

三　查阅官方档案：揭秘边燮清人生经历

由于 1949 年以来历次机构调整和变动，上海电影制片厂、上海电影局、上海电影集团公司、上海广播电影电视局、上海文化广播电影电视局、上海文化与旅游局各机构之间数次分合之后，一时无法确定边燮清档案的具体保管单位。笔者决定先找边力力，了解其父边燮清后半生的生活经历和遗物情况，于 2019 年 6 月 29 日晚飞往上海。第二天中午，如约见到了边力力，进行了 2 个多小时的访谈，了解到：20 世纪 50 年代初，边燮清与身为上海电影制片厂医护人员的湖北人黄毓珍（1911—2001）结婚，1955 年 6 月 4 日边力力出生。20 世纪 50 年代，边燮清是上海某电影制片厂工会主席，后担任上海电影局局长张俊祥的秘书；"文化大革命"爆发前夕退休；会讲英语，不会讲蒙古语。1966 年后被批斗、抄家，在"五七干校"劳动半年。抄家中遗失不少资料，目前除了照片，没有留下边燮清生前的任何遗物。为了恢复中国共产党党籍，边燮清不断向组织写材料申诉，但终因找不到当初的入党介绍人和做地下工作时的上线，直到去世，也未能恢复党籍。这事成为边燮清终生遗憾。

由于仍无法确知边燮清档案保管单位，单位又有其他重要事情，7 月 1 日笔者不得不中断调研，回到北京。此后通过多方查询，于 2019 年 7 月 16 日确定了边燮清档案的保管单位。于是，从单位开好介绍信，当晚

---

① 此处照录边燮清手写目录原文，他所用异体字、繁体字均未改动。

飞赴上海。7 月 17 日上午，终于见到了边燮清的档案卷宗。卷宗里有不同时期填写的干部履历表、各种任命状，还有 1954 年和 1956 年所写两份自传、"文化大革命"及其前后组织上对边燮清历史问题的调查及做出的不同结论等。根据档案中的干部履历表，尤其是根据边燮清分别于 1954 年和 1956 年写的两份《自传》，笔者梳理了边燮清的生活经历。

边燮清，今河北省唐山市人。曾用名边垣、田云、唐山。① 1904 年农历六月二十四日出生②于一个邮局公务员家庭。童年跟父亲在安东度过，七八岁开始在家乡的私塾读书。1917—1924 年在北京汇文小学和汇文中学就读。1924—1928 年在燕京大学社会学系学习。大二开始，他便"开始学生会活动，曾负责学生会，出版委员会，主编燕大副刊，社会学会等"。1927 年 3 月曾由其两位同学介绍参加中国共产党小组会议 2 次，但没有宣誓，没有领党证。后来因为北京地下党组织被破坏，中断与党组织的联系。边燮清读小学五年级的时候，其父做主在乡间给他订了亲事。中学时他多次提出反抗，但无济于事，终于在 1924 年的一个星期天，当他从学校回家时，便强迫他"和一个平素未见过一面的农村女子结了婚"。但是他第二天就跑回学校，后来多次提出离婚要求，其父"总以生米已成熟饭相威胁，不予解决"。所以他"只得离家永不回去"。

1928—1929 年在燕京大学研究院读研究生，主修社会学。但因为在校发动反对替国民党做事的教务长司徒雷登和社会学系主任许仕廉的运动，1929 年放暑假后被迫离校。离校后经过老师、同学以及熟人的关系，先后在多地工作：1929 年 8—10 月在九江光华中学任教员。1929 年 10 月—1930 年 1 月，在中央军官学校军官研究生班代课。1930 年 3 月—1931 年 6 月为开原县立高级中学教员。在此期间，与自己的学生萧香村相爱，并于 1932 年结婚。1931 年 8 月—1932 年 2 月，经一位同学介绍，到河北定县中华平民教育促进会工作。1932 年 3 月—1934 年 12 月，在东北做党

---

① 档案所有表中都填有边垣，大多都填有边垣、田云两个曾用名，个别表中写着边垣、田云、唐山。而在一份自传后面写着"党名：田云，笔名：边垣、唐山"。

② 在上海的档案中，有的表中出生年月日为 1905 年 6 月 24 日，有的写 1905 年 7 月 1 日，一份自传里甚至写成 1906 年 6 月 24 日，这里以最早的燕京大学档案为依据。

的地下工作。当他 1932 年春节回到北京家中时，在开原认识的叫安锡伯的人来找他，说自己已经恢复党的关系，现在受苏联远东红军司令部的领导，从事对日军的谍报工作，并动员他加入，还说自己能够替他恢复组织问题。于是他辞掉中华平民教育促进会的工作，3 月奔赴沈阳。在沈阳，他化名为田云，与安达、赵石羽组成了三人组。边燮清通过一位同学的介绍，打入伪奉天警备司令部副官处工作，从那里获得大量情报。随着形势的发展，1932 年年底安达奉命赴"北满洲"，留下边燮清和赵石羽继续工作，赵石羽负总责。安达临走前留下了两个通讯处，其中之一是伪黑龙江省警务所的宋扶摇（边燮清在开原时认识的人），并嘱咐"以后如有两个月不通讯，也无有跑交通的人来，即不可再通信"。1933 年年底赵石羽也奉命到"北满洲"，1934 年春季失去联系。因此，他于 1934 年 12 月回到北京。

接下来是他在新疆的经历。履历表显示，边燮清在 1935 年 8 月—1936 年 4 月，为新疆边防督办公署政训处科长；1936 年 4 月—1937 年 10 月，任乌苏县副县长、独山子石油厂厂长；1937 年 10 月—1945 年 2 月，被捕入狱；1945 年 2 月—9 月，任新疆省政府社会处科长；1945 年 9 月逃回兰州。关于赴新疆工作，他写于 1956 年的一篇《自传》提到："1935 年 4 月间，宋扶摇从东北来，路过北京赴新疆，他告诉我安达同志已为党牺牲……赵石羽同志已因病赴苏联，现在他自己因为盛世才当了新疆边防督办聘他到新疆去，他并且介绍盛世才的为人，思想如何前进，为何可以在新疆做一番革命事业等，如果我愿去，他可以介绍。在上述极端苦闷的思想情况下，我同意了。通过他的介绍，我在 1935 年 6 月经绥远、内蒙古草地，乘新绥汽车于八月抵迪化。此时宋扶摇（已更名为宋伯翔）是伪新疆边防督办公署政治训练处处长……我先为中校科员，不久升为上校科长。此外我还兼反帝会组织部部长……新疆学院讲师等职。我在迪化工作到 1936 年四月……1936 年 4 月盛世才藉口开展新县治工作，大批的从迪化向外区县派出干部，当时宋伯翔和我被派为乌苏县正副县长。我负责县内文化、教育、群众组织等工作，同年十一月我又被调为独山子石油厂厂长……'七七'事变后国内政局起了急剧变化，伪南京政府不战而逃，日帝侵入内地。在这种新的形势下，盛世才伪装进步的假面目逐渐揭开。1937. 9 月盛世才制造了所谓之'阴谋暴动案'，藉此大批逮捕人，我在 10 月 1 日被捕入狱，直到 1945 年 2 月出狱。"①

关于在监狱中的表现，《自传》也有交代。由于盛世才早就了解边燮清的政治面貌，入狱后并未审问，就这么关押了两年。两年后提审，简单问了其个人经历，便定了个"日帝走狗"。在出狱前夕，又提审了。这一次把他单独关押，审了两个月，边燮清最后承认自己是在苏联指使下想推翻新疆政权，于是给他定了个"苏联走狗"。但他没有出卖过任何人、任何组织。逃回兰州后，1946 年 1 月—5 月，在兰州西北铸锅厂当副理。1946 年 5 月—10 月，赴汉口经商。1946 年 10 月—1947 年 2 月，为国民政府西北行辕政务处外侨科科长。1947 年 3 月—7 月，为中星公司西北分公司经理。1948 年 10 月—1949 年 5 月，西北影片公司（上海）编导委员。1949 年 5 月上海解放后西北影片公司被接管，1949 年 6 月起算参加工作。历任上海电影制片厂秘书科副科长、工会副主席、福利科科长等职，1965 年底退休。

两份自传分别有两万多字和三万多字，内容丰富。当时写这两份《自传》均与对他的政治审查有关。《自传》重点就如何入党又如何与党失去联系，如何被捕入狱，狱中有无自首情节，社会关系和海外关系等问题进行交代和说明。其格式是叙述一阶段经历，再分析该阶段思想认识，把个人经历同当时全国或地区政治问题结合起来分析个人思想认识的变化。叙述生动，分析精到，逻辑严密，文笔流畅。

关于边燮清历史问题，上海电影制片公司审干委员会于 1958 年曾做过调查，结论是："据此我们认为边燮清同志，确在 1927 年在北京燕大读书时加入过共产党，后在北京地下组织遭到破坏时，在政治上产生动摇，失去与组织的联系。1932 年参加共产国际地下工作时表现积极，但当时边的组织问题未正式解决，后来边自动离开。1935 年赴新疆工作，37 年被盛世才被捕入狱，在狱中后来思想消极，出狱时具了结，并在敌人的审讯下，承认了参加共产国际地下工作是受苏联指示等言行，是一种自首的行为，鉴于本人早已交代，故作为一般政治历史问题，予以结论。本结论

_____

① 　此处引自边燮清档案卷宗《自传》原文，无改动。

已征得边燮清同志同意。"① 1969 年 3 月，上海电影系统"清队领导小组"做出的调查结论却是："历史反革命和叛徒性质不变，不戴帽子，放回里弄接受革命群众改造。"1978 年拨乱反正时，中共上海电影局委员会批复中共上海电影局机关总支委员会"关于边燮清同志历史问题的复查意见"，维持了 1958 年 9 月 3 日上海电影制片公司审干委员会的结论。这个"复查意见"，实际上肯定了边燮清早年加入过共产党，并参加了共产国际地下工作，由于一些客观原因与组织失去联系的事实，也肯定了在新疆工作的革命性质。虽然将他在新疆监狱中的最后一段时间描述为思想消极，将写《自传》定性为自首的行为，但作为一般政治历史问题处理。这样，总体上讲，有关方面还是认可了边燮清革命的一生。当然，从这个档案卷宗里，我们了解到的是边燮清坎坷的人生，看到的是一位革命者在逆境中乐观的处事态度。

四　档案中有关《洪古尔》的内容

笔者花大力气寻找边垣其人，了解他的真实姓名、身份以及生活经历，最终目的都是为了探寻中国《江格尔》第一个版本的文本化过程。所以，在调查、查阅档案的全过程中，重点关注的还是有关《洪古尔》的点滴信息。下面是笔者目前掌握的边燮清档案资料中有关《洪古尔》的内容。

20 世纪 50 年代填写的一份表上注明，曾出版过蒙古民族故事《洪古尔》，创作过电影剧本《阿山烽火》（维吾尔族故事）；1960 年填写的一份表上也注明"著有《洪古尔》蒙古民族神话长诗集一本，50、58 年两次出版"。20 世纪 50 年代填写的一份表上注明"稍懂新疆维吾尔族语文"，"英文可以阅读、翻译；俄文可以阅读"。在 1956 年"肃反"时撰写的一份《自传》中有这样一段文字："当我在狱中住了两年以后，只见很多人进来，未见有人出去，这时我意识到将要长期住下去，于是打消了自己想要出去的幻想，这时意志反倒坚强起来。因为既然出不去，又要活下去，那就要活得有规律，保持自己的健康，并在可能范围内争取学习。

---

① 档案记载如此。

于是给自己订了每天生活日程:打拳,学俄文、蒙文、维文,午睡,下棋,冷水揩身,讲故事等都有一定的时间,坚持了五年从未间断(除蒙文、维文以外)。"这说明,边燮清从 1939 年以后曾经学习过一段蒙古文和维文,但没有长期坚持下去。

关于为什么学习蒙古语、维吾尔语,《洪古尔》最初是怎么写下来的,他在 1954 年写的一篇《自传》里提到:"因为每个监房内所押的人都是各民族的杂居,这也是盛氏监狱政策的一种。因为同房内不通语言,就不能团结,而且人是常常调换的。这几年中我曾向同居的各族人学习俄文、维文、蒙文(后两种中断,前一种坚持到出狱),我也曾利用筷子作钢笔,用纸灰作墨水,用厕所纸抄书,曾抄了十几本俄文书,也曾写了长短诗数百首(其中洪古尔长诗曾以边垣笔名由商务印书馆于上海解放后出版)。"在过去的研究中,人们根据 1958 年版《洪古尔》"后记"中的"1942 年,我开始根据记忆把它写成文字"理解为边垣 1942 年出狱后的事。[1] 但是,边燮清的档案清楚地显示,边燮清 1945 年 2 月才出狱,他是在监狱极端艰苦条件下,"用筷子作钢笔,用纸灰作墨水,用厕所纸抄书",写就《洪古尔》的。从这些记录可知,边燮清学习过蒙古语和维吾尔语,但坚持时间不长。因此,他会一点蒙古语,掌握一点词汇,甚至有过最简单的日常会话能力,也了解一点蒙古族文化和习俗,但没有独立翻译蒙古族史诗的能力。这一点与《洪古尔》中对一些词语和蒙古族风俗习惯的解释水平相符。而他学习的蒙古文,应该是新疆卫拉特蒙古人使用的托忒蒙古文,而不是我国蒙古族通用的蒙古文。托忒蒙古文读音和写法相一致,便于初学蒙古语者学习,不像通用蒙古文读法和写法之间差距巨大,学习难度较大。

文学创作,是边燮清的兴趣所在,他也有这方面才华。这一点,不仅反映在已经出版的《洪古尔》,也反映在未经出版发表的《呻吟集》中。1956 年"肃反"时写的交代材料《自传》中,还有这样一段文字:"我

---

① 李福清:《蒙古史诗〈洪古尔〉(新疆异文)》,《〈江格尔〉和突厥—蒙古各民族史诗创作问题》,莫斯科,1980 年;中译文见《民族文学译丛》第二集,史诗专辑(二),内部资料,1984 年,第 93 页;仁钦道尔吉:《江格尔论》,内蒙古大学出版社 1999 年版,第 53 页。

是一个喜欢写作的人。自建厂后一直搞行政工作。初时以为行政需人，还能克制自己。后来就逐渐产生'换班'思想，以为该叫别人搞行政，自己去搞写作。52 年调为福利科长后又有了'怀才不遇'的思想。这样纠缠住自己，形成思想上的苦闷，想和组织谈，又怕被看作'不安心工作'，于是埋藏在思想深处不敢暴露……现在已大体上可以克服这种思想，但过去曾有一个长时期它烦恼着我。"这段文字真实地流露了有着创作才华和强烈兴趣且背着所谓"历史问题"的人，在当时政治历史条件下的内心痛苦。在 1954 年写的一篇一万字的交代材料《思想小结》里，迫于当时的压力，就出版《洪古尔（蒙古民族故事)》一事，写下了如此检讨："在写作态度上：为了追求资产阶级生活方式，首先必须有钱。因此把写作的态度也商业化了。1950 年曾写了一个蒙古民间故事的诗集，交商务印书馆出版，为了要拿一笔稿费。同时又把新中国成立前交伪西北公司打算拍电影的文学剧本加以适合新中国成立后情形的修改，交电影文学研究所向私人电影制片厂兜售，目的也是为了弄钱，得大稿费。这种把写作当为商品的可憎行为，正是由受了资产阶级思想的腐蚀。"从中我们看到了边燮清在《洪古尔》出版后再没有发表任何文学作品的原因。

有关《洪古尔》史诗的演述者满金的信息，也是笔者重点搜寻的。遗憾的是，在所掌握的档案资料中未见任何信息。他是哪里人，是哪个部落的，他的汉语能力怎样，后来的命运如何，等等，目前仍然是谜。或许，真的永远无解了。

原载于《民族文学研究》2020 年第 2 期

　　斯钦巴图，蒙古族，1963 年生，内蒙古自治区巴林右旗人，中国共产党党员。中国社会科学院研究生院博士。1998 年 7 月至今为中国社会科学院民族文学研究所蒙古族文学研究室助理研究员、副研究员、研究员，历任研究室副主任、主任，现为民族文学研究所纪委书记、副所长。承担国家社科基金项目"蒙古族佛经故事口头传统研究"、国家社科基金重大委托项目"中国史诗百卷工程"子课题"蒙古族《汗青格勒》"、中国社会科学院重点课题"胡仁乌力格尔田野研究"、"青海蒙古史诗研究"、"巴林右旗蒙古族非物质文化遗产传承与保护现状研究"（2014—2020）等课题，出版《〈江格尔〉与蒙古族宗教文化》（1999）、《蒙古史诗：从程式到隐喻》（2006）《〈格斯尔〉与佛传故事》（2020）等专著，在国内外发表《史诗歌手记忆和演唱的提示系统》《人物角色转换与史诗变体的生成——以《〈汗青格勒〉史诗中蒙异文为例》《发现边垣——纪念〈洪古尔〉出版七十周年》等数十篇论文。兼任中国《江格尔》研究会副会长兼秘书长，论著先后获第二届胡绳青年学术奖文学奖、中国民间文艺山花奖、中国出版政府奖图书奖。

史诗文本化过程与功能型诗部的形成：基于蒙古文《格斯尔》"勇士复活之部"的文本分析

玉兰

蒙古文《格斯尔》从一些单部及多部本组合成为一部传记体长篇史诗文本的过程中经历了从简单到复杂、从零散到整体的组合、编纂过程。其中，部分诗部保留了传统口头文本的基本样貌，部分诗部则因口头流传过程中的变异或书面化过程中的改编，显示出一些与传统史诗诗部不同的非典型特征。在史诗诗部的文本分析中，我们往往关注符合传统的部分而忽略这些非典型部分。然而，正是这些特征可以为我们弥补一些已失去的历史信息，在文本分析和阐释中发挥独特价值。

"勇士复活之部"就是一部在多个层面体现出非典型特征的诗部。此章未见于藏族《格萨尔》，甚至在整个藏族《格萨尔》中尚未发现有关勇士死而复生的类似情节。在纵跨两个世纪的《格斯尔》研究中，对此章的专门探讨极少，通常简略提及此部内容的铺垫功能，即认为它是为铺垫后面诗部而产生。树林等人的论著《蒙古文"格斯尔"与藏文"格萨尔"比较研究》中提出，"此章是藏文《格萨尔》所没有的"，"内容奇特"，"是为后面几章作铺垫而创作的"[①]。本文将通过对其结构、情节进行分析，探讨其形成的原因和功能，进而探讨该诗部在《格斯尔》文本中的意义。

---

① 树林、王小琴、毕启伦：《蒙古文"格斯尔"与藏文"格萨尔"比较研究》（蒙古文），内蒙古文化出版社 2017 年版，第 408 页。

一 "勇士复活之部"的非典型结构特征

"勇士复活之部"是蒙古文《格斯尔》中普遍存在的一个诗部,其具体情节为:格斯尔听闻众勇士已死,悲痛万分,去寻找尸骨,痛哭,三神姊闻见哭号声前来询问,得知原因后回天禀告父亲霍尔穆斯塔腾格里,霍尔穆斯塔腾格里又禀告释迦牟尼,释迦牟尼赐予甘泉水并令三神姊传达救活英雄的方法,格斯尔照做,勇士们死而复生并团聚。①

英雄死而复生是蒙古英雄史诗、故事中典型的母题,但独立构成诗部的情况几乎不存在。比如隆福寺本第 11—13 章中,格斯尔与蟒古思征战过程中都有勇士们死去后用同样方法复活的情节,该情节具体内容与此部并无二致,但是相比而言该情节所占篇幅比例微小。而另一个与此章情节相类似的"从地狱救母之部"则是典型的"寻找型史诗",讲述的是格斯尔到地狱经过艰险的过程寻找死去的母亲并通过打败阎罗王救出母亲的故事,其重点在于格斯尔对搜寻过程中种种障碍的克服。而此部中搜寻勇士尸骨并将其复活的过程十分顺利、通畅。换言之,此章不仅没有征战内容,也没有"寻找型史诗"中搜寻过程的困难和障碍,因此此部的叙事内容没有体现出英雄史诗的典型主题,也没有体现勇士们英勇善战的"英雄本质"以及名声和荣誉。如此简单的情节何以成为一个史诗诗部呢?对比《格斯尔》其他部,可知此部有着非常独特的结构。它的叙事情节之间穿插了多首由主人公唱诵的抒情诗歌即颂词,故事在散文体和韵文体、叙事和抒情的交替中行进,是蒙古文《格斯尔》其他诗部以及其他蒙古英雄史诗中非常少见的结构。下方结构图清晰展示了该特点。

叙事		抒情
查日根领已故勇士们的子孙来见	↘	

---

① 本文所有《格斯尔》文本,均出自斯钦孟和整理《格斯尔全书》,内蒙古人民出版社 2007 年版。下文所引之处不再一一标注。

续表

叙事		抒情
	＞	格斯尔悲痛，怀念勇士唱颂词
格斯尔寻找勇士遗骨		
	＞	格斯尔见尸骨悲痛，唱颂词
三神姊听闻哭声，下来询问并汇报霍尔穆斯塔，霍尔穆斯塔汇报释迦牟尼，释迦牟尼答复，三神姊下凡传达		
		格斯尔大喜，查日根唱祝词 格斯尔对三神姊唱颂词
三神姊转达命令，格斯尔使勇士们复活		
		格斯尔唱颂词赞颂勇士们
		勇士们回唱颂词并述说经历
		格斯尔唱颂词怀念嘉萨
举办盛大宴会		

在这个结构中，抒情诗歌即颂词发挥了独特的功能。英雄颂词在蒙古英雄故事、英雄叙事中较为常见，通常在每部开头或结尾处由演述者直接唱颂，有较为固定的结构和内容，主要是对勇士荣耀的家族、富饶的家乡、华丽的宫廷、超人的本领的赞颂。此部中的颂词不是由史诗演述者直接唱诵，而是由主人公因悲痛或欢喜的情感而相互唱颂，贯穿整部，占据较大篇幅。它们嵌入叙事情节中，与叙事情节紧密结合，串联起故事情节的同时补充了单薄的叙事内容，在内容上述说了勇士们力大无穷、英勇善战、不惜生命、与圣主为伴，保护家乡和人民以及格斯尔作为大汗，统辖三界、所向无敌等，体现了其他章中征战或娶妻主题所展示的英雄属性，换言之，颂词代替了英雄史诗叙事情节应有的功能。

因此，此部的"独特性"不仅在于叙事情节，更在于结构的独特性，以及在该结构下的各组成部分的功能转移。此部成为一个独立诗部并起到承上启下的功能，主要依托了叙事与抒情串联的结构，其中抒情部分发挥了重要功能：作为情节组成部分，补充了叙事情节；篇幅上支撑了长度，与其他章之间达到平衡；最重要的一点是：功能上重点体现了此章作为"英雄史诗独立诗部"的英雄属性。因此，如果说叙事内容在整个《格斯尔》文本中发挥了承上启下的作用，那么正是抒情诗部分体现了该情节所缺乏的英雄史诗核心主题，形式上保证了该章的长度和完整性，在功能上为该情节成为英雄史诗独立的一部提供了依据和合法性。概之，"勇士复活之部"的非典型结构特征使其叙事和抒情两个组成部分的传统功能发生了转变，从而保证了其成为形式上独立而情节上承上启下的独特诗部。

二　复活母题与蒙古英雄史诗传统

此部核心情节即勇士们复活的具体实现方法为：格斯尔在勇士们的骨骼上点一下甘泉水，骨骼重新连接，肉体形成，点两下灵魂入体，点三下复活而起。作为整体，该情节似乎为《格斯尔》文本独有，但经分解可知它是蒙古史诗传统母题的组合，是依托于传统的、"独特"但非"独创"的情节。

首先，甘泉水母题是一个古老的母题，它在蒙古神话、故事、史诗中很普遍且与死而复生母题紧紧相连。该母题最初来自印度搅乳海神话，《摩诃婆罗多》的"初篇"中讲述了众天神为获得不死甘露而搅动乳海的故事，而该神话传到蒙古民间时神话类型发生了变化，即众神神话演变为创世神话，搅乳海的目的是获得日、月，而不死甘泉只是作为附属品出现[1]，不死甘露的重要性有所下降。而不死甘露母题从蒙古搅乳海神话进入蒙古英雄故事和史诗中，与勇士死而复生的母题组合在一起，构成了较为固定的故事类型。如在《江格尔》中，英雄死而复生母题往往有甘泉水或甘泉雨水相伴。在东方不少民族民间故事中都能见到用甘泉水救活死去的人或动植物的母题。其次，英雄复活的三个步骤在蒙古英雄史诗中也并不罕见，如郭尔斯顿斯基早在 1908 年搜集的一部卡尔梅克《江格尔》"江格尔镇压凶猛的沙尔·古尔古之部"[2] 中，洪古尔战死后江格尔用三

---

① 陈岗龙：《蒙古民间文学比较研究》，北京大学出版社 2001 年版，第 21 页。

② 阿·科契克夫等编，旦布尔加甫校注：《卡尔梅克江格尔》（蒙古文），民族出版社 2000 年版，第 134 页。

个步骤使其复活:将神药涂一下,洪古尔骨骼连接,肉体形成;涂两下,有了灵魂变成熟睡中的人;涂三下洪古尔便苏醒过来。这与格斯尔救活勇士的三部曲一样。因此该母题是死而复生故事传统母题之一。最后,除勇士死而复生的情节以外,其他情节均为铺垫性情节,即主要讲述了勇士死去的信息从查日根—格斯尔—三神姊—霍尔穆斯塔—释迦牟尼以及复活勇士的释迦牟尼命令从释迦牟尼—霍尔穆斯塔—三神姊—格斯尔和查日根的传递过程。信息传递过程的时空理念严谨,传递过程清晰,这一点不同于《格斯尔》其他部中人物或信息在时间和空间中跨越性移动。在其他部中,格斯尔通常通过"内心知感"敌人情况或天上的父亲或奶奶向他发出命令、祝福。因而这一情节特点似乎经过书面编纂,一方面使其情节丰富、篇幅长、逻辑更加缜密,透露着以现实生活中的时间和空间逻辑进行编纂的痕迹,另一方面,也体现出地位上层层递进的阶梯形结构以及释迦牟尼为中心的信息传播结构,渗透了佛教理念。

从母题分析可知,本部核心情节是民间文学中常见的复活情节的传统母题的组合,且在核心情节基础上进行编纂,添加了层层传递信息的辅助性情节。

三　抒情模式与蒙古叙事文学传统

查德威克夫妇①和鲍尔②等学者曾提出颂词是英雄史诗主要来源之一。英雄颂词是源远流长的蒙古史诗之传统成分。但如上所述,"格斯尔勇士复活之部"中的抒情部分即颂词较其他蒙古英雄史诗中的颂词差异较大,而在一些蒙古历史文学中却能找到相似的内容。在《黄金史》(又称《罗·黄金史》)中"成吉思汗和他的六员大将与三百名泰亦赤兀惕人的决战"中有结构相似的内容。通过二者的对比分析可揭示此部抒情诗歌的一些特点。

《黄金史》成书于1634年,内容上与《蒙古秘史》的重叠部分很高,

---

① H. M. Chadwick and N. K. Chadwick, *The Growth of Literature*, Vol. 1 – 3, London: Cambridge University Press, 1932 – 1940.

② Bowra, C., *Heroic Poetry*, London: Macmillan, 1952.

对应部分差异微小,而相比《蒙古秘史》148节,《黄金史》中添加了如下内容:成吉思汗做噩梦,预测敌人的到来,便询问六位勇士如何应对,勇士们依次立志全力以赴打败敌人,正在这时泰亦赤兀特惕部到来,勇士们按照自己的承诺奋勇作战,杀敌无数,一举打败了泰亦赤兀惕部,成吉思汗大喜,依次赞颂六位大将,大将们回颂了大汗。[1] 两者的颂词在整体上均由两部分组成:大汗对大将/勇士们的依次赞颂,以及大将/勇士们对大汗的赞颂和祝福。两者中大汗与勇士们都用颂词表达了对彼此深厚的情感,并突出了赞颂对象的品格属性:前部分重点突出大将/勇士们的英勇善战、奉献自己等特点,后部分主要赞颂和祝愿大汗统领天下、所向无敌的无上汗权。

(一) 内容对比分析

1. 大汗赞颂勇士英勇无畏、冲在前锋。

《黄金史》148节(AT-148)	《格斯尔》"格斯尔勇士复活之部"(LG-8)
成吉思汗对孛罗忽勒的赞词中说: Qarbuhu somun_ du qalqabči **boluɣsan** Surqiraqu somun_ du sarabči **boluɣsan** Toluɣai_ ban širqatuhu_ du toqum_ ian ese aldaɣsan Küšin_ ü sain boruqul **minu**	格斯尔对巴尔斯巴图尔的赞词: Asuru ulus-un urida qušiɣuči **boluɣsan** Bars baɣatur minu…… 格斯尔对苏米尔的赞词: kümün_ ü qarčaɣai **boluɣsan** kürel erdeni metü Ĵirüketü…… kömün_ ü bürgüd **boluɣsan** Botaril_ ügei sanaɣatu…… Er_ e-in er-e erketü šuumar **minu**……
为射来之箭作为箭牌的 为飞来之箭作为盾牌的 头颅受伤时紧握缰绳不放的 我的乌辛人的好汉博尔胡乐	众人之间作为前锋的 我的巴尔斯巴图尔 众人里作为雄鹰的 有钢铁般坚强的心的…… 众人里作为大雕的 有坚忍不拔之心的…… 好汉中的好汉苏米尔

2. 大汗赞颂勇士从小伴随自己、不惜生命的奉献精神。

---

① 乔吉校注:《黄金史》,内蒙古人民出版社1983年版,第205—211页。

成吉思汗对孛斡尔出： Namaɣi **J̌alaɣu** baiqu_ du…… Nada-tai **aɣulǰaɣsan_** eče qoyiši Nasuda ünen_ ier **J̌idküɣsen** Naqu bayan_ u köbeɣün Nayirtu külüɣ buɣurči **minu** 扎木哈对成吉思汗： **Qaranɣui süni** yin J̌eɣudun bolǰu Gegen edör-ün gemten bolǰu	格斯尔汗对勇士博东： **Qar_ a baɣ_ a-in učaraǰu** küčün-ien ög**gügsen** Qamuɣ_ un urida qarɣul boluɣ**san** **Qaranɣui süni** J̌ula boluɣ**san** Qairan boyidung **minu** 格斯尔汗对 30 勇士： Qurmusta-in orun-eče daɣaɣulǰu iregsen ɣučin baɣatur minu Qubitu beyen-ečegen alɣasal ügei daɣuluɣsan ɣučin baɣatur minu
在我年幼时 与我相见之时起 一生忠坚不渝的 纳忽·伯颜的儿子 我的好友大将孛斡尔出 黑夜中成噩梦的 白天里成敌人的	年幼时相见并为我战斗的 众人之前作为岗哨的 黑夜里作为明灯的 我的心爱的博东 自霍尔姆斯塔之处随我而来的三十位勇士 在我身边从未离开的三十位勇士

3. 用各种凶猛动物来形容勇士不可比拟的力量和勇气。

对孛斡尔出的赞词中称： Arslan **bars metü** doɣsiraǰu…… **Qarčaɣ-a** šongqur metü doɣsiraǰu…… Idetü ariyatan metü doɣsiraǰu…… Način šonɣqur metü dobtulǰu…… Ačitu külüɣ buɣurči **minu**	Köke eriyen **bars metü** dobtulɣatu Köke tarlan **qarčaɣai** metü šigürgetü Köke luu-in čaqilɣan metü auɣa küčütü Kömün-ü qarčaɣai boluɣsan J̌asa šikir **minu**
像狮虎般凶猛…… 像雄鹰般勇猛…… 像野兽般冲锋…… 像鹰隼般飞冲…… 功臣大将我的孛斡尔出	像蓝斑虎般冲锋的 像蓝纹大雕般飞冲的 像蓝色巨龙般力大无比的 众人间的飞鹰我的嘉萨西格尔

4. 勇士赞颂和祝愿大汗战胜敌人、统领世界、所向无敌。

六位功臣对成吉思汗的赞词中则称： …… Yerü **büɣüde_** i erken_ deɣen oruɣuluɣsan **Yirtinčü_** yin eǰen činɣgis qaɣan minu Üšiyeten daisun **buɣude_** i Ölmei door-a_ ban gisgi**sen** **Öndür deɣedü** eǰen qaɣan **minu**	众勇士对格斯尔汗： Arban qoor_ a-in ündüsün-i tasulun törüg**sen** Aliba **bügüde**-yin J̌irüken-i adqun törüg**sen** Arban J̌üg-ün eǰen boɣda minu Dörben tib-tü sömbür aɣula metü beye-tü **Dörben tib**-ün amitan-i tegši eǰilegči auɣa küčütü **Altan delekei** degereki **qamuɣ** amitan-i toin-tur-ien oruɣuluɣči **Tenggerlig boɣda** geser qaɣan čimaɣi

续表

六位功臣对成吉思汗的赞词中则称: …… Yerü **büγüde_** i erken_ deγen oruγuluγsan **Yirtinčü_** yin eJen činγgis qaγan minu …… Üšiyeten daisun **buγude_** i Ölmei door-a_ ban gisgi**sen** **Öndür deγedü** eJen qaγan **minu**	众勇士对格斯尔汗: Arban qoor_ a-in ündüsün-i tasulun törüg**sen** Aliba **bügüde**-yin Jirüken-i adqun törüg**sen** Arban Jüg-ün eJen boγda minu Dörben tib-tü sömbür aγula metü beye-tü **Dörben tib**-ün amitan-i tegši eJilegči auγa küčütü **Altan delekei** degereki **qamuγ** amitan-i toin-tur-ien oruγuluγči **Tenggerlig boγda** geser qaγan čimaγi
将一切降伏于手下的 我们的宇宙之主成吉思汗 …… 将所有的仇敌 踩在脚尖下的 我们至高无上的主大汗	将十恶之根拔起 将所有人的心脏握在手中的 我们的十方之圣主 身体如四洲须弥山 力大无穷平定四洲的 将世间万物纳为信徒的 上天般的圣主格斯尔汗

5. 勇士祝愿大汗打败敌人、报仇雪恨。

六位功臣对成吉思汗的赞词中则称: **Üšiyeten** daisun buγude_ yi **Ölmei door-a_ ban** gisgisen	查日根老人对格斯尔汗: **Üšigsen_** ien ölmi_ **degen** Januγsan_ ian JaγuJai_ daγan daruqu boltuγai
将所有的仇敌 踩在脚尖下的	愿您将所有仇敌踩在脚尖下 愿您将所有敌人压制在马嚼边

6. 勇士祝愿大汗和手下亲密无间、共享幸福安乐。

六位功臣对成吉思汗的赞词中称: Qamuγ büγüde qamturaJu **Qamiyatan sadun metü ebleldüJü** Qari-yin daisun-i qamqa čoqiy_ a. Qalaγun Jaγur_ a ban **čenggeldün saγuy_ a.**	查日根老人对格斯尔汗: **Amaraγlan** daγaγuluγsan γučin baγatur činu edegekü boltuγai. Aliba küsel-ien qanJu **Jirgaqu boltuγai.**
让我们齐心协力 如辛兄弟般协作 将外来的敌人打败 亲人般地享福享乐	愿将亲密的手下三十勇士救活 愿所有心愿成真享福享乐

由此可知两者在结构和内容上有明显的相似性和对应关系。值得注意的是,勇士的"奉献精神"是两者重点突出的英雄核心品质。鲍培曾指

出《蒙古秘史》《黄金史》等当中"奉献精神"是重要内容①，蒙古英雄史诗中偶尔也有类似表述但非常简单，微不足道。在这一点上此部不同于传统史诗，而与 AT – 148 相似，反复强调了勇士们对格斯尔的"从小陪伴、无私奉献"，体现出历史文学体的影响。

（二）深层结构的对应

两者在表层上没有对应的诗行甚至词语，但在诗行或词汇的语义和结构上有着较高对应程度，如上表中黑体标注的部分。

1. 语义的对应

AT – 148		LG – 8	
乌辛人的豪杰	Küšin_ ü sain	好汉中的好汉	Er_ e-yin er_ e
在我年轻时 见我时起	Namaɣi Jalaɣu baihu du……nada-tai aɣulJaɣsan	我年幼时的遇见的	Qar_ a baɣa-yin učaraJu
亲爱的将军	Nayirtu külüɣ	亲爱的嘉萨	Qairan Jasa minu
（占领）所有一切	Yerü büɣüde	（占领）所有全部	Aliba bügüde
宇宙之主	Yirtinčü_ yin eJen	统领四洲万物者	Dörben tib-ün amitan i tegši eJelegči
亲友般和心协力	Hamiyatan sadun metü eblelduJu	亲密地统领着	Amaraɣlan daɣaɣuluɣsan
尽情欢愉	čenggeldün saɣuy_ a	心想事成，尽享欢乐	küsel-ien qanJu Jirɣaqu boltuɣai
将所有的仇敌 踩在脚尖下的	Üšiyeten daisun büɣü de_ i/ Ölmei door-a_ bangisgisen	将所有仇敌踩 在脚尖下	Üšigsen_ ien ölmi_ degen
至高无上的主	Öndür deɣedü eJen qaɣan	上天般的圣主	Tegrilig boɣda

对应部分在语义和结构上非常相似，但在具体实现方式即语词的选择上均有所差异。比如 AT – 148 用的是更加具体的词汇而 LG – 8 更为宽泛，如前者中"乌辛人的豪杰"限定了该勇士的能力范围，而后者中"好汉中的好汉"所指的范围则宽泛得多。

---

① N. Poppe, *The Heroic Epic of the Khalkha Mongols*, Trans. by J. Krueger, et. al., Bloomington, IN: Publications of the Mongolia Society, 1979, p. 20.

2. 比喻模式以及喻体的对应

	AT – 148	LG – 8
老虎	Arslan bars metü	Köke eriyen bars metü
	狮虎般	蓝纹虎般
飞禽	Qarčaγ-a šongqur metü	Köke tarlan qarčaγai metü
	大雕、海东青般	蓝花大雕般
猛兽	Idetü ariyatan metü	Köke luu-in čakilγan metü
	大力猛兽般	蓝色龙的闪电般
飞禽	Način šonγqur metü	Kömün-ü qarčaγai
	游隼、海东青般	人间之大雕

从上表可见，两者中的比喻不仅使用了走兽、飞禽交替出现的模式，而且前两诗行中喻体有所对应，分别为狮、虎与老虎，大雕、游隼与海东青。而第三诗行中猛兽与龙，后者更具魔幻特色而前者选择了较为笼统的喻体。

除此之外还有一些类似的比喻，比如格斯尔赞颂勇士时用"成为黑夜中的明烛"，AT – 148 中称"成为利箭之盾牌"。两者均指危机时刻舍身救主者，只是所用喻体不同。此章中的"成为黑夜中的明烛"是格斯尔煨桑文中常用的程式。

3. 句式的对应

二者几乎全篇使用了一种句式即［描述性修饰语 + 主语 + 第一人称领属词缀］，该句式以主位、述位倒装的方式，强调了赞颂对象某种品质或动作特征。修饰语含若干种，包括精神状态、动作、属性等。

（1）句式一：［表语/宾语］ + ［系动词/静态动词动名词形式］ + ［主语］ + ［第一人称领属词缀］，以系动词的动名词形式或静态动词的动名词形式形容主人公某种精神状态。如：

例：

（AT – 148）Ami bey_ e-ben ülü qayiralaγči/Ačitu külüg buγurči minu……

Qalaγun ami_ ban ülü boduγči/Qairatu külüg buγurči minu……

（LG – 8）kümün_ ü qarčaγai boluγsan……

kömün_ ü bürgüd boluγsan

Er_ e-yin er-e erketü šuumar minu……

（2）句式二：[如同……般] + [动态动词动名词形式] + [主语] + [第一人称物主词缀]，以形容动作迅速、猛烈的动词的动名词形式，形容英雄的战斗能力。在前面的内容中已提过相关例子。

（3）句式三：[宾语] + [有格（具有……的）] + [主语] + [第一人称领属词缀]。

（LG－8）　　kürel erdeni metü Jirüketü……

　　　　　　Botaril ügei sanaɣatu……

可见，两者在句子结构层面对应程度很高，但《格斯尔》中的修饰成分较为宽泛且反复出现在不同勇士身上，而《黄金史》中的修饰成分较为具体，表现了人物各自的特点。此外，以上 [描述性成分 + 主语] 的句式在煨桑文中常见，煨桑文中仪式负责人需要用优美、华丽之辞藻对其形象、能力、业绩等作出全方位的描述来反复召唤神灵，通常使用 [描述性成分 + 主语 + 谓语] 这一句式，包含着与上述句式一致 [描述性成分 + 主语] 一致，以及几乎固定的谓语部分：[ariɣun taqil ergümüi/aburan soyurqa]（为您献神圣之祭/请保佑我们），比如在格斯尔煨桑文中普遍使用了第一、第三种句式。可见，这种句式起源很早，通过煨桑文的口头传统进入蒙古史诗以及早期叙事文学。总之，AT－148 与 LG－8 在表层上并无明显对应，但在结构、内容、句型、比喻模式等深层上体现出显著的一致性，说明两者有同样的口头传统的根基，在其深层或生成机制上有所关联。

（三）LG－8 颂词的口头传统特征

两者的主要差别体现在 LG－8 中的诸多口头传统特征。

1. LG－8 中程式居多，充分体现出口头史诗的基础。对勇士们的颂辞中所出现的形容词则多数都是固定的表述，比如格斯尔对勇士们的颂词：

　　　人间雄鹰/铁石心肠的……/我亲爱的嘉萨；

　　　众人之舅/宝石心肠的……/镇压一切的伯东；

　　　人间游隼……/我十五岁的南充；

而查日根老人对格斯尔的祝词:"十方之主/根除十方之恶的/我的恩情圣主/愿您所愿一切成真。"这些都是在《格斯尔》中反复使用的形容词属性修饰语,即它们描述的是《格斯尔》勇士的一贯属性,这一点不同于 AT - 148 中突出大将们的具体行为的特点。

2. 平行式。如在格斯尔对三神姊的颂歌中:

> 如同太阳般照耀万物的我的三神姊
> 如同佛祖般指明一切的我的三神姊
> 如同影子般形影不离的我的三神姊
> 如同如意宝满足一切愿望的我的三神姊

在赞颂几位勇士的时候,格斯尔赞颂四位勇士时,四次平行使用了如下诗行:

> 作为人间……的
> 具有……心脏的……
> 我亲爱的勇士……

对不同勇士的赞颂中平行使用相同句式和内容的诗行,虽然依次赞颂了不同勇士,但强调的是勇士们的集体特征而不是个性特点,而英雄的集体性特征的类型化描述是蒙古英雄史诗的又一个传统美学特点①。《黄金史》中没有出现明显的平行式,对每一位勇士的颂词都基于其个性特点和具体事件,在这一点上两者有明显的区别。

3. 传统意象。巴·布林贝赫先生曾指出"抒情的最小单位是意象"②。英雄气概是蒙古史诗普遍的传统意象,金银、颜色等常用于意象的表达,且常重复使用相关词汇。从上方所提 LG - 8 例子中便可见,大

---

① 巴·布林贝赫:《蒙古英雄史诗诗学》,陈岗龙等译,中国社会科学出版社 2018 年版,第 78 页。

② 同上书,第 197 页。

而有力仍然是最突出的意象,而大雕(Qarčaɣai)、蓝色(Köke)等重复出现,强化了英雄气概的意象。

4. 夸张。夸张是蒙古英雄史诗的基本手法。《格斯尔》夸张程度大,而《黄金史》更加现实、描述更加具体,以客观事实、事件为基础,夸张程度不明显。因上文例子中均体现出夸张手法,此处省略例子。

无论 AT – 148 还是 LG – 8,其故事都以史诗传统为基础,正如鲍培指出,此段为《黄金史》中添加的关于成吉思汗的"又一个史诗作品"(another epic work)。[①] 两者没有完全重叠的诗行,在具体词汇和诗行层面几乎没有对应之处,而在结构、句式、语义、比喻模式等多方面体现出明显的一致性,换言之,两者的关系源于深层结构或生成机制,但在语言、词汇的选择上有较大差异,说明两者之间没有书面传抄的关系,两者之间的相互影响主要发生在口头传统层面的生成机制上。"勇士复活之部"中的颂词虽然对勇士们依次唱颂,但内容却是勇士们的集体性特征,且描述上主要使用程式和大词以及排比句式,口头性明显。《黄金史》重点突出了英雄的个性和具体事件,其书面编写特征更为明显;该著作还强调"奉献精神",突出大汗和勇士的不同等级概念。"勇士复活之部"在这一点上也与其趋同,体现出重视"奉献精神"和"等级思想"的特点,这一点体现了史诗传统与书面文学相结合的痕迹。《黄金史》《蒙古秘史》等古代历史记述文本与蒙古英雄史诗,其创作和流传过程中有诸多交集,因此鲍培在《喀尔喀英雄史诗》中重点探讨了《蒙古秘史》等历史文学文本。

四 "勇士复活之部"的补充:"晁通之第十部"

在隆福寺本的第十部"镇压罗布沙之部"之前,或策旺本、诺木其哈屯本第九章"昂杜拉玛之部"之尾,有一段插入的内容取名"晁通之第十部",讲述了"勇士复活之部"中未能复活的嘉萨从天上下凡,回到家乡,并控诉晁通在锡莱河之战中勾结外敌,欺骗格斯尔勇士,导致勇士们战死之事。此段结尾署名"此为晁通之第十部",无论从形式、结构或内容上,它与第九章或第十章都有所分离,而与"勇士复活之部"有密

---

① N. Poppe, *The Heroic Epic of the Khalkha Mongols*, Trans. by J. Krueger, et. al., 1979, p. 21.

切关联。

第一,在结构上,"晁通之部"与"勇士复活之部"完全一致,即叙事、抒情交错进行,用大量抒情诗歌串联了微小的叙事内容;在内容上"晁通之部"补充了"勇士复活之部"的内容:嘉萨下凡回到家乡,首先见到查日根老人,查日根激动地唱诵颂词,而见到晁通时,嘉萨一一控诉了晁通的叛变行为,并欲杀死晁通,被格斯尔劝阻。这是"勇士复活之部"的补充内容,两者作为整体,讲述了死去的勇士们复活、升天的嘉萨回归的故事,只是在嘉萨下凡之前从天上射出神箭,帮助格斯尔镇压昂杜拉玛蟒古思,所以这一段放在"镇压昂杜拉玛之部"之后,这也解释了"勇士复活之部"与"昂杜拉玛之部"两部总在一起的原因,甚至在诺木奇本中两章合二为一。这两章是隆福寺本中流传最广、影响最大的两个诗部,其他部无论在几个经典抄本或单部抄本中都相对少见,"书面《格斯尔传》的第 1—9 章的普及程度已证实。9 章以后的章节就很少见"[1]。

第二,在功能上,该故事主要解释了不杀晁通的原因,因此一些抄本中为它独立取名"晁通之第十部"。晁通是格斯尔的叔叔,在锡莱河之战中反叛,欺骗格斯尔的勇士,导致格斯尔勇士们被袭击时措手不及,陆续战死。在蒙古英雄史诗中,投敌叛变、欲与敌方合伙杀害英雄的故事并不少见,但叛变者必须得到严惩,无论这人是英雄的母亲、妹妹、妻子还是属下。在这一章中,嘉萨控诉晁通的反叛行为后,格斯尔解释了不杀他的原因:若因其不忠诚而杀他,如何能留他至今;不杀他是因为他的行为"untaɣsan-i sergegülkü metü umartaɣsan-i sanaɣulqu metü"(如同警醒其所寐、提醒其所忘),在《蒙古秘史》第 138 节中成吉思汗面对反复叛变自己的安达扎木合时说到"umartaɣsan_ iyan sanaɣulǰu, untaɣsan_ iyan serigulǰü yabuy_ a"(让我们彼此警醒所寐、提醒所忘[2]),此宽恕之词,解释了不杀晁通的原因。

---

[1] [苏]谢·尤·涅克留多夫:《蒙古人民的英雄史诗》,徐昌汉等译,内蒙古大学出版社 1991 年版,第 210 页。

[2] 道润梯步译为"相与陈其所忘也乎,相与警其所寐也乎",参见道润梯步《新译简注〈蒙古秘史〉》,内蒙古人民出版社 1979 年版,第 212 页。

因此，"勇士复活之部" + "晁通之部"作为一个整体，在《格斯尔》文本中发挥了重要语篇功能，不只是为后面的诗部做铺垫，同时为前面的诗部做了逻辑补充。在此部中，格斯尔复活了众勇士并让升天的嘉萨回归。没有此部，格斯尔没有了众勇士，后面的故事便无从说起，所以此部对后面诗部是必要的铺垫。更重要的是，它是蒙古文《格斯尔》核心诗部"锡莱河之战之部"不可或缺的补充。在"锡莱河之战之部"中格斯尔的众勇士们纷纷战死。在藏族《格萨尔》中，格斯尔从地狱救出了母亲和妻子一同升天，但死去的勇士们并未复活，对晁通的行为也没有太多说辞。该结果并不符合蒙古英雄史诗的传统逻辑。正如鲍培所指出，"讲述英雄被蟒古思或敌人杀死的回合绝对不能构成独立的单篇史诗。喀尔喀蒙古史诗以及所有其他蒙古史诗都有着英雄最终战胜敌人的共同特点。因此，这种英雄被杀死的回合之后必须接续其他回合，必须连接主人公复活、继续战斗、战胜敌人的情节"①。"勇士复活之部"（这里包含补充内容）里格斯尔使勇士们死而复生，"整整欢宴三个月，各自回家。一切圆满，幸福生活"，让升天的嘉萨也回归人间，在控诉晁通背叛的同时，解释了留他不杀的原因，这是合乎史诗逻辑的补充，换言之，此章在逻辑上与"锡莱河之战之部"为整体，但由于"锡莱河之战之部"是较早固定为文本形态的《格斯尔》核心内容，因此，在《格斯尔》文本化过程中形成了这一独立的诗部。到此为止，"锡莱河之战之部"的故事才算完结。

隆福本《格斯尔》中的多数诗部在主题、场景、程式等多层面体现出模式化特点，而"勇士复活之部"在主题、结构等方面有明显的非典型特征。首先，此部之"奇特"，并非因其内容独创，而是在于其结构和功能；它将简单的叙事内容与丰富的抒情诗歌串联起来，叙事与抒情两个组成部分的传统功能发生了转移；叙事内容没有英雄史诗传统的征战母题，抒情诗歌反而体现了英雄史诗主人公的核心属性，为此叙事情节构成

---

① N. Poppe, *The Heroic Epic of the Khalkha Mongols*, Trans. by J. Krueger, et. al., 1979, p. 110.

独立诗部提供了合理性。这一结构的形成是以其承上启下的语篇功能和回归蒙古英雄史诗逻辑为导向的。其次，它是在传统蒙古英雄史诗和其他民间文学的传统基础上形成的"源自口头的"文本，其中叙事母题和英雄颂词均体现出浓厚的蒙古传统民间文学、英雄史诗的特点，蒙古英雄史诗的传统母题、程式、平行式、传统意象、集体性特征的强调等特点明显。再次，此章的颂词在句式和深层模式上与《黄金史》中的一节有高度相似性，但没有完全对应的语词或诗行，说明两者的相互影响发生在口头史诗传统的深层机制上。虽然古代的历史记述与英雄史诗属于书写和口头两种体系，但两种文类在创作和流传过程中约属于同一时期且多有交集，蒙古族古代历史记述在深层生成机制上深受口头传统的影响，同时英雄史诗在书面化过程中又受到历史文学的影响。据上可初步判断，"勇士复活之部"是在《格斯尔》传统的基础上经进行书面编纂而成的功能型诗部，是《格斯尔》抄本形成过程中具有承上启下并回归蒙古史诗逻辑传统的重要功能。它对整个《格斯尔》而言，在情节上承上启下，在逻辑上与本民族史诗传统衔接，它摒弃了与之有着深远渊源的印度两大史诗、藏族《格萨尔》中死去的勇士升天成佛的结局，而是让勇士们在天界的指导和帮助下，按照蒙古史诗传统的死而复活母题复活，并让升天的嘉萨也下凡，回归家乡，控诉并宽恕了叛变者的行为，格斯尔与勇士们共享人间幸福。

原载于《民族文学研究》2020 年第 2 期

　　玉兰，女，蒙古族，1983 年生，内蒙古自治区赤峰市阿鲁科尔沁旗人，中国共产党党员，北京大学外国语学院博士。2010 年 7 月至今在中

国社会科学院民族文学研究所蒙古文学研究室工作，助理研究员。研究方向为蒙古民间文学、史诗学。代表作有《史诗文本化过程与功能型诗部的形成：基于蒙古文〈格斯尔〉"勇士复活之部"的文本分析》（论文）、《〈格斯尔镇压黑纹虎之部〉异文比较研究》（论文）、《从兰斯铁与科特维奇看20世纪初欧洲蒙古学概况》（论文）等。

叙事与话语建构:《格萨尔》史诗的
文本化路径阐释

诺布旺丹

　　如今我们所看到的格萨尔史诗是一个文本内容浩瀚、话语结构复杂、文类形态多样、传承方式众多,并以跨境、跨民族、跨文化圈形式流传的宏大叙事传统。但回溯数百年前甚至一千年前后在它形成之初,它与众多的民间叙事故事一样,似乎是一个脱胎于历史故事(以历史为题材),而以"传奇"形式流传在民间的故事,它具有片段性、零散性、口传性、变异性等民间口头叙事文类的特点。① 那么,一个传奇性的、只鳞片爪的民间故事是何以发展成为一部宏大的叙事作品,乃至蔚为大观,成为一个叙事传统的呢? 这与叙事学和民俗学领域中的"文本化"有着密切的关系。"文本化"是指文本在语境化的网络中根据叙述者的观念进行重新解构,也就是成为被"言说"的对象而形成一种"话语"的表达系统。按照后结构主义叙事学观点,作为宏大叙事传统的格萨尔史诗,自诞生之日起,一方面其叙事故事不断成为被人们(艺人和演述者)"言说"的对象,意义逐步提升、演进、变异,规模渐次扩展,拓章为部;另一方面,其话语方式或从口头到书面发展,或在口头和书面之间徘徊,或口头文本、源于口头文本的文本和以传统为导向

---

　　① 这一情形在被证实为保持着格萨尔文本原始面貌的《下拉达克本》和《贵德分章本》中提供了足够的证据。

的口头文本①等多种文本交替并行。上千年来，其文本化历程从未间断。从这个意义上讲，格萨尔史诗的历史就是一部"文本化"的历史。世界上其他主要史诗均有各自的文本化历程，包括印度史诗、荷马史诗以及我国蒙古族的《江格尔》《玛纳斯》等。因此，文本化是一个所有史诗传统都共同经历的历史现象。但每一个史诗传统都有自己的文本化发展路径和特点。格萨尔史诗的"文本化"是一个广泛意义上的变异和演进现象。它超出了单单其文本的演进范围，既涉及格萨尔的表现形态问题，又关系到格萨尔的深层话语结构问题，其表现形态包括流布区域、文类形态、传承方式等一系列外部特征的衍变异化，以及深层话语结构、叙事方式、文本主题、话语结构、意义模式、象征表达系统等内部结构的演进发展。因此，本文主要从叙事学的主要话语形态（即故事与话语）入手，并以叙事话语作为重点，从共时性和历时性两个方面着重阐述格萨尔话语层次与所叙故事层次之间的关系，将对格萨尔的"文本化"及其路径作出判析和梳理。

一　原叙事 (初级叙事) 话语的建构：历史神话化

"原叙事"这一概念源于作为叙事学源头的俄国形式主义文学批评，相对于结构主义经典叙事学和后经典叙事学而言。这是沃尔夫·施米德在谈到俄国形式主义叙事学时提出的一个概念，他认为，所谓"原"（proto-）有两个方面的理解：一方面是从历史的角度理解，"原"存在这样一个事实：俄国叙事理论可以被看成当今叙事学出现之前的理论；另一方面，"原"具有类型学的意义②。本文所涉及的"原叙事"指类型学意义上的概念，有时称"原初叙事"、"初级叙事"或"原型叙事"。在这里，"原叙事"更多地指产生在人类早期的叙事，表现了叙事文本的初始

---

①　根据口头诗学理论，口头史诗文本的本源分为口头文本、源于口头文本的文本和传统为导向的口头文本三种。

②　邓颖玲主编：《叙事学研究：理论、阐释、跨媒介》，北京大学出版社 2013 年版，第 14 页；引自 Wolf Schmid, *Russische Proto-Narratoloie*: *Text in kommentierten ubersetzungen*，Berlin/New York：de Gruyter, 2009。

形态。根据类型学，我国的史诗依次分为"神话史诗""原始性史诗""创世史诗""迁徙史诗""英雄史诗""复合型史诗"等类型，这些史诗是按照社会进化论的观点对史诗进行发生学的划分，它们是以人类社会发展的历史顺序进行界定的①。纵使同一部史诗，其演进也有前有后，内部可能呈现不同的形态。这种形态从原叙事到宏大叙事结构的形成，几经周折，经历不同的阶段。譬如：神话史诗中既有创世史诗、迁徙史诗这种反映部落早期历史的叙事，也有英雄史诗这种反映相对较晚历史的叙事。从文本的故事层分析如此，从文本的话语层分析也同样如此，有时同一部史诗甚至表现出它从原叙事到宏大叙事发展完善的大致过程。学界认为，《格萨尔》便是这样一部史诗。"《格萨尔》本体文本的发展经历了三个阶段：历史口传或英雄传说阶段，以民间传说、故事、谚语为主要内容的'仲'的产生为标志，完全属口头形态；史诗基本形态形成阶段，以英雄下凡、降伏妖魔、安定三界的内容的形成为主要标志，此时，随着文字的应用使部分口头史诗开始书面化；史诗体系的完善和发展阶段，以十八大宗体系的形成为标志。在以口头史诗占居主要地位的同时，书面化的史诗形态完全形成。"② 其中历史口传阶段的文本即是格萨尔早期文本形态，也就是"原叙事"或"初级叙事"。由于格萨尔的口传性和民间性，及其发展历史的久远性，我们很难去指认或还原格萨尔原叙事的形成及其原始面目，然而通过目前看到的一些"原始书面文本"中还是可以寻觅其大概，并可以找到其形成及后来发展的历史的基本足迹。这一情形在下文即将阐述的《下拉达克本》和《贵德分章本》中可以得到充分认知。

格萨尔从其原叙事到宏大叙事是如何发展的呢？这首先要对史诗的深层话语结构做进化论的分析和评判。神话历史化和历史神话化是许多民族在阐释和建构自己的历史和艺术文本时所采用的不同方法。在中国各民族历史上，神话历史化的情形屡见不鲜。就藏族而言，吐蕃第 32 代赞普以

---

① 杨杰宏：《南方民族史诗的类型问题探析》，《民间文化论坛》2014 年第 6 期。

② 诺布旺丹：《艺人文本与语境：文化批评视野下的格萨尔史诗传统》，青海人民出版社 2013 年版，第 152 页。

前的国王的历史均可视为口传神话性历史。但是神话历史化的情形并不多见。神话历史化和历史神话化是两种思维形态。前者指向"逻各斯"思维路径，后者指向"秘索斯"思维取向，因此，会导致截然不同的结果。前者会使玄思现实化，后者使现实玄思化。这种"秘索斯"思维和在这种思维形态下所孕育的神话历史化倾向正是导致汉族人不能产生"史诗"的主要原因①。汉族很早就对黄帝蚩尤的战争神话和大禹治水的洪水神话作了历史化的筛选和处理。神话一旦被历史化就说明把神话纳入理性和科学的范畴，很难产生史诗。相反，历史神话化，才有可能产生史诗，为史诗的产生留下一粒火种。哈佛大学格雷戈里纳吉教授认为，"一种诗歌传统的演进，随着时间缓缓地推移，直至达到一个相对稳定的阶段；进而这种诗歌传统的演成通过神话得到重新阐释，俨如它是一次单一事件的结果，被描述为瞬间的复原，乃至是一个遗失了的文本，一个原型的再次生成。换句话说，神话能够制造它自己的'创世大爆炸'说（"big bang" theory），用以解释史诗的种种起源，进而神话甚至能够在它的情节场景中来演绎书写的概念"②。按照纳吉的观点，史诗通过神话可以得到新的阐释，找到新的起点。这是神话之于史诗文本演进的意义所在。在格萨尔史诗的演进道路上，古代藏族人一反千年固有的"神话历史化"的叙事传统，践行了"历史神话化"这一新的叙事策略。历史神话化是史诗产生的必要条件和前提，对于藏族人而言是不陌生的，是古代藏族叙事的一种重要传统。吐蕃第一位国王聂赤赞普历史的神话化为后来开启历史神话化传统的先河奠定了思维基础。然而，聂赤赞普的神话故事也在后来遭遇了另一种命运的抗拒。尽管聂赤赞普的历史曾进行过大规模的神话化再造，但后来随着书面传统的诞生，尤其是公元8世纪藏王赤松德赞时期，其大臣郭·赤桑雅拉将以往的口传历史加以书面化记录并固定下来①。从此,原本神话化的聂赤赞普历史故事也一并成为信史。这样,聂赤赞普的历史又从神话回到历史,没有再向神话化的纵深处发展,从而也断送了它向着"史诗化文本"发展的前景,这与汉族关于"神话历史化"的情况不谋而合。然而,神话化仅仅是历史故事向史诗迈出的第一步,只有历史神话化并不能成就史诗,神话化的历史再次被艺术化,才会迎来史诗的曙光。笔者将史诗的这一发展情形称之为发端于"史",演进于"喻",也就是"历史故事"向"隐喻性史诗"的演进。

惯常的神话历史化倾向则到了公元 11 世纪,在格萨尔这个主人公身上得到了改变。尽管格萨尔史诗中的主人公英雄格萨尔到底是一个历史人物还是一个文学虚构的人物,一直以来成为众多学者争论的焦点,但大量的藏文文献证明,格萨尔不仅是一个历史人物,而且至今仍留存着诸多的遗迹遗物和家族的后裔。首先,关于格萨尔作为一个历史人物在大量的藏文历史文中提到并已证实②。尤其在成书于公元 14 世纪的《朗氏家族史》③中详细记载了生活在多康地区的格萨尔邀请密宗瑜伽师降曲折桂(byang chub 'dre bkol)前往岭地降伏鬼怪厉神的历史。其中记载说,格萨尔归宗于降曲折桂门下,并且"当(密宗师)抵达岭国的果尔硵地方时,岭王(格萨尔)驾到岭国悦地区的上部地方,岭国人士均前往那往那里赠送礼品。他(指格萨尔)供献了《历史宝炬》、《支撑宗教的大象》、《朗氏灵犀宝卷》、猛利的法鼓、刑场白银号、令人胆寒的黑旗、阿

---

① 山口瑞凤在他的《西藏》上卷中谈到藏族的说唱故事时说:仲若说"仲"是什么时,以后代语言的用法,"格萨尔"也被算在"仲"之内:原来是指提起古代的事件或教训的先例来说的。这些仲是在赤松德赞王翻译佛教的典籍时,由于郭赤桑雅剌(mGos khri bzang yab lhag lag)大臣的进言,记录截至当时所传的祖先以来的传承,包含于叫作《人法》(michos)之内的。在某种意义上来说,不成文法的体系性说明是《人法》,而称呼传述那些的人们为"仲"。以现在的说法是"仲巴"(sGrungs pa,说唱神话故事者)。请参见山口瑞凤《西藏》(上),许明银译,台北,第 350 页。

② 在觉囊派大师多罗那他、五世达赖喇嘛、普觉阿旺强巴、司徒曲杰炯乃、松巴益西堪布、噶托仁增次旺诺布、土观洛桑曲吉尼玛等众多大师级的学者的著作中做了详细的记载。

③ 该著作由第一任帕竹第司大司徒降曲坚赞(1302—1372)著。他在元顺帝年间任帕竹万户长。

阇黎莲花生的经卷、冠冕、衣服和靴子等，以及状如白额马的磐石坐骑。"① 毛尔盖桑木丹先生（dmu dge bsam gtan）在其《安多史》中也明确阐述了这一历史。他认为，格萨尔生活在公元 11 世纪，出生在四川甘孜阿须草原，以岭部落为核心，统一了青藏高原的诸部落，与当时在青海西宁为中心的角厮罗一起分别在多美（安多）和多堆（康区）地区形成了两个重要的藏族地方政权。② 在藏文文献中还明确指出了格萨尔的家族及其后代的具体情况③。我们现在所见到的《格萨尔》史诗主要流传在黄河长江和澜沧江等一江两河源头地区。在藏族历史文献中认为格萨尔是一位历史人物，于公元 1039 年诞生在现今长江上游金沙江流域的德格阿须草原。可见，从现有的文献资料和口头文本资料证实，格萨尔并不是一个纯粹虚构的人物，其原型应该是一个生活在公元 11—12 世纪的有血有肉的历史人物。他的英雄业绩之所以被演绎成为史诗，最重要的是其历史文本的发展走了一条与聂赤赞普历史文本即"神话历史化"不同的道路，他的故事在历史性文本的基础上被传奇化、神话化。

历史神话化为格萨尔史诗的诞生奠定了话语基础。它使格萨尔这一历史人物由人转变为神，从而为《格萨尔》从历史文本向史诗文本的演变打下了思维基础。另外，聂赤赞普历史在被神话化之后进入到文人的视野中，纳入逻辑思维的范畴，开始了历史化的再造，成为后世遵循的信史。而格萨尔的历史在被神话化之后再未重返文人的视野，而是依然驻足于公众的视野，留存在民众的口头中，继续向着神话化道路前行。游历于大众视野的格萨尔的文本便经过一代又一代部落成员们的口头传播，进行故事化的加工，从此进入了神化期。这种神话性文本是史诗不断从原初叙事向宏大叙事演进的重要环节。史诗形成至今已逾千年之久，今天我们很难追述当初的史诗面目，但所幸的是在现实留存的众多的手抄本和木刻本等书面文本中，《下拉达克本》和《贵德分章本》是为数不多的用于观照和了

① 大司徒·降曲坚赞：《朗氏家族史》，赞拉阿旺、余万治译，西藏人民出版社 2001 年版，第 31—32 页。
② 毛尔盖桑木丹（dmu dge bsam gtan）：《安多史》，第 24 页。
③ 参见诺布旺丹《藏族神话与史诗》，民族出版社 2012 年版，第 208—225 页。

解格萨尔原初形态以及历史神话化的基本面貌重要的文本。其中《下拉达克本》是迄今发现最早的格萨尔故事，其中大量保存着格萨尔史诗在神话故事阶段的信息。与《下拉达克本》齐名的还有《贵德分章本》，学界认为这两部故事是目前为止发现的最早的格萨尔文本①。另外，还有学者对《下拉达克本》和《贵德分章本》做过比较研究，并认为七章本《下拉达克本》的体例顺序分别为：（1）岭国十八英雄的诞生史。（2）格萨尔降生的故事。（3）朱古玛与格萨尔成亲的故事。（4）格萨尔征服汉地的故事。（5）格萨尔降伏魔王的故事。（6）霍尔抢走朱古玛的故事。（7）格萨尔降服霍尔巴哈里军的故事。最后格萨尔杀死了霍尔三王以及朱古玛生的孩子，然后带领朱古玛返回岭国。他认为，从故事的一些重要母题中可以看到拉达克本的"原始"性特点。《下拉达克本》尚处在格萨尔史诗形成的早期阶段，在故事结构上尚保持着零碎性和片段性，它应该也是格萨尔从历史向神话故事过渡的一个重要的标志性文本。这一版本与后来出现的格萨尔版本不同，没有表现出更多的宗教等意识形态色彩，因此，也没有附着更多的隐喻、象征和神话色彩。这一现象到了《贵德分章本》中就有所改观。与《下拉达克本》相比，《贵德分章本》的"宗教性"较强。仅就含有创世神话思想的"出生"来说，《下拉达克本》中生出了"太阳"和"月亮"，而在《贵德分章本》并没有提及这点。另从《下拉达克本》中的"隐士"身份来看，倾向于较早时期的信仰；《贵德分章本》则出现了佛教思想的因子。从史诗的"缘起"来看，《下拉达克本》倾向于"普通英雄故事型"的描述，而《贵德分章本》则倾向于"选择国王型"。同样是需要一位君王，拉达克本将故事讲述为酬谢而赠送神子；《贵德分章本》则将国王由天界降世拯救黎民联系在一起。这样一来，《下拉达克本》之后的故事结构可能的发展是描述一位英雄在一个小地方的故事，而《贵德分章本》则表现为以拯救人世间为己任的国王型英雄的故事。因此，两者不仅表现了不同的价值取向，更可能反

---

① 《民族文学研究》1989年第3期。蒙古国著名学者策·达木丁苏荣认为格萨尔史诗诞生于公元11世纪以后，"但是最初的本子现在已经看不到了，现在见到的分章本，笔者认为贵德分章本应是比较早的一部"。

映了史诗在发展不同阶段上的差异。① 如果说《下拉达克本》反映了"历史神话化"之前的情形的话,《贵德分章本》则反映了历史文本向神话化文本过渡阶段的情形。前者表现了史诗文本最初的意义表达,是由语音、词汇和语法组成的语言之本、语言之实的平面性叙述,是语音、词汇和语法等语言的三个基本要素间的相互搭配和铺陈,无任何修辞学的点缀,仅局限于语言学的"能指"层面,叙事话语的焦点依然停留在史诗的本体和"根"叙事上。而后者则开始有了修辞学的初步点缀和意义表达。可见,《下拉达克本》和《贵德分章本》似乎在史诗文本发展的时间顺序上是有先后的,并且史诗文本的语言学表达上开始出现分离的迹象,在内容上开始出现历史神话化的倾向。尽管如此,二者基本上都反映了史诗的历史神话化的面貌,并处于史诗的"原叙事"阶段。

　　历史神话化是历史与神话相结合的产物。但在历史神话化的过程中,藏族历史上大量的重要事件与格萨尔史诗形成了互文关系,成为模塑史诗文本的重要素材。从宏观上看,整个史诗的时空观指涉了藏族从分散的部落社会走向统一的吐蕃社会的历史事件、社会事象、民俗传统、军事成就等。在互文化的过程中,史诗还借鉴了藏族历史上诸多指涉社会文化事象的概念和术语。"宗"是格萨尔史诗基本的叙事单元,格萨尔史诗往往用十八大宗、十八中宗、十八小宗或六十四小宗等来描述和切分史诗故事的单元。根据文献记载,"宗"的概念最早出现在公元 13 世纪,"宗"源于藏语的"城堡",在当时偏远的藏族地区它往往是建立一个政权的重要基地。几乎所有的地方政权均以"宗"为据点而扩张其势力。② 因此,征服一个"宗"就意味着获得了对一个地方的统治权。除此之外,格萨尔史诗也借鉴和吸收了当时诸多藏族历史文化的元素,包括佛本斗争、历史上吐蕃王朝时期和后弘期时代藏族地方势力间的相互征战等。但这种互文性运用了神话化和艺术化的手法。

---

　　① 李连荣:《格萨尔学刍议》,中国藏学出版社 2008 年版。

　　② 《史书明鉴》(deb ther dangs gsal phrul gyi me long)拉萨印刷版,第108—109 页。此书在恰白次旦平措的《格萨尔刍论》(ge sar sgrung gi spyi khog skor rags tsam gleng wa)一书中做了引用,但具体书本笔者尚未奉读。

二　原叙事话语范式的解构与转换：神话艺术化

在后来的数百年间，格萨尔史诗在历史神话化的基础上，又得到了进一步的发展，本文称之为神话的艺术化。神话的艺术化表现为两个方面：一是从神话化的文本向艺术化文本过渡；二是口头叙事文类向多重叙事文类的发展。就前者而言，在从神话化的文本向艺术化文本演进的过程中，概念术语的更新升级是至关重要的，要对原叙事文本固有的概念予以解构，融入新的术语概念，重新加以建构并融会贯通，达到原有思维范式的转换。神话性文本的艺术化涉及史诗深层话语表达的艺术化问题，即表现在"隐喻化"或"象征化"手法的应用方面，这是对原本语言学的基本表述中介入了修辞学的方法，使原本平面化的语言叙述有了立体的或纵深的表达和意义的深化。钱锺书先生把修辞学看成是一种揭示作品意义的基本手段，而且认为唯有通过对修辞学的研究，阐明诗篇话语的修辞关系，其意义才会如其本然地不被歪曲地展现出来。与作为语言之实的语音、词汇和语法不同，修辞是语言之华，表达的是语言的意义，属于语言学意义上"所指"层面。史诗话语表达的"隐喻化"和"象征化"肇始于"史诗文本的佛教化"。佛教化是史诗艺术化的圭臬、源泉，也是归宿。不论是史诗深层话语表达的艺术化，还是叙事文类的艺术化，都是以佛教化作为前提和基础的，而神话化又是史诗文本佛教化的前提，它使英雄性的叙事范型转化为神话乃至佛教的叙事范型。神话化是过程、艺术化是手段、而佛教化才是目的。这样使文本的神话化、佛教化和艺术化之间形成了因果链条。因此，这三者之间互动关系的建立及其势能的发挥是对格萨尔传统叙事形态（故事与话语）的解构，是对其文本基因的改变，是对这一宏大叙事传统的根本性的重构。

1. 深层话语表达的演进：从"隐喻"到"象征"，

如果说史诗的艺术化是史诗文本从内涵到外延的整体而全面的艺术化的话，隐喻化或象征化则是其内部话语的艺术化，是史诗文本意义系统的升级改造，具有深层次和结构性艺术化倾向的特点。

古希腊人认为，诗歌有两个特征：一是模仿；一是隐喻。诗歌又是想象的艺术，想象力是艺术创造力的主要动力。诗歌的想象力源自人类早期思维活动的基本形态——隐喻。那么隐喻是如何体现诗歌的想象力的呢？诗歌也和其他艺术门类一样，是人的视觉、听觉、味觉、触觉等感觉的外露。但他们是通过大脑的加工再现的，然而，这种想象力与人类童年的神话性思维方式具有很大的关联性，这种关联就是"模仿"。在原始思维时期，和主客体一体化相适应的是模糊相似思维，人们在该阶段只能以自身作为相似联想的单一参照系，其结果必然是同化上的失误，即"同化失误。"① 这是一种隐喻性思维。隐喻作为人类最初认知世界的方法之一，也应用到了诗歌这一人类最初的"历史记忆中"和叙事传统中。由于史诗是一种宏大的叙事，它关乎一个民族，甚至是一个国家的命运，包括其社会、历史、信仰、习俗、军事、艺术等方面，结构较为复杂，内容极为丰富，因此，隐喻的应用使得史诗的创编者产生精骛八极、心游万仞的联想，将人类的各种社会事象凝结在一起，成为宏大的叙事体。这是"隐喻"作为叙事文本中"话语"的功能所引发的。因此，"隐喻"在塑造和重构叙事文本中发挥着重要的作用。在《文学理论》中，韦勒克给我们提示了"诗歌是一种什么样的表达形式时，列出了这样一个词组顺序：意象、隐喻、象征、神话。它们被认为是诗歌和文学的"四大构造中枢。"② 其中，"意象"是人们对某种事物的抽象的、概念性的聚合，是人类理解事物的最基本的方法。而隐喻是象征的基础，象征高于隐喻，"是隐喻的体系"③。隐喻作为文学四要素交互的中枢，在模塑艺术化文本的过程中起着至关重要的作用。因此，这种佛教化的史诗文本也可称为"隐喻性史诗"。这个排序为我们展示了诗歌从"感觉层面"向"世界观层面"的发展过程，隐喻是从感觉层面向世界观层面，从诗性向理性过渡的中介。以隐喻为中心，这四种要素达到交互作用，从而使历史故事（或英雄业绩）神话化，然后神话化的文本又被艺术化，最终形成了史诗文本。

---

① 束定芳：《隐喻学研究》，上海外语出版社2000年版，第91页。

② ［美］韦勒克、沃伦：《文学论：文学研究方法论》，王梦鸥译，台湾志文出版社2000年版，第301—302页。

③ 朱立元主编：《当代西方文艺理论》，华东师范大学出版社2005年版，第17页。

（历史神话化的内涵即是历史的隐喻化）"隐喻"（是人类早期思维活动的基本形态——以己度人的联想性思维方式）是如何引入史诗创作的具体实践即"艺术化"过程中的呢？一旦一个具体的历史事件进入大众传播领域或公共话语空间，就赋予了人的某种情感因素，产生了联想和想象，这其中互文性起着重要的作用，它是文学想象的圭臬。有人说，文化积淀越深厚，其互文性就越明显，因为某些历史事件经过几百年的反复运用，形成了诸多的经典型隐喻。一个经典的隐喻诞生之后，很可能统治人们几十年甚至几百年认识事物的方式。甚至可能会成为一个民族历史的观念和范型。（如吐蕃黎赤赞普以前的国王在其王子能够驾驭烈马之时就盘天梯进入天堂，驾鹤西归，这种隐喻被引入史诗创作中才有了《赛马称王》的篇章，莲花生大师的隐喻等）就格萨尔与藏族的历史文化的关系而言，数千年深厚的历史文化传统及经典型隐喻均可能成为史诗格萨尔产生的思维参照系，都有可能成为格萨尔史诗文本化历程中的灵感源泉。格萨尔史诗从"史"发展到史诗的篇制之后，出现了大量的隐喻。譬如，格萨尔作为莲花生大士的化身就是一种隐喻，意指格萨尔无边的法力，恩威并施的谋略，抑恶扬善、降伏妖魔的本领，使众生实现和平的宏愿。格萨尔受观世音菩萨的旨意下凡做黑发藏民之王就隐喻了将慈悲、怜悯和智慧撒向青藏高原。隐喻和类概念在格萨尔史诗中的应用使史诗超越了时空和物种的类别等限制，以有限丈量无限，呈现出想象力有多大事物发展的空间、时间和维度就有多大的特点，格萨史诗由最初的"章"到后来的"部"，再到十八大宗、十八中宗、十八小宗，以致成为一部宏大的叙事史诗主要是由史诗文本"隐喻化"所带来的结果。

"隐喻化"并不是史诗格萨尔文本化的终结。史诗文本在进入隐喻阶段之后又继续向着更高的方向发展，此时"象征性"变成为史诗追求的更高的目标。公元 11—14 世纪是格萨尔史诗"原叙事"文本形成的初期，当时也是佛教文化从西藏腹地向格萨尔核心流传区域的三江源地区传播的重要阶段。因此，格萨尔史诗的形成几乎与佛教在这一地区的传播发展相同步，格萨尔史诗受到佛教文化的渲染，首先从史诗传承人开始打上了佛教文化的烙印，形成了具有浓郁佛教色彩的众多传承类型，包括神授、圆光、掘藏、顿悟、智态化等史诗的艺人。从此，这些艺人身上附带上了佛教信徒的符号。这样，史诗文本一经进入他们的艺术创作视野，便成为他们的审美对象和叙事对象，成为其阐发意境、意象和意义的因素。反之，由于不同的身世、知识积累，认知背景、信仰对象的差异，这些艺人形成了类型上的差异，如神授、圆光、掘藏等，也有了不同宗派信仰维度内的不同表达，从而形成了史诗文本情节的不同表述，也形成了不同的喻体。如就格萨尔主人公而言，有作为莲花生大士的化身的、也有作为观音菩萨化身的，还有印度教的主神帝释天化身之说的等，这从文本化的起点上产生了根本的差异。直至后来出现了具有强烈佛教思想文化特色的史诗文本。自打格萨尔史诗的原叙事文本产生之日起便逐渐形成了各种故事主题，这些主题是由一组组大众传播视域下的"意象"组成，它们又经过大众不断的加工和想象，形成了具有感性体验的各种隐喻，这是一种具有诗性意义的心理性质的表达。这种隐喻性表达后来经过佛教化的再造形成了与佛教主体意识相适应的具有象征意义的表达体系。从文学理解的角度来看，象征往往与理性理解、事物的自在性联系在一起，隐喻则与事物的关联性、经验性不可分离。伽达默尔认为，隐喻与象征尽管具有共同性，即它们都是用一个事物来表示另外一个事物，但是其存在的方式却不一样。在他那里，隐喻总是与具体事物的阐释有关，而象征总是与认识活动有关，隐喻总是从具体的事物中找到意义的所在，而象征总是从具体的事物关联中脱身而出，向更高、更抽象的意义、观念靠拢。可见，尽管隐喻和象征都属于修辞学的范畴，是指涉文本意义的叙事方式，但隐喻仅仅停留在直觉思维层面，而象征则表现出某种观念进入世界观的层面。

格萨尔史诗的佛教化实际上是《格萨尔》从隐喻性史诗向象征性史诗的转化结果。通过象征性史诗文本的铸造，将主人公不断从英雄向神再到菩萨的语义转换，继而建立起佛教的一系列核心理论命题概念。它表现在两个方面：一是史诗发挥着佛教说教思想的辅助工具作用。通过发挥"隐喻"的象征功能，将格萨尔故事作为"喻体"，佛教作为"本体"来解释和普及佛教深奥的义理思想和境界，即空性见、出离心和菩提心，譬如，《霍岭》《姜岭》《门岭》和《魔岭》是格萨尔史诗中最主要的四部，叙述了格萨尔率领岭部落降服其周围的四大劲敌故事。但后来经过隐喻性手法的处理，成为一种象征佛教"出离心"思想的叙事，把霍、姜、门和魔四大敌对部落象征为佛教的"四魔"。"四魔"是指恼害众生而夺其身命或慧命的四种魔类,即烦恼魔、蕴魔、死魔、天子魔,关于破斥此等四魔之法,《大方等大集经》卷九云:"若能观法如幻相者,是人则能破坏阴魔。若见诸法悉是空相,是人则能坏烦恼魔。若见诸法不生不灭,是人则能破坏死魔。若除憍慢则坏天魔。复次,善男子,若知'苦'者能坏阴魔,若远离'集'破烦恼魔,若证'灭'者则坏死魔,若修'道'者则坏天魔。"因此格萨尔史诗中的这些战事均象征破除佛教的魔障,体现了格萨尔史诗故事的神圣性。这种方法在其他民族的文化传统中也屡见不鲜,正如孔夫子所谓的"能近取譬",发挥了用"常识"来把握"未知"的作用。二是表现佛教内容的主体性思想。在这种文本中,作为史诗主人公的格萨尔不再仅仅是一位英雄,而是以一位传教布道的大德的面目出现,往往称其为莲花生大士的事业的化身或佛教的护法神,而岭国三十员也变为八十员大将,象征印度佛教中的八十位大成就者,整个史诗文本成为阐发佛教思想的"人物传记",这样将史诗的故事提升到佛教的认识论和世界观高度。

2. 叙事话语文类的书面化和艺术化。

隐喻化或象征化是史诗文本内部的深层次、结构性话语的艺术化,而这里所谓的叙事话语文类的书面化和文本艺术化则是其外部的表现形态的艺术化。在谈到文本化时不得不谈及史诗文本的定型化(书面化)和文本化问题。在许多史诗中,史诗的文本化成为理解其发展流变的重要途径。对于那些已经被书面化的史诗,如印度史诗、荷马史诗等更为如此。因为文类的变迁使那些曾经盛极一时的史诗不得不面对生死的抉择,而多数史诗则难逃死亡的厄运,口头文本和口头传统成为他们永远不可企及的神话。在历史上,印度史诗的文本化也表现出两种主要倾向:一是文本内容的不断建构,信仰成分的介入,主人公的不断神格化、神圣化,将他从本地的神逐步成为超区域的神,从而使史诗的流布范围从种族,走向区域再到泛印度化。譬如《摩诃波罗多》起初是刹帝利种姓的"财富",后来被婆罗门教所取代,其作者身份也被归为一位叫黑岛生的婆罗门先知。同样,《罗摩衍那》中的罗摩先是刹帝利的英雄,而后来也被婆罗门教纳入,成为主神毗湿奴。二是史诗文类的口头到书面。史诗在古印度被作为宗教经典，产生于吠陀时代被称为"最初的诗"的《罗摩衍那》和稍后诞生的《摩诃婆罗多》，直至近代一直作为全民族审美和社会道德的重要尺度。因此，它成为宗教的附庸，从而大约在公元前 500 年就已形成了"书面文本"。从口传到书面经过了 2000 多年。而荷马史诗的定型化和文本化与政治的操控有着深刻的联系。根据哈佛大学格雷戈里纳吉的观点，荷马史诗则在公元前 6 世纪后半叶，庇西特拉图家族成为统治雅典的僭主，当时"对诗歌的占有是僭主的财富，权利和声望的一个标志"①。因此，他们建立了神谕诗的控制权，力图去控制史诗，诗歌成为政治的一个重要工具，为了在泛雅典娜赛会上的复诵需要，在庇西特拉图家族的组织下，将零散的口头文本，以手抄本形式进行誊录，尽管这种誊录本被视为一次演述的等效物，但这种文本经过不断的复诵，逐渐成为权威的文本，实际上已经成为一种潜在的文本，它们总是在泛雅典娜赛会等季节性的场合反复演述，便逐步展现出高度的定型化、标准化，直至书面化。如果说印度史诗的定型化和书面化主要由宗教引起的，而荷马史诗的定型化和书面化主要由政治引起的话，那么藏族格萨尔的书面化则与宗教和政治都有密切的联系。人类史诗发展的历史证明，文类的演进，乃至多重化以及文本的艺术化倾向是与一定的思想文化语境的滋生有着直接的关系的，这是新的文化思潮对传统叙事文类的一种解构和重构。首先，格萨尔的书面化出现在史诗文本的佛教化以后，佛教化是格萨尔文本书面化的渊薮。因此，与佛教有着密切的关系，同时也与一定的政治意识形态因素联系在一起。佛教总体上是一个崇尚书面文化的宗教，佛教之所以能流传发展 2500 多年，最主要的原因之一是因为它有着丰富的文献传统。因此，作为佛教化的结果，书面化成为格萨尔史诗叙事文本的必然。如前所述，格萨尔叙事文本的书面化首先肇始于史诗演述艺人，其中佛教色彩浓重的掘藏史诗艺人是书面化最初的尝试者和践行者。这与佛教掘藏传统的规则是分不开的。就在曾经藏传佛教中部分宗派将格萨尔视为"草根"而被边缘化的时候，作为宁玛派的掘藏传统却与格萨尔史诗建立了极为亲密的关系，许多掘藏师曾在掘藏前，往往有先书写一段（或一部）格萨尔故事的礼俗。

---

① ［匈］纳吉:《荷马诸问题》，巴莫曲布嫫译，广西师范大学出版社 2008 年版，第 85 页。

相传著名的佛教掘藏师古茹曲旺曾研习过《神龙八部故事大系》（sde brgy-ad chen mo 'i sgrung' bum）等歌舞理论一百零四种。据石泰安先生考证，古茹曲旺还是一位说唱艺人，并与格萨尔史诗有着密切的关系。在历史名著《贤者喜宴》中记述了第一位掘藏师桑结喇嘛发掘《格萨尔》文本的神谕："自此到第八到第十代王时，于拉堆地方流行瘟疫和饥荒，掘藏师桑结喇嘛将发掘洛窝的格萨尔（glo po ge sar）的伏藏。"① 许多佛教的掘藏师同时也是格萨尔掘藏师，在掘出佛教宝藏的同时也曾掘出格萨尔史诗文本的宝藏。这一传统一直延续到今天，当代著名的色达籍掘藏师尼玛让夏、五明佛学院堪布久美彭措大师都发掘了大量用书面写成的格萨尔伏藏故事文本。因此，掘藏史诗是格萨尔史诗书面化产生的主要原因之一。另一个原因与政治有着密切的关系。公元 18 世纪，驻守后藏的功臣噶伦颇罗鼐一举消灭前来杀他的另三位前藏噶伦兵力的威胁，长驱直入，打进拉萨。由于得到清朝雍正皇帝的支持，于 1728 年，稳坐西藏地方的江山，成为西藏地方之王。他的战绩成为西藏近代史上一大亮点，为众多的人称赞。为了歌颂颇罗鼐智勇双全、威震四方的创举，在他主政的第八年，一位名叫阿旺丹增平措的僧人（别名德格夏仲）从藏区各地召集了艺人和学者将《霍岭大战》从口头誊录至书面，修订并刻录于木版，并将印制的文本献给颇罗鼐。誊录者在保存于德格印经院的《霍岭大战》木刻本的后记中写道："雪域民众之冷暖均与业力所系，不仅需要和威并施，且应民归其主、民随其主。由天下凡为人主的统治者索南多布杰（颇罗鼐）如众星捧月，耀眼夺目。为民之富庶，深明大义、骁勇善战、俊美庄严、惠济万众。若如此等情形铭文记述，亦当时候。又恰逢应达孜宗宗本索朗贝丹、德卡尔欧珠扎西二位之再三约请……在对世俗与佛教诸事物加以审慎判析基础上，由出家僧人阿旺丹增自木虎年始至木羊年完成书稿。"在提及如何记录成书面的过程时还说："关于格萨尔之传记（指《霍岭大战》），因不同地域而说唱艺人的说唱版本有所区别，有些表述不统一，有些前言不搭后语，我等召集了来自安多、卫藏和康区的二十多位学者，现场聆听艺人说唱，尤其是德格次仁顿珠、囊欠拉旺仁增、昌都相鲁平

---

① 巴窝祖列陈哇:《贤者喜宴》，民族出版社 1987 年版，第 262 页。

措、岭巴拉吾扎西四位所唱基本雷同,故被请来,他们的口头说唱作为基础,并在不影响情节的情况下对内容稍作增补。"① 这是关于格萨尔史诗文本书面化的最早的记录。20 世纪 60 年代,由藏族著名学者才旦夏茸、古浪嘉色、哇燕阿旺琼培、多比嘉和洛等对原来的《霍岭大战》重新进行修订,于 1964 年由青海民族出版社分上、下两册正式出版发行。从此,书面化的进程再也没有停止下来。20 世纪 70 年代末,巴拉岗活佛土登尼玛以德格印经院的木刻本为依据重新修订了《格萨尔赛马称王传》(seng chen rgyal bo 'i rta rgyug gi rtogs pa brjod pa cha bdu nor bu' i me long),并于 1980 年由四川民族出版社出版。后来相继由阿格阿尼创编了《赛马称王》、居美图登嘉洋扎巴创编《格萨尔诞生篇》、康巴大秀木多杰创编《阿达拉姆》、唐巴仲肯喇嘛嘎饶创编《降服北方阿德王》(byang a bde rgyal po dul ba)、旺庆桑巴德威多杰修订《阿达拉姆》等。当下,格萨尔史诗文本的书面化蔚然成风,成为一种风尚。

　　史诗文类艺术化的另一种现象是,文类的多重化和艺术化。我国政府在格萨尔申遗文本中描述:"《格萨尔》是关于藏族古代英雄格萨尔神圣业绩的宏大叙事,它是人类口头艺术的杰出代表和藏族宗教信仰、本土知识、民间智慧、族群记忆、母语表达和文化认同的重要载体,也是藏族传统文化原创活力的灵感源泉。"这是对于格萨尔所做出的当代阐释。它完全超越了传统学术中把格萨尔仅仅作为文学或民间文学范畴的理念,已经将其纳入新的国际性的学术视野中,用叙事学以及民俗学、口头传统等多学科综合方法对它加以关照和判断。在当代叙事学中,不再把叙事作品仅仅作为一种自足而独立的文本看待,而是"通过加入对叙事语境(包括以往叙事学家忽略的社会历史语境)以及叙事渗透于社会各个方面这一事实的考察,叙事学范围得到了进一步拓展,其标志是叙事学中的'语境'和文化'框架'人文科学的叙事转向以及社会科学的叙事转向"②。将叙事作品纳入与其相关的各种语境中加以观察,同时把文本看作跨学科的

---

　　① 《霍岭大战》上册,拉萨西藏人民出版社 1980 年版,第 439—441 页。

　　② 邓颖玲主编:《叙事学研究:理论、阐释、跨媒介》,北京大学出版社 2013 年版,第 8—9 页。

"混合体"。在这种视角下,格萨尔史诗呈现为一种宏大的、多元的、综合性文本,被作为藏族宗教信仰、本土知识、民间智慧、族群记忆、母语表达和文化认同的重要载体。更为重要的是,格萨尔是"藏族传统文化原创活力的灵感源泉"。这种灵感源泉使得格萨尔并未仅仅停留在叙事文学作品的层面,而是衍生出了诸多富有时代特色的艺术化文本,包括以千幅唐卡为代表的格萨尔的唐卡文化,以果洛的马背藏戏、色达的格萨尔藏戏为代表的格萨尔藏戏,以《赛马称王》《霍岭大战》《姜国王子》为代表的格萨尔现代舞剧,容中尔甲、阿鲁阿卓等艺人演唱的格萨尔通俗音乐,扎西达杰等创作的格萨尔交响音乐,以玛多格萨尔文化博览园中的格萨尔雕塑群为代表的格萨尔雕塑艺术,阿来、次仁罗布、梅卓等创作的有关《格萨尔王传》题材的小说及格萨尔动漫等文类相继问世、应运而生。现代传媒的介入和其他文类的介入,使格萨尔史诗以艺术化为路径,从以口头和书面叙事为主的单一语言叙事走向图像叙事、音声文本叙事等跨媒体叙事。这是格萨尔叙事的一种新的话语取向,也是格萨尔史诗艺术化的当代表现。

原载于《西藏研究》2015 年第 4 期

　　诺布旺丹,藏族,1962 年生,青海省贵德县人,中国社会科学院研究生院博士,1999 年 7 月至今在中国社会科学院民族文学研究所藏族文

学研究室工作，研究室主任、研究员。研究方向为《格萨尔》与藏族文化。承担国家社科基金重大委托项目"《格萨（斯）尔》的抢救、保护与研究"。代表作有《叙事与话语建构:《〈格萨尔〉史诗的文本化路径阐释》（论文），《艺人、文本和语境：文化批评视野下的格萨尔史诗传统》（专著）、《诗性智慧与智态化叙事传统》（专著）。《西藏地方与中央政府关系史》（合著）获国家"五个一"工程奖。

略论《格萨尔》在德格地区的流传

甲央齐珍

四川德格在藏区享有"雪山下的文化古城"的称誉，历史上学者云集，举世瞩目的德格印经院是重要的藏文化发祥地之一。同时，德格是格萨尔王的出生地。格萨尔王的传奇故事在德格地区广为流传，众所周知。笔者出生在德格，熟悉格萨尔文化，近年来又多次对德格地区广为流传的格萨尔文化进行深入调研，获得大量的第一手资料。基于此，本文试图对德格地区流传的《格萨尔》做一次梳理，探究德格地区格萨尔文化产生与延续的文化背景。

一 《格萨尔》口头说唱形式的延续与发展

民间传承千年的藏族史诗《格萨尔》，是藏民族精神文化的重要载体，也是藏族文化的重要组成部分。它具有藏族文化本体认知功能和"百科全书"的价值，是藏民族不可多得的精神文化财富。至今，《格萨尔》仍在藏区广泛传播，受到藏族百姓的信仰与喜爱。其中德格地区流传之《格萨尔》具有典型性和代表性，是研究格萨尔文化传播与发展的重要田野基地。

说唱《格萨尔》是藏族人民喜闻乐见的一种传统表演形式。德格境内有不少格萨尔说唱艺人，村寨也有说唱格萨尔故事的传统，许多著名的说唱艺人，在街头、村寨、牧场走乡串户，说唱格萨尔故事。他们有的挂以与故事相关的唐卡，有的摇鼓敲钹以配合说唱。遇藏历新年、婚嫁、寺院开光、节日庆典，藏族人民也会邀请艺人说唱格萨尔。艺人则根据情况选择说唱内容，遇祝寿、生子，通常说唱《英雄诞生》；遇合家合村郊游（耍坝子），常说唱《赛马称王》；婚嫁则说唱《迎娶珠姆》。艺人说唱时，可根据听众和环境的不同，随时增减内容，变化情节。曲调则根据故事情节、人物身份等灵活变化。

艺人说唱曲调种类繁多，《格萨尔》中的各种人物有不同的曲调，曲名在《格萨尔》中有明确记载，比如威慑会场调（khrom chen zil gnon）、吉祥徽旋调（bkra shis vkhyil glu）、戚凌远扬调（zil gnon rgyang grags）、雄狮六变调（seng chen drug vgyur）、大幕据傲调（yol chen vgying glu）、三世幻化调（srid gsum snang vbar）、神咒伏魔调（drag sngags vdul glu）、大小颤韵调（ldem chen ldem chung）等曲调。岭国大将贾察的专用曲调有：白色六变调（dkar mo druk vgyur）、白狮六变调（dkar seng drug vgyur）、白面颤音调（zhal dkar ldem glu）；格萨尔的爱妃珠牡的专用曲调有：九曼六变调（dgu seng drug vgyur）、神韵六颤调（lha ngag ldem drug）、白晶石六变调（shel dkar drug vgyur）、依序变韵调（na rim khug vgyur）；丹玛的专用曲调有 "vdan mvi tha la drug vgyur" 等。在特定的人物曲调中，它们把每个人物的性格特征、身份地位和情态举止显示得淋漓尽致，异常分明[1]。

《格萨尔》的说唱艺人可分为，神授艺人、掘藏艺人、圆光艺人、吟诵艺人、闻知艺人等。由于德格是文化发达地区，识藏文的人相对较多，不少人甚至是在不断念诵《格萨尔》本子时学会藏文的。所以，人们只要掌握一些《格萨尔》的曲调，就可以照本说唱。当地也出现了一些杰出的吟诵艺人（照本说唱），这是德格地区史诗流传的一大特点。据老一辈学者调查显示，1980 年四川格萨尔调查组共发现的 22 名艺人，其中德格艺人就有 6 位。他们是乌金（德格叉叉寺僧人）、迪琼·巴吉（德格龚垭乡老艺人）、洛曲（德格人）、卓玛拉措（女，德格更庆乡人）、阿尼（德格柯洛洞乡人）和达次（德格人）[2]。这些艺人是吟诵艺人，均具有

---

① 郭晋渊：《〈格萨尔〉史诗的藏戏文化》，《西藏研究》1991 年第 4 期。

② 古正熙：《四川〈格萨尔〉工作综述》，《格萨尔学集成》（第 1 卷），甘肃民族出版社 1990 年版，第 292 页。

一定的藏文阅读能力,可以依据史诗的本子说唱。由于本子的内容是基本固定的,所以为了获得群众的喜爱,便要在说唱曲调上下功夫。除了继承史诗传统曲调外,他们又汲取了本地区藏族民歌曲调的精华,使格萨尔的曲调更加丰富,并趋于系统化。其中最具影响力的吟诵艺人当属迪琼·巴吉和卓玛拉措①。

(一) 格萨尔说唱艺人迪琼·巴吉

2008 年和 2011 年,笔者两次赴德格地区,有幸专访了著名的格萨尔说唱艺人迪琼·巴吉。巴吉 1931 年出生在德格县龚垭乡卡登村名为迪琼的大户人家中(迪琼是家族姓氏)。在巴吉家族中,出现过许多重视史诗文化、能说唱《格萨尔》的有识之士,有家族传承史。巴吉从八岁时就开始学习藏文,家中藏有的《霍岭大战》手抄本,成为他初学藏文的第一个读本。

一次藏历新年,巴吉在巴帮寺司徒仁波切面前说唱《霍岭大战》,得到他的赞赏,这是巴吉第一次在司徒仁波切面前说唱的史诗。司徒仁波切历来讲究唱腔的运用,如果用一成不变的唱腔来说唱的话,他就会发问:"难道你就只会一种唱腔吗?"为此,掌握故事里不同人物的各种唱腔,成为巴吉努力达到的目标。

巴吉小时候经常去当地大户人家说唱《格萨尔》,比如到德格土司拉钦·策翁邓都、德格土司的大管家夏格·多登、邓柯迪郭仓、德格大臣贾热仓和鲁热仓等大户人家说唱,深受他们的喜爱。那时的巴吉,拥有百灵鸟般动听的声音,只要听过的唱腔都能记住。

1950 年康巴地区开始民主改革,"文化大革命"中,巴吉被戴上了宣扬迷信思想的帽子,被限制说唱史诗的一切活动,13 年间,他在当地以放牛为生。党的十一届三中全会召开,一股文艺复兴的春风吹遍雪域大地,进入全民大力弘扬和复兴传统文化的新时代。备受全体藏族民众喜爱的《格萨尔》得到蓬勃发展,众多说唱艺人再次获得说唱史诗的机会如同雨后春笋般登上了说唱的舞台,巴吉也不例外。

1980 年德格说唱艺人巴吉、卓玛拉措、阿尼三人被四川省人民广播

---

① 杨恩洪:《民间诗神:格萨尔艺人研究》,中国藏学出版社 1995 年版,第 349 页。

电台藏语部邀请到成都录制《格萨尔》，历经六个月之久，他们录制了《赛马称王》和《霍岭大战》（上、下），特别是在演唱《赛马称王》时，使用了多种唱腔来演绎。由他们三人演唱录制的《格萨尔》在四川人民广播电台藏语节目中播出后，在藏族地区特别是康巴地区的听众中，引起巨大反响，得到了广大农牧民的喜爱，让巴吉的名字传遍雪域大地。巴吉曾获过中央四部委颁发的"格萨尔突出贡献奖"。如今，年迈的巴吉虽不能继续说唱，但他的子孙继承了这一家族传统，成为年轻一代吟诵艺人。

（二）格萨尔说唱艺人白玛益西

白玛益西，1947 年出生在德格佐钦。7 岁开始在堪布土登年扎身边学习藏文，自幼十分喜爱《格萨尔》，识字后开始说唱《格萨尔》。他第一次说唱的是《英雄诞生》，后来依次说唱多部《格萨尔》。20 世纪 80 年代曾录制《天岭卜筮》《赛马称王》《米努绸缎宗》《大食财宗》《分大食财宗》《辛丹狮虎相争》《门岭大战》《印度佛法宗》《汉地茶叶宗》《白惹羊宗》《朱古兵器宗》《雪山水晶宗》等。20 世纪 80 年代，白玛益西说唱的《格萨尔》故事，通过简陋的录音机和盒式带传遍了青藏高原，他的娴熟的演唱技巧和动听的声音打动了无数《格萨尔》爱好者，受到了藏族同胞的喜爱。

2010 年，受四川康巴卫视的邀请，白玛益西在成都录制了《米努绸缎宗》。2008 年和 2011 年，笔者前后两次采访德格优秀《格萨尔》说唱艺人白玛益西。在笔者采访时，曾拿出在玉隆地区搜集到的草书体手抄本《格萨尔》，请他照本说唱了一段。白马益西不仅说唱流利，而且能马上进入角色，技艺娴熟。

白玛益西非常有才华，藏文功底扎实，掌握的《格萨尔》曲调非常丰富，能够掌握近 80 种不同的曲调，表现出极高的音乐素养和艺术造诣，为丰富《格萨尔》曲调做出巨大贡献。

评价吟诵艺人好不好，不仅要看他说的故事生动与否，最主要是看他运用的曲调的种类和声音的好坏，而白玛益西正是具备了这种条件。目前，像白马益西这样仍活跃的老吟诵艺人已为数不多，但与此同时，我们也欣喜地看到，随着大量史诗版本在民间的传播和老一辈艺人的培养，近年来包括迪琼·巴吉和白玛益西的子孙在内的一批年轻吟诵艺人不断涌现，使《格萨尔》的口头传承仍然得以延续。

二 《格萨尔》书面版本的传播

由于《格萨尔》深深扎根于民间，不仅受到了广大人民的喜爱，而且还引起了宗教及上层人士的极大兴趣，出现书面版本。在发展过程中，相继出现了手抄本、木刻本、印刷本。在德格地区，《格萨尔》抄本和刻本的种类繁多，是产生史诗版本最多且最丰富的地区。目前尚无准确的统计数字，有 19 部之说，也有 29 部、49 部、甚至 80 部、100 多部之说。[1]时至今日，一些伏藏艺人的出现，使新的文本不断增加，从而加快格萨尔书面化的进程。

目前收集到的 7 部木刻本主要来自于德格及其周边地区，即：德格岭葱木刻本《天岭卜筮》《英雄诞生》《赛马称王》；巴帮寺的《大食财宗》；江达县波鲁寺《分大食财宗》（此部尚有拉萨木刻本）；德格木刻本《卡契玉宗》；江达县瓦拉寺木刻本《地狱救母》等。由于历史上江达县的大部分地区隶属德格地区，且德格地区盛产藏纸，有许多精通刊刻的人才，这是木刻本主要产自德格的原因之一。

法国大卫·尼尔女士 1931 年编撰出版的《岭·格萨尔超人的一生》，主要根据她和元登喇嘛在康区德格、玉树等地的《格萨尔》说唱艺人说唱时的记录，参照当地的《英雄诞生》《霍岭大战》《降伏魔鲁赞王》《姜岭大战》《大食财宗》《地狱大圆满》等手抄本整理而成，在国际上引起较大反响。这是西方学者最早对藏族《格萨尔》的介绍与研究。

此外，法国著名学者石泰安先生（Rolf Alfred Stein, 1911—1999），于1946—1947 年在闻宥先生等人的陪同下，在甘孜州康定、理塘、德格等地进行调研，在德格访书、理塘听唱、邓科拜师、岭葱交友，先后从寺院、民间、土司和豪门富户，特别是说唱艺人处收集大量的有关格萨尔资料[2]，

---

① 四川省《德格县志》编纂委员会编纂：《德格县志》，四川人民出版社 1995 年版，第408 页。

② 杨嘉铭：《格萨尔造型文化论纲》，杨岭多吉主编《四川藏学研究》（十二），四川民族出版社 2012 年版，第 362 页。

这为他研究格萨尔奠定了坚实的基础。他开始着手翻译手中的三本德格岭葱木刻本：《天岭卜筮》《英雄诞生》《赛马称王》，于 1956 年出版了这三部的拉丁转写本，并用法文进行介绍，从此走上漫长的史诗研究之路。1959 年他的博士学位论文《西藏史诗与说唱艺人研究》出版。

格萨尔学者徐国琼先生，自 1958 年起从事藏族英雄史诗《格萨尔》的发掘抢救及整理研究。他长期在西藏、青海、四川、甘肃、云南等广大藏区民间作实地考察，亲手收集了大批珍贵资料。例如，1960 年 7 月在德格调研时，从德格县龚垭区境内搜集《格萨尔》抄本及刻本共八本，现保存在青海格萨尔研究所。此外，也搜集到"岭国"时期的一幅战铠、箭、矛及当地著名画家琼查洛珠的一幅大型画——《格萨尔骑征唐卡》及其他文物，把它们带回青海①。1980 年以后，四川民族出版社所存《格萨尔》各种抄本、刻本中，在德格收集的有《征服大食》（木刻本）、《征服马拉雅药物国》（佐钦寺手抄本）、《征服北方珊瑚国》（手抄本）、《征服象雄珍珠国》（手抄本）、《征服阿扎宝石国》（手抄本）、《地狱救母》（木刻本）。

在 1949 年特别是 1980 年以后，收集、整理和出版的史诗《格萨尔》铅印本被大量保存于民间僧侣和农牧民家中，成为有关《格萨尔》传奇故事的另一种民间流传方式。过去，有经济条件的农牧民家庭喜欢请人代抄或购买《格萨尔》手抄本或木刻本，供奉家中，在劳动之余、旅途小憩或郊游时，喜欢三五成群的围坐一块，铺开抄本，按人物和情节固定了的曲调唱读。至今，这种唱读史诗的传统依然在德格地区得以延续。

据 1994 年的统计，四川民族出版社出版的《格萨尔》印数高达 50万册，由更登整理的三个德格岭葱木刻本《天岭卜筮》《英雄诞生》《赛马称王》及德格版《地狱救母》均获得读者好评，得以再版，其中仅《地狱救母》曾三次再版，印数达 49200 册②。《格萨尔》各种文本在民间的广泛传播，使民间吟诵艺人有本诵读，口头传统随之延续。

作为一部活形态史诗，《格萨尔》流传的主要形式是艺人的口头说唱和

---

① 徐国琼：《〈格萨尔〉考察纪实》，云南人民出版社 1993 年版，第 198 页。
② 王雨顺：《格萨尔工作在四川》，《民族》1994 年第 10 期。

文本传播，德格地区史诗流传的一大特点是口头说唱与书面版本流传的完美结合。吟诵艺人说唱依据固定的版本，各种版本的《格萨尔》也因艺人的说唱获得鲜活的生命，以一种口头形式继续丰富民众的精神生活。

过去，民间流传的版本极其有限，吟诵艺人的说唱内容受到一定的限制，如今经过抢救和搜集，《格萨尔》分部本达上百部之多。随着大量铅印本的发行，吟诵艺人拥有了更为广阔的说唱空间。现在，传统的全凭大脑记忆史诗的艺人，如神授艺人逐年减少，在这种情况下，吟诵艺人为《格萨尔》口头传统的延续与发展正发挥着不可替代的作用。

三 《格萨尔》藏戏

如今，以传统藏戏形式演绎的口头传承的史诗《格萨尔》，作为一个新生事物，已经在四川甘孜州及青海的果洛、玉树等地蔚然成风，深得藏族百姓的喜爱。追溯《格萨尔》藏戏的源头，其发祥地在四川省甘孜州德格县佐钦寺。

佐钦寺是藏传佛教宁玛派六大传承寺院之一，位于海拔 3800 米的德格县北部，在藏区久负盛名，历史悠久，影响广泛。《格萨尔》藏戏是第五世佐钦法王土登·曲吉多吉于 19 世纪末根据自己的清净显现而制作创编的。至今，每年藏历 12 月 30 日会专门举办《格萨尔》藏戏表演活动。表演的《格萨尔》藏戏剧目主要有：《岭国三十员大将》《十三畏尔玛战神》《岭国大王格萨尔、七大勇士、十三王妃》等。

在戏曲的编排上，《格萨尔》藏戏不但具有浓郁的地方戏曲特色，还将藏传佛教的金刚舞融入其中，在表演中糅进烟祭供奉和宗教仪轨、招财祈福等藏族民间活动。因此，《格萨尔》藏戏表演不仅具有藏民族古朴典雅的艺术风格，还具有较强的教育性和观赏性。

《格萨尔》藏戏不仅在德格地区的佐钦寺、协庆寺和龚垭寺等宁玛、噶举派、萨迦派寺院中演出，还流传于四川色达县的色达寺及青海省刚察县的沙陀寺、贵德县的昨那寺、共和县的当家寺、果洛州达日县的查朗寺、甘德县的龙恩寺等，形成了风格独具、蓬勃发展的《格萨尔》藏戏。

现在，佐钦寺仍然保留着 80 多具神态各异、惟妙惟肖的《格萨尔》藏戏表演时佩戴的面具。藏区各地寺院的《格萨尔》藏戏面具造型大都以佐钦寺的面具为参照制作。在面具制作工艺和造型方面，有较浓的寺院"羌姆"面具特色；在制作工艺上，属于贴布脱胎面具。

由于《格萨尔》在藏族民间文化中的突出地位和强大的生命力，《格萨尔》藏戏的发展至今方兴未艾，各地都在编创新的剧目，如《赛马登位》《霍岭大战》《大食财宗》《地狱救妻》等。史诗中的精彩篇章经过改编，搬上藏戏舞台，深受藏族人民的喜爱。

《格萨尔》藏戏是格萨尔文化向多元化发展的最好范例，为史诗的传播开辟出一种更具观赏性和趣味性的新形式。佐钦寺对《格萨尔》藏戏发展演变做出重大贡献，对继承和传播格萨尔文化起到积极的促进作用，为中华戏剧殿堂增添了一个绚丽的瑰宝。

四　《格萨尔》风物遗迹

由于《格萨尔》在德格地区的长期和广泛流传，境内形成很多与《格萨尔》相关的民间传说、遗迹及地名。

（一）　格萨尔诞生地——吉苏雅格康多

吉苏雅格康多位于德格县东北部阿须草原，距县城 230 千米，海拔4000 米左右，连接浪多乡、竹庆乡等，总面积多达 8.5 万公顷。吉苏雅格康多是英雄格萨尔王的诞生地，当地广泛流传英雄降生的故事，其山形地貌与英雄史诗《格萨尔》中对其诞生地的描述如出一辙，藏文史书《德格甘珠尔目录》《安多政教史》等均记载格萨尔的诞生地为德格阿须草原。

2002 年 7 月，14 位《格萨尔》研究专家在实地考察四川省德格县阿须草原后达成共识，进一步认定这里就是格萨尔王的诞生地。专家认定，格萨尔王诞生于阿须乡的协苏亚给康多。《格萨尔》"英雄诞生"中，指出格萨尔王的出生地"名叫吉苏雅格康多，两水交汇潺潺响，两岩相对如箭羽，两个草坪如铺毡。前山大鹏如凝布窝，后山青岩碧玉峰，左山如同母虎吼，右山矛峰是红岩"。这与现在阿须乡的协苏亚给康多的地貌完全吻合①。

---

① 苑坚：《专家确认格萨尔王的诞生地和岭国都城所在地》，新华网成都，http://news.so-hu.com./00/17/news202091700.shtml，2002 年 7 月 10 日。

（二）岭·格萨尔纪念堂

格萨尔王去世后，岭葱家族为纪念格萨尔，在诞生地修建了格萨尔庙。庙内藏有格萨尔的象牙珠红印章、铠甲、兵器及吉本·绒擦查根的家谱、格萨尔大将年擦阿丹的宝剑、格萨尔岳父的轮珠等珍贵文物。民国时期，格萨尔王庙的不少文物被运送到玉树达那寺。据玉树学者丹玛·江永慈诚和昂扎介绍，在达那寺的历史文献中有记载，称达那寺的不少现存文物都来自阿须格萨尔庙。这些文物系岭葱第五十代世系土司桑吉降村赠给耶巴喇嘛的。1949 年后，国家将这座庙作为文物保护单位，可惜在"文化大革命"中全部被毁。现在所看到的格萨尔纪念堂是 1987 年在德格县政府的支持下巴伽活佛在原址基础上重新修建的。纪念堂的中央是格萨尔王的巨幅雕像；正面墙左右方为岭国十二大佛，靠背塑造了战马战神，靠右方有端坐的岭国众将领，正中右方有站立的岭国众女子；大殿第二层设有护法神殿，安排专门僧人祈祷护法神。

格萨尔纪念堂的四周，留有许多格萨尔王生前活动的踪迹，同时在美丽的阿须草原以及整个德格境内，格萨尔王的印迹随处可见，并流传着许多格萨尔王脍炙人口的传奇故事。

（三）格萨尔王宫殿——森周达泽宗

格萨尔王宫殿——森周达泽宗遗址，位于德格县俄支乡境内，距德格县城 224 千米，距格萨尔王诞生阿须草原 88 千米。

2008 年，笔者前往俄支乡进行田野调查，对森周达泽宗遗址进行了实地考察。森周达泽宗遗址，坐北向南，南北长 220 米，东西宽 200 米，占地总面积为 44000 平方米。据藏文文献记载，森周达泽宗分东、南、西、北四个门，正中央为森琼贡嘎然瓦殿，东门为江卡仁莫殿，南门为白色神殿，西门为郭仓卡耶殿，北门为竹宗奇瓦殿。其中，西门郭仓卡耶殿和北门为竹宗奇瓦殿的遗址依然清晰可辨。东门江卡仁莫殿的遗址现虽荡然无存，但在那里的村庄依然叫江卡村。

据记载，由于地震，明代时森周达泽宗受到较大破坏，后来在这个遗址上修建了俄支寺。关于格萨尔王宫殿有德格俄支说、西藏芒康说、青海达日说等说法。刘安全先生在《德格—格萨尔故乡》一书中指出，"有三处乃至多处格萨尔古都，这并不矛盾，当时是游牧部落，加之古时迁都之事并不鲜见。只是最早、最完整的建都是德格俄支寺的森周达泽宗，这个森周达泽宗还在格萨尔没有赛马称王之前就由岭国建好……"①

另外，相传是鲲鹏用嘴书写的、岭国最为珍贵的传家宝《岭崩》二函就收藏在森周达泽宗。据文献记载，岭国的大将每战死一人，都要为其颂诵《岭崩》十二函。在俄支寺采访时，寺管会副主任甲央平措介绍，俄支寺僧人均耳濡目染过此书，个别还亲自拜读过。在"文化大革命"期间，《岭崩》被烧毁时，有些人冒着生命危险救回的《岭崩》经版至今保存在俄支寺。笔者在该寺考察时有幸亲眼看见。

（四）岭国大将贾查霞尕的城堡——欧曲朝宗

贾查霞尕系岭国三十大将和七君子之一，是格萨尔王同父异母的兄长，系岭国幼系首领森伦汉妃拉嘎卓玛所生，名前冠以"贾查"（贾查在藏语中有"汉族侄子"之意，其母为汉家女子），一生跟随格萨尔王征战南北，功勋卓著。格萨尔王统一岭国后，派遣兄长贾查镇守龚垭一带，欧曲朝宗城堡，成为当时岭国的政治、经济、文化中心。欧曲朝宗在藏语中有"水银生铁城堡"之意，因城堡的墙基用"生铁"铸造而得名。据记载，直到1630年左右，德格第七代土司向巴彭措执政时，岭葱土司的大半个江山才被纳入德格土司的管辖范围。

欧曲朝宗城堡坐落于更达村，也就是今天龚垭寺吉喜拉康所在的位置，在龚垭寺庙的墙体下半载和后山处，明显可见古城堡遗址的断垣残壁，排列不很规则。笔者前往贾查城堡遗址调研时，亲眼看到从城堡墙脚下挖出的"生铁"铸造的坚硬物，作为见证物，寺院把它放在城堡遗址上修建的吉喜拉康里。贾查城堡与中岭部落遗迹相对而立，对面山梁上仍然可以看见部落城墙的外墙部分和分布于东、南、西、北的四个防御古碉。

站在贾查城堡，向四周环视，在正南方山顶处，可以看到一个齐斩的凹痕，相传是贾查大将射箭留下的箭痕。山腰间有格萨尔王护法——长寿五女神佛塔遗址，靠近河边。每年藏历五月十五日，百姓都会朝拜这座长寿五女神佛塔遗址。城堡东南方的山脚下，有八个错落排列的土堆，在最大的土堆上独长着一株约11米的擎天古树。相传，贾查大将去世后不久，

① 仁真旺杰：《格萨尔研究文集》，中国三峡出版社2002年版，第286页。

托梦给其长子拉色扎拉泽杰说："在城堡山上，其中最大的那尊塔是我的心脏，我的灵魂化成一棵翠柏，在与你相伴……"传说中的翠柏，说的就是这擎天古树。

贾察城堡东南约两千米处，有一开阔的平坎，名叫拉翁通，相传是贾察大将遇见神仙白梵天王的地方。沿山谷顺河而下约十几千米处，前后分别是贾察大将头带缨盔、北靠戈绒山的头像和贾察上师大喇嘛穷波尼玛降称修行的崖洞，名叫滴水崖，坐北朝南，穆肃威严，与故都方向保持一致。据说，贾察大将凯旋回来的地方在琼多崖，由于多次战争都取得胜利而把酒言欢，稍微喝醉的时候他就把酒杯抛至崖壁，存有酒杯的痕迹，此处由此得名。所以民间流传着这样的说法，取一些崖石上的东西，就能成为酿酒的发酵物，也能确保酒的品质更为香醇。

（五）岭国大将年擦·阿丹

年擦·阿丹系岭国幼系格萨尔叔父晁同的长子，为岭国三十大将和七君子之一。他在年幼时，是一位出类拔萃的少年，不仅容貌姣好，而且智勇双全，精通各种武器，从小就已名扬四海。关于年擦·阿丹的城堡众说纷纭，笔者 2008 年和 2011 年专程赴德格县白垭寺对岭国大将年擦·阿丹及他的城堡遗址进行调研。

有关年擦·阿丹城堡遗址的情况，笔者拜访了白垭寺活佛齐美多吉仁波切。他说：坐落在白垭寺后山的这个古城堡，被称为"协日达宗"，是岭国四大门将之一年擦·阿丹的城堡。在《霍岭大战》的唱词中有这样的描述："守护东门的勇士为董·本巴贾察霞尕，守护南门的勇士为英勇无敌的僧达阿冬，守护西门的勇士为晁同之子年擦·阿丹，守护北门的勇士为擦香·丹玛向查。"歌中唱到的守护西门的勇敢而武艺超群的勇士，就是年擦·阿丹。另外，《霍岭大战》中年擦·阿丹自己的唱词这样讲道："你若不识我是谁，我住阴山寒宫里。一宫拥有二名者，有称泡绕宁波宗。有称协日达泽宗，实乃为协日达宗。"唱词中道出年擦·阿丹的城堡名。

他的城堡应该是珍贵的历史遗迹，曾有护法殿堂，一直有人守护城堡及护法师常住，念诵格萨尔王煨桑，被认为是吉祥圣地。后来梁更布龙玛入侵德格时，德格土司齐美达比多吉（1840—1896）居住于此城堡，躲过劫难。因此，城堡以坚固和险要著称。"文化大革命"期间，白垭寺惨遭损毁。现只剩下残壁而已，幸运的是，白垭寺还藏有年擦·阿丹用过的兵器、头盔、刀柄、盔甲、矛和盾等文物，可供参观。

对这些文物进行观摩和拍照后，带着与年擦·阿丹相关的问题，笔者采访了一位年迈的僧人更恰，土生土长的本地人。他说："在他很小的时候年擦·阿丹的城堡还存有高高的墙坯，大概两米宽，墙面上还可以看见许多壁画。"听长辈说，曾在城堡中有念诵《格萨尔》经文及煨桑的僧人，有一年白垭寺的一位僧人前往此地进行煨桑时，因触碰吉日，不慎从山上跌落而离开人世，于是寺院向蒋杨钦哲旺波仁波切请求开示护法殿迎迁入白垭寺的吉日，而后寺院就把城堡中的护法神殿被拆掉，在之前建筑的基础上，寺内修建了新的殿宇。建造护法神殿时，因从原地拆下来的木料不够用，对其进行增补。原地拆下来的木料为四棱木条，后增补的木料为半圆形，建筑风格与当地其他殿宇的风格截然不同。

在寺院中，笔者也见到新旧艺术加工而成的宫殿，对此，本地还有一则传说：年擦·阿丹城堡的不远处有一座山，山上长着一棵大约20米的松树，相传这棵树是他的箭靶，由此人们将此树奉为神树，家喻户晓。但是后来这棵树莫名其妙地枯萎了，于是白垭寺准备当作柴火烧掉，可是当他们劈开这棵树时，在树干里发现了五种颜色各异的箭头。每支箭的箭头呈三角形，扁形、长形，还有四个环扣等。箭头完好无损，没有任何锈斑，人们认为这些箭头由陨石制作而成，证明年擦·阿丹把那棵树视为他的箭靶，有因可说。由此，群众对白垭寺后山上的城堡遗址为年擦·阿丹的城堡确信不疑。

白垭寺活佛为了纪念年擦·阿丹城堡曾经坐落于此，在寺院的左上方即城堡的下方，建造了一座格萨尔王庙。庙里供奉的主尊是由紫檀制成的格萨尔王雕塑，高度为两米左右，四壁墙面画有岭国三十大将的故事情景。一见这些壁画，仿佛有阅读《格萨尔王传》的感觉，令人遐想联翩。

结　语

德格地区是史诗《格萨尔》的发祥地，迄今为止，众多吟诵艺人仍活跃于民间，使史诗口头演唱形式在21世纪的今天得以保留。而《格萨尔》书面版本在该地区的普遍传播,《格萨尔》藏戏这一新的文艺形式的产生与蓬勃发展,民间有关《格萨尔》大量的风物遗迹、传说、地名的存在,构成了浓郁的格萨尔文化氛围,是独具特色的德格地区格萨尔文化产生并得以延续的沃土。

这一文化现象的产生,得益于该地区高僧大德的大力倡导。尤其是宁玛派、噶举派僧人在史诗《格萨尔》宗教化的过程中,将自己教派的信仰注入史诗之中,使格萨尔不仅成为莲花生的转世,同时被认为是与生命有关的保护神、财神。他们著书立说,其中最有影响的当属居·米庞大师(1846—1912),著有多篇《格萨尔》祭祀、祈祷文章,并促成对德格三本史诗开篇的木刻本的整理、成书。宗教人士的提倡,对史诗在民间的传播产生了重要的推动作用。

德格地区是宁玛派盛传的地区之一,为此,民间认为凡是有宁玛派传承的地域,就是《格萨尔》弘扬和传播之地。此外,该地区保存着一个兼收并蓄的优良传统。这里虽宁玛派寺院林立,但对其他宗教派别并不排斥,持一种开放的姿态,德格印经院就是一个典型的例子。他们隶属萨迦教派,但对各种教派的经典采取尊重的态度,予以刊刻保存,使其成为藏族地区保存古籍最丰富的文化中心。

由于德格地处西藏通往内地的交通要道,该地区的经济和文化的发展,较其他藏地更加超前,人们的文化程度较高,视野开阔,对本民族文化的保护意识更强。加之历代德格土司、上层人士对《格萨尔》的推崇与热情,如被认为是格萨尔时代的后裔岭葱土司家族对《格萨尔》的信仰与爱戴,均对民间百姓产生极大的影响,是形成独特的德格地区《格萨尔》文化历史的重要原因。

中华人民共和国成立以来,特别是20世纪80年代,在全国开展的大规模抢救史诗《格萨尔》的工作中,如组织恢复、重建格萨尔纪念堂,建立格萨尔巨幅雕像,组织“相约格萨尔故里”“格萨尔艺术节”“格萨尔论坛”等大型学术、纪念活动,组织藏族传统绘画流派传人绘制、出版“格萨尔千幅唐卡”系列巨制,推动德格地区《格萨尔》史诗的保护与传播,促进该地区的社会稳定、经济繁荣和文化发展,极大地丰富群众精神文化生活,在全国产生重要的影响,使德格成为名副其实的格萨尔文化发祥地—"格萨尔故里"。

　　特定文化环境中成为具有历史积淀的文化传统，在历史发展中持续地进行整合与演化，这就要将传统与现实结合起来。在汲取传统经验的同时，也会遭受它的约束，因此，所有的传统并非固定不变。但比较可惜的是，众多的传统文化伴随历史发展的步伐不断地走向消亡。《格萨尔》在德格地区的传播也在发生变化，因此，抢救与保护《格萨尔》是我们需要面对的不可推卸的责任。在文化创新的今天，深入进行德格历史文化中格萨尔文化发展轨迹的探索与研究，具有重要的学术价值。

　　　　　　　　　　　　　　原载于《西藏研究》2016 年第 1 期

　　甲央齐珍，女，藏族，1974 年生，四川德格人，中国共产党党员，中央民族大学博士，2006 年 10 月至今在中国社会科学院民族文学研究所藏族文学研究室工作，副研究员。兼任全国格萨（斯）尔工作领导小组办公室副主任。研究方向为藏族文化、格萨尔史诗研究。参与国家社科基金重大项目《英雄史诗格萨尔图像调查研究及数据库建设》、中国社会科学院院重大课题"藏文 40 卷《格萨尔》精选本"。代表作《格萨尔史诗研究》（专著）、《格萨尔史诗传统研究：以德格为主线》（专著）、《格萨尔文化传承的当代路向》（论文）。

贾芝与《格萨尔》

金茂年

贾芝是把民间文学当作生命的人，人们都这么说。他挖掘、抢救和讲述各民族民间文化的故事何止千万，却没有留下一篇属于自己的故事。贾芝去世已三载，我极力摆脱困境，担当责任，继续讲好他与民间文学的故事。

贾芝生于山西农村，1932 年赴北平就读中法大学，同时拉小提琴，出版诗集。1938 年奔赴延安从事文艺与教学工作。1949 年回到北京，秉承《在延安文艺座谈会上的讲话》精神，投入搜集抢救各民族民间文化的工作中。20 世纪 50 年代，贾芝与一代学人拓荒各民族民间文学，发掘出版的民间文学作品，如奇峰突起，为中国文学史增添了最有生气的篇章，从根本上改变了文人轻视民间文学的无知与偏见。

1956 年，他开始搜集研究《格萨尔》的工作，到离世整整 60 年一个甲子。他曾深情地说：

> 史诗《格萨尔》和演唱它的艺人们，曾是我的不幸的伴侣，我们同时挨过批斗，患难与共；也是我的光荣伴侣，我曾因介绍它的论文在国际讲坛上获得殊荣。①

一 贾芝与《格萨尔》同呼吸共患难

中华人民共和国刚刚成立，长期的封建统治和民族语言的隔阂造成文

---

① 贾芝：《〈格萨尔文库〉序》，《格萨尔文库》，甘肃民族出版社 1996 年版，第 1 页；后收入《拓荒半壁江山》，文化艺术出版社 2012 年版，第 263 页。

艺界大多数人不知道，甚至否认中国有史诗这一事实。国外别有用心者更加处心竭虑地企图分裂和侵略中国，一再宣扬"中国无史诗"论。贾芝便决心要改变这种状况！

1956 年 3 月，他开始关注并组织《格萨尔》的搜集和编印工作。

1958 年 7 月，全国民间文学工作者第二次代表大会上，贾芝在工作报告中强调："蒙古族的《江葛尔》、《格斯尔的故事》，最近几个地方都发现了长短不同的藏族的《格萨尔》，等等。这些传统作品都是异常珍贵的，有的已经列入了世界文库。"①

1958 年 8 月，他主持制定了《〈中国歌谣丛书〉和〈中国民间故事丛书〉编选出版计划》，再次明确："青海省负责《格萨尔》，内蒙古自治区负责《格斯尔》工作。"此文件由中宣部批转各省区执行②。

1959 年 12 月，贾芝以中国民间文艺研究会、中国社会科学院文学研究所和青海省文联三家名义联合召开"《格萨尔》搜集、翻译、整理工作座谈会"，请老舍先生主持。在会上贾芝首次提出"抢救"的理念，他说："发掘这一史诗，应在'抢救'二字上多下功夫，认识它的紧迫性。同时要做好持久战的准备，认识它的艰巨性和复杂性。"③

1960 年 3 月，贾芝在《民间文学十年的新发展》中概括说："史诗《格萨尔王传》和《格斯尔的故事》的发现，特别值得予以注意。青海省文联民间文学组至目前已经搜集到藏族史诗《格萨尔》全诗三十六卷的手抄本、刻本及十余种异文。口头记录工作尚待开始。这部以说唱为主的史诗广泛地流传于青海、西藏、甘肃、四川甘孜一带地区，还有专门以弹唱《格萨尔》为职业的艺人，民间的传说、绘画、雕塑、音乐、舞蹈中也到处都有与格萨尔有关的作品，所以今后还会收集到有关格萨尔的庞大资料。发现得更早的蒙古族的《格斯尔的故事》，是散文故事，从前只能

---

① 贾芝：《采风掘宝，繁荣社会主义民族新文化》，《民间文学论集》，作家出版社 1963 年版，第 89 页；原载于《民间文学》1958 年第 7、8 期合刊。

② 贾芝：《中国史诗〈格萨尔〉发掘名世的回顾》，《拓荒半壁江山》，文化艺术出版社 2012 年版，第 268 页。

③ 同上。

看到 1716 年北京首次出版的上七章及其他两三种蒙文本，中华人民共和国成立后才在北京发现了下六章的手抄本，1955 年内蒙古自治区出版了十三章蒙文完整本，随后又出版了汉文译本。"①

1960 年 7 月至 8 月，中国民间文艺研究会召开扩大理事会，贾芝做了关于《全国民间文学工作三年规划（草案）》的报告，充分肯定青海搜集手抄本、木刻本以及汉译资料本出版的做法。当时这还不能被广泛理解与接受，甚至有人公开提出质疑。1961 年，徐国琼从青海来信说，《格萨尔》资料本印刷成本极高，印数很少。贾芝立即回信为他鼓劲："这些资料本的科学价值远远超过为其付出的经济价值，应该坚持这种本子的译印工作。"②

1966 年，贾芝在北京挨批斗，戴着高帽子敲着铁簸箕"请罪"，抢救《格萨尔》是他的主要罪状之一。演唱、搜集《格萨尔》的民间艺人、民间文学工作者分别在各地挨批斗、被抄家，甚至被迫害致死。在《格萨尔》手抄本和木刻本几近全部化为灰烬时，徐国琼置身家性命于不顾，秘密转移《格萨尔》手抄本、木刻本 71 部。1973 年，"四人帮"依然猖獗，贾芝写信提示徐国琼："《格萨尔》以后还会搞的，你们过去搜集到的那些资料不知下落如何？"多年后，徐国琼说贾芝："乌云未消，你居然敢说'《格萨尔》还会搞的'？"他点头笑着。

二　贾芝为《格萨尔》平反奔走呼吁

1978 年 6 月 24 日，贾芝在《光明日报》发表文章，大声疾呼恢复《格萨尔》的搜集与研究。他邀请徐国琼进京汇报，10 月 19 日他主持中国民间文艺研究会筹备组会议，让徐国琼汇报了《格萨尔》被打成"大毒草"的经过。会议决定：

---

① 贾芝：《民间文学十年的新发展》，《民间文学论集》，作家出版社 1963 年版，第 15 页。根据贾芝 1958 年、1959 年、1960 年日记内容，《民间文学十年的新发展》是他从 1958 年 12 月开始，在对全国民间文学举行全面调查了解的基础上完成的。

② 贾芝：《中国史诗〈格萨尔〉发掘名世的回顾》，《拓荒半壁江山》，文化艺术出版社 2012 年版，第 269 页。

1.《民间文学》发表一组《格萨尔》作品与文章；2. 组织青海、西藏等六省区成立《格萨尔》工作组；3. 清理复制《格萨尔》手抄本及有关资料。①

11 月 18 日，贾芝向周扬汇报为《格萨尔》平反事宜。周扬非常支持，立即批示，想办法通过文联上报中央，并为徐国琼题词："你保护《格萨尔》资料有功，望为民间文学研究工作继续努力。"② 11 月 30 日，青海省召开《格萨尔》平反大会，撤销一切批判否定《格萨尔》的文件，为从事《格萨尔》工作受到牵连和处分的同志撤销处分、彻底平反，将装入个人档案的材料一律销毁。贾芝以《民间文学》编辑部的名义撰文《为藏族史诗〈格萨尔〉平反》③；同年 5 月 28 日《人民日报》以原标题刊发此文。

1979 年 8 月 8 日，贾芝以中国社会科学院少数民族文学研究所和中国民间文艺研究会的名义向中宣部递交了《关于抢救藏族史诗〈格萨尔〉的报告》，经武光、邓力群、宋一平、于光远、周扬、梅益、马寅、江平、杨静仁、李英敏十位领导批示"同意""好"或者圈阅表示同意，并决定：贾芝、王平凡、马寅、毛星、黄静涛、程秀山、蒙定军组成《格萨尔》工作领导小组，贾芝任组长。④

1979 年 7 月，贾芝策划"全国民间诗人、歌手座谈会"遇到困难，致函胡耀邦同志。胡耀邦同志立即批复："这是件好事，我赞成。"⑤ 9 月 25 日—10 月 4 日会议在北京召开，45 个民族的 123 位代表赴会，胡耀

---

① 根据 1978 年 10 月 19 日贾芝日记内容，在文艺研究院会议室召开民研会筹备组会议，讨论恢复协会的几个具体问题，另外请徐国琼介绍《格萨尔》问题，宣布了如上几点建议。

② 根据 1978 年 11 月 18 日贾芝日记内容，11 时贾芝带徐国琼到周扬同志家，贾芝将为《格萨尔》平反的报告及材料送周扬同志看。周扬批示：分送民委、中宣部并中央。另让贾芝写一封信给默涵，说明周扬意见，由文联报中央；再写一信给周扬，他批意见后给青海严文洁。徐国琼请周扬题词，周扬写下如上两句话。

③ 民间文学编辑部：《为藏族史诗〈格萨尔〉平反》，《民间文学》1979 年第 2 期。

④ 贾芝：《中国史诗〈格萨尔〉发掘名世的回顾》附录，《拓荒半壁江山》，文化艺术出版社 2012 年版，第 280 页。

⑤ 贾芝：《关于召开少数民族民间歌手、民间诗人座谈会的请示报告》，《新中国民间文学五十年》，大众文艺出版社 2004 年版，第 47 页。

邦、乌兰夫、阿沛·阿旺晋美、杨静仁等出席，周扬同志讲话。贾芝在报告中说："民间文学是重灾区，各族民间歌手、民间诗人在这场浩劫中几乎无一幸免。""说唱著名史诗《格萨尔》的藏族民间艺人，通通被当作'牛鬼蛇神'，有的还被勒令跪在石子上，头顶《格萨尔》抄本，喊着'请罪！请罪！'有的受尽侮辱，含愤死去。""……要为蒙受冤、错、假案迫害牵连的民间歌手、民间诗人彻底平反，不留尾巴。""我想最好的平反办法，就是编选、出版他们创作和演唱的作品。"①

1979 年 11 月，中国民间文学工作者第三次代表大会召开，贾芝在报告中高度赞扬："有的同志，在'四人帮'把《格萨尔》打成'大毒草'，大肆焚毁《格萨尔》手抄本及资料的紧急关头，冒着被打成反革命的危险，从火中抢救了近百本手抄本藏入地洞，使这一珍贵资料逃脱了'四人帮'的劫火而得以保存……"②

三 贾芝主持七省区会议抢救《格萨尔》

1979 年 8 月《格萨尔》工作领导小组成立。1980 年 4 月，贾芝在四川峨眉山主持召开西藏、青海、四川、甘肃、云南、内蒙古六省区③第一次全国《格萨尔》工作会议。国家民委领导江平、马寅到会讲话。各地汇报恢复工作以来取得的众多成绩，西藏发现能唱 31 部《格萨尔》78 岁的民间歌手扎巴老人，已录音 10 部。今后仍然要强调"抢"字第一，除了口头采录，搜集手抄本、木刻本，还要注意搜集相关民俗、历史、社会的图片、音响和实物。规划三到五年内整理出一套《格萨尔》统一本（包括藏文和汉文），出版《〈格萨尔〉工作通讯》。④ 云南德钦大雪封山，他们用拖拉机推开积雪，翻山赶到昆明误了会期。贾芝立即乘硬卧前往，

---

① 贾芝：《歌手们，为"四化"放声歌唱吧！》，《新园集》，中国民间文艺出版社 1981 年版，第 113 页；原载于《民间文学》1979 年第 11 期。

② 贾芝：《团结起来，为繁荣和发展我国的民间文学事业而努力》，《新园集》，中国民间文艺出版社 1981 年版；原载于《民间文学》1980 年第 1 期。

③ 当时，我们还不知道应该请新疆参加，之后几次会议才加上新疆成为七省区的会议。

④ 贾芝：《藏族英雄史诗〈格萨尔〉工作会议纪要》，《拓荒半壁江山》，文化艺术出版社 2012 年版，第 282 页。

等候在那里的李兆吉等同志激动得热泪盈眶，他们讲唱了德钦特有的《汉藏之间的金桥》，并介绍了抢救《格萨尔》手抄本与口头采录情况。贾芝设法帮助他们解决了采录经费和录音机的问题。①

1981 年 2 月，贾芝在北京主持召开了第二次全国《格萨尔》工作会议，江平到会讲话。各地汇报，工作有了很大进展。西藏发现 23 岁女歌手能唱 20 多部《格萨尔》，正在记录中。西藏、青海、四川等省区《格萨尔》发行盛况空前，以十倍价格，亦一书难求；美国、德国、日本、加拿大等国家及香港地区学者、书商纷纷来函订购。四川、青海等电台用藏语连播史诗《格萨尔》亦受到热烈欢迎。会议讨论了出版《格萨尔》藏文本、汉译本及整理、翻译的原则问题并成立了翻译整理协调小组。②

1982 年 5 月，贾芝在北京主持召开第三次全国《格萨尔》工作会议，中国社会科学院王平凡、毛星，中国民研会副主席钟敬文、马学良到会讲话，中央统战部副部长江平接见代表。一年多来，各省区抢救、发掘工作成绩显著。西藏新发现能唱多部《格萨尔》的民间艺人 12 名。青海利用京剧、话剧和歌舞形式把《格萨尔》推上舞台。新疆陆续发掘蒙古族卫拉特部流传的《格斯尔》多部，已记录六章。会议决议：1. 重申实现前两次会议目标，择优出版一套完整的藏文版《格萨尔》；2. 确定本届协调小组人选（12 人），降边嘉措、仁钦、陶阳、殷海山任副组长，贾芝任组长。会议拟定今后仍以"抢救"为当务之急。③

四 贾芝引领《格萨尔》走向世界

"中国民间文学要走向世界"是贾芝一贯的主张。他在国际上不失时机地宣传中国，首推《格萨尔》。

① 贾芝：《中国史诗〈格萨尔〉发掘名世的回顾》，《拓荒半壁江山》，文化艺术出版社 2012 年版，第 272 页。1980 年 4 月 25 日和 4 月 26 日贾芝日记内容也提及，贾芝赶到云南听取德钦藏族代表的汇报，发现不一样的版本，帮助他们解决困难。
② 贾芝：《藏族英雄史诗〈格萨尔〉第二次工作会议纪要》，《拓荒半壁江山》，文化艺术出版社 2012 年版，第 284 页。
③ 贾芝：《藏族英雄史诗〈格萨尔〉第三次工作会议纪要》，《拓荒半壁江山》，文化艺术出版社 2012 年版，第 288 页。

1982 年 3 月贾芝出访日本,在讲演中介绍《格萨尔》,年逾八旬的关敬吾先生说,有生之年如能读到《格萨尔》该是十分幸运的事。[①] 几年后,日本著名学者、翻译家君岛久子翻译出版了《格萨尔》日文缩写本。

1983 年 8 月,加拿大召开"国际人类学与民族学第 11 届大会",贾芝在论文《中国民间文学学科的新发展》中说,《格萨尔》被誉为世界最长的英雄史诗。[②] 1983 年 9 月,贾芝首次访问芬兰。向芬兰文学学会主席、国际民间叙事研究会主席劳里·航柯(Lauri Olavi Honko)先生介绍了《格萨尔》和专门演唱《格萨尔》的民间艺人。他非常高兴地说:"史诗在中国还活着!"。那天下午他带贾芝去会见了土尔库大学校长,并报告了这一信息。[③]

1985 年 2 月,年逾古稀的贾芝率中国民间文学代表团乘七天七夜火车穿越严寒的西伯利亚经莫斯科赴芬兰参加史诗《卡勒瓦拉》150 周年纪念活动。在土尔库有 21 个国家的学者出席"《卡勒瓦拉》与世界史诗国际讨论会",贾芝宣读论文《史诗在中国》,以中国 30 多个民族的创世纪史诗与英雄史诗为例彻底推翻"中国无史诗论",继而介绍《格萨尔》的卷帙浩繁以及流传、演唱的活形态。藏族学者降边嘉措的论文《论〈格萨尔王传〉的说唱艺人》,阐述了民间说唱艺人的巨大的作用。大会放映了贾芝带去的民间艺人演唱《格萨尔王传》录像。招待会上记者们纷纷向中国学者提问题,《土尔库报》、《晨报》、《赫尔辛基报》、芬兰广播电台等媒体不断采访并连续报道。开幕式那天的报纸,特别介绍了中国史诗,并刊登了贾芝的头像。芬兰学者兴奋地向贾芝跷起大拇指说:"您是第一个见报的!"人们兴奋地传诵着:"中国是一个史诗的宝库,史诗在中国还活着。"

以文会友,会上、会下贾芝重逢和相识了许多旧友新朋。德国的海希西和日本的大林太良是贾芝多年的老友,他们开幕式上就相遇了,隔着三排座椅打招呼,记者为他们留下了一幅珍贵的合影。苏联的嘎尔胡教授,匈牙利

---

① 贾芝:《中国史诗〈格萨尔〉发掘名世的回顾》,《拓荒半壁江山》,文化艺术出版社 2012 年版,第 274 页。

② 贾芝:《中国民间文学学科的新发展》,《播谷集》,人民文学出版社 1994 年版,第 43 页。

③ 贾芝:《芬兰民间文学档案馆的考察》,《播谷集》,人民文学出版社 1994 年版,第 624 页。

图一　芬兰报纸对贾芝参与"《卡勒瓦拉》
与世界史诗国际讨论会"的报道　金茂年摄

的维尔穆斯·沃伊格特女士，法国学者迦勒、赛都女士，马耳他女学者苟伊斯·尤卡斯等许多国家的学者都热情地同贾芝交谈，讨论今后合作事宜。

图二　1985年2月23日，贾芝一行与德国学者海希西、日本学者
大林太良在会场亲切交谈　芬兰报社记者摄

　　在赫尔辛基满天飞雪的公园,贾芝在埃利亚斯·隆洛德铜像前参加隆重的祭奠活动。在晚上的"史诗《卡勒瓦拉》150 周年纪念大会"上,总统毛诺·科伊维斯托偕夫人出席并讲话。中间休息的时候,毛诺·科伊维斯托总统接见了贾芝。他们热情交谈,谈文学翻译的不易,谈史诗与民族文化的密切关系。① 10 月 15 日,芬兰驻华大使馆举行隆重仪式为贾芝颁发银质奖章。作为中国学者,贾芝分享了《格萨尔》的荣誉!②

　　图三　1985 年 2 月 28 日,芬兰总统毛诺·科伊维斯托接见少数国际学者,贾芝就座于总统左侧　芬兰报社记者摄

---

　　①　贾芝:《芬兰人民的节日——纪念芬兰史诗〈卡勒瓦拉〉150 周年》,《播谷集》,人民文学出版社 1994 年版,第 646—657 页。

　　②　贾芝:《中国民间文学要走向世界》,演讲地点:中南民族学院,演讲时间:1985 年 11 月,发表于《中南民族学院学报》1986 年第 2 期,后收入《播谷集》,人民文学出版社 1994 年版,第 600 页。1985 年 10 月 15 日贾芝日记内容也提及,下午三点半贾芝到机场迎接国际民间叙事研究会主席芬兰文学学会主席航柯教授。于韦里宁大使与夫人邀请贾芝与航柯先生参加在芬兰使馆举行的晚宴,同时出席的还有芬兰的五位作家,他们给贾芝带来芬兰总统接见他的照片。宴会开始,大使讲话,给贾芝颁发银质奖章。

图四 1985 年 10 月 15 日，芬兰驻华大使馆举行隆重仪式

为贾芝颁发的银质奖章 金茂年摄

五 《格萨尔》：贾芝的生死情缘

1982 年 12 月贾芝离休，民间文学依然是他毕生的追求。他先后去芬兰、冰岛、挪威、瑞典、丹麦、英国、苏联、加拿大、美国、匈牙利、印度、德国、法国等十几个国家考察，三次出访台湾，致力于民族文学与世界的对接。1996 年在没有国家经费支持的情况下，贾芝主持召开了有 24 个国家参加，包括台湾在内的中国 15 个省、市、自治区的代表参加的国际民间叙事研究会北京学术讨论会。雷蒙德（挪威）主席说："这是国际民间叙事研究会有史以来开得最好的一次会议！"他说，通过这次会议，中国民间文化引起了国际上的广泛关注，更使中国民间文学和民俗学者们走向了世界。他郑重邀请中国组织大型代表团出席 1998 年在德国召开的第 12 次代表大会。①

《格萨尔》的工作是贾芝始终不曾放下的责任。1983 年，《格萨尔》的搜集整理工作被定为"六五"期间国家重点科研项目。一部民间艺人吟唱的史诗列为国家重点项目，足以得见党和国家对民族文化遗产的重视。

---

① 金茂年：《世界民俗学者的盛会——记国际民间叙事研究会北京学术研讨会》，贾芝主编《新中国民间文学五十年》，大众文艺出版社 2004 年版，第 101 页。

1984 年 1 月在北京召开第四次全国《格萨尔》工作会议,贾芝发言《为〈格萨尔王传〉祝贺》:我们作为《格萨尔》的故乡中国,理应产生真正科学的质量较高的研究成果。我们有被誉为东方的伊利亚特的《格萨尔》,现在又列入国家的重点项目,怎能不拿出较好的研究成果走入世界史诗研究之林?[①]

1985 年 1 月,贾芝为《格萨尔研究集刊》撰写发刊词,题为《摘取史诗桂冠的〈格萨尔〉》。谈到从“中国无史诗”到“中国可以说是一个史诗和叙事诗蕴藏丰富的国度”的历史进程;谈到民间艺人是史诗的保存者、传播者和参与集体创作者。强调指出:“《格萨尔研究集刊》是全国第一个史诗研究的大型理论刊物,它将组织‘格萨尔学’的研究队伍,汇集并展示我国《格萨尔》研究的新成果、新水平。”[②]

1985 年 11 月,贾芝去中南民族学院讲学,他讲到:过去我们一些古典文学家、历史学家曾断言说中国没有史诗。为什么这样说呢?其原因就因为他们不了解我国少数民族的文学。我国藏族的史诗《格萨尔王传》、新疆蒙古族的史诗《江格尔》、柯尔克孜族的史诗《玛纳斯》,这些北方草原的英雄史诗在国外都早已有专家研究,像《格萨尔》的搜集、研究已有近两百年的历史,……西德波恩大学“东方研究所”有研究《格萨尔王传》的专家,他们在中印交界的拉达克、在巴基斯坦的藏族人中做过搜集调查工作。法国的斯泰安在中华人民共和国成立前曾到过青海,但是作为一个研究《格萨尔王传》的专家,他也仅仅只能看到一部分手抄本。外国都有专家研究了,我们中国学者过去还全然无知,这是一种奇怪的历史现象……这个作品在中国,我们能够拿得出丰富的材料来,完全有条件做出更深入的研究、达到新的水平。[③]

---

①　贾芝:《为〈格萨尔王传〉祝贺——1984 年 1 月在全国第四次〈格萨尔〉工作会议上的讲话》,《拓荒半壁江山》,文化艺术出版社 2012 年版,第 247 页。

②　贾芝:《摘取史诗桂冠的〈格萨尔〉——〈格萨尔集刊〉发刊词》,《格萨尔研究集刊》,中国民间文艺出版社 1985 年版,第 1 页;后收入《拓荒半壁江山》,文化艺术出版社 2012 年版,第 251 页。

③　贾芝:《中国民间文学要走向世界》,演讲地点:中南民族学院,演讲时间:1985 年 11 月,发表于《中南民族学院学报》1986 年第 2 期,后收入《播谷集》,人民文学出版社 1994 年版,第 597 页。

1986 年 5 月 22 日，贾芝出席中华人民共和国文化部、国家民族事务委员会、中国民间文艺研究会、中国社会科学院联合召开的《格萨尔》工作总结表彰及落实任务大会。贾芝第一次见到扎巴老人和玉梅姑娘，他们各唱一段《格萨尔王传》。蒙古族艺人萨布拉用四胡演唱了一段《格斯尔》。① 会上贾芝荣获《格萨尔》发掘工作优异成绩奖。

1991 年 1 月，贾芝撰文祝贺和感谢青海成功改编上映电视剧《格萨尔王传》②。

1991 年 4 月 19 日，贾芝在《格萨尔学集成》第一、二、三卷出版座谈会上作了专题发言："《格萨尔学集成》的出版，为建立中国的'格萨尔学'创造了条件，标志着一个新的起点。"③

1992 年 10 月，在兰州召开全国《格萨尔》"八五"工作会议④，王平凡征求贾芝意见，他再次强调了峨眉山会议精神。⑤

1993 年 7 月，内蒙古自治区在锡林郭勒盟举办"第三届《格萨尔》国际学术讨论会"，贾芝为大会写了祝词："对史诗研究来说，书斋的文本研究与对'活'在群众中的史诗的实际调查，该是两个截然不同的世界，两种感受。"⑥

1994 年 8 月，贾芝为《民间诗神——格萨尔艺人研究》（杨恩洪著）作序。通读书稿，贾芝跟着作者的足迹对几十位艺人进行探访研究剖析，写下了 57 页的学习笔记。他说："以流浪乞讨为生的说唱艺人，他们始终是传承和发展史诗的主角，功勋卓著。只有向艺人寻根觅底，才是打开

---

① 贾芝：《中国史诗〈格萨尔〉发掘名世的回顾》，《拓荒半壁江山》，文化艺术出版社 2012 年版，第 276 页。

② 贾芝：《祝贺电视剧〈格萨尔王传〉放映成功》，《拓荒半壁江山》，文化艺术出版社 2012 年版，第 261 页。

③ 贾芝：《中国史诗〈格萨尔〉发掘名世的回顾》，《拓荒半壁江山》，文化艺术出版社 2012 年版，第 277 页。

④ 同上。

⑤ 根据 1992 年 10 月 3 日贾芝日记内容：下午贾芝去看王平凡，王明天去兰州参加《格萨尔》规划会。贾芝谈了几点意见，王平凡添入他的讲话，说由他传达，并让金茂年写一个提要。

⑥ 贾芝：《祝贺"格萨尔学"的重大成就》，《拓荒半壁江山》，文化艺术出版社 2012 年版，第 256 页。

史诗这一民族文化宝库的金钥匙。"①

1994年10月，贾芝到中纪委招待所主持审读《中国歌谣集成·西藏卷》，就《格萨尔》问题进行了专门研究安排。

1995年1月，贾芝赴印度迈索尔出席国际民间叙事文学研究会第11届代表大会，论文《说唱艺人——研究史诗的金钥匙》重点阐述了《格萨尔》艺人在史诗传承中的意义与作用。

1997年6月，贾芝到人民大会堂出席全国《格萨（斯）尔》工作总结表彰大会，并为民间艺人颁奖。

1999年4月，贾芝为《格萨尔文库》作序，再次强调"《格萨尔》作为一个民族的代表作，应有一个统一的整理本。我们时代的这个整理本，要求是高标准的，有权威性的。"②

2000年12月，贾芝出席在人民大会堂举办的"藏文《格萨尔》精选本出版座谈会"并写了贺词。

2001年9月，降边嘉措要出版文集，约贾芝整理贺词并撰写《格萨尔》发掘名世的过程，他写下《中国史诗〈格萨尔〉发掘名世的回顾》③。

2002年7月，贾芝到人民大会堂出席"《格萨（斯）尔》千年纪念大会"。

2013年2月，记者到协和医院访问贾芝，他已不能对话，听到《格萨尔》，眼睛里含着热泪。我们依然可以感受到他那份眷眷深情和坚守……

当下《格萨尔》出版研究工作有了长足发展，已成为民间文学界最活跃的门类之一，被翻译成十余种文字的版本在世界许多国家流传；国内几个民族、老中青三代学者的学术团队发表出版一大批高水平的论文与专

---

① 贾芝：《〈民间诗神——格萨尔艺人研究〉序》，《拓荒半壁江山》，文化艺术出版社2012年版，第258页。

② 贾芝：《〈格萨尔文库〉序》，《格萨尔文库》，甘肃民族出版社1996年版，第3页；后收入《拓荒半壁江山》，文化艺术出版社2012年版，第265页。

③ 贾芝：《中国史诗〈格萨尔〉发掘名世的回顾》，《拓荒半壁江山》，文化艺术出版社2012年版，第276页。

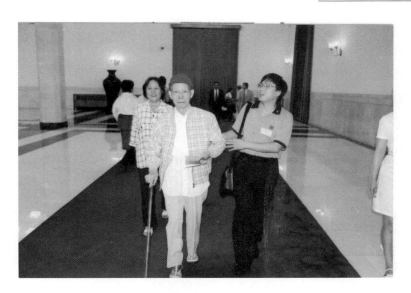

图五 2002 年，贾芝在苑利的陪同下步入人民大会堂

著；40 卷藏文版《格萨尔》精选本已在编纂出版中；青海省还建立了《格萨尔》资料库。一项跨时代的文化工程在有条不紊地进行中，一切都是先生多年的企盼。

金茂年，中国民间文艺家协会退休干部，原组联部主任，《中国歌谣集成》副主编。

安多地区《格萨尔》史诗
传承的类型特点

李连荣

一 《格萨尔》史诗的几种发展类型

在上千年甚至几千年的历史长河中,《格萨尔》史诗随着藏族社会跌宕起伏地发展。其众多故事情节结构之间或聚或散,经过民众审美需求的不断淘洗,逐渐形成了一些规律性的特点。这些较大的情节结构组织成相对稳定的一系列故事结构,我们称之为史诗的"故事类型"(story pattern)。依据《格萨尔》史诗的发展特点,在此笔者尝试总结出了 6 种类型结构:完美婚姻型(门巴型·雏型)、降魔型(安多东方型·原型)、征服四方四国型或称"四茹型"(安多南北型或上下安多型·完成型)、征服十八大宗型(康区型·完全型)、小宗与外宗型(派生混合型)、部本型(发展型)。以下根据每种类型的结构特点、传承区域、典型代表等方面,稍作简单介绍。

(一)完美婚姻型(门巴型·雏形)

1. 类型结构

(1)英雄的母亲是部落头人或其兄弟的仆人(身份低贱者)

(2)部落头人驱逐怀孕的女仆至三岔路口(魔鬼出没地、边疆)

(3)英雄神奇诞生(诞生前在母亲腹中说话,同时生下许多神、宝物)

(4)英雄经历磨难长大(征服鸟魔、兽魔等,或缺失)

(5)英雄经部落成员帮助与众多女子成婚

2. 传承区域：西藏南部

3. 典型代表：门巴族《格萨尔》①

4. 特征：氏族型、多神信仰、《格萨尔》史诗之雏型

（二）降魔型（安多东方型·原形）

1. 类型结构

（1）山神令母鹿所生之女怀孕（怀上英雄）

（2）怀孕女经受七大魔王 9 月 9 日 9 天之迫害

（3）英雄神奇诞生（肉团、自言天神投胎）

（4）英雄为人间父亲报仇去征服妖魔（或缺佚）

（5）英雄战胜 18 妖魔从龙宫娶得妻子

（6）英雄征服吃小孩的妖魔并与其妖女成婚忘返故乡

（7）英雄拯救被妖魔掳走的妻子

（8）英雄去征服另一位妖魔（或缺佚）

2. 传承区域：甘肃、四川、尼泊尔、锡金

3. 典型代表：白马藏族《格萨尔》②

4. 特征：氏族型、山神、天神信仰（苯教）、《格萨尔》史诗之原型

（三）征服四方四国型或称"四茹型"（安多南北型或上下安多型·完成型）

1. 类型结构

（1）天神同情深陷魔鬼灾难中的人间决定派一子下凡拯救人类

A.（或部落老头人帮助天神打败魔鬼祈求天神赐予一位神子）

B.（或老年夫妇年老无子祈求天神赐予一个儿子）

---

① 达娃讲述，刘芳贤、庞艳瑞搜集整理：《"鬼人"和她的儿子》，参见《中华民族故事大系·赫哲族、门巴族、珞巴族、基诺族》，李向阳译，上海文艺出版社 1995 年版，第 338—341 页。

② 余杨富成、曹富元、余林机、班正联、薛行神代等讲述，刘启舒、班保林采录：《阿尼嘎萨》，邱雷生、蒲向明主编《陇南白马人民俗文化研究·故事卷》，甘肃人民出版社 2011 年版，第 14—185 页；四川省格萨尔工作办公室编印：《阿尼·格萨与冲·格萨》，2002 年，第 91—108 页；马成富：《从〈阿尼·措〉、〈阿尼·格东〉的源流沿革中考证〈格萨尔〉史诗的产生、形成年代》，岗·坚赞才让、伦珠旺姆主编《格萨尔文化研究》，甘肃民族出版社 2010 年版，第 249 页。

（2）英雄在天界死去（选择人间父母后）

（3）英雄神奇诞生（老年妇女怀孕遭受迫害及驱逐、生下许多神伴）

（4）英雄幼年经历各种考验（叔父迫害、脱离部落生存、取得财产）

（5）英雄运用诡计成婚并显示神通成为部落（国家）之王

（6）英雄独自征服西方之龙魔国（战胜吃小孩的魔鬼、拯救被抢走的妻子、忘返故乡）

（7）英雄及其将领征服东方之汉地王（契丹）国（或缺佚）

（8）英雄及其勇士们征服北方之霍尔王国

（9）英雄及其勇士征服南方之门和姜国（或缺佚）

（10）英雄完成降魔事业与其骏马、武器和妃子返回天国

2. 传承区域：安多、拉达克等地区以及土族、裕固族、蒙古族分布区

3. 典型代表：贵德分章本①、蒙古文本《南瞻部洲雄狮王传》（《岭·格斯尔》)②

4. 特征：部落（国家）型、天神信仰（苯教、佛教）、《格萨尔》之完成型

（四）征服十八大宗型（康区型·完全型）

1. 类型结构

（1）岭国（世界）形成

（2）因佛、菩萨的劝请天神决定派一子下凡拯救深陷苦难中的人类

A.（天神兄弟结怨转生、终以对立的善神与恶魔之灵下凡)③

（3）下凡之子的决意（四处躲藏躲避下凡、求得神龙界宝物、选择

---

① 贵德分章本藏文原稿散佚。经笔者初步考察发现，现藏于俄罗斯科学院彼得堡东方文献研究所的名为《世界大王格萨尔传》的藏文稿与贵德分章本非常相近，可以作为其原稿利用。此抄本由波塔宁于 1885 年左右发现于民和三川地区，笔者在此简称为"民和分章本"。

② 此抄本事实上也属于"贵德分章本"体系。经笔者比对，它是贵德分章本与《安定三界》的结合本。可以说它是某个时期、某个地区《格萨尔》史诗的"完型本"。此部汉译本有青海民间文学研究会编印《南瞻部洲大雄狮王传奇》（据 1959 年蒙古国出版蒙古文译出），1961 年 5 月。乌·新巴雅尔：《南瞻部洲雄师大王传》，内蒙古人民出版社 1993 年版。

③ 此条为新增补——2020 年新注。

降生人家）

    （4）英雄神奇诞生

    （5）英雄幼年经历各种考验

    （6）英雄及其母亲被驱逐至玛曲流域下游魔鬼地

    （7）英雄通过赛马夺得部落之王位

    （8）英雄召集部落全体祭祀山神、天地决定振兴国家

    （9）英雄单骑去上方解救被魔王抢走的一位妻子

    （10）英雄及部落全体征服霍尔国解救王妃珠牡

    （11）英雄率领将领征服姜国夺回盐池

    （12）英雄及其部落征服门国（打开大米宝藏）使其国民众信仰佛教

    （13）英雄带领联军征服大食、突厥、粟特、迦湿弥罗等 18 大国取回各种宝物

    （14）英雄拯救堕入地狱的妻子和母亲

    （15）英雄完成人间事业返回天国

  2. 传承区域：西藏那曲、西藏昌都、西藏阿里、青海玉树、四川甘孜、四川色达

  3. 典型代表：西藏那曲、昌都地区《格萨尔》（如白玛仁增《分大食财》、扎巴等艺人本《格萨尔》）①

  4. 特征：部落（国家）型、佛教（天神）信仰、《格萨尔》史诗之完全型

  （五）小宗与外宗型（派生混合型）

  1. 类型结构

  （1）上同 18 大宗型

  （2）穿插与其中的各种大小故事类型（如《陀岭之战》《北岭

---

  ① 出生于 1900—1920 年代之间的西藏那曲、昌都、青海玉树、四川甘孜等地的优秀艺人，基本上属于这一系统。2011 年随着最后一位属于这个系统的优秀《格萨尔》艺人桑珠辞世，标志着这个传承系统告一段落。那曲索县的玉梅和более是他们的直接继承者，同时也是发展者。研究他们的《格萨尔》史诗，或许还可以看到这个系统的某些特点。

之战》)

2. 传承区域：西藏、青海、四川、云南

3. 典型代表：才让旺堆、昂仁等艺人本《格萨尔》①

4. 特征：国家型、佛教信仰、《格萨尔》史诗之派生型

（六）部本型（发展型）

1. 类型结构

（1）上同小宗与外宗型

（2）新创作各种大小故事

（3）按部本重新编目如 120 部、324 部等

2. 传承区域：西藏、青海、四川、云南

3. 典型代表：格日尖参、次仁占堆、达娃扎巴等艺人本《格萨尔》②

4. 特征：国家型、佛教信仰、《格萨尔》史诗之发展型

通过上述类型化处理，目前学界所谓《格萨尔》史诗的"庞杂性"或者说不清《格萨尔》史诗到底有多少部的局面，或许从中能够看到一些眉目。类型化处理的目的不仅在于此，更重要的是试图找到《格萨尔》演变发展的一些规律。

二 安多型《格萨尔》史诗的特点

（一）安多概念及其文化内涵

过去学者认为，安多是取两座山脉名称的首字而得，这就是阿尼玛卿和多拉让莫（祁连山）。认为生活在这两座山脉之间——即一处东南（阿尼玛卿）和一处西北（多拉让莫）的人们就是安多哇（安多人）③。尽管这种产生自近代的地理和人文观念看起来非常贴近当前的现实，而且也影响深远。但事实上，安多观念的形成和安多的地理、民族文化观念要比这

---

① 1940 年代左右出生于康区与安多地区的《格萨尔》艺人，他们在 4 魔和 18 大宗的基础上进行再创造，增加了许多小宗和外宗，发展了独特的《格萨尔》史诗，形成了他们的特点。

② 1970 年代左右出生于康区与安多地区的《格萨尔》艺人，他们的《格萨尔》史诗追求新部本数量，其创作技巧也正在趋于成熟。

③ པ་དཀར་པ་དཀོན་མཆོག་བསྟན་པ་རབ་རྒྱས་ཀྱིས། མདོ་སྨད་ཆོས་འབྱུང་། གན་སུའུ་མི་ རིགས་དཔེ་སྐྲུན་ཁང་། 1982 ལོའི་6 པ། ཤོག་གྲངས2 པ།

种观点要早得多，而且也广得多。

安多作为其地域最广时期的地区概念，它的西北到达今天的昆仑山、天山山脉，沿河西走廊向东，最东边到达今天河南省的洛阳一带①，南边自今天西藏自治区的可可西里地区沿唐古拉山脉向东，以唐古拉山、巴颜喀拉山以及雅砻江流域与现在西藏的康区形成了天然的南北分野。

由于中原汉文化不断向西部扩容，随着历史演进，安多的地理与民族文化范围，自东方向西方像雪山的融化一样逐渐从低处向高处蜷缩而去。大约在唐代，最东边到达今天的宁夏回族自治区或者陇山山脉以西的格局，进而形成了当下这种以藏族文化为主的安多的地理与民族概念（本文中以此"安多"的概念来阐述）。尽管现在大家认为甘肃省兰州市以东基本上是汉文化地区，但事实上从当地人们的风俗习惯来看，这些地区仍然保存着浓厚的"戎、羌族"文化。②

因此，安多文化包括新石器时期（前3000年）的马家窑文化③、原始宗教文化、早期苯教时期文化、佛教时期的文化等几个时期。这个区域到今天依然是典型的"戎"与"羌"族的农耕与游牧相结合的特有的"高原文化"。

藏语"安多"④ 一词，显然只有一个"下边人""下方人"之意思。

---

① 吴均认为藏文的 rgya 就是夏朝的"夏"，而且夏朝尚黑，恰好构成了藏文中对中原王朝的称呼"黑夏"（rgya nag）。笔者也可以补充这个观点的是，在《霍岭大战》中提到霍尔的汉妃时说 rgya 'a zi（音为"甲阿斯"），这与夏朝的王姓称"姒"不谋而合，"甲阿斯"意即姒姓夏，应该有一定的道理。由此，也可反证出《格萨尔》史诗中蕴藏着不少深远的文化内涵。

② 顾颉刚：《从古籍中探索我国的西部民族——羌族》，《社会科学战线：历史学》1980年第1期。

③ 夏鼐：《碳－14测定年代和中国史前考古》，《考古》1977年第4期。

④ ཨ་མདོ།（安多）一词，有多种解释。单从字面意义上看，ཨ（阿）是称呼虚词，由于后词鼻音影响发音为安，མདོ（多）是指山沟（谷）的出口处（自然是下方，也是溪水的交汇处），康方言中多用ཟྡ（达）字来表示。与之相对的ཕུ（普），是指山沟（谷）最深处。一般情况下，藏族民间故事中，མདོ（多）这个地方是三岔路口，最初是魔鬼出没的地方，多在此举行酬鬼仪式。后来成为不同山沟中出来的人们的集会地，就成了市镇，因此在藏语中与མདོ（多）有关的地方形成了小镇，比如ཟྡར་མདོ（康定）ཆབ་མདོ（昌都）མདོ་བ（多巴）。

那么，什么地方是"上方""上边"呢？这自然与政治地位和地势高低有关。"上方"自然是指唐古拉山（地势高低）以及征服了唐古拉山以及"下方"广阔地域的吐蕃王朝（政治地位）①。也就是说，安多一词的出现显然与吐蕃王国的成立有着密切的关系。起初吐蕃王国使用"多麦"一词有可能包括了今天的"康区"和"安多"两个地区，但是随着吐蕃内部文化与民族认识的深入，进一步分划出了安多与康区（藏语"康"的"边疆"含义也得到了体现）。

藏族古史传说中提到关于藏族形成的"四氏族"或"六氏族"的来源说。即"塞（se）、穆（dmu）、董（ldong）、东（stong）"四个氏族（或部落联盟）。从历史文献与民族传说来看，塞族、穆族与西藏远古文化中的象雄和雅砻王族有关。安多地区多与"董氏"有密切关系；而康区则与"东氏"关西密切。尽管同属于藏族文化大家庭，但一般史书中常常将董－弥药（mi nyag）和东－苏毗（sum pa）连用，这就说明了安多与康区最初的族源差异②。作为安多藏族的董－弥药最终以现在的宁夏地区为中心于 11 世纪建立了西夏政权。

除了藏族以及藏族文化以外，历史上诸多民族如小月氏、鲜卑、突厥等在安多留下了宝贵的文化遗产，或者像蒙古、土族、汉族等正在与安多藏族一道创造着这里灿烂的高原文化。

（二）安多《格萨尔》史诗的特点

1. 安多《格萨尔》史诗的故事类型

我们知道，自木兔年（1735）③ 多卡尔夏仲组织 20 多位艺人整理完

---

① ［法］A. 麦克唐纳：《敦煌吐蕃历史文书考释》，耿升译，青海人民出版社 1991 年版，第 71 页中，提到了唐古拉山成为雅拉香波山的底座的政治隐喻，意即兴起于南方的吐蕃王朝征服北方的历史。相对于较广阔的安多地域来说，目前在西藏那曲还有一个较小的"安多县"，这个词的含义指的就可能是唐古拉山的下方。

② 比如从考古发现可见，以马家窑为核心的"安多人"具有"披发""劓面"习俗，而以卡若为核心的"康巴人"具有"髻发""忌食鱼"的习俗。参见西藏自治区文物管理委员会、四川大学历史系《昌都卡若》，文物出版社 1985 年版，第 156 页。

③ 原文为 1723 年，应为 1735 年（因藏族饶迥纪年与西历纪年换算错误而做了更正）——2020 年新注。

成《霍岭大战》以后①，《格萨尔》史诗的历史化和地方化得到了进一步的巩固。特别是此部史诗中确立的以玛曲（黄河）为核心的岭国与霍尔国之间的战场，成为安多《格萨尔》史诗发展的基础。根据传说，玛曲的源头位于冈底斯雪山，玛曲的下游就是玛麦玉龙松多（玛曲下游三岔口交汇处）②，而"上大白"天神部落（即岭国）就位于玛曲中游。对于目前安多文化的最东段即所谓的"玛麦玉龙松多"，应该可以比对到黄河宁夏段的银川市附近③。

我们可以将安多地区传承的《格萨尔》史诗分为四个亚类型：下安

① 关于1734—1735年《霍岭大战》的整理者问题，一般均认为是一位名叫 sde dge zhabs drung 的人组织艺人整理的（参见《霍岭大战》下册，青海民族出版社1979年版）。笔者认为，这种说法最可能的来源是民间口传。它最早的文字记录见于1962年青海出版的《霍岭大战》（藏文）的整理者前言。这种说法成立的最大可能来自整理者们的"听说"，进而导致了这种错误的文字记录。经笔者仔细核对，所谓的 sde dge zhabs drung 应该是 mdo mkhar zhabs drung，这可从拉萨藏文版（1980）《霍岭大战》上册的后记和多卡尔夏仲的自传《bka blon rtogs brjod》（噶伦传），清楚地知道这件事的真相。拉萨藏文版《霍岭大战》上册之整理者署名为 ngag dbang bstan 'dzin phun tshogs dbyangs can dgyes pa' rdo rje kun dga' 这一名字中的每个词组都有根源，尽管这种署名方式是传统的，即它是过去笔录者或整理者喜欢采用的"梵文署名法"。但其中有作者的族系血统的表露，即他是拉萨 stag lung ga zi 的族系，家族故土是 stag lung rdzong 或 stag rd-zong，这同样见诸于《霍岭大战》整理者后记中；也有对老师的尊重，因为 dbyangs can dga ba 是其老师所赐，意思是他具有诗人的天赋（热爱诗歌）；也有自己信仰的认同，即他在自传中多次指出，他一生信仰的根本神即本尊神是 jigs byed rdo rje（大威德金刚）。最后，还有继承父亲名号的含义，其父名字是 ngag gi dbang phug tshang pa。从"后记"中还得到一个信息，他运用《诗镜》的格律对史诗进行了"修订"。从以上种种情况，可以得知这个署名就是 mdo mkhar zhabs drung 的笔名。另外，我们还值得提到的另一个旁证是，在此作者还表达了对颇罗鼐的高度赞扬。此外，此部的原件手抄本保存于布达拉宫，尽管后来搬移到了拉萨档案馆。可见这个本子受到当权者的待遇在当时乃至后来都是不低的。这一时期，西藏的贵族中也非常流行《格萨尔》手抄本史诗的传阅风尚，这可从《多仁班智达传》可见一斑。而且，阅读《格萨尔》史诗手抄本似乎成为了他们所学习的正统文化之一（参见丹津班珠尔《多仁班智达传——噶锡世家纪实》，汤池安译，中国藏学出版社1995年版，第130—132、168、280页）。另也有传说多仁赛群（即丹津班珠尔）撰写过一部《格萨尔》（杨质夫、吴均《搜集、研究青海藏族文学的参考材料》第1期和第2期）。

② 青海民研会整理翻译：《格萨尔4·霍岭大战：上部》，上海文艺出版社1962年版。

③ 比如在《格萨尔》中提到，以五台山作为标志性文化建筑的"汉家皇室"的外甥、格萨尔的哥哥贾擦的城堡名叫欧曲朝宗，意即银川城。或许也与宁夏的某些历史传说有密切的关系吧。

多型（或北安多型）、上安多型（或南安多型）、东安多型与外安多型。

关于上下安多的说法是一个传统的地理区分概念，大体上，上安多是以阿尼玛卿雪山为中心的地区，下安多是以青海湖为中心的地区①。而东安多与外安多的说法，是笔者根据论述需要所做出的临时分类。东安多型是指传承于甘肃省陇南市以及四川的九寨沟与平武县等地区的《格萨尔》史诗，主要以白马藏族中流传的《格萨尔》史诗为代表。外安多型是指传承于安多地区北部其他民族中的《格萨尔》史诗，主要包括蒙古族、土族、裕固族与撒拉族中的《格萨尔》（这些民族从别的地方迁入安多地区的历史相对比较晚）。

①下安多型。

下安多型《格萨尔》史诗的核心地区在于贵德、化隆、民和和热贡，即果洛、色达等地学者认为的"北方地区"②。这里的《格萨尔》史诗的核心故事就是"贵德分章本"③。讲述了"天神下凡""神奇诞生""纳妃称王""北方降魔""霍岭战争"五个故事。此地的《格萨尔》史诗表现出了半农半牧的文化特色，而且佛教信仰色彩比较淡，苯教色彩比较浓厚。

②上安多型。

上安多型是以果洛、色达、阿坝为中心传承的《格萨尔》史诗。这里主要传承着以《霍岭大战》为主的降伏"四方四魔"的《格萨尔》史诗，即其史诗类型故事包括了"天神下凡"、"神奇诞生"、"赛马称王"、"北方降魔"（西北方）、"霍岭之战"（东北方）、"姜岭之战"（东南方）、"门岭之战"（西南方）。但是目前本地区由于受到来自康区《格萨尔》史诗的强势影响，已经呈现出更加多样的创作与传承模式。

---

① 罗列赫：《安多的民族与语言》，孙天心译，George de Roerich，（1958）. *Le Parler de l'Amdo*：*étude d'un Dialecte Archaïque du Tibet*（Serie Orientale Roma 18），Rome：Istituto Italiano per il Medio ed Estremo Oriente。事实上罗列赫的这种观点，很可能来自他合作翻译《青史》的近现代著名学者更登群派的思想。这里上下的分类方法，依然依据的是传统的地势高低。"阿尼玛卿雪山"所在的上安多的海拔要比"青海湖"地区高很多。

② 即吐蕃文献中的大小宗喀地区——2020 年新注。

③ 这个本子发现于 1954 年前后，一名叫华甲的艺人发现并借至西宁翻译发表后，在汉文化界受到重视的抄本。"文化大革命"期间此部遗失。

③东安多型。

主要是指流传于甘肃省陇南市以及四川的九寨沟与平武县地区，典型代表是白马藏族的《格萨尔》。讲述了"山神令母鹿所生之女怀孕""英雄神奇诞生""英雄战胜 18 妖魔从龙宫娶得妻子""英雄征服吃小孩的妖魔并与妖女成婚忘返故乡""英雄拯救被妖魔掳走的妻子"等故事。这一地区由于受佛教影响不强，呈现出了苯教甚至更早期信仰的"降服妖魔型"的故事特色。

④外安多型。

在此单独列出其他民族《格萨尔》史诗，不一定非常准确。但从这些民族中流传的《格萨尔》史诗受到了下安多型的强势影响来看，也可作为一种安多型对待。此外，还可以进一步将其分为两类：a. 蒙古族与土族型，这个类型故事与下安多型非常近似，但其中增加了本民族的传说故事和民族起源的情节等内容；b. 裕固族与撒拉族型，这个类型主要讲述了以"霍岭大战"为主的部分内容，而且是将史诗作为本民族的历史来比对自己为霍尔人。事实上这也是下安多型《格萨尔》影响下的一个发展形态。

2. 安多《格萨尔》史诗的抄本特点

安多《格萨尔》史诗的抄本，除了在方言词汇上大量运用了安多地方文化知识以外，还在哪些方面展示出了它的特色呢？或者说我们怎样来判断一个抄本是属于安多《格萨尔》系统呢？我个人觉得，最重要的是要关注抄本讲述的故事类型，此外需要关注一些地理、文化概念以及抄本依据的故事背景等细小的问题。

在 20 世纪 30 年代末任乃强了解到了 25 部《格萨尔》目录，其中尤其从 1950—1960 年代搜集的抄本，36 部《格萨尔》的 74 个抄本中，我们看到这些抄本呈现出了康区和安多两种特色。其中将近三分之一的抄本打上了安多《格萨尔》史诗抄本的烙印。也即在每一种《格萨尔》史诗故事主题之下，就可能存在一种安多特色的本子。甚至在 1980 年代以后搜集的抄本中，我们也能看到如上情况。同时，我们也能看到，个别抄本明显具有安多独有的特点，而不见于康区《格萨尔》中。下面简单地介绍这些独有抄本的一些特征。

　　首先，一些抄本如"贵德分章本"中呈现的宗教色彩不浓来看，它可能更多展现了早期《格萨尔》史诗的一些共同情节单元与故事结构。尽管我们可以推测"东安多型"《格萨尔》讲述了更加古老的故事形态，但其展现的史诗特色相比于"下安多型"尚不足，还不能将其称为比较完型的史诗形态。至于有学者质疑"贵德分章本"的史诗特征，我觉得其观念中，大概是受到了完型史诗概念太强影响造成的吧。

　　其次，从另一些抄本如同仁手抄本《赛马称王》①等来看，它们将《格萨尔》史诗完全固定在了玛域（玛曲流域）。也即岭国就在玛域，而并不在于现在通行本（十八大宗型）中所讲的德格地区。因此主人公格萨尔从诞生、驱逐至玛麦玉龙松多乃至称王，从未离开过玛域。显然从这些抄本中，可以看到《格萨尔》史诗完全是安多的史诗。

　　再次，我们还看到属于安多地区"新创"的抄本。这些抄本的"新创"并非在于新，而是相对于康区《格萨尔》来说它是新的，因为在康区《格萨尔》中很难见到。至于孰前孰后的问题，即康区的《格萨尔》早，还是安多的《格萨尔》早，或者同时形成等，这恐怕不是一个简单得到答案的问题。

　　比如康区流传一部《地狱救母》，据说是 12 世纪左右丹地喇嘛却吉旺秀用汉地笔墨著成并伏藏、后来仁增扎杂多杰掘藏的②。尽管据说本部从果洛掘得，但从其作者与传承区域来看，仍然属于康区《格萨尔》史诗系统。与之相对，在安多的拉卜楞寺也刻印了一部《地狱救妻》，而且在同仁地区也发现了一部手抄本《地狱救妻》③。一段时期，这个抄本还成为安多藏戏《地狱救妻》的底稿。同时，我们还能看到它在民间的影响，比如果洛州的达日县的阿什达拉姆的城堡等。此外，《安定三界》显然也是在安多经过加工、整理而成独立篇章的。包括在此类中的安多《格萨尔》史诗尚有《世界公桑》部。这一部虽然有旧抄本（20 世纪以

---

　　①　《赛马称王之部：资料之四——青海同仁手抄本》，青海文联搜集翻译编印 1959 年版。

　　②　དགྲ་ལ་སྐྱེར་རྩོ་གནམ་པ་ཆེན་མོ།　ཞིན་ཧྭ་མི་རིགས་དཔེ་སྐྲུན་ཁང་། 1986 འོད་རྒྱུ4པ།

　　③　མཚོ་སྔོན་ཞིང་ཆེན་དམངས་ཁྲོད་རིག་རྩལ་ཞིབ་འཇུག་ཚོགས་པ་འཚོལ་སྒྲུབ་རུ་ཁག　བརྡ་ཆེ་རིང་གིས།　དགག་བསྒྲིགས་བྱས།　དགྲ་ལ་སྐྱེར་ཕ་རང་གསལ། མཚོ་སྔོན་མི་　རིགས་དཔེ་སྐྲུན་ཁང་། 1983 འོད་རྒྱུ8པ།

前），但它在果洛《格萨尔》艺人中却是真实的"祖先的生活历史"，每个人都很熟悉。相反，在早期康区艺人的目录中和抄本中却很难见到此部。

另一个抄本是关于《汉岭》的。这个抄本有两种流传形态：一个是康区抄本，一个则是安多抄本。康区抄本的故事内容讲述了汉藏之间的和睦相处主题，而安多抄本则讲述了汉藏之间的战争主题①。这样一来，它的出现为安多型史诗的降伏"四方四魔型"提供了比较古老的依据。这也与下拉达克本中提到的前往征服汉地有了一定的联系。

此外，蒙古文《岭·格斯尔》为安多类型的史诗提供了一个非常有力的证据。此部故事刚巧是"贵德分章本"与《安定三界》组合而成的，可以说是某一个时期的安多《格萨尔》史诗的"完型"②。

总之，安多《格萨尔》抄本具有自己独立创造的特点，而且也在不断与其他地区的《格萨尔》史诗的交流中，吸收着新鲜养分，逐渐汇入了《格萨尔》史诗发展的巨流中。

三　安多《格萨尔》史诗的发展形态

从一些抄本与艺人知识来看，安多《格萨尔》史诗类型是比较古老的。当然作为东安多型这种史诗雏形来说，它也在《格萨尔》史诗的发展中奠定了坚实的基础。而其中作为早期完型形态的下安多型史诗，虽然它未能全部展现降伏"四方四魔"的主题，但是它对其他类型的影响是深远的，特别是外安多型基本上遵循着它的模式进行了进一步的发展。因此，我们说，下安多型是安多史诗的基础，上安多型则是安多史诗的未来。

安多型《格萨尔》史诗曲调具有别具一格的优美。相对于康区《格萨尔》史诗"雄壮、激昂"的特点来说，安多史诗说唱的舒缓悠扬乃至近似戏剧的华丽唱腔和曲牌，为安多型史诗的发展、欣赏和传承带来了美

---

① 吴均认为这里的汉族指的是卓尼杨土司，但笔者认为也可能指的是宋朝的杨家将。因为杨家将的传说在安多地区一度非常流行。当然这种推测仍然是非常片面的。

② 李连荣：《试论〈格萨尔〉史诗的几种发展形态》，曼秀·仁青道吉，王艳：《格萨尔学刊》2012年卷，中国藏学出版社2013年版，第287—298页。

好的前景。特别是安多果洛（如昂仁艺人）和色达地区艺人的唱腔有相似也有不同，尽管其影响没有夏河地区尕藏智华的曲调影响广远，但其特点是无法替代的，值得进一步进行抢救与推广。

自 1980 年代以来，受到全国《格萨尔》工作与活动的激励与促进，安多地区的《格萨尔》史诗有了新的发展。特别是通过广播、电视等媒体播放尕藏智华的说唱后，引起了广泛的兴趣。近年来随着安多各地举行各种《格萨尔》史诗的推广活动，《格萨尔》艺人和说唱团体逐渐涌现出来。特别是在下安多地区得到了明显的改善。

从安多传承的几种类型可见，尽管表现原始宗教时代的《格萨尔》史诗——英雄史诗雏型（完美婚姻型）已经没落了，但表现早期苯教时代的《格萨尔》史诗——天神下凡（降魔型），以及佛教时代（或佛苯结合）的《格萨尔》史诗——成立国家（四方降魔型）和佛教时代的十八大宗型非常普及。《格萨尔》史诗在安多发展的三个阶段中，不仅打上了这种不同阶段的“大文化时代”的烙印，同时也镶嵌上了安多地域和民族文化独有的特征。

但是令我们感到不安的是，随着众多老艺人的离世，比如上安多地区杰出的艺人仁孜多吉、昂仁等，对安多地区《格萨尔》史诗的传承与发展造成了不可挽回的损失。现在仍然健在的杰出艺人格日尖①等，他们是安多地区史诗传承者的代表。我们希望能够得到重点保护，使其传承能够得到延续。

说明：（1）原载于《西藏研究》2015 年第 5 期；（2）除了将原文中的藏文改为了拉丁文撰写、纠正了明显的错误外（修正部分，以增添“——2020 年新注”形式做了新脚注），其他未做任何改动

---

① 2019 年病逝——2020 年新注。

　　李连荣（华热·宗哲迦措），藏族，1970 年生，青海省大通县人，中国社会科学院研究生院博士，2001 年 4 月至今在中国社会科学院民族文学研究所藏族文学研究室工作，研究员。主要研究方向为《格萨尔》与藏族民间文学。曾参与承担中国社会科学院重大项目"《格萨尔》精选本"、中国社会科学院青年学者项目"昂仁艺人讲唱《格萨尔》的记录、整理与研究"、西藏自治区重大文化工程《格萨尔》藏译汉项目"《〈格萨尔〉艺人桑珠说唱本〉汉译丛书"等。主要代表作有《论〈格萨尔〉史诗情节基干的形成与发展》（论文）、《〈格萨尔〉手抄本、木刻本解题目录（1958—2000）》（工具书）等。曾受聘为青海省《格萨尔》工作专家委员会特聘专家等。

《诗镜》文本的注释传统与文学意义

意　娜

　　《诗镜》（snyan ngag me long）是藏族诗学论著中最主要的论题，是藏文《大藏经·丹珠尔》中"声明"部的重要构成部分，也是藏族唯一一部指导文学创作的理论著作①。它本身是一部古代印度梵文诗学著作，经过数代藏族学者的翻译和重新创作，最终成为藏民族自己的重要美学理论。在藏族诗学理论中，它是不同注疏版本和各个时期对其进行研究和阐释的共同对象。

　　本文中的"注释"，指对经典的解释、诠释和翻译。翻译既有"以内翻外"，也有"以今翻古"。此语出梁启超，"以内翻外"即狭义的翻译（translation），指不同语言之间的互译；"以今翻古"指同一语言随时间变化以后，用今人的语言翻译（interpretation）古人的语言②。《诗镜》的梵—藏—汉翻译是狭义翻译，而它的各种注释本，则属于以今翻古的范畴。这两种翻译大致等同于西方语言学话语系统中的"语内翻译"（intra-lingual translation）和"语际翻译"（inter-lingual translation）。在学术研究语境下，语际翻译最为普遍，一目了然，而语内翻译，也就是我们平时称为"注释"的翻译行为较少进入研究视野③。德国哲学家伽达默

---

① 赵康：《八种〈诗镜〉藏文译本考略》，《西藏研究》1997 年第 2 期。

② "翻译有二：以今翻古，以内翻外。以今翻古者，在言文一致时代，最感其必要。盖语言易世而必变，既变，则古书非翻不能读也。求诸先籍，则有《史记》之译《尚书》……以内译外者，即狭义之翻译也。"见梁启超《翻译文学与佛典》，《饮冰室专集》，台湾中华书局 1987 年版，第 1—2 页。

③ Karen Korning Zethsen, "Beyond Translation Proper: Extending the field of translation studies", *TTR: Traduction, Terminologie, Rédaction*, 2007, 20 (1): 281–308.

尔将其称之为"历史流传物",是同一种自然语言内对已有文本的诠释和解读。需要说明的是,"解释""诠释"与"语内翻译"虽内涵、外延各有侧重,但在本文中实无严格界分,这与《诗镜》本身的注释传统有关,加之本文并非聚焦训诂,故在此处并用"注释"二字概括之。

一　《诗镜》的不同注释文本

《诗镜》在藏族中的传承,除了不同时代的诸多语际翻译、重译与译文修改之外,还有绵延不断的语内翻译和注释传统。降洛堪布主编的20卷《藏文修辞学汇编》的第一卷中,收录有《诗镜》原文和十九种不同的《诗镜》注释①,就是这种语际翻译和语内翻译的一个集中呈现。又,根据赵康在1997年的统计,就他所见,历代藏族学者们撰写的"《诗镜》注"和论述、研究《诗镜》的著作有一百部(篇)之多(《八种〈诗镜〉藏文译本考略》)。本文重点并不在罗列和对比《诗镜》各种注释版本的差异,因此并不求全备,且笔者自忖以在佛教数字资源中心②看到的六十余种版本,已足以展现《诗镜》注释传统的基本特征。下面仅列举其中的十八种,归纳出几类注释的路径和侧重,用以辅助后文的理论展开③。

---

① 十九部注释中,包括了司徒却吉迥乃(si tu chos kyi byung gnas)的《诗镜梵藏双语合璧》(slob dpon dbyug pa can gyis mdzad pa'i snyan ngag me long ma zhes bya ba skad gnyis shan sbyar);大诗人迦梨陀娑(snyan ngag mkhan chen po nag mo'i khol)的《云使索引》(sprin gyi pho nya zhes bya ba);萨迦三祖扎巴坚赞(rje btsun grags pargyal mtshan)的《吉祥喜金刚赞》(dpal kye rdorje'i bstod pa daN + Da ka);七部萨迦班智达的著作,如《智者入门原文节选》(mkhas pa rnams 'jug pa'i sgo zhes bya ba'i bstan bcos kyi rtsa ba)、《智者入门节选注》(mkhas pa rnams'jug pa'i sgo zhes bya ba'i bstan bcos kyi rang'grel)、《拉萨佛赞》(lha sa'i bde bar gshegs pa rnams la bstod pa)等。见降洛主编《诗镜注释》,《藏文修辞学汇编》,四川民族出版社2016年版。

② 佛教数字资源中心(BDRC)位于哈佛大学,前身为金·史密斯于1999年创建的藏传佛教资料信息中心(TBRC),2016年更改为现名。该中心成立以来,收集、寻找、数字化、编目和归档了近一千二百万页具有重要文化价值的藏文、梵语和蒙古语作品。

③ 对于表格中文献的汉译人名、文献名,仅为本人根据文献音意粗翻的结果,部分篇目参考了其他已有的汉译名称,可能会有错译漏译,请读者谅解。

用语	注/著作者	文献名称
"释难" (dka"grel)	五世达赖阿旺罗桑嘉措 (ngag dbang blo bzang rgya mtsho)①	《诗镜释难妙音欢歌》 (snyan ngag me long gi dka grel dbyangs can dgyes pa'i glu dbyangs)
	嘉木样喀切 (jam dbyangs kha che)	《诗镜第二章释难》 (snyan ngag me long gi le'u gnyis pa'i dka' 'grel)
"诠释" ('grel pa)	米庞格列囊杰 (mi pham dge legs rnam rgyal)	《檀丁意饰》 (snyan ngag me long ma'i 'grel pa daN + Di'i dgongs rgyan)②
		《藏文诗镜注》 (snyan ngag me long ma dang bod mkhas pa'i 'grel pa)
	康珠·丹增却吉尼玛 (bstan 'dzin chos kyi nyi ma)	《妙音语之游戏海（诗疏妙音语海）》 (snyan ngag me long gi 'grel pa dbyangs can ngag gi rol mtsho)
	久米庞·囊杰嘉措 (mi pham 'jam dbyangs rnam rgyal rgya mtsho)	《妙音欢喜之游戏海（诗疏妙音语海）》 (snyan ngag me long gi'grel pa dbyangs can rol mtsho)
	邦译师洛卓丹巴 (blo gros brtan pa)	《诗镜广注正文明示》 (snyan ngag me long gi rgya cher 'grel pa gzhung don gsal ba)
	仁蚌巴阿旺计扎 (ngag dbang 'jigs med grags pa)	《诗学广释无畏狮子吼》 (snyan ngag me long gi 'grel pa mi 'jigs pa seng ge'i rgyud kyi nga ro)
"概说" (rgya cher 'grel pa)	纳塘译师桑噶室利 (Nartang Lotsawa Sanggha Shri/纳塘根敦拜 dge 'dun dpal)	《诗镜解说念诵之意全成就》 (snyan ngag me long gi rgya cher 'grel pa)
"解释" (bshad pa)	米庞格列囊杰	《诗镜释例妙音海岸》 (snyan ngag me long gzhung gis bstan pa'i dper brjod legs par bshad pa sgra dbyangs rgya mtsho'i 'jug ngogs)

---

① 据文献标注，嘉木样喀切出生于14世纪，这部文献1985年在印度影印出版。

② 尤巴坚、俄克巴：《诗镜注》（藏文），青海民族出版社2004年版。

续表

用语	注/著作者	文献名称
"诗例" （dper brjod）	米庞格列囊杰	《诗镜释例妙音海岸》
	洛桑益西 （blo bzang ye shes）	《诗镜第二章诗例》 （snyan ngag me long las le'u gnyis pa'i dper brjod）
	丹增旺杰 （rta mgrin dbang rgyal）	《诗镜第二章意饰诗例》 （snyan ngag me long le'u gnyis pa don rgyan gyi dper brjod lha'i glu snyan）
	却吉迥乃 （chos kyi 'byung gnas）	《诗镜双语合璧及诗例》 （snyan ngag me long ma skad gnyis shan sbyar dang dper brjod）
	丹增南嘉 （bstan 'dzin rnam rgyal）	《诗镜颈饰诗例》 （snyan ngag me long gi dper brjod nor bu'i phreng ba）
	阿旺却吉嘉措 （ngag dbang chos kyi rgya mtsho）	《诗镜诗例善知窗》 （snyan ngag me long ma'i dper brjod rab gsal klags pas kun shes）
"释论" （'grel bshad）	崩热巴·才旺便巴 （karma tshe dbang dpal 'bar）	《诗镜新释论甘蔗树（诗注甘蔗树）》 （snyan ngag me long gi 'grel bshad sngon med bu ram shing gi ljong pa）
"释疑" （dogs gcod）	莲花不变海 （padma 'gyur med rgya mtsho）	《诗镜释疑精要》 （snyan ngag me long ma'i dogs gcod gzhung don snying po）
"笔记" （zin tho）	多木丹然绛 （stobs ldan rab 'byams）	《诗镜笔记》 （snyan ngag me long gi zin tho dran pa'i gsal 'debs）

　　上表所列十几种《诗镜》注释专著，从标题的关键词"释难""诠释""概说""笔记"等，到文内的各有侧重，就可看出《诗镜》注释种类的丰富程度，除了一般意义上的解释，还包括综述、举例、答疑、阐发等细分的方法，与国学的"义疏"所包括的传、注、笺、正义、诠、义训等相比，也是不遑多让。总之，《诗镜》已非单一著作，在藏族学术传统中，历代学者通过翻译和"注释"建构出一种极具特色的学统，这一学统具有范例意义，因为它不仅是跨语际的，也是跨时代的。笔者暂称之

为 "《诗镜》学统"。

《诗镜》注释学统除了方法上多样，篇幅上也蔚为大观。国内学者的论著中还提到过译师雄顿·多吉坚赞的《妙音颈饰》、嘉木样喀切的《诗镜注文体及修饰如意树》、夏鲁译师却迥桑布的《诗镜集要》、萨迎巴阿旺却札的《诗镜问答善缘精华点滴》、素喀瓦洛卓杰波的《诗镜之镜》、第司桑杰嘉措的《诗镜释难妙音欢歌之注疏》、一世嘉木样协贝多吉的《妙音语教十万太阳之光华》等，其中多数著作都在二百页以上。《妙音语之游戏海》是传统印刷，更是多达八百八十四页。降洛堪布主编的文集为 16 开本现代版式，有八百零四页之巨。基于《诗镜》的基本规则写作的诗例、传记、格言、故事、书信集、佛经文学译著等，实难胜数。1986 年赵康受《中国少数民族古代美学思想资料初编》编写组委托，第一次进行《诗镜》汉译时，参考了康珠·丹增却吉尼玛的《诗疏妙音语海》，五世达赖喇嘛阿旺洛桑嘉措的《诗镜释难妙音欢歌》，第巴桑结嘉措为《妙音欢歌》写的注疏，久米庞·囊杰嘉措的《诗疏妙音喜海》和崩热巴·才旺便巴的《诗注甘蔗树》等本子，汉译还参考了金克木先生译的第一章和第三章的部分章节。译文面世后成为《诗镜》汉译中较权威的版本[1]。后黄宝生为梵文本和藏文本增加了注释，编入《梵语诗学论著汇编》出版[2]。2014 年，赵康又出版了藏文、藏文转写、梵文和汉文四种文字的《〈诗镜〉四体合璧》[3]。如此复杂绵密的定向知识的积累叠加和阐释的嬗变增益，已足以构成一个学术的伟大传统，成就一个值得代代学者反复品鉴考察和深耕细作的学统，也就是以国学中所言以 "义疏" 为主要特征的注释传统。

黄宝生在梳理印度古典诗学时说过，"优秀的文学理论家是不挂招牌的比较文学家"[4]，意为欲说清楚某一种民族或地区文艺理论，需有诸多

---

① 中国少数民族古代美学思想资料初编编写组：《中国少数民族古代美学思想资料初编》，四川民族出版社 1989 年版。

② 黄宝生主编：《梵语诗学论著汇编》，昆仑出版社 2008 年版。

③ 赵康主编：《〈诗镜〉四体合璧》，中国藏学出版社 2014 年版。

④ 黄宝生：《印度古典诗学》，北京大学出版社 1993 年版，第 2 页。

其他民族文学现象和规律作参照。这话本是劝诫研究者要开阔视野，但在笔者这里却不止于此，还进一步引发笔者对"传统"（tradition）进而对"学统"另生遐想。与"文化"一样①，"传统"的定义也有诸多版本，在通常意义上人们认同的是"世代相传的精神、制度、风俗、艺术等"，在具体学科语境下，"传统"经常被作者用来定义其思想与作者所在学科领域的关系②，一如"传统"在使用中可大可小，"学统"也一样，既可以指科学的、学问的大传统，也可以指一个特定方向的知识进阶和发展历程。沿着这个思路，笔者拟在此稍稍述及一点学术"注释传统"的其他情况。

二 关于"注释传统"的比较检视

考虑到中土乃文献名邦，文论传统不仅源远流长，而且丰富多样，也能见到宗教的多重影响，正好可以拿来与藏族文论传统——来源相对单一，传承相对集中，核心相对稳固——做一个比照。在中—西、汉—藏双重参照下，方能构建"注释传统"的形态特征。

与藏族《诗镜》传释过程相类，汉地古代经典的注释传统有一套由注、释、传、笺、疏、证、集解（集注、集传、集释）等在历史中形成的完整系统。训解和阐述儒家经典的学问被称为经学，其中文字、音韵和训诂是汉语经学时代的主要治学领地，以训诂解析经典。清代陈澧说："地远则有翻译，时远则有训诂；有翻译则能使别国为乡邻，有训诂则能使古今如旦暮，所谓通之也。"③ 训诂以释义为主，有义训、声训和形训，章太炎将之分为通论、驳经、序录、略例四类。根据唐人孔颖达的解释，"诂者，古也，古今异言，通之使人知也；训者，道也，道物之貌以告人也。"④ 这是说由于古今用语不同，各地物产和命名有异，故而需要解释

---

① "文化"一词，公认的定义多达二百余种，从不同的学科切入有不同的理解。
② Elke Kurz-Milcke, Laura Maritgnon, *Modeling Practices and "Tradition"*, *Model-based reasoning: science, technology, values*, Springer, 2002, p. 129.
③ （清）陈澧：《东塾读书记》卷十一，中西书局2012年版，第218页。
④ （唐）孔颖达：《毛诗正义》，《十三经注疏》上册，中华书局1980年版，第269页。

和描述。清人马瑞辰释为"盖训诂，第就经文所言者而诠释之"①。

汉地释经方式中的"注"，主要是对原典的解说。由于古代经典年代久远，语言文字发生变异，需要对今人解说，对文义进行通释。而"（义）疏"，则起源于南北朝，其作用为疏通原书和旧注的文意，阐述原书的思想，或广罗材料，对旧注进行考核，补充辨证，如南梁皇侃的《论语义疏》。后汉郑玄注群经，孔颖达《五经正义》疏解其经注。"传"是为经书作注的著作，一般由他人记述，如《左传》《公羊传》等。"笺"原为传的阐发和补充，"吕忱《字林》云：'笺者，表也，识也。'郑以毛学审备，遵畅厥旨，所以表明毛意，记识其事，故特称为笺。"②

汉地古代经典的注释传统最初形态自"四书""五经"诠释始，而文学经典诠释则从《诗经》诠释肇端，此后绵延两千多年不绝。孔子"《诗》三百，一言以蔽之，曰思无邪"即开创了中国诗歌诠释的传统，前此还有《左传》中所记鲁襄公二十九年吴国季札出使中原列国，在鲁国"请观于周乐"，对乐工演奏《诗经》各部所做的品释③。在唐代雕版印刷出现以前的"抄本时代"，"集注前代著作"是"非常时髦的学问"，由于当时文献尚未定型，各家话语丛集④。如在汉代，由于儒学繁荣，《诗经》诠释也空前繁盛，"凡《诗》六家，四百一十六卷"⑤，篇章浩繁，且形成以董仲舒为代表的官学《诗经》学、今文经学与在野的私学古文经学之间的论争。今文经学重章句，古文经学重训诂，后定于官学的今文经派齐、鲁、韩三家均亡佚，唯有《毛诗》独存。而《毛诗》之《诗大序》则成了影响深远的中国文学解释学的经典文本，由它开启的"诗言志"与"诗言情"的争论、"六义"歧见的解释、"美刺""正变"的阐发整整影响了中国千年的文学批评。此外，汉代对《楚辞》的解释与品评也形成了中国文学注释传统的另一源头。西汉淮南王刘安在《离

---

① 马瑞辰：《毛诗传笺通释》上册，中华书局 1989 年版，第 5 页。

② （唐）孔颖达：《毛诗正义》卷一，《十三经注疏》，第 269 页。

③ 指《季札观乐》，参见杨伯峻《春秋左传注》下册，台湾复文图书出版社 1991 年版，第 1161—1166 页。

④ 刘跃进：《有关唐前文献研究的几个理论问题》，《深圳大学学报》2016 年第 3 期。

⑤ （汉）班固：《汉书》卷三〇《艺文志》（第 6 册），中华书局 1962 年版，第 1708 页。

骚传》中品释屈赋，多所推重，将司马迁引为同类，而班固则从儒学立场出发对之颇多指摘。

注释传统不光加速了今古文经学的融合，还造就了定本文献的经典化。如果进而考察先秦儒家的言论，如"言以足志，文以足言"，"不知言，无以知人也"等，儒家开辟了一条从知言、知志到知人的经典解释通道①。综合上述述论，大致可知：训诂既是一套语言解释体系，又构成了一个有层次的复合意义结构。

如同清人皮锡瑞所称："著书之例，注不驳经，疏不破注；不取异义，专宗一家。"② 汉地古代释经学的原则是经不破传，有传解经，由笺释传，注不离经，诂取正义；释不乖义，疏不破注；注偏文字训诂，疏释文意内涵。虽然后世对"疏不破注"颇多争议，但皮氏四句仍成为汉语注释传统的定评。训诂学今天已被纳入现代学科中的"语言文字学"方向，强调其对文献字词的解释功能。但"古今异言"只是表象，真要"通之"需要更广阔的文化语境。不过，自经学兴起以后，训诂学作为"小学"，逐渐在自身发展和人们的印象中变成了扬雄所说"壮夫不为"的"雕虫小技"，将其窄化了。有了这种趋势，在西学传入中土之后，训诂被工具化，更加远离学理的思辨，终被列入语言文字学，乃是事有必至也。

《诗大序》之后，魏晋南北朝时期，曹丕在《典论·论文》中品藻评释建安七子的作品，刘勰在《文心雕龙》中对各朝文学进行全面的臧否诠解、系统阐发。特别是钟嵘，著《诗品》三卷，将自汉迄梁的一百二十二位诗人分为上、中、下三品，钩沉其师承渊源，阐发其风格特点，诂解其诗意诗味。因之而生出"自然"诗、"滋味"诗、"直寻"诗、"文尽意余"诗等解释文学意义的角度，形成品评、阐发、解释、诠诂、笺注等的汉地释经学雏形。总之，宗经、征圣、释经、评经、正义从此成为贯通中国文学理论与批评的一条主线，它既是固守传统、法先复古的"通灵宝玉"，又是借题发挥、创立新说的"便捷法门"，与中国文化传统

---

① 语出《左传·襄公二十五年》和《论语·尧曰》，以及郭持华《儒家经典阐释与文化传承发展——以"毛诗"为中心的考察》，《杭州师范大学学报》2018年第3期。

② （清）皮锡瑞：《经学历史》，中华书局2004年版，第141页。

息息相关，所谓"浸淫于世运，熏结于人心"是也，甚至千余年后的文坛仍在忙于解经、释经。整个明代将六经几乎全数视为文学，依据文学之法予以评点、诂释，被清人斥为"解经""乱经"和"侮经"三谬①。而整个清代则将六经全数视为历史，便有了乾嘉时代的考据、义理、辞章。甚至到清末，康有为为变法运动创造理论，先后写的《新学伪经考》和《孔子改制考》两部著作，都是在尊孔名义下写成的。前一部书把封建主义者历来认为神圣不可侵犯的某些经典宣布为伪造的文献。后一部书把本来偏于保守的孔子打扮成满怀进取精神，提倡民主思想、平等观念的先哲。

这是汉地经典传承的一个特色，就是通过注经的方式，或者我注六经，走一条儒家学术探索追求经典之原义的路径；或者六经注我，把我想说的、创新的、变法的观点、理念，借经典之名表达出来，创为新说。

这就是中国文学与文化批评挥之不去、无所不在的一条学术的和精神的源流。

概言之，中国的训诂和西方的释经学传统虽然名称相异，却与我们总结《诗镜》学统委实有些相同含义：语际和古今之间翻译、经典的辨析、累加的解释，合起来担当经典文本和各时代读者之间的信息传递者。如章太炎在《国故论衡》中分出的通论、骈经、序录、略例四者，通论为总释，像《尔雅》《说文解字》，其本身又变成被阐释的原典；骈经为各种注疏，是最常见的训诂学著述；序录近于通释性议论；略例类似"释难"，具有实践和经验的指导性②。如果说西方的释经学与我们观察到的《诗镜》的语内翻译（注释）传统，在功能和特征上有相通之处，则汉语训诂学在形式上也可与《诗镜》注释传统相契合。当然，我们今天对跨语言、跨文化的注释传统采用整体观看的眼光进行学理性思考，当是在哲学解释学兴起以后。

---

① （清）钱谦益：《赖古堂文选序》，《牧斋有学集》，《钱牧斋全集》（第 17 卷），上海古籍出版社 2003 年版，第 768 页。

② 景海峰：《从训诂学走向诠释学——中国哲学经典诠释方法的现代转化》，《天津社会科学》2004 年第 5 期。

　　同样，从古至今，有经典的地方，多有延绵不绝的注释传统。在西方，释经学（hermeneutics）是一门专门的学科，一般认为亚里士多德《解释篇》在西方传统中第一次从哲学角度辨析了语言和逻辑之间的关系。不过一般而言，西方注释的理论和方法是从宗教的《圣经》注释学（exegesis）发展出的①，最初主要关注文本的语词和语法，进入现代才发展出神学诠释学②。西方民间认可的注释传统起源则是"神使"赫尔墨斯（Hermes），他是众神之间、神与人之间的中间人，也因此被认为是语言（language）和言语（speech）的发明者和翻译者③。西方释经学的来历含有一种暗示：能够进行阐释的人必须具备接收神圣信息的能力，这既是必要条件，也是对其身份的一种认可；阐释者还需具有辨别真假信息的能力，也须能言善辩，表达能力出众；由于与神谕有关，释经学中又暗含着权威与服从的意思，所以在基督教释经学传统中，对《圣经》进行正统解释的只能是教会（《从 Exegesis 到 Hermeneutics——基督宗教诠释理论的螺旋式发展》）。早期释经学严格限制在信仰范围内，着力于字面释义和隐喻释义两个方面，阐释《圣经》文句具有的四义：字义、寓意、道德、比喻④，正所谓"文字告诉你情节，寓意点拨你信仰；道德指导你行为，比喻留给你希望"⑤。

　　德国 19 世纪哲学家兼神学家施莱尔马赫（Friedrich Daniel Ernst Schleiermacher）创用了一套新的做法，将语文学技巧"第一次与一种天才的哲学能力相结合，并且这种能力在先验哲学中造就……这样就产生了关于阐释（Auslegung）的普遍科学和技艺学"⑥，从此，局限于《圣经》

　　① Jean Grondin, *Introduction to Philosophical Hermeneutics*, Yale University Press, 1994, p. 2.
　　② 同释经学一样，《圣经》注释学也是一门专门的学科，参见许列民《从 Exegesis 到 Hermeneutics——基督宗教诠释理论的螺旋式发展》，《基督教思想评论》，上海人民出版社 2005 年版，第 98—117 页。
　　③ David Couzens Hoy, *The Critical Circle*, University of California Press, 1981.
　　④ Werner G. Jeanrond, *Theological Hermeneutics*: *Development and Significance*, New York: Crossroad, 1991, pp. 15 – 21.
　　⑤ 杨慧林：《圣言·人言——神学诠释学》，上海译文出版社 2002 年版，第 19 页。
　　⑥ 洪汉鼎：《理解与解释——诠释学经典文选》，东方出版社 2001 年版，第 89 页。

系统和西方语言系统中的释经学从宗教经典中独立出来，普遍适用于各种经典文本；同时，"解释"经典也不再是传达神谕，而是通过解释者对原意的理解，构成一种普遍的方法论。伽达默尔在 1960 年发表的《真理与方法》中第一次使用"哲学解释学"这一术语，标志着哲学解释学以一门专门的新学科形式出现。这一学科的自立带给我们诸多启示。

首先，文本是一种流传物，不仅可以通过翻译跨空间传播，还具有历史性特征，产生在较早时代的文本，由于内容等原因传诸后世，所以被称作历史流传物（überlieferung）①。

其次，历史流传物与不同时代的读者之间，有一种在历史中形成的文化、语言上的距离。针对这种距离，传统的处理方式首先是要认可这种历史流传物的经典性、神圣性和权威性，解释的过程是将一种绝对的真理用当下的语言讲述出来。解释者的想法被忽略，解释者在当中只是一个工具，并没有意义上的存在价值。

再次，当哲学解释学在德国哲学家伽达默尔手中展开，他给上述过程增加了一个"理解也具有历史性"的维度，历史流传物的内涵由此发生了颠覆性变革②。

我们在此提及哲学解释学，并非要用它来具体指导各种语境下的"注释"行为，而是要提示一种新观念：过去我们加意抱持的某一注释传统，往往并非人类文明景观中的特例。借助诸多理论和工具，我们就有可能更好地认识它。立足于中国和西方的阐释学基础，尽力超越历代藏族学者的视域，再回观《诗镜》的注释传统，笔者便有了些许新见地。

三 《诗镜》中的注释传统分析

汉地的释经学和西方的释经学传统虽然名称相异，却于我们总结《诗镜》学统有借鉴与传通意义。《诗镜》也有原典的注释、章句、诠解、阐发、传笺、义疏、正义、集解的历史形成的传承与解义的方式，也有

---

① 英语译为 tradition，汉译的"历史流传物"是洪汉鼎先生所译，脱离了英译的"tradition"可能带来的误导，可谓相当形象精准。

② 郭持华：《"历史流传物"的意义生成与经典化》，《杭州师范大学学报》2005 年第 2 期。

它独有的翻译转换过程（汉地经典也有大量翻译），《诗镜》学统具有如下特征：形成了跨越语际和跨越古今的双跨性，与佛教思想体系形成多重交叉的"互文性"，以及原典作者和注释者之间的语义衰减和语义增殖。

　　据后世推测，《诗镜》创作于公元 7 世纪下半叶[①]，创作初衷大概与更早的《诗庄严论》等一样，附庸于梵语戏剧学和语法学，涵盖已相对成熟的梵语戏剧学尚未覆盖到的诗歌艺术和散文艺术，对已有经验做出总结，进而给创作者提供一个"实用创作手册"。从初创到公元 13 世纪末被藏文迻译，梵文经过六百年发展，本身也发生了很大变化，何况梵文和梵语文学在公元 12 世纪已经开始衰落，以至于失去活力，被其他地方口语文学取代[②]，成为主要存活于文献中的传统。进入藏文传统后，它如枯枝嫁接到生命树上，再次获得生命力，在多个层面焕发了生机：首先是丰富了藏语言本身，"在一定程度上改变了藏文书面语的修辞方法，语用等特点"[③]；其次，在实用功能上，也成为藏文诗学创作的"指南"和教科书；再次，梵语文学的诗歌样本和诗学规则，以不同方式被吸收到藏文传统中，又经历代代学人的模仿和实践，终于内化为藏文文学传统中的基因，今天已是万难分离和指认了。藏文本身历经千年的发展，变化很大。不过藏文的创制本身充满争议，至今未有定论，也堪称解释学可以一展身手的案例。进入近现代以来，《诗镜》成为研究中印古代文化交流的对象，其众多版本也在诗学文本之外，被赋予历史文本、文化文本等多重角色。于是，我们今天面对的藏文《诗镜》学统，就不再是单一的诗学理论体系，而是一个充满张力的和开放的文化过程，其张力则体现的论域和

---

　　① 《诗镜》的创作时间并无记载，现有的推断来自间接证据。古代梵语文学中的长篇小说《十王子传》也署名为檀丁，与《诗镜》相同，但也没有提供时间和作者生平介绍。在 20 世纪 20 年代，发现了另一部小说残本《阿凡提巽陀利》，被考证为《十王子传》失佚的前面部分，里面有对作者的介绍。因为提到作者的祖父是国王辛诃毗湿奴 6 世纪下半叶在位的宫廷诗人，由此推断出檀丁生活在大约 7 世纪下半叶，见黄宝生《印度古典诗学》，北京大学出版社 1993 年版，第 218 页。

　　② 金克木：《梵语文学史》，江西教育出版社 1999 年版，第 196 页。

　　③ 尼马才让：《藏语书面语发展历史研究》，硕士学位论文，西北民族大学，2010 年。

话题是在梵文与藏文之间、前代与后代之间、原典与义疏之间,以及诗学思想与历史文化背景之间尤其是与佛学体系之间展开的。

一如物理学中有"测不准"原理,解释学体系认为人类文明进程的特点和规律注定会出现多种"未定性"问题,这与我们习惯的定性思维有所不同。比如关于藏文诞生的争议就是一例。最晚在公元 9 世纪的敦煌古藏文文献中,就已经提到藏文是在松赞干布时期出现的①。而在 1322 年布顿大师《佛教史大宝藏论》、1363 年蔡巴·贡嘎多吉《红史》、1388 年索南坚赞《西藏王统世系明鉴》中都详细描述了吞布扎是如何在松赞干布时期创制的藏文。才让太则考证在松赞干布之前就已经有《王统世系如意树》等著作出现,主要证据是:一则,仅靠口传不可能将松赞干布之前雅隆王系三十多代王朝的传承和臣妃、事迹保留下来;二则,松赞干布在幼时佛教自印度传入以前已能阅读史籍,说明桑布扎创立藏文之说不可信②。在夏察·扎西坚赞的《西藏苯教源流》中,写到藏文字母由古代象雄文字演变而来,而非在松赞干布时代由桑布扎创制。萨尔吉又认为"(象雄说)只是苯教徒的一家之言,目前还缺乏有力的旁证"③。后世的中外学者从有限资料出发,广泛比较了藏文与古印度多种文字,以及在我国古代西部存在过的南语、于阗文和象雄文,提出种种假说;还有学者建议在继续寻找新材料以外,从字体学、语音学、语法学等专业角度对藏文进行考察,获取最终的答案④。由于历史资料漫漶,关于藏文的起源就变成一桩悬案。在解释学看来,尤其因为藏文字不是摆在博物馆的文物,无法利用科学手段进行断代考察,盖因它本身不仅是记录历史流传物的工具性载体,还同时就是历史流传物,在传习至今的过程中,包括前引学者的考证和语言学研究的证据片段,都在历史的时间轴中不断"被言说、被

---

① 萨尔吉在其论文中引述了敦煌古藏文文献中说到"吐蕃以前无文字,此(指松赞干布)赞普时始出现"。萨尔吉:《藏文字母起源的再思考》,《西北民族大学学报》(哲学社会科学版)2010 年第 2 期。

② 才让太:《藏文起源新探》,《中国藏学》1988 年第 1 期。

③ 萨尔吉:《藏文字母起源的再思考》,《西北民族大学学报》(哲学社会科学版)2010 年第 2 期。

④ 此部分论述参见萨尔吉《藏文字母起源的再思考》与才让太《藏文起源新探》。

丰富、被阐释、被承传上，从而组成一个绵延的历史的效果①。才让太说："它并非某人所创，而是藏族古代先民在自己文化的实践中集体创制的。要说它的创始人，只能是那些不知名的巫师、牧人、樵夫一类，而不是后世的桑布扎。"② 此说便是"未定性"的体现。

既然语言本身都是恒常变动的，观察一本"修辞学"著作的注释传统，就变成了观察一种语言文本形式的传统。它进入每一个时间段的"当代"视野，人们都要通过对这个文本的理解和解释来实现与传统的对话，从而揭示出意义：五世达赖《妙音欢歌》时代的《诗镜》已经不同于萨迦班智达《智者入门》的时代了，而当现代研究者考察当时的注释，指出过去的注释作品"囿于时代的局限性和他的生活条件、地位，他的这些作品宗教色彩比较浓厚"③ 时，又构建出另一种时代的视角。由于前现代媒介变化的缓慢和历史的叠加性，人们常常会忽视这种代际性，将有差异的过去看作浑然一体的意义确定不移的对象。藏族文化传统是如此，在汉语文化传统以及中世纪西方传统中情况也类似④。文化与历史的命名常常让我们忽视时间和其中的人。这些命名不仅能帮助我们快速识别和定位某一时空，还占有并塑造了其中的人。这种占有使得文化与历史的理解成为可能，但也让一切"理解"行为在发生之前便预设了对这种"理解"的走向。

如果只看原文不看注释，会让人感觉藏文《诗镜》与梵文《诗镜》几乎完全相同，尤其是其中绝大多数诗例几乎是原样翻译过来，译者们并没有将古印度和梵文特点浓厚的名词和用语进行本土化改造，所以想证明

---

① 郭持华：《"历史流传物"的意义生成与经典化》，《杭州师范大学学报》（社会科学版）2005 年第 2 期。

② 才让太：《藏文起源新探》，《中国藏学》1988 年第 1 期。

③ 赵康：《论五世达赖的诗学著作〈诗镜释难妙音欢歌〉》，《西藏研究》1986 年第 3 期。

④ 在西方，基督教神学历史观决定了一种观点，即上帝创世、基督诞生和末日审判之间的无数个时代和人类作为是没有多大意义的；上帝创世发动了时间之流，基督诞生赋予历史原点，末日赋予每一刻拯救的意义。黑格尔认为中国历史在几千年中是单一、毫无变化的。见吴国盛《时间的观念》，中国社会科学出版社 1996 年版，第 90—91 页；［德］黑格尔《历史哲学》，王造时译，上海书店 1999 年版，第 119—120 页。

藏文《诗镜》具有独立性并不容易。例如，第三章开头连续十五首不间隔重迭的诗例，在直接翻译为藏文后完全失去了原本要说明的"不间隔重迭"特征。即便译文采用的是梵文转写，也仅能体现格式，必须依靠藏族学者在注释中根据藏文特征另外撰写的诗例才能体会。这些才正是本文论述"注释传统"的原因之一。只有当我们检视藏文《诗镜》的各种注释版本时，才会发现藏族译者与梵文作者有相当不同的视域。这里的"视域"是"看视的区域，这个区域囊括和包容了某个立足点出发所能见到的一切"①。它决定着藏族注释者能够从《诗镜》的文本里看到什么，得到什么，《诗镜》在他们面前呈现为什么。不同年代和教育背景的注释者带着不同的前理解（或者说成见）上手，建构了他们的"地平线"。这种视域的不同，反映在文字、语言规则和世界观等多个方面。此处以相似度比较高的第一章和第三章作为主要的比较对象，来说明梵文《诗镜》和藏译之间的"视域"差，至于辨识度较高的重写诗例之类暂不在此讨论。

《诗镜》传入藏区时，梵语文学已然式微，藏族注释者不可能见到如梵文作者所处时代那样丰富的梵语文学作品。因此，可以说梵文作者和藏文注释者眼中的梵文文本是不同的。于是，当梵文原著说明"综合了前人的论著，考察了实际的运用"② 时，藏族注释者就要特别提示说这里指的是"关于诗的十德的运用或各种类型的诗例"③。假如译者不追加这样的话语，其同时代读者便会失去线索。

再有，由于藏语诗歌与梵语诗歌本身的语言差异，就出现对同一名词有不同解读的情况，比如藏族学者对于构成诗的四个基本环节之一的"类"（kulaka）的解释就是一例。在梵文中要求它有五至十五节（或称组，一组四句）诗句组成一首诗，所以金克木先生在汉译时直接将其翻译为"五节诗"④，而藏文则翻译为"rigs"，将规则改为由至少两节诗组成一首，但节之间要相互照应，前面不管多少节都要用来说明或形容最后

①　［德］伽达默尔：《真理与方法》，洪汉鼎译，上海译文出版社 1999 年版，第 388 页。

②　金克木：《诗镜》，《古代印度文艺理论文选》，人民文学出版社 1980 年版，第 22 页。

③　《中国少数民族古代美学思想资料初编》，四川民族出版社 1989 年版，第 247 页。

④　金克木：《诗镜》，《古代印度文艺理论文选》，人民文学出版社 1980 年版，第 24 页。

一节，还往往要求整首诗用一个动词谓语①。可见来到具体情况中，藏译对原典规矩的更改还是相当大的。又如，《诗镜》第一章里提到"在学术论著中，梵文以外的（语言一概）称为土语"②。但藏族学者认为这种提法只应限于古代印度，在藏语中并不适用③。再譬如对暗喻（比拟）的定义："一种不同的性质，依照世上（可能的）限度，正确地加在与它不同的另一处（事物之上），相传这就是暗喻。"④ 藏译为"把某事物的特征，按照世间的常理，正确加之于他物上"，文字上差别不大，但在藏注中就指出"某事物是有生物，他物指无生物"，做出了具体的限定⑤。这种具体限定其实就是对原典的发展和细化，使其更易操作和实践。

梵藏间的"视域差"还体现在世界观上。针对《诗镜》中的"假如名叫词的光不从世界开始时就照耀（世界），这全部三界就会成为盲目的黑暗了"⑥。根据对古代印度的了解，成书于公元前12世纪，集中了吠陀时代主要哲学颂诗的《梨俱吠陀本集》集中体现了当时的宇宙观，其中宇宙被分为三个区域：天、地、空三界，天界在上，肉眼不可见；空界居于天地之间；地界在下。这一分法一直到公元前5世纪的《尼禄罗》中依然延续，并且将三十三神分布于此三界中⑦。金克木先生在讲解《舞论》和《诗镜》时，解释三界为"天、人、地"，根据他对《梨俱吠陀》的解读，也是指"天、空、地"⑧。而在藏文版的《诗镜》中译者对于"三界"的注释多为"神、人、龙"。诚然"神、人、龙"三界与"天、人、地"三界颇有类似之处，但此三界的认知是生发自藏族文化传统，与彼三界在信仰体系上已然不同。后世还有学者对藏族三界或者三界宇宙进行过多种

---

① 赵康：《〈诗镜〉及其在藏族诗学中的影响》，《西藏研究》1983年第3期；王沂暖：《〈诗镜论〉简介》，《青海民族学院》1978年第4期。

② 金克木：《诗镜》，《古代印度文艺理论文选》，人民文学出版社1980年版，第27页。

③ 《中国少数民族古代美学思想资料初编》，四川民族出版社1989年版，第251页。

④ 金克木：《诗镜》，《古代印度文艺理论文选》，人民文学出版社1980年版，第37页。

⑤ 《中国少数民族古代美学思想资料初编》，四川民族出版社1989年版，第254页。

⑥ 金克木：《诗镜》，《古代印度文艺理论文选》，人民文学出版社1980年版，第23页。

⑦ 孙晶：《印度六派哲学》，中国社会科学出版社2015年版，第30—32页。

⑧ 金克木：《诗镜》，《古代印度文艺理论文选》，人民文学出版社1980年版，第2、23页；金克木：《〈梨俱吠陀〉的三首哲理诗的宇宙观》，《哲学研究》1982年第8期。

解读，例如指出其与萨满教、苯教和佛教思想等的关联①。这类存在于观念体系上的视域差在藏族《诗镜》中还有一些，在此仅举一例以作说明。

质言之，从各自时代语境出发解释经典便构成了这一历史流传物"效果历史"的一部分，成为此后其他人考究和阐发的对象②。在笔者看来，梵文《诗镜》不断被翻译、被注释和再注释的过程，并不是简单的思想和观念的叠加，而是不断进行意义的化合。笔者称之为"《诗镜》注释学统"，就是要强调，它已不是原典或原典的迻译，也不是任何单一注释者所能代表的知识聚合。这一学统确乎与儒家之言、人、世的解释学循环有相似之处。诚如陆九渊所言的"六经注我，我注六经"，在"疏不破注"的窠臼之外，儒家已然形成了知言、知志、知人的双向通道，"我注六经"，构成了儒家注释传统的学术史；"六经注我"，则建构了汉语经典传承的思想史。儒家在唐代雕版印刷出现以后，读书方式发生变化，学术方式也随之改变，朱熹重新注经，"从圣人言论中发掘天理深意"与陆九渊无须外求，"古圣相传只此心"走向分野③。无论如何，看似"注不离经"，实则"述中有作"，经世致用，在与时俱进的阐释中才实现了儒家文化的转化与发展。与之相应，既然《诗镜》已然内化为藏族诗学思想，并践行于文学创作中，将其视作"注释汇总"就不合理。历史不会在当下停止，只要藏文文学创作还在，《诗镜》的理念就会不断发展，向着未来敞开，会出现新的意义和新的阐释。与经学时代的话语丛集类似，藏族《诗镜》注疏纷呈，汇聚而下，历经抄本、刻本，来到电子文献大量涌现的时代，各自的历史传承虽殊途，但同样面临学术文化转型，如何看待经典、阐释经典、创造经典，成为共同的话题④。

---

① 佟德富、班班多杰：《略论古代藏族的宇宙观念》，《思想战线》1984 年第 6 期；刘俊哲：《藏族苯教宇宙观的形成与演变》，《中华文化论坛》2014 年第 8 期；洛加才让：《论苯教和佛教的宇宙审美观》，《青海师范大学民族师范学院学报》2005 年第 1 期。

② 郭持华：《"历史流传物"的意义生成与经典化》，《杭州师范大学学报》（社会科学版）2005 年第 2 期。

③ 刘跃进：《有关唐前文献研究的几个理论问题》，《深圳大学学报》（人文社会科学版）2016 年第 3 期。

④ 刘跃进：《走近经典的途径》，《人民政协报》2012 年 2 月 20 日。

　　笔者对此文的概括如下：藏族《诗镜》构成了一种"注释传统"，笔者称之为"《诗镜》学统"或"《诗镜》注释学统"，笔者不揣冒昧，尝试总结其属性数条，以就教于方家：其一，《诗镜》学统有双跨性。所谓"双跨"指《诗镜》传承历史中的横向、纵向两种跨越，横向跨越指《诗镜》所代表的一类经典文本的来源是跨语种的，从梵文翻译为藏文；纵向跨越指同一文本经历了历时传承，带有跨时代语境特征。在横向、纵向两种跨越综合作用下，《诗镜》文本历经数百年传承，完成了本土化、经典化等过程，成为藏族自己的理论著作。其二，《诗镜》学统有"互文性"。这里的互文性表现在《诗镜》的文法规则是藏文《大藏经·丹珠尔》中"声明"部的重要组成部分，被纳入藏传佛教这一统领性的意识形态框架下，确保了其对藏族古典书面文学修辞文法的绝对权威，也是《诗镜》成为文学理论经典的重要原因。不只是《诗镜》，藏族文艺理论中的许多经典文献，如绘画中的"三经一疏"[1] 等也都带有这种特征。其三，诗镜学统具有"未定性"。观念的、文化的、代际的等层面的错位，带来诸多样态的"视域差"。观念不是简单的汇聚起来，而是经历化合作用，内化并沉潜为观念因子，并持续发生着作用，推动新的艺术生产和观念生产。顺便提一句，本文从《诗镜》中总结的"注释学统"不是孤例，在视觉艺术领域，也能见到双跨性、互文性和未定性现象。在笔者"藏族文艺美学"课题的整体思考中，看到它们呈现出了很强的整一性特征。

　　语言承载着历史与传统，"互文"性（或者遵循20世纪哲学界常用的文本间性、主体间性、文化间性）在本质上都是通过语言理解实现的。尽管在藏族文学史中，《诗镜》的影响范围主要是精英化的书面文学[2]，对更为广阔的民间文学和口头传统并无太多直接影响，但本文力图传达的

---

　　① 指四种收录在大藏经中，代表藏传佛教造型量度的美术理论：《如尼拘楼陀树纵围十搽手之佛身影像相（造像量度经）》《（转轮法王）画相》《身影像量相》，以及《造像度量经》的注疏《佛说造像量度经解》等。

　　② 但《诗镜》对整个精英化的书面文学创作具有绝对的权威。虽译为"诗"，实则涵盖所有的"文"。《诗镜》在实际使用中，佛教经典也尽量注重用诗镜修饰法来修饰，藏族历辈智者也均在经典中从头到尾使用诗镜论修饰法，藏族历史（或编年册）、综合历史著作、传记、传说等均用诗镜修饰法来修饰文章。

是，《诗镜》所代表的传统，及由诸传统构建的藏族文艺美学，在这一点上与各种文化传统有共通之处，即文化的生命存在于对文化传统的不断理解和解释之中，没有这种不断更新的解释，传统无法在历史中形成；传统始终处于"未完成状态"，意义总有"未定性"①，具有双跨性、互文性和未定性特征的文化传统因而总是向未来开放的。

原载于《文学遗产》2019 年第 5 期

意娜，女，藏族，出生于 1982 年 5 月，四川康定人，中国共产党党员，中国人民大学文学院博士，2011 年 12 月至今在中国社会科学院民族文学研究所藏族文学研究室工作，副研究员。研究方向为文艺理论、文化研究。承担的课题包括国家社科基金青年项目"构建藏族文艺批评史的纲要与路径"、国家社科基金重大项目"世界文化多样性与和谐世界"子课题、国家社科基金重大项目"文化产业伦理"子课题等。代表作有《文艺美学探赜》（专著）、《直观造化之相：文化研究语境下的藏族唐卡艺术》（专著）、《〈诗镜〉文本的注释传统与文学意义》（论文）等。兼任中国中外文论学会文化创意产业分会秘书长。获得国家万人计划"青年拔尖人才"等荣誉称号。

---

① 金元浦：《论文学的主体间性》，《天津社会科学》1997 年第 5 期。

格萨尔史诗的当代传承及其文化
表现形式的多样性

杨霞（丹珍草）

在当代语境下，格萨尔史诗的传承正在发生着各种形态的变异，作为"活态"史诗和民间经典，格萨尔史诗始终呈现出一种开放形态和未完成状态。随着语境的变化不断改变内涵和外延，在传承和流变中不断丰富和发展，是活态"史诗"的本质规定性。在不同的传承语境中不断吸纳各种民间文化资源、思想资源和艺术形式，使格萨尔史诗成为各种民间艺术形式的混合体。格萨尔史诗的学科边界也似乎一直处于滑动中，俗文学、民间文学、作家文学相互纠葛，剪不断，理还乱。格萨尔史诗的艺术形式更是多样纷呈，有格萨尔藏戏、格萨尔唐卡、格萨尔音乐、格萨尔石刻、格萨尔漫画、格萨尔服饰、格萨尔彩塑、格萨尔信仰器物、格萨尔酥油花、格萨尔歌舞剧、格萨尔影视剧等。这些不同的传承类型，使古老的格萨尔史诗在经历多重主体失落的同时又不断地被想象和重构。古老的英雄故事不断地被增加新的内容，史诗外更多的"意义"被延伸。维柯曾经就"诗性思维"表达过与之相关的观念，概念的核心是指文化创造的根本方式是人的自我表达，艺术与诗就是这种表达的主要形式，那么，我们可以理解现存和过去时代文化形式的表达方式，其途径就是重构想象的训练。而且只有通过"重构想象的训练"人们才能构成对这一史诗更丰富的表达。

一　格萨尔藏戏

藏戏，历史久远。据文献记载，在囊日松赞时代就有一种载歌载舞的"鲁"和苯教"摇鼓做声"的巫舞在高原藏地流行。公元 8 世纪，在桑鸢寺落成庆典上，由寺院艺僧表演的哑剧型跳神舞，已蕴含了一些故事情节，被称之为"羌姆"金刚舞。"羌姆"开始在藏域各处寺院流传，被称作"寺院羌姆"。到第五世达赖喇嘛阿旺洛桑嘉措时代，将这种"寺院羌姆"与宗教仪式分开，允许民间艺人公开演出。从此形成了以唱为主、伴有舞蹈动作和伴唱形式的综合型藏戏艺术。到了 20 世纪，已经形成以"八大藏戏"① 为主要内容的形式完美的戏剧。藏戏在西藏称为"阿吉拉姆"，在青海省和甘肃省甘南藏区称为安多藏戏，也叫"南木特尔"。中国戏曲与说唱艺术源远流长，但成熟后的戏曲艺术完全是戏剧化了的代言体。"格萨尔藏戏"为戏曲艺术如何从说唱艺术蜕变为代言体艺术提供了一种借鉴和参考的模本与范式。格萨尔藏戏与传统藏戏有关，也是祭祀舞的一种，最初在藏传佛教寺院中演出，不同之处在于所表现的内容都是以颂扬格萨尔大王的生平和伟业为主。在格萨尔史诗流传的不同区域，格萨尔藏戏具有不同的特征。

1. 佐钦寺格萨尔藏戏

格萨尔藏戏的发祥地佐钦寺，位于现在四川省甘孜藏族自治州德格县，始建于 1685 年，属宁玛派。至今已有 300 多年的历史。格萨尔藏戏的初创者为佐钦寺第五世转世活佛白玛仁真土登·曲吉多吉。目前，在德格县有 14 座寺庙，每年都要演出格萨尔藏戏，笔者曾两次到佐钦寺观看格萨尔藏戏。除了格鲁派寺庙，宁玛派、噶举派、萨迦派寺庙均有格萨尔藏戏演出，演出剧目主要有《赛马称王》《岭国三十员大将》《岭国统帅格萨尔、七大勇士、十三位王妃》《岭·格萨尔王、王妃珠姆和十三威尔玛战神》《刀日洛杰》《普金普六独秩》《龙达》等。其演出的特点：一是无论男女角色，均由寺庙的男性喇嘛扮演；在角色人选上，没有高低贵

---

① "八大藏戏"分别为《文成公主》《诺桑王子》《智美更登》《苏吉尼玛》《白玛文巴》《顿月顿珠》《卓娃桑姆》《朗萨雯波》。

贱之分，只看表演技能，特别是岭·格萨尔的扮演者，必须是演技最佳的僧人。二是佐钦寺演出《赛马称王》时，融舞蹈与对歌说唱于一体而区别于其他藏戏流派。三是格萨尔藏戏的演出，既要与寺庙宗教仪轨相协调，又要与民间的各种烟祭、招福、悬挂风马旗和赛马等活动相结合。各寺庙在格萨尔藏戏的演出中，装束上也有一定的区别。有些寺庙在演出时，演员不带任何面具，以服饰和佩饰区分角色。大多数寺庙在演出时，演员要佩戴面具。佐钦寺格萨尔藏戏演员阵容达一百八十多名，格萨尔藏戏面具最为齐全，共有八十多具。佐钦寺的面具有较高的权威性。传说，土登·曲吉多吉活佛创作格萨尔藏戏时，在梦中得到岭·格萨尔王的点化和传授，因此，其他寺庙的面具都是参照佐钦寺的面具造型制作的。

　　佐钦寺格萨尔藏戏传承数百年而不衰。戏中所用的动物面具生动有趣且种类众多，如雄狮、猴、鱼、蛇、老鹰、雕、虎、大乌鸦、狼、马、仙鹤等。每年的藏历年年底或五六月份，佐钦寺藏戏团必出演格萨尔藏戏。精彩的演出，和着青稞酒、酥油茶的芬香，令人陶醉，人们仿佛回到英雄的格萨尔王时代。《赛马称王》是佐钦寺最为精彩的传统保留节目，由七个部分组成。戏中，格萨尔王的出场最为壮观。格萨尔王面对艰难生活所表现出的坚忍不拔的毅力，对待爱情表现出的挚诚热烈，对待敌人表现出的机智勇敢，已成为人人称颂的社会美德。

　　2. 果洛格萨尔藏戏

　　青海省果洛藏族自治州的"格萨尔藏戏"主要分为两种，一种是马背藏戏，一种是广场藏戏，各具特色。"格萨尔马背藏戏"是在马背上表演的一种艺术形式，可以说是一种有实物的表演，而且不受时空制约，圆场、绕场和过场皆在演出广场外围，利用崇山峻岭、河流、草原、马匹等进行表演，以表示人物在行路、追逐，或出入场等。戏剧冲突及唱、念、舞、做等则在场地内进行，不同角色，或在马上，或在马下，在场地内轮番演唱后，继续在场外山坡上按顺时针绕行一周，再回至场地表演，类似于戏曲中的"过场戏"，表示舞台空间的转换。表演风格强悍、干练，场面宏大，气势壮阔，有着浓郁的藏民族生活气息。广场"格萨尔藏戏"与早期藏戏相似，具有戏曲"虚拟"特点，尽管舞台设在空旷的草原上，但并不以崇山峻岭、河流湖泊为背景，也没有狂风骤雨、骏马车船做铺陈,演员全凭借虚拟的表演,使观众产生身临其境的感觉。如《赛马称王》,场地内的一张木质长凳,便是格萨尔赛马称王的宝座,也是剧中唯一的道具,全靠演员的精湛技艺,表现骏马奔驰在辽阔草原上和格萨尔赛马称王的真实情景。演员虚拟骑马的动作,经过艺术夸张,既规范又优美,而且固定下来成为格萨尔藏戏的程式化动作,与内地京剧有相似之处。也就是说,广场藏戏表演中的"舞""做",一般都与曲词、唱腔相配合,根据剧情的发展变换。"舞"和"做"是现实生活中动作的提炼与夸张,更具有典型性,给人以和谐、健壮、豪迈的美感。"格萨尔藏戏"的广场演出,表演形式独具魅力,表演风格潇洒典雅,构成了具有民族地域特色的戏剧形态。果洛格萨尔藏戏剧目主要有《赛马称王》《天岭卜筮》《英雄诞生》《十三轶事》《霍岭大战》等,这些剧目都是由果洛各寺院的活佛依据《格萨尔传》和《格萨尔故事》文本节选改编的,并由他们兼导演,僧人分饰不同角色,有些女性角色则由扮相漂亮的年轻喇嘛扮演。果洛格萨尔藏戏的服装与化妆很具特色,演员不戴面具,一律根据角色的需要在面部用色彩勾画,酷似京剧脸谱。比如"咒师"这一角色,在戏中为占卜的巫师,一般头戴黑穗"咒师帽"(与羌姆咒师帽相同),黑穗将脸部遮住,或画成黑发黑须脸谱。在日常生活中,"格萨尔藏戏"是每年都要举行的,在民众生活中格萨尔王已成为护法神,被信仰和膜拜。

3. 色达格萨尔藏戏

四川省甘孜藏族自治州有近 50 个藏戏团演出"格萨尔藏戏",而色达县藏戏团表演的"格萨尔宫廷舞",以及格萨尔藏戏《英雄诞生》《霍岭大战》《赛马登位》等剧目,已走出国门,产生了很大影响。

色达县塔洛活佛在传统藏戏的基础上结合北派藏戏的艺术风格,创立了藏区独树一帜的格萨尔藏戏。其主要特征是:首先,保持了格萨尔史诗曲多白少的语言特色,以唱腔渲染剧情,以叙事的诗体结构,唱词的音乐结构,组合成一种独特的舞台风格。其次,并以民间传统艺术与现代艺术手法相结合的方式,以写实的布景、灯光和道具达到表演、观赏的具象效果。这个藏戏成为藏区格萨尔藏戏的"范本"。笔者曾两次参加"格萨尔故里行"活动,到色达调研,也曾随同色达格萨尔藏戏团赴杭州展演。

　　2005 年，第 37 届国际山丘民俗节在波兰举行，波兰驻华使馆文化参赞托玛斯邀请色达格萨尔藏戏团参加，原定演出时间 30 分钟，被增加到 45 分钟。之后，该团与所有参赛国演员一起，上街作一次艺术巡游，大受称赞。在闭幕式上，色达县格萨尔藏戏团摘取了大赛所设的从金奖到优秀奖等 5 项大奖，还获得两项特殊奖。据组委会负责人介绍，这么多奖项同时被一个国家获得，是 37 届以来的第一次。2007 年，色达县藏戏团应英国援藏慈善会之邀，受中国西藏民间文化保护与发展协会的派遣，赴英国巡回演出，主题是"西藏传奇岭国王格萨尔"。7 月 22 日至 29 日，在伦敦演出 9 场。这次出行 20 人，剧目《赛马称王》《霍岭大战》等极受欢迎。藏戏团使英国观众近距离接触到了藏族文化，对进一步发展英中两国关系起到十分有益的作用。演出的盛况被新华社、中央电视台和《人民日报》等众多媒体报道。

　　与此同时，色达县的"格萨尔藏寨"也具有典型性和独特性。色达县色达尔坝区，据传是格萨尔王大将上岭八部首领色尔哇·尼崩达雅的领地，色阿拉山脚下至今依然存有尼崩达雅大将的城堡遗址。色达民众为铭记英雄，以石木为料，以想象为源，造就了上大下小呈倒品字形的居所，比拟心中的英雄；藏寨一般为三层，外形呈长方形，三楼四壁皆以柳条编制，形似大将齐肩的长发。其整体造型上宽下窄，形似穿上铠甲上宽下窄的战将。远远看去，一个长发披肩、手执长矛的形象呼之欲出。在色达，一幢幢"格萨尔藏寨"，从财神坝子到霍西峡谷，筑成了独特的风景，构成色达建筑文化特色。

　　从接受心理的角度看，越是超现实、超自然，越是神秘，人们越喜欢，更乐意接近他，以便从中吸取某些现实生活与现实文化里所缺乏的但又为人性所渴望的精神要素。对格萨尔藏戏的热爱来自每个人内心的需求，人们渴望布绸，就有了《米努绸缎宗》，需要耕牛，就有了《松巴犏牛宗》；举行赛马会，就说唱《赛马称王》；男孩出生，就说唱《英雄诞生》。在藏族民间，人们更乐意遵从稳固的既定传统以滋养精神、陶冶情怀。这些古老传统的当代传承和歌吟形式，寄托着民众的欢乐和悲伤，引导着民众对自己民族历史、文化、生活和地域文化的理解。

二　格萨尔唐卡

唐卡（Thang-ga）又称唐嘎或唐喀，系藏语音译，指用彩缎装裱后悬挂供奉的宗教卷轴画。唐卡是藏族文化中独具特色的绘画艺术形式，题材内容涉及藏族历史、政治、文化和社会生活等诸多领域。传统唐卡多表现宗教题材，以藏传佛教和苯教内容为主。

格萨尔唐卡在藏区和蒙古族地区较为常见，大多为单幅画卷，内容以史诗人物格萨尔大王和 18 位战神、诸大将、王妃珠姆等人物形象为主，且主要以藏族传统的绘画技巧绘制。2003 年，四川省甘孜藏族自治州德格县启动了"格萨尔王千幅唐卡"绘制工程，为完成这一巨制，绘制者亲赴藏区各地、内蒙古自治区，以及不丹、尼泊尔等国收集相关格萨尔的资料，最终从《岭·格萨尔王传》中精选出 73 部，将其中的故事情节和 200 多个不同人物形象用唐卡展现出来。这套系列唐卡由 1228 幅格萨尔唐卡组成，每幅高 2 米、宽 1.4 米，采用了被列入中国"国家级非物质文化遗产名录"的著名唐卡绘画流派"噶玛噶孜"画派[1][2]的艺术手法，集中展示了藏族传统绘画的写意艺术，融合吸收了汉族工笔画和山水画技法，并借鉴了印度犍陀罗艺术。所有唐卡均采用优质浅色画布，绘画颜料全部采用天然矿物、植物制品。画师们根据脚本将人物故事分解成系列单幅画卷，选题、白描、修改、着色、勾线、渲染后，再经过真金描绘、宝石抛光、锦缎装裱、配备镏金、银质轴头等 8 道工序。2004 年 6 月 1 日，中共中央统战部在中国社会科学院主持召开格萨尔千幅唐卡项目专家评审会，国务院新闻办、中央宣传部、中央统战部、国家民委、中国社会科学院、中国藏学研究中心、中央民族大学等部门的 30 多位领导和专家出席评审会，给予高度评价。

---

①　四川博物院、四川大学博物馆科研规划与研发创新中心编：《格萨尔唐卡研究》（汉英对照），中华书局 2012 年版。

②　"噶玛噶孜"是由佛教噶玛噶举派僧人创立的一个画派，故称噶玛噶孜，别称"康孜"，意为康巴画派，主要流行于康区，该画派继承藏族几大画派的精华，又吸收汉族绘画艺术风格，形成一个独立的绘画流派。

　　2012 年 3 月，由四川博物院、四川大学博物馆科研规划与研发创新中心编著的《格萨尔唐卡研究》（汉英对照）一书出版，该书收录的 14 幅格萨尔唐卡，都是世界一流精品。其中，四川博物院藏 11 幅《格萨尔》唐卡，以数百个故事场景，描绘了藏族英雄史诗格萨尔王波澜壮阔的一生。每幅画面均有详细的藏文题记和内容解说。整套唐卡绘制精美，保存完好，堪称稀世珍品。另外 3 幅分别为法国吉美博物馆（2 幅）和四川大学博物馆（1 幅）所收藏的。本书为四川博物院藏"格萨尔唐卡"的首次完整刊布，并结合四川大学博物馆、法国吉美博物馆、西南民族大学博物馆和私人收藏家收藏的格萨尔唐卡进行了综合研究。全书分概述、图录和专题研究三个部分，书末有 5 个附表。本书还收录论文 3 篇，第一篇是瑞士阿米·海勒博士（Dr. Amy Heller）的论文，追溯了格萨尔图像的来源，并对其历史和艺术史背景进行了探讨。第二篇是美国纽约喜马拉雅艺术资源中心杰夫·瓦特先生（Mr. Jeff Watt）的论文，主要从图像学的角度，对格萨尔的图像及文本依据进行了分析，尤其是对四川博物院的 11 幅《格萨尔画传》唐卡的图像内容进行了辨识和分析。第三篇是法国著名藏学泰斗石泰安 1958 年发表的《格萨尔画传》一文，图像精美，对研究和鉴赏有极大的参考价值。书末附有 6 篇附录，分别是：（1）四川博物院藏《格萨尔画传》唐卡文物信息一览表；（2）四川博物院藏《格萨尔画传》唐卡中央及上方三位尊神名称对照表；（3）四川博物院藏《格萨尔画传》唐卡主要故事内容一览表；（4）岭国三十将领一览表；（5）译名对照表；（6）参考文献。附录对 11 幅唐卡的一些重要信息以表格的形式进行了归纳，一目了然，方便查阅，是国内目前研究格萨尔唐卡的重要资料。

三　格萨尔音乐

　　格萨尔史诗是藏族民间诗歌的汇集。作为说唱文学，格萨尔史诗不是供阅读的，而是用来听或者观赏的，是诗的节奏与歌的旋律的结合。说唱艺人实际上是歌剧表演艺术家，他们通常头戴四方八角的高帽，上插十三种羽毛，象征他们能像雄鹰飞遍四面八方。有的说唱艺人摇动双面鼓，有的手持牛角琴，有的只用双手比画，有的则很少动作，意在用歌声打动听众，有的说唱艺人在演唱前，必须向神祈祷，通过神灵的附身，将自己变成格萨尔史诗中的某个人物，最后再开始演唱。曲折的故事情节，动听的曲调，精彩的表演，对接受者来说完全是一种对综合艺术的享受，是藏族民间宗教精神和英雄崇拜情结的合二为一。有经验的说唱艺人，几乎每一个人物都规定有几种曲调。这些曲调，有的雄浑，有的委婉，既适应于人物性格，又与故事的内容吻合。这种说唱、表演的传播方式，是民族固有的，也是百姓喜闻乐见的，符合民族传统的审美方式。许多精彩华章如《天界篇》《英雄诞生篇》《降魔篇》《地狱篇》等几乎家喻户晓。

　　格萨尔史诗说唱，更为真实地承继了藏族民间音乐的原生形态。早期研究格萨尔史诗说唱音乐的西藏学者边多先生是格萨尔史诗曲艺音乐和藏戏音乐改革的先锋。他认为，格萨尔音乐在艺术形式上继承和发展了佛教进入西藏之前藏族古老的说唱"古尔鲁"①，格萨尔史诗说唱中的《威震四海曲》《雄虎怒吼曲》《金刚古尔鲁曲》《杜鹃六合声曲》《深明首法曲》等曲调，在内容、形式、风格等方面与"古尔鲁"十分相似。"古尔鲁"与格萨尔史诗说唱音乐同属一个艺术品种，基本特征就是具有威武雄壮、强悍斗争之气势。格萨尔史诗说唱的音乐曲式结构与西藏其他民间歌曲的曲式结构以及"古尔鲁"之间有着千丝万缕的联系。比如在演唱时，旋律多变，不同节拍交替出现，"啊拉塔拉"衬词的运用（有助于艺人演唱时定调）等，带有较浓厚的宗教色彩。学者王石认为，格萨尔史诗的文学唱词和音乐的调式、节奏规律都是吸收和借鉴具有浓郁地域特色的西藏农业区和牧区广为流传的山歌、牧歌和强盗歌的内容和形式构成的。在说唱的唱腔中，民歌中的三段二句这种程式，正好反映了格萨尔史诗曲调的 ABC 变奏曲式结构，与民歌曲式高度一致，同时，主段重复，或变化重复首段，为歌手即兴创作演唱提供了现成的结构模式，艺人或歌手只要根据这种程式，填充具体词句就可以完成其创作表演了。②

---

　　① "古尔鲁"：原本指一种流传在藏族民间的歌谣。后世多用来专指高僧大德创作的具有宗教意义的文学体裁及其唱腔。米拉日巴大师经常用这种方式教授弟子，《米拉日巴道歌集》成为藏传佛教宗教音乐中一颗璀璨明珠，并于 2008 年列入西藏自治区级非物质文化遗产名录。

　　② 王石：《论〈格萨尔〉说唱曲调的程式化传承》，《福建教育学院学报》2007 年第 1 期。

格萨尔史诗音乐唱腔融合于藏族民间音乐风格中,唱腔极其丰富,川、青、藏地区的史诗唱腔曲调目前统计为180余种,这些唱腔在四川、青海、西藏等地都有传唱,但是由于受到当地民间音乐的影响以及在流变过程中音乐的交会,使得很多唱腔在旋律上有些差异。这些唱腔曲调的基本特征是旋律简洁、淳朴,具有吟诵性质和宣叙特征。词曲结合大多为一字对一音,音域并不宽,常在一个八度之内,旋律走向通常为级进或者同音反复,这种旋律特征便于格萨尔艺人的记忆与演唱。史诗说唱中人物形象的刻画主要依靠唱段部分表现,即唱腔的演唱,格萨尔史诗音乐唱腔可分为抒情性唱腔、叙事性唱腔与戏剧性唱腔。这三类唱腔的交替运用,丰富了格萨尔史诗的音乐唱腔,更加完美地塑造了史诗人物形象。许多格萨尔史诗说唱艺人之所以能深受藏区民众的爱戴,主要得益于其脍炙人口和丰富多变的唱腔。诗与文、韵与白交相辉映,有散文化的叙述,有自由体和格律诗般的吟唱,演唱风格多种多样,语言通俗流畅。人们在草原上,在帐蓬里,可以整天整天地盘坐在那里,倾听格萨尔"仲肯"① 汩汩如山泉般不间歇的说唱。光怪陆离的古战场,浩浩荡荡的英雄群体,雍容华贵的古代装饰,斩杀妖魔的痛快淋漓,还有格萨尔王春风得意的战史、情史,等等。在艺人华美、幽默的说唱里,人们得到了无比的愉悦和享受,格萨尔史诗音乐带着鲜明的时代和文化的印记,从远古走来,宗教音乐与原始信仰相伴发生,并且在祭天祭神的宗教仪轨中契合着神秘,以超自然的巫术行为与音乐、舞蹈和图腾崇拜相结合来诠释人类的初级信仰。

格萨尔史诗中众多的人物唱词遵守着一个约定,即在唱正文前一定要颂赞主人公所信仰的诸位神灵,让这些神灵来加持、护佑,这些唱词都有其固定的声腔,在史诗中所涉及的各类人物形象的曲调更是数不胜数,运用唱腔诠释人物的感情与愿望。比如,格萨尔史诗中女性唱腔,通过不同女性人物的不同曲调唱腔,我们可以"闻腔而知其人",其中"杜鹃六变调""云雀六变调"等曲调是典型的女性唱腔。格萨尔王的妃子,在史诗文本中需要运用大量的笔墨塑造她们的形象,而音乐表达则更直接、准确、传神,珠姆的唱腔,曲调宛转动听,细腻深情。她熟悉酿酒,一首

---

① "仲"（grung）:故事、寓言、神话。仲肯:说唱故事的人。

"酒赞"把酿酒的制作说得十分周详；她精于养马，一首"马赞"，将马的优劣分析得头头是道。她的曲调有"九曼六变曲""鲜花争艳曲""车前宛转曲""永恒生命曲"等等。格萨尔王的次妃梅萨崩吉是红色金刚帕姆转世，是集美貌与智慧为一身的女神，在格萨尔修炼大力降魔法期间被黑妖鲁赞强抢为妃，九年之后被格萨尔王救出。在嘉地有妖尸作乱时，与岭国七姊妹前往木雅取降妖法器"三节爪"，为解救岭国七姊妹，委身于玉昂敦巴，后被格萨尔王救出。安定三界后，同格萨尔王返回天界。她的特有曲调是"阿兰妙音六变曲""琴声宛转曲"等。同样是格萨尔的王妃，北地女将阿达拉姆系岭嘎布北方魔国黑妖鲁赞的妹妹，实际上是肉身空行母的化身，为格萨尔王的声名所倾倒，协助他降服鲁赞，解救梅萨。阿达拉姆武艺超群，在战场上屡立战功，一生追随格萨尔东征西战，不断杀戮，因而死后被阎罗王打入十八层地狱，最终亡魂被格萨尔王救出得以超度，升入天界。她的特有曲调便是极符合她女战神形象的"北音流转曲"和"母虎短怒曲"等。

　　格萨尔音乐是集唱腔、演唱、传承三位一体的音乐生产方式，对格萨尔史诗的传承起着至关重要的作用。目前对格萨尔史诗说唱音乐的研究，主要是运用音乐人类学与音乐民族志方法对格萨尔史诗的音乐遗产进行观察、分析、阐述；从非物质文化遗产保护的层面，探讨青藏高原藏民族的音乐文化现状及经验，对史诗的音乐文化予以多方位研究，以实现对格萨尔史诗音乐文化遗产的保护目的。

四　格萨尔石刻

　　根据笔者目前的调查资料，格萨尔石刻仅存于四川省甘孜藏族自治州色达、石渠、丹巴三县境内，格萨尔石刻的出现，至少可以上溯到 17 世纪。石刻自产生以来，长期沉积在民间而未被人们认识。直到 2002 年丹巴莫斯卡格萨尔石刻被发现并公之于世后，才引起社会的广泛关注。之后，色达、石渠等县的格萨尔石刻相继被发现。就甘孜藏族自治州境内所发现的格萨尔石刻分析，该石刻的延续时间已达 300 多年。三个世纪中，这些石刻大致可分为三个阶段。第一时段为一百年以上的格萨尔石刻，被称为早期石刻。在色达、石渠、丹巴三县境内都有这个时期的石刻。第二个时段为 50—100 年之间，即中华人民共和国成立以前的石刻。中期以色达和丹巴所存的石刻最具代表性。第三个时段为改革开放以来至今，在这20 多年时间里，民间石刻工艺得以复苏，在色达的泥朵、年龙、色柯等地以及丹巴的莫斯卡都刻绘了数量较多的格萨尔石刻。其中色达县泥朵乡刻制的数量最多，复原最好、最完整。石刻以色达县出产的天然板石为材料，制作时多保持石材的自然形状，先以线描构图，再用立刻、刮刻等手段雕刻，走线如行云流水，形象自然生动。绘刻完成后，在刻石的画面上通刷一道白色颜料为底，干后着彩。色彩多用红、黄、蓝、白、黑、绿六色，一般不用中间色。这些色彩都具有特定的意指，与格萨尔史诗中的各位将士相对应，当地群众一看便能明白。格萨尔石刻技艺以师徒或家族传承为主，作者一般不在石刻上署名。格萨尔石刻的国家级传承人目前主要有：尼秋，男，1964 年 5 月出生于色达县年龙乡，小学文化程度。2008年 12 月 1 日被确定为国家级格萨尔彩绘石刻传承人，他刻过许多大型的石刻群，如泥朵乡格萨尔石刻群。洛让，男，1959 年 4 月出生，初中文化程度。2008 年 12 月 1 日被确定为国家级格萨尔彩绘石刻传承人。他在18 岁后开始学习藏画的技法、着色、构图等各种知识，在藏画学习过程中，他发现格萨尔彩绘石刻更能够表达他的内心世界和精神追求，认为自己就是英雄格萨尔王选择的传承人。克早，男，1969 年 3 月出生于色达县康勒乡打西村，初中文化程度。2008 年 12 月 1 日被确定为国家级格萨尔彩绘石刻传承人。生于牧区的克早从小就与石刻结缘。机缘巧合之下，他师从色达县文化馆著名石刻和唐卡师傅班玛学习石刻。与很多格萨尔彩绘石刻艺人一样，克早最早以刻"玛尼石"[①] 为主。他所刻绘的石刻细腻大方，布局合理，重点突出，人物形象逼真，活灵活现，选材上也是随手拈来，他不仅刀法考究，而且速度极快。

　　格萨尔石刻均以"骑马征战"像作为画面构思，刻制完毕后所摆放

---

　　① 嘛尼石："嘛尼"来自梵文佛经《六字真言经》"唵嘛呢叭咪吽"的简称，因在石头上刻有"嘛尼"而称"嘛尼石"。嘛尼石（Marnyi Stone）在藏区各地的山间、路口、湖边、江畔，几乎都可以看到一座座以石块和石板垒成的祭坛——嘛尼堆。这些石块和石板上，大都刻有六字真言等藏文图案。

的位置必须有众星捧月之势。格萨尔的母亲郭姆、王妃珠姆、岭国的众将领以及与格萨尔史诗有关的佛、菩萨、神等是石刻的主要内容。这些人物刻画均是按照史诗文本对具体人物的描述（包括性格特征、面部特征、服装、所骑战马、将士们各自使用的武器等）而进行创作的。这种当代语境下的创造性的艺术成果，不仅填补了藏族传统石刻的空白，也丰富了格萨尔石刻艺术。

泥朵乡位于色达县西北部的泥曲河畔，海拔 4180 米。这里的格萨尔石刻存放在普吾村普吾寺白塔四周刻石经墙中的一座大石台上。石台共分五层，石刻数量庞大，千余幅格萨尔石刻由普吾村著名高僧阿亚喇嘛发起组织刻绘，规模宏大，气势雄伟，刀法精细，取材考究，表现了岭·格萨尔王及岭国三十员大将、八十位将士的前世，石刻中还有天竺八十大成就者和百位文武尊神的形象。无论从人物谱系的完整性还是从艺人技艺的传承性来看，这一石刻群像已形成了一套较为完整的刻绘工艺体系。泥朵乡格萨尔石刻，每一幅石刻中均刻绘了背景，充分显示了青藏高原的地域特色，有草原、有森林，有蓝天和雪峰，为石刻增添了鲜活的气息，艺术想象力得到无限延展。雕刻与彩绘协调统一，以画补空，以色填空，弥补了石刻本身在画面效果上的不足。

格萨尔石刻的刻绘工艺流程可以分为如下几个步骤：（1）选材。格萨尔石刻对石料的选择较为挑剔，一般都选择经久坚硬的天然页岩资源。在甘孜的色达、石渠、丹巴等地都有着丰富的天然页岩资源，艺人一般就地采选板体形状好的天然板石作刻石原材料。（2）构图。构图一般分两个步骤。第一步是根据板材的大小和人物构思，进行画面定位。这个步骤只需用铁凿在板材上勾勒出画面大致轮廓；第二步则是用描笔依照已经勾勒出的画面大致轮廓，进行准确的线描。一幅作品的好坏，线描是至关重要的环节。所以艺人们会花费很大的精力去认真细致地雕琢铺陈。（3）刻石。完成构图后，艺人会采取立刻、刮刻等技术手段，依照精描的构图线进行雕刻。这道工序是整个彩绘石刻中最细致、最重要的工序。它需要艺人击凿轻重得宜，走线如行云流水，且棱角分明，人物造型准确、生动自然。（4）着彩。先将已刻制完毕的刻石画面通刷一道白色颜料，称之为基色。待基色干定后，开始着彩，该道工序有两大特点。一是遵循藏族绘画的基本规范，多使用红、黄、蓝、白、黑、绿六种色，一般不使用中间色，以形成鲜明强烈的对比。二是根据格萨尔史诗中对画面人物、战马、武器等的具体描述进行着色。一般有格萨尔史诗知识的人，单从画面的色彩处理上就可以辨认出这是史诗中的哪位将士。（5）保护。着彩完毕后，为了有效保护彩绘石刻的色泽，需要在刻石画面上涂一层保护层，个别情况下可使用"矾砾水"，多数情况下则刷一道清漆。经过这几道工序之后，一个格萨尔彩绘石刻作品就完成了。

自唐代以来，随着佛教的传入和后来藏传佛教的形成和壮大，以及藏传佛教在藏族社会特殊地位的确立，石窟、摩崖、可移动板块体石刻等都以宗教题材为主题内容。例如可移动的板块体石刻，均被称为"嘛呢石刻"，内容为"六字真言"、佛经，以及佛、菩萨、神、高僧像等。"格萨尔石刻"的出现，打破了这种格局，成为藏族民间雕塑艺术的一门创新艺术，不仅是格萨尔文化的一种新的传承方式，也填补了格萨尔文化在藏族石刻中的空白。

格萨尔石刻以更鲜明的视觉冲击，更立体的表现形式，更直接的表达方式，让更多人能直接面对和了解格萨尔史诗文化，就格萨尔文化的普及而言，其作用是不可估量的，在群众受教育水平相对较低的雪域高原，彩绘石刻的普及作用明显大于文本普及。虽然格萨尔彩绘石刻为弘扬藏族民间传统文化尤其是格萨尔文化做出了极大贡献，但技艺传承后继乏人。凿刻格萨尔史诗画像是一件又苦又累的活，且挣钱不多，多的一个月能挣1000多元，有时一个月只能挣几百元。年轻一点的都愿意出去打工挣钱以此养家糊口，正因为如此，有兴趣学习格萨尔彩绘石刻并长期坚持的年轻人越来越少，更多的是半途而废另谋出路。艺人断代或青黄不接的现象尤其突出。同时，就现存的作品而言，尚没有形成完整的保护机制。格萨尔彩绘石刻长期露天放置，因高原严寒的侵袭和强烈紫外线的照射而造成较为严重的自然损坏，20世纪60年代又遭到近乎毁灭性的人为破坏，有关刻绘技艺基本失传。

结　语

笔者认为，随着藏区各地经济的发展，以及当代文化传承方式的日趋复杂多样，从传统走来的格萨尔史诗同样会不断走向复杂与多样。尽管我们已经看到当代语境下史诗传统的变异，但新的传承类型所呈现出的开放姿态和融会众流的特质正是文化发展所需要的，仍可以为我们研究格萨尔史诗提供新的资料。在文化生态学的层面上，我们可以看到，传统与现代是如何相互依存、相互依赖又相互建构的。文化的动人之处不仅在于人与传统之间神秘而敞开的亲密交流，还在于这种交流对于我们今天所形成的生活和文化的意义。历史的、传统的使命其实同构于我们今天丰盈的自我内在性，在经验环境与内在感受的互动生成与更新中逐渐走向宽广与深厚。

原载于《西北民族研究》2017 年第 3 期

　　杨霞（丹珍草），女，藏族，1966 年生，甘肃甘南藏族自治州人，中国共产党党员，中国社会科学院研究生院博士。1995 年 6 月至今在中国社会科学院民族文学研究所藏族文学研究室工作，研究员，藏文室副主任。研究方向为藏族文学评论、格萨尔史诗研究。代表作专著有《文本·田野·文化：多重视阈下的藏族文学研究》《格萨尔史诗当代传承实践及其文化表征》，代表论文有《岁月失语，惟石能言——当代语境下格萨尔石刻传承及其文化表征》。西南民族大学、西北民族大学兼职教授。专著《藏族当代作家汉语创作论》获第八届"中国少数民族文学优秀成果奖"。

壮族布洛陀叙事的历史化与经典化

李斯颖

一 引言：记忆塑造集体的"历史"

人与动物的最大区别之一就是丰富的"记忆"，通过记忆积累经验，回忆过去，创造未来。20 世纪 80 年代起，集体记忆、历史记忆、社会记忆及文化记忆等与"记忆"有关的学术理论开始突破心理学和认知学研究的界限，在人文社科领域发挥着解读族群"历史"、阐释文化传统、探索民族关系等诸多积极作用。集体记忆是哈布瓦赫强调的重要概念，它通过个体记忆得到承载，建构起了整个群体内部共同的记忆，并以各种典礼性、仪式性的形式出现。[①] 在集体记忆的基础上，阿斯曼夫妇共同开创了"文化记忆"的术语，用以涵盖"每个社会和每个时代所特有的重新使用的全部文字材料、图片和礼仪仪式的总和。通过对它们的'呵护'，每个社会和每个时代巩固和传达着自己的自我形象。"[②] 文化记忆理论从文化角度来研究记忆，提出文化记忆的传承方式主要有"与仪式相关的"（无文字社会）和"与文字相关的"（有文字社会）两大类别[③]，重视文字、文本、仪式等在传承记忆中的特殊作用。文本与仪式的"经典化"是文

[①] ［法］哈布瓦赫：《论集体记忆》，毕然等译，上海人民出版社 2002 年版，第 47—52 页。

[②] ［德］哈拉尔德·韦尔策：《社会记忆：历史、回忆、传承》，季斌等译，北京大学出版社 2007 年版，第 6 页。

[③] 王霄冰：《文字、仪式与文化记忆》，《江西社会科学》2007 年第 2 期。

化记忆得以形成的关键环节。

布洛陀被视为壮族的人文始祖，在民间流传着对他的诸多"记忆"，涉及他的年龄、外貌、亲属、生活习惯以及性情等，形成了丰富的叙事①。有的叙事只言片语，仅通过口头传承；有的已逐步篇章化、经典化，在麽经文本中被记载下来。文字、文本、仪式等因素都在布洛陀的文化记忆传承中发挥着举足轻重的作用，使其得以延续至今。根据目前的研究，布洛陀作为历史真实人物存在的可能性不大。"布洛陀并非具体的人物，而是已被赋予了'神格'人物的象征，他是初民集体力量和智慧的化身，也是壮族原始文化成果的集中代表。"② 通过布洛陀这一特殊"回忆形象"的长期塑造，壮族人民形成了族群共享的集体文化记忆，拥有了一种可供回忆的共同"历史"，以此形成了"经得住时间考验的身份认同意识"③。这种记忆是文化选择的结果，具有其自身的独特性和持久性，并为民族的发展提供了一种可持续的规范性与定型性力量。为此，借助文化记忆理论，剖析布洛陀这一特殊的"回忆形象"如何被有意识地筛选、传承以及经典化，如何借助仪式、文本、图像等多种形态继续在壮族社会中发挥作用，将有助于深化对布洛陀叙事内涵、壮族文化发展特征及其文化记忆特点等的理解，有助于在现代社会中寻找到符合壮族文化发展的途径、提升民族自信心，使壮族传统文化能迸发新的生机。

二　作为"回忆形象"的布洛陀

1. 文化记忆中的"回忆形象"

能够被保留在群体记忆中的真理多已形成了一种具体的形式，"这种形式或是具体的人，或是具体的事或具体的地点"④。于是，阿斯曼在哈布瓦

---

① 本文所使用的叙事概念，包括神话、麽经经文、传说以及古歌等有关布洛陀的各类讲述内容。

② 覃彩銮：《布洛陀神话的历史文化内涵》，《广西民族研究》2004 年第 1 期。

③ ［德］扬·阿斯曼：《文化记忆：早期高级文化中的文字、回忆和政治身份》，金寿福、黄晓晨译，北京大学出版社 2016 年版，第 41 页。

④ ［法］哈布瓦赫：《论集体记忆》，毕然等译，上海人民出版社 2002 年版，第 47—38 页。

赫"回忆图像"的基础上提出了"回忆形象"的概念，它既包括图像性的文化符号，也包括各类叙事性的形式，如神话、绘画、经文等。布洛陀无疑是壮族文化记忆中得到传承，具备重要真理和丰富内涵的"回忆形象"。

在口传神话、传说、麼经及其他载体中，有关布洛陀个人的叙事呈现出碎片化的状态，涉及布洛陀的性格与身体特征、特异神力、生活习惯及亲属关系等。这些内容彼此呼应，构建了一个丰富的布洛陀形象。布洛陀的亲属主要有妻子、子嗣、徒弟、父母等。在民间，布洛陀被描述成一位年纪较大、鬓发斑白而身材魁梧、红光满面、精神抖擞的老者[1]。田阳麼农吉勤甚至听老一辈人说过，布洛陀的小名叫作"哎笃"（aeh tuz），名字的含义却不清楚。[2] 在广西右江、红水河流域，人们多流传他的妻子为姆洛甲，比他小十多岁。[3] 也有说二人为母子关系的。关于布洛陀夫妻的孩子，有五个、九个等诸多说法。[4] 布洛陀的徒弟是布伯。[5] 麼经中说布洛陀的母亲是祖宜婆，他有兄弟五人。[6] 有的地方则传说布洛陀无儿无女，专门助人为乐。老虎称布洛陀为大哥，野猪称布洛陀为姐夫。[7] 布洛陀还有着基于人性的多种神异能力[8]，如力大无比、知识面广、有巨大的生殖器、懂得鸟兽和花草树木的语言、有一把神斧、出去做麼时有老虎开路、会建造稳固的房屋、关心大家的疾苦并能谦虚听取大家的意见等。布洛陀也有自己特别的生活习惯，广西巴马、武鸣等壮族地区地都流传布洛陀住在岩洞里。文山一带的壮人则认为布洛陀白胡须拖地，住在一棵万年青下。[9]

---

[1]　陶阳、钟秀编：《中国神话》（上），商务印书馆 2008 年版，第 67—86 页。

[2]　被访谈人：农吉勤（64 岁，广西田阳县田州镇个强新屯村民）；访谈人：李斯颖；访谈地点：广西田阳县田州镇个强新屯；访谈时间：2016 年 2 月 3 日。

[3]　同上。

[4]　农冠品编注：《壮族神话集成》，广西民族出版社 2007 年版，第 55—169 页。

[5]　同上书，第 44 页。

[6]　张声震主编：《壮族麼经布洛陀影印译注》（第六卷），广西民族出版社 2004 年版，第 1838 页。

[7]　被访谈人：沈章贵（61 岁，云南省文山州广南县贵马村村民）；访谈人：李斯颖；访谈地点：云南省文山州广南县贵马村；访谈时间：2010 年 8 月 9 日。

[8]　这种神异能力往往是在一般人能力之上提升的结果，而非如同神一样没有根据的无所不能。

[9]　农冠品编注：《壮族神话集成》，广西民族出版社 2008 年版，第 60 页。

布洛陀虽有神力，但也有生死之时。"有生有死"让布洛陀的形象更带有"人"的气息，作为始祖的可信度更高。在农吉勤老先生家里，一本名为《秘书》的手抄本内详细地记载了布洛陀、姆洛甲的生辰，原文如此"布禄图秘名永世甲子年十月十五日午时本命／麻禄甲赵名永明甲午年正月十五日子时本命"，其中说布洛陀（布禄图）的名字为"永世"，生日是"甲子年十月十五日午时"，姆洛甲（麻禄甲）姓赵，名字为"永明"，生日是"甲午年正月十五日子时"。① 传承该本秘书的农氏家族兼从事道教活动，故这则关于布洛陀、姆洛甲的信息带有道教文化注重吉日、隐秘性的色彩，同时也反映了壮族人民力图将布洛陀、姆洛甲的个人信息深度历史化的努力。广西田阳敢壮山一带流传布洛陀、姆洛甲到达敢壮山的"降生日"为农历二月十九日，故人们从那天开始隆重祭祀。布洛陀死亡的原因民间也各有说法。如广西巴马壮人说布洛陀只顾给别人建房却没时间给自己盖房，就常年住在山洞里，有一晚他不幸被洞中脱裂的大岩石压死。② 有的地方则说，布洛陀还没完全把自己的本领传给徒弟就死了。③ 云南广南县壮族沙支系布麽沈章贵则说布洛陀找不到好日子盖房，归仙的时候就住在大树下。④

通过对上述内容的梳理可发现，布洛陀的形象虽然在麽教经文及神圣仪式场合中无法得到具象化、细节化的呈现，但通过口头讲述、文本记载、风物地标等方式的再现，壮族民众获得了对布洛陀有血有肉、丰富而充满人类气息的多维度记忆，从而像崇敬、纪念自己有血缘关系的祖先一样去回忆他。这些"碎片化"的记忆在"祖先"认同的作用下逐渐建构出线性的"事实"，使布洛陀逐步"历史化"为一位优秀且能力超群的"始祖"。正如田阳一带的布洛陀传说，使"我们可以感受到生动、亲切的布洛陀的形象，他已经不单单是高高在上的神，而是深入民间和儿孙后

---

① 此抄本信息为广西田阳县布洛陀文化研究会会长黄明标老师提供，特此致谢。
② 农冠品编注：《壮族神话集成》，广西民族出版社 2008 年版，第 39 页。
③ 同上书，第 65 页。
④ 被访谈人：沈章贵（61 岁，云南省文山州广南县贵马村村民）；访谈人：李斯颖；访谈地点：云南省文山州广南县贵马村；访谈时间：2010 年 8 月 9 日。

代同甘共苦的老祖公"①，他的形象更为生动，也更具有浓厚的人情味。

2. 回忆形象的时空关联

作为文化记忆的布洛陀叙事具有时空关联性，在特定空间内被物质化，在特定的时间上不断延续，具有了群体性的关联意义，并在历史上经历了多次不断的重构。② 布洛陀叙事常通过仪式、节庆的时空，以布麽的主持、吟诵经文等活动得以再现，以此增强人们的记忆。例如，红水河流域的壮族杀牛祭祖宗仪式通常在除夕夜举行。除夕夜为稻作农业生产结束之后的辞旧迎新时段，是族群内男女老少欢聚之时，带有周期性的特征，具备特定的时间节点意义，成为一种"在集体中被经历的时间"③。参与仪式的人均为本家族的成员，所选择场所或为某成员之房屋，或为公共活动空间，容纳群体的空间带来的身体实践经验，成员间彼此的交流互动，使特定的空间成为回忆的线索，能唤起族群的集体回忆。广西田阳敢壮山有复建的布洛陀祠，壮乡各地也有不少布洛陀庙与神像等，在这些神圣空间选择特定日期对布洛陀进行朝拜与祭祀，提供了延续回忆的时空关联。

壮族人民对布洛陀的空间记忆关联着各地流传的风物传说。它们强化了人们对布洛陀的印象，使布洛陀的行为更具体化、真实化。如在广西田阳一带有布洛陀造物、挑山、养牛、锁蝗之所。④ 广西红水河中下游堵娘滩、雷公滩、断犁滩、鹰山狗岩滩、卧牛滩和十五滩等地，与布洛陀开山开辟红水河的事迹有关。⑤ 在广西西林，当地的壮族说驮娘江在历史上一直被称为"布洛陀河"。在贵州兴义，布依族布摩⑥说布洛陀与七姊妹星打赌，要把山挑走。现在兴义一带的山都在泥凼那边，就是被布洛陀挑走的。达居村还留有布洛陀挑山时踩下的脚印。⑦ 这些描述，都使人们感觉

---

① 谢荣征：《布洛陀传说研究》，硕士学位论文，广西民族大学，2009 年，第 22 页。

② ［法］哈布瓦赫：《论集体记忆》，毕然等译，上海人民出版社 2002 年版，第 38—42 页。

③ 同上书，第 31 页。

④ 黄明标搜集整理：《布洛陀与敢壮山（传说故事）》，广西民族出版社 2004 年版。

⑤ 农冠品编注：《壮族神话集成》，广西民族出版社 2008 年版，第 35—36 页。

⑥ 布依族与壮族有共同的族群渊源，共享布洛陀信仰与文化。

⑦ 被访谈人：黄仕坤（48 岁，贵州省兴义市南龙古寨）；访谈人：李斯颖；访谈地点：贵州省兴义市南龙古寨；访谈时间：2016 年 8 月 20 日。

布洛陀更像一个活生生的人，更直接地与人们的生活、环境发生了关系，根植于更为具体的地方知识体系之中。

随着时代的发展，这些带有时空色彩的"历史化"叙事成为壮族先民实现自我认同、表达族群"历史心性"的心灵文本。"一种结构性社会情境，产生特有的、可支持此社会情境的历史心性。然而历史心性本身只是一种'心性'，一种文化倾向，它只有寄托于文本，或某种文类中的文本，才能在流动的社会记忆中展露它自己。"① 对布洛陀形象的碎片化记忆聚拢在一起，给人更为多样、全面的信息。作为壮族先民"有据可依"的族群历史记忆，越来越丰富的布洛陀叙事文本达成了对始祖的理想化塑造，并实现了对本民族独特文化的肯定与表述。从上述对布洛陀的描绘中，布洛陀作为领袖的诸多特质——威望高、勤勉、辛劳、友善及乐于助人等成为壮人津津乐道的谈资和神圣时空里闪耀的光芒。

三　布洛陀时代：民族文化记忆塑造的历史

布洛陀叙事属于"众神与英雄时代"的文化记忆，讲述的是族群的"过去"。通过壮族人民世代相传，这段以始祖为主角的"过去"，构成了壮族"历史"上最重要的部分，阐明的是一种稻作文化的世界观与生活方式，是社会得以运转维系的基础。文化记忆作为人类记忆的一个外在维度"，它"来自起源时期"，实现的是人类记忆对意义的传承。文化记忆的内容是"神话传说""发生在绝对的过去的事件"，其事件结构是"神话性史前时代中绝对的过去"，并拥有专职的传统承载者②。布洛陀神话从创世开始，时间段主要集中于世界起源到万物出现、人类社会完备有序这一阶段。通过与其他神祇的共同努力，布洛陀为壮族先民创造了一个持续、稳定的生存环境与各类物质条件，带来了社会得以正常运行的开端。

在布洛陀叙事里，壮族人民用"前代"（ciuh gonq）、"以前"（gonq）、

---

① 王明珂：《英雄祖先与弟兄民族：根基历史的文本与情境》，中华书局 2009 年版，第 237 页。

② ［德］扬·阿斯曼：《文化记忆：早期高级文化中的文字、回忆和政治身份》，金寿福、黄晓晨译，北京大学出版社 2015 年版，第 20、49、51 页。

"古世"（ciuh laux）等时间词语来表达"历史"的时间概念，打造了本民族关于"众神与英雄时代"的集体记忆。壮族"起源历史"中布洛陀、姆洛甲的神话叙事丰富，内容庞杂丰富，关于布洛陀与众神创世与造物、制定社会运转秩序等多种多样的内容，细节生动，犹如叙述者亲身所见。但"无数的谱系都是从神话传说中的先祖直接跳跃到现代……显得头足相接没有身体，或者只有两端没有中间"①，这个特点也鲜明地存在于壮族的神话叙事之中。麽经手抄本请来的诸神从布洛陀、姆洛甲等一长串的创世、造物之神，直接跳到了"三祖五代"②，文化记忆与交流记忆的对立再次被鲜明呈现。所谓"交流记忆"，是"对刚刚逝去的过去的回忆"，代际记忆是这种记忆的典型。代际记忆范围只保存在三四代人之间，随着记忆承载人的死亡，这种记忆又往前更新推进了。而布洛陀叙事中所讲述的"过去"，则是一种"巩固根基式回忆"③，是社会集体的回忆，这"过去"与我们的当下生活保持着一种绝对的距离，无论逝去多少代，它都与不断前进的当下保持着恰当不变的距离，类似于一种永恒的存在。它作为一种"历史"知识与概念，故而能为壮族人所记忆和传颂。

布洛陀叙事构建的时代是一种可供回忆的"过去"，而不是可查证的历史。"过去在记忆中不能保留其本来面目，持续向前的当下生产出不断变化的参照框架，过去在此框架中被不断重新组织。"④ 这种作为文化记忆的"过去"，并不是像交往记忆那样散漫发展，而是一种在历史中被创建的、高度成型的记忆。它与叙事内容的真实性关系不大，作为民族历史上起到奠基作用并被固定、内化传承下来的历史，它本身就已经成为"神话"。虽然布洛陀叙事并非我们平日所认知的"历史"概念，却是壮族构建自己知识体系、认识自己族源并组织当下和未来经验的有效内容，起着建构和巩固世界观与人生观的指导作用。布洛陀神话更是壮族文化中

---

① ［德］扬·阿斯曼：《文化记忆：早期高级文化中的文字、回忆和政治身份》，金寿福、黄晓晨译，北京大学出版社 2015 年版，第 42 页。

② 张声震主编：《壮族麽经布洛陀影印译注》（第六卷），广西民族出版社 2004 年版，第 97 页。

③ ［德］扬·阿斯曼：《文化记忆：早期高级文化中的文字、回忆和政治身份》，金寿福、黄晓晨译，北京大学出版社 2015 年版，第 44—45 页。

④ 同上书，第 13 页。

"具有象征意义的再现形式"，是与经济、政治权利并列存在的"三个典型领域或者作用框架"① 之一。它的持续传承承担着民族认同与自我肯定的功能，是壮族文化传统中不可或缺的重要部分。通过此类共同文化记忆，壮族实现了群体内部的凝聚与认同。

通过口传与文本两种途径，布洛陀时代的历史在日常与仪式之中得到传承。这一时代以对始祖布洛陀的记忆为特征。通过被固定化的文字、图像等传统的、象征性的编码，在集体成员共同参与的各类仪式的时空内，布麼将布洛陀叙事用诗的形式进行展演，将叙事内容凝聚成发挥着"回忆、传承和认同"的民族文化记忆。它们因为被"经典化"而更具有了"权威性""不可争辩"的固化与神圣色彩，是民族历史上的重大事件，有着突变与前进的意义。有关布洛陀的各种"碎片化"记忆，包括生辰记载、外貌、习惯及爱好等特征内容，都有将布洛陀视为壮族历史中重要人物、表达民族文化独特性和持久性，并实现情感认同的主旨。有关布洛陀的各种风物传说，更营造了一种民众赖以根植回忆的空间和象征物，使有关布洛陀的"历史"显得更为真实可信。这些叙事成为人们活动的准则与借鉴，在树立壮族自身的形象、指导民族前进时产生了无以估量的"神话动力"②。

四　布洛陀叙事的"经典化"

布洛陀叙事在传承过程中日益走向了文化记忆的"经典化"。所谓文化记忆的"经典化"，指的是"普通的文本和仪式，经过具有权威性的机构或人士的整理之后，被确定为典范的过程"③，比如圣经及弥撒仪式程序。被整理后的文本与仪式遂成为文化记忆中的"经典"，不允许随意更改。作为布洛陀叙事经典化的代表，麼经手抄本及其仪式已逐步"规范化"，出现了高度的趋同。首先，这些被经典化的内容在形式上发生了变

---

① ［德］扬·阿斯曼：《文化记忆：早期高级文化中的文字、回忆和政治身份》，金寿福、黄晓晨译，北京大学出版社 2015 年版，第 13 页。

② 同上书，第 77 页。

③ 王霄冰：《文字、仪式与文化记忆》，民族出版社 2007 年版，第 75 页。

化，主要采用了高度凝练的五言韵文。其次，通过比较民间自发传承的布洛陀叙事与被"经典化"的叙事，可以发现"被经典化"的部分加入了更多汉文化、道教文化的内容，注重对社会秩序与家庭伦理关系的阐释，强调布洛陀作为麽教祖师爷的身份。在仪式当中，布麽必须完全按照麽经原文进行吟诵，不允许念错，仪式步骤也必须正确，这都是经典化的突出表现。作为文化精英的代表，布麽对麽经抄本及仪式拥有阐释权，附着了神圣性色彩。麽教对布洛陀叙事的吸收与阐释体现了民间宗教对壮族文化记忆"经典化"的干预。

1. "经典化"带来的叙事母题变迁

"经典化"的过程涉及布洛陀叙事内容的取舍、加工润色等问题。以口传和麽经中的"生人"母题为例进行比较，可看出布洛陀叙事"经典化"导致的变异。口耳相传的布洛陀神话中常出现"布洛陀与姆洛甲婚配生人"的母题。如《女米洛甲断案》① 说布洛陀和姆洛甲为开天辟地的夫妻，他们忙于创造天地，远隔千万里。后来，姆洛甲受风孕，生下六男六女。《女米洛甲生仔》② 则叙述姆（女米）洛甲与布洛陀婚配后生下人类：

> 女米洛甲、布洛陀是地上的两个人，女米洛甲想和布洛陀结婚，造天下婚姻，布洛陀却不懂得夫妻的涵义，赌气跑到下界和图额一起生活。后来，布洛陀看到女米洛甲在山顶上盼望自己回来，就对着女米洛甲喷了一口水，射中她的肚脐眼。女米洛甲回到家就怀孕了，生下 12 个孩子。孩子们叫布洛陀做"爸"，壮语里也是"喷"的意思。

作为壮族始祖神的布洛陀、姆洛甲在口传叙事中以配偶形式出现，这与人类理解男女配对而繁衍的因果关系是一致的。口传神话中的布洛陀、姆洛甲"生人"母题常镶嵌在壮族创世神话中，成为其有机组成部分，呈现一种自发无为的传承状态。

相较之下，以麽经为载体的布洛陀叙事与"生人"母题的关系并不这

---

① 农冠品编注：《壮族神话集成》，广西民族出版社 2008 年版，第 26—27 页。
② 同上书，第 22—23 页。

么密切。收录了 29 个麽经手抄本的《壮族麽经布洛陀影印译注》中，只有
《布洛陀孝亲唱本》和《麽荷泰》两个抄本有造人与兄妹（娘侄）婚配的
内容。《布洛陀孝亲唱本》里是伏羲造人。流传在云南文山的《麽荷泰》
则说布洛陀、姆洛甲指导娘侄俩祭祀才生出孩子，这两位始祖还把磨刀石
般的肉块切成六片，撒到各处分别变成鱼、稻谷、马鹿、青蛙、人类等。①

　　纵观麽经内容，被经典化后的叙事似乎都在"避而不谈"布洛陀结
婚、生子这类人间凡俗的内容。只有在不同场合下出现的"去问布洛陀，
去问姆洛甲"等程式化叙述，保留了布洛陀、姆洛甲的对偶神身份。民
间口传布洛陀生人与麽经抄本中人类起源母题在传承内容上的差异，正是
壮族民间文化精英——布麽对布洛陀叙事进行筛选与整编，完成"经典
化"的过程。能够使用方块壮字、汉字的布麽，受汉族道教思维体系的
影响，有意识地选择符合中原汉文化伦理道德、审美等标准的内容进行扩
充与替代，并将不少道教神祇与故事引入麽教经文之中。麽经中通过
"去问布洛陀，去问姆洛甲""布洛陀就讲、姆洛甲就说"的提纲式语句
来强化布洛陀、姆洛甲的智慧和"至上而下"的指导，其实他们亲身参
与的具体实践活动并不是很多。布洛陀具有了神的全知视角与指示功能，
可以上天入地，为常人所不能。与此同时，布麽依然供奉布洛陀为祖师
爷，并将他比附为汉族的太上老君②。麽经中渲染的往往是布洛陀的神
力，比如出门时河水为之断流、山峰为之崩塌，就连水牛角也要弯曲。③
布洛陀以坚铁为午餐，以烧红的铁块为早餐，他的家在深水之下、高山之
巅。④ 布洛陀用的经书同样具有法力，有的字小如苍蝇，有的字大如篱

---

　　① 张声震主编：《壮族麽经布洛陀影印译注》（第六卷），广西民族出版社 2004 年版，第
2850—2852 页。

　　② 被访谈人：张廷会（69 岁，云南文山州麻栗坡县八布乡村民）；访谈人：李斯颖；访谈
地点：云南文山州麻栗坡县八布乡；访谈时间：2014 年 7 月 29 日。

　　③ 张声震主编：《壮族麽经布洛陀影印译注》（第四卷），广西民族出版社 2004 年版，第
1435 页。

　　④ 张声震主编：《壮族麽经布洛陀影印译注》（第四卷），广西人民出版社 2017 年版，第
1428 页。

笪。① 布麽在仪式中所要强调的往往是布洛陀的神威，这就把布洛陀叙事向创世、造物、文化创造等多方面拓展，涉及天地起源、顶天增地、日月起源、物的起源以及文化和社会秩序的出现等五大主要母题。② 其中，造文字、造麽和禳解仪规、造首领等母题在麽经经文中十分突出，在口传叙事中也不常见，是布麽根据实际的政治、宗教需求而润色、加工的结果。

　　壮族早期地方政权对于布洛陀叙事的经典化发挥了一定作用，地方政权导致布洛陀叙事"经典化"在麽经中多有体现，如多处出现关于"王"的字眼，有专门的"造皇帝土司"篇章。政治精英或曾掌控着布洛陀信仰，通过麽经的演述来反映土司社会确立后的区域空间政治秩序。③

　　2. 壮族与瑶族族源叙事的对比

　　将布洛陀叙事的口传文本、文字文本与瑶族《盘王歌》文字文本进行比较（表一），壮族布洛陀叙事中经典化的选择倾向更一目了然。瑶族盘瑶支系的《盘王歌》是族源叙述实现文化记忆"经典化"的一个典型案例。通过文字文本被固定下来的《盘王歌》生动讲述了瑶族来源，以此证明瑶族人与中原中央王朝之间的渊源，并强调瑶族人不纳税的原因。"对过去的兴趣起初并未表现为一种对'历史'的特殊兴趣，它首先是普遍而具体表现为对论证合法性、证明正当性、达成和解、做出改变等的兴趣，而且其发挥作用的框架可以用回忆、传承和认同来圈定。"④ 讲述族源历史以此证明瑶族人可被免除徭役的叙述，通过《盘王歌》《过山榜》等汉文文本实现"经典化"，并由此形成文化记忆的固定文本，其最终目的是为了强调瑶族人的权利，并高度凝聚了瑶族内部的彼此认同。相较而言，布洛陀叙事的"经典化"有意地避开了始祖直接生人的母题，以笼统的布洛陀指导造人为最常见，展示出与瑶族文化记忆经典化的不同的主旨与追求。

---

　　① 张声震主编：《壮族麽经布洛陀影印译注》（第一卷），广西民族出版社 2004 年版，第 12 页。

　　② 李斯颖：《壮族布洛陀神话研究》，中国社会科学出版社 2016 年版，第 64—165 页。

　　③ 麦思杰：《〈布洛陀经诗〉与区域秩序的构建——以田州岑氏土司为中心》，《广西民族研究》2008 年第 1 期。

　　④ ［德］扬·阿斯曼：《文化记忆：早期高级文化中的文字、回忆和政治身份》，金寿福、黄晓晨译，北京大学出版社 2015 年版，第 63 页。

表 1

神话文本	《女米洛甲断案》①	《布洛陀孝亲唱本》之《创造万物》②	《盘王歌》③
民族	壮族	壮族	瑶族
主要母题（节选）	布洛陀把巨石分开，出现姆洛甲；布洛陀、姆洛甲造天地万物	盘古造天地；仙人派天王氏、地王氏造天地万物；派伏羲造茅草人	盘古开天地
		伏羲王放水淹天，剩下伏羲兄妹；伏羲兄妹繁衍人类	天下干旱，发果抓住雷王问罪；雷王逃跑，发大水淹天下，只有伏羲兄妹幸存；伏羲兄妹繁衍人类
			高王与评王争天下，太白化身神犬盘护杀死高王，献其首级给评王
	姆洛甲怀上风孕，生下六男六女		评王赏赐盘护，嫁女给盘护
	六男六女婚配繁衍人类		盘护与公主生六男六女，获赐 12 姓
演述形式	散体，日常	韵体，仪式	韵体，仪式
演述者	普通人，师公、布麽	布麽	道公

　　从表 1 中可看出，瑶族《盘王歌》文本在盘古创世之后有两个关于"人类出现"的重要母题，第一个是洪水淹天地，伏羲兄妹生人；第二个是盘护与公主成亲，生瑶族 12 姓。第一个母题属于人类起源神话，还没有民族之分；第二个"生人"母题属于族源神话，强调的是瑶族人作为盘护与公主血脉的延续。人类与族群的起源结合了开天辟地、造物等母题形成较为固定的叙事情节，这在各民族神话中都较为常见。每个叙事文本中保留的母题都是民族文化传承与选择结果。《盘王歌》主要在"还盘王愿""挂灯"等仪式之中被吟诵，是高度韵文化的文本，其演述者主要为

---

① 农冠品编注：《壮族神话集成》，广西民族出版社 2008 年版，第 26—27 页。

② 张声震主编：《壮族麽经布洛陀影印译注》（第六卷），广西人民出版社 2017 年版，第 1837 页。

③ 郑德宏、李本高整理译释：《盘王大歌》（下），岳麓书社 1988 年版，第 83—111 页。

神职人员道公。在实际操作中，道公同样注重仪式的程序正当、文本诵读的正确无误，使仪式与文本皆具"经典化"的含义。①

相较之下，壮族两个神话文本的母题分别与《盘王歌》的内容有类同之处。口传的《女米洛甲断案》中姆洛甲与布洛陀（间接）生人，与盘护神话母题相似，带有族源神话的色彩。它强调壮人为布洛陀、姆洛甲血脉之后裔，但"风孕"之说又弱化了壮人与布洛陀直接的血缘关系。在前述《女米洛甲生仔》神话中，布洛陀通过向姆洛甲"喷水"完成了受孕过程，带有生殖色彩的隐喻。有意思的是，两则神话母题都有意回避了肉体的接触，是壮族人民在传统伦理观念影响下对神话进行艺术加工的结果。布洛陀"生人"母题主要以口耳相传的散体讲述形式存在，讲述时间也较为随意，不存在禁忌，也容易发生变异。讲述人可以是一般的壮族男女老幼，也可以是师公、布麽等各类神职人员，故其传承渠道更为多元，词语使用上带有个人色彩，没有成为被"经典化"的内容。虽然布洛陀"生人"母题被布麽所舍弃，在麽教经文中被忽略，但其浓厚的族源神话色彩使之具有了独特的民族文化记忆价值，一直在民间传承。而麽经《布洛陀孝亲唱本》之《创造万物》叙述洪水淹天后伏羲兄妹繁衍人类，与《盘王歌》中的人类起源母题基本一致。该母题受到汉文化"伏羲女娲造人"观念的深度影响，强调伏羲氏的功绩，出现伏羲兄妹配对生人的内容，但没有强调民族的差别，突出的是人类整体，与布洛陀关系不大。作为麽经手抄本的内容，布麽采用了方块壮字记录这则人类起源母题，用传统的五言韵文形式来呈现，并在丧葬等特定仪式上吟诵，使之实现了高度的"经典化"。

从口传到文字文本，从自发流布到被"经典化"传承，从族源神话到人类起源神话，布洛陀神话的两个文本《女米洛甲断案》《布洛陀孝亲唱本》之《创造万物》在表述方式、功能上都存在差异，带给我们新的思考。其中，布洛陀与姆洛甲生人带有族源神话的色彩，但在历史的发展中，却逐步被边缘化。这是专职的传统承载者——布麽通过文字手段对布洛陀叙事进行改造与选择性重构的结果。文字与文化精英在文化记忆

---

① 散文体《过山榜》同样也是盘护母题被"经典化"的一种重要形式。

"经典化"的过程中占有重要地位。麽经与麽教仪式成为布洛陀叙事内容"经典化"的利器,作为重要的民族文化记忆由专人传承。通过比照《盘王歌》,两则神话分别作为"人类起源"与"族源神话"的性质更为清晰,文化记忆"经典化"的方式与途径也更容易得到说明。"经典化"后的文化记忆,其传承形成了体系,相较而言不容易消亡。

五 结语

作为"回忆形象"的布洛陀是壮族人民经过数千年塑造而成的。至今,在民间依然流传着布洛陀的各类"碎片化"记忆,它们在民众之间口耳相传,内容丰富但又具有较强的变异性,叙事的个人色彩浓厚,容易逸失。有的叙事日益"经典化",记录在古壮字文本之中,通过专职的文化记忆储存人——布麽在各种重要的节日、庆典仪式中被保存至今,具有了神圣性、权威性色彩,也趋向于固化,更易于传承。总体上看,布洛陀叙事源远流长,它塑造了壮族社会早期的英雄与集体"时代",承载着他们的信仰与族群历史,带有壮族内部彼此认同与凝聚的重要功能。在现代化冲击下,布洛陀口传叙事日渐消失,而"经典化"的布洛陀叙事也面临文本与仪式的"无用"处于被搁置状态,这都使布洛陀文化记忆的传承面临着危机。

今日,通过广西田阳敢壮山的人文始祖祭祀大典等典礼性活动,布洛陀作为壮族人民文化记忆中不可或缺的始祖形象得到了强化,增强了民族的向心力,提高了民族的文化自信,对于整个民族在现代化进程中加快自身文化转型与进步提供了强有力的支撑。正如阿斯曼指出:"群体与空间在象征意义的层面上构成了一个有机共同体,即使此群体脱离了它原有的空间,也会通过对其神圣地点在象征意义上的重建来坚守这个共同体。"①敢壮山对于壮族人民的意义也在于此。

原载于《民族文学研究》2018 年第 6 期

---

① 哈布瓦赫:《论集体记忆》,上海人民出版社 2002 年版,第 41—42 页。

　　李斯颖，女，壮族，1981 年生，籍贯广西上林县，中国共产党党员，中国社会科学院研究生院博士，2005 年 7 月至今在中国社会科学院民族文学研究所南方民族文学研究室工作，副研究员。研究方向为壮族口头传统。承担中国社科基金青年项目"台语民族跨境族源神话及其信仰体系研究"（2014）、文化部"史诗百部工程"之"壮族布洛陀史诗摄制"（2015）项目。代表作《壮族布洛陀神话研究》（专著）、《壮族布洛陀叙事的历史化与经典化》（论文）等。

中国神话的创世模式及其"神圣叙述"

刘亚虎

中国神话关于创世的叙述，素来被认为是零碎、散乱的。笔者近期承担中国社会科学院 B 类重点项目"中国南方民族创世神话研究"，有切入点地阅读了中国古籍里大量的与创世相关的叙述，感觉其中有一个逐步完善的模式，在此作一点演绎。

一 《周易》："太极生两仪"

中国古人对宇宙形成的思考，根据历世儒家学者的注疏，似乎始于传说中的伏羲时代。现存最早的相关记载见于《周易》。

《周易》的最早"版本"，据说是由伏羲创立的八卦及解说。现存《周易·系辞上》有这样一句话：

> 河出图，洛出书，圣人则之。

唐代孔颖达《周易注疏》曰：

> 《系辞》云："河出图，洛出书，圣人则之。"《礼纬·含文嘉》曰："伏牺德合上下，天应以鸟兽文章，地应以河图洛书。伏牺则而像之，乃作八卦。"故孔安国、马融、王肃、姚信等并云伏牺得河图而作《易》，是则伏牺虽得河图，复须仰观俯察以相参正，然后画卦。伏牺初画八卦，万物之象皆在其中，故《系辞》曰"八卦成，

列象在其中矣",是也。

依此,这里的"河出图,……圣人则之",叙述了一个美丽的传说:黄河通天,一匹龙马驮出"河图",伏羲(伏牺)据之并"仰观俯察"而作《易》。此《易》,据说夏、商两代均有版本;到了周初,周文王在原来基础上加以推演变化,后世孔子或其他人又作了阐释,分别形成周代版本的"经"和"传"两部分,称《周易》。汉代以后,《周易》成为儒家经典,又称《易经》。

在《周易》里,出现了宇宙形成叙事结构,即其书"传"的《系辞上》里一段话:

《易》有太极,是生两仪,两仪生四象,四象生八卦。

这里的"太极",当指混沌时期,即孔颖达所言:"太极谓天地未分之前,元气混而为一。""两仪"多认为指阴阳。这段话一般解释为:生生之易的太极,运转中生成阴阳两种属性的物质,阴阳两种属性的物质不断分化、组合,又产生了"四象",即太阴、太阳、少阴、少阳;四象又产生了"八卦",即构成宇宙的八种最主要的物质:天(乾)、地(坤)、雷(震)、风(巽)、水(坎)、火(离)、山(艮)、泽(兑)。由此,物质世界成型。其中,由"太极"到"两仪"即由混沌运转生成阴阳两种属性的物质,为首要的原因链条。

《周易》"传"虽为后学所作,但因其为"经"之"传",故基本思想当源于"经"可上溯至传说中的伏羲时代。传说中的伏羲,应该属于华夏及夷蛮戎狄"四夷"格局形成以前的氏族、部落或部落集团,有着很悠久的缘起;以伏羲为某种形式祖先的神话传说遍及中原与东南西北四方,包含上述宇宙生成叙事结构的《周易》追溯到伏羲时代,起码说明这个叙事结构的古老。

二 《老子》:"道""其中有精,其精甚真"

周以后,这个基本思想可能萌生于传说中的伏羲时代的叙事结构,在多族群聚居、巫风昌炽的楚地，得到了更充分的丰富和展示。

楚地现存的汉文典籍，如果按照署名作者的年代来排列的话，最早当为《老子》。相传为《老子》作者的老子，一般认为即春秋末期的思想家老聃，老聃姓李名耳，楚国苦县（今河南鹿邑，一说安徽涡阳）人。在关于宇宙形成的叙述上，《老子》最大的特色是凸显了"道"。

"道"的本意，当指道路，《老子》的"道"当然并非此意，然而要穷尽其内涵似乎很难，大而言之可先理解为某种"本源"、某种"终极"。与《周易·系辞上》里的"太极""两仪"说相通，作者以道、气、阴阳以及神秘数字一、二、三解释宇宙万物的演变，描绘了道以及道创生万物的过程：

> 有物混成，先天地生。寂兮寥兮，独立而不改，周行而不殆，可以为天下母。吾不知其名，字之曰道……（第二十五章）
> 道生一，一生二，二生三，三生万物。万物负阴而抱阳，冲气以为和。（第四十二章）

两段组合起来，《老子》为我们描绘了一幅神秘的道生万物的图景：道先于天地而存在，无声，无形，独立，永恒，不停息地运行；道孕育混沌未分之气，混沌之气内含阴阳二气，阴阳二气运动形成天地，阴阳二气相合生出的和气产生万物。

此处，由神秘的道出发，经过一系列演化，产生了万物。那么，道究竟为何物，含何质，具有如此巨大的能量？

还是回到《老子》里。《老子》第二十一章，有这样一段话：

> 道之为物，惟恍惟惚。惚兮恍兮，其中有象。恍兮惚兮，其中有物。窈兮冥兮，其中有精，其精甚真，其中有信。自今及古，其名不去，以阅众甫。（第二十一章）

由此，《老子》所言之"道"，"寂兮寥兮"，"惟恍惟惚"，似乎若有若无；然而，它虽然恍惚无形、深远幽昧，但"其中有象"，"其中有物","其中有精",却给人无穷的想象的空间。尤其是其中有反复强调"甚真"、可"信"、作为核心的"精",更令人遐思无限。或许可以说,"道"的"其中有精",可能正是衍生万物的中心点。

道"惟恍惟惚",而"窈兮冥兮"乎其中的精,当也"恍兮惚兮",故此处"精"或亦可称"精气"。关于"精"或"精气"的作用,《周易·系辞上》有更明确的表达,其曰:

> 精气为物。

这就肯定了"精"或"精气"为万物萌生的起因。孔颖达注疏把"精"与"灵"结合起来,称"精灵之气",并把"精灵之气"与阴阳运动连在一起描述万物萌生的具体过程:

> 阴阳精灵之气,氤氲积聚而为万物也。

到了东汉王充《论衡·纪妖》,则直接把"魂"与"精气"等同,谓:

> 魂者,精气也。

如此,可否这样理解:"精"或"精气"是"道"的核心部分,它有物质的层面,似乎更有精神或灵魂的层面;它的内涵同样难以穷尽,但有一点可以肯定,它潜质无限,容量无限,为万物生命之源。

由此再延伸至南方民族以民族文字留存的史籍,作一点对照阐述。这里举的是彝族史籍的《哎哺啥呃》(汉文译本名《西南彝志》)。

彝文史籍《哎哺啥呃》里的彝语"哎",意为"影";"哺",意为"形";"啥",意为"清气";"呃",意为"浊气",书名直译当为《影形及清浊二气》。该书认为,宇宙和人类的起源,先由"啥"、"呃"即清、浊二气变化,出现"哎"和"哺"即影和形,"哎"、"哺"再演化成天、地、人和一切事物的形象实体。其书《创世志》叙述:

　　哎（影）哺（形）未现时，只有啥（清气）和呃（浊气），啥
清与呃浊，出现哎与哺。……

　　局（日）啊现日影，日影亮晶晶；宏（月）啊显月形，月形金
晃晃。……

　　这样，日、月的影形即日影、月形等首先出现，即"哎哺形成"。接
着，哎哺"又相配"，"日月形象成"，星、风、云、虹等天象实体也才一
并产生。①

　　这里，首先出现的是"哎"与"哺"，由此，"啥呃"即清浊二气之
中亦当包含产生"哎""哺"的内核，如是，才能引起下面的变化。那
么，彝族的"哎""哺"究竟为何？具有如此巨大的内能？

　　彝语中，"哎""哺"原意为影和形，而在他们传统观念里，影又和
魂本出为一。如彝文典籍《裴妥梅妮—苏颇》叙述："世间有影子，灵魂
也出现"，"你影跟着走，灵魂附在身"②。由此，在彝族的传统观念里，
神秘的"影"内含了"魂"的意味；也由此，从另一个角度印证了
"精"或"魂"在中华传统文化宇宙形成观念中的核心作用。

三　气本气化　水本水生

　　天地万物由"道"或"哎""哺"连续衍生的历程，在上述《老子》
与彝文典籍里均有展示。它们有一个共同的特点，即这一历程从混沌之气
开始到逐步完成，大都源于内部二元的相互运动、相互作用。从实践角度
来说，此当萌生于先民对自然界的生命起于两性现象的直观观察。在先民
眼里，无论人类、动物或其他生物都分为两性，在"精""魂"等神秘元
素的参与下，两性交合产生"内在力量"，产生新的生命，这种现象可能
引起先民联想，他们推及万物，概括出"阴""阳"等范畴以及天地万物

――――――――――

　　① 贵州省民族研究所、毕节地区彝文翻译组翻译：《西南彝志选》，贵州人民出版社 1982
年版，第 1—2 页。

　　② 杨家福毕摩释读，罗希吾戈、帅有福、阿者倮濮译注：《裴妥梅妮—苏颇》，云南民族出
版社 1988 年版，第 4、23 页。

交合衍生的论断。

中国古代关于世界的"气本说",大概起源很早。《国语·周语》记载西周幽王时阳伯甫解释地震,就说出"天地之气,不失其序"的话,说明其时"气本说"可能已经流传。"气本说"进一步发展,导致"气化说",导致最具独特意义的阴阳二气运行形成天地万物的叙述。

阴阳之分,最初应为先民基于农耕生产观察天象而形成的观念,大概还是以生活中相对日的背阴为阴,向阳为阳。如《诗经·公刘》记载周人祖先公刘率部迁徙到新的地方以后,"既景乃冈,相其阴阳",意为在山冈上观测日影,确定向阳和背阴的方位。阴、阳之分大概形成最早或较早的"二分"。以后,阴、阳逐渐抽象化,如天地运行以气说,出现阳气、阴气。前述《国语·周语》所载阳伯甫解释地震说出"天地之气,不失其序";其后就是"阳伏而不能出,阴迫而不能烝,于是有地震";再后,在气为万物物质本原观念的基础上,阴气阳气运动成为天地万物化育的环节,如前述《老子》所谓"道生一,一生二,二生三,三生万物"。无形通过层层变化,到有形、有质,最后形成万物。

《老子》这段叙述表现了"气本说""气化说",但似乎不止于此。1993年,在湖北郭店出土了大量战国中期的竹简,其中一篇《太一生水》被认定为传本《老子》的佚文,里面有这么一段叙述:

> 太一生水。水反辅太一,是以成天。天反辅太一,是以成地。

这里的"太一",从《庄子·天下》谓老子"主之以太一"即以"太一"为核心等分析,似乎与"道"等同。由此并结合《管子·水地》所谓水为"万物之本原"等论述可见,中国古代传统文化于"气本说"之外,还有一个"水本说",但此说当不占主体地位。

四　"造物者""二神混生"

若干年后,另一位道家代表人物庄子进一步发挥了"气本""气化"的思想。在《庄子》所表达的观念中,气的运动形成万物,如"人之生,气之聚也;聚则为生,散则为死……故曰:通天下一气耳"(《知北游》)。

在此基础上，庄子又提出"万物皆化"（《至乐》），"以不同形相禅"（《寓言》）；由此，"天地与我并生，而万物与我为一"（《齐物论》）。这些关于人的"气本""气化"以及"万物皆化""天地与我并生"的观念，似乎为以后盘古神话的两种类型即"混沌……盘古生""垂死化身"等奠定了文化土壤。

《老子》论"道"时，提出"其中有精"（第二十一章）即有产生生命物质的精气；而到了庄子，似乎还领悟到天地精神会萌生创世造物的非凡之人，提到了"造物者"一词。在《天下》篇里，他表示要与"天地精神"往来，

上与造物者游，而下与死生无终始者为友。

既然"通天下一气"，此处"造物者"由何而来，给人以另一个想象的空间。

20 世纪 40 年代，盗墓者让湖南长沙东南郊子弹库下面的一座约为战国中晚期的楚墓里一卷帛书重见天日，给关注神话的人们带来震撼。帛书现存于美国华盛顿弗利尔美术馆，全文共分 3 篇，沿周围 1 篇分 12 小段，每段记一个月的名称与宜忌，有战国文字和彩绘图像，与古代卦气说有关，学者们称为"月忌篇"；中间是书写方向互相颠倒的两段战国文字，左边一段 13 行，与古代天文学有关，称"天象篇"；右边 1 段 8 行，称"神话篇"，包含创世神话的内容。于此，楚地神话中始创世者浮出水面，涉及与殷商、芈姓族系等楚地诸族有密切关系的中华远祖伏羲、以及帝俊、祝融、共工等。

帛书里，始创世者的出生充满神奇色彩：

曰故（古）□熊雹戏（伏羲），出自□霆，居于黻□。……梦梦墨墨（茫茫昧昧），亡章弼弼，□□水□，风雨是於（淤）。乃取（娶）虡遏□子之子曰女皇（娲）。是生子四，□是裹，天践是各（格），参化法兆。

　　根据诸家解读，这一段大致的意思是：天地尚未形成之时，世界处于混沌状态（或混沌大气，或混沌大水的状态）。在雷霆闪电之中，雹戏（伏羲）诞生了。他与虞遅□子的女儿女皇（或即女娲）结为夫妇，生下四子（四神）。他们遵循阴阳参化法则，开辟大地，混沌宇宙从此两分。

　　由此，气化、水化滋生万物，首先孕育创世之神。帛书里创世者伏羲，《说文解字》释"伏"为："伏，司也，从人从犬。"释"羲"为："羲，气也。从兮，义声。"合起来就是"司气"，其宇宙本原意象的原型不言而喻。由阴阳而两性，伏羲与女皇（女娲）结为夫妇，生了四子，共同造地造天，整个组合形式是个家庭。祖先神创世，配对创世，家庭创世，显露出浓浓的中国文化气息。

　　相似的叙事，在西汉《淮南子》里得到了进一步的表述：

　　　　古未有天地之时，惟像无形，窈窈冥冥，芒芠漠闵，澒濛鸿洞，莫知其门。有二神混生，经天营地，孔乎莫知其所终极，滔乎莫知其所止息。于是乃别为阴阳，离为八极，刚柔相成，万物乃形。（《精神训》）

　　子弹库楚帛书是伏羲娶女皇（女娲）创世，《淮南子·精神训》也出现了"二神混生，经天营地"。按照现代学者徐旭生《中国古史的传说时代》等所表述的观点，此中的"二神""只可能为伏羲与女娲"[1]，故此两段叙述当一脉相承。

　　还可以举南方民族创世神话的一些例子，如氐羌系统阿昌族神话《遮帕麻和遮米麻》：

　　　　在远古的时候既没有天，也没有地，只有"混沌"，混沌中无明无暗，无上无下，无依无托，无边无际，虚无缥缈。记不得是哪年哪月，混沌中忽然闪出一道白光。有了白光，也就有了黑暗；有了黑暗，也就有了阴阳。阴阳相生诞生了天公遮帕麻和地母

---

① 徐旭生：《中国古史的传说时代》，科学出版社1960年版，第237页。

遮米麻。①

同样是气态等的交合孕育出创世主体。

五 创世:农耕技能神圣化

创世主体诞生后,他们大显身手,从混沌或天地初分的状态中开辟、建造出一个崭新的有序的宇宙。帛书接着叙述:

> 为禹为萬(契),以司堵襄,晷而步□。乃上下朕传,山陵不疏,乃命山川四海,熏气百气,以为其疏。以涉山陵,泷汩渊湎。未有日月,四神相戈(代),乃步以为岁,是惟四时。长曰青榦,二曰朱四单,三曰白大枏,四曰□墨榦。

大意是:协助禹和契平水土,步推天周度数,规划九州,并治理"山陵不疏"的大地无序的乱象,使山陵与江海之间阴阳通气,疏导四散漫延的洪水。当时未有日月与时间运转,四神开始运动,交替轮代,循环反复,形成四季。从混沌到天地二分,空间、时间秩序厘定,宇宙秩序初步建立。

于是,天地初成,首先整地。中华民族多以农为业,以地为根,故帛书首先叙述了众神平治水土、导疏山陵、散漫洪水的情形。天为圆,地为方,帛书以四神四色(青朱白墨)对应四方(东南西北),标示方位;地之高为山,山之高为天地间之柱,众神因而对山陵多次疏通、维稳,以保证天地的畅达、安靖。

这里,促进宇宙混沌到秩序的手段,是神圣化了的农耕技能,这同样源于中华传统文化的底蕴。在汉文古籍里,发明农耕的是《尚书大传》里与燧人、伏羲一道列为"三皇"的神农氏,谷种来自天。《艺文类聚》卷十一引《周书》叙述:

_____

① 赵安贤讲述,智客整理:《遮帕麻与遮米麻》,舟叶生翻译,谷德明编《中国少数民族神话选》,西北民族学院研究所印 1983 年版,第 559—570 页。

神农时，天雨粟，神农耕而种之。

汉文古籍还记载，古人通过祭仪上的祭歌、舞蹈将农耕技能形式化、神圣化。《吕氏春秋·古乐》所载古帝"葛天氏之乐，三人操牛尾，投足以歌"的《八阙》，之三、之四、之五、之七分别是"遂草木""奋五谷""敬天常""依地德"，这些大概都与农耕等生产有关。其表演形式从"三人操牛尾，投足以歌"推测，当脱不了带巫术意味的祭仪。因为牛在中国古代一般作为祭祀的牺牲，"牛尾"当出现于祭仪，否则，光光的"牛尾"何美之有？舞者当以边唱边舞的形式，表现他们与天常地德相连的神圣化了的农耕，以及对天地万物的崇拜、祭祀。

而在南方氐羌系统先民的心目中，农耕的起源更具有了神圣的意味。近现代羌族每年秋收后祭天祭山祭祖主要唱经之一《木吉卓》（又译为《木姐珠与燃比娃》），把山地原始农业主要手段——刀耕火种的全部程序归结为天神木比塔及其女儿木姐珠所教，五谷种子归结为天神所授。[①] 如此神圣的农耕技能，在他们的创世神话里被赋予了巨大的神威神力。

六　初创再创　空间时间

天地初创，接下来是一系列再创的过程。帛书叙述：

千有百岁，日月夋生，九州不平，山陵备㢲。四神乃作，□至于覆，天旁动，扞蔽之青木、赤木、黄木、白木、墨木之精。炎帝乃命祝融，以四神降，奠三天，□思敩。奠四极，……帝夋乃为日月之行。共工夸步，十日四时，□□神则闰，四□毋思，……又宵又朝，又昼又夕。

大意是：一千数百年以后，帝夋生出日月。原创的宇宙空间倾侧毁坏，四神造了天盖，但向旁倾斜，用五色木的精华作了加固或撑牢，失衡

① 《木姐珠与燃比娃》，《中国歌谣集成·四川卷》下册，中国 ISBN 中心 2004 年版，第1013—1027 页。

宇宙得到重整。（另有一种解读为：帝夋生出日月，从此九州太平，山陵安靖。四神还造了天盖，使它旋转，并用五色木的精华加固）炎帝派祝融以四神奠定三天四极，帝夋安排日月的运行，与地相对应的完整的天建立起来。共工氏制定了记日的十干，计年的四时，考虑至闰月，完成了更为准确的历法，一日夜分为霄、朝、昼、夕。从天时到人时，宇宙秩序经重整与再造终至完成。①

在这一段里，有一个初创宇宙遭受倾侧毁坏而再创的叙述，显示了创世的艰辛。此类叙事在《淮南子·览冥篇》里表述更详：

> 往古之时，四极废，九州裂，天不兼覆，地不周载；火爁焱而不灭，水浩洋而不息；……于是女娲炼五色石以补苍天，断鳌足以立四极，杀黑龙以济冀州，积芦灰以止淫水。

这里，同样是原创宇宙秩序空间毁坏后的二次创世，其中女娲"炼五色石以补苍天"与帛书"天旁动"后四神"扞蔽之青木、赤木、黄木、白木、墨木"五色木之精相映衬，体现了中华民族古代审美观念。其来源，当为战国时代五行思想或"五数"思维模式的流行，故以五种颜色的五木或五石组合成一套象征"天"秩序的神圣质素。

而在南方氐羌等系统各民族因所处大都山高坡陡，易受雨水侵蚀、地震撼动，造地难，受损后再造亦难。故他们的开天辟地神话，更有初创、多次再创的过程。如彝族《梅葛》叙述，初造天地以后，打雷来试天，地震来试地，试天天开裂，试地地通洞。于是格滋天神叫五个儿子补天，四个姑娘补地，他们用云彩把天补起来，地公叶子把地补起来，还用公鱼撑地角，母鱼撑地边，虎的脊梁骨撑天心，虎的脚杆骨撑四边，等等。②

三国时，出现了吴国人徐整《三五历纪》以及《五运历年记》（此书

① 帛书转写及解读参照了李零《长沙子弹库战国楚帛书研究》，中华书局1985年版；饶宗颐、曾宪通《楚地出土文献三种研究》，中华书局1993年版；吕威《楚地帛书敦煌残卷与佛教伪经中的伏羲女娲故事》，《文学遗产》1996年第4期。

② 云南省民族民间文学楚雄调查队搜集翻译整理：《梅葛》，云南人民出版社1959年版。

作者尚存疑）所载盘古神话。两书已佚，相关叙述分别存于后世一些典籍中。这些叙述，似乎上承《庄子》"气本""气化""物化"等思维，表现了"天地混沌如鸡子、盘古生其中"以及盘古"垂死化身"等，仍然没脱中国古代创世思维。

七 神圣叙事：维系"天地之气，不失其序"

根据考古调查报告，在子弹库楚墓帛书出土时，是作八折放置于竹笥之中的，这当与墓葬制度及信仰风俗有一定的关联，大概以天地万物的甫生感应逝者的新生。由此彰显出帛书的神圣意义，也彰显出帛书所表现的创世所形成的宇宙空间时间秩序的神圣意义。

在中国古代，重视宇宙天地运行的正常秩序。《国语·周语上》载，周幽王二年（前780）发生地震，引来众说纷纭。伯阳父认为，那预示着"周将亡矣"。他解释：

> 夫天地之气，不失其序。若过其序，民乱之也。

这里，明确地提出天地之气运行有"序"，此序不能失，失序则地震、民乱，突出了"序"的重要性。而地也有序，此序的形象表述就是《礼记·郊特牲》所载《蜡辞》：

> 土反（返）其宅，水归其壑，昆虫无作，草木归其泽。

《蜡辞》为古代伊耆氏（即神农氏，一说帝尧）蜡祭之辞，即代享受祭礼的神灵发言，命令土、水、昆虫以及草木都各归其所，不肆意胡为。如此各就各位，是谓"秩序"。

蜡祭蜡辞涉及中国古代的祭礼咒语。实际上，古人为了维系天地运行秩序，不乏相似的祭仪巫术。《尚书·尧典》记载："分命羲仲……寅宾出日。""分命和仲……寅饯纳日。"这里的宾出日、饯纳日，分别在太阳一天运行的始末祭祀，当有维系其正常运行的意味。而对于雨水的适时降或止，中国古代可能有更多更丰富的仪式。殷墟甲骨卜辞载："兹舞，业从雨。""贞，我舞，雨。"此处所舞，当都以舞姿模仿气象动态以相通、感应"天地运"吧！

除了以舞为姿，更有声发言。古人心目中相通"天地运"，以舞以歌当更有感应力。《吕氏春秋·古乐》里，有这样一段记载：

> 昔葛天氏之乐，三人操牛尾，投足以歌《八阕》：一曰"载民"，二曰"玄鸟"，三曰"遂草木"，四曰"奋五谷"，五曰"敬天常"，六曰"建帝功"，七曰"依地德"，八曰"总禽兽之极"。

高诱注："葛天氏，古帝名。"依此，《八阕》当是非常古老的歌曲。《八阕》的词随着时光的流逝已经湮灭，从以上篇目可以大致了解当与祭祀天地祖先万物相连。其中关于天地的两阕分别是"敬天常""依地德"，当涉宇宙天地运行的秩序。

"天常"一词，在后世的引述中多已加入社会因素，但其原意应为"天之常规"，亦即天运之秩序，与"地德"相对。葛天氏时，天常、地德相敬、相依，仍为维系天地运行秩序之意。于是，在古老的葛天氏《八阕》中，人们看到了中国古代以舞以歌相感宇宙天地运行秩序的例子。

而宇宙天地运行秩序从何而来，《八阕》中有"建帝功"的记载。其帝所建之功是否包括创建秩序宇宙，不得而知。但"建帝功"列于"敬天常""依地德"之间，再联系子弹库楚帛书里始创世者均为伏羲、炎帝、帝俊、祝融、共工一类，故起码不完全排斥有这种可能。如是，《八阕》的一种可能为赞颂其帝创建秩序宇宙并以之维系"天常""地德"的舞与歌。

南方民族更在一些重大仪式上演唱创世神话，以维系天地运行秩序。阿昌族在每年农历正月的传统节日"窝罗"节里，要祭祀民族创世始祖——天公遮帕麻和地母遮米麻，唱诵民族神话古歌《遮帕麻和遮米麻》。古歌叙述遮帕麻和遮米麻诞生织天造地，捏金沙银沙为日为月，从而创建了空间秩序；他俩又让日月正常升降，从而创建了时间秩序；还射下魔王所造的"牢牢钉在天幕上"的假太阳，让真正的太阳重新居于天上正常运转。

由此可以说，先民创造、表演始祖创世的神话，除了树立始祖因为创世而拥有掌控世界的神圣地位之外，还展现了一个创世主体创造宇宙秩序的神圣过程，树立宇宙空间秩序和时间秩序的神圣性，让"天地之气，不失其序"，"土返其宅，水归其壑，昆虫无作，草木归其泽"；让天高地厚，日升月落，风生水起，万物欣欣向荣。

八 创世神话：参与建构中国优秀传统文化的精髓

中国古代创世神话，影响、参与建构着中国优秀传统文化的精髓。神话里肯定了原初混沌物质形态的气态、水态，强调了"精""魂"，延伸到民族传统文化，就是强调内在精神，强调某种形式的"魂"。《论语·子罕》所谓"三军可夺帅也，匹夫不可夺志也"，一直到文学艺术"诗言志""以形写神"等。

中国古代创世神话揭示了宇宙本原存在二元对立的动力源，它们运动、演化生成了天地。延伸到民族传统文化，"天行健，君子以自强不息"，既"敬天常""依地德"，又"建帝功"永远向前。

中国古代创世神话凝聚了中华民族共有的美好品格、奋斗精神。创世主体大都带族群首领的品性，主要依靠扎实的劳动创造世界，乐于艰苦，甘愿牺牲。神话叙事彰显了民族脚踏实地、积极进取的人生态度，又展示了超越意识、丰富的想象力，它们的价值永恒！

原载于《世界宗教文化》2016 年第 6 期

刘亚虎，汉族，广西壮族自治区桂林市灌阳县人，中国共产党党员。1982 年武汉大学本科毕业，获文学学士学位；1984 年北京大学研究生毕

业，获文学硕士学位。原为中国社会科学院民族文学研究所南方室主任，研究员。研究方向为南方民族文学。出版有《神话与诗的"演述"——南方民族叙事艺术》、《原始叙事性艺术的结晶——原始性史诗研究》、《南方史诗论》、《中国南方民族文学关系史》（合著）等多部论著。获第九届中国民间文艺山花奖·学术著作一等奖（2009）。

民族国家与文化遗产的共构

——1949—1966 年中国少数民族神话研究

毛巧晖

关于少数民族神话传说的搜集整理，在 19 世纪与 20 世纪之交已经开始。1896 年，英国传教士克拉克在黔东南黄平苗人潘秀山的协助下记录的苗族民间故事《洪水滔天》《兄妹结婚》《开天辟地》等，他以及当时的西方学人如斯坦因、阿列克谢耶夫等均运用西方人类学理论与方法探索中国文化，希望可以丰富世界文化。

一

20 世纪初，蒋观云、夏曾佑等有专文论述神话，鲁迅认为："夫神话之作，本于古民，睹天物之奇觚，则逞神思而施以人化，想出古异，淑诡可观，虽信之失当，而嘲之则大惑也。"① 这些昭示了现代学术意义上的神话学之诞生。之后，国内学人开始大量介绍和引入西方神话学理论，同时"古史辨"派就古史与神话进行了大讨论，帝系神话研究、神话的文学研究等纷纷兴起，掀起了第一次神话研究的高潮。它与 20 世纪 10 年代兴起的歌谣运动一样，都处于清末民初兴起的民族主义思潮的大语境之中。

19 世纪末 20 世纪初，西方各门学科通过翻译涌入中国，进化论、无政府主义、实证主义、经验自然主义等被引进。思想文化界内外交合的变革，其目的都与民族主义紧密联系，都是为了救亡图存，实际就是要改造

① 鲁迅：《破恶声论》，《鲁迅全集》（第八卷），人民文学出版社 1981 年版，第 22—23 页。

民族性和国民性,逐步建立现代意义上的民族国家。而民族国家的观念,本身便是对更狭窄的地方、团体情感的超越。埃里克·霍布斯鲍姆指出,"民族是和人类社群由小到大的演化历史相叠合,从家庭到部落到地区到民族,以至未来的大一统世界。如同迪金森(G. Lowes Dickinson)所言,'在艺术与科学的照耀下,民族之间的种族差异和壁垒,必然会日渐消融瓦解'"①。迪金森所言正是五四新文学所信奉的精神理想,也可以说是神话学、歌谣学等民间文艺学兴起的思想语境与历史起点。

从神话学兴起之时,少数民族神话就被注意到,只是当时焦点在各民族认同。

顾颉刚在《古史辨·自序》中,曾竭力主张要打破华夏民族自古一元和华夏地理铁板一块的传统偏见②。至 20 世纪 40 年代,由于抗日战争爆发,大学纷纷向抗日大后方——大西南迁移,这使得学者们开始进入少数民族聚居或杂居的地区,南方诸少数民族的活态神话吸引了大批学者,他们纷纷运用西方人类学、民族学的方法开始了对这些活态神话的考察与研究,涌现了闻一多、郑德坤、卫聚贤、常任侠、陈梦家、吴泽霖、马长寿、郑师许、徐旭生、朱芳圃、孙作云、程憬、丁山等大批知名学者。

这一时期神话学研究与民族学、人类学相关调查交叉渗透,并行发展。例如凌纯声撰写了《松花江下游的赫哲族》,"在《伏羲考》一文中,闻一多先生引用 25 条洪水神话传说资料,其中 20 条是苗、瑶、彝等民族民间文学作品。文后附表列出了苗、瑶、侗、彝、傈僳、高山、壮(依)等众多民族 49 个作品"③。凌纯声、芮逸夫在湘西调查所得 23 篇神话、12 则传说、15 个语言、11 个趣事(故事)、44 首歌谣等少数民族民间文学作品④。此外,李方桂《龙州土语》用国际音标记录了一共 16 段壮族

① 〔英〕埃里克·霍布斯鲍姆:《民族与民族主义》,李金梅译,上海人民出版社 2000 年版,第 40—41 页。

② 刘宗迪等:《多维视野中的中国现代神话研究》,《民间文化论坛》2005 年第 2 期。

③ 马学良:《记闻一多先生湘西采风二三事》,《马学良文集下卷》,中央民族大学出版社 2009 年版。

④ 凌纯声、芮逸夫:《湘西苗族调查报告》,商务印书馆 1947 年版。

民间故事及民歌，逐字注汉字，又译为汉文和英文，开创了壮族民间文学语言研究之先河。1935 年，李方桂在广西收集了天保（今德保一带）壮族民歌，后对其进行分析，发表了论文《天保土歌——附音系》。总而言之，20 世纪 10—40 年代，学者开始对西南、东北的少数民族的神话、传说、故事、方言等进行搜集与研究，只是当时学界尚未明确或冠以"少数民族"的概念。但是这些研究，尤其是少数民族地区神话的研究，为当时的学人提供了一个新的研究区域，大大丰富了他们的研究材料，在对各民族神话研究的基础上，进一步论证了中国各民族文化的一体性和连续性。中华人民共和国成立后，这一思想内化到民族识别工作中，大量的神话资料独立成册或者被重新搜集、编撰，成为各族文学、历史资料的来源。

除了在东北、西南地区搜集和研究少数民族神话外，从 20 世纪 30 年代末开始，民间文艺在解放区逐步与革命文艺相结合，开启了神话学研究的另外一个学派或者理论方向。1939 年初开始，延安文艺界开始了长达一年多的关于文艺民族化、大众化的讨论，直接影响到国统区的革命文艺工作者。不管是延安还是国统区对于文艺大众化的争鸣，中心都是如何正确对待民间文艺、如何将革命文艺与民间文艺相结合。此后，民间文艺作为艺术作品的革命功能，受到空前未有的重视。1942 年 5 月 23 日，毛泽东发表《在延安文艺座谈会上的讲话》，基本形成了中国共产党在文学领域的话语体系[1]，在中国思想史和文艺史上具有里程碑式的意义。从那个时期开始，民间文艺学研究开始成为一个独立的系统。

中华人民共和国成立后，延安时期关于民间文艺学的研究思想进一步推广和深化，民间文学和民族文学被纳入构建"革命中国"[2] 的进程，成为新的"想象的共同体"文学建构的重要部分。神话作为民间文学的重要部分，自然备受关注。

---

[1] 毛巧晖：《现代民族国家话语与民间文学的理论自觉（1949—1966）》，《江汉论坛》2014 年第 9 期。

[2] 蔡翔：《革命/叙述：中国社会主义文学——文化想象 1949—1966》，北京大学出版社 2010 年版。

二

中华人民共和国成立前夕召开的中华全国文学艺术工作者代表大会，即第一次"文代会"，以其全局性的整合、规范与指引功能，成为"十七年"（1949—1966）文学体制建构的行动纲领，对于民间文艺学也不例外。第一次"文代会"确立了延安文学的主导地位，民间文艺学积极参与新的文学格局的酝酿与建设。

在第一次"文代会"上，钟敬文作为民间文艺学代表，呼吁重视民间文艺，并做了《请多多地注意民间文艺》的报告。在这篇讲话中，钟敬文一改从前学术研究的思路，特别提出了关于民间文艺的思想性和社会历史价值的问题。[①]

1950 年 3 月 29 日，中国民间文艺研究会成立，首次从官方确定了民间文学在中国文学中的位置。《光明日报》从 1950 年 3 月 1 日开办了《民间文艺》专栏，到同年 9 月 20 日停止，共 27 期[②]。其中涉及神话的文章以李岳南《论〈白蛇传〉神话及其反抗性》[③] 等影响较大。

1950 至 1951 年不定期出了《民间文艺集刊》三册。其主要内容除了神话外，还涉及民间歌谣、传说、故事、谚语选录。研究撰文者都是文艺界主流话语的代言人，如郭沫若、周扬、老舍、钟敬文、游国恩、俞平伯等。其中钟敬文的《口头文学：一宗重大的民族文化遗产》《民间歌谣中的反美帝意识》，何其芳《关于梁山伯祝英台故事》，周扬的《继承民族文学艺术优良传统》等对民间文学的内涵与价值进行重新定位，重点剖析其有利于新的民族国家形象构建的思想内涵与民族文化价值。这些研究奠定了中华人民共和国成立后民间文学的研究基础，当然也包含神话研究。

1949 年至 1966 年间，国内发表有关少数民族神话论文与书籍 130 余

---

① 钟敬文：《请多多地注意民间文艺》，《文艺报》1949 年 7 月 28 日。

② 毛巧晖：《20 世纪下半叶中国民间文艺学思想史论》，上海文化出版社 2010 年版，第 22—23 页。

③ 李岳南：《民间戏曲歌谣散论》，上海出版公司印行 1954 年版。

篇（部）①，其内容大致可以分为四类。一是少数民族文学史或民族史志的编撰。主要配合 1956 年启动的少数民族识别工作，如《云南各族古代史略》《苗族的文学》《藏语文学史简编》等，在这些著作中涉及各民族口头流传或者文献记载的神话如开天辟地、造人等，它们成为少数民族文学史编撰与古代史撰写的重要资料来源。同时，有一部分学人对口头流传神话进行整理，撰写成文学作品，所以它也成为新的民族国家文学实验的重要场域②。二是少数民族民间文学的搜集，其中关涉较多的是创世与英雄神话，在当时社会也产生了深刻影响。如《关于〈布伯〉的整理》《评壮族民间叙事诗〈布伯〉及其整理》《丰富多彩的少数民族民间文学》等等，核心内容也是叙述世界的创造者们（天神、巨人和半人半神式的英雄）开天辟地、创造人类及自然万物的英雄业绩，把这些开辟之神作为文化英雄和本民族的始祖加以歌颂。其中大量的神话故事经过了整理，突出了神话的思想性。三是民族学视野的研究，《畲民图腾文化的研究》《盘瓠传说与瑶畲的图腾制度》等，这一类研究主要集中于台湾地区，重点运用民族学的理念审视民族起源神话。四是神话本体的研究，这部分主要有论文 22 篇③（含台湾地区），其中涉及西南少数民族洪水神话、人祖神话、战争神话、动物神话等母题与类型，以文学为旨归，即重视其作为文学作品的思想性与社会价值，适应新的民族国家建设语境与社会主义多民族文学共构的要求。为了更好地呈现当时少数民族神话④的研究，此处以《民间文学》杂志为例，呈现当时神话研究在具体学术语境中的位置以及研究旨归。

---

① 根据贺学君、蔡大成、樱井龙彦编《中日学者中国神话研究论著目录总汇》所收目录统计，中国社会科学出版社 2012 年版。

② 刘大先：《革命中国和声与少数民族"人民"话语》，《中外文化与文学》2013 年第 2 期。

③ 该数字主要依据贺学君、蔡大成、樱井龙彦编《中日学者中国神话研究论著目录总汇》所收目录统计。

④ 由于当时并未特别强调民间文学中神话、传说、民间故事的体裁区别，而且对于大量的民间文学作品而言，也很难说它是神话还是传说、民间故事，所以本文对神话的论述将其纳入广义的民间叙事作品范畴。

1955 年 4 月《民间文学》创刊，创刊号刊载出《一幅僮锦》①（广西僮族民间故事），后又改编为剧本，获得了全国电影优秀剧本奖，据该剧本拍摄的影片获 1965 年卡罗兹·发利第十二届国际电影节荣誉奖，影响颇大。在同一时期《民间文学》发表了白族和纳西族神话、传说、民间故事等作品。《民间文学》从创刊几乎每期都有少数民族民间文学作品，具体的数量与比例参见表一。

表一　　1955—1966 年《民间文学》少数民族民间文学作品与研究比例

《民间文学》期刊号	总篇数（篇）	少数民族叙事作品所占篇数（篇）	少数民族所占比例（%）
1955 年 4—12 月号	143	45	31
1956 年 1—12 月号	230	85	37
1957 年 1—12 月号	278	111	40
1958 年 1—12 月号	209	41	20
1959 年 1—12 月号	290	63	22
1960 年 1—12 月号	269	41	15
1961 年 1—12 月号	283	109	40
1962 年 1—6 月号	164	48	29
1963 年 1—6 月号	127	31	24
1964 年 1—6 月号	210	3	25
1965 年 1—6 月号	210	69	33
1966 年 1—3 月号	89	18	20

其他诸如《阿凡提故事》《巴拉根仓故事》《苗族古歌》《梅葛》《娥并与桑洛》等都是这一时期被搜集，并在《民间文学》中发表。当时所发表文章包括了蒙古族、藏族、维吾尔族、彝族、瑶族、壮族、羌族、白族、纳西族、傣族、赫哲族等。可以说，这一时期《民间文学》发表了反映民族压迫与阶级压迫，歌颂中国共产党的少数民族社会作品等。另外，也较为关注少数民族神话等民间叙事作品与各民族风俗习惯的关系，如《试论苗族的洪水神话》②，阐述了神话与民族历史、民众生活及生存

① 萧甘牛：《一幅僮锦》，《民间文学》1955 年第 4 期。
② 吕薇芬：《试论苗族的洪水神话》，《民间文学》1966 年第 1 期。

情境的关系等。另外，还发表了《云南各少数民族的民间文学》①　一文，文章主要论述了云南各少数民族的神话传说等，认为少数民族文艺由于其特殊性，特别是没有文字的民族，其文艺主要是口头流传的神话、传说、民间故事等，因此搜集口头文学的主要目的是构建和发展民族文艺，在此基础上逐步确立和丰富中国多民族文艺的宝库。这一时期少数民族神话（口头文学）的研究，主要就是为了在文学上呈现"革命中国"这一"想象的共同体"，通过文学的路径使得新的民族国家的理念影响各个民族的全体人民。

此外，中华人民共和国成立后民间文学资料的搜集也推动了当时少数民族神话的研究。1950 年开始采集全国一切新的和旧的民间文学作品，发表了《口头文学：一宗重大的民族文化遗产》（《民间文学集刊》1950年第 1 期）等，对民间文学的内涵与价值进行重新定位，重点剖析神话、传说、民间故事等民间文学作品作为民族文化遗产与优良传统的重要价值与意义。为了庆祝西藏的和平解放，《民间文学集刊》（1951 年第 3 期）刊出了《藏族民间文艺特辑》，发表了《继承民族文学艺术优良传统》一文，这是在学术期刊中第一次较为集中地出现少数民族民间文学作品以及理论研究。1956 年，全国人民代表大会民族事务委员会制定了"关于少数民族地区调查研究各民族社会历史情况的初步规划"。同年 8 月，相继组成了内蒙古、新疆、西藏、四川、云南、贵州、广东、广西等 8 个少数民族调查小组，调查工作开始走上正轨。

中国民间文艺研究会积极参与少数民族调查。1956 年 8 月，由毛星带队，孙剑冰、青林、李星华、陶阳和刘超参加，到云南少数民族地区进行调查，他们调查的宗旨是"摸索总结调查采录口头文学的经验，方法是要到从来没有人去过调查采录的地方去，既不与人重复，又可调查采录些独特的作品和摸索些新经验"②。1958 年掀起全国性的采风运动，少数民族地区的神话等民间叙事作品的搜集也迅速展开。在中国民间文艺研究会的组织下，搜集和整理了彝族的《勒俄特依》《玛木特依》《妈妈的女

---

①　李乔：《云南各少数民族的民间文学》，《民间文学》1955 年第 6 期。

②　王平凡、白鸿：《毛星纪念文集》，学苑出版社 2004 年版，第 92 页。

儿》,苗族的《美丽的仰阿莎》,壮族的《刘三姐》《百鸟衣》等。在当时的语境中,神话融入广义的民间故事研究中,其研究的基本问题与民间文艺学相同,即民间文学作品的思想性与社会历史价值。当时民间文学研究的集大成者为《中国民间故事选》①,日本学人认为这两集故事选"采集整理的方法和技术虽然还有不足之处,但是对中国各民族的民间故事如此大量而广泛地加以采录,这在中国历史上还是第一次。尽管这一工作进行得还有些杂乱,但是这标志着把各民族所创造的神话、传说、民间故事这一个有机的民间口传文学世界,作为一个活生生的整体,而不是零敲碎打地加以把握的一个开端"②。从中可知这一时期少数民族神话研究的重要成就,及其作为民族文化遗产的重要意义和价值,和在构建新的社会主义民族文学以及探寻保存各民族文化遗产中的重要性。这一研究与中华人民共和国成立后的历史语境及少数民族政治文化政策紧密相关。

三

中华人民共和国成立后,中国共产党积极推进从 20 世纪 40 年代就已确立的民族自治政策,在政治与文学等因素的共同建构中,迅速发展了民间文学与少数民族文学。通过前面的论述,可见 1949—1966 年少数民族的神话研究也是在此语境中发展与成长起来。在此有必要简单回顾与总结一下 20 世纪初开始提倡的"民族"概念。据考证,"民族"(nation)一词最早由梁启超引入,而"少数民族"一词则较早出现于孙中山的相关著述。民族自治政策明确提出则是中共中央六届六中全会上,毛泽东在《论新阶段》(1938 年 10 月 12—14 日)中第一次讲到:"允许蒙、回、藏、苗、瑶、夷、番各民族与汉族有平等权利,在共同对日原则之下,有自己管理自己事物之权,同时与汉族联合建立统一的国家。"③

1949 年以后中国共产党在解放区推行的政治话语与文艺政策开始逐

---

① 共分两集,第一集中收编 30 个民族 121 篇作品,第二集中收入 31 个民族的故事 125 篇。

② 转引自中国民间文艺研究会研究部《民间文学参考资料》第八辑,1963 年,第 6 页。

③ 中共中央统战部编:《民族问题文献汇编》,中共中央党校出版社 1991 年版,第 595 页。

步推行到全国范围，政治话语的转变蕴含了民族与国家二元本位的理念①。德国历史学家弗里德里希·梅尼克（Friedrich Meinecke）认为民族的两种形式——文化共同体（种族和语言统一体）和国家共同体（国家公民的整体概念），往往是不能严格清楚的区分的。共同的语言、文学和宗教固然创造并共同维系了一种文化民族，然而更多的情况是，国家共同体及其政治影响力即便不是根本动力，也是促使一种共同语言与共同文学产生的主要因素。文化民族同时也可以是国家民族。正如他所说："我们恰好进入一个新的伟大民族——它既是国家民族也是文化民族的主要发展时期。"② 通过建构共同的传统记忆、语言和文化，民族与国家希望实现无缝结合，国家即民族，民族即国家。随着中国共产党在全国范围内的胜利，其首要任务就是使得全国范围内迅速认可新的现代民族国家，民间文学和民族文学有助于新的记忆、语言和文化的建构，这既是1949—1966年少数民族神话研究的语境，也是其得以迅速发展的契机。

《民间文学》发刊词恰切地论述了这一思想：

> 中国是一个多民族的国家。汉族和各兄弟民族的人民，过去在艰苦的条件下，创造了民族赖以生存的物质财富，同时也创造了各种精神财富。他们创造了自己的艺术，自己的伦理观念，自己的哲学和科学。人民口头创作，就是各族人民创造的文化的一部分。这种精神文化，在过去长时期中的遭遇是不幸的。它经常受着本族或异族的统治阶级的鄙视，甚且还遭到严厉的摧残。
>
> 又如历史上那些对本族或异族统治者进行斗争的人民领袖——明末的李自成、太平天国时期的李秀成，以及清朝湘西苗族暴动领袖吴八月等，他们在过去那些地主、富商阶级服务的文士笔下，是逆贼，是匪魁，是"罪不容诛"的凶犯。但是，在人民自己的文献里，在

---

① 王怀强：《走向民族区域自治——1921—1949年中国共产党民族政策变迁的历史新探》，《广西民族研究》2011年第1期。

② ［德］弗里德里希·梅尼克：《世界主义与民族国家》，孟钟捷译，上海三联书店2007年版。

他们的传说和歌谣中，这些人物却是具有无限神勇的英雄，是为人民除害并受尽人民敬爱的战士。[①]

它深入地阐述了人民口头创作鲜明的阶级性和思想性，其对于教导人民的思想、行动和丰富人民的精神生活有着极其重要的意义和价值，这正是 1949—1966 年少数民族神话搜集与研究的指导思想与核心理念，神话研究成为建构新的民族国家文学的路径之一。"旧有戏曲大部分取材于历史故事和民间传说；在民间传说中，包含有一部分优秀的神话，它们以丰富的想象和美丽的形象表现了人民对压迫者的反抗斗争与对于理想生活的追求。《白蛇传》《梁山伯与祝英台》《天河配》《孙悟空大闹天宫》等，就是这一类优秀的传说与神话，应当与提倡迷信的剧本区别开来，加以保存与珍视。对旧有戏曲中一切好的剧目均应作为民族传统剧目加以肯定，并继续发挥其中一切积极的因素。当然旧戏曲有许多地方颠倒或歪曲了历史的真实，侮辱了劳动人民，也就是侮辱了自己的民族，这些地方必须坚决地加以修改。"[②] 神话被纳入新的社会主义文学及其实践的进程中，它成为阐述或呈现新的人民文学的重要路径之一。所以这一时期的神话研究在当时承担了特殊的历史使命，具有特殊的历史价值。

流传于西南、西北、东南的少数民族神话，其本身还是社会制度史、文化发展史的佐证。要想了解我国远古时代的制度、文化和人民生活，就不能不重视这些神话、传说和谣谚等。现在流行在我国西南许多兄弟民族间的兄妹结婚神话，不但对于那些民族荒古时期的婚姻生活史投射了一道光明，而且对于全人类原始社会史的阐明，也提供了一种珍贵的史料。[③]

总之，1949—1966 年少数民族神话的研究，可以说既是新中国社会主义多民族文学实验的重要场域，又是民族文化遗产保护的重要对象，是

---

① 《创刊词》，《民间文学》1955 年第 4 期。
② 《高度重视戏曲改革工作》，《人民日报》1951 年 5 月 7 日。
③ 《创刊词》，《民间文学》1955 年第 4 期。

现代民族国家与民族文化遗产共构的产物，对其学术史、思想史的梳理与阐释需要回复到这一历史语境之中。

原载于《中南民族大学学报》（人文社会科学版）2015 年第 1 期

毛巧晖，女，汉族，1975 年生，山西襄汾人，中国共产党党员；华东师范大学对外汉语学院博士，2008 年 10 月至今在中国社会科学院民族文学研究所编辑部和北方民族文学研究室工作，研究员、研究室副主任。研究方向为中国民间文学学术史。承担国家社会科学基金青年项目"国家话语与民间文学的理论建构（1949—1966）"（13CZW090）、北京市宣传部重大委托项目"北运河流域民俗文化普查及民俗志编纂"、中国社会科学院基础研究学者资助项目"新中国七十年民间文学学术史研究"（XJ202005）。代表作有《20 世纪下半叶中国民间文艺学思想史论》（专著）、《民族国家与文化遗产的共构——1949—1966 年中国少数民族神话研究》（论文）、《遗产化与民俗节日之转型：基于"2017'敛巧饭'民俗风情节"的考察》（论文）等。中国民俗学会常务理事兼副秘书长，北京文艺评论家协会民间文艺委员会副秘书长。

傣族史诗的演述人与演述语境

屈永仙

傣族是一个擅于诗歌表达的民族，号称"千行以上的叙事长诗就达五百部以上，其中的'五大诗王'，少的一万二千行，多的长达十多万行"①，可见数量之多，是一笔丰厚的文化财产。傣族的诗歌不仅数量众多，而且种类丰富，含创世史诗、英雄史诗、爱情悲剧史诗等。当然，史诗和叙事诗这两个概念是有区别的，关于它们的定义学界尚有歧义。总体来说，其分类越来越严格和细化。傣族民间话语体系中并没有"史诗""叙事诗"对应的专用词汇，一般统一称为"坦"［tham⁵⁵］或"令"［lik⁵³］。细致区别的话，前者倾向于佛经中比较深奥的巴利语经典，即用傣文音译书写的巴利语，一般普通民众难以弄懂；后者泛指用傣文书写的韵文体长诗，较少含有巴利语词汇。"令"的内容包括外来的佛经故事、傣族神话、民间故事等。例如《巴塔麻嘎捧尚罗》《创世纪》等创世史诗，《召树屯》《相勐》《兰嘎西贺》等英雄史诗，以及其他阿銮故事长诗，都可以归入"令"的行列。

那么，傣族何以世代传承着数量繁多种类丰富的史诗呢？追根究底，与诗歌的演述人和演述语境有着重要的关系。这里说的"演述"（Performance），是指史诗在仪式中具有曲调的吟诵，或者是在乐器伴奏下的吟唱，兼顾表演的形态和叙述史诗本身。②"语境"（context）一词，刘晓

---

① 黄海涛、王天玉、田莉：《中国西部民族文化通志（教育卷）》，云南人民出版社 2015 年版，第 200 页。

② 巴莫曲布嫫：《叙事语境与演述场域——以诺苏彝族的口头论辩和史诗传统为例》，《文学评论》2004 年第 1 期。

春以为在狭义上指："话语语境，即话语、语句或语词的上下文，或前后关系、前言后语。"① 广义上是指："言语和文字符号所表现的说话人与周围世界相互联系的方式，事物的前后关系、境况，以及一定的社会、历史、经济、文化等诸多要素之间的相互作用和相互联系。"② 换句话说，在史诗演述这个范畴，既涵括史诗演述的情景语境（context of situation），又包括更广泛的文化语境（context of culture）。前者指言语行为发生时的具体情景，后者指说话人生活于其中的社会文化背景。我们知道，大多数南方民族的史诗处于活形态发展的状态，史诗通常是在仪式活动中完成演述和传承的。因此，一个史诗传统的演述语境也是它的传承语境。

一　傣族史诗的演述特点

总体来说，傣族史诗演述语境具有几个特点。首先，我国傣族人口近一百二十万，由于聚居或散居在不同的地域，形成了西双版纳傣语和德宏傣语两大方言区，对应地形成了不同的史诗演述传统。在不同的傣族地区往往流传着内容相似、名称大同小异的史诗文本。例如，西双版纳有英雄史诗《兰嘎西贺》《召树屯》，德宏则称《兰嘎西双贺》《朗腿罕》，两地都有《千瓣莲花》《嘎迫》等内容高度相似的长诗。

其次，西双版纳傣族史诗演述有二元传承模式——既有民间歌手的口头演述，也有手持文本复诵的方式。一方面，民间歌手"章哈"［tsaaŋ^{33} xap^{55}］为民众口头演述史诗，对傣族诗歌的发展和传承起到了重要的作用。张公瑾认为傣族章哈"为我们留下了五百部左右的长篇叙事诗"③。对章哈来说，在成为一名合格口头歌手的学习过程中，他们借助手抄本来记忆和练习，逐渐累积腹藏曲目。然而一旦进入演述情境中，手抄本就不能出现

---

① 刘晓春：《从"民俗"到"语境中的民俗"——中国民俗学研究的范式转换》，《民俗研究》2009 年第 2 期。

② 同上。

③ 张公瑾：《张公瑾文集　卷二　傣族历史文化　傣族语言　傣族文字和文献》，中央民族大学出版社 2013 年版，第 215 页。

在演述语境中。另一方面，史诗手抄本存放在佛寺内，在赕佛的日子里，以"波占"为首的信徒们可以为普通大众吟诵这些史诗。这种吟诵是表演理论意义上的演述行为，演述人使用特定的曲调，与僧人诵经有本质的区别。

　　再次，德宏傣语方言区域的傣族目前并没有发现口头演述史诗的现象，而是以手持文本的复诵模式。除了傣泐支系有职业化的民间歌手"章哈"外，德宏、景谷、临沧等地的傣族几乎没有"章哈"，这一点值得注意。虽然有"摩哈"这类半职业的民间歌手，但他们主要擅长民歌、山歌，而不能口头演述史诗。因此，存储在佛寺内的大量史诗抄本，主要由"贺鲁"和其他信徒负责演述，演述时使用特定的曲调。

　　最后，傣族民众具有供奉佛经以求功德的传统习俗。西双版纳傣族大多有"赕坦"（即供奉佛经）的节日。供奉佛经仪式一旦达成，抄本即刻变为全民共享的文化财富，任何人都可借阅、传抄，如此反复。直到抄本毁坏严重才能处置，或焚毁，或在建造新佛塔时将它们置于塔基底部，实现史诗抄本的更新换代。传抄手抄本时以老傣文为主，少量用新傣文。随着历史的发展，如今手抄本的制作成本越来越低。①

二　西双版纳傣族史诗的演述人与演述语境

　　要了解西双版纳傣族史诗的篇目，可以大体参考《贝叶经全集》。该书系一百卷，除了佛教经典之外，含有傣族的文学艺术、社会历史、民情民俗、伦理道德诸多方面的内容。其中，《召树屯　青瓜王》《玉喃妙》《粘响》《粘芭细敦》《嘎迫》等都是民间流传度较广的篇目。此外有《中国傣族诗歌全集》也将出版一百卷，届时《召树屯》《婻波冠》《乌莎巴罗》《粘相》等史诗（叙事长诗）都会面世，展示数量众多且内容缤纷的傣族史诗盛况。

（一）史诗演述人

　　在这里的"演述人"（Performer）不单指歌手、艺人，也指民间生活

---

　　①　历史上曾经有刻写在象骨、象牙上的佛经，后来有刻写在贝叶上的贝叶经，再后来是刻写在较硬的构纸上的构纸经，如今最常见的就是用宣纸制作的绵纸经。

仪式中吟诵、讲述史诗的人。虽然包括史诗在内的口头文学大多是人民的集体创作，是集体的传承，但是不得不承认，对史诗的演述和传承发生主要作用的却是为数不多的、具有超强记忆能力和创作才能的人群。总的来说，西双版纳傣族史诗的演述人群体主要有歌手"章哈"，信徒首领"波占"和"康朗"。如图 1 所示：

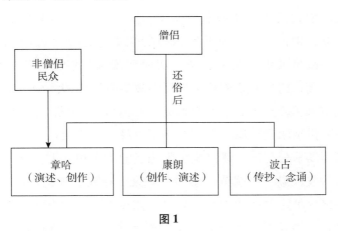

图 1

在传统的傣族社会中，佛寺相当于教育机构。八九岁的适龄男童入寺做小沙弥，对他们来说这相当于入学。他们在佛寺内不仅要学习佛教规矩和念诵佛经，还要学习傣文和天文历法等知识。待到十八九岁时，大部分人即可"毕业"，还俗务农成家立业。少部分继续留在佛寺追求更深的佛学修行。在还俗僧人"大军"中，有的人成了"波占"〔po^{33}tsaan^{33}〕，他们是佛教生活与世俗生活的重要联络人，在日常仪式中负责为村民邀请、配合、辅助僧人念经。作为佛教信徒的总代表，他们是沟通僧人与普通大众的媒介。在佛教入夏安居期间，他们带领普通信众按照佛教规矩来礼拜，赕佛诵经。在日常生活中，一旦村民举办佛教相关的仪式，他们要承担主持任务。如果村民要供奉某部佛经，也可以请波占抄写，并且在仪式上吟诵。根据具体情况的需要，可以为听众念诵完整的抄本，也可以象征性地开个头念诵一两章即可。总体来说，波占在宗教生活中起着示范、教导、监督的作用，也是傣族史诗的演述人和传承者。他们对史诗传承的突出作用在于抄写和佛教仪式上的吟诵。

几乎每个傣族村寨都有一位波占,而大部分波占通常具有康朗 [xa^{55} naan^{55}] 的称号——那些到 20 岁仍不还俗,经佛寺长老主持晋升仪式就可以升为"督比"(佛爷),之后再还俗即可被称为"康朗"。他们是佛寺培养的傣族知识分子中的佼佼者,也是南传佛教对傣族社会发挥教化功能的重要载体。由于在佛寺修习多年,大部分康朗具备了丰富的佛学知识,通晓佛教经典,熟练掌握傣文。同时他们也不脱离传统村社生活,基于此,他们最容易根据所掌握的学识进行傣文诗歌创作。一方面,将佛经故事改编成傣文长诗,从而实现佛教经典的傣族化和本土化;另一方面,将民众喜闻乐见的民间故事吸纳到佛经中,将本民族的优秀文化纳入佛教正统,从而得到更好的传承和保护。他们创编出来的诗篇,主要供章哈们传唱,而有的康朗本身就是章哈,因此可以自创自唱。许多康朗喜爱诗歌,逐渐成长为著名的诗人和歌手。例如,历史上较为著名的波玉温、康朗英、康朗甩等人。在傣族史诗的传承过程中,康朗的突出贡献主要在于创编,演述是其次的。作为受到佛教深刻影响的传统史诗,傣族诗歌经历了三大主要趋势,即"说唱形式的书面化、说唱内容的佛教化以及说唱传统的职业化"[①],而康朗在这个过程中都起着关键的作用。

"章哈"即歌手、歌匠,或泛指可以创编诗歌的人,是傣族史诗的主要演述人。除了一部分章哈来自还俗僧人,得益于佛教系统的培养,还有相当多的章哈来自非佛教系统。特别是不能入寺学习的女性章哈,她们只能从村社生活中习得史诗演述,是民众中脱颖而出的唱歌能手。女性由于不能入寺学习,若想成为一名章哈首先得自学文字,掌握常用曲调,逐步记忆短篇、中篇到长篇的文本。当然,有的章哈是根本不懂傣文的,她们凭借高超的记忆力来演述长篇的史诗。在章哈的成长过程中,拜师学艺是一条最普遍的途径。在打好文字基础和掌握基本曲调技法以后,一般就可以由师傅带入演述语境。在"实习"的阶段,他们通常先分担师傅的一部分演述,熟悉演述过程并练习与听众互动,提高自己的即兴创编能力,

---

① 诺布旺丹:《艺人、文本和语境——〈格萨尔〉的话语形态分析》,《民族文学研究》2013 年第 3 期。

从而逐渐获得听众的认可，扩展自己在社区中的知名度，直到最后脱离师傅的现场督导而独立承担演述完整的篇章，就算是出师了。一个成熟的章哈在他们的唱歌生涯中都会不断地向高手拜师学习，所拜的师傅主要是德高望重的康朗，章哈可以和他们沟通自己想要唱的歌，然后由康朗落笔创作成诗篇文本。

　　以上这三类群体就是西双版纳傣族史诗的重要演述人。三者之间并非彼此割裂的状态，而是互相协作相辅相成的：波占主要承担传抄、吟诵的任务，而康朗重点负责创编，章哈则以演述为主要使命。他们共同完成了傣族史诗的传承，对傣族史诗的发展都起着重要的历史作用。如今，这三种主体的人数和结构都在发生变化。由于傣族信仰佛教，日常佛教仪式比较多，村寨对波占的需求量比较大，所以波占人数比较多。成为波占的门槛也不高，只要掌握傣文，就能很好地完成传抄、吟诵的任务。然而，随着傣族僧侣大量减少，达到佛爷级别的人数也急剧下降，具有深厚文学功底、能够创编新诗篇的康朗渐少，这也是现今再难产生傣族新长诗的重要原因。现实中，这几年章哈的人数变化却有点特殊，章哈人数不断增多，但是能够演述史诗的为数不多。在过去的生活中，章哈演述史诗的场景比较普遍，每当夜晚降临，人们一边享用美食一边聆听章哈的歌唱，就如围在篝火旁聆听老人讲述故事那样平常。那是过去傣族民众汲取知识文化、丰富精神生活、陶冶文学情操的主要途径，以至于人们把章哈比喻为"菜里的盐巴""米饭中的糯米""芳香四溢的鲜花"，可见民众对章哈的喜爱和肯定。如今在人们心目中，章哈具有优雅和知识渊博的形象。许多人由于在孩童时期亲耳聆听章哈和感受过章哈的魅力，从而立志长大后成为一名章哈。章哈也是傣族传统文化的重要载体，世世代代的章哈走村串寨为民众演述史诗，不仅向普通大众传授知识文化，而且宣扬了傣族诗歌的魅力。如今，随着收入的提高，人们的文化生活丰富起来，傣族社会对章哈的需求增多，章哈似乎又迎来了蓬勃发展的历史机遇。

（二）史诗演述语境

　　时间、空间、演述人、受众、表演情境、社会结构、文化传统等因素共同构成了史诗演述的语境。在此主要介绍傣族史诗演述的自然语境，即

"由惯常的表演者,在惯常的时间和地点,为惯常的观众进行表演"[1]。傣族史诗得以传承下来,犹如鱼儿离不开水那样离不开民众生产生活的需求。民间各种仪式活动是史诗最重要的生存土壤和演述语境。

如今,傣族村寨中上新房、婚礼以及各种大型佛教赕依然是史诗演述最常见的语境。例如,西双版纳勐海县章哈文化比较兴盛,此地居民上新房时请章哈来演唱助兴几乎是必不可少的节目。在新居落成前,主人就先预约好章哈,要开门节过后才可以举办活动。上新房仪式通常持续三天,第一天邀请亲友并准备待客的食材,第二天请僧人前来念诵佛经,在波占的主持下举行净化空间的各种小仪式,并由寨长负责祭告寨神。第三天,迎接家神入驻,并将金银细软和大小家具搬入。当晚,章哈按约定的时间到达,从傍晚七点左右开始通宵达旦演述庆祝。主人以贵宾待之,在新居最宽敞的堂屋中摆上一桌饭菜瓜果,专供章哈食用。桌后铺上厚垫褥以供他们坐卧休息。一般得邀请两位章哈,加上他们各自带来的笛师搭档,一共是四人出场。章哈演述通常是一问一答的形式,甲方唱时,乙方一旁聆听和休息,然后乙方回唱并发问,如此整夜歌声不绝。所演述的内容大多是《帕雅桑木底》等与建造房屋相关的篇目,叙述傣族先民从走出山洞到住进简易草棚又到住进凤凰竹楼的过程,还描述了各种动物帮助人类建房,以及村民友好互助的传统。除此之外,也可以根据听众的喜爱选别的诗篇。例如,叙述人类起源的《布桑该》,实际上此篇常被视为史诗的组成部分。总体来说,演述的篇目比较自由,根据听众喜爱为主。以《上思茅歌》为例,该篇共有八个段落,可以完整演述也可单独演述,全凭章哈即兴发挥。内容讲述一位傣族青年为求得心上人之爱,到各地做生意一路上的所见所感。总之,凡民众爱听的内容,又不破坏上新房喜庆主题的篇目就可以为大家演述。听众常常一边聆听章哈的歌一边喝酒吃菜,听到高兴处就会"水水水"地有节奏地呼喊,使新屋洋溢着喜庆的氛围。在演述的过程中,听众源源不断地走上前,恭敬地将人民币递到章哈手中,以示鼓励,这是除了主人给的酬金之外章哈的额外收入。

---

[1]　杨利慧:《从"自然语境"到"实际语境"——反思民俗学的田野作业追求》,《民俗研究》2006 年第 2 期。

章哈根据当时的情景，可即兴创作出赞歌感谢馈赠者。总之，在章哈的史诗演述过程中，受众与演述者共同构成了一个交流互动的表演场景，受众的趣味、爱好、现场的即时反应等因素都会或隐或显地影响到章哈的演述。

章哈在仪式中的每一次史诗演述，都产生不同版本的歌。"由于演述场域的不同和变化，每一次的表演事件也会相应地出现不同的史诗文本……更不用说，两位或者两组表演者的演述也会同时形成两个独立的表演文本。"① 傣族章哈的口头演述，极为符合这样的描述。不同的章哈组合对唱，由于他们各自所掌握的史诗篇目和篇幅长短不一，对唱的故事内容、主题的次序不一致，对唱产生的都是"这一次"的演述文本。举个例子，出版的《贺新房歌》中含有"吉祥歌声贺新房""鸡招呼乌鸦""伐木料""盖新房""房子式样的由来""众生合力建新房""黄牛王的故事""远离灾害吉祥如意"共八段歌②，它仅是某一次上新房仪式章哈口头演述的文本而已，换个时间地点，就有篇幅长短不一、次序不同的文本。每一段歌都是相对独立的，章哈在每一次具体演述中根据自己的演述能力，以及现场互动情况来省略其中某段歌，也可以即兴加入听众喜爱的其他篇，所产生的文本是表演者与听众交流互动的产物。

与上新房类似，婚礼上也常邀请章哈来演唱助兴，演述的场域基本相似。此外，也有比较庄严的史诗演述语境，创世史诗《巴塔麻嘎捧尚罗》（民间简称《捧尚罗》）主要是在祭祀寨神勐神、祭寨心石等庄严的场合上演述。

三　德宏傣族史诗的演述人和演述语境

再来看德宏傣族的情况，这里也是傣族史诗传承的核心阵地。据

---

① 巴莫曲布嫫：《叙事语境与演述场域——以诺苏彝族的口头论辩和史诗传统为例》，《文学评论》2004 年第 1 期。

② 西双版纳傣族自治州人民政府编：《上思茅歌　贺新房歌》，云南民族出版社 2008 年版，第 81 页。

《中国云南德宏傣文古籍编目》所统计的 881 条古籍篇目中,文学类一共有 572 条,含《创世纪》《千瓣莲华》《万相边勐》等史诗以及大量的"阿銮"系列长诗,诸如《螺蛳阿銮》《羚羊阿銮》《神弓阿銮》《青蛙阿銮》《酸鱼阿銮》等多达 96 部①,内容极为丰富。很多篇目虽然是源于佛经故事,但在历史上早已完成傣族化,同时也吸收了傣族世代流传的丰富的民间故事,形成了兼有佛教色彩与民族特色的长诗。如今,这些史诗抄本大部分都是以佛寺经籍的形式保存在佛寺内。

(一) 史诗演述人

德宏没有章哈这样职业化的史诗歌手,负责演述史诗的人群可以分为佛教信众和普通大众两个阵营。在佛教信徒中,以"贺鲁"[ho³⁵lu¹¹] 和"雅坦"[ja³³tham⁵⁵] 为主。他们负责传抄,并在相关的仪式场合中吟诵。在普通大众中,以"摩整"(戏师)为领头的民间戏班子,他们创编和演述着史诗。如图 2 所示。

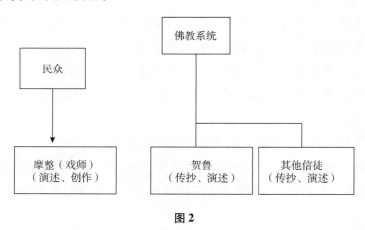

图 2

"贺鲁",字面意思即带领大家赕佛的人,与前文介绍的"波占"相似。但是相对于西双版纳来说,德宏傣族的僧侣数量比较少,绝大部分佛寺没有僧人住持。因此,许多需要僧人参与的民间仪式就由贺鲁来替代完

---

① 尹绍亭、唐立、快永胜、岳小保:《中国云南德宏傣文古籍编目》,云南民族出版社 2002 年版,第 1—36 页。

成。例如，婚礼上为新人举行的"搭桥"仪式，若是有僧人就由僧人来念诵佛经，若是没有僧人，那就由贺鲁替代。在每年入夏安居期间，也由贺鲁带领众信徒赕佛诵经。德宏傣族民众同样有供奉佛经以求功德的传统习俗，一般就是请贺鲁帮忙抄写文本，待到恰当的时节再请贺鲁当众演述。总体来说，在德宏的宗教生活中，由于缺乏僧侣，贺鲁发挥着极为重要的作用，凸显了他们这个群体的重要性。

佛教女信徒的地位比较低，这是众所周知的事。德宏傣族女信徒中即使有很高佛学造诣的人，也没资格成为一名"贺鲁"。但是南传佛教并没有限制女信徒为众人抄写和演述佛经。在德宏傣族的佛教信徒中，女性占了较大比重，有许多女信徒能够胜任吟诵佛经的职责，有的还练就一手好字，常为村民抄写佛经（含史诗文本）。人们统一尊称她们为"雅坦[ja^{33}tham^{55}]，可以理解为掌握佛经的"女长老"。

虽然没有口头演述史诗的章哈文化，但是德宏地区傣剧却发展得很好。傣剧以戏师为核心人物，人们称之为"摩整"[mo^{35}tsə ŋ^{55}]。戏师对史诗的创编和演述具有关键的作用，傣文功底深厚的人能够将长诗改编成剧本。例如，历史上有名的土司刀安仁，他曾创编出《阿銮相勐》《朗画贴》《混披盏米》《三请梨花》《女斩子》《大破天门阵》《三下南唐》《陶和生》等剧本。戏师主要基于民间故事、叙事长诗，或佛经故事来创编成剧本。如今人们常演的传统剧目有《相勐》《千瓣莲花》《朗腿罕》《娥并与桑洛》《海罕》等。值得注意的是，假设某个文学功底深厚的傣族先民将长诗改编成一个剧本之后，随着剧本流传开来，经过民间诸多戏师和戏班子的不断演绎，原来的内容也随之变化。"民间叙事的讲述与表演是一个充满了传承与变异、延续与创造、集体性传承与个人创造力的不断互动协商的动态过程。"①

以上介绍的德宏傣族这几类史诗演述主体，贺鲁、雅坦主要负责传抄和吟诵，摩整（戏师）则创编和演述。当然，他们在文化生活中并不是割裂的，而是相辅相成的，有的人甚至身兼多职。例如，僧侣还俗后可以做贺鲁，贺鲁和雅坦在闲暇之时也可以成为一个出色的戏师。

---

① 杨利慧：《民间叙事的传承与表演》，《文学评论》2005 年第 2 期。

(二) 史诗演述语境

除了德宏之外,保山、景谷、临沧等地大多数傣族也自称属于傣那支系,使用德宏傣语方言,他们也没有章哈文化,史诗演述基本都是手持文本的复诵模式。这些演述一般都是在佛寺内,或者民间仪式中一些较为庄严的语境进行。人们称这种演述为"贺令"[ho^{55}lik^{53}],贺是指吟诵,令泛指长诗抄本。"贺令"时使用一定的曲调,德宏傣语称"哈贺令"[xaam^{55}ho^{55}lik^{53}]。

与上文做对比,这里也举一个上新房仪式作为例子。德宏傣族的上新房仪式大致举行两天,第一天邀请亲友并准备待客食物。第二天,将家神、佛像迎入新居中置于最神圣的位置,然后将家具搬入。之后是在屋内"贺令",目的在于净化空间、祝福主人的新生活。芒市傣族如今都翻盖了新式小楼房,通常有三层楼,二楼的堂屋常被视为神圣的场合,佛像一般放在堂屋左侧,老人们就聚在这里,脱去鞋帽盘腿而坐,双手合十拜佛一起诵经祝福,之后聆听贺鲁手持文本"贺令"。他们选的大多是寓意较为吉祥的篇目。例如,笔者于 2010 年在芒市调查期间遇到上新房演述《那都相》,讲述的是"八代老财主"一家如何兴旺发达的故事。很明显,演述该诗篇的目的是祝愿主人像故事主人公那样百世兴旺。此外,还有《三时香》等篇目也适合演述。围在贺鲁身边听他演述的受众大多是老人,在演述的过程中他们神情比较庄重,不能喧哗。

除了上新房外,婚礼、葬礼上几乎都有贺鲁的"贺令"活动。此外,村民一年中积累下来的或为做功德,或为还愿而供奉的佛经,一般统一在入夏安居期间由贺鲁当众演述。这种与佛教相关的演述一般受到时间和空间的限制,演述人和听众也局限于特定人群。

相对来说,傣剧的传承语境显得比较宽松,任何爱好文学的村民都可以传抄、创作和表演。傣剧是年轻的剧种,虽然仅有一百多年的历史,却有旺盛的生命力。以盈江县旧城镇为核心向周边辐射,如今已在德宏范围内广为流传。在德宏,除了有政府组织的傣剧团外,民间也有大量的戏班子。成员都是平日务农的村民,基于对傣剧的喜爱,他们自发组织起来聚在戏师家中一起学习剧本和唱腔。戏师不仅要在平日里一字一句教他们唱词,上台表演的时候也要在幕后提词引导。有的村寨还细分老中青若干戏班子,各自演绎本年龄段喜爱的剧目。例如,老年人喜欢《程英舍子》(改编自《赵氏孤儿》)、《唐王游地府》、《公孙犁田》等剧目。中年人则偏爱《娥并与桑洛》《朗腿罕》等与爱情有关的剧目。年轻人一般喜欢《十二马》《冒少对唱》等简单而欢乐的剧目。

民间傣剧表演不受时节的限制,逢年过节或者村寨举办某个"摆"时,都可以邀请本地的戏班来表演他们拿手的剧目。这种现象如今很普遍,笔者在德宏州几次田野考察时,在盈江县和梁河县若干乡镇都有遇到村民自娱自乐的傣剧表演。例如,2009 年"三八"妇女节在盏西镇芒冷村见到老年戏班演的《二么挂灯笼》(村民自创的新剧目);2010 年春节在芒章乡线帕村见到中年戏班演的《瘾君子》(自创的教导类新剧目);2014 年春节在支那乡芒海村见到老年戏班演的《公孙犁田》;2016 年国庆节在芒东乡曼果村见到老年戏班演的《程英舍子》。傣剧的发展过程中有一些值得注意的变化:首先是演员由过去男性居多转变为如今的女性为主;其次是听众逐渐趋于老龄化,年轻人很少参与;最后就是产生了许多教育类的新剧目。这些都从侧面反映了民间自然语境中傣族长诗的演述现状。

除了上文中详细介绍的西双版纳和德宏外,我国其他傣族聚居区,比如孟连、耿马、景谷等地的傣族也传承着大量的叙事诗。例如,在《中国云南孟连傣文古籍编目》中列出了 64 个叙事诗条目及其内容简介,诸如《荷花王子》《椰子公主》《鸡毛阿銮》《婻嫩罕》《白螺阿銮》等,都是与前两个傣族地区相似的篇目。由于这些地方的傣族大多自称傣那,含少量的傣泐支系,所以其史诗演述人和演述语境可以参考上文所介绍的两类情况。

结　语

综上所述,本文旨在对比分析傣族两大傣族聚居区傣族史诗的演述人及演述语境。以傣泐支系为主的西双版纳傣族和以傣那支系为主的德宏、保山、临沧等其他区域的傣族,由于属于不同的方言区,受到南传佛教不同教派的影响,创制和使用的文字不同,以及居住区域封闭和开放程度不同等原因,导致了史诗演述传统的不同特点。西双版纳傣族地区有二元传承模式,既有口头演述史诗的传统,也有手持文本复诵的模式。傣泐支系的口传歌手"章哈"是口头演述史诗的主要群体，而"波占""康朗"则是手持文本的演述者；德宏傣族则以"贺鲁""雅坦"等佛教信徒手持文本演述史诗为主要方式。此外，民间傣剧表演也是史诗的重要演述语境。要注意的是，"波占"和"贺鲁"同时作为佛教信徒领头人，他们在生活仪式中演述史诗的作用并不完全相等。德宏傣族僧侣人数相对于西双版纳少，大部分仪式由贺鲁主持，因此，"贺鲁"在史诗演述和传承中所起的作用更大。换句话说，如果我们去西双版纳考察傣族史诗，可以首选章哈作为访谈对象，追踪章哈的演述活动就能深入了解史诗的演述传统；而如果去德宏考察傣族史诗的话，"贺鲁"应该是核心群体。总之，无论是西双版纳还是德宏的傣族，两地的史诗几乎都是活形态地发展着，都是在日常生活仪式中展演，是在特定时空和特定文化环境中自然发生的。不同在于，西双版纳傣族史诗的文本受到演述语境的影响。同一个章哈在不同情景语境中史诗演述，或者不同的歌手的组合对唱，都可以创造和形成新的史诗文本。而在德宏人们手持文本的吟诵，只是一种复诵，不再产生口头诗学意义上的"新文本"了。

原载于《民族艺术》2018 年第 5 期

屈永仙，女，傣族，1983 年生，籍贯云南盈江县，中国共产党党员，中国社会科学院研究生院法学博士，2009 年至今在中国社会科学院民族文学研究所南方民族文学研究室工作，副研究员。研究方向为南方民族文学研究。承担省部级以上科研项目：中国社科院重大课题青年学者资助项目"傣族创世史诗《创世纪》翻译与整理"；中国社会科学院青年社会调

研"课题傣族地区宗教传统及多元信仰研究";国家社科基金特别委托项目——文化部"中国史诗百部工程""傣族创世史诗·《捧尚罗》"。代表作题目:《寻找傣族诗歌》（专著），《傣族创世史诗〈巴塔麻嘎捧尚罗〉：文本形态与演述传统》（论文），《傣族史诗的演述人与演述语境》（论文），《傣族神话叙事与佛教艺术——以佛寺经画与剪纸为例》（论文），《傣族叙事诗的口传传统与书面传统》（论文），《傣泰民族的"布桑该与雅桑该"创世神话及祖先信仰》（论文）。

景颇族的文化记忆探析

——以目瑙纵歌为例

宋　颖

现实常常杂糅着倏忽而来的风尚、尺度不一的创新和若隐若现的历史。少数民族的文化记忆更是叠加着族群自身的迁徙与繁衍、口头传承的歌声与讲述、他者言语的书写以及国家政治的力量、文化的建设、社会的革新与不可避免的民族交流与融合等多方面的影响。像景颇族，曾历经长时间的迁徙才到达现今的聚居地：传说他们的先民来自澜沧江与怒江的源头，临近甘肃、青海一带的"木转省腊崩"（majoi shingra bum）。大约在一千多年前迁移至喜马拉雅山下的发祥地"卡苦戛"，17世纪左右再迁入云南德宏州一带。如今中国境内的景颇族人口大约有13万，大部分跨境居住在缅甸、印度等国家①。如此，其现代文化不仅烙印着本民族历史的痕迹，显示出地域文化的特色，往往还表现着国家乃至国际文化策略的效应。

中国现代文化政策的导向使得少数民族的民俗与文化正在发生着或多或少的建构，很多民俗事象在发生的同时也在书写着新的历史，并悄悄地改变着文化传统。笔者于2013年2月前往云南省德宏傣族景颇族自治州

---

① 参见李向前、张方元主编《当代云南景颇族简史》，云南人民出版社2010年版。景颇语转写为汉字时，对同一读音因时代和个人习惯不同，有多种写法，为行文和阅读方便，本文内涉及景颇族文化的名词均采用当下较为广泛接受的一种，且在文内统一使用，注释中仍保留作者原题目字样。

所辖的盈江县、陇川县、瑞丽市、芒市等地对景颇族的"目瑙纵歌"（manau zum go）节进行调研①，文中描述的主要是在陇川县景罕镇朋生村和州府所在地芒市考察的"目瑙"。

2013 年 2 月 24 日（正月十五）早上 8 点，笔者来到"中国目瑙纵歌之乡"的云南省德宏州陇川县，陇川县城所在地章凤镇文化广场在春节假期已经举办过目瑙纵歌了。这天举行的目瑙纵歌是在离此 8 千米景罕镇朋生村的一个山寨。进入朋生目瑙场地的大门，两旁的门柱就刻有藤蔓蕨类植物的纹样，辅以四色三角形块状图形，两侧还有刀型柱。门柱顶端刻有云彩星纹，象征天空。门柱的纹样素材与造型和目瑙场的核心目瑙柱（示栋）较为接近。目瑙场地由几部分功能区组成：停车区、集贸区、小吃区和带有看台的以目瑙柱为核心的目瑙场。目瑙场四周围着绿色的栅栏，东西南北各有一个可容双向行人出入用的竹门，目瑙场内和场外多层看台上挤满了从四处涌来的人们。

当日所见到的目瑙纵歌，自 1983 年起就被当地政府定为景颇族的民族节日，2006 年 5 月又名列国家级非物质文化遗产名录民俗项内。它成为融音乐、舞蹈、体育、服饰、娱乐、贸易为一体的民族节日，展示民族风情、体现民族文化精神的群众性活动。尽管从外来者的眼中来看，目瑙场不过是个歌舞升平的娱乐场，但是在景颇族创世长诗《目瑙斋瓦》中，多次神圣地吟诵着"目瑙"的由来、功能、构造和气氛。这部虽然并非历史教科书却包含了景颇族的族群迁徙历史和全部的族群认知与文化精华的长篇诗歌，歌唱着景颇族迁入现居地的艰辛历程，记录着世代传颂的祖先伟业，以及迄今仍然可以在充满生命力的目瑙场上寻找到的"集体记忆"。

仅就"目瑙"而言，它的含义非常丰富，依据笔者的调查来看，"目瑙"既指景颇族传统的文化精英祭祀祖先的神圣仪式，又指其流传

————————

① 本文基于 2013 年 2 月在云南省德宏州诸县镇的调查，谨此感谢汤晓青、吴晓东、屈永仙等同人的支持，特别感谢陶明、李荣宽、排玲玲、何华、管能清、陈缀春、陈赟、许霞和德宏州芒市、陇川县、章凤、朋生等地遇到的热心民众的帮助。感谢苏日娜、郭崇林、王秋桂等教授的意见。

已久的文化精华——创世史诗《目瑙斋瓦》，同时还是当地最盛大的民族节日——目瑙纵歌。它是景颇族文化记忆中具有代表性的综合标识。从"目瑙"入手，结合景颇族创世史诗《目瑙斋瓦》的文本叙述、指引和相关阐释，文章拟就目前还在盛行的景颇族目瑙纵歌节的文化因子及其现代建构过程进行分析和探讨，以此来把握景颇族的民族气质，主要关注以下几个方面：一，《目瑙斋瓦》中对目瑙的记载与目瑙纵歌节的由来及其构件要素；二，景颇族地方知识精英与其他民族的学者对目瑙纵歌的表述和建构；三，对目瑙纵歌节的发展过程及当代趋向的思考。

一 《目瑙斋瓦》的描述与"目瑙纵歌"的文化因子及历史认知

景颇族有口头的语言，他们没有文字。传说文字曾经是写在牛皮上，迁徙的时候因为饥饿吃掉了。而景颇支和载瓦支的语言开始用拉丁拼写，则是百年前基督教传入该地区后由传教士开创的。史诗《目瑙斋瓦》的文本是经过斋瓦的演唱，由知识精英们用景颇文和国际音标来发掘和记录整理过，又用汉文加工翻译了的，在出版时不可避免要经过这几道从口头落实到书面书写及迻译的过程。

从这部景颇族创世史诗《目瑙斋瓦》的描述里可以明显地看出，目瑙纵歌曾经在吟诵中是神圣庄严的原始宗教祭祀仪式。20 世纪 90 年代初整理出版的《目瑙斋瓦》，采集自盈江县贡推干（汉名为沙万福，1900—1979）斋瓦，经记录、翻译、整理后出版。目前主要流行的版本是《目瑙斋瓦——景颇族的创世史诗》和《勒包斋娃——景颇族创世史诗》汉文版。在后一版本的著述中，萧家成指出，景颇族的目瑙纵歌是这部创世史诗"特定的吟诵场合"："在主持人目瑙主的总指挥下，经师吟唱创世史诗，——舞步配合哦啦调的吟唱声、木鼓声、象脚鼓声和锣声，节奏感非常强烈。"[1]

景颇族的"斋瓦"（瓦亦用作娃、洼，或称为蔗哇）是什么？史诗中

---

① 萧家成：《勒包斋娃——景颇族创世史诗综合性文化形态》，社会科学文献出版社 2008 年版，第 91 页。

有一段这样讲述①：

> 梯木梯拉的创造
> 梯木梯木占的繁衍
> 生下了老大，
> 他是来做什么的？
> 潘格来遮能代说，
> 他懂得历史知识
> 他最先吟颂"斋瓦"。

这里提到的"斋瓦"既是景颇族神圣的文本唱词，包含着族群的"历史知识"，又是能吟诵这唱词的人。这种人被看成是能通天地的圣师，地位崇高，在随后出生的暗示人类所掌握的各种技能的"十一个男的"和"十一个女的"当中，他排第一，非常重要。仅是斋瓦这一角色本身，因为所吟诵的神鬼不同，还细分为不同的级别、种类和用途。

史诗中所提及的斋瓦，在作为现实宗教祭典仪式的目瑙纵歌中的位置与作用也非同凡响。"目瑙纵歌的内容和形式有平目瑙场、立目瑙柱、竖目瑙牌、建木代房、搭太阳神祭坛、挂彩幡、唱哦啦调、祭天神'木代'和吟诵创世史诗。"② 这种描述概括出目瑙形式与内容上的组成要素。可见，目瑙纵歌在传统上是有一系列规定性的行为和程序所组成的祭祀仪式，是严肃而谨慎的族群集体行为与信仰体验。由此，景颇族的目瑙场和史诗文本成为相互依生的艺术形式：目瑙场上有特定的环节是必须吟唱史诗的，来祭祀最大的天神"木代"；史诗故事里讲述了目瑙的来历和怎样举行目瑙的程序。目瑙场提供了史诗可以吟诵的神圣领地，形成史诗文本的"特定场域"；史诗为目瑙提供了可资借鉴的历史模板，为景颇族各支

---

① 文中所引用的史诗文本均参见此版本：李向前搜集整理《目瑙斋瓦——景颇族创世纪》，德宏民族出版社 1991 年版，第 85 页。

② 萧家成：《勒包斋娃研究：景颇族创世史诗的综合性文化形态》，社会科学文献出版社 2008 年版。

系的目瑙提供了合理性和合法性的依据，并赋予目瑙场以某种与现实生活相区别、相隔离的神圣空间感。

提出"文化记忆"概念的扬·阿斯曼强调，文本是升华了的约束力的表达，"延伸的场景"不仅包含了流传，还包括了对文本的再次接收，并在文化的机制化中存在。可以说，这种机制化通过"延伸的场景"为文本提供了稳定支撑的框架。文化可以被理解为"延伸的场景"中最广泛的，是所有为再次接受某些信息和机制的总体，为稳定表达、流传、循环和再次接收的过程我们需要这样的文化。作为"延伸的场景"，文化干脆创造了一个远远跳向过去的自有时间性的视野，在这种时间性中，过去仍然存在于现在，而且以一种特有的同时性形式占据统治地位①。因此，史诗文本对目瑙场上各种文化元素的描述是具有一定的约束力和稳定性的，而目瑙场的演绎则是史诗情境的不断重现和再现，在重复出现的仪式中，史诗所描述的过去与目瑙所进行的当下，紧密地连接在一起。两者相辅相生，缺一不可。借助史诗文本所描述的各种要素，从目瑙场来寻找这些要素，才能清晰地勾勒出目瑙场在当下的文化意义和价值。

《目瑙斋瓦》描述了在不同场合下祭祀的各种神灵，最重要的就是木代神。这位崇高的"木代"天神，在史诗中吟唱过他的诞生，他的诞生比上述的斋瓦和人类其他技能的出现要早很多，他出现在创世神"第一次返老还童后"。《目瑙斋瓦》这部史诗中，还包含着对景颇族的起源地、发祥地的描述，对景颇族各分支的描述和对周边民族的认知。据说景颇族内部有五个支系②，景颇（大山）、载瓦（小山）、勒期（茶山）、浪峨（浪速）、波拉（布拉）。"目瑙"和"纵歌"这两个词分别来自景颇支和载瓦支对这种仪式的称呼。史诗中讲述到，景颇族起源于喜马拉雅山脚下的"木转省腊崩"，翻山越岭迁徙而来，在迈里开江和恩迈开江流域发展繁衍，传说中的发祥地是"卡苦戛"。经过创世神的"第三次返老还童"，

---

① ［德］扬·阿斯曼：《文化记忆》，甄飞译，陈玲玲校，载［德］阿斯特丽特·埃尔、冯亚琳主编《文化记忆理论读本》，北京大学出版社 2012 年版，第 8—9 页。

② 李怀明：《对德宏州景颇族发展情况的调查和思考》，《云南社会主义学院学报》2007 年第 3 期。

这个族群迁徙到理想的居住地，开始了新的生活。

在"第二次返老还童"时，创世神还生下了出征的氐地鬼、守护村寨的木租鬼。在没有人类之前，世界上都是鬼，所以也有人说，斋瓦是能念鬼的，目瑙是祭祀木代鬼的。创世神这次返老还童生完各种鬼之后，才生下了"十一个"兄弟，如老大日旺干，据说是景颇族的一个支系；老二农弄省举，传说中的怒族；老三木如腊皮，据说是景颇族的一个支系；老四贡底都曼，氐羌的一个部落，传说是傣族的先民，他们以泼水的形式来祭献木代鬼；老五掸当贡秧，缅甸掸族；老六崩拥瓦景颇，就是现在的景颇族，景颇族自称"文崩景颇"大概源于此；老七直隶瓦康康，缅甸的钦族；老八蒙嫩瓦悦藏，传说是藏族；老九缅瓦木干，缅甸的缅族；倒数老大，迷瓦瓦汤瓦，传说是汉族的酋长商汤部族；倒数老二，蒙岭蒙旁，据说是蒙古族①。

这里提到的几个兄弟，都是与景颇族生活、生产相关的周边族群，在中国或缅甸境内与景颇族的生活和文化之间有较为密切的关联与交流。在目瑙的传说中，有一个提到汉族大哥送来的龙袍，所以目瑙的"瑙双"（主导与领舞）不仅戴着史诗中吟唱的"羽帽""羽冠"，身上还穿着史诗中没有提过的龙袍。不过史诗所提供的合理性依据是，景颇有自己第一个王，这个王也曾经在登基前跳过目瑙舞。宁贯杜之所以穿着这种龙袍，正是因为目瑙是在他打天创地之后欢庆胜利举办的，之后他就建造了王宫，成了景颇族第一个统治者。景颇族人从此自称"宁贯杜的孩子"。在这个传说里，目瑙是一种国王登基时的庆典。可见，民族文化之间的相互交流与融合，往往体现在一些小小的细节上，而且当地人不断给予本土的解释，使之合理化、正常化。

史诗中还涉及对神圣的目瑙柱、目瑙场、目瑙舞的定名与解释。从最早天神举办的目瑙——在太阳宫、月亮宫里跳，到鸟类目瑙的描述和解释，再到景颇族祖先跳目瑙的记载，可以说，史诗文本中提供了生活在天上的天神、飞翔在树间的鸟类与居住在山地里的人类之间三位一体的目瑙建构过程。目瑙场是个特定空间，在这里，天神、鸟类和人类，可以合而为一，目瑙场也由此可以看成是"文化空间"，景颇族的历史记忆得以传承和复苏：那些神灵

---

① 李向前编：《目瑙斋瓦——景颇族创世纪》，德宏民族出版社 1985 年版，第 70 页。

通过吟诵降临在场上，那些鸟类通过纹样出现在场上，而人类通过舞步聚集在场上；遥远的天神、神秘的鸟类、远古的祖先与现在的景颇族人在"此时"（节日的时刻）能够借助斋瓦吟唱和舞步仪式等方式而穿越时间和空间相聚在一起，目瑙场沟通了历史与现实，连接起身体与口头传承，容纳了古老的信仰与现实的生活。在这种意义上，目瑙表达了景颇族的世界观和宇宙观。

史诗吟诵了"目瑙的来历"。要在"太阳升起的地方，立起目瑙柱，月亮升起的地方，跳起目瑙舞"，还要祭祀重要的神灵，那么天上的神灵就是指要祭祀的太阳神和月亮神，即"我们献金鬼，祭银神"。这部史诗大多使用互文的修辞手法，上下文联结在一起，金鬼、银神也是金神、银鬼，金与银分别代表着太阳和月亮，或者用来形容如日月一般神圣的事物（如景颇族的繁衍之地）。天神们各司其职，分工是可以被看见、记忆、模仿并复制、再现的。即便是天上举办的目瑙也先要有神圣庄严的祭祀。被吟诵的诸神与他们的职责一一对应如下[1]：

占瓦能桑——主持

占瓦能章——懂萨

颇干杜真塔——斋瓦

木左知声然——领舞

木左瓦毛浪——助舞

木左肯万诺木努——祭坛

木夺直卡——祭酒

天上的目瑙舞井然有序地进行着。

目瑙柱竖好了

目瑙场整好了

该好的都好了

---

① 李向前编：《目瑙斋瓦——景颇族创世纪》，德宏民族出版社 1985 年版，第 275 页。对原文有所省略，仅将名字与职能择取出来，一一对应。

该做的都做了
天上的目瑙舞
就要开始了
……
金鬼献过了
银神祭过了
天上的目瑙
在宽广的太阳宫
隆重地进行着

前面是领舞
后面是舞队
跳的热闹的跳着
唱的高声地唱着
天上的目瑙舞
跳得多热闹
唱得多快乐

目瑙舞跳过后
主持目瑙的富有了
主管目瑙的如意了

　　目瑙能够带来吉祥如意，丰收喜悦。犀鸟借助一双翅膀，在太阳宫和人类领地之间的树梢上，模仿着太阳神的目瑙舞步，也举办了鸟类目瑙。鸟类的目瑙照搬了天上的目瑙。不同类别的鸟作为景颇族对自然的认识和分门别类地出现在鸟类目瑙的分工中，同时还附带有对该种鸟类特性的某些特别的解释和说明。鸟类与他们的各自职责一一对应如下①：

　　① 李向前：《目瑙斋瓦——景颇族创世纪》，德宏民族出版社1985年版，第147、151页。这里对原文有所省略与择取，原文讲述职能时已经去掉了犀鸟选用了孔雀。

胜独鸟——主持、总管

鹦哥鸟——斋瓦，吟颂辞（树上是能哦吴然鸟）

章脑鸟——董萨，念祭辞

登科鸟——事屠宰、掌祭坛（肯庄来了）

孔雀——领舞、主导

勒农省瓦鸟，苏梅银鸟——帮领舞、助先导

支边别鸟——平、整目瑙场

凰仙鸟——管酒、斟酒

支灵鸟——监督、分工

松拾木丽拾鸟——管分管发

恩直支锐鸟——烧火、煮饭

空什乌公鸟——背水、打水

盆牙种鸟——泡酒（盆伦来了）

恩梅曼突鸟——舂碓、簸米

坡总松鸟——扫、收目瑙场

乌快鸟——送、倒垃圾

这些分工和说明同样采用了互文的修辞手法，上下句连缀，达到了"文省而意存""文简而意丰"的文学效果。各种职责和内容看起来像是模仿和再现原始社会中分发丰收果实的聚会。所有的成员聚拢在一起跳舞，先祭祀神灵，感谢祖先，再分享食物，庆祝生存。鸟类目瑙可以看成是鸟类分享黄果的庆祝仪式。那么人类也继续学习并掌握这种顺应天时地利的自然规律，同时在模仿天神与鸟类庆祝丰收的目瑙当中，借助神灵的力量，划分职责，建立起人间的秩序和规范人间的行为。

我们不如学着太阳宫

请来所有鸟类

举行一次目瑙

再欢乐乐的吃黄果

用树干做目瑙柱

用树枝做横档
用树梢做目瑙场

……

名字相称了
名字相配了
树下的人们
也能跳目瑙了

跳完目瑙舞
孙瓦木都和干占肯努
白米吃不完了
红米堆成山了
鸡猪数不清了
牛马满山坡了
金银门开了
繁衍路通了

远古
……

德如曾利和木干真梯
他们举办的目瑙
也选在正月中

目瑙柱竖起了
目瑙档支好了
舞场整好了
祭坛设好了
长长的木鼓敲响了
圆圆的大铓敲响了

德如曾利和木干真梯

他们举办的目瑙

隆重又热闹

上述引文为现代目瑙提供了部分历史记忆的支撑，能找到某种传统性与合法性的依据。黄果树下的人类，通过"名字相称、名字相配"的方式，与鸟类的职责进行了对应，从而拥有了"合法地"学习目瑙的权利和可能性。

这样看来，解释目瑙纵歌的由来拥有几种不同的说法：一种是说主持祭典的人称为斋瓦，其吟唱的目瑙来历是，太阳宫和月亮宫里有目瑙，黄果树上的鸟在人间办目瑙，人们也学了起来。跳完目瑙后，会有丰收繁荣①。这种说法的依据，可参见上述的引文。第二种是说，景颇族的先民是太阳神的儿子，来了个魔王，民不聊生，于是在雷盼的引导下，他们就由北向南迁徙。太阳神送他们一把宝刀，他们杀掉了魔王，以后就跳舞庆祝②。第三种是说景颇族打天创地的英雄宁贯杜跳起目瑙舞，建起戛昂王宫的故事。

除了目瑙的由来是值得关注的问题，并且可以通过史诗的段落找到其存在的合理性和合法性的依据，目瑙中其他的文化因子，如目瑙柱两端的犀鸟头、目瑙舞的领舞头饰上有犀鸟（这些都表明，对于景颇族来说，犀鸟的角色和功能地位非常重要），这些与犀鸟有关的表征，也能从史诗中找到一些解释的说法。

远古

瓦襄能退拉的创造

能星能锐木占的繁衍

生下了带着金梭板，

---

① 李飏、尹菊艳：《陇川景颇族民间艺术斋瓦的音乐特征》，《民族音乐》2013 年第 3 期。

② 段晓林：《从宗教祭典到民族节日——景颇族目脑总过的考察》，《民族艺术研究》1996年第 4 期。

带着银梭板的，

……山洼神

生下了头戴犀鸟头的

他是谁呀？

　　　　潘瓦能桑遮瓦能章说，

他就是德如瓦直来莲木干布文伸

他居住在顶木萨浪格那地方

那里生产着萨阴大青树

　　从这段吟唱中就可以看出，犀鸟本来拥有着多么重要的地位。而且，金与银作为太阳和月亮的象征，常常用在重要而神圣的名词前，随之而来的是有关繁荣昌盛的描述。金和银这样的字眼，只用于和天神有关的极少数描述中，还见于对景颇族发祥地的描述。紧随带有金银的山洼神、戴着犀鸟头而诞生的，也有着不可小觑的地位。

　　实际上，景颇族人不仅在史诗中唱到自己是太阳神的子民，而且还常用犀鸟来比喻自身。在景颇族的首位英雄宁贯杜打天造地的过程中，他的母亲、妹妹、父亲相继去世。当人们告诉他他的妹妹去世时，他回答说，雌犀鸟去世了，还有其他雌犀鸟替代；雄犀鸟去世了，其他雄犀鸟代替不了。可见，雄犀鸟和雌犀鸟指代景颇族族群内的男性和女性，因此，犀鸟是景颇族族群成员的象征物。但是，对于景颇族这么重要的犀鸟，在目瑙的角色分工中，竟然是由较次位置的孔雀来替代了犀鸟的位置，还找到犀鸟的缺陷，冠冕堂皇地取而代之，这反映了什么可能的历史问题与隐含的象征意义呢？

　　在长期迁徙的历史中，景颇族进入云南德宏地区的时候，强大的傣族已经稳固地统治了这里，因此景颇族就只能进入该地区的山地等处居住。而作为景颇族象征的犀鸟，由于族人稍晚才来到亚热带云南区域，民族文化的优势在与周边民族交流中受到一定程度的削弱和影响。在史诗的吟唱中，隐晦表现为犀鸟是有缺点的，而另外一种鸟类孔雀，可以替代它的位置，成为领舞和先导。由于犀鸟毕竟还是神圣的本民族象征，所以一定会在显著的位置上还有所保留。史诗唱道，"给一个纪念的记号"，出现在领舞的头饰上。这反映出景颇族逐渐接受了迁入地当时主流族群文化的神鸟认知，降低了犀鸟的尊贵位置。

> 犀鸟头太大，
> 声音太粗重，
> 给一个纪念的记号，
> 犀鸟的样子，
> 被做成领舞的头饰。

创世神们在"第四次返老还童"时，生下了"将来的创世英雄宁贯杜施瓦囊贡努"，这位景颇族的首位英雄能够取代神的一些职责，他能打造天地，给百兽取名，是景颇族娶媳妇"跨草蓬"的习俗开端者，传说他还是景颇族的第一个官，第一个骑马收取"宁贯"（即杀牛祭祀的第一条腿）都是从他开始的。他可以说是人治之王。这位王登基之后、造王宫之前就跳目瑙舞。

> 远古
> 宁贯杜
> ……
> 在勒章松坎瑙然的地方
> 杀了石牛
> 宰了石猪
> 跳着目瑙舞
> 庆贺打好的高山
> 造好的平坝
> 并在洛芒龙布地方
> 建起宏伟的王宫

现在的学者在解释目瑙柱上的图案时，普遍认为这些图案象征着迁徙的路线，有的说是宁贯杜（或译为"宁贯娃""宁贯王"，不同文本的称呼不同，本文在论述中择情使用）记下的目瑙路线图，有的说是贡东都卡记下的鸟类路线图，还有的说是恩昆都腰在大青树下打野猪时遇到太阳王的十公主，记下了目瑙路线图。据说，每次跳目瑙时，目瑙舞队也正是循着这种符号在曲折行进的。史诗中所记载的迁徙路线，翻山越岭，跨过很多江水，采集果食充饥，曲折艰难。说它是迁徙路线，不过是表达了景颇族不忘祖先的心愿。细看这些目瑙柱的图案可以发现，内里两根的图案螺旋形、圆形居多，外侧两根的图案方形、菱形、三角形等棱角状图形居多，所有的图案都是中心对称的，有圆有方，大多是内圆外方的图形。一般目瑙柱的顶端都是日月或云彩星纹，总体上的构图层次也是依照从天到地，模拟自然万物的图形，刻成目瑙柱上的纹样。这样的纹样既有可能是景颇人对于自然天地的认知，又可解读为舞队行进路线的指导，还可以解释为是景颇族远古迁徙的路线。多元指涉的图解能提供多元的意义。杰克·古迪在《口头文化和书面文化》一文中指出，口传文化的记忆系统中，视觉记忆方法不容忽视。"当下的事件通过其与神圣的过去的联系而被合法化"，"这些形式和图解能够引发历史的知识，通过口头叙述和仪式表演，这些标记既可以保存社会价值并且产生新的价值。"① 他提供了加拿大桦树皮书卷中记录的系列图标，是代表某个英雄的行程或某个宗族的迁徙，并且指示路上发生的事情。与景颇族的目瑙柱标记方式有些类似的是，这些图标也是由一系列的圆形和连线组成，并带有动物的简单图案。可见，这种图解用于族群的记忆，并不鲜见。只不过，景颇族的主体纹样已经极为简化，而且不是印刷在古旧的书籍中，而是年复一年展演在现实的特定场景内，并进入了与国家主流文化和周边族群的交际中，呈现出与时俱进的变化。

　　按照上文提出的目瑙场上形成的是天、鸟、人三位一体的情境，可以感受到景颇族人通过目瑙舞队的舞步，模仿天上太阳宫的舞步，模仿树林间鸟类目瑙的舞步，正在向天地神灵祈愿，与天神和鸟类一样，实现跳过目瑙之后便达到"富有、如意"的效果。过去和当今，都依赖着人们的集体记忆，并通过集体记忆得以保持。这种文化上的建造，使得目瑙场具

---

① ［英］帕特里夏·法拉、卡拉琳·帕特森编：《记忆》，户晓辉译，华夏出版社 2011 年版，第 74—76 页。

有了醒目的标志物,即以目瑙柱为核心的标志区,这为现代及后现代的文化建构和文化展示奠定了基础。

以上主要讨论的是与史诗《目瑙斋瓦》相生并存的目瑙纵歌的形式和内容,及其有关重要构成要素的描述和记忆。下文将主要讨论经过知识精英表述和政府主导建构之后的目瑙纵歌节的现状和意义。可以说,现代的目瑙节是建立与史诗文本的口传记忆之上的,但是由于记忆在储存和遗忘之间的摇摆而呈现出一定程度上的模糊性,使得多样化的创造、改进和创新随时都在悄悄地发生着。

二 不同民族身份的知识精英对目瑙纵歌的表述

值得关注的对目瑙的研究,主要有两种不同民族身份的精英群体:一是以李向前的《目瑙斋瓦》及以当地生活和地方性知识为依据的景颇族知识精英们对本民族神话、史诗、传说等文本的表述和建构;二是以萧家成的《勒包斋娃研究》所整理的史诗景颇文文本和汉文文本,并在此基础上进行综合性的分析与研究,以及其他非景颇族的学者对景颇族文学、民俗及文化事象的表述和理解。

30 余篇研究论文和多部相关著作都或多或少地参与讨论了"目瑙"定名的解释与表述:对节日的由来提供了几种说法,对节日名称的解释及确定过程的分析,对斋瓦和目瑙的定义和解释,对目瑙柱的描述和解释,对目瑙图案的解释,对乐器的解释,对服饰和舞步的解释及其他相关研究等。总体上主要涉及以下几个方面的问题。

一是关于景颇族的族源及目瑙来源。景颇族人朵石拥汤称[1],景颇族的发源地不是天然平顶山,而是女山和男山,是雌雄祖宗山,或称日月山。这种雌雄说也出现在目瑙柱称为雌雄柱的本土说法中。王伟章指出[2],纳西族的《送魂经》和景颇族的《目瑙斋瓦》提到的迁徙路线是相似的。高金和提到,傣族是德宏地区长期的统治者,德昂族是该地区最

---

[1] 杨锦和、刘琼方:《景颇族音乐》,《中国少数民族音乐》2004 年第 8 期。

[2] 王伟章:《从先羌燧火到目脑纵歌——上古鸟图腾崇拜探秘》,《青海民族学院学报》2008 年第 1 期。

早居民，之后是傣族迁入，景颇族和阿昌族随后才迁徙而来①。刘扬武提及，据陇川县章凤傣族寺庙的经文记载，公元 1770 年左右景颇族迁到了德宏地区。平地已经被强大的傣族占领了，他们大多居住在山地，多信仰基督教，欧洲的风笛进入景颇语被称为"巴渣"并进入目瑙中，而汉族也送来了目瑙领舞穿的龙袍②。

　　二是关于史诗与神鬼及人类的关系。罗致平指出，在这部史诗中，包括了天地如何而来，人类如何而来，宇宙从何而来，还有开天辟地的创世英雄。在举行最大最隆重的宗教祭典目瑙纵歌时，都要念诵史诗，祭祀的是天神木代，内容上包括了对太阳宫、月亮宫目瑙的解释③。段晓林则提出，景颇族说自己是太阳神的子民，他们史诗中的鬼有 130 多种，目瑙节祭祀的是木代鬼④。甘开鹏指出⑤，目瑙舞只有太阳神木代才会跳，直到天上出现了九个太阳，百鸟去求太阳神才学会了目瑙，带回到黄果树下，推举了孔雀为领舞，宁贯娃后来才学会，开始了第一次目瑙。这与史诗文本的内容一致。

　　三是关于目瑙的仪式和程序问题。朱海鹰提出，20 世纪 70—90 年代的目瑙举办时，要提前三个月商量吉日，必须有目瑙柱、鼓和祭坛。目瑙柱制作要选好日子进山砍伐木材。要有两面长鼓，广场左边还有一个小祭坛，祭祀太阳神和月亮神，太阳神需要用公猪祭拜，猪血洒场，埋在目瑙柱下。中间两块最长的为雄柱，边上平头型为雌柱。图案有犀鸟、牛、马、羊、猪、鸡。以前，要进行 4—8 天，"蕉哇"要在小祭坛吟诵祭词，邀请神灵来参加，还要吟唱民族史和主办人的家庭史，结束时还要吟咏送

---

　　① 高金和：《德宏傣族、景颇族、德昂族、阿昌族和傈僳族等民族关系的历史变迁》，《德宏师范高等专科学校学报》2013 年第 1 期。

　　② 刘扬武：《几经迁徙的景颇族》，《中国民族》1982 年第 5 期。

　　③ 罗致平：《把我国的神话研究向前推进移步——喜读〈勒包斋娃——景颇族创世史诗〉》，《民族研究》1994 年第 1 期。

　　④ 段晓林：《从宗教祭典到民族节日——景颇族目脑总过的考察》，《民族艺术研究》1996 年第 4 期。

　　⑤ 甘开鹏：《论非物质文化遗产的知识产权保护——以景颇族目瑙纵歌为例》，《湖北民族学院学报》2007 年第 1 期。

别词,送走神灵,最后立上一根竹竿,挂上竹篓,放上祭品,整个目瑙仪式才算结束。目瑙形式根据用途和规模有 20 余种①。施洪分析了目瑙示栋中的动物元素②。马志萍则提出,以前进行 2 天仪式,而现在是 4—6 天,与前一学者说法不同。节日里也不限于歌舞,而是增加了开幕晚会、演唱会、摇滚乐、足球赛、商品和粮食交易会等多样化内容③。还国志提到,随着目瑙节的发展,文艺队有 80 多个,景颇族的结婚、进新房、丧葬、饮食等习俗也随着节日的庆祝活动而恢复了。多种民间舞也得到展示④。周宗惠则解释说,刀舞是模仿生产劳动的动作,耍刀和刀术相结合的表现⑤。刘德鹏讨论了目瑙仪式展演的旅游化问题,作为文化符号体系,仪式的构造改变了,从自然状态转向人工雕琢,对游客是开放性的,还有互敬米酒的绿叶宴文化表现⑥。马居里认为,目瑙分为 8 种,拥有目瑙示栋的称柱目瑙,祭祀木代鬼。统肯目瑙成为新建房屋落成时的仪式。认为右边柱上是蕨菜花纹象征团结奋进,左边的"回纹构成四方形"是迁徙路线,中间长刀是景颇族民族性格骁勇强悍、坚强刚毅的象征⑦。这也是蕴含着强烈的民族意识,传递着时代声音的现代说法。为了突出民族意识和民族认同,将古老的寓意转换为民族精神,又特别强调民族团结,这种做法和表述显然更为符合当代语境对民族身份的期待,然而新的说法基本脱离了《目瑙斋瓦》的语境,以往的宗教意义全面淡化,历史记忆

---

①　朱海鹰:《试谈景颇族的目脑文化》,《民族艺术研究》1996 年第 4 期。

②　施洪、李茂琳、高陞:《景颇族目瑙示栋中的动物元素》,《楚雄师范学院学报》2013 年第 7 期。

③　马志萍:《挣扎与突破——纠结在传统文化与现代文化中景颇族传统舞蹈》,2011 中国艺术人类学国际学术研讨会议"艺术活态传承与文化共享"论文集,详细见其《景颇族目瑙纵歌节历史发展变迁探析》,硕士学位论文,云南艺术学院,2013 年。

④　还国志:《景颇族目瑙纵歌仪式中的舞蹈与传承及保护》,中国艺术人类学会年会论文集,2012 年;详细见其《目脑纵歌节日的舞蹈形态研究》,硕士学位论文,中央民族大学,2007 年。

⑤　周宗惠:《景颇族刀文化研究》,《科技信息》2012 年第 11 期。

⑥　刘德鹏:《基于仪式展演理论的景颇族"目瑙纵歌"旅游化探析》,《云南地理环境研究》2010 年第 3 期。

⑦　马居里:《陇川景颇族"目瑙纵歌"的传承与发展——兼及非物质文化遗产的保护》,《西北民族研究》2013 年第 3 期。

遗失大半，而独剩民族身份，政治色彩浓郁。

　　根据笔者的现场调查，从朋生和芒市的目瑙场地所立的目瑙柱形象，并参考学者研究的一般说法来看，目瑙柱确实可以分为雌雄柱、阴阳柱，一般中间高的两根为阳，两边的为阴。朋生的目瑙柱非常有代表性，中间两根上端凸起，刻着太阳纹，两边两根上端下凹，刻着月亮纹。日月的形象格外突出，史诗文本中说这是"用太阳稳定天，用月亮坚固地"。阳柱面上刻着螺旋缠绕的中心涡纹，阴柱面上用四种颜色切分出三角形、菱形、方形等连贯图案。黄、白色为主，黄色为金，白色为银，绿色点缀其间，象征自然界。横档则大多保持中空状态，缀以三角形，只在四根柱子下方刻有犀鸟孔雀的形象。另挂着刻有"2004 年 12 月 6 日中国目瑙纵歌之乡"字样的锣，摆着两面木鼓。芒市的目瑙柱颜色更为华丽多样，中间两根的图案由蕨类植物立体缠绕交织，两边两根的图案由回形纹路方形连贯而成。边上均点缀着小三角形。色彩以红蓝黑白为主，绿色及其他多种中间过渡色点缀其中。阳柱为红色太阳，阴柱为白色月亮，中间交叉着两柄大刀，横着连接四根目瑙柱的横档在艺术上构成为犀鸟的身体，前方是硕大的犀鸟头。后方是四色叠拼的长尾巴。如此看来，目瑙柱实际上是通达至太阳宫和月亮宫的天路，象征着通向远古祖先迁徙的古路，客观点说，它是景颇族特有的时间与空间的文化标识。

　　景颇族人曾经把历史迁徙的路线画成图案，把以蕨类水果为食的生活记忆做成目瑙柱上的纹样，刻在上面，有的还缀满他们身上的服饰，充斥着"宁贯杜的孩子"所追随过的"野猫脚印"、青蛙、螃蟹、南瓜子等中心对称、菱形、平行线较多的纹样。仪式中使用的各种纹样不仅表现出美学意味的装饰性，"目的在于将一种跨越的、结合的、去除短暂性的，且在形式的媒介中得以稳定的知识变得可见"①。每种仪式都是为了纪念，往往会超越于日常生活和日常行为。景颇族的目瑙场通过这些多样化的标记，传递着某种与过去有关的信息。这些目瑙柱上的纹样，随着举办的次数，也逐渐有了多样化的选择和表现，同时也蕴含着多样化解读的可能

_____

　　①　［德］阿斯特莉特·埃尔：《文化记忆理论读本》，冯亚琳编，北京大学出版社 2012 年版，第 5 页。

性和文化意义。多元的文化意义也使得目瑙柱成为这个华丽的舞场上最为引人注目的标志物。标志物可以形成独具特色的景观，使得来此观看的外来者，能够寻找到这醒目的标识，满足他们对少数民族文化的想象和期待。

近些年来，民俗文化成为旅游文化资源，民俗风情展示成为对外展示和表演的重点内容。外来者往往同时还具有"游客"的身份，热衷于拍照留念，热衷于寻找不同于自身的情调，他们"幻想和期盼一种新的体验或与日常生活中碰到的不同的体验"①。游客们的凝视"是通过标志建构起来的，而旅游就包含着这种标志的收集"②。"他们阅读着景观，从中寻找某种预设好的出自各种旅行和旅游话语的概念或标志。"③ 对特殊标志的观看，满足了他们的好奇心。华丽的舞场，不仅是壮观的文化景观，同时还是开放性的，景颇族目瑙纵歌活动不仅能够让游客坐在看台上静观，而且能够提供高品质的参与性。

诸多著述多有论及目瑙之名，可见景颇族对名称是极其看重的。在《目瑙斋瓦》中多处表达了这种民族特有的强调"名字相称、名字相配"的意识。主要表现在景颇族英雄宁贯杜娶亲要对应名字，如讲述宁贯杜娶木代女被拒绝了，娶了龙女。为了达到名字相称、相配，"到天上找木代家，过了七代。……他的名字叫戛昂阿杜"。而且为了达到迎娶的目的，还"按木代女的名字，给王子另取名"。还表现在第一节所引用过的跳目瑙要对应主持和斋瓦的名字等方面。景颇族之所以这么在意名字，完全是因为这种角色对于景颇族先民来说，是特别的神圣、庄严和重要，容不得半点出错，因为出错了就会受到严重的惩罚。为了开拓天地，为了人丁兴旺，为了六畜繁衍，为了五谷丰收，景颇族人民小心谨慎地对应着名字。可以说，这名字来自他们所信仰的天神，来自祖先，带着祖先遗传而来的基因。

景颇族分布在山区，各支系较多，语言迻译成汉语时，由当地精英根

---

① ［英］约翰·尤瑞：《游客凝视》，杨慧等译，广西师范大学出版社2009年版，第21页。
② 同上书，第5页。
③ 同上书，第19页。

据读音择选临近字词，书写不统一，释义不统一。"目瑙"就是跳舞，"纵歌"也是跳舞，这个名称也经历了从"跳舞"，到"大家共同来跳舞"，"四面八方的人们汇集到一起来跳舞"，最终形成口语化、容易记忆的"大伙跳舞"的释义。在节日建构的过程中，通过新闻稿、政府认定等形式固化下来的"目瑙纵歌"四个字，再散播开去。就目瑙名称的发展过程，段晓林指出，1949 年之前，没有"目瑙总过"，是"木代目瑙"和"木代总过"。木代的位置非常崇高和鲜明。到 1978 年才开始酝酿"目瑙总过"，1980 年开始试用。

检视目瑙纵歌的名称固化的过程，可以看出，中文写就的现有名称"目瑙纵歌"，"纵歌"意为"纵情歌舞"，和跳舞的意思差不多；目瑙还保持着景颇支的语言，是原有的景颇与载瓦各出一词拼接而成的组合。"纵歌"对"总过"或"总戈""纵戈"都有了很强程度的加工和改造。而原本发音接近而写成的"目脑"，已经换成了"瑙"更为文雅、更有色彩的字，替代了旧有的表述。旧词"木代目脑"中的"木代"不在最终申报非物质文化遗产的名称中出现了，其实际上起到了淡化宗教信仰的作用，相应地，娱乐的意义由此得到放大。"木代"和"目瑙"的组合，表现的是向天神木代祈求的跳舞和祭祀行为，"目瑙"和"纵歌"的组合，则能很好地淡化原始宗教色彩，符合景颇族"直接过渡到社会主义"的历史进程，同时突出了文艺性，便于大众的接受和传播。大众传媒改变着游客的凝视，"游客凝视的普遍性原则……通常是以地方化的、遗产的以及对乡村和城市风景主题化重塑的形式而得以体现"①。现在我们读到的"目瑙纵歌"四个字，明显是张文化的名片，一片色彩斑斓的歌舞纵情的景象。而目瑙纵歌真正的意义已经完全隐退了。不管它是不是还有宗教的色彩，是不是还有民族的记忆，到了正月十五，人们都会相呼着跃跃欲试去"纵一把"。

但是目瑙纵歌的文化底蕴却并非跳舞这么简单、这么浪漫、这么容易迎合少数民族载歌载舞的刻板印象和将其浪漫化的想象。它承载着一个民族数千年的迁徙历史、宗教信仰、服饰由来、生产生活的基本内容和重要

---

① ［英］约翰·厄里：《游客凝视》，杨慧等译，广西师范大学出版社 2009 年版，第 169 页。

仪式。其中，斋瓦是连接天神和人的媒介。祁德川曾指出，斋瓦一个县有 2—3 个，每个村寨有 2—3 个大董萨，50 年代的调查，每 7—10 户就有一个董萨①。林凌风则指出，在 1981 年去的时候，宗教活动受到批判，连一把葫芦笙都难找，唱目瑙斋瓦的歌手也很难找到了。我们现在所听到的音乐，其中既有 20 世纪初英国传教士在此地的活动痕迹，他们曾带来风笛、吉他和军鼓，而用风笛和军鼓演奏的《洞布巴扎》，欧洲风格的音乐经由宗教的途径为景颇族吸收②；还有周边民族的音乐影响，例如除了迁徙路线唱的差不多，纳西族有"哦热"，而景颇族有"哦惹惹"，这种哦啦调的谱子有六个拍子，是自称为"文崩（蚌）景颇"的最有代表性的"文崩"音乐。

虽然吟唱《目瑙斋瓦》的通天圣人斋瓦几乎绝迹了，但景颇人对天地自然的认识，对人间万物的看法，对人自身成长发展的安排和处理，对自身情感和内心的歌舞表达等，都浓缩在《目瑙斋瓦》里，都凝聚在这曾经的宗教仪式、现在的民族节日"目瑙纵歌"中。

目瑙纵歌是当下景颇族文化的浓缩表现形式。阿莱达·阿斯曼认为文化是交际、记忆和媒介三者之间具有历史性变化的关联。文化即可被理解为是记忆。"利用过去并将其固化在社会记忆里，……（可以）理解为所有为了塑造集体认同的象征性表达形式。……这种集体构建通过共同的回忆得到传播，并通过仪式和节日重新获得活力。"节日"巩固"了与共同历史基础的联系。通过重构以及"创造"共同的传统为新的政治行为主体，即"民众"，缔造了身份认同。原本的历史和传说以及重新被唤醒的风俗都变得具有"回忆的义务"了③。

这种记忆不断地被拣起，被重复，被描述，尤其是在节日中得以表现和张扬，得到集体化的重温和流传。景颇族当地的知识精英、当地政

① 祁德川：《景颇族董萨文化研究》，《中南民族大学学报》（人文社会科学版）2004 年第 S1 期。

② 林凌风：《傣族景颇族民间音乐》，《中国音乐》1982 年第 1 期。

③ ［德］阿莱达·阿斯曼、扬·阿斯曼：《昨日重现——媒介与社会记忆》，陈玲玲译，丁佳宁校，载［德］阿斯特丽特·埃尔、冯亚琳主编《文化记忆理论读本》，北京大学出版社 2012 年版，第 30—31 页。

府工作人员、文艺工作者、学术精英等都参与到塑造和传播、推进和建构目瑙纵歌节的过程当中。目瑙纵歌正处于从山寨走向广场，从大山走向都市，从边境走向全国的过程当中。或者可以这样说，从一百多年前甚至自迁徙起，它就从来不缺乏族际与国际的文化冲撞、内在检省与外在观察。

三　对目瑙纵歌节发展过程及当代趋向的思考

非物质文化遗产的认定工作与少数民族重大节日之间的互动，提升了民族节日的认知、价值和意义，近年来相关著述和研究明显增多。与周边的民族相比较，在民族重大节日的建构思路下，云南傣族有泼水节，怒族有仙女节，傈僳族有刀杆节，彝族有火把节，独龙族有卡雀哇节，景颇族也拿出了自己的目瑙纵歌节，而且还是融合了景颇语两个支系的发音并转写成优美的汉字来表现的，还列入了 2006 年国家第一批非物质文化遗产名录。

据记载 1911 年在陇川县弄欠举办过一场目瑙纵歌。1935—1956 年间，接壤的缅甸举办过规模更大的目瑙纵歌。1951—1956 年间，当地还办过以祭祀木代神为主的目瑙节，之后山官主持的目瑙纵歌就结束了①。直到 1979 年盈江县崩懂村自发的组织目瑙纵歌，1980 年正月十四至十五，陇川县在县城中学的运动场上举行了有六万余人参加的目瑙纵歌，被视为景颇族传统文化的恢复。1981 年朋生举办了第二次。从周期性地出现在景颇族聚集山区的"目瑙"所生存和发展的自然条件与人文环境上看，多年来在陇川县形成了以朋生目瑙场为核心的"文化空间"。

1983 年德宏州人民代表大会通过了将目瑙纵歌确定为法定民族节日，认为这代表着景颇族人民的共同利益，定为一年一度的节日，节期定在了正月十五和正月十六。正月十五这个日期，本来是中原地区传统的"元宵节""灯节"。元宵节夜晚，灯火通明，人们四处游走，看红火热闹，欢娱达旦。这种抛弃巫师择日，而选定在与主流文化相合的做法②，也可

---

① 参见前注所引马居里文章。
② 参见第一节引述到的这一段落，即人们学鸟类跳目瑙的原文。

以在这一时期出版的《目瑙斋瓦》中找到相关叙述，因而显得并不那么突兀而难以接受。当然，由于政府制定出相应的文化政策，使得景颇族相对而言较为传统和神圣的、需要由董萨来提前选日子的习俗也由此改变了。祭祀的环节也多有省略，节日可以由各区县互相调节，在国家法定假日的"五一"和"十一"等游客较多的黄金周也可举行①。近三十年来改革开放新时代的目瑙主体不再是身份和地位特殊的主持与斋瓦，而是相应地转为跳舞的大众。

目瑙纵歌有了新的统称，景颇族知识精英们将多种目瑙组合在一起，统一表述为"祝荣文蚌统肯目瑙"，统肯是传统的意思，就是特别要强调这种目瑙是景颇族传统的目瑙，而实际上这种目瑙是改良之后的打包目瑙，是能够对外展示和交流的目瑙，表演性和娱乐性增强，宗教性和仪式性减弱。不再根据实际生活的需要而举行类别、目的和功能不一的目瑙，而是简化并统一为一种庆祝性的目瑙，严肃而不能出错的舞步被大众的参与脚步取代，日期也有了明文的规定。

1986 年起，陇川县统一在朋生举办目瑙纵歌。到了 2002 年 2 月，陇川县提出了"中国目瑙纵歌之乡"，举办了"中国首届景颇族目瑙纵歌节"。2005 年 1 月，有一本著作专门以此为题，《中国目瑙纵歌之乡——陇川》② 出版。随着小长假制度的实施和非物质文化遗产保护工作的启动，2006 年 1 月 31 日至 2 月 2 日，陇川县首次邀请了境内外两万余人的代表团来观看参与"目瑙纵歌节"，形成了此后正月初三至初五在陇川县县城章凤镇广场举办一次，正月十五至十七在朋生举办一次的规矩。当地的文艺队、歌舞队、宣传队等民间组织也随着节日的活动而增多起来，参与人数达到 1000 多人。2006 年五一黄金周，人们在云南民族村可以体验到目瑙节歌舞，同时在云南省会昆明的南屏步行街也可以感受目瑙表演的欢快气氛。因此，当笔者于 2013 年 2 月前往陇川县里，当地人告诉我县城里的是新的，没什么看头，要去真正的景颇族目瑙纵歌就去朋生看看，

---

① 张晓萍、刘德鹏：《民族旅游仪式展演及其市场化运作的思考——以云南德宏景颇族"目瑙纵歌"节为例》，《旅游研究》2010 年第 2 期。

② 张么弄讲述，金学文编著：《中国目瑙纵歌之乡——陇川》，德宏民族出版社 2005 年版。

那才是老的。可以说，经过景颇人成功地营造和对外展示，使得目瑙纵歌既有本土群众保有着自发的参与热情，又结合了美观的歌舞表演与灵活的展示技巧，还能提供想象的格调和充满文化因子的空间。因此，目瑙纵歌能够在 2006 年 5 月名列国家非物质文化遗产名录，这应该是景颇族知识精英、政府、地方群众共同努力的结果。

贝拉·迪克斯曾研究过当代语境下对传统文化的追寻和展示。她认为，如果把遗产视为求助于过去的现代文化生产模式，那么遗产就是当代社会所热议的"回到过去"的表征①。文化遗产经由展示被赋予了第二次生命，而成为政治经济资源。它允许场所和其参观者对身份有更强烈的诉求。全球化并没有忽略场所身份，反而增强了场所身份意识并同时对其进行改造。城市开发策略越来越乏味和标准化，只有少数当地资源可以作为本地身份的"独特"标识来展示。通过授予再开发项目以具有本体真实性的徽章，并鼓励当地利益团体参与其中，遗产承诺让社区的接受和参与"增值"②。遗产具备本地的属性和作为自我展示的用途。

纵观这段发展史，在朋生举办的目瑙纵歌也才始于 1986 年，距今不过 27 年。在朋生，确实能够感受到人们自发的聚集。清晨乘坐各种交通工具，全家老少，盛装出动。在目瑙场，赶市集、跳歌舞、看热闹，三天日夜不息的狂欢。这里的跳舞需要有"瑙双"带队，有助舞，有舞队。除了有传统的主管、主持等职责外，还有专人掌控音乐的播放，专人背钢炮长刀，附近山寨甚至缅甸等地都有舞队和民众前来，一天的跳舞分为上午场、下午场、晚场，人们乐此不疲，主持还会预先在大喇叭里广播一下具体开演的时间，进场的群众不限。而文雅的芒市广场上，在每场结束后还有倒米酒的礼仪展示，与朋生不同，这被视为对传统的恢复，更适合对外面向观众和游客的展示与互动。芒市目瑙场更为漂亮齐整，随人进出的门更为宏伟华丽，也许因为空间辽阔而显得人也更少，没有朋生热闹。目瑙纵歌的乐队演奏用冬巴、桑比、吉他和电吉他。半个世纪前英国传教士

---

① ［英］贝拉·迪克斯：《被展示的文化——当代"可参观性"的生产》，冯悦译，北京大学出版社 2012 年版，第 124 页。

② 同上书，第 143 页。

的活动，带来了风笛、吉他和军鼓，现在被景颇族消化吸收，融合到自身的盛大节日庆祝活动之中了。外来的文化渐渐积淀在当地的历史中去，而这历史又惊人地融合在现代节奏中了。

以知识精英、民间诸组织和政府为主导，积极推进目瑙节的重建工作，娱乐性和群众参与性更为凸显，使节日本身的可重复性增强。除了改变并确定了这个节日的时间之外，使之更为灵活地迎合国家主流文化的节假日制度。目瑙节还要面对场地的可复制性和可再造性。20 世纪 80 年代在陇川县朋生山寨恢复的目瑙节，1983 年决议定为正月十五前后。随着春节有七天法定假期，县城广场遂将庆祝活动挪至初一到初七。朋生山寨还是正月十五到十七。芒市广场也是正月十五左右，集中到当地政治文化双空间的文化广场进行表演。因此，在地点上也存在相互协调的问题：朋生山寨的目瑙纵歌节与陇川县政府所在地章凤镇文化广场的节日相互协调；陇川县县城节日与州府芒市文化广场的相互协调；节日原生地与云南民族村、昆明步行街①的展演之间的相互协调。由于目瑙不再是神圣的不可出错的仪式，它就可以被整体搬迁到另一个空间中自由地运转，只要它的构成要素即各种文化因子或显示景颇族文化的"核心元素"能够得以表现即可。

不仅时间和空间有了变动，实际上目瑙节已经脱离了"传统节日"所谓的传统，它没有了真正意义上的传承人，从进入政府规定的时候起，它就不属于任何人，节日本身是得以确认，但是节日的主权由此却变得模糊。景颇族传统的目瑙，脱离了宗教的仪式，经过政府的认可，选为国家级非物质文化遗产，从而具备了可以脱离某个具体地方而进入更大范围的共有领域的可能性。经过二三十年的发展，它在这种搬迁、复制、展演过程中，逐渐演变成以观者为对象的活动，而不是以参与者为主体的仪式。一方面，这令它更加容易找到喜爱自己的观众和欣赏者，更加容易拓展该文化的表演范围；另一方面也使得舞蹈和音乐成为放松身心的类体育、类娱乐的方式，或由职业化的演员来操演，而不一定由本民族本地区的人们来承担。目瑙节中的角色和职能逐渐退化，从另一种意义上讲，此时的

---

① 卫锦华：《浅析景颇族"目瑙纵歌"的文化传承价值》，《搏击·武术科学》2007 年第 6 期。

目瑙节更为全方位地展现出的是"跳舞"的意义，更为多样化，它是欢快的、轻松的、庆祝的、不必为之付出任何代价或拥有任何收益。它本身所拥有的丰收庆功意义，变成人们喜闻乐见的祈福吉祥的主旨。原本极少出现在目瑙场的"刀"，也由于它易于被辨识为景颇族或云南少数民族的刀，而时常成为目瑙场中表演的焦点与亮点。斑斓的女性化的彩裙，与闪烁的男性化的刀光，互相辉映，似乎《目瑙斋瓦》中能够返老还童的男性神和女性神都复活过来，人们不在乎精灵神鬼是否也享受着这玩耍式的欢乐，而其中吟唱的其他禁忌也被遗忘了。

　　同时，节日的各构成要素也有了从天然到人工的变化，加工的痕迹越来越多，现代技术的介入也使得节日的痕迹可以长久保留下来。受节日的影响，近年来芒市出现了以目瑙纵歌为定名的道路，提升了景颇族文化在州府出现的场合和频度。文化观光和旅游对当地经济和文化产业发展的利好影响，促使陇川县近十年来致力于将自身打造为"中国目瑙纵歌之乡"，景颇族民俗想象和民俗风情的再生产势在必行。那么旅游之后的出路何在？在文化的表演和展演之后，就要着重关注对该文化的再现与表述，具体在这一个案的研究上，就是对景颇族的民族精神的再现，对生产生活方式的再现，对爱好审美的再现，对民族历史的再现，从形、意、神等方面对民族艺术的表现和再现，让民族的过去隐于现在之中。

　　不仅如此，在节日的建构过程中，景颇族人有创新和想象，有沟通和妥协，有与周边族群的交流和影响，他们不是孤独地生活在自然中。我们每个族群也不会是，人们相互之间的融合在难以被察觉中默默地发生着。一点点不易觉察的新，总在悄悄地增加着；一点点难以舍弃的旧，同时也在悄悄地减少着。与其说目瑙场是个民族文化的积淀场，不如说它是民族文化的创新场。

原载于《原生态民族文化学刊》2014 年第 4 期

宋颖,女,汉族,1978 年 2 月生,北京人,中国共产党党员,中央民族大学法学博士,2007 年 7 月至今在中国社会科学院民族文学研究所南方民族文学研究室,副研究员,中国社会科学院大学文法学院研究生导师,瑞士苏黎世大学访问学者。研究方向为传统节日、非物质文化遗产。正在主持的项目有国家社科基金一般项目"民族文学的传承、创新与影像表达",中国社会科学院女性研究历程回顾与展望。参与承担的课题有中国社会科学院重大项目"中华优秀传统文化的创造性转化与创新性发展"。代表作有《端午节:国家、传统与文化表述》(专著)、《"一国"的文化共享:〈中国年俗〉的民俗国家化过程探究》(论文)、《论节日空间的生成机制》(论文)。中国节日文化研究中心学术委员,Airbnb 中国专家委员会委员,李济考古学奖学金青年学术顾问。

现代人眼中的古代神话

王宪昭

　　神话产生的历史非常久远，在人类文化的长河中流传至今。中国神话包括汉族神话和少数民族神话，是中华民族珍贵的文化遗产，也彰显着古老的文化精神。今天如何看待古老的神话仍然是一个值得思考的问题。

一　神话的定义

　　"神话"是一个众所周知的概念。从字面理解，讲述"神"或"神性人物"相关事迹的"话"，概括起来就是"神话"。讲到"神"，大家可能有不同的认识。如果问"谁遇见过神?"大多数说见过的，也只能是见过神的画像、雕塑、象征物以及关于神的作品。神的产生离不开现实生活，其实质则是人们的主观创造，是人们根据自己的想象创造出来的产物。

　　神话是人类文明进程中产生的一种文化现象。神话产生的历史非常久远，每个国家和地区都曾经创造并流传有自己的神话，我们要寻找历史、哲学、文学、民俗等文化现象的源头，几乎都会溯源到神话。例如西汉史学家司马迁写《史记》，关于史前文明时代的三皇五帝的记载，绝大部分内容取材于口耳相传的神话，甚至在表述汉高祖刘邦出生时，也使用了"感龙而生"的神话母题。再如古书中把"中国"称作"神州"，现实中把"中国人"称为"龙的传人"等，都与古老神话存在千丝万缕的联系。即使今天作为高科技产物的航天器，比如我国发射升空的"神舟""天宫""嫦娥"等，也都借用了神话的内容。可以说，许多神话元素已经成为象征符号或文化意象潜移默化在我们的生活生产中。

由于不同的人知识积累、认知方法、分析角度的差异，对"神话"的定义也有很大差异。有人侧重于神话的内容，有人侧重于形式，还有人从创作方法、价值功能等方面去界定神话。马克思认为，神话是"通过人民的幻想用一种不自觉的艺术方式加工过的自然和社会形式本身"。这一论断言简意赅，也是今天大多数人分析神话时所使用的概念。神话创作与传承的实践表明，神话作品不仅创作手法巧妙，具有丰富的内容与包容性，而且蕴含着人们观察世界、追梦未来的执着精神，所以马克思提出，神话在后世社会发展中"仍然能够给我们以艺术享受，而且就某方面说还是一种规范和高不可及的范本"。

二　中国神话的体系性

在考察中国神话时，有些人认为中国神话支离破碎不成系统，不像希腊或其他一些国家那样体系完整。这个结论显然是有悖事实的。中华民族神话包括中国各民族创造的神话，如汉族的《黑暗传》、苗族的《古歌》、彝族的《梅葛》、壮族的《布洛陀》、瑶族的《密洛陀》、纳西族的《创世纪》等都包含着相对完整的神话叙事。通过目前实施的中华民族传统文化数据库建设不难发现，中国神话不仅包含了世界性神话的各种类型，而且具有明显的本土化特色，许多神话类型的演述与传承都可以复原出相对完整的脉络。诸如在汉族、壮族、苗族、畲族、毛南族等民族中广泛流传的盘古神话就是一例。

人们往往认为，盘古神话最早出现于三国时代吴国人徐整的《三五历纪》中，后来该书遗失，但在《太平御览》《绎史》等文献中收录了相关内容，诸如"天地混沌如鸡子，盘古生其中""首生盘古，垂死化身"等，如此宏大的创世景象，如此动人心弦的怀古幽思，却在文献中凝练为寥寥数语。而民间的盘古神话则表现出另外一种情形，从目前搜集到的不同地区不同民族与盘古相关的三百多篇神话中，我们可以发现，如果把这些散落各地的神话用一根线索连接在一起，就能形成一个关于盘古的完整叙事群，即所谓的体系，如盘古的产生、盘古的面貌、盘古的成长、盘古的亲属、盘古的事迹、盘古的死亡、盘古的纪念等。出现在我们面前的盘古是一个有血有肉有温度的创世大神，既宏大丰满，又生动形象，体现出积极向上的文化精神。

　　我们再回到神话体系这个问题的原点。考察神话体系不能只重文献而轻口传，如针对文献中"天地混沌如鸡子"这句话，文献记录者如何得知？显然是采集口头传统的结果，讲述人可能是艺人祭师、村老乡贤，也可能是采集者的亲戚朋友，最后经文人之手有选择地把所问所闻记录下来。这就像在大海中捕到一条鱼，然后制作成鱼的标本，让那些从来没有见到过这种鱼的人从中悟出鱼味，感到新奇。事实上，民间口头传统是孕育各种生命的汪洋大海，诸如关于"盘古的产生"母题，文献只能算得上一家之言，而民间传统则更多表现出灵活性与多元性。如民间口头生态中的这个母题有多种说法。其一，天降盘古说。有汉族说玉皇大帝把盘古和女娲派到凡间，壮族神话说盘古在天上犯了小错后被贬人间。其二，生育盘古说。汉族神话有天地生盘古、地心生盘古、昆仑山中生盘古、气生盘古、龙蛋生盘古等不同说法；毛南族神话说盘古是土地神的子孙；瑶族神话中则说，一个普通女子生育了盘古。其三，变化产生盘古说。汉族神话有雪变成盘古、猿变成盘古的说法，侗族神话说蟠桃变成盘古，瑶族神话说云彩变成盘古等。其他还有婚生盘古、感生盘古等类型。无论哪种情况，都是从不同角度共同建构着盘古神话的叙事体系和整体性。

　　神话叙事的个性化创造与多渠道流传是形成中国神话体系的重要动因。关于神话传承无外乎四种基本路径。第一种是文献，包括出版物、印刷品、手抄本等纸质文本，也涉及当今数字媒体中记录的神话。第二种是活态口头神话。一些民族或地区因为没有文字或文字普及率不高，神话作品完全依靠口耳相传的形式保留下来。第三种是文物器物神话，既包括考古发现的人类不同历史阶段遗留下来的有关神话的遗物、遗迹，也包括岩画、雕刻、绘画、宗教器物、民族服饰等保存下来的神话印记。第四种是民俗神话，即民间祭典、节日活动、婚丧嫁娶等民俗中包含的神话内容。

三　神话中蕴含的文化传统

　　中国作为四大文明古国之一，数千年文明生生不息，我们也会在盘古开天、女娲补天、伏羲画卦、神农尝草、夸父追日、精卫填海等神话的传承与传播中，感受到中华民族的文化自信，这种自信的实现源于整体性文化自觉。中国神话的自觉融入中华民族传统文化,表现出三个鲜明的特点。一是神话产生的时间跨度大。我国不仅有像《山海经》《淮南子》等文献中记载的史前文明神话,也有很多少数民族因为生产形态的发展相对晚一些,直到近现代才产生的神话。二是神话数量大,类型多。一方面,古代文献中保存的神话成为后世神话研究的重要资源;另一方面,中华人民共和国成立后通过全国范围民间文学、民间故事的普查采集以及非遗保护,又形成了不计其数的神话新数据。三是中国神话叙事形态丰富。从目前我国神话的形态看,有散体、韵体、韵散讲唱体等多种形态。神话作为口头传统的经典代表,并非像有些研究者所强调的那样,它的形式必须是散文体,从神话传播学的实践看,有时韵体或借助于某种表演程式的神话,在传承中更具有稳定性和生命力,也更有利于传播中的互动。无论采取什么样态的神话传承形式,最终目的都是为了服务于内容和表达主题。从时间维度看,神话曾在相当长的一段历史时期具有神圣性,这与它传播生产、生活知识的社会功能和承载人类自我教育的文化功能是分不开的。有些学者认为,一个国家或地区的所谓"文化大传统"主要是靠文字书写传播的,并据此认为口头传播的文化样式都属于"文化小传统",是难登大雅之堂的"小众"。其实这是片面看问题导致的结论,因为人类发展进程中,语言的直接交流无论对个体还是群体都有深刻的影响,不仅"口头传统"与"书写传统"相辅相成,在一定程度上民间文化与口头传统更像是孕育人类文化的土壤与温床。

简单回顾一下人类历史。考古人员在云南元谋县发现的元谋直立人,距今 170 多万年;北京周口店发现的北京人,距今 71 万年至 23 万年;年代再晚一些,如浙江余姚市河姆渡文化,距今 7000—5000 年;处于黄河中、下游地区代表新石器时代晚期的龙山文化遗存,距今也有 4000 多年的历史,这些年代没有发现文字,但不能否认口头神话的滥觞。进入新石器时代之后,有关中华文化始祖三皇五帝的事迹也只能靠神话得以传播。所以当我们考察人类文明进程时,如果完全抛开神话去阅读历史,就容易显得狭隘。如探讨我国第一个奴隶制王朝夏朝从何而来时,据西汉淮南王刘安及门客编撰的《淮南子》记载,大禹治水三过家门而不入,在疏通轩辕山水道时化身为熊开山劈石,他的妻子涂山氏无意中撞见了化身为熊的大禹，羞愧而逃，大禹追至嵩山脚下时，涂山氏化为石，禹曰："归我子！"于是"石破北方而启生"。这样就有了夏朝的开国之君"启"，又称"夏启"。事实上，没有哪一个人会从石头里面蹦出来，这显然是一个神话。但这个神话不是孤立的，而是一个系统，如启的父亲是大禹，大禹的父亲是鲧，鲧的先祖可以追溯到颛顼，而颛顼是黄帝之孙。在没有文字的史前文明时代，历史就是通过神话表述方式记录并传承下来。

尽管考古发现了距今 3600 多年的商朝甲骨文，标志着文献的萌芽，但这种文字的普及度不高，记录对象也有很大局限，相比之下，以口耳相传的方式传承下来的神话，则更多更好地补全了人类早期文献不足的缺憾。

中国是一个文化大国，也是一个神话大国。许多生产生活事务与人文习俗都可以借助神话探索其中的文化内涵。例如北京故宫之所以吸引着大量中外游客，一个重要原因就是它承载了很多中华民族的传统文化，故宫的建筑布局契合了《周礼》中所说的"左祖右社、面朝后市"规制，这些规则与古老的神话传统有关。故宫南北东西四个方位与之遥相呼应建造的天坛、地坛、日坛、月坛，也反映出远古的天地日月崇拜与节日性祭神传统。从故宫又名"紫禁城"来看，其中讲究的也是颇具神话色彩的天人对应关系，在古人的天文观念中，紫微星即北极星，位于中天，乃天帝所居，与之对应，地上的紫禁城乃是帝王所处，这同样是暗合了传统的神话思维。

每一个神话意象背后都有很多故事，这些故事反过来支撑着神话的传承。比如门神形象系列，较早出现的两个门神叫"神荼""郁垒"，有神话解释说这两位的身份是黄帝的侍卫，于是把他俩的画像或字符贴到门上，来保护家室平安。后来人们觉得更为熟知的关羽、张飞武艺高强，或者发现秦叔宝、尉迟恭也很有守护之功，于是也拉入门神的行列，甚至一些地方还出现了女门神、男女门神、动物门神、吉祥门神、现代新门神等，都是基于神话传承的大众化与生活化，源于对生活的思考与艺术创造，主要目的无非借神话表达对美好生活的愿望。

在古代的社会文化建设中，也会用到神话。司马迁的《史记》作为我国第一部纪传体通史，有"史家之绝唱，无韵之离骚"之誉，说明它的笔法是力求真实客观地反映历史本来面目。但正如前面提到的，司马迁对于商代以前更早的历史是找不到文献的, 很多史料只能求助于民间, 而民间关于历史的神圣叙事则是神话。从《史记》关于中华民族文化祖先建构来看, 炎帝、黄帝、唐尧、虞舜、夏禹等既是人, 也是神。在这里我们选择黄帝为例, 再做一些神话学分析, 虽然《史记》这类文献把黄帝放在突出位置, 但单单依靠"黄帝者, 少典之子。姓公孙, 名曰轩辕。生而神灵, 弱而能言", 黄帝"教熊、罴、貔、貅、貙、虎, 以与炎帝战于阪泉之野", 以及"舜、禹、契、后稷皆黄帝子孙"之类的高度概括, 后世的我们, 很难获得关于黄帝的丰满形象, 这就需要借助于不同时代、不同地区或不同民族关于黄帝的神话叙事, 对这一文化始祖进行互补性整体性观察, 通过考察神话人物神奇的出生、非凡的业绩、神圣的婚姻、繁衍后代、死亡与纪念等关联性母题, 把握神话表达的一般规则。如单从黄帝的文化贡献这个视角看, 就会发现黄帝有制衣裳、植桑麻、造城邑、造房屋、造文字、制历法、定饮食、发现磁石、始作陶、为山川河流命名等一系列非凡业绩。历史上如此众多的发明创造, 绝不会是黄帝一人所为, 从神话创作方法而言, 也许是把黄帝后代所创造的辉煌, 都附会到祖先黄帝身上, 让他成为一个"箭垛式"的人物, 并不断升华为激励后人凝聚力与自豪感的文化始祖象征。

四　如何科学地看待神话

神话是人类文明进程中积淀而成的文化遗产, 如何继承与利用好这些遗产, 首先要有实事求是的科学态度。大家可能读过鲁迅先生的《拿来主义》, 这篇文章对我们今天树立正确的神话观仍然有启发作用。传统文化中的神话如何"拿来", 关键是以发展的眼光看问题, 用辩证的方法去分析, 去其糟粕, 取其精华, 科学批判, 继承发展。

以众所周知的女娲造人神话为例, 我们怎样看待它? 就要辩证分析, 学会"拿来"与"扬弃"。有关"女娲之肠, 化为神"的记载较早见于《山海经·大荒西经》中, 后来文献与民间叙事中又出现了关于女娲造人的不同版本, 这些内容看起来并不真实, 甚至有些荒诞, 但为什么会被后世接受并在传承中经久不衰? 古人没有割舍它, 一定有其内在的原因。即使在当今, 这些神话体现的文化价值也是多层次的, 如少年儿童接触女娲造人神话，可能会激发想象力与好奇心；中学生阅读女娲造人神话，可能会领会文学创作方法；大学生阅读女娲造人神话，可能有助于认知原始社会母系氏族时代人类只知其母不知其父的文化现象；如果作为研究者，通过全面审视女娲造人神话，可能会发现描述细节与表达目的之间的微妙关系，细心观察的话，会发现女娲造人细节分成了两个阶段，第一次造人时女娲很用功，造的人也很精致，而第二次则因为女娲劳累而用绳子或藤条甩出泥点变成人的方法，做工比较粗糙低劣。不同的造人方法就为人的等级观念的产生做好了铺垫。同时，这则叙事中隐含的"人命天定"的宿命思想，也通过女娲造人这么一个神话流传下来。

当然，不同神话的主题是丰富多彩的，如我们经常会在神话中看到"龙"，这一形象也毫无例外地凝聚了古人对它的神话建构。闻一多先生在《伏羲考》解释说，龙的原型是"蛇"，而神话中的盘古、伏羲、女娲等大都描述成人首蛇身，这也是文化传统的继承。至于龙有兽类的四脚、马的头、鬣的尾、鹿的角、鱼的鳞和须等的原因是，这些动物作为不同部落的图腾表征，反映出中华民族共同体早期的文化记忆。这些解释具有积极的文化意义。

神话的文化解读，会有神话本义与功能性引申之分。以关于"黄帝四面"的解读为例，《太平御览》引用《尸子》中的一段话，说孔子的学生子贡爱好思考神话，曾经询问过孔子有关"古者黄帝四面"的真实性问题，孔子解释说，黄帝四面的意思是"黄帝取合己者四人，使治四方。"这个解释明显回避了黄帝四面的说法，强调的是黄帝治理四方的才能。这种解释是否正确，另当别论，不过孔子所处的时代礼坏乐崩、各路神灵纷纷登场，如果他试图恢复周朝的礼仪秩序，就需要不言怪力乱神，敬神而远之，所以他才会把"黄帝四面"放置在当时他所在的现实社会语境下去解释。如果就"黄帝四面"本身而言，显然是在当时早有流传的神话描述，就像文献中记载的蚩尤"人身牛蹄，四目六手"一样。如果我们从更大的视野中来看，我们可以不把神话人物与客观生活直接对照，特别是神话中作为中央神的黄帝，也是祖先神，既然他是神，生有"四面"也未尝不可。

把握神话的本质，目的是更好地继承、创新与发展，特别是要用好那些优秀神话中蕴含的积极的价值观、传统美德和人文精神。神话作为古老的文化现象和文化记忆，自产生之日起，其传承、发展、再解读、再创新就没有间断过。如许多民族广泛流传的伏羲女娲繁衍人类神话，本来伏羲和女娲是相对独立的两个神话体系，女娲可以看成是母系氏族时代的女祖先神，主要事迹是补天造人；而伏羲则是进入父系氏族时代后产生的文化祖先，更侧重于文化发明。但随着后世婚姻家庭的出现，神话讲述者与受众通过与时俱进的默契，将这男女二神联系到一起，通过重新设定二人的血缘关系以及繁衍人类，重新建构了伏羲女娲作为中华文明人文始祖的地位。通过对这种神话再创造和再解读，我们能领悟到神话作为古老文化传统的开放性与创新性。

　　传统文化的繁荣与发展需要面向未来，需要传承中华文化的优秀基因。如何更好汲取中国神话中积淀的智慧，挖掘其中积极向上的文化精神，也是当下实施中华优秀传统文化传承发展工程中需要思考的问题。目前信息数据传播手段的迅速发展，给中华民族神话的传承传播带来了新的机遇与挑战，特别是在神话的创造性转化、创新性发展方面，更应该辩证分析其文化本质，正确把握，科学利用，为展现中华民族的精神追求，为延续和发展中华文明，为促进人类文明进步发挥出应有的作用。

原载于《光明日报》2019 年 4 月 6 日

　　王宪昭，汉族，1966 年生，山东人，中国共产党党员，文学博士，毕业于中央民族大学少数民族语言文学学院，2009 年进入中国社会科学院民族文学研究所工作，历经南方少数民族文学研究室、民族文学研究资

料中心等部门。目前为民族文学数据与网络研究室主任，研究员。研究方向为中国少数民族文学、中国神话学。主持国家社科基金重大项目《中国少数民族神话数据库建设》（17ZDA161），已完成国家社科基金《中国少数民族口传文化母题研究》、《中国少数民族人类起源神话研究》等多项课题。出版《中国民族神话母题研究》《中国神话母题 W 编目》《中国神话人物母题（W0）数据目录》等学术著作 20 余部，《中国各民族创世神话》（融合版）列入"十三五"国家重点出版物出版规划项目，在《民族文学研究》《人民日报》《光明日报》等期刊报纸发表论文 120 余篇，总发表字数 1200 余万字。现兼任中国少数民族文学学会副秘书长，中国神话学会副秘书长。曾获第十届、第十四届"中国民间文艺山花奖"以及"中国社会科学院优秀学术成果奖""中国民间文学大系出版工程成绩突出奖"等多种奖项。

多元化的南方史诗类型思考

——基于创世史诗《布洛陀》与《崇般突》比较研究

杨杰宏

相对于北方英雄史诗，关于南方史诗类型的界定一直存在着不同的看法，段宝林、李子贤、李惠芳、史军超、巴莫曲布嫫、朝戈金等学者先后提出了"迁徙史诗""创世史诗""英雄史诗""神话史诗""原始性史诗""复合型史诗"等多种不同类型名称。① 对此问题，笔者在《南方史诗类型问题探析》一文中有过探讨，认为这几种类型界定并未能准确、真实地反映史诗的本质特征，但文中也并未提出具体的南方史诗类型概念。基于对壮族史诗《布洛陀》与纳西族史诗《崇般突》的比较研究，本文对此问题再作些进一步的探讨。

一 《布洛陀》与《崇般突》——两部典型的南方创世史诗

在文学类别上，《布洛陀》一直被定位为壮族的创世史诗，也是壮族传统文化的集大成者。"布洛陀"为壮语，可以意译为先知先觉的老人，山民的头领。在民间，布洛陀一直被视为壮族的英雄祖先，也是壮族文化的人文始祖神。《布洛陀》是用古壮字书写而成的经典，源于祭祀仪式中的口诵经文，具有半口传文本性质。其主要内容为讴歌布洛陀开天辟地、创造人类及世界万物的开创之功，感恩其开创人文、规范道德、协调社会

---

① 杨杰宏：《南方史诗类型问题探析》，《民间文化论坛》2015 年第 6 期。

关系的功劳。创造世界万物、规范伦理道德、强调宗教禁忌构成了其三大主题。《布洛陀》也成为壮族民众禳灾祈福仪式中、岁时节日中吟诵的口头传统。也就是说，《布洛陀》史诗是镶嵌在仪式及民族传统文化中的，其文学价值是附着在宗教功能、民俗功能之中的。

　　与《布洛陀》相似，东巴史诗也具有半口传文本特点，源于早期的口头吟诵文本，后来记载于用图画象形文字——东巴字书写的东巴经书中，除了少数经书作为占卜打卦、画谱、舞谱的工具类书籍，大部分东巴经书主要用于仪式中的演述。东巴象形文字属于不成熟文字，同样一段话，不同东巴可能会有不同的读法，但基本义不会发生太大的变异，所以东巴经书在仪式吟诵中起到了提词本的作用。《崇般突》是纳西族创世史诗的代表性经典，又意译为《创世纪》或《人类迁徙记》。从字面上来理解，"崇"为人类、种族，"般"为迁徙，"突"为出世、来历。《崇般突》在纳西族西部方言区称为《崇般突》，在三坝纳西族社区则称为《吐筰》，在无量河流域则由三部分组成——《梭梭科》《卡汝此》《利恩恩科》。虽然各地称呼不同，但内容皆以开天辟地，创造万物，人类迁徙、繁衍为主。这部史诗的前半部分重点讲述开天辟地的主题：在"啊"都不会发出来的时候，天地混沌交接，后来气体与声音发生作用而产生变化，继而产生了天地日月的影子。然后依次发生变化，先后出生了日、月、碧石、白气、妙音、善神、白露、白蛋、神鸡，神鸡生下九对白蛋，孵出神与人，山上妙音与山下白气化成白露，露变海，海生海蛋，蛋里生出人祖恨矢、恨忍。经过九代，传到崇仁利恩兄弟这一代。但他们这一代因为实行兄妹婚而触怒了天神，天神发滔天洪水来惩罚人类，最后只有崇仁利恩一人受到天神的庇佑，藏在牛皮鼓里得以幸存。人间只剩下崇仁利恩一人，为了繁衍人类，他到天上寻求配偶。史诗的后半部分主要描述崇仁利恩到天上求婚过程中所遭遇的诸多难题，以及与天神斗智斗勇，最终娶到了天女衬红褒白命并胜利返回人间。后来他俩生了三个儿子，却一直不会说话，最后派蝙蝠到天上探明了缘由，举行了隆重的祭天仪式。仪式结束后三个儿子用不同语言说出了同一句话："白马跑到地里吃蔓菁了。"老大说出来的是藏语，老二说出来的是纳西语，老三说的是白族语，三个兄弟后来分别成为藏族、纳西族、白族的祖先。从中可以看出《崇般突》

的内容既包含了开天辟地的创世主题，也杂糅了艰难的迁徙历程、歌颂英雄祖先的主题，也就是说，这部创世史诗兼容了英雄史诗、迁徙史诗的内容。

二　祭祖史诗:《布洛陀》与《崇般突》的文化共性

《布洛陀》《崇般突》同属南方民族史诗，在语言上同属汉藏语系，史诗内容反映了农耕文明形态，涵盖了自然崇拜、图腾崇拜、神灵崇拜、祖先崇拜等原始宗教文化内容，其信仰内核是以祖灵崇拜为主，即把英雄祖先、创世祖先视为神灵。从这个意义而言，两部史诗也可称为祭祖史诗。因两部史诗内容涉及自然崇拜、图腾崇拜等原始宗教观念，也可从中找到"万物有灵"的原始思维，有些学者就轻易把它们定义为原始性史诗。但从两部史诗的内容、载体、传承、影响而言，绝非能够以原始性史诗所能概括。两部史诗都有完整的文字经籍，神灵体系，繁杂的仪式轨程，其宗教观念及神灵体系中融入了佛教、道教、本教等多元人文宗教的文化因子，并经历了采集、游牧、狩猎、畜牧、农耕经济时代，至今仍在民间发挥着特定的文化功能。我们不能简单地把仍在传承着这两部史诗的民众社会定位为原始社会，或者说他们的观念仍处于原始思维阶段。两部史诗作为南方民族史诗的典型代表，存在着诸多文化共性。这些文化共性的形成与共同的民族大家庭——多元一体的中华民族格局、共同经历的社会经济发展形态，尤其是长期处于农耕文明的社会发展阶段密切相关，而真正关键的决定性因素是二者深受中华民族文化价值观的深层影响。

（一）表现方式：仪式中的演述

一直到现在，纳西族民间仍有"纳西祭天为大""纳西祭天人"等俗语，从中说明了祭天习俗对纳西族历史文化的深刻影响。一是创世史诗《崇般突》只有在举行规模较大的东巴仪式时才能使用，由此也凸显了这一经典的重要性。东巴教强调万事万物的来历，东巴经书中时常提到这样一句："如果不知道这一事物的出处与来历，就不要谈这一事物。"在大仪式中演述《崇般突》，主要交代天地万物的来源，以此突显仪式的神圣性与重要性；二是通过讲述世界万物的产生及文化的创制，彰显英雄祖先的创世艰难及丰功伟绩，以此强调只有遵循传统古规古制才能克服困难、禳灾降福。据笔者调查，《创世纪》一般在规模较大的丧葬仪式、什罗超度仪式、延寿仪式、禳栋鬼仪式、大除秽仪式中使用。《崇般突》在不同仪式中侧重点各有不同，由此带来了文本变异情况。比较完整的《崇般突》一般用在大的禳灾仪式（xiu deeq）中，如禳栋鬼仪式、退口舌是非仪式等，重点要交代世界万物的来历，从天地混沌到气体与声音的产生，然后是神灵的产生，最后才是人类的诞生。《崇般突》中的崇仁利恩三次上天的迁徙历程主题（coq ber seel rhee dei）① 一般多用在祈福仪式中，如祭天仪式、延寿仪式、祭署仪式、除秽仪式中。祭天仪式中的经书主要突出崇仁利恩从天上返回人间的历程，故称为《崇般绍》。也有在小仪式中使用的情况，如在祭猎神仪式中。大除秽仪式中使用《崇般突》，原因在于要给人类始祖神董神与沈神（兄妹婚姻）除秽，董神与沈神虽然有制造人类有功，但因兄妹婚而污染了天地，从而要举行除秽仪式。从中可以看出，同一本《崇般突》经书，因仪式性质不同，经书的使用情况也有所不同，强调的主题也各有不同。另外一种情况是要根据主祭东巴本人的能力水平及具体仪式的进程情况而定，能力水平高超的大东巴在仪式演述中可以根据仪式的性质、进展而予以灵活机动的对文本进行增减，而能力水平低下的东巴只会照本宣科。

与《崇般突》在东巴仪式上使用相似，《布洛陀》也是依托仪式而存在，使用方式为由麽公在祭祀仪式上吟诵经文，仪式类型主要为禳灾驱鬼仪式、赎魂仪式、超度仪式、祈福仪式四大类，民间以禳灾驱鬼类仪式较多。如果家中出现灾祸、病痛，主人要请麽公举行仪式。仪式举行前先要摆上糖果、鸡鸭鱼肉、香、酒水等供品，麽公给布洛陀敬献上供品后，迎请他降临人间，然后陈述主人家遭受灾祸或病痛情况，祈求布洛陀显灵禳除病灾。祭祀布洛陀仪式一般是一年举行两次，农历二月十九日至三月初九为第一次，农历十月初十为第二次，第一次仪式时间长达 20 天，第二次相对简单些。两次仪式的举行时间分别是在春秋两季，二者之间存在着内在的关联。春季为大地回暖，万物生长的播种季节，从而使这个季节具

---

① coq ber seel rhee dei：在天地间三次来回往返：第一次崇仁利恩到天上寻求天女衬红褒白命，并要回天女返回人间，第二次因没有生育而派蝙蝠到天上取经，从而学会了祭天，第三次因三个儿子不会说话又派蝙蝠到天上探明缘由，由此形成了祭天的传统习俗。

有了向布洛陀祈福许愿的宗教祭祀特征，而秋季为收获季节，人们根据春天许下的愿望，在秋季时举行相应的还愿祭祀仪式。春华秋实，一许一还，既是季节轮回中的民俗活动，也构成了传承布洛陀文化的文化空间。

（二）史诗所蕴含的文化主题：歌颂缅怀英雄祖先。

《崇般突》既是一部祭天经，也是一部祭祖经，叙述了英雄祖先崇仁利恩从天上寻找天女作为伴侣并生儿育女、繁衍人类的经历，塑造了一个顶天立地、惊天地泣鬼神的英雄祖先形象。《崇般突》洋溢着强烈的民族自豪与自信，千百年来成为激励民族成员不断进取的不竭动力源泉，从而沉淀生成为民族文化精神——慎终追远，自强不息。《崇般突》以生动的神话故事说明了祭天习俗的来历，祭天也由此成为纳西族自识的重要文化标志，历史上一直以"纳西祭天人"自称，纳西族内部分为"铺笃""古徐""古哉""古珊""阿余"等五大祭天群，也是与他族相区分的文化标志。英雄祖先成为被崇拜的祖先神灵，祭天即祭祖，二者的文化主题与文化功能是互构的。

布洛陀是壮族的英雄祖先，始祖神灵，构成了民族认同的文化内核，布洛陀文化本身是壮族的标志性文化，是壮族古代传统社会的"百科全书""活形态博物馆"。更重要的是布洛陀并非存在于子史经集中的历史人物，而是作为一个文化符号与壮族人民的生产劳动、日常生活、生老病死、婚丧嫁娶、喜怒哀乐紧密地融合在一起，成为壮族社会传统文化的活载体，千百年来一直熔铸于民众的日常生活与精神世界中。天地万物是布洛陀创造的，人类的生产生活、生老病死、吉凶祸福都与他密切相关，有困难、有麻烦就祈求布洛陀，并通过诸多仪式获得人神之间的沟通交流。每一个信奉布洛陀的壮族子民，从一生下来开始就接受关于布洛陀的神话、传说，并在岁时节日、生老病死、婚丧嫁娶的民间仪式中感受到他的存在，进而沉淀生成为集体无意识的民族认同。

（三）社会背景：农耕文化为主体的社会经济生活

神话与史诗是现实生产生活的曲折反映，这两部史诗都反映了其特定社会背景——农耕文化为主体的社会经济生活。具体说来，纳西族《崇般突》反映的是纳西族先民的高原山地农耕文化，而壮族《布洛陀》反映的是壮族先民的岭南山地稻作农耕文化。

在《崇般突》中崇仁利恩遭受了天神子劳阿普的种种刁难：要他在一天时间内砍伐完九十九座山林，山林刚砍伐完又让他在一天内给九十九座山林上播上麦种，刚播种完又让他重新捡回麦种……这哪里是天堂的生活？无疑是人间现实生产生活场景再现。崇仁利恩到天上寻求伴侣，被天神子劳阿普发现后准备杀掉他，天女衬红褒白命向天父求情："他到我们家来，可以帮您干活，在天晴时让他晒粮食，阴天下雨时让他挖渠排水。"崇仁利恩夫妇从天上返回人间时，他们所带的嫁妆里有牛、羊、猪、狗、鸡等九种畜禽、十样粮食种子，以及偷取的猫和蔓菁籽。

从中可以看出，《崇般突》里提到的天庭里的生产生活场景无疑是当时纳西族社会生产生活的翻版。天神赐予的牛、羊、猪、狗、鸡等畜禽以及稻谷、麦种、蔓菁籽等十样粮食种子说明了当时纳西族农耕生产及畜牧经济状况。天神刁难崇仁利恩，让他在一天之内砍倒九十九座山林，又在上面种上麦子，说明了当时刀耕火种的生产力水平。至于天晴时晒粮食，阴天时挖渠引水就是农村生产生活的写照。从中反映了这一时期纳西族先民已经从原来的游牧经济转型到农耕经济的社会形态中了。

壮族的《布洛陀》可以说是一部壮族的农耕文化史诗。壮族进入农耕经济社会形态要比纳西族要早，这从《布洛陀》文本中对农耕文化的细致描述中可以得到证明。仅仅从所种植的稻种来看就包括了籼米、糯米、旱谷、黑糯谷、粳米等，至于耕作过程更是复杂：先制作好耙、锄头、犁具、箩筐，再去开垦梯田、挖渠引水、犁田整地、耙田放水、养育秧苗、栽种秧苗、施肥灌溉、日常养护、收割脱粒、颗粒归仓、祭祀谷神。值得注意的是，史诗中提到了一开始人类不知道怎么种田，怎么制作工具，是布洛陀教授了人们耕作方法与制作技艺，从而学会了制作工具、开垦田地、耕种稻谷。《布洛陀》叙述了人类学会了开垦造田后，苦于没有粮食种子而悲伤地哭泣，这时遇到了布洛陀夫妻。他们听明了情况后，这样劝道："你们莫用哭，无奈也不用喊。你们去巡走山边，你们去巡走坡岭，有一种野生稻谷，你们拿它来栽种，分种四方田，拿粪肥去秧田撒。"① 从中反映了布洛陀作为"文化创造英雄""英雄祖先"的重要社

---

① 牟祥雷：《壮族布洛陀创世与"那文化"的传播》，《中国三峡》（人文版）2010 年第 10 期。

会地位,也客观反映了壮族先民较早进入稻作文明的历史事实。

三 稻作与祭天:《崇般突》《布洛陀》史诗类型的重新界定

(一) 关于"创世史诗"的概念范畴探讨

在很长的一段时间里,关于创世史诗的定义主要与"原始性""神话"相联系。李惠芳主编的《中国民间文学》里是这样定义的:"创世史诗,也有人称之为原始性史诗或神话史诗。这是一个民族最早集体创作的长篇作品。"① 新近出版的《中国少数民族文学基础教程》也沿用了旧义:"创世史诗,又称神话史诗或原始性史诗,它的主要内容是讲述开天辟地、人类起源、万物创造、民族起源和民族迁徙。"②

基于上述的比较研究可知,《崇般突》《布洛陀》虽同为创世史诗,但二者存在着巨大的文化及文本之间的差异性。具体而言,两部史诗的主题及内容绝非能以"创世"来概括,也就是说,这两部史诗不只是讲述"创世"的内容,也涵盖了诸多"非创世"内容。以《布洛陀经诗》为例,整个经诗共有七个篇章,从内容篇幅而言,属于造物神话与解冤经内容几乎各占一半。这说明这部经诗除了创世内容,还包括了伦理道德、宗教禁忌等诸多内容。以云南人民出版社于 1960 年出版的整理本《创世纪》(崇般突) 为例,整个文本共分为"开天辟地""洪水翻天""天上烽火""迁徙人间"四大部分。③ 创世内容也只占了一半内容,后半部分主要讲述上天寻找人生伴侣及从天上迁徙回到人间的内容,带有歌颂英雄祖先及描述迁徙历程的特征。《崇般突》在不同地区、不同仪式中存在异文现象,譬如三坝地区祭天仪式上吟诵的《崇般突》称为"土笮",即"出处来历",而在丽江境内祭天仪式念诵的《创世纪》称为《崇般绍》,两本经书从内容而言可以说是大同小异,各有侧重,前者突出讲述万物的来历,后者强调迁徙来历,但两部经书都包含了创世、英雄、迁徙的叙事主题,具有复合型史诗的某些特点,但不能简单称之为复合型史诗,因为

---

① 李惠芳:《中国民间文学》(修订版),武汉大学出版社 1999 年版,第 193 页。
② 钟进文主编:《中国少数民族文学基础教程》,中央民族大学出版社 2011 年版,第 60 页。
③ 参见姜彬主编《中国民间文学大辞典》,上海文艺出版社 1992 年版,第 1128 页。

创世、英雄、迁徙三个主题在不同文本中所占的文化分量、文本比例各有侧重。南方民族史诗中的"英雄"与北方史诗中的"战争英雄"存在着差异，南方史诗中的"英雄"更突出祖先在开天辟地、创造人文方面的创造英雄的特征。钟敬文对南方史诗类型也有过鞭辟入里的见解："神话性的创世史诗只是一个部分，其次呢，就是一些主要叙述文化英雄的史诗。某一些早期的创造文化的人物，比如教人家造房子。也有一些战争中的英雄，比如打倒民族的敌人。但南方英雄史诗不限于战争，更主要的是文化创造英雄，有神话色彩。像造房子、发明农耕、创造两性制度等等。"①"文化创造英雄"可以说是南方民族史诗中的一个关键词、核心主题、母题，也是理解"创世史诗"的一个切入点。创世史诗中的创世，不应狭隘地理解为以开天辟地为主题地创造物质世界，应该还包括创造人文、规范道德、制定习俗制度方面的文化创造主题，而且这是史诗的重心所在。当然，因不同民族在自然环境、传统文化、语言文字、经济形态、宗教信仰、岁时民俗等诸多方面存在着不同程度的差异性，由此也决定了不同民族文化的差异性。作为百越民族的壮族与古羌后裔的纳西族文化同样存在着不同程度的差异。两个民族的创世史诗即使是同名为"创世史诗"，但其内容、形式、风格、体例、演述、主题、故事类型绝不可能一模一样。"创世史诗"是从文本主题的共性来定义不同的史诗，虽有利于学术研究中的共性研究，但这一定义遮蔽了不同民族史诗中存在的文化差异性，也就是说"创世史诗"无法表征这一史诗所蕴含的民族文化特质，无法彰显民族文化的复杂多样性特征。

（二）稻作与祭天：《崇般突》《布洛陀》的史诗类型

《布洛陀》《崇般突》是南方民族的创世史诗，二者在文本结构、演述方式、故事范型等方面存在着诸多相似性，但在文化类型、核心主题、概念范畴等方面存在着不同的旨归。概言之，《布洛陀》史诗突出了稻作文化特点，《崇般突》强调了祭天文化特质。相对于"创世史诗"这样一个较为笼统的名称，把《布洛陀》称作"稻作史诗"，把《崇般突》称为"祭天史诗"更符合这两部史诗的文本主旨，也更契合其特定的历史

---

① 钟敬文、巴莫曲布嫫：《南方史诗传统与中国史诗学建设》，《民族艺术》2002 年第 4 期。

文化语境。

1. 稻作史诗《布洛陀》

壮族作为百越民族的后裔，历史上以稻作民族著称于世，从文献及考古文物中可以证明壮族是世界上最早发明水稻人工栽培的民族之一，稻作文化已经熔铸在壮族的历史文化及精神意识形态中。《布洛陀》作为壮族传统文化的"百科全书"，稻作文化在史诗中同样得到了突出的叙述。《布洛陀》中叙述了在他开天辟地和创造人类后，人类不会种地，濒临饿死境地，就向布洛陀求救，布洛陀教会了人们开垦田地，并给予稻种，传授种稻知识，使人们过上丰衣足食的生活。民俗作为退化了的宗教，在壮族的稻作文化里蕴含着深刻的思想意识形态，尤其是宗教观念更为突出。在"万物有灵观"的支配下，壮族先民认为稻谷是有灵魂的生命体，稻魂成为决定稻谷丰收的关键因素。如果稻谷歉收了，是因为稻魂遗失了，遗落在巨石下，灶灰里，树根中，泥土里，所以必须举行招稻魂仪式才能让稻谷正常生长。《布洛陀》里有喊稻魂的诗句："回来吧谷魂，下来吧谷魂，来给三合神，来跟土地神，连早稻粳谷，全部都回来。"[1]

稻作养育了人们，也深刻影响了人们的日常生活、伦理道德以及社会关系。以《布洛陀经诗》为例，谈到人际关系和谐时这样说，"王家和顺得像糍粑软和"[2]，或用来比喻顺心如意，"糍粑有人尝，背痒有人抓"[3]。婆媳关系紧张的原因，"媳妇回到自己的旧屋，糯饭藏在篮箱里，米饭藏在箱柜中，一点也不给公婆吃，一团也不给公婆尝。"[4] 婆媳关系重修于好后，"拿糯米来泡，拿粳米来浸。蒸糯饭给外甥吃，蒸米饭给公婆尝"[5]。后母用恶毒的话咒骂前妻的儿子，"田挨水泡，田埂同样挨水泡"[6]。交代冤怪来历，"原来并没有冤怪，牛践踏秧苗才产生

---

① 梁庭望、廖明君等：《布洛陀：百越僚人的图腾》，外文出版社 2005 年版，第 114 页。

② 张声震主编：《布洛陀经诗译注》，广西人民出版社 1991 年版，第 957 页。下简称为《经诗》。

③ 同上书，第 959 页。

④ 同上书，第 907 页。

⑤ 同上书，第 905、906 页。

⑥ 同上书，第 590 页。

冤怪，马闯进水田产生冤怪。"① 民间宗教的禁忌也与稻作文化相关，如"王砍树去撞水坝，王的妻子就死掉，王去砍树拦水车，王的结发妻子就死去"②。平时开玩笑也离不开稻谷，"我来找谷种，我来找秧苗，播下的谷种不全，播下的谷种不够，来向你要谷种，谷种不够土地要丢荒。阿婆她喋喋地讲，阿婆她絮絮地答，别人的糯谷都已收割，别人的粳谷都已翻晒，各种杂粮也收成，现在还来找秧苗，捉弄人的话实在好笑"③。以小米来比喻远嫁的姑娘，"谁人愿意种小米，谁人愿意养女儿，女儿总得嫁出去；小米种在山崖边，女儿要嫁到远方"④。罕王兄弟二人斗法时也是以稻谷为说辞，"让地面旱三年，让地面烈日晒四年，若你罕王这么说，三千处有水车的旱田，六千处水田，我放水进去泡，让大家陈年米吃不完"⑤。"我养出七万只米虫，虫把陈谷都咬坏，虫把新谷全蛀空，使陈谷变成霉粉，使新谷变成虫粪。"⑥ "我装来三万只公鸡，我赶来九万只大鸡，把公鸡放下田，把大鸡放下垌。我的公鸡会觅虫，我的大鸡会啄虫，吸吃田间的虫，叮死垌里的虫，我不怕你兄长造难。"⑦ 这种特定的稻作生产生活及由此形成的文化形塑了壮族的民族性格与精神气质。李斯颖认为："稻作生产需要人们足够的耐心与细心。在长年累月的劳心劳力之中，壮族人形成了谨慎细心、温厚内敛的性格特征。他们说话慢声细语，脾气温和，行为举止端庄文雅。同样，布洛陀神话中叙事语气的温婉、平和，经诗吟唱得低温内敛，韵文押韵规律的复杂、细密、严谨，等等，都是日常生产生活内容的文化升华。"⑧

经济基础与文化形态是辩证统一的。作为上层建筑的文化形态，必然

---

① 张声震主编：《布洛陀经诗译注》，广西人民出版社 1991 年版，第 957 页。下简称为《经诗》，第 596、597 页。

② 同上书，第 605、606 页。

③ 同上书，第 620—622 页。

④ 同上书，第 642、643 页。

⑤ 同上书，第 754、755 页。

⑥ 《经诗》，第 755、756 页。

⑦ 同上书，第 766—768 页。

⑧ 李斯颖：《壮族布洛陀神话研究》，中国社会科学出版社 2016 年版，第 236 页。

通过各种形式表现出其经济基础。以稻作为代表的农耕文明贯穿了整个壮族的历史文化、社会生产与民俗生活,这在《布洛陀》史诗中得到了有力的证明。基于此,壮族学者把壮族的稻作文化称为"那文化"。"那"为壮语,意为水田、稻田,这种与稻田、稻谷紧密相关的稻作文化被称为"那文化"。那文化作为壮族的标志性文化不仅只是学者的自我命名,而是获得了壮族民众的广泛认同。按照"名从其主"原则,把《布洛陀》称为"稻作史诗"也是基于这一文化的广泛认同及史诗本身所表现的文化特质。

2. 祭天史诗《崇般突》

祭天是《崇般突》的重大文化主题。祭天作为纳西族的标志性文化,一直伴随着漫长的纳西族发展历程,深刻影响着纳西族社会生产、生活、精神意识的各个方面,由此也奠定了《崇般突》在纳西族文化中地位及影响。《崇般突》是纳西族社会历史发展的活化石,譬如它记录了婚姻制度的变迁史:"利恩五弟兄,弟兄无配偶,为同姐妹结缘而械斗,利转六姐妹,姐妹无伴侣,同兄弟结缘成对偶。"[1] 说明了纳西族社会中出现过血缘家庭及群婚制。崇仁利恩兄弟姐妹的这种乱伦遭到了天神的惩罚——洪水滔天,整个世上仅剩下崇仁利恩一人。崇仁利恩为了繁衍人类,到十八层天上向天女衬红褒白命求婚,自此后二人建立了家庭,其间也有与竖眼女、魔女之间的短期性婚姻,最后经过诸多磨难才巩固了与天女之间的夫妻关系,从中也可看出纳西族历史上所经历过的血缘婚、对偶婚、一夫一妻制的婚姻制度变迁过程。

《崇般突》以神话、史诗的形式反映了社会历史发展过程外,在具体的仪式中,原生态地记录下来了一些历史事件。如在祭天仪式中有躲果洛兵,射杀果洛兵的场景。据考察,纳西族的迁徙路线经过了青海省果洛州,可以推断,纳西先民在迁徙途中与果洛境的异族发生了战争,这个战争事件在纳西先民心中留下深刻印象,为了铭记这一重大历史事件,东巴祭司就把这个战争事件搬到祭天仪式中,成为代代相传的历史活教材。

---

[1] 丽江东巴文化研究所编:《纳西东巴古籍译注全集》(第 56 卷),云南人民出版社 2000 年版,第 161 页。以下简称《全集》。

　　《崇般突》史诗反映了纳西族先民所经历过的自然崇拜、神灵崇拜、祖先崇拜的宗教观念发展演变史。"有困难，找天神"成为人类制胜的法宝，天神成为人类最有力的支持者、救世主，曲折地反映出人类意图通过神灵的力量改造自身及自然的愿望。人类在这种心理意识的背景下，祭天应运而生，成为纳西先民最早的文化起源点。祭天仪式是纳西族原生宗教——东巴教仪式的根基，由此发展出来除秽、烧天香、祭祖、禳灾、祭村寨神、祭胜利神、退口舌是非等诸多仪式，这些大小规模不等的仪式涵盖了纳西族传统社会的生产生活，并对纳西族的民族意识的形成、民族经济社会的发展起到了不可替代的作用。

　　人类由天而生，在神灵的庇护下繁衍壮大，而神灵观念中掺杂了人的因素，神、人同一成就了神灵祖先，神就是人类的祖先，祖先就是神灵，这种神祖合一的观念为后来的祖先崇拜奠定了思想基础。纳西族先民认为自己是开天九兄弟的祖先的后代，"敬天法祖"的人文观念沉淀到纳西族先民的心理意识中，成为民族的一种集体无意识，并在以后的历史发展时期得到强化、固定，逐渐成为凝聚民族认同感的民族意识。

　　从这个意义上说，祭天坛其实也是祭祖坛。元明清时期纳西族的统治者木氏土司把祖先谱系追溯到《崇般图》里的人类始祖谱系，并以"敬天法祖"作为家训，每年春秋两季举行盛大的祭天仪式，这一传统习俗一直延续到1949年。从中反映出祭天的内容已经演变成天神祖合一的祭祀形式，由此衍生的价值观已成为纳西族普遍的道德准则和民族意识。纳西族日常语言中仍有大量类似的俗语："坏事做绝，会遭天罚。""不管做什么事，都瞒不过天。""没有比天更大的了。""人是天放养起的。"一直到现在，除了在丽江的大东、宝山、奉科、鲁甸、塔城、太安、金安、七河、白沙、大具等地在传承祭天习俗外，在迪庆州白地、维西塔城，四川省的俄亚、达祖、理塘等地的纳西族社区仍顽强地延续着祭天这一传统。

　　祭天作为纳西族的文化内核，对纳西族传统文化的影响还体现在制度与精神两个层面：一是作为文化传统渗透到纳西先民社会的各个方面，对民族精神、民族意识的形成起到了形塑作用；二是作为活形态的社会制度模式，在历史发展过程中不断得以继承创新，从而在传承过程中深化、发展了自身的传统文化。

　　基于此,笔者把《崇般突》定位为纳西族的"祭天史诗",这一定位既符合史诗的定义尺度,也契合史诗所反映的纳西族传统文化特质。

四　余论:多元化的南方史诗类型再思考

　　史诗是滥觞于西方文类的一个学术概念,它以荷马史诗为典范,从古希腊时期的亚里士多德、柏拉图到现当代的帕里、洛德,从"荷马问题"到口头程式理论,在两千余年时间里持续研究,将史诗研究推向了一个广阔深远的学术之境。国内学术界在引介、实践这些理论过程中,极大地推动了我国各民族的史诗研究,加强了与国际史诗学界的对话交流,提升了国内史诗学界的话语能力。毋庸讳言,国内史诗研究在不同程度上存在着过度依赖西方理论的症状,未能在自身的文化土壤里建构起话语体系,关键一个原因在于生搬硬套西方理论,而不是从研究对象的实际情况出发。国内有些学者至今仍坚持南方民族不存在"史诗"的观点,主要是这些学者的史诗概念是以荷马史诗为范例。由此可见,以荷马史诗为范例的西方史诗概念来观照南方史诗,会产生诸多不适症状,这些症状也引起了一些学者的批判及反思。[1]

　　需要说明的是,笔者并不是反对使用"创世史诗"这一概念,而是重在强调"创世史诗"这一主题共性背后的文化差异性,因为"创世"主题并不能涵盖南方各民族的文化特质,由此遮蔽了对不同民族史诗深入认识。"创世史诗"之概念突出的是"创世"内容,笔者在此强调的是"创造了什么一个世界"。可以说《布洛陀》创造了一个稻作文化世界,《崇般突》创造了一个祭天文化的世界。除了上文中提到的纳西族与壮族的这两部史诗外,类似的史诗在南方民族中比较普遍的。譬如德昂族的创世史诗《达古达勒格莱标》始终以万物之源——茶叶为主线,讲述茶种的来历、茶树的栽培、茶叶的制作、茶叶的功效等,并以奇妙的幻想将茶拟人化。"茶树

---

　　[1]　杨杰宏:《南方民族史诗的类型问题探析》,《民间文化论坛》2014 年第 6 期;吴晓东:《史诗范畴与南方史诗的非典型性》,《民间文化论坛》2014 年第 6 期;黄静华:《史诗文类视角中的拉祜族"古根"叙事传统》,《中国社会科学报》2015 年 11 月 6 日。

是万物的阿祖，天上的日月星辰，都是由茶叶的精灵化出。"① 102 片茶叶被风吹落到人间，幻化成 51 对男女，他们成为人类的祖先。最后因恶魔作祟整个人类只剩下一对兄妹，他们战胜了很多艰难困苦后结为夫妻，把茶树遍种于人世间，他们也成为德昂族始祖。德昂族属于南亚语系孟高棉语族，世代居住在西南热带雨林地区，具有悠久的种茶、制茶、饮茶的历史，茶叶已经渗透到了他们的历史、文化与生活中，茶叶一直被视为德昂人的命脉，自称为"茶叶的后代"。从这个意义上来说，《达古达勒格莱标》是德昂族的文化史、心灵史，茶叶滋养了这个民族的生命，这个民族赋予茶叶以灵魂，并以史诗的形式将对茶叶的信仰世代传承至今。对于这样一个自称为"茶叶的后代"的民族，我们为什么不能称其史诗为"茶叶史诗"呢？

　　如果从文化共性而言，南方史诗类型可分不同类型：从史诗的演述载体而言，南方民族的史诗大部分是镶嵌在仪式中，在仪式中演述、共享、传承、流布的，史诗文本与仪式文本是互构的，仪式中的史诗演述并非为了娱乐，更多是为了祈福禳灾，驱鬼治病，这样的史诗当然可以称之为仪式类史诗；从史诗的文化主题而言，南方民族史诗大多与英雄祖先崇拜的主题密切相关，除了上述的《布洛陀》《崇般突》《达古达勒格莱标》，彝族的《勒俄特依》《阿细的先基》《梅葛》《查姆》，羌族《木姐珠与斗安珠》、瑶族《密洛陀》、佤族《司岗里》、景颇族的《勒包斋娃》、傣族的《巴达麻嘎捧尚罗》、阿昌族的《遮帕麻和遮咪麻》等，无一不是歌颂英雄祖先的史诗，在这个意义而言，这类型的史诗可以称之为祭祖史诗。

　　任何类型的划分肯定有法但无定法，南方史诗自身的多元化特征决定了史诗类型的多元化特征。钟敬文强调史诗研究不能止于抽象的一般原理上，要转回到具体的史诗个案中去印证、去检验、去深化对史诗传统的理解，深入地揭示史诗的口传本质，辨明史诗传统在当今民间的社会生活中的发展、演变的规律，才能达到对史诗传统的诗学特征进行科学总结的研究目的。② 从史诗得以产生、发展、演变的具体的文化生境出发，运用多

---

① 赵腊林演述，陈志鹏记录整理：《达古达楞格莱标》，《山茶》1981 年第 2 期。

② 钟敬文：《口传史诗诗学：冉皮勒〈江格尔〉程式句法研究》序，朝戈金：《口传史诗诗学：冉皮勒〈江格尔〉程式句法研究》，广西人民出版社 2000 年版。

学科理论，结合其文化特质、历史传统、审美特征、传承流布、文本类型、演述方式等多方面因素，来界定不同民族的史诗类型，既是深入把握史诗类型的多样性与复杂性特征的有效途径，也是推进史诗研究的重要方法论。

原载于《中央民族大学学报》（哲学社会科学版）2019 年第 4 期

　　杨杰宏，纳西族，1972 年生，籍贯云南丽江市，中国共产党党员，云南大学博士，2011 年 9 月至今中国社会科学院民族文学研究所南方民族文学研究室工作，研究室副主任、副研究员。研究方向为南方民族文学，东巴文学着力甚多。主持国家社科基金项目 2 项。代表性著作为《东巴叙事传统研究》（专著），《多元化的南方史诗类型思考——基于创世史诗〈布洛陀〉与〈崇般突〉比较研究》（论文），获得费孝通艺术人类学奖（2013 年），中国优秀博士后论文奖（2016 年）。

山与海的想象：盘瓠神话中
有关族源解释的两种表述

周　翔

　　盘瓠①神话流传久远，据考证，汉文古籍中关于盘瓠神话的记载最早出现在东汉末年应劭所著《风俗通义》中，但在此之前应已在民间广泛流传。在《中国民间故事类型》中，艾伯华将盘瓠神话定义为"狗的传说"，将情节单元概括为："（1）有个皇帝与敌国打仗，不能战胜敌人。（2）他许诺，谁能斩敌酋首级来献，就把公主许给他。（3）一只狗咬死敌人的头领，将首级献来，并要求纳公主为妻。（4）在公主的催促下，皇帝允婚。（5）她偕狗迁往山区。（6）她的孩子们相互结了婚，他们成为一个家族的祖先。"② 笔者在进行盘瓠神话资料整理时，发现这一类型的神话中除了狗之外，还出现了其他一些动物主角。比如壮族、瑶族同类型神话文本中，主角是一只青蛙（蛤蟆、蟾蜍）；畲族神话中的盘瓠形象经历了"星宿→茧卵→龙麒→龙（龙犬）→兽首人身→人（现代）"的复杂变化过程。③ 一则流传于台湾地区澎湖马公岛上的同类型神话中主角则变成了猴子。此外，虽然绝大部分盘瓠神话中动物主角立下了战功，但在苗族、瑶族、土家族的一些神话中立功的情节是替人类取来谷种；在仡

---

　　①　盘瓠亦作槃瓠、盘葫等，本文中引文皆尊重原文表述，其余统一写作"盘瓠"。

　　②　艾伯华：《中国民间故事类型》，商务印书馆1999年版，第77页。

　　③　孟令法：《畲族图腾星宿考——关于盘瓠形象传统认识的原型批评》，硕士学位论文，温州大学，2013年。

佬族、黎族以及台湾地区少数民族布农人、太鲁阁人等神话中立功的情节则是替人类治病;此外还有个别文本中立功的情节是找印、擂鼓。鉴于以上情况,笔者在进行盘瓠神话资料整理时拟定的原则是以流传最为广泛的东晋干宝《搜神记》中的文本作为底本,凡属包含有"许诺→立功→嫁女→繁衍后代"四个线性发展情节单元链的神话都归于这一类型。

在两千多年的流传过程中,盘瓠神话经历了从民间口头传承到被书写记录在风俗志、志怪小说甚至官修信史中,又再回流至民间的复杂过程。从目前发现的资料来看,至今盘瓠神话在我国的苗族、瑶族、畲族、土家族、仡佬族、彝族、壮族、黎族、台湾少数民族地区以及部分汉族地区民间都仍在流传,此外在泰国、越南、老挝、缅甸、朝鲜、日本等国家也有盘瓠神话流传。①

通过对汉文古籍记载的盘瓠神话文本进行分析,我们发现自晋代起关于盘瓠繁衍后代的叙事就已形成"上山"与"下海"两种不同表述。同样,至今仍在各民族民间流传的盘瓠神话也存在这两种不同的表述。

一

盘瓠神话最早被记录下来应在汉晋时期,东汉应劭(约153—196)的《风俗通义》、魏鱼豢(生卒年不详)的《魏略》;东晋干宝(约282—351)的《搜神记》《晋纪》;东晋郭璞(276—324)的《山海经传》《玄中记》等史籍中记录了盘瓠神话。遗憾的是应劭《风俗通义》中的原文已佚失,同样佚失的还有鱼豢《魏略》中之记录。现存最早且最完整的文本是干宝的《搜神记》以及郭璞的《山海经传》《玄中记》。

干宝《搜神记》被后世文献广为引录。钟敬文发表于1936年的文章《槃瓠神话的考察》中曾指出《搜神记》的记载实则有两个文本,"一种是作为单行本发行的,另一种则被收录在《汉魏丛书》、《龙威秘书》等丛书中"②。单行本中的文本流传较为广泛,《后汉书》《水经注》《通典》

---

① 可参见周翔编著《盘瓠神话资料汇编》,学苑出版社 2018 年版。

② 钟敬文:《槃瓠神话的考察》,载苑利主编《二十世纪中国民俗学经典》,社会科学文献出版社 2002 年版,第 93 页。

《法苑珠林》《初学记》《太平寰宇记》《太平御览》《路史》《江汉丛谈》、乾隆《贵州通志》、同治《韶州府志》等古籍中所引均据此版本，详略不一，或原文照录，或删节摘录，或合并相关古籍加以删减。因丛书本与单行本有较大差别，且古籍中较少收录，兹录于下：

> 昔高辛氏，有房王作乱，忧国危亡，帝乃召群臣，有能得房氏首者赐千金，分赏美女。群臣见房氏兵强马壮，难以获之。辛帝有犬名（盘瓠），其毛五色，常随帝出入。其日，忽失此犬，经三日以上，不知所在，帝甚怪之。其犬走投房王，房王见之，大悦，谓左右曰："辛氏其丧乎？犬犹弃王投吾，吾必兴也。"房氏乃大张宴，为犬作乐。其夜房氏饮酒而卧，槃瓠衔王首而还。辛见犬衔房首，大悦。厚与肉糜饲之，竟不食。经一日，帝呼犬亦不起。帝曰："如何不食？呼又不来？莫是恨朕不赏乎？今当依募赏汝物，得否？"槃瓠闻帝此言，即起跳跃。帝乃封槃瓠为会稽侯，美女五人，食会稽郡一千户。后生二男六女，其男当生之时，虽似人形，犹有犬尾。其后子孙昌盛，号为犬戎之国。周幽王为犬戎所杀。只今土蕃，乃槃瓠之胤也。①

通过比较发现两个文本的情节有比较大的不同。单行本中细致描写了盘瓠为耳虫所化之犬，公主力劝父王守信不违背约定等情节，丛书本中生动描写了盘瓠如何咬掉敌将之头颅的情节。畲族、瑶族的口传文本中关于以上情节都有精彩的讲述，如 1987 年采录于广东潮州市的畲族神话《龙犬驸马》中关于龙犬为耳虫所化之情节较之单行本想象力更为丰富，1988 年采录于贵州三都水族自治县巫不乡的瑶族神话《平王与盘王》中讲述龙犬咬掉紫王头颅的情节与丛书本几乎一样。

两个文本最大的不同在于盘瓠与公主结合之后繁衍后代的情节，单行本中称"盘瓠将女上南山，止于石室之中"，其后裔"今即梁、汉、巴、

---

① 《搜神记》卷三，《龙威秘书》本，转引自钟敬文《槃瓠神话的考察》，载苑利主编《二十世纪中国民俗学经典》，社会科学文献出版社 2002 年版，第 95 页。

蜀、武陵、长沙、庐江群夷是也"①。而丛书本中则称"帝乃封槃瓠为会
稽侯，美女五人，食会稽郡一千户。后生二男六女，其男当生之时，虽似
人形，犹有犬尾。其后子孙昌盛，号为犬戎之国"。

　　郭璞在《山海经传》和《玄中记》中的记载与丛书本相同的是用盘
瓠神话来说明犬封国（犬戎国、狗封氏）的来历，"会稽郡"这一关键地
名信息在两个文本中略有不同。《山海经传》只笼统说"乃浮之会稽东南
海中，得三百里地"；《玄中记》则注明为"流之会稽东南二万一千里，
得海中土，方三百里，而封之"。如下文：

　　　　有人曰大行伯，把戈。其东有犬封国。昔盘瓠杀戎王，高辛以美
　　女妻之，不可以训，乃浮之会稽东南海中，得三百里地，封之。生男
　　为狗，女为美人，是为狗封之民也。②（《山海经传》）
　　　　狗封氏者，高辛氏有美女未嫁，犬戎为乱。帝曰："有讨之者，
　　妻以美女，封以三百户。"帝之狗名盘瓠，亡三月而杀女（犬）戎之
　　首来。帝以为不可训民，乃妻以女，流之会稽东南二万一千里，得海
　　中土，方三百里，而封之。生男为狗，生女为美女，封为狗民国。③
　　（《玄中记》）

　　应劭《风俗通义》与干宝《搜神记》有怎样的承续关系呢？从作者
生活的年代来看，应劭远早于干宝一百多年。从内容来看，应劭《风俗
通义》中关于盘瓠神话的原文虽已佚失，但南北朝范晔撰、李贤注《后
汉书》卷八十六"南蛮西南夷传"第七十六"南蛮"中所录之盘瓠神话
特别注明"此以上并见《风俗通》也"。《后汉书》中的文本与《搜神
记》相比较，除了缺少了前面一段关于盘瓠为耳虫所化的描写，其他内

---

　　① （晋）干宝撰，李剑国辑校：《新辑搜神记》卷二四 294 "盘瓠"，中华书局 2007 年版，
第 402 页。
　　② （晋）郭璞：《山海经传》，"海内北经"第十二，《中国基本古籍库》电子资源数据库收
四部丛刊景明成化本。
　　③ （清）茆泮林辑：《玄中记》，《中国基本古籍库》电子资源数据库收清十种古逸书本。

容大体相同。而干宝作《搜神记》时写明:"虽考先志于载籍,收遗逸于当时,盖非一耳一目之所亲闻睹也,亦安敢谓无失实者哉!"由此可见,《风俗通义》应该是更早记录下这一神话的。

关于应劭是由何得知并记录下盘瓠神话的这一问题,学界一般认为是受曾任武陵太守的祖父应彬、父亲应奉的影响。如孟令法认为"应劭除少时随为官武陵太守的父辈生活过外,可谓一生为官在北,甚或再未踏足崇奉盘瓠的武陵诸地。因此,《风俗通义》中的盘瓠神话,很可能只是应劭回忆或记录其父辈对蛮地风俗的口述"①。吴晓东近期提出盘瓠神话源于中原的观点②,在与应劭家乡河南项城邻近的淮阳县,以及河南商丘、南阳等地都流传着不同版本的盘瓠神话,所以,也有应劭记录下盘瓠神话假托为武陵郡蛮俗的可能。

而《山海经传》《玄中记》是否为参照《搜神记》丛书本所作呢?《汉魏丛书》于明万历年间刊刻,《龙威秘书》由清代学者马骏良私人辑录,成书年代均晚于郭璞所著,而在明清之前的古籍中并未见到其他与丛书本内容相同的有关盘瓠神话记载,所以丛书本所收录的盘瓠神话为后人糅合了《山海经传》《玄中记》或其他古籍的记载而写成的可能性应该更大。钟敬文也认为单行本与丛书本中无疑有一种是后人假作或者篡改过的。③ 郭璞博学多识,好古文奇字,精通阴阳术数及历法算学,注释过《周易》《山海经》《方言》《楚辞》等古籍,他作《山海经传》和《玄中记》时,如果说未见到单行本《风俗通义》中的记载,应该不太可能,但为什么他会写下一个与单行本不同的文本呢?从郭璞的宦游经历来看,虽然其祖籍是山西闻喜,但永嘉之乱时为避乱南下,渡过长江居于江南会稽郡一带,这些地方至今还流传着许多关于郭璞的民间传说,如郭璞曾占

① 孟令法:《虚构、真实与批评:盘瓠神话的典籍三重性》,载"中国神话学"课题组编《盘瓠神话文论集》,学苑出版社 2017 年版,第 50 页。

② 参见吴晓东《盘瓠神话源于中原考》,载"中国神话学"课题组编《盘瓠神话文论集》,学苑出版社 2017 年版,第 124—142 页;吴晓东《盘瓠神话的起源、传播与接纳》,《贵州民族大学学报》(哲学社会科学版)2017 年第 3 期。

③ 钟敬文:《槃瓠神话的考察》,载苑利主编《二十世纪中国民俗学经典》,社会科学文献出版社 2002 年版,第 93 页。

卜预言会稽郡将出古钟，此为晋元帝受命于天的吉兆，果然灵验，此事在《晋书》中亦有记载。会稽郡近东海，世人相信茫茫大海烟波浩渺中或有神奇国度存在，正所谓"海客谈瀛洲，烟涛微茫信难求"（李白《梦游天姥吟留别》）。因此，郭璞在注释《山海经》"犬封国"时，很有可能将盘瓠神话与他在会稽郡一带听闻的相关神话传说结合起来，将盘瓠及其子孙"流之会稽东南二万一千里，得海中土，方三百里，而封之"结合到一起。

至此，盘瓠神话关于繁衍后代之"上山"与"下海"两种不同的表述已基本成型，不过这两种表述的流传度差别很大。笔者在《中国基本古籍库》电子资源数据库检索"盘瓠"，凡有记载的古籍几乎都沿自《搜神记》单行本，尤其是在南北朝时经范晔删减整理收入《后汉书》之后，"上山"表述几乎成为"南蛮"族源的"信史"。而《山海经传》《玄中记》中的文本只是在引注《山海经》犬封国时偶有出现。

二

笔者在对各民族口传盘瓠神话进行梳理分析时发现，与古籍记载中"上山"表述盘瓠神话占据绝对多数的情况不同，口传盘瓠神话中"下海"表述的流传与分布较为广泛，且有明显的地域特征。相关内容可参看以下两个表格。

表一　　　　　　　　盘瓠神话关于民族起源之"上山"表述①

篇名	流传地域	流传民族	主要情节
《十弟兄》	贵州遵义县	仡佬族	黄狗飞快地跑到对门的岩洞里，把岩洞打扫得干干净净，土王就让黄狗把女儿驮走了
《缕金狗的传说》	贵州遵义县	仡佬族	缕金狗带着公主到山洞成亲。白天为狗，夜里则变成一位白面书生。公主先后生下四个儿子，长子叫苗大哥，次子叫仡佬二哥，三子是水西（指彝族），老幺是汉族

---

① 表一、表二中所引神话均收入《盘瓠神话资料汇编》，所有原文出处都已在书中标明，为节省篇幅，本文不再另注。下文中所引神话，凡未注明出处者均出自此书。

右上角：续表

篇名	流传地域	流传民族	主要情节
《神犬》	广东雷州市	汉族	公主跟着神狗上山去了。一年后,公主生了四个孩子,他们长大之后,分别朝东西南北四方下山去了。不久,他们各自做了不同部落的首领,开基创业,都说狗是他们的祖先
《盘葫》	河南南阳市	汉族	二人离开部落,到南边大山里去了。盘葫和高辛氏的女儿在大山里住下以后,一共生了八个子女。高辛氏几次派人去看望,走到半山腰,不是刮大风,就是起瘴雾,始终没能见面。盘葫死了以后,高辛氏的女儿才带着八个儿女,回到中原。但这些住惯了深山的儿女们好山恶市,不愿在平地生活,又跑到西部大山里,在那里繁衍、传续后代,形成以后所说的八夷
《乃拐妈苟》	湖南凤凰县	苗族	皇帝没有办法,只好把女儿送给金狗,可他又为此羞恼,便把金狗和女儿撵到很远很远的山里去了
《辛女岩》	湖南泸溪县	苗族	高辛王怕坏了名誉,就把他俩赶到现在泸溪上堡乡侯家村和浦阳乡铁柱潭的齐界岩坎山上
《盘瓠和辛女》	湖南泸溪县	苗族	皇上怕人把这丑闻传扬开去,打发公主和黄狗到远远的沅水边上生活。辛女领着黄狗在一个地方住了下来,这地方后来叫黄狗坨(沱)
《畲族姓氏及世居山脚的来历》	福建柘荣县	畲族	于是,盘瓠王和三公主一家就迁到广东的凤凰山、会稽山和七贤洞一带居住下来。高辛帝恩赐盘瓠王子孙开山免徭御书卷牌宝印,一路护送到凤凰山。盘瓠王过世坟墓也在凤凰山中。盘瓠王的子孙大发展,大部分到了福建,在福州、连江、罗源上岸,迁移到现今宁德地区各县定居下来。随后,又有部分向浙江、江西、安徽山区迁移定居。因长子盘姓一房人在坐船航行中,遇风漂泊海外去了,所以今天畲族,主要是蓝、雷、钟三姓人。在几经迁徙和繁衍后代中,盘、蓝、雷、钟四姓人,有招女婿吴、李等姓的,世代同居,生活语言风俗习惯一样,就是不改姓,所以至今畲族中有少数吴、李等姓氏。他们世世代代总是依山搭棚建房,在山脚或山腰居住,有利于开荒耕种或狩猎,直到现在,还是住在这些地方

篇名	流传地域	流传民族	主要情节
《畲族祖先盆大护》	广东增城市	畲族	盆大护夫妇想要返乡，回奏皇帝："我们瑶人一向习惯住在山林地区，今后希望朝廷继续允许瑶人依山安居，望青采斩，逢山食山，逢水食水，不准富贵豪门欺凌百姓，允许瑶人世代子孙免除租税，安居乐业，繁衍后代。"赵皇帝叫丞相制成丹书铁券，赐给了他，嘱他子孙世代保存，以作凭证。离开京城的时候，车马队护送盆大护夫妇及其随从、猎犬，一直返到湘南七贤峒居住。盆大护回到湘南，夫妻恩爱，相敬如宾，生下了六男六女。为了让儿女自主，世代繁衍，盆大护给儿女们取了六个姓：盆、盘、蓝、栏、来、雷。其后代又招婿钟麟，这样盆大护便有了七个子孙。大约在元朝末年，一部分盆、来、雷姓子孙由湖南迁入广东，以后演变为畲族
《高辛皇帝封畲氏》	浙江金华	畲族	高辛王刻封诰时，怕他们长大造反，所以嘴上说是多余的田，心里却打算让他们没粮食吃。故意把馀字的偏旁除掉食字，剩个余字又和田字连在一起，这畲（畲）田竟是要开荒的山地。地方官一看竹板，就把他们赶了出来。公主没法，只好带着四个孩子到荒山野地去住了。高辛王还不放心，派兵到处去抓。他们逃呀，逃呀，一直逃到海边，看看白茫茫的大海过不去，只好回头躲进深山。只有老四，坐在盘里，一阵风飘到台湾去啦。这四个孩子便是后来的雷、蓝、钟、盘。那个畲（畲）字呢？他们写时有意少一点，表示抗议，这就成为畲字，便是后来的畲族
《盘瓠》	湖南江永县	瑶族	高王封盘瓠为南疆瑶王，南岭山城属他所管。盘瓠和三公主立即离了京城，到南岭定居。后来，他们生下六男六女，子孙不断，形成了人口众多的瑶族
《广西金秀盘瑶盘护王神话》	广西金秀县	瑶族	评王依诺许配第三公主与盘护为妻，封盘护到南京会稽山石（十）宝殿当王。盘护与第三公主在会稽山耕山狩猎，生男育女，传下瑶人后代
《广西修仁县崇仁乡山子瑶的祖先传说》	广西修仁县	瑶族	婚后大公主要到深山峡谷里去居住，大公主向天王道："以后的子孙居住深山峡谷，开门见山，不进学堂，不懂礼节，怎样可以回来朝见天王呢？"天王说："你们子孙回来时，应说先有瑶，后有朝。可以免礼了。"大公主再问："子孙在山里繁殖多了，不够饮食，怎样办呢？"天王道："准你们食一山，过一山，不必完税纳粮。"大公主与狗即同到瑶山里度其生活

续表

篇名	流传地域	流传民族	主要情节
《彝家人为什么不吃狗肉》	云南洱源县	彝族	国王把前约里的"高官让你做"偷改为"高山让你住",打发给公主一套宫中的服装,让他们住到高山上去了。后来生了六个儿子,这就是彝族的六祖分支。据说现在彝族漂亮的服装就是从宫中带来的。直到今天,彝族人都很珍视家里的狗。彝族人家不吃狗肉,就是这个缘故
《彝族为什么住在高山上》	云南丽江市	彝族	国王说:"大河任它过,高山任他住,随它去吧。"神犬听到国王同意把公主嫁给它,一时高兴,把国王的话听成了"高山让它住",就带着公主朝高山上走。走了三天三夜,终于爬到了最高的一座山上,山上有个大山洞,他们就住在里面。到晚上,公主突然看见眼前站着一个英俊的小伙子!知道那只狗是小伙子变的,公主与他过上了幸福的生活,后来生了很多孩子。这就是彝族为什么住在高山上的原因

表二　　　　　　　盘瓠神话关于民族起源之"下海"表述

篇名	流传地域	流传民族	主要情节
《美国人的由来》	中国台湾澎湖马公市	汉族	猴子上高山顶采茶叶,煎茶水,太后喝了以后,病好了。猴子娶了公主,坐船漂到美国。公主生下儿子。儿子送饭田间,打死猴子。儿子长大,母亲化妆嫁儿子,繁衍后代,便是美国人
《天狗》异文一	中国海南白沙县	黎族	皇帝怕失体面,不愿意让公主和狗留在皇宫,便叫人造了一只大船,在船里放了足够的衣食和各种种子,打发公主和公狗乘船出外谋生。那只载着公主和公狗的大船,在大海里飘呀飘,最后飘到一个孤岛,就是现在的海南岛。岛上到处深山老林,荒无人烟。公主决定在这个岛上生活,她把船上的东西搬上岛来,并在一个山脚下搭草寮定居
《青青和红红》	中国海南通什县	黎族	青青公主和红红被安放在一只小木船上,船上只放些柴草和粮食,公主还偷来一副弓箭,小木船在汪洋大海中漂荡,一直漂流了七七四十九天,大海有崖,最后靠了岸。这个地方就是我们的海南岛崖县。青青公主和红红就在这里安居立业,生男育女。他俩就是我们黎族的祖先

续表

篇名	流传地域	流传民族	主要情节
《公主与狗》	中国台湾南投县	台湾少数民族布农人	他们开始整理行装准备到远方去，便离开了。不料后有追兵想杀狗先生，他们拼命逃走，最后逃到海边，海边有一条船，他们乘坐小船，逃到了台湾的鹿港，他们在那里定居下来，后来他们生下了孩子，后代子孙也越来越多了，这个故事是告诉我们，布农族的祖先是从大陆来到台湾
《太鲁阁人的来历》	中国台湾	台湾少数民族太鲁阁人	爸爸只好把米和一些东西放在船里要他们（狗和小姐）离开。他们漂到台湾，成为我们 Truku（太鲁阁）的祖先，所以我们是从大陆坐船过来的，因为以前台湾没有人啊
《日本冲绳犬婿故事》	日本冲绳具志川市丰原	冲绳宫古岛人	之后姑娘怀孕，双亲担忧道："我们的女儿出了大事，如果让人知道生育了狗的孩子，我们的女儿就无法在这里待下去了。"于是赶紧造了船，装满食物和衣物，送别道："你们二位在船靠岸的地方生活吧。"船似乎到了宫古岛，他们抵达的时候还是无人岛，姑娘与狗在此生活，生育了孩子
《日本冲绳犬婿故事》相同故事类型 4	日本冲绳中头郡读谷村大湾	冲绳宫古岛人	双亲担心把女儿嫁给狗后遭人批评，花费大量金钱造了船，说道："在船靠岸的地方生活吧。"便送船离港。船到达了宫古八重濑的巨大岩石上。狗进入池子中，过了许久从里面出来一位英俊青年，想牵走姑娘时却遭到姑娘的拒绝。青年为了证明自己就是那条狗，给姑娘看了尾巴，姑娘想："原来是神啊！"从此他们在这儿生活。二人生了孩子，他们的后代建造了宫古岛

值得注意的是，湖南、广东、广西部分地区的瑶族盘瓠神话在上山繁衍后代的情节之后又增加了渡海的情节，渡海神话成为当地瑶族过盘王节、还盘王愿的历史叙事来源。如湖南资兴茶坪瑶族村传说："我们瑶族最开始啊，不是生活在茶坪，都在会稽山。在会稽山久了，不懂得生产、技术不行，干旱、失火活不下去，就砍树造了船离开。在海上风浪大啊，好久好久都看不到岸，心里急啊！我们就求盘王。因为走的时候没走正门，没告诉盘王，没得到保佑。就说知道错了，请盘王保佑我们顺利上岸，以后我们十二姓子孙，就是盘、沈、包、黄、李、邓、周、赵、胡、唐、雷、冯十二姓，每生一个儿子就献一头圆猪给您老人家还愿。说完之后，海浪果然变小了，没过多久就上了岸。我们这一支，后来就到了资

兴。最开始在老茶坪，后来开了矿没水，就搬到了这儿。"① 不过学界一般认为渡海神话中所渡之海指的是瑶族迁徙过程中遇到的大江或大河。瑶族《盘王大歌》中唱到"来到峒头黄河海，腾云过海外国城。过海来到高王国，搭台唱戏好闹热"② 时，明显把黄河称为"黄河海"。越南瑶族的《迁徙信歌》也唱道："为统六国成一案，服兵男人每个愁。三份收入交二份，税重如山人生难。一人犯罪全家死，邻里友人连坐狱。何人不从斩脚手，割鼻挖眼不关何。当时南方人烟少，山林亡亡不尽头。动着先民瑶山子，向南流落洞庭湖。长沙武陵平原地，江湖交叉鱼米香。此方宜人招人坐，平地好山安久长。住此九百六十岁，漂洋过海南方逃。漂洋过得长江海，流落湖南南方安。落在广东广西地，双手挖田从种春。"③ 讲述瑶族为了躲避秦为统一六国而实行的严酷统治，纷纷南迁，先迁徙到洞庭湖一带，再转到广东广西各地，这里说"漂洋过得长江海"即渡过长江。总之，瑶族渡海神话与本文所讨论的"下海"盘瓠神话并非同一类型。

　　会稽山这一地名在民间流传的"上山"盘瓠神话中多次出现，尤其在畲族、瑶族神话中被视为祖居地，瑶族多指南京会稽山，也有广西贺州市瑶族《过山牒》中提到"青州县会稽山七宝洞"，畲族神话中说会稽山、凤凰山是祖居之地，《畲族姓氏及世居山脚的来历》中提到祖先们先到了广东凤凰山、会稽山和七贤洞，再迁往福建、浙江、江西、安徽等地。有学者考证"会稽山"与潮州凤凰山畲族祖坟西侧叫作"背阴山"的畲语发音相近。④ 郭璞《山海经传》《玄中记》中所说的会稽一般认为指长江下游江南地区、古吴越故地。会稽山其实也是一个神话地名，相传是大禹会天下诸侯、论功行赏之处，取"会集"之意而得名，还有传说是大禹治水之处和下葬之地。因此，在口传盘瓠神话中，将会稽山视为祖

---

① 赵前卫讲述，焦学振采录，采录时间：2017 年 1 月 11 日，采录地点：湖南省资兴市茶坪瑶族村赵前卫家。转引自焦学振《公众信仰与民众生活——茶坪瑶族村"还盘王愿"仪式研究》，载"中国神话学"课题组编《盘瓠神话文论集》，学苑出版社 2017 年版，第 186 页。

② 郑德宏、李本高整理：《盘王大歌》下集，岳麓书社 1988 年版，第 53—63 页。

③ 越南老街省文化体育旅游厅编著：《越南瑶族民间古籍》（一），民族出版社 2011 年版，第 436—437 页。

④ 蓝岚：《畲族祖图长连地名考释》，《绍兴文理学院学报》（哲学社会科学版）2014 年第 3 期。

先发源地更多是取其神圣之意，至于为何有南京、青州或广东等不同的说法，原因或许是民间将其附会到曾经长期生活或迁徙路过的地方。而《山海经传》《玄中记》中只是将会稽作为一个地名坐标，强调犬封国距离陆地之遥远。二者的意义并不相同。

三

　　综观各民族流传的盘瓠神话，无论是"上山"还是"下海"，都是与各民族所生活的环境相一致的。仡佬族、苗族、畲族、瑶族、彝族等民族多生活在崇山峻岭之间，所以"上山"盘瓠神话实为"因地制宜"，例如有几则神话就用来解释畲族为什么住山脚、彝族为什么住高山。"下海"盘瓠神话分布地域包括中国的海南岛、台湾岛、澎湖岛以及日本的冲绳岛，都是海洋之中的岛屿，在此环境中"下海"盘瓠神话显然比"上山"盘瓠神话更适合流传。

　　畲族有两则神话融合了"上山"与"下海"两种表述，下海情节主要用于解释为什么如今的畲族没有盘姓。《畲族姓氏及世居山脚的来历》说长子盘姓一房人在坐船航行中遇风漂泊海外去了，所以如今畲族主要是蓝、雷、钟三姓。《高辛皇帝封畲氏》则说"四个孩子逃呀，逃呀，一直逃到海边，看看白茫茫的大海过不去，只好又回头躲进深山。只有老四，坐在盘里，一阵风飘到台湾去啦"。这两则神话虽然也包含下海的内容，但显然是后来添加的，故事的主干情节还是盘瓠和公主在深山之中繁衍后代。

　　此外，最重要的一点是，"上山"与"下海"盘瓠神话的主要社会功能是为了阐释民族起源。"下海"盘瓠神话流传于台湾地区少数民族太鲁阁人、布农人和海南黎族地区，以及日本冲绳宫古岛，都是讲述祖先如何乘船漂洋过海来到海岛定居繁衍人类，其中对于台湾地区少数民族太鲁阁人和海南黎族世代流传的纹面习俗的解释也来自盘瓠神话。瑶族、畲族、彝族的"上山"盘瓠神话也主要讲述祖先来源，瑶族和畲族的神话解释了"畲族四姓"和"十二姓瑶民"的由来，彝族神话说公主与狗所生的六个儿子就是彝族的六祖分支。在仡佬族、苗族的神话中还用盘瓠神话解释相邻民族的共同起源。如流传于贵州遵义的仡佬族神话《缕金狗的传说》说缕金狗和公主先后生下四个儿子，长子叫苗大哥，次子叫仡佬二哥，三子是水西（指彝族），老幺是汉族。湖南凤凰的苗族神话《乃拐妈苟》说在山里，皇帝的女儿养了十二个儿子，六个代雄（苗族），六个代扎（汉族）。另一则异文说从此人类分苗家、客家，苗族、汉族。汉族奔水上去，以渔业为生，苗族奔到山上来，以种粮为生。而古籍中记载的盘瓠神话与汉族流传的盘瓠神话比较一致的地方是都采用他者的视角来讲述——"南蛮"即世称"赤髀横裙，盘瓠子孙"，或者"犬封国"的由来。流传于河南南阳的神话《盘葫》说盘葫死后，高辛氏的女儿带着八个儿女回到中原。但儿女们好山恶市，习惯了在山里生活，于是又跑到西部大山里，在那里繁衍、传续后代，形成以后所说的八夷。广东海康的神话《神犬》则说公主生的四个孩子长大后，分别朝东西南北四方下山去了。他们各自做了不同部落的首领，开基创业，都说狗是他们的祖先。台湾地区澎湖的神话《美国人的由来》应该是晚近才流传到当地的，所以才有美国人、猴子变人等现代词汇和观念，所谓"母亲化妆嫁儿子"应该也是"母亲纹面与儿子成婚"的现代说法。

　　土家族和壮族的盘瓠神话未见相关内容，土家族盘瓠神话是解释大年三十为何先给狗喂年庚饭的习俗，壮族盘瓠神话解释蛙婆节、蚂拐节的来历，所以这两个民族的神话中未见涉及盘瓠繁衍后代的具体描述。

　　盘瓠神话曾被研究者视为真实的历史进行研究，或将南蛮确指为苗瑶语族各民族，或将犬封国与南越国联系起来。20世纪初图腾理论引入后，盘瓠神话又成为全球犬图腾信仰地图的重要一环。不可否认，如今看来这些研究方法有一定的局限性。盘瓠神话有其特殊性，迄今仍与流传地区的民众生活息息相关，但有关其起源、传播、流变、接受、认同、仪式等问题，至今仍众说纷纭。① 本文通过对汉文古籍记载与民间口头流传的盘瓠神话进行分析，发现关于盘瓠繁衍后代的叙事存在着"上山"与"下海"两种不同的表述，希冀能为学界的进一步研究提供新的视角。

原载于《民族文学研究》2019 年第 5 期

---

① 　吴晓东：《〈盘瓠神话丛书〉总序》，周翔编著《盘瓠神话资料汇编》，学苑出版社 2018 年版。

　　周翔，女，苗族，1976 年生，中央民族大学博士，2002 年 7 月至今在中国社会科学院民族文学研究所《民族文学研究》编辑部工作，任副主任、副编审。研究方向为台湾少数民族文学及大陆南方少数民族文学。近期承担的课题有中国社会科学院登峰战略重点学科"中国神话学"等，代表作《文化认同·代际转换·文学生态——现代台湾少数民族文学的动态发展历程》（论文）、《山与海的想象：盘瓠神话中有关族源解释的两种表述》（论文）、《盘瓠神话资料汇编》（编著）等，任中国社会科学院研究生院硕士生导师，曾获民族文学研究所优秀科研成果奖。

论新时代濒危民族语言和优秀传统文化的抢救保护

朝　克

一

中国是一个由五十六个民族组成的和谐文明进步的国家，不同民族语言文化有其各自不同的表达方式、表现形式、结构特征、丰富内涵。同时，各自具有极其鲜明而突出的地域地方特征和生产生活特征，是属于特定自然环境和特定社会条件的产物，有其特殊的表现形式和独具特色的内涵。[①] 特别是对于人口较少又没有文字的民族而言，他们口耳相传的语言文化，更具地域性、地方性、传承性、民族性、文化性、独特性、保守性和濒危性特征。因为他们几乎都生活在人烟稀少的边疆地区，同外来语言文化接触的时间都比较晚或比较少，加上很少有文字记写、记录、保存、教学、传承的文献资料，所以，它们具有以上提到的诸多特性。然而，他们的语言文化用惊人的记忆，也就是用口耳传承着生存环境和生产生活实践中通过大脑和心智累积的特殊知觉、深刻感受、丰富经验。由于不同民族的自然条件和生存环境的不同，生产方式及风俗习惯的不同，他们的语言、思维结构、表述形式也有所不同。[②] 在此基础上产生的生活态度、生

---

① 参见孙宏开等主编《中国的语言》，商务印书馆 2007 年版。

② 比如说，阿尔泰语系诸民族生活在山林草原、农村牧区、沙漠盆地，从事林业、狩猎业、牧业、农业生产，所以在他们的语言文化中就包含有极其鲜明的不同地域文化、不同生产生活特征。

存理念、审美观点、人生价值也有所不同。从这个意义上讲，保护好不同民族语言文化（包括濒危或严重濒危的语言文化）显得十分重要。①

根据有关数据，我国少数民族里占 35% 的民族有法定使用文字，② 在我国优越而先进的民族政策的鼓舞下，也有不少民族，包括人口较少民族用拼音字母等创制过新文字，但真正意义上被广泛使用并发挥作用的不太多。再说，在我国有的民族有语言和文字，而且语言文字都使用得较好；有的民族有语言没文字，主要是人口较少民族；有的民族有文字，语言却失传或基本上失去社会使用功能和作用；有的跨境民族在中国境内的部分没文字，在中国境外的部分却使用本民族文字。③ 对于那些有文字的民族来讲，有其相当丰富的用本民族文字记录、传承、保存的语言文化和优秀口头文学及历史文献资料，相反没有文字的民族就很少有历史文献资料，即使有也是用其他民族文字记载的不是很全面、系统，甚至是碎片化而非完整的一些资料。这一现实，对于人们全面了解没有文字记录的民族历史文化，带来许多不便和不利因素。尤其是，走入新时代的中国，为了在 2020 年全面建成小康社会，从少数民族生活的边疆农村牧区开始，兴起了划时代意义的新农村新牧区建设。发展是硬道理，只有不断发展创新才能够彻底改变我们包括各民族在内的中华民族的命运，才能够在 21 世纪中叶把我们的祖国建成富强、民主、文明、和谐、美丽的社会主义现代化强国。④ 与此同时，我们又理性地认识到，当今快速发展的经济社会，以及以电视、计算机、平板电脑、手机等为主的现代科技产品的不断普及，没有文字的人口较少民族口耳传承的语言和优秀传统文化不断受影响和冲击，进而走向濒危或严重濒危。据不完全统计，现在我国 10 万人以下的人口较少民族里，约有 40% 的民族语言文化已面临严重濒危，其他也处

---

① 参见朝克《民族语言和民族口头传承文学抢救保护工程的重要性》，《中国社会科学院院报》2006 年 9 月 8 日第 6 版。

② 参见中国社会科学院民族研究所与国家民族事务委员会文化宣传司编《中国少数民族文字》，中国藏学出版社 1992 年版。

③ 参见戴庆厦主编《跨境语言研究》，中央民族大学出版社 1993 年版。

④ 参见国家民族事务委员会文化宣传司及中国社会科学院文化研究中心合编《中国少数民族文化发展报告》，社会科学文献出版社 2015 年版。

于严重濒危的边缘。甚至是人口在 30 万以下的民族，语言和优秀传统文化也开始进入濒危状态。①

从以上讨论可以看出我国人口较少民族的语言文化所处的严峻局面，以及对此进行抢救保护的紧迫性②、必要性和重要性。这也是新时代赋予我们的责无旁贷的历史使命和任务。因为，不同民族语言和传统文化，均无可怀疑地承载着该民族或族群的共同记忆、共同智慧、共同走过的历史、共同创造的文明，以及该民族的婚姻家庭、风俗习惯、社会生活、思想意识、行为准则、审美价值、伦理道德、宗教信仰等诸多内涵。③ 我们要是丢失掉某一民族语言或优秀传统文化，就等于丢失掉了我国博大的精神文化与文明、物质文化与文明的一个组成部分。所以，我们必须充分而理性地认识少数民族濒危语言文化的重要性，采取科学的态度和行之有效的措施，不失时机地进行抢救与保护。

我们对没有文字的民族的语言和优秀传统文化，尤其是处于濒危或严重濒危状态的民族语言文化，进行田野调查时必须要下大力气、下苦功夫。而且，必须要全面、系统、细致入微地开展入村入户的深入调研。实地调研时，要充分发挥现代化科技手段，利用好全新的录音、录像、录屏监控系统，并以数据化监控为主，用屏幕录像等现代化操作系统分析资料，将屏幕录像、视频录像、图片资料、通话录音、专题采访、表格统计、现场笔记笔录、文字资料相互高度科学整合。④ 与此同时，认真梳理和整理过去实地调研中获取的第一手资料，全面检查那些资料中存在的缺陷或遗漏。发现问题，要不失时机地开展补充性调研。应该提出的是，在做补充调查时，应尽量回避没有必要的重复调研，把有限的经费用到实处，避免人力、经费、时间等在使用上造成的浪费和损失。

---

① 参见朝克《关于濒危或严重濒危语言的调研报告》，中国社会科学院濒危语言调研资料之三，2016 年。

② 参见朝克《人口较少民族濒危语言与口承文学抢救的紧迫性》，载于《鄂温克民俗文化研究文集》，内蒙文化出版社 2008 年版，第 67—72 页。

③ 参见朝克《中国少数濒危民族语言文字保护的学术价值》，《中国社会科学院研究生院学报》2009 年第 4 期。

④ 参见朝克《中国濒危民族语言民间文学保护工作纲要》，工作资料，2008 年，第 56—68 页。

对少数民族口耳传承的濒危语言和优秀传统文化开展抢救保护工作时，要从实际出发，要实事求是，对于不同民族、不同地区、不同濒危程度，设定和采取各自不同的调查方案、调查表格、调查内容、调研形式和调研措施。要对濒危程度进行切合实际的严格划分，划分出不同等次。在此前提下，分批、分阶段、分地区开展针对性和实效性调研。① 也就是说：（1）对还未进入濒危范畴的调研对象，重点放在保护方面，做好做实保护工作；（2）对已濒危对象，要保护和抢救并重，在保护的同时要抢救，保护是为了延缓它的濒危进度，抢救是为了更好地保存它的完整性；（3）对严重濒危对象，务必要以抢救为主，同时要采取必要的保护措施，保护是为了更好更多地进行抢救，保护是为了给抢救工作尽量提供更多时间、更有利条件。我们的抢救保护工作充分证明，对严重濒危的民族语言和优秀传统文化下大力气进行保护，也可能难以取得对还未进入严重濒危状态的民族语言文化开展保护工作那么立竿见影的效果。就是有了充分准备，人力财力方面有了强有力的支撑，最终或许也很难达到预期理想效果，难以使它走出严重濒危的困境。② 正因为如此，展开实地调研时，要把重点放在严重濒危语言文化的抢救工作上，不断加大、加快、加强抢救工作力度。如果抢救得当、抢救及时，或许能给面临严重濒危的民族语言文化的搜集整理注入内在活力，使我们能够尽量更多地获取第一手资料，进行永久保存。

人口较少民族口耳传承的濒危语言和优秀传统文化的抢救保护，要同科学合理的开发利用紧密相联系、相配套、相结合。其目的是，不断强化他们的生命力、生存力、适应能力，不断科学合理、因地制宜地调整它们的社会环境、生存空间、使用范围等。另外，还要强调，继承和发扬优秀传统文化的重要性和必要性。就如习总书记指出："百姓在物质生活水平大幅提升后，对精神文化生活的需求越来越高。"③ 伴随物质追求、物质享受、物质文明达到一定程度，人们就会自然而然地开始追求与物质文明相配套的精神追求、精神享受、精神文明。那么，对于物质生活水平大幅

---

① 参见戴庆厦《中国濒危语言个案研究》，民族出版社 2004 年版。

② 参见徐世璇《濒危语言研究》，中央民族大学出版社 2001 年版。

③ 习近平总书记在第十三届全国人民代表大会第一次会议上的讲话内容。

提升的少数民族来讲，他们更加渴望获得幸福美好、和谐文明、丰富多彩的精神生活。其实，这其中就有他们用生命和信仰传承的本民族优秀文化与文明，也有本土化了的外来优秀文化与文明。① 从这个意义上讲，无论是本民族优秀文化还是外来本土化的优秀文化，对他们的精神生活都发挥着不可忽视的重要作用。其中，本民族优秀文化是主要部分，没有被本民族全体成员认同并继承下来的优秀文化与文明，包括融入他们劳动、智慧、思想、梦想和信仰的物质文化和精神文化，就不会有中华民族大家庭丰富多彩、灿烂辉煌、耀眼夺目的文化生活和文化世界，也就谈不上获得美好的文化享受和精神享受。② 那么，对于没文字的人口较少民族来说，他们的母语和口头文学、口承历史，几乎是唯一能够传承本民族优秀传统文化的重要手段。正因为如此，他们语言文化的抢救保护显得更为重要。另外，人们在人类文明和文化走向一体化的进程中，越来越深刻地感悟到语言多样性、文化多样性、思维多样性、生活多样性的必要性。人们甚至从中感悟到，人类原初弥足珍贵的文化文明与思想基因中，包含有人与自然和谐共处，人们信仰自然、爱护自然、保护自然的丰富内涵。为此习总书记多次谈到民族语言文化抢救保护，弘扬其自然性、环保性、文明性、进步性及内在的影响力的重要性。国家各有关部门还制定了保护和抢救少数民族濒危语言文化的一系列政策法规，其中也涉及人口较少民族语言和优秀口承文学及传统文化抢救保护方面的内容。③ 与此同时，也采取了行之有效的措施，做了不少艰苦卓绝的努力和工作，进一步强化和完善了抢救保护工作机制，进而取得了十分明显的成绩。比如说，对于濒危或严重濒危语言文化的产权保护，对其成果的版权保护，选定并保护传承人，举办培训班，指定和设定专门机构，设立专项经费，使用高科技现代化设备搜集整理和永久保存。④ 除此之外，还有少数民族传统文化保护区，传统文

---

① 参见朝克《关于本土文化与经济社会的发展》，《呼伦贝尔学院学报》2017 年第 3 期。

② 参见李德洙主编《中国少数民族文化史》，辽宁人民出版社 1994 年版。

③ 参见马丽雅等编《中国民族语文政策与法律述评》，民族出版社 2007 年版。

④ 参见国家民委语文司《我国民族语文工作机构及经费情况简介》，国家民委语文司提供，2016 年。

化博物馆，传统文化节日等。所有这些，对于少数民族濒危或严重濒危民族语言文化，包括口头文学的抢救保护，发挥了积极作用，使人们对本民族优秀传统文化的保护意识不断强化。毫无疑问，少数民族语言文化的抢救保护工作，不只关系到少数民族自身的文化素质和文明程度，同时也关系到一个国家和民族的文化素养和文明程度，更关系到社会的和谐稳定和可持续健康发展。

二

人类文明的进步，使我们更加理性地认识到优秀传统文化的社会价值、经济价值与待开发利用的市场价值。我国经济社会快速发展的今天，我国各民族优秀传统文化与本土优秀传统文化发挥着十分重要的作用。特别是，将优秀传统文化与本土优秀传统文化保存较好的沿海地区和少数民族集聚地区，以本土文化和民族文化为龙头的旅游产业蓬勃崛起，进而给当地经济社会的健康稳步可持续发展注入了强盛活力。一些地区，由此带来的经济收入达到年度总收入的 30% 左右，在有些地区甚至达到 40% 以上。十分可观的经济效益使人们更加清醒地认识到习总书记多次提出的优秀传统文化及独具特色的民族文化的历史价值、社会价值、文化价值和经济价值。反过来讲，这些地区独到、独特、独具风格的优秀传统文化，在走进新时代的今天获得了强盛的生命力量，得到了更好、更深、更完整的开发和利用，变得更加灿烂辉煌和更有影响力、感召力、凝聚力。人们从不同民族的优秀传统文化中，品味着灿烂辉煌的历史文明，在享受着从远古传承下来的博大文化的同时，从中汲取它们用劳动和智慧创造的精神营养，使人们的精神世界不断得到真善美的洗礼，思想素养不断得到提升，进而使人的内心变得更加纯洁、更加美好、更有活力、更加丰富多彩，使人们为美好生活顽强奋斗的精神力量变得更加坚定、坚实、坚强。[①] 所有这些，同人们对于优秀传统文化的认知态度，由衷地热爱本民族古老文明，用生命的力量和坚强信念保护、传承、弘扬并不断创新发展古老传统文化及文明密切相关。也就

---

① 参见人民日报评论部编《习近平讲故事》，人民出版社 2017 年版。

是说，他们把本民族优秀而古老的传统文化与文明，科学、和谐、理性地融入以现代科学技术为主流的新时代，从而获得十分理想而长远的可持续发展，也获得了十分可观而丰厚的经济利益，达到了对优秀传统文化保护传承与发扬光大双赢的目的。我国走入新时代的今天，少数民族语言和优秀口头文学的保护，以及优秀传统文化资源的不断挖掘整理、注入活力、发挥作用取得的辉煌成绩，强有力地印证了对于我国各民族优秀传统文化抢救保护、开发利用、发扬光大的重要性和必要性，以及建设新时代中国特色社会主义现代化强国中具有的特殊而特定的文化价值、社会价值、经济价值和科学价值。[①] 我们应该承认，各民族优秀传统文化，包括人口较少民族的语言文化，对于弘扬中华民族博大文化精神，增强民族凝聚力和民族团结，维护国家安全，推动经济发展与社会进步，等等，有极其重要的现实意义和长远的历史意义。

我国有悠久、灿烂、辉煌的文明史，有丰富多样、绚丽多彩、琳琅满目的各民族文化。所有这些，都是我们开创未来、创造辉煌、建设高度文明的文化强国的雄厚基础。[②] 为此，我们必须将各民族优秀传统文化与文明科学融入新时代中国特色社会主义强国建设，让一切优秀的古老传统文化与文明同新时代全新的科技文化与现代文明相互作用、相互交融、相互辉映，为实现 2020 年的小康社会、两个百年的奋斗目标和中国梦而发挥强有力的凝聚力、向心力和创造力。

我国各民族极其丰富的文化资源和文化市场越来越多地吸引国外企业家和投资商，他们不远万里、漂洋过海、不辞辛苦纷纷来到我国少数民族集聚地区进行调研。特别是，对人口较少民族口耳相传的濒危语言和优秀传统文化十分感兴趣，他们懂得这些民族语言文化未来的学术价值和经济效益，所以不惜代价地进行搜集整理并永久保存，以待从中谋取暴利。这就如我国专家花费相当可观的费用，到俄罗斯圣彼得堡国家图书馆研究和

---

① 参见徐光春《文化的力量》，河南人民出版社 2009 年版。
② 参见林汉达、曹余章编《上下五千年》，少年儿童出版社 1991 年版。

复制"格萨尔"史诗文献资料和西夏文①文献资料，以及到匈牙利科学院
复制"格萨尔"和"江格尔"②史诗文献资料一样。这些原本是我们自
己的早期民族语言文学资料，这些弥足珍贵的文化遗产由于在清代未能得
到很好的保护而流失国外。笔者在美国亚利桑那州立大学进行学术讲座
时，在亚利桑那州立图书馆见过极其珍贵而数量众多的清代满文历史文献
资料，其内容涵盖历史、社会、政治、经济、建筑、军事、文化、语言等
诸多方面。另外，笔者还发现日本和芬兰等国家的一些大学或研究所的图
书馆、文献资料馆里有保存完好而数量可观的清代少数民族语言文化及历
史文献资料，同时还保存有我国人口较少民族濒危或严重濒危语言文化方
面的第一手资料等。③ 其中一些历史文献资料或民族语言文化资料，在国
内根本就找不到了。比如说，鄂温克族《白鹿王》长篇史诗资料在国内
已经失传，而国外却保存完好。这一切都清楚地说明了对于我国少数民
族濒危语言和优秀传统文化抢救保护的必要性，这是我们必须理性面对
而不可回避的现实问题，也是时代赋予我们的使命，是我们应尽的义务
和责任。

三

　　少数民族濒危语言和优秀传统文化的抢救保护，单靠几个专家学者的
努力是不够的，要靠决策部门的强有力支持，出台相关法律和政策文件，
需要各级政府的积极参与，更要进行的是宣传工作，尤其要深入人心地宣
传好我国民族语言文化方面的法律知识与政策规定，④ 要不断强化广大群

---

　　① 西夏文是记录西夏党项族语言的表意文字，形体方整，笔画烦冗，结构仿汉字，属汉藏
语系羌语支。西夏王朝时代，在当今的宁夏、甘肃、陕西北部、内蒙古南部等地使用两个多世
纪，后失传。
　　② 《格萨尔》是藏族和蒙古族民间说唱体长篇英雄史诗，《江格尔》是蒙古族英雄史诗。《格
萨尔》和《江格尔》同柯尔克孜族传记性史诗《玛纳斯》被誉为中国少数民族三大英雄史诗。
　　③ 俄罗斯圣彼得堡国家图书馆和匈牙利科学院图书馆，以及美国、德国、英国、芬兰、日
本等国家的著名图书馆、资料馆保存有数量可观的"格萨尔""江格尔"和"西夏文"等方面的
极其珍贵的史诗、历史、文化、语言文字资料。
　　④ 参见马丽雅等编《中国民族语文政策与法律书评》，民族出版社 2007 年版。

众对本民族语言文化的保护意识。而且，就像保护民族文物一样，要进行严格意义上的分级保护。达到国家层面进行抢救保护的濒危语言文化，国家各有关部门要狠抓落实，其他的由民族地区各级政府或地方政府实施抢救保护工程，而且要紧密结合民族地区政治、经济、社会工作一同落实，工程经费方面根据实际需要给予有力支持。[1] 与此同时，还要不断强化科学有效地开发利用的工作力度，充分发挥其文化效益、经济效益、社会效益、政治效益。

我们掌握的资料表明，[2] 人口较少民族的生活区域很不集中，这跟他们的生活环境、生产活动、风俗习惯、地处边疆偏僻山村或辽阔牧场及沿海地区等必然相关。尽管如此，改革开放以后，少数民族地区由于地广人稀、土地肥沃、资源丰富、环境优美而引来不少内陆地区的开发商，很快就成了旅游开发、资源开发及兴建各种厂矿企业的热土。[3] 所有这些，给人口较少民族带来新的发展机遇，以及十分丰厚的经济利益，有力推动了经济社会的快速发展。同时，也使人口较少民族地区的外来人口不断增加，他们的母语使用和优秀口承文学及传统文化的传承面临无情挑战，进而很快进入濒危或严重濒危状态。这一现实引起各有关方面的关注和重视，并派出相关专家学者和工作组开展实地调研。可是一些调研工作，根本没有和当地政府进行很好的沟通，在不了解少数民族风土人情和生活习惯的前提下，实施不深入、不扎实、走马观花、蜻蜓点水式的实地调查，其结果根本没有实际效益。我们认为，到民族地区搞调研，要得到地方政府的支持和民族同胞的积极参与和配合，要有行之有效的调研思路和调研计划，要有明确分工和职责，形成强有力的合力。[4] 尤其是，要充分发扬深入社会、深入民间、深入群众的优良工作作风，要多了解他们的风俗习

---

① 参见金星华主编《中国民族语文工作》，民族出版社 2005 年版。

② 参见朝克等《人口较少民族语言文化调研资料集》（第 1—12 册），工作资料，1986—2015 年。

③ 参见李红杰、马丽雅主编《少数民族语言使用与文化发展政策和法律的国际比较》，中央民族大学出版社 2008 年版。

④ 参见中国社会科学院民族研究所编《世界语言报告—中国部分》，中国社会科学院民族研究所内部印刷，2000 年。

惯和思想情感,要和他们真正打成一片,才能够圆满完成调研工作任务。

我国少数民族地区地域辽阔、资源丰富、居住分散、人口稀少。所以开展实地调研时,会遇到诸多困难和问题。尤其是,对于那些人口较少民族濒危语言和优秀传统文化,做全面系统完整的搜集整理是一件很不容易的事情。尽管如此,我们通过加大人力财力的投入,在不断强化工作力度、工作强度、工作效益的前提下,严格按照调研计划,细致认真而有思路、有步骤地开展工作。换句话说,抢救保护工作要从实际情况出发,分别对待,要因地制宜。要搞清楚,不同地域和自然条件、不同社会环境、不同语言文化的接触及交流,给人口较少民族濒危语言和优秀传统文化带来的不同程度的影响。① 这样才能够扎实、稳妥、深入、高效地进行调研。才能够避免调研工作一刀切、一概而论的情况。

少数民族濒危语言和优秀传统文化的抢救保护,是新时代赋予我们的不可推卸的工作任务,也是大家的事,需要大家的关心和参与,也需要大家的帮助和支持。政府部门和各有关方面派工作人员,到民族地区开展如何更好地保护和抢救濒危或严重濒危语言文化宣传工作,要宣传中国共产党的优越而先进的民族政策和有关法律。② 至今还未设立与此密切相关的工作机构或部门的民族地区,一定要不失时机地认真部署该项民族性、社会性、专业性、学术性、科学性很强的工作。而且,要聘请民族问题研究部门、文化教育部门、财务管理部门的相关负责人参加,也应该聘请科研机构或大专院校的专家学者参加。③ 在具体实施抢救保护工作时,还要和民间文化协会、民族语言研究会、民间文学研究会,以及各有关民间研究组织建立广泛联系,要充分发挥社会各学术团体各界各方的力量。不过,一定要避免把抢救保护工作或调研任务交给地方部门和民间团体或社团组织而放手不管、坐等收摊的情况。

---

① 参见中国社会科学院民族研究所与国家民族事务委员会文化宣传司编《中国少数民族语言文字使用和发展问题》,中国藏学出版社 1991 年版。

② 参见国家民委文化宣传司编《民族语文政策法规汇编》,民族出版社 2006 年版。

③ 参见中国语言文字使用情况调查领导小组办公室编著《中国语言文字使用情况调查培训手册》,中国语言文字使用情况调查领导小组内部印刷,1999 年。

　　少数民族濒危语言和优秀传统文化的抢救保护是一项非常紧迫、非常重要、非常严肃、非常细致入微的工作。但不能因为该项工作的紧迫性和重要性，搞得手忙脚乱、敷衍了事。工作完成后，要聘请专家进行审核和评定。这是一项关乎民族语言、民族文化、民族自尊、民族团结、民族进步、民族地区繁荣发展，以及保护我国语言文化多样性的重要工程。① 正因为如此，一定要认真负责、认真对待。对于没有文字的民族而言，他们口耳相传的母语和口头文学属于无形文化的范畴，抢救保护这些无形文化，要与衣食住行等有形文化紧密结合。事实上，无形文化的抢救保护，往往要比有形文化的抢救保护更难做，付出的代价和劳动也要多得多。为了做好无形文化的抢救保护工作，需要拿出一定时间认真思考，精心制定调研表格和计划。同时，拿出一定经费，培养语言文化传承人。特别是，下功夫分批分期培育有专业知识、热爱本民族语言文化、对于抢救保护工作有热情的团队。还要建立和完善工作机制，不断强化民间学术团体的功能作用，将他们在本学会的学术会议上讨论的内容和发表的论文进行修改后编辑成册，以档案资料形式保存在民间社团组织资料室。现在，少数民族都成立了各种研究会，其中就包括语言文学研究会，甚至只有几千人的民族也都有自己的民间团体。更加可贵的是，这些民间学会和团体基本上都有学会刊物，有的民族有好几种不同专业的内部期刊。毋庸置疑，所有这些都是开展少数民族濒危语言和优秀传统文化抢救保护工作的良好基础和优厚条件。

四

　　实施少数民族濒危语言和优秀传统文化抢救保护工作时，必须要把该项工程同合理开发和利用现存语言文化资源密切结合。同时，在少数民族地区，要从政策决策角度，明确划定濒危语言文化保护区。② 在此需强调

---

　　① 参见朝克《保护好多样的民族语言文字》，《中国民族报》2009 年 2 月 20 日第 6 版；范俊军编译《联合国教科文组织关于保护语言与文化多样性文件汇编》，民族出版社 2006 年版。

　　② 参见朝克《一带一路建设与边疆地区民族语言规划》，《中国社会科学报》2017 年 12 月 13 日第 4 版。

指出的是，我国民族语言文化保护区，不同于只强调民族文化的原始性、远古性、传统性而不接受一切现代文明的保护区，也不同于远离现代文明社会而孤立存在的保护区，更不同于以强势语言文化为核心的民族语言文化保护区。它应该是具有中国新时代特色的，充分展示我国优越而先进的民族政策和民族理论，有古老文明与现代文明相结合、民族优秀传统文化与现代科技文化相结合、通用语言和民族语言相结合的，具有很强的民族风情、民族特点、民族品味的保护区。在保护区内，应该布局合理地、分门别类地展示民俗文化内容，建立不同内涵和不同文化氛围的民族展厅。要充分利用高科技手段，包括电视、录像、摄影、屏幕、图片、录音、灯光等设备，开放式全面展示民族语言文化。[1] 建立少数民族语言文化保护区，尤其是建立健全人口较少民族濒危或严重濒危语言文化保护区，具有重要的现实意义和长远的历史文化价值及学术价值。[2] 这项工程不仅关乎处于濒危或严重濒危状态的民族语言和优秀传统文化的保护，同时也关系到我国先进的民族政策和少数民族语言文化的对外宣传。特别是具有重大历史价值、文化价值和科学价值的文化遗产，要在保护区内进行全面展示。

在这里应该强调的是，保护区内民族语言文化的展示和解说工作必须要实事求是，不能鱼目混珠、颠倒是非、偷梁换柱、虚张声势，否则其结果会适得其反，对于保护和宣传民族传统文化，弘扬优秀传统文化都不利，更不能用抢救保护民族语言文化的有限经费，搞毫不相干的其他文化活动或用于其他无关工程。特别是在保护区内，对少数民族严重濒危语言和优秀传统文化开发利用时，首先要在认真分析研究的基础上分门别类地注册、登记、编写各类名录数据资料。其次要挖掘科学合理的深度开发中涵括的所有优秀文化内涵，进而更好、更全面、更有力、更充分地进行宣传和发扬光大。再次，在文化保护区，还应开发新型民族文化产业园区，

---

① 参见朝克《关于抢救保护濒危鄂温克语及口承文学基本思路》，《中国民族语言文字研究文集》，民族出版社 2008 年版。

② 参见朝克《民族语言和民族口头传承文学抢救保护工程的重要性》，《中国社会科学院院报》2006 年 9 月 28 日。

使其依托文化保护区发挥更大的社会效益、文化效益、经济效益。① 在此过程中，逐步完善少数民族濒危语言和优秀传统文化的保护制度，形成人人自觉保护濒危语言文化的社会氛围，使它们得到更加有效的保护，使抢救保护工作更快地走入自觉化、普及化、社会化、规范化、制度化、科学化道路。

少数民族濒危语言和优秀传统文化抢救保护工作有其重要学术价值，这完全取决于它们所具有的历史性、传统性、地域性、民族性、文化性、独特性等诸多特征。同时，它们的濒危性又凸显出强烈的时间性和紧迫性。而且，它们属于该民族用共同劳动和智慧创造出的物质财富和精神财富，它们来源于民族、服务于民族。它们的存在，不仅给我们的生活带来丰富多彩的内涵，也给少数民族带来生活的亲切感、熟悉感、美好感和自然感，使他们更加热爱新生活、新时代，进而用强大生命力、凝聚力和奋斗精神去创造更加美好的未来。

民族语言和优秀传统文化，包括那些濒危或严重濒危的民族语言和优秀传统文化，都是中华博大文化与文明不可或缺的重要组成部分。对它们的抢救保护是我们义不容辞的使命，它们是我们中华民族弥足珍贵的共同文化遗产，是我国各民族在千百年的繁衍生息中用辛勤劳动、美好心灵和永不放弃的追求和梦想创造的博大而丰富的文化与文明。所以我们在抢救保护的基础上，还要不断汲取其营养，不断弘扬其精华，不断开发其民族性、文化性、凝聚性、进步性、文明性和优秀性。我们要用新时代全新的思想理念，全新的科学态度，全新的努力，让各民族灿烂辉煌的文化与文明，为我国新时代中国特色社会主义现代化强国②建设发挥更大作用。

原载于《中国社会科学院研究生院学报》2018 年 5 月 15 日

---

① 事实上我国少数民族集聚地区，特别是人口较少民族地区，均有相当规模的以现代科学技术和传统文化密切相配套的开放式语言文化保护区。这些保护区完全不同于印第安远离现代文明的保护区，也不同于远离现代文明社会而孤立存在的萨米人保护区，更不类同于强势语言文化压抑下的阿依努人保护区。它是具有鲜明新时代特色而充分展示我国先进的民族政策，充分展示民族优秀传统文化的保护区。也是将民族文化旅游，民族文化产品开发，民族文化保护、传承、弘扬融为一体的保护区。

② 参见朝克《坚决夯实文化强国战略》，《中国社会科学报》2016 年 12 月 20 日第 3 版。

　　朝克，鄂温克族，1957 年 9 月生，内蒙古自治区呼伦贝尔市人，中国共产党党员，大阪外国语大学研究生院语言文化学博士，二级研究员。2014 年 4 月至 2020 年 6 月在中国社会科学院民族文学研究所任党委书记，研究所创新工程首席专家，主要从事满—通古斯语族语言文化及阿尔泰语系语言、中国北方诸民族语言乃至东北亚及北极圈诸民族语言文化研究工作。先后用汉、蒙、日文在国内外撰写出版《中国少数民族语言研究概论》《满—通古斯语族语言比较研究》《锡伯语口语研究》《楠木鄂伦春语研究》《鄂温克语名称形态论》等 50 余部专著，在国内外用汉、蒙、日、英、朝鲜文刊发学术论文 200 余篇，其中诸多论著荣获国内外优秀科研成果奖。于 1997 年获"中国社会科学院十大优秀青年"称号，2015 年获"中国社会科学院 2013—2015 年度优秀科研人员"称号。第九届、第十届、第十一届、第十二届全国人民代表大会代表，国家高层次人才特殊支持计划哲学社会科学领军人才，中宣部"四个一批"人才，中共中央联系专家，享受国务院特殊津贴突出贡献专家。担任国家社科基金评审委员会委员，国家民委专家委员会委员，中国民族语言研究会副会长，北京市语言专家研究会副会长，内蒙古阿尔泰语言研究会副会长等。

满族说部概念之反思

高荷红

若从满族说部有组织地出版算起，三批①满族说部文本历经 17 年②于 2018 年底全部出版，总计 54 部③。满族说部及其相关概念，虽经学者反复讨论，但至今尚未达成共识。

一 多维度解读满族说部概念

1981 年，金启孮到黑龙江省富裕县三家子地区调研，记录了大量当代满族长篇叙事传统，该传统与乌勒本或满族说部别无二致，但并未被冠以相应称呼。1986 年，富育光正式提出满族说部这一概念。这一看似新兴的文类，经学者论证最早在金元时期即已产生，《金史》卷六六及《金志》中有过记载④。1986 年后，富育光发表多篇论文论述满族说部的概念问题，其他传承人、学者也曾提出过不同的观点，认为满族说部多与民间某一文类、民间习俗或说书讲古有关。⑤ 本文仅择选其中较为重要的观点加以梳理及评述。

---

① 如从先后出版的年份上而言，2007 年出版第一批，2009 年出版第二批，2017 年出版 11 本，2018 年出版 18 本，吉林省满族说部集成委员会将 2017 年、2018 年出版的文本都称为第三批，笔者有时按年份分为四批。

② 另一种算法从 2007 年出版第一批满族说部文本开始，直到 2018 年应为 11 年。

③ 应该为 55 部，但第一批出版的《尼山萨满传》（上、下）因故未算在其中。

④ 参见高荷红《满族说部》，《民间文化论坛》2017 年第 2 期。

⑤ 详见高荷红《满族说部传承研究》，中国社会科学出版社 2011 年版，第 20—27 页。

（一） 满族长篇叙事传统的记录者——金启孮

金启孮发现三家子村存在两类满族长篇叙事传统。一类相对世俗，满族民众喜欢《三国演义》里的英雄人物，经常见到教满文的先生在老百姓家炕头讲述该长篇故事。一类比较神圣，由总穆昆达（氏族，满语是穆昆 mukun，穆昆达是氏族领头人）冬至在"祠"中祭祀祖先时讲述家族历史，于特定时间、特定场所"考其渊源""追维先烈"。在新疆维吾尔自治区察布查尔锡伯族自治县世居的锡伯族保留了对满文《三国演义》的喜爱，并发展出韵文体的《三国之歌》。第二类神圣叙事传统延续至今，细究起来等同于"满朱衣德布达林""乌勒本"的长篇说唱。

（二） 概念的多重界定

多年来，围绕满族说部概念的论述颇丰，其中以富育光的论述接受程度较高，其分类标准被广泛引用，值得关注的是，他不断调整满族说部概念的内涵与外延。

1986 年，参加广西南宁召开的"中芬两国民间文学搜集保管学术研讨会"时，他向与会学者展示了满族传统说部发掘整理的成就，此时并未展开论述何为满族说部。

同年，在与王宏刚合作的《论满族民间文学的传承方式》① 中，他们将"乌勒本"与满族说部并提。他们认为"乌勒本"最初被用来指称"满族说部"，后因受汉文化影响而改为"满洲书""满洲说部""满族说部"等，这些概念中，"满族说部"因使用率最高得以沿用。② 相关概念还有"满族长篇口头说部"，其文本有散文体的《萨大人传》、《萨布素将军传》、《女真谱评》、《东海沉冤录》、《两世罕王传》、《西林大萨满》（即《西林安班玛发》——作者注）等，韵文体的《安木西奔妈妈》（即《乌布西奔妈妈》——作者注）、《德不得利》③。多年后，这些文本先后被纳入"满族说部"丛书中出版，其中《乌布西奔妈妈》以韵文体为主，

---

① 富育光、王宏刚：《论满族民间文学的传承方式》，《民族文学研究》1986 年第 5 期。

② 参见富育光《一段难忘的回忆》，周维杰主编，荆文礼副主编《抢救满族说部纪实》，吉林人民出版社 2009 年版，第 6 页。

③ 参见富育光、王宏刚《论满族民间文学的传承方式》，《民族文学研究》1986 年第 5 期。

文本中保留了 19 段散文体叙事；《西林安班玛发》以韵文体出版；《德不得利》并未出版。

1999 年，在《满族传统说部艺术——"乌勒本"研考》① 中，在既有的"乌勒本""满族说部"等概念的基础上，富育光提出"民间说部"的存在，并将之前提及的"民间说部"改为"满族说部""家传""英雄传"。在文章中，他强调"乌勒本"仅保存在一些姓氏谱牒和萨满神谕中，这就意味着已出版的 54 部满族说部中的绝大部分文本不应被归为"乌勒本"。那么，后来富育光为何要依据"乌勒本"将满族说部划分为三类或四类，前后逻辑上的矛盾在某种意义上是满族说部深受质疑的原因吧。该文认为，"满族说部艺术"作为广义通称，是"具有独立情节、自成完整结构体系、内容浑宏"的长篇说部艺术，是满族传统民间口碑文化遗产中较为重要的一宗。之后，"满族说部艺术"这三大特点不断被强调，被学界公认为同样是满族说部的核心特质。

2005 年，富育光将"满族说部"的提法改为"满族传统说部"，加入"传统"貌似规避当代产生并传承的满族说部。

2007 年，富育光提出"乌勒本"之变迁主要有两个时期，即晚清到民国之初及 20 世纪 30 年代。第一个时期，"乌勒本"改称为"说古""满洲书""英雄传""说部"等，但因"乌勒本"仅在谱牒和萨满神谕中出现，无其他佐证资料。第二个时期，旨在于区别"朱伦"、"朱奔"（活泼短小的歌谣、俚语）、古趣儿，瑷珲等地满族民众更多用"说部"一词代指"乌勒本"，这些文本依然表示"祖先留下的一部部供放在神龛上炫耀氏族生存历史、记载家族非凡伟业的泱泱巨篇"。20 世纪 30 年代，这一称呼变得更为广泛。

2007 年之后，富育光鲜少发表相关论文，总的来看，他先后提出"满族说部""乌勒本""满族长篇口头说部""满族传统说部艺术""满族传统说部""满朱衣德布达林"等概念。其中有汉语和满语的称谓，"乌勒本""满朱衣德布达林"为满语称谓，汉语称谓围绕核心词"满族说部"，加入长篇、传统、艺术等限定词，长篇重在从其文本长度而言，

---

① 富育光：《满族传统说部艺术——"乌勒本"研考》，《民族文学研究》1999 年第 3 期。

传统强调其文本的传承性,艺术似标明其文类所属。

笔者从 2005 年开始研究满族说部,一直执着于其概念的界定,但因满族说部文本从 2007 年开始大批出版,关于概念问题至今尚未有最为权威的定论。经过与富育光的多次访谈,结合当年所能找到的文本资料,笔者撰文《满族传统说唱艺术"说部"的重现——以对富育光等"知识型"传承人的调查为基础》① 提出"说部"一词应源于汉语,借用汉族笔记小说之称,满语并没有与之相对应的词汇,"德布达林"及"乌勒本"皆非此词对应的满语。满族说部这一概念应为"乌勒本"在当代的一个定义。富育光虽同意满族说部借自汉语,但强调该词及该传统并非源出汉语,而是由满语"满朱衣德布达林"② 转译而来,即满洲人较长的说唱文学。③

2008 年,笔者结合满族说部的多种特质,尝试界定这一概念,现有必要在此重述:

> 满族说部沿袭了满族"讲祖"习俗,是"乌勒本"在现代社会的发展,它既保留了"乌勒本"的核心内容,又有现代的变异。最初在氏族内部以血缘传承为主,后渐渐地以一个地域为核心加以传承。涉及内容广泛,包括满族各氏族祖先的历史、著名英雄人物的业绩、氏族的兴亡发轫及萨满教仪式、婚丧礼仪、天祭海祭等;篇幅简繁不等,少则几千字,多则几十万字。原为满族民众用满语说唱,现多用汉语以说为主;以神话、传说、民间故事、史诗、长篇叙事诗等方式被民众保留下来,散韵结合的综合性口头艺术。④

目前,仍有学者在探讨满族说部的概念,因未突破之前的界定,此处不再赘述。

---

① 高荷红:《满族传统说唱艺术"说部"的重现——以对富育光等"知识型"传承人的调查为基础》,《民族文学研究》2007 年第 2 期。

② 据富育光说,这个词原创地是黑河市孙吴县的大五家子,但是笔者问过多位大五家子当地人,也许因调查对象不同,没有找到该词的出处。

③ 参见富育光《满族说部的传承与保护》,《社会科学战线》2007 年第 5 期。

④ 高荷红:《满族说部传承研究》,中国社会科学出版社 2011 年版,第 11 页。

（三）满语、汉语交错使用的概念

满族说部的概念有满、汉两种，满语概念有"乌勒本"（ulabun，传记）、"德布达林"（debtelin，说唱故事）、"满朱衣德布达林"（manju i debtelin，满族的说唱故事）。"乌勒本"及"满朱衣德布达林"由富育光提出，他最初将"乌勒本"视为"说部"的对译，后改为"满朱衣德布达林"。季永海、宋和平、赵志忠提出满族曾存在过"德布达林"①，赵志忠在黑龙江沿岸听过《莉坤珠逃婚记》的传唱；宋和平认为"乌勒本"和"德布达林"的区别在于，"德布达林"是说唱的，"乌勒本"属于非韵的文类②。赵东升则认为"乌勒本"为"家传""家史""讲古""英雄传"之意，又被称为"讲根子"，满族说部的核心即在于此。

大多数学者将"乌勒本"视为满族说部的对译，"满朱衣德布达林"看似是满族说部一词满语的一一对译，但大家仍习惯于用"乌勒本"，甚至提出用"乌勒本"代替满族说部。

与满族说部相关的汉语称谓不一，有说部、民间说部、满族传统说部艺术、满族长篇口头说部、满族传统说部等，另有评书、传说、史诗等提法。20 世纪 80 年代，满族说部、"乌勒本"尚未进入学术视野时，学者曾搜集、记录、整理关世英以评书的形式讲述的长篇历史故事，在宁安、海林一带，《红罗女》分南派、北派，北派就是类评书式的讲述。③

作为文类，满族说部意指不甚鲜明，与之对应的满语"乌勒本""德布达林""满朱衣德布达林"分别为"传记""说唱故事""满族的说唱故事"之意。富育光将满族说部分为三类及四类，都是以乌勒本为标准划分的，其中"包衣乌勒本""巴图鲁乌勒本"的确是传记，而"给孙乌

---

① 2007 年，赵志忠跟笔者说过较少听到"说部"一词，仅听过"德布达林"。《莉珠坤逃婚记》在黑龙江沿岸还在传唱，能够留到现在的非常少，而且"德布达林"不能完全代表"说部"的全貌。季永海虽没有专门去做相应的研究，在笔者请教他时，他认为满族说部可能指"德布达林"，不仅包括满族口传文学，还包括说书艺人所讲的汉族小说。笔者认为他的观点恰恰回应了金启孮的说法。

② 在后文中提到的满族说部四分法中，富育光特意加入"给孙乌春乌勒本"，恰恰是考虑到说唱的因素。

③ 满族说部与评书的关系，将是另一个研究话题。

春乌勒本""窝车库乌勒本"却是说唱文学。由此观之,"乌勒本"和"德布达林"与满族说部概念上有交叉重合之处。2007 年,富育光选择将"德布达林"而非"乌勒本"作为满族说部的对应词,仅加入"满族的"作为限制,与满族说部四个分类皆用"某某乌勒本"并不相符。

(四) 官方话语体系中的满族说部

在官方话语中,满族说部先后被表述如下:

> 2002 年 6 月,"吉林市中国满族传统说部艺术集成委员会"成立;
> 2003 年 8 月,"满族传统说部艺术集成"被批准为全国艺术科学"十五"规划国家课题;
> 2004 年 4 月,"满族说部"被文化部列为中国民族民间文化保护工程试点项目;
> 2006 年,"满族说部"被列入中国国家级非物质文化遗产名录;
> 2007 年、2009 年、2017 年、2018 年出版"满族口头遗产传统说部丛书"。

官方话语体系中有三种提法,即满族说部、满族传统说部艺术、满族口头遗产传统说部,前两者为富育光提出,后者针对满族说部的出版,加入"口头遗产""传统",概念的叠加投射出满族说部的特质是口头的、传统的,意味着编委会选择文本及编辑的原则。

(五)"满族说部"与"乌勒本"

对于出现频率最高的两个词"满族说部"与"乌勒本",我们需要甄别二者之间的关系。富育光认为满族说部由满语"乌勒本"汉译而来,是在满族氏族的祭礼、寿诞、年节等重大场合由特定的传承人讲唱,具有独立情节,自成完整结构体系,内容浑宏的长篇口传叙事作品。笔者认为满族说部借用了汉语说部,沿袭了满族"讲祖"习俗,是"乌勒本"在现代社会的发展,它既保留了"乌勒本"的核心内容,又有现代的变异。赵东升认为满族说部是"乌勒本"的传承与发展,而不是"乌勒本"的变异,"乌勒本"经过传承人的不断加工、规范升华为说部。满族说部既保留了乌勒本的内容和特点,又充实了某些情节,使之成为日臻完善的大型说唱艺术。

三位学者都认同"乌勒本"和满族说部间有传承关系,但对于两者之间内容是否有变异则观点不一。从目前出版的满族说部文本体量来看,"乌勒本"和满族说部并不对等。满族说部文本短则几万字,长达几十万字,而"乌勒本"一般为几个到几十个手抄本统一放在匣子中,其字数必有所限。那么,这其中增加了哪些内容,由谁来增补,这些问题还需根据具体文本——对应分析。

(六)概念接受情况

在满族说部的诸多概念中,民众及学者多倾向于接受"乌勒本"。若在"中国知网"搜索与满族说部有关的关键词或相关主题的论文,以"乌勒本"为关键词的论文 11 篇,且以研究"窝车库乌勒本"这一类文本为主;"说部"598 篇,说部多指古典文学说部,并不仅指满族说部;"满族说部"150 篇,"传统说部"9 篇,"民间说部"仅 1 篇。从数据来看,学者们更认同"满族说部",因官方使用、现在出版的文献多用满族说部,这一概念使用频率更高一些。我们列表来说明相关概念的接受情况(见表一)。

表一 满族说部概念接受情况①

概念	提出者	使用者	引用率
乌勒本	富育光	富育光、王卓、刘红彬、汪淑双	4
德布达林	赵志忠、季永海	富育光、高荷红、王卓、邵丽坤	4
满朱衣德布达林	富育光	富育光	1
说部		周惠泉、高菲(记者)、谷颖	3
民间说部	富育光	富育光	1
满族说部(国家名录)	富育光	谷颖、吕萍	101
满族传统说部	富育光	富育光、刘魁立、郭淑云、谷颖、荆文礼	9
满族传统说部艺术	富育光	富育光	1
满族传统说唱艺术说部	高荷红	高荷红	1

从上表看,富育光先后提出了六个概念,使用频率较高的是其中三

---

① 这一数据截止到 2018 年 6 月。

个。其他概念的提出者为季永海、赵志忠、高荷红，但使用频率并不高。随着满族说部知名度的不断提升，近十年来，"满族说部"成为大家普遍认同的概念并深入人心。

（七） 满族说部是传统的吗？

关于满族说部，富育光用力最多，也得到大多数学者的认同。他曾指出满族说部在全国范围内的分布情况，其中东北三省、河北、北京为主要分布地。

在北京长大且熟悉满族文化的舒乙坦陈："我不喜欢'说部'这个词，令人费解，耳生。叫'满族口传史'更通俗更准确，又区别于'口述史'。"[①] 笔者推测或许北京满族较少使用"满族说部"一词，富育光曾在北京搜集的《两世罕王传》在北京流传时或许并未冠以满族说部之名。

富育光则多次提及满族说部并不陌生：

> 满族"乌勒本"，即满族说部，说来并不陌生。早先年，清光绪朝官场上多习用"满洲书"的称呼，多系笼统指旗人用满语讲唱之书目而言。其实追溯起来，清初就很盛行，可分两类，一类是远从明嘉靖、万历年（1573—1620）以来（1599 年才发明满文），用满文大量翻译的各种手抄汉文学读本，在关外满洲大大小小拖克索到处可见。记得爱辉地区土改时还见过线订的这两手抄本；另一类就是用满文或满汉文合璧、也有大量汉文抄写的属于"族史""家传"类满洲书书稿，系满洲人家家藏神品，备受尊敬。我们现在致力挖掘征集的，就是指后一类在满族内传承的说部。[②]

富育光还曾提及在北京城和东北满族一些望族人家，逢年过节或祠堂

---

① 舒乙：《说部是绝唱，是最后一息》，周维杰主编，荆文礼副主编《抢救满族说部纪实》，吉林人民出版社 2009 年版，第 327 页。

② 富育光：《栉风沐雨二十年》，周维杰主编，荆文礼副主编《抢救满族说部纪实》，吉林人民出版社 2009 年版，第 127 页。

祭礼后，常有不可少的讲述"满洲书"的节目，满语叫"满朱衣毕特
曷"①。这里又出现另一个概念："满洲书"，因较少使用，此处不作为重
点概念加以论述。

舒乙与富育光年纪相仿，一位打小生活在北京，一位自幼生活在吉
林、黑龙江；一位觉得说部耳生，一位主动为"乌勒本"赋予多个同类
词，述及"乌勒本"的历史与说部息息相关。富育光曾在《栉风沐雨二十
年》中再述"乌勒本"存在于满族古老习俗和满语保留得比较淳厚的黑龙
江省爱辉、孙吴、逊克一带村落里，并被较少的满族老人袭用至今。现在
自然是"满洲书""家传""英雄传""满族说部"等名称更为常见。②

我们希望不尽听、尽信一家之言，可找到更多的论述或者依据，来佐
证满族说部或"乌勒本"在满族民众中的流传状况，遗憾的是目前无法
实现。

二　满族说部文本的类属

满族说部的分类，若按时代划分，20 世纪 80 年代学者提出的满族说
部有广义和狭义之分；21 世纪前后，学者提出三分法、四分法、二分法。

（一）广义和狭义的满族说部

广义的满族说部可分成以下三部分：第一，以满语形式在满族民众中
讲述过的《三国演义》《封神演义》《西游记》等长篇白话小说，应在达
海创制满文之后就开始有意识地翻译了。第二，《英和太子走国》《花木
兰扫北》等满族及北方少数民族的"德布达林"。第三，由满族氏族世代
传承的氏族神话、家族史、萨满故事等"乌勒本"。目前已出版的满族说
部文本多为第二、第三部分，学者们接受"德布达林""乌勒本"的狭义
概念，笔者也持狭义满族说部的观点。

（二）分类法之别

1999 年，富育光按照叙事内容的类型提出三分法，即"窝车库乌勒

---

① 富育光：《栉风沐雨二十年》，周维杰主编，荆文礼副主编《抢救满族说部纪实》，吉林
人民出版社 2009 年版，第 127 页。

② 同上。

本""包衣乌勒本""巴图鲁乌勒本"。"窝车库乌勒本"指神龛上的本子，按文类来说一般是神话传说，或为史诗；"包衣乌勒本"是家族的"家传"或"家史"；"巴图鲁乌勒本"是英雄传记。

2005 年，富育光在《栉风沐雨二十年》一文中提出四分法，在前三类基础上加入"给孙乌春乌勒本"。"给孙乌春乌勒本"，满语为 gisun uchun ulabun，指说唱传记。笔者认为其分类逻辑不一致，三分法以叙事内容进行分类，四分法中加入的一类则以讲述方式进行分类。

2014 年，基于三分法和四分法，王卓提出二分法，将满族说部分为说唱形式和非说唱形式两类。她认为三分法和四分法的分类逻辑不对，笔者深以为然。但简单划分为二类，标准又过于模糊，不足以体现出满族说部区别于其他文类的特性。二分法将满族说部分为说唱形式和非说唱形式两类，"窝车库乌勒本""给孙乌春乌勒本"应为说唱一类，"包衣乌勒本""巴图鲁乌勒本"为非说唱一类。表二所列归属于"给孙乌春乌勒本"这一类别的文本，未出版的是多数，我们无从判断是否为说唱。仅以出版的文本为例，其中《红罗女三打契丹》《比剑联姻》《绿罗秀演义》《白花公主传》明显为散体而非韵体，仅《莉坤珠逃婚记》《苏木妈妈》以诗行形式来讲述故事。"窝车库乌勒本"的六个文本除《尼山萨满》外，皆为韵体，但 20 世纪初广为流传的《尼山萨满》应为韵体的，有德国学者马丁·吉姆评价其为"东方的《奥德赛》"为证。目前在东北各少数民族中流传的《尼山萨满》则以讲述为主。从韵体转为散体讲述，其原因主要有以下两点：讲述者已不懂满语；讲述者年龄越大越难以唱好。笔者觉得，以讲唱与否来分类，意义并不大。

表二　　　　　　　　　三分法、四分法之下的文本①

窝车库乌勒本	包衣乌勒本	巴图鲁乌勒本	给孙乌春乌勒本
天宫大战	忠烈罕王传	金世宗走国	绿罗秀演义
乌布西奔妈妈	东海窝集传	元妃佟春秀传奇	苏木妈妈

① 富育光将满族说部从三分法改为四分法之后，有的文本所属类别发生了变化。本表中的文本名与最后出版的文本名会有不一致处，此处尊重原文。

窝车库乌勒本	包衣乌勒本	巴图鲁乌勒本	给孙乌春乌勒本
尼山萨满①	东海沉冤录	木兰围场传奇	图们玛发（2005 年）
西林大萨满/安班玛发②	顺康秘录	飞啸三巧传奇	莉坤珠逃婚记（2005 年）
恩切布库（2005 年）	成都满蒙八旗史传	两世罕王传	关玛发传奇（2005 年）
奥克敦妈妈③	萨布素外传	金太祖传	巴拉铁头传（2005 年）
	乌拉秘史	金兀术传	白花公主传（2005 年）
	爱新觉罗的故事	黑水英雄传/黑水英豪传	依尔哈木克（2005 年）
	恰卡拉人的故事	双钩记（《窦氏家传》）	得布得力（2005 年）
	寿山将军家传	松水凤楼传	
	秋亭大人归葬记（2005 年）	碧血龙江传	
	女真谱评（2005 年）	平民三皇姑	
	扈伦传奇（2005 年）	萨哈连老船王	
	三姓志传（2005 年）	阿骨打传奇（2005 年）	
	海宁南迁记（2005 年）	雪妃娘娘和包鲁嘎汗（2005 年）	
		鳌拜巴图鲁（2005 年）	
类属不清晰的文本			
		姻缘传	姻缘传（2005 年）
		红罗女三打契丹	红罗女三打契丹（2005 年）
		比剑联姻	比剑联姻（2005 年）
	萨布素将军传	萨布素将军传（2005 年）	
	萨大人传	萨大人传（2005 年）	
	忠烈罕王传	忠烈罕王遗事（2005 年）	
4 部，新增 2 部	14 部，新增 5 部	15 部，新增 6 部	2 部，新增 9 部

　　表二是富育光先后发表的论文中提到的满族说部文本的分类情况，其

---

① 或译作《音姜萨满》。

② 正式出版时名为《西林安班玛发》。

③ 《奥克敦妈妈》2017 年由吉林人民出版社出版，富育光一直未明确该文本的归属类别。在该说部的《传承概述》中，富育光曾提到，《奥克敦妈妈》是"给孙乌春乌勒本"。笔者为此专门请教过富育光，他又认为《奥克敦妈妈》应属于"窝车库乌勒本"，笔者也认同这一归属，因此，本表直接将其归为"窝车库乌勒本"。

中最稳定的是"窝车库乌勒本"，仅增加 2 部文本，变数最多的就是"给孙乌春乌勒本"，新增 9 部，其中 3 部本归属"巴图鲁乌勒本"。最初，《姻缘传》《红罗女三打契丹》《比剑联姻》被归为"巴图鲁乌勒本"，2005 年被归入"给孙乌春乌勒本"；《萨布素将军传》《萨大人传》《忠烈罕王传》原为"包衣乌勒本"，2005 年又被归为"巴图鲁乌勒本"。与英雄红罗女有关的两部说部毫无疑义应该归为"巴图鲁乌勒本"，出版的文本并无说唱部分，因此四分法的文本归属值得质疑，而《姻缘传》尚未出版，我们不太清楚。《萨布素将军传》《萨大人传》在其"传承情况"中介绍讲述者傅英仁、富育光都坦陈萨布素为其家族祖先，其文本应归为"包衣乌勒本"。由此看来，四分法的确存在欠妥之处，不似三分法分类标准一致。

2005 年 8 月，吉林省文化厅也依据四分法将满族说部文本进行了分类（见表三）。

表三　　　　　　　　　　吉林省文化厅提出的文本分类

窝车库乌勒本	包衣乌勒本	巴图鲁乌勒本	给孙乌春乌勒本
天宫大战	女真谱评	两世罕王传	白花公主传
乌布西奔妈妈	东海窝集传	飞啸三巧传奇	苏木妈妈
音姜萨满	顺康秘录	雪妃娘娘和包鲁嘎汗	姻缘传
	扈伦传奇	关玛法传奇	比剑联姻
		忠烈罕王遗事	红罗女
		老将军八十一件事	
		萨大人传	
3 部	4 部	8 部	5 部

表三仅提到 20 部文本，而满族说部已出版 54 部，有大量说部文本并未纳入该分类表。结合表二，我们发现表三依据富育光 2005 年的分类标准对满族说部予以分类。

2007 年，在《满族口头遗产传统说部丛书·总序》中，谷长春的分类与富育光、吉林省文化厅略有不同（见表四）。

表四　　　　　　　　　《满族说部丛书总序》的文本分类

窝车库乌勒本	包衣乌勒本	巴图鲁乌勒本	给孙乌春乌勒本
天宫大战	东海沉冤录	两世罕王传	比剑联姻
乌布西奔妈妈	女真谱评	金兀术传	红罗女
音姜萨满	东海窝集传	乌拉国佚史	姻缘传
西林大萨满	顺康秘录	飞啸三巧传奇	白花公主传
	扈伦传奇	雪妃娘娘和包鲁嘎汗	依尔哈木克
	萨布素将军传	佟春秀传奇	
	萨大人传		
	忠烈罕王遗事		
4 部	8 部	6 部	5 部

表四中《萨布素将军传》《萨大人传》《忠烈罕王遗事》被归入"包衣乌勒本",与富育光 1999 年提出的相同。还有其他学者的不同分类标准,但主要都是以这三个表为基准,此处就不再提及了。

(四) 其他文本

表二至表四中,并未纳入已出版的《八旗子弟传闻录》《伊通州传奇》《瑞白传》《满族神话》《女真神话故事》,也未列入仅存名而无具体文本的满族说部。富育光提过仅留存名目的说部有《秋亭大人归葬记》(《金镛遗闻》)、《北海寻亲记》(《鄂霍茨克海祭》)①,即属于无具体文本的。

有些满族说部文本,富育光曾撰文介绍过其传承情况:吉林乌拉街满族镇旧街村满族老人赵文金因病去世后,吉林乌拉街打牲衙门传承二百余载的满族说部《鳇鱼贡传奇》② 未能抢救下来;永吉县小学校长胡达千多年来收集了《韩登举小传》《傅殿臣外传》《关东贡虎记》等长篇满族说部和汉族话本,只可惜仅留下《傅殿臣外传》;黑龙江省爱辉中学教师徐昶兴先生家传的《秋亭大人归葬记》因其患重病早逝未能传下来。其他诸如《清图们江出海纪实》、《北海地舆记》(《鄂霍茨克海祭》)、《女

---

① 参见富育光《满族传统说部艺术——"乌勒本"研考》,《民族文学研究》1999 年第 3 期。

② 亦可参见另一版本,富育光讲述,曹保明整理《鳇鱼贡》,吉林人民出版社 2018 年版。

真谱评》等重要说部,只留下了部分内容或仅存书名,内容却无从稽考。① 富育光提到的这些满族说部,《鳇鱼贡》《女真谱评》已出版,其他未知。

2005 年被富育光纳入满族说部分类的文本中,目前有 7 部未出版且不知具体情形,这 7 部文本为《秋亭大人归葬记》、《三姓志传》、《海宁南迁记》、《关玛发传奇》、《巴拉铁头传》、《依尔哈木克》、《得布得力》(即《德不得利》)。

从这几类文本来看,"窝车库乌勒本"主要为史诗或者神话,讲述萨满祖师们的非凡神迹,讲述者最初一定是氏族萨满,而且是在氏族内部传承的。"巴图鲁乌勒本"分为真人真事的讲述和历史传说人物讲述两类。"包衣乌勒本"是在氏族内流传的本氏族英雄人物的传说故事。"给孙乌春乌勒本"重点强调文本为韵体的,但《比剑联姻》《红罗女三打契丹》《绿罗秀演义》并非为韵体,反而是散体的故事,若称其为说唱的确很是勉强。《奥克敦妈妈》的分类也很模糊,富育光将其纳入到"给孙乌春乌勒本",又将其与《恩切布库》《西林安班玛发》并列为《天宫大战》的所属神话,若按此理,《奥克敦妈妈》应为"窝车库乌勒本",因此上表我们依据这一标准。

与绝大多数学者不同的是,戴宏森曾依据满族说部题材将其概括为讲史题材、侠义题材(如《飞啸三巧传奇》)、世情题材(如说满汉青年争取满汉通婚抗争故事的《姻缘传》)、神怪题材(如《天宫大战》,《女真谱评》中的九仙女),可惜他并没有深入论述。

三 被质疑的满族说部

在已出版的三批满族说部中,第一批文本颇受好评,吉林省满族说部集成委员会极为重视该批文本。出版前,集成编委会请专家评审相关说部,在 2005 年 7 月召开的"满族传统说部阶段性成果鉴定暨研讨会"上,专家们对先期成果《萨大人传》《飞啸三巧传奇》《比剑联姻》《恩伦传奇》《雪妃娘娘和包鲁嘎汗》《东海窝集传》《金世宗走国》等作品

---

① 参见富育光《再论满族传统说部艺术"乌勒本"》,《东北史地》2005 年第 1 期。

逐篇进行了审查和讨论。

　　第二批、第三批某些文本则受到了多方质疑，问题主要集中在：某些文本是否属于满族说部？在文本整理过程中，整理者是否严格遵照了搜集整理的原则？文本内容必须为满族的故事吗？讲述者或传承人必须为满族吗？

　　首先，我们须厘清满族说部的标准，其文本需具备何种要素，富育光多次论述过满族说部的特点。1999 年，他提出长篇说部艺术的特点有三，即"具有独立情节、自成完整结构体系、内容浑宏"。2005 年，他又进一步阐述其特点：

　　　　1. 说部是对本部族一定时期所发生过的重大历史事件的记录和评说，具有极严格的历史史实约束性，不允许掩饰，均有详实的阐述。

　　　　2. 说部由一个主要故事主线为轴，辅以数个或数十个枝节故事为纬线，环环紧扣成错综交揉的洋洋巨篇。每一部说部，可以说是一个波澜壮阔的世界。满族说部艺术，其内容包罗古代氏族部落聚散、征战、兴亡发轫、英雄颂歌、蛮荒古祭、祖先人物史传等等。[①]

　　总之，满族说部应与重大历史事件有关，有故事主线，有宏大叙事特征，历史悠久，内容丰富，等等。我们可以据此来分析被质疑的说部的情况：

　　《爱新觉罗的故事》类属于"包衣乌勒本"，讲述了 87 则清朝皇室爱新觉罗家族的故事，从努尔哈赤开始，一个故事接着一个故事，故事之间有主线、有轴心。

　　《八旗子弟传闻录》搜罗了散落在各地的民间故事，之间没有必然的联系，不是围绕一个人或围绕一个地域，虽有"独立情节"，但并未"自成完整结构体系"。从文本内在的逻辑来看，《八旗子弟传闻录》不应被

---

　　① 富育光：《栉风沐雨二十年》，周维杰主编，荆文礼副主编《抢救满族说部纪实》，吉林人民出版社 2009 年版，第 129 页。

纳入满族说部文本。

与《八旗子弟传闻录》一样，《伊通州传奇》虽讲述流传在伊通满族自治县的故事，但没有"自成完整结构体系"，按此逻辑，该文本也应被排除于满族说部之外。

由荆文礼根据傅英仁残本、口述记录重新整理的《满族神话》，多数文本曾在《满族萨满神话》（2005 年）中刊布过，比较起来差别不太大。该说部讲述了满族不同氏族的神话，并非专属于某一氏族或某一地域的，笔者认为不应属于满族说部。

马亚川讲述，经由王益章和黄任远整理的《女真神话故事》（2017年）与之前出版的《女真萨满神话》（2005 年）略有不同，文本从萨满神下界开始，围绕萨满神接受天神阿布卡恩都力的嘱托，帮助北方各地居住的男女阴阳和谐、繁衍后代并定居生活。《女真神话故事》以 67 则女真神话串起完整的故事，故事以九仙女、萨满神为核心人物，讲述早期人类的生活状态。① 因此《女真神话故事》应可归入满族说部。

《恰喀拉人的故事》被纳入"包衣乌勒本"中，为 20 世纪 80 年代孟慧英搜集、穆晔骏讲述的故事，共 19 则，以某一个特定的家族秘传为主，应属于满族说部。

其次，满族说部的整理者应该遵照科学的整理原则，尽可能保留讲述者的个人风格。

满族说部集成编委会一直坚持整理者要尊重讲述者的版权，且要求整理者保留讲述者的讲述风格。若整理者在整理过程中修改之处特别多，讲述风格也会由讲述者的变成了整理者的。在已出版的文本中，富育光讲述整理的说部占了一半左右，整理者有荆文礼、于敏、王慧新、曹保明、王卓等，整理出版的文本最大限度地保留了富育光浓厚的个人风格。

再次，我们认为满族说部文本讲述者不一定必须为满族人，但满族说部的内容必须为满族人的故事。

戴宏森认为《比剑联姻》《红罗女三打契丹》是说唱唐时"渤海国"女英雄红罗女的故事，当属中古英雄史诗。辽灭渤海后，大部分粟末鞨鞨

---

① 参见高荷红《女真萨满神话》，《满语研究》2018 年第 2 期。

人被迁到辽阳以南，后逐渐南移，与汉人融合。因此，这两部书不可能为"乌勒本"。《双钩记》说唱河北草莽英雄窦尔登（窦尔敦，《阅微草堂笔记》作窦尔东，原型实有其人）被清廷流放黑龙江与当地满族交往的传奇故事，也不可能是"乌勒本"。①

满族说部主要讲述满族民众及其先人的历史文化，靺鞨英雄故事应归入其中，而讲述汉族故事的《瑞白传》却不能算满族说部。那么，满族说部集成委员会是从何种意义上认同《瑞白传》的呢？其他民族的讲述者，讲述满族的民间叙事传统，是否算是满族说部传承人？

富育光先后收徒多位，2017 年在黑龙江省黑河市四嘉子乡举行了拜师仪式的共四位，其中三位是满族，一位汉族传承人安紫波。安紫波曾拜单田芳为师学习评书艺术，目前在跟富育光学习讲唱《乌布西奔妈妈》，并整理《群芳谱》。他得到了富育光的认同，但有学者因其汉族人的身份质疑他是否可以传承满族说部。

笔者认为满族说部在讲述传播过程中，有其他民族的参与、聆听及传播，而其他民族的叙事传统也以满族说部的形式在满族民众中传承，这也是民族间文化的融合。那么，满族人讲述的汉族故事可以成为满族说部，汉族人讲述满族说部也是可以接受的。

四 满族说部概念范畴

2005 年，《关于在京举办"满族说部阶段性成果鉴定暨研讨会"的情况报告》中提到，"满族说部之所以能够世代传承诵颂，因为它具有独立情节，自成完整结构体系，人物描写栩栩如生、有血有肉，故事曲折扣人心弦，语言朴素、生动，具有感人至深的艺术魅力"②。刘魁立认为满族说部是一部北方民族的百科全书，但我们目前掌握的理论无法概括其本质。就表现形式而言，满族说部中有传说、故事，有若干史诗的影子，总

---

① 参见戴宏森《满族说部艺术管窥》，周维杰主编，荆文礼副主编《抢救满族说部纪实》，吉林人民出版社 2009 年版，第 321 页。

② 吉林省文化厅：《关于在京举办"满族说部阶段性成果鉴定暨研讨会"的情况报告》，周维杰主编，荆文礼副主编《抢救满族说部纪实》，吉林人民出版社 2009 年版，第 142 页。

起来看是口传心授的，又是家族的历史，在这里整个民族历史的记忆保存得相当丰满。① 刘锡诚肯定满族说部由民众传承下来，可长可短，以说唱的叙事方式传承部族（部落）的历史，记载民族英雄的功业，因而早期的"说部"并非纯记事性或纯娱乐性的作品，而具有某种神圣性和庄严性，以至于讲述者大多是本氏族中德高望重的成员，在讲述前还要净手、漱口、焚香叩拜。在发展的晚期，"说部"逐渐改变了早期以传承部落历史、记述英雄功业为唯一旨归的职能，而世俗化、文学化了。②

综上所述，我们认为判断满族说部的最低标准应有如下七条：

（一）从文本的长度来看，满族说部可长可短，绝大多数是长篇的，从十几万字到五、六十万字不等，隶属于"窝车库乌勒本"的六部文本相较其他类别的文本来说篇幅较短。最短的是在多个民族中传承的《尼山萨满》，仅几千字。韵体的五篇"窝车库乌勒本"中，《奥克敦妈妈》最短，有三千多行，《乌布西奔妈妈》最长，达六七千行。

（二）从文本类型而言，满族说部文本有多种形式，包括口述记录本、录音整理本、手抄本、异文综合本等，满族说部文本应以口头传承为主，或在搜集整理之后以书写的形式传承下来。

（三）满族说部文本与满族祖先或英雄有关，讲述语言不限于满语，汉语或者满汉兼有都可以。出版的"窝车库乌勒本"中大量保留了满语内容，尤其是《天宫大战》《乌布西奔妈妈》都有不同形式的记录本，《天宫大战》为汉字记录满音的典范文本，九腓凌中仅保留到第七腓凌的一部分；《乌布西奔妈妈》有汉字记录满音本，有满语记录本，其他文本中关于神灵的都较为完好地保留了满语。不过大部头的"巴图鲁乌勒本""包衣乌勒本"多为汉语文本。直至今日，富育光的徒弟宋熙东还曾尝试用满语讲述《萨大人传》，北京社会科学院的戴光宇博士可以用满语讲述《乌布西奔妈妈》片段，而黑龙江省四季屯的何世环老人可以用满语流利

---

① 参见刘魁立《满族说部是北方民族的百科全书》，周维杰主编，荆文礼副主编《抢救满族说部纪实》，吉林人民出版社 2009 年版，第 312 页。

② 参见刘锡诚《满族先民社会生活的历史画卷》，周维杰主编，荆文礼副主编《抢救满族说部纪实》，吉林人民出版社 2009 年版，第 316 页。

讲述《尼山萨满》（老人强调应为《阴间萨满》或《音姜萨满》）。

（四）满族说部文本内容应以讲述某一家族或某一地域的系列故事为主，且这一类故事在该地广为流传，如关于萨布素将军的满族说部就有三种之多，分别为富育光讲述的《萨大人传》、傅英仁讲述的《萨布素将军传》及关墨卿讲述的《萨布素外传》。红罗女作为渤海国时期的女英雄，在宁安地区就有《比剑联姻》《红罗女三打契丹》两种文本。而富育光、傅英仁、关墨卿、马亚川、赵东升等人各自传承了其家族内及家族外的满族说部文本，满族说部传承圈就是依托传承人的世代传承才逐渐形成。

（五）满族说部的讲述颇具神圣性，绝大多数文本在重大场合讲述，与世俗化的"朱伦""朱奔"略有不同。因此，在世俗化场合、以娱乐为目的讲述的《三国演义》《封神演义》不应归为满族说部。

（六）在流传过程中，满族说部受到汉族人、汉军旗、达斡尔族等民族的青睐，听讲说部、传承说部成为他们业余生活的主要娱乐方式，在东北少数民族中广为流传的《尼山萨满》有着无以计数的异文。因此，满族说部的讲述者、传承者超越了家庭血缘的传承，不限于家庭内部的传承，传承者族属不限于满族。

（七）满族说部最重要的要素为每一部都应有一位或几位核心主人公。如《萨哈连老船王》《萨布素将军传》《萨大人传》《两世罕王传·努尔哈赤罕王传》《两世罕王传·王皋罕王传》《西林安班玛发》《乌布西奔妈妈》《恩切布库》《奥克敦妈妈》《雪妃娘娘和包鲁嘎汗》等，都是以主人公的名字来命名的。有的文本讲述多则故事，若故事间没有关联，也不应被称为满族说部。

若从1981年金启孮在三家子村调查算起，满族说部相关概念的正式提出已有39年的历史，目前因概念与文本之间的关系还未得到学界共识，笔者所做的反思仅为第一步。满族说部与其他民族相关文类特别是满族说部与汉族说书之间关系的比较研究，其文本研究、传承人研究都需学者给予足够的关注。

原载于《民族文学研究》2019 年第 4 期

　　高荷红（笔名何岩），女，汉族，生于 1974 年 3 月，黑龙江省友谊县人，中国社会科学院研究生院博士，自 2003 年 7 月在中国社会科学院民族文学研究所《民族文学研究》编辑部任责任编辑，2013 年调入民族文学理论与当代文学批评研究室工作，担任副主任，研究员。承担课题：国家社科基金青年项目"满族说部传承研究"（2009—2013）、国家社科基金一般项目"满—通古斯语族史诗研究"（2018—2021）。研究方向为满族说部、口头诗学、东北少数民族史诗。代表作：《满族说部传承研究》（专著）、《口述与书写：满族说部传承研究》（专著）、《满族说部"窝车库乌勒本"研究》（专著）。社会兼职：中国民俗学会理事兼副秘书长。

一梦红楼何处醒
——假如启动满学视角读《红楼梦》又将怎样

关纪新

"满纸荒唐言，一把辛酸泪！都云作者痴，谁解其中味？"三百几十年前生活在世上名曰曹雪芹的满洲作者，曾向人间怆然发问。他或许是对后世人读懂他的书信心不足，起码是想不到今日竟有如此多的研究者宣称自己业已"破解"了他的《红楼梦》。

《红楼梦》好读，因为它是用今人依然挂在嘴边的大白话，娓娓道来荣、宁二府中生活的贵族的大事小情。《红楼梦》也难读，它的读者以及作为特定读者的研究家，都还没能拿出一套令世间普遍认可的解析——例如这部书究竟想要向读者传递什么样的思想？——再高妙的"红学家"之阅读感受中，也免不掉漾起些水中望月、镜中赏花般的心理疑惑。

曹雪芹写《红楼梦》，在中国文学史上原本就具有一重特殊性，那本是一位由满族社会走出来的文学家，在书写清代独特历史景况下满洲豪门世家的故事。遗憾的是，一个世纪以来汗牛充栋的"红学"论著几乎百分之百，均忽视此点。人们在阐释《红楼梦》及其作者的活动中，多援例舍弃"满族"抑或"满学"的视角，大约也是难以准确接近目标的核心原因之一。① 满学及满族文学研究方式的缺位，不能不说是"红学"研

---

① 有一类情况属于例外，在某些"红学"著述里，认为曹雪芹写《红楼梦》是为了"排满"。这种思路主要来自于辛亥年间（1911）的革命宣传，正如鲁迅先生所说：一部《红楼梦》"单是命意，就因读者的眼光而有种种：经学家看见《易》，道学家看见淫，才子看见缠绵，革命家看见排满，流言家看见宫闱秘事"。（参见鲁迅《中国小说史略》。）

究迄今之先天不足。

人们对事物的认识不可能永远板滞于旧有层面，特别是这一层面假如参差于事物真谛的话。近些年间，学界已经有些明眼人，较为谨慎或较为大胆地，就此方向提出了真知灼见，即《红楼梦》与满族历史文化事实上存在着不容忽视的内在关联。①

在笔者看来，雪芹先生撰写《红楼梦》，乃是满族书面文学创作在该民族既定艺术道路上的一次长驱推演。尽管此书写作亦充分接受了汉族传统文化的诸多影响，但是，它在艺术创造上一系列特有的新突破、新绽放，却多与满族文学的潜在基因环环相扣、紧密相关。

自从《红楼梦》被举世公认为文学巨制以来，作者曹雪芹的族属，就成了"红学"界内外一桩长久存在争议的讼案。人们经常可以听到或者读到认为曹雪芹是汉族人的意见。

这种认为曹雪芹是汉族人的意见，首先是以曹雪芹与满族"没有血缘联系"为立论依据的。这一点本身就有失误。马克思主义民族理论在分辨民族成分时，不承认血统决定论，而是由地域、语言、经济生活、心

---

① 在我国的民族文学界，许久以来就把曹雪芹视作满族文学家。但是，直面各种质疑去做《红楼梦》与满族文化关系研究的著述却是凤毛麟角。在这些著述当中尤当引起注意的有：a. 张菊玲所著《清代满族作家文学概论》（中央民族学院出版社 1990 年版），设有"产生《红楼梦》的满族文化氛围"专章；b. 红学家周汝昌、满学家金启孮等人的呼吁，参见齐傲《著名红学家周汝昌与著名满学家金启孮聚谈纪要》（《满族研究》1993 年第 3 期）、周汝昌《满学与红学》（《满族研究》1992 年第 1 期）；c. 少数来自东北地区的红学家关于《红楼梦》与满洲原始萨满教信仰及长白山自然风土关联的研究，包括陈景河《大荒山小考》（《吉林日报》1990 年 8 月 9 日）、《绛珠草·人参·林黛玉》（《南都学坛》2004 年第 1 期）、《"大荒山"新考与"灵石"的象征和隐喻》［《河南教育学院学报》（哲学社会科学版）2007 年第 6 期］等论文，以及静轩《红楼梦中的东北风神》（北方妇女儿童出版社 2006 年版）。这三类著述都对《红楼梦》与满族文化的关系有堪称精到的分析和肯定。a、b 两类意见还肯定了作者的满族身份。在 c 类表述中，陈氏囿于"血统论"羁绊把雪芹看作汉人；而静轩虽承认雪芹的满族身份，却在其书"后记"中有如下表达："把本书定名为《红楼梦中的东北风神》，是经过反复思考后才确定下来的。原本欲定名为《红楼梦与满洲文化》，这样一来，满洲文化大概念必将冲击到《红楼梦》作为中国文化之瑰宝的荣誉。因此突出红楼梦中的东北风神，似乎更含蓄、更恰当些。……我之所以将本书定名为《红楼梦与东北风神》，还是想让《红楼梦》保持作为中华经典文化传统的纯情，不让它产生习惯心理上的不悦之感。"这样的说法会引出偏颇结论：中华文化传统的建设是不容少数民族来染指的。

理素质等方面的异同作为综合识别标志。曹氏家族到曹雪芹这一代，已依附满洲社会达六代百年之久。其间曹家生活的各个侧面皆与满族毫无不同。即便是在心理状态方面，直到雪芹父辈也一直是竭尽全力地为满族统治集团效忠。曹氏一家人，很早就已经彻底满化了。至于雪芹一生贫困潦倒，确实跟权贵们离心离德，但也并不会因而就摇身一变成了汉人。民族与阶级毕竟是两回事。满洲的宗室觉罗们不是也有一些政治斗争的落败者和牢骚派吗？曹雪芹所处的社会位置，与他们是极为相像的。

　　将曹雪芹说成是汉族人的又一个欠妥之处，是这种意见的持有者混淆了"满洲包衣旗人"与"汉军旗人"的不同概念。"包衣"在满语里有"家奴""奴仆""家里的"等含义。这类人，多是在清太祖努尔哈赤起兵之初，因主动降顺或战争被俘等情况而归入旗籍（即划分到后来的八旗满洲之内）并世代成为满洲统治者的家奴的。满洲主子不但占有了他们的人身自由，还把他们作为家奴而实施民族同化。曹氏在民族成分变异上面就经过了这样一个过程。曹氏因彻底同化，并对主子效力有功，步步发迹，终于成了满洲上三旗内务府之要员，不但享受了"钟鸣鼎食"的荣华富贵，还被堂而皇之地收入了《八旗满洲氏族通谱》。当时，满洲内部习惯地称呼他们为"汉姓人"而不是"汉人"。至于"八旗汉军"的出现，与这类有汉人血统的"满洲包衣旗人"并不是一回事，那是在清军入主中原之前，为了军事及政治需要而实行的一项新措施，比"满洲包衣旗人"的出现要晚许多年。

　　还需说明的是，满族从一开始就是一个非单一血缘的民族共同体。其诞生之初，是以女真族为主体，兼收了包括蒙古、朝鲜等北方少数民族和少量汉族成分而组成的。这是满族史的基本常识。人们知道，清初著名满族词人纳兰性德，究其血统，也非女真直系，而是蒙古后裔，而今天的蒙古族却很少有人提出纳兰氏该回归蒙古。事实上，即便是清代的"汉军旗人"，在许多情况下也早已"旗化""满化"了，他们在清代的社会舞台上，已然和满洲旗人、蒙古旗人一起，形成了一个被称作是"旗族"的共同体。这些汉军旗人的后代，日后坚持申报满族族籍的也很多。

　　曹雪芹，虽一生历尽坎坷，有着复杂的经历，却始终没有离开过满族的生活圈子。只要了解一下有关曹雪芹的研究资料，再来看看与他同时代的一些满族文学家的作品，就会发现，这位伟大作家和他的不朽作品的问世绝非偶然，他们彼此有着极为近似的家世、遭遇、情绪、志趣、习尚、心理，甚至在他们各自的笔下，还出现过类似的形象和内容。这些人的思想和艺术，为雪芹的创作提供了广阔的社会基础和文化基础。而我们似乎从未发现，雪芹生平还与哪些"民人"（即"旗人"而外的人）有过较多较深的接触。

综上，我们以为，把曹雪芹认定是满族人，没有大错。而把《红楼梦》说成是满族对祖国文化和人类文化的奉献，也是有道理的。在中外文学史上，一民族的作者用他民族的文字创作作品的情况多得很，并不妨碍他的作品属于自己民族的文学范畴。不过，《红楼梦》博大精深，毕竟有中华文化多方面的背景价值，把它视为包括满族在内的中华民族共有的伟大文明的结晶，也许更容易使人接受一些。

其实，只要我们在头脑里真正树立起"中华民族的灿烂文化是由各个民族共同创造"的正确观念，是不难通过历史事实来理解上述结论的。

抑或应当在这里加以强调的是，满洲民族由其问世，即已经打下了与周边民族交会融通的清晰印记。女真民族也正是因为肯于在自己的队伍当中包容其他不同的民族成分并且与他们共同去开创新的历史过程，才脱胎换骨，不再是女真而成为满洲。这一点，恰好是我们不该轻易忘掉或者抹杀的。就像这个民族曾经积极地收纳其他民族的血脉成分一样，满洲民族入关前后的文化与文学，也早已不再是原初单质文化以及单质文学的纯态推进。兄弟民族文化以及文学成分的介入，已然成了潜置于满族（汉语）文学内里的一种重要基因。满族书面文学的流变，时不时地总要反映出此一特点。这一特点，也有助于该民族的文学来成就自我。

研究《红楼梦》的绝大多数著述，说到作品题材，总是好笼统地说它是在写封建末世的贵族社会，却不肯将这一观察的镜头焦距调节得更准确些。其实，《红楼梦》是作者雪芹对于他所生活的时代最为熟悉的典型满洲豪门生存现象的鲜活艺术摹写。所谓贾府，是作者以"假托"方式，对当时包括自家在内的多个满洲世家遭逢过程集中的概括。

清代奉行"首崇满洲"的政策，满洲的皇族以及外姓功臣中的望族，多挟有"从龙入关"的战功与荣耀，袭有各式各样的爵位。清季京师城内到处辟有王爷、贝勒以及公爵、侯爵们的府邸，到了乾隆年间雪芹写书之际，这些府邸维持"花团锦簇""赫赫炎炎"者，多已超过百年。

在显贵门阀中，后人不很容易想象的是，还有一批始终被称作"包衣"（完整叫法应为"包衣阿哈"，即"家奴"）的、并不袭爵的高等人物，他们不是一般家奴，不是身处下层以供驱遣劳作的粗使奴隶，而是向皇帝直接负责和效忠的"超级家奴"。这批"超级家奴"向上数若干辈，多不是来源于正宗女真血脉，而是以异族战俘身份得到收容，因长久效忠于女真（满洲）主子，不单早早拥有正式的满洲籍贯，且在受到皇帝信赖重用上也丝毫不让他人，有时他们会比王侯们更多受命主掌国家之经济实权。这些被称为"内务府包衣世仆"的家族，同样属于豪门上层，把他们视作贵族阶层的特别部分也不很过分。这些人从行为到心理上都已经彻底满化，并进而成了朝廷当中一支不可忽视的中坚力量，是个不争的事实。曹雪芹一家便属于此类人物，从他的五世祖曹世选（曹锡远）于天命年间"来归"女真（满洲）起，历经四世祖曹振彦（清入关后曾任浙江盐法参议使）、三世祖曹玺（曾任江南织造，其妻孙氏乃康熙帝玄烨的乳母）、祖父曹寅（做过少年玄烨的伴读，曾任江南织造）、父辈曹頫与曹颙（此二人均任过江南织造），久已成为皇家极可信赖的"包衣世仆"。其中三代四人出任过令一切"包衣世仆"以及宗室豪门为之垂涎的"肥缺"——江南织造，更显示了得到皇上恩宠的程度非同一般。这个家族很早就被收入《八旗满洲氏族通谱》，享有满洲人的身份与资格。

雪芹时代的满洲权贵可以说是由三种家族一并构成：宗室袭爵者之家、非皇族袭爵者之家、内务府包衣世仆中的顶级光鲜家族。满洲权贵是当时具备规模的社会阶层，其出现来自朝廷对"功臣"之"恩养荫蔽"。该阶层尊优无限，却又不够稳定，他们的荣辱衰兴都掌握在最高皇权把持者手中。由于政治争斗与权益再分配等原因，从顺治朝定鼎京师到乾隆朝雪芹写书，百多年间，已难以计数有多少贵宦家庭遭受了皇权战车的碾压。

《红楼梦》第十六回，宫内太监来贾府宣旨命贾政"立刻"入朝陛见。"贾政等也猜不出是何来头，只得即忙更衣入朝。贾母等合家人心俱惶惶不定，不住的使人飞马来往探信。"所幸这次是喜不是祸，元春"封为凤藻宫尚书，加封贤德妃"，虚惊一场，转忧为乐。此情节写在作品开头，已预先披露了满洲豪门随时存着"伴君如伴虎"、岌岌然如履薄冰的心态。

满洲人入关前处在农奴制社会，上峰对属下操有生杀予夺权力实属正常。入关后，权力高度集中，从王爷、贝勒到将领兵丁，凡满人名义上皆属于皇上他家的"奴才"，晋见"圣颜"必得自称"奴才"。① 这又不断地提示和强化着满洲人对皇权铁定的人身依附关系。②

有论者认为，《红楼梦》是反对和抨击皇权以及满洲民族的，那是种误解，充其量不过是从今人愿望出发赋予该书的"附加值"。"无才可去补苍天，枉入红尘若许年。"作者说得清楚，连想要"补天"还遗憾没有做得到呢，何谈造反。一部《红楼梦》，用极其哀婉的笔调，状尽了清代满洲贵族之家盛极而衰的事态衍变，独独没有写出作者以及作品主人公的反皇权倾向以及反满洲倾向。

也有论者认为，《红楼梦》是清代中国社会文化的"大百科全书"，这也有点儿勉强。作者的书写始终围绕当时满洲贵族生活场景展开，没有触及的社会层面不知有多少！不能因为喜好一部作品，就无偿地赠给它一些不合尺寸的大号冠冕。《红楼梦》不过是清代社会贵族文化的"小百科"。别以为说是"小百科"就贬低了它。它对题材范围之内的事态物象，有着异乎寻常的详描细绘、精勾尽勒，显示了不同凡响的现实主义笔工，任谁也不曾接近于它。

作为满洲贵族典型的荣、宁两府，从庆典仪轨、岁时应季、婚丧度制、馔食品色、服饰发型、行止则例，到人伦秩序、嫡庶纠葛、亲友酬对、主仆挈约，再到用度收支、家计操控、明暗运作、福祸酿变……作者无不了然于胸，书中无不信笔挥洒，桩桩件件无不写得从容自然、确当翔实，鲜活完整地摹现出了彼时满洲贵族生活的大千样况。

迄今由这部小说改编的戏曲、影视作品，人物着装和发型均是一水儿的中原样式，显见有违书里描写。作者笔下的宝玉，本是"靛青的头，

---

① 凡"民人"（即"旗人"以外的所有人），则不必也不许可自称"奴才"。这已经成了清代辨识一个人身份的标志之一，"民人"当时被认为是无权享受自称皇家"奴才"的"荣誉"的。

② 一旦遇有战事，满洲将士奉命开赴战场冲锋陷阵以至于为国（君）捐躯，便是必然的事情。

雪白的脸"，"在家并不戴冠，只将四围短发编成小辫，往顶心发上归了总，编一根大辫，红绦结住"，乃满洲贵族少年男性剃发垂辫样式。书中还多次写到宝玉着装，是"二色金百蝶穿花大红箭袖""秋香色立蟒白狐腋箭袖""大红金蟒狐腋箭袖""荔枝色哆呢的箭袖"。"箭袖"是"箭袖袍子"的简称，是有别于汉家男子宽衣大袖衣着的满式服装，满人先民在高寒地区从事渔猎生产，选择了这种有利劳作的狭窄衣袖，又在窄袖上接出半圆的"马蹄形"袖头，可收可放，便于手部的冬日防寒跟常日裸露。至于写宝玉"穿一件茄色哆罗呢狐狸皮袄，罩一件海龙小鹰膀褂子"，这"鹰膀褂子"更是乾隆年间满洲阿哥们骑马显示威武的时髦装束。书里描绘的贾府贵妇们的衣着，也清晰显示了满洲服饰特征。

　　《红楼梦》处处落笔描绘满洲贵族家庭，还有一项颇可举证，贾府上下凡女子绝大多数皆是天足。历史上的少数民族多没受到过封建时代"三纲五常"的祸及，女子没有被迫裹过小脚，是在文化上保持了尊重生命的优长。满人入关后跟汉人交往密切，别的学去不少，却惟独在女孩子缠足上面不予相随，所以中原民族有许久对满族女人们那双大脚颇看不惯。《红楼梦》写了许多美貌女性，却极少写到她们的脚；"嗜莲"读者挖苦说，《红楼梦》只写了些"半截美人"。有论者以为，雪芹不写女足大小是有意掩盖他的汉人心理，掩盖对于满洲人的不满。多数读者却得不到这种感觉。把它看作是不肯轻易苟同病态的"嗜莲"趣味，也许更符合雪芹的文化眼光。其实，庚辰本《红楼梦》也有一处描写："这尤三姐松松挽着头发，大红袄子半掩半开，露着葱绿抹胸，一痕雪脯。底下绿裤红鞋，一对金莲或翘或并，没半刻斯文。"这是书里唯一写缠足女子的文字，似可理解为暗示尤家与贾家的不同族籍①，也说明了作者没有一味躲闪对女性的足部描写。

　　因旧日农奴制度的残余而留存于满洲贵族府邸的"家奴"现象，书中多有涉及。入关前，女真各部及女真（满洲）与明朝之间战争很多，

---

　　① 清代虽有旗民不得通婚的制度，人们还是偶能看到相反的例子。我们在读《红楼梦》时，抑或会有一种感触，尤氏一家的女性总有些跟满人贵族不大相像，譬如尤氏与尤二姐的凡庸无能以及尤三姐虽不凡庸却嫌泼辣失度的做派。

战俘除编入战胜者军队，更被收为"家奴"。当然其他途径转变的家奴也有。满洲家奴，跟今人依凭别的时代、别的民族场景想象的，一向受到欺凌奴役、没有生命保障的奴隶（例如古罗马之斯巴达克）并不一样。他们的家奴（即"包衣阿哈"）在主子家里服务久了，彼此关系会近上一层，虽尚存高低身份之别，却能渐渐生出家里人的情分。特别是先前有功于主子的家奴，还被主人高看一等，受些宽容礼遇。《红楼梦》里的焦大便是一位在宁国府中倚老卖老的家奴下人，他"从小儿跟着太爷们出过三四回兵，从死人堆里把太爷背了出来，得了命，自己挨着饿，却偷了东西来给主子吃。两日没得水，得了半碗水给主子喝，他自己喝马溺。不过仗着这些功劳情分，有祖宗时都另眼相待……他自己又老了，又不顾体面，一味吃酒，吃醉了，无人不骂"①。

　　贵族府邸的家奴与主子生活于一处，成婚后亦如是，后代还是家奴，又因出生府内，乃称"家生子儿"。凡"家生子儿"后代还是"家生子儿"，可延续好多代，便是"世仆"。具有世仆资格的家奴，不仅身份要高过非家奴的仆人，自己乃至亲戚还能在府内担当管理职务获取利益，在外也允许有自己的产业和坟茔地。满语中将"家生子儿"以下的"两辈奴""三辈奴""四辈奴"用不同的语汇加以区别，是为了显示与主子家庭相互倚赖的长久程度，辈分越多，关系越牢靠和亲近。《红楼梦》里写了赖嬷嬷、赖大及赖大家的、赖尚荣这么一户典型的家奴世仆。那赖嬷嬷是贾府家奴中的"老资格"，连贾母也要善待她，对少主子宝玉她也能以贾府家史"见证人"的身份去从容教训。其子赖大夫妇都是荣府大管家，有权有势，是世仆集团当中最令人羡慕的角色。贾府作为回报，帮赖大之子赖尚荣先捐了个"前程"，又让他选上县令。赖家高兴得不行，赖嬷嬷到处下邀请，要在自家花园（虽比不得大观园，却也是泉石林木楼阁亭轩齐全）接连三日摆酒唱戏，请贾府上下都去凑热闹。赖嬷嬷对着凤姐儿一干人，转述她对孙子的教诲："我没好话，我说：'小子，别说你是

————————

① 宁府上下都姑息焦大，很少主动招惹他，他一气之下连主子家"爬灰的爬灰，养小叔子的养小叔子"的家丑都能嚷出去。对他，唯有偶过宁府来的王熙凤敢惩治他，作者写此事也为了体现"凤辣子"不把族中规矩当规矩，"从来不信什么是阴司地狱报应"的霸道性情。

官了，横行霸道的！你今年活了三十岁，虽然是人家的奴才，一落娘胎胞儿，主子的恩典，放你出来：上托着主子的洪福，下托着你老子娘，也是公子哥儿似的，读书写字，也是丫头老婆奶子捧凤凰似的，长了这么大，你那里知道那奴才两字是怎么写？……'"这段话语大有嚼头，尤其是"你那里知道那奴才两字是怎么写？"一言藏尽了满洲贵族层层"主奴"关系之幽曲。读者不难按照《红楼梦》中的贾、赖两家关系，放大出作者雪芹家族与清朝皇家间世代主仆的关系来。作为一辈又一辈主仆关系当中的"世仆"，从做奴隶上可谋得巨大的利益，但凡主子未翻脸，仆人是不肯轻易离弃这"做稳了奴隶"的地位的。即便主子翻了脸，家奴世仆们恐也不会"以眼还眼"。

这部书里，像赵姨娘、鸳鸯，以及周瑞家的和她女婿冷子兴、林之孝和他的女儿小红，等等，全是贾府的家奴乃至于世仆，假如人们了解了满族家奴、世仆的内情，发生在这些人身上的故事也就不会叫人感到过于的奇特了。① 此外，满洲贵族人家另一类老奴也是受到额外看待的，那就是阿哥和格格（即少爷和小姐）自幼受其哺乳的奶妈，阿哥与格格年龄再大，地位再高，照样须把她们当作长辈来敬着。书中对宝玉乳母李嬷嬷着墨不多，读者只道这位老者处事讨嫌，为所欲为，哪里就知道这乳母在满人眼里得被当成半个母亲，荣府上下敬重礼让有乳母身份的李嬷嬷，是源

---

① 第五十五回，吴新登的媳妇回李纨和探春：赵姨娘的兄弟死了。李纨道：前日袭人的妈死了，赏银四十两，这也赏四十两罢。探春不同意，叫去查查先前几位老姨奶奶，也有家里的（即家生儿女）也有外头的（非家生女儿），亲属死了是赏多少。取了旧账来，探春看到，两个"家里的"皆赏过二十四两，两个"外头的"皆赏过四十两。探春便说：给二十两银子。"忽见赵姨娘进来……说道：'我这屋里熬油似的熬了这么大年纪，又有你兄弟，这会子连袭人都不如了，我还有什么脸？连你也没脸面，别说是我呀。'探春……拿账翻给赵姨娘瞧，又念给他听，又说道：'这是祖宗手里旧规矩，人人都依着，偏我改了不成？'"这段叙述的前提，便是赵姨娘这家是"家里的"（家奴）身份，早已享受"家里的"待遇，不能再按未享受家奴待遇的"外头的"即一般仆人的则例对待。第四十六回里，写鸳鸯决意抗婚，"鸳鸯道：'……你们不信，只管看着就是了！太太才说了，我找我老子娘去，我看他南京找去！'平儿道：'你的父母都在南京看房子，没上来，终究也寻得着。现在还有你哥哥嫂子在这里。——可惜你是这里的家生女儿……'鸳鸯道：'家生女儿怎么样？"牛不喝水强按头"吗？我不愿意，难道杀我的老子娘不成！'"可见鸳鸯一家包括父母兄嫂都是家奴，她和她的哥哥，还是"家生子儿（女儿）"。这刚强的鸳鸯以弱抗强取得成功，一方面是因为贾母的偏袒庇护，另一方面也是"家生女儿"的身份起了些作用。

于他们的民族习性。

从满洲世家的"家奴"及"家生子儿"现象,来重新梳理贾府发生的故事,来用心体察雪芹写书的初衷,与我们用一般的社会学、阶级论的方式来机械解读,结果怕是不尽一致。

即便是人们常提到的第五十三回,"东省"庄头乌进孝年末来京进奉大宗庄租土特产,也叫人嗅出满洲家奴世仆跟主子之间的气息。"乌进孝"这一名字,已将此人身份划入"家里人"(且是晚辈)一列。从他与贾珍的对话看得出来:其年纪不小,下代人虽能独自办好这趟差事,他却要硬撑着前来,为的是仗着老脸好说话,把进奉偏少的事情"摆平";主子贾珍因跟他有多年或者是多代的老关系,对他又爱又气,没见面就说"这个老砍头的今儿才来"——只有年深日久的主仆间才说得出这样的戏谑语——随后见他进奉的东西少了,也不便发火,说的是"今年你这老货又来打擂台来了",看老奴乌进孝如何答对,乌却胸有成竹地你有来言我有去语,直把贾珍弄得肝火上冲,说出"不和你们要,找谁去"这种硬话,乌进孝还是早有准备,笑道:"那府里如今虽添了事,有去有来,娘娘和万岁爷岂不赏的!"把贾珍说得恼又恼不得乐又乐不得,只好自己解嘲:"所以他们庄家老实人,外明不知里暗的事。黄柏木作磬槌子——外头体面里头苦。"结局是贾珍只能"命人带了乌进孝出去,好生待他"。这段情节,作者并没有将它打造成为火烧火燎阶级叙事的意图,相反,却形象地写出来清代满洲主子与家奴世仆间撕不断打不散、不到万不得已终难一刀两断的胶着情状:主子因多年甚至是多代的主仆缘分,对效忠的世仆老奴总得敬让三分,不仅是出于日后还需他们"办差",也有些双方长久相处生发出的情义在里头。满洲历史上讲"情"重"义",世代维持的人际关系首先凸现于此。当然那时节的情与义都逃不脱封建关系的框架。我们抑或可以推得一点联想,不光是雪芹笔端乌庄头与贾府的关系如是,雪芹自家先前作为满洲内务府包衣豪门,与当朝皇上的关系,又何尝不是这样?轻易地说雪芹与朝廷已经势不两立,实在牵强。

假使可以把《红楼梦》的家奴世仆书写当作是洞悉书里贾府与书外作者家族的一道重要路径,那么,另一事项,即《红楼梦》对待年轻女性的态度,则可帮助我们通过又一路径,来接近雪芹与其著作文化上的倾向和导向。

《红楼梦》问世以来，世间读者皆睁大眼睛品读过这两行文字——"（这宝玉）说起孩子话来也奇：他说：'女儿是水做的骨肉，男子是泥做的骨肉，我见了女儿便清爽，见了男子便觉污臭逼人！'"《红楼梦》不写女性缠足，已经涉及了作者对女性现实生存和精神世界的关切，而通过作品主人公之口道出的这番话，尤其是作者对于女儿性情的纲领性阐释。我国中原人的古来社会具有明朗的男权特征，对女性绝少尊重，瞧瞧长篇小说早期大制作《三国演义》《水浒传》《西游记》《金瓶梅》等，无不对女性肆意辱毁。《红楼梦》一反常态突破千古文化重压，高声唱响歌咏女儿"清爽"圣洁的新调式，说它是"石破天惊"亦不为过。如此尊重女性的言论，也要到与中原文化异趣的少数民族边缘文化中找寻渊薮。雪芹身处的女真—满洲就是这样的民族。在绵延千载的采集渔猎经济生产中，人们有性别分工，女人偏重采集，男人偏重渔猎，渔猎收成有时相当丰厚，但收获的偶然性与风险性也显而易见；采集业收获则是相对有保障的。这就叫满洲先民不能轻视女性。再者，东北地区酷暑又高寒，在自然经济活动中女性世代历练出与男人一样粗放豪爽的性格，纵马驰驱也是家常便饭。这样民族的女性不会在性别的角逐上失掉话语权。该民族历久信仰原始宗教萨满教，源于母系氏族社会的女神崇拜观念充盈于全民族的思维，也使男人压根儿不敢对女性太轻蔑。满洲人入关后，重视女性的习性非但没有消减，反倒出于新的原因再次抬高了女性地位，那就是名义上旗人家的女儿都有遴选入宫做后妃的可能。久而久之，满洲家庭普遍生成"重小姑"（指女儿出嫁前在家里很有地位）、"重姑奶奶"（指女儿出嫁后仍对娘家事务有较多决断权）、"重内亲"（指各个家庭都很看重母系亲戚，却较为看轻父系亲属）的习俗。女子力压须眉的情形，也在此一民族社会屡见不鲜。①

《红楼梦》借宝玉之口道出的男女性别观，是作者雪芹对满洲特殊性别理念能动的归结与提升。书里将贾府众多少女（包括探春、惜春、黛

---

①　这也成为满、汉两种文化当间一道不大不小的分水岭，甚而构成了清初、清末两度由皇太后掌控政局，满、汉两大范畴反响差异巨大的潜因。

玉、宝钗、湘云、香菱、妙玉、晴雯、鸳鸯、平儿、司棋，等等），各个写得姣外慧中禀赋不凡，表现了作者站在民族文化基础之上持有的拔世超凡的女儿观，更为后面写出这群冰雪圣洁的女孩儿随着她们铁定的宿命而齐刷刷地归于毁灭，完成了更高层面的文化宣示。

黛玉、宝钗等高标的诗文造诣，来自各自的家庭教养[①]，也来自正在快速涅槃着的民族文化进程。[②] 同样在贾府里耀人眼目的，还有凤姐儿、探春和宝钗等年轻女性的干练及操持家政的能力。在这里，凤姐儿是少奶奶主宰大家族家政的典型（对于琏二爷与宝玉这些"甩手"男人而言，这位少奶奶何其能干；对掌控荣、宁二府繁杂家政来说，她又是何其年轻），探春是"小姑"当家的典型（即便她是庶出，但有"小姑"身份便可发号施令），宝钗则是"内亲"（她在贾府属于母系一族）当家的典型。你看，贾府最有实干能力的三个年轻女性，就代表了满人家庭三种女性当家的类型——只是作者不肯说破而已。

还有一项雪芹不肯说破甚至讳莫如深、故弄机巧的事，便是黛玉在整部作品中的尴尬位置：她是贾府的父系亲戚（"外亲"），本来就在"重内亲"的家庭关系中间"丢了分"，在旧式的满洲大家族，通常是连奴仆们都晓得谁是"内亲"谁是"外亲"，谁该多受三分宠，谁该少得一点爱的。自黛玉进贾府，处处像只惊弓小鸟，不完全是其性情孤僻敏感造成的。宝哥哥偏偏就爱上了林妹妹，他们的姻缘实实地倒霉，不单因黛玉是"外亲"不遭人待见，还径直走入另一道"鬼打墙"——触犯了满洲传统的习俗大忌。满人对待男女婚配并非一概反对"亲上加亲"，却只允许"两姨亲"而不能容忍"姑舅亲"。他们认为"姑舅亲"会引起"骨血倒流"的灾祸，而"两姨亲，辈辈亲，打断骨头连着筋"却是一桩美满姻缘。《红楼梦》里"木石前盟"恰恰正是"姑舅亲"，"金玉良缘"才是"两姨亲"！黛玉来在贾府，也曾受到外祖母和不少人的怜爱，但也只是怜爱而已，她跟宝玉的情感却肯定没有出路，二人撞进了民族禁忌的死胡

---

① 满洲豪门女孩子受教育的机会要比坚持"女子无才便是德"的汉族同样人家多。

② 至清乾隆时期，满洲人学用汉文创制诗文，已不囿于男性范畴，上层家庭的一些才女也多有能够写得一手好作品者，例如纳兰氏、佟佳氏、莹川，等等。

同。作者从满人观念出发，为宝玉黛玉设计了这么一层压根儿无解的恋爱关系，是和这部书中俯拾皆是的故事一样，矛头指向了"好便是了"的悲观哲理。

雪芹隶属于满洲，谙熟于满洲，丝丝入扣地写他的满洲故事。至于作者的民族心理站位，建议人们来关切一下这段描写[①]：

　　因又见芳官梳了头，挽起鬓来，带了些花翠，忙命他改妆，又命将周围的短发剃了去，露出碧青头皮来，当中分大顶，又说："冬天作大貂鼠卧兔儿带，脚上穿虎头盘云五彩小战靴，或散着裤腿，只用净袜厚底镶鞋。"又说："芳官之名不好，竟改了男名才别致。"因又改作"雄奴"。芳官十分称心，又说："既如此，你出门也带我出去。有人问，只说我和茗烟一样的小厮就是了。"宝玉笑道："到底人看的出来。"芳官笑道："我说你是无才的。咱家现有几家土番，你就说我是个小土番儿。况且人人说我打联垂好看，你想这话可妙？"宝玉听了，喜出意外，忙笑道："这却很好。我亦常见官员人等多有跟从外国献俘之种，图其不畏风霜，鞍马便捷。既这等，再起个番名，叫作'耶律雄奴'。'雄奴'二音，又与匈奴相通，都是犬戎名姓。况且这两种人自尧舜时便为中华之患，晋唐诸朝，深受其害。幸得咱们有福，生在当今之世，大舜之正裔，圣虞之功德仁孝，赫赫格天，同天地日月亿兆不朽，所以凡历朝中跳梁猖獗之小丑，到了如今竟不用一干一戈，皆天使其拱手俛头缘远来降。我们正该作践他们，为君父生色。"芳官笑道："既这样着，你该去操习弓马，学些武艺，挺身出去拿几个反叛来，岂不进忠效力了。何必借我们，你鼓唇摇舌的，自己开心作戏，却说是称功颂德呢。"宝玉笑道："所以你不明白。如今四海宾服，八方宁静，千载百载不用武备。咱们虽一戏一笑，也该称颂，方不负坐享升平了。"芳官听了有理，二人自为妥贴甚宜。宝玉便叫他"耶律雄奴"。

---

①　此段描写见于庚辰本、乙卯本中的第六十四回。

宝玉与芳官插科打诨的一席话，清楚不过地道出了作者的满洲自尊感。《红楼梦》写作之前，雍正皇帝胤禛发表了《大义觉迷录》，出于反驳"反清复明""惟汉正统"言论之目的，为本民族建立皇权亦属"正统"说过许多的话，他说："且自古中国一统之世，幅员不能广远，其中有不向化者，则斥之为夷狄。如三代以上之有苗、荆楚、猃狁，即今湖南、湖北、山西之地也，在今日而目为夷狄可乎？至于汉唐宋全盛之时，北狄、西戎世为边患，从未能臣服，而有其地，是以有此疆彼界之分。自我朝入主中土，君临天下，并蒙古极边诸部落，俱归版图，是中国之疆土开拓广远，乃中国之臣民大幸，何得尚有华夷中外之分论哉？"[①] 所以，雪芹写下的宝玉话语，是很合乎皇上主子的口径，从满洲同样乃中华正统的前提下抒发的。这段话调侃对象是昔日的"匈奴"跟"契丹（即耶律氏）"，不是本民族满洲，芳官"周围的短发剃了去，露出碧青头皮来，当中分大顶"的发式，也不是满人而说不准是哪路"土番"的。有议论从这段描写来证实雪芹的"反满立场"，近于荒唐。

雪芹假使不是明白摆着的钦定"罪人"之后，不是有意要去写满洲豪门"无可奈何花落去"的悲悯故事，不是要顶着封建时代通常制造冤假错案的炸雷来完成他的创作，便断无道理要特意抹掉这部书里的一应满洲族别痕迹。他好像还是不大放心，书首忐忑声明："此书不敢干涉朝廷，凡有不得不用朝政者只略用一笔带出，盖实不敢以写儿女之笔墨唐突朝廷之上也。又不得谓其不备。"[②] 谁说斯言就必是"假语村言"呢？

真正需面对的，还是《红楼梦》到底要告诉世人些什么。转换成"红学"界多年热议的题目，就是"《红楼梦》的主题何在？"

《红楼梦》是源起于女娲补天剩下的一块石头，结穴于这块石头去人世间"潇洒并且痛苦地"走了一遭，所翻演摹录出来的大型叙事。

---

① 《大义觉迷录》卷一上谕。

② 以往，《红楼梦》曾被判为反封建、反朝廷的"进步作品"，此等话语也就常被视为作者意欲逃脱阶级报复的"狡猾之笔"。其实，细加揣摩，这几句声明拿来看作作者有更深一层意味——即不得不隐去书中族别印记——的曲意交代，也许更说得通。因为那年月，清朝和满洲是容易被画等号的。

"却说那女娲氏炼石补天之时，于大荒山无稽崖炼成高十二丈、见方二十四丈大的顽石三万六千五百零一块，那娲皇只用了三万六千五百块，单单剩下一块未用，弃在青埂峰下。谁知此石自经锻炼之后，灵性已通，自去自来，可大可小。因见众石俱得补天，独自己无才不得入选，遂自怨自愧，日夜悲哀。"（第一回）这是此书开头至为紧要的交代。有论者相当肯定地指出，所谓"大荒山无稽崖青埂峰"，即为长白山"勿吉"崖"清根"峰。[①] 笔者对这一发现，持审慎肯定态度。

长白山峰乃祖国东北第一高峰。长白山脉绵亘盘旋在东北亚广袤无垠的大地上，与松花江、黑龙江、鸭绿江、图们江等江河纵横依偎，为我国北方肃慎、挹娄、勿吉、靺鞨、女真、满洲流脉的古老民族，提供了世代繁衍的辽阔场域。满洲于清初悉数进关，其魂牵梦萦的民族发祥之所及心头的故园圣乡，仍旧是雄浑巍峨的长白山。在众多满洲文化人遍处中原却每每于著文署名时要深情落下"长白××"，便可窥一斑。

雪芹家族在这上面也跟出自女真旧系的满洲人高度一致。对雪芹一生精神与文化养成有根本影响的祖父曹寅，也曾著文落款为"长白曹寅"或者"千山曹寅"[②]。他的词作《满江红·乌喇江看雨》写道："鹳井盘空，遮不住，断崖千尺。偏惹得北风动地，呼号喷吸。大野作声牛马走，荒江倒立鱼龙泣。看层层春树女墙边，藏旗帜。蕨粉溢，鳇糟滴，蛮翠破，猩红湿。好一场莽雨，洗开沙碛。七百黄龙云角矗，一千鸭绿潮头直。怕凝眸，山错剑芒新，斜阳赤。"从对所绘山川景物（乌喇江，即松花江，是一条发源于长白山天池的大江）的心灵体认，到作品凸显的雄奇粗犷调性，都与其他满人文笔如出一辙。雪芹《红楼梦》虽无一处直写长白山，他对包括爷爷在内的众多周围满人持有的"长白山情结"却不但不陌生，还会感觉亲切。雪芹大约没能去过"东省"长白山[③]，但从他有关从那边儿来的庄头乌进孝进奉的大宗物品的翔实罗列，也看得出他

---

① 请参见陈景河十多年来发表于各地各种报刊上的多篇论文。

② 千山位于今辽宁境内，是长白山之重要支脉。署名"千山曹寅"与署名"长白曹寅"盖为一意。

③ 有个别研究者认为他是去过的。

对那里的天宝物华有深致了解，甚至就此推测他家就有"东省"田庄也有道理。故而笔者以为，倘一字对应一字断定"大荒山无稽崖青埂峰"，就该破解为长白山"勿吉"崖、"清根"峰，还多少要冒点儿风险，然则从整部《红楼梦》总体文化倾向来蠡测，就算退上一步，笼统地将"大荒山无稽崖……"认作是作者在有意指代满洲民族发祥地及满洲文化之根，亦不会去雪芹本意太远。由中原人们眼里，想象文明欠发达的东北族群，又何尝不是打蛮荒遍布之"大荒山"和怪诞可笑之"无稽"崖那边来的呢。

不妨暂时离却通常熟悉的"红学"路标，启用从满族文化思考出发而铺开的新异视角。于是不难看到的是，作为小说主人公的贾宝玉，这块来自大荒山下的"顽石"／"灵石"，乃是被作者寓意模塑的、代表着满洲民族元文化基准内涵的"喻体"，宝玉从离开大荒山投胎贾府到复遁空门再返大荒山的人世游历，也在暗写作者对于清初以来满、汉间社会文化折冲、互动的心理感受。

那宝玉出山投胎之缘起，是"因见众石俱得补天，独自己无才不得入选，遂自怨自愧，日夜悲哀"，这与当初满洲人不甘平庸、图谋自强，欲取明王朝而代之的初衷如出一辙。

那宝玉"落胞胎嘴里便衔下一块五彩晶莹的玉来"，世人皆称"果然奇异，只怕这人的来历不小！"长到十来岁上，"虽然淘气异常，但聪明乖觉，百个不及他一个"。这与满洲人创建大清朝的自我陶然何其相似。其中反复强调着一个"异"字，让人联想到与中原相异的文化以至于民族。

那宝玉的问世，引来书中人士评价："……清明灵秀，天地之正气，仁者之所秉也；残忍乖僻，天地之邪气，恶者之所秉也。今当祚永运隆之日，太平无为之世，清明灵秀之气所秉者，上自朝廷，下至草野，比比皆是。所馀之秀气漫无所归，遂为甘露、为和风，洽然溉及四海。彼残忍乖邪之气，不能荡溢于光天化日之下，遂凝结充塞于深沟大壑之中。偶因风荡，或被云摧，略有摇动感发之意，一丝半缕误而逸出者，值灵秀之气适过，正不容邪，邪复妒正，两不相下；如风水雷电地中既遇，既不能消，又不能让，必致搏击掀发。既然发泄，那邪气亦必赋之于人。假使或男或女偶秉此气而生者，上则不能为仁人为君子，下亦不能为大凶大恶。置之千万人之中，其聪俊灵秀之气，则在千万人之上；其乖僻邪谬不近人情之态，又在千万人之下。若生于公侯富贵之家，则为情痴情种。若生于诗书清贫之族，则为逸士高人。纵然生于薄祚寒门，甚至为奇优，为名娼……"（第二回）其中对"清明灵秀之气"的形象概括，就好似人们今天喜欢喻说历史上每次异族文化进得中原，都像是向密闭窒息的空间输进了一股清新的空气。① 这段议论把乾坤运转之气，分为"残忍乖邪之气"和"清明灵秀之气"，虽然列举若干中原人杰秉承"清明灵秀之气"，却也清醒地指出"残忍乖邪之气"终是"凝结充塞"所致。雪芹借议论宝玉人文之"奇"在于"清明灵秀之气"，传递了他对一种后起民族清新文化精神的把握和期待。

那宝玉投胎人间，偏被携"到那昌明隆盛之邦、诗礼簪缨之族、花柳繁华地、温柔富贵乡"，成为贵族府邸鼎盛时光的公子哥儿②，两首《西江月》，把他由大荒"顽石"骤然化身百年望族纨绔子弟的尴尬相儿，刻画得入木三分："无故寻愁觅恨，有时似傻如狂。纵然生得好皮囊，腹内原来草莽。潦倒不通庶务，愚顽怕读文章。行为偏僻性乖张，那管世人诽谤。""富贵不知乐业，贫穷难耐凄凉。可怜辜负好时光，于国于家无望。天下无能第一，古今不肖无双。寄言纨绔与膏粱：莫效此儿形状！"他纵然有贵公子堂皇外表，内里却保持着草莽儿郎的精神特质；尤其是他的价值倾向，皆为身边现世所不取——即所谓"天下无能第一"，甚至于遍访古今之中原社会，他这块料也叫人看不准弄不懂，"不肖无双"。

那宝玉来到世间，就发出"女儿是水做的骨肉"一类"离经叛道"的"宣言"，代表着彼一种文化风采，向此一种文化现象，发动了貌似"荒诞不经"实则严肃非常的挑战。假使世间认可他的主张，中原社会千百年来的纲常秩序势必大乱无疑。可是，这部书假使没有宝玉这番"宣言"在前，许

---

① 陈寅恪说："李唐一族之所以崛兴，盖取塞外野蛮精悍之血，注入中原文化颓废之躯，旧染既除，新机重启，扩大恢张，遂能别创空前之世局。"（陈寅恪：《金明馆丛稿二编》，生活·读书·新知三联书店2001年版，第334页。）

② 不禁让人记起纳兰性德《金缕曲·赠梁汾》的句子："德也狂生耳！偶然间，缁尘京国，乌衣门第。"对于这班异路民族的草莽青年来说，入关前后的处境简直像是个化解不开的梦。

是雪芹笔端想要容纳许多可爱可叹的少女的命运，也是铁定的"难乎哉"。

那宝玉日日出入封建宅门，却并非"反封建的典型人物"。他的锦衣玉食得益于封建制度，没见他有何不满；他的家族因战功而封袭偌多爵位，没见他有何非议；皇帝老儿百多年来持续荫庇赐福他家，更没见他有何抵制。就是宝玉，能在随贾政拟写大观园联额的时刻，主动纠正父亲及众幕僚的"关键性失误"，出言恳切："这是第一处行幸之所，必须颂圣方可。"还亲口提出用"有凤来仪"四个阿谀皇权的字。我们实在不必给宝玉其人义务赠送会压趴了他的煌煌冠冕，赋予他本不会有的"反叛思想"。那么想必有人要问：宝玉一贯反对读儒书考科举总是真的吧？是了，这一点千真万确是他的思想与作为。宝玉只爱读《西厢记》《牡丹亭》之类的"闲书"，却讨厌读最终要把人送上科考取仕之途的儒教经典，他对通过读书"考"得功名最没兴趣，谁劝他这个他都要翻脸，还把"读书上进的人"叫作"禄蠹"，连儒家传统说法"文死谏武死战"他都要横挑鼻子竖挑眼。在宝玉这里，凡是沾了儒家、儒教、儒学边儿的人和事，他都只一接触便摇头，全都持本能的抵触态度。这跟入关前后许多满洲人的文化心理是吻合的。满洲传统文化，就其集体无意识这点来稍加辨析，就可看出它是相当就近感性、疏远理性的。

那宝玉始从石身衍来，终向石身化去，其灵性之存在有赖大自然。他的性子看似乖张独步，却总一味地由着自然又自在的方式走行。他"时常没人在跟前，就自哭自笑的，看见燕子，就和燕子说话，河里看见了鱼，就和鱼说话，见了星星月亮，不是长吁短叹，就是咕咕哝哝的。且是连一点刚性也没有，连那些毛丫头的气都受的。爱惜东西，连个线头儿都是好的，糟踏起来，那怕值千值万的都不管了"。他忒意地崇尚天然、师法天然，且有自己不落窠臼的"天然"观。① 他追求无拘无束惯了，初次

---

① 见第十七回："宝玉忙答道：'老爷教训的固是，但古人常云天然二字，不知何意？'众人见宝玉牛心，都怪他呆痴不改。今见问天然二字，众人忙道：'别的都明白，为何连天然不知？天然者，天之自然而有，非人力之所成也。'宝玉道：'却又来！此处置一田庄，分明见得人力穿凿扭捏而成。远无邻村，近不负郭，背山山无脉，临水水无源，高无隐寺之塔，下无通市之桥，峭然孤出，似非大观。争似先处有自然之理，得自然之气，虽种竹引泉，亦不伤于穿凿。古人云天然图画四字，正畏非其地而强为地，非其山而强为山，虽百般精而终不相宜……'"

神游太虚幻境:"那宝玉才合上眼,便恍恍惚惚的睡去……但见朱栏玉砌,绿树清溪,真是人迹不逢,飞尘罕到。宝玉在梦中欢喜,想道:'这个地方儿有趣!我若能在这里过一生,强如天天被父母师傅管束呢。'"所呈现出和强调着的,还是亲近自然、礼赞自然的心性。

宝玉作为《红楼梦》头号主人公,带有浓烈的满洲民族原初文化质地,来到中原人文环境后,苦心孤诣保持他的真性情,却时时为强大的异质文化所不容。这种看来已经不合时宜的"灵石"心性,其本质便是满洲先民长期生息于天地之间、自然万物当中所形成的思维与心性,是对"大荒山"中极有灵性的自然界的秉承与师法,近似于该民族的原始宗教——萨满教的思想范式。

《红楼梦》不曾提及萨满教,却可以断定,作家雪芹的精神世界里较为深入地拥有着此种文化因子。否则,他就不会为作品第一主人公设计一个大荒山间灵石出身的大背景(他曾将此书命名为《石头记》),他就不会暗示他的男女主人公原本是与自然界命息相通的"神瑛侍者"与"绛珠仙子",他就不会让多愁多病的黛玉强打起精神去完成"葬花"劳动(还要歌赞纷繁落英是"质本洁来还洁去"),他就不会写宝玉笃信小丫头编的晴雯之死是去做了芙蓉花神的谎言进而撰出大篇追怀文字《芙蓉女儿诔》……崇尚自然敬畏自然,认定自然界"万物有灵",这一萨满教思想之核心观念,在《红楼梦》里不期而遇者良多。雪芹犹恐读者不解这一观念,还要宝玉这一萨满教文化理念的负载者,直截了当做如斯言说:"你们那里知道,不但草木,凡天下之物,皆是有情有理的,也和人一样,得了知己,便极有灵验的。若用大题目比,就有孔子庙前之桧,坟前之蓍,诸葛祠前之柏,岳武穆坟前之松。这都是堂堂正大随人之正气,千古不磨之物。世乱则萎,世治则荣。几千百年了,枯而复生者几次。这岂不是兆应?小题目比,就有杨太真沉香亭之木芍药,端正楼之相思树,王昭君冢上之草,岂不也有灵验?所以这海棠亦应其人欲亡,故先就死了半边。"

雪芹小心翼翼绕开满、汉问题的敏感性,也将"萨满"之类惹眼的概念遮蔽起来。

"萨满"概念被隐藏的同时,作者却纵笔疾写出来他所欲宣介的诸多萨满教文化理念及事项。不妨把那笼罩整部《红楼梦》故事的"太虚幻境" 乃至于其主宰者 "警幻仙子"，都认定是萨满教理念演化而成。原始宗教萨满教自来就是格外尊奉女性神祇的精神体系，人类在蒙昧时代的生存中，曾经认为身边的一些女性大萨满具备无穷尽的预知力、洞察力和救助力。[1] 而太虚幻境的警幻仙子，刚好和满洲人眼里法力无边的女萨满如出一辙，她能准确无误地预知贾府内外各色人等的命运走势，能够向所有陷于混沌的人们发出强烈尖厉的 "警幻"（"警" 告他们从 "幻" 梦中自醒）之音。她为懵懂中的宝玉精心准备的 "金陵十二钗" 种种判词以及一首首谶言歌唱，皆是面对未来的 "警幻"（启蒙）表达。宝玉有 "灵石" 在身且有警幻仙子之妹引路，得以较凡胎俗子们捷足先登于太虚幻境，而他又无缘参透前尘后果。后来，当他看到梦里那些谶言和判词一一灵验，方才渐渐醒悟，终致毅然遁空，返回了与萨满教精神导向一致的自然界——大荒山。就连书中时隐时现的二位神界使者，癞头 "和尚" 与跛足 "道人"，也终究不像释家和道家模样[2]，倒很像是借僧道外表（这在写书的时代是需要的）写出来的一对萨满使者。他们先是送大荒山间的 "灵石" 投胎人世，又借一面 "风月宝鉴" 给贾瑞惩其毙命[3]，再以标准的萨满法术帮助熙凤、宝玉从妖巫折磨下脱身，干的尽是萨满教神职人员 "萨满" 与 "栽力"[4] 常干的事情。

作为警幻仙子的妹妹，秦氏可卿也有萨满技能。她辞世前给王熙凤托梦，说的尽是预卜未来的 "警幻" 之语。

秦氏道："婶婶……常言'月满则亏，水满则溢'，又道是'登高必跌重'。如今我们家赫赫扬扬，已将百载，一日倘或乐极悲生，若应了那句'树倒猢狲散'的俗语，岂不虚称了一世的诗书旧族了！"凤姐听了此话，心胸不快，十分敬畏，忙问道："这话虑的极

---

[1] 譬如满族说部《乌布希奔妈妈》《尼山萨满》等等，都是浸透此种信奉理念的突出证据。

[2] 雪芹假若真的笃信佛教道教，为何要把这僧、道二人写得如此残缺不美。再看书里，铁槛寺的老尼贪财少德，佛门庵堂对于妙玉来说也全靠不住，贾敬修道家导气之术致一命呜呼……都不大像一般信徒之运笔。

[3] 在萨满教的故事里头，萨满们用铜镜来祛病、禳灾、除恶的事迹相当多。

[4] 栽力，萨满教神职人员的一等，在萨满跳神时充当助手。

是，但有何法可以永保无虞？"秦氏冷笑道："婶子好痴也。否极泰来，荣辱自古周而复始，岂人力能可保常的……'"

　　《红楼梦》到底需要以萨满教的方式，来预卜和警示些什么，这即是作者意欲诉诸读者的思想。自康熙、雍正朝代始，满洲社会内最严重的问题莫过于"八旗生计"。人们提到"八旗生计"多关注的是下层旗兵家庭人口激增引发的粮饷不支、贫寒迭起，殊不知，这满洲上层"大有大的难处"，却一样存在"生计"难题。在雪芹这里，印象深刻并且需要向他的读者全面摊开的，乃是满洲上流家庭或尚在潜伏或业已爆发的生计危机。①
　　秦可卿以萨满口吻警告王熙凤及其大家族之际，贾家外表看去还享有"烈火烹油，鲜花着锦之盛"。警告者言之凿凿，被警告者则浑浑噩噩。凤姐儿和那不可一世的贾氏家族，依然沉浸在对当年接驾"把银子花得像淌海水似的"回忆中，依然兴奋于再造一回迎接皇妃省亲的大铺张大快活中，连秦可卿的葬仪也要操持得阵仗非常。
　　雪芹"十年辛苦"，所要完成的，就是这样一个满洲极盛家庭于毫不自觉的状态下，一举彻底跌落于读者视野的震撼过程。作为强化这条主线的写作副线，又讲述了"颦颦宝玉两情痴"，那场看似构成绝佳配偶的"木石前盟"，同样完输完败的故事。此外书里差不多所有有价值的事物，也都是面向美好目标而走行不远，便兜个圈圈儿，无可奈何地去向毁灭。
　　雪芹是个敢于正视天地翻覆的大艺术家，也是一个极端的悲观主义者。
　　实不知雪芹在此书词曲之中，消耗了多少异常精准又万般用情的话语，来抒发他胸中的大凄凉大悲切：
　　——"陋室空堂，当年笏满床，衰草枯杨，曾为歌舞场。蛛丝儿结满雕梁，绿纱今又糊在蓬窗上。……金满箱，银满箱，展眼乞丐人皆谤。

---

　　①　此点请参看《红楼梦》第二回："冷子兴笑道：'亏你是进士出身，原来不通！古人有云：百足之虫，死而不僵。如今虽说不及先年那样兴盛，较之平常仕宦之家，到底气象不同。如今生齿日繁，事务日盛，主仆上下，安富尊荣者尽多，运筹谋画者无一，其日用排场费用，又不能将就省俭，如今外面的架子虽未甚倒，内囊却也尽上来了。这还是小事。更有一件大事：谁知这样钟鸣鼎食之家，翰墨诗书之族，如今的儿孙，竟一代不如一代了！'"

正叹他人命不长，那知自己归来丧！"

——"霁月难逢，彩云易散。心比天高，身为下贱。风流灵巧招人怨……"

——"才自精明志自高，生于末世运偏消。"

——"叹人间，美中不足今方信。纵然是齐眉举案，到底意难平。"

——"一个是阆苑仙葩，一个是美玉无瑕。若说没奇缘，今生偏又遇着他，若说有奇缘，如何心事终虚化？"

——"喜荣华正好，恨无常又到。"

——"机关算尽太聪明，反算了卿卿性命。……家富人宁，终有个家亡人散各奔腾。……忽喇喇似大厦倾，昏惨惨似灯将尽。呀！一场欢喜忽悲辛。叹人世，终难定！"

——"为官的，家业凋零，富贵的，金银散尽，有恩的，死里逃生，无情的，分明报应。欠命的，命已还，欠泪的，泪已尽。冤冤相报实非轻，分离聚合皆前定。欲知命短问前生，老来富贵也真侥幸。看破的，遁入空门，痴迷的，枉送了性命。好一似食尽鸟投林，落了片白茫茫大地真干净！"

——"无我原非你，从他不解伊。肆行无碍凭来去。茫茫着甚悲愁喜，纷纷说甚亲疏密。从前碌碌却因何，到如今，回头试想真无趣！"

笔者发现，《红楼梦》从作品叙事，到词曲搭配，一切用意竟然全在于要写出那个身处末世之中"好便是了，了便是好"的悲观逻辑。

世人都晓神仙好，惟有功名忘不了！古今将相在何方？荒冢一堆草没了。

世人都晓神仙好，只有金银忘不了！终朝只恨聚无多，及到多时眼闭了。

世人都晓神仙好，只有娇妻忘不了！君生日日说恩情，君死又随人去了。

世人都晓神仙好，只有儿孙忘不了！痴心父母古来多，孝顺儿孙谁见了？

　　甚至我们都可以用宝玉说给黛玉的一句既似情话又像气话的偈语，更简约地概括出雪芹的创作主旨——"早知今日，何必当初！"①

　　跟读者常读到的诸多文学叙事不同，《红楼梦》不是循着中心事物由弱至强奋斗发迹②的走向运笔，却是逆向写了一座巨厦华堂将倾终倾的大势，作者全部用心皆包蕴于这盛极而衰的故事中。现世生活的乐极生悲、追悔无望，是作者至信不疑的。

　　那么，他想要表达的痛切追悔究竟是什么？是仅在于豪门由盛及衰、由奢返贫的一般教训么？当然有这一层，却又不会局限于此。由我们观察到的作者在作品中暗自布排了偌多满洲元文化——萨满教文化基因来看，雪芹的"早知今日，何必当初"，亦不像是只为了倾吐贾府的伤心往事。业已具备满洲元文化精神站位的作家，在故事讲述基础上，尚要表达的是对于本民族进关以来文化遭遇的辨思。

　　雪芹与其笔端的宝玉，如前所述，不大喜欢儒教，不大喜欢道教，不大喜欢佛教，他们对"熟透了的"中原文化，持敬而远之的态度。他们认可满洲尊崇自然之文化的滋养，更愿意在满洲先民留下来的文化江河当中畅游。③然而入关了，需要在儒、道、释交融的汪洋中游弋，需要在儒、道、释规定的框架里舞蹈，虽说有些满洲人较早适应了变化，但就其

---

　　①　此语出自《红楼梦》第二十八回："……黛玉听说，回头就走。宝玉在身后面叹道：'既有今日，何必当初？'黛玉听见这话，由不得站住，回头道：'当初怎么样？今日怎么样？'宝玉道：'嗳！当初姑娘来了，那不是我陪着玩笑？凭我心爱的，姑娘要，就拿去；我爱吃的，听姑娘也爱吃，连忙收拾的干干净净，收着，等着姑娘回来。一个桌子上吃饭，一个床儿上睡觉。丫头们想不到的，我怕姑娘生气，替丫头们都想到了。我想着：姊妹们从小儿长大，亲也罢，热也罢，和气到儿，才见得比别人好。如今谁承望姑娘人大心大，不把我放在眼里，三日不理，四日不见的，倒把外四路儿的什么宝姐姐凤姐姐的放在心坎儿上。我又没个亲兄弟，亲妹妹，——虽然有两个，你难道不知道是我隔母的？我也和你是独出，只怕你和我的心一样；谁知我是白操了这一番心，有冤无处诉！'说着，不觉哭起来。"另，查得宋代典籍中释普济《五灯会元》卷十六："曰：'中下之流，如何领会？'师曰：'伏尸万里。'曰：'早知今日事，悔不慎当初。'"

　　②　《三国演义》、《水浒传》和《西游记》均属这种模式。

　　③　有些人不解，为何宝玉那么反感父亲贾政教他读书科考，却又要在诀别时深情跪拜父母。假如了解了尊奉萨满教的民族后代对前辈均会持由衷敬畏（前辈递升到一定程度则可能成为祖先神），此问题便可告迎刃。

整个民族来讲，不适应则依旧是主流。一个难以适应异质文化环境的民族，可能会触发灾难，特别是当这种异质文化本身就显现出末世景象的时候。试想，贾府这等满洲人家如若还在关外生活，《红楼梦》全部悲剧便没有了来由。与其说它是一场政治性的或者社会性的伤痛，毋宁说是文化上的伤痛为宜。

满洲人进关前后在其高层出现的有无必要准备再撤回东北故乡的辩论，余音尚在，贾府深陷他方文化境地的故事已经上演。还记得纳兰性德那首有名的《浣溪沙·小乌刺》么："桦屋鱼衣柳作城，蛟龙鳞动浪花腥，飞扬应逐海东青。犹记当年军垒迹，不知何梵钟声？莫将兴废话分明。"双重文化之间的折冲兴废，早就苦苦折磨过清初满洲人中的民族文化敏感者。在雪芹写《好了歌》之前，雍亲王（就是即位前的雍正皇帝）曾很喜欢另一首民谣《好了歌》："南来北往走西东，看得浮生总是空。天也空，地也空，人生杳杳在其中。日也空，月也空，来来往往有何功？田也空，地也空，换了多少主人翁？金也空，银也空，死后何曾在手中？妻也空，子也空，黄泉路上不相逢！"两首歌谣，思想上一脉相承[1]，读之写之，都暗藏有反思满人入关是否值当的意绪于其中。或有人问，假如雪芹真的有这种精神文化追悔，为什么其他出自女真谱系的满人反而没有如此深刻的认识，这等认识为何却会出自远祖是汉人且对汉文化颇多修养的雪芹的头脑？这当然是个有见地的问题。殊不知，"春江水暖鸭先知"，就是因为这只智慧的"鸭子"既游过寒水又游过暖流，它才拥有一番清醒感触。当我们再联想到乾隆之际满洲作家和邦额、庆兰等正兴奋地"跃入"文言小说写作水域，而独有雪芹却"反潮流"地"跃出"文言写作水域，上述想法便获得了一道辅证。

"乱烘烘你方唱罢我登场，反认他乡是故乡。甚荒唐，到头来都是为他人作嫁衣裳！""终久是云散高唐，水涸湘江。这是尘寰中消长数应当，何必枉悲伤！"不须枉猜与索隐，这两段曲词说得够明白了。

作家雪芹将其有关文化冷暖的一腔悲恸与追悔，一股脑儿撒到这里，显见的，是不很中肯和公允的。一个人总有他的偏爱，总有他的历史倾向

---

[1]　这也是教人们怀疑雪芹也许不会对雍正皇上十分怀恨的地方之一。

与历史局限。但是，像雪芹这样一位至为聪颖而又杰出的文学家，能有这般深彻的历史文化洞悉，已然极其难得。笔者不能苟同的，是把雪芹和宝玉生硬地推到封建时代"反叛"的位置上，却以为，把他和他的男主人公看成是一种充斥悲情的文化英雄，会更确当。

雪芹的写作怀着强烈的目的，即要世人都来认认这烈火烹油般的"红楼"贾府，与这"红楼"贾府终归残"梦"一枕的宿命。他用"早知今日，何必当初"八个字，以及怵目惊心的《好了歌》，抽象概括出他独有的历史文化体验，向一个虽扬帆百年却有可能一朝搁浅的民族，鸣示出强烈警号。一式幻梦般的宿命指向，是雪芹创作心理的核心。他为作品设计了多重写作脉线，首先演绎了满洲大家族的盛极而衰，其次又讲述着令人憧憬的"木石前盟"毫无前途，再次则是告诉读者，包括大观园里一切少女命运的美好事物，到头来都得毁灭，只落得"白茫茫大地真干净"。彻头彻尾的"悬崖撒手"叙事，是雪芹文化宿命创作心理的绝佳证明。他陷于一种根本性的无可自拔的民族历史文化幻灭感，将所书各项悲剧线索彼此互构，皆向民族文化折冲来寻取解释。于是，他追觅，他痛悔，他反省，他彻悟……

我国满族文学的基本特征之一，便是参凭于历史大背景的民族文化反思。在先前的满洲族别书写当中，此特点已出现端倪。是乾隆年间的曹雪芹，通过《红楼梦》将它初次激为洪波。人们会看到，绞结于历史、纠缠着文化的一批批满洲文坛后起之秀，还将在随后的时代，就此而奉献出许多许多。

雪芹以《红楼梦》参与满、汉交往时代的历史文化思辨。他的基本立场与价值观是服膺于满洲传统倾向的。主人公由大荒山"灵石"化身为人却直截楔入进关百年后的满洲望族家庭，这一点精巧的时空错置，恰好有利于观察关外与关内、百年前与百年后满洲文化遭逢之迥异，有利于写透不同历史岁月的同一文化持有竟能将人们引向天壤不同的境地。作者对满民族建清定鼎之利害得失有着怎样的运思跟判断，值得人们根据其作品去深切考量。

"开弓没有回头箭"，历史之船从来也驶不回出发时的港湾，沧桑阔变常会与绝代风骚雄踞史册的英雄们开些玩笑。一部捶胸顿足追悔过往的

《红楼梦》,终于成了满汉文化交通碰撞的生动摹本。许多年来,人们针对这部巨著书写者的心态,恐已给出了多达百十种的解说,实难说到底有没有切近肯綮的答案。

笔者在这里的议论,顶多也不过是完成了自圆其说的、发微于满学视角的一家之言。

下面再来简要地谈谈《红楼梦》在艺术上,留给了满族文学乃至中华文学一些什么。

满人喜爱长篇叙事文学,那是他们由历史深处带过来的文化癖好。不过在相当长久的时期,其先民只能依靠母语口传的"说部"作品,来填充这一精神需求。清朝入关,使以刚刚创制的满文来写作书面叙事文学的可能性过早地夭折。满人们不得不转而通过汉文创作为媒介,解决自己的此类文化饥渴。他们开始试探地进入文言小说的写作领域,像佟世思、和邦额、庆兰等人的努力,均属这类操作。这样的努力,又只能满足同胞中少数具备汉文文言阅读水平的人,其读者的多数,还是汉族文化人。这时,另外一批精通满、汉双语的满洲翻译家也上得阵来,通过译汉族长篇小说为满文作品,来给只粗通一些满文拼读方式的下层同胞阅读。

到了乾隆年间,清朝定鼎中原已达百年,身处京师的满洲人,大多学会了汉语日常会话,已完成民族母语向汉语京白的初步过渡。他们在先前有所接触的汉语沈阳方言的基础上,择取某些满语的发音与用词习惯,创制出来一种文化交汇型的"满式汉语",即新型的北京汉语方言。①

雪芹书写《红楼梦》,恐怕头一个愿望就是要拿给他刚掌握满式汉语的同胞们去阅读,他这书的最初读者中几乎不大见得到民人,便是客观证实。雪芹知晓他的满洲同胞顶喜好的文体该是什么样,果然是正中满人读者们之下怀。据说,此书连当朝皇上都看了。

---

① 在清代满汉语言彼此互动的日子里,满语远非一味地只取被动守势,它不仅教汉语北京话收入了不少满语词汇,更让京城方言平添了轻重音的读音新规范;在满人长期驻扎京城并随时玩味打磨汉语京腔的过程中,他们又成功地为这种方言添置了极大量的"儿化韵"词的尾音处理新规则。这种具备了"轻音"与"儿化"新特征,并且收入一定量满语词汇的北京话,便是经过原本操满语的满族人,酌取本民族语言特点,加上他们学说汉语之际的艺术灵感和创造性,来重塑汉语北京话的文化结晶"汉语京腔"(也有人把它称为"京片子")。

　　曹氏具汉人血统，家里的汉文学养向未中断，但他们早早成了满洲"包衣人"，跟满洲文化结下深缘，在为满洲统治者效力的百多年里，其满语不会比血统满人稍差，肯定是双语并用。雪芹站在当时两个民族语言文化互动的位置上，敏锐地辨识出甫现于京师满人之口的"京片子"语言的独特语感魅力。《红楼梦》的语言，既是乾隆中期京城旗族上下口语的缩影，又体现出历史进入那个时期旗族圈儿内所通用的京腔京韵的最高成就。在中国古典小说创作领域，雪芹第一个选定北京方言作为文学的叙述语言及对话语言，这是他睿智与胆识过人之处。"我国自明代起长篇小说兴盛，推动运用白话口语进行创作的文学发展新潮流奔涌向前，最早《三国演义》的语言还是半文半白，《水浒传》、《金瓶梅》则启用山东方言，《西游记》、《儒林外史》用的是长江流域官话，到了《红楼梦》开始运用北京话写作，充分展现出曹雪芹非凡的语言艺术才华，他对北京话进行提炼加工，使《红楼梦》语言自然流畅，准确生动，兼具华美与朴素之长，达到了炉火纯青的成熟境界，成为中国文学语言发展史上的一座丰碑，对于近世北京话的形成具有重大意义。现代语言学家王力教授四十年代初，在抗战后方图书资料匮乏的情况下，仅靠一部《红楼梦》，钻研中国现代汉语语法，编写出在中国语言学史上富有创造性的《中国现代语法》。"①

　　《红楼梦》破天荒地全面展示了京腔京白在造就文学巨制上面，令人们意想不到的艺术征服力。作品当中写得尤其精到，教读者过目不忘的是人物语言，书中主要人物、次要人物有几百个，来自京师上、下、内、外极广泛的社会阶层，作者总能通过每个人的个性声口，把这个人物活脱脱描绘出来，真真切切地推到读者近前。《红楼梦》是"中国创造"，不像西方小说那样，耗用大量笔墨去静态地刻画人物的精神世界与内心活动，《红楼梦》在这方面不逊色于任何世界名作，无论每个人的多么细微的精神活动，都能借助于这个人在特定场景下的三言五语而和盘托出。平凡不过的家常话，被作者点石成金，占有了无穷无尽的表现力，令人拍案称绝。《红楼梦》在语言上还有一个特点，就是倚重京白俗语的鲜活气儿。

---

　　①　张菊玲：《满族和北京话——论三百年来满汉文化交融》，《文艺争鸣》1994 年第 1 期。

章章节节无处不在的俚词俗语，被作者精心撷取，准确应用，把书中三六九等的主仆、官民和三教九流的僧俗、伶弁、匠丁，一个个状写得纤毫毕现。有论者以为《红楼梦》实在担得起清中期京师俗语"百科"的名分。曹雪芹有此亲近口头俗语的嗜好，也足可印证当时京师旗族文化人对耳畔五光十色的市井语汇之专注和偏爱。[①] 在这股道儿上，之前已有文昭、和邦额，之后又出现了文康、老舍，雪芹与他的前后同胞们一起，共同标示出了满族文学的又一特点。

红学家俞平伯说过："我们试想，宋元明三代，口语的文体已很发展了，为什么那时候没有《红楼梦》这样的作品，到了清代初年才有呢？恐怕不是偶然的。作者生长于'富贵百年'的'旗下'家庭里，生活习惯同化于满族已很深，他又有极高度的古典文学修养和爱好，能够适当地揉合汉满两族的文明，他不仅是中国才子，而且是'旗下'才子。在《红楼梦》小说里，他不仅大大地发挥了自己多方面的文学天才，而且充分表现了北京语的特长。那些远古的大文章如《诗经》《楚辞》之类自另为一局；近古用口语来写小说，到《红楼梦》已出现新的高峰，那些同类的作品，如宋人话本、元人杂剧、清代四大奇书，没有一个赶得上《红楼梦》的。这里边虽夹杂一些文言，却无碍白话的圆转流利，更能够把这两种配合起来运用着。"[②] 俞平伯还谈到，《红楼梦》书中"所说是满族家庭中底景况，自然应当用逼真的京语来描写。即以文章风格而言，使用纯粹京语，来表现书中情事亦较为明活些"[③]。

---

① 仅《红楼梦》第一回到第四十回，就有如下俗谚出现："瘦死的骆驼比马还大"、"一龙九种，种种各别"、"打着灯笼也没处找去"、"天又不测风云，人有旦夕祸福"、"治了病治不了命"、"知人知面不知心"、"癞蛤蟆想吃天鹅肉"、"远水解不了近渴"、"能者多劳"、"坐山观虎斗"、"推到了油瓶儿不扶"、"人家给个棒槌，我就拿着认作针了"、"吃着碗里瞧着锅里"、"没吃过猪肉，也见过猪跑"、"摇车儿里的爷爷，拄拐棍儿的孙子"、"巧媳妇做不出没米的饭"、"狗咬吕洞宾，不识好歹"、"不是冤家不聚头"、"黄鹰抓住鹞子的脚，扣了环了"。其中，"摇车儿里的爷爷，拄拐棍儿的孙子"、"黄鹰抓住鹞子的脚，扣了环了"等，还肯定是来自满洲人的生活现实。

② 俞平伯：《读〈红楼梦〉随笔》第二篇《它的独创性》，《俞平伯论红楼梦》，上海古籍出版社、三联书店（香港）有限公司 1988 年版，第 663 页。

③ 俞平伯：《〈红楼梦〉研究》，上海古籍出版社 2005 年版，第 68 页。

满人和小说的缘分的确不一般。被中原古典文坛长期斥为"稗官野史""雕虫小技"的小说文类，因与满族世代的欣赏习惯煞是合拍，便在满人中间受到经久的欢迎。

满族人素有喜爱小说的传统。

早在金朝，女真人对"说话"艺术就有特殊的癖好。《三朝北盟会编》载有完颜亮的弟弟完颜充听说话人刘敏讲"五代史"的情形。《金史》中亦有关于张仲轲、贾耐儿等金代说话人的记载。

清太祖努尔哈赤和清太宗皇太极都特别喜爱《三国演义》等明代通俗小说。崇德四年皇太极命令翻译《三国志通俗演义》等书，"以为临政规范"。顺治七年（1650年）第一部满文译本《三国演义》告竣，小说在满族中产生了巨大影响。

清帝国定都北京后，著名的满文学者和素，曾经出色地把《西厢记》、《金瓶梅》译成满文。昭梿在《啸亭续录》中称赞说："有户曹郎中和素者，翻译绝精，其翻《西厢记》、《金瓶梅》诸书，疏栉字句，咸中綮肯，人皆争诵焉。"现今存于北京故宫图书馆的满文书籍中，有满文翻译小说三十余种，多为历史演义和明末清初流行的才子佳人小说。①

与雪芹同时代，满族文坛上出现了一位小说理论家，此人就是当过一段时间怡僖亲王的爱新觉罗·弘晓②。他酷爱阅读小说，以至于曾经组织手下人誊写《红楼梦》书稿，还亲自评点了当时流行的另一部长篇小说《平山冷燕》。在为《平山冷燕》撰写的《序》中，他阐释了自己的文艺观念：

尝思天下至理名言，本不外乎日用寻常之事。是以《毛诗》为

① 张菊玲：《论清代满族作家在中国小说史上的贡献》，《民族文学研究》1983年创刊号。
② 弘晓（1722—1778），号冰玉道人，康熙十三子怡亲王允祥之第七子，曾袭怡僖亲王，又被夺去爵位。是乾隆年间京城满族作家群体中间的一员，有《明善堂诗集》传世。

大圣人所删定,而其中大半皆田夫野老妇人女子之什,初未尝以雕绘
见长也。迨至晋,以清读作俑,其后乃多艳曲纤词娱人耳目;浸至唐
宋,而小说兴;迨元,又以传奇争胜,去古渐远矣。然以耳目近习之
事,寓劝善惩诫之心,安见小说、传奇之不犹愈于艳曲纤词乎!

　　夫文人游戏之笔,最宜雅俗共赏。阳春白雪虽称高调,要之举国
无随而和之者,求其拭目而观,与倾耳而听又焉可得哉?

　　从弘晓的这些阐释里头,我们读到的是带有满族传统理念的艺术观。
对一味追求曲高和寡的"阳春白雪",满族的文艺受众向来有一种本能的
避让;他们喜好的是"田夫野老妇人女子"人人喜闻乐见的文艺样式,
像小说、传奇那样,讲述一些耳目所习的身边故事,包含一些劝善惩诫的
人生道理,那样的作品虽似平凡游戏之笔,却能收到雅俗共赏目的最大化
的效果。这在中国封建时代一向追求高雅深奥、一向标榜"文以载道"
的叫人近乎窒息的文艺氛围里,着实称得上是吹进来的绿野清风。

　　雅俗共赏,是清代满人鉴别艺术的常用尺子。单单追求深奥的东西,
在他们那里没有市场。他们的文化艺术修养不断攀升,但是,无论有了多
大的学问,他们还是嗜好带有民族文化泥土气儿的"下里巴人"。就拿清
代中晚期几宗最大众化的艺术样式来讲:小说、京戏、子弟书、八角鼓、
评书、相声……样样都是上至贵族文人、下到纠纠旗兵,不分出身与阶
层,所有人都长久不倦的所爱。

　　弘晓有关小说写作"最宜雅俗共赏"的理论阐述,实际上是满人对
待小说的一贯态度。《红楼梦》的问世,是满人作者第一次向世间如此全
面地展示他们大雅大俗、雅俗共赏的艺术调式。化解宏大叙事,摹写眼前
生活,状绘凡人情感,表达人生知会,加之京语大白话的运用,使这部小
说从作者在世之时和亡故之初,便在社会各阶层引起了层层高涨的阅读热
潮。"开谈不说红楼梦,读尽诗书也枉然",清代中晚期直至当代,《红楼
梦》之所以在中国古典文学中间取得了压倒一切的读者数量,雅俗共赏
的特点亦是不容怀疑的头一条原因。

　　《红楼梦》里,书写得顶精绝的章节之一,是"刘姥姥一进大观园"。
穷人刘姥姥来阔亲戚家走一走,她若是一副凄苦莫名的表情,怕是早教王

熙凤给打发了，然其偏偏带着平和的心境，憨态的言行，插科打诨的作派，出现在老少贵族之间，让贾母及府邸上下的红男绿女欢喜得什么似的，刘姥姥是以独特的下层人的智慧禀赋，占尽了与上等人"文化互动"的彩头。有论者说："曹雪芹在这样一部伟大的悲剧中，极不和谐地穿插进这样一个喜剧人物，其审美意味是耐人咀嚼的。她是这个悲剧故事的见证人，是荣国府那锦衣玉食人家的反衬人，是向荣国府里那死气沉沉的贵族之家吹来的一股田野之风，是那些讨好老祖宗的各种虚言假笑中的一声真诚的笑声。刘姥姥以她庄稼人的质朴、愚憨和多少有一点讨人喜欢的小小狡黠给荣国府带去了一点活跃的空气，使读者认为她是一个带幽默色彩的人物。"① 此番评论虽然不错，却稍嫌严肃有余，刘姥姥进府来的桩桩件件，你瞧它是喜剧，是闹剧，是正剧，还是悲剧？对书内不同人物、不同故事意旨而言，它可剥离出不同的结论。其实，说刘姥姥幽默，还不如说作者雪芹深谙幽默，此处他写来的，乃是地地道道的一折喜剧，其间展现了刘姥姥的貌憨而实慧，作者之文笔调笑适度，温婉可感，饱含生活气息却笔笔暗藏机趣，实得幽默大法之壶奥。从满族这个不乏幽默感的民族中诞生的作家，其字里行间流注的，也不可能老是一本正经。雪芹的诙谐，是深接旗人幽默真章儿的。

《红楼梦》在古典小说史册上，是一部雄视百代的现实主义巨制。对这部书的产生，学界专家们已做出了极为艰苦的钻研，累积了诸多成就。然而，在研究曹雪芹赖以创作的生活基础时，似乎尚有疏漏之处。笔者认为，推进对永忠、永奎、书诚、敦诚、敦敏等宗室文人以及乾隆朝京城满族作家群体的深入探讨，理所当然地，须作为"红学"研究的一个重要方面。这是因为，雪芹这位辛苦才人着意搜求的，除本人经历外，大都是这类宗室、贵族人士家世、际遇、情绪、习性、心理等方面的材料。永忠也写过题"十二钗"的诗。永奎也写过题为"访菊""对菊""梦菊""簪菊""问菊"的组诗。雪芹笔下的《红楼梦》小说当中出现了这些诗题，绝不会是相互间的偶然巧合。作为满洲内务府包衣旗人的曹氏虽非宗室，却在兴衰各阶段都与宗室成员保持着异常紧密的联系。就整个

① 张丽妧：《北京文学的地域文化魅力》，中国和平出版社1994年版，第63页。

社会而言，他们的生活，本来就处在一个共同的微观氛围之内。进一步认识乾隆年间京师满洲文人集团，会有助于对雪芹和他的作品的进一步研究。

有一种意见，把离开《红楼梦》作品本身的探讨，一概划定为无须注目的"红外线"，恐怕是失当的。而另一种方法，撇开雪芹同时代乃至于身边的大量史料不予关心，而着意追求于对曹氏十八代祖宗的考证，也不足取。只有很具体地认清作家曹雪芹的现实生活基础，认清他所遵循和秉承的民族文化审美诉求，才能确切地认准作家的思想幽微与运笔法则。仅仅把曹雪芹的生活条件大而化之地说成"封建末世"，则难免在研究中出现雾里看花、隔靴搔痒和概念化的倾向。

也许有句话，我们身旁相当一部分的文史学家一时还不大容易接受，这句话就是：不懂满学，是很难研究透彻《红楼梦》的。

"红学"，一向被列入东方"汉学"中之"显学"。自其问世以降，先后在各个不同的阶层跟人群中引发了不败的兴趣，"红学"的河床虽一再加扩，但仍时而感到有拥堵淤塞之忧。此中研究成果势如叠床架屋，尚盼汗牛充栋，未知喜哉愁哉。然则，自逊清靠边儿之后，出于各自原因，绝大多数阐释者便极力回避以至于绝口不提作者与满族、作品与满族的深层关系，实可谓学界一项实质性的硬伤和关键性的缺憾。近年间，随着人们对于文化多样性的体悟，随着相关学术工作者渐趋树立起中华多民族文化史观，一味地排斥讨论曹雪芹《红楼梦》与满族历史文化关联的举动已然少多了。笔者有意再次声明，启用满学研究视角，与迄今为止卓有成效的"红学"研究非但不是水火难容，相反，只是为了让已有的"红学"研究更上层楼。

原载于《中央民族大学学报》（哲学社会科学版）2011 年第 2 期

　　关纪新，满族，生于 1949 年 12 月，吉林伊通人，中国共产党党员，中央民族学院汉语言文学系本科毕业。1984 年 12 月进入中国社会科学院民族文学研究所工作，直至 2010 年退休，编审，曾任《民族文学研究》主编。研究方向为满族文学与老舍研究。承担国家级科研项目"满族作家老舍创作论""满族小说与中华文化""当代少数民族作家文学理论研究"等。代表作有《老舍评传》《满族书面文学流变》《满族小说与中华文化》等专著。兼任中国老舍研究会会长。曾获第二届中国民族图书奖、全国第六届少数民族文学骏马奖、中国少数民族文学学会首届优秀著作奖等。

"长坂坡赵云救主"中的赵云形象
在达斡尔族、锡伯族说唱中的变化
——兼论人物形象民族化

吴　刚

自清代以来,《三国演义》里"长坂坡赵云救主"的故事传入达斡尔族和锡伯族中后,赵云就成了达斡尔族、锡伯族人民爱戴的英雄人物,民间以说唱形式赞颂这位英雄人物。而该故事是如何进入达斡尔族、锡伯族说唱中的? 赵云的形象在说唱中有何变化? 赵云人物形象民族化有何因素? 本文主要谈谈这些问题。

一　"长坂坡赵云救主"的故事进入达斡尔族、锡伯族说唱中的过程

谈"长坂坡赵云救主"的故事进入达斡尔族和锡伯族说唱的过程,首先需要理清满译《三国演义》的情况。清代最早的满译汉文小说是天聪年间达海翻译的《三国演义》,参与翻译者除达海之外,还有祁充格等多人,顺治七年(1650)翻译完毕。现存最早的满文《三国演义》是顺治七年内府刻本,24 册,国内藏于故宫博物院、大连市图书馆、北京图书馆(存 16 册)等地;国外藏于蒙古国国家图书馆等地;顺治七年抄本,24 册,藏于故宫博物院。另有其他抄本、残本多种。还有成于雍正年间的满汉合璧《三国演义》刻本、抄本。①

---

① 《三国演义》满文版本情况可详见如下资料:黄润华、屈六生主编:《全国满文图书资料联合目录》,书目文献出版社 1991 年版;北京市民族古籍整理出版规划小组办公室满　(转下页)

其次，需要辨析最初满文译本《三国演义》来源于何种汉文版本。满文《三国演义》"刊刻本卷首谕旨"翻译成汉文是："皇父摄政王旨，谕内三院。着译《三国志》，刊刻颁行。览闻此书内忠臣、义贤、孝子、节妇之所思所行，则可以为鉴；又奸臣误国、恶政乱朝，可以为戒。文虽俗陋，然甚有益处。国人其知兴衰劳逸之理。钦此。"此"刊刻本卷首谕旨"中的"《三国志》"据翻译者秀云称："明末清初，尚无《三国演义》之称，或作《三国志演义》，或作《三国志传》，据王文奎奏疏，清初文馆藏本或有《三国志传》字样，《世祖章皇帝实录》作《三国志》，笔者随《实录》。"[1] 翻译者说得很清楚，此"《三国志》"非陈寿所撰《三国志》，而是《三国志传》或《三国志演义》。天聪六年九月，王文奎进《条陈时宜奏》中言："且汗尝喜阅《三国志传》。"[2] 此《三国志传》应是罗贯中所著《三国志传》，也就是《三国志演义》。而在现存明代版本中，数量最多的是《三国志传》。因此大体可以认定，清初所译《三国演义》依据的汉文底本即罗贯中《三国志传》。据目前研究，满译本的底本为嘉靖本《三国志通俗演义》，且满译本忠实于嘉靖本，基本没有变化。[3]

清代提倡阅读《三国演义》，这些满文抄本自然也传入各民族中。清代，满语满文成为"国语""国书"，称之为"清语""清文"。并以满语文施教八旗中的其他各族，蒙古、达斡尔、锡伯、索伦等民族，都受到满语满文的影响。达斡尔族产生借用满文拼写的达斡尔语即民间流行的

（接上页）文编辑部编：《北京地区满文图书总目》，辽宁民族出版社 2008 年版；米西格：《乌兰巴托市国立图书馆满文文库满文图书目录》，科学与高等教育学术出版社 1959 年版；英国汉学家魏安：《三国演义满文版本考》，上海古籍出版社 1996 年版；［德］马丁·吉姆：《汉文小说和短篇故事的满文译本》，定宜庄译，载［法］克劳婷·苏尔梦编著《中国传统小说在亚洲》，国际文化出版公司 1989 年版；黄润华：《满文翻译小说述略》，《文献》1983 年第 16 辑；李士娟：《记满文抄、刻本〈三国演义〉》，《中国典籍与文化》2005 年第 2 期；陈岗龙：《〈三国演义〉满蒙译本比较研究》，《民族文学研究》2011 年第 4 期。

① 秀云：《〈三国演义〉满文翻译研究》，博士学位论文，中央民族大学，2013 年。

② 《天聪朝臣工奏议》，辽宁大学历史系，1980 年，第 21 页。

③ 参见王丽娜《三国演义在国外》，《文献》1982 年第 12 辑；陈岗龙《〈三国演义〉满蒙译本比较研究》，《民族文学研究》2011 年第 4 期。

"达斡尔文"。锡伯族略微改动满文字创制锡伯文。同时，东北地区用满语说《三国》、讲《三国》之俗，一直延续到清末。这些文化因素深深地影响到达斡尔族、锡伯族说唱。

"长坂坡赵云救主"的故事传入达斡尔族中，有着民间文化背景。自清代起，达斡尔族民间产生了一种"唱书"活动，达斡尔语称为"毕特何艾拉贝"（biteg ailaabei），意为用达斡尔语口译小说。口译时，要以一定的调式即"吟诵调"咏唱出来。译者多是满文水平较高者。口译所根据的本子多为满译本汉族经典名著，如《三国演义》《西游记》《水浒传》《东周列国志》等。达斡尔人就是在这种民间传统文化中，间接地接受了汉文经典。此外，达斡尔族还有一种说唱传统即"乌钦"（"乌钦"也称"乌春"，于 2006 年被确定为首批国家级非物质文化遗产代表性项目）。达斡尔族诗人敖拉·昌兴，就是在这样的达斡尔文化传统中创作出了"赵云乌钦"。敖拉·昌兴又名阿拉布登，字芝田，号昌芝田，呼伦贝尔索伦左翼正白旗（今内蒙古自治区鄂温克族自治旗）人，生于清朝嘉庆十四年（1809），卒于光绪十一年（1885），终年 76 岁。他是清代达斡尔族著名诗人，其在文学与文化方面的贡献是借用满文字母拼写达斡尔语创作了"乌钦"，开创了达斡尔族书面文学。其中《赵云赞》，全诗 60 节，共 240 行。敖拉·昌兴用满文拼写达斡尔语，按照乌钦的特点和韵律对"长坂坡赵云救主"的故事进行了再创作。《赵云赞》在各地达斡尔族群众中广泛流传，深受达斡尔族人民的喜爱。他们称其为"yalan gurung ni uqun"（三国乌钦），实际就是唱颂赵云的诗。敖拉·昌兴"乌钦"《赵云赞》以手抄本形式在民间流传。主要有碧力德（1925—）的手抄本《赵云的乌钦》；额尔很巴雅尔（1911—1997）的手抄本，无标题。其他几个版本均称"yalan gurung ni uqun"（三国乌钦）。塔娜、陈羽云在出版《敖拉·昌兴诗选》（内蒙古教育出版社 1992 年版）时，确定标题《赵云赞》。根据内容来看，"三国乌钦"不准确，"赵云的乌钦"较为妥当，"赵云赞"略带文采。

据多种研究资料称，当年锡伯族从东北迁到新疆戍边时，就带着《三国演义》，并把它翻译成锡伯文。锡伯族有译介汉文章回小说的传统，称这种译本为"Julun"（朱伦），有《东周列国志》《西游记》《聊斋志异》《七侠五义》等，其中就有《三国演义》。冬闲时节，村里左邻右舍聚集在某一家，大家围坐在温暖的火炕周围，聆听"朱伦"。诵者不是逐字念，而是按照一定的曲调，根据故事情节的变化，逐行咏唱，形成一定的音律和节奏，一会儿激昂、一会儿低吟，抑扬顿挫，回味无穷。不知何时，民间诗人将精彩的《三国演义》片段编成锡伯"乌春"《三国之歌》，并以锡伯文抄本形式流传开来。目前已发现多种版本，有《荞麦花》《过五关》《探小乔周瑜》，还有《救阿斗的故事》。锡伯族"乌春"《救阿斗的故事》全文193行，是锡伯族民间诗人管兴才的抄本，原文不分卷，2册，5页，纸质平装，锡伯文形体墨书，收藏于新疆文联忠录处。①《救阿斗的故事》连同其他锡伯文"三国诗歌"抄本，经忠录、善吉整理，于1993年在新疆人民出版社出版。1985年，新疆人民出版社还出版了一部锡伯文《三国演义》，全4卷，240回。据该书前言介绍，是以顺治七年满文抄本《三国演义》为底本整理而成。可见，锡伯族人民非常喜爱《三国演义》。

　　《三国演义》是章回体长篇小说，进入达斡尔族"乌钦"、锡伯族"乌春"之后，变为韵体形式。其中，就有达斡尔族乌钦《赵云赞》、锡伯族乌春《救阿斗的故事》，这两篇材料经笔者等人整理已经出版（由民族文字、拉丁转写、汉文对译、汉译文四部分组成，本文所节选的材料均出自该书）②。首先看该两篇前8句形式及韵律变化（下表引文序号为行数，不再另注）：

---

① 参见贺元秀、曹晓丽《论满文译本〈三国演义〉在新疆锡伯族民间的流传及其影响》，《伊犁师范学院学报》（社会科学版）2012年第4期。

② 见吴刚主编《汉族题材少数民族叙事诗译注——达斡尔族、锡伯族、满族卷》，民族出版社2014年版。

达斡尔族乌钦《赵云赞》	锡伯族乌春《救阿斗的故事》
拉丁转写、汉文对译:	拉丁转写、汉文对译:
1. Ilgaad tursen monq,	1. Ilan gurun i fonde,
花上 长的 穗子	三 国 之时候
2. Iwaad garsen larq.	2. Cang Ban Po seme bihe.
花园里 长的 叶子	长 坂坡 称 曾
3. Guaraban gurunnei uqun,	3. Ejen i fujin be seci,
三 国 乌钦	君主 之 福晋 把 若说
4. Guurruuj saikan sonstoo!	4. Cohade kabuha bihe.
明白 好好 听吧	兵 被围困 曾有
5. Dang Yang hotonaas garuwud,	5. Joo Yun tucime jihe,
当阳 从城 离开	赵云 出 来
6. Dagsen irgen walan.	6. Joo Yun unenggi baturu haha.
跟随 百姓 多	赵云 真 勇 汉子
7. Jangjun uqeek tuald,	7. Ejen i fujin be baime,
将军 少 因为	君主 之 福晋 把 求
8. JooYun seuldesen aasen.	8. Jeyengge de jailarakū yooha.
赵云 断后 曾	有刃的 于 不躲避 走了
汉译文:	汉译文:
1. 花上的穗子, 2. 花园的叶子。	1. 三国纷争时, 2. 有一长坂坡。
3. 唱三国乌钦, 4. 明白好好听!	3. 汉君之福晋, 4. 被曹兵围困。
5. 离开当阳城, 6. 跟随百姓多。	5. 赵云勇站出, 6. 实乃真好汉。
7. 因为将军少, 8. 赵云来断后。	7. 寻君之夫人, 8. 不畏刀枪险。

达斡尔族乌钦《赵云赞》韵律整齐，四句一节，每节两句押韵。如上文第一行和第二行押头韵"I"，第三行和第四行押头韵"G"，第五行和第六行押头韵"D"，第七行和第八行押头韵"J"。锡伯族乌春《救阿斗的故事》不分节，押韵形式虽不是特别规整，但临近几句也大体押韵。如第二行、第四行押头韵"C"，第五、第六行、第八行押头韵"J"。

二 嘉靖本、满译本、达斡尔族乌钦、锡伯族乌春中"长坂坡赵云救主"赵云形象细节对比

《三国演义》中"长坂坡赵云救主"的内容，以及达斡尔族乌钦《赵云赞》、锡伯族乌春《救阿斗的故事》，虽然都在褒扬赵云这一英雄人物，但是在达斡尔族、锡伯族说唱中还是有一些变化。为了能够看出赵云形象变化，本文切分成七个细节进行对比，即"赵云与糜夫人三次对话""赵云怀抱阿斗""赵云战张郃坑中跃起""赵云战四将""曹操赞赵云""赵云杀出重围""赵云见玄德献阿斗"，下文即对"汉文本"、"满文译

本"、达斡尔族乌钦《赵云赞》、锡伯族乌春《救阿斗的故事》中的这七个细节，逐一对比分析。

需要说明的是：本文"汉文本"即采用嘉靖本《三国志通俗演义》，人民文学出版社 1975 年版，嘉靖本之影印本，以下简称"嘉靖本"。"满文译本"即采用蒙古国国家图书馆的"ilan guru I bithe"，顺治年间内府刻本。该刻本 3 空线装，款式 21.8cm×33.5cm，板框尺寸 20.3cm×29.2cm，半叶 9 行，行距 2cm，封皮钤有"国家图书馆"紫色印章，以下简称"满译本"。"嘉靖本"与"满译本"都是 24 卷，每卷 10 回，共 240 回，两者内容几乎一致。上述七个细节均出现在第 9 卷中第 2 至 3 回，即《长坂坡赵云救主》《张益德据水断桥》。① 达斡尔族乌钦《赵云赞》、锡伯族乌春《救阿斗的故事》材料出处，上文已说明，不再赘述。

1. "赵云与糜夫人三次对话"细节对比：

（1）第一次对话：

嘉靖本：赵云慌忙下马，入见糜夫人。夫人曰："妾身得见将军，此子有命矣。望将军可怜他父亲飘荡半世，只有这点骨肉。将军可护持此子，教他得见父面，妾死无恨矣！"赵云曰："夫人受难，是云之罪也。不必多言，请夫人上马。云自步行，遇敌军必当死战。"

满译本：joo yūn ebukū sabukū morin ci fekume emufi fujin de acaha manggi fujin hendume mini beye jiyanggiyūn be bahafi acahangge ere jui ergen binjiha. Ainara erei ama babade burlame yabubure be jiyanggiyūn gisici damu ere ajige giranggi yali be jiyanggiyūn eršeme gamafi ama de acabuha de bi buce-he seme inu korsorakū. Joo yūn hendume fujin I jobolon tušahangge gemu joo yūn I weile kai. Ambula ume gisurere, fujin morin yalu. Joo yūn bi yafahalara babe ucaraci urunakū alifi buceme acaki.

———————————

① 本文《三国演义》满文译本拉丁转写片段由秀云博士帮助完成；《三国演义》满文译本蒙古国国家图书馆藏有关片段，由内蒙古师范大学聚宝博士帮助提供。在此，对两位同仁表示感谢。

达斡尔族乌钦《赵云赞》	锡伯族乌春《救阿斗的故事》
拉丁转写、汉文对译:	拉丁转写、汉文对译:
33. Kequu jangjun Si long, 　　厉害的　将军　子　龙	17. Fujin Joo Yun i jihebe saha, 　　福晋　赵 云 之 来　知道了
34. Kerhiij end kuqirsen xi? 　怎么样 这里 到来的 你	18. Yasa de selame tuwaha. 　　眼　于畅快　看
35. Ejine alderiini medbei xi yee? 　主公　消息　知道 你 吗	25. Dang yang cang ban ciyoo 　　当　阳　长 坂 桥
36. Ergilgeej xamaiyu jarsenyee? 　　找　　让你 来的吗	26. Be tuwakiyabuha. 　　把　使守卫
37. Baatur jangjun Si long, 　　勇敢的　将军　子　龙	27. G'an fujin emu bade bimbi, 　　甘　福晋 一 在…处 在
38. Bas emildee yobtej. 　　再　往前　挪一步	28. Amban bi fujin be baime jihe. 　　臣　我福晋把　求　来
39. Mekuij gajird kertj, 　弯下腰 在地上 伏地拜	汉译文:
40. Medelgeej bas sonsolgaabei. 　　知道　又　给听	17. 福晋见赵云,18. 睁眼凝视看。
47. Tendees eidee morkij, 　　从那　往这边 转回	25. 当阳长坂桥,26. 全心去守卫。
48. Terti end kuqir laa. 　　立刻 这 到 啦	27. 甘夫人同在,28. 臣来寻福晋。
49. Hordon moridaa ono, 　　快点　马　骑	
50. Haolj aralqij gar yaa! 　冲出　战　出去 吧	
汉译文:	
33. 威武赵将军,34. 何以寻这里?	
35. 知道主公否? 36. 是否派你来?	
37. 骁勇赵将军,38. 向前挪一步,	
39. 弯腰伏地拜,40. 一一来禀报。	
47. 从那往这转,48. 立刻就来到。	
49. 快点骑上马,50. 冲出重围去!	

这第一次对话,达斡尔族乌钦《赵云赞》、锡伯族乌春《救阿斗的故事》与嘉靖本、满译本相比,内容没有太多变化,只是语言表述有些差异。嘉靖本中"请夫人上马",满译本为"fujin morin yalu"。达斡尔族乌钦《赵云赞》为"快点骑上马,冲出重围去",体现了达斡尔人峻急的性格。还用"弯腰伏地拜",体现了达斡尔人的礼节。"从那往这转,立刻就来到",形容速度之快。锡伯族乌春《救阿斗的故事》中"当阳长坂桥,全心去守卫,甘夫人同在,臣来寻福晋",语言简明扼要,背景交代清晰。

（2）第二次对话:

嘉靖本:糜夫人曰:"不然。将军若不乘此马,此子亦失矣。妾已重伤,死何惜哉!望将军速抱此子去,勿以妾为累也。"云曰:"喊声又近,兵又来到，速请夫人上马。"

满译本：Mi fujin hendume tuttu waka. jiyangjiyūn morin ci aljaha de ere jui be inu waliyambi. Mini feye manggalahabi bucere beye be ainu gosimbi. ainara jiyangjiyūn ere jui be hefeliyefi hūdun gene mini jalin de ufararakū. Joo yūn hendume kaicara jilgan kanci oho. Cooha geli isinjiha fujin hūdun morin yalu.

达斡尔族乌钦《赵云赞》	锡伯族乌春《救阿斗的故事》
拉丁转写、汉文对译：	拉丁转写、汉文对译：
57. Joo Yun borooti hagaj, 　　赵　云　实在是　哽咽	29. Fujin de bairengge sembi, 　　福晋　于　所求　　说
58. Jaabuuj ulu xadan. 　　回答　不　能	30. "Hūdun morin de yalunaki. 　　快　马　于　骑
59. Antkaa guaidsen huaina, 　　相当　长　过　后	31. Amban bi yafagalafi, 　　臣　我　步行
60. Araan dagie kaxkiebei. 　　才　再三　相劝	32. Amala fiyanjilame yooki." 　　后　断后　　走
61. Ejin namai itegseneini, 　　主公　对我　信任	汉译文：
62. Ene udurei tuualdda. 　　今　天　为了哪	29. "望求夫人您，30. 尽速骑上马。
63. Ajiraal uwei yaowuj, 　　在意　没有　走	31. 臣我步前行，32. 断后护卫走。"
64. Aiwuo qoqiwuod kurgeesen. 　　受怕　担惊　到了	
65. Guuruul uweiyees huatig, 　　懂事　没有（不）奴才	
66. Gub minei weil. 　　全　是我的　罪过	
67. Hualagai dao wairtsen, 　　贼　声音　近了	
68. Horij irweini edeet bolsen. 　　围过　来　马上　成为	
69. Yarxini hund aategaiq, 　　你的伤　重　　虽	
70. Yaarj morid ono! 　　快点　将马　骑	
71. Joo Yun bi yaogaalaaj, 　　赵　云　我　步行	
72. Jabkainei ujij gar yaa! 　　隙　见　冲出　吧	
汉译文：	
57. 赵云哽咽住，58. 不能来回答。	
59. 过了长久后，60. 才再三相劝，	
61. "主公信任我，62. 都为这一天，	
63. 不想独自走，64. 让您惊又怕。	
65. 非常不明理，66. 罪过都在我。	
67. 贼声快临近，68. 就要围过来。	
69. 夫人伤虽重，70. 快点骑上马。	
71. 赵云我步行，72. 见隙冲出去。"	

这第二次对话，达斡尔族乌钦《赵云赞》、锡伯族乌春《救阿斗的故事》与嘉靖本、满译本相比，变化不大。嘉靖本中"兵又来到，速请夫人上马"；满译本为"Cooha geli isinjiha fujin hūdun morin yalu"；达斡尔族乌钦《赵云赞》为"夫人伤虽重，快点骑上马，赵云我步行，见隙冲出去"，体现了赵云的细致与勇敢；锡伯族乌春《救阿斗的故事》则为"望求夫人您，尽速骑上马。臣我步前行，断后护卫走"，在简洁的语言描写中，体现出赵云的忠勇。此外，达斡尔族乌钦《赵云赞》中"赵云哽咽住，不能来回答。过了长久后，才再三相劝"，表现出赵云细腻的情感变化。后面接着出现赵云说的12句话，表现出赵云的忠勇形象。

（3）第三次对话：

嘉靖本：糜氏将阿斗递与赵云，曰："此子性命在将军身上，妾身委实不去也。休得两误！"赵云三回五次请夫人上马，夫人不肯上马。四边喊声又起，云大喝曰："如此不听吾言，后军来也！"

满译本：Mi fujin o deu be joo yūn de alibume hendume ere jui ergen beye gemu jiyangjiyūn sinde bi. Bi yargiyan I geneci ojorakū. j uwe be gemu ume sartabure. Joo yūn fujin be dahūn dahūn I morin yalu seci fujin yalurakū bisirede duin ergi ci kaicara jilgan geli degdehe. Joo yūn ambula esuliyeme hendume mini gisun be gaijarakū ofi amcame cooha geli isinjaha kai.

达斡尔族乌钦《赵云赞》	锡伯族乌春《救阿斗的故事》
拉丁转写、汉文对译：	拉丁转写、汉文对译：
81. Xinei ejineixini uruini, 　　你　主子的　种	77. Joo Yun emdubei hacihiyambi, 　　赵 云　屡屡　　逼迫
82. Xamad itegeseneini hund. 　　对你　信任的　　重	78. "Fujin hūdun morilaci ombi. 　　福晋　快　骑马　可
83. Keukeimini gargaaj awuosoxini, 　　我的孩子　带出　　要	79. Aika amcara cooha jici, 　　若　追　兵　来
84. Kenjee uwei juurgaan kee! 　　限　无　忠义　呀	80. Adarame ukcafi yoombi?" 　　如何　脱离　走
85. Kakiej hordon yaowuo, 　　劝　快　走	87. Joo Yun facihiyašaha, 　　赵 云　着急
86. Hannaa negeeldeej ukuiqie! 　　汗　撵上　　给吧	88. Den jilgan i sureme gisurehe. 　　高 声　用　喊叫　说
87. Bayini bukie erimee, 　　富贵　不要　贪图	89. "Emdubei gisun gairakū, 　　屡屡　言语　不取
88. Baaturii bukie hotmee! 　　英雄名　不要　玷辱	90. Emgeri batai cooha isinjiha. 　　已经　敌人之兵　至

续表

达斡尔族乌钦《赵云赞》	锡伯族乌春《救阿斗的故事》
89. Noyini bukie erimee, 　　做官　不要　争 90. Neree bukie darmaa! 　　名誉　不要　损坏 91. koron neree kuiqeej, 　　威望 名声　永葆 92. Kaoqin olorii dawurie yaa! 　　向古代 人们　学习　吧 93. Walan gongni bailgaaj, 　　多多　功劳　立 94. Wardingi jangjunnii kuiqe! 　　古代的　将军　赶上 95. Jurgaantei jiangjun Si long。 　　忠义　将军　子 龙 汉译文： 81. 因主公龙种，82. 对你信任重。 83. 带出我孩儿，84. 无限之忠义。 85. 劝你快快走，86. 把汗来撵上！ 87. 不要贪富贵，88. 不要辱英名！ 89. 不要争做官，90. 不要损名誉！ 91. 永葆威望名，92. 多向古人学！ 93. 多多立功名，94. 学古代将军！ 95. 忠义赵将军。	91. Erebe absi gisurembi, 　　将此 如何　说 92. Ergen beye tuksicuke oho!" 　　生命 自己　危险　了 汉译文： 77. 赵云屡督劝，78. "福晋快上马。 79. 如若追军至，80. 如何能生逃?" 87. 赵云心着急，88. 高声喊叫说： 89. "屡屡不听劝，90. 敌人兵已至。 91. 这里已经是，92. 生命危险地!"

　　这第三次对话，与嘉靖本、满译本相比，达斡尔族乌钦《赵云赞》变化大一些，锡伯族乌春《救阿斗的故事》变化较小。在嘉靖本中，"云大喝曰：'如此不听吾言，后军来也！'"满译本为"Joo yūn ambula esuliyeme hendume mini gisun be gaijarakū ofiamcame cooha geli isinjaha kai"。锡伯族乌春《救阿斗的故事》为"Emgeri batai cooha isinjiha"（敌人兵已至），相关内容要比嘉靖本、满译本多："赵云心着急，高声喊叫说：'屡屡不听劝，敌人兵已至。这里已经是，生命危险地！'"突出了赵云的急切心情。在达斡尔族乌钦《赵云赞》中，没有这样的描写，主要通过糜夫人的话语来表现赵云的忠勇："因主公龙种，对你信任重。带出我孩儿，无限之忠义。"这还不足以表达感情，接着对赵云一番勉励："不要贪富贵，不要辱英名！不要争做官，不要损名誉！永葆威望名，多向古人学！多多立功名，学古代将军！忠义赵将军。"应该说，这寄托了达斡尔人对赵云的期望，也是达斡尔人对自己的期望。

2. "赵云怀抱阿斗"细节对比:

嘉靖本:赵云推土墙而掩之,解开勒甲绦,放下掩心镜,将阿斗抱护在怀,而嘱曰:"我呼汝名,可应。"言罢,绰枪上马。

满译本:Joo yūn uksin hūwaidaha imiyesun be sufi niyaman jaka be daliha buleku be gaifi o deu be hefeliyefi tacibume hendume bi sini gebube hulaha sehede si uthai jabu sefi, gida be gaifi morin yaluha bici.

达斡尔族乌钦《赵云赞》	锡伯族乌春《救阿斗的故事》
拉丁转写、汉文对译:	拉丁转写、汉文对译:
135. Kuairei torqie ailaaj, 铠甲的 扣 解开	102. Joo Yun uksin tohon be sumbi, 赵云 披甲 纽扣 把 解开
136. Haanei kekui heuleesen. 汗的 儿子 搂抱	103. O Deo na de donggome tembi. 阿斗 地于 哭泣 坐
137. Butuj uwuwuoseini xiweej, 闷 死 担心	104. Songgoro be naka hūlaci jabu sefi, 哭泣 把 止 叫 回答 说
138. Bas O Dood jakibei. 又 阿斗 嘱咐	105. O Deo be hefeliyeme gaimbi. 阿斗 把 怀抱 取
139. Xinei ner xinii ODoo! 你的 名字 是 阿斗	106. Joo Yun morilaha, 赵 云 骑马
140. Xiiweej ories dao garaa! 操心 叫时 声音 出	107. Batai cooha isinjiha. 敌 军 到来
141. Teikenei jaaj baraar, 那些话 告诉 完	汉译文:
142. Tert moridaa onosen. 立刻 马 骑上	102. 赵云解披甲, 103. 阿斗坐地哭。
汉译文:	104. 劝其止哭泣, 105. 把他揣怀里。
135. 解开铠甲扣, 136. 搂抱汗之子。	106. 赵云骑上马, 107. 敌军已到来。
137. 担心被闷死, 138. 又嘱咐阿斗:	
139. "你名是阿斗! 140. 担心叫出声!"	
141. 说完这些话, 142. 立刻骑上马。	

对于"赵云怀抱阿斗"细节的描写,嘉靖本中为"解开勒甲绦";满译本为"uksin hūwaitaha imiyesun be sufi";达斡尔族乌钦《赵云赞》为"Kuairei torqie ailaaj"(解开铠甲扣);锡伯族乌春《救阿斗的故事》为"Joo yun uksin tohon be sumbi"(赵云解披甲)。达斡尔族乌钦《赵云赞》对赵云怀抱阿斗的描绘更加细致,即"搂抱汗之子。担心被闷死"。并且有了语言描写:"又嘱咐阿斗:'你名是阿斗'"在锡伯族乌春《救阿斗的故事》中,赵云和阿斗有了互动交流,"阿斗坐地哭",赵云"劝其止哭泣,把他揣怀里",这样的情节描写,更加引人入胜。

3. "赵云战张郃坑中跃起"细节对比：

嘉靖本：背后张郃赶来，赵云连马和人颠下土坑。忽然红光紫雾，从土坑中滚起，那匹马一踊而起。（诗略——笔者按）人马踊出土坑，张郃大惊而退。

满译本：fisai amargici jang ho amcame jiserede joo yūn morin morin suwaliyame ulan de tuhenehe. Holhon de ulan ci fulgiyan elden filahūn talman tucifi morin emgeri morin emgeri mugdere jakade uthai ulan ci tucike. Jang ho ambula golofi bederehe

达斡尔族乌钦《赵云赞》	锡伯族乌春《救阿斗的故事》
拉丁转写、汉文对译： 163. Jang He negeeldej kuiqeewuer, 　　张 郃　追　　上来时 164. Joo Yun antkaa bendebei. 　　赵 云　相当　慌 165. Morin nuwud budierj, 　　马　往坑　绊倒 166. Mowuoj duar wansen. 　　艰难地 下去 掉 167. Edeeq uwusen eltel, 　　现在可　死　说 168. Enqukue sugudun garsen. 　　奇异　光　升起 169. Gegeen ilaan ilalbij, 　　明光　亮　闪烁 170. Gordoonj kariej garsen. 　　一踊　跳　出 171. Janghe gaigaj ujier, 　　张郃　惊奇　看 172. Jarwuo tert heesen. 　　撵　马上 停 汉译文： 163. 张郃追赶上，164. 赵云心很急。 165. 马被坑绊倒，166. 艰难往下掉。 167. 刚说现在死，168. 奇异光升起。 169. 明亮光闪烁，170. 一跃跳出来。 171. 张郃惊奇看，172. 快马停下来。	拉丁转写、汉文对译： 118. Joo Yun sirkedeme afarakū, 　　赵 云　延续　不战斗 119. Morin be maribufi yooha. 　　马 把　策马　走了 120. Joo Yun niyalma morin suwaliyame 　　赵 云　人　马　　搀合 121. Ulan de tuhenehe. 　　壕沟 于　掉 122. Jang Ho amcame jihe, 　　张 郃　追　来 123. Jing gidalaki sembihe. 　　正　枪刺　欲 124. Hūturingga taidzi sehe, 　　有福的　太子 若说 125. Fulgiyan elden bihe. 　　红　光　有 126. Jooyun niyalma morin suwaliyame, 　　赵云　人　马　搀合 127. Ulan ci tucifi yooha. 　　壕沟自　出　走了 128. Jang Ho gūwacihiyalaha, 　　张 郃　吃惊 129. Enduri aisilaha be saha . 　　神　帮助　把 知道了 130. Nerginde cooha be bargiyafi, 　　及时　兵　把　收 131. Amasi bederefi yooha. 　　往后　返　走了 汉译文： 118. 赵云不恋战，119. 策马加鞭走。 120. 赵云人和马，121. 跌入土坑中。 122. 张郃追来到，123. 正欲举枪刺。 124. 太子有福气，125. 忽有红光闪。 126. 赵云人和马，127. 跃出坑外跑。 128. 张郃甚惊奇，129. 知是神护佑。 130. 立即把兵收，131. 撤出阵后去。

赵云战张郃、从土坑中跃起的细节，与嘉靖本、满译本相比，达斡尔族乌钦《赵云赞》变化不大，锡伯族乌春《救阿斗的故事》变化较大。嘉靖本中"忽然红光紫雾从土坑中滚起"；满译本为"Holhon de ulan ci fulgiyan elden fulahūn talman tucifi"；达斡尔族乌钦《赵云赞》中突出了对"奇光"的描绘，即"奇异光升起。明亮光闪烁"；锡伯族乌春《救阿斗的故事》中也有对"奇光"的描绘："太子有福气，忽有红光闪""张郃甚惊奇，知是神护佑"，具有宗教文化色彩。

4."赵云战四将"细节对比：

嘉靖本：赵云又走，背后二将大叫："赵云休走！"前面又有二将，使两般军器来到。后面是马延、张铠，前面焦触、张南，皆是袁绍手下将。赵云力战四将，杀透重围。马步军前后齐搣赵云。赵云拔青釭剑乱砍步军，手起，衣甲平过，血如涌泉，染满袍甲；所到之处，犹如砍瓜截瓠，不损半毫。真宝剑也！

满译本：fisai amala ma yan jang kai den jilgan I hulame joo yūn ume bur-lara sembi. Juleri geli jiyo dzu jang nan juwe hacin I agūra jafafi tosohobi. Gemu yuwan šoo I fejergi jiyangjiyūn joo yūn hūsuduleme duin jiyangjiyūn I emgi afame jiramin babe tucire de yafaha moringga cooha gida jafafi joo yūn be gidalambi. Joo yūn cing gang loho be tucibufi yafaha cooha be sacime ugsin saca suwaliyame lasha lasha genehe. senggi šeri muke I adali eyeme ugsin gemu ice-buhe. tere loho I nikenehe ba hengke be sacire hoto be hūwalara adali majige hono sendejerakū. Unenggi bobai loho.

达斡尔族乌钦《赵云赞》	锡伯族乌春《救阿斗的故事》
拉丁转写、汉文对译：	拉丁转写、汉文对译：
173. Qerlee horiej awoor, 　　兵　集中　收回	132. Ma Yan, Jang K'ai jihe, 　　马　延　张　凯　来了
174. Qekee huaindaa morgisen. 　　无声　向后　转	133. Genere jugūn be heturehe. 　　去的　路　把　阻挡了
175. Morie morkiwu hoorond, 　　马　调转的　功夫	134. Gūlmin gida i sehe, 　　长　枪
176. Ma Yan Jang Kai irsen. 　　马　延　张　颤　来了	135. Ma Yan be tongkome tuhebuhe, 　　马　延　把　刺　倒
177. 　Jabdej　aralqiwuo ordoon, 　　没来得及　交战　前	136. Cingg'ang loho i jang kai be sacime waha. 　青钢　腰刀　用　张　凯　把　砍　杀了

达斡尔族乌钦《赵云赞》	锡伯族乌春《救阿斗的故事》
178. Jiao Chu Jang Nan kuqirsen. 　　焦　触　张　南　到了	137. Ts'ooTs'oo ci šan alin i dele tuwambi， 　　曹操　　景山　之上　看
179. Durbun jangjun aoljij， 　　四个　将军　合攻	138. Emu jiyangjiyun hetu undu afandumbi. 　　一　　将军　　纵横　　交战
180. Duand tukurieken haasan. 　　中间　圆圈　困	139. Tanggū tumen cooha dolo 　　百　万　军　内
181. Joo Yun borooti aordjii， 　　赵云　特别　愤怒	140. Isinahala bade seci， 　　所到　地方　若说
182. Jarjij usuini baisan. 　　怒　发　直立	141. Niyalma morin ilha sihara gese tuhendumbi. 　　人　　马　花　凋零　似　　掉落
183. Kundul ondol karkuweini， 　　横　　直　　刺	汉译文：
184. Kurd qikeerwei adil. 　　轮子　回转　一样	132. 马延张凯至，133. 阻挡前方路。
185. Emildee huaindaa toloowuini， 　　往前　向后　顶	134. 赵云挺枪刺，135. 马延被刺倒，
186. Eerel ergiwui mutu. 　　纺锤　旋转　一样	136. 张凯被砍杀。137. 曹操景山看，
187. Durbun jangjun bender， 　　四个　将军　慌了	138. 一将纵横战，139. 百万大军中，
188. Dutaaj huaindaa yaosen. 　　逃　　向后　　走	140. 此将所到处，141. 人马纷凋落。
汉译文：	
173. 集中兵收回，174. 慌忙向后转。	
175. 调转马匹时，176. 马延张颚来。	
177. 尚未交战前，178. 焦触张南到。	
179. 四将军合攻，180. 中间围困住。	
181. 赵云很愤怒，182. 怒发直竖立。	
183. 横直猛刺去，184. 犹如轮子转。	
185. 前后来回挡，186. 犹如旋转锤。	
187. 四将军慌神，188. 向后逃命跑。	

赵云战四将细节，嘉靖本中为"所到之处，犹如砍瓜截瓠"。满译本为"tere loho I nikenehe ba hengke be sacire hoto be hūwalara adali"。与嘉靖本、满译本相比，达斡尔族乌钦《赵云赞》描写更加细致："赵云很愤怒，怒发直竖立。横直猛刺去，犹如轮子转。前后来回挡，犹如旋转锤。"锡伯族乌春《救阿斗的故事》中的"一将纵横战，百万大军中，此将所到处，人马纷凋落"，对赵云勇猛的描写简洁到位。

5. "曹操赞赵云"细节对比：

嘉靖本：却说曹操在景山顶上，望见一大将军，横在征尘中，杀气到处，乱砍军将；所到之处，威不可当。操急问左右是谁。曹洪听得，飞身上马，下山大叫曰:"军中战将，愿留名姓!"赵云应声曰:"吾乃常山赵子龙也!"曹洪回报曹操，操曰:"世之虎将也! 吾若得这员大将，何愁天下不得乎? 可速传令，使数骑飞报各处，如子龙到处，不要放冷箭，要捉活的。"

满译本:Tereci tsoo tsoo jing šan alin I ninggude tafafi tuwaci emu amba jiyangjiyūn coohai dulimbade hetu undu jiyangjiyūn cooha be wame yabumbi, isinahala baingge terei horon be alime gaici ojorakū. tsoo tsoo ebukū sabukū ici ergi urse de funjime tere fe tsoo hūng donjifi morin be fiyeleme yalufi alinci wasifi den jilgan I hūlame fonjime coohai I dolo afara jiyangjiyūn I gebu hala be werire be buyere joo yūn jabume bi cang san I ba I joo dz lung tsoo hūng amasi bederefi tsoo tsoo de alaha. tsoo tsoo hendume ere jalan de unenggi tasha I adali gese jiyangjiyūn bi ere jiyang be baha de abkai fejergi be baharakū seme ainu jobombi sefi uthai juwan moringga niyalma be babede takūrafi, joo zd lung be ucaraha de balai ume gabtara weihun jafa seme fafun selgiyehe.

达斡尔族乌钦《赵云赞》	锡伯族乌春《救阿斗的故事》
拉丁转写、汉文对译:	拉丁转写、汉文对译:
189. SooSoo aolei deerees, 　　曹操　山　上　从	142. Ts'ooTs'oo niyalma takūrambi, 　　曹操　　人　　派
190. Sainte medej ujier. 　　刚刚　知道　看	143. Tere jiyangjiyun i gebube fonjisembi. 　　那个　将军　之　把名字　问
191. Sanaadaa igeer gaigaj, 　　心中　很　奇怪	144. Takūraha niyalma amcame jimbi. 　　所派　　人　追　来
192. SooHungnijarj asooqilgaasan . 　　曹洪　把派去　问	145. "Afara jiyangjiyun gebube weri" sembi. 　　战斗　将军　把名字　留下"说
193. Barqin jagjun irsen, 　　对手的　将军　来了	146. Joo Yun alame buhe, 　　赵　云　告诉　给
194. Baatur nerei medsen. 　　英雄　名字　知道了	147. "Cang šan ba i joo dzi lung sehe. 　　常山　地方　之　赵子龙"
195. Qaidaa jaaj iqier, 　　往哪里　告诉　去	148. Takūraha niyalma bedereme jifi, 　　所派　　人　返回　来
196. Qang Sangni Si Long helbei. 　　常山的　子龙　说是	149. Ts'ooTs'oo de donjibuha. 　　曹操　于　被听
197. SooSoo buraan eyiqij, 　　曹操　多　钦佩	150. Ts'ooTs'oo joo yun be buyeme tuwaha, 　　曹操　赵云把　愿　看
198. Saixiej bas selgiej. 　　赞扬　又　传开	151. "Yala tashai jiyangjiyun —— sehe 　　果然　虎　将军

续表

达斡尔族乌钦《赵云赞》	锡伯族乌春《救阿斗的故事》
199. Yamar gajirei baatur, 　　什么 地方的 英雄 200. Yoonaasq ul aiyin. 　　什么都 不 怕 201. Terei barij oloos , 　　把他 抓 住的话 202. Tumun quagaas uluu. 　　万个 兵 都强 203. Amidun barij aqiraa, 　　活 抓 带来 204. Alj ulu bolon helsen. 　　杀 不 行 说 汉译文: 189. 曹操在山上, 190. 看了刚知晓。 191. 心中很奇怪, 192. 派去曹洪问。 193. "对面此将军, 194. 是何英雄名? 195. 告诉去哪里?" 196. 说是赵子龙。 197. 曹操甚钦佩, 198. 赞扬对众曰: 199. "何地之英雄? 200. 什么都不怕! 201. 把他能擒到, 202. 强过千万兵。 203. 抓来要活的, 204. 杀了可不行。"	152. Erebe bahara oci, 　　把此 得 若 153. Gurun be toktobuci ombi" sehe. 　　国 把 定 可 说 汉译文: 142. 曹操派人去, 143. 来问将军名。 144. 派人追来问, 145. "战将可留名?" 146. 赵云对之曰, 147. "常山赵子龙。" 148. 那人返回来, 149. 禀明曹丞相。 150. 曹操欲见赵, 151. "真虎将军也, 152. 若得此将军, 153. 则可把国定。"

　　"曹操赞扬赵云"的细节，嘉靖本中为"操曰：'世之虎将也！吾若得这员大将，何愁天下不得乎？'"。满译本为"tsootsoohendume ere jalan de unenggitasha I adaligesejiyangjiyūn bi ere jiyangjiyūn be baha de abkaifejergi be baharakū seme ainu jobombi"。在达斡尔族乌钦《赵云赞》中曹操言："何地之英雄？什么都不怕！把他能擒到，强过千万兵。"间接表现了赵云的勇猛，一将难求。锡伯族乌春《救阿斗的故事》中曹操一句"若得此将军，则可把国定"，意味着赵云这个人才难得，把赵云推到至高位置。

　　6. "赵云杀出重围"细节对比：

　　嘉靖本：当时赵云杀透重围，已离大阵，身上热血污满征袍。

　　满译本：tere funde joo yūn jirame kaha baci tucifi beye de senggi matufi etuku etuku gemu icebuhebi.

达斡尔族乌钦《赵云赞》	锡伯族乌春《救阿斗的故事》
拉丁转写、汉文对译:	拉丁转写、汉文对译:
217. QangSani batuur SiLong,　　常山　英雄　子龙	158. Joo Yun emhun moringga　　赵 云　独自　骑马
218. Qan Ban huurwud kurtelee.　　长坂　桥　到了	159. Tanggū tumen coohai dolo afahai　　百　万　兵　内 战斗
219. SooSooyu jangjunni qereleini,　　曹操的　将军　兵	160. Niyalma morin gemu　　人　马　皆
220. Suandaa mutu kerqisen.　　蒜　一样　切碎了	161. Senggi de nicebuhe.　　血　于　沾染了
221. Tooti nerti jiangjunnini,　　少数　名　将军	汉译文:
222. Tabi uluu alsen.　　五十　多　杀	158. 赵云独骑马, 159. 百万军中战。
汉译文:	160. 人马全身处, 161. 遍是溅血迹。
217. 英雄赵子龙, 218. 到了长坂桥。	
219. 曹操之将兵, 220. 被刺如捣蒜。	
221. 把有名将军, 222. 杀了五十多!	

对于"赵云杀出重围"这一细节的描写,嘉靖本中为"身上热血污满征袍"。满译本为"beye de sengi latufi etuku etuku gemu icebuhebi"。达斡尔族乌钦《赵云赞》变化较大,把赵云作战勇猛描写得更加具体:"曹操之将兵,被刺如捣蒜。把有名将军,杀了五十多!"锡伯族乌春《救阿斗的故事》更加突出了赵云作战的场面:"人马全身处,遍是溅血迹。"

7. "赵云见玄德献阿斗"细节对比:

嘉靖本:那子龙独行二十余里。玄德等皆少憩于树下,见子龙血染浑身,玄德泣而问曰:"子龙怀抱何物?"子龙喘息未定而言曰:"赵云之罪,万死犹轻!"跪在地下,泣曰:"糜夫人身带重伤,不肯上马,投井而死,遂推土墙而掩之。……"遂解视之。阿斗方才睡着未醒。子龙双手递与玄德:"幸得公子无事!"

满译本:dz lung emhun yabume orin ba funceme geneci hiowande se moo I fejiledeyeme tecehebi. Hiowande dz lung ni beye de senggi jalukan be safi songkome fonjime dz lung sini hefeliyehengge ai jaka, dz lung fodome jabume joo yūn I beye tumen jergi bucecibe hono weihuken sefi na de niyakūrafi songkome hendume mifujin ujen feye bahafi morin yalurakū hūcin de fekume bucehe. Bi giran be gidame fu be aname. ……. Aikabade ufaraha ayuu seme tuwaci o deu amagahangge getere unde. dz lung juwe galai i jafafi hiowande de alibume hendume jabšan de umainahahūmbi.

达斡尔族乌钦《赵云赞》	锡伯族乌春《救阿斗的故事》
拉丁转写、汉文对译： 229. Usuwu daoriewu ordoon， 　　话　告诉　前 230. O Doo yi alibuuj ukusen. 　　阿斗 把 交代　给 231. Nidii niombosoo wangaj， 　　眼睛　泪　　掉下 232. Niokorj weilee kulqeebei. 　　跪下　罪　待 汉译文： 229. 上前来禀告，230. 把阿斗抱上。 231. 眼睛掉下泪，232. 跪下来认罪。	拉丁转写、汉文对译： 178. Joo Yun uksin tohon be suhe， 　　赵云 披甲 纽扣 把 解开 179. O Deo hefeli dolo amgame bihe. 　　阿斗 怀 内　睡　在 180. Joo Yun juwe galai tukiyefi， 　　赵云　双　手　捧 181. O Deo be alibuha. 　　阿斗 把 呈献 汉译文： 178. 赵云解披甲，179. 阿斗怀里睡， 180. 赵云双手抱，181. 来把阿斗献。

　　"赵云见玄德献阿斗"这一细节，嘉靖本中赵云"跪在地下，泣曰"；满译本为"na de niyakūrafisongkomehendume"；达斡尔族乌钦《赵云赞》中赵云"把阿斗抱上，眼睛掉下泪"；锡伯族乌春《救阿斗的故事》中是"赵云献阿斗"。可见，四个民族的文本对其动作、情感描写接近。而锡伯族乌春《救阿斗的故事》中，"赵云解披甲，阿斗怀里睡。赵云双手抱，来把阿斗献"，赵云这一连串的动作，把尽职尽责的形象表现出来。

　　从上述对比分析可见，达斡尔族乌钦《赵云赞》、锡伯族乌春《救阿斗的故事》与嘉靖本、满译本关系紧密。达斡尔族、锡伯族说唱深受满译本《三国演义》的影响。比较而言，锡伯族乌春《救阿斗的故事》与满译本关系更加紧密，说明锡伯族乌春艺人深受满译本影响。口头传统的特色更为明显，描写简洁，语言贴切。达斡尔族乌钦《赵云赞》变化较大，因为这是文人敖拉·昌兴的个体创作，表现出作品的个性。又经过达斡尔人口耳相传，表现出达斡尔人细致的审美需求。赵云形象在达斡尔族、锡伯族说唱中的不同变化，表达出达斡尔、锡伯人民对赵云形象的完美想象。

三　"长坂坡赵云救主"中赵云人物形象民族化因素

　　上文所述赵云形象在达斡尔族、锡伯族说唱中的变化，其实是人物形象民族化的过程。人物形象民族化融进了这些民族的精神性格与思想情感。赵云形象的塑造是在汉民族文化中起步的，而对其形象的再塑造与传播，是在达斡尔、锡伯等民族中得以实现的，也就是说实现了人物形象民族化。而促使赵云人物形象民族化的因素主要有如下三点。

1. 达斡尔族、锡伯族人民对汉族文化的认同。清朝把《三国演义》看成治国治军的方略以及忠孝节义的儒家思想典范。达斡尔族乌钦《赵云赞》等三国故事，在达斡尔族中流传范围很广。锡伯族乌春《救阿斗的故事》等三国故事，在锡伯族中也是广为人知。达斡尔族、锡伯族吸收汉文化，表现出一种较为复杂的文化交流关系。前文提到，清初大量满译汉文经典进入达斡尔族、锡伯族中，由此，达斡尔族、锡伯族也就自然接受了汉文化观念。达斡尔族、锡伯族吸收汉文化是通过满族文化的中介而得以实现。正因为达斡尔族、锡伯族对汉文化的广泛吸收，赵云这个英雄人物才有机会被这两个民族所接受。

2. 达斡尔族、锡伯族人民对忠勇精神的尊崇。《赵云赞》表现出了赵云忠君爱幼、智勇双全的英雄形象。他单枪匹马，冲锋陷阵，有勇有谋，性格沉稳，表现出的人格魅力，深受达斡尔族人民的尊崇。达斡尔人从黑龙江北岸迁移嫩江两岸，已经认同清朝的统治，忠君爱国思想已经进入达斡尔族社会，赵云形象给达斡尔人一种精神力量。这种精神力量同样也是锡伯族人民的需求。我们通过达斡尔族乌钦《赵云赞》和锡伯族乌春《救阿斗的故事》结尾部分，也能看出人们的精神需求：

达斡尔族乌钦《赵云赞》	锡伯族乌春《救阿斗的故事》
拉丁转写、汉文对译： 237. Aiduwu gaigardwu yabdali, 非常 出色的 事情 238. Altaa qolood ejisen. 金 石 铭 刻 239. Noyin igeini xangnaj, 官 大 赏了 240. Nebted goxij aasan . 永远 仁爱 生活过 241. Joo Yuniei baatur nerinii, 赵 云 勇敢 名字 242. Jaland enees ilaantuj. 在世上 从此 传扬 243. Tond jurgaantei nereini, 忠 义 名声	拉丁转写、汉文对译： 192. sirame kimun gairebe, 接续 仇怨 取 193. urunakū kiceki sehe. 务必 勤勉 说 汉译文： 192. 牢记心中仇，193. 务必更勤勉。

续表

达斡尔族乌钦《赵云赞》	锡伯族乌春《救阿斗的故事》
244. Tooxierdej nebted walasen. 　　尊敬　　永远　　流传 汉译文: 237. 大战很出色, 238. 铭刻金石上, 239. 赏其做大官, 240. 生活永仁爱, 241. 勇敢赵将军, 242. 世上从此传, 243. 忠义之事迹, 244. 尊敬永远传。	

　　达斡尔族乌钦《赵云赞》用 8 句表达了对赵云忠勇精神的赞誉,把赵云事迹镌刻在金石上,希望赵云精神永存。锡伯族乌春《救阿斗的故事》虽然只有 2 句,但"务必更勤勉"更是表达了锡伯族人民对尽职尽责、死而后已精神的尊崇。达斡尔族乌钦与锡伯族乌春,这两种说唱传统除了具有娱乐功能之外,还具有教育功能,人们从赵云形象中汲取了忠勇精神。

　　3. 达斡尔族、锡伯族人民的口头传统"乌钦"与"乌春"。达斡尔族乌钦《赵云赞》,在莫力达瓦达斡尔族自治旗、鄂温克族自治旗等地聚居的达斡尔人中广为传诵。锡伯族乌春《救阿斗的故事》,在新疆、东北等锡伯族地区流传范围广泛。上文第一部分已经提到,达斡尔族与锡伯族的"乌钦""乌春"说唱传统,正是因为有这样的说唱传统,才让赵云这个人物形象更易于被达斡尔族、锡伯族人民接受,成为实现民族化的主要载体。

　　赵云形象民族化的过程,既是在达斡尔、锡伯等民族中传播的过程,也是在达斡尔、锡伯等民族中再塑造的过程。达斡尔、锡伯等民族按照本民族的精神需求,按照本民族语言、文化习俗,对赵云忠勇形象进行了深入刻画。赵云形象被达斡尔、锡伯等民族接受与再塑造的过程,也是民族文化对话的过程。赵云形象民族化不能简单地理解为某一民族化,而应理解为"中华民族化"。有了达斡尔、锡伯等多民族的接受与再塑造,赵云形象就成为中华民族的精神财富,也就实现了民族化。

原载于《明清小说研究》2015 年第 4 期

吴刚，达斡尔族，1973 年 4 月出生，黑龙江齐齐哈尔人，中国共产党党员，中央民族大学少数民族语言文学系博士。2009 年 7 月进入中国社会科学院民族文学研究所博士后流动站工作，2011 年 11 月出站留所工作。现任民族文学数据与网络研究室副主任，副研究员，兼任中华文学史料学学会民族文学史料研究分会副会长兼秘书长。研究方向是中国少数民族古代文学、东北人口较少民族文学。主持国家社科基金项目"清代达斡尔族乌钦《莺莺传》与满文、汉文《西厢记》关系研究"。代表作有《口头传播与文本定型——从达斡尔族敖拉·昌兴乌钦看早期文本的生成》（论文）、《群体诗学向个体诗学的过渡——以达斡尔族乌钦的发展为例》（论文）等。论文《"长坂坡赵云救主"中的赵云形象在达斡尔族、锡伯族说唱中的变化——兼论人物形象民族化》荣获中国社会科学院民族文学研究所 2018 年度优秀科研成果一等奖。

朝鲜流亡文人的身份认同与
中国朝鲜族移民文学

张春植

引 言

中国朝鲜族是从朝鲜半岛迁移到中国定居的移民民族，所以朝鲜族文学也经历了从朝鲜文学中分化—形成移民地文学—最后发展为中国朝鲜族文学的复杂过程，而朝鲜族作家文学从朝鲜文学中分化始于朝鲜朝后期或者大韩帝国①末期的金泽荣、申桯和申采浩等著名文人的流亡文学创作，他们于朝鲜亡国即 1910 年韩日合并前后来到中国，在中国渡过了漫长的流亡生活。

这三位朝鲜文人的流亡原因并不完全相同。金泽荣不愿意在日本帝国主义的殖民统治下作为亡国奴苟延生命，于 1905 年，即意味着朝鲜沦为半殖民化的韩日《乙巳条约》签署前夕，主动离开祖国，来到中国江苏南通定居；而申桯则在 1910 年朝鲜亡国后，为了寻找朝鲜的新出路，于次年来到中国；申采浩也因与申桯相似的原因，于 1910 年韩日合并前四

---

① 大韩帝国（1897—1910）是朝鲜王朝第 26 代国王即最后一位国王高宗（李熙）王建立的国家。1897 年 10 月 12 日，高宗自称皇帝，将原国号"朝鲜"改为"大韩帝国"。大韩帝国延续了 13 年。1910 年 8 月 22 日，随着《日韩合并条约》的生效，大韩帝国灭亡。此前，1905 年 11 月 17 日，日本强迫韩国签订了《乙巳条约》，剥夺了韩国的外交权，从此，韩国沦落为事实上的日本殖民地，直至 1910 年韩日合并，韩国完全沦落为日本殖民地。

个月来到中国。可见，虽然三位文人的流亡原因或者目的有所不同，但有一个共同点，即都在朝鲜亡国前后来到中国。还有一点，他们流亡中国后都继续进行文学创作，这也是一个重要的相似之处。

　　然而，他们的身份认同变化却各不相同，被学界普遍认为是朝鲜族作家文学先驱的这三位朝鲜流亡文人，其身份认同的变化在朝鲜族移民文学中具有重要的意义。本文以此作为着眼点，探讨这三位文人的流亡经历及其文学创作与身份认同变化之间的关系。

一　三位作家的出身与流亡生活比较

　　为了探寻三位流亡文人身份认同的变化及其原因，下面先分析他们的出身与成长过程以及仕途沉浮，及在中国的流亡生活经历。

　　1850 年出生在朝鲜京畿道的金泽荣（号沧江，1850—1927），7 岁起就苦读儒学经典，17 岁时成均试初试上榜，19 岁在儒学者白岐镇门下攻读诗文。此后，他的汉诗创作有了长足的进步，被公认为朝鲜朝后期或者大韩帝国末期三大诗人之一[①]，他于 1883 年有机会与当时来首尔的清人张謇结交，以此为契机，他的诗文传到了中国。最终也因受张謇之邀，流亡到中国南通定居。1891 年，42 岁的金泽荣考取成均馆进士，走向仕途，先后任多个官职，也曾因士祸而落过乡，1903 年再次受任用，如此种种，走的都是朝鲜书生的典型人生轨迹，但就在 1905 年他预感到朝鲜即将亡国，决定流亡中国。其间，也曾做过一些介绍西方文明的启蒙学术活动，但主要还是从事国家经营和文学创作。在流亡中国期间，受梁启超、严复、张謇等启蒙思想家的影响，他开始从典型的封建儒学者转变成资产阶级民主主义者。后来，以 1911 年的辛亥革命胜利和次年孙中山出任临时大总统为契机，金泽荣加入了中国国籍，并接受了民主思想，由衷地为中国的民主革命胜利欢欣鼓舞，无法忍受此后的革命失败。1927 年，蒋介石发动"四一二"政变，金泽荣难以抑制失望之情，4 月底以自杀结束了自己颠沛流离的生命历程。

　　在中国定居生活期间，金泽荣的文学创作和学问得到了南通市民的

---

　　①　另两位为姜玮和黄玹。

认可，至今仍有人欣赏他的诗文。著有《沧江稿》《韶沪堂集》《精刊韶沪堂集》等著作，后人出版了《金泽荣全集》①，收录金泽荣几乎所有作品。

与金泽荣的书生气质相比，申桱（原名申圭植，1880—1922）从小就表现出强烈的反叛意识，成年之后又投身革命实践，是积极的革命者。他出生于朝鲜忠清北道文义郡，甲午战争前夕，年仅15岁的申圭植写了一篇驱日檄文，并召集学堂学友们组织童年军进行训练，提倡武德。18岁那年他离开家乡，上官立学校，后又转到武官学校学武，毕业后被任命为陆军参尉，在步兵营服役。1905年预感到朝鲜将亡，联合地方镇卫队同志，立志与倭寇对抗到底，未遂后企图服毒自杀被救，失去右眼视力，看东西需斜视，为此他戏称自己睨观。1910年韩日合并后，他又企图服毒自杀，被大倧教宗师罗弘岩救活后，誓为民族独立重整旗鼓，于1911年中国辛亥革命前夕，前来中国寻求抗日救国之路。

在中国，申桱到上海，积极支援同盟会机关报《民权报》的发行。1912年7月，他召集上海的朝鲜流亡志士，成立反日运动团体"同济社"，为了多结交中国的民主革命家，又与同盟会的主要成员成立了"新亚同济社"。同年，他加入了文学团体"南社"，开展文学活动，并以此为契机，用诗作同中国的名士们交流。1915年，目睹卖国的中日"二十一条"签署后，他在致南社的一封信中，以朝鲜亡国为例，向中华民族的仁人志士表达了他对中国命运的担忧，在给吕远红、段祺瑞的长篇信函中，他再次表示同样的担忧。

此外，申桱还积极参与大韩民国上海临时政府主导的韩国独立运动。1919年6月，他被选为大韩民国临时政府法务总长。1921年5月，他改任代理国务总理兼外交总长。当年11月，作为特命全权大使，申桱前往广州与孙中山先生会面，并出席北伐宣誓仪式，向北伐军官兵们致辞。不久，因军阀叛乱，中国革命再次失败，他焦虑过度因而病倒，于1922年去世。申桱死后，其遗体安葬在上海。他诞辰六十周年时，重庆

---

① 韩国学文献研究所编：《金泽荣全集》，亚细亚文化社1978年版。

出版了他的诗文集《韩国魂暨儿目泪》，又称《睨观诗集》。①

　　申采浩（号丹斋，1880—1936）的个性大约在金泽荣和申桓之间，但与他们两个不同，很难在申采浩的行踪当中发现他与中国人的交往关系，或许这也说明他更关注的是韩国的独立与光复问题。1880 年 12 月，申采浩出生在朝鲜忠清南道大德郡，幼年丧父后以祖父为师学习汉文，因天性聪慧，14 岁就几乎学通主要儒学经典。后求教于开化大学者申箕善门下，学习现代学问，并由他推荐，20 岁便成为成均馆博士。此后，他开始执笔撰写反对外势入侵、声讨封建统治者和卖国贼罪行的政论和檄文，号召人民起来投身于反日民族独立斗争。1905 年，被聘为《皇城新闻》的论说委员。1906 年，他担任《大韩每日申报》的主笔，并发起成立"新民会""青年学友会"等组织，积极参与促进民族独立运动的政治实践。申采浩翻译了外国英雄传记，并创作《乙支文德传》《李舜臣传》《崔都统传》等朝鲜历代英雄传记作品，撰写并发表了《20 世纪新东国之英雄》等史论多篇。

　　1910 年，在大韩帝国同日本帝国主义签订《日韩合并条约》之前，"新民会"觉得在日本侵略下将无法开展国权恢复运动。预感封建王朝将亡，为了继续开展民族独立运动，申采浩毅然离开朝鲜流亡到中国。他先经丹东到青岛，又北上去俄罗斯沿海州，后南下到上海。1915 年，他定居北京，继续政治活动与文学创作。1919 年 4 月起，他任大韩民国上海临时政府要职；一年多后，因与核心层产生矛盾，他又返回北京。定居北京十多年间，申采浩潜心于著书立说和文学创作，其多数朝鲜史著作和短篇小说《梦天》（1916 年）、《龙与龙的大激战》（1927 年）等文学作品都是在这一时期完成的。

　　这一时期，申采浩深受无政府主义思想的影响，也受到一些社会主义思想的影响。1928 年 5 月，受东方无政府主义联盟的委托筹集民族解放运动所需经费，他在经日本的门司去往中国台湾基隆港的途中，被日本海上警察逮捕。后被带到大连的日本刑务所监禁，被判处 10 年有期徒刑，

---

① 　参照赵成日、权哲主编《中国朝鲜族文学史》，延边人民出版社 1990 年版，第 94 页。

1936 年 2 月在旅顺监狱逝世。后人为他出版了文集和遗稿集等。①

以上三人中，金泽荣年纪最长，1850 年出生，申楗和申采浩同出生于 1880 年，算是同一辈作家和学者。三位都熟读汉文，这对当时的朝鲜文人来说并不罕见，而三人都以文学著称，都是旧韩末（大韩帝国末期）的社会精英，都于朝鲜亡国前后流亡中国；在与中国人密切交往方面，金泽荣和申楗留下更多传奇式的行踪；在为寻求民族独立之路而斗争这一点上，申采浩和申楗更接近，他们都是为寻求救国之路才选择前途未卜的流亡生活的，他们既是文学家，也是韩国独立运动的积极实践者；在文学创作或者学术成就上，金泽荣和申采浩则更胜一筹。

二　文学作品中体现的身份认同变化

通过分析作家的行踪，我们看到三位作家都是在相近的时期（1905 年、1910 年、1911 年）因相似的原因（主要因为亡国的危机），先后离开已经或者即将被日本侵略者所占并失去主权的祖国——韩国而流亡到中国，然而，在他们各自的作品中所展现的身份认同的变化却差距较大。

（一）金泽荣的汉诗创作与身份认同的变化

金泽荣一生共创作了超过一千首的汉诗作品，其中大多数作品为其流亡中国之前所作，而流亡后创作的作品中体现其身份认同变化的作品也不算很多，但是，在这不多的作品里足可以感知其身份认同的变化。

先看《四日至通州大生纱厂赠张退翁观察叔俨》②（1905 年）。

> 通州从此属吾乡，可似崧阳似汉阳。
> 为有张家好兄弟，千秋元伯③一肝肠。

---

①　丹斋申采浩先生纪念事业会、丹斋申采浩全集刊行委员会编：《丹斋申采浩全集》（上、中、下、别册），萤雪出版社 1995 年版；金炳民编：《申采浩文学遗稿选集》，延边大学出版社 1994 年版，等等。

②　许京振主编：《20 世纪中国朝鲜族文学史料全集（5）·金泽荣汉诗》（朝鲜文），延边人民出版社 2010 年版。以下引金泽荣作品皆出此书。

③　张邵为后汉汝南人，字元伯，曾留学太学。诗里可能因为是张謇的先祖而提起。

> 江西茂绩口碑成，一日抛来敝屣轻。
> 谁识大生纱厂里，丝丝织出好经营。

　　在诗里，通州指的是南通州，即现在的江苏省南通市。创作此诗时，金泽荣流亡此地不久，诗中吟诵的情感里多流露出思念祖国之心，尤其诗中讲到现在居住的南通如同自己的老家崇阳或者曾居住过十年之久的汉阳一般（即现在的首尔），表现生养他的家乡对心灵的慰藉。诗中表达了帮助他在异国他乡安顿下来的好友张謇的感激之情，及对张謇先祖的尊敬之情。同期创作的诗作《赠王少屏、诸真长二君》（1905 年）流露的也是相似的情感。诗人表现出要适应流亡地，并与当地中国人打成一片的意愿，还流露出自己与当地人之间有所区别，理应对当地人的亲切和温馨帮助表示敬意与感谢。这种温情的感动让他一时忘掉流亡者身份，他决定要奋发图强，活得更加有意义。

　　在《同屠敬山赴庄茂之菊花大会之招》（1915 年）等表现与在中国结交的朋友、同事之深情厚谊的作品里，也透露出对中国与中国人的感激与敬意。然而，这时他仍然是在中国的异邦人，虽然有些诗作中已经看不到对流亡者处境的情感流露，但是对当地中国人再三表示感激之情本身也是这种出于异邦人的自我感受。

　　金泽荣对中国的情感变化，始见于以辛亥革命为主题的诗作里，因为关注辛亥革命就意味着他开始关注中国国内的事情，《感中国义兵事五首》（1911 年）体现了金泽荣这种心境的变化。在这里，诗人因辛亥革命推翻清朝封建王朝而欢欣鼓舞，因封建政权的彻底灭亡而深感欣慰。值得注意的是，在歌颂辛亥革命胜利的同时，诗人还颂扬朝鲜猛士安重根的义举（诗人另有一首《闻义兵将安重根报国仇事》，专门歌颂这位朝鲜的抗日爱国义士），继而歌颂了中国古代爱国名将岳飞的抵抗精神。此外，诗中吐露因故国被日本帝国主义占领而感到的痛苦与悲伤，显然，这也体现了诗人作为异邦人的身份认同。

> 武昌城里一声雷，倏忽层阴荡八垓。
> 三百年间天帝醉，可怜今日始醒来。

宁塔山①空秋复春，好归毡帐扫埃尘。
玄猿苍鹿应相怪，一去长为借宅人。

山羞海辱我东邦，三士②空留碧血香。
四亿万军今日举，洗冤非独为轩皇。

龙腾虎掷万豪英，叱落天河涂北京。
箕域地灵应愧死，寥寥仅只产安生。

还我河山竟未还，岳王③愤血沸朱段。
知否黄陂大男子，如今还得好河山。

《曹公亭歌》（1912 年）的情感也有些类似。此篇为诗人 62 岁时所作，正好这一年，他正式入了中国国籍。作品歌颂的是壬辰倭乱时，朝鲜英雄李舜臣同明朝将领曹壮士携手击退倭寇的历史功勋，其中蕴含的显然是中朝两国的友好历史，以及两国人民之间的友谊，考虑到如今朝鲜又遭受倭寇的占领和蹂躏，诗人自然希望中国在朝鲜问题上有所作为。虽然诗人这时已经成为法律上的中国人，意识上却仍保持着朝鲜人的认同，大概的原因是因为文化认同不易改变吧。《噫噫篇寄李文先箕绍》（1912 年）的情况也是如此。对中国政治与人文、人情的正面认识，体现了金泽荣已不仅仅作为朝鲜的流亡文人，其认识已经开始接近作为中国人的身份认同，因为诗人对中国的自然与人文、政治与历史是如此赞赏有加甚至感到自豪。

万古神灵区，人才富渊海。
土脉擅膏腴，文文飞孔雀。

---

① 指宁古塔。宁古塔系清代皇族先祖六兄弟居住地，满语里宁古塔为六的意思。
② 指清太宗下令朝鲜臣服时，有三位朝鲜学士抵制讲和论而宁死不屈。
③ 指古代中国爱国名将岳飞。

白白跳松鲈，有粥润贫丐。

有乳收婴雏，先王忠厚政。

　　上文提到，在金泽荣一生创作的超过一千首的诗作中，关于中国的主题以及与他在中国的流亡或者定居生活有关的作品相对较少，这大概是跟他在中国居住的时间较短，又是老年时来中国定居不无关系，这也意味着他对故国的关注是自然流露的。尽管如此，在他后期作品中对中国的无限热爱、对中国人的感激之情、对中国文化的崇尚甚至是自豪感仍然溢于言表。这说明他已经认同了中国人的身份，因为作为外国人是很难会因中国历史和文化而感到由衷的自豪的。

（二）申柽探索救国之路

　　金泽荣在中国的生活，与其说是流亡，还不如说是移民定居，因为他最终加入了中国国籍。而申柽却是地地道道的政治流亡，至少起初是如此。因为他到中国工作和生活，主要是为了寻求救国之方略，为此他积极参与中国的民主革命，与革命者同甘共苦，为了革命的胜利呕心沥血。这种历史定位在他的汉诗作品里也表现得非常鲜明。

　　先看诗作《发汉城渡鸭绿江》，传达了申柽第一次来中国时的异样感受。

大江如彼逝，何日更归东。

无数宜阳子，声声博浪中。[①]

　　从诗中我们可以感受到，他来中国的目的既不同于那些为了活路移民中国的普通朝鲜百姓，也不同于其他普通流亡人士。他性格刚烈冲动，曾两次自杀未遂；他有明确的流亡目的，那就是为了朝鲜的独立，为了彻底改变朝鲜的命运，来中国寻求救国之路。

　　当然，就如他在诗作《到安东县留诚一号》中所说"最痛丧邦恨，何忧行路难"中看到的那样，进入中国境内时，最大的愿望跟其他爱国

---

　　① 许辉勋主编：《20 世纪中国朝鲜族文学史料全集（4）·汉诗》（朝鲜文），延边人民出版社 2009 年版。以下所引申柽作品皆出此书。

志士没什么不同，就是要救国救亡。在《送家侄赴学生军团》一诗所说：
"如何吾叔侄，俱愿在军中。是爱新民血，共和扶大东。"从中能感受到
申楎救国救亡的意志和民主建国的理想。

　　为了坚定这种信念，或者为了鼓励同志和同胞，申楎经常用诗作激励
自己和同志、同胞，要有坚定不屈的意志。诗句"宛在伊人者，篙师又
舵工。一心登彼岸，于起此声中"（选自《寄南京同志》）就体现了这种
坚定的信念。

　　不言而喻，作为朝鲜的流亡志士，申楎投身于中国革命的最终目的仍
然是为了学习和借鉴中国经验，实现朝鲜的国家独立与和平民主。然而，
随着在中国的停留时间越来越长，特别是参加革命斗争后接受了许多中国
人的帮助，他逐渐把中国的命运也当作自己的命运，或兴奋或担心，这就
说明他对中国的情感认同，在不知不觉中产生了某些变化。从身份认同的
角度看，这意味着他与中国人共有了某些相同的"自我同一性"，在他的
思想观念里，对中国和中国人已经几乎不存在外国人常有的民族成见或者
偏见，取而代之的是同类意识，即相同或者相似的感觉。

　　虽然，申楎参加中国的文学团体"南社"，是因为两国相通的汉文，
对中国革命先驱孙中山的敬慕，是因为相似的革命理念。在他的诗中体现
的，对他所遇见和结交的中国朋友的尊敬和爱戴感情，却是和他的"自
我同一性"分不开的。《赠黄克强》一诗表达了诗人对中国资产阶级民主
革命胜利的喜悦欢欣之意。诗句"山河逢再造，日月见重新。成功功不
取，千秋一伟人"，称颂了友人的革命业绩，显然表现出对革命同志的尊
敬与激励之情。

　　他对中国与中国人的情感表现得最为深刻的作品，应该是散文《碧
浪湖畔恨人谈》。申楎细致入微地记录了在流亡生活中结交的中国友人陈
其美的业绩，吐露出对其帮助的感激与敬慕之情，尤其通过言辞高度评价
陈其美作为革命家高尚的人格魅力与宽广的国际视野。

　　　　继言，"美生平以扶倾救弱为职志，故常以爱敝国之心爱贵国，
　　以忧中国之心忧韩国。不仅贵国也，每念安南印度，若痛在己，似属
　　侈谈，实出良心。至于贵国事，尤为切肌，非一时慰藉之语"云。

　　　关于东三省吾侨，指示筹划频多，并言如或就任中央，当设法安
堵。曩昔吉省某官吏禁止学校，封闭大宗教（韩国古教），施教堂一
事发生时，公亦知照该省长官，据理言明，嘱托维护其侨民，勿凌侵
其教育，亦其一例也。

　　前者通过陈其美的言语来称赞其人品，后者就陈其美对东北三省朝鲜
移民的关心与维护的功绩表达感激之情。我们由此可以推测，申桯为什么
对中国与中国人怀有如此崇高的敬慕，也就是我们常说的将心比心。评价
陈其美"一部学问风采，较胜于他者，纵或有之，其热诚毅魄，始终如
一。不失真革命家色相者，惟英士其人也。民党失其健将，民国弱一英
才，其痛惜"，这样的话语真诚且毫不夸张。"盖先生不徒从事于破坏，
而常虑建设事业之不易也，不专注意于中国，而以谋东亚和平为己任也。
其轸念民生之意，时流露于言论间，此外保护侨民，资助游学等；先生所
以厚爱吾侪者，深有合乎公理正义，固非有私于余人也"（摘自《陈先生
英士诔》）也是出自真心的评价。

　　以上引文，作者对陈其美关心"东三省吾侨"的态度特别值得我们
关注，因为这同时还体现出申桯自己对朝鲜移民同胞的关注。这也意味
着，作为流亡志士的申桯与接受流亡志士及普通朝鲜移民的中国和中国
人，以及关心他们的像陈其美这样的革命家在一定程度上形成了认同。

　　然而，他的流亡之初心并没有变，支撑他艰辛流亡生活的，仍然是他
当初带着来中国的、实现祖国光复、把朝鲜建设成为现代国家的理念和梦
想。最集中体现申桯救国方略和政治理念的作品应该是被称为"长篇政
论"的文章《痛言》，在这里，申桯以孙中山的三民主义作为基本理念，
阐释朝鲜民族的重新崛起与朝鲜的救国方略。

　　金泽荣因不愿做亡国奴而流亡中国，申桯为了寻求救国真理来中国流
亡，但两人对中国和中国人的感情比较接近。虽然作为旧时代的书生和文
人，忠君爱国思想在他们的意识里留下了深刻的烙印，因此希望守住作为
朝鲜人的身份认同，但是随着在中国生活的时间越来越长，他们的身份认
同已在不知不觉中出现变化，越来越接近中国人，在他们的汉诗或文章
里，这种变化呈现无遗。

（三）不屈不挠的反日救国斗士申采浩

在上文介绍的申采浩反日爱国行踪当中，我们已经知道其不屈不挠的抗日救国意志，更让人称奇的是，这种意志还表现在其身份认同上。申采浩创作发表了多种体裁的作品，如汉诗、韩文自由诗、小说、散文、传记、文学评论、时事评论等，还撰写了多部朝鲜史著作。申采浩在中国流亡居留的时间长达二十多年（1910 年 4 月—1936 年 2 月），但是他却比前两位流亡文人都要坚定地守住作为朝鲜民族和大韩民国国民的身份认同，在他的作品里，对中国和中国人的认识，或与中国人相似的身份认同几乎没有出现，下面通过具体的作品深入探讨。

需要说明的是，与前两位流亡文人相比，申采浩善用的不是汉诗，而是自由诗和小说等现代文学体裁，本文主要关注的也是其自由诗和小说。我们先看其代表性的自由诗作品《韩国》①。

> 我是你的爱，
> 你是我的爱。
> 如果把这两种爱一刀两断，
> 将流出美丽无比的血块儿。
> 一把抓住那血块儿，
> 均匀洒在韩国的土地上。
> 那血块儿落下之处，
> 开出花来，
> 将迎接春天。②
> （于上海）

在这里"韩国"指的当然是大韩民国，他曾经在大韩民国上海临时政府任过职，在作品中话者的爱国之心只能以惨烈来形容，因为其意象中

---

① 这里不是用"朝鲜"或者"韩国"的国名，作者用纯韩文"한나라"（hannara）来表达。
② 原文选自金炳民编《申采浩文学遗稿选集》，延边大学出版社 1994 年版。以下申采浩的诗句也引自此书。

最引人注目的就是血，流血、洒血、血块儿或者"美丽无比的血块儿"，他是要洒下鲜血来拯救祖国。另一首诗作《你的》也表现了同一个主题，在作品最后一段里是这样描写的："肉体腐烂变成土/骨头化为石头/以此给心上人国家增添一小块土地。"在这里，"你"这第二人称话者指的是包括诗人自己在内的非特定多数，也就是说，这里表现的是大韩所有国民为了拯救自己心爱的祖国要献出一切的意志以及自我激励。"心上人国家"指的是大韩民国。在申采浩的多数诗歌作品里，这种爱国献身精神的宣扬占主要位置，也是他诗歌作品的主格调和中心主题。

不仅在诗歌里，在小说里也是如此。其早期小说的代表作之一《梦天》（1916 年）的主人公就是"韩人"①，意为"韩国男人"。小说借用"梦游录"这一古代小说的形式，表现"既然身体不自由，用笔自由又何妨"的意图。也就是说，这篇小说是他通过小说自由表现的新思想。特别是主人公的名字叫"韩人"，同时作者署名也叫"韩人"，显然强调小说的思想或主张就是作者本人的思想和主张，无论在朝鲜现代小说史上，还是朝鲜族现代小说史上，这种情况比较罕见。有人以其梦游录型小说的缺陷为由（已过时的古代小说类型），贬低这篇小说的价值，但是通过革命斗争实现民族主体性的作家精神是值得肯定的，在殖民地环境下用这种方式体现自己的思想，应该是不得已而为之。从身份认同的角度看，这篇小说的主题仍然是以朝鲜民族的民族解放和大韩民国的国家独立为目的的，是韩国国民的国家认同、民族认同。

申采浩的另一篇代表作，短篇小说《龙与龙的大激战》（1927 年）的主题也呈现出类似的特点。以上帝、天使、米利为代表的统治阶级的天国被以龙（德莱滚）为代表的民众力量消灭，最终天下变成民众的天下，这是小说的基本内容，其主题与深受无政府主义思想影响的申采浩所追求的政治理想相吻合。在这里，笔者关注的是以下内容：

> 来到支那北京，路过正阳门外十里处的天坛，头戴皇冠，身着龙袍的大清国大皇帝在祭天，围观者无数。天使说："哈哈，还是高大

---

① 原文为"한놈"（hannom），韩国男性之意。

的中国——又复辟，恢复了祭天礼！"然后要去找上帝。正在此时，有人高高举起手打天使一个耳光，说："别做梦了。这是民众在节庆上演的戏。什么拉粑粑的上帝呀——"

天使摸着自己火辣辣的脸，往天桥（天坛西）方向走过去。在路边，见到梳一头发髻，系道巾的老道摆摊支起占卜，卦桌上贴着写有"有问必答礼金十枚"八个大汉字的条幅，说："真是奇怪的老头，到现在还没剪头，信奉伏羲八卦呀。'礼金十枚'，也就是十个铜板儿嘛，我得问一问上帝在哪里。"这就摸一摸兜子，准备掏钱。①

这一段描写，是目前已知的申采浩小说中唯一体现其中国体验的场景。在这个场景里，充分表现了申采浩的无政府主义思想，然而，这个场景里的中国体验仅仅是作为体现作家思想的素材采用，可见，对申采浩来说，中国只是为了实现祖国的独立而暂时停留的流亡地而已。

申采浩的小说多数为历史小说或者"梦游录"等幻想型结构，并没有真正的现实题材作品问世，所以客观上也不易表现其中国体验，但是无论在素材还是主题上，看不到与中国人相关的"自我同一性"，这一点与其他移民作家的小说相差较大。其他体裁的作品也是如此。

尽管如此，申采浩的经历中有一点和前文讨论的金泽荣、申桱相似，那就是他也是在中国生活了多年，而且他比前两位作家在中国生活的时间更长，所以我们虽然还没有发现他对中国和中国人明晰的态度，但是，根据上述《龙与龙的大激战》的情况看，也许我们只是尚未发现其身份认同变化的更多具体线索，需要以后做更多的搜集和探索。

结语　三位作家的文学地位与身份认同的关系

三位作家都是长期流亡中国，在中国从事文学创作，因此，将他们的文学当作朝鲜族作家文学起步阶段的特殊现象是无可非议的，大部分朝鲜族文学史都浓墨重彩地阐述他们的创作，也是出于这个原因，这一点笔者

---

① 申采浩：《龙与龙的大激战》，金炳民编《申采浩文学遗稿选集》，延边大学出版社 1994年版，第 134 页。

非常认同。虽然在他们的作品中仍然表达了作为朝鲜人的感受和情感，也带有相当浓郁的朝鲜情结和身份认同，但已不同程度地流露出与中国和中国人相同或者相似的情感，以及自我同一性。同样，因为他们的文学作品里包含着很多朝鲜文学的成分，所以朝鲜文学史将他们的文学业绩写入，这也并不奇怪，但是这种身份认同的变化是不可否认的，我们之所以把他们当作从朝鲜文学中分化出来、成为朝鲜族作家文学的早期移民作家，关键的理由也在于此。

何况，金泽荣和申桁的文学已在相当程度上接近中国人的认同，金泽荣甚至加入了中国国籍，实际上已经成为中国人了。在他们之前，唐代来中国留学并作官的文人崔致远（857—?），以及新近发现的李锴（1686—1775）、金少芝（1888—1943）等明清时期来中国定居的朝鲜人后裔作家①，也要作为现代朝鲜族文学形成之前的特殊文学现象，在文学史上做适当介绍和阐述。这些观点的根据在于，人居住在哪里，就会不可避免地对他的身份认同产生影响。尽管申采浩的文学创作与他的中国体验未显示较大的关联，但在朝鲜族文学史上仍然不能将其遗忘的原因也在于此。

原载于《民族文学研究》2018 年第 6 期

张春植（笔名：半壁居士），朝鲜族，1959 年 2 月生人，吉林龙井人，韩国全北大学博士，1983 年 7 月进入中国社会科学院民族文学研究

---

① 金东勋、韩昌熙：《被忘却的归化朝鲜文人金少芝与他的汉诗文学》，金东勋、李海山编译《金少芝汉诗集》，民族出版社 2011 年版，第 1—2 页。

所民族文学理论与当代文学批评研究室工作，研究室主任、研究员。研究方向：朝鲜族小说史、韩国移民文学、朝鲜族作家研究。承担省部级以上科研项目一项。代表作题目：《解放前朝鲜族移民小说研究》（专著）、《日据时期朝鲜族移民文学》（专著）、《朝鲜族移民小说研究》（专著）。社会兼职：中国延边作家协会会员、中国作家协会会员、延边作家协会理事等。曾获延边作家协会文学评论奖、全国第九届少数民族文学创作"骏马奖"理论评论集奖、中国朝鲜族檀君文学奖评论奖等。

非遗保护的回望与思考

刘魁立

2001 年，联合国教科文组织公布首批"人类口头和非物质遗产代表作"，中国申报的"昆曲"入选。2004 年，我国成为第六个加入《保护非物质文化遗产公约》的国家。"非物质文化遗产"（以下简称"非遗"）这一新鲜的术语，在短短数年时间里，在我国各地、各民族，以及在各领域中，成为最热门的词汇之一。大家越来越清楚地认识到，非遗是一项与广大民众生活密切相关、具有重大意义的宝贵财富，是民族智慧的结晶，是民族文化的精华，是民族精神的象征。尤其是近年来，我国的非遗保护工作不仅日益深入人心，还使各族人民进一步提高了认识，自觉地、热心地投身于非遗的保护和传承工作，这是时代的赐予，也是非遗的幸运。

今天，我们的非遗保护与传承不是悬在空中的虚无缥缈的概念，也不是写在纸上的文字或者在会议当中的号召和宣示，更不仅仅是体现为传承人活动的个体行为；而是落在实地、充满生机，活在民众心中和手上、历久而弥新、通过无数鲜明多彩的活动体现出来的波澜壮阔的社会实践。

一

非遗保护与传承作为文化领域中的一项重要举措，其问题的提出及其备受关注有着深刻的历史文化背景。广义上说，文化是人类所创造的一切物质产品和精神产品的总和。那些被人类创造或改造过的、满足人类某种需求、表达某种意图的"物"，通常被称为物质文化。非物质文化是指人类创造的不以物质载体形式呈现的成果。人出生下来，不单单靠物质存在于世。物质仅仅提供人作为生物体生存的基础性条件。更重要的是，人要靠非物质文化的创造、习得和传承，才能不断成长，才能成其为人，才能不断地生产出不竭的物质财富。从学说话、学走路，到懂得道理、丰富知识、掌握技艺，一天天、一年年都在和非物质文化打交道。对于社会群体来说，尤其如此。总的来说，有宝贵发达的非物质文化作为基础，才有丰富的物质文化以及幸福和谐的社会生活环境。

然而，人们长期以来对文化的认识存在一定程度的偏差：常常是特别关注文化的物质层面，而轻视了物质中蕴含的智慧、技艺、情感、精神，以及整个非物质文化的重要意义和价值。极而言之，长此以往，人们或会沦为"拜物教"的俘虏。另外，在以往关注非物质文化的时候，又特别重视精英文化和主流文化，对蕴藏在广大民众中间的最普遍、最常用、最基础的非物质文化反倒视而不见。这种对于文化的认知偏见，容易造成文化的民族性及其深厚历史底蕴的丧失，使文化日益趋同化，缺乏应有的生命力和创造力。

再者，就整个国际社会的文化发展格局和走势而言，发展中国家和地区传统文化的优秀成果一直很少被纳入关于整个人类文化发展历程的主流话语范围。西方文化在世界文化格局中处于强势地位，这严重影响着发展中国家的文化发展走向。当前大多数发展中国家保护和发展本民族传统文化举步维艰，这影响了他们的国家形象和民族心理，使得他们民族平等和民族自豪的心理基础变得越来越脆弱。

国际社会为了彰显和维护人类整体价值和长远利益，提出保护人类文化多样性的主张。因为继承各民族优秀文化传统，坚持文化发展多样性是人类创造力持续发展的必要条件。《保护和促进文化表现形式多样性公约》还特别指出："文化多样性是人类的一项基本特性。""文化多样性创造了一个多姿多彩的世界，它使人类有了更多的选择，得以提高自己的能力和形成价值观，并因此成为各社区、各民族和各国可持续发展的一股主要推动力。"

当此 21 世纪的人类社会，非遗保护与传承问题的提出可谓恰逢其时，这不仅对我国的文化建设具有重要意义；同时对世界各民族平等和积极地参与和推进人类文化发展进程、对提升整个人类文化的生命力和创造力，也具有划时代的意义。

每个民族是否善待自己的传统文化，是否继承和弘扬自己优秀的民族文化传统，也是关乎人类文化如何发展的大事。我们越来越清楚地认识到，民族的立场和全人类的立场并不是截然对立的。以我个人的理解，联合国教科文组织关于非遗保护的设计理念之一，就在于正确处理民族文化与人类文化的关系，在于确认特定民族文化的人类文化地位。

当说到民族文化的人类意义的时候，我们会联想到一个惨痛的历史教训：当一个民族把自己的文化吹嘘成是超过其他任何民族文化的"最优秀的文化"，因此要凌驾于其他民族文化之上，从而贬低甚至要取代和消灭其他民族的文化时，其结果不仅是人类文化的灾难，同时也是人类的灾难。例如，在给人类带来极大灾难的两次世界大战中，有的民族无限制地膨胀自己的文化霸权，只许我发明，不许你创造，把自己看成是"优等民族"，把其他民族看成是"劣等民族"，从而侵略别的国家，要杀害甚至灭绝其他民族。我们应当铭记这种令人刻骨铭心的历史教训。

每个民族都会把自己优秀的传统文化当作鼓舞自己的精神力量，提高民族自信心和自豪感。但绝不应该以自己的文化为借口，贬低和否定其他民族的文化。非遗不是也不应该是隔绝不同民族的文化壁垒；不是也不应该是荒谬地指认民族优劣的标准。非遗的可共享性特点使它成为联系和沟通不同民族的纽带和桥梁，是不同民族加强交流与合作的广阔天地，是推动文化多样性、构建人类命运共同体的重要因素之一。

二

在谈论非遗保护与传承问题之前，我认为有必要再次澄清一下我们对"非物质文化遗产"这一基本概念的认识，因为在某些场合中，人们对这一概念的理解和使用并不都是准确的。在我们的现实生活中，物质文化和非物质文化是彼此相依、密不可分的，正如一件产品和这件产品的设计和制作技术及其实施过程不可分开一样。但同时，在我们的认识和语境中，它们又是可以分开的截然不同的两种事物。顾名思义，非遗保护的对象是与物质文化相对而言的非物质文化，因此"非物"是我们认识何谓非遗，以及如何保护和传承非遗的重要切入点。

国际层面的文化遗产保护在总体上经历了一个由关注"物"到"非物"的过程。1972 年，联合国教科文组织通过《保护世界文化和自然遗产公约》，诸如长城、故宫等世界文化遗产，九寨沟、三江并流等世界自然遗产，以及泰山、黄山等世界文化和自然遗产等，均被纳入了《世界遗产名录》，它们都是有形的物质文化遗产。20 年后，联合国教科文组织启动《世界记忆遗产名录》，比如"样式雷"建筑图档和《本草纲目》（1593 年金陵版）即是该名录中的保护项目，但它们仍不是非遗，而是非遗的文献档案。如果把非遗比喻成是活生生的人的话，那么这些记忆项目，仅仅是人的画像和照片而已。直到 2003 年通过《保护非物质文化遗产公约》，我们才有了专门保护"非物"的国际公约，比如体现在工匠身上的卯榫结构营造技艺，这是与人相关的智慧和技艺。随着时间的推移，物质性的对象可能会耗损、衰败和消亡，但非物质文化却是可以传承的，借助代代相传的非物质文化的智慧和技艺就可以无数次地创造出物质性的对象来。

作为新术语的"非物质文化遗产"，有其定义和特定范围。根据《保护非物质文化遗产公约》：

"非物质文化遗产"，指被各社区、群体，有时是个人，视为其文化遗产组成部分的各种社会实践、观念表述、表现形式、知识、技能以及相关的工具、实物、手工艺品和文化场所。这种非物质文化遗产世代相传，在各社区和群体适应周围环境以及与自然和历史的互动中，被不断地再创造，为这些社区和群体提供认同感和持续感，从而增强对文化多样性和人类创造力的尊重。在本公约中，只考虑符合现有的国际人权文件，各社区、群体和个人之间相互尊重的需要和顺应可持续发展的非物质文化遗产。

就其范围来说，"非物质文化遗产"包括以下方面：

1. 口头传统和表现形式，包括作为非物质文化遗产媒介的语言；
2. 表演艺术；

3. 社会实践、仪式、节庆活动；

4. 有关自然界和宇宙的知识和实践；

5. 传统手工艺。

根据 2011 年颁布的《中华人民共和国非物质文化遗产法》：

非物质文化遗产，是指各族人民世代相传并视为其文化遗产组成部分的各种传统文化表现形式，以及与传统文化表现形式相关的实物和场所。包括：

（一）传统口头文学以及作为其载体的语言；

（二）传统美术、书法、音乐、舞蹈、戏剧、曲艺和杂技；

（三）传统技艺、医药和历法；

（四）传统礼仪、节庆等民俗；

（五）传统体育和游艺；

（六）其他非物质文化遗产。

结合这两个权威文件给出的"非遗"定义和范围，我认为，理解非遗的关键在于认识非遗保护与传承的对象不是有形的"物"，而是"非物"。正如本文开头就已谈到，它指向的是我们自己的生活方式，这种生活方式是老祖宗留给我们的，一代一代传承下来的，这意味着它从昨天而来，被这一代关注、守护和传续，会发展到明天。非遗是一种动态的过程性文化，不仅在今天是活态的，在未来也是具有生命力的。同时，非遗又是社区、群体相互传递、彼此认同的生产和生活方式，对今天和未来的民众生活，都会发挥积极的作用。如果非遗仅仅意味着昨天的话，就失掉了它作为遗产的价值和意义。因此，随着我们的生活追求和社会发展的变化，非遗不可能是一成不变，而是在不断地适应着时代的变化，演绎着文化传统的历史进程。简单地说，非遗是历史传承的，共同创造的，被今天的人们共同视作文化财富的生活方式。这种生活方式体现着我们的价值观，同时丰富着我们的生活，也承载着我们对生活的热爱、我们的幸福感。

三

物质文化和非物质文化共同构成了我们的生活内容。但为了表述的方便，我们只有在与物质文化的比较中，才可以更清晰、更深刻地体验到非物质文化的本质特征。当然，这也是我们深入认识和理解非遗，做好保护与传承工作的重要前提。

首先，非物质文化区别于物质文化的一项基本特征是其共享性。

每一个具体的物质文化对象，都是不能被不同主体所共享的，而非物质文化对象则是可以实现共享的。比如，父辈的某处住宅、某件古董给了哥哥，弟弟和其他人就不可能再有，但祖先留下的智慧、经验、习俗和手艺，却是后人可以共同领会、掌握、继承和拥有的文化遗产。

我这里所说的"共享"，不是指不同的人对同一文化对象能够共同感知，共同感受，共同欣赏，共同品味，等等；而是指不同的人，不同的社群、族群，能够同时持有、共同享用、共同传承同一个文化创造成果。这种可共享性不受时空的限制，同样是"春节"，中国诸多民族、各个地区，乃至韩国、越南等国的民众，均可共享其文化过程和文化意涵，亦可在此基础上再创造出具有自身族群或地域特色的春节文化。所以说，人类文化发展的历史既是文化创造的历史，同时也是不同人群、社群、民族、国家文化共享的历史。文化共享的历史与人类文化发展的历史共短长。

非遗共享性的实现，必然要具备一定的条件。首先，其功能要适应共享者的需求；其次，共享者对这一遗产具有相应的价值评估；此外，还要具备适宜的社会历史条件。

非物质文化共享性实现的结果，对群体内部而言，会促进共同价值观的形成并增强群体的内聚力，形成一种我们大家特别重视的社会团结与社会和谐，同时也会成为这一群体共同身份的标志。对不同群体、不同民族而言，将会彼此借鉴以丰富各自的文化内容，促进其发展，并增进彼此的共识，进而有利于和谐关系的建立。不同社群、族群之间的平等和互相尊重对文化共享是极为重要的。

共享性不应、也不会导致文化的趋同。共享的目的不在于盲目追随他人，从而贬低、否定甚或是抛弃自我，成为他种文化的俘虏；而在于广泛吸纳、借鉴其他民族所创造的人类文化的精华，以丰富和建设自己的民族文化，以增强每个民族文化的生命力和创造力，从而为整个人类的文化发展做出更巨大、更辉煌的贡献。

非物质文化共享推动着人类文明的整体繁荣和发展。中国通过非遗保护极大地提升了民族自豪感。作为中国人，我们不仅创造今天的生活，也要为我们的历史感到骄傲。民族自信的基础在于民族自觉。我们要认清自己民族的历史，以及我们对人类的贡献。比如，茶、丝绸在很早以前就传到欧洲。天然野生茶树的驯化、炮制的过程有多种制作方法，是非物质性的技艺。蚕的饲养，蚕丝的提取、缫丝、刺绣都是丝绸相关的非遗技艺。这些中国人的创造，这些成为中国人与世界交往的物产及其中蕴涵的智慧和技艺，是我们与其他文明交流对话的极好范例，是中华文明的象征，也是人类文化发展进步的象征。

同非遗共享性相关联的一个重要的基本概念是文化多样性。非遗共享性无疑会对文化多样性的充分实现提供强大助力。以我的理解，教科文组织推动非遗保护的意义，恰恰在于借助这个文化举措为人类社会寻求一个超越物质独占、抵制文化霸权、消弭由之而造成的人与人、社会与社会之间的纷争，并能推进人类文化繁荣发展的有效途径。因此，针对非遗的保护，就需要有民族的视角，同时还需要有人类的视角。用人类的视角来认识和保护我们各自民族的非遗，从而使我们的保护工作具有更广泛、更长久、更深刻的意义。

其次，非物质文化的另一特性在于它的活态性。

非遗是始终处于过程中的文化，它的生命活力体现在发展演进的过程中，如果它不能适应社会之需求，就会被历史所搁置、所舍弃；但如果它没有像一时闪亮的流星那样陨灭于长空，成为历史尘埃的话，它就会在运动中获得长久的生命。非遗的活态性体现在传承过程当中，它的每一次的具体呈现，都是一次与众不同的文化演绎，都是它无限的生命链条中的一个环节，仅此而已。

这里，我们可以以端午节为例，来演绎一个非物质文化事象生成、发展和变化的情况：

　　社会是动态前进的，节日的涵义亦是如此。比如端午节，从最初"避邪"的天人较量，到包含忠孝道德内涵观念的祭奠行为，以及不断附着其身的种种道德理念，无不反映了人们对自身、对人群、对自然环境的美好诉求。严格地说，端午节最早或许并不是一个人文性的节日，而是人类与自然对话的呈现。众所周知，端午节的背景是：在季节变化过程中，阳气发展到极致，阴气开始萌生。而阴阳交替的关节，可能或者一定会发生某些矛盾或是斗争。关于端午时节的这一点，《礼记·月令》有明确的记载："是月也，日长至，阴阳争，死生分……"那么，如何能够平顺地度过阴阳相争的关口，智慧的先人们选定了一些相应的活动来面对，以应对这个重要关口。端午节时，人们要戴五彩线、挂艾蒿、喝雄黄酒、制五毒符、吃五毒菜，等等。人们进行这些活动，其良好愿望就是为了在阴气萌生之时，留住和发扬一切祥瑞，避免一切不好的事物发生。这即是端午节的最初生发渊源。从这个意义上来说，早期的端午节无疑是人们发现自然阴阳交替的时间，并借助各种活动来平顺度过这个时间节点，其目的和意义也可以解说为"避邪"或是"辟邪"。

　　随着社会的不断发展，人们要不断进行生活秩序的维护和重新建构。如何来处理随之而出现的诸多问题呢？比如，应该如何对待自己的民族？应该如何对待自己的国家？应该如何对待社会环境和自然环境？应该如何对待周边的人以及自己？有意思的是，在人与社会不断契合的进程中，端午节随之被赋予了两个重要的道德观念——"忠"与"孝"。

　　提到这个"忠"的观念，便离不开先人屈原。作为战国末期楚国重要的政治家，屈原满怀才学与抱负，从建功被重用，到遭小人嫉恨，再到不得志被流放，最终自投汨罗江结束生命。对于屈原的一生来说，他要忠于自己所处的一种制度或是环境，他所做的一切，不管是对制度的妥协还是抗争，紧紧围绕一个"忠"字。于是，人们选择在端午这个阴阳交替、百害将生的时节，来祭奠屈原，反映的也是一个"忠"的道德观念。这个观念仿佛一种生命体，随动态的社会历程而不断涵养，不断演进，不断丰富，在端午这个节日里也得到了极好的彰显。

　　另一个随时代衍生的重要道德观念就是——孝。而这个观念的发端，始于曹娥的故事。曹娥是历史上有名的孝女，会稽上虞人。她的父亲曹盱是个巫祝，负责祭祀方面的工作，东汉汉安二年（143）五月五日，曹盱驾船在舜江中迎潮神伍子胥，不幸掉入江中，生死未卜，数日不见尸身。此时曹娥年仅14岁，她昼夜沿江哭寻父亲。过了十七天，在五月二十二日这一天她也投了江，五日后她的尸体抱着父亲的尸体浮出水面。这个故事在《后汉书·列女传》中有详细记载。不论人们对故事本身作何评价，重要的是，循着这个动人的故事，我们发现了一个特别重要的被人们所关注的道德观念——孝。这个故事逐渐附会到端午节上，民众开始传颂端午节正是为了纪念曹娥而设置的。至此，端午这个节日，它也发展成为一个宣扬孝道的节日。

　　当然还有些其他的内容和理念，也附会在这个节日里，并让这个节日变得丰满，充满无穷的韵味。但关键的是，对于我们来说，节日不再是一个单纯的节庆活动，它已经成为一种观念建构和关系重建的载体。通过这个载体，我们内心的美好理念得以建成、加固和完善，人际关系以及人与整个社会的关系得以重新梳理和构建。

　　因此，在传承中变异，不断融入当代社会，正是非遗在民众生活中活态性的具体表征，这也是某些特定的非物质文化能够绵延、流传、发展至今，乃至于进一步走向未来的根本动力之所在。

　　说到非遗保护，有时有人会不经意地使用"原生态"一词。"原生态"这一术语在一些场合的应用，或许有它的合理性。但是，在涉及非遗保护议题时，使用这一词汇就未必是恰当的，而且可能造成某种混乱。关于"原生态"，我想可能有三种理解：1. 原始状态；2. 根据记忆重新建构的某个时段的状态；3. 现实存在的自然状态。圈定上述三种当中任何一种时段和状态对非遗加以保护，都是不正确的、也是不可能取得良好效果的。而"传承"这一概念本身，就包含着发展、演进和再创造的意涵。"原生态"这个术语，常常会使我们在意念中不自觉地消解事物的发展过程，而去追寻事物在某个时间节点上的表现状态。另外，"原生态"从字面上看，会造成一种印象：这里着重言说的是对象的表现形式，而没有特别指出它的核心本质。

　　涉及活态的非物质文化，我个人认为，"基质本真性"应该是一个非常重要的基本概念。与通常使用的术语"原生态""真实性"不同，"基质本真性"是一个更侧重历时性的范畴，因为基质本真性是一个关心事物自身在演进中的同一性的范畴。有时间维度才有先后时间里是否保持自身同一的问题。我这里所说的基质本真性，是指一事物在演进过程中仍然是它自身的那种专有属性，是衡量一种事物不是他种事物或者没有蜕变、转化为他种事物的一种规定性尺度。对于非遗事象来说，基质本真性是它的真髓，是它的灵魂，灵魂在，则事象在；灵魂变了，则事物也随之变了；灵魂的消亡意味着事象生命的结束。

构成基质本真性的基本要素包括构成该事象的基本性质、基本结构、基本功能、基本形态，以及作为主体的个人、社群、族群对该事象的价值评估。

文化与特定人群相联系，具有表征这个人群、锻造和展现这个人群的精神特质的作用；反过来说，文化又代表这个人群，成为这个人群的身份标志。人的变化，社群的变化，时代的变化带动着文化的变化。文化会变化，正是在这一意义上才有文化保护的问题。基质本真性的概念是在承认文化事象在变化的同时，保证文化事象的变化保持在一个同质限度之内。基质本真性的概念并不无视尤其并不反对文化的变化和演进，而是在尊重和遵循文化自身发展的规律以及承认社群自身进行文化调适的正当性的前提下，为了建设明天，而保持特定文化事象的基本的同一性。

以我个人的理解，非遗保护问题或许可以简单地表述为保持非遗的基质本真性的问题。保护，是通过自觉的努力让非遗项目在理想的状态下尽可能保持其原有的属性。最起码的要求是，依照其自身发展的规律，使该项目避免丧失它最基本的属性。因为丧失了最基本的属性，该项目就不再是它自身了。

文化的变化是不可避免的，只要变化不失其基质本真性，只要文化事象的基本性质、结构和功能、该事象对人的价值关系不发生本质改变，就是可以当作正常来看待的。文化的变化和演进，有它自身的规律。在这一规律当中，自然也包含着外部影响的因素。但任何人为的、违背规律的"催化"，都将损害文化事象的正常生命进程。关注事物的基质本真性正是将保护和发展这样两个似乎对立，但却完全统一的概念，结合在一起，达成辩证的统一。

再次，非遗是以人为载体的文化遗产。

物质文化成果一旦被人创造出来，它便脱离开人而独立存在；而非物质文化则以人为载体、为主体，以人的观念、人的知识、人的技能、人的行为作为其表现形态。比如说我们过年时的扭秧歌、踩高跷、耍狮子等文化娱乐活动，它们既要通过人的身体动作呈现出来，同时也是为了人的自身欢庆、供人欣赏与人同乐而存在和流传的；又比如景泰蓝制作技艺，这种技能知识是通过人来实践、传承和表现出来的，它可以制造出无数的物，同时这些物又是要人来享用才能实现其特定价值的。因此，谈论非遗保护时必然要涉及人，没有人，就没有我们谈论的非物质文化，非遗始终是一种与人同在的遗产类型。可以说，以人为本，而不是以物为中心，是非遗保护与传承工作的关键之所在。

无论是在国际还是国内层面，人们都越来越清楚地意识到，非遗保护的核心在于人，尤其是传承人群体。非遗的持久赓续、面向未来，主要依赖于我们对传承人群体的关爱、保护和传承人自身的代代相传。

联合国教科文组织在建立"人类活珍宝"国家体系指南，以及关于建立"人类活珍宝"制度的指导性意见中分别指出：

> 实现非物质文化遗产可持续性保护的最有效的方法之一就是保证非物质文化遗产的传承人进一步发扬这些知识和技能，并将这些知识和技能传给下一代。
>
> 尽管生产工艺品的技术乃至烹调技艺都可以写下来，但是创造行为实际上是没有物质形式的，表演与创造行为是无形的，其技巧、技艺仅仅存在于从事它们的人身上。
>
> 承载着非物质文化遗产技艺、技术或知识的传承人是非遗延续的决定性因素。

联合国教科文组织保护非遗政府间委员会在 2015 年 12 月第十届会议上通过《保护非物质文化遗产伦理原则》：

> 确认了相关社区、群体和个人在保护非物质文化遗产中的地位，

重申了"尊重其意愿并使之事先知情和认可"原则，旨在尊重利益相关方，确保各方全面、公正地参与一切有关非物质文化遗产保护过程、计划和活动的权利，同时承认社区在非物质文化遗产的保护和管理中的中心作用。

此外，《中华人民共和国非物质文化遗产法》也专门针对认定代表性传承人（包括认定条件、认定程序等）、对代表性传承人的支持措施，以及代表性传承人应当履行的义务等内容做出了具体规定。

民众是文化的创造者、享有者，也是最直接的保护者、传承者。不过，在非遗与人的关系论述中，我们还要注意界分两种不同性质的"传承人"：有些门类的非遗表现形式，比如传统习俗、节庆活动等，是全民参与、全民传承的，是大家共同的生活方式，人人都是传承人。但是有些门类的非遗项目，其传承主体并非社会全体成员，比如传统手工艺的技能是掌握在一部分有专业知识技能的传承人手里的，全社会所有成员通过他们非遗活动的物化的成品，来欣赏和分享这份文化遗产。所以，全部的社会成员，我们每一个人，都在这个保护和传承大军当中发挥着这样那样的作用、扮演着这样那样的角色。

进入21世纪，作为传承主体的传承人问题已成为非遗保护和传承的核心问题。非遗是一种历史传承、群体享有和关注的共享文化，它不是今天的发明，也不是单纯的个人创造，因此，我们的传承人和实践者群体在面对各类非遗时必须要树立"公产意识"，具备"公有意识"，也就是说，非遗是一种公共文化财产，这种公产意识是建立在非遗本身特性的基础上的，所以任何将其视为私有的观念，以及企图独占的意识是不可取的。

从"公产意识"的角度来看，我们所说的代表性传承人实际上是延续文化传统的志愿者，他们的传承工作是建立在对文化的敬畏、真爱、情怀和责任基础上的。有时，我们对工匠精神的认识常常局限在技术上。而工匠精神不可或缺的本质性及内在因素，正是对传统文化传承的恭敬和坚守。工匠们孜孜以求，不断追求一个又一个的理想境界，把自己的全部知识、心力和情感都编织在所展现的技术中，创造一个自己可心、又施惠于社会的理想境界。

现在，我们的各级政府都在非遗保护的工作框架下遴选、认定、批准和公布代表性传承人，这是对传承人的支持、关心和关爱，在为传承人尽可能提供一切可能的保护非遗的便利条件。提出申请、并被认定为代表性传承人的人，类似于向公众、向历史签订了保护公共财产的契约，其核心和基础是代表性传承人的历史担当和责任感，他要完成这一许诺。他的荣誉感来自作为志愿者而具有的荣耀感。签订契约，不代表他对项目有不同于对其他传承者的额外的专属的权利，而在于有责任比任何人做得更用心、更努力，做出更多更优异的贡献。因此，保护具有"公产"性质的非物质文化，作为志愿者的传承人群体要树立和大力倡导契约精神。

当今时代，"功利"常常会压倒"意义"，这往往会使我们在功利面前，短视地把为文化发展提供助力的传统文化作为追逐功利的手段。在这时候，尤其要特别关注保护非遗，特别强调非遗的基质本真性，大力宣扬"公产意识"和"契约精神"。在构建人类命运共同体的今天，应该充分发挥非遗的可共享性的特点，充分发挥民族文化的全人类意义，使之为人类文化的多样性发展提供良好基础，使人类社会变得更祥和、更幸福、更多彩多姿。

四

进入 21 世纪，随着非遗保护和传承问题的提出，从"物"到"非物"的文化遗产观念变迁，以及我们对非遗基本特性和保护方略认知的不断深化，中国当前的非遗保护实践正在发生着巨大的变化，甚至可以说，在某种程度上实现了质的飞跃。

与"民俗""民间文化"等概念相比，"非遗"是一个新鲜概念，使我们对传统的民族民间文化有了更新的价值判断。我们日常的生活方式，我们讲故事、唱民歌、过年过节，这些普通的日常生活都获得了文化意涵，具有了重要的文化地位。整个社会对非遗的尊重意识、保护意识和传承意识有了很大的提高，"保护"和"传承"这两个词从来没有像今天这样被强调过，非遗保护唤醒了民众对于中华民族文化传统的尊重、热爱和自豪。而中国通过加入《保护非物质文化遗产公约》和持续性地推动非遗申报和保护工作，也提升了我国在国际上的文化地位，我国与世界许多国家一道正在成为推动人类文化多样性、共建人类命运共同体的积极力量。

近 20 年来，特别指出，作为传承主体的传承人问题是非遗保护与传承的核心问题。过去历朝历代，对民间的手艺人不曾有过特别的尊重，讲故事的人、演唱史诗的人大都没有留下名字，他们不被历史所关注。我们称赞那些手艺人，称赞那些非遗传承者的智慧和技艺，只是赞叹其成果的美妙绝伦，但不知他们究竟是谁。过去通常珍惜的是物，并不特别关注传承者和他的智慧和手艺。所以，今天"传承人"概念的提出和实际尊崇，是找到了非遗保护传承的根。在这一保护过程中，传承人有了荣誉感和自豪感，建立起了文化自信，甚至有了责任担当。作为传承主体，他们的观念和情感也发生了非常大的变化，这些变化让他们的技艺和智慧重新焕发出旺盛的生命力和创造力。

从前"自在"发展着的非遗现在被"自为"地加以保护和重视，这是我们这个时代一个特别重要的变化，它正在开创着一个全新的非遗保护传承局面，我们记录非遗、传承非遗和传播非遗的手段都出现了与过去大不相同的变化。

首先，数字化技术，尤其是录音、录像正在使非遗的记录变得更加真实和完整。在过去的大部分时间内，我们的非遗都是"自生自灭"，通过口耳相传等多种方式在民间"自在"延续和流传，而少有人关注和记录这些来自民众的草根文化和生活方式。20 世纪下半叶，我们主要是靠语言和文字来解说作为过程性文化的非遗。现在，影音记录手段日益平民化和普及，一些以往难以客观描绘和忠实记录的信息可以得到更好的呈现。但是我们应该认识到，数字化技术也不是万能的，其实有很多非遗必须通过身体实践、言传身教才能真正领悟。比如，普洱茶制作技艺传承人李兴昌去采茶，我们只看见他的手在采茶，看不到他手上细微的动作，并不知道他是怎么把茶树上哪一针一叶掰下来的；在蒸茶的时候，他把手往罐子上一搭，就知道温度是否合适。所以，即使是数字化，也还不可能完全把知识传达出来，但是与过去相比已经有了非常大的提高，我们可以用语言等多种信息技术的办法加以补充。

其次，在非遗的传承方面，我们传统的师带徒制度还在延续。与此同时，一些新兴的传承手段和方式也在涌现，比如说非遗进课堂，非遗进校园等，学校通过开展相关的非遗教育课程将这些民众知识纳入正规教育体系，这样的话，一些出类拔萃的学生就可能发展成为我们下一代杰出的非遗传承人。从娃娃抓起的非遗教育正在拓充着非遗传承的路径，与过去相比，我们当前的非遗传承是在"两条腿"走路：传统的师徒制和正规学校教育并行不悖，这样的传承路径也使非遗的多样性和创造性在年轻的新人身上得以更好地发挥。

再次，非遗的横向传播与其纵向传承一样重要。在这方面，我们取得了许多比较重要的突破。非遗的宣传展示活动，对推动非遗发展，助力乡村振兴，能够发挥而且已经发挥了特别巨大的作用。非遗的传承与传播，是非遗保护和发展的两个翅膀，没有有力的传播，就不可能有持久的传承。现在的非遗公开课、非遗旅游、非遗电商购物节、非遗扶贫，以及非遗扶贫活动优秀单位和优秀个人的评选，所有这些活动都极大地拓宽了非遗的传播方式和渠道，提升了整个社会对非遗保护的关注、热爱和积极参与，提高了非遗传承人的自信心、自豪感和创造力，同时非遗传播也为扩大传承人队伍，提供了有利的条件。当前，人们越来越清楚地意识到非遗的传播不仅仅是相关机构和传播单位的事，更是整个社会和我们每个人的事。非遗的传播不是单纯的信息翻制、转换和广泛散布，它还能够唤起和动员社会力量；提升群体对非遗的价值评估和深厚情感；鼓舞传承人群、激励传承，提升社会对他们的尊重；为未来广大的传承人群提供后备力量；促进非遗交流、借鉴，从而推动非遗的发展和推广，等等。因此，非遗的传播在很大程度上更新着人们认识非遗、尊重非遗的观念。

在非物质文化遗产的范围里，口头传统、表演艺术、仪式、节庆活动、广泛的民众知识与实践等项目需要全社会上下一致、共同努力、热爱尊重、守护与传承，这些自不必说。其他如传统手工艺等门类往往是通过物质形态呈现非遗的真实内涵。在这些非遗门类的当代保护实践中，人们看待"物"与"非物"的观念也在经历着一个革新的过程。没有非物质技艺的展现，就不可能有这些物化的成品。享用这些物化的成品，也是我们的生活方式。这些物化的成品随时代变迁而有所演进，其非遗内涵自然也会在历史发展的过程中，顺应时代的现实要求，经过一路的创造和再创造，不断淘洗、琢磨、演进、发展，而走到今天。传承是在认真保护它的基质本质性的原则基础上进行的，但不是墨守成规，一成不变，永远不越雷池一步。如果不回应现实生活的需求，不顺应今天的现实生活，这份遗产就会僵死，不是我们抛弃它，而是它会抛弃我们。

但是我们在非遗保护实践中也不能完全忽视"物"之于"非物"传承和发展的重要意义。在某种意义上，是整个社会共同推动了传承人群体的手艺的传承和保护，如果大家都不关心"物"，非遗传承人的实践活动就变得没有意义；因为没有市场，这些非遗项目的存在也就没意义了。所以，从这个意义上说，也是通过传承人创造的"物"保护和传承了相关非遗项目。

近年来，我们的非遗保护工作又有了一个新的进展——"非遗+扶贫"。通过非遗扶贫，不仅使非遗的传承活动和传承群体日益扩大，还极大地拓展了非遗的社会功能。在脱贫攻坚的过程中，在中华大地的各个角落，创造了大量的有效经验。其中最重要的一点，就是培育扶贫对象本身的造血机能，只有这样才能使贫困地区彻底脱贫、永久脱贫，走上致富的康庄之路。过去有很多说到手艺与贫富关系的民间谚语："无艺如贫""手艺是活宝，走遍天下饿不倒""学艺终身福，是艺不亏人"。非遗扶贫，就是要让贫困人口掌握非遗的技艺，以艺致富，这才是彻底脱贫的长久之计。而这些非遗的技艺，正是他们以往就比较了解的、非常熟悉的，或者是曾经从事过的谋生手艺。所以，他们做起来相对来说比较容易，能够很快见效。我就知道有很多非常成功的实例，比如非遗的能人＋农户＋合作社的形式，在很多地方的实践中都取得了很好的成绩，有效地改变了一些农村的面貌。

在我看来，非遗扶贫不仅意义重大，而且它的影响是多方面的，效果是很好的。非遗扶贫改善了贫困家庭的生活水平，更重要的是提升了他们生活的信心和致富的信心。非遗现在已经构成了贫困人口实现脱贫目标的一个重要途径。这些贫困地区往往还保留着传统的生产和生活方式，也就是说，非遗在这里还有着天然的深厚基础，很多人在生活实践或记忆中还保留着许多传统手工艺的智慧和技能。我曾经和边远山区的汉族，以及海南岛黎族、黔东南侗族、云南傣族等同胞交谈过，他们不约而同地说以前过穷日子的时候，生活没指望，没信心，也没有欢乐，情绪沮丧，看什么都不顺眼。可是，自从拾起了编织、刺绣、陶艺等非遗的手艺，不仅生活改善了，家里也有了笑声。这些原来就会的手艺改变了他们的生活面貌，也增强了他们追求美好生活的信心。通过非遗扶贫，非遗得以保护，得以传承的同时，他们的致富也有了盼头。

非遗在取得扶贫的效果之外，越来越积极地在社会生活的各个领域，发掘自身潜力，发挥应有作用，在保护自然环境、推进乡村建设、繁荣市场经济、构建社会安定和谐、丰富人民精神生活和文化生活、提高人民健康水平、提升生活幸福感等诸多方面，都发挥了一定的积极作用，取得了一定的成效。从非遗自身的角度来说，保护和传承获得了一个又一个新的领地，非遗的社会评价得以提升，传承人队伍得以扩大，保护和传承的意识得以普遍加强，非遗在广大民众的现实生活中的地位也有所提高。非遗的生命力和创造力，也因为它在当代社会的活力旺盛而得到了延续和强化。作为历史文化积淀的非遗正在活跃在我们今天现实的生产方式和生活方式之中。我们珍视这份遗产，尊重和保护这份宝贵的遗产，感恩它给我们今天的生活带来的宝贵滋养，也正在越来越深刻地认识到非遗保护与传承的意义是深远的、是长久的！

原载于《中国非物质文化遗产》2020 年创刊号

刘魁立，汉族，出生于 1934 年 9 月，河北静海人，中国共产党党员，苏联莫斯科大学语言文学副博士，1985 年至 1994 年在中国社会科学院民

族文学研究所工作，所长、学术委员会主任、研究员、中国社会科学院荣誉学部委员。研究方向：民俗学、民间文学。承担省部级以上科研项目："《中国少数民族文学史丛书》""民族传统节日与国家法定假日"等。代表作：《刘魁立民俗学论集》（论文集）、《民间叙事的生命树》（论文集）、《世界文学史》（八卷 16 册，中文译本总主编）等。社会兼职：中国民俗学会荣誉会长、中国民间文艺家协会顾问、俄罗斯科学院《传统文化》杂志编委等。获奖及荣誉称号：2019 年"中国非遗年度人物"、中国文联终身成就民间文艺家等。

中国城市艺术节研究反思与展望

刘　晓

在全球范围内，作为艺术与节日彻底整合的城市艺术节产生于 20 世纪 40 年代。据现有材料可知，1947 年在英国开始举办的爱丁堡国际艺术节，是目前为止全球范围内持续时间最长、规模最大的国际性综合艺术节，享有"世界上最具创新精神和活力的艺术节"之美誉。① 据统计，世界各地已记录在案的成规模的艺术节就有 100 余个，如南非国家艺术节、新加坡国际艺术节、柏林艺术节、贝多芬国际音乐节、慕尼黑歌剧节、布拉格之春音乐节，等等，这使得艺术节的举办成为备受世人关注的国际性事件。在世界范围内，艺术节因具有促进地方文化艺术发展、进行文化艺术交流、树立地方文化艺术形象等功能，而被积极地纳入到地方文化建设与发展的总体战略中。更重要的是，艺术节作为一种较新的现代节日形式和社会组织方式，还可以通过对文化艺术的组织和表达充分发挥汇聚资本和人群、传递社会核心价值观念、建构新型社会关系、发展产业经济、建构文化话语权等现实功能。党的十九大报告中指出，"文化自信是一个国家、一个民族发展中更基本、更深沉、更持久的力量"，必须坚持"推动中华优秀传统文化创造性转化、创新性发展，继承革命文化，发展社会主义先进文化，不忘本来、吸收外来、面向未来，更好构筑中国精神、中国

---

① 史金梦：《沈阳音乐学院冯志莲教授带领"复州鼓乐"参加爱丁堡国际艺术节》，《音乐生活》2017 年第 10 期。

价值、中国力量，为人民提供精神指引"。① 中国举办城市艺术节可以弘扬社会主义国家文化自信，它不但可以促进多元文化艺术交流，而且还可以在社会大环境内起到很好的精神指引作用。

在我国，城市艺术节从产生至今已经历了半个多世纪的历程。尤其是近30年来，各种艺术节层出不穷，在规模和数量上得到了快速的提升，汇集了大量国内外优秀的文化艺术成果，培养了一批批杰出的文化艺术人才，并在国际上产生了显著的影响力，如中国艺术节、上海国际艺术节、南宁国际民歌艺术节、乌镇戏剧节、草莓音乐节、香港艺术节、台湾小戏节，等等。然而到目前为止，我国的各种城市艺术节对于现实社会生活所应当发挥的功能性作用还未被全面地激发出来，还没有在全国范围内形成相对成熟的艺术节联动体系。这种尴尬的局面一定程度上与我国城市艺术节在学术研究方面薄弱的现状有关。就笔者所见，现有相关研究成果多产生于21世纪初的10余年间，其中学理性较强的研究成果偏少，以至于城市艺术节在专业理论指导方面的需求在持续增长，而学术研究却满足不了其需求。因此，我们有必要对我国城市艺术节的研究成果进行总结和反思，并加强对相关研究理论的思考。

一　我国城市艺术节的研究现状

目前为止，有关我国城市艺术节的研究成果主要可分为以下五大类。

（一）关于艺术节节事的研究

这类研究将艺术节纳入城市事件的范畴里进行分析，包括关于艺术节策划、市场与管理相关的研究。这与艺术节（Arts Festivals）和节日（Festivals）已被国际节日与事件联合会同时归入事件（Event）大类这一划分有着密切的关系，由此导致很多研究者在节事研究领域中展开探索。例如，张超以上海国际艺术节、爱丁堡艺术节为典型案例，从它们的历史发展脉络、运营策划模式和结构特征入手，深入探讨了塑造艺术节的可持续整合路径。作者认为，在满足商业利益和艺术追求双赢的前提下，艺术

① 《习近平在中国共产党第十九次全国代表大会上的报告》，《习近平谈治国理政》（第3卷），外文出版社2020年版，第18页。

节的沟通形式应以人为本，提倡将城市空间内公众的现场沟通与多样的深度沟通形式相结合，使城市公共品牌在共同价值观的统领下得到推广与塑造。① 李杰将风险评估理论引入社会活动的风险评估中，对包括城市艺术节在内的各类大型活动的主要风险分类、风险识别、风险评估、风险应对措施等进行了深入研究。② 张雪妍以上海国际艺术节、北京国际音乐节为研究对象，关注两节的运作模式特征，在宣传推广、组织管理、节目设计、资金支持等方面进行了对比研究。③ 为了找寻艺术产品更优质的营销策略，窦飞采用 4P（Promotion、Product、Place、Price）理论体系，从艺术节的战略角度出发，阐释了艺术节在组织中需要具备的内部和外部条件，并对将来艺术节的定位、筹划原则以及具体的筹办方法进行了讨论。④ 此外，俞百鸣对上海国际艺术节在营销推广方面的特点和积累下的经验进行了总结性分析。⑤ 宗晓莲、戴光全以中国丽江国际东巴文化艺术节为例，从文化旅游产业的角度出发，强调艺术节本身具有的强大号召力，即通过举办艺术节，可以在短时间内为举办地赢得良好的口碑和"爆发性"的形象提升。⑥ 徐一文以上海国际艺术节的资源开发模式作为切入点，通过分析艺术节赞助商的赞助动机、影响因子、赞助行为等等，为促进艺术节中各艺术组织与赞助商之间的充分互动建言献策。⑦ 此类对节事进行分析的成果在城市艺术节的相关研究成果中占有较大的比例。

---

① 参见张超《艺术节的品牌沟通——可持续整合路径研究》，硕士学位论文，上海大学，2013 年。

② 参见李杰《大型社会活动风险管理研究——以南宁国际民歌艺术节为例》，硕士学位论文，广西大学，2014 年。

③ 参见张雪妍《北京国际音乐节和上海国际艺术节运作模式比较研究》，硕士学位论文，天津音乐学院，2015 年。

④ 参见窦飞《艺术节市场拓展研究——以首届中国儿童戏剧节为例》，硕士学位论文，中国艺术研究院，2013 年。

⑤ 参见俞百鸣《上海国际艺术节传播推广策略探析》，《青年记者》2013 年第 11 期。

⑥ 参见宗晓莲、戴光全《节事旅游活动中的文化表达及其旅游影响——国际东巴文化艺术节的旅游人类学解读》，《思想战线》2005 年第 2 期。

⑦ 参见徐一文《上海演出市场艺术赞助模式初探——以中国上海国际艺术节为例》，《文化产业研究》2013 年第 1 期。

（二）关于艺术节的艺术审美研究

这类研究抓住作为节日的艺术所具有的审美特征，讨论了艺术节中的艺术现代性等问题。例如，雷文彪以南宁国际民歌艺术为例，讨论了艺术节促进形成公众对民歌艺术的审美现代性认同。[①] 王杰认为，南宁民歌艺术节这一大众文化个案，打破了西方审美现代性的神话，呈现出全球化背景下少数民族地区经济发展与文化传统展示、地方文化身份塑造、族群与社区认同维系等诸多因素存在着复杂微妙的共生互动关系。[②]

（三）有关艺术节对文化传承与发展作用的研究

这类研究以时间为轴，旨在厘清艺术节发展脉络，探索艺术节举办的发展前景。梁晶晶、陈路芳对广西主要少数民族节庆活动的特点，各地举办少数民族节庆活动的效果、不足进行了评估，并就今后如何做大做强广西的特色节庆产业提出了建议。[③] 岑学贵在田野调查的基础上，结合相关文献，从传统民歌的当代表达、民歌节市场运作、民歌节与文化创新几个角度出发，研究了南宁民歌艺术节对于民歌文化的传承与创新问题。[④] 董天然从艺术节的沿革历史、社会作用和价值意义等方面出发，对艺术节作为现代人类文化活动样式的重要性和不可替代性做出了分析论证。[⑤]

（四）讨论城市文化与艺术节的互惠关系研究

这类研究将艺术节视为城市文化的集中化表征。例如，梁娅青以北京国际音乐节和上海国际艺术节为研究对象，在对两节的历史性材料的对比研究中，探索城市文化发展的路径。[⑥] 周正兵从内部文化氛围及其外部国

[①] 参见雷文彪《论南宁国际民歌艺术节的现代审美意义》，《广西师范大学学报》（哲学社会科学版）2008 年第 5 期。

[②] 参见王杰《寻找母亲的仪式：南宁国际民歌艺术节的审美人类学考察》，广西师范大学出版社 2004 年版。

[③] 参见梁晶晶、陈路芳《论广西民族节庆文化的传承与发展——以南宁国际民歌艺术节为典型案例》，《经济与社会发展》2011 年第 1 期。

[④] 参见岑学贵《当代民歌文化的传承与创新——南宁国际民歌艺术节研究》，华中师范大学出版社 2011 年版。

[⑤] 参见董天然《艺术节源流与当代发展研究》，博士学位论文，上海戏剧学院，2015 年。

[⑥] 参见梁娅青《京沪国际艺术节对城市文化促进作用研究》，硕士学位论文，天津音乐学院，2014 年。

际化形象的角度出发，就艺术节对城市形象建构发挥的作用展开讨论。①
陈圣来，通过详细阐述上海国际艺术节的发展历史与具体实施方案，以及
展示国外艺术节的生动案例，使案例与理论紧密结合，向读者展示了全球
范围内当代艺术节在城市文化发展中的多元处境。② 此外，他还论述了艺
术节的定义、历史起源、发展历程、运作机制以及市场扩展等问题，并列
举了国外艺术节的典型案例。③

（五）主办方或课题组对艺术节材料的汇编及实证研究

北京国际音乐节艺术基金会编委会编辑出版的《节日节拍——北京
国际音乐节的故事》一书，收录了北京国际音乐节的相关策划内容、前
期准备工作介绍、举办音乐节过程中的小故事等内容，以讲故事的方式生
动地描述了一个音乐节案例。④ 此外，蒋昌忠、杜建国对第一至第七届中
国艺术节的办节模式和运作机制进行了总结，特别是对在湖北举办的第八
届中国艺术节的创新与发展以及国家艺术节对中国社会发展的意义、影响
和作用进行了总结和分析。⑤ 徐向红、傅才武对第十届中国艺术节进行了
总结，并结合调查问卷数据分析了该届艺术节的特色与创新。此外，作者
还将此界艺术节与前九届艺术节作了对比分析。⑥ 这类研究，为中国城市
艺术节理论研究的完全展开奠定了基础。

从以上可以看出，近几年我国学界对艺术节节庆活动（Festivals）的
研究越来越重视，也取得了一定的成绩，但主要以资讯报道与评论、陈述
现状与社会调查为主，而理论研究成果少、学理性分析不足，致使学术理
论研究不能跟上城市艺术节发展的速度。城市艺术节亟需更多、更深入的

---

① 参见周正兵《艺术节与城市——西方艺术节的理论与实践》，《经济地理》2010 年第 1 期。

② 参见陈圣来《品味艺术———位国际艺术节总裁的思考与体验》，生活·读书·新知三
联书店 2009 年版。

③ 参见陈圣来《艺术节与城市文化》，上海社会科学院出版社 2013 年版。

④ 参见北京国际音乐节艺术基金会编委会《节日节拍——北京国际音乐节的故事》，同心
出版社 2012 年版。

⑤ 参见蒋昌忠、杜建国《中国艺术节实证研究调查报告》，中国社会科学出版社 2012 年版。

⑥ 参见徐向红、傅才武《第十届中国艺术节区域社会文化发展价值与影响力实证研究》，
齐鲁书社 2014 年版。

理论支持。另外,目前我国对于艺术节的研究成果尚未形成独立的学科体系,艺术节往往被视为城市本位下的象征性资本或功能附属品,没有得到正面而直接的重视和对待。所以,对于艺术节的研究,不应仅限于将其作为节事活动或其他领域(如城市文化建设)的附属品或参照物,而应该更加注重对艺术节的本位和理论研究。

二 建立以城市艺术节为本位的场域理论研究视角

城市艺术节的生成与发展都与其所在的社会环境和公共意识形态紧密相连,是地方政治、经济、文化艺术、精神观念等方面情状的集中体现。城市艺术节是自成一体的,是具有相对独立性与自主性的整体。然而现在看来,我国的城市艺术节尽管已经具有向着更开放、更多元的体系化方向发展的趋势,但仍然存在较多的局限性,如关注度低、影响面窄、入不敷出、内容枯燥、形式单一等问题普遍存在,这些问题都在一定程度上限制住了国内城市艺术节的发展节奏。相对应地,目前在学术研究领域中,学界对城市艺术节的理论研究尚处于初级阶段。从对以往艺术节研究成果的梳理和总结中可以发现,多数研究者更倾向于在节日研究的大框架内,将城市艺术节视为地方或城市化发展中的附属品或象征性资本来对待,并将其纳入其他的社会、文化甚至是政治范畴当中,由此形成的主要是以地方经济、文化、政治等领域为本位的城市艺术节研究。因此,长期以来,城市艺术节的研究没有得到应有的重视,这与我国城市艺术节的自我定位和外在形象也是相关的。所以,研究者有必要树立以城市艺术节为本位的理论研究视角,正面地对城市艺术节进行观察和深描,在充分掌握城市艺术节内在机理和根本性结构的基础上,再在其他研究视野下对城市艺术节进行扩展研究。

有鉴于此,本文提出借助场域理论来研究我国城市艺术节,形成以城市艺术节为本位的理论研究视角。作为 20 世纪中后期,法国最具国际影响力的社会学家、思想家之一的皮埃尔·布迪厄,打破了人文科学领域中的多个学科界限并融会贯通,在哲学、人类学、政治学、社会学、教育学等多个学科领域都有所建树。他的主要论著有《实践理论大纲》《实践感》《区分——判断力的社会批判》《艺术的法则——文学场的生成与结构》等。① 其中，他的代表性成果是对惯习、资本与场域的理论概括。布迪厄在广泛开展田野调查的基础上认识到，如果要建立新的社会学理论模型，就必须以建构一个合理的概念空间为基础。"场域"概念主要的理论研究价值在于，它创造了一种构建社会对象的方式，它结构化了由力量间斗争产生的持续变化的场所，并探讨其如何与其他场域发生联系，包括与哪些场域发生联系、在何种程度上发生联系等诸多问题。场域理论注重建构的是一个客观关系的网络（Network）或构型（Configuration），它强调从各种关系的角度对研究对象进行思考。

　　将城市艺术节视为一个具有特定结构的场域，是进行以城市艺术节为本位研究的有效途径。城市艺术节通过场域的作用，打破区隔、聚集、传递和生产各种资本，甚至是改造城市、社会结构的关键作用，这一研究视角需要被树立起来。借助场域理论，研究者可以在城市艺术节内部建构出一个由惯习、资本、权力等相互关系组织起来的结构，以便更好地分析惯习状态与流变、资本积累与流向、权力关系与变化、位置认知与调整等等，由此了解城市艺术节的多样性与差异性，从而发现不同艺术节的发展契机。

三　城市艺术节场域理论研究的路径

　　布迪厄场域理论的研究价值，在于促进和发扬了一种在社会关系网络中构建对象的方式，它可以有效地帮助研究者针对城市艺术节建构一个合理的理论分析框架。场域理论为建立以城市艺术节为本位的理论研究视角提供了可行的路径。在场域理论研究框架内，结合国际视野中普遍存在的对城市形象建设和对文化话语权问题诸多关注的现实，我们可以将对城市艺术节的分析与城市文化资本的发展思路联结在一起，将城市艺术节视为一种对资本与权力展开争夺的文化生产类场域。这一场域可以通过集体性

---

① 参见［法］皮埃尔·布尔迪厄《实践理论大纲》，高振华、李思宇译，中国人民大学出版社 2017 年版；皮埃尔·布迪厄《实践感》，蒋梓骅译，译林出版社 2003 年版；皮埃尔·布尔迪厄《区分——判断力的社会批判》，刘晖译，商务印书馆 2015 年版；皮埃尔·布迪厄《艺术的法则——文学场的生成与结构》，刘晖译，中央编译出版社 2001 年版。

的文化话语实践促进地方文化资本的积累与创新。笔者认为，使用场域理论研究城市艺术节的具体思路包括以下四点。

首先，我们通过引入场域的概念，将城市艺术节作为一个具有完整场域结构的对象加以分析，或者将城市艺术节视为当今社会中一种特殊的社会组织方式进行分析。通过整体性研究的概念，我们可以将城市艺术节作为一个研究整体，与其他的外部结构如现代节日、公共事件、集体性事件等区分开来。在建构了场域与外部结构形成的区隔之后，我们首先分析城市艺术节场域得以建构的原因以及内部结构，进而更有利于分析它与其他场域（比如艺术场域、城市场域、政治场域等）之间的关系。

其次，通过场域的概念强调城市艺术节可以打破由于文化艺术领域或城市间隔特点形成的原有的社会组织方式，将它视为可以有效地使各种资本和人群聚集在一起所形成的一种新型社会组织方式。城市艺术节通过形成新的社会组织方式，不仅可以使人们走出原有的相对隔离的生存环境或组织群体，走到一起发生联系，还可以形成新的资本再生产途径、资源配置模式和社会分工。而这种由城市艺术节产生的社会组织方式，是基于在公共空间中存在的各种层面意义上的交流与互动而实现资本的交流与再生产的模式。资本的汇聚与流动性，是城市艺术节可以被建构为场域的前提和基础。

再次，通过运用场域理论引入"权力"的概念，强调从长远来看，对于城市艺术节场域内部结构或者艺术节场域向外的作用上，文化话语权的争夺始终处于场域存在的根本性目的的主导性位置，而不是为了获取经济、政治等效益。城市艺术节场域，作为一种文化艺术话语场域，在权力场域内通过向具有差异化的文化艺术主体提供全方位的互动与交流平台，积极动员社会各领域对文化艺术的公共话语权力发起集中式的争夺。城市艺术节场域具有调节多种资本流动方向、发挥文化艺术社会功能和创造文化艺术多元价值等现实意义。另外，对于与城市艺术节相关的城市文化资本的再生产与城市文化话语权问题的分析，主要体现在对社会文化艺术主体性的追问上，关注由城市艺术节场域生成的文化话语主体是谁、文化话语权实际状况如何、话语主体是如何行使文化话语权，等等。

最后，城市艺术节场域内的空间特征是参与与交流。"参与与交流"

不仅局限在场域中行动者通过语言或行为的方式产生意义，更深层次上的"参与与交流"指的是艺术节场域为了使各种资本被使用、争夺和流动而形成的特有结构。艺术节场域之于现实的功能正是在资本的流动与再生产的过程中实现的。场域中的资本，在以参与与交流为主要特点的城市艺术节场域空间中实现和提升价值。

综上，城市艺术节场域理论研究视角具有多样性和创新性。布迪厄的惯习、资本和场域等相关理论是分析城市艺术节所使用的有效理论工具。该理论工具使得城市艺术节可以被放置在一个由资本与权力建构的关系框架中进行切实有效的分析。它将城市艺术节建构成一个具有完整形态的整体，并且明确了其在现实语境中的主体性和重要性。它可以很好地从多角度构建城市艺术节的理论研究框架，具有较高的可操作性和现实意义。

四　城市艺术节场域理论研究的局限性

对于研究者而言，明确研究的路径和具体思路是不够的，还应清楚理论工具的利与弊，因此对所使用的理论工具在实践中可能存在的局限性进行反思是必要的。场域理论虽有其独特价值，但在城市艺术节的学理分析中仍有一定的局限性。

第一，传统的场域理论更适合于针对社会事件创建一个相对宏观的社会关系网络结构。场域理论注重对宏大的、具有相对稳定结构的社会现象进行讨论，它可以通过对资本和结构的规约来构成一个宏观意义上的争夺体系。但这种理论模式不太适合具体化的、小型的或个别的研究对象，也不适用对分散的、特殊的社会现象进行个别化研究。我们很难用场域、资本理论框架下的宏大叙事方式来描述城市艺术节中具体的表演场景或人的行为，也很难对城市艺术节中文化艺术的审美性和节日仪式性加以讨论。

第二，场域理论更多地建构的是对社会关系中斗争关系的研究思路，它将场域中的资本与权力视为是行动者形成策略和采取行动展开争夺的对象。由此一来，就会弱化对社会关系体系中其他关系的关注度，比如城市艺术节场域中行动者所有的特殊行为可能会被强行扣上是为了争夺资本或权力而存在的帽子。

第三，资本的概念在场域理论中的应用虽然有效，但效果也是有限的。场域理论中的资本概念的形成，是建立在对场域中资本的辨识和分类基础之上的。将场域中的资本类型化会使得资本的概念在理论分析中的指涉更为笼统、模糊，甚至在具体的量化分析中，对于同一个资本对象在进行分类时会出现重合、交叉的现象。所以，类型化的资本，比如文化资本或社会资本，会为深入的、细化的逻辑分析带来混乱或杂糅等问题，因此场域中不同类型的资本需要结合实际情境加以细化和阐述，对具体的资本形态进行深描与区分往往是必要的。

第四，场域理论缺乏对场域中人的行为与观念的关注。使用场域理论研究城市艺术节的弊端还在于该理论在建构关系网络的同时，相对忽视对行动者所产生的集体性的艺术经验和节日体验的分析。城市艺术节场域中人们对场域产生的审美经验以及节日体验，将构筑公众对城市艺术节的总体印象，使得人们对城市艺术节形成一定的节日心理机制，因此对人的行为与观念的关注与总结，是城市艺术节形成长效发展机制的关键。但是，城市艺术节带给人们的文化艺术感受和节日体验很难在场域理论框架中被描述清楚。因此，研究者需要在场域理论的基础上，对此进行补充研究。

五 城市艺术节场域理论研究展望

对布迪厄场域理论的反思，在一定程度上可为今后城市艺术节更深入、更系统的研究创造理论空间。城市艺术节的理论研究任重而道远，我们需要在这方面有一个前瞻性的认知。到目前为止，国内关于我国城市艺术节的理论研究成果有限，能够直接大量获取的城市艺术节相关资料，大多是对它的正面报道、总结、策划，可用于理论研究的素材不足。为克服理论工具的局限性，对城市艺术节进行更科学、更综合的理论分析，我们应当注意以下几点。

第一，对城市艺术节及城市艺术节场域理论的研究，在原有的理论研究基础上，应更注重对场域中人的行为与观念的经验性分析。不仅要将场域中具有不同身份的人群视为具有行动选择能力的人或制造场域策略的人，而且应该进一步描述他们在场域中的处境和观念，发现他们产生一系列场域行为或策略背后的深层次的原因。

城市艺术节的现实性，在最根本上是为了满足人们对文化艺术的广泛需求，也可以说城市艺术节是参照人们对生活的最本真的需要而产生的。城市艺术节根本性的功能之一，就是它可以形成或调整人们艺术性的生活方式和文化性的社会关系。一方面，城市艺术节离不开公众的关注与参与，只有让更多的人真正参与其中，才能更大地发挥它所具有的其他现实功能。另一方面，城市艺术节中群体的文化艺术观念是指导人们创作或参与行为的基础，具有地方性，可以集中反映公众的精神状态，因此需要研究者对场域中行动者的观念进行关注。总之，公众才是城市艺术节的主体，对艺术节中人以及人的感知性行为进行观察与分析，在城市艺术节场域研究中是必不可少的。

第二，全面而深入的对比性研究是必不可少的，研究者需要具有国际化的视野。各艺术节由于地域文化背景的不同会呈现差异性。而城市艺术节作为中国推动政治、文化、经济发展而使用的社会组织方式，在很大程度上却是舶来品。其组织者在结合中国国情基础上，从组织方式、市场运作、内容安排等方面或多或少地借鉴国外优秀艺术节的举办经验。所以，中国城市艺术节必须通过对比研究，发现自己区别于"他者"的特殊性与优越性，构建自己特殊的场域结构。另外，城市艺术节在社会空间中，占有形成交流与合作平台的位置。由此，只有在国际化视野中，才能使研究者站在一定高度对艺术节的权力与资本进行全面的掌握和分析。在对城市艺术节的理论研究过程中，我们不能忽视国外艺术节对我国艺术节起到的影响，同时也一定要在对比研究中发现我国艺术节可以自成一体的机遇。

第三，学者需要进行大量的实地考察和民族志写作，为研究城市艺术节场域提供支撑。对城市艺术节的研究，仅依赖既有的网络信息、书面文字和影像等材料是不够的，还需要研究者在田野调查过程中形成经验以及田野民族志写作。研究者必须深入现场，用专业的视角对城市艺术节进行田野记录和民族志写作，从而获得第一手资料。研究者在田野过程中不仅要以研究者的身份身处其中，还应该适时转换身份，通过对各种身份和情景的体验开展反思性的考察。在此基础上，我们才能有可能针对城市艺术节形成相对科学的、具现实指导意义的理论性成果。

第四，应对城市艺术节典型案例进行艺术人类学考察。艺术人类学的研究目标是，对人类艺术性的生活方式进行充分的观察与阐释。城市艺术节作为城市生活中特殊时间内发生的集体性活动，可以在艺术人类学的研究框架内得到有效的情景式建构。艺术人类学的研究路径，可以填补城市艺术节场域理论尚存在的理论研究空间，使城市艺术节场域情境的分析得到进一步的延展，使场域中对人的观察与分析得到深化，使场域结构（组织结构、制度建设、人际关系等）得到更全面的补充。场域理论与艺术人类学研究体系的充分结合，将会对城市艺术节研究起到重要的推助作用。

总之，借助场域理论，将城市艺术节视为对资本与权力展开争夺的文化生产类场域，具体分析艺术节场域中资本与权力的深层结构与本质关系、城市中集体性艺术话语实践和多元文化话语权争夺行为的模式、整体性地把握艺术节在现有的城市历史文化语境中逐渐确立起来的符合时代发展规律的生存法则，是非常具有前瞻性价值的理论研究思路，值得我们开展进一步的讨论与研究。

原载于《民俗研究》2019 年第 2 期

刘晓，女，汉族，生于 1987 年 11 月，山东济南人，中国共产党党员，复旦大学中国语言文学系艺术人类学与民间文学专业博士。2016 年 8 月至今在中国社会科学院民族文学研究所科研处工作，助理研究员。研究方向：艺术人类学理论与实践、城市艺术节研究、文化遗产保护。主持国

家社科基金青年项目"城市艺术节对民族非物质文化遗产的存续力影响研究"、中国社会科学院青年学者资助项目"译评《节日统计:关键概念与实践现状》"等。代表作有《城市文化资本与艺术节场域理论研究》(论文)、《当代艺术节之节日形态建构研究》(论文)、《中国城市艺术节研究反思与展望》(论文)等。荣获"上海市优秀毕业研究生"等称号。

从《内蒙春光》到《内蒙人民的胜利》

——解读新中国第一部蒙古族故事影片的历史与现实

孙立峰

2017 年 5 月是内蒙古自治区成立七十周年,① 内蒙古自治区的成立为内蒙古地区和谐的民族关系奠定了必要的民众基础,为建立崭新的中华人民共和国打开了一扇光明之窗。经过多年艰苦卓绝的人民革命斗争,中国共产党领导中国人民取得了胜利,新中国的成立揭开了历史新的一页,作为一个新生的社会主义人民国家、新的国家权力主体出现,在当时是非常需要获得人民普遍认同的,所以,中国共产党领导下的人民需要在新的人民共和国体制和意识形态之下,不断认识和持续解决我们面临的现实问题,坚持、认同、维护新中国的政权合法性,成为当时新中国成立之初非常必要和迫切的国家任务。

电影作为意识形态"最强有力的启蒙工具"(列宁语)②、"历史的代言人"③、新中国新时代具有群众性和普遍性的一种艺术宣传样式受到高度重视,电影叙事作为一种社会更迭时期拥有特殊影响力的艺术形态,随着国家政治制度的巨大转变,对于人民新电影事业发展的要求尤为迫切。

作为新中国第一部蒙古族故事影片《内蒙人民的胜利》(原名《内蒙

---

① 参见李瑞《乌兰夫对民族区域自治制度的贡献——为乌兰夫百年诞辰而作》,《广播电视大学学报》2006 年第 4 期。

② 参见〔法〕马克·费罗《电影和历史》,彭姝祎译,北京大学出版社 2008 年版,第 130 页。

③ 同上书,第 7 页。

春光》) 在新中国成立之初推出, 表明新中国少数民族电影适应电影为政治服务的历史新环境。中国共产党通过进行农村土地改革, 实现了在"地方社会基石"① 上建立新中国人民民主政权的理想, 而新中国第一部蒙古族故事影片《内蒙人民的胜利》完全符合列宁 "应当让电影深入到农村中去"② 的革命理论建树。

中国革命具体实践表明, 中国共产党实际上是通过在村一级建立起新秩序而生存下来的。③《内蒙人民的胜利》成为辅助 "地方社会基石" 的一种现实缩影, 这部蒙古族电影作为一种新的国体形势下的叙述话语, 伴随电影正能量而来的国家文艺的政治面貌相应地也焕然一新。1950 年 7 月 11 日, 在周恩来总理提议下, 新中国第一个有关电影的审查、指导和监督职能机构 "中央人民政府文化部电影指导委员会" 成立, 这对于新中国电影现实状况以及中国电影未来有着不可估量的指导作用。

一 蒙古族电影《内蒙春光》创作的历史与文化背景

1945 年 8 月日本宣布无条件投降, 时隔两月, 1945 年 10 月 23 日中共中央发布了《中共中央关于内蒙工作方针给晋察冀中央局的指示》, 明确指出内蒙地区在当时解放战争中的战略地位以及基本对策: "对内蒙的基本方针, 在目前是实行区域自治。"④ 乌兰夫及时贯彻中共中央指示, 提出首先成立内蒙古自治区运动联合会, 发动群众, 准备下一步建立内蒙古自治政府。根据当时中国和内蒙古历史实际情况, 1946 年 11 月 26 日中共中央发出《中共中央关于考虑成立内蒙古自治政府的指示》, 以乌兰夫为主席的内蒙古自治政府于 1947 年 5 月 1 日正式成立。⑤ 早在新中国成立初期, 周恩来总理就热情表彰

---

① 参见 [美] R. 麦克法夸尔、费正清编《剑桥中华人民共和国史 (上卷): 革命的中国的兴起 1949—1965 年》, 谢亮生等译, 中国社会科学出版社 1990 年版, 第 31—45 页。

② [苏] 卢那察尔斯基:《列宁关于电影的谈话》,《电影艺术译丛》1978 年第 1 期。

③ 参见 R. 麦克法夸尔、费正清编《剑桥中华人民共和国史 (上卷): 革命的中国的兴起 1949—1965 年》, 谢亮生等译, 中国社会科学出版社 1990 年版, 第 33 页。

④ 参见中共中央统战部编《民族问题文献汇编》, 中共中央党校出版社 1991 年版, 第 31—39 页。

⑤ 参见云曙碧《乌兰夫与内蒙古自治区的成立》,《纵横》2010 年第 4 期。

内蒙古自治区为"模范自治区",①这意味着新中国人民政权领导下的内蒙古自治区的建立是中国共产党民族区域自治政策的宏大实践与成功典范。

1947年"三大战役"正面打响,中国人民解放军从战略防御转为战略进攻,从人民解放军的胜利形势看,革命取得最后胜利已经属于历史必然。《中国人民解放军宣言》指出:"中国境内少数民族有平等自治的权力。"②1948年,中国共产党领导的人民解放军节节胜利,差不多已经拥有当时中国北方全部领土,更为重要的是,以乌兰夫为主席的内蒙古自治政府已经正式成立,在中国人民解放军大进军、大胜利和大转折的不断胜利中,且在1948年9月21日内蒙古人民解放军骑兵先后参加辽沈战役和平津战役的战势条件与历史背景下,③乌兰夫亲自提议的蒙古族第一部故事影片《内蒙春光》开始投入创作拍摄。④

《内蒙春光》故事一开片,银幕背景字幕闪光推出:"反攻的号角响了。"银幕画面故事再现了1947年中国内蒙古东部地区草原人民在中国共产党领导下,取得了抗日战争胜利的情景。当解放战争到来时,"摆在内蒙人民面前的道路只有两条,一条是接受国民党反动派大汉族主义的统治,使内蒙民族陷入更悲惨的深渊里,另一条道路,便是接受共产党的民族平等、民族团结的政策,在反对国民党反动派企图奴役全国人民的战争里,和全国人民一起战斗,争取全中国人民的胜利,从而获得自己民族的解放"⑤。

蒙古族故事影片《内蒙春光》以1947年内蒙古东部地区一个旗的典型事例为蓝本,通过具体的牧民形象和画面故事,表现中国共产党领导下的解放新区干部深入内蒙古草原,团结群众,争取上层,孤立敌人,蒙汉民族团结一致打垮反动派的胜利故事。电影《内蒙春光》用艺术画面描

---

① 参见李京《内蒙古自治区蒙古族中华民族认同研究》,硕士学位论文,内蒙古大学,2012年。

② 中共中央统战部编:《民族问题文献汇编:一九二七年七月——一九四九年九月》,中共中央党校出版社1991年版,第32页。

③ 参见郝维民《内蒙古革命史》,人民出版社2009年版;敖喻晶《1947年—1949年内蒙古自治区思想政治教育活动及其经验》,硕士学位论文,陕西师范大学,2012年。

④ 参见朱安平《〈内蒙春光〉影片风波》,《炎黄春秋》2011年第11期。

⑤ 王震之:《〈内蒙春光〉的检讨》,《人民日报》1950年5月28日。

写了蒙汉人民在中国共产党领导下战胜暗藏在蒙古大草原上的阶级敌人和敌特分子，正面表现了内蒙古自治区风起云涌的人民革命，展现了中国共产党民族政策的巨大胜利，这个胜利宣告了蒙古族人民和新中国各族人民开始走向新的社会主义道路。

《内蒙春光》在表现革命斗争的同时，不仅为观众展示了内蒙古大草原风光，还充分展现了蒙古族的风土人情、生活习俗、传统文化，如：蒙古族的喇嘛庙、敖包会、蒙古人摔跤比赛、用套马杆套马、吃全羊等富有民族特色的生活场面。影片不仅把民族地区特有的视觉元素充分地表现出来，而且也有意识地将蒙古族的民族音乐元素通过银幕传达出来。影片中使用的音乐，是导演干学伟在蒙古族民歌的基础上加工创作的，具有蒙古族特色，在烘托影片主题方面收到了很好的效果。

一部特定历史条件下创作的故事影片其意识形态也是特定的，《内蒙春光》显然具有当时当地的中国特色，这种特色包含在整个故事片创作的叙述当中，也包含了叙事内容和影像画面等等创新。虽然 1950 年代新中国电影成长是以苏联"老大哥"作为基准的，但是《内蒙春光》和后来修改公映的《内蒙人民的胜利》仍然坚持中国特色，排除了当时苏联大银幕上的所谓"无冲突论"，[1] 而特别强调新中国诞生时刻文艺创作拥有属于"新的人民的文艺"与新中国现实主义的"精神指向"。[2]

《内蒙春光》透射出来的历史背景是："以 1947 年 5 月 1 日成立的内蒙古自治区为标志中国各族人民在中国共产党的领导下，废除民族压迫和剥削，实行民族区域自治，实现民族平等、团结、共同繁荣的新时代开始了。尤其是内蒙古自治区的建立与发展，证明了民族区域自治是适合中国国情、解决中国民族问题的正确选择。"[3]

1949 年 10 月 1 日中华人民共和国成立后，新中国少数民族电影以及

---

① 参见［法］乔治·萨杜尔《世界电影史》，徐昭、胡承伟译，中国电影出版社 1982 年版，第 469 页。

② 参见杨匡汉、孟繁华主编《共和国文学 50 年》，中国社会科学出版社 1999 年版，第 74 页。

③ 陈艳飞：《中国共产党中华民族观演变及其影响（1921—1949 年）》，硕士学位论文，中央民族大学，2005 年。

新中国电影应当怎样追随新中国的成立而建构社会主义国家新文艺，成为一种势在必行的正途与态度，为了迎合新中国时代变革，新中国蒙古族电影首先做出顺应历史的进步改变，在当时内蒙古自治区主席乌兰夫"宣传和贯彻党的民族政策，使牧民觉悟得到提高，取得领导牧区根本变革的胜利"[1] 等相关思想指导下，一些优秀电影人根据现实具体国情，深入蒙古大草原生活，创作拍摄了蒙古族第一部故事影片《内蒙春光》，作为直接体现新国家政治的新中国少数民族电影，同时承载了对社会主义国家民族政策的直接解读。

《内蒙春光》编剧王震之在新中国成立之前，积极深入到内蒙古东部大草原地区，为创作剧本"收集到了近十个旗的王爷、吐素（吐司）、拉格其（官衔）、捷哈拉格其（官衔）、喇嘛、活佛、牧民以及奴才等等各种人物材料"[2]。故事主要表现内蒙古人民反对民族内部封建的斗争，通过电影主人公年轻牧民顿得布在中国共产党领导下的觉悟和成长，反映了新一代中国蒙古族牧民正在走向革命进步之路。与此同时，重点刻画了一个蒙古族王爷道尔基的形象，需要指出的是，在创作前期道尔基王爷形象属于一个政治倾向反面化的银幕人物。

《内蒙春光》导演干学伟20世纪40年代投身延安，1942年5月在延安聆听了毛泽东《在延安文艺座谈会上的讲话》，1944年从延安到达绥德地区接受地委书记习仲勋领导、参加陕甘宁边区抗日斗争。干学伟是一位历经革命斗争考验的红色艺术家，《内蒙春光》是他导演的第一部少数民族电影。干学伟回忆："为了寻找震撼人心的题材，我几次上前方，参加了长春外围夜袭，为了参加东北最后战役，我从佳木斯赶到锦州，奔辽西，进沈阳，跟随解放军南北转战千余里，最后才找到《内蒙春光》这样称心的题材。"[3]

---

① 乌兰夫革命史料编研室编：《乌兰夫论牧区工作》，内蒙古人民出版社1990年版，第49—56页。

② 干学伟：《忆周总理对〈内蒙春光〉的关怀》，《电影艺术》1983年第1期。

③ 干学伟：《影片〈内蒙春光〉的"复活"——记周总理关怀电影工作一例》，《文艺理论与批评》1997年第2期。

电影《内蒙春光》主题是明确的："弘扬民族精神，维护民族团结。"《内蒙春光》电影剧组 1949 年夏天开始拍摄草原外景，1950 年春天基本完成拍摄，经过中共中央东北局宣传部初审，中共中央宣传部文化部审查通过后，在北京所有电影院上映，得到电影观众好评，电影批评家和理论家钟惦棐在其著述《陆沉集》里面，对电影《内蒙春光》这样评论说："少数民族的解放，固然首先需要挣脱其他异民族和国内大民族的压迫。同时也需要挣脱自己民族内部的压迫和奴役，才能有真正的解放。影片当中描写了一个青年牧民顿得布的觉悟过程，主要的便是在这样一点上。"①

与此同时，作为《内蒙春光》创作队伍顾问和内蒙古文工团副团长，内蒙古自治区主席乌兰夫之子布赫当时观看了影片之后，发表文章《一个蒙古人看一部蒙古片》，特别评说道："内蒙古风光如今在影片一开始就得到了直观的满足，即使是黑白片，也能感觉得到：绿色的草地一望无际，银色蒙古包点缀在草原上，蔚蓝色的湖水映着金色的沙漠，无数的牛羊隐匿在草丛中间。"②

二 蒙古族电影《内蒙春光》作为新中国文化界"政治事件"

《内蒙春光》上映后，干学伟于 1950 年接受了新的任务，准备筹拍一部描写井冈山革命人民斗争历史的黑白故事影片《翠岗红旗》，而就在这时，他接到当时中央电影局通知，前往北京复审电影《内蒙春光》，这就是所谓的《内蒙春光》"政治事件"——电影故事中道尔基王爷形象存在的立场动摇问题，属于少数民族电影创作上"暴露少数民族上层人物立场"的政治问题，这一问题在 20 世纪 50 年代新中国刚刚成立的时刻，属于不可忽视的"政治事件"，按照当时干学伟导演的创作观念和现实说法，《内蒙春光》这部电影"是想表现少数民族上层人物勾结反动派引狼入室而自食恶果"③。

---

① 钟惦棐：《陆沉集》，中国电影出版社 1983 年版，第 139 页。

② 布赫：《一个蒙古人看一部蒙古片》，《人民日报》1950 年 4 月 30 日。

③ 干学伟：《影片〈内蒙春光〉的复活——记周总理关怀电影工作一例》，《文艺理论与批评》1997 年第 2 期。

　　《内蒙春光》成为新中国"政治事件"后不久，干学伟接到中共中央电影局修改电影通知，与此同时，周恩来总理还特别邀请了当时宣传部门和文化界的领导一起观看，希望大家共同讨论这部电影存在的实际问题，一起前来观看电影并且参加讨论的有中共中央宣传部主要领导陆定一，文化部领导周扬和沈雁冰等，到现场的其他领导和文化界著名人士有郭沫若、史东山、田汉、老舍、曹禺、丁玲、欧阳予倩、洪深、蔡楚生、陈波儿、袁牧之、赵树理等，共有一百多人参加。

　　看完电影已是深夜，周恩来总理同大家一起进行讨论，希望对电影《内蒙春光》畅所欲言进行批评建议，周恩来说："我们的党是马列主义的政党，我们当然应当反对大汉族主义者对少数民族的压迫和剥削，我们应当深入广泛地宣传民族平等和民族团结的统一战线政策，使人民群众理解只有各兄弟民族亲密团结，才能富强的社会主义新中国，对少数民族上层分子应当努力争取，使其明了我们既反对大汉族主义，也反对狭隘民族主义，主张多兄弟民族平等团结，从而消除对我们的误解，并接受我们党的统一战线的民族政策，以更有利于达到全国各兄弟民族大团结的目标。"①

　　周总理还指出，《内蒙春光》在民族政策方面出现的问题，其中责任不在这部少数民族电影的创作人员，而在于我们一些领导同志对于统一战线政策认识不足，总理指出："历来在旧社会，汉族统治者对少数民族总是采取大汉族主义的反动政策，分化、笼络少数民族的少数上层分子，剥削压迫少数民族群众，使大多数群众日趋贫困、愚昧，统治者把他们赶到高山荒岭，赶到寸草不生的沙漠，因此解放前，民族之间的矛盾尖锐，这主要是国民党反动派大汉族主义的反动政策所造成的。今天民族问题的焦点是在民族隔阂问题上，这需要我们积极开展工作来努力消释，影片中的错误应归于领导，片子文化部看过，电影局属于政务院，我也有责任。"②

　　讨论会最后决定，对《内蒙春光》做正式修改，因为电影"《内蒙春光》没有从全中国阶级斗争的全局看待问题，而是孤立的写少数民族中一个少数民族的阶级斗争，这就不但会把少数的王公作为主要敌人，得出

---

　　① 干学伟：《忆周总理对〈内蒙春光〉的关怀》，《电影艺术》1983 年第 1 期。

　　② 朱安平：《〈内蒙春光〉影片风波》，《炎黄春秋》2011 年第 11 期。

一旦推翻了王公的统治,民族问题就会完全解决的错误结论,而且必然不能真实反映我国少数民族的斗争实际……"[1] 周恩来提出具体修改建议,例如:1. 蒙古族电影的演员用蒙古族比较真实可信。2. 电影画面上的新中国办公室应当朴素一些。3. 需要原汁原味的蒙古族民族歌曲。[2] 周总理还特别希望请在座的专家和同志们多提意见和建议。

观看修改后并正式公映的影片《内蒙人民的胜利》,再比较一下之前未经修改的电影《内蒙春光》,可以明确看到,对于《内蒙春光》最为重要的修改之处属于新中国成立之初现实中的核心问题,即"统一战线与阶级斗争的完满结合"——修改后的电影《内蒙人民的胜利》中道尔基王爷王爷形象转变过程是翻天覆地的,也是合情合理的,这个道尔基王爷形象的根本转变是符合当时新中国国情的。修改后的电影《内蒙人民的胜利》当中道尔基王爷是故事进展到 21 分钟时出场的,而且这时候他的形象面貌已经焕然一新,用今天的画面镜头语言讲就是,让电影观众眼睛为之一亮,这个人物形象从根本上面貌一新走向人民了。

三 《内蒙春光》到《内蒙人民的胜利》的修正与进步

修改之后的《内蒙春光》报审有关部门后,周总理在中南海再次观看后特别送请毛泽东主席和朱德总司令观看这部修改后的电影。经过重要修改,影片大大改观了之前少数民族上层人物的态度和整个故事秩序以及"统一战线和阶级斗争"问题等,内容发生了根本性改变,经过反复认真讨论和主题修改之后,电影创作者删减去掉的属于"暴露"和"违规"的画面镜头有:[3]

1. 道尔基王爷在与活佛赛马输后鞭打牧民顿得布弟弟的画面。

2. 道尔基王爷毒打修建王爷庙的工人时,共产党干部苏和挺身

---

① 齐锡莹:《晶莹的记忆深切的思念》,《电影艺术》1980 年第 4 期。

② 参见干学伟《影片〈内蒙春光〉的复活——记周总理关怀电影工作一例》,《文艺理论与批评》1997 年第 2 期。

③ 同上。

而出，当面制止了道尔基王爷的暴行，并且用革命道理对牧民群众进行宣传。

3. 道尔基王爷用热闹隆重的民族礼仪迎接款待国民党特务杨先生的许多镜头场面。

4. 道尔基王爷派手下人用马拖死孟赫巴特尔父亲的画面镜头。

5. 道尔基王爷被反动派亡命匪军在溃败时打死的电影场面。

经过毛主席特别提议并且修改后，《内蒙春光》一开场增加了部分重要新戏：电影开端直接有国民党特务偷偷潜入内蒙古草原，敌特分子暗中勾结之后，才有参与内蒙古自治运动的共产党员同志来到内蒙古草原工作……毛主席认为这样安排故事，相对比较策略。① 经过认真重新构思银幕故事，修改后的《内蒙春光》补拍、重新设计了部分画面镜头，重新拍摄的主要是以下场景：

1. 电影开场戏匪特张专员向特务杨先生布置任务，表明了当时社会斗争的严重情况。

2. 布赫部长向共产党干部苏和、孟赫巴特尔布置任务进入旗里工作。

3. 巴音王爷来到布赫部长办公室，由苏和转交一封信给道尔基王爷。

4. 共产党干部苏和通过扎赫拉格其的接触，希望争取道尔基王爷。

5. 国民党特务杨先生与吐素拉格其暗中勾结的场面。

6. 旗公署门口前面，大厅和院子场面，道尔基王爷下令停工，苏和与王爷谈判的画面。

毛主席对于影片的亲自改动，表明新中国领导人对于意识形态领域的重视以及对文艺的强化。经过追加电影场面并重新修改影片后，电影中新出现了四个重要人物形象，这些新的银幕人物形象的出现，使《内蒙春

---

① 参见朱安平《〈内蒙春光〉影片风波》，《炎黄春秋》2011 年第 11 期。

光》拥有了史无前例的银幕表现，这四位新增加的银幕人物是：

1. 中共地委领导布赫部长。（张平扮演）
2. 统一战线人物扎赫拉格其。（浦克扮演）
3. 巴音王爷。（黄若海扮演）
4. 匪特张专员。（巴力华扮演）

　　修改后的故事内容更加具体化，更加现实，更加正面，成为一部崭新的新中国蒙古族电影，毛主席还亲自将电影名《内蒙春光》改为《内蒙人民的胜利》，片名经过修改之后，这部蒙古族影片的政治意味更加明确突显。经过修改后的《内蒙人民的胜利》已经不再是之前的那部电影《内蒙春光》，它们拥有不同的叙事，《内蒙人民的胜利》有新的立意、新的理想。

　　今天重新回看新中国电影史，我们可以搜寻到《关于〈内蒙春光〉暂时停演与修改问题》等相关文献和文档，在1950年代中央电影局艺术处的有关资料当中，能够看到有关部门协调处理《内蒙春光》的文本情况：

　　1. 把电影里面的道尔基王爷的罪恶转移到敌人和特务身上，把草原牧民跟道尔基王爷的矛盾转化成民族内部矛盾。

　　2. 故事里面另外加一个表现良好的王爷，比如后来出现的新人物巴音王爷。

　　3. 表现蒙古族草原上王公贵族良好表现的方面。

　　4. 在王爷府里加一个奸细，一切与敌特勾结欺压人民的事，都是他瞒了王爷所为。

　　5. 电影对于蒙古族王爷当时当地环境表现需要重新刻画，王爷与敌特之间矛盾需要增加，敌我较量是道尔基王爷站到人民一边的重要伏笔。①

---

① 中央电影局艺术处编：《关于〈内蒙春光〉暂时停演与修改的问题》，内部资料，1950年，第31—39页。

经过上述修改之后，《内蒙春光》故事内容和人物立场发生明显的标志性变化，《内蒙春光》原有主要人物为之一变，新增加的电影人物配合银幕主题，电影也随之变成与原来故事主脉全然不同的全新版本《内蒙人民的胜利》。在经过修改后的电影《内蒙人民的胜利》里面，道尔基王爷这个人物形象成为一个被人民争取过来的人物，这样更为符合当时新中国现实生活的客观面貌，还有受到反动势力蒙骗的草原牧马人顿得布也成为坚定的革命者，蒙古族草原儿女经过血的教训后，真心拥护新中国共产党民族政策，成为中国共产党统一战线坚定的一员，这两方面人物形象的转变，显然都是具有代表性和历史意义的。

四 新中国蒙古族电影《内蒙人民的胜利》的示范意义

《内蒙人民的胜利》重新公映之后，获得了 1952 年在捷克斯洛伐克卡罗维·发利举办的第七届国际电影节"电影剧本奖"，在苏联首都莫斯科十八家电影院同时放映。《内蒙人民的胜利》的重新上映，明显具有指示方向作用，它公映后相当长的一个历史时期里面，尤其在新中国少数民族电影创作方面，电影当中的"正面人物形象"以及"中间人物形象"的基调模式与创作模式走入了一个新的时代。

《内蒙人民的胜利》的问世为后来蒙古族电影创作进展以及新中国少数民族电影的继续创作提供了一个标准范式和话语模式。应当可以说，《内蒙人民的胜利》在新中国银幕上属于一个独特的现象，故事发生在内蒙古草原牧区，不在城市，不在山村，不在南方，黑白银幕上展示的北方故事属于一望无际的天空和草原，画面感受和银幕原型仿佛直接拥有一种海阔天空的意识形态：没有共产党就没有新中国，就没有新中国内蒙古大草原。草原牧民在中国共产党领导下史无前例地成为新中国主人翁。

《中国人民政治协商会议共同纲领》明确指出："中华人民共和国境内各民族一律平等，实行团结互助，反对帝国主义和民族内部的人民公敌，使中华人民共和国成为各民族友爱合作的大家庭。反对大民族主义和狭隘民族主义，禁止民族间的歧视、压迫和分裂各民族团结的行为。"[①]

---

① 《中国人民政治协商会议共同纲领》第 6 章第 50 条，人民出版社 1990 年版。

新中国文艺界以划时代的《中国人民政治协商会议共同纲领》为核心，明确规定新中国第一部蒙古族故事影片《内蒙人民的胜利》当中故事必须符合社会主义国家民族政策各项要求，于是也就有了后来影片的重新改写和重新上映。

作为特定历史时期新中国少数民族电影政治格局与制作方向注脚的《内蒙人民的胜利》的故事建构，在相当长一段历史时期里，成为新中国少数民族电影的叙述框架与内容主旋律，并且基本奠定了少数民族电影总的进步方向和内容主调。为巩固维护新生政权以及多民族统一国家，《内蒙人民的胜利》在政治思路与意识形态方面发挥了重要的作用。

《内蒙人民的胜利》电影创作的重要成员都具有蒙古族身份，广布道尔基、玛拉沁夫、恩和森、云照光等大都是在人民解放区接受红色教育，受到革命思想熏陶。这充分表明，中国革命文艺的建构是建立在中国少数民族自觉进步和追求基础之上的，民族电影带动了文艺以及意识形态，而文艺又推进民族电影的升华发展。早在红色苏维埃时期，中国共产党就已经开始利用民族和民间文艺形式为中国革命进行宣传，比如 20 世纪 30 年代的苏区红色革命歌谣和 40 年代的延安新秧歌就是当时对中国民间文艺利用和改造的成功示范。①

人类发展历史总是相似的，诚如本尼迪克特·安德森所说:"第二次世界大战后发生的每一次成功的革命，比如中华人民共和国、越南社会主义共和国等，都是用民族来自我界定的。通过这样的做法，这些革命扎实地植根于一个从革命前的过去继承而来的领土与社会空间之中。"② 相较来看，新中国的第一部故事影片《桥》的故事主题与新中国第一部蒙古族故事影片《内蒙人民的胜利》如出一辙，共同创造了新中国银幕上第一代工农兵人物形象，这些工农兵艺术形象的出现，在新中国意识形态下成为为新国家社会主义建设服务、为人民服务的最有效且最具有说服力的

---

① 参见黄道炫《张力与限界:中央苏区的革命（1933—1934）》，社会科学文献出版社 2015 年版，第 126—134 页。

② ［美］本尼迪克特·安德森:《想象的共同体:民族主义的起源与散布》，吴叡人译，上海世纪出版集团 2012 年版，第 37 页。

艺术传播媒介。

<h2 style="text-align:center">结　语</h2>

　　《内蒙春光》孕育萌芽和创作在战火纷飞的 20 世纪 40 年代末，经过改造之后正式诞生于新中国成立初期，《内蒙人民的胜利》在中国电影史上拥有四种身份：第一，《内蒙人民的胜利》是新中国第一部蒙古族电影；第二，《内蒙人民的胜利》是新中国第一部少数民族电影；第三，《内蒙人民的胜利》是中华人民共和国第一部战斗故事影片；第四，《内蒙人民的胜利》是一部由中国共产党领导下的艺术工作者直接参与拍摄的新中国蒙古族人民的独特电影。[①]

　　重新回顾毛泽东在 1950 年为《内蒙人民的胜利》题写片名的历史，显然有重要的历史意义与现实意义，《内蒙人民的胜利》奠定了新中国少数民族电影的政治倾向，标志着新中国电影艺术创作为人民服务的全新开始。《内蒙人民的胜利》从此成为新中国电影银幕上少数民族电影创作的一个经典示范版本。

　　1949 年开始拍摄蒙古族电影《内蒙春光》时，中华人民共和国虽然还没有正式成立，[②] 但是属于中国人民的革命事业胜利的时刻已经近在咫尺，革命领袖们虽然还不能够明确中国人民革命完全胜利的日期，但有关新中国实现理想蓝图的具体日期、新中国的成立前景已经成为目标，这是一个正在努力实现中的"人民理想"和"建国方略"。[③] 中关于民族政策就已经明确了"不采取联邦制，而是在单一的多民族国家内部实行民族自治区域制度"。[④]

　　内蒙古自治区在 1947 年 5 月的率先建立，对于保障当时中国东部民族地区蒙古大草原上牧民的现实利益，关注他们的现实生存和未来命运，

---

　　① 参见孟犁野《新中国电影艺术史稿》，中国电影出版社 2002 年版，第 66 页；程季华主编《中国电影发展史》，中国电影出版社 2012 年版，第 399—406 页。

　　② 参见郭学勤《〈内蒙古人民的胜利〉开新中国少数民族电影之先河》，《中国民族报·理论周刊》2010 年 10 月 1 日。

　　③ 参见庞松《中华人民共和国史 1949—1956》，人民出版社 2010 年版，第 2—7 页。

　　④ 同上书，第 5—7 页。

以及新中国对于蒙古族草原牧民利益的关切和承诺，从正面引导新中国人民观念中国家意识的根本变革，都有着重大的意义。正是在这一大的历史背景下，电影《内蒙人民的胜利》恢宏问世，通过表现蒙古大草原上牧民翻身解放、接受新中国的国家权威并且认同新中国的国家规划和目标的故事，传递了新中国劳动人民进行如火如荼的社会主义革命和社会主义建设的崭新时代信息。

通观近 70 年来中国蒙古族故事影片发展历程与政治表述可以看到，《内蒙人民的胜利》作为新中国少数民族电影类型影片的开山之作，表现和传递了四个重要内容——一是牧区草原人民翻身解放，二是蒙古族和汉族人民的大融合大团结，三是草原人民在中国共产党领导下的红色革命斗争，四是蒙古族人民在新中国欣欣向荣的家国氛围中开始新生活。在这样宏大的蒙古族人民生活的故事画面引领之下，后来的新中国银幕又陆续出现了《草原晨曲》《草原上的人们》《鄂尔多斯风暴》《牧人之子》《祖国啊母亲》《蒙根花》等蒙古族优秀电影作品，同时还出现不同品质与风格的少数民族故事电影，比如《边寨风火》（景颇族）、《摩雅傣》（傣族）、《金银滩》（藏族）、《山间铃响马帮来》（哈尼族、苗族）、《神秘的旅伴》（瑶族、彝族）、《芦笙恋歌》（拉祜族）、《五朵金花》（白族）、《刘三姐》（壮族）、《青山碧血》（台湾少数民族）等，新中国少数民族电影的人文精神和文化元素的醒目注入，是通过具有新中国文艺特色的独有叙事策略实现的。

继《内蒙人民的胜利》之后问世的中国蒙古族电影《草原上的人们》当中在女主人公萨仁高娃身上体现了以当时新中国牧业合作化为标志的社会大变革，完善了少数民族电影这一新类型的丰富性与开拓性，这显然是通过《内蒙人民的胜利》影响而带来的直接收获，我们能够看到，《内蒙人民的胜利》给新中国少数民族电影带来的正面影响，显然可以称为时代的"精神气候"。一个新诞生的时代的环境容量，对于文化拥有制约作用的同时，还包含了社会制度、政治文化、意识形态和精神意志等等上层建筑的"后天动量"，西方哲学家丹纳把这种"动量"称为时代"精神气候"①，

---

① 参见［法］丹纳《艺术哲学》，傅雷译，《傅雷译文集》（第 15 卷），安徽人民出版社 1985 年版，第 76—84 页。

而这个"精神气候"包含了蒙古族电影在内的新中国少数民族电影和少数民族人民的命运抉择，并且与新诞生的人民国家的命运息息相关。

《内蒙人民的胜利》是一部具有不同凡响的新时代"精神气候"的少数民族电影艺术作品，其中包含了政治话语与民族风情的融合，在特定历史条件下成为一种划时代的红色中国之声，成为 20 世纪 50 年代新中国新文艺对于"延安精神"的明确传承和现实把握，更是一种明确的政治体现，其中传递出来的革命思想和红色精神，与当时中国社会关于阶级斗争与统一战线高度结合。《内蒙人民的胜利》的问世带动了少数民族电影主体意识的鲜明确立，使其成为银幕上新中国民族政策诠释与解读的标志性画面，成为新中国意识形态影像化创作的民族创作经典范式。

原载于《民族文学研究》2017 年第 5 期

孙立峰，蒙古族，内蒙古自治区呼和浩特人，毕业于中国社会科学院研究生院，曾在中国社会科学院民族文学研究所民族文学理论与当代文学批评研究室工作，助理研究员。研究方向：少数民族电影史、少数民族电影文化。代表著作《中国少数民族电影史》（专著）、《中国少数民族电影文化》（专著）、《当代少数民族电影文学性研究》（专著）。获奖及荣誉称号：曾获第一届全国青年优秀社会科学成果奖、中国社会科学院第二届青年优秀成果奖等。

何以"原生态"？

——对全球化时代非物质文化遗产保护的反思

姚　慧

　　"原生态"一词，一度成为音乐领域描绘"原汁原味"民歌的热点词汇，同时也是中国音乐界非物质文化遗产保护领域的高频词汇。检索"中国知网"，截至 2018 年 12 月，以"原生态民歌"为主题的文章共有 754 篇，受关注的程度由此可见一斑。可以说，在中国语境中和一定时期内，"原生态"代表着非物质文化遗产保护的一个重要方向。然而，在 2011 年和 2012 年召开的联合国教科文组织保护非物质文化遗产政府间委员会第六届、第七届常会上，关于保护非物质文化遗产的决议分别列举了一系列被不当使用的词汇，其中就包括 authenticity，它在中文语境中和非遗保护领域内通常被译为"本真性"，其所指基本可以对应"原生态"。[①]决议认为，这些词汇的不当使用暴露出部分申报国对于 2003 年《保护非物质文化遗产公约》（以下简称《公约》）的特定章节缺乏充分的理解，违背了《公约》起草者的价值观和《公约》精神。[②] 2015 年 11 月，联合

---

　　①　根据历届联合国教科文组织保护非物质文化遗产政府间委员会常会决议整理：在申报工作中频繁出现的不当用词包括"本真性/真实性""纯粹的""本真的/真实的""唯一的""独特的""卓越的""原创的""本质（精华）""杰作""世界的""古老的""标签化""打造品牌"等。在中文语境中常出现的不当用词包括"原生态""原汁原味""活化石"等。参见巴莫曲布嫫《联合国教科文组织〈保护非物质文化遗产公约〉基础文件解读：以传播为主线》（2018 年非物质文化遗产传播高级研修班讲义）。

　　②　参见联合国教科文组织政府间委员会第七届常会关于保护非物质文化遗产的决议（Document 7. COM 11 paragraph 24），另可参考巴莫曲布嫫《联合国教科文组织〈保护非物质文化遗产公约〉基础文件解读：以传播为主线》。决议原文详见联合国教科文组织官网 https：//ich. unesco. org/en/。

国教科文组织保护非物质文化遗产政府间委员会（IGC）第十届常会又审议通过了《保护非物质文化遗产伦理原则》（以下简称《原则》），其中第八条指出："非物质文化遗产的动态性和活态性应始终受到尊重。本真性（authenticity）和排外性不应构成保护非物质文化遗产的问题和障碍。"① 就此可知，决议所以禁用"本真性"等不当用词，正是为了彰显对非物质文化遗产动态性和活态性的充分尊重。与固态的物质文化遗产不同，非物质文化遗产的"活态"传承塑造了它的变异性和特殊性，故学理上并不需要追问本真、探求本源，也难于判断何为"本"、何为"真"。

问题是，为什么被联合国教科文组织相关决议规定禁用、慎用，甚至被认为违背了《公约》精神的"本真性"（"原生态""原汁原味"）等同义词汇，至今在中国音乐界仍被视为代表着非遗保护方向的标准词汇而广泛使用？本文所关注的是，透过"原生态民歌"个案，我们如何看待《公约》、《实施〈保护非物质文化遗产公约〉操作指南》（以下简称《指南》）和《原则》的保护理念与中国在地化实践之间出现的不一致？如何在全球化背景下思考"原生态"与文化多样性之间的关系？

一　从"民歌"到"唱法"：被建构的"原生态"

最早述及"原生态民歌"的是 2001 年金兆钧的《唱出时代心声——全国农民歌手大奖赛评后》一文，该文认为学院派"民族唱派"以压倒之势阻碍了传统的"原生态"风格演唱艺术的发展，首次将"原生态"视为与学院派"民族唱派"相对立的一种演唱风格。② 2004 年，在陕北民歌经典歌会"山丹丹花开红艳艳"、左权"第二届南北民歌擂台赛"和"原生黄河——十大乡土歌王歌后演唱会"及"CCTV 西部民歌电视大赛"、"民歌·中国"、"魅力 12"等一系列演唱比赛节目的推动下，乔建中、伍国栋、田青、樊祖荫、田联韬、臧一冰等学者，开始对什么是

---

① 联合国教科文组织：《保护非物质文化遗产伦理原则》，巴莫曲布嫫、张玲译，《民族文学研究》2016 年第 3 期。

② 参见金兆钧《唱出时代心声——全国农民歌手大奖赛评后》，《光明日报》2001 年 5 月 16 日。

"原生态民歌"、搬上舞台或参加比赛后"原生态民歌"的本真性与可比性等问题展开热烈讨论。

　　他们的观点集中在：1. "原生态"是一种理想主义的、不得已而为之的叫法。① 2. 学者们之所以这样默认并提倡是为了改变现有的音乐界学院派的"重技轻艺"与规范化，以提倡民歌的"原生态"来恢复民歌本来的多元面貌。② 3. 这一过程中媒体和舞台对民间音乐有不可避免的异化作用，但应看到这些工作最合理的部分。③ 4. 保护和传承"原生态文化"并非不要创新，而是在保持"根和源"的情况下，通过举办民歌大赛等形式，把好的东西拿出来给大家看，先让它"活下来"。④ 5. 在舞台上所听到的"原生态民歌"肯定会有变化，然而这种变化不是根本性的变化。⑤ 学者们提倡"原生态"，是对音乐界长期形成的美声、民族和通俗唱法分类，以及只有西洋美声唱法才是科学的、正宗的，中国民间的演唱方法都是对不登大雅之堂的"土唱法"的既定认识提出的挑战。在此话语中，"原生态"被认作是学院派的矛盾对立面。

　　2005 年张晓农的文章首次从"口头文化遗产"与"非物质文化遗产"的角度来谈"原生态民歌"的保护问题。⑥ 次年，"非遗"一跃成为当年十大媒体网络热门词汇，受到公众广泛关注。如果说学者起初对此问题还只停留在话题讨论层面的话，到 2006 年，在非遗保护热潮和媒体、学者共同推动下，"原生态民歌"进入了切实的实践层面，与美声、民族、通俗唱法平分秋色，一并纳入 CCTV 青年歌手大奖赛，首次打破声乐界"三分天下"的唱法分类格局。

　　2006 年，时任国家非物质文化遗产保护中心副主任的田青说："我认为原生态的唱法用我们音乐学家的眼光来看，起码有三个意义：第一，接续历史，让我们重新找到民族文化的根；第二，重新强调艺术的本质，提

---

① 参见刘晓真采访整理《专家谈原生态民歌》，《艺术评论》2004 年第 10 期。

② 同上。

③ 同上。

④ 参见王勉、黄娟《莫把"原生态"当时髦》，《中国改革报》2004 年 11 月 2 日。

⑤ 参见李小莹《原生态民歌在舞台上能否保真》，《中国艺术报》2004 年 11 月 12 日。

⑥ 参见张晓农《原生态民歌与民族文化生态保护》，《光明日报》2005 年 9 月 9 日。

倡真情、提倡个性，反对在艺术领域里的技术至上主义和科学主义，回归艺术的本真；第三，提倡文化的多样性，反对在某一个艺术领域里只有一种声音。"① 李松认为，传统文化和民族民间文化是我们的文化基因②，"原生态民歌"作为文化传统、文化多样性和边缘草根文化的一种代表性的艺术形式和文化存在，对其社会认同度的不断提高和深化，实质上是一个文化自觉的过程③。可以看到，田青更多赋予了"原生态"回归艺术本真、个性与文化多样性以及接续历史的功能与使命，为的是民族文化的赓续与解决音乐界自身生态失衡和艺术审美的问题。与其他学者对"原生态"一词的"名实之辩"相比，田青和李松更看重的是所谓"原生态民歌"现象对学界乃至社会的影响与意义。

因此，"原生态民歌"从"民歌"到"唱法"，在一定意义上经历了一个被多元行动方共同建构的过程，除学者参与评选、现场作答、倡导单独设立"原生态组"之外，媒体的塑造作用更不容小觑④。此外，还应包括场内外观众以提问方式完成的参与性建构，因为有些提问直指"原生态民歌"的内涵本身，比如"不同民族的'原生态民歌'是否具有可比性"等，这些问题又促使学者对"原生态民歌（或唱法）"的内涵与外延进行进一步的思考与阐释。

人们对该词的使用，事实上也已超出其字面意义与单纯的音乐形式讨论。从学者的角度出发，基于身份与城市文化现实产生了对"原生态民歌"价值的期许，更将其作为音乐界学院派声乐教学中所存在问题的某种解决路径，寄希望于"原生态"，提倡学院派向其学习，意欲探寻整体民族声乐未来发展方向。质而言之，学者对"原生态"的追求是为了实

---

① 田青：《原生态音乐的当代意义》，《人民音乐》2006 年第 9 期。
② 参见李松、景作人、高深《"青歌赛"折射歌坛现状》，《文艺报》2006 年 8 月 8 日。
③ 参见李松《原生态民歌的"再生"之惑》，《中国艺术报》2011 年 5 月 18 日。
④ "'原生态'的命名不够准确、也不科学……最初并不是音乐家提出的，而是媒体先提出……现在音乐学界争论是否要为之重命名……就算音乐学家真地能够统一各家意见推选出比较好的新称谓，但又有什么办法让全社会的人接受它而不再使用"原生态"的提法呢……"（田青：《一个音乐学家的社会责任——由"非遗"与"原生态"想到的》，《人民政协报》2011 年 5 月 9 日。）

现并强化以音乐形式为载体的文化认同,"原生态"一词引发的也不仅仅是学术领域词语辨析层面的专业论争,而是赋予其抵御全球一体化所带来的同质化审美趋向,赋予其续接历史、明确民族文化身份、复兴民族文化传统的理想与使命。在借助媒体力量引发社会关注的过程中,音乐界对"原生态"审美问题的思考在某种程度上成为中国非遗保护中解决相关问题的先期实践。

二 从乡野到舞台:"原生态民歌"的语境化、去语境化与再语境化

很多学者与歌手认为,搬上电视、舞台的"原生态"民歌并没有失去其本真性,即使有所变异,其根本属性也不会改变。那么,真实的情况是这样吗?

乔建中曾认为"舞台化"具有"双刃"效应,它对民歌传承、创作乃至其本质特征等都产生了相应的负面影响。首先,任何民间歌曲一旦登上现代舞台,必然要适应舞台的要求,如服装、化妆、手势动作以至表演心理,皆与日常生活的"舞台"差别很大。实质上这就是专业表演的要求。所以,舞台化就是专业化,对于专业歌唱家而言,上述行为完全合理。但对民间歌手来说,就未必合理顺畅。它消解的可能是最有特色的方面,增添的则可能是些"多余的成份"。至少在形式上改变了他们歌唱的"原貌"。其次,民歌手在自然环境中歌唱时,随意自在、质朴无华,犹如鸟在天空飞、鱼在水中游;但在现代舞台上,通过一次次"排练",必然使"不可重复"、生气盎然的原生性歌唱被"定型""预制",那种率性、即兴、"我口唱我心"的实感随之大打折扣。有些没见过这种场面的歌手,其"表演中创造"的能力甚至会荡然无存。这可能是舞台化对于民歌本真性最直接的冲击。再次,舞台化实践和过多的比赛,常常诱使一些来自民间的优秀歌手为了比赛而将自己的演唱曲目、风格相对"固化",形成以一两首民歌闯天下的不良倾向,也与传统民歌的即兴性、创造性背道而驰。最后,民间的歌唱,向来一律使用民族语言和方音土语,由此直接体现不同民族、地域的风格特色。但我们注意到,几十年的"舞台化"表演,最多丢掉的就是方言土语。一则因为外乡人学唱无法学得很像;就是本乡人,如果长期住在大城市,长期在舞台上表演,也同样

会为了适应城市观众的口味而有意无意地改换语音。至于院校的专业歌手在演唱某些民歌时，更会不经思索地选择"普通话"，由此，民歌风格的退化，也就会因为"舞台化"而成为某种"合理的改变"。①

乔建中实际上已涉及了几个关键点，笔者再做些许补充。因为"被舞台化"或进入电视歌唱比赛的民歌不止一种，因此，在此问题上也需要区别对待。有些民歌在原生环境中常常就是唱给自己听的，是为缓解孤独的一种"私密性"的自我表达，重在个体情感的抒发。歌手本人并非职业，唱歌既不必然有听众在场，更不需要掌握如何与听众互动的策略与技巧，所以这种类型的民歌演唱尚未构成"交流事件"，也无须遵循其中关于信息符号传递的系列法则。但是当民歌被搬上电视/舞台，由主要唱给自己听转而唱给广大受众听，由自娱变为娱他②时，就需要在交流法则和诸如电视比赛等的操作规则下进行表演，遵循所要求的相关通则。实际上，歌手经历了一个"语境化"的转变，由一个人的自我对话与情感抒发到把自己展现给他人的一个转化表演的过程。

当然，民歌在原生环境中也处于某种交流互动中，比如歌会赛会、宗教仪式及礼俗中的民歌或长篇说唱等。此类民歌在一定地理与文化区域内，歌手与听众共享着一套只有当地人才能心领神会的地方性知识，也就是符号编码与解码过程中所需要的识别系统，这套系统具有区域范围内"局内人"公开共享的、基于传统的符合乡土社会运行机制的集体观念及其承载方式。在这一传统语境中的"原生态民歌"也是作为"交流事件"而存在的，并不仅仅是单纯的音乐形态的自在呈现，重点是歌手与听众在口头表演现场的交流与互动。当然，基于生活日常的民歌毕竟与需要高度依赖地方性知识与"局内人"符号辨识能力的民间史诗、曲艺、戏曲、

---

① 参见乔建中《"原生态"民歌的舞台化实践与"非遗"保护——在"中国原生态民歌盛典"学术研讨会上的发言》，《人民音乐》2011 年第 8 期。

② 这一点樊祖荫也有提及："原生态民歌原本是歌手们用以自娱的，他们借歌唱抒发内心的情怀，颂扬美好的事物，表达自己的理想和愿望。民歌搬上舞台之后，由于脱离了原本的生存环境，加上由原来的自娱改为了娱他，由歌唱改为了'演唱'，心态发生了一定改变，因此，如果从学术角度严格要求的话，已不能说是完整意义上的'原生态民歌'了。"（樊祖荫：《由"原生态民歌"引发的思考》，《黄钟》2007 年第 1 期。）

仪式音乐略有不同,它们所描摹的多是寻常喜怒哀乐与世俗情感,即使因地理区隔而生活经验有所不同,但对生活的理解可以有超越语境与地方性知识的一面,搬上舞台听众也不会完全听不懂。但这仅限于汉族民歌。受语言、地方性知识的限制,少数民族民歌在面对非本民族观众时,也依然会面临脱离语境所带来的交流不畅等诸多问题。

那么,这种类型的民歌在舞台化表演(符号编码)与听众听赏(符号解码)过程中丢失的究竟是什么?口头传统中的"原生态民歌",歌手与听众在表演互动中共同建构民歌文本,歌手会随着表演语境与观众的反应在口头表演中一次次再造文本,形成每次演唱都有不同的多元化的民歌呈现。但当"原生态民歌"被搬上电视/舞台,参加比赛而"去语境化"后,台下观众不再是他们那县、那乡、那村的共享地方性知识的"局内人"时,这套编码、解码系统以及由地方/民族传统支配的隐匿却有支配效力的"无声契约"便在某种程度上失效,表演中创编的语法规则就会被打破或遭遇识别障碍。当交流过程中的受众由"局内人"变为"局外人",多元化的活态呈现所蕴含的想象力与即兴创造力也会在相当程度上被消解。民歌手石占明说:"舞台演出与在山里'喊歌'有很大的不同。在山里面对的是一群羊,看到的是绵延的大山,'喊'起歌来很自由。站在舞台上,面对那么多观众,往往会比较紧张,因此不能很好地发挥出真实的水平。"① 悖论在于,我们要保护的恰恰是多元活态的创造力,脱离语境后的"原生态"民歌是否还能发挥维护与传承地方性知识体系的功能,没有听众参与建构的民歌文本是否还是活态的文本,又或者"原生态民歌"的活态创造力是否会被电视、舞台所固化等,都会成为问题。

另外,走出大山与乡野、登上"央视"的"原生态"歌手,还需要经历一个电视打造的"再语境化"过程,尤其是对于在原生语境中就有自我文化规定的仪式语境的民歌②。在此过程中,表演者与观众(录制现场

---

① 李小莹:《原生态民歌在舞台上能否保真》,《中国艺术报》2004 年 11 月 12 日。

② "在央视主流媒体的银屏上所见到的是李怀秀和李怀福两姐弟在表演《海菜腔》,这无论是从演唱者双方的身份,还是演唱的内容、演唱的场合与时间等等方面来看,都是犯了大忌。"(徐爱珍、郭波:《原生态民歌——一种临界文化》,《人民音乐》2008 年第 4 期。)

与电视机前的观众）之间需要迅速建构出一个基于电视的、还原式的、具有文化理解性的再造语境及一套基于多元观众交流互动的符号系统。也就是说，电视上如何呈现，已不是"原生态"歌手的自主选择，而是要经历电视编导"二度创作"①从而进入一个"再语境化"的过程。

2013 年"央视青歌赛"不再单独设立"原生态组"，继续回归了民族、美声、通俗三大类演唱格局。为此，田青在当年全国政协会议上提交了反对"青歌赛"取消"原生态组"的提案，并获 34 位文艺界政协委员签名，但最终也未能改变局面。"青歌赛"组委会给出的解释是："回归三大唱法并不是不重视原生态，主要原因在于：第一，原生态歌曲是展现地方文化的一种歌唱形态，不可再生，也很难有新作品涌现，曲目上重复很多，选手在选曲上也在不断重复；再有，因为参赛范围大，很多地方很多参赛队伍没有原生态歌手，外雇选手增加很多负担，比赛意义也不大；第三，从推出伊始至今，一直存在分歧，专业观点上有其不可比的理由，作为地方文化的精华，各自都有独特的艺术风华，技术上很难比较。"②

这一解释是否合理暂且不论，但至少反映了一个事实，那就是来自乡野的"原生态民歌"在电视的"再语境化"过程中所经历的所谓"地方"与"非地方"（全国各地更多元的电视观众）的两套知识符号系统在价值认知方面相互抵牾。重复是民歌在原语境中的一个重要法则，但这一法则是以本土文化语境与受众为基础的。外人表面看来的重复，在歌手表演与"局内"受众的识别系统中并不完全一致，在基本框架下，歌手的即兴创编会在本土语境与受众的接收过程中随时迸发出新的火花，而重复对他们而言也并非没有意义。传统规定的文本框架与歌手个性化的创编之间的游动空间恰恰是本土受众欣赏品咂的趣味所在，不重复反而得不到接受与认同。但在对本土文化不了解、不熟悉的电视观众看来，不仅这种符号法则因"去语境化"而无法被辨识，其中的乐趣也基本上是"鸡同鸭

---

① 因篇幅所限，此处不便详谈。关于"二度创作"，详见张辉刚《原生态民歌魅力的电视展现》，《当代电视》2010 年第 3 期。

② 转引自李梅《"保护"还是"破坏"？——由青歌赛"不再单独设立原生态组"想到的》，《人民音乐》2013 年第 5 期。

讲"；在以时时出新、吸引眼球为要义的电视语境中，重复反而犯了大忌。

三　从学者愿景到歌手诉求：理想与现实的间距

从学术立场出发为"原生态歌手"争取平等权利与生存空间，究竟是学者出于对民族历史与本土原生文化的迷恋与想象，还是歌手欲借学者之口表达心声与诉求？在为"原生态民歌"维权的过程中，学者掌握着话语权，但"原生态民歌"表演者是否也理解认同学者的主张？经过十多年非遗保护运动，"原生态民歌"是否能够承担得起被赋予的文化理想与使命？

这里先提及两个案例。其一："（歌手）李怀福曾回忆说，在 2004 年以前，他家乡的年轻人都不喜欢自己的民歌，都喜欢唱卡拉 OK，跳迪斯科。但是，在原生态民歌走上舞台，尤其是走进青歌赛之后，这样的情形却发生了翻天覆地的变化。在这些原生态歌手代表他们的民族将自己的民歌唱遍祖国大江南北甚至全世界的时候，在他们的家乡，人们的观念在变化，年轻人的想法在变化，他们不再觉得这些民歌老土没价值，而是以学习民歌为荣，以自己民族的艺术瑰宝能走向世界为荣。"[1] 其二："'青歌赛'原生态音乐的异军突起，其中羌族酒歌演唱的美丽迷人，使过去田间地头的野曲小唱登上大雅之堂，被音乐家和普通观众广泛接受，羌族的民族自信心开始被重塑。许多羌族民间艺人开始重新传播羌族原生态音乐文化，学习和传播羌族音乐的队伍不断壮大。"[2] 可见，"原生态民歌"亮相央视的确备受关注，更重要的是，外界的关注又对"局内"认同的强化产生作用，成为推动民歌传承与发展的强大作用力。

但同时，"青歌赛"后，歌手们又面临着不同的选择。或回归原来的生活，或选择留在城市生活与发展，幸运者还进入专业院团，成为职业歌手。从歌手阿宝对已进入专业文工团的石占明的描述，可以看到其生活需求与"原生态"审美及价值观之间的矛盾："……后来，占明即使演出收

①　李晓霞：《舞台上原生态民歌的争论》，《民族音乐》2008 年第 6 期。

②　路瑜、李珊：《从原生态民歌热看少数民族音乐的传承与发展——以羌族音乐文化的当代问题为例》，《音乐研究》2008 年第 3 期。

入相当不菲，在城里买了房，羊群雇人来放，可来了记者也还得回去甩羊鞭拍照片，嘴里仍旧要违心说：'出了名还想回家放羊。'"① 同样参加过"青歌赛"的高保利说："歌手之所以选择变通民歌有着自己的苦衷。原生民歌歌手基本上都是农民出身，生存是他们需要面对的首要问题。'被大众接受了，成为主流，我们的生活才能得到改善。'"②

"青歌赛"把"原生态歌手"推到聚光灯下后，谁来为赛后他们的生活选择买单成为了现实问题。尽管学者当初并不以改变"原生态歌手"赛后生活为初衷，但在社会地位、利益、身份、关注度等多种现实纠葛影响下，生活或将改变则成为一种事实。悖论在于，学者希望借助媒体力量将名不见经传的民间歌手推到幕前，让更多的人看到他们，其目的或初衷是为使这些处于"文化弱势"的民间歌者不被现代化浪潮和专业化追求所异化和同化，但事实却在某种程度上走上了一条相反的道路。当这些民间歌手不被关注时，他们尚能保留民间的生活方式、审美观念与源自传统的歌唱方法；当作为"原生态歌手"通过电视迅速进入大众视野，意味着他们的生活方式、审美观念和歌唱方法及风格都将要从民间原初语境中抽离出来，接受新的"再语境化"过程。至于在这一过程中有多少歌手能坚持"原生态"则完全取决于歌手个体的认识与选择。况且在生活条件可以得到改善的强大吸引力面前，对所谓乡土文化与审美个性的坚守又往往显得不堪一击。

对学者而言，"原生态民歌"只是他们在学术层面要面对的问题，是他们要研究或推动的课题，无关日常生活，因此完全可以单纯地从文化发展角度展开思考。民间歌手则不然，"原生态民歌"就是他们的生活本身，所以"怎么唱"就会自然而然地受到演唱之外的众多因素的影响和左右。实际上，如何考量身份转换与原乡生活是登上电视后抛给"原生态歌手"的一大难题。学者希望歌手受到社会关注后依然能坚守原初风格与演唱方式，保持"原生态"，但后者却想借职业化改善生活；学者将他们推至聚光灯下，实现了当初所寄予的希望，"原生态"受到全国观众

① 阿宝：《原生态是个蛋》，《民族论坛》2007年第1期。
② 南婷：《坚守还是变通？原生民歌传承陷两难》，《新华每日电讯》2009年9月22日。

的广泛关注，在更大范围唤起保护意识，但同时也将他们推向了被建构或
主动接受再造、迅速变异的前沿①；学者希望"原生态"能够成为抗击文
化与艺术个性缺失的一个价值主体，却也使歌手个性在城市生活与专业化
生存中迅速消解。作为方法的"原生态"或能解决学界自身乃至时代审
美、民族艺术发展的导向问题，包括文化自觉与接续历史传统的问题，但
非遗保护在当下已然成为政府、学者、传承人、媒体、高校、企业、文化
组织、基层文化人、设计师、文创人等多重角色共同建构的对象。在未来
"扶贫攻坚""乡村振兴"等乡村改造的进程中，多方建构的趋向会愈加
明显，而在多重话语的交互作用及各方利益的叠加催动下，民间歌手是否
会被同化与异化，已不再是歌手或学者单方面可以选择的。因此，那些良
好的初衷在某种程度上或会变成一厢情愿或乌托邦想象。正如李松所言：
"原生态民歌的保护在城市与农村、主流与民间的互动中，明显表现出主动
和被动的分野，并在这种目的不同的互动中表现出多元价值取向。这种多
元价值取向多来自主流社会，而被保护的对象基本表现为'我热爱传统、
但更关注实际利益'的心态。这种心态和外部诉求的结合，最易达成的协
议就是资源的直接利用，这导致原生态文化常以保护或被保护的名义进入
某种利益链条。由采风、发现、挖掘、打造、包装、开发、利用汇集的
'交响'形成一种保护与利用的失衡状态。当然，很难说何谓保护与利用的
合理状态，也没有理由批判在面对原生态文化时的各种利益诉求。但很明
确的是，急功近利绝非理想的文化生态，也无法达到真正的保护目的。"②

　　根本原因是两个"不同步"：一是学者对文化多样性的追求与歌手对
现实生活的需求不同步，归根结底还是城乡经济发展不同步造成的；二是
作为歌手的"局内"与作为学者的"局外"在立场上的不同步。以上必

---

① 如由黔东南江县小黄村民间歌班走出的 11 位侗家姑娘在第 12 届"青歌赛"上以六洞地
区的《蝉之歌》获银奖和观众最喜爱歌手奖。当她们参加第 13 届"青歌赛"时，虽然决赛曲目
仍是《蝉之歌》，但侗族大歌的音乐表现手法却由二声部增加到三声部甚至四声部，形成了与时
俱进、形式完美的混声合唱形态，使侗族大歌上升为传统民歌新版，这一变化的产生正是地方媒
体与专业院团参与建构的结果。参见吴媛姣《从青歌赛原生态侗族大歌引发的思考》，《贵州民
族学院学报》（哲学社会科学版）2009 年第 1 期。

② 李松：《原生态民歌的"再生"之惑》，《中国艺术报》2011 年 5 月 18 日。

然会带来观念意识上的不同步，以致对"原生态民歌"登上大雅之堂之时或之后各自的预期与诉求不同，学者试图面对的恰恰是歌手试图转换自身的过程。此外，现阶段对文化多样性、非遗保护与复兴的文化自觉是知识群体的自觉，而不是来自民间的"原生态歌手"的文化自觉，这是导致二者所求不同步的又一重要原因。

四 对全球化时代非物质文化遗产保护的反思

李松认为，与其说"原生态民歌"是一个文化概念，不如将其看成一个文化事件，是中国知识分子基于文化现实的一种反思与呼吁。[①] "原生态民歌"现象自 2006 年兴起至今已走过十三载，在《公约》、《指南》和《原则》的视野下，我们有必要对其重新进行文化反思。"原生态"的民歌及歌手的诸多现实选择的问题事实上已经超出了形式层面是否"原汁原味"、是否存在本真性以及是否有必要讨论"原汁原味"何以可能的问题；同时也已经不是音乐界自身的问题，实质上应该是全球化背景下各国学者需要面对的、关乎非遗保护实践如何操演的普遍性命题。在这个意义上，"原生态民歌"现象恰恰可以被视为一个观察反思的典型案例。

首先，回到《原则》，我们发现在"原生态民歌"现象中存在着《原则》与操作现实之间的纠葛与矛盾。《公约》、《指南》和《原则》是为实现对非遗存续力及文化多样性的保护、为抵御全球化与文化同质化而设立的；强调相关社区、群体和个人在保护其所持有的非物质文化遗产过程中应发挥主要作用，是教科文组织上述三份文件的共同指向。那么一方面，作为"局外人"的学者或媒体没有权力做出选择，选择权应交回给传承实践非遗的社区、群体和个人。正如《原则》第六条所说，"每一社区、群体或个人应评定其所持有非物质文化遗产的价值，而这种遗产不应受制于外部的价值或意义评判"[②]。

但另一方面，具体到"原生态民歌"现象中，如果任由社区、群体和

---

① 参见李松《原生态民歌：盛典背后的冷思考》，《中国艺术报》2011 年 4 月 22 日。
② 联合国教科文组织：《保护非物质文化遗产伦理原则》，巴莫曲布嫫、张玲译，《民族文学研究》2016 年第 3 期。

个人自愿选择，那么他们的选择往往与学者愿景或《公约》、《指南》和《原则》所倡导的文化多样性相互抵牾，而更多倾向于与现代城市生活相一致，朝向全球化与现代化所指向的文化同质化。受生活诉求制约，"原生态"歌手尚未建立起自身的文化自觉或文化主体性的权利诉求。当现代化、城市（镇）化的多元行动方介入时，歌手的评判标准与现实选择往往会主动自愿地受外来力量所牵制或左右。此时，"原生态"歌手首先考虑的不是他们所拥有的那份非遗在现在和未来的存续力，而是摆在他们面前的实实在在的生活本身。当选择权交还给社区、群体和个人时，他们是否拥有对这份权利的身份与文化认同，是否有稳固"原生态"的意愿，是否具备以保持非遗存续力为目标的自主意识，就成为各界需要面对的现实问题。

其次，从被建构的"原生态民歌"到歌手"舞台化"后的选择与多元行动方的再建构过程（被采风、被保护、被鼓励、被研究、被包装、被提高、被加工、被宣传①）中，即使是那些要为"原生态"歌手确权的学者，也自觉或不自觉不可避免地参与着建构。那么，既然《公约》、《指南》和《原则》强调将权利归还给社区、群体与个人，是否就意味着学者、媒体要退出非遗保护的实践现场呢？

现实操作远不是非此即彼、是非对错的二元对立逻辑所能涵盖。事实上，《公约》、《指南》和《原则》在强调社区、群体和个人在保护过程中的主体地位与作用的同时，也规定了专家学者和媒体的角色。例如《指南》第三章将专家、专业中心和研究机构作为功能互补型合作的组成力量②，其职责是提供专业咨询和学术研究；《指南》第四章指出："鼓励缔约国支持媒体推广活动，并运用各种传媒形式传播非物质文化遗产……

---

① 参见李松《原生态民歌的"再生"之惑》，《中国艺术报》2011 年 5 月 18 日。
② 委员会鼓励缔约国在创造、维系和传承非物质文化遗产的社区、群体和有关个人，以及专家、专业中心和研究机构之间建立功能互补型合作，鼓励缔约国建立咨询机构或协调机制，以促进社区、群体和有关个人以及专家、专业中心和研究机构的参与，特别是在以下几个方面：（a）确认和界定其领土上存在的各种非物质文化遗产项目；（b）拟定清单；（c）制定和实施各种计划、项目和活动；（d）根据本操作指南第一章相关段落，准备列入名录的申报材料；（e）……将某一非物质文化遗产项目从名录上除名或转入另一名录。（参见《实施〈保护非物质文化遗产公约〉操作指南》，中国非物质文化遗产网·中国非物质文化遗产数字博物馆，http：//www.ihchina.cn/3/19006.html）

鼓励音像媒体制作优质广播电视节目和纪录片，提高非物质文化遗产的可见度，彰显其在当代社会的作用。"① 也就是说，上述文件并不是要否定学者与媒体的实际参与，而是在作用发挥层面需要学者和媒体认真拿捏尺度与轻重。具体到"原生态民歌"现象，我们不得不说，通过"央视青歌赛"平台的推广与传播，的确提高了"原生态民歌"及非遗的可见度，但也要反思学者、媒体权力建构的客观存在与再造语境的努力。

再次，全球经济一体化与文化多样性之间本身是有冲突的。文化的发展向来与经济、政治的发展相互关联，文化与艺术的发展不仅受制于经济、政治与时代整体价值观的走向，而且还是它们的风向标与符号表征，往往作为一个整体而存在，并不能互相分离，全球经济一体化带来的往往是文化的同质化与一体化。但当信息技术的空前发达打破原有的文化区隔时，当一体化与现代化成为全球共同的发展目标与生活追求时，强调文化多样性则意味着文化要独立于经济发展而自成体系，如何在全球经济一体化的前提下实现文化的多样性由此成为时代命题。同时，在这一大背景下对传统的坚守自然会变得尤为困难。

"原生态民歌"是民间生活的写照，所唱必定是在当地经历的生活，无论这是学者理想中带有历史气息的、标示着民族文化身份的传统生活，还是歌手期许的新生活，其生命力和感染力都来源于它。但当生活发生改变时，我们还要求"原生态"歌手依然唱着"局外人"所希望听到的"原生态"民歌，那么这种民歌就已经是脱离原生语境、展示给他者观看并迎合他者的曲调，而不再关乎依托"原生态"的情感的自然表达。不论这种改变是外力介入所引起的，还是歌手主动自愿选择的。

这会让我们想到旅游业中所谓"原生态"非遗观光面临的类似问题。游客希望到"原生态地区"寻找"异文化"（多数属非遗范围），而现实是游客眼中的"异文化"正积极主动地向现代同质文化靠拢。旅游目的地的本土文化拥有者或非遗传承人，如果为满足游客需求乔装成已失落的"他者"想象中的"我文化"来完成旅游业需求链的搭建，那么"真实"与被设计打造的非真实之间就存在不可调和的矛盾。外来客寻找的是文化

---

① 引自《实施〈保护非物质文化遗产公约〉操作指南》。

差异，而差异在现代进程中正不断消减，"原生态"也只能通过"表演"而使其"还原"原生语境，从而被观看。

至此，"原生态"已事实上面临着概念的解体，但在保护实践中，"原生态"的问题并没有解决。如果它是乡土文化的基因，如果文化的多样性需要其不在同质化中失去本我，那么，实现的路径是什么，笔者借此文抛砖引玉，希望引起学界对相关问题的重新思考。

需要强调的是，"本真性"一词在不同语境、不同立场、不同人群中会被赋予不同的解读与实践方式。教科文组织是在联合国和国际层面以避免国家、民族间矛盾与争端为出发点不提倡使用"本真性"一词①；中国音乐界的"原生态"则是以学科内部的话语语境为出发点，后又与非遗保护相结合所进行的实践行为。在一国之立场上，非遗可以是塑造自我文化与政治认同、民族认同的手段与路径。对"本真性"，需要结合语境来加以分析和理解。

原载于《文艺研究》2019 年第 5 期

姚慧，女，汉族，1982 年 2 月出生于内蒙古自治区包头市，中国艺

---

① 相关机构还指出，"诸如'国家象征''文化抵抗'等概念或其他提法也许是在特定国家或地区内部的对话中经常使用，并没有必要获得其他国家或地区读者的理解，或许相同的用词在其他地区却暗示着不同的意义，但这并不是提出者的初衷。然而某些特定的提法——毫无疑问，其提出者的本意是无害的——可能会被他者误读为对对话精神和相互尊重没有益处，因此委员会提醒各国谨慎使用这些词汇"（联合国教科文组织政府间委员会第七届常会关于保护非物质文化遗产的决议，Document 7. COM 11 paragraph 24，决议原文详见联合国教科文组织官网，https：//ich. unesco. org/en/）

术研究院艺术学博士，中国社会科学院民族文学研究所博士后，2015 年 7
月至今在中国社会科学院民族文学研究所民族文学理论与当代文学批评研
究室工作，副研究员。研究方向为民族音乐学、口头传统和非物质文化遗
产保护研究。承担国家社科基金青年项目一项。代表作有《京西民间佛
事音乐及其保护研究：以张广泉乐社为个案》（专著）、《何以"原生
态"？——对全球化时代非物质文化遗产保护的反思》（论文）、《史诗音
乐范式与汉族曲牌》（论文）等。中国音乐学院"中国音乐研究基地"兼
职研究员，曾获中国艺术研究院优秀博士论文奖。

话语场中的民间艺术:作为商品的
泥泥狗在不同语境中的社会生命

赵元昊

泥泥狗是河南省淮阳地区的一种泥制的民间工艺品。非物质文化遗产保护项目"泥塑（淮阳泥泥狗）"于 2014 年被列入第四批国家级非物质文化遗产名录，并以"淮阳泥泥狗雕塑技艺"入选第一批国家传统工艺振兴目录。目前，学界对泥泥狗的研究多集中在三个方面：其一为探讨泥泥狗的文化意涵，如提出泥泥狗是祭祀伏羲的"神物"并细分各个造型背后的传说及其意义，[①] 追溯泥泥狗与远古文明或俗信的关系，[②] 分析泥泥狗象征的生殖崇拜等。[③] 其二为将泥泥狗作为民间工艺或非物质文化遗产以研究其传承方式、艺人对泥泥狗意义的解读。[④] 其三为介绍泥泥狗的艺术特色及其应用，如顾涛将泥泥狗归为"原生态""乡土"的艺术，[⑤] 曹叶青等关于泥泥狗作为"民族元素"在服装设计上应用的研究等。[⑥] 这

①　参见倪宝诚、段改芳《淮阳泥泥狗的历史渊源和人文内涵》,《民艺》2019 年第 2 期。
②　参见赵腊梅《远古文化的符号载体——淮阳泥泥狗》,《中原文物》2007 年第 6 期。
③　参见杜谆《试论淮阳泥泥狗生殖崇拜文化》,《河南教育学院学报》（哲学社会科学版）2008 年第 1 期；乔晓光《蓦然回首向民间——民间艺术学习手记》,《美术》1990 年第 12 期；宋兆麟《人祖神话与生育信仰》,《中国历史博物馆馆刊》1989 年第 00 期。
④　参见路永泽《淮阳"泥泥狗"的手艺与传承探析——以传承人房国富为例》,《遗产与保护研究》2017 年第 3 期。
⑤　参见顾涛《论淮阳泥泥狗的文化特征》,《艺术评论》2016 年第 2 期。
⑥　参见曹叶青、钱晓农、张宁、张茗珂《淮阳泥泥狗艺术形式在男衬衫图案设计中的应用》,《纺织学报》2016 年第 9 期。

些研究或理论或实证，从不同角度切入泥泥狗及泥泥狗文化。然而，笔者在田野调查中发现，泥泥狗的商品属性是其辨识度最高的一个特色，而这一属性总括了非物质文化遗产保护、乡村振兴、传统文化等不同话语体系，并且构成民间艺人、文物保护部门和学者等之间社会关系发散与收束的节点。因此，本文强调泥泥狗的商品属性，并将泥泥狗理解为话语场（discursive site）①，利用物质文化研究②、民俗学理论③、非遗相关理论④，结合田野调查资料以及联合国教科文组织保护非物质文化遗产的相关文件，分析不同话语体系如何参与泥泥狗这一民间艺术的商品化及价值和意义重构。需要指出的是，强调泥泥狗的商品属性并不意味着本文涉及经济学，而是为了使用"自有社会生命的商品"⑤这一概念分析具有商品属性的民俗事项。

一 符号与商品：自有社会生命的泥泥狗

研究一项物质文化，首先要解决的问题是该物质文化的定义。具体到

---

① 话语（discourse）一词来源于福柯，萨拉·米尔斯（Sara Mills）认为，福柯的话语意为：一套可控的陈述，与其他类似陈述以可预见的方式结合在一起。话语被一系列规则控制，这些规则指向特定的说法和陈述的流布与传播（A discourse is a regulated set of statements which combine with others in predictable ways. Discourse is regulated by a set of rules which lead to the distribution and circulation of certain utterances and statements.）。Sara Mills, *Michel Foucault*, London and New York：Routledge, 2003, p. 54. 因此，本文出现的非遗保护、脱贫致富、传统文化等，都可以归为话语或话语体系。

② Arjun Appadurai ed., *The Social Life of Things：Commodities in Cultural Perspective*, Cambridge：Cambridge University Press, 1986.

③ Barbara A. Babcock, "Pueblo Cultural Bodies", *The Journal of American Folklore*, Vol. 107, No. 423, 1994；Dorothy Noyes, "Group", *The Journal of American Folklore*, Vol. 108, No. 430, 1995.

④ Valdimar Hafstein Tr., "Intangible Heritage as a List：From Masterpieces to Representation", in Laurajane Smith and Natsuko Akagawa eds., *Intangible Cultural Heritage*, New York：Routledge, 2009；Deborah Kapchan, "Introduction：Intangible Rights：Cultural Heritage in Transit", in Deborah Kapchan ed., *Cultural Heritage in Transit：Intangible Rights as Human Rights*, Philadelphia：University of Pennsylvania Press, 2014；Michael Dylan Foster and Lisa Gilman eds., *UNESCO on the Ground*, Bloomington：Indiana University Press, 2015.

⑤ Arjun Appadurai ed., *The Social Life of Things：Commodities in Cultural Perspective*, Cambridge：Cambridge University Press, 1986.

本文,简单来说也就是回答"泥泥狗是什么"这一问题。这个问题看似简单,诸多学者、泥泥狗艺人以及各级文化管理部门的工作人员也从学理、个人或官方的角度进行了说明:如"泥塑(淮阳泥泥狗)"是第四批国家级非物质文化遗产代表性项目、传统美术门类下面的泥塑工艺;[1] 泥泥狗具有"生殖崇拜意象";[2] 泥泥狗是祭祀的符号;[3] 泥泥狗为伏羲女娲崇拜的图腾或"远古生灵面貌的群像展示";[4] 泥泥狗为泥玩具,表现的是真实存在过的动物;[5] 泥泥狗是中华民族的认同标志[6];等等。2011 年 9 月 30 日,河南省还出台了省级地方性行业标准,标号为 DB41/T 685—2011 的《淮阳泥泥狗》,该标准尝试从官方的、科学的角度对泥泥狗进行定义:"以淮阳县太昊陵周边 8km 以内的黏土为原料,采用民间传统手工工艺捶泥、捏制、扎孔、晾晒、上黑色底色,然后用红、蓝、白、绿、黄五种基本颜料点画后用固色材料覆表而成的泥制品。"[7] 简言之,泥泥狗是塑形上色的泥制品。

实际上,这些所谓的定义仅仅是给出罗列式的清单,完全无法从本体论角度回答泥泥狗到底"是"什么。如果以列表的方式总结,泥泥狗的"定义"远不止于此。在不同的语境下,它可以是镇墓兽、泥玩具、文化符号、神话故事的主角或配角、旅游纪念品、礼物、案头装饰品、非物质文化遗产传承人引以为傲的工艺品、艺术家的灵感来源或延伸艺术品、

① 《泥塑(淮阳泥泥狗)》,中国非物质文化遗产网,http://www.ihchina.cn/Article/Index/detail? id = 14053,2019 年 05 月 31 日。

② 参见路永泽《淮阳"泥泥狗"的手艺与传承探析——以传承人房国富为例》,《遗产与保护研究》2017 年第 3 期。

③ 参见倪宝诚、段改芳《淮阳泥泥狗的历史渊源和人文内涵》,《民艺》2019 年第 2 期。

④ 被访谈人:任国和(1950 年出生,淮阳泥泥狗传承人);访谈人:赵元昊;访谈地点:河南省周口市陈楼村任国和家中;访谈时间:2019 年 3 月 24 日。后文对任国观点和的引用如不特别说明,均出自此次访谈。

⑤ 被访谈人:许述章(1951 年出生,淮阳泥泥狗传承人);访谈人:赵元昊;访谈地点:河南省周口市白楼乡许述章家中;访谈时间:2019 年 3 月 23 日。后文对许述章观点的引用如不特别说明,均出自此次访谈。

⑥ 参见中国教育网络电视台《陵之狗》,http://www.centv.cn/p/328426.html,2019 年 05 月 31 日。

⑦ 河南省质量技术监督局:《淮阳泥泥狗》,2011 年,第 1 页。

"一村一品"语境下农村经济发展增长点、社会生产关系重构的因素……当我们说起泥泥狗，我们脑中或许浮现出以上列出的所有条目，也可能仅仅想到部分或者一个条目。而这些既同时构成泥泥狗的身份，又不必然地同时存在于认知泥泥狗的某一语境中。

　　根据泥泥狗以单一名称任意引发不同解读的这一特性，本文认为实际上可以将其理解为索绪尔提出的结构语言学意涵中的符号①：当我们提到泥泥狗，每个人都将其作为一个能指而任意地与自己思维中的所指对应。如果我们将前文所列举的若干"定义"看作泥泥狗这一符号的具体呈现，那么单纯纠结于这些定义对我们理解泥泥狗并无帮助。正如丹尼尔·钱德勒（Daniel Chandler）总结瓦伦丁·沃洛申诺夫（Valentin Voloshinov）对符号学的思考时说，"一个符号的意涵并不在于它与其他符号的关系中……而在于它在社会语境中的应用里"②。W. J. T. 米歇尔（W. J. T. Mitchell）也在其对图像的研究中提到，文化体系并不定义某个文化表现形式（cultural form）的单一内涵，"这提供了一种对文化表现形式的分析模式，强调嵌入在这些文化表现形式中的符号的、审美的、认识论的及利权的关系。而这种分析模式也促使我们不仅仅探究这些文化表现形式意味着什么，而去探究它们在社会关系的网络中做什么"③。也即，厘清作为符号或者文化表现形式的泥泥狗在不同的社会关系中"做"什么，才可能帮助我们理解与它或它们相关的社会现象。因此，任何一项关于泥泥狗的研究，无论将其当作商品、工艺品还是玩具，都是关于其背后社会关系的研究。在这一理论框架下，文首提出的"泥泥狗是什么"这一问题的答案就显得不那么重要了，学者要考虑的是泥泥狗在不同的、语境化了的实践中的应用。

　　具体到本文，笔者着力探讨的是泥泥狗这一物质文化表现形式在商品

----

　　① 也即 "a sign in F. Saussure's model"，见 Daniel Chandler, *Semiotics：The Basics*, New York：Routledge, 2007, p. 14。

　　② Daniel Chandler, *Semiotics：The Basics*, New York：Routledge, 2007, p. 9.

　　③ W. J. T. Mitchell, *Picture Theory：Essays on Verbal and Visual Representation*, Chicago：University of Chicago Press, 1994, p. 423.

关系中的应用。因为首先,在实践中,田野调查显示,无论泥泥狗有多少种解读方式,其作为商品的资质,一以贯之地存在于这一泥制品经历的各个历史时期。此处提供两个田野资料佐证,分别编号为资料 1 和资料 2。本文对出现的所有田野资料统一编号,方便读者定位。

资料 1:

赵元昊(笔者,以下简称赵):那许老师你当时为什么学这个?许述章(以下简称许):我上些年代,这个泥泥狗啊,他对做家(制作泥泥狗的人——笔者按)这个,真有一定可观的收入。赵:哦,在你那个年代。许:那个年代,……集中到二月会去卖泥泥狗,那时候卖多钱?赵:卖多钱?许:一天最多了最好了,卖五块、六块。六块钱,可是在那个时候,搁那做活的打工的一天挣多钱?赵:多钱?许:两毛钱!你管卖[泥泥狗就能挣]几块一天!?你可养[家]不可养啊?

资料 2:

2019 年 3 月 23 日晚餐,调研组李想的朋友,当地某驾校负责人,40 多岁的任女士提到,自己也是陈楼村的,小时候也捏过泥泥狗。她拿起餐桌上的餐巾纸,形象地表演如何捏常见的"小泥鳖(音)":两头窄的长条,扎孔,能吹响。任女士说,她小时候也在农闲时卖泥泥狗。去太昊陵卖,基本都是小泥鳖。一毛钱五十个,后来开始涨价,有人来买的时候听错了,以为一毛钱五个,问任女士六个卖不卖,她说六个也卖。①

其次,在学理层面,阿尔均·阿帕杜莱提出了物品的"商品资质"(commodity candidacy)和"商品语境"(commodity context)的说法,即,任何一种物品都有在其社会生命中的某一阶段(语境)成为商品的

---

① 被访谈人:任××(女,淮阳区居民);访谈人:赵元昊等;访谈地点:河南省周口市淮阳区任女士驾校内;访谈时间:2019 年 3 月 23 日。

可能性。① 这一理论的优点在于其并不排除泥泥狗具有的其他物的属性，如礼物、玩具等。

再次，在方法论上，泥泥狗作为商品时，同时存在于私人空间（private space）与公共空间（public sphere）中，也就是其所勾连的社会网络可以包含艺人、文化管理部门、消费者等群体，给研究者提供较为全观地解析泥泥狗的可能性。

阿帕杜莱认为，"商品像人一样，是具有社会生命的"②。而我们无法脱离行动主体（agent）讨论一个物品的"生命"，因此，讨论泥泥狗的社会生命，实际上必须讨论社会行动主体，如个人、群体或组织，与泥泥狗这一物品的关系。在泥泥狗的制作、销售等环节，都有不同的行动主体与这一文化表现形式进行互动，使用不同的话语体系和实践表达泥泥狗、改变它的意义与价值。如泥泥狗的制作环节牵扯的行动主体包括泥泥狗艺人、学者、文化管理部门等。泥泥狗的销售环节牵扯艺人的同时，也将消费者纳入了关系网之中，而消费者的选择又对上一个制作环节产生影响。在这些环节中，制作者、消费者、管理者等，都在利用不同的话语体系重构泥泥狗这一文化现象，同时重构自己与所处社区、自己与当地文化之间的关系。以下，本文围绕三个参与了泥泥狗文化现象重塑或再语境化的话语体系：非遗保护、脱贫致富与传统承继展开分析，旨在厘清这些话语体系如何影响与泥泥狗相关的多元行动方，包括认证的传承人、文化管理部门、村民和学者等共同构建泥泥狗文化、村落或群体认同等。这些话语体系的交锋或者纠葛，与上文明确的泥泥狗的商品属性密不可分。如果不将泥泥狗看作商品，我们无法深入理解这些话语如何作用于当地文化生态，并对社群认同方式和泥泥狗文化现象的意义产生影响。

非遗保护与脱贫致富这两个话语由于经常会被行动方展演或提及，在

① Arjun Appadurai, "Introduction: Commodities and the politics of value", in Arjun Appadurai ed., *The Social Life of Things: Commodities in Cultural Perspective*, Cambridge: Cambridge University Press, 1986, pp. 13, 15.

② Arjun Appadurai, "Introduction: Commodities and the politics of value", in Arjun Appadurai ed., *The Social Life of Things: Commodities in Cultural Perspective*, Cambridge: Cambridge University Press, 1986, p. 3.

参与观察时和采访资料中均比较容易明确,而泥泥狗与传统文化相关的方式则更加复杂,本文试从行动方讲述中直接或间接指向"传统"这一概念的内容出发展开分析。当然,需要注意的是,这三个话语体系并不独立于彼此而存在,它们互相渗透、互相影响。

二 层级与时令:非遗保护语境下泥泥狗文化的重构

泥泥狗名列第四批国家级非物质文化遗产代表性项目目录,第一批国家传统工艺振兴目录。非物质文化遗产保护这一话语如何影响泥泥狗的商品属性、改变泥泥狗的价值表象,是本节要解决的问题。笔者认为,非遗保护对泥泥狗的改变主要为,它层级化了泥泥狗产品,并割裂了其与岁时节令的原生关系。

克里斯蒂娜·马格斯(Christina Maags)指出,中国某些地区的非遗保护正在成为一种竞技(race),无论是非遗保护名录还是传承人名单,都呈现出阶层化(hierachization)的特点,且阶层化将某些非遗项目和某些传承人列于其他项目与其他传承人之上。① 将非遗项目和传承人标注上国家级、省级等带有明显阶层特色的标签,这一现象也存在于笔者的田野调查中。这些标签非常明显地引起了泥泥狗艺人们对各自"级别"的思考,且深刻影响他们对自己作品价值的认知。以下是笔者的两段田野记录,由于内容可能涉及其他传承人,故隐去具体访谈信息。

资料 3:

传承人:前阵子来了几批人,也有学校的也有啥,说你现在是国家级传承人了,你那东西,可能得,价格得提上去啊!

赵:一般都是这样。

传承人:[他们告诉我]俺这到这儿走到淮阳,搁哪里都都知道你! 到这农村里一问更不用说! 我说这一点在我的脑子里,重要

---

① Christina Maags, "Creating a Race to the Top: Hierarchies and Competition within the Chinese ICH Transmitters System", in Christina Maags and Marina Svensson eds., *Chinese Heritage in the Making: Experiences, Negotiations and Contestations*, Amsterdam: Amsterdam University Press, 2018, pp. 121 – 144.

［性］都不如泥泥狗，……［我］不就是个做泥泥狗的么。

资料4：

传承人：他们那些国家［级］的传承人也不一定有我这个［手艺］。……我也不给那些同行说泥泥狗的含义，我培训过的学生比那些卖泥泥狗的老太太懂得都多，你问那些老嬷嬷泥泥狗什么含义，只能告诉你保平安。我的学生都能说出来图腾含义。……现在那些年轻的传承人，说自己如何如何，其实一共才做了十几年［泥泥狗］。……我给人加工，一个小的就XX，大点的XX多，上千也有……后来一些卖高档服装的，来找我要半成品，刷了黑漆的，别人买他衣服他就教给人画泥泥狗。服装也用泥泥狗元素。所以不是文化局局长副局长带着来我都不见，因为耽误我时间［挣钱］（此处是玩笑语气）。

这两段田野资料从两个相反的方向切入同一个问题：作为商品的泥泥狗由于非物质文化遗产这一话语参与而出现的价值变化，也即，国家级传承人制作的泥泥狗相较于省级传承人制作的泥泥狗价值要高。国家级传承人表现了对其头衔的谦虚，强调一切都没有泥泥狗重要，自己"就是个做泥泥狗的"。而资料4中的传承人对其他传承人（国家级传承人）及普通从业者（老嬷嬷、年轻人）似有微词，认为他们不懂得泥泥狗的文化意涵。并且，虽然是开玩笑的口气，资料4中的传承人将自己的时间与金钱挂钩。乍看之下两人似乎心态不同，但实际上都源于马格斯（Maags）所说的竞技带来的影响。资料3中的传承人由于已经有了头衔保障，仅需突出手艺人的特色，而资料4中的传承人处于非遗传承人级层的中部，需要突出更多方面才能体现自己手艺的价值。

四级传承人名录体系的本意是鼓励各级政府从不同层面发展当地非遗，但是放在实际操作层面，这种层级划分有可能构成对联合国教科文组织非遗保护精神的曲解。在泥泥狗的案例中，层级划分人为地将同一个社群纵向分化了，非遗话语的加入将传承人对自己的认知与文化管理部门的公共影响力联系起来。这有可能会导致一部分本来参与泥泥狗制作、销售等环节的艺人由于没有被认定为某级传承人而失去社会资本及在泥泥狗制作领域的话语权。比如资料 4 中,省级传承人借由自己非遗领域的身份发声,判定很多没有等级的艺人的产品无意义,长远来看完全有可能将他们逐渐排除在泥泥狗这一传统之外。这无疑违背了教科文组织的本意,并且会对未经认证的这一部分传承人的生活来源产生巨大影响。而与此同时,被认证的泥泥狗传承人过度商品化,达到一只上千元的价格,长此以往极易形成几大传承人对泥泥狗市场的垄断。非遗保护话语成为了驱逐竞争对手的工具。

自然,我们也应该看到,虽然联合国教科文组织明确规定了 CGIs ("communities, groups, and in many cases, individuals") 即社区、群体和个人对非遗的决定权和最大程度的参与①,2003 年公约的成型过程也伴随着对其层级化、精英话语的批判②。麦克·福斯特(Michael Foster)也指出,2003 年公约确立的"代表作名录(Representative List)"制度本身就会对人们理解非遗项目产生误导,因为"代表作"本身传达一种 *primus inter pares* 的意味,③ 即,同样的事项中被优先选择的。这就自然带有了高下之分。这些都会给各地非遗保护带来误导。而学界对此也难辞其咎:有些学者虽然未直接对传承人分级,但是在相关研究中对传承人的描述容易让人误解。如莫瑞迪斯·威尔逊(Meredith Wilson)和克里斯·巴拉德(Chris Ballard)在危机时刻非遗保护的研究中,使用了"关键传承人(key transmitters)"这一概念。④ 不免使阅读者产生传承人有的"关键",有的则可有可无的误解。因此,想要真正实现社区、群体、个人对非遗保护、传承最大程度的参与,需要多元行动方更深刻地理解公约制定的背景与各地非遗保护话语体系产生的特殊生态,避免从字面上理解非遗保护的

---

① UNESCO, *2003 Convention for the Safeguarding of the Intangible Cultural Heritage*, 2003, p. 7.

② Valdimar Hafstein trans., "Intangible Heritage as a List: From Masterpieces to Representation", in Laurajane Smith and Natsuko Akagawa eds., *Intangible Cultural Heritage*, New York: Routledge, 2009.

③ Michael Dylan Foster, "UNESCO on the Ground", in Michael Dylan Foster and Lisa Gilman eds., *UNESCO on the Ground*, Bloomington: Indiana University Press, 2015, pp. 4 – 5.

④ Meredith Wilson and Chris Ballard, *Safeguarding and Mobilising Intangible Cultural Heritage in the Context of Natural and Human-induced Hazards*, Desk Study for UNESCO, 2017, p. 19.

原则，形成误判。

从民俗学角度来看，非遗话语的加入对泥泥狗这一民俗事项的意义亦有显著改变。多萝西·诺耶斯（D. Noyes）认为，群体（group）在参与共同事项时浮现（emerge）出来，其他时间都可以是隐形的。[①] 具体到泥泥狗，在非遗话语介入之前，泥泥狗相关的活动顺应农业生产时间线，泥泥狗传承人的"浮现"与农时有着紧密联系且传承人呈现多样性。首先，非遗话语介入前，泥泥狗的生产始于冬季农闲时，一家人制作泥坯之后晾干并彩绘，在农历二月二到三月三之间的伏羲陵庙会期间摆在伏羲陵周边售卖给前来逛庙会的烧香人，之后结束。其次，在农闲庙会期间，所有参与泥泥狗制作、生产、销售的人，包括彼时还是小孩的任女士（资料2），都是这一文化表现形式的传承人，作为一个群体而"浮现"。而这一群体在制作非销售泥泥狗时，以其他形式相互联系，比如同村、家人等等。再者，庙会时购买泥泥狗的人群虽然不制作泥泥狗，但他们也是这一民俗事项的参与者，在一定程度上传承着泥泥狗的相关文化。比如购买泥泥狗的目的，除了资料4中传承人提到的"保平安"，还有求子。许述章曾在采访中说："谁买的多谁家的子孙多呀！……他就［算］是小孩少，他［也］买了求子啊，……我只要买的多了，我的后代就旺。我的后代人就多。"而某省级传承人认为过于简单的"保平安"和许述章提到的"求子"这两个说法，正是彼时购买泥泥狗的人群的最真实的愿望体现。

然而，非遗话语介入之后，泥泥狗的生产销售与农时和祭祀节令被割裂开来。现在泥泥狗为合作社经营，全年不间断供应。并且，合作社的成立打破了乡村原有的社群和群体，制作、销售泥泥狗的群体不再在农闲时、庙会时浮现，而是通过有组织的生产链条连接，以契约合同的形式固定。而泥泥狗"保平安""求子"的意义过于简单，不能与其非遗的"身份"相匹配，其含义也自然由于非遗话语和"专家学者"的参与，变得更加复杂精致。庙会的"老嬷嬷"口中的"保平安"作为个体传承人对非遗项目的合理解释，反而被另一些得到文管部门支持的传承人认为是不

---

① Dorothy Noyes, "Group", *The Journal of American Folklore*, Vol. 108, No. 430, 1995, pp. 449 – 478.

了解泥泥狗背后深刻文化内涵的体现。泥泥狗曾经肩负的"求子"意涵，也已经不显见。

三　收编与标准：作为陈楼村一"品"的泥泥狗

在田野调查中笔者发现，脱贫致富是指导村民经济活动，特别是农闲时经济活动的重要话语体系。这一话语与泥泥狗的商品属性及商品化连接紧密，相互影响。

自上而下商品化民间艺术品甚或是整个地方传统生活的行为多被批判，如克里斯蒂娜·马格斯指出，自上而下的各项规定会商品化并且重新定义中国的非遗项目。[①] 黛博拉·卡普杉（Deborah Kapchan）研究了摩洛哥首府马拉喀什的哲玛·伊勒福纳（Jma el-Fna）广场，指出其中的地方传统生活在非遗保护语境下已经成为政府旅游业的"饲料"（fodder）。[②] 然而，瓦尔迪马尔·哈弗斯坦（Valdimar Hafstein）指出，非遗保护是一种介入工具（tool of intervention），[③] 改变着社区理解自身行为的方式，也改变着社区本身。对"社区"及"自身"的强调意味着对传统民间工艺或生活的改变也可以是自下而上，或根植于社区的。本节中，笔者将关注点放在社区实践上，简要探讨脱贫致富话语内涵的三个现象：合作社经营、标准化，以及"一村一品"运动。笔者认为，在脱贫致富这一话语的影响下，根植于社区的、自下而上对泥泥狗文化的改变，与自上而下的规定一样，也可能形成一种文化威权（cultural authority）。

首先来看合作社的成立与运作。2011 年，在陈楼村的老支书、前文

---

① Christina Maags, "Creating a Race to the Top: Hierarchies and Competition within the Chinese ICH Transmitters System", in Christina Maags and Marina Svensson eds., *Chinese Heritage in the Making: Experiences, Negotiations and Contestations*, Amsterdam: Amsterdam University Press, 2018, p. 124.

② Deborah Kapchan, "Introduction: Intangible Rights: Cultural Heritage in Transit", in Deborah Kapchan ed., *Cultural Heritage in Transit: Intangible Rights as Human Rights*, Philadelphia: University of Pennsylvania Press, 2014, p. 19.

③ Valdimar Tr. Hafstein, "Protection as Dispossession: Government in the Vernacular", in Deborah Kapchan ed., *Cultural Heritage in Transit: Intangible Rights as Human Rights*, Philadelphia: University of Pennsylvania Press, 2014, p. 33.

提到的非遗传承人任国和等人的促成下，陈楼村当地成立了淮阳县金辉泥泥狗专业合作社，任国和任社长。合作社的前身为淮阳泥泥狗协会，任国和为协会会长。任非常看重合作社生产，整合了几位省级非遗传承人与陈楼村部分村民作为合作社的力量，将合作社作为本村脱贫致富的重要生产组织形式，并取得了成效。

此处插入一条田野资料，编号为资料5，作为参考。

　　任国和：我们这不是跟其他家［一样］，到齐一家在这里捏的，我们是合作社。2010 年农业部农民艺术节之后，我们代表"一村一品"，去，我们村这个"品"就是泥泥狗。带着文化部、农业部的收藏，收藏我们泥泥狗。……你看那讲的都是合作。泥泥狗上包装，是制作的，那楼下有画的，我们综合。还有一点，我们 10 个省级文化传承人，又加了 32 户、128 个人的队伍，得了不得了？每年收入几百万的。孤寡的户也收入五万。……责任田。现都不种了，2 分田麻烦，他们按我们标准要求参加合作社了。你做好以后，［比如］像泥泥狗，湿坯干了以后送给我们，我们拿钱买他的，上漆上色五彩点化这都是我们的［活儿］。……淮阳县卖的很多，但是噫，他跟我们方向都不一样。我们集体共同富裕！原来有两户脱贫，困难户，现在脱贫。……不能来的家庭，……按我们要求，也是我们会员，捏制泥，干了之后，给我们，我们按共同价钱收过来。其他的收，叫我们收也不收，便宜我们也不要。因为他呢，标准不行。

从上述田野资料看，在商业化过程中，文化产品的集约化生产显然能够提升效率，带来更高产量。此外，在拜访任国和时，调研组注意到其合作社中有两位女性员工正在进行泥泥狗加工，为面前大木盘子中很多同样形状的泥泥狗干坯上色。这说明在金辉合作社中，泥泥狗的加工为流水线形式，各司其职，并不是一人负责所有流程。这两位女性员工的防范意识很强。开始拒绝调研组拍照，并询问笔者的来意。在笔者说明是采访时，以开玩笑的口吻问笔者："采访，采访花钱吗？"

综合上述信息，笔者试着总结金辉合作社泥泥狗生产的三个显著特点:一,流水线生产;二,商标意识与保护意识强,对外来人员警惕性高,且非本合作社的泥泥狗不被认可;三,产品价值分层,全部流程都由传承人制作的泥泥狗价格较高。然而,这一形式是否有利于泥泥狗文化的传播?

应该明确,商业化与个人品牌意识并不必然对文化现象的传播带来负面影响,"金辉"这一类省级非遗传承人牵头并负责的合作社利于扩大泥泥狗生产、提高泥泥狗认知度,从而吸引更多消费者。从上述田野资料看出,流水线生产导致成品泥泥狗逐渐趋同并丧失艺人的个人特色。而且这种生产形势使得从业者部件化,无法独立完成一件泥泥狗作品,做泥坯的只会做泥坯,彩绘的则只会彩绘。

同时,合作社也规定了界限,社内人员防备社外人员、不收社外泥泥狗干坯。也即,合作社亦有可能带来产品形态的固化以及文化现象的私有化或小集体所有化。脱贫致富话语体系的在地实践的确带来了经济收益与一定程度上的文化传播,然而其效应被局限于"金辉"泥泥狗或者某些传承人的泥泥狗,而非泥泥狗文化本身。

这一点在"理论"层面的反映,就是标准的制定。资料 5 中,任国和提到,金辉合作社不会收购非社员的泥泥狗干坯进行加工,因为它们不符合"标准"。他在其他场合也多次提到泥泥狗从业标准,将其作为当下泥泥狗生产的必要规范性文件。这个标准,就是 2011 年 9 月 30 日由河南省质量技术监督局发布的编号 DB41/T 685—2011,名称为《淮南泥泥狗》的省级地方标准。该标准不仅规定了泥泥狗的底色(黑色)、彩绘颜色(红、蓝、白、绿、黄五色),还规定了尺寸区间、检测合格品的方法等。该标准的执行是否会禁锢民间艺人的创新精神,对艺人的创作到底有没有实际指导意义,还需要收集更多材料进行分析。目前可知的是,《淮南泥泥狗》的出台首先就将一批无法理解、阅读这一标准的泥泥狗制作人屏蔽在官方的泥泥狗认可之外。其次,标准具有一定强制力和普遍适用的可能性,实践中单靠扩大规模、排斥其他艺人不可能全面完成的泥泥狗表现形式的统一与艺人的收编工作,通过推行标准,则完全可以实现。笔者不免担心,这一标准将不可避免地服务于成规模的泥泥狗生产者与被官方认可的传承人,形成文化威权,进而从根本上改变淮阳泥泥狗的文化生态。

资料5中，任国和还强调了"一村一品"计划。这一计划引进于日本大分县的同名乡村振兴运动。加入一村一品计划的本质与取得非遗传承人称号、促进泥泥狗标准化等相似，即获得官方的支持。在资料5中任提到，2010年农业部农民艺术节之后，他们的泥泥狗代表"一村一品"，被文化部、农业部收藏。这表面看来是文保部门对泥泥狗这一文化现象或民俗事象的支持，但实际上在地方层面，只有被选中的泥泥狗可以作为一村之"品"获得认可，而小作坊、个人生产的泥泥狗更加失去立足之地。

综上，笔者认为，在脱贫致富的话语体系中，泥泥狗起码在制作、售卖方来看成了完全的商品，其文化意涵、艺术水平等，都不再是艺人首要考虑的问题，艺人的要务变为扩大生产规模、提升附加值以及减少竞争对手。

四　凝视与反馈：传统化叙事中的泥泥狗

传统性一直贯穿泥泥狗这一文化现象的产生和发展过程。这一话语包含狭义和广义两个层面的意思，狭义层面来说，泥泥狗被构建成传统手工艺品；广义上说，依托太昊陵旅游业打造的伏羲崇拜将泥泥狗纳入到了中华民族寻根话语这一大叙事中，实现了泥泥狗的再传统化。而传统性也与泥泥狗商业化的过程紧密相关。

在许述章和任国和的讲述中，"传统"的面目有很多种，下面提供一些田野资料来说明（见资料6、资料7、资料8、资料9）。

资料6：
淮阳文广旅游局办公室鲁主任与许述章谈论浚县泥咕咕，也叫"泥叫吱儿"。
鲁：泥叫吱儿变种这一块。
许：泥叫吱儿没有叫声儿了。
鲁：已经变得不是样儿了。
……
鲁：咱这泥泥狗也变了。
许：也变了变得画的比以前细、精，可是咱这造型儿还是原来味儿嘞。

资料7:

调查组成员询问许什么样的泥泥狗做的多。

许:人面猴儿,猫拉猴儿,就这一类嘞。这一类比较多一点儿。……就大家,就,消费比较认可嘞。他并不是说,你说代表性嘞是吧?在我嘞口中嘞?他并不是一个两个是代表性的,而每个都是代表性。就是有些,大家接触得多了,或者说啥嘞,专家跟学者吆喝的多了。有的就认为是有代表性嘞。实际上它每个都有它嘞文化内涵。

资料8:

任:20 多年前一个教授说,这么多样子我们想买都挑花眼,你分个品种。……我一想,这对,说什么,人的生活水平不一样,文化高低也不一样,所以说他们选择[买]作品还不一样。像现在庙会上你也去了……来烧香,善男信女们,他就是拿着钱买那便宜的,那么大的,再大的也不要,滑滑嘞响响嘞,买回去小孩玩具。就达到要求了。可是像你们专家学者来干什么,不要这些,他就要文化,呃,什么,厚重的。对不对,有讲究的要那些。

资料9:

笔者发现有些泥泥狗上清漆,有些不上,询问任国和原因。

任:哎,专家学者不要上光嘞。我刚才那边好些[泥泥狗]我没看哪个作品就拿过来了(所以有上清漆的有亚光的)。要上光都上光,要不上光都不上光。专家学者说,这原汁原味。有人说这样好看。专家学者都要这一种,不要上光的。

……

赵:谁先说的不要上光的?

任:都是专家,南京大学的教授。

……

任:那一年,俄罗斯[客商]来买嘞,光买我自己 1000 多份儿，搁咱庄买几千块钱的。他就要断的，要烧的没嘴儿的，要嘞我要掸掸尘土，他都不让擦。

可以看出，诸位传承人在描述泥泥狗时使用了"代表性""原来味儿""原汁原味""文化的厚重的"等词语。其实都在指向"传统"这一概念。而这也是所谓专家学者"吆喝"（许述章语）的最多的。传统性与泥泥狗的商品属性连接的例子也可以从上述田野资料中得到，如任国和明确说到"专家学者"和国外客人对传统性要求更高，不愿意要上清漆的，甚至不愿意让他去掉泥泥狗身上的灰尘。许述章与当地文保部门的工作人员共同评判浚县泥咕咕丢弃了"传统"。

但是传承人描述及制作的泥泥狗真的是"传统"的吗？霍布斯鲍姆在《传统的发明》一书开头就提醒我们，习俗不可能一成不变，因为即使所谓"传统"社会，生活也是时刻变化的。[①] 更何况在被非遗保护、脱贫致富话语影响下的现代乡村社会。排除颜料使用广告色、涂清漆等可以使泥泥狗更加好看的技术革新，即使在形态上，泥泥狗的变化也显而易见。如许述章、任国和两位传承人都提到，泥泥狗形制更大了，并且这种形制变化也使泥泥狗变为更具摆放欣赏功能的传统工艺品（见资料 10、资料 11）。

资料 10：

赵：这大的什么时候出现的？

许：嗯，大的？时间是从，九几年初，以前最大的多大？（指着 20 厘米左右的人面猴）以前最大的就这人面猴。这就最大的。我小时候我年轻时候这就是最大的。……为啥从过了九零年九几年那时节大的多了嘞？……那家庭条件好啦，都有博古架嘞，……那［泥泥狗］往那一放不显眼啦。人说许老师，这个太小啊，你给我弄个大嘞啊？我说那不中，我做大的，原材料那用的也多，我费工啊！这

---

① Eric Hobsbawm, "Introduction：Inventing Traditions", in Eric Hobsbawm ed., *The Invention of Tradition*, Terence Ranger, 1983, p. 2.

［小］的我做一大片，这样的［大的］我还做不了一个嘞。哎那他说了，我给你钱啊！你做不做？

资料11：

赵：大的是什么时候开始。

任：改革开放之后，2006年之后。

赵：为什么这么准确。

……

任：［那一年］淮阳县文化馆展览嘞，最大的就恁大（20厘米左右）。往后越来越大。说这就是非遗，宣传知名度也高了。……所以说，人要买了往那放，收藏，欣赏。我们就做大了。做大了嘞，上那一摆，它大气。我们嘞？它一大，我们要钱，钱多。

　　淮阳人民文化艺术中心也将大型泥泥狗作为陈列品摆进了博物馆。而实际上这些行为并没有使泥泥狗的"传统"意涵得以凸显，反而将泥泥狗推入了一种被芭芭拉·克什布拉特－金伯利特称为"民族志衰退"的情境中，[①] 意即，与原生语境剥离了。因此，学者应该提问，当泥泥狗的传承人谈论"传统"时，他们到底在表达什么？因为这个问题不仅仅与"发明的传统"这一提法相关，也是对学者或旅游者凝视（gaze）的诘问。比如任国和（资料9）提到俄罗斯客商要残缺的泥泥狗，南京的大学教授要不加清漆的泥泥狗，这都将泥泥狗带入到一种东方学语境中，构建了现代社会对想象中的、古老东方的神秘泥制品的凝视。如同芭芭拉·巴布考克在研究美洲原住民工艺品时所说，凝视本身就是现代性加在被观察者身上的压力。她并引用斯塔姆（Robert Stam）与斯宾塞（Louis Spence）对殖民主义的讨论："扶手椅上的征服者们将第三世界的物品幻化成第一世界窥探的凝视下的奇迹时，也在同时确证我们的（现代性的）

---

① 　Barbara Kirshenblatt-Gimblett，"Objects of Ethnography"，in Ivan Karp and Steven Lavine eds.，*Exhibiting Cultures：the Poetics and Politics of Museum Display*，Washington：Smithsonian Institution Press，1991，p. 389.

力量。"① 此处殖民者与第三世界之间的区隔不完全适用于泥泥狗的例子，然而，学者和受访者之间的权力高差实际存在，加之城乡差距，泥泥狗对于学者甚至旅游者来说，也具有被幻化成奇迹的、第三世界物品的特质。学者在观察田野的时候，田野也在凝视着学者。民俗学家、人类学家、历史学家，乃至文保人员、商人、旅游者等都在观察着、分析着传统。与此同时，艺人们也看到了外来者希望看到怎样的"传统"，"传统"通过学者的强调、非遗话语体系的描述、从摩登世界来寻根的城市男女的期待，成为了泥泥狗的标签，并在无数的语境中表达不同的意义。正如麦克·欧文·琼斯（Michael Owen Jones）所说，我们应该"将传统作为个人行为与生活方式中的象征性构建，每个人都可以选择将特定的元素理解为传统，以创制一个通过多种途径表达的身份认同"②。

泥泥狗的传承人并不是不了解泥泥狗的历史，也并非不知道有些元素实际上是创制。他们只是选择性地定义了传统，因为这个标签带来的不仅仅可以迎合外来者对泥泥狗的想象，还帮助制作者们取得预期的金钱收益。

从另一个侧面讲，是否具有"传统性"常被作为判断一个民俗事项是否有价值的重要标准。泥泥狗制作也牵扯到这一问题。在采访中，传承人都提到自己制作泥泥狗是家族传承。因此，他们有理由认为自己的泥泥狗是"正宗"的淮阳泥泥狗，并且有着相应的物灵崇拜含义。而还有一类艺人是后来学艺的，因此他们制作的泥泥狗没有历史感及代代相继的传承关系（资料4），也就无法体现有些传承人所宣传的、泥泥狗做为符号最先具有的也是非常重要的"祖先崇拜"这一所指。

而这一所指已经成为官方话语。2018年杨荣良导演的《陵之狗》被评为"弘扬社会主义核心价值观共筑中国梦"主题优秀网络视听节目展播作品。该作品将泥泥狗与认祖归宗的话语联系起来，讲述一个台湾家庭

---

① Barbara A. Babcock, "Pueblo Cultural Bodies", *The Journal of American Folklore*, Vol. 107, No. 423, 1994, p. 46.

② Michael Owen Jones, "'Tradition' in Identity Discourses and an Individual's Symbolic Construction of Self", *Western Folklore*, Vol. 59, No. 2, 2000, p. 120.

到泥泥狗产地的寻根之旅,并将泥泥狗刻画成连接不同生活背景的三代人的身份认同符号。这无疑会将泥泥狗代表的人祖崇拜这方面内容放大,并将泥泥狗文化纳入中华民族传统或文化寻根的宏大叙事中。

这一宏大叙事对作为商品的泥泥狗的影响已经初现端倪。人祖、寻根等意象已经被广泛用于描述、制作泥泥狗,成为一种卖点。如任国和制作的泥泥狗中专门有一个系列被命名为"伏羲文化",笔者所见的此类泥泥狗,已经不是抽象的泥泥狗造像,而是比较具象的人形或人首蛇身的伏羲女娲形象。且这一类泥泥狗的颜色更加写实,脱离《标准》规定的五彩,比如使用肉色颜料描绘裸露皮肤等。当笔者询问时,传承人称此类也是传统泥泥狗的一部分。可以预见,这类直观地体现"中华文明之根"意象的泥泥狗,将会融入传统文化的大叙事中,与太昊陵人祖伏羲崇拜等文化形式相结合,构成一种更为全观、立体的"传统"。而寻根之旅对旅游业的促进,也会促进泥泥狗作为旅游产品、纪念品的销售。

五 结语:作为话语场的泥泥狗

作为商品的泥泥狗只是一个话语体系交锋的场所,是被动的客体,不是行动方。然而,它不乏社会功能,因为"正是活跃的物昭示了其背后的人文和社会背景"[1]。本文简析的三种话语体系,即非遗保护、脱贫致富与传统文化在作为商品的泥泥狗这一话语场(discursive site)中交互缠绕,形成巨大的张力。

如出现在传承人关于泥泥狗传统性叙述中的"原汁原味""原来"等词语,与非遗保护领域探讨的"本真性(authenticity)"概念密切相关。在联合国教科文组织看来,"本真性"是非遗保护领域的不当词语。2004年联合国教科文组织发布的《2004年关于物质与非物质文化遗产整体性保护策略的大和宣言》[*The Yamato Declaration on Integrated Approaches for*

---

① Arjun Appadurai, "Introduction: Commodities and the politics of value", in Arjun Appadurai ed. , *The Social Life of Things: Commodities in Cultural Perspective*, Cambridge: Cambridge University Press, 1986, p. 5.

Safeguarding Tangible and Intangible Cultural Heritage（2004）〕第八条中明确指出：专家"考虑到非物质文化遗产是与时俱进的，认为'本真性'这一适用于物质文化的语汇在非物质文化遗产界定中不相关"①。然而，这类语汇在非遗产品商品化的过程中仍有着重要地位，有学者研究各国非遗项目申报书发现，这些申报书并未杜绝宣扬本真性这一词语。② 笔者与非遗领域专家巴莫曲布嫫研究员讨论时，巴莫研究员指出，联合国教科文组织保护非遗政府间委员会的专家一直注意到这一情况并致力于对它的修正。然而，就本案例来说，本真性仍然在场，它决定了什么样的泥泥狗可以被当作伏羲崇拜的符号，什么样的花色是"有意义"的，什么人可以制作泥泥狗，什么人可以决定泥泥狗的故事，等等。这些因素都影响泥泥狗的制作销售，改变着每个传承人与每只泥泥狗在脱贫致富话语体系中的地位和价值。同时，脱贫致富话语下产生的标准化，也会与传统性的话语体系产生碰撞，如《标准》中并未以"有气孔，可吹响"界定泥泥狗是否符合传统工艺，而实际上"传统"泥泥狗都有气孔，可吹响。这本身就是标准化对"传统"的改造或收编。再如，任国和卖给俄罗斯客商的残缺泥泥狗，被贴上传统性标签的同时，却是不符合《标准》的残次品。过度集约的商品化也会反过来影响非遗公约强调的 CGIs 即社区、群体和个人对非遗项目的参与。这些都是学者需要关心的问题，也是泥泥狗这一文化现象面临的挑战。

　　泥泥狗同时也是很多国际性话语在当地的体现，比如任国和传承人多次强调的"一村一品"这一提法最初来自日本大分县 1979 年展开的同名乡村振兴计划。时任大分县知事平松守彦认为，大分县每个乡村都应该发展一个农作物，比如虾、牛、猪、葡萄等，从而开始了日本的"一村一

---

　　① UNESCO, "Yamato Declaration on Integrated Approaches for Safeguarding Tangible and Intangible Cultural Heritage", Declaration of the International Conference on the Safeguarding of Tangible and Intangible Cultural Heritage: Towards an Integrated Approach, October 20 – 23, 2004.

　　② Chiara Bortolotto, "Authenticity: A Non-Criterion for Inscription on the Lists of UNESCO's Intangible Cultural Heritage Convention", Final Report of 2013 IRCI Meeting on ICH—Evaluating the Inscription Criteria for the Two Lists of UNESCO's Intangible Cultural Heritage Convention The 10th Anniversary of the 2003 Convention, 2013, p. 76.

品"计划。① 这一提法被我国农业与农村部引进，成为各地大力发展农村经济的战略。而非遗保护话语则是联合国教科文组织 2003 年《保护非物质文化遗产公约》的在地实践。因此，泥泥狗已经不仅仅是为增收售卖的旅游产品或农闲时制作的有文化含义的泥玩具，其符号含义与有效性也已经逐渐演变为一种在对外表达时的文化资本。

作为一种自有"社会生命"之物，泥泥狗这一话语场带动的社会关系网络已经不限于包括金庄、陈楼村在内的若干村庄及其村民间的生产、生活关系，而是与非物质文化遗产、传统文化、商业资本、文创产业、学术研究等方面相勾连。在这些关系的连接中，制作、售卖、购买、谈论泥泥狗的村民通过这一符号化的商品在不同语境中表达自身及社群对当地文化的解读和实践。研究泥泥狗在不同的话语体系中做了什么，可以帮助研究者以及当地文保部门了解多元行动方的参与下，当地人对文化事项的解读与重构，对研究解决乡村经济发展与传统文化、社会转型、传统人际关系转化等问题均有启发。

原载于《民族艺术》2019 年第 6 期

赵元昊，回族，1985 年 4 月出生，籍贯山东省济南市，中国共产党党员，俄亥俄州立大学博士，2017 年 12 月至今在中国社会科学院民族文

---

① John Knight, "Rural Revitalization in Japan: Spirit of the Village and Taste of the Country", *Asian Survey 34*, No. 7, 1994, pp. 638 – 639.

学研究所民族文学理论与当代文学批评研究室工作，任助理研究员。研究方向：回族民俗、物质文化、叙事文化等。代表作：《理解克莱麦提奇迹故事》（英文论文）、《演述不同：关于汤瓶和试探商贩的叙事研究》（英文论文）、《话语场中的民间艺术：作为商品的泥泥狗在不同语境中的社会生命》（中文论文）等。

少数民族文学研究所成立的前前后后

（贾芝日记摘抄）

1978 年 6 月 2 日

在文联全委扩大会议上，马学良提到成立少数民族文学研究所，周扬同志说，他百分之百赞成。他讲到少数民族在世界历史上所做的不寻常的事。周扬同志提议由民族所、民院，经过民委，可成立一个筹备组，还说到少数民族的作品可很好地整理出版。

1978 年 7 月 25 日

到所内，将《中国歌谣选》前言文末添了纪念郭老的一段，去送周扬同志。向周扬同志汇报了会见美籍华人丁乃通的情况。丁乃通说我们对国外既不知道更无对策。他说丁批评得对。说到外国对民间文学都建立档案，我们早有计划而没有办到，他也认为应当搞。少数民族文学所问题，他已对萨空了讲了，可由民族所、民院共同筹备，民研会也参加一人，先成立一个筹备小组。

1978 年 10 月 23 日

上午，毛星来。一块到院部，与王平凡一起找周扬同志。周扬同志谈成立少数民族文学研究所问题。他说有几间房子，成立一个领导班子，就可以办了。后来谈到将文学与语言合在一起成立语言文学研究所。

1978 年 10 月 25 日

毛星来，商量了成立少数民族文学研究所问题，我们主张将文学与语言分开，拟了几条办法。由我与毛星署名给周扬同志写一信，提出建议。我写了一信。

1978 年 11 月 21 日

上午约毛星到王平凡办公室，研究王平凡同志调动问题。与毛星去找周扬同志，碰上水夫、冯至正在他的办公室。周扬同志说，他正要找我谈少数民族文学研究所的问题。他的意见，先搞一个方案，由有关方面共同搞一个方案，特别是征得民委的同意，由我院与民委共同办，向中央写报告。如需要周扬同志与民委杨静仁打招呼，他可与杨谈。由我院为主办所，还要提到院党组讨论方案。方案包括领导关系、领导班子。

1978 年 11 月 24 日

早上先到亮才①家，与亮才谈起草成立少数民族文学研究所计划。

1978 年 11 月 28 日

下午，亮才来，送来由他起草的少数民族文学研究所筹备方案。

1978 年 12 月 1 日

上午，到日坛 6 号。民委文化司路达同志来，我与毛星接待。我谈了文学史编写工作座谈会和成立少数民族文学研究所问题。

1978 年 12 月 9 日

下午，修改成立少数民族文学研究所方案。

---

① 即杨亮才，曾担任中国民间文艺家协会书记处书记。——编者注（本日记脚注都为编者所加，不再注明。为保存日记原貌，只对文本做最低限度的调整）

1979 年 1 月 24 日

下午,王平凡来。收到路达关于成立少数民族文学研究所的方案的来信。昨天他在电话里谈了他与杨静仁谈过后的民委的意见。

1979 年 2 月 22 日（昆明）

下午,在全国少数民族文学史编写工作座谈会上作总结发言,民委马寅同志主持会议。我谈了:1. 继续解放思想,使民族民间文学为四个现代化服务问题;2. 修订规划后如何实现规划问题,包括抢救、提高少数民族文学社会地位问题;3. 工作方针问题,重申十六字方针,批判"改旧编新"主张;4. 队伍、机构问题,包括落实政策、归队问题,成立民研会分会、成立少数民族文学研究所问题;5. 领导问题。

1979 年 2 月 23 日（昆明）

王松、刘绮、李缵绪来征求成立少数民族文学研究所云南分所方案的意见,我提了几点意见。

1979 年 3 月 12 日

今天上午,到院部,与徐觉民、王士菁一块去看周扬同志,向周扬同志汇报了少数民族文学史座谈会情况和成立少数民族文学研究所问题。周扬同志说,可以写一篇或几篇分析少数民族文学的文章在《人民日报》或《光明日报》发表。成立少数民族文学研究所问题,他说可将代院部与民委向中央写的报告改得再具体一些,写明领导班子。他与杨静仁同志谈过,他推荐由萨空了任所长,想到我、毛星,民院还可有一人任副职。我说请王平凡同志筹办,我已兼职多了,应说服毛星同志参加。马学良同志我上星期四征求他的意见,他已同意。

1979 年 3 月 28 日

毛星来,谈成立少数民族文学研究所问题。我们商量究竟成立什么机构的问题。

1979 年 4 月 1 日

上午，毛星、王平凡来，研究少数民族文学研究所成立问题。因编制问题院部日内就要定，要先将成立所的报告送院部，至于人选问题，缓几天周扬同志出院再定。……一块去找邓力群同志，不遇。他到国务院值班去了。将成立少数民族文学研究所的事告罗理韵请转告。

1979 年 4 月 4 日

王平凡来电话，说院部邓力群在会上同意成立少数民族文学研究所；说周扬同志的意见他同意，暂设筹备组，由王平凡、毛星、马学良和我参加筹备，所长人选缓后再定。

1979 年 4 月 6 日

下午，与王平凡和毛星到北京医院去看周扬同志。进门，他还坐在沙发上看一本厚小说。他患牙周炎，说刚出院两天，苏灵扬又要他进来。他牙痛，左脸还肿着。我们向周扬同志汇报了党组对成立少数民族文学研究所的决定。然后谈了几个问题：

1. 领导班子问题。他同意院部党组决定的先成立筹备组，所长人选以后再考虑的意见。他的意见：我院出三人（王平凡、毛星、我）；民委除民院的马学良，请再出一人。2. 王平凡同志院党组原定只在党委工作，不到两个文学所来了。周扬同志的意见，还是"过渡"。我们申述了王平凡同志对建所有经验，他本人也愿到基层工作。周扬同志说，在过渡中可以把重点摆在两个所里。3. 成立分所问题。我们汇报了云南成立分所的问题和情况。周扬同志同意编制、经费由院出，业务由院统一管，人员归当地负责。4. 周扬同志问到民研会何时宣布恢复……

1979 年 4 月 7 日

晚饭后，我到邓力群家，他正看电视，汇报了我们请示周扬同志的情况与成立少数民族文学研究所的几个问题。

1979 年 4 月 13 日

午后,由王平凡约会,到院部与民委马寅同志、毛星同志一块研究少数民族文学研究所问题,将周扬同志与院部的意见告马寅同志。我们又一起到北京医院去看了周扬同志,汇报了成立筹备组问题。我将以周扬同志名义写给中组部的信稿交周扬同志看了。

我与马寅同车,路过沙滩,我又进去参加了文联筹备组的会,讨论文代会代表问题。会后,向林默涵同志汇报了刚才向周扬同志汇报的成立少数民族文学研究所问题。

1979 年 4 月 18 日　星期三

下午,与王平凡、毛星到和平里七区找马寅,马寅不在。又一起到北京医院 319 房间看周扬同志,谈少数民族文学研究所成立问题。周扬同志同意萨空了同志参加筹备。他要毛星同志多担负些。

1979 年 4 月 19 日　星期四

早上,到院部王平凡处,马寅、毛星已到,将周扬同志意见请马转告杨静仁同志,商量了民委打算星期六上午开会谈筹备成立少数民族文学研究所问题。

1979 年 4 月 22 日　星期日

下午,与王平凡、毛星到民族文化宫参加民委杨静仁召开的会,出席的还有江平、马寅、路达,民院的宗群、马学良。研究了成立少数民族文学研究所问题。请杨看了代拟的给中央的报告。他提了一些意见。王平凡谈了我院的意见。杨同意成立这个所。他同意先成立筹备组,马寅参加筹备。分所问题采取分所与地方自办两种方式。民族学院宗群说,他们成立语言文学所、社会学研究所、民族学研究所。

1979 年 5 月 15 日

下午,到新疆饭店开第一次少数民族文学研究所筹备会议。到会的有：王平凡、毛星、马寅、马学良。胡乔木同志主张所名加"艺术"二字，叫文学艺术研究所。讨论的结果认为仍以研究文学为好。确定成立云南分所。还谈了歌手会议问题。研究了成立所的具体问题：设办公室，交涉房子。并定于每星期三下午开一次筹备会。

1979 年 5 月 22 日

上午，接平凡同志电话，到所内与毛星、王平凡一块逐段修改关于成立少数民族文学研究所的报告，主要写了一条关于"艺术"的问题。然后给院党组写了一封信，请荒煤签名呈报。

1979 年 5 月 29 日

黄昏，到邓力群家里，给他送去少数民族文学史座谈会纪要及给院部的报告。

1979 年 5 月 30 日

早上先到院部，与王平凡一块修改关于成立少数民族文学研究所给中央的报告（吸收马寅同志来信的意见）。

1979 年 6 月 1 日

到下午，到院部与王平凡根据马寅由天津来信，修改了成立少数民族文学研究所给中央的报告中的个别地方。

1979 年 6 月 2 日

上午，又到院部，与王平凡商量少数民族文学研究所人事问题，调丁建吾参加所的工作，王健代理人事，亮才也兼办公室工作。

1979 年 6 月 6 日

第一次到大木仓总参招待所少数民族文学研究所筹备组办公室处，参加筹备组会议。除马寅未到，都来了。王健同志、小曾参加筹备工作。讨论了所的机构，分五个研究室，拟调一部分人员，讨论了成立云南分所问题。然后研究了预算。

1979 年 6 月 12 日

少数民族文学研究所筹备组原定星期三上午开会,提前到今天上午开,请仁钦参加,研究问题,答复成都会议。

1979 年 7 月 3 日

在日坛 6 号,与王平凡、毛星、王健、仁钦研究少数民族文学研究所人事问题。

1979 年 7 月 7 日

上午,到院部,与王平凡、毛星同志向周扬同志汇报筹建少数民族文学研究所问题。周扬同志对建所报告表示同意,并签署了意见。对报告写法,说应改得简明扼要,人员编制、修建计划就不必写进去了。他同意成立云南分所,也同意云南筹备组的意见,所名不用"分所"字样。谈到人事问题,同意王平凡同志同时担负文学所与少数民族文学研究所的筹备工作。他又问谁任所长?王、毛二位极力主张由我担任所长,我不同意,因为实际无此力量。周扬同志后来说可由马寅同志任所长。我主张毛星负责,毛星仍不同意。我还建议由周扬同志兼所长,具体工作由其他人做。

晚上,本与王平凡说好,由我去向力群汇报周扬同志的指示,因来客人未能去。将周扬同志的意见写了一封信给邓,准备面谈后交他。

1979 年 7 月 8 日

晚上,去邓力群家,与邓说周扬同志的几点指示。

1979 年 7 月 16 日

晚上,王平凡、毛星、王健来,在北屋讨论少数民族文学研究所领导人选及各室人选问题,准备星期三开会。

1979 年 7 月 20 日

上午 9 时，与王平凡、马寅、高凯、王健到民委向杨静仁汇报少数民族文学研究所的几个问题：1. 所长人选；2. 云南分所；3. 修房；4.《格萨尔》工作。杨都表示了意见。

1979 年 7 月 26 日　星期四

下午，到教育街招待所与王平凡、王健研究少数民族文学研究所调干问题，同意先调在京的一部分业务干部。

1979 年 8 月 9 日

早八时半，与王平凡、王健到院部向周扬同志汇报少数民族文学研究所的领导问题。周扬同志说已确定请萨空了任所长，我担任第一副所长，副所长还有王平凡、马寅、蒙定军。我们还提增加马学良，周扬同志也同意。此外，汇报了三个问题：1. 开歌手座谈会问题，周扬同志也说是好事他也赞成；我说会末拟开民研会常务理事扩大会，讨论、通过四次文代会期间民研会的大会议程，并宣布正式复会，周扬同志也同意。2.《格萨尔》下一步工作问题，写了一个报告，请示周扬同志由哪里审批，周问我以谁的名义送，我说由少数民族文学所与民研会送，他说可送院部、民委并转中宣部。3. 我将四川少数民族教材编写会议推选周扬同志作名誉理事长的事汇报后，征求他的意见。周扬同志说，他挂名很多，就不必挂了，又说到报上公布了一个学会也请他任会长，他并不知道。我说，多兼一个，鼓励大家工作也好，他没有不同意。

1979 年 8 月 22 日

原要与王平凡、马寅、王健研究少数民族文学研究所成立问题，因家中离不开人，由他们去商量。晚上，王健来电话，谈了他们研究的结果，要写一个报告。王在电话中念了报告草稿，我提了意见。

1979 年 8 月 29 日

一早，与王平凡、王健、仁钦到香山看房子。从前的干部疗养所；日本占领时期日寇的高级陆军疗养院，是日本人就原来的建筑改建的。目前正由园林局计划建成香山旅馆。地址正对鬼见愁山顶，地方极清静。

回来路上，又到北京展览馆看了那里的招待所。然后回到筹备处，修改了成立少数民族文学研究所的报告。

1979 年 9 月 11 日

王平凡在电话中又说，院党组批回关于少数民族文学所的报告，暂仍由筹备小组筹备，将成立所领导，可考虑由贾芝担任。我将此事与周扬同志说。

1979 年 9 月 29 日

与王平凡、王健到院部找武光同志，一谈云南分所问题。二谈在香山租房问题。

1979 年 10 月 1 日

晚七时，与王平凡、亮才去找周扬同志，在他家门口遇上他正坐车外出，同他谈了明天下午民研会常务理事扩大会问题，又将《格萨尔》报告、成立少数民族文学研究所报告交他阅批。

1979 年 10 月 4 日

与王平凡、许里同志一块去看云南李乔、刘绮、李缵绪，谈了成立云南分所问题。

1979 年 11 月 11 日

上午，在西苑饭店第二会议室召开（民研会）第一次理事会，选举了常务理事，公布王平凡任秘书长，程远为副秘书长。选出主席副主席，仍选周扬同志为主席，钟敬文、毛星、马学良、额尔顿·陶克陶、康朗甩和我为副主席。

又开了少数民族文学学会，第一次见面，并确定把学会附属于少数民族文学研究所。

1979 年 11 月 14 日

下午到西苑饭店召开民研会第一次常务理事会，讨论修改了《章程》和《建议》。少数民族文学研究所筹备组接着开了一个短会，研究了调干等问题。

1980 年 1 月 8 日

周扬同志从南方回来。我与王平凡、毛星匆匆到院部去看他。谈了三个问题：1. 民研会正总结与计划工作，拟定会务会议领导。周扬同志同意，说："你领导嘛！" 2. 成立出版社问题，周扬同志也同意。他说报告送他批即可。3. 成立少数民族文学研究所问题，周扬同志问了情况。我们说到民院也成立了一个所，又谈到萨空了，杨静仁同志说另有任用。周扬同志也说与其他单位合作比较难，与乔木同志意见一致。他说，我们可以先搞起来，仍决定由我任所长。我说我兼职太多，一定要我做，我目前担负一段搭桥的工作。4. 昆明会议纪要至今压下未发，仍要报中宣部转发各地，周扬同志将信批了，《纪要》他看了一下，指出有的地方提法不妥。

1980 年 2 月 6 日

下午，王平凡、赵仲如、王健、程远、林相泰、吴一虹来研究少数民族文学研究所开筹备会问题。

1980 年 2 月 8 日

冷天。早上吴超来，将稿费 120 元交他，为春节开茶话会用。打算由民研会、文学所民间文学室、少数民族文学研究所一块联欢，昨晚与程远计算共 58 人。我又给侯宝林写了一封信，看他能否参加我们的小茶话会。

1980 年 2 月 13 日

下午,民研会、文学所民间文学室、少数民族文学研究所联合举行茶话会,在民族宫三楼,平凡同志主持,我讲了三个单位开茶话会的意思。到会的还有文化部的许里、许翰如,文学出版社刘岚山,陶钝、罗扬、金紫光、马学良、常任侠、于道泉,特别还有 40 年前我的老师杨堃。许多人都讲了话。特别邀请了侯宝林,他讲了两段很有革命意义的笑话。

1980 年 3 月 3 日

一早,毛星、冷拙、赵仲如、王健来,一块研究冷拙提的两三件事后,一起到朝阳门外看了一处小学的后院的房子。

1980 年 3 月 7 日

王健来谈是否成立临时支部问题,我意暂附文学所。

1980 年 3 月 11 日

到文学所,召集少数民族文学研究所的党员,由徐达同志主持选院党代会代表,选我为党代表。我向大家讲了我是搭桥人,并在第一次与大家见面时谈了一点希望,即希望大家要有创业精神。

1980 年 3 月 14 日

下午,与王健到西郊医院看王平凡,谈少数民族文学研究所领导问题,即定副所长问题,以及其他。

1980 年 3 月 17 日

早上,王健来,谈所领导问题。

……

王健来,留王吃晚饭,一块去红霞公寓找赵峰,与赵谈定,暂不定副所长;如定,应定王平凡、马学良及民委一人为副所长。

1980 年 3 月 18 日

昨日王健带来毛星写给我与平凡的信，对所领导人事安排提出意见，主张只要一个业务副所长，行政由办公室赵仲如办就可以。今早，与王健到民委找江平同志，说请马学良任副所长事。中午，接到王健电话，江平已问过杨静仁，杨同意马任副所长，据说宗群当时也在座表示同意。

1980 年 3 月 26 日

冷拙约时间汇报少数民族文学研究所情况，谈及房子问题。

1980 年 3 月 27 日

下午，王健来，研究少数民族文学研究所干部问题。

1980 年 3 月 29 日

冷拙、王健、赵仲如、程传锦来，研究少数民族文学研究所的一些问题：财务问题、云南分所经费、房子问题、经费问题、成立临时支部问题等等。

1980 年 3 月 30 日

通知王健，由冷拙、赵仲如与高野夫明天去看房子。王为我约宋一萍明天上午见面。

1980 年 3 月 31 日

上午，与王健一块到院部，找宋一萍，谈王平凡应参加少数民族文学研究所领导班子问题，请他兼两个所的工作，逐步转到民间文学方面。宋说，只要我们谈好，他没有意见。人员问题，他不限编制数字，主张一个个吸收。然后去看梅益。谈了两个问题：1. 云南分所问题，梅说，既已决定成立分所，经费、编制由我院负责不变。房子问题，他主张一次付款买现成房子，建房太麻烦。2. 联合国教科文在我国设口头文化传统中心问题。梅益同志说，我们开座谈会请柳陞琪报告尼泊尔会议后，大家可议个办法,写一报告给院部。他说,这应该是少数民族文学研究所、民研会的事,主张由我们负担这一任务。联合国出一半经费,我们出一半经费,共同合办。他认为应有雄心壮志。

1980 年 4 月 2 日

下午,在八条召开座谈会,请民族所柳陞琪谈(他)到尼泊尔参加联合国教科文主办的亚洲口头文化传统专家会议情况。座谈会由民研会、民院、北师大、少数民族文学研究所联合举行。大家议了一下,因为三个材料有些人还未看到,今天只能初步交换意见,有待进一步酝酿,才能提出方案。

1980 年 4 月 5 日

早晨,与王健通电话,谈去四川开《格萨尔》工作会议参加人员问题。

1980 年 4 月 7 日

下午,与王健到医院看王平凡,同他谈了我对任命所长、副所长的意见,要他来少数民族文学研究所,不能使事情发展自流。

1980 年 4 月 10 日

早八点,由京动身去四川峨眉山,与毛星、王沂暖、王健一块去。我带了少数民族文学研究所的录音机。……与王、毛议《格萨尔》工作做法。

1980 年 4 月 22 日(昆明)

晚上,与王松、李缵绪、刘辉豪三人谈少数民族文学研究所云南分所以及民研会分会、云南社会科学院少数民族文学研究所的情况。设两个研究所,王说没有矛盾,省委宣传部说好了也给一点经费和编制,问题是民研会分会属文联,得不到重视,有些拉扯不清。

1980 年 4 月 24 日(昆明)

下午,王松等同志来,又一块研究了少数民族文学研究所的房子、经费、工作计划、刊物等问题。

1980 年 4 月 26 日（昆明）

下午，云南宣传部王甸来。王松、李缵绪在座。王告诉了我们离京后这段时间他们在宣传工作中遇到的一些问题，例如黑龙江发表了一个内部《纪要》问题、评书《说岳》问题、禁放内部电影问题等等。我们谈了如下几个问题：1. 分所修筑房子还是买房子的问题。目前在昆明买房子也不易。王说昆明房子问题也是最成问题的问题之一。看来还得找或买地皮自己盖房。王说他帮助解决。2. 经费问题、编制问题，王意三个单位各出一部分。分所人员工资、事业费由我院出。3. 开展各民族民间文学抢救、搜集与民研会分会合作问题。王说，他们正开文化局长会议，搜集工作发动各县文化馆、文工团做，每县文化馆发一个录音机。民研会经费由文联分担一部分。4. 书刊出版问题。《山茶》与《民族文学》，王提出是否办两个，我提出应集中力量办一个。王松同志讲了产生分歧的情况，王意办一个，《山茶》名称刚出一期，改名不太好，毛星提议可用括号注明"民族民间文学"，王松也同意了。王要他与出版社商量。刊物确定由分所主编，出版社出版。5. 最后，谈到云南少数民族文学受到国外注意问题，确定出版内部资料。

1980 年 4 月 27 日（昆明）

昨天王健从京来电话到文联。今晨回了一个电话。家中并无事。王说，王平凡被决定在文学所任党委书记，不兼少数民族文学所的工作，她为此着急。

……

晚上，与毛星去看陆万美。陆谈了王的情况与宣传部对少数民族文学所领导班子问题。谈到《阿诗玛》问题、民研会工作。

1980 年 4 月 28 日（昆明）

我和毛星对王松、李缵绪同志谈了对办刊物和办所应坚持科学态度、作风，反对胡乱修改，主张进行深入调查研究。每个研究人员要定专业研究方向，培养专家。

1980 年 5 月 9 日

少数民族文学研究所与民研会都谈了美籍华人丁乃通率领教育代表团旅游中国，我是否接见的问题。……将丁给我的信交赵仲如到外事局办理，大家还谈了接待的考虑。冷拙和高野夫谈了房子问题。

1980 年 5 月 14 日

到后广平小学开会，讨论少数民族文学研究所十年规划纲要问题。出席会的民研会有程远、高野夫、林相太、吉星。少数民族文学所：冷拙、赵仲如、王健、王克勤。还有祁连休。我传达了梅益的意见并对我所工作重点加以说明后，定赵仲如、王克勤、王健、祁连休起草规划纲要。后广平小学的房子，昨天已有人来查，根本不应每月花七百元租这种房子。我催冷拙迅速跑房子，交涉买袁世海的一处房子。

下午，修改王健写的峨眉山会议纪要，是院部要刊登的。

1980 年 5 月 16 日

所内决定开会，但与马学良没有联系好，我与王健、程远坐车到后广平小学，改为下午再开。与冷拙研究房子问题，一为买袁世海的房子；二为买东郊一块据说四周为树林的大队土地；三为西城的一块地皮。要速办。

与王健坐车回到演乐胡同，研究了人事问题。

下午，在我家里开会。马学良来，出席的有程远、冷拙、赵仲如、宋和平。汇报研究了招考研究人员问题。又研究《玛纳斯》下一步工作问题。

1980 年 5 月 19 日

宋和平来，看了她拟的招考副研以上的应试者的评语，同意决定二人答辩。与王健、赵仲如打电话谈定明天下午召开少数民族文学教材编写人员座谈会。

1980 年 5 月 20 日

下午，在民族文化宫主持少数民族文学研究所邀请少数民族文学教材编选会议的同志开茶话会，座谈少数民族文学工作，征求对我所的意见，又谈了学会的活动。各地同志反映了不少情况，提了一些意见。

晚上，刘魁立、祁连休来，研究了我们研究室的十年规划问题。

1980 年 6 月 4 日

十时，到院部找梅益汇报云南分所问题、峨眉山会议问题、教科文与我们的关系问题、少数民族文学研究所的房子问题。分所主要是经费、编制、房子问题。西藏对藏文本《格萨尔》的强烈反映，梅益向中央反映，也使一般人重视少数民族文学的重要性。《格萨尔》梅益同意给我五万元专款。资料馆建房可与所的建房列入规划。

1980 年 6 月 10 日

八时，到日坛路 6 号研究室开会。毛星同志从广东回来后，由仁钦、丁守朴、刘魁立、贺学君、祁连休、何凯歌汇报了到各地了解、座谈"少数民族文学概况"的情况。各地都很称赞改写方案与导游式的写法。根据一些情况，决定给各地发一信，再说明注意的问题。

与徐达同志谈了几件事，少数民族文学所党内同志明天到文学所一块听党代会的传达。

1980 年 6 月 12 日

八点半到少数民族文学所开筹备组会，讨论修改所的十年规划与招考问题。马学良、毛星出席，马寅不在京。王平凡在江苏养病。

1980 年 6 月 16 日

星期一，到民族学院 17 楼参加考试副研究员的答辩会。马学良主持答辩会，由三位藏族教师做主考和陪考。刘魁立参加考试。第一个答辩的是藏族的降边嘉措。

1980 年 6 月 18 日

下午，近五点时，王健、宋和平、王克勤、刘魁立来，研究招考副研答辩问题。

1980 年 6 月 20 日

上午到民族学院参加何鸣雁的考试答辩会。何鸣雁谈她写作小说的体会。我最后讲了我的看法。

1980 年 6 月 23 日

上午，李亚莎来，将《格萨尔》《玛纳斯》出版本民族文字本的反映、民间文学人才名单、少数民族文学研究所十年规划（草稿）等，还有给荒煤谈对文联党组职责范围的信交李送出。

1980 年 7 月 1 日

早饭后，王克勤来，谈所内今至明年研究计划问题。

下午，到西苑饭店参加少数民族文学创作会议预备会。预备会由荒煤主持，葛洛报告会议筹备经过。

1980 年 7 月 4 日

上午，到历史所礼堂，听宦乡作外交形势的报告，我与冷拙一块去的。休息时梅益对我说院部同志对《格萨尔》很感兴趣。我向他提到基建问题，他同意两三年内先买房子或租房暂时过渡；修房问题，他说文学方面的所可在一块盖房。我说，宿舍要注意合乎少数民族习惯。资料馆对各所都有用，是国家的长远建设。我所最好与民族所一类单位离近些，办公楼如有我们的更好，如没有，我们单独修建。他同意我们起草一个带有少数民族特点的基建计划，供基建局统一考虑。

1980 年 7 月 8 日

一早，去西苑。上午大会发言，我做执行主席。最后一个发言的是玛拉沁夫，他讲得很好。他是向作家自己提出要求，拿出作品来，要勤奋地学习。会议中途，周扬同志给我打电话，问我对会议反映情况的意见，他提到对少数民族文学研究所大家有无反映，所内有谁参加了会，毛星参加了没有，会上有什么倾向性的意见。我提到代表们强烈反映浓厚地存在着大汉族主义。……我说到有些作家一再反映，年轻作者得不到培养问题。少数民族文学研究所的问题，主要是应从外地调少数民族业务干部。我们这么大的国家，几十个民族，调几十个人应是可以办的；他说，是应该的嘛。说到王平凡，他说我在文学所，不能到少数民族文学所了。我说那还得找人，他说，你们自己解决嘛。

三点，周扬同志讲话。周扬同志说，他对成立少数民族文学研究所、作协有民族文学委员会、办个刊物，都是很赞成。他讲到遗产、创作、文化交流。遗产，他很重视。史诗、神话、民间故事，特别是《格萨尔》等英雄史诗，创世纪。关于整理，他主张忠于原作，不要改，改应做注。应发展创作，否则，民族文学就停止了。文化交流，强调了培养文学翻译。

1980 年 7 月 11 日

王健来，谈了一些人事问题。

1980 年 7 月 15 日

马名超、刘魁立来，马名超今天下午由毛星主持答辩会考试。

1980 年 7 月 16 日

到民族学院参加维吾尔族阿不都秀库尔的答辩会。秀库尔对维吾尔族文学史颇有研究，有见地。这是一个拓荒的工作。

1980 年 7 月 18 日

上午，在后广平小学开少数民族文学所筹备组会议，讨论今年下半年到明年的研究计划，此外，讨论了《玛纳斯》工作问题、招考三个副研究员问题。参加者有毛星、马学良、马寅，还有院部的陈。

……招收问题，决定三人：阿不都秀库尔、何鸣雁、降边都录取。

1980 年 7 月 21 日

冷拙、王健来。冷拙汇报院部传达文件精神情况及要解决的几个问题。

1980 年 7 月 23 日

在听讲中间，我修改了所内向院部关于前段工作与今明年计划的报告，交冷拙。

1980 年 7 月 31 日

与王平凡和院里的几位局长等到后广平小学，由我主持开了一个会，请王松同志汇报云南分所的问题（领导关系、基建、经费、编制等），大家研究了一下，有的问题会后院部再研究确定。

1980 年 9 月 12 日

新疆将开文代会，文联派代表团去。张僖问我谁参加，我们商定由马学良去。马主张胡振华也去，我便又找了张，张同意去二人。

1980 年 9 月 17 日

约马学良与冷拙、仲如、王健来，谈马去新疆解决下一步《玛纳斯》工作问题。

1980 年 10 月 17 日（昆明）

早饭后，王松、李乔来，在赵峰屋内。我们又研究了分所的名称、领导关系等问题。午后，我与赵峰去云南省委宣传部找王甸研究了关于分所的文件草稿。王说与云南社会科学院可采取一套人马两块牌子的办法。

1980 年 10 月 18 日（昆明）

九点，与赵峰、王松去省委宣传部找王甸，云南社会科学院副院长姚华参加，共同修改了文件。

1980 年 10 月 20 日（昆明）

早八点，张振军（宣传部部长）来。然后，我随王松到分所，看了所内同志。与王、李、刘研究了《格萨尔》《金桥》出版藏文版问题，决定请四川代出内部资料本。

雨天。下午到分所开座谈会。我介绍了目前国内外工作情况，与大家交换了对整理和翻译问题的意见。

1980 年 11 月 13 日

上午收拾屋内，少数民族文学所冷拙、赵仲如、王克勤来。他们到玉渊潭看房子回来，找我谈租公园内房子问题。我告诉他们一些外事活动，并请赵买一台能转录的大录音机。王健也来了。

午后，赵峰来，将从昆明带回的分所干部的材料交她，并将张振军的意见告她。

1980 年 12 月 17 日

下午，冷拙来。他谈对所内成立临时支部的意见及人员职称问题。我将于星期五到所内办公，再研究这些。我提到出版社由所与会合作，请他参加这个工作。

1980 年 12 月 18 日

找荒煤同志，与王平凡、毛星在他的办公室商定刘魁立兼少数民族文学所副所长。我由文学所转出行政关系。我没有参加所内讨论工作计划的会议，到院部找赵峰，除了谈刘任副所长事，谈马名超的考取问题。

1980 年 12 月 19 日

星期五，到少数民族文学所上班，与小金①同去，她带了外出时的录音带。与冷拙、赵仲如、王健商量成立临时支部。谈了最近报考人员报名

---

① 即金茂年，曾担任中国民间文艺家协会组联部主任。

并借调一些人，成立各研究室并使科研工作上马。组织了四个做资料工作及科研工作的同志整理录音。今天先开始整理我在一些地方的讲话，然后由金整理材料。

1980 年 12 月 22 日

王克勤来，批了少数民族文学学会的年会报告、《格萨尔》碰头会的报告。王健打电话要来，也请她来了。看了她起草的成立临时党支部报告，商量了干部问题。

1980 年 12 月 24 日

下午，到文学所参加梅益召集的征求意见的会，出席的人有沙汀、荒煤、余冠英、王平凡、徐达。会后，我征求梅益对两个出版社合办的意见，梅益表示同意。

1980 年 12 月 25 日

郎樱来，她刚从日本访问回来，谈到在日本看到君岛久子，君岛对她说盼望在中国能看到我，又说到参加日本民族博物馆的盛况，现代化的情况。她要求调到我所，我也同意调她来。

1980 年 12 月 26 日

早上，亮才、高野夫来。我去所内上班，约他们到所内谈两个出版社合并问题。我主持讨论出版问题，冷拙、仲如、王克勤参加。又与王健、冷、仲谈明年编制问题。

1981 年 1 月 3 日

下午，何鸣雁来，她已被我所录取。我请她参加我主编情歌的工作，她很乐意负责朝鲜族情歌。

1981 年 1 月 5 日

上午，到少数民族文学所上班。修改了关于两个出版社合作与编制问题的两个报告。支部要学《准则》，我向王健、冷拙、赵仲如、王克勤介绍了民研会学习《准则》的经验。

1981 年 1 月 6 日

上午与王平凡坐车到陶然亭毛星住处，去时刘魁立、仁钦已到了。我们开会讨论了两个问题：一，我离文学所以后，民间文学室由仁钦担任主任，刘魁立任副主任。二，决定这个研究室仍属文学所，但牌子挂在少数民族文学研究所，与少数民族文学研究所合并为一套人马、两个牌子。只是工作仍然独立，主要研究理论和汉族民间文学。原定少数民族文学研究所建一个理论研究室，不再建立了。仁钦兼蒙古族文学研究室，刘魁立兼副所长。

下午，到少数民族文学研究所参加支部学习《准则》的第一次会议，我作了动员，谈了希望。

1981 年 1 月 9 日

近十时到了玉渊潭。亮才与陶立璠在等我，与王克勤、亮才、陶研究了少数民族文学学会开年会的问题，决定在北京开，与少数民族文学研究所成立大会一起开。降边已到所报到，但没来得及同他谈工作问题。

1981 年 1 月 13 日

到院部找梅益同志，一说我只能两边参加学习，他同意下午由民研会党组研究办法；二谈两个出版社合作事拟写一报告，他仍表示同意。与王健在黄照屋内由我签署了三个人的调干报告。我们一起到所内，与冷、赵、王克勤商量所成立大会与学会年会计划仍然照常进行；写一报告；尽速调、借业务人员；起草科研计划。

1981 年 1 月 19 日

早上，王克勤送来他起草的少数民族文学研究所成立大会与学会年会一起开的请示报告。下午在议文件时我将报告作了修改。

1981 年 1 月 30 日

星期五。到所内办公，与杨亮才、冷拙、赵仲如、王健商量少数民族文学学会年会何时何地开的问题，仍决定在北京开，因为春节后学文件要搞整改。时间定在 2 月 20 日。找降边嘉措及几位年轻同志谈科研计划。我向他们谈了所的当前情况，现有工作与要求，请他们每人谈了自己的研究计划，今后将一个室一个室地建立。

1981 年 2 月 6 日旧历初二

五时去看赵寻、沙汀。沙提到少数民族文学所是否合并到文学所，我说此时合并不利，对民族关系不利，何况少数民族文学，特别是民间文学应认真发掘研究，下面积极性很大。他也认为不合好。

1981 年 2 月 9 日

近十时到所内动员部分党员学习中央文件，学习由支书王健、副书记赵仲如召集。

1981 年 2 月 12 日

下午，到所内参加党内部分同志的学习会，讨论办少数民族文学所的必要性，大家都认为合并这个所的意见是有害的。

1981 年 2 月 13 日

下午，到民族学院参加少数民族文学学会的预备会，由我主持，谈了年会的内容、开法。这是首届年会，开五天，宣读论文并讨论学会今后工作。回来的路上，到周扬同志家，约他到学会讲话。

1981 年 2 月 15 日

少数民族文学学会在中央民族学院开会。在地下室的大厅中，我主持第一次会议，宣读学术论文。

1981 年 2 月 19 日

下午两点到民族学院，下大雪。我在全体会上作了年会的总结报告。

1981 年 2 月 20 日

参加《格萨尔》工作会议的代表已报到。上午，在院部招待所与云南分所的王松、李缵绪同志谈分所的问题，院部人事、财务方面派人参加。王松同志提出编制问题，定为 21 人。房子问题，决定可买两万以下的房子。财务问题、复印机问题有初步结果。

1981 年 2 月 24 日

我早上到院部找梅益。在他的办公室见到了他。我向他汇报两个会议的情况。……王健来了，与王健找赵峰。我将研究少数民族文学的必要性、意义、少数民族的反映向她作了些介绍，认为从外地调业务骨干是办这个所必不可少的。由王健谈了要调的十余人的情况。她作了记录说在明天的党委会上讨论。

1981 年 2 月 26 日

晚上王松来电话。我告诉他，上午与赵峰谈编制问题的结果，同意分所增四个人，占总所编制。

1981 年 2 月 27 日

王松同志到所里去了，与王健、赵仲如通电话谈云南分所的人员增加、房子等问题。

1981 年 3 月 7 日

早上，王克勤来，送来《格萨尔》会议纪要、汇报及其他要签署的文件。

1981 年 3 月 11 日

到所内，与冷拙等听王健谈调人问题。降边、邓敏文、宋和平三人将外出调查。我召集他们谈了对调查的意见。

1981 年 3 月 20 日

上午，到所内，与冷拙、赵仲如、王克勤、王健谈《玛纳斯》工作组问题、调人问题、经费问题等。

1981 年 4 月 6 日

在招待所开会，谈调整问题，我发言不同意将少数民族文学研究所与文学所合并。

1981 年 6 月 12 日

早八点，去玉渊潭少数民族文学研究所。我与新来的哈焕章、何鸣雁、单超、杨恩洪等几位同志谈工作问题，向他们粗略介绍建所状况与各室工作计划问题。安柯钦夫到得迟些。他与孟和计划去新疆做《格萨尔》调查工作。

1981 年 6 月 30 日

上午，到少数民族文学研究所，主持《玛纳斯》工作问题讨论会。马学良汇报了工作情况，参加的有程远、吉星、陶阳、刘魁立、赵仲如、王克勤、王健。议了几条办法，建议召开领导小组会作出决定。

1981 年 7 月 3 日

星期五，到所内办公。去时他们已在学习六中全会的文件。富育光从东北来了。邓敏文也从广西回来。哈焕章说新疆讲要开阿肯的对歌会，我同意他去参加，立即办手续。哈建议办少数民族文化艺术、民俗等展览，借此又建房子。

1981 年 8 月 14 日

上午到少数民族文学研究所听邓敏文汇报了到贵州侗族地区的调查情况。我谈了一些意见，主张由所内抓侗族作为有计划全面搜集的一个典型。

1981 年 8 月 19 日

上午到少数民族文学所，开小会研究建所方案，参加的人有冷拙、赵仲如、王健、邓敏文、富育光、李源。

1981 年 8 月 20 日

晚上，王健送起草的方案来。

1981 年 8 月 26 日

星期三，到所内办公。召开少数民族文学学会常务理事会，到会的有魏泉鸣、亮才、陶立璠、王克勤及所内的赵仲如、王健。因人少只能开碰头会。汇报延边学术讨论会。

1981 年 9 月 2 日

上午到少数民族文学所上班，与冷、赵、王健研究学会存在的问题，决定分配富育光参加科研处工作。

1981 年 9 月 8 日

下午，约杨亮才来，说学会出刊物问题。刊物拟由少数民族文学研究所与学会合编，以所为主。今后学会工作纳入所的工作。

1981 年 9 月 16 日

到所内上班，与冷拙、赵仲如、王健、王克勤研究决定充实科研处，以组织所内外研究工作。决定除王外增加富育光、曾。冷拙他们去租房子。我到楼上资料室看了看，看到江梅、陈好林、小曾等。要调一个搞图书的内行，没有地方、书架，书刊打不开，上不了架；买书应定个范围。看了所内办刊物的报告。

1981 年 9 月 19 日

上午十时到院部找梅益，谈少数民族文学研究所在外地建点的方案。梅益同意批准我们报的方案，主张今年三个月建立所的科研工作，明年由我到几个地区与当地宣传部商量建点，调好人后，经院部批准。我坚持要从外地调一部分人，他说可与人事局研究。

1981 年 9 月 23 日

星期三，上午到玉渊潭公园，主持所内汇报会，由降边汇报藏区情况，特别是《格萨尔》工作进展情况。哈焕章、安柯钦夫、孟和留待星期六汇报。马学良参加了汇报会。

1981 年 9 月 26 日

星期六，到少数民族文学所，安柯钦夫、孟和汇报到新疆伊犁一带卫拉特蒙古族地区（31 个县）调查《格萨尔》情况；哈焕章汇报新疆哈萨克文学，特别是对唱的情况。时间晚了，决定 30 日谈全所明年工作计划。开了一个短时间的科研处会，明确王克勤、富育光二人的分工。

1981 年 9 月 30 日

到所内召开科研人员会议，谈今后科研工作规划。我谈了在现在工作基础上建立少数民族文学研究工作的一些项目和方法。

1981 年 10 月 9 日

到文学所找王平凡、毛星谈两所解决民间文学室与我所合并而挂两块牌子的问题。最后确定有一个过渡办法：室与所工作规划统一制订，仁钦到所工作，刘魁立兼所的理论室与所的工作。徐觉民也加入了我们的交谈。

1981 年 10 月 14 日

到所内，开全体人员讨论 1981 年工作计划，也是建所后第一个初具规模的计划。马学良也到了。

1981 年 10 月 16 日

上午在所内参加支部第一次组织生活会，到会的共 16 人。大家都说这次会虽是第一次，以前不开是缺陷，但这次开得好，目前所内情况鼓舞人心。我说，我们站起来了，可以迈大步了。

1981 年 10 月 24 日

上午，少数民族文学学会在玉渊潭公园所内召开常务理事扩大会，讨论下届年会的开法与刊物等问题。

1981 年 11 月 7 日

早上，与王健到院部找赵峰，一块到梅益处。我谈了院的方针任务是大事。梅益说，刊物问题，还可考虑。从外地调人问题，不给编制，只限于三个人，加上调动才只四人。

1981 年 11 月 11 日

上午到玉渊潭公园办公，将创办少数民族文学研究刊物的报告附一信再送梅益，请重予考虑审批。与几位科研人员同志商量明年招收大学生与研究生问题。

1981 年 11 月 13 日

上午到玉渊潭公园上班，与冷拙、王健、赵仲如一块到附近看房子，公社自己盖的一个小院，租金较贵。又到东郊牛奶公司看楼房。

1981 年 11 月 18 日

星期三，上午到少数民族文学所。马学良、仁钦也来了。与哈焕章、安柯钦夫等同志商量刊物问题，目前不增编制，自己办。谈今、明两年招研究生问题。

1981 年 11 月 25 日

星期三，到所内，冷拙宣布租定玉渊潭公社一座院子，共 40 间。我向全所同志讲了意见和要求。我仍强调要有创业精神，有了住房这块用武之地以后，要团结起刻苦努力，把少数民族文学科研事业搞上去。要有克服困难的精神。要坚持为人民服务、为社会主义服务，行政人员要为科研人员服务，要解决这个问题。我主张要有一个好学风、好作风，建议大家制订一个所风，我想出这几句话：安定团结、刻苦努力、实事求是、敢攀高峰。

1981 年 11 月 27 日

星期五，少数民族文学所今天搬家。

1981 年 12 月 2 日

下午，我主持所内召开的满族文学座谈会，请黑龙江傅英仁，吉林石光伟、石清民、石清泉、石清山介绍满族民间文学。

1981 年 12 月 11 日

星期五，早上到所内，由仁钦、富育光传达科研管理工作会议的文件和总结与计划工作的要求。同志们情绪很高，认识到我们做的是一件开创性的工作。我强调，作为国家的科研部门，必须有奋斗目标和长远规划。每人定方向、定题目，逐步达到研究五十多个民族的文学。要有好的学风。请大家修改制定所风。我想增加谦虚、战斗字样。

中午没有回家，就在所内吃饭。下午党内过组织生活，谈了在科研规划下党员应起的模范作用与注意学风好。

四时后，与王健到民委找江平，谈建立资料馆与希望民委支持我所问题。

1981 年 12 月 21 日

星期一，到少数民族文学所，汇报讨论学会的论文审查情况，参加阅文的人有段宝林、哈焕章、富育光、安柯钦夫、陶立璠、罗等。年会时间定在春节后初十到十五，地点：广西。

1981 年 12 月 22 日

下午，刘魁立、仁钦、王健、富育光来，讨论所内创办刊物的编委会与所内参加人员，编辑部组成等问题。决定成立编辑部，所内研究人员凡热心者都吸收参加一、二期的筹备工作。刘负责刊物；仁钦做副所长管业务工作。富任编辑部主任。编辑部在学会开年会时再成立。

1982 年 1 月 8 日

下午，仁钦、刘魁立、王健来。陶阳也来了，要我看《民间文学论坛》封面。与仁钦、魁立、王健研究：1. 所内建室与宣布负责人选，制订工作制度，成立领导小组；2. 刊物问题，决定成立编辑部，部分研究人员发挥其积极性，看稿、出主意；3. 学会问题。

1982 年 1 月 13 日

星期二，到所内，与冷拙、仁钦、王健、赵仲如、富育光研究了所内上班、会议制度，六个室的机构、人员及刊物问题。然后开全体人员大会宣布。
与王克勤谈他写的关于广西会议报告。

1982 年 1 月 15 日

星期五，上午到少数民族文学所，由科研人员讨论建立五个研究室的名称，按地区分为五个室，但研究工作要注意语系。讨论了创办研究刊物问题。

1982 年 2 月 6 日

少数民族文学研究所处理与学会关系问题。我同马学良、仁钦去看了蒙定军。前天又在我家开会研究了处理学会问题的办法。学会决定 2 月 20 日在广西开的讨论会，院部不批，决定延期。

1982 年 2 月 10 日

星期二，到所内，开所长碰头会，马学良与我同去，讨论了学会问题的解决程序。

1982 年 2 月 15 日

星期一，到所内开学会常务理事扩大会，讨论广西年会延期召开问题和擅自改办大型刊物问题。决定学术讨论会延至旧历八月份，仍在广西开。并决定派李德君、赵仲如到兰州了解和处理经济问题。

1982 年 2 月 17 日

星期三，我作访日准备。在全所人员大会上，介绍仁钦在这段时间帮我主持所内业务工作。向所内说明了所与学会的关系问题。在所长碰头会上讨论了精简问题。

1982 年 2 月 26 日

星期五，到所内参加讨论精简问题。冷拙发言报名离休。我第二个发言，讲了我对精简的看法，对这个所应坚持建立反对后退的"合并"论。与所领导部分同志研究精简方案。

1982 年 2 月 27 日

星期六，王健来。我看了她起草的关于所的精简工作报告，作了修改。她抄写后我签了字。

1982 年 3 月 28 日

从日本回来后就遇到令人伤神的事，这几天都无心写日记。没想到刚在工作顺利发展的时刻又发生了谁也意想不到的人生的曲折。回京后第二天晚上看到社会科学院的精简方案，唯独巧立名目撤销少数民族文学研究所，合到文学所，成立一个研究室，而保留所名，到有条件时恢复建制。所内同志都很焦急。第二天，我给梅益打电话，好容易找到他，讲了我的意见：这实在是倒退。梅益说，他反映我的意见。他完全不知道我们所的工作状态与人们的积极性。昨天下午，刘魁立、仁钦、王健到二炮招待所，谈所的遭遇，无不愤慨，但已不能挽救。

民研会遭遇也同样令人心焦。上面有人说要取消民研会。

1982 年 3 月 31 日

星期三，到所内，赵仲如汇报兰州之行。商定再招开学会在京常务理事扩大会，听取赵李的汇报，作出处理办法的决定。马学良、刘魁立、仁钦、富育光均参加了听汇报。冷拙传达院部关于合并我所到文学所的方案，还说要搞民意测验，选谁做所长，并宣布不能提 65 岁以上的人。听了冷拙的传达后，哈焕章、降边等少数民族同志意见很大。他们说昨天劳动时他们已商量要向上面写信反映意见了，一致不赞成撤我所。

与马学良共同署名给胡乔木写了一封信，今日发出。又与马学良商定去找周扬。给露菲打电话，她说安排时间，但说周今天身体不适，一二日内安排。

1982 年 4 月 7 日

匆匆过了一周，忙乱不堪。处于四面楚歌。

少数民族文学所，院部改革机构方案决定合到文学所，所内人心惶惶，处于散摊子状况。我与马学良写了一信给胡乔木。星期日去找周扬，夏衍与周谈问题。我与苏灵扬谈了两件事，一是少数民族文学所事，一是建馆问题，请转达周扬。苏说，周不管院内的事了，也离开了中宣部，只管文联和文化部。

又去找胡乔木，秘书说张稼夫正与胡谈话，另给我约时间，我写的信已收到了。我请秘书转达我要谈的问题。

星期三，开了学会在京常务理事扩大会，由李德君、赵仲如汇报去兰州处理问题经过，并进行了讨论。决定 4 月 25 日召开常务理事会。并约请部分人参加。

1982 年 4 月 9 日

星期五，早上乘 101 路汽车到所内。九时召开全体人员会。我讲了一个问题，就是合并所的问题，既尚为方案，未经中央审批，全体人员应按既定计划工作，刊物照旧筹办，《格萨尔》工作会议照旧发通知开等，不应人心惶惶。我举了日本学者研究我国少数民族文学的状况，鼓舞信心。

1982 年 4 月 16 日

星期五，到所内赵仲如汇报院部开会布置上交黄色音乐、书刊等。王健提出人事问题。

1982 年 4 月 17 日

午后三时去找周扬同志。我说，目前问题首先是领导班子问题。

我对周说，我打算退休，退休之前，我负责到底。民间文学工作、民研会工作还必须做什么，我要写出来。周说，我应把工作抓起来。我说，我一个人不好办，必须充实领导班子。

周说，少数民族文学所问题，他不能管。我要向梅益提（他赞成我的意见），他也向梅益讲。民研会是文联的一个单位，他可管。他同意抓一下会内的问题。但他提给冯牧管……

1982 年 4 月 30 日

上午向所里要了有关《格萨尔》工作会议纪要、通讯等。准备二日起开第三次《格萨尔》工作会议。下午未出门，看《格萨尔》分章本。晚饭后，徐国琼来了，他是来参加会的，他刚从德钦雪山以西回来。他带来分所的问题。

1982 年 5 月 1 日

下午，写明天主持《格萨尔》工作第三次会议的发言。与王克勤打电话，问明并补充北京参加者。

晚饭过后，七时去西郊开预备会。参加调协小组的各地代表也就是这次大会的主持人。我在小会上谈了这次会议的内容，征求意见。新疆来的是贾木查，此外有色·道尔吉、左可国、徐国琼、洪钟、曲子真（代伊旦才让）。

1982 年 5 月 2 日

《格萨尔》工作第三次会议开始。会议地点在民族学院对门的招待所。我致辞，谈会议的任务：交流情况，成立协调小组并调协出版、翻译问题，解决存在的其他问题。历述了近一年多工作的新进展。随即交流各地情况，第一个发言的是内蒙色·道尔吉。西藏的当真、青海的左可国、甘肃的曲子真、四川的洪钟、更登下午继续发言。

晚饭后，与甘肃开小会谈少数民族文学所与甘肃合作普查，决定共同合作，所内由降边嘉措参加。又开小会研究协调小组正副组长人选，民委有殷海山参加。

1982 年 5 月 3 日

晚六点半，召开协调小组会，确定小组人选，为 12 人，由我作组长，降边、仁钦、陶阳、殷海山任副组长。我提退居二线，不任组长，讨论结果推不了，同意过渡。决定成立专家组审查版本。

1982 年 5 月 4 日

上午大会继续讨论建立两个班子，一个版本评选组，一个《格萨尔》翻译组的问题；如何保证翻译质量问题等。

1982 年 5 月 5 日

昨夜起草会议小结到深夜一点钟。今早，又写小结一小时。赶到西郊九时开大会，宣布《格萨尔》协调小组名单，正式成立。然后由我作这次会的小结。

1982 年 5 月 7 日

社会科学院通知开会讨论机构改革问题，我请冷拙参加。

1982 年 5 月 26 日

到近代史所礼堂参加院务扩大会。马洪报告社会科学院关于领导体制和机构改革问题,宣布第一批拟报请任命的名誉所长、所长、副所长、顾问名单。下午院务委员讨论。我是列席者,不便发言,发言也无用。

1982 年 5 月 29 日

晚上,仁钦来电话谈找梅益汇报事。

1982 年 5 月 30 日

一早,哈焕章来,谈找梅益汇报所的工作问题,我们谈定主要谈所的存亡问题。仁钦对院部保留所的名称而实际改为文学所的一个室的做法很有意见,主张否则存在,否则撤销。

王克勤送来《纪要》与学会的几份材料,又一份上报《纪要》的报告,一封通知各地开学会常务理事会的信稿。我对报告提了意见。

1982 年 6 月 1 日

下午,与马学良、刘魁立、仁钦、哈焕章到院部找梅益汇报所的问题。

1982 年 6 月 2 日

早上,到所内,开全所会,梅益来。发言的只安柯钦夫、邓敏文、国淑平、王克勤、李源等数人。梅益的讲话缓和,又许了一些愿,似让人鼓舞。

1982 年 6 月 3 日

冷拙来电话,说昨天下午大会上梅益宣布文学所和少数民族文学研究所的领导班子是许觉民、王平凡,所内一些同志感到不安。那么我们等候新的领导接管就是了。

1982 年 6 月 9 日

星期三,到少数民族文学所,与冷拙、赵仲如、王健处理了几件事如房子、电话等问题之后，坐车到前海，与程远谈刚听到的合并民研会的传闻问题。

1982 年 6 月 11 日

关于撤销民研会的传闻今天证实了……下午王平凡来了，他带给我一个不好的消息，就是那个传闻原是真的。说是从梅益来的，中宣部与文联决定民研会凡能做研究工作的人都到文学所，其余的人归文联处理，编辑部归文联，出版社合并到出版公司。王平凡说，毛星不赞成这个做法，他呢？主张"暂时不动"。他说他不愿和我多谈这个问题，他只谈少数民族文学所的问题，说要我下星期带许觉民到所内向大家介绍一下。让仁钦到所内负责，刘魁立在研究室负责。这是他的安排，他明天就去青岛养病。

1982 年 6 月 14 日

下午 6 时后，租车约柯蓝一块去找周扬同志，周不在家，说上医院了。与露菲谈了我对合并民研会到文学所的意见，并将信交她。

1982 年 6 月 18 日

坐车接王健一块到所内，许觉民已来了。召集了全体人员大会，介绍文学所所长许觉民今天领导本所。我今天交接。许讲了话，说少数民族文学所牌子仍对外，还要发展，内部改为一个研究室，资料室继续工作，又说院领导要所的新旧领导班子在交接中一块负责。我又讲了我的意见。我筹建所两年多，今天以后所由文学所领导负责。我修桥补路至此为止，要我帮助过渡就再做短时间的修桥工作。目前迫切应交代的有三事：1. 文联全委会末一天召开少数民族文学学会处理某问题，今后所与会的关系应处理好；2. 刊物应继续办；3.《格萨尔》工作第三次会议所定成立专家小组，五月底有关省区报专家名单，工作应有人抓，不应流为一纸空文。徐说，少数民族文学所由王平凡负责。他又说，他事较多，冷拙可多管。

1982 年 7 月 18 日

下午去找周扬同志。三点一刻在西廊下看到苏灵扬，到北屋，周正在桌前看一个稿子。他从里屋走出来。我首先说到昨天与赵寻他们谈到情况，谈到民研会合并问题。他说，他多次对他们说过文联人可以精干一些，不是要取消民研会。谈到前几天他讲"小协会"问题，又说多次向他们谈过："民研会、曲协、杂协工作范围很大。要重视民间文艺研究会，不是因为郭老做过主席，现在由我做主席，是因为这个工作涉及的范围很大，民族文化，民族很多。当然，电影、电视，每天都有大量观众，还有作家协会，他们影响更大，意见多，问题多。"

我谈了目前民间文学工作形势很好，超过 1958 年很多，举了《格萨尔》为例。他说："《格萨尔》好像很神秘，怎么回事？"我说："并不神秘，在藏族家喻户晓，只是全国很多人不知道就是了。"由此问到少数民族文学所，以为我还是所长。我说所已合并到文学所，我不管了。问还有谁是副所长，我说还有马学良。他对并所意见也很大。我于是谈了院部合并少数民族文学所是完全错误的，一点好处也没有。我提我在全委会小组的发言，黄胄、沈从文等赞成我的意见。他问哪个小组？"中直小组。"他说，应依靠民委。我说建所时，我多次找过民委，杨静仁、江平都很支持。民委对我院合并所不征求他们意见也很有意见。……周听了感到愤慨，他要我写个意见。他说他还要找梅益。"你很热心事业，你写一个意见交我，我是多管闲事。"我说："不是闲事，是国家大事。"

1982 年 7 月 19 日

下午起草合并少数民族文学所的意见，写了一个草稿，晚上抄改成文。

1982 年 7 月 20 日

哈焕章来，他做了所的党代表，征求我有什么意见带到会上。他说所内同志仍对合并所有意见，我谈了我的一些意见。

1982 年 7 月 21 日

星期三，上午到所内，写了何鸣雁的职称材料，在研究人员中宣布小结半年的研究工作。

1982 年 8 月 4 日

雨天，到所内，主持讨论何鸣雁的职称问题。

1982 年 9 月 12 日

我给冷拙打电话，他说所内已成立由仁钦、冷拙、哈焕章三人组成的领导小组。

1982 年 9 月 15 日

到少数民族文学所，到时正开全体人员会，仁钦报告。休息时，我与大家见面。新来了三个大学生与哈焕章谈到在哈萨克毡房住了一夜等。仁钦略说三人小组问题。

下午七点去找周扬同志，在他家里见了他，苏正看电视。我略说《江格尔》会议，周即问起少数民族文学所问题。他说："你是所长，你应提出意见，应给梅益写，也应给民委写；你不同意领导上的决定也可提出自己的意见。"他说明天他就给梅益打电话，"他还没有回答我！"他说，许觉民来他讲了意见，许也表示同意。关于会内问题，周说到他的意见，我仍搞少数民族文学所，做研究工作，会内不要搞了。我说，目前恰恰相反。

1982 年 9 月 19 日

到南沙沟看了林默涵。林对合并民研会又说不赞成，民间文学应有自己的群众团体，文学所不能代做组织工作。他认为民间文学应是搜集、整理、研究、出版四件事。说到出版，他很同意我讲的三套书计划，他还认为应系统地刊行，零碎出书作用不大。《江格尔》，他过去不知道，我做了一些介绍，并提到翻译是一大问题。他对出版方面为赚钱不顾读者影响的现象很愤慨。

1982 年 10 月 15 日

早八点半，到院部找梅益。……我不同意合并所，认为这是一个失策，退一步未必进两步，我亲眼看到好不容易建成的一个所，大家劲头很高，而一瓢冷水下去，把事业毁了。我说明了前一段工作的状况与最近人心散了的状况……总之，交流了一些情况，因找他的人太多，不能详谈。

1982 年 11 月 18 日

下午，去找周扬，我要谈的主题是文联支持民研会不够。……周说到少数民族文学所，那天见到梅益，梅益说没有取消所，暂时合并，等有了所长人选再恢复建制。周说，我办所两年有成绩，并没有犯什么错误，只是因年龄关系不做所长。……我说为了事业不应合并、取消这个所。他回答："我们也是为了事业。"

1982 年 11 月 20 日

上午与马学良一起到少数民族文学所听研究工作规划与《格萨尔》工作的汇报，是在玉渊潭新建的所址。这是比过去的地方好。听了哈焕章等一些发言后，要我讲，我讲了制订研究规划应从开创事业与少数民族特点出发，讲到我不同意有人对这个所前一段工作的无的放矢的批评……随后马讲了意见。徐觉民最后做了结论式的发言，并说这个所是独立的，不过暂归他们管。他们的这种机构合并，造成很大损失与弯路。现在一经反对，有些收场了。

贾芝（1913—2016），汉族，山西省襄汾县人。原中国民间文艺家协会名誉主席，中国文学艺术界联合会荣誉委员，中国社会科学院荣誉学部委员。早年就读于中法孔德学院。1935 年在北平参加"一二·九"运动，随即加入中华民族解放先锋队。1938 年赴延安，在中国人民抗日军事政

治大学学习后到鲁迅艺术学院从事创作与翻译工作，后又参与创办延安中学、延安大学并任教多年。1949 年随西北代表团赴京，最初在文化部编译局工作。1950 年参与创办中国民间文艺研究会（现为中国民间文艺家协会），历任秘书组组长、党组书记、秘书长、副主席、名誉主席；1950年参与创办《民间文艺集刊》并主持日常编辑出版工作；1951 年参与创办人民文学出版社任党总支书记、编辑部主任；1953 年调入北京大学文学研究所（后改为中国科学院文学研究所、中国社科院文学研究所）；1954 年，中国民间文艺家协会加入中国文学艺术界联合会，贾芝任秘书长，分党组书记，中国文联党组成员；1955 年参与创刊《民间文学》，任编委、执行副主编、执行主编、主编；1956 年在中国社会科学院文学研究所评为三级研究员；1980 年参与筹建中国社会科学院少数民族文学研究所并担任所长；1980 年创办中国民间文艺出版社并担任社长；1981 年参与创办中国少数民族文学学会，为首任会长；1982 年创办《民间文学论坛》（季刊）任主编；1991 年兼任中国通俗文艺研究会会长。

贾芝是当代中国民间文艺（包括民间文学、曲艺、美术、戏剧、工艺民歌、民谣等诸多方面）的开拓者、领导者。新中国成立初期他便自觉担当起抢救保护各民族民间文化的工作，组织编选了一套《中国民间文学丛书》。1958 年与何其芳组织编写《中国各少数民族文学史》。1959年提出抢救史诗《格萨尔》，1978 年成立七省区抢救《格萨尔》工作小组，被任命为组长。1962 年贾芝与新疆维吾尔自治区文联刘肖芜、克孜勒苏柯尔克孜自治州合作成立领导小组，搜集抢救《玛纳斯》。

在相关学术领域著述颇丰，在学科建设上做出了突出贡献。主要著作有《水磨集》（北平泉社 1935 年版）、《民间文学论集》（作家出版社 1963年版）、《新园集》（中国民间文艺出版社 1981 年版）、《播谷集》（人民文学出版社 1994 年版）、《贾芝诗选》（大众文艺出版社 1996 年版）、《贾芝集》（中国社会科学出版社 2009 年版）、《拓荒半壁江山》（文化艺术出版社 2012 年版）等；国家"七五"重点项目《中国歌谣集成》主编；其他译著、编著从略。贾芝 2001 年获首届中国民间文艺山花奖·学术著作最高荣誉奖；2007 年获第八届中国民间文艺山花奖·民间文艺终身成就奖；2014 年获第九届中国文联文艺评论奖著作类特等奖。